红楼璧合

红楼时间人物谜案

第二部

王继宗 著

迎春

中国书籍出版社
China Book Press

U0537086

图书在版编目（CIP）数据

红楼时间人物谜案 / 王继宗著. —— 北京：中国书籍出版社，2020.7

（红楼璧合）

ISBN 978-7-5068-7872-2

Ⅰ.①红… Ⅱ.①王… Ⅲ.①《红楼梦》研究 Ⅳ.①I207.411

中国版本图书馆CIP数据核字（2020）第097041号

红楼时间人物谜案

王继宗 著

责任编辑	李国永	
责任印制	孙马飞 马 芝	
封面设计	常州市秋和文化发展有限公司	
出版发行	中国书籍出版社	
地　　址	北京市丰台区三路居路 97 号（邮编：100073）	
电　　话	（010）52257143（总编室）　（010）52257140（发行部）	
电子邮箱	eo@chinabp.com.cn	
经　　销	全国新华书店	
印　　厂	常州报业传媒印务有限公司	
开　　本	787毫米 × 1092毫米　1/16	
字　　数	2050千字	
印　　张	118	
版　　次	2020 年 7 月第 1 版　2020 年 7 月第 1 次印刷	
书　　号	ISBN 978-7-5068-7872-2	
定　　价	600.00元（全三册）	

王氏红学三书序

喻学才

王氏者，王继宗也。江苏常州人。常州图书馆副研究馆员。1975 年生。其研究《红楼梦》自初中一年级始，迄今三十年整。三书者，王继宗研究《红楼梦》之系列著作也。上册初稿原名《如实呈现宁荣二府大观园真貌》。中册初稿原名《如实破解红楼梦时序人物谜案》。下册初稿原名《如实论证红楼梦后四十回曹著》。我认为此三书可简称之为《红楼梦府邸园林考》、《红楼梦人物时序考》和《红楼梦后四十回作者考》。

一、王氏的学术个性

王继宗虽然年轻，但学术研究特色明显，成绩斐然。一般的题目引不起他的兴趣。他专找难题进攻。所得的结论都属于颠覆性的或者是填补空缺性质的。为了知人论世，帮助读者认识王继宗，这里要扼要介绍一下王继宗在红楼梦研究之外的其他学术成就：

1. 《〈清明上河图〉"上河"乃运河尊称考》、《〈清明上河图〉意为"清明坊处上河之图"》的价值

这两篇文章刊于《图书馆杂志》2013 年第 2、第 3 期上。《清明上河图》"上河"一词常被人与清明节联系在一起误解作"上坟"。常州三部地方志证明无锡、宜兴运河可称"上河"，三种唐宋文献中又有五处"上河"即运河的例证，这充分证明"上河"乃运河的尊称，这就为"上河即汴河"说找到充分的文献依据，《清明上河图》的本义可得确切解释，历史地名词典"上河"词条也可得到有益补充。《〈清明上河图〉意为"清明坊处上河之图"》一文则根据画家张择端并未将清明风俗绘制于画幅之中，从而得出结论：画名"清明"并非指清明节日的意思。从画面空间看，也不是汴京城门口，而是城外清明坊东段的虹桥一带

场景。从而判定张择端《清明上河图》的命名本意是"汴京城外运河清明坊段市井图"。后人因为误读"清明"、"上河"二词因而做出种种误解。

2. 《〈永乐大典〉十九卷内容之失而复得》的价值

该文刊于《文献》2014年第3期。我们知道，自清人全祖望、缪荃孙以来，学界即有《永乐大典》诸州府抄自永乐初年（或洪武朝）该州府所编地方志，还是《永乐大典》中的诸州府皆是《大典》自己所编的争议。王继宗历时3年，将该书按照《永乐大典》行格全部复原，发现该书的地图排在第五页，而该地图上正好从第"五"页开始标起，"其他所有的古籍都不能保证地图从第五页标起，唯有大典能"。

通过对抄本中避讳字、流传过程的研究，王继宗推测，该抄本可能是清朝嘉庆年间常州府无锡县籍翰林院官员根据《永乐大典》"常州府一至十九"抄出。经王继宗考证，现藏于上海图书馆的《洪武常州府志》，即为嘉庆朝常州籍翰林院官员从翰林院抄出的《永乐大典》"常州府一至十九"内容。该书一是作为宋、元、明初常州及下属武进、无锡、江阴、宜兴地方志的汇编，保存了大量珍贵的史料，是当地史志研究的第一手资料。二是该书具有相当高的文献辑佚价值，可以据此校辑宋元旧籍与宋元诗文总集。三是该书是研究《永乐大典》的编纂体例的原始资料。该书在上述三个方面有其不可估量的学术研究价值。该书的整理以上海图书馆的《洪武常州府志》抄本为底本，参校武进、无锡、江阴、宜兴等地以及相关的史志文献，加以标点校勘。他之所以能够判定《洪武常州府志》乃《永乐大典》卷6400至6418"常州府一至十九"亡佚的内容，得益于他摸索出来的方法。这就是从该抄本的卷数、编纂体例、卷次标法、类目标法、正文前目录、目录首行、地图、内容、避讳等方面，与《永乐大典》现存17个州府的内容编写格式皆合。他说："这是我们判定它就是《永乐大典》'常州府'抄本的重要依据。"

3. 《常州让德文化史——江南三圣大舜泰伯季子新论》一书的价值

"让"是最高的道德境界，孔子称之为"至德"。常武地区古称延陵，历来推崇让德，泰伯、季子的前三让、后三让事迹广为世人称颂。本书通过大量的文献和史迹，考明常州地区的太湖、上湖流域就是舜教化的"雷泽"，古延陵舜过山、惠山就是舜教化的"历山"，宜兴陶土产地就是舜所指导的制陶之地。并将常州的让德文化史由季子前推至大舜，将有文字可考的历史上推至4200年前。该书以舜为核心，奠定了常州在舜文化研究中的重要地位，并还原了泰伯让国的历史，以及泰伯以舜为楷模践行让德的经历。

二、百年红学之极简回顾

　　"回首百年红学史，聚讼纷纭第一家。"——这是本人对红学研究领域的一个强烈印象。因为《红楼梦》一书，就书名而言，除《红楼梦》外，还有《情僧录》《石头记》《风月宝鉴》《金陵十二钗》《金玉缘》等；就版本而言，《红楼梦》有脂砚斋批点本系统和程伟元、高鹗刻本系统两大系统。程、高整理本系统又有程甲本、程乙本之不同，脂批本又有甲辰本、《威蓼生序本石头记》、扬州靖氏藏本、列宁格勒藏本等十多种同系统的版本存在；就作者而言，有清代曹雪芹作，有清代曹雪芹作前八十回、高鹗续作后四十回说；有明代顾景星作说，有明末清初易代之际的"贰臣"吴伟业说。就研究《红楼梦》的学术阵营言，从大处说，又有"曹红"和"吴红"之别，所谓"曹红"，也就是主张《红楼梦》是曹雪芹所创作的学者群落；所谓"吴红"，也就是主张《红楼梦》是吴伟业创作的学者群落。加上近年来湖北蕲春学者王巧林所著《红楼梦作者顾景星》所主张的顾景星著《红楼梦》说，则"曹红""吴红"之外，又多出了一个"顾红"，当然，还有冒辟疆作，康熙的两个孙子胤礽和弘暟作等多种说法，篇幅所限，不能一一举例。就主题而言，有记述金人亡明的亡国之痛说，有胤礽自写失去太子地位的康雍乾时家事说，有曹雪芹自传说，有没落的中国封建社会百科全书说等；就小说故事发生地的空间原型言，有北京恭王府说、南京江宁织造府说等。当然，一百年来，占据统治地位的还是胡适之的红楼梦考证观点。因为他是一位开风气的人物。此后并未深入研究他早年所做的红楼梦考证。因此，在红楼梦作者和创作主旨等问题上，各种推测性的研究文章和著作竞相问世。却谁也说服不了谁。

　　在 1980 年 6 月 16 日—20 日首届国际红楼梦研讨会召开之际，会议发起人美国威斯康辛大学周策纵教授曾为大会写过一首散曲，其中有："回头看红学轰轰烈烈，更只是千言万语盾和矛。无穷无尽的笔墨官司总打不消。"时至今日，随着互联网时代的到来，红学领域依然热闹非凡。关于红楼梦的笔墨官司现在打进了互联网，在今日中国，以红楼梦研究为主旨的微信公众号众多，各群之中学者们各抒己见，在这些微信群里，可以切切实实地感觉到百家争鸣的自由气氛。

三、王氏红学的主要贡献

　　一百年前，胡适之先生首开红楼梦考证之风气。他在《红楼梦考证》一书中写道："我们只须根据可靠的版本与可靠的材料，考定这书的著者究竟是谁，著者的事迹家世，著书的时代，这书曾有何种不同的本子，这些本子的来历如何。这些问题乃是《红楼梦》考证的正当范围。"胡适依据红楼梦开篇空空道人那段文字，认为撰写此书的"石头"、传书的空空道人、题写书名的东鲁孔梅溪等都是"曹雪芹假托的缘起"，意思就是说《石头记》这部书只是曹雪芹一个人写的，他不是什么"增删者"而是唯一的作者。胡适之百年前推测高鹗是红楼梦后四十回的作者。但他又拿后四十回结尾叙述《石头记》来历一段，当作曹雪芹传书的证据。120 回通行本出版人程伟元（约 1746—1818）、研究者裕瑞（1771—1838）都不敢确定《红楼梦》作者是谁，胡适却明确地说"当时的人多认这书是曹雪芹做的"。

　　胡适之百年前的红楼梦作者考证虽然得出"红楼梦乃曹雪芹著作，系自写本人和曹家的盛衰故事"的结论。甚至也模糊意识到后四十回也是曹雪芹所作。其结论由于未能得到"小心论证"，因而直接导致了近百年红学界红楼梦作者众说纷纭、言人人殊的格局。

　　王继宗的红学三书，有力地论证了胡适之当年的推测。

　　全书作者的创作主旨"贾府=甄家=曹家"。书中所写的"假"，就是生活原型"真"的镜像。当然这种镜像不一定是平面镜像，有可能是"哈哈镜"般扭曲过的镜像，经我们研究：书中的空间属于现实原型的"平面镜像"，而时间、人物、事件则有很多已属于现实原型"哈哈镜"般的"扭曲镜像"。《红楼梦》别名"风月宝鉴"之"鉴"字（意为镜子），也透露出这一创作主旨。关于《红楼梦》的作者，王继宗考证的结果就是江宁织造曹家被抄家时曹頫的遗腹子曹天佑，抄家时时年十四岁。"天佑（天祐）"是家谱上的谱名，其真实的名字便是人所共知的"曹霑、字雪芹"。曹雪芹生于康熙五十四年（1715），卒于乾隆二十七年除夕（1763 年 2 月 12 日）。

　　关于红楼梦的主要评点者脂砚斋，王继宗考证的结论是：脂砚斋生于清康熙四十二年（1703）。"芹"是创作者曹雪芹，而"脂"是揭谜者脂砚斋，两人便是《红楼梦》创作时的黄金搭档。要想理解《红楼梦》，绝对离不开脂砚斋的批语。因此本书在研究《红楼梦》空间、时间和"后四十回曹著"等所有问题时，都会把脂批视为与《红楼梦》的原文同等重要，是作者旨意的体现。

如果说，百年前的胡适之之红楼梦考证只是"大胆假设"，开风气之先的话，那么百年之后的王氏红学三书，则是"小心求证"的集大成之作。如果说，胡适之在百年前所提出的红楼梦乃曹雪芹自写家事说只是凭借直觉所做出的判断，那么，王氏红学三书就是采用众多的方法对红楼梦作者，所进行的科学论证。从而使这一结论坚不可摧、牢不可破。

曹雪芹在红楼梦写作过程中所采用的是幻象写实主义写作手法，人物、时间表现上的拆分表达法和空间位置表现上的镜像表达法，这种自涂保护色的技术手段，首次被王继宗发掘出来。可以说，以这套方法去看 120 回本红楼梦，就会豁然开朗。关于甲戌本和后四十回本的逻辑关系也可顺利捋清。

王氏红学三书对于科学研究和认识《红楼梦》这部千古奇书，无疑具有划时代的意义。若从文化产业开发的角度，从文旅融合的角度看，王氏红学三书的问世，也必能给红楼梦遗产旅游开发提供坚实的学术基础。

2019 年 10 月 4 日于楚雷宁雨轩

●学生王继宗附识

我本科就读于东南大学旅游学系，幸获前后两任系主任悉心栽培，师恩难忘：一为江苏省红楼梦学会副会长郑教授云波先生，一即恩师喻学才先生。学生红学方面，得聆郑师教诲，受益良多。郑教授特重文化，率先提倡旅游不只是一种经济现象，而更多的是一种文化现象，鼓励自己的学生要博览群书，深入研究，把文化引入旅游。故我们东南大学旅游学系创立伊始名为"中国文化系"，下设旅游专业，这就体现出郑师高瞻远瞩之见。郑师曾说过一句话，笔者至今深铭五内，即：我们东南大学第23系（中国文化系）旅游专业，不只是为国家和地方培养导游，更是要培养能够挖掘旅游文化内涵来撰写导游词的人，更是要培养能够挖掘旅游文化内涵来规划景区、指挥建筑师的人。

1994 年至 1998 年我们本科在读期间，正逢郑师退休而喻师接替系主任之际。喻师 1988 年成书，1995 年正式出版的《中国旅游文化传统》一书，打通当代旅游现象与中国固有的重文等传统，是该领域的奠基之作，对于我系学生以文化视角看待旅游现象、从事旅游服务与景区规划大有引路之功。20 多年后的 2018 年，我们国家出于国家战略转变的考虑，将原来的国家文化部和国家旅游局合并为文化旅游部，从体制上理清了文化和旅游的关系。可见郑师的先见之明领先于时代二十多年，而喻师则从学术研究和实践应用两个方面，率先重视文化旅游，又早于全国同行许多岁月，愚等为有此远见卓识之师长引领学术之路而深感幸运。

笔者二十多年来，丝毫不敢遗忘诸师教诲，毕业设计"常州老城区旅游开发"获东南大学校级优秀论文，这也离不开论文指导老师郑教授的悉心指正；笔者毕业后虽未能从事旅游工作，却因我系所具有的重文传统，考入浙江大学古籍研究所，潜心典籍，其来有自。

喻恩师学博识高、品端行方，为学生此质讷拙劣之书惠赐大序，谬赞笔者一些粗浅发现以资鼓励。随序还附信特告笔者书中一处大谬，嘱我纠正。学生三复师语，不欲尽掩恩师之懿德嘉赐，特在书中仍保留错误原貌，于此序中转述恩师高见，以显笔者学识之荒陋仰赖恩师之斧正。喻恩师所指出者便是："第一本书稿关于贾氏宗祠对联第一副天地联按左右调整是对的，但勋业功名一联，儿孙福德一联如果调换方向，对联平仄就不合了，因此只能说祠堂大门主对联，不可并次要对联一起说，供你参考。"

继宗不学无文，从未撰作过对联，在恩师指点下，方才获知有所谓"正格联"。即以对联尾字的平仄为基准，凡上联尾字为仄，下联尾字为平的，都称之为"正格联"。"变格联"则与传统正格联不同，上联可以平收，下联可以仄收。变格联如是五字和七字的，也可遵诗联。所谓"无格联"，也就是作对联时根本不讲究平仄，随心所欲，只讲究词与意思的对仗，而不考虑平仄。贾氏宗祠当用正格联，故知学生书中所言有谬，赖恩师拨正方才不致贻误读者，在此深表谢忱。

2019 年 10 月 12 日识

图解红楼

张云青

王继宗先生虽然是浙江大学的硕士研究生毕业，但我们总是尊称他为王博士。

跟王博士的相识缘于一张常州城明清时期的坊厢图，我们一同通过图像识别和位置关联等技术，实现了古地图上四五万字地名信息的可检索。有一次，他谈到自己对《红楼梦》的研究，也是基于一张古籍地图，通过对这张图的镜像比对，发现了令人惊奇的结果。经过这番热烈交谈后，我才知道在常州居然还有这么一位痴迷红学的年青学究，称他为"博士"毫不过分。

王博士口中所说的"古籍地图"，跟我们测绘行业所说的地图，其实还不完全是一个概念。它只是一般古籍中用来再现建筑园林的插图，是用俯瞰视角绘制的亭台楼阁，略为示意一下方位和尺度而已。一些方志中的传统地图，绘制时也以方格网作为控制基础，辅以概略的里程，全图以山水画法为主，无需高深的数学知识和经纬度测量成果，绘制起来简便易行。要到清代后期，由于受西方科技文化的影响，这才出现以等高线、图式符号来表达的地形图，这才是我们测绘行业所说的"地图"。

王博士专业研究古籍，对《红楼梦》的兴趣和研究已有几十年的积累。其书的一大重点，便在于通过分析传世的乾隆朝《江宁行宫图》，发现了大量的证据，能从地理空间上与宁荣二府和大观园的镜像相对应，让读者在空间方面能由想象落到真实的空间场景中来，就像我们测绘的航空摄影像片经过定向原理和透视变换，最终跟地面坐标精确叠合。

王博士的研究成果，还在于让宝玉在常州出家有了归宿一样的结局。作为一个对《红楼梦》粗读了三遍的我，始终不明白"毗陵"常州这个地名为什么会出现在如此著名的小说中。因为常州不像金陵、苏州、扬州在历史上那么有名气，只是乾隆皇帝下江南的一个驿站而已。唯一的名气可能来自天宁寺，因为有"东南第一丛林"的名号。然而王博士从一本地方志中发现天宁寺住持大晓实彻禅师，竟然曾经是曹家家庙的住持。所以作者曹雪芹让出家了的宝玉在常州"毗陵驿"跟父亲拜别也就再自然不过的了。

王博士还把常州东门外横山（因东晋右将军曹横得名），跟曹家祖坟联系了起来。曹雪芹小时候或许因为祭祖，而在白龙观旁边的大林寺玩耍读书过。在白茫茫的雪原上，一僧一道夹着宝玉转过一道青埂就消失了，这道青埂就是横山青嶂峰。这从另一个侧面佐证了本书的观点——后四十回是曹雪芹所写。

书中像这样的奇妙之处不一而足。王博士的著作如同博士论文，叙述中充满了论据、论点，从空间上分析，从细节上求证，从章回上呼应，我读的过程也是反复对照的过程，尤其是第一册前几章对行宫图的镜像对应，生怕漏了线索而无法导出结果，深深体会到作者"皓首穷经、探赜索隐"的严谨态度。

同时，我也为王博士担心，后四十回是高鹗所续，这是胡适、鲁迅等大学士在百年前发表的观点，这已经是大众共识；当今也不断有人通过科技手段来分析用词频率和语气，以此来证明前八十回和后四十回非一人所作，甚至也有研究认为全书的作者不一定就是曹雪芹。王博士的观点能否经得起红学前辈和广大学者的推敲和质疑？

我相信，红学是百家争鸣最热烈的领域之一。红学流派的划分复杂纷呈，王博士的研究又属于哪派呢？我们还是打开书卷，按图索骥，再一次进入《红楼梦》中，跟着作者去游历这亦真亦幻的梦境。

2020 年 5 月

目录

王氏红学三书序 ……………………………………………… 喻学才　1

图解红楼 ……………………………………………… 张云青　1

本书凡例 ……………………………………………………… 1

第一章　《红楼梦》时间序列详排 ……………………………… 1

第一节　《红楼梦》时间考的原则 ………………………… 1

第二节　贾府中的一天考 ………………………………… 5

一、中国古代的时辰 ……………………………………………… 5

二、贾府一天的起居规律 ………………………………………… 6

（一）王熙凤寅正（4点）起床、吃早膳 ……………………… 6

（二）卯正二刻"点卯"报到 …………………………………… 6

（三）凤姐"巳正"即10点整吃早饭 ………………………… 6

（四）正午时分睡觉 ……………………………………………… 8

（五）下午处理事务 ……………………………………………… 10

（六）酉初时分当吃晚饭 ………………………………………… 10

（七）戌初最后处理家务 ………………………………………… 13

（八）贾府"晨昏定省"的规矩 ………………………………… 14

（九）结论 ………………………………………………………… 14

三、贾府的"两餐制"与"自鸣钟"研究 ……………………… 14

（一）贾府节庆的"午宴、晚宴"都在正餐"早饭、晚饭"后，有
　　　酒无饭，不算正餐 ………………………………………… 14

（二）贾府实行"早膳、早饭、晚饭"两餐制，"早膳"无饭，不算
　　　正餐 ………………………………………………………… 16

（三）贾府有"早膳、夜宵"而无"晚膳"，皆非正餐 ………… 17

（四）第 67 回称中饭为"午饭"而不称"早饭"，并不能证明其为

后人伪作 ··· 18

（五）《红楼梦》"自鸣钟"报时的脂批，证明作者乃曹寅后人······ 20

第三节　《红楼梦》叙事时间详排 ······························· 23

第一回　红楼元年，宝玉一岁 ·· 23

第二回　红楼第五年，宝玉五岁 ·· 24

第三回 ·· 25

第四回　红楼第八年，宝玉八岁 ·· 28

第五回　红楼第九年，宝玉九岁 ·· 30

第六回 ·· 31

第七回 ·· 34

第八回 ·· 36

第九回　红楼第十年，宝玉十岁 ·· 36

第十回 ·· 38

第十一回 ··· 38

第十二回　红楼第十一年，宝玉十一岁 ··· 40

第十三回 ··· 42

第十四回 ··· 44

第十五回 ··· 46

第十六回 ··· 46

第十七回　红楼第十二年，宝玉十二岁 ··· 48

第十八回　红楼第十三年，宝玉十三岁 ··· 51

第十九回 ··· 52

第二十回 ··· 53

第二十一回 ··· 53

第二十二回 ··· 54

第二十三回 ··· 56

第二十四回 ··· 57

第二十五回 ··· 58

第二十六回 ··· 59

第二十七回 ··· 61

第二十八回 ··· 62

第二十九回 ··· 63

第三十回 ··· 65

第三十一回 ··· 67

第三十二回 ··· 68

第三十三回 ··· 69

第三十四回 ··· 70

第三十五回 ··· 71

第三十六回 ··· 71

第三十七回 ………………………………………………………………… 74
第三十八回 ………………………………………………………………… 76
第三十九回 ………………………………………………………………… 76
第四十回 …………………………………………………………………… 78
第四十一回 ………………………………………………………………… 79
第四十二回 ………………………………………………………………… 79
第四十三回 ………………………………………………………………… 83
第四十四回 ………………………………………………………………… 84
第四十五回 ………………………………………………………………… 85
第四十六回 ………………………………………………………………… 85
第四十七回 ………………………………………………………………… 87
第四十八回 ………………………………………………………………… 87
第四十九回 ………………………………………………………………… 90
第五十回 …………………………………………………………………… 92
第五十一回 ………………………………………………………………… 92
第五十二回 ………………………………………………………………… 93
第五十三回 红楼第十四年，宝玉十四岁 ………………………………… 95
第五十四回 ………………………………………………………………… 97
第五十五回 ………………………………………………………………… 97
　　●"作者以凤姐小月来隐写巧姐出生"论 …………………………… 99
第五十六回 ………………………………………………………………… 100
第五十七回 ………………………………………………………………… 103
第五十八回 ………………………………………………………………… 104
第五十九回 ………………………………………………………………… 108
第六十回 …………………………………………………………………… 108
第六十一回 ………………………………………………………………… 109
第六十二回 ………………………………………………………………… 110
第六十三回 ………………………………………………………………… 113
第六十四回 ………………………………………………………………… 118
第六十五回 ………………………………………………………………… 121
第六十六回 ………………………………………………………………… 123
第六十七回 ………………………………………………………………… 127
第六十八回 ………………………………………………………………… 133
第六十九回 ………………………………………………………………… 134
第七十回 红楼第十五年，宝玉十五岁 …………………………………… 137
第七十一回 红楼第十六年，宝玉十六岁 ………………………………… 141
第七十二回 ………………………………………………………………… 143
第七十三回 ………………………………………………………………… 146
第七十四回 ………………………………………………………………… 146
第七十五回 ………………………………………………………………… 147

第七十六回 ·· 150
第七十七回 ·· 150
第七十八回 ·· 151
第七十九回 ·· 158
第八十回 ·· 159
第八十一回 红楼第十七年，宝玉十七岁 ········· 161
第八十二回 ·· 162
第八十三回 ·· 164
第八十四回 ·· 165
第八十五回 ·· 166
  ●本回第 85 回字面上的"二月"与下文第 87 回的"九月"如何
    衔接？ ·· 168
第八十六回 ·· 175
第八十七回 ·· 177
第八十八回 ·· 179
第八十九回 ·· 180
第九十回 ·· 181
第九十一回 ·· 182
第九十二回 ·· 183
第九十三回 ·· 189
第九十四回 ·· 190
第九十五回 红楼第十八年，宝玉十八岁 ········· 192
第九十六回 ·· 194
第九十七回 ·· 196
第九十八回 ·· 198
第九十九回 ·· 203
第一百回 ·· 203
第一百一回 ·· 203
第一百二回 ·· 206
第一百三回 ·· 206
第一百四回 ·· 208
第一百五回 红楼第十九年，宝玉十九岁 ········· 209
第一百六回 ·· 212
第一百七回 ·· 213
第一百八回 ·· 218
第一百九回 ·· 223
第一百十回 ·· 224
第一百十一回 ·· 224
第一百十二回 ·· 226
第一百十三回 ·· 226

第一百十四回 ⋯⋯⋯⋯⋯⋯⋯⋯⋯⋯⋯⋯⋯⋯⋯⋯⋯⋯⋯ 227

第一百十五回 ⋯⋯⋯⋯⋯⋯⋯⋯⋯⋯⋯⋯⋯⋯⋯⋯⋯⋯⋯ 227

第一百十六回 ⋯⋯⋯⋯⋯⋯⋯⋯⋯⋯⋯⋯⋯⋯⋯⋯⋯⋯⋯ 228

第一百十七回 ⋯⋯⋯⋯⋯⋯⋯⋯⋯⋯⋯⋯⋯⋯⋯⋯⋯⋯⋯ 229

第一百十八回 ⋯⋯⋯⋯⋯⋯⋯⋯⋯⋯⋯⋯⋯⋯⋯⋯⋯⋯⋯ 232

第一百十九回 ⋯⋯⋯⋯⋯⋯⋯⋯⋯⋯⋯⋯⋯⋯⋯⋯⋯⋯⋯ 232

第一百二十回 ⋯⋯⋯⋯⋯⋯⋯⋯⋯⋯⋯⋯⋯⋯⋯⋯⋯⋯⋯ 234

小结 ⋯⋯⋯⋯⋯⋯⋯⋯⋯⋯⋯⋯⋯⋯⋯⋯⋯⋯⋯⋯⋯⋯⋯ 242

（一）《红楼梦》人物的生日 ⋯⋯⋯⋯⋯⋯⋯⋯⋯⋯⋯⋯ 242

（二）书中貌似不合理、其实仍可理解的时间问题5例 ⋯⋯ 243

（三）书中不合理的时间矛盾，以及作者故意留下的时间破绽 17 例 ⋯⋯⋯⋯⋯⋯⋯⋯⋯⋯⋯⋯⋯⋯⋯⋯⋯⋯⋯⋯⋯⋯⋯ 243

（四）后四十回与前八十回细节照应处、手法相同处43例 ⋯⋯ 245

（五）后四十回在时间上的最大荒唐，是从时间上证明"后四十回乃曹雪芹所著"的最大力证，堪称"定海神针" ⋯⋯⋯ 249

第二章　《红楼梦》以十九年故事影写作者十四岁人生考 ⋯⋯ 251

第一节　《红楼梦》叙事共十九年，高鹗的篡改恰可证明后四十回非其所写 ⋯⋯ 251

一、《红楼梦》叙事共十九年 ⋯⋯⋯⋯⋯⋯⋯⋯⋯⋯⋯ 251

● 《红楼梦叙事共十九年简表》 ⋯⋯⋯⋯⋯⋯⋯⋯⋯ 252

二、高本时间序列上的两大"自造矛盾" ⋯⋯⋯⋯⋯⋯ 253

（一）第71回贾母寿筵是红楼十六年秋还是十五年秋？ ⋯⋯ 254

（二）第6回贾宝玉初试云雨情是九岁还是十二岁？ ⋯⋯ 262

（三）程甲本优于程乙本的判定 ⋯⋯⋯⋯⋯⋯⋯⋯⋯⋯ 264

（四）作者写宝玉九岁初试云雨情的原因分析 ⋯⋯⋯⋯ 269

三、结论：程高本的"自造矛盾"证明后四十回乃曹雪芹原稿而非高鹗所续 ⋯⋯⋯⋯⋯⋯⋯⋯⋯⋯⋯⋯⋯⋯⋯⋯⋯ 270

四、余论：作者矛盾的深意与读者应当如何处理？ ⋯⋯ 271

第二节　《红楼梦》重大时间破绽，证明作者把十四岁人生拆成十九年故事 ⋯⋯ 273

一、"真、虚年"的区分，让我们洞察作者在十九年故事（"假语存"）中隐写的自己真实人生是十四岁（"真事隐"） ⋯⋯ 273

● 《红楼梦作者用"十九年故事"隐写自己"十四岁人生"的叙事简表》 ……………………………………………… 275

● 《红楼梦作者把自己"十四岁人生"拆成"十九年故事"简表》 ………………………………………………… 279

二、作者如何将其真实人生的第九岁拆分成四年？ ……… 281

（一）"分"的内证：何以知道红楼第十至十二这三年是作者拆分真年而来的虚年？ ……………………………… 281

（二）"合"的内证：何以知道红楼第九至十二年这四年当合为一年？ …………………………………………… 282

（三）"拆"的艺术（假语存）：作者如何拆人生第九岁为红楼第九至十二这四年？ ……………………………… 284

● 附论："作者以林如海之死隐写曹寅死" ……………… 287

（四）"隐"的艺术（真事隐）：作者故意留下荒唐破绽，让有心人揭开"假语存"所隐藏的真事 ……………… 290

三、作者如何将其真实人生的第十二岁拆成三年？ ……… 295

（一）"分"的内证：何以知道红楼第十六至十七这两年是作者拆分真年而来的虚年？ ………………………… 295

（二）"合"的内证：何以知道红楼第十五至十七这三年当合为一年？ …………………………………………… 296

（三）"拆"的艺术（假语存）：作者如何拆人生第十二岁为红楼第十五至十七这三年？ ……………………… 298

（四）"隐"的艺术（真事隐）：作者故意留下荒唐破绽，让有心人揭开"假语存"所隐藏的真事 …………… 300

四、以上第九、十二两岁拆年的总结 ……………………… 304

（一）作者"化真为假"拆年虚增，同时又"揭假露真"故意留下荒唐破绽 …………………………………… 304

（二）作者独特的"梦幻写实主义"手法 ………………… 305

五、作者拆"十四岁人生"为"十九年故事"的其他内证 … 307

（一）内证一：凤姐死期与刘姥姥称其年龄的矛盾 …… 307

（二）内证二：小红预言三五年后要抄家 ……………… 309

（三）内证三：王夫人命大观园诸人明年搬出大观园 … 310

（四）内证四：迎春"结褵年余"而死 …………………… 311

六、重要辨析：全书正式记事的九岁从第5回而非第4回起 … 311

（一）对理由一的辨析 …………………………………… 313

（二）对理由二的辨析 …………………………………… 313

（三）对理由三的辨析 …………………………………… 317

（四）对理由四的辨析 …………………………………… 320

（五）对理由五的辨析 …………………………………… 321

第三章 《红楼梦》时间迷案及书中难点详考… 323

第一节 《红楼梦》三处时间节点告诉我们的情节
挪移 …… 323

一、第一处节气月日所暗示的情节挪移之分析…… 323

（一）第10回的"十一月三十日冬至"影写雍正四年作者十二岁的
"十一月廿九冬至" …… 323

（二）何以见得九岁时的秦可卿丧事影写的是平郡王妃之葬？…… 325

（1）书中秦可卿丧葬的出殡场面完全是皇家场面 …… 325

（2）"秦可卿丧事"并非影写作者祖父曹寅之丧 …… 329

（3）"秦可卿丧事"并非影写康熙国葬 …… 330

（4）总结：秦可卿之丧影写平郡王妃丧，"路谒北静王"不是康
熙国葬时所见 …… 332

（三）《红楼梦》这一重要时间节点告诉我们的情节挪移——"秦可
卿八月中秋夜淫丧于天香楼"的真相 …… 332

（1）可卿之丧由十二岁移入九岁的书中内证 …… 332

（2）作者的"不写之写"——秦可卿八月十六凌晨四更"淫丧天
香楼"的具体情节 …… 335

（3）作者把十二岁秦可卿淫丧情节移于九岁来写的原因分析 … 345

（4）后四十回中秦可卿死于作者十二岁那年的第76回的另一处
铁证 …… 346

（5）秦可卿实死于第76回，故之前的"蓉妻"其实就是可卿… 348

（6）作者"不写之写"的高妙笔法世界罕见 …… 351

二、《红楼梦》前八十回另一处重要时间节点告诉我们的情节挪移… 351

三、《红楼梦》后四十回一处重要时间节点告诉我们的情节挪移…… 356

第二节 全书时间上"真事隐、假语存"的六大事
例 …… 357

一、平郡王纳尔苏与福彭考 …… 358

（一）作者以"假话"第85回北静王生日，隐写"真事"平郡王纳
尔苏九月十一生日 …… 358

（二）作者以"假话"第14回路谒北静王，隐写"真事"姑姑曹佳
丧礼中初见未来的平郡王、姑表兄福彭 …… 358

二、平郡王妃曹佳氏考 …… 358

（一）作者以"假话"第18回元妃省亲，隐写"真事"曹佳氏逝世
前一年最后一次省亲 …… 358

（1）《红楼梦》是曹雪芹记自己之事，而非其叔脂砚斋记自己之
事 …… 358

（2）曹雪芹与脂砚斋都看不到康熙南巡，书中所记"元妃省亲"与康熙南巡无关 ……………………………………… 359

（3）书中"元妃省亲"是写平郡王妃曹佳氏生前最后一次回家省亲 …………………………………………………………… 359

（4）第16回"南巡"之批是批凤姐由"省亲"扯上"南巡"，从而证明"省亲"与"南巡"是两件事 …………………… 360

（二）作者以"假话"第13至15回可卿之丧，隐写"真事"北京的平郡王妃曹佳氏之丧 ……………………………… 362

（三）作者以"假话"第86、95、96回元妃薨日、八字、王子腾薨月，隐写"真事"平郡王妃曹佳氏生卒年月 ……… 362

（1）脂砚斋曹頫生于康熙四十二年"癸未"的内证 …… 362

（2）元妃原型平郡王妃曹佳氏生于康熙三十一年壬申、卒于康熙六十一年壬寅的内证 …………………………… 364

（3）元妃原型平郡王妃曹佳氏卒于正月十九的内证 …… 369

三、康熙国葬考 ……………………………………………………… 372

●作者以"假话"第58回贾府上陵为老太妃送葬守灵（宝玉在家留守而未参加），隐写"真事"雍正元年曹家上京为康熙皇帝送葬守灵（作者在家留守而未参加）…………………………… 372

（1）今先将康熙国葬事梳理如下 …………………………… 373

（2）今再将书中贾府为老太妃送灵至陵上然后守灵的事项梳理如下 ……………………………………………… 375

（3）书中以"贾府为老太妃守灵"影写"曹家为康熙守陵"的理由详考如下 ……………………………………… 376

四、"三春"考 ……………………………………………………… 380

●作者以"假话"第13回元春、迎春、探春"三春去后诸芳尽"，隐写"真事"曹家历经三代家主曹寅、曹颙、曹頫后便要被抄家 …… 380

（1）"三春"象征曹家曹寅、曹颙、曹頫三代家主的三段繁华 ……………………………………………………… 380

（2）全书以"三秋"对"三春"之旨 ………………………… 383

（3）全书以"原应叹息"寓全书"红颜薄命"之旨 ……… 384

（4）作者笔下"春夏秋冬"的四季象征 …………………… 385

五、元妃年寿考 ………………………………………………… 386

●作者以第5回"假话"即元妃判词"二十年来辨是非"，隐写"真事"曹寅任江宁织造二十一年；以第95回"假话"元妃年寿，隐写"真事"曹寅踏入仕途至曹家被抄共四十三年 …………………………… 386

（1）作者以元妃判词"二十年来辨是非"来影写曹寅任江宁织造的年数 ……………………………………………… 386

（2）作者改大元妃年寿十二岁，隐写曹寅以来三代江宁织造的为官年数 ……………………………………………… 388

（3）"榴花开处照宫闱"隐写曹佳氏秋天入京完婚事 ……… 388

六、贾母年寿考 ·· 389

● 作者以"假话"贾母年寿八十三岁，隐写"真事"曹家从清朝入
　关到抄家共八十三年 ·· 389

（1）第71回贾母"八旬之庆"是八十岁而非七十岁或七十九岁
　　的判定 ·· 389

（2）第71回贾母"八旬之庆"是假话，真话便是贾母其年七十
　　岁的判定 ·· 391

（3）改大贾母年寿十岁，隐写曹家起家至抄家年数的判定 ····· 393

（4）结论 ·· 394

第三节　四大红学难点考 ·· 395

一、宝玉生日及曹雪芹八字考 ···································· 395

（一）详考第63回贾敬亡于四月廿七，从而确定宝玉生日为四月廿
　　六 ·· 395

（1）贾敬死日最早只可能是四月廿七而不可能是四月廿六的判
　　定 ·· 395

（2）贾敬死日最晚只可能是四月廿七而不可能是四月廿八的判
　　定 ·· 396

（3）贾敬死日只可能是四月廿七，贾敬不可能死于四月廿八的详
　　论 ·· 398

（4）曹雪芹的生辰八字"乙未年、辛巳月、辛卯日、乙未时"的
　　考定 ·· 399

（5）曹雪芹出生于"未时"的内证 ····························· 400

（6）曹雪芹出生于"四月廿六"的内证 ························· 401

（二）宝玉生日为四月廿六，有"天气已炎热"这一方面的证明··· 402

（三）由第1回庙会考明：宝玉生日为南京钟山神蒋子文的生日四
　　月廿六 ·· 404

二、第64、67回为曹雪芹所著原稿且无脂批考 ················· 408

（一）诸本第64、67回的差异 ································· 408

（1）第67回前半回当是同一人所作的繁简两稿 ··············· 409

（2）第67回后半回当是同一人所作的推倒重来的两稿 ········· 410

（3）结论：第67回程高本是较早稿，脂本是改定稿 ··········· 411

（二）第64、67回无脂批考 ···································· 411

（1）由第67、68、69回无脂批，可证第64回之批非脂批 ····· 412

（2）第64回第一条"子才切"批语非脂批的判定 ··············· 413

（3）第64回第二条批语所谓的"十独吟" ····················· 413

（三）探寻第64、67回何以空缺的原因，从而证明第64、67回为
　　曹雪芹原稿 ·· 417

（四）第64、67回靖本之批当是伪造 ························· 420

三、贾赦与贾敬为同一人考 ······························· 422
　　（1）"贾珍是贾赦子、贾琏是贾敬子、贾赦即贾敬"的判定 ····· 422
　　（2）"贾珍是贾赦（贾敬）长子、贾琏是贾赦（贾敬）次子"的
　　　　判定 ··· 423
　　（3）贾敬无妻、贾赦无生日，两者正可互补 ··············· 424
　　（4）贾赦庶出考 ··· 425
　　（5）贾赦院实属宁府；贾敬在宁府无有居所，书中也无其情节描
　　　　写 ··· 426
　　（6）第5回秦可卿命运词曲的真义——贾府抄家全是"宁府"贾
　　　　赦、贾珍、贾琏父子三人所致 ······················· 428
　　（7）书中把贾敬写成无妻、无房、无情节的"贾赦影子"的原因··· 430
　　（8）书中"宁国府"那一枝其实是"移花接木" ··········· 431
四、王熙凤生父考及凤姐不淫考 ························· 434
　　（一）王熙凤是王子腾、王子胜大哥之女 ················· 434
　　（二）王熙凤从小当作男孩养大 ························· 436
　　（三）王熙凤生长于富家居然不识字 ····················· 436
　　（四）凤姐得病在于一夜未免，用心过度 ················· 437
　　（五）王熙凤贞洁不淫考，以剔除历来批者对王熙凤情节的性联
　　　　想 ··· 437
　　（1）第6回凤姐与贾蓉并无暧昧情状 ··················· 437
　　（2）众批者由第12回凤姐语所作的淫欲联想 ··········· 439
　　（3）第15回以后，凤姐毫无淫欲方面的情状 ··········· 441
　　（4）唯一令脂砚斋不安而删去的所谓凤姐与贾蓉"暧昧"情状之
　　　　文 ··· 442
　　（5）周瑞老婆与何三奸情的荒谬 ······················· 443
　　（6）凤姐只是财迷，是封建礼教（妇德）教育出来的不淫的大家
　　　　闺秀 ··· 444

第四章　《红楼梦》"梦幻写实"主义的创作风格 ·········· 447

一、《红楼梦》"梦幻写实主义"风格源于对梦境的模仿········· 447
（一）《红楼梦》荒诞错乱、扭曲变形的时间风格 ········· 447
（二）全书"空间存真、时间梦幻"的风格，同样源于对梦境的借鉴 ·········· 448
（三）曹雪芹"梦幻主义"的创作手法，是对汤显祖《临川四梦》"情之所有而理之所无"主旨的实践 ·········· 449
　●图：最简单的不可能之图 ·········· 450
　●图：稍微复杂的不可能之图 ·········· 450
（四）作者用他的创作实践来证明小说与梦境本质相通 ·········· 451
二、全书"空间存真、时间梦幻"的风格 ·········· 452
（一）作者"无意于时间上不伪、而有意于空间上存真"的内证··· 452
（二）全书时间上的梦幻风格是作者豪放个性使然 ·········· 453
（三）作者创作时的"梦幻虚构"主要体现在时间、人物、情节的艺术整合 ·········· 454
（四）《红楼梦》时间不可细考而空间真实可考 ·········· 454
三、全书以"时间错乱"、"人物嫁接"、"空间挪移"为代表的"梦幻主义"风格 ·········· 455
（一）为了主旨需要，作品的时序可以颠倒 ·········· 456
（二）为了创作主旨需要，情节可以挪移 ·········· 459
（三）为了情节需要，时空可以挪移 ·········· 460
　（1）为了情节需要，可以任意编排空间 ·········· 460
　（2）为了情节需要，可以任意编排时间 ·········· 461
（四）创作时两种时间体系无法协调统一所导致的时间错乱 ·········· 463
（五）作者某些笔误或容易引起歧义的时间表述导致的时间错乱··· 464
（六）"人物性格静止，有违时间迁变"的矛盾，也是《红楼梦》时间上的一大荒诞风格 ·········· 465
（七）《红楼梦》时间上的梦幻主义手法的艺术高度 ·········· 467
（八）《红楼梦》人物上的梦幻嫁接 ·········· 467
（九）总结：《红楼梦》是自传性很强的小说，还是小说性很强的自传？ ·········· 468

●本书凡例：

①凡引脂批时，"侧"指侧批，"眉"指眉批，"夹"指夹批。

②《红楼梦》诸本简称：甲戌本简称"甲"，己卯本简称"己"，庚辰本简称"庚"，戚蓼生序本简称"戚"，蒙王府本简称"蒙"，列宁格勒藏本简称"列"，甲辰本仍称作"甲辰本"，舒元炜序本简称"舒"，杨继振藏红楼梦稿本简称"梦稿本"，郑振铎藏本简称"郑"。程伟元、高鹗之本简称"程本"或"程高本"，细分则为"程甲本"、"程乙本"。

③《红楼梦》前八十回正文基本上以"庚辰本"为主，其回目则有"甲戌本"者用"甲戌本"回目，无"甲戌本"则用"庚辰本"回目，第64、67回用"己卯本"抄配的回目。后四十回正文以程甲本为主，程乙本有重要异文则出校，其回目则据程甲本。

④笔者以文献学的方法来研究，凡一字一句皆求信而有征、有据可查，故会大量征引《红楼梦》及其他相关典籍的原文。凡引他书或他人文字者用楷体，凡引号中用宋体者乃笔者行文或用自己的话语来复述原书。

⑤书中凡标★者皆是后四十回与前八十回相合者，可以用来证明后四十回为曹雪芹所著，今将其页码汇列如下（括号内数字表示该页★的个数，括号内"注"字表示★出现在该页脚注中）：33、64、77、82、85、86、90、99、102、113、127、135、140、143、146、148、149、153、154、156、157、158、162、164、167、168、169（2）、172、174、177、180、183（2）、184、185、189、192、198、205、207（2）、210、211（2）、215、220、221、223、224、226、227、229、231、237、238、292、294、295、303、308、310、311、320（注）、330、335（2）、345、348、367、381、384、385、388、389、394（2）、424（2）、427、431、459。

⑥书中或曰"影射"，或曰"影写"，或曰"隐写"，其含义差不多。

⑦书中所言"抄家时十四岁人生"是指作者从出生到抄家这十四岁人生。其生于康熙五十四年，抄家于雍正六年，抄家时正好十四岁。

⑧书中所言的"圆结于常州"之"圆结"指圆满结束、圆满完结于常州之意。

⑨"芦雪广"即"芦雪庵"，两者皆可，本书讨论时常混写不分。

⑩本书所言某年某月某日某时的阴历、阳历、二十四节气，均见网上的"万年历"网站：http://www.china95.net/wnl/wnl_3000_2.htm。

第一章 《红楼梦》时间序列详排

本章详排《红楼梦》的叙事时间，考证清楚《红楼梦》每一回的时间，揭示后四十回与前八十回，在时间上是同一个人所作的艺术整体，从而证明"后四十回是曹雪芹所著、而非高鹗或其他无名氏所续"的结论。其中最有力的证据，便是第 85 回二月到第 87 回九月的"大变天"。

本书另辟蹊径，通过时间来让《红楼梦》前八十回与后四十回"破镜重圆"，此项研究堪称是"时间《梦》圆录"。相应地，上一部书通过空间来达成此目的，堪称是"空间《梦》圆录"。

第一节 《红楼梦》时间考的原则

考证《红楼梦》时间应注意的原则性问题有以下几点：

1. 书中叙述的前后两件事，在时间上未必有先后关系

书中叙述的一先一后两件事，在时间上，后事未必后于先事。一般情况下，后事后于先事，但有"花开两朵、各表一枝"的情况存在，而"花开两朵、各表一枝"的语句在书中常不点明，所以书中所叙后事可以和先事平行发展，其时间关系不能简单地定为"后事发端于先事之后"，两者时间上的先后关系，当作辨证分析。而且，后事也可能是插叙、倒叙，其时间反而在先事之前。

2. "前天、昨天、今天、明天、后天"这五个词可以泛指"此前、如今、此后"的不定之日

上述五个词特指某一天时，可以确定是"前天、昨天、今天、明天、后天"这五天。但上述五个词也可以用来泛指："今天"可以泛指如今这段时间，而非今天这一天；"昨天、前天"可以泛指此前某一天，而未必就指今天的前一天、前两天；"明天、后天"可以泛指此后的某一天，而未必就指今天的后一天、后两天。这有古人的先例可循，即《南史·王僧孺传》："昨日皁细，今日便成士流"，所说的"今日、昨日"均非特指今天及今天的前一天，而是泛指，即："今日"泛指现在，"昨日"泛指过去、此前。

同理，《红楼梦》第31回宝玉责备晴雯："明日你自己当家立业，难道也是这么顾前不顾后的？"此"明日"便是泛指不远的将来，而非特指今天的后一天。

正因为此，第26回薛蟠说："只因明儿五月初三日是我的生日"，而其下回即第27回却说："至次日乃是四月二十六日"，第29回又说："过了一日，至初三日，乃是薛蟠生日"，可证第26回所说的"明儿"泛指过后几天，并非特指今天的明天。

同理，第2回"冷子兴演说荣国府"时说："第二胎生了一位小姐，生在大年初一，这就奇了；不想次年又生一位公子，……就取名叫作宝玉。"甲戌本、己卯本、庚辰本等脂本皆作"次年"，程甲本亦同。而元春显然要比宝玉大十几岁，所以戚序本、舒序本改"次年"为"后来"，程乙本则改作"不想隔了十几年，又生了一位公子"。其实这"次年"同"明日"一样泛指将来，作"次年"并不误；诸本所改虽然不错，但已非作者原文。

同理，作者会用时间上的俗语来泛指，而并不指其字面上的含义。如第19回正月里黛玉笑道："冬寒十月，谁带什么香呢？"庚辰本于"冬寒十月"四字下加侧批："口头语，指在春冷之时。"即黛玉"冬寒十月"是用成语泛指寒冷之月，并非指现在乃寒冬十月。据本章第三节的时间推排，黛玉说这话时实为寒冷的正月十七。书中"明儿""昨儿"等词，有时也当如此看待，用的是其泛指意，而不用其字面意。

3. 作者叙事时，笔下既能"密不透风"，又能"疏可走马"

《红楼梦》全书的叙事时间基本上都"密不透风"，但偶尔也会"疏可走马"。

如第5回贾宝玉游历"太虚幻境"是在"梅花盛开"的初春，而第6回刘姥姥却是"秋尽冬初"之际来贾府"打秋丰"，一回之隔便从早春写到了初冬。

又如第9回宝玉上的是冬学，而下来写的闹学却已是秋天，因为书中写明闹学后的第四天便是贾敬的生日而"菊花盛开"，一回之内便由冬写到秋，时间跨度令人惊诧。

以上都是书中叙事时间大幅跳跃而"疏可走马"的显例。其实据我们研究，作者最初也是"密不透风"，后来因为要增年，故意把原来一年四季之事拆为数年来写，从而导致这种一笔由春天写到秋天的"疏可走马"的情形出现。

4. 作者借鉴梦的机理，叙事时序不光可以大幅跳跃，更可以荒诞而颠倒错乱

作者利用书名"梦"字来标榜其"梦幻主义"的创作手法，充分借鉴梦的思维机理来进行小说创作。

梦是跳跃的，所以作者也就像梦那般，在时间上跳跃着来写。如：第12回

林黛玉年底下扬州不久的第 13 回秦可卿亡故。就在秦可卿丧事的"五七正五日上"，却传来林如海"亡于九月初三"的讣告，意味着此时是九月，这显然很荒唐。

这一"疏可走马"的荒唐破绽，其实原稿本来就写秦可卿死在八月中秋，后来改在冬底，作者故意留下原稿中林如海"亡于九月初三"这一情节，旨在保存原稿记录的家事原型的真相，同时也可以借此来标榜自己创作时充分借鉴"梦"的思维机理，把书中情节写成一种"梦幻式"的荒诞存在，即：梦境不光可以跳跃，更可以错综颠倒、时序错乱。

5. 作者非常重视生日和节日

《红楼梦》主要描写家庭琐事，而家庭生活中重要的事件莫过于生日和节日。相比生日而言，过年、元宵、中秋这三大节令更为重要。全书在时间上，基本是以诸人的生日和这三大节日作为高潮，从而跌宕起伏地铺排情节。

正因为过年比生日更重要，而书中对生日又非常重视，所以书中对过年应当更加重视：全书在叙事时，肯定要以描写"过年"节庆的方式，交代清楚每一年的更替。

书中凡是明写过年，以及虽然没有写到过年，但至少会提一下"要过年"或"已过年"，像这样的年份，便是作者所写的自己人生中真实存在过的一年；凡是书中没有明文提到过年，需要通过上下文的季节描写来推断已过一年者（比如前回是秋，下回乃春，便可判定已过一年），像这样的年份，便是作者小说创作时，在自己人生真实年岁的基础上虚加出来的小说之年。作者在"披阅十载、增删五次"的过程中，会在原稿自己人生的某个"实年"中，加上一两句"冬去春来"这种季节更替语，从而把这个"实年"拆成两三个虚年。

总之，"年"很重要，唯有真正写到"过年"的年份，才是《红楼梦》最初稿所影写的作者自己人生中的真实之年；凡是没有写到"过年"的年份，都是作者在改稿中，把"自己人生之岁"拆为"小说故事之年"时，虚加出来的年。本书"第二章、第二节"对此会做详尽的讨论。

6. 古人计年岁都用虚岁

古人何以不用实足周岁、而用虚岁来计年？

这是因为实足计岁时，要纠缠生日份份而"因月而异"，计算起来不能做到整齐划一。比如甲是 2000 年 2 月份出生，乙是 2001 年 5 月份出生，在 2007 年 3 月份问甲乙两人的年龄，若言周岁，则甲为 7 周岁 1 个月，乙为 5 周岁 10 个月；到 6 月份再问时，则甲为 7 周岁 4 个月，而乙又变成了 6 周岁 1 个月，同一年中的年龄也会有一岁之差。即实足周岁要看是否过了生日月份来确定，所以计算时不很方便。

如果以虚岁来计算的话，出生时就算一岁，过一年（即每到 1 月份）便长大一岁，则其计算岁数时，便可以只看年而不管月，只需年份相减后加一即可。比如上例中，2007 年不管哪个月问，甲都是 8 岁，乙都是 7 岁，口径统一而计算容易。

正因为此，古人都以虚岁来计算年龄和纪年。所以下文详排《红楼梦》时间序列时，也遵从古人用虚岁计年的习惯，不用管其出生月份。于是：红楼元年宝玉为一岁，红楼二年为宝玉二岁，红楼某年就是宝玉某岁。

第二节 贾府中的一天考

研究全书时间，首先要涉及《红楼梦》一天生活起居的细节研究。

一、中国古代的时辰

古人把一昼夜分为"夜半、鸡鸣、平旦、日出、食时、隅中、日中、日昳、晡时、日入、黄昏、人定"十二个时辰，分别用"子丑寅卯、辰巳午未、申酉戌亥"十二个地支来表示。

子时为深夜 11 点到凌晨 1 点，以 0 点为子时正中，前半称"子初"，后半称"子正"。此为"夜半"之时，古人称为"子夜"。古人又把夜晚平分为五个时段，每段一个时辰即两个小时，用更鼓打更报时，称"五更、五鼓、五夜"，此为"三更"（第三个更），因在半夜，故称"三更半夜"。

丑时为 1 点到 3 点，以 1 点为丑初，2 点为丑正。此为"鸡鸣、四更"。

寅时为 3 点到 5 点，以 3 点为寅初，4 点为寅正。此为"平旦、五更"。

卯时为 5 点到 7 点，以 5 点为卯初，6 点为卯正。此为"日出"。古人在卯时上班点名报到，故称"点卯"。古代因无电灯而没有什么夜生活，"日落而息、日出而作"，与太阳同步，早睡早起。

辰时为 7 点到 9 点，以 7 点为辰初，8 点为辰正。此为"食时"，乃吃早饭的时间。

巳时为 9 点到 11 点，以 9 点为巳初，10 点为巳正。此为"隅中"。

午时为 11 点到下午 1 点，以 11 点为午初，正午 12 点为午正。此为"日中"。

未时为下午 1 点到 3 点，以下午 1 点为未初，2 点为未正。此为"日昳"（昳，音"迭"，指太阳偏西）。

申时为下午 3 点到 5 点，以 3 点为申初，4 点为申正。此为"晡时"，乃吃晚饭的时间。之所以要吃得这么早，便是因为古代没有电灯、没有什么夜生活、需要早睡的原故。

又：古人正午时分的午饭提前在辰时吃，称为"早饭"，然后申时吃"晚饭"，至于一大早刚起床吃的是点心而非饭，故称"早膳"、不称"早饭"。由于古人一天只吃两顿饭（即两顿正餐，早膳不算正餐），所以古人实行的是"两餐制"。其名为"两餐"，其实仍是三顿，只不过"早膳"那一顿不算正餐罢了。

酉时为下午 5 点到 7 点，以 5 点为酉初，6 点为酉正。此为"日入"。

戌时为晚上 7 点到 9 点，以 7 点为戌初，8 点为戌正。此为"黄昏、一更"。

亥时为晚上 9 点到 11 点，以 9 点为亥初，10 点为亥正。此为"人定、二更"。

二、贾府一天的起居规律①

凤姐是贾府中最忙碌的人，她的生活起居极有规律，可以代表贾府的通例，这一通例便是第14回凤姐自己说的："素日跟我的人，随身自有钟表，不论大小事，我是皆有一定的时辰。横竖你们上房里也有时辰钟。卯正二刻我来点卯，巳正吃早饭，凡有领牌回事的，只在午初刻，戌初烧过黄昏纸，我亲到各处查一遍，回来上夜的交明钥匙。第二日还是卯正二刻过来。说不得咱们大家辛苦这几日，事完，你们家大爷自然赏你们。"

（一）王熙凤寅正（4点）起床、吃早膳

第14回："这日正五七正五日上，……十分热闹。那凤姐必知今日人客不少，在家中歇宿一夜，至寅正，平儿便请起来梳洗。及收拾完备，更衣、盥手，吃了两口奶子糖粳粥，漱口已毕，已是卯正二刻了。来旺媳妇率领诸人伺候已久。凤姐出至厅前，上了车，前面打了一对明角灯，大书'荣国府'三个大字，款款来至宁府。"

可见凤姐是"寅正（4点整）"起床。梳洗打扮当要一个时辰，下来吃完早膳"奶子糖粳粥"，已是"卯正二刻"即6点半，该到宁府去"点卯"上班了。

这是贾府大忙人凤姐如此，贾府其他没职事的人自然不用起这么早，在天亮的"卯初"、"卯正"时分起床便可。

（二）卯正二刻"点卯"报到

上引第14回凤姐亲口说：贾府是卯正二刻（即6点半前）"点卯"领牌，然后午初刻（即午初一刻，11点15分前），早晨领牌去办事的人员前来回报事情办得怎么样

"卯正二刻"即6点15分至30分，这是贾府所有工作人员"点卯"报到的时间。诸位办事人员应当在6点之前起床并吃完早膳。这应当是贾府常例，因为第55回凤姐生病后，由探春、李纨、宝钗三人共同主持大观园，这时书中也写："如今她二人每日卯正至此，午正方散。凡一应执事媳妇等来往回话者，络绎不绝。"

第14回又言：众人"一时登记交牌。秦钟因笑道：'你们两府里都是这牌，倘或别人私弄一个，支了银子跑了，怎样？'凤姐笑道：'依你说，都没王法了！'宝玉道：'怎么咱们家没人领牌子做东西？'凤姐道：'人家来领的时候，你还做梦呢！'"凤姐是在宁府理事，宝玉说的"咱们家"便是荣府，这便证明宁、荣二府都是"卯正二刻（6点半前）点卯"，其时主子们（如宝玉）尚未起床。

（三）凤姐"巳正"即10点整吃早饭

第6回"刘姥姥一进荣国府"："刘姥姥只听见'咯当'、'咯当'的响声，

---

① 本节"二"与下节"三"参考《红楼梦中的两餐制》，见：
https://tieba.baidu.com/p/3058571271?red_tag=2007137830。

大有似乎打箩柜筛面的一般，不免东瞧西望的。忽见堂屋中柱子上挂着一个匣子，底下又坠着一个秤砣般一物，却不住的乱幌。刘姥姥心中想着：'这是什么爱物儿？有甚用呢？'正呆时，只听得'当'的一声，又若金钟、铜磬一般，不防倒唬的一展眼。接着又是一连八九下。（甲夹：细！是巳时。）方欲问时，只见小丫头子们齐乱跑说：'奶奶下来了。'听得那边说了声'摆饭'，渐渐的人才散出，只有伺候端菜的几人。"借助画线的脂批，便可知晓凤姐是在"巳正"10点整吃早饭，这应当也是贾府的常例。

刘姥姥是在"巳正"（10点整）凤姐回房吃饭之前，先来周瑞家看望，周瑞家的（即周瑞老婆）便让小丫头去打听凤姐行踪，两人正"说着，只见小丫头回来说：'老太太屋里已摆完了饭了，二奶奶在太太屋里呢。'周瑞家的听了，连忙起身，催着刘姥姥说：'快走，快走。这一下来，她吃饭是个空子，咱们先赶着去。若迟一步，回事的人也多了，难说话。再歇了中觉，越发没了时候了。'"

于是两人来凤姐处，"先到了倒厅，周瑞家的将刘姥姥安插在那里略等一等。自己先过了影壁，进了院门，知凤姐未下来，先找着凤姐的一个心腹通房大丫头名唤平儿的。"周瑞家的先通报平儿，平儿让姥姥到凤姐正房东边的屋里等凤姐下来，"周瑞家的听了，方出去引她两个进入院来。上了正房台矶，小丫头打起猩红毡帘，才入堂屋，……于是来至东边这间屋内，乃是贾琏的女儿大姐儿睡觉之所。"可见凤姐正房中间为客堂，西侧屋是凤姐和贾琏两人的卧房，东侧屋是大姐儿的卧室。

刘姥姥刚在大姐儿房里坐下，便听到上文所描写的"自鸣钟"敲了10下而报"巳"时（见上引画线部分的脂批"是巳时"）。这西洋"自鸣钟"当与现代钟表一样是24小时制[1]，"巳正"是十点要敲十下。书中称先是"'当'的一声"，然后又敲了"八九下"（实为九下），正是敲十下的"巳正十点"的描写。

刘姥姥随周瑞老婆，由周瑞家到凤姐院，不过两三分钟的路；禀告平儿，平儿让其入东侧屋坐下，也不过两三分钟的时间，然后便听到报时10点整；可证刘姥姥离开周瑞家时，约在9点50分左右，其时"老太太（贾母）屋里已摆完了饭了，二奶奶在太太（王夫人）屋里呢"；而凤姐10点整便摆完王夫人处的饭回来了，可证摆饭需要10～15分钟的时间，今从宽起见，暂定为一刻钟。

由此可见：凤姐不管再忙，都要陪同王夫人在"巳正十点"前两刻钟（即9点半），到贾母处亲自为贾母摆饭；如果凤姐、王夫人不在贾母处用饭，便又要在"巳正十点"前的一刻钟（即9点三刻），再陪王夫人回王夫人房，亲自为王夫人摆饭。如果凤姐不在王夫人处用饭，便又要在"巳正十点"时回到自己房内用饭。

上文周瑞家的说："她吃饭是个空子，咱们先赶着去。若迟一步，回事的人也多了，难说话。再歇了中觉，越发没了时候了。"而"巳正"凤姐吃过早饭[2]后，当已过了10点半，不一会儿便是"午初刻"（11点整），正是上引凤姐所说的

---

[1] 而非12时辰制。
[2] 《红楼梦》实行"两餐制"，"巳时"的早饭就是午饭。"卯时"的早餐无饭，不算正餐，称作"早膳"。

应付"领牌回事"者的时间。此时凤姐要聆听"点卯"时领牌之人回来向其汇报办事情况，处理日常家务。

所以第6回接着写：凤姐吃完饭后，命人叫来刘姥姥，并"叫人抓些果子与板儿吃，刚问些闲话时，就有家下许多媳妇管事的来回话。（甲侧：不落空家务事，却不实写。妙极！妙极！）平儿回了"，"平儿回了"是指平儿进屋来回禀凤姐说："有领牌的人前来回事了。"这时凤姐说："我这里陪客呢，晚上再来回。若有很要紧的，你就带进来现办。"平儿于是出去代凤姐应答，不一会儿进来汇报说："我都问了，没什么紧事，我就叫她们散了。"

刘姥姥正要述苦、告贷，这时贾蓉又前来央求凤姐帮忙，原来是宁国府贾珍向凤姐借"那架玻璃炕屏"。

由领牌者回话、贾蓉前来办事这两段描写，可证凤姐的确是"巳正十点吃饭"、而"午初一刻办公处理家事"，这就印证上面凤姐所说的"凡有领牌回事的，只在午初刻"，而第55回探春、李纨管家时"每日卯正至此，午正方散"[1]，则进一步交代清楚这是贾府的常例。

（四）正午时分睡觉

上文周瑞家的说："再歇了中觉，越发没了时候了。"可证凤姐午初一刻（11点15分前）处理完家务后，便是"歇中觉"的午睡时间。[2]

由于凤姐处理家务后，又留刘姥姥吃了顿中午饭，这顿饭吃完肯定需要一刻钟时间，然后凤姐赏了刘姥姥银子，刘姥姥千恩万谢地在周瑞家的引导下离开凤姐院，这时才到凤姐午睡时间，据此推算，凤姐当是在午初三刻（11点45分）或午正那一刻（12点）睡的午觉。这与上引第55回探春、李纨管家时"午正方散"也吻合，指明贾府主子是午正（12点）各自回房睡午觉。

午睡不光是凤姐等人的习惯，更当是贾府所有主子们的习惯，因为第30回："谁知目今盛暑之时，又当早饭已过，各处主仆人等多半都因日长神倦之时，宝玉背着手，到一处，一处鸦雀无闻。从贾母这里出来，往西[3]走过了穿堂，便是凤姐的院落。到她们院门前，只见院门掩着。知道凤姐素日的规矩，<u>每到天热，午间要歇一个时辰的</u>，进去不便，遂进角门，来到王夫人上房内。只见几个丫头子手里拿着针线，却打盹儿呢。王夫人在里间凉榻上睡着，金钏儿坐在旁边捶腿，也乜斜着眼乱恍。"其实凤姐不光"每到天热"才在"午间要歇一个时辰的"，第6回刘姥姥来时的晚秋天气也是如此，只不过天热会少睡一点而"歇一个时辰"，即睡两个小时（大约从12点到下午2点）；如果天冷的话，可能还要再延长一刻钟，即睡到下午两点多再起来。（之所以要睡这么长时间，可能还

---

① 指午初一刻听完回事者的话后，大家再坐坐，到午正时解散，探春、李纨等主子回房午睡。

② 这就是古人的养生之道——"子午觉"。即每天子时和午时要按时入睡，"子时大睡，午时小憩"。

③ 西，当作"东"，这是曹雪芹对空间作"东西相反"的镜像处理时，唯一忘改的一处笔误。在现实原型中，"凤姐院"的确在"贾母院"之"西"，但作品中的贾府是现实原型"东西相反"的镜像，故当作"东"为是。

有一个缘故，就是要把女人们醒来后的梳妆打扮时间也给考虑进去。若以梳妆打扮半小时计的话，其睡眠也就一个半小时而已。）

第6回写周瑞家的领刘姥姥离开凤姐屋后，"二人说着，又到周瑞家坐了片时"，然后第7回："话说周瑞家的送了刘姥姥去后，便上来回王夫人话，谁知王夫人不在上房，问丫鬟们时，方知往薛姨妈那边闲话去了。"由于王夫人也要睡午觉，周瑞家的肯定会在王夫人睡醒后的下午两点左右来看望王夫人，汇报自己接待王家亲戚刘姥姥的事情。

此时王夫人早已起身前往"梨香院"的薛姨妈处去了，于是周瑞家的便来到"梨香院"找王夫人回话，看到王夫人正和薛姨妈说着话，便先到宝钗处坐下，听宝钗说起"冷香丸"的事，估计也就一刻钟的工夫。"周瑞家的还欲说话时，忽听王夫人问：（蒙侧：了结得齐整。）'是谁在里头？'周瑞家的忙出去答应了，趁便回了刘姥姥之事。略待半刻，见王夫人无话，方欲退出"，这时薛姨妈说："宝钗不喜簪花"，于是让周瑞家的带十二枝宫花给姑娘们："昨儿要送去，偏又忘了。你今儿来的巧，就带了去罢。你家的三位姑娘，每人两枝，下剩六枝，送林姑娘两枝，那四枝给了凤哥儿罢。"

于是周瑞家的顺路，先到王夫人上房后面"三间小抱厦内居住"的迎、探、惜三姐妹处，送了六枝花。在惜春处，周瑞家的"又和智能儿唠叨了一回，便往凤姐处来"。

到凤姐院后，她才走入正房堂屋，便被丰儿摇手止住。这时书中写道：周瑞家的"走至堂屋，只见小丫头丰儿坐在凤姐房门槛上①，见周瑞家的来了，连忙（甲侧：二字着紧。）摆手儿，叫她往东屋里去。周瑞家的会意，慌的蹑手蹑脚的往东边房里来，只见奶子正拍着大姐儿睡觉呢②。周瑞家的悄问奶子道：'奶奶睡中觉呢？也该请醒了。'奶子摇头儿③。（甲侧：有神理。）正问着，只听那边一阵笑声，却有贾琏的声音。接着房门响处，平儿拿着大铜盆出来，叫丰儿舀水进去。平儿便进这边来，一见了周瑞家的便问：'你老人家又跑了来作什么？'"于是周瑞家的让她拿四枝花进去，"半刻工夫，手里又拿出两枝来，先叫彩明来，吩咐他：'送到那边府里，给小蓉大奶奶戴去。'次后方命周瑞家的回去道谢。"

上文已推得凤姐当在中午12点到下午2点之间"睡中觉"、"午间要歇一个时辰的"，王夫人当然也是如此。所以第6回周瑞家的和刘姥姥坐了"片时"其实是一个时辰，即等到王夫人快睡醒时才结束谈话、送走刘姥姥。这时周瑞家的来向王夫人汇报，先在宝钗房说了一刻钟的话，又到王夫人跟前听了半刻钟的话，这时薛姨妈吩咐她带宫花又是半刻，走到惜春处"唠叨了一回"不妨也用闲话一刻钟来计算，然后再到凤姐院，这时比正常的起床时间（即她前往

---

① 此言明丰儿坐在正堂堂屋内通往东侧凤姐卧房的门槛上，其房门显然是关闭的。
② 前已言东屋是凤姐女儿与平儿的房。
③ 其摇头是指凤姐和贾琏不在睡午觉，而是白昼行房事（古谓"宣淫"），这事任何人都难以启齿，所以奶子便用摇头来否定周瑞家的"尚未睡醒"的猜测。

王夫人处回话的时候）已经晚了两到三刻钟，平时凤姐早该起来了，今天尚未开门起来，所以周瑞家的感到奇怪而问奶妈："奶奶睡中觉呢？也该请醒了。"不知凤姐今天是睡醒后与贾琏行房事行了两到三刻钟。

（五）下午处理事务

凤姐午睡后自然还是处理事务，即第3回黛玉下午入贾府后，在贾母房中才说了几句话，便"一语未了，只听后院中有人笑声，说：'我来迟了，不曾迎接远客！'"这便是凤姐出场。

凤姐之所以"来迟"，下文"二舅母"王夫人①问凤姐话时，便交代清楚了，即"熙凤道：'月钱已放完了。才刚带人到后楼上找缎子，找了这半日，也并没有见昨日太太说的那样的。（甲侧：却是日用家常实事。）想是太太记错了？'"

这说明凤姐"未正"（下午两点）午觉睡醒后的日常工作，便是处理王夫人亲自交办的事务（当然，有些事是贾母交代王夫人、而王夫人再交代凤姐办的）。凡是王夫人交办的事，无论大小，凤姐都要亲自处理。

（六）酉初时分当吃晚饭

贾府何时吃晚饭？书中未有明言。

上引凤姐说："戌初烧过黄昏纸，我亲到各处查一遍，回来上夜的交明钥匙。"这是说日落黄昏时分，要在秦可卿灵前烧纸钱。这虽然说的是秦可卿丧事期间的事，但这事肯定会和每天日常的作息规律切合起来，故知"戌初"前肯定吃过了晚饭。

"戌初"即戌初一刻（晚上7点一刻），是晚上回话之时，即第6回凤姐对管事媳妇们所说的"我这里陪客呢，晚上再来回"的时刻，也即凤姐对贾蓉说的"晚饭后你来再说罢"的时刻。总之，凤姐在晚饭后的戌初时刻最后一次处理家务。故晚饭当在酉时及酉时之前为是。

第3回黛玉在王夫人房说话时，"只见一个丫鬟来回：'老太太那里传晚饭了。'"于是王夫人带黛玉走后院，入了"贾母院"的后院门："进入后房门，已有多人在此伺候，见王夫人来了，方安设桌椅。（甲侧：不是待王夫人用膳，是恐使王夫人有失侍膳之礼耳。）贾珠之妻李氏捧饭，熙凤安箸，王夫人进羹。"午饭时的规矩应当也和这一样，即本房子媳王夫人端汤，本房长孙媳妇李纨端饭，王熙凤则是另一房的孙媳，要放筷；所以王熙凤每天吃自己的中午饭之前，都要先到"贾母房"侍候。

第71回："这几日，尤氏晚间也不回那府里去，白日间待客，晚间在园内李氏房中歇宿。这日晚间伏侍过贾母晚饭后，贾母因说：'你们也乏了，我也乏了，早些寻一点子吃的歇歇去。明儿还要起早闹呢。'尤氏答应着退了出来，到凤姐儿房里来吃饭。尤氏问：'你们奶奶吃了饭了没有？'平儿笑道：'吃饭岂

―――――――――――――――――――――
① 此回皆以黛玉视角来叙述，故称王夫人为"二舅母"。

不请奶奶去的？’”由于尚未请，可见尚未吃。以上两条记载也都没有言明吃晚饭的时辰。

今据第18回太监来传元妃行踪时说："酉初刻（下午5点一刻）进太明宫领宴、看灯"，可见皇宫是五点一刻吃晚饭（"领宴"），这应当是天下通例，故贾府的晚饭时间应当也在"酉初刻"（5点一刻）。

这是因为：古代没有电灯，天黑即睡，一大早五六点钟便要起床。早晨起来吃的是早膳，全是粥汤点心，由于没饭而不耐饥，故9点多太阳达到天空东南角位置时，便要吃早饭。由于早饭吃得早，所以晚饭也就相应要在下午四五点钟时吃，吃完后再等两三个小时便准备上床睡觉。正因为天一黑就要睡觉，所以晚饭也就定在下午四五点吃。如果晚上有活动到半夜，由于晚饭吃得早会肚子饿，所以会有供半夜吃的"夜宵"（"宵"即半夜、子夜的意思）。

又民间信仰认为：天神和凡人是早上进食（即午前进食），所以供奉天神饮食的"供天"法会，当在清早举行；中午是佛菩萨进食，所以修行的妙玉要在正午时分吃饭；下午是畜生道的众生进食；晚上戌、亥两个时辰（即7点到11点），是鬼道众生进食的时间。所以贾府的晚饭一定要在戌初（7点）之前吃完。

又后四十回的第84回写："一时吃完了饭，贾母带着她婆媳三人谢过宴。又耽搁了一回，看看已近酉初，不敢羁留，俱各辞了出来。"这是贾母等入宫探望元妃时，元妃留她们在宫中用饭，当在申正（4点）吃，酉初（5点）前告辞。为何比酉初吃晚饭的天下通例要提前？那是因为贾母要赶路回去，所以提前开饭。因此，这一次申正吃的晚饭，并不能代表宫中或贾府日常也如此。

而后四十回的第89回，详细记载了宝玉吃晚饭、早膳、早饭的情形，也写明晚饭是在酉初（5点）吃：

那时已到十月中旬，……袭人道："晚饭预备下了，这会儿吃，还是等一等儿？"宝玉道："我不吃了，心里不舒服。你们吃去罢。"袭人道："那么着，你也该把这件衣服换下来了。那个东西哪里禁得住揉搓？"宝玉道："不用换。"袭人道："倒也不但是娇嫩物儿，你瞧瞧那上头的针线，也不该这么遭塌它呀。"宝玉听了这话，正碰在他心坎儿上，叹了一口气道："那么着，你就收拾起来，给我包好了。我也总不穿它了！"说着，站起来脱下。袭人才过来接时，宝玉已经自己叠起。袭人道："二爷怎么今日这样勤谨起来了？"宝玉也不答言，叠好了，便问："包这个的包袱呢？"麝月连忙递过来，让他自己包好，回头却和袭人挤着眼儿笑。宝玉也不理会，自己坐着，无精打采。猛听架上钟响，自己低头看了看表针，已指到酉初二刻了。一时，小丫头点上灯来，袭人道："你不吃饭，喝一口①粥儿罢，别净饿着。看仔细②饿上虚火来，那又是我们的累赘了。"宝玉摇摇头儿，说："不大饿，强吃了倒不受用。"袭人道："既这么着，就索性早些歇着罢。"

---

① 二字程乙本改作"半碗热"。
② 看仔细，即"当心"的意思。

这是宝玉说自己不想吃晚饭后，脱下晴雯补的"雀金裘"并叠好，也就十来分钟时间。然后宝玉无精打采地坐了一会儿，当也有十来分钟工夫，这时便已到了"酉初二刻"，可证袭人叫他吃晚饭的时间，应当是在"酉初五点整"。故贾府当是"酉初（5点整）"吃晚饭。

然后，书中又写：

> 于是袭人麝月铺设好了，宝玉也就歇下，翻来覆去只睡不着。将及黎明，反朦胧睡去，不一顿饭时，早又醒了。此时袭人、麝月也都起来。袭人道："昨夜听着你翻腾到五更多，我也不敢问你。后来我就睡着了，不知到底你睡着了没有？"宝玉道："也睡了一睡，不知怎么就醒了。"袭人道："你没有什么不受用？"宝玉道："没有，只是心上发烦。"袭人道："今日学房里去不去？"宝玉道："我昨儿已经告了一天假了，今儿我要想园里逛一天，散散心，只是怕冷。你叫她们收拾一间屋子，备下一炉香，搁下纸墨笔砚，你们只管干你们的，我自己静坐半天才好，别叫她们来搅我。"麝月接着道："二爷要静静儿的用工夫，谁敢来搅？"袭人道："这么着很好，也省得着了凉，自己坐坐，心神也不散。"

一顿饭当为两刻钟左右。"十月中旬"时当是 6 点半黎明、天亮，则宝玉于黎明后"不一顿饭"工夫醒来时便是 7 点，即宝玉此日是 7 点左右起床。这时宝玉说要在静室中静坐半天，其实是要祭那补"雀金裘"而死的晴雯，于是袭人问他早饭吃什么：

> 因又问："你既懒怠吃饭，今日吃什么早说，好传给厨房里去。"宝玉道："还是随便罢，不必闹的大惊小怪的。倒是要几个果子搁在那屋里，借点果子香①。"袭人道："哪个屋里好？别的都不大干净，只有晴雯起先住的那一间，因一向无人，还干净。就是清冷些。"宝玉道："不妨，把火盆挪过去就是了。"袭人答应了。

> 正说着，只见一个小丫头端了一个茶盘儿，一个碗，一双牙箸，递给麝月道："这是刚才花姑娘要的，厨房里老婆子送了来了。"麝月接了一看，却是一碗燕窝汤，便问袭人道："这是姐姐要的么？"袭人笑道："昨夜二爷没吃饭，又翻腾了一夜，想来今日早起心里必是发空的，所以我告诉小丫头们，叫厨房里作了这个来的。"袭人一面叫小丫头放桌儿。麝月打发宝玉喝了，漱了口。

由此记载可知：宝玉 7 点左右起床后，便开始吃早膳"燕窝汤"。宝玉吃完后刚漱了口，这时书中写道：

> 只见秋纹走来说道："那屋里已经收拾妥了，但等着一时炭劲过了，二爷再进去罢。"宝玉点头，只是一腔心事，懒意说话。

> 一时小丫头来请，说："笔砚都安放妥当了。"宝玉道："知道了。"又一个小丫头回道："早饭得了，二爷在哪里吃？"宝玉道："就拿了来罢，不必累赘了。"小丫头答应了自去，一时端上饭来。宝玉笑了一笑，向袭人、

---

① 指借一借水果散发出来的香气。

麝月[1]道："我心里闷得很,自己吃只怕又吃不下去,不如你们两个同我一块儿吃,或者吃的香甜,我也多吃些。"麝月笑道："这是二爷的高兴,我们可不敢。"袭人道："其实也使得,我们一处喝酒,也不止今日。只是偶然替你解闷儿还使得,若认真这样,还有什么规矩体统呢?"说着,三人坐下。宝玉在上首,袭人、麝月两个打横陪着。

吃了饭,小丫头端上漱口茶,两个看着撤了下去。宝玉因端着茶,默默如有所思,又坐了一坐,便问道："那屋里收拾妥了么?"麝月道："头里就回过了。这会子又问!"宝玉略坐了一坐,便过这间屋子来。亲自点了一炷香,摆上些果品,便叫人出去,关上门。

于是宝玉便独自一人在静室中写完一句话和一首小词,共计72字,然后焚香祷告晴雯的在天之灵。

秋纹回说要等"炭劲过了",那至少要等一个小时(炭完全烧起来且无烟味当要一个小时),小丫头来报"笔砚都安放妥当了",显然应当是炭劲过后才进去放(如果炭劲未过,纸、笔都会被烟熏到而有味道,所以要等炭劲过后再放),这时有小丫头来报告:"早饭取来了",宝玉便命袭人、麝月同吃。

上文已经考明贾府吃早饭当在巳初二刻(9点半)至巳正(10点)之间。宝玉此日没有陪贾母用饭,当是巳初二刻(9点半)在自己房内吃饭。宝玉此日7点左右起床,然后起来吃早膳,同时袭人又问早饭(即午饭)吃什么,从"怡红院"通知大观园西北角的"内厨房"准备,得走十几分钟路,可证早饭最早得从7点半开始做起。早膳吃完的7点半时,秋纹前来说:"火盆已移入静室,要等炭劲过了,即要等到一小时过后的八点半或九点才行。"然后小丫环进入这炭劲过了而没有炭味的静室布置好笔砚,当是9点一刻左右,这时早饭已到,这与上文考证出的贾府9点半吃早饭正相吻合。

宝玉祭完晴雯后,又到潇湘馆看望黛玉,黛玉早已吃过早饭,此时当已是11点、而快临近午睡时间了。宝玉走后,黛玉在午睡时听到雪雁传来宝玉与别人定亲的谣言,害得她立意自戕,因为她的心早已属于宝玉,身子岂可再属他人?黛玉于是决定:"自今以后,把身子一天一天的遭塌起来,一年半载,少不得身登清净。打定了主意,被也不盖,衣也不添,竟是合眼装睡。紫鹃和雪雁来伺候几次,不见动静,又不好叫唤。晚饭都不吃。点灯已后,紫鹃掀开帐子,见已睡着了,被窝都蹬在脚后。怕她着了凉,轻轻儿拿来盖上。黛玉也不动,单待她出去,仍然褪下。……次日,黛玉清早起来,也不叫人,独自一个呆呆的坐着。"由于早饭已吃过,所以这儿说"晚饭不吃"是很正确的。

(七)戌初最后处理家务

上已论明贾府的晚饭一定要在戌初(7点)前吃完。晚饭后的"戌初"时刻,应当是凤姐一天中最后一次处理晚上家务的时间。

---

[1] 四字程乙本倒作"麝月、袭人",改得很没道理。

（八）贾府"晨昏定省"的规矩

"昏定、晨省"语出《礼记·曲礼上》："凡为人子之礼，冬温而夏凊，昏定而晨省"，是旧时子女侍奉父母的日常礼节："昏定"指晚间为父母安排好床铺，服侍就寝；"晨省"指一大早来父母房省视、问安。

贾府也遵行"晨昏定省"的日常规矩，见第36回宝玉挨贾政打后养伤时："那宝玉本就懒与士大夫诸男人接谈，又最厌峨冠礼服、贺吊往还等事，今日得了这句话，越发了意，不但将亲戚朋友一概杜绝了，而且连家庭中晨昏定省亦发都随他的便了，日日只在园中游卧，<u>不过每日一清早到贾母、王夫人处走走就回来了。</u>"画线部分表明：此后宝玉只需晨省而不用昏定；反过来便可证明他此前要履行"晨昏定省"的日常规矩。

不独宝玉，就连王夫人、凤姐、小姐们也都要履行这一规矩。第7回："至掌灯时分，凤姐已卸了妆，来见王夫人回话：……当下李纨、迎春等姐妹们亦来定省毕，各自归房无话。"第78回："话说两个尼姑领了芳官等去后，王夫人便往贾母处来省晨"，"一时，只见迎春妆扮了前来告辞过去。凤姐也来省晨，伺候过早饭，又说笑了一回。"

上已考明"巳正"之前的"巳初"三刻贾母用中饭，"晨省"在其前，当是每天中饭前的"辰时"，贾府晚辈要到长辈处请安问好。而"昏定"当是每天晚饭后的"戌时"，晚辈在长辈入睡前，到长辈房内请安问好。

（九）结论

综上所述，以凤姐为典型的、贾府诸人一天生活起居的规律便是："卯初点卯。辰时定省。巳正左右吃早饭。午初处理领牌回事的日常事务。午正至未初休息一个时辰。未正午睡起床后，对一些重要事务亲自处理。酉初吃晚饭。戌初最后一次处理日常事务并定省。"

三、贾府的"两餐制"与"自鸣钟"研究

（一）贾府节庆的"午宴、晚宴"都在正餐"早饭、晚饭"后，有酒无饭，不算正餐

有人据第31、36、38、40、44、62、63、75回，说贾府节庆时一天吃了三顿乃至四顿大餐。其实贾府只吃"早饭、晚饭"两餐，"早饭"后的"午宴"是一边看戏、一边喝酒吃菜，称为"戏酒"[①]，不再吃饭；"晚饭"后的"晚宴"同样也是如此吃"戏酒"而不吃饭，两者因无饭，所以都不算正餐。

如第31回："这日正是端阳佳节，……午间，王夫人治了酒席，请薛家母女等赏午。"这是端午的酒宴，以酒菜为主，饭已吃过。

第36回："这日午间，薛姨妈母女两个，与林黛玉等，正在王夫人房里大家吃东西呢，……<u>却说王夫人等这里吃毕西瓜</u>，又说了一回闲话，各自方散去。"这一回是午后吃西瓜，不算宴席。

---

① 戏酒，即摆酒演戏。

　　第38回："湘云次日便请贾母等赏桂花。贾母等都说道：'是她有兴头，须要扰她这雅兴。<u>至午</u>，果然贾母带了王夫人，凤姐，兼请薛姨妈等进园来'"，这是早饭后的"午"时，在"藕香榭"吃的"螃蟹宴"，以螃蟹为主，不吃饭，不是正餐。

　　第40回"史太君两宴大观园"："次日清早起来，……正乱着安排，只见贾母已带了一群人进来了。……凤姐听说，便回身同了探春、李纨、鸳鸯、琥珀带着端饭的人等，抄着近路到了秋爽斋，就在晓翠堂上调开桌案"，这吃的是"早饭"。吃完后，贾母让戏子们"就铺排在藕香榭的水亭子上，借着水音更好听。回来咱们就在缀锦阁底下吃酒，又宽阔，听的近"，于是大家到"藕香榭"一湖之隔的"大观楼"缀锦阁上喝酒、行酒令、听戏，不再吃饭。回目中所写的"两宴"，第一宴是"秋爽斋"的早饭，第二宴是"缀锦阁"的戏酒，是午宴。

　　又第43回凤姐生日正逢金钏儿生日，宝玉天刚亮便"遍体纯素，从角门出来"（是从大观园的后角门出来），骑马到"水仙庵"的水井，祭祀跳自家水井的金钏儿。祭完后，宝玉答应茗烟：在此用过早饭后，便回家去"吃酒、看戏"。于是"二人来至禅堂，果然那姑子收拾了一桌素菜，宝玉胡乱吃了些，茗烟也吃了"，这吃的是九十点钟的"早饭"，然后宝玉再回家去吃那凤姐生日"午宴"的戏酒（第44回）。足证古人是吃过早饭后，再来参加午宴吃"戏酒"，午宴上只吃酒、菜，没有饭，故"午宴"不是正餐。同理，晚饭后的"夜宴"也是晚上喝酒，酒不是饭，亦非正餐。

　　又如第62回宝玉、平儿、宝琴、岫烟四人同生日："当下又值宝玉生日已到，……这日宝玉清晨起来"拜过天地、祖宗和长辈，这时探春提议大家凑钱，让"内厨房"的柳嫂办两桌酒席作为"午宴"，然后"探春又邀了宝玉，同到厅上去吃面"，这吃的是"早饭"，因为是生日，所以要吃面。"谁知薛蝌又送了'巾、扇、香、帛'四色寿礼与宝玉，宝玉于是过去陪他吃面"，这是薛蝌为其胞妹薛宝琴生日而请大家吃的寿面[1]，仍是"早饭"的范畴，等于宝玉今天这顿早饭吃了双份的量。宝玉吃完后，便留在薛家，参加薛蝌为宝琴生日办的"午宴"，即："至午间，宝玉又陪薛蝌吃了两杯酒"，这时"宝钗带了宝琴过来与薛蝌行礼，把盏毕"，宝钗、宝琴、宝玉三人回"大观园"，大观园中诸女子说："芍药栏里预备下了，快去上席罢。"于是"宝钗等随携了她们同到了'芍药栏'中'红香圃'三间小敞厅内"，这是大观园为此日生日的四个人办的"午宴"酒席。于是"让宝琴、岫烟二人在上，平儿面西坐，宝玉面东坐"，大家射覆、行令。

　　湘云喝醉而睡在青石凳上，被芍药花落满一身。宝玉不见芳官，猜是回去睡午觉了，于是回"怡红院"推醒她说："快别睡觉，咱们外头顽去，一回儿好吃饭的。"这说的是酉初5点整吃的"晚饭"。宝玉又说："咱们晚上家里再吃"，说的是晚上的"夜宴"。芳官说："我也不惯吃那个面条子，早起也没好生吃。才刚饿了，我已告诉了柳嫂子，先给我做一碗汤、盛半碗粳米饭送来，我这里

---

[1] 第57回薛蝌与邢岫烟定了亲，邢岫烟虽然也是这一天生日，但邢岫烟尚未过门，所以薛蝌不会为她操办生日酒。

吃了就完事。若是晚上吃酒，不许教人管着我。"①这时柳嫂叫人送来芳官要的晚饭，宝玉和她一同吃完后出了"怡红院"，"仍往红香圃寻众姐妹"，这时袭人、晴雯来请他俩吃晚饭："摆下饭了，等你吃饭呢。"宝玉便笑着把自己和芳官一同吃过晚饭的事告诉她们，袭人笑道："虽然如此，也该上去陪她们，多少应个景儿。"于是来到厅上，"大家依序坐下吃饭。宝玉只用茶泡了半碗饭，应景而已。一时吃毕，大家吃茶、闲话，又随便顽笑"，这吃的是5点钟的"晚饭"。然后便是第63回"寿怡红群芳开夜宴"："话说宝玉回至房中洗手，因与袭人商议：'晚间吃酒，大家取乐'"，于是瞒着查夜的，请来宝钗、探春、李纨、湘云、香菱、黛玉，以及麝月、袭人、晴雯、芳官等，抽"象牙花名签子"喝酒、唱曲，以供戏乐，此晚宴无饭，不算正餐。

第75回写宁国府贾珍在中秋前一天晚上赏月，这场夜宴则"先饭、后酒"而与晚饭连在一起吃了，即："果然贾珍煮了一口猪，烧了一腔羊，余者桌菜及果品之类，不可胜记，就在会芳园丛绿堂中，屏开孔雀，褥设芙蓉，带领妻子、姬妾，先饭、后酒，开怀赏月作乐。将一更时分，真是风清月朗，上下如银。……贾珍有了几分酒，益发高兴，便命取了一竿紫竹箫来，命佩凤吹箫，文妁唱曲，喉清、嗓嫩，真令人魄醉魂飞。唱罢复又行令。那天将有三更时分，贾珍酒已八分。大家正添衣饮茶，换盏更酌之际，忽听那边墙下有人长叹之声。"可证这场"夜宴"从下午5点左右的"晚饭"开始吃起，先吃饭，再喝酒、听曲（相当于听戏），一更是戌时，三更是子时。贾珍在父亲贾敬三年丧服期间如此寻欢作乐，所以隔壁"贾氏宗祠"内老祖宗的在天之灵要为之叹息。

下来又写次日贾母处中秋赏月："贾珍夫妻至晚饭后方过荣府来。……贾母笑道：'此时月已上了，咱们且去上香。'说着，便起身扶着宝玉的肩，带领众人齐往园中来。当下园之正门俱已大开，吊着羊角大灯。嘉荫堂前月台上，焚着斗香②，秉着风烛，陈献着瓜饼及各色果品。……贾母盥手上香拜毕，于是大家皆拜过。贾母便说：'赏月在山上最好。'因命在那山脊上的大厅上去。"到山上后，大家"击鼓传花"说笑话，喝着茶酒赏月。由画线部分可知，这也是晚饭后的夜宴，以茶、酒为主，不吃饭，不算正餐。

总之，古人先饭后酒，告诉我们酒不宜空腹喝。据研究：空腹喝酒害多益少，因为酒精会刺激胃壁、酒精吸收过快，会发生严重的慢性疾病。酒应当在胃中食物未完全消化时（即不感到饥饿时）喝，或在进食一些饭菜后再喝为恰当，这样可以减轻酒对身体的危害。今天我们办宴席先酒后饭，其实是绝顶错误的、对身体有害的习惯。

（二）贾府实行"早膳、早饭、晚饭"两餐制，"早膳"无饭，不算正餐

贾府节庆"午宴"与"晚宴"都在正餐"早、晚二饭"之后，不算正餐，所以贾府同古人的生活习惯一样，实行一天只吃两顿饭的"两餐制"。

① 这写出芳官的娇纵，为其第77回被逐出"怡红院"伏笔。
② "斗香"，即"宝塔香"，是把一股股香重叠攒聚成宝塔状的、祭祀神明用的香，最高的有一人多高。

贾府晨起时有一顿"早膳"，都是粥、汤、点心之类，不算饭，所以不算正餐。

贾府这"一天三顿"的饮食习惯与今人大致相同，只不过"早饭（即午饭）"与"晚饭"都要比今人提前，"早饭（即午饭）"是在巳初三刻至巳正之间（上午9点三刻至10点），"晚饭"是在酉初（下午5点）左右。

第61回司棋命人到大观园的"内厨房"要碗炖鸡蛋，管厨房的柳家媳妇忙说："连姑娘带姐儿们四五十人，一日也只管要两只鸡，两只鸭子，十来斤肉，一吊钱的菜蔬。你们算算，够作什么的？连本项两顿饭还撑持不住，还搁的住这个点这样、那个点那样？""本项两顿饭"之语便点明贾府实行的是两顿正餐的"两餐制"，早膳不算正餐。

（三）贾府有"早膳、夜宵"而无"晚膳"，皆非正餐
（1）书中的"早膳"

《红楼梦》书中称早餐为"早膳"，见第70回："这日众姊妹皆在房中，侍早膳毕，便有贾政书信到了。宝玉请安，将请贾母的安禀拆开念与贾母听，上面不过是请安的话，说六月中准进京等语。""在房中"显然是在各自房中，若是在贾母房中，当言明"在贾母房中"，今不言明，故知是在各自房中用早膳；因为早膳不是正餐，所以不用到贾母房内聚餐。众人在各自房内吃完早膳后，便当来贾母房内请安，即上文所说的辰时"晨省"，这时贾政书信正好到达，宝玉便读给贾母听。

又上引第14回凤姐的早膳是"奶子糖粳粥"，第52回也有宝玉早膳的描写："至次日，天未明时，……二人才叫时，宝玉已醒了，忙起身披衣。……小丫头便用小茶盘捧了一盖碗'建莲红枣儿汤'来，宝玉喝了两口。麝月又捧过一小碟法制紫姜来，宝玉嚼了一块。又嘱咐了晴雯一回，便往贾母处来。"由此可知早膳无饭，皆是粥、汤、点心之类（"晚膳、夜宵"当也如此），故不计入正餐，所以贾府实行的是"两餐制"。

（2）书中的"晚膳"

书中第18回提及"晚膳"，相当于下午点心（今人谓之"下午茶"，无饭菜，只有干点心加粥或茶下肚，故名为"茶"），即太监来传元妃行踪时说："未初刻（下午1点一刻）用过晚膳，未正二刻（下午两点半）还到宝灵宫拜佛，酉初刻（下午5点一刻）进太明宫领宴看灯方请旨，只怕戌初（晚上7点一刻）才起身呢。"可见：皇宫中，下午1点时分，应当是午睡起床时间，起床后便用下午点心，名为"晚膳"，至5点一刻时吃晚饭。由于贾府午休要一个时辰而到未初三刻，故贾府若有"晚膳"，则当在未正一刻时分，比宫中要晚一小时。但书中从未提到过贾府有这种"晚膳"存在，故知贾府当无此习惯。

又宫中酉初（即下午5点一刻）用晚饭乃天下通例，故知贾府的晚饭时间应当也是酉初刻。宫中从晚膳的未初一刻（下午1点一刻）到晚饭的酉初刻（下午5点一刻）相隔4小时，如果贾府在未正一刻（下午两点一刻）安排晚膳，则到晚饭相隔仅 3 小时，未免太密，这也是贾府不安排"晚膳"这一下午点心的原因所在。

（3）书中的"夜宵"

第 54 回提到贾府元宵节吃"夜宵"的情景，这显然是平时没有，只有节庆之日（如元宵、中秋），因为晚宴要举行到半夜才会有。

书中写酒宴"又上汤时，贾母说道：'夜长，觉的有些饿了。'凤姐儿忙回说：'有预备的鸭子肉粥。'贾母道：'我吃些清淡的罢。'凤姐儿忙道：'也有枣儿熬的粳米粥，预备太太们吃斋的。'贾母笑道：'不是油腻腻的就是甜的。'凤姐儿又忙道：'还有杏仁茶，只怕也甜。'贾母道：'倒是这个还罢了。'说着，又命人撤去残席，外面另设上各种精致小菜。大家随便随意吃了些，用过漱口茶，方散。"

可证"夜宵"也同"早膳"一样，是汤、粥、茶、干点心、精致小菜之类，则贾府如果有"晚膳"的话，当也如此（事实上贾府并无"晚膳"）。

（四）第 67 回称中饭为"午饭"而不称"早饭"，并不能证明其为后人伪作

《红楼梦》全书称午饭为"早饭"，一般不称"午饭"。今人称早餐为"早饭"，而书中所说的"早饭"不是今人所指的早餐，而是指中午时分吃的午饭。由于午前为早上，这饭是在午前的早上吃的，所以称为"早饭"；"早"又指白天，此饭是白天（白昼）吃的，所以民间又称之为"昼饭"；而傍晚吃的"晚饭"因在夜里，所以又称"夜饭"。大清早起吃的"早餐"由于没有饭，只有粥、汤、点心、小菜之类，所以不称饭，而称"早膳"。

全书唯独第 67 回的"列藏本、戚序本"把"中饭"说成"午饭"，即：凤姐得知贾琏偷娶尤二姐后，"连午饭也推头疼，没过去吃"，有人便据此"孤证"怀疑第 67 回当非曹雪芹原作。

今按，第 67 回诸本可分两类："列藏本、戚序本、甲辰本"为一类，有"讯家童"情节，然后又有凤姐"蓄阴谋"情节，故回目题作"讯家童凤姐蓄阴谋"；"梦稿本、蒙王府本、武裕庵据乾隆某抄本补己卯本、程甲乙本"为一类，仅有"讯家童"情节、而无"蓄阴谋"情节，回目题作"闻秘事凤姐讯家童"。前一类有两大情节，后一类仅一大情节，根据"越是后的稿子情节越丰富"的创作规律来判断，后一类更像是最初某一稿，而前一类更像是最后改定稿。上引"午饭"的文字发生在"蓄阴谋"情节中，仅见于前一类中，而且这一情节在前一类的三种本子中都有异文，今开列如下：

列藏本作："连说是珍，大闹了半天，连午饭也推头疼，没过去吃。"画线部分显误。

戚序本作："连说带闹了半天，连午饭也推头疼，没过去吃。"画线部分通顺，但貌似后人从列藏本这一不通之本改来，未必是作者原文。

甲辰本作："连说带詈，直闹了半天，连晚饭没吃，推头疼，也没过贾母王

夫人那边去。"画线部分显然正确,故列藏本与戚序本的画线部分可据甲辰本改正为:"连说带誓,直闹了半天,连午饭也推头疼,没过去吃。"其与甲辰本的区别也就在于凤姐到底是没吃"午饭"还是没吃"晚饭"?

今按此节文字之前有薛蟠请客情节,书中写道:"不过随便喝了几杯酒,吃了些饭食,就都大家散了",而请客喝酒只有午宴、晚宴这两种可能,此非晚上,故知是午宴。作者接下来写袭人看望凤姐,显然是午宴后的下午前往看望,这时书中写:"至沁芳桥上立住,往四下里观看那园中景致。……袭人远远的看见那边葡萄架底下,有一个人拿着掸子在那里动手动脚的,因迎着日光,看不真切。至离得不远,那祝老婆子见了袭人"云云。笔者在《宁荣府大观园图考》"第三章、第六节、三"中考明:袭人是由"沁芳桥"往桥西侧的府内行走,则她是自东往西行走,这时她正好"迎着日光",可见太阳在西边、而此时是下午,因此甲辰本的"晚饭"是正确的。列藏本与戚序本当是较早一稿,作者构思情节不周,笔误写成"午饭";后来改稿时,作者知道时间有误而改成"晚饭",即甲辰本所作是也。

据此我们认为:列藏本、戚序本所作的"午饭"可能是作者原稿,而且还是比甲辰本要早的前一稿。

今按后四十回中的第 109 回也称中饭为"午饭",即:贾母"叫鸳鸯吩咐厨房里办一桌净素菜来,请她(妙玉)在这里便饭。"妙玉道:"我已吃过午饭了,我是不吃东西的",这是妙玉奉行佛教"午时供佛、过午不食"之旨,在正午时分供佛后进食,过了午时(11 点至 13 点)的下午 1 点之后便不再进食,所以妙玉要称自己吃的中饭为"午饭",意为正午时分(11 点至 13 点)吃的饭,而非贾府早于午时的"巳时"所吃的"早饭"。由此语,便可知道她是下午来看望贾母,贾母叫人准备的是晚饭,而妙玉说自己"过午不食"加以谢却。

又第 58 回:"一日正是朝中大祭,贾母等五更便去了,先到下处用些点心小食,然后入朝。早膳已毕,方退至下处,用过早饭,略歇片刻,复入朝待中、晚二祭完毕,方出至下处歇息,用过晚饭方回家。"程甲、乙本此处的"早饭"两字均写作"午饭"。当是看到这儿前有"早膳"、后有"早饭",而民间因"膳、饭"两字意通,很容易把"早饭、早膳"两词视为同一概念加以混淆,所以负责改书稿的高鹗,便特地把原稿中与"早膳"一同出现的、易与早膳混为一谈的"早饭"一词改成了"午饭",以示这是中午前后吃的饭。

今按"早饭"称作"午饭"乃民间常语,因为"午"时可泛指中午前后,从而包括到"巳"时,即"午"时不一定特指中午 11 点至下午 1 点,所以"巳"时所吃的早饭也可以称作"午饭",曹雪芹可能也会有这种称法。

但从全书皆作"早饭"而不作"午饭"来看,曹雪芹作这种称呼的可能性当可排除,所以第 67 回完全有可能像第 58 回的程高本那样,曹雪芹原稿写作"早饭",传抄者误以"早饭"为早膳,故意改成"午饭"以显其意。这是作者曹雪芹以外的人,根据民间俗称,把"早饭"一词改成了民间所俗称的"午饭",

并非曹雪芹的原文。

又第 64 回作 "一日，供毕早饭"，宝玉回怡红院，见 "院中寂静无人，有几个老婆子与小丫头们在回廊下取便乘凉，也有睡卧的，也有坐着打盹的"，宝玉说："如此长天，我不在家，正恐你们寂寞，吃了饭睡觉，睡出病来，大家寻件事玩笑消遣甚好。"早餐是睡醒后吃的，不可能一吃完早餐便又入睡，因为早餐后正是一天开始工作之时，早餐原本就是为开工吃的；而午饭后才需要午睡，所以这个 "供毕早饭" 后就睡觉的 "早饭" 显然指的是午饭。上引文字是说：午后宝玉回 "怡红院"，劝众人不要一吃午饭就睡午觉。

第 64 回用 "早饭" 而第 67 回用 "午饭"，这一现象也不足以证明这两回是两个人写就，即不足以证明：第 64 回是曹雪芹原稿而第 67 回是他人补作。因为第 67 回的 "午饭" 两字很可能是他人改写而非曹雪芹原文。

本书 "第三章、第三节、二" 还将专门探讨 "第 64、67 回乃曹雪芹原稿" 这一结论。

（五）《红楼梦》"自鸣钟" 报时的脂批，证明作者乃曹寅后人
（1）脂批揭明作者的先人是曹寅

第 52 回晴雯补好雀金裘时，"一时只听自鸣钟已敲了四下"，此处庚辰本有脂批："按：'四下' 乃寅正初刻，'寅' 此样写法，避讳也。"这条批语指明作者在避先人之讳，其先人名讳中带有 "寅" 字。这是证明《红楼梦》作者为曹寅之孙曹雪芹的有力证据。

或有人认为这条批语不是脂批，是抄书人随手加上的按语。但我们认为：后来传抄者很可能不再是曹家之人，他们根本就想不到这儿是在避讳 "寅" 字；唯独既熟悉作者家世、又熟悉作者创作意图的曹家之人 "脂砚斋"，才可能批出这句话来。

至于书中其他地方不避讳 "寅" 字，可以用 "避讳不严" 来解释，并不能代表作者此处没有避讳 "寅" 字。即：作者只是偶尔想起要避一下讳，绝大多数情况下都不避讳 "寅" 这个常用字。

（2）脂批揭明《红楼梦》中自鸣钟的报时与现代钟表一致

其实，作者此处的确有可能真的不是在避讳 "寅" 字，而只是像第 6 回刘姥姥听自鸣钟报 "巳时" 时，作者将其描写成敲 10 下那样，此处应当也是据实描写 "自鸣钟" 的报时声响而已，并没有避讳 "寅" 字的动机在内。

这两处报时的描写，也可以证明清人用的自鸣钟，和我们今天用的现代钟表一样：0 点敲 12 下，1 点敲 1 下，4 点敲 4 下，10 点敲 10 下，12 点敲 12 下，下午 1 点再敲 1 下，晚上 6 点敲 6 下。同样的例子又可见第 63 回："众人因问几更了，人回：'二更以后了，钟打过十一下了。'" 今按：二更亥时为 9 点到 11 点，三更子时为 11 点至凌晨 1 点，"打过十一下" 便是三更子初时分，二更已经完全过去，即引文所说的 "二更以后了"。以上三例（第 6、52、63 回）便

可证明：书中所写的自鸣钟的报时，与现代钟表完全一致。

（3）脂批揭明作者先人为曹寅，与作者是否在这儿避讳"寅"字无关

即便作者此处真的没有避讳"寅"字的打算，但这条"避讳也"的脂批所透露的作者先人名带"寅"字的家世背景，肯定也是客观事实。

所以我们不必纠缠作者此处是否真在避讳这一点，而要看到这条脂批的价值在于：一是证明书中清代自鸣钟与现代自鸣钟报时声响相同，二是证明作者是名带"寅"字者的后代。

《周绍良论红楼梦》第233页《贾府的钟和表》一文，专论《红楼梦》所提到的钟、表，认为第52回中的"自鸣钟已敲了四下"是"亥初"的钟声。周先生所言当是另一类自鸣钟，不一定就是《红楼梦》所写的那一类。即便其说为确（事实上不正确，因为上引第6回、第63回之例已证明《红楼梦》中自鸣钟与今天自鸣钟的报时声响相同，从而证明周先生的结论不正确），仍不可抹杀这条脂批所交代的作者先人名带"寅"字的事实。

（4）脂批有意说到作者避讳，旨在揭明其先人为曹寅

由于"寅"字是计时的常用字，所以《红楼梦》全书中不讳"寅"字处很多，如第10回张大夫为秦可卿看脉后说："寅卯间必然自汗"，第14回"那凤姐必知今日人客不少，在家中歇宿一夜，至寅正，平儿便请起来梳洗"，第69回天文生回说："奶奶卒于今日正卯时，五日出不得，或是三日，或是七日方可。明日寅时入殓大吉。"所以作者其实无意避讳"寅"字，如第26回便写到了不用来计时的"寅"字，即薛蟠提到"庚黄"这个人画的春宫图，这时宝玉"命人取过笔来，在手心里写了两个字，……将手一撒，与他看道：'别是这两字罢？其实与"庚黄"相去不远。'众人都看时，原来是'唐寅'两个字，都笑道：'想必是这两字，大爷一时眼花了也未可知。'薛蟠只觉没意思，笑道：'谁知他"糖银①"、"果银"的。'"

以上四处显然不避"曹寅"之讳。讳"寅"字者仅第52回一见，这便可证明：第52回与第6回一样，只是在描写时钟报时的声响详情，并不是在避讳。作者之所以要把4点钟写成钟"敲四下"，那是因为晴雯补"孔雀裘"是在半夜，屋内烛光昏暗，根本就看不清钟面，只能用声响写成"自鸣钟已敲了四下"；作者如果不用声音，而是用画面写成自鸣钟指针指在寅正初刻上，便不符合当时昏暗的环境。由此可见：作者曹雪芹的笔法早已"传神摄魄、细腻合理"到此种地步。

第52回作者虽未避讳，但脂批却有意借此来点一下作者先人名带"寅"字的事实，所以也就不惜故意把作者没避讳说成避讳了。

---

① 寅，音"饮"，故薛蟠戏称唐寅为"糖银"。

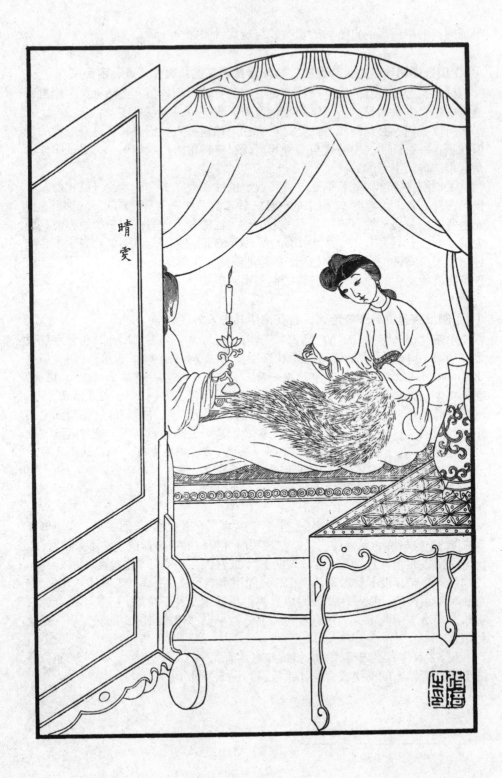

第三节 《红楼梦》叙事时间详排

　　为了充分研究全书的时间脉络，今将《红楼梦》全书 120 回叙事时间作一详考①，详考时所作标识说明如下：

　　①黑底白字的回目是跨年处，其前加●者为实年，即作者最初稿中所记的自己"抄家时十四岁人生"之年；加◎者为虚年，即作者"披阅十载、增删五次"时，把自己"抄家时十四岁人生"拆分成《红楼梦》十九年故事"而析出的虚年。

　　②凡时间看似不合理、其实可以理解处，标以■以醒读者之目。凡是作者留下的时间破绽、时间荒诞处，标以▲。这种时间荒诞处如果出现在前八十回，便能证明作者有这种"不拘一格"的梦幻主义创作风格；如果出现在后四十回，则证明后四十回与前八十回一同具有这种豪放风格，据此便可判定其为原稿。因为任何续书人续书时，都会力求时序合理，不敢犯下这种不合逻辑的荒诞之误；因此，后四十回如果拥有这种时间荒诞之例，恰可证明其与前八十回具有相同的"荒诞如梦"的创作风格而为同一人所作。

　　③凡后四十回与前八十回在时间上相合处标以★，凡标★者便可证明后四十回与前八十回乃同一人所作。

　　●第一回 "甄士隐梦幻识通灵、贾雨村风尘怀闺秀"：全书"楔子"起自洪荒太初的女娲补天之时，作者文笔可谓"气吞宇宙"。作者接下来写顽石历久通灵，乞求僧道施以幻术，把自己变成一块小小的可以佩戴的"通灵宝玉"下凡。其乃"一日炎夏永昼"之时，甄士隐梦见一僧一道携此小玉下凡，其时当是贾宝玉口衔此玉诞生之日，而非其母王夫人受孕之时②。甄士隐梦醒时，只见"烈日炎炎，芭蕉冉冉"，可证贾宝玉出生在夏天，此为红楼元年，宝玉一岁。其年甄英莲"年方三岁"，比宝玉大两岁，与宝钗同年。

　　贾雨村"自前岁来此"，可见他是红楼元年的前一年，寄居甄家附近的"葫芦庙"中。此"红楼元年"夏，贾雨村在甄士隐家遇见甄家丫环娇杏。"一日，早又中秋佳节（八月十五日）"，甄士隐赠雨村银两上京赶考，甄士隐建议："十九日乃黄道之期，兄可即买舟西上"，而雨村却"今日五鼓已进京去了"，即不

---

① 研究时曾参考过杨兴让先生所著《红楼梦研究》。
② 其时乃夏天，甄士隐所梦若是王夫人受孕之时，则十月怀胎，宝玉当生于次年春天，即其年岁要比红楼纪年小一年。而本表以红楼元年为宝玉一岁，与《红楼梦》叙事完全吻合，故知红楼元年时宝玉乃一岁而诞生人间，绝非尚未诞生。关于这一点，本书"第三章、第三节、一、（三）"有详论。

选黄道吉日，于 八月十六日 一大早便动身出发。

下来"真是闲处光阴易过，倏忽又是元宵佳节矣（ 正月十五日 ）"，写甄英莲丢失而祸起、火起①，表面看似乎是在次年，其实已是再下一年。因为第4回贾雨村言："闻得（甄英莲）养至五岁被人拐去"，此话当是贾雨村得自其夫人——甄家丫环娇杏之口，当属可信，而英莲比宝玉大二岁，则英莲丢失之年实为红楼第三年，宝玉三岁。

是年 三月十五日 葫芦庙失火，延烧甄家，甄士隐投靠岳父封肃，"勉强支持了一二年，越觉穷了下去，……再兼上年惊唬，急忿怨痛，已有积伤，暮年之人，贫病交攻，竟渐渐的露出那下世的光景来"，"上年惊吓"显然指的是去年发生的火灾，故此年为红楼第四年，宝玉四岁，所谓"一二年"实指一年多，因跨了两个年头，虚算为两年，故可称作"一二年"（"一年"是实指，"二年"乃虚算）。此年甄士隐随"一僧一道"中的道士度化出家而去。

●第二回"贾夫人仙逝扬州城、冷子兴演说荣国府"言贾雨村升任苏州知府后②，一到任便差衙役寻找甄士隐，封肃说："小婿姓甄，今已出家一二年了"，可证雨村升任苏州知府是在甄士隐出家后的一二年。此"一二年"与上文所说的"支持了一二年"一样，乃指次年（理由详下文"斯亦可证贾雨村升任知府、娇杏出嫁给雨村是在红楼第五年"），所以此年在上一年的次年而为红楼第五年，宝玉五岁。此年雨村娶娇杏。娇杏出嫁后，"不承望自到雨村身边，只一年便生了一子，又半载，雨村嫡妻忽染疾下世，雨村便将她扶册③，作正室夫人了。"其年已到红楼第六年，宝玉六岁（因下文此年黛玉为五岁而知此年为六年）。

下来作者补叙雨村中科举事，知其是在 红楼二年 中进士。其文曰："原来雨村因那年士隐赠银之后，他于十六日便起身入都。至大比之期，不料他十分得意，已会了进士，选入外班，今已升了本府知府。"今按：甄士隐在"红楼元年"八月中秋节资助贾雨村入京参加会试（雨村此前当已获得乡试举人的身份，可见中举后也会贫穷潦倒、命运不济④）。会试是"春闱"，在"辰戌丑未"年份的二月初九、十二、十五三天举行，殿试则在四月举行，此可证"红楼元年"必定在"子午卯酉"的乡试年份，次年红楼二年贾雨村会试、殿试得中而成进士。【今按第25回和尚对通灵宝玉说："青埂峰一别，展眼已过十三载矣！"说

---

① 抱英莲者为霍启，谐"祸起"、"火起"之音，预兆甄家被"葫芦庙"之火延烧一尽，影射曹氏受他人的"葫芦提案（糊涂案）"牵连而祸起，被抄于元宵节前的正月初。"葫芦提"即"糊涂"意。

② 姑苏是幻笔，实即金陵。即书中表面写甄士隐家、葫芦庙在苏州，贾雨村出任苏州知府，其实都在南京。本书第三章、第三节"一、宝玉生日及曹雪芹八字考"末尾之"三"有详论。

③ 册，据甲戌本。已卯本作"册"，但点改为"侧"，庚辰本便照作"侧"，当误。今按：扶册，语见《旧唐书》卷176《杨嗣复传》："李珏、李棱，志在扶册陈王；嗣复、弘逸，志在树立安王。"扶册，即扶立、册立。册立，即正式确立名分。

④ 所以《红楼梦》书中写宝玉中举，并不意味着宝玉这个人就能得富贵。同理，贾兰中举离其发迹也还有一大段路要走。所以宝玉、贾兰两人的中举，并不意味着贾府复兴，贾府离"中兴"还有很长一段路要走。

明宝玉此年为十三岁；第 69 回贾赦："又将房中一个十七岁的丫鬟名唤秋桐者，……大家算将起来，只有秋桐一人属兔"，据本书所排时序，第 69 回在第 25 回的次年，其年宝玉 14 岁，故秋桐长其 3 岁，宝玉当属马，即宝玉出生的红楼元年是"午"年。(但下文"第六十九回"又论宝玉属马与元春薨逝时为卯年相矛盾。笔者在本节"第一百五回"中特地论明"元春薨逝时为卯年"是作者故意撒的谎，则宝玉属马当真实不虚。)】

书中又言贾雨村升任知府后"虽才干优长，未免有些贪酷之弊，且又恃才侮上，那些官员皆侧目而视。不上一年，便被上司寻了个空隙，作成一本，参他'生情狡猾，擅篡礼仪，且沽清正之名而暗结虎狼之属，致使地方多事、民命不堪'等语。龙颜大怒，即批革职。"其罢官当在升任知府不到一年时，也即娇杏十月怀胎生子时；"又半载"后，娇杏被扶为正室，实已在罢官之后。

雨村被革职后"游览天下胜迹"，先在金陵甄府很短暂地担任甄宝玉的家庭教师①，然后又到扬州进入林如海府，担任其女儿林黛玉的家庭教师。书中交代林如海由来时说："今只有嫡妻贾氏，生得一女，乳名黛玉，年方五岁。"第 3 回林黛玉进贾府时黛玉说："在家时亦曾听见母亲常说，这位哥哥比我大一岁，小名就唤'宝玉'"，黛玉年方五岁，宝玉比之大一岁为六岁，宝玉与红楼纪年同年，可证此年为<mark>红楼第六年，宝玉六岁</mark>。斯亦可证上文贾雨村升任知府、娇杏出嫁给雨村是在红楼第五年，至此时"雨村被参、娇杏扶正"的红楼六年，按周年计则未足一年，故称"不上一年"被参（即未满 12 个月被参），若按虚岁计，则是任知府两年而被参。

书中接下去又说："堪堪又是一载的光阴，谁知女学生之母贾氏夫人一疾而终"，已写到贾雨村入林府的第二年即<mark>红楼第七年，宝玉七岁</mark>，黛玉此时六岁。贾雨村"近因女学生哀痛过伤，本自怯弱多病的，触犯旧症，遂连日不曾上学，雨村闲居无聊，每当风月晴和，饭后便出来闲步"，根据不久便是黛玉冬天入贾府来判断，此时应当是初冬时节的风和日丽之时。贾雨村到郊外的"智通寺"遇见好友冷子兴，冷子兴声称自己"去年岁底到家，今因还要入都，……待月半时也就起身了"，然后向贾雨村演说宁荣二府府内的人员情况，提到宝玉"如今长了七八岁"，与此年乃"红楼七年"正相吻合。【程乙本则改为宝玉"如今长了十来岁"，改大了至少两三岁，这是 自造矛盾 ，详见本书"第二章、第一节、二、（二）"有论。】

当晚贾雨村遇见旧友张如圭，告知雨村朝廷起复旧员之事。

●第三回 "金陵城起复贾雨村、荣国府收养林黛玉" 雨村得知旧员可以起复，"冷子兴听得此言，便忙献计，令雨村央烦林如海，转向都中去央烦贾政。"

---

① 按红楼七年"冷子兴演说荣国府"时，贾雨村言："去岁我在金陵，也曾有人荐我到甄府处馆，……倒是个难得之馆。但这一个学生，虽是启蒙，却比一个举业的还劳神。……也因祖母溺爱不明，每因孙辱师、责子，因此我就辞了馆出来。如今在这巡盐御史林家做馆了。"可见去岁"红楼六年"贾雨村在金陵担任甄宝玉的家庭教师，其年贾雨村便到林如海家担任家庭教师，可证他在金陵甄家任教时间很短便辞职。

于是贾雨村回家告知林如海："自己想上京做官，不再担任家庭教师。"林如海恰巧说到："黛玉外婆（贾母）正好派船来接黛玉，趁此机会可以请黛玉的舅舅贾政举荐雨村"，于是提议："出月初二日小女入都，尊兄即同路而往，岂不两便？"

黛玉进贾府当在冬天，因为其时王熙凤穿"大红洋缎窄裉袄"、"外罩五彩刻丝石青银鼠褂"，是冬天的棉袄和裘皮大衣，远非秋天的服装。又王夫人房内的丫环穿"红绫青袄青缎掐牙背心"，宝玉穿"银红撒花半旧大袄"，也都是冬装。而且最后安排住处时，贾母说："等过了残冬，春天再与他们收拾房屋，另作一番安置罢"，据词意来看，黛玉进贾府的时间离"残冬"不会太远，或许就在残冬也未可知。"残冬"常指腊月，故有"残冬腊月"一词，但腊月（十二月）年关将近，一般人不会出远门，故疑黛玉当是仲冬十一月初二日动身。总之，黛玉是红楼七年冬天入的贾府。

黛玉当是十一月初二动身，则雨村郊游遇冷子兴，便当在初冬十月的一个晴天。上文冷子兴言："去年岁底到家，今因还要入都，……待月半时也就起身了"，有人据此判定贾雨村遇冷子兴当在新年年初，恐怕未必。因为冷子兴完全可以在十月份时说自己上年年底到家，住了十几个月后，本月半（十月十五）又当上京。又据冷子兴"待月半时也就起身了"，可证他向雨村"演说荣国府"时尚未到月半，而林如海说"出月初二日小女入都"，可见冷子兴要先走半个多月，然后雨村才动身。

由于我们已经知道作者笔下的贾府所在城市其实就是南京[①]，从扬州到南京不过两三天工夫，所以黛玉其实是十一月上旬入了贾府（如果路上行程是三天的话，黛玉便是十一月初五到的贾府）。

作者借本回黛玉进贾府这一情节，把"荣国府"的空间概貌，借助黛玉的视角（即借助黛玉的一双眼睛）交代给读者，详见上一部《宁荣府大观园图考》"第二章、第一节、一、（一）"有详考，此处不再赘述。

在这一情节中，作者特别提到王夫人对宝玉的评价："你不知道原故。他与别人不同，自幼因老太太疼爱，原系同姊妹们一处娇养惯了的。（甲侧：此一笔收回，是明通部同处[②]原委也。）若姊妹们有日不理他，他倒还安静些，纵然他没趣，不过出了二门，背地里拿着他两个小幺儿出气，'咕唧'一会子就完了。（甲侧：这可是宝玉本性、真情，前四十九字迥异之批今始方知。盖小人口碑，累累如是。是是非非，任尔口角；大都皆然。）若这一日姊妹们和他多说一句话，他心里一乐，便生出多少事来。所以嘱咐你别睬他。他嘴里一时甜言蜜语，一时有天无日，一时又疯疯傻傻，只休信他。"这是书中第二次写到众人对贾宝玉

---

① 笔者《宁荣府大观园图考》"第一章、第一节、九"有详细证明，其中最"牢不可破"的内证，便是第69回凤姐叫旺儿治死张华，而张华此时与凤姐同在一城，旺儿谎称张华已死："只说张华是有了几两银子在身上，逃去第三日在京口地界五更天已被截路人打闷棍打死了。"从南京到镇江京口为70多公里，正好是两三天行程；而从北京到京口甚远，两三天到不了，这便可证明：作者虽未明言书中所写乃南京，但此处其实已把全书写南京的玄机清楚地透露给了读者。

② 指宝玉何以"男女无别"而与女子们"同处"（即一同生活）的原因。

的评价。第一次众人对贾宝玉的评价见第 2 回，故上引画线部分的脂批当指那第 2 回的首次评价。

今按第 2 回"冷子兴演说荣国府"时，贾雨村评价衔玉而生的贾宝玉说："果然奇异。只怕这人来历不小。"冷子兴于是把众人对宝玉的评价（也即《红楼梦》这部书中众人对宝玉的首次评价）回答给他听："万人皆如此说，因而乃祖母便先爱如珍宝。那年周岁时，政老爹便要试他将来的志向，便将那世上所有之物摆了无数，与他抓取。谁知他一概不取，伸手只把些脂粉钗环抓来。政老爹便大怒了，说：'将来酒色之徒耳！'因此便大不喜悦。独那史老太君还是命根一样。说来又奇，如今长了七八岁，虽然淘气异常，但其聪明乖觉处，百个不及他一个。说起孩子话来也奇怪，他说：'女儿是水作的骨肉，男人是泥作的骨肉。（甲侧：真千古奇文奇情。）我见了女儿，我便清爽；见了男子，便觉浊臭逼人。'你道好笑不好笑？将来色鬼无移了！'（甲侧：没有这一句，雨村如何罕然厉色，并后奇奇怪怪之论？）"故作者接下来便写："雨村罕然厉色忙止道：'非也！可惜你们不知道这人来历。大约政老前辈也错以淫魔色鬼看待了。若非多读书识事，加以致知格物之功，悟道参玄之力，不能知也。'"

上引第 3 回脂批，是在批宝玉整日在脂粉队中厮混的原由（"是明通部同处原委也"，"通部"即全书，"同处"即与女子呆在一起），又是在批他和女子之间的密切关系（"若姊妹们有日不理他，他倒还安静些"，即女子给宝玉气受，他反倒会忍气吞声而不发怒）。所以上引第 3 回画直线的脂批"前四十九字迥异之批"肯定要与这两点有关。

上引第 2 回画浪线部分是众人对贾宝玉的正面评价，看不出他和女子们的关系，所谓的"前四十九字迥异之批"当不指此。

上引第 2 回画双线部分是写宝玉对女子的尊重而乐于同女子们亲近，众人评价他说的这番话是"色鬼"说的话，被贾雨村加以纠正，指出宝玉这番行止不是淫荡，而是天生的灵性（即上引第 3 回脂批所谓的宝玉的"本性、真情"）。此画双线部分正好 49 字，前 35 字是宝玉评女子之"可尊、可亲"，这便是上引第 3 回脂批所言的："这可是宝玉本性、真情。"后 14 字是众人评价其为"色鬼"，即上引第 3 回脂批所言的："盖小人口碑累累如是。"而下来，贾雨村能理解这是一种灵性而众人不能理解这一点，这便是上引第 3 回脂批所言："是是非非任尔口角。"

因此第 3 回脂批"前四十九字迥异之批今始方知"，说的便是第 2 回宝玉对女子的 35 字之批迥异于世人，又说的是第 2 回众人因其高论而评价他这个人迥异于正常人、实乃色鬼的 14 字。

下来又写贾政竭力帮助雨村复出："轻轻谋了一个复职候缺，不上两个月，金陵应天府缺①出，便谋补了此缺"，于是雨村便"拜辞了贾政，择日上任去了"。贾雨村得补应天（金陵）知府，显已是第二年春天，即红楼第八年，宝玉八岁。因为前已推得雨村送黛玉是十一月上旬到京（实为南京），当月谋了复职候缺，

---

① 缺，职缺、职位。

"不上两个月"，显然是才过年的正月，便获得任命通知而上任去了（实为上贾府所在的南京之任）。

第四回写贾雨村一上任就有薛蟠的人命官司，苏州"葫芦庙"的小沙弥此时已到南京作了门子①，对他说："八九年来就忘了我了？"此年"红楼八年"贾雨村出任应天知府，距"红楼元年"恰为八年，门子说成"八九年"不误，即：雨村是在红楼元年前一年寄居葫芦庙，从相识算起，至此虚算为九年；或从分别的红楼元年算起，至此虚算为八年。

由于告状者称："小人告了一年的状竟无人作主"，所谓"一年"当是夸张，只是说年前开始告，到雨村上任也就几个月，因跨了年，所以可以夸张地说成是"一年"；此时新年刚过，又逢新官上任，故死者家属特来再告。据此可知，薛家母女及新买的甄英莲，当和黛玉一样，去年年底就起程入京，比黛玉动身入京晚不了多少时候，而且有可能比黛玉还要早动身；按照正常情况，他们到京当比黛玉最多晚几个月，而不可能晚一年。

门子说："这薛公子原是早已择定日子上京去的，头起身两日前，就偶然遇见这丫头，意欲买了就进京的，谁知闹出这事来。既打了冯公子、夺了丫头，他便没事人一般，只管带了家眷走他的路。"可见薛家打死人后便入都，路上最多走上几个月，不可能走一年才到，所以薛宝钗当于此"红楼八年"入贾府，黛玉只比其早到几个月。但事实上，作者却让薛宝钗一家在路上走了一年多，要到"红楼九年"正月廿一宝钗生日后才入了京，这是作者笔下的第一个时间荒诞▲，所以作者故意要用"在路不记其日"这六个字来蒙混过关（下有详论）。

又此回门子说死者冯渊"长到十八九岁上"被打死。又说英莲眉心有一粒胎里带来的胭脂痣，故而认得出是甄士隐之女英莲，并说："这一种拐子单管偷拐五六岁的儿女，养在一个僻静之处，到十一二岁，度其容貌，带至他乡转卖。当日这英莲，我们天天哄她顽耍，虽隔了七八年，如今十二三岁的光景。"今按"红楼三年"英莲被拐，至此"红楼八年"实仅五年，虚算六年，其言"隔了七八年"，实为多算了两年。

门子言自己和雨村有"八九年"未见面（"八九年来就忘了我了"）。雨村辞行于红楼元年，至此红楼八年仅隔七年，虚算八年，称"八九年"不误。其言未见雨村八九年，又言英莲被拐七八年，是以英莲被拐于雨村告辞后的次年，则属记忆有误。上已考明英莲五岁被拐，雨村在其三岁时辞行，故知英莲当在雨村辞行两年后被拐而非次年，门子少记一年。

其既然误记英莲是雨村走后次年被拐，而雨村与之不见已有八九年，故误以英莲走失已有七八年；其又记得英莲五岁被拐，两者相加，故言英莲已有十二三岁。其实门子不见雨村为七八年（实足七年、虚算八年），英莲是晚两年才走失，即门子不见英莲仅五六年（实足五年、虚算六年），英莲五岁走失，此年当为十、十一岁（即"十来岁"）而非十二三岁。

① 其实葫芦庙与甄士隐家所在的"姑苏"就是南京。因为第一回交代"葫芦庙"与甄士隐家在姑苏，其文曰："当日地陷东南，这东南一隅有处曰姑苏"，此时甲戌本有侧批："是金陵！"

总之，红楼元年英莲三岁，此为红楼八年，英莲当为十岁，门子言其"十二、三岁"乃记忆有误而说大了两三岁，并不意味着上文甄士隐"勉强支持了一二年"、封肃说的"小婿姓甄，今已出家一二年了"都当排作两年。（按：本书都只排作一年。）

此回又交代薛蟠来历："这薛公子学名薛蟠，表字文龙，五岁上就性情奢侈"，"五岁上就"是据己卯本、梦稿本，庚辰本无"上就"两字。五岁便奢侈，非常不近情理，所以当如甲戌本作"年方十有五岁"。蒙王府本作"年方一十七岁"，甲戌本在诸本中时代最早，又与"五岁上就"有共同的"五岁"两字，当是原文。此当是后人传抄时误脱"年方十有"四字，即庚辰本所作的"五岁性情奢侈"，后人见其不通，便臆改为"五岁上就性情奢侈"。

其又交代薛姨妈来历："与荣国府贾政的夫人王氏是一母所生的姊妹，今年方四十上下年纪，只有薛蟠一子。还有一女，比薛蟠小两岁，乳名'宝钗'，……近因今上崇诗尚礼，征采才能，降不世出之隆恩，除聘选妃嫔外，凡仕宦名家之女，皆报①名达部，以备选为公主、郡主入学陪侍，充为才人、赞善之职"，可见宝钗是为选秀而上京。其比薛蟠"小两岁"也是泛指小几岁的意思，其实远不止小两岁。

今按第 22 回红楼十三年言宝钗"今年十五岁"，则此"红楼八年"为十岁，比薛蟠小了 5 岁。由此可知：宝钗比宝玉大 2 岁，薛蟠比宝玉大 7 岁。

第 34 回考得贾珠比宝玉大 16 岁，薛蟠比之小 9 岁。薛姨妈生的头胎薛蟠，比王夫人生的头胎贾珠要小 9 岁，比王夫人生的二胎宝玉要大 7 岁，这皆属正常。由此亦可知：薛姨妈是妹而王夫人是姐，即第 46 回贾母向薛姨妈说起王夫人："你这个姐姐她极孝顺我。"又第 34 回"红楼十三年"王夫人自称："我已经快五十岁的人"，则此"红楼八年"王夫人便是快 45 岁的人，而薛姨妈"今年（红楼八年）方四十上下"，可证王夫人是要比薛姨妈大两三岁到四五岁。

书中又言薛家上京是"在路不记其日"，其实我们早已知晓作者笔下的贾府就在金陵，薛家也在金陵，薛家入贾府根本就用不着上京。所以书中写"薛姨妈全家"入住贾府，其实只有薛宝钗一人，像史湘云那般，暂住在姨妈王夫人家中的大观园"蘅芜苑"而已（大某山民总评《红楼梦》："湘云未见园中另住，记贾母之不袒母族，以反衬王夫人也②"）；薛姨妈和薛蟠肯定仍住在自己家中，独门独院。其家当邻近贾府，所以薛姨妈可以时常来贾府中走动。所谓"薛家上京"，以及"薛姨妈全家寄住贾府"、"薛家就在贾府之中"，都是作者用"狡狯之笔"写成的"弥天大谎"。这就是作者所自称的"贾雨村（假语存）"、"胡诌人氏"、"假话实非"③。至于上京的理由"选秀"，自然也就是为圆这个谎而

---

① 报，据甲戌本。庚辰本、己卯本、戚序本等误作"亲"。因两字的繁体字"報"与"親"行书相似而误。
② 即讽刺王夫人偏袒母家亲戚，以此来赞扬贾母不偏袒母家亲戚。
③ 按作者第一回交代贾雨村来历时称其"姓贾名化，（甲侧：假话。妙！）表字时飞，（甲侧：

编的"谎中之谎"了。正因为此，全书再没有一处提到薛宝钗"选秀"的结果，这更加可以证明：所谓的"上京选秀"，不过是作者故意编造的幌子罢了。

而且薛家"红楼七年冬"就动身上京，自然是"红楼八年"便能到达京城的贾府。而据下文"第五回"的分析，薛家却是"红楼九年"宝钗生日正月廿一过后，才入京抵达贾府，等于路上走了一年多，这是一大矛盾。

一旦理解清楚宝钗原本就住在金陵，随时可以入住原本就在金陵的贾府，我们便可明白：作者写薛家"入京选秀而至贾府"本就是"幻笔（即虚构的谎话和故事）"。这也就是作者在第1回中标榜的：自己这部小说是"女娲炼石已荒唐，又向荒唐演大荒！"况且书名又题作"红楼梦"，作者借此书名再度标明：书中的情节就像"梦"一般，沉浸其中不觉矛盾，一旦醒来，发现全是荒唐破绽。所以作者此处便要用"在路不记其日"这六个字，来自首自己的荒唐，同时又叫人不要深究下去。

这"在路不记其日"六个字，正如第17回大观园建造时所说的"又不知历过几日何时，这日贾珍等来回贾政'园内工程俱已告竣'"一样。我们在第17回中会告诉大家：大观园早在作者出生前就有了，作者有意在书中把它写成自己十二岁时新造，而且还造了一年（主体建筑造了四个月，准备配套设施又要八个月），这同样是"幻笔（即虚构的谎话和故事）"，所以作者同样要用"又不知历过几日何时"这九个字，来点明这是自己撒的又一荒唐假话，叫人莫要深究。

此回回末写薛家入住贾府"梨香院"，没有写明入住的时间。但由下回"忽然来了一个薛宝钗，……因东边宁府中花园内梅花盛开"，可证薛宝钗是在"初春梅花盛开之际"入住贾府。

由于第22回才过薛宝钗到贾府后的第一个生日，而其生日为正月廿一日，故知薛宝钗当在正月廿一日之后入住贾府。由于正月投亲不大合适，所以她应当是在二月及二月后才到。其入住时没提到冬景，只有刚到贾府时的梅花盛开的描写，可知她是在自己正月廿一生日后不久，赶在梅花盛放前的"二月初"到达贾府。

下回"第五回"我们还将考明：此梅花盛开是又一年"红楼九年"之春而非"红楼八年"之春。即：薛宝钗不是在黛玉入贾府后的第一个春天，而是要到第二个春天，才入贾府。

总之，薛宝钗入贾府是在"红楼九年"的二月初而非"红楼八年"的二月初，她比"红楼七年"冬（十一月初五左右）入贾府的黛玉，晚来了整整一年零三个月，而非只晚来三个月！

●第五回 "开生面梦演《红楼梦》、立新场情传幻境情" 写黛玉"自在荣

实非。妙！）别号雨村（甲侧：雨村者，村言粗语也。言以村粗之言演出一段假话也。）者走了出来。这贾雨村原系胡州（甲侧：胡诌也。）人氏。"这"假语存、假话、实非、胡诌"，便是"小说、故事、虚构、幻笔"的代名词。

府以来，贾母万般怜爱，寝食起居一如宝玉，迎春、探春、惜春三个亲孙女倒且靠后。便是宝玉和黛玉二人之亲密友爱，亦自较别个不同，日则同行同坐，夜则同息同止，真是言和意顺，略无参商。不想如今忽然来了一个薛宝钗"，据此可知，黛玉冬天入贾府，与宝玉共处已有相当一段时间后，薛宝钗才到贾府。至于黛玉与宝玉共处多久宝钗才来，书中虽然没有明文记载，但第 20 回宝玉安慰黛玉时有清楚的暗示："你先来，咱们两个一桌吃，一床睡，长的这么大了，她是才来的，岂有个为她疏你的？"可证黛玉来了至少一年多宝钗才来。

　　本回接下来便写："因东边宁府中花园内梅花盛开"，可证"忽然来了一个薛宝钗"后不久便是"梅花盛开"，故知薛宝钗肯定是在梅花盛开的初春时节到来。由于梅花开在年初，而上回已写到雨村上任的"红楼八年"二、三月之后①，而第 4 回："那时王夫人已知薛蟠官司一事，亏贾雨村维持了结，才放了心"，显然已写到梅花开过之后，故知此处所写的"梅花盛开"当是另一年之春，也即 红楼第九年，宝玉九岁 ，与黛玉入府的那个冬天整整隔了一年多，这样方能与上文"黛玉与宝玉长期共处后宝钗这才来到"的话②相吻合，方能与第 20 回宝玉安慰黛玉时所说的话③相合。若此梅花盛开在"红楼八年"，则宝钗仅比黛玉晚来三个月，便与上引两处"黛玉来后颇久、宝钗方才来到"的话不相吻合起来。由此也可断言：此梅花盛开必在"红楼九年、宝玉（也即作者）九岁"时。

　　梅开是初春景象，作者用它来暗示即将发生的春梦情节，即本回宝玉梦游警幻仙境（太虚幻境），在比他大好几岁的美丽侄媳秦可卿的卧室中，做了场意淫秦可卿的"春梦"，发生了令他和袭人都为之尴尬的梦遗。

　　第六回 写宝玉梦醒后，回家与袭人"初试云雨情"。宝玉年仅九岁（相当于今天的小学二年级），便能与袭人行淫欲之事，可谓太早而不合常理。【程乙本为了能让宝玉行云雨之事，自造了一个大矛盾，即第 5 回秦可卿说秦钟"与宝叔同年，两个人若站在一处，只怕那一个还高些呢"，指明两人同年；第 8 回脂本作："那秦业至五旬之上方得了秦钟。因去岁业师亡故"，未言秦钟年龄，而高鹗在程乙本中特地加上秦钟年龄，说成："秦邦业却于五十三岁上得了秦钟，今年十二岁了；因去岁业师回南"，这就把宝玉的年龄改成了十二岁。这便是高鹗为了能让宝玉行淫欲之事所作的改动。同时，高鹗在程乙本中，还把前年"冷子兴演说荣国府"时宝玉"七八岁"改成"十来岁"，也即十岁。未改之前，全书的时间排到第 120 回"宝玉出家"正好 19 岁，前八十回与后四十回所写正相吻合。经过程乙本这么一改，排到第 120 回便当是 22 岁，如果再据程高本把第 71 回贾母秋天做寿算成上年做寿则为 21 岁，总之再也排不出 19 岁来了，这便与程乙本第 120 回写宝玉 19 岁出家不相吻合起来。程乙本的后四十回与脂本前八十回反倒吻合，与自己的前八十回反倒不吻合，这恰可证明后四十回是曹雪芹原稿。本书"第二章、第一节、二"有专论。】

---

① 因为贾雨村正月收到任命，上任理案最快也当在二三月份而梅花正开或已开过。
② "日则同行同坐，夜则同息同止，……不想如今忽然来了一个薛宝钗。"
③ "你先来，咱们两个一桌吃，一床睡，长的这么大了，她是才来的。"

此回宝玉"初试云雨情"时交代:"袭人本是个聪明女子,年纪本又比宝玉大两岁,近来也渐通人事",所谓"大两岁"是指大了不止一岁而有好几岁的意思,并不特指只大两岁。具体大几岁?可参见第19回"情切切良宵花解语",袭人称其姨妹是"我姨爹姨娘的宝贝,如今十七岁,各样的嫁妆都齐备了,明年就出嫁"。袭人称其为妹,则袭人还当比其略大几个月或一两岁,故袭人在第19回时已是十七八岁而到该出嫁的年龄。第19回是"红楼十三年、宝玉十三岁",故知袭人至少要比宝玉大四五岁。本年(即本回第六回所在之年)宝玉九岁,则袭人至少是十三四岁,故可称为"渐通人事"。【而且本书"第三章、第一节、一、(一)"还将考明,此"初试云雨情"实为作者人生十二岁读到《飞燕》《合德》等艳情书籍后,意淫比自己大几岁的漂亮侄媳而梦遗,然后又和大自己几岁的大丫环初试云雨情,作者有意把这人生十二岁的事移到九岁来写;其时作者十二岁,袭人比其大四五岁,即十六七岁,更可称为"渐通人事"。】

又:袭人至少要比宝玉大四五岁,而宝钗比宝玉大二岁,则袭人至少要比宝钗大两三岁,书中却说袭人和宝钗同岁,见第63回袭人得签,要让同庚者一同喝酒,"大家算来,香菱、晴雯、宝钗三人皆与她同庚",这一情节是作者制造出来的又一时间迷雾▲,原因下文第63回有论。

此回下半回写"刘姥姥一进荣国府"之事,与上半回之事应当发生在同一年。作者用"千里之外"四字来称刘姥姥,说的是她和王夫人在亲戚关系上的疏远,并不是指刘姥姥空间上住在贾府所在城市的千里之外。因为第39回刘姥姥"说着又往窗外看天气,说道:'天好早晚了,我们也去罢,别出不去城才是饥荒呢'",可证刘姥姥就住在郊外。本回又交代:"因这年秋尽冬初,天气冷将上来,家中冬事未办,狗儿未免心中烦虑",故刘姥姥要到贾府来"打秋丰"①。书中又写刘姥姥带到贾府来的板儿是"才五六岁的孩子",可证板儿要比宝玉小三四岁,当比巧姐大两岁(按第117回红楼十九年、宝玉十九岁,贾蔷说巧姐:"年纪也有十三四岁了",可证巧姐比宝玉要小五六岁)。刘姥姥看到凤姐"穿着桃红撒花袄、石青刻丝灰鼠披风、大红洋绉银鼠皮裙",手里还"拿着小铜火箸儿,拨手炉内的灰",若是北京,可说是初冬景象;若在南京,则显已是深冬光景。我们知道作者其实写的是南京,所以这儿写的应当是深冬景象,当然也可能是该年冬天冷得早而仍在初冬。

作者又借刘姥姥的眼睛,写出贾蓉是个"十七八岁的少年"。红楼七年"冷子兴演说荣国府"时说:贾珍"倒生了一个儿子,今年才十六岁,名叫贾蓉",则其比宝玉要大九岁。此年为红楼九年,贾蓉十八岁,刘姥姥见其"十七八岁"不误。

刘姥姥拜见凤姐之前,周瑞家的曾经告诉过她:"我们这里又不比五年前了。如今太太竟不大管事,都是琏二奶奶管家了。"可知王夫人五年前的"红楼四年",

---

① 打秋丰,又作"打秋风、打抽丰",因为别人秋天丰收而一年可以富足,所以前来抽索。有占人便宜、揩人油水的意思。

已把家事交给他人——贾琏与王熙凤——管理。红楼七年冷子兴言贾赦"也有二子，长名贾琏，今已二十来往了。亲上作亲，娶的就是政老爹夫人王氏之内侄女，今已娶了二年"，并言贾琏"如今只在乃叔政老爷家住着，帮着料理些家务。谁知自娶了他令夫人之后，倒上下无一人不称颂他夫人的，琏爷倒退了一射之地"，可见王熙凤当是过门后不久便主持家政。冷子兴说这话时已娶凤姐两年（"今已娶了二年"），现在是红楼九年，距离冷子兴说话时又隔了两年，所以红楼九年时，凤姐入贾府已有四年。由此可见：五年前的"红楼四年"是王夫人管家，而红楼五年时改由贾琏管家，一年下来（即四年前）的"红楼六年"娶了王熙凤，此后便由王熙凤管家。

周瑞家的还对刘姥姥说：王熙凤"就是太太的内侄女，当日大舅老爷的女儿，小名凤哥的"，其实凤姐应当是王子腾长兄的女儿（本书"第三章、第三节、四、（一）"有专论）。刘姥姥又说："这凤姑娘今年大还不过二十岁罢了，就这等有本事，当这样的家，可是难得的。"

今按后四十回中第 101 回的红楼十八年，凤姐对平儿说自己"活了二十五岁"，则本年"红楼九年"凤姐为十六岁，可证"冷子兴演说荣国府"时的"红楼七年"凤姐为十四岁，比宝玉大了七岁，其年贾琏"二十来往"，可证他比凤姐要大 6 岁左右，其时凤姐已嫁两年，则凤姐当是十二岁嫁给十八岁左右的贾琏，年龄相差如此悬殊，而贾蓉居然还要比凤姐大两岁（前已言贾蓉比宝玉大9 岁），这显然是不可能的事——因为此年宝玉九岁，刘姥姥看到贾蓉十七八岁，又说凤姐大不过二十岁，则凤姐当比贾蓉大两三岁为宜。

由于刘姥姥言明此年凤姐"不过二十岁"，九年后的第 101 回当有廿九岁而非廿五岁，这是后四十回中的一大时间矛盾▲。下文我们一旦考明：《红楼梦》是作者把自己"抄家时的十四岁人生"，写成小说时有意拆为十九年的故事（详本书第二章、第二节、五、（一）），第 101 回是作者人生的十三岁，本回是作者人生的九岁，两者差了四年；第 101 回作者十三岁时凤姐 25 岁，则本回作者九岁时凤姐便是 21 岁，与刘姥姥"大还不过二十岁"语正相接近。"冷子兴演说荣国府"是作者人生的七岁，其年凤姐 19 岁，比宝玉大十二岁，比十六岁的贾蓉大了三岁，比"二十来往"的贾琏小了一岁，出嫁时为 17 岁，如此方为合理。此例便可证明两点：①后四十回与前八十回，在时间上是同一个人所写的统一而完整的艺术整体；②《红楼梦》是作者把自己"抄家时的十四岁人生"（最初草稿），拆分为十九年而写成"真事隐、假语存"的、"假中有真"的虚构的小说故事（即今天我们所见到的定稿）。★

又第 66 回薛蟠与凤姐是姑表亲，其在贾琏面前称凤姐为"舍表妹"，第 28 回凤姐也对王夫人说："上日薛大哥亲自和我来寻珍珠"，这都表明薛蟠要比凤姐年长。第 101 回红楼十八年、宝玉十八岁时，凤姐称自己"活了二十五岁"，则比宝玉大了 7 岁，上文第 4 回考明薛蟠比宝玉大七岁，所以两人同年，第 26 回薛蟠自称"五月初三"生日，第 42 回又交代凤姐是"九月初二"生日，故薛蟠要比凤姐大四个月，后四十回与前八十回是吻合的。

但上文又分析了本回红楼九年、宝玉九岁时，刘姥姥称凤姐"大不过二十"，则凤姐比宝玉大了十来岁，与第 101 回说凤姐比宝玉大 7 岁便相矛盾，而薛蟠比宝玉大 7 岁，故凤姐其实要比薛蟠年长四五岁，薛蟠断然不会称凤姐是"表妹"而当称之为"表姐"。而且凤姐若比宝玉大 7 岁，则其应当在 12 岁时便与贾琏结婚并成为贾府管家，而且比贾蓉还小两岁，这显然都是不可能的事①。

我们同样要根据"作者把自己十四岁人生拆为十九年故事"来理解这一矛盾，即：在作者的真实人生中，第 101 回作者人生十三岁时凤姐 25 岁，凤姐比宝玉大 12 岁，故第 6 回作者人生九岁时凤姐为 21 岁，刘姥姥记忆难免会有出入一两年，所以说成了"大不过二十"；凤姐是 17 岁出嫁而成为贾府管家，比贾蓉大 3 岁，比薛蟠大 5 岁。

作者"真事隐、假语存"，编"假语（即假话故事）"时，把十四岁拆成十九年，但第 101 回仍保留真相，没有加上这五年，于是凤姐便只比宝玉大了 7 岁，变成了与薛蟠同年，其生日月份又后于薛蟠，所以反倒比薛蟠小了 4 个月，要称薛蟠为"薛大哥"，而薛蟠要称其为"舍表妹"，这都是"假话"。

至于第 6 回不让刘姥姥说其比宝玉大七岁为 16 岁，那是因为这么一来，就等于说凤姐 12 岁便出嫁成了贾府管家。12 岁的人固然可以结婚，但 12 岁就管偌大一个贾府却绝对不可能，所以作者在这第 6 回中不得不说真话，把凤姐说成比宝玉要大十来岁的"二十"岁左右的人。

所以综上来看：①第 6 回凤姐 20 岁上下是"真事"，②第 101 回凤姐活了 25 岁、次年第 114 回 26 岁死也是"真事"，③第 66 回薛蟠称凤姐为表妹、第 28 回凤姐称薛蟠为大哥是"假话"：②与③在"假话"——即作品"十九年故事体系"中——是统一的，而与①是矛盾的；而①与②在"真事"——即作者"十四岁人生体系"中——又是吻合的，只不过在"假话"也即作品"十九年故事体系"中是矛盾的：这就是作者奉行"真事隐、假语存"这一创作主旨，所制造出来的"假作真时真亦假"的"真假参半、虚实并陈"的"迷人而梦幻"的艺术效果。

第 5 回的"做春梦"与第 6 回的"打秋丰"，充分体现出作者情节构思时的对仗手法（即"对峙立局"）②。古人读书作文一开始便要从"对对子"学起，这样可以充分彰显构思与行文上的对立统一之美。这种训练的影响根深蒂固，所以作者曹雪芹创作小说时，也就充分运用这种对仗手法来构思和安排情节。第七回写周瑞家的送走刘姥姥后，来"梨香院"薛姨妈处找王夫人汇报此事，薛姨妈便让周瑞家的送宫花给贾府诸姑娘，书中写道："谁知此时黛玉不在自己房中，却在宝玉房中大家解九连环作戏。（甲侧：妙极！又一花样。此时二玉已隔房矣。）"

---

① 从常理上说，12 岁就管家是不可能的。刘姥姥见贾蓉"十七八岁"，她又说凤姐"大不过二十"，则凤姐当比贾蓉大两岁，因此凤姐比贾蓉小两岁也是不可能的。
② 指"春"与"秋"的对仗。

第3回黛玉入贾府时，贾母原本要让黛玉和宝玉隔房分开住，即黛玉住在宝玉原来住的"碧纱橱"内，宝玉则移入自己房内与贾母同住，这时"宝玉道：'好祖宗，（甲侧：跳出一小儿。）①我就在碧纱橱外的床上很妥当，何必又出来闹的老祖宗不得安静。'贾母想了一想说：'也罢了。'每人一个奶娘并一个丫头照管，（蒙侧：小儿不禁情事，无违，下笔运用有法。）"即两人此时尚是六七岁的幼儿，情窦未开，同住无妨，所以贾母同意黛玉与宝玉一同住在"碧纱橱"内，分两张床睡。"碧纱橱"就是用纱窗格子作隔断墙而分隔出来的小套间。这是"红楼七年"年底事，到此回"红楼九年"冬，已隔了整整两年，小儿已长大，男女当有别，所以要分房而住了。

此回又写王熙凤与宝玉在宁府初次见到秦钟，没有节令方面的描绘，可据上回与下回定在冬天。今按：第5回秦可卿说她弟弟秦钟与宝玉同岁，宝玉道："我怎么没见过？你带他来我瞧瞧。"众人笑道："隔着二三十里，往哪里带去？见的日子有呢。"本回便是秦氏接着上文第5回的话笑道："今日巧，上回宝叔立刻要见见我兄弟，他今儿也在这里，想在书房里，宝叔何不去瞧一瞧？"第5回说、第7回便见，时序上也不可能一下子从春初跳到冬底，而应当同在第5回的春天为宜。由于作者为了构思上的对仗，有意把刘姥姥"秋丰"事插进来，与贾宝玉的"春梦"对峙立局，宝玉原本春天会秦钟的情节，看上去便成了冬天，所以作者写"会秦钟"这段情节时，有意要把节令描写全都给刻意回避或抹去。

秦钟向宝玉表达要到"贾氏义学"上学的意愿，宝玉满口答应下来。接着又因宁府派焦大送秦钟回家，惹来焦大一场醉骂。尤氏对凤姐说："你难道不知这焦大的？连太爷都不理他的，你珍哥哥也不理他。只因他从小儿跟着太爷们出过三四回兵，从死人堆里把太爷背了出来、得了命，自己挨着饿，却偷了东西来给主子吃。两日没得水，得了半碗水给主子吃，他自喝马溺。不过仗着这些功劳、情分，有祖宗时，都另眼相待。"

所以下来焦大便对贾蓉说："蓉哥儿，你别在焦大跟前使主子性儿。别说你这样儿的，就是你爹、你爷爷，也不敢和焦大挺腰子呢！不是焦大一个人，你们做官儿、享荣华、受富贵？你祖宗九死一生挣下这个家业，到如今不报我的恩，反和我充起主子来了？"

这便补出贾府原型"曹家"的发家史，便是靠攻打明朝江山时出生入死的军功起家。所以第75回贾珍居丧习射时，贾赦、贾政声称自己家族"武事当亦该习，况在武荫之属"，点明贾府的原型"曹家"原系武荫出身。尤氏口中的"太爷"即"爷爷的父亲"，据第2回"冷子兴演说荣国府"，乃"宁国公"贾演之子贾代化，他生了贾蓉的爷爷贾敬，贾敬生了贾蓉的父亲贾珍，贾敬、贾珍都不敢得罪焦大（即焦大对贾蓉所说的："就是你爹、你爷爷，也不敢和焦大挺腰子呢"）。

---

① 指作者这时笔下写的宝玉活脱脱是个小孩子的模样，这是称赞作者文笔写什么像什么。

最后便写焦大醉骂宁府三位主子贾珍、贾蓉、秦可卿的淫乱："每日家偷狗戏鸡，爬灰的爬灰，养小叔子的养小叔子，我什么不知道？咱们'胳膊折了往袖子里藏'！""偷鸡摸狗"自然是说贾蓉，"爬灰污媳"自然是说贾珍，"养小叔子"的自然就是在说秦可卿。众小厮见他骂出"这些没天日的话来"，吓得魂飞魄散，也不顾别的，便把他捆起来，用泥土和马粪满满地填他一嘴，让他呕出肚中酒可以清醒一下。

第八回紧接上回写："话说凤姐和宝玉便回明贾母'秦钟要上家塾'之事"，然后"后日"贾母带着王夫人、黛玉、宝玉到宁国府看戏。中午回来后，宝玉便到"梨香院"看望生病的薛宝钗（生病原因作者并未交代，联系她上京是为了选秀，而作者又不提选秀之事，故此处可以姑且认为她是因为落选秀女、情绪低落而得病）。宝玉见薛宝钗穿着"玫瑰紫色金银鼠比肩褂，葱黄绫棉裙，一色半新不旧"，是冬装。两人互相玩赏对方的金锁与"通灵宝玉"。

林黛玉暗中监视宝玉行踪而跟来"梨香院"，宝玉见她"外面罩着大红羽缎对衿褂子"，便问："下雪了吗？"站在地下（即地面上）的婆娘们回道："下了这半日雪珠儿了。"这时宝玉想喝冷酒，被宝钗劝好了，"便放下冷酒，命人暖来方饮。黛玉嗑着瓜子儿，只抿着嘴笑"。

这时黛玉丫环雪雁"走来与黛玉送小手炉"，黛玉趁机借题发挥，问知是紫鹃怕她冷而送来，于是"指桑骂槐"地说："也亏你倒听她的话。我平日和你说的全当耳旁风，怎么她说了你就依，比圣旨还快些！"

书中写："宝玉听这话，知是黛玉借此奚落他，也无回复之词，只嘻嘻的笑两阵罢了。（甲侧：这才好，这才是宝玉。）宝钗素知黛玉是如此惯了的，也不去睬她。（甲侧：浑厚天成，这才是宝钗。）"

只有薛姨妈没听出黛玉的话外之音，说道：人家是为你黛玉着想，你怎么还去怪罪人家？黛玉又说：幸亏是在姨妈这里而姨妈不恼，要是在别人家，便会认为这是在讽刺她们家没有提供取暖手炉而多心。于是薛姨妈说："（只有）你这个多心的（才会）有这样想！我就没这样心。"

宝玉回到自己住处，晴雯说她亲自为宝玉把"绛云轩"三字贴在了门斗上："我生怕别人贴坏了，我亲自爬高上梯的贴上，这会子还冻得手头冷的呢。"以上都是冬天光景。宝玉入房后，听到留给袭人吃的"豆腐皮包子""枫露茶"这两样东西给奶妈李氏拿走、吃了而发怒。次日贾蓉带秦钟来拜见宝玉，宝玉定了"后日一早，请秦相公先到我这里会齐了，一同前去"上学。

◎第九回"恋风流情友入家塾、起嫌疑顽童闹学堂"言宝玉上学，袭人说："大毛衣服我也包好了，交出给小子们去了。学里冷，好歹想着添换，比不得家里有人照顾。脚炉、手炉的炭也交出去了，你可逼着他们添。那一起懒贼，你不说，他们乐得不动，白冻坏了你。"与上回一样，是大冬天光景，可证：宝玉是第九年冬天，为了能每天看到秦钟而去上学。

现在小学生八岁上学，宝玉似乎比之晚了一年，其实宝玉早就在家中请先生教过书了，见第 7 回他初会秦钟时对秦钟说："我们却有个家塾，合族中有不能延师的，便可入塾读书，子弟们中亦有亲戚在内可以附读。<u>我因上年业师回家去了，</u>也现荒废着。家父之意，亦欲暂送我去，且温习着旧书，待明年业师上来，再各自在家亦可。家祖母因说：一则家学里子弟太多，生恐大家淘气反不好，二则也因我病了几天，遂暂且耽搁着。如此说来，尊翁如今也为此事悬心。今日回去何不禀明，就在我们这敝塾中来，我亦相伴，彼此有益，岂不是好事？"

正因为宝玉早已上过了学，所以宝玉这次出门上学前向贾政告辞时，贾政说："你如果再提'上学'两个字，连我也羞死了。"戚序本夹批："这一句才补出已往许多文字。是严父之声。"贾政又说："依我的话，<u>你竟顽你的去是正理。</u>仔细站脏了我这地，靠脏了我的门！"这句话倒是点明：宝玉上学不是为了学习，而是为了"玩"去的；贾政此次倒是"不幸言中"，因为宝玉这次原本就是为了和貌美多情的秦钟多多接触，才去上学的，贾政真可谓"知子莫如父"。

贾政又问跟宝玉的人："你们成日家跟他上学，他到底念了些什么书？"更可证明宝玉早就上过学，不过不是到府外去上学，而是在家上学。上回回末言：秦钟"因去岁业师亡故，未暇延请高明之士，只得暂时在家温习旧课"，可证秦钟也早就上了学。

当黛玉听到宝玉向她告辞说要去上学，便讽刺他："好！这一去，可定是要'蟾宫折桂'去了。我不能送你了。"她未曾料到：宝玉上学是因为另有新欢。黛玉最后"忙又叫住问道：'你怎么不去辞辞你宝姐姐来？'（戚夹：必有是语方是黛玉，此又系黛玉平生之病。）宝玉笑而不答。（蒙侧：黛玉之问，宝玉之笑，两心一照，何等神工鬼斧之笔。）一径同秦钟上学去了。"

上学期间，发生了因秦钟引发的"闹学"风波。秦可卿脸皮薄，因焦大醉骂她与公公贾珍乱伦、又养小叔子贾蔷而羞愧得病；下回又通过尤氏与贾璜妻的对话，补明秦可卿因秦钟在她面前哭诉闹学事而加重病情。

据下回交代，闹学事件发生在贾敬生日的四天前，而第 11 回又交代贾敬生日是在"九月半"左右，故知闹学当发生在 九月十二日 前后。换句话说，闹学事件发生在第 9 回贾宝玉冬天入学后的第二年秋天，也即红楼第十年，宝玉十岁。第 9 回寥寥一笔便由第九年冬天入学，一直写到大半年后的第十年秋天闹学，时间跨度未免过于惊人。〖此回连"过年"的踪影都未写及，是作者拆十四岁人生为十九年小说故事而来的"虚年"。〗

此回闹学事件中又特地写到贾蔷："亦系宁府中之正派玄孙，父母早亡，从小儿跟贾珍过活，如今长了十六岁，比贾蓉生的还风流俊俏。他兄弟二人最相亲厚，常相共处。宁府人多口杂，那些不得志的奴仆们，专能造言诽谤主人，<u>因此不知又有了什么小人诟谇谣诼之辞。</u>贾珍想亦风闻得些口声不大好，自己也要避些嫌疑，如今竟分与房舍，命贾蔷搬出宁府，自去立门户过活去了。这贾蔷外相既美，（戚夹：亦不免招谤，难怪小人之口。）内性又聪明，虽然应名来上学，亦不过虚掩眼目而已。仍是斗鸡走狗，赏花玩柳。总恃上有贾珍溺爱，

（戚夹：贬贾珍，最重。）下有贾蓉匡助，（戚夹：贬贾蓉，次之。）因此族中人谁敢来触逆于他？他既和贾蓉最好，今见有人欺负秦钟，如何肯依？"贾蔷今年十六岁，比宝玉大6岁；而贾蓉今年十九岁，比贾蔷大3岁，"他兄弟二人最相亲厚，常相共处。……不知又有了什么小人诡诈谣诼之辞"，所造之词显然就是焦大口中的秦可卿"养小叔子"事。贾蔷与贾珍、贾蓉有男风关系，秦可卿恐亦难免此淫局之外。贾蔷见可卿之弟秦钟受欺，自然要为秦钟出气。

第十回写闹学事件以肇事者金荣，向受害者秦钟叩头了事，大家散学。金荣回家后告诉母亲胡氏，胡氏"次日"便将此事告诉金荣姑母贾璜妻金寡妇，于是贾璜妻一气之下，便在此闹学后的第二天（九月十三日前后）来到宁府，问起贾蓉妻秦氏。尤氏说："她这些日子不知怎么着，经期有两个多月没有来。叫大夫瞧了，又说并不是喜，那两日到了下半天就懒待动，说话也懒待，眼神也发眩。……偏偏今日早晨他兄弟来瞧她，谁知那小孩子家不知好歹，看见他姐姐身上不大爽快，就有事也不当告诉她，别说是这么一点子小事，就是受了一万分委曲，也不该向她说才是。谁知他们昨日学房里打架，不知是哪里附学来的一个人欺负了他，里头还有些不干不净的话，却告诉了他姐姐。……她听见了这些事，这日索性连早饭也没吃。……我想到她这病上，我心里倒像针扎。"可知秦可卿之病此前就有，闹学事件加剧了她的病情。

金寡妇走后，贾珍进来，与尤氏谈起秦氏病况，贾珍说："方才冯紫英来看我，……说起他幼时有一个从学的先生，姓张名友士。学问是最渊博的，更兼医理极深，且能断人的生死……我即刻差人拿我的名帖请去了。今日倘或天晚了，若不能来，明日想来一定来。"尤氏又问："后日是太爷的寿日，到底怎么办？"贾珍说："且叫来升来，吩咐他预备两日的筵席"：一是生日前一天的寿辰之宴，二是生日那天的庆生之宴。书中又写张友士回说"明日务必到府"，"次日午间，人回道：'请的那张先生来了'"，可见张友士是在闹学后第三天（九月十四日前后）来为秦氏诊脉，贾敬是在闹学后的第四天庆大寿、第五天做生日。

张友士诊病时对贾蓉说："大爷是最高明的人，人病到这个地位，非一朝一夕的症候，吃了这药，也要看医缘了。依小弟看来，今年一冬是不相干的；总是过了春分，就可望全愈了。""一冬是不相干的"可证此时要么在秋天、要么在冬天，因为谁都不会在春天或夏天诊病时说出"一冬是不相干的"话来。

第十一回开头便写："话说是日贾敬的寿辰"，可证此时已到闹学后的第四天，贾珍、尤氏对到场的荣府诸人说："老太太原是老祖宗，我父亲又是侄儿，这样日子原不敢请她老人家；但是这个时候天气正凉爽，满园的菊花又盛开，请老祖宗过来散散闷"，足证此时乃秋天。王夫人问起秦可卿的病情，尤氏回答："她这个病得的也奇。上月中秋还跟着老太太、太太们顽了半夜，回家来好好的。到了二十后，一日比一日觉懒，也懒待吃东西，这将近有半个多月了。经期又有两个月没来。"可证贾敬生日是在"八月二十"后的半个多月而未到一个月，应当就在九月初五至九月二十之间。

尤氏又对凤姐说："你是初三日在这里见她的，她强扎挣了半天，也是因你们娘儿两个好的上头，她才恋恋的舍不得去。"第42回交代九月初二是凤姐生日，此日宁府的尤氏和秦氏理应到荣府来拜望凤姐，给她祝寿、庆生，由于秦氏因病未来，所以凤姐便得知她生病了，于是第二天九月初三便来看望她。九月初三那天秦氏由于刚得病，所以还能挣扎着起身接待凤姐，后来便病重而起不来，故"凤姐儿听了，眼圈儿红了半天，半日方说道：'真是天有不测风云，人有旦夕祸福。'"下文凤姐探望生病的秦可卿时，一见面便说："我的奶奶！怎么几日不见，就瘦的这么着了！"可证贾敬生日距九月初三两人相见，远不止两天而当有好几天（"几日不见"）。凤姐探望可卿时又说："如今才九月半"，可证贾敬此日寿辰当在 九月十五 前后，距九月初三已有十来天，凤姐称之为"几日不见"是泛指有好多天没见面的意思，并不指个位数而还没到十天[1]，所以两者并不矛盾。

尤氏早在两天前，便对贾璜妻说过：秦可卿在闹学事件发生前，便已有两个月经期没来而请好几位大夫看过了。可证秦可卿的经期早在五六天前便当来而未来。八月中秋至贾敬九月半的寿辰，肯定容不下两场月经。月经周期一般为28天，所以秦可卿的经期应当在八、九两月的上旬来，她应当是八月中秋前的那场经、九月上旬的那场经，一共两场月经没有来[2]。由此可知，秦可卿名义上因中秋赏月受凉得病，其实病因早已种在"中秋赏月"之前。由于"中秋节"前的那场月经便没有来，所以中秋节受凉也不过是病发的诱因而非病因所在。联系脂批所说的"秦可卿淫丧天香楼"情节（本书"第三章、第一节、一、（三）"有详论），秦可卿应当是与贾珍等人淫乱而导致自己月经紊乱，她得的是淫乱所致的比较严重的妇科疾病，这就给淫乱不洁的女性们敲响了警钟。

综上，贾敬寿辰应当在 九月十五日 前后（其生日当后于寿辰一天而在 九月十六日 前后）。前一天张友士为秦可卿看病时说的"今年一冬是不相干的"的话，是在秋天说的。

下来写："尤氏向邢夫人、王夫人道：'太太们在这里吃饭啊，还是在园子里吃去好？小戏儿现预备在园子里呢。'王夫人向邢夫人道：'我们索性吃了饭再过去罢，也省好些事。'……不多一时，摆上了饭。"可证：因为要吃寿面，所以王夫人等，一大早未吃早饭[3]便来宁国府，等着吃宁国府9点半的早饭；吃的自然就是为贾敬祝寿用的寿面。吃完后，大家到"会芳园"中参加"午宴"，即看戏、吃酒。

用过早饭（寿面）后，凤姐便去探望生病的秦氏。秦氏说："我自想着，未必熬的过年去呢。……我知道我这病不过是挨日子。"凤姐儿说："如今才九月半，还有四五个月的工夫[4]，什么病治不好呢？"下来便写凤姐独自逛"会芳园"

---

[1] 指个位数"几"而非"十几"。
[2] 若秦可卿是八月中秋后来月经的话，则第二场月经很可能在九月半之后才来。由其九月半贾敬寿辰前有两场月经没来，故可揣知：她应当是八月中秋前、也即每月上旬来月经。
[3] 已吃过7点钟吃的早膳，但未吃10点钟要吃的早饭。
[4] 指过了冬天到来年的春天，还有四五个月呢。因为医生说只要能过了这冬天，来春便会好。

（大观园的前身），看到"黄花满地"的秋天风光，碰上贾瑞对她心怀淫念。

下来又写"这年正是十一月三十日冬至，到交节的那几日，贾母、王夫人、凤姐儿日日差人去看望秦氏。回来的人都说：这几日也不见添病，也不见甚好。……（贾母）向凤姐儿说道：'你们娘儿两个也好了一场，明日大初一，过了明日，你后日再去看一看她去。……'凤姐儿一一答应了。到了初二，吃了早饭，来到宁府。看见秦氏的光景，虽未甚添病，但是那脸上、身上的肉全瘦干了。于是和秦氏坐了半日，说了些闲话儿，又将'这病无妨'的话开导了一遍。秦氏说道：'好不好，春天就知道了。如今现过了冬至，又没怎么样，或者好的了也未可知。婶子回老太太、太太放心罢。（蒙侧：文字一变。人于将死时也应有一变。）……'凤姐儿答应着就出来了，到了尤氏上房坐下。尤氏道：'你冷眼瞧媳妇是怎么样？'凤姐儿低了半日头，说道：'这实在没法儿了。你也该将一应的后事用的东西给她料理料理，冲一冲也好。'（蒙侧：伏下文代办'理丧'事。）"

可卿居然说自己会好（见上引画线部分），这便已反常，故脂批："人之将死，其言反常"，暗示她即将谢世。可见上回末张友士所说的"要有医缘"，便是指"要看幸运与否了"。张友士说"今年一冬是不相干的，总是过了春分，就可望全愈了"，是指：如果能熬过这个冬天，来年春天要是能好的话就能好；如果到了来年春天还不好的话，那就没办法了，因为病情被此前的那几位医生给耽误了。所以贾蓉也就不敢多问下去。此回从九月半一直写到腊月（十二月）初二。

◎第十二回"王熙凤毒设相思局、贾天祥正照风月鉴"写贾瑞连中凤姐设的两次"相思局"而生病，其中提到"现是腊月天气"，下又言"不上一年"各种病症都添全了，又写"倏又腊尽春回，这病更又沉重"，似乎已过了两年。其实作者的文笔不可能写得如此飞快，所谓"不上一年"当指"不用一年"，短则一两个月，长则十一个月，都可以说成"不上一年"，所以此处"不上一年"可以理解为"不用几个月"乃至"不上一个月"[1]，故下文"倏又腊尽春回，这病更又沉重"是指红楼第十一年，宝玉十一岁，而非指再后一年。即太平闲人在批语中特地指明"又倒插一句'不上一年多添全了'，明明是第二年"而非第三年！书中此年一连死了秦可卿、贾瑞、林如海三人。此回只用"腊尽春回"四个字便过了一年，未写到"过年"情节，属于作者拆"十四岁人生"为"十九年小说故事"而来的"虚年"。贾琏、黛玉"冬底"奔丧而可卿亡，下来便写可卿丧事"五七正五日"传来林如海"九月初三"讣闻，更是连换年的踪影都没写到，更加证明此年是作者拆"十四岁人生"为"十九年小说故事"而来的"虚年"。

又第13回秦可卿死时，贾蓉捐官得了"龙禁尉"，书中写其履历："江南江宁府江宁县监生贾蓉，年二十岁。曾祖，原任京营节度使、世袭一等神威将军

① 《镌石订疑》说其所见旧抄本作"不上一月"，恐也是后人所改，其实也不必如此改。《镌石订疑》之说，见一粟所编《红楼梦资料汇编》第104页。

贾代化；祖，乙卯科进士贾敬；父，世袭三品爵威烈将军贾珍。"上已言"红楼七年"贾蓉16岁，"红楼九年"贾蓉18岁，此为"红楼十一年"，作"二十岁"正相吻合。

【又第12回大某山民批："前第三回'黛玉入荣府'，为入书正传之第一年己酉。至第九回'闹书房'，入第二年庚戌；至此回末，则第二年又尽矣。下自'治秦氏丧'起，为第三年之春辛亥。至第十八回'元妃归省'，乃入第四年壬子之春。节次分明，不得草草读过。"又第8回"大某山民"批："按前第三回'黛玉入荣府依外家'，查系己酉年秋晚、冬初。自后一切事情，至'宝、黛过梨香院薛姨妈处饮酒遇雪'，皆本年冬底事也。入第九回'宝玉与秦钟入塾'为始，当系次年初春矣。迨后十一回中，记'贾敬生日在九月时'，并追叙'上月中秋'云云，又记'菊花盛开'，又记'十一月三十'云云，又记'十二月初二'云云，又记'冬底林如海'云云。至'治秦氏之丧'，又是一年之春矣。作者虽未表明又是一年，而书中之节次具在也。故入第九回，即为入书正传之第二年庚戌，迨至十三回'春日治秦氏之丧'，则入书正传之第三年辛亥也。阅者记清。己酉、庚戌两年过接处，作者欠界划清楚。令粗心读过者无界限可寻，然断断不能并作一年事也。"今按：上文已详考黛玉第七年冬底入贾府，宝钗第九年二月初入贾府，故"宝、黛过梨香院薛姨妈处饮酒遇雪"不是"本年冬底事也"，而是后年第九年冬天事。又宝玉当是第九年冬天入学，其言"初春"入学，略误。闹学事在第十年秋，其年冬底林如海病，次年红楼十一年治秦可卿丧而林如海死。从第七年冬黛玉入贾府，至第十一年林如海死而治秦可卿丧实为五年，大某山民仅"己酉"至"辛亥"三年，少算两年：一是少算黛玉到后、宝钗未来前的第八年，二是少算宝玉"作春梦"、刘姥姥"打秋丰"的第九年。】

第十二回 贾瑞于宁府贾敬"做寿、庆生"之宴上，醉心于王熙凤的貌美而起淫念，接二连三到王熙凤住处"请安说话"，问："二哥哥怎么还不回来？"凤姐道："不知什么原故。"贾瑞笑道："别是路上有人绊住了脚了，（蒙侧：旁敲远引。）舍不得回来也未可知？"故意"旁敲远引"到情爱话题上去。由于本回末方才提到贾琏送黛玉回扬州看望重病的林如海，所以此处当是贾琏另有他事出门远行。

下来写贾瑞第一次中王熙凤的"相思局"，被骗入"西边穿堂儿"，"这屋内又是过门风，空落落，现是腊月天气，夜又长，朔风凛凛，侵肌裂骨，一夜几乎不曾冻死。"其事在腊月初二凤姐看过秦可卿后，显是"腊月（十二月）"中受冻。此后又写贾瑞"过后两日，得了空，便仍来找凤姐"，当晚再度被王熙凤骗入"荣国府"淋粪而病重，中了第二次"相思局"。书中写他各种病症"不上一年都添全了"，看上去似乎已写到第二年八九月份，其实"不上一年"可以指"不用一年"，而"不上一个月"也是不用一年，所以这儿写的"不上一年都添全了"，其实是指"只有十来天工夫还没到过年"便已经把各种病症都添全了。其时尚在年关之前，因为下文才写到"倏又腊（十二月）尽春回，这病更又沉重"，这才是过年而进入第十一年。然后作者写贾瑞"正照风月鉴"而一命呜呼，其事显然是在第十一年的春天。

此回回末又补叙贾瑞得病的第十年腊月中林如海得病事："谁知这年冬底林如海的书信寄来，却为身染重疾，写书特来接林黛玉回去。（蒙侧：须要林黛玉长住，偏要暂离。）贾母听了，未免又加忧闷，只得忙忙的打点黛玉起身。宝玉大不自在，争①奈父女之情也不好拦劝。于是贾母定要贾琏送她去，仍叫带回来。一应土仪、盘缠不消烦说，自然要妥贴。作速择了日期，贾琏与林黛玉辞别了贾母等，带领仆从，登舟往扬州去了。"这是为了支走贾琏，而可以让凤姐主持秦可卿之丧②；也是为了支走黛玉，而可以写宝玉与秦钟同性亲昵的情节。

（今按：上引"这年冬底"四个字写在上文贾瑞"腊尽春回"后，极易使人认为是贾瑞死的那年年底林如海病重；即：贾瑞死在年初，年底林如海病重。但这么理解的话，等于作者"一字未写"便由年初写到了年末，从而使"红楼纪年"又多一年出来。由于作者不可能整整一年一字不写，故知此处的"这年"其实仍当指贾瑞得病的上一年，而非贾瑞死的那一年。换句话说，贾琏带林黛玉回扬州探望重病在身的父亲，这件事作者用的是"倒叙、插叙"手法，"这年冬底"仍指上年贾瑞中相思局而得病的第十年的冬底，也即第十年除夕前几天，并非是指贾瑞死的第十一年的冬底。这是作者用"错综叙事"的手法，一边说贾瑞由冬入春、过年而死，一边又说林如海冬底来信言其病重、而让贾琏和黛玉年前赶赴扬州。）

第十三回写："话说凤姐儿自贾琏送黛玉往扬州去后，心中实在无趣，每到晚间，不过和平儿说笑一回，就胡乱睡了。这日夜间，正和平儿灯下拥炉倦绣，早命浓熏绣被，二人睡下，屈指算行程该到何处，不知不觉已交三鼓。"其时需要"拥炉"，可证仍在冬底，也即贾琏、黛玉去扬州后没几天。其夜秦氏亡故，并托梦给王熙凤交代后事，"凤姐还欲问时，只听二门上传事云板连叩四下，将凤姐惊醒。人回：'东府蓉大奶奶没了。'"可见秦可卿亡故于冬底贾琏、黛玉去往扬州没几天的后半夜。王公贵族、官宦士绅家，会在二门（即仪门）挂"云板"，用来传事、报信；古有"神三鬼四"之说，敲四下云板，就表示有人死了（神为阳，故用奇数；鬼为阴，故用偶数）。

由此可知：①林如海病重而贾琏黛玉奔赴扬州、②贾瑞病重、③秦可卿亡故这三件事，都发生在红楼十年的冬底。

第10回张友士为秦可卿看病时说的"一冬不相干（只要这一冬没事，到来春便会好起来）"是句委婉的空话。而张友士看病时，旁边有一个贴身服侍的婆子说："如今我们家里现有好几位太医老爷瞧着呢，都不能的当真切地这么说。

---

① 争，通"怎"。

② 之所以要让贾琏送黛玉，这是为凤姐在可卿葬礼上独揽大权创造机会。贾琏如果在府内，"协理宁国府"的合法人选便当是贾琏而非凤姐，为了写出凤姐的能干，作者所以要特意支走贾琏。冬天支走，可卿即死，其时正在"拥炉"之际；而33天后，林如海却死在了秋天，其时又当"加衣（加大毛衣服）"：这两者一在冬，一在秋，谁也不敢撮合在一起，而作者硬把两者撮合在一起。只要联想到作者写的是人间之"梦"，也就合理了，因为：梦原本就可以错乱颠倒而非现实。曹雪芹开了前无古人的"梦幻现实主义小说"的先河。

有一位说是喜，有一位说是病，这个说不相干，那位说怕冬至，总没有个准话儿。求老爷明白指示指示。"最后那位说"怕冬至"的医生，倒是应验。

张友士接着这婆子的话说："大奶奶这个症候可是众位耽阁了。要在初次行经的日期就用药治起来，不但断无今日之患，而且此时已全愈了。如今既是把病耽误到这个地位，也是应有此灾。依我看来，此病尚有三分治得。"可见：由于庸医延误，秦可卿的病情已极为凶险，只有十分之三的把握可以治好。

贾蓉看了张友士开的药方后问："这病与性命终究有妨无妨？"太医笑道："大爷是最高明的人，人病到这个地位，非一朝一夕的症候，吃了这药，也要看医缘了。依小弟看来，今年一冬是不相干的。总是过了春分，就可望全愈了。"书中写"贾蓉是个聪明人，也不往下细问了"，即：贾蓉已听明白病情非常严重，因为医生说只有"三分治得"、"要看医缘"（即要看运气如何），也就是说这病凶险难救而没把握。

至于张友士说"今年一冬是不相干的，总是过了春分，就可望全愈了"，是说如果有缘（指运气好），熬过了冬天便会好；结果第11回尤氏向邢夫人、王夫人、凤姐等汇报秦可卿病情时说："从前大夫也有说是喜的。昨日冯紫英荐了他从学过的一个先生，医道很好，瞧了说不是喜，竟是很大的一个症候。昨日开了方子，吃了一剂药，今日头眩的略好些，别的仍不见怎么样大见效"，然后又写秦可卿服药到"十一月三十"冬至那天仍不见好、也不添病（"这几日也没见添病，也不见甚好"），这其实已经在告诉大家这病难好了，所以王熙凤叫尤氏准备后事，脂批又点明秦可卿见凤姐时说的话全都是"人之将死"时说的反常话（"文字一变。人于将死时也应有一变"）。所以贴身侍婆说的"那位（太医）说怕冬至"反倒是句大实话，而张友士说的"今年一冬是不相干的"反倒是句不肯承认自己没把握、看不好病的委婉语。

总之，作者借上述文字，其实已委婉地写明秦氏活不过冬底，更不可能活到来年的"春分"。由于贾瑞是在秦可卿生病期间得病，贾瑞病重与可卿病重乃"花开两朵、各表一枝"的同步进行的平行事件，并不意味着先述的贾瑞病死在前，后述的可卿病死在后。由秦可卿活不到冬底，也可证明上文贾瑞"不上一年都添全了"超不出一个月。

〖关于这一点，今再详论如下：贾瑞得病于十二月，正是可卿病重将死之际。可卿病死与贾瑞病死是同步事件，贾瑞死后，可卿与林如海才死。既然可卿不可能活到来年春天、只可能病死在当年冬天，所以与之同步进行的贾瑞的病，也就不可能延续一年；如果贾瑞的病能延续一年，而可卿又死在贾瑞后，则可卿便能活过冬天而到来年春天，则张友士的话便不准。因此，书中所说的贾瑞"不上一年"病都全了，当据可卿冬底死而解作"不上一月"为是。所谓的"不上一年"，实为：腊月（即十二月）得病，还没过年（即未到来年正月）病便添全了。如果过了年，按虚算便是两年，今未过年，故可称为"不上一年"。所谓"不上一年都添全了"，就是未能过年病便全了的意思。〗

秦可卿死后，本回便开始描写其丧事：贾珍"一面吩咐去请钦天监阴阳司来择日，推准停灵七七四十九日，三日后开丧送讣闻。这四十九日，单请一百单八众禅僧在大厅上拜大悲忏，超度前亡后化诸魂，以免亡者之罪；另设一坛于天香楼上，是九十九位全真道士，打四十九日解冤洗业醮。然后停灵于会芳园中，灵前另有五十众高僧、五十众高道，对坛按七作好事"云云。

第十四回继续叙述秦氏丧葬之事，内中夹写林如海"九月初三"病亡一事，与秦可卿冬天逝世两相矛盾。

今按，古代设道场做法事，"头七"一般是在死者死后的第六天或第七天举行，请僧人拜忏、挂功德画、张挂榜文，但不放焰口。"二七"是在死者死后第十四天举行。"三七"由和尚念《受生经》，晚上放焰口，佛教用《金刚经》，道教用《度人经》。"四七"多由亲戚出钱，请和尚念经。"五七"是"七七"中最重要的一个"七"，相传在这"五七"期间，亡魂要经过严厉的"五殿阎王"关，需要请道士做五件功德：符（先一日发符，招请神将）、朝（朝天上表）、忏（至心朝礼拜忏）、炼（水火炼度焰口）、灯（观灯），还要做"破地狱"、"跪五方"等种种法事，烧"五七纸"。正因为此，书中对"五七"这一天的描写最为具体。"六七"由女婿操办。"六七"之前，灵前只供素菜，"六七"正日须由女婿开荤。由于可卿妙龄无子而亡，此"七"当免。"七七"为满七、断七，要举行隆重的祭奠，亲朋好友都来烧纸钱；祭毕，孝子烧孝鞋、丧杖等物，并撤灵堂、放焰口。

"五七"是停灵极关键的一个"七"，古代寿终正寝而非"死于非命"者，只要做到"五七"便可，不用做"七七"。贾珍要给秦可卿做满"七七"（"打四十九日解冤洗业醮"），曹雪芹这么写的用意，便是暗示秦可卿乃自缢而"死于非命"，绝非因病而寿终正寝。

书中对"五七正日"那天的描写最为具体："这日乃五七正五日上，那应佛僧正开方破狱，传灯照亡，参阎君，拘都鬼，延请地藏王，开金桥，引幢幡；那道士们正伏章申表，朝三清，叩玉帝；禅僧们行香，放焰口，拜水忏；又有十三众青年尼僧，搭绣衣，趿红鞋，在灵前默诵接引诸咒，十分热闹。"

"五七正五日"就是"五七"的第五天，也即秦可卿亡故后的第33天。每个"七"的第五天都是关键日子，称"正五日"，此日关系到亡魂能否"过界"。"过界"即进入阴司而不再是孤魂野鬼；只有进了阴司，才可以转世投胎、进入来生。对于寿终正寝者，地狱城门对其自动"开放"，进城过"奈何桥"后，便有"黑、白无常"引导，向阎王报到，手续简单；而对于"死于非命"者，地狱城门对其关闭，必须"破地狱"方能进城，上文称之为"开方破狱"（意即"开放破狱"），俗称"破城"，即让亡灵进入地狱之城参见阎君，然后才能转世投胎。只有破了地狱、见了阎王，才算合法死亡，从而具备转世轮回的基础条件。曹雪芹用"开方破狱"四个字，其实也在向读者暗示秦可卿死于非命。

此"五七正五日"的法事有："开方破狱"，"开方"即让地狱之城"开放"，"破狱"即僧人诵念《破地狱偈文》，求佛祖开恩，拯救亡灵出地狱而得解脱、往生。"传灯照亡"，即冥途迢迢，暗无天日，须将点燃的灯放置在亡者脚板的前方，明灯指路，以照亡灵。"参阎君，拘都鬼"，即参拜阎君，拘拿鬼城中的鬼卒。然后"延请地藏王"这一地狱教主来拯救亡灵。"善人"死后，其魂走的是金桥；"恶人"死后，其魂走的是"奈何桥"，所以要为亡灵"开金桥"，使其来世能托生福禄之地。"引幢幡"，即引亡魂走上好的投生或解脱之路。"伏章申表"，即道士跪着奏告文书，恭读表章；"朝三清"，即礼拜道教三位主神"玉清元始天尊"、"上清灵宝天尊"、"太清太上老君"；"叩玉帝"，即礼拜道教最高天神。而和尚们则行如下之事：一是"行香"，即拜佛；二是"放焰口"，即向众鬼神施舍饮食，超度饿鬼；三是"拜水忏"，即拜"慈悲水忏"，祈求为死者免除冤孽灾祸；然后"又有十三众青年尼僧，搭绣衣，趿红鞋，在灵前默诵《接引》诸咒"，即默诵接引死者往生"西方极乐世界"的咒语。[①]

　　此"五七正五日"一大早"点卯"时，宁府有一人未能按时报到，被王熙凤传唤来打了二十板子，革去一月银米。凤姐便借助此事，在宁国府"威重令行"起来。同时也伏下贾府抄家前夕，此被打之人告发凤姐的线索。

　　正是在这一天，与贾琏一同前往"苏州去的人昭儿（回）来"说："林姑老爷是九月初三日巳时没的。二爷带了林姑娘同送林姑老爷灵到苏州，大约赶年底就回来。……叫把大毛衣服带几件去。"而秦可卿亡故于年底，"五七正五日"时，当在次年正月底或二月初，怎么可能传来九月的"讣告"新闻呢？

　　现在传来的"讣告"新闻是林如海亡故于次年九月。昭儿回来报信当有一段路要走，所以报信之日当在九月中下旬左右，则秦可卿当死在八月中旬，则林如海病重之信当是八月来报为宜。这已明显透露出作者"增删五次"前的原稿中的两大本来面目：一是秦可卿应当"淫丧"于八月；二是林如海病危信传来不久而秦可卿亡故，所以林如海的信并非冬底传来，而当是八月传来。

　　而且，林黛玉和贾琏如果真是在"冬底"去往扬州的话，即黛玉在父亲床前尽了大半年的孝，林如海直到九月初三才亡故，则他俩走的时候必定会穿着"大毛衣服"，此时也就不用再让昭儿回来拿了。现在让昭儿回来拿冬天穿的"大毛衣服"，更加可以证明"林如海来信、黛玉贾琏起程"这两件事，应当发生在尚未穿"大毛衣"的八月，但这又与凤姐与平儿在他们刚走后便"拥炉"的冬令描写相矛盾。

　　总之，"秦可卿亡于拥炉的冬天"，与"秦可卿丧事的'五七正五日'在九月、而其时尚未穿大毛衣服"，这两处情节大为矛盾。

　　最合理的解释便是：作者最初稿是林如海八月来信、而九月初三逝世，秦可卿也是八月"淫丧"、而九月正在丧事之中。作者为了增加年份，有意把"林如海病危、黛玉贾琏前去探望、秦可卿不久亡故"写成冬底，并加上凤姐"拥炉"的冬令描写，然后再在开春后描写秦可卿的丧事，于是便把作者人生的第九岁拆出一个"虚年"来；但作者同时又保留"秦可卿丧事的'五七正五日'是在林如海'九月初三'日逝世后不久"、"黛玉贾琏走时是在八月而未带大毛衣服"这两大关键情节，以保存初稿、也即作者自己真实人生的真面目：于是

便在书中留下了"秦可卿春天丧事'五七正五日'那天传来林如海'九月初三'日病亡"这一极其荒诞的时间矛盾来▲。又本书"第三章、第一节、一、(三)"将详细考明其最初稿的真相便是：秦可卿亡故于作者十二岁那年中秋夜的八月十六日凌晨，其"五七正五日"的九月十八日传来林如海"九月初三"亡故的讣闻，这便毫无矛盾了。

第十五回紧接上回描写秦氏出殡途中，贾宝玉在路上谒见北静王。此回虽然没有明显的时间用语，但提到了一些服饰妆束，从某种意义上说，也可以作为一种时令标志，即：北静王"头上带着洁白簪缨银翅王帽，穿着江牙海水五爪坐龙白蟒袍，系着碧玉红鞓带"，宝玉"带着束发银冠，勒着双龙出海抹额，穿着白蟒箭袖，围着攒珠银带"，从服饰妆束和整回暖意融融的气氛来看，此回显然不是冬天光景。下文"第三章、第一节、一、(二)"将考明：作者是把自己十二岁时的梦中情人"秦可卿(情可亲)"之丧，故意移到九岁来影写自己八岁时姑姑"平郡王妃"曹佳氏之丧；而本书"第三章、第二节、三、(3)"又将考明：曹佳氏薨于正月十九，其未必要停灵"七七"四十九天，故二月上中旬便可出殡：这便与书中秦可卿亡故于冬底、四十九天后的二月上中旬出殡完全对上号。

此回又写秦钟"得趣馒头庵"，然后王熙凤、宝玉、秦钟诸人回贾府。此回回目"秦鲸卿得趣馒头庵"表面是写秦钟在馒头庵与智能儿偷欢，实则是写宝玉借此要挟秦钟晚上与其在被窝里"算账"，得趣的还有宝玉。其事发生在可卿丧事中，秦钟是其亲弟，宝玉是其二叔，两人皆在至亲丧事中行淫欲之事，秦可卿"在天有灵"情何以堪？书中又未写到秦钟为姐姐、宝玉为侄媳亡故的过于悲痛之情①，故此回堪与第63至65回贾敬丧事中，其子贾珍、其孙贾蓉，与尤二、尤三姐淫乱事相匹敌，极度讽刺仕宦大族的淫乱与不孝。

第十六回写宝玉与秦钟回贾府后，想借"读夜书"之名，让秦钟晚上来多陪陪自己，即："话说宝玉见收拾了外书房，约定与秦钟读夜书。偏那秦钟秉性最弱，因在郊外受了些风霜，又与智能儿偷期缱绻，未免失于调养，回来时更咳嗽伤风，懒进饮食，大有不胜之态，遂不敢出门，只在家中养息。宝玉便扫了兴头，只得付于无可奈何，且自静候大愈时再约。"秦钟受寒，与上文所考的秋末九月或仲春二月出殡的节令皆相吻合。(今按，若据秦可卿死于冬底，则其出殡当在早春二月；若据其"五七正五日"传来林如海九月初三亡故的讣闻，则其出殡又在晚秋九月：无论是早春二月还是季秋九月，天气总归会有寒意。)

作者下来又写元春受封和林黛玉从扬州归来之事："一日正是贾政的生辰"，六宫都太监夏老爷前来传旨：元春"晋封为凤藻宫尚书，加封贤德妃。"其后便写贾母等人入宫谢恩，一连几天亲朋庆贺。忽然有人回府报信，说贾琏、黛玉"明日就可到家"。原来"林如海已葬入祖坟了，诸事停妥，贾琏方进京的。本该出月到家，因闻得元春喜信，遂昼夜兼程而进，一路俱各平安"，可见贾琏、

---

① 虽然宝玉听到可卿讣闻而"只觉心中似戳了一刀的不忍"而吐了口血，但他说这是急火攻心，下来到可卿灵前"痛哭一番"也是场面应有之事，下来他便恢复了正常，而看不出有一点悲痛之情。

黛玉是赶在下月月初前的冬天某月底到了家。

第 14 回可卿丧中"五七"正五日"苏州去的人昭儿（回）来了"，即昭儿是从苏州赶回来的，可证昭儿回来之前已把林如海之灵送到苏州了，此时"昭儿道：二爷打发回来的。林姑老爷是九月初三日巳时没的。二爷带了林姑娘同送林姑老爷的灵到苏州，<u>大约赶年底就回来了</u>。"办丧事并回籍安葬，然后再回来，这肯定要有两三个月的工夫，所以原定计划定在年底即十二月才到家，即此回所说的"<u>本该出月到家</u>"，表明原定是在十二月初到家。贾琏因听到元妃喜讯，知道家中有"省亲"要事，贾政当急着与自己商量，于是日夜兼程地往回赶，原本"出月"即十二月初到家，自然也就提前几天到了家。由于再怎么提前，也不可能提前一个月，由此便可推知：贾琏、黛玉当在 十一月底 到家。况且上文贾琏命人在到家前一天通知家中，宝玉细问原由，此人说"本该出月到家"，其用"出月"两字，也证明说这话时离"出月"不会太远，当是十一月底而非十一月中旬说这话，这便可证明贾琏、黛玉当在十一月底到家，而不可能十一月初或十一月中旬到家。

到家当晚，贾政、贾赦、贾珍、贾琏、贾蓉五人便议定建园方案，次日便动起工来，可见大观园动工于十一月底。又林黛玉言大观园造了一年（引文详下），书中又言大观园完工于十月底（引文详下）；今贾琏十一月底到家而大观园动工，至来年十月底完工正好 11 个月，可称之为"一年"，与之皆相吻合。

贾琏到家当晚，凤姐为贾琏"预备了一杯水酒掸尘"，正要吃这晚饭，贾琏被贾政叫去商议"省亲"之事。贾琏回来后，与凤姐和喂过自己奶的奶妈一同谈论省亲之事，凤姐笑道："可恨我小几岁年纪，若早生二三十年，如今这些老人家也不薄我没见世面了。说起当年太祖皇帝仿舜巡的故事，比一部书还热闹，我偏没造化赶上。"而"二三十年"前，也就是第 7 回焦大口中所说的："二十年头里[1]的焦大太爷眼里有谁？"

今按：清圣祖康熙皇帝六次南巡，分别在康熙二十三、二十八、三十八、四十一、四十四、四十六年。前已考得凤姐比宝玉大 12 岁（而非 7 岁），其再早生"二三十年"，便比宝玉大 32 岁至 42 岁，正是宝玉母亲王夫人的年纪。本书"第二章、第二节"考明："红楼元年"就是宝玉原型——作者曹雪芹——出生的康熙五十四年；则凤姐如果早生"二三十年"的话，便当在康熙十二至二十二年，长到七八岁方能记事，其年当为康熙二十至三十年，正好能看到并记住康熙"六次南巡"中，由曹家接驾的后四次（三十八、四十一、四十四、四十六年南巡）；所以此处凤姐说的话，也与曹雪芹家的家世相吻合。

现在，凤姐只比宝玉大 12 岁，等于是康熙四十二年生，虽能赶上康熙后两次南巡，但其时仅三、五岁，过于年幼。即便这被抱着的幼儿有幸看到过康熙南巡的场面，但她也不记事，等于没看到，所以还得说成是"没见世面"；更有可能因为她太幼小，根本就不敢抱她去参加这种盛大场面。

---

① 头里，即"之前"的意思。

"一宿无话。次早贾琏起来，见过贾赦、贾政，便往宁府中来，合同老管事的人等，并几位世交、门下清客相公，审查两府地方，绘画省亲殿宇，一面参度办理人丁①。"便开始筹建大观园。

此回又在"贾政生日、元春晋妃"与"黛玉回来"这两者之间插叙了："水月庵"智能儿私自逃到秦钟家，看望生病的秦钟，被秦钟父亲秦业发现，"将智能逐出，将秦钟打了一顿，自己气的老病发作，三五日的光景呜呼死了。秦钟本自怯弱，又值带病未愈，受了答打，今见老父气死，此时悔痛无及，更又添了许多症候。"这便是作者用严父责打，来逼秦钟之死（用打骂及其他一些不顺心事来逼人死，这是《红楼梦》全书惯用的笔法；前八十回与后四十回中随处可见②）。于是，本回末也就顺理成章地写到秦钟之死，并且写到秦钟临终时忏悔自己人生，告诫宝玉当用功读书。

作者第12回末写"黛玉赴扬州"的情节，便是为了支走黛玉，从而可以写宝玉与秦钟的荒唐密事。现在既然让黛玉父亲亡故，迫使黛玉只能回贾府来永久居住，自当让那荒唐的秦钟永远谢幕而写其死亡，唯有如此，下来方能专门去写全书的主题——宝玉对黛玉的爱。

◎第十七回"大观园试才题对额、怡红院迷路探曲折"接着上回冬天（当是十一月底）开始动工建造大观园后，作者写："又不知历过几日何时，（庚侧：惯用此等章法。）（己夹：年表如此写，亦妙！）这日贾珍等来回贾政：'园内工程俱已告竣，大老爷已瞧过了，只等老爷瞧了，或有不妥之处，再行改造，好题匾额、对联的。'"真可谓"一笔带过、疏可走马"。画线的九个字，便是作者有意回避造园的起始月份和建成月份，叫人不要细究。因为建园的时间，对于全书的理解并无大碍，完全可以"一笔带过"、不加交代。

今据此回写到春天景物，而知大观园当是三月杏花大开时造好，即："贾政道：'此论极是。且喜今日天气和暖，大家去逛逛。'……有几百株杏花，如喷火蒸霞一般。"杏花开于农历二、三月份，此处写到杏花大开，当是三月份，故知大观园的主体建筑竣工于三月份的可能性为大，整个工期当仅4个月。

但这只是主体建筑的完工，即本回贾政所说的："这些院落房宇、并几案桌椅都算有了。还有那些帐幔、帘子，并陈设、玩器、古董，可也都是一处一处合式配就的？"可证此时房子与家具全都就绪，而布艺、陈设等尚未到位。贾珍回说："那陈设的东西早已添了许多，自然临期合式陈设。帐幔、帘子，昨日听见琏兄弟说，还不全。那原是一起工程之时就画了各处的图样，量准尺寸，就打发人办去的。想必昨日得了一半。"一时贾琏赶来回道："妆、蟒、绣堆，刻丝、弹墨③，并各色绸绫大小幔子一百二十架，昨日得了八十架，下欠四十架。

---

① 即商议承办和主管各工程项目的诸位男人的名单。

② 这也可视为后四十回与前八十回艺术手法相同的例证。

③ 按己卯本于"妆"字下有夹批："一字一句。"在"墨"字下有夹批："二字一句。"故知标点当点作："妆、蟒、绣、堆，刻丝、弹墨"。妆，妆缎；蟒，蟒缎。妆缎就是"妆花缎"，即"云锦"，是元明清以来，宫廷专用的最华丽的丝织品，人称"上用缎匹"。蟒缎，就是妆缎中织有龙蟒纹的一种，属于高档富贵的服饰用料，非普通人家所能享用。绣，是刺绣；堆，

帘子二百挂，昨日俱得了。外有猩猩毡帘二百挂，金丝藤红漆竹帘二百挂，墨漆竹帘二百挂，五彩线络盘花帘二百挂，每样得了一半，也不过秋天都全了。椅搭、桌围、床裙、桌套，每分一千二百件，也有了。”

又下回第 18 回：“此时王夫人那边热闹非常。原来贾蔷已从姑苏采买了十二个女孩子，并聘了教习，以及行头等事来了。……又有林之孝家的来回：‘采访聘买的十个小尼姑、小道姑都有了，连新作的二十分道袍也有了。外有一个带发修行的，本是苏州人氏，祖上也是读书仕宦之家。因生了这位姑娘自小多病，买了许多替身儿皆不中用，足的这位姑娘亲自入了空门方才好了，所以带发修行，今年才十八岁，法名妙玉。’……王夫人等日日忙乱，直到十月将尽，幸皆全备”，这便交代清楚：大观园包括园内所有配套设施、家具陈设、人员配备全都到位的、正式完工的日期是在十月底，则大观园全部工期为整整 11 个月，也即将近一年，这与第 42 回黛玉所说的“这园子盖才盖了一年”正相吻合。

此年为**红楼第十二年，宝玉十二岁**。俗话说：“疏处可以走马、密处不使透风”，此回及下回开头，仅用一回多文字，便写完了一年之事，作者文笔可谓“疏处可以走马”！其实这一年是作者凭空添造出来的“虚年”。〖此回只用“不知历过几日何时”这八个字，又用“有几百株杏花，如喷火蒸霞一般”这句话来暗示春天，便由上年底的冬天，写到了本年春天而过了一年，其连换年的踪影都没写到，属于作者拆“十四岁人生”为“十九年小说故事”而来的“虚年”。其原因便在于：大观园早在作者出生前就有，根本就用不着建造。〗今详述如下：

作者之所以避而不写大观园的始建与建成年月，便是因为：大观园事实上早在作者曹雪芹出生前便已造好。但写小说时，作者不敢这样写，因为这样一写的话，便让明眼人看破他写的就是自己家的家事、而非虚构的小说，所以作者故意要写成此园乃其 12 岁时，专门为其王妃姐姐①省亲而造，从而在此处虚增一年出来。脂批故意用“年表如此写亦妙”的话来调侃后人：排《红楼梦》年表时据此虚增一年，也没什么不妥。

由于大观园的原型就是“江宁织造府”行宫的“御花园”，其在曹雪芹出生之前就有了，则第 17 回写花园造好后，贾政命令宝玉入园题对联，便显然不是作者之事，所以脂砚斋曹頫便开始怀疑作者是在描写自己（曹頫）小时候的事，于是便在回首“宝玉一听贾政来了便吓得要跑走，最终还是被贾政撞见、而一同入园题对额”这一情节处，写了条批语：“盖谓作者形容余（曹頫）幼年往事。”其实大观园建造也在曹頫出生前，所以曹頫马上又说：“因思彼亦自写其照，何

指堆花，即“刺绣堆锦”、“堆花绣”。刻丝，即“缂丝”，用以织造帝后的服饰、御真（御容像），以及摹缂名人书画，具有雕琢镂刻般的艺术效果，富有双面立体感。完成一件这样的工艺品，需要几个月乃至一年以上的时间，倾注了作者大量的心血。弹墨，系清代流行的一种印花丝织物，生产工艺属于“吹染”类。《古今图书集成·职方典》卷 681“苏州府部”载：“弹墨”乃是用吹管“喷五色于素绢，错成花鸟宫锦。”吹时，可在丝织物上放置天然叶片等，由于叶片的遮掩，便在织物上留下白色的叶形；也可以用剪成的纸样或镂空图案版覆盖在织物之上，用墨色或其他颜色，喷成各种图案花样。

① 真实原型其实是：这王妃曹佳氏乃脂砚斋（曹頫）之姐、作者曹雪芹之姑，详见本书“第三章、第二节、二”有论。

独余（曹頫）哉？"即认定作者笔下的"儿子怕老子的神情"，是作者所作的艺术综合和艺术虚构，应当出自很多人身上，未必写的就是"我"脂砚斋，很有可能还是作者自己的写照。

此第 17 回一回便写一年事，这在全书中的确显得极为罕见，这也可以证明：此回其实就是作者虚加出来的一年。因为作者人生阅历中，根本就没有造园这一年，这一回不过是作者所写的一篇《大观园春游记》。至于硬要在开头加上"又不知历过几日何时……园内工程俱已告竣"的话，把这一回说成是造园的竣工验收记，则是作者的又一"狡狯"之笔。

换句话说，聪明的读者尽可以把这几句"狡狯"的文字给删掉，让"贾政生日、元春晋妃"这两件事，和第 18 回"王夫人等日日忙乱，直到十月将尽"相连，即"贾政生日、元春晋妃"这两件事其实都在九月份、而非书中所写的十一月份。王夫人准备元妃省亲不过一个月（因为从康熙三十八年曹家首次接驾以来，行宫的配套设施与服务人员全都现成而随时侍命，要接自己家王妃省亲之驾时，准备一个多月即可），这也正是第 5 回元春判词所言的："榴花开处照宫闱"，即写元春是在九月份秋天榴花盛开时晋升为贵妃。（我们不必拘泥于石榴花开在夏天还是秋天，只要记住古人历来都把石榴作为秋天的象征，便可知道：作者这句诗应当写的就是秋天而非夏天。）

但作者为了"讳知者"①，硬要把书中"自己的十四岁人生"改成"十九年的小说故事"、从而增加出五年来。于是便把贾琏与黛玉回扬州改在冬底（即十二月腊月底），从而让下文多一年出来；然后又把贾政生日与元春晋妃，相应地改在多出来的这一年冬天的贾琏与黛玉回府时②，从而让下文再多一年出来；而这下文再多出来的一年，便是作者所凭空编造的、并不存在的建造大观园的这一年。这便导致元春晋妃与第 5 回元妃判词不相吻合起来；由判词言秋天元春晋妃（古人历来把石榴作为秋天的象征），也可知作者最初之稿黛玉回来当在秋天九月。

总之，小说口口声声说"修建大观园"，那其实是"彻头彻尾"虚构的"谎言"，是作者编造的"小说故事"；其实大观园早就有了，此第 17 回不过是作者笔下写成的春季某天园中一游的《春游记》罢了。大观园根本就不是此年建造，大观园的造园可能远不止一年（即上引黛玉所说的"此园造了一年"，也很可能是作者"信口开合"说的假话）。作者用"又不知历过几日何时"这九个字来作为遁词，正是第一回"满纸荒唐言"诗后脂批所说的："这正是作者用画家烟云模糊处，观者万不可被作者瞒蔽了去，方是巨眼。"书中所说的造大观园的这"红楼第十二年"，其实不应当算入宝玉原型、也即作者曹雪芹"抄家时的十四岁人

① 此三字见第一回"好防佳节元宵后"句的脂批。
② 第 16 回写宝玉因秦钟重病而"怅然如有所失。虽闻得元春晋封之事，亦未解得愁闷。贾母等如何谢恩，如何回家，亲朋如何来庆贺，宁荣两处近日如何热闹，众人如何得意，独他一个皆视有如无，毫不曾介意。因此众人嘲他越发呆了。且喜贾琏与黛玉回来，先遣人来报信，明日就可到家，宝玉听了，方略有些喜意。"可证"贾敬生日、元春晋妃"这两件事与"黛玉回府"紧紧相连，故知这两件事当在冬天十一月的中下旬。

生"中去；这一年其实是作者为了写小说，把"自己十四岁人生"拉长为"十九年故事"所增加出来的、没有任何实质情节、而只有一篇《大观园春游记》的"虚年"。

作者借此回宝玉游园、下回元妃游园，把"大观园"的空间格局全部呈现在读者面前，是我们复原"大观园"的重要依据，笔者《宁荣府大观园图考》一书已有详论，此处不再重复介绍其情节。

●**第十八回"庆元宵贾元春归省、助情人林黛玉传诗"**言第二年"元宵节"元妃省亲，此为**红楼第十三年，宝玉十三岁**。第22回凤姐道："二十一是薛妹妹的生日，……但昨儿听见老太太说，问起大家的年纪、生日来，听见薛大妹妹今年十五岁。"可见宝钗比宝玉大二岁。第25回"魇魔法叔嫂逢五鬼、通灵玉蒙蔽遇双真"，和尚面朝手中高举的通灵宝玉长叹一声说道："青埂峰一别，展眼已过十三载矣！"说明宝玉此年十三岁，正相吻合。

第十八回："王夫人等日日忙乱，直到**十月**将尽，幸皆全备。……贾政方略心意宽畅，又请贾母等到园中，色色斟酌，点缀妥当，再无一些遗漏不妥之处了。于是贾政方择日题本。本上之日，奉朱批准奏：次年正月十五上元之日，恩准贾妃省亲。"可知：大观园是冬天十一月底起建，春天杏花大开的三月份造好，然后配备物资、家具、人员等，到十月底，方才完全就绪而准备接驾，次年红楼十三年"元宵节"省亲。

红楼十二年十月份妙玉入园，书中写其"今年才十八岁"，比宝玉大了整整6岁。两人年岁相差如此巨大，肯定无缘成为夫妻，但这不影响妙玉暗恋比自己小6岁的宝玉的丰标，故第41回"栊翠庵茶品梅花雪"，妙玉特意"将前番自己常日吃茶的那只绿玉斗来斟与宝玉"，还故意说："独你来了，我是不给你吃的。"第50回李纨笑罚宝玉去"栊翠庵"，向妙玉请一枝红梅来插瓶，而宝玉一要便得，而且还不是一枝，而是"妙玉每人送你们一枝梅花"，这都是作者笔下妙玉对宝玉"另眼相看"的描写。所以后四十回中第87回，宝玉到"蓼风轩"看妙玉与惜春下棋时，妙玉因心动而脸红三次，最后还谎称自己会迷路，而硬要贾宝玉带路（作者特意写"迷路"两字，其实就是为了写出妙玉内心已为色欲所迷），结果妙玉当晚便因春心萌动而走火入魔（作者写此，便是为了写出：妙玉被劫的根源，便在于自心为色欲所迷，导致谣言外传而被劫）。

作者下来一笔就由十月份写到正月："年也不曾好生过的。（己夹：一语带过。是以'岁首祭宗祀，元宵开夜宴'一回留在后文细写。）"批语点明：作者要把"过年"的情节留到第53回再去写，此处专写"春节"过后的"元宵节"，所以也就用"年也不曾好生过的"这八个字来"一笔带过"而直接写到了元宵节："展眼元宵在迩，自正月初八日，就有太监出来先看方向：……贾赦等督率匠人扎花灯、烟火之类，至十四日，俱已停妥。这一夜，上下通不曾睡。至十五日五鼓（即五更，也即凌晨三点），自贾母等有爵者（即从贾母开始，凡是有爵位的男男女女们）"，正式在门口列队迎接元妃省亲。然后太监前来传令说：

元妃"未初刻（下午1点一刻）用过晚膳，未正二刻（下午两点半）还到'宝灵宫'拜佛，酉初刻（下午5点一刻）进大明宫领宴看灯方请旨，只怕戌初（晚上7点一刻）才起身呢。"可见：元妃下午5点吃完晚饭后，要陪皇帝看完花灯，然后才敢向皇帝提出回家的请求，所以她很可能要到晚上7点（戌初刻）才能够动身前来。

书中写园内灯笼刚点上蜡烛，元春便来了，其时当是晚上7点左右。接下来便写省亲盛况，笔者《宁荣府大观园图考》一书已有详引，此处不再赘述。最后写到元妃游园完毕："众人谢恩已毕，执事太监启道：'时已丑正三刻（凌晨两点三刻），请驾回銮。'"每一时辰的前半为"初"，后半为"正"，"丑正三刻"已是第二天正月十六的凌晨两点45分，元妃整个游园共计7个半小时。

【第18回大某山民评："自此回'省亲'起，为入书正传之第四年壬子岁正月半。至二十二回'宝钗生日'，尚是正月。二十三回二月二十二日，始入园分住。写'黛玉葬花'，是三月中。二十六回，已交夏初。二十七回中，点明四月二十六日，已近五月；二十九回，清虚观作醮事，是五月初一日。三十回是六月间事。至三十八回，点明过了八月。三十八回咏菊，是九月。至五十三回，方过是年之冬。壬子一年，共计书三十五回，俱写两府极盛之时。"今按：秦可卿丧事是在第十一年，大观园于该年冬底起造，经过一年造好并就绪，省亲已是第十三年年初，明明隔了两年，大某山民又少算一年，总计已少算三年。】

第十九回至第二十五回写此年的春天

第十九回 接前回"元宵节"继续写正月之事。作者一边写"话说贾妃回宫，次日见驾谢恩，并回奏归省之事，龙颜甚悦"，一边写大观园中"且说荣宁二府中连日用尽心力，真是人人力倦，各各神疲，又将园中一应陈设动用之物收拾了两三天方完"，两者是平行事件，没有先后关系。然后写袭人回家省亲，随后又写宝玉与黛玉说情话。

第18回正月十五晚上"庆元宵"后，贾府"又将园中一应陈设动用之物，收拾了两三天"，似乎已写到了正月十八，但据下文史湘云在宝钗生日正月廿一日的前三天到贾府，可证湘云是在贾府快忙完那"收拾了两三天"后的正月十八日到。而此处"偏这日一早"袭人回家吃年茶，是在史湘云来的前两天，故可知袭人回家与"收拾了两三天"是平行事件、而非先后事件，其日恰好是 正月十六 （而非十八）。此日宝玉到宁府看神鬼戏，抓住了在宁府僻静小书房内行淫的男孩茗烟、女孩万儿。逮住茗烟这一把柄后，宝玉便逼他带自己到袭人家，见到了袭人17岁的姨妹，则袭人至少已有17岁，比宝玉至少要大4岁，她不可能和宝钗同年。袭人晚上回来说家里要赎她，宝玉便答应袭人：自己会改掉袭人命令他改正的毛病；于是袭人便答应留在贾府而不回家去嫁给别人。

次日 正月十七 （而非十九）袭人病，宝玉与黛玉说情话，讲了"耗子精偷香芋"的故事。这个故事的起因，便是黛玉知道宝钗有那"冷香丸"，故意问宝玉：她既然有金锁可以配你的玉，你可有"暖香"去配她的"冷香"？于是宝玉便编了黛玉是那有体香的"香玉"的故事，来逗她玩。

第二十回接前回写 正月十七 （而非十九），宝玉奶妈来骂因病而不起身来迎接她的袭人，这便是袭人与宝玉行淫（指第 6 回"偷试云雨情"）的报应。晚上麝月留守宝玉之房"绛芸轩"。次日 正月十八 （而非廿），贾环与莺儿赶围棋赌钱玩，有"彼时正月内，学房中放年学，闺阁中忌针，却都是闲时"、及"大正月里哭什么"语。其实这是作者人生九岁入学后的第一次放寒假，由于作者把这一自己人生中的九岁拆成四年来写（即加了三年而到了红楼十二年），所以要到这"红楼十三年"才写到"放年学"（即今人所谓的"放寒假"）。此日史湘云来。

第二十一回接上回写 正月十九 （而非廿一）一大早，宝玉入黛玉房（湘云住在黛玉房中），袭人见他忘了自己对他的教导、以及他亲口发的要改的誓言（见第 19 回），于是和麝月两人一起给宝玉脸色看。宝玉这一天没敢跨出房门，在房内看书、写字，又"续《南华经》"，黛玉称之为"作践南华《庄子因》"，可见是在《庄子因》这本书上续写《庄子》之文。曹雪芹祖父曹寅藏有此书，见曹寅藏书目《楝亭书目》卷七"子集"："《庄子因》，本朝三山林云铭序、述，六卷，六册。"林云铭（1628—1697），字道昭，福建闽县人，顺治十五年进士，康熙年间著有《庄子因》六卷。

袭人此晚"和衣而睡"，导致再度伤风感冒。第二天 正月廿 （而非廿二），袭人、宝玉两人又和好如初。此日，黛玉入宝玉房而宝玉不在，看到宝玉所续的《庄子因》，便在其后作批，"写毕，也往上房来见贾母，后往王夫人处来。谁知凤姐之女大姐病了，正乱着请大夫来诊脉。大夫便说：'替夫人、奶奶们道喜，姐儿发热是见喜了，并非别病。'王夫人、凤姐听了，忙遣人问：'可好不好？'医生回道：'病虽险，却顺，倒还不妨。预备桑虫、猪尾①要紧。'凤姐听了，登时忙将起来：一面打扫房屋供奉痘疹娘娘②，一面传与家人忌煎炒等物③，一面命平儿打点铺盖、衣服，与贾琏隔房④，一面又拿大红尺头⑤，与奶子、丫头亲近人等裁衣。外面又打扫净室，款留两个医生，轮流斟酌，诊脉、下药，十二日不放家去⑥。贾琏只得搬出外书房来斋戒，凤姐与平儿都随着王夫人日日供奉娘娘。"

然后写贾琏"只离了凤姐便要寻事，独寝了两夜，便十分难熬，便暂将小

---

① 桑虫、猪尾，也就是预备"蚕茧"和"猪尾巴"，只是为了讨口采："茧如豆，破可出；猪短尾，不久长。"
② 痘疹娘娘，据《封神演义》的说法，是痘神余化龙之妻金氏。其言余化龙在纣王手下任潼关主将，派儿子深夜潜入周营，把五斗毒痘四处撒播，武王、姜子牙及全营将士全都染上痘疹，杨戬找伏羲氏求来仙丹，拯救众人，众人脸上都留下疤痕。姜子牙攻破潼关，余化龙五子阵亡，自己也拔剑自刎，最后封神时便封他为主痘之君，五子为五方主痘正神。
③ 痘，即"豆"，煎炒需要动用豆油，有豆便不吉利，故要忌之。
④ 斋戒就是禁欲，所以不可以同房。古人认为出痘疹时不能夫妻同房共寝，否则痘疹难愈。
⑤ 家中有人生病时，通过穿红衣服来驱除病魔，祈求转危为安，人称这种方式为"冲喜"。尺头，衣料。
⑥ 康熙得过天花，过 12 天才好，痊愈时举行"送圣"（即送痘疹娘娘）仪式，流传到民间，便认为痘疹会持续 12 天，出痘 12 天后要举行"送圣"仪式，夫妻才能同房，生活恢复正常。

厮们内有清俊的选来出火"，然后又写他到多姑娘家行淫。接着写："一日大姐毒尽癍回，（庚侧：好快日子吓①！）十二日后送了娘娘，合家祭天、祀祖、还愿、焚香、庆贺、放赏已毕，贾琏仍复搬进卧室。见了凤姐，正是俗语云'新婚不如远别'，更有无限恩爱，自不必烦絮。次日早起，凤姐往上屋去后"，平儿收拾贾琏衣物（此日当是倒叙而在 正月十九 ，详下考），抖出多姑娘赠给贾琏的头发。平儿帮贾琏在凤姐面前遮掩过去，保全了"惧内"的贾琏。凤姐冷笑道："这半个月难保干净"，可见贾琏的确在外住了半个月（实为 12 天）。下来便是第 22 回凤姐对贾琏说宝钗生日事。

第二十二回 凤姐对贾琏说："二十一是薛妹妹的生日"，贾琏说："往年怎么给林妹妹过的，如今也照依给薛妹妹过就是了。"可见生日都有定例。凤姐说："但昨儿听见老太太说，问起大家的年纪、生日来，听见薛大妹妹今年十五岁，虽不是整生日，也算得将笄之年。老太太说要替她作生日。想来若果真替她作，自然比往年与林妹妹的不同了。"贾琏道："既如此，比林妹妹的多增些。"下面又写："且说史湘云住了两日，因要回去。贾母因说：'等过了你宝姐姐的生日，看了戏再回去。'史湘云听了，只得住下。又一面遣人回去，将自己旧日作的两色针线活计取来，为宝钗生辰之仪。谁想贾母自见宝钗来了，喜她稳重和平，（庚夹：四字评倒黛玉，是以特从贾母眼中写出。）②正值她才过第一个生辰，便自己蠲资二十两，唤了凤姐来，交与她置酒戏。"又写："到晚间……贾母因问宝钗'爱听何戏，爱吃何物'等语。……次日，便先送过衣服、玩物礼去，王夫人、凤姐、黛玉等诸人皆有随分不一，不须多记"，然后便写正月廿一宝钗生日之事，则诸人送礼当在 正月廿 。

因此不出意外的话，湘云当是正月十八日来，住了十八、十九两天，二十要回家（"且说史湘云住了两日，因要回去"），贾母叫她住过廿一再回去。（湘云若是正月十九来，则贾母挽留时已是正月廿一宝钗生日当天，这显然不可能。湘云若是正月十七来，则第 19 回袭人回家便当推排到正月十五"元宵节"当天，这显然也不可能。由此可知，湘云肯定是正月十八日来，打算住两天后的正月二十回去，在十九日那天晚上，贾母让她过了廿一的宝钗生日再走，所以湘云便命人从家里取来礼物，次日正月廿送给宝钗。）

贾琏与凤姐商量宝钗生日当在 正月十九 ，则"大姐毒尽癍回而还愿"当在 正月十八日 ，看病一共十二天，见上文"十二日不放（医生）家去"，则大姐生病当在 正月初七 ，在元妃省亲之前。则贾琏离了凤姐独寝两夜，当是 正月初七、初八 ，与多姑娘淫乱当在正月十几号。据此看来，"谁知凤姐之女大姐病了"，便与上文是"花开两朵、各表一枝"的关系，并不在上文黛玉批完宝玉续文之后，而是在黛玉作批之前。

---

① 吓，语气词，意为"呀、啊"。
② 这便写明贾母早已中意让宝玉娶宝钗。所谓贾母一直想把黛玉嫁给宝玉的说法，据此便可休矣。难怪第 29 回清虚观张道士为宝玉说亲，贾母一口回绝了，因为她心中已有宝钗这个人选了。

　　作者是写完一个片段"黛玉来王夫人房"后，更端另起贾琏之事，一是要述贾琏淫行（这件事当从大姐儿生病说起），为的是和宝玉"情而不淫"事①相对照；二是要述平儿救贾琏事，为的是和袭人规救（即规劝）宝玉事相对照。所以本回是作者善于运用对仗手法来"对峙立局"、构思情节的又一显例，故回目作"贤袭人娇嗔箴宝玉、俏平儿软语救贾琏"。

　　因此，"黛玉来王夫人房"之前的"袭人规劝宝玉"事、"平儿救贾琏"事②，这两件事实为平行关系，而非先后关系。作者表述时，未有语句表明两者是平行之事；由于表达欠分明，所以看上去便像"错综混乱"。好在下文有这两件事交会的日期，即大姐病好于宝钗生日前；所以仍可考明真相，从而明白两者并不"错综混乱"■。〖第21回大某山民便不达此旨，评此貌似的"荒谬"③说："此回仍是壬子年正月半后事"，这句话说得不错；其又评："以下第二十二回，接写宝钗生日，如在正月二十一日，则是省亲以后至此不过自'十七、八'至'二十'间三四日内事也。余尚无可议者，其最不合理，是'凤姐大姐儿种痘，贾琏独睡半月后'数语。如云果有半月，则此时当是二月初上④矣。何以下回开卷便说'二十一日是某某生日'耶？或疑当时是'二月二十一日'，则下文第二十三回又明明说'贾母择二月二十二日使诸姊妹搬入园中'一事，则宝钗之生日信乎在正月也。而此三、四日之中，便云贾琏在外半月，何作者荒谬乃尔？此等处须酌改之。"上已论明：这是作者为写贾琏淫事、而不得不补叙其引子"大姐儿生病"事，大姐儿生病实在"元妃省亲"之前。〗

　　书中写二十一日薛宝钗生辰那天点了小戏，湘云说小旦"倒像林妹妹的模样儿"，惹起宝玉、黛玉、湘云一场纠纷。湘云说宝玉："大正月里，少信口胡说这些没要紧的恶誓、散话、歪话，……别叫我啐你。"可见宝钗生日确在正月，与第62回探春说的"过了灯节，就是老太太和宝姐姐"的生日在时间上两相一致。

　　此日晚上，袭人又劝宝玉："好好的大正月里，娘儿们、姊妹们都喜喜欢欢的，你又怎么这个形景了？"宝玉气得写了个悟道的揭贴，倒头便睡（按：宝玉因日间看了《山门》那出戏，听其中唱"赤条条来去无牵挂"语而悟道）。恰在此时，黛玉来了，看到其感忿之作，于是拿回去给湘云看，第二天（二十二日）又给宝钗看，三人一起来质问宝玉。作者故意用宝玉"谁又参禅"四字作答，把上面的悟道之文轻轻抹去，明言其未悟；其实宝玉早已有悟，故书末写其出家，便不是"空穴来风"。于是宝玉、黛玉、宝钗、湘云四人又和好如初。

　　此日元妃有灯谜来，大家也写了灯谜传入宫中给元妃猜。晚上贾母、贾政和大家一起猜灯谜，贾政听完诸人谜语后，有种不祥的预感。书中写席间"湘

----

① 即第19回宝玉与黛玉同床而讲有关体香的"香玉"故事，又第20回宝玉与麝月对镜时"二人在镜内相视"的情景。
② 这件事当从大姐儿生病，贾琏无法通过凤姐发泄性欲，遂与多姑娘淫乱事说起。
③ 此看上去荒谬，实则并不荒谬，故加引号。
④ 指已到了"二月初"这一日期上面了。

云虽系闺阁弱女，却素喜谈论。今日贾政在席，也自缄口禁言"，可证湘云此晚仍在，此后便不再写到湘云，一直要到第 31 回的五月初，才写湘云再来贾府，则湘云当在宝钗生日一过完的二十三日便回去了，作者未再对此作明文交代。

今又按：第 4 回言宝钗红楼九年入贾府，至此第十三年，实已是宝钗入贾府的第五个年头；其当是过了生日后到贾府，故本年的生日当是宝钗来贾府后的第四个生日。然而此处却说成是宝钗入住贾府后的第一个生日，这反倒透露出原稿从第 4 回"宝钗入贾府"开始，一直到第 18 回，这整整 15 回的诸件事情——宝钗入贾府、宝玉做春梦、刘姥姥打秋丰、宝玉会秦钟、宝玉上学而闹学、秦可卿生病、贾敬生日宴上贾瑞怀春、王熙凤毒设相思局、林如海病重而贾琏黛玉回扬州后不久秦可卿亡故、秦可卿丧事、林如海亡故、秦钟偷情夭亡、贾政生日而元春晋妃、贾琏黛玉归、建造大观园、王夫人十月底完成接驾准备工作——其实都是一年中发生的事情，只不过在后来的改稿过程中，作者把这一年中的事情给改造、拆分成了今天我们所能读到的四年之事。

"正值她才过第一个生辰"这句话非常重要。作者故意留此破绽▲，以存原稿面目给我们这些读者看。而且梦是可以错综、颠倒的，本书书名标榜本书为"梦"，作者也把本书当成"梦境"来写，不再是单纯的实录，而是具有浓郁梦幻色彩的虚构小说。这种故意留破绽以制造时间混乱的写法，也代表了作者不拘小节的豪放个性、非同凡响的艺术创新。

作者的目的，就是要通过这种有破绽的笔法，来标榜自己写的是"梦"，所以也就要像"梦境"般时序错乱。正如第 7 回作者写醉人焦大的口吻时，用了"咱们红刀子进去白刀子出来"的颠倒话。甲戌本夹批："是醉人口中文法。"前人如"大某山民"，总把作者时间上的破绽视为荒唐可笑，并说当需"酌改之"[1]，其实他们始终未悟：曹雪芹笔下的这些"荒谬"是曹雪芹有意为之，都有其深意在内，其目的就是要让后人看清他用"小说中的十九年故事"、来隐写自己"抄家时十四岁人生"的"真事隐、假语存"这一创作笔法，从而知道他出生的年份，其实就是抄家那一年"雍正六年"往前推 13 年的"康熙五十四年"。

第二十三回写贾蔷管 12 个小戏子，贾芹管 12 个小沙弥、12 个小道士（其实都是女性的沙弥尼和道姑）。又言元妃命宝玉和众姊妹搬入大观园居住，贾政对贾母说："二月二十二日日子好，哥儿、姐儿们好搬进去的。"于是"至二十二日，一齐进去"，此日实为黛玉生日"花朝节"二月十二过去后的第十天。

宝玉入园后游玩而作即景诗，外面人"见是荣国府十二三岁的公子作的"，而此年正为红楼十三年、宝玉十三岁，两相吻合。茗烟"把那古今小说并那飞燕、合德、武则天、杨贵妃的外传与那传奇角本买了许多来，引宝玉看"，这都是古人所谓的"诲淫之书"，开启了宝玉的"欲窦"，等于给他做了性启蒙。

此回后半写回目中的两件事，一是"《西厢记》妙词通戏语"，宝玉、黛玉两人同读艳书《会真记》；二是"《牡丹亭》艳曲警芳心"，黛玉独自一人听艳曲

---

[1] 见上引"大某山民"批语中的画线部分："此等处须酌改之。"

《牡丹亭》。

其时间是："那一日正当三月中浣，早饭后，宝玉携了一套《会真记》，走到'沁芳闸'桥边桃花底下一块石上坐着，展开《会真记》从头细玩。正看到'落红成阵'①，只见一阵风过，把树头上桃花吹落了一大半"，正是三月中旬桃花飞谢的光景。此时黛玉荷锄葬花，与宝玉一起读《西厢记》，然后一起葬花，然后宝玉被袭人叫回。黛玉又独自到"梨香院"墙角听了《牡丹亭》"良辰美景奈何天，赏心乐事谁家院。则为你如花美眷，似水流年"等动情的戏文，感动得神痴、泪落，被香菱摇醒。此日"正当三月中浣"，作者用"正当"两字，应当就是中浣的第一天，即 三月十一日 。②

第二十四回 写宝玉被袭人叫回，要吃鸳鸯口中胭脂而被鸳鸯拒绝，然后出大门拜见生病的贾赦。"贾赦院"虽在荣府"中路"隔壁的"西路"，但要出了荣府大门后再进"贾赦院"单独朝街而开的"黑油大门"。为了避免走大门外的脏地，即便只有几步路，也要用马代步，所以宝玉是骑马过去的。

宝玉看贾赦时，受到邢夫人爱抚，引起贾环妒忌。宝玉回来时，碰上贾芸来贾府谋大观园的差事。贾芸称宝玉"二叔"，宝玉笑对他说："你倒比先越发出挑了，（庚侧：何尝是十二三岁小孩语。）倒像我的儿子。"写出贾芸长得标致惹人爱，本回下文红玉"下死眼把贾芸钉了两眼"便不是"空穴来风"了。贾琏笑道："好不害臊！人家比你大四五岁呢，就替你作儿子了？"宝玉笑道："你今年十几岁了？"贾芸道："十八岁。"宝玉此年十三岁，正大四五岁，两相吻合。

贾芸出门后问醉金刚倪二借银子，"那天已是掌灯时候，贾芸吃了饭，收拾歇息，一宿无话。次日一早起来，洗了脸，便出南门，大香铺里买了冰麝，便往荣国府来"求见凤姐，送上了买的这份大礼。这时书中提到"凤姐正是要办端阳的节礼"，则其时尚未到"五月初五"端阳。据画线部分，可知此是 三月十二日 。

贾芸回家吃过午饭，然后又来宝玉外书房"绮霰斋"求见宝玉，在"怡红院"中见到了意中人小红，即"贾芸往外瞧时，看是一个十六七岁的丫头"。回末补明小红的身世："这红玉年方十六岁，因分人在大观园的时节，把她便分在怡红院中，倒也清幽雅静。"第27回她回答凤姐说：自己今年已经"十七岁了"，由此可知"年方十六岁"说的是去年分她到怡红院时的年龄，她比贾芸要小一岁。

---

① 此是元代王实甫所作元杂剧《崔莺莺待月西厢记》第二本第一折"崔莺莺夜听琴"中语："落红成阵，风飘万点正愁人。"其源头——元稹所作唐传奇《莺莺传》（俗又称《会真记》）无此等语，可证宝玉读的《会真记》，其实是王实甫所作的元杂剧《西厢记》。
② "上浣、中浣、下浣"源于唐代官员十日一休沐，即每月共三次休息沐浴、以明心静气。初一到初十为"上浣"，又称"上旬"；"上浣"既可指上旬十天，亦可指初十休息沐浴的那一天。十一到二十为"中浣"，即"中旬"；"中浣"既可指中旬十天，也可指"二十"休息沐浴的那一天。廿一到月底（大月为三十，小月为廿九）为"下浣"，即"下旬"；"下浣"既可指下旬十天（或九天），也可指月底休息沐浴的那一天。明代杨慎《丹铅总录》卷三："俗以'上浣、中浣、下浣'为'上旬、中旬、下旬'，盖本唐制十日一休沐。"

贾芸"一径回家。<u>至次日来至大门前</u>",凤姐派了他种花、种树的差事,得以进入大观园、而与小红有了私会的可能。据画线部分可知此为 三月十三日 。

"贾芸喜不自禁,来至绮霰斋打听宝玉,谁知宝玉一早便往北静王府里去了。"于是到凤姐处办了手续,领来种树的钱,"<u>次日一个五鼓</u>,贾芸先找了倪二,将前银按数还他。"据画线部分可知此为 三月十四日 。

"如今且说宝玉自那日见了贾芸,曾说明日着他进来说话儿。如此说了之后,他原是富贵公子的口角,哪里还把这个放在心上,因而便忘怀了。这日晚上,从北静王府里回来",据上文,宝玉此日到北静王府当是 三月十三日 。回末写到当晚小红梦见贾芸来拉她。

第二十五回写小红在怡红院到潇湘馆的路上,"只见那边远远一簇人在那里掘土,贾芸正坐在那山子石上"指挥,此为 三月十四日 事。"展眼过了一日,(甲侧:必云'展眼过了一日'者,是反衬红玉'捱一刻似一夏'也,知乎?)原来次日就是王子腾夫人的寿诞,……薛姨妈同凤姐儿、并贾家三个姊妹、宝钗、宝玉一齐都去了,至晚方回。"此言三月十四日小红好容易挨过一日,次日 三月十五 是王子腾夫人的寿辰(则其生日当在三月十六日)[1]。

此日王夫人叫贾环到自己房来抄《金刚咒》,贾环见宝玉招惹自己喜欢的彩霞而醋意大发,"今见相离甚近,便要用热油烫瞎他的眼睛。因而故意装作失手,把那一盏油汪汪的蜡灯向宝玉脸上只一推",导致宝玉烫伤,引得王夫人大骂赵姨娘没教养好贾环。"一宿无话。次日,宝玉见了贾母",贾母骂下人没看护好,此是 三月十六日 。

"过了一日,就有宝玉寄名的干娘马道婆进荣国府来请安",此是 三月十七日 ,马道婆建议贾母供香油给宝玉消灾。然后又到赵姨娘处,赵姨娘问:"前日我送了五百钱去,在药王跟前上供,你可收了没有?"马道婆道:"早已替你上了供了。"前日正为三月十五,此当是初一、月半的上供。马道婆教她把纸鬼放到宝玉和凤姐的床上,由她马道婆来施魔法加害他俩。

下来又写:"却说林黛玉因见宝玉<u>近日</u>烫了脸,<u>总</u>不出门,倒时常在一处说说话儿。这日饭后"又来看宝玉,画线部分言"近日总",可证宝玉烫伤养病已非一日,至少已有三五天。这时赵姨娘和周姨娘也来看望宝玉,赵姨娘当是趁众人不注意时,把纸人塞到宝玉床中,不久宝玉便头疼起来。至于赵姨娘如何把纸鬼放到凤姐床上,书中未有交代。其实赵姨娘是不大可能进入凤姐卧室的,这是作者情节上的一大破绽(当是赵姨娘出钱,收买了凤姐房内被凤姐打骂过的、痛恨凤姐的丫环塞的)。此时凤姐也着了魔。此不详何日,据下考当是 三月十八日 ,即:马道婆与赵姨娘商量后的第二天,赵姨娘便迫不急待地借探望宝玉之名,前来塞纸人。此距宝玉烫伤的三月十五已有三四天,故与上文画线部分所言的宝玉"近日总"相吻合。

"次日王子腾也来瞧问"(据下考是 三月十九日),"到夜晚间……把他二人都抬到王夫人的上房内","看看三日光阴,那凤姐和宝玉躺在床上,亦发连气都将没了",此是抬入王夫人房后的第三天(据下考是 三月廿一日)。"到了第

---

[1] 古人都是在生日前一天做寿。

四日早晨"（据下回可以考明是 三月廿二日），宝玉睁开眼对贾母说："从今以后，我可不在你家了！快收拾了，打发我走罢。"一时有人来回："两口棺椁都做齐了"，被贾母骂走。

这时"只闻得隐隐的木鱼声响"，原来是癞头和尚、跛足道人前来救护宝玉、凤姐这两位下凡的天仙。和尚（即茫茫大士）高举着贾宝玉佩戴的那块玉"持颂"道："展眼已过十三载矣"，言明宝玉此年进大观园为13岁。则第6回其初试云雨情必是9岁，而非程乙本所改的12岁，因为第6回至此不可能只隔一年。（当然，由宝钗此年度过她进入贾府后的第一个生日来看，作者最初原稿的确只隔一年，但那是按作者抄家时十四岁的人生来排的，即：第5至17回为九岁，第18至53回为十岁，第53至70回为十一岁，第71至95回为十二岁，第95至105回为十三岁，第105至120回为十四岁；第6回仍是九岁而非十二岁，本回第25回乃十岁而非十三岁。）

茫茫大士临走时特别交代："将他二人安在一室之内，除亲身妻母外，不可使阴人冲犯。三十三日之后，包管身安病退，复旧如初。""阴人"即女人，当指防范赵姨娘再来弄鬼。

第二十六回至三十六回写此年的夏天
第二十六回 开头便一笔带过宝玉养病事："话说宝玉养过了三十三天之后，不但身体强壮，亦且连脸上疮痕平服，仍回大观园去。"

此回先写宝玉叫奶妈李氏找来种树的贾芸，然后写宝玉探望潇湘馆的黛玉。由于33天不可以见"阴人"（即女人），等于宝玉33天也即一个多月没见到过黛玉了，所以宝玉一搬回"怡红院"的当天便来看望黛玉的可能性很大。而据第27回，可以断言此日为 四月廿五日 。

又雍正三年（1725）四月廿六正好交芒种节气①，与下回所言的"至次日乃是四月二十六日，原来这日未时交芒种节"相吻合，此雍正三年应当就是作者取材的时间原型，该年曹雪芹十一岁②，他应该是把自己的日记作为素材写到小说中来了。据年历，此年三月为小月，只有廿九天。四月廿五日往前推33天为三月廿二，这便可证明：和尚施救之日乃三月廿二。宝玉当是33天后一搬回"怡红院"的当天，便"迫不急待"地来见黛玉。

〖对于这一点，我们再作一论证：如果宝玉是搬回"怡红院"后的第二天才召见贾芸、去见黛玉，则宝玉是四月廿四搬回，上文所推日期都当提前一天，则黛玉看望宝玉而赵姨娘放纸人那天便成了三月十七，也即赵姨娘在和马道婆商量的当天，便到"怡红院"借探望之名来塞纸人。此时距宝玉烫伤的三月十五仅两天（虚算三天，实足两天），则作者行文当作："却说林黛玉因见宝玉这两日烫了脸"才对，今其作"近日烫了脸"显然不止两三天。而且赵姨娘也不可能等马道婆一走便来放纸人，而且还是"怡红院"与"凤姐院"两处一同

---

① 本书所言某年某月某日某时的阴历、阳历、二十四节气，均见网上的"万年历"网站：http://www.china95.net/wnl/wnl_3000_2.htm。
② 按曹雪芹生于康熙五十四年（1715），至此雍正三年（1725）为十一岁。

放好，她应当谋划一下放纸人这一害人而重大的实施计划、到次日而非当日来放为宜。由此可知，宝玉是一搬回大观园便召见贾芸并看望黛玉。而且马道婆当是下午来见贾母和赵姨娘（因为通篇未见贾母留马道婆用饭之语，故知她应当是吃过午饭后的下午来贾府拜访）。而黛玉是一吃饭后便来看望宝玉（"这日饭后"），赵姨娘不久便来，则赵姨娘当是午饭后不久的中午时分前来看望宝玉；而马道婆和她商议的时候，当在午饭后很久的下午，由此也可推知：赵姨娘不可能在见马道婆的那天就来怡红院放置纸人，而应当是次日的中午时分来怡红院放纸人。〗

此日宝玉前来看望黛玉，回目作"潇湘馆春困发幽情"，此日为 四月廿五 ，乃"芒种"前一天。前已论明：这是以雍正三年为时间原型，其阳历为 6 月 5 日，天已大热，回目字面上虽然写成"春困"，其实早已快仲夏五月了。

古有"春困、夏乏、秋盹、冬眠"四词：春天气候日渐转暖，人会感到困倦疲乏、头昏欲睡，这就是所谓的"春困"。夏天，受气温和人体自身因素的影响，身体各器官功能，包括肌肉功能，尚处于较低的活动水平，白天处于一种困倦状态，这就是"夏乏"。秋天天气渐冷，人精神不振，感觉老想睡觉，这就是"秋盹"。冬季生命活动处于极度降低状态，通过增加睡眠来适应外界寒冷的环境，称为"冬眠"。此处作者当因"春困、夏乏"两词时常连用，故而用"春困"一词来指代"夏乏"。我们不必据此"春困"两字，就断言此时不是夏季四月而是春季三月。

〖或有人根据阴历月份常可提前或滞后于节气半个月，认为此时虽在四月廿五，其实仍是四月初五的节气，故作者可以将其视同暮春天气而称作"春困"。但下回言明次日四月廿六交"芒种"节气，而芒种为"五月之节"，相当于五月初一，可知此年阴历月份与节气基本同步（即四月廿六只比五月初一之节提前了五天）。而且"芒种"后十五天便是"夏至"，"夏至"肯定比较炎热，所以"芒种"时分天气当已开始炎热起来。故而此处所说的"春困"，显然就是"夏乏"之意。或言此年天气略为偏冷，所以四月底仍给人以春季的感觉；但下文第 29 回明文交代此时天气已炎热，故知"春困"确为"夏乏"之意。总之，此处回目中的"春困"一词绝不意味着：作者明里在写四月初夏，其实暗中是在写三月晚春光景。〗

黛玉因"春困"（实为"夏乏"）而发幽情，顺口溜出一句《西厢记》："每日家情思睡昏昏"，宝玉正好走进潇湘馆，便借着和紫鹃说话的样子，顺口也来了句《西厢记》："好丫头，'若共你多情小姐同鸳帐，怎舍得叫你叠被铺床'"，两人为此又发生一场口角。这时袭人来叫："快回去穿衣服，老爷叫你呢"，出了园，才知道不是贾政叫宝玉，而是焙茗受薛蟠之托，来骗贾宝玉出园赴薛蟠之宴。

薛蟠为此道歉说："要不是①我也不敢惊动，只因明儿五月初三是我的生日。

_____

① 此指"要不是有原因"。

谁知古董行的程日兴，他不知哪里寻了来的这么粗、这么长、粉脆的鲜藕，这么大的大西瓜，这么长一尾新鲜的鲟鱼，这么大的一个暹罗国进贡的'灵柏香'熏的暹猪。……我自己吃，恐怕折福，……所以特请你来。"所谓"明儿"是泛指将来某一天是五月初三，而非指明天乃五月初三、而今天是五月初二。因为据第 27 回交代，今天实为"四月廿六芒种"的前一天 四月廿五 ，距五月初三还有七八天。如果明天是生日，放一天不会坏，可以明天生日时再请宝玉来吃；现在既然早送来了七八天，这些东西容易变质，肯定等不到生日那天，所以才要先吃掉。又次日薛蟠不在家里做寿，却跑到冯紫英家做客，也可证明此处所说的"明儿"不指明天，而是泛指此后的某一天。

于是宝玉来赴薛蟠之宴，席间冯紫英也到场，但有事喝了两大海碗便先走了，并说要还席。宝玉问冯紫英脸上为何受伤，冯紫英说是打猎时受的伤，并说打猎是"三月二十八日去的，前儿也就回来了"，可证是前天 四月廿三 刚回的城。宝玉说："怪道前儿初三、四儿，我在沈世兄家赴席不见你呢。我要问，不知怎么就忘了。"可证四月初三或初四那天，宝玉还赴了场宴。当是离烫伤的三月十五、受魇的三月十八已有半个多月，伤疤已好，身体又恢复得不错，于是偷偷溜出去赴了场宴(作者通过这一插叙，又补出宝玉病中不安分的情节来)。宝玉因那场宴席上看到冯紫英不在，本打算一见到冯紫英就问原因，结果忘了，现在正好想起来问。

冯紫英说"多则十日，少则八天"便要还席，其实第二天便还了席。此晚宝玉醉醺醺地回来，宝钗前来看他，笑着说："偏了我们新鲜东西了。"宝玉笑道："姐姐家的东西，自然先偏了我们了。"宝钗摇头笑道："昨儿哥哥倒特特的请我吃，我不吃它，叫他留着请人、送人罢。我知道我命小、福薄，不配吃那个。"这时黛玉也来敲门，晴雯未开门，黛玉气得躲在门外哭，又看到宝玉亲自送宝钗出门而更加生气。〖今按："偏"是客套语，指已先用过茶饭了。第14回亦言："宝玉道：'我们偏了。'(庚侧：家常戏言，毕肖之至!) 凤姐道：'在这边外头吃的，还是那边吃的？'"〗

第二十七回 写黛玉"正自悲泣"、"自觉无味"地回房后，"依着床栏杆，两手抱着膝，眼睛含着泪，好似木雕泥塑的一般，直坐到三更多天方才睡了。一宿无话。至次日，乃是 四月二十六日 ，原来这日未时交芒种节。"这便补明上一回所有情节的确切日期。

书中言"芒种"风俗要为花神送行："至次日乃是四月二十六日，原来这日未时交芒种节。尚古风俗：凡交芒种节的这日，都要设摆各色礼物，祭饯花神，言芒种一过，便是夏日了，众花皆卸，花神退位，(庚侧：无论事之有无，看去有理。) 须要饯行。然闺中更兴这件风俗，所以大观园中之人都早起来了。那些女孩子，或用花瓣柳枝编成轿马的，或用绫锦纱罗叠成干旄旌幢的，都用彩线系了。每一颗树上，每一枝花上，都系了这些物事。满园里绣带飘飘，花枝招展，更兼这些人打扮得桃羞、杏让，燕妒、莺惭，一时也道不尽。"故众人都在园中庆祝、玩耍。

宝钗扑蝶时，在"滴翠亭"听到小红与坠儿谈说的"大观园"中第一桩风流密事，即小红与贾芸的手帕传情。下来写凤姐问红玉几岁，红玉答："十七岁了。"又问其名字，红玉道："原叫'红玉'的，因为重了宝二爷，如今只叫'红儿'了。"可证她是16岁入大观园当差（详上文第24回的考证）。

此日众人都在游园，唯有黛玉在为花神送行而葬花，以应上文所说的"芒种节"当为花神送行的"尚古风俗"。此时宝玉也来到"三月中浣"时两人一同葬花处葬花，听到黛玉在那儿哭唱"一年三百六十日，风刀霜剑严相逼"的《葬花吟》。歌词中有"闺中女儿惜春暮"、"不管桃飘与李飞"、"三月香巢已垒成"、"半为怜春半恼春"、"试看春残花渐落"等句，这些都与上回"三月中浣"葬桃花的情景相合，有人便据此来确定：此时不是四月夏天，乃是三月晚春；其实上回讨论"春困"时已明言其非。此《葬花吟》完全可能是黛玉"三月中浣"葬花时所写，天天吟唱（见第35回黛玉的鹦鹉都会念诵此歌，可证黛玉天天吟唱此诗而不绝口），所以在这为花神送行的"芒种节"，也吟唱此歌来葬花。即：此回黛玉葬花"泣残红"，吟的是"三月中浣"葬花时创作的《葬花吟》。

而且宝玉生日在四月廿六（详本书第三章第三节"一、宝玉生日及曹雪芹八字考"），故疑薛蟠四月廿五请宝玉客，其实就是在为宝玉做寿（古人在生日前一天要做寿）。薛蟠表面说鲜藕、西瓜怕坏，新鲜鲟鱼怕死，暹罗熏猪怕变质，所以等不及七八天后的自己生日而要先吃掉；其实这是作者的又一"狡狯之笔"，其真实用意，便是要为宝玉做寿，但作者故意不这样写，为的就是不透露宝玉（实也即作者本人）的真实生日。薛蟠"只配你享用"语，其实说的就是特地为"你"宝玉祝寿。而次日冯紫英又请，也是为宝玉庆生之意（古人生日那天要办庆生宴，前一天要办祝寿宴）。宝玉生日当在这"四月廿六"，之所以此回只字不提宝玉生日，乃是因为：宝玉在家中过的生日宴，作者打算留到第63、64回去写；此处若先写了，岂非犯重？而雍正三年作者十一岁时的四月廿六恰逢芒种，第63、64回在作者"抄家时十四岁的真实人生"中，正好就在这"雍正三年作者十一岁"之年，可证此回"四月廿六芒种"宝钗扑蝶、黛玉葬花情节，以及上回薛蟠为宝玉做寿请客、下回冯紫英为宝玉庆生请客情节，其实都是下一年的事情移到此年来写。

第二十八回写黛玉一见宝玉，原本不想理睬他。这时宝玉流泪说出真心话，黛玉见此情景，"不觉将昨晚的事都忘在九霄云外了"。二人到前头准备吃饭（吃的是午饭，即午前的早饭），宝玉胡诌药方，一直写到饭后黛玉裁衣服一节。

冯紫英今天便还席，来请宝玉、薛蟠两人喝酒，此是午后的酒宴而非午饭，于是宝玉下午便去冯紫英家喝酒（据上考：这场酒宴其实是为宝玉举办的庆生宴[①]）。同席的有"锦香院"的妓女云儿、薛蟠、蒋玉菡。席间，蒋玉菡赠给宝玉大红色的"茜香罗"汗巾，宝玉则把腰里佩的袭人的绿汗巾送给了他，这其实是在为袭人和蒋玉菡两人交换了定情信物。此事被薛蟠看见而嚷了出去。

"至次日天明"即四月廿七日一大早，宝玉便把红汗巾作为补偿，赠给了袭人（等于为袭、蒋二人完成了定情信物的交换）。袭人说："昨日贵妃打发夏

[①] 宝玉也即作者本人是四月廿六生日，此日是冯紫英为宝玉庆生之宴，昨日是薛蟠为宝玉祝寿之宴。

太监出来，送了一百二十两银子，叫在'清虚观'初一到初三打三天平安醮，唱戏、献供，叫珍大爷领着众位爷们跪香、拜佛呢。还有端午儿的节礼也赏了。"随后袭人命小丫头把元春赐给宝玉的礼物拿出来，并把赏赐贾母、王夫人、黛玉、宝钗、迎探惜三春等人的礼物述说了一遍，只有宝钗的礼物和宝玉相同，这便是后人所谓的"元春赐婚说"。

宝玉、宝钗向贾母请安后，两人坐在一起而无他人，宝玉请宝钗把手臂上佩的、元春赏赐的红麝串褪下来给自己看，禁不住被她的肌肤看呆了，这幕情景被躲在外面监视他两行动的黛玉偷窥到，于是扔手帕打在宝玉眼睛上。

黛玉看到这幕情景，反倒证实她心中的疑心，即：宝玉口口声声说自己心中没有"金玉良缘"的念头，其实心中早就存有这种念头，因为黛玉亲眼目睹宝玉看宝钗时看呆了的忘情模样（黛玉称之为"呆雁"），证明宝玉心中肯定有宝钗存在，所以此后便更加用"金玉良缘"的话来刺激宝玉。而宝钗反倒"因往日母亲对王夫人等曾提过'金锁是个和尚给的，等日后有玉的方可结为婚姻'等语，（甲侧：此处表明：以后二宝文章宜换眼看。）所以总远着宝玉。（甲眉：峰峦全露，又用烟云截断，好文字。）昨儿见元春所赐的东西，独她与宝玉一样，心里越发没意思起来。"因宝钗能远，反倒被贾母敬重，最终能与宝玉成亲而与宝玉相亲近；黛玉因与宝玉太近（过于亲密），最终反倒被贾母因其忘情而鄙视疏远，其中真谛便在于此。

第二十九回写端午时节炎热，即：王熙凤请宝钗参加初一打醮，宝钗说："怪热的。什么没看过的戏，我就不去了！"下来写五月初一日贾母在清虚观打醮："单表到了初一这一日荣国府门前车辆纷纷，人马簇簇。那底下凡执事人等，闻得是贵妃作好事，贾母亲去拈香，正是初一日乃月之首日，况是端阳节间，因此凡动用的什物，一色都是齐全的，不同往日。"入了观门，贾珍向人责备贾蓉："我这里也还没敢说热，他倒乘凉去了！"清虚观张道士也说："只因天气炎热"云云。

张道士又说："前日四月二十六日，我在这里做'遮天大王'的圣诞。……我说请哥儿来逛逛"，可证书中所言的"前日"常泛指以前，并不特指昨天的前一天。我们正是根据这句话，猜得宝玉生日应当就是四月廿六"遮天大王"的圣诞。《玉匣记》"理论吉凶日篇：三元五腊圣诞[1]日期"："四月……廿六日：钟山蒋公圣诞。廿八日：药王圣诞"[2]，可证此"遮天大王"其实就是《玉匣记》所记载的南京的地方神、土地公公、钟山山神"蒋王"蒋子文的生日（南京钟山有"蒋王庙"）。薛蟠口中"明儿五月初三是我生日"其实是作者用的障眼法，作者想说的恰是"明日四月廿六[3]是你（宝玉）生日"。所以四月廿五是薛蟠为宝玉做寿，四月廿六是冯紫英为宝玉庆生，此处张道士又盛情邀请贾宝玉四月

---

[1] 三元：正月十五"上元节"天官圣诞，七月十五"中元节"地官圣诞，十月初一"下元节"水官圣诞。五腊：道教以正月初一为"天腊"，五月初五"地腊"，七月初七"道德腊"，十月初一"民岁腊"，十二月初八"王侯腊"。此外再加上其他神佛的圣诞，都是道教的重要节日，道观内要设坛庆贺，厨房有"混元菜"供众；每月初一、十五也有"混元菜"供众。

[2] 见 http://www.360doc.com/content/16/1216/20/39134974_615332318.shtml。

[3] 第27回言明薛蟠说这话的第二天就是四月廿六。

廿六生日那天，到观里来游玩、祈福，但作者又处处有意不把宝玉（实即其本人）的这一生日写明。又由此回张道士所说的四月底、五月初的炎热，可证第一回宝玉降生时节的"炎夏永昼"、"烈日炎炎，芭蕉冉冉"即为四月廿六。

这时张道士为宝玉说亲："前日在一个人家看见一位小姐，今年十五岁了"，则比宝玉大了两岁。贾母说："上回有和尚说了，这孩子命里不该早娶，等再大一大儿再定罢。"今按后四十回中的第97回宝玉18岁方与宝钗结婚，的确晚娶，而宝钗又比之大了两岁，后四十回居然与前八十回这儿所叙述的细节相合。★

作者特意在本回开头让宝钗不来参加这场打醮（即宝钗说："怪热的，……我就不去了"），也就是为了让神仙（张道士）来为她和宝玉提亲。如果宝钗在场，则张道士所言肯定会给读者不是宝钗之感。而作者就是要让神仙来为"金玉良缘"做媒，所以也就特意要让宝钗不在场。张道士是"神仙"，本回有明文："现今王公藩镇都称他为'神仙'"，贾母与他打招呼时也是"笑道：'老神仙，你好！'"这都点明张道士提亲便是神仙在为"金玉良缘"提亲。而书中贾母只是说："等再大一大儿再定罢。你可如今打听着"，并未完全拒绝这门亲事。

按照全书情节的安排，宝玉与宝钗结婚后黛玉便要气死，这部以"宝黛爱情"为主线的故事便要结束，因此宝玉与宝钗的婚事肯定要留到全书最后去写。由于全书结束在宝玉19岁出家时，而宝玉说过黛玉一死他就要出家，这就意味着宝玉结婚不能离19岁出家太远，后四十回写成宝玉18岁结婚正为合适。作为贵公子，18岁才结婚未免太晚了，所以作者便在此回以此情节，借贾母之口交代清楚：为什么宝玉这么富贵人家的孩子不早点议亲？便是因为算过命，命中要晚婚。同时，作者又借此情节，来为后四十回中大宝玉两岁的宝钗和宝玉的婚事埋下伏笔；或者说是把宝钗和宝玉在婚事上挂上钩，即把"金玉良缘"这一神仙所定的命中注定的婚事，提上议事日程。

张道士又说："看着小道是八十多岁的人，托老太太的福倒也健壮。"此日宝玉得了张道士送的"金麒麟"。但因张道士为他提亲而生了气[①]，第二天（五月初二）便赌气不去清虚观了，而林黛玉也因中暑生病而不去，导致贾母也不愿去清虚观。宝玉、黛玉两人在家又因为"金玉良缘"事发生口角，惊动了贾母，把两个人教训了一顿。"过了一日，至初三日，乃是薛蟠生日，家里摆酒、唱戏，来请贾府诸人"，这才写到薛蟠生日五月初三，证明薛蟠四月廿五日口中"明儿我生日"的"明儿"，是泛指将来，而非特指明天。

贾母原本想让两人都去薛家看戏散心，结果两人都不去，贾母骂他俩："'不是冤家不聚头'。几时我闭了这眼、断了这口气，凭着这两个冤家闹上天去，我眼不见、心不烦，也就罢了。偏又不咽这口气！"点明自己早已看破两人关系的不正常。到了五月初四那天（当是中饭前的一大早），袭人劝宝玉："明儿初五，大节下，你们两个再这么仇人似的，老太太越发要生气，一定弄的大家不安生。依我劝，你正经下个气，陪个不是，大家还是照常一样，这么也好，那么也好。"

---

① 宝玉反对与宝钗的"金玉良缘"，只想与黛玉结成"木石前盟"，所以张道士提亲的人如果不是宝钗，他也会生气；如果是宝钗的话，更会生气。而上文我们已证明清楚，张道士虽然口中没提小姐的名字，其实就是在为宝玉和宝钗提亲，所以宝玉更当生气。

第三十回 前半部写宝玉听从袭人的话,当下便来找黛玉赔不是。黛玉不许开门,紫鹃说:"这么热天,毒日头地下,晒坏了他如何使得呢?"于是开门让进。不久凤姐又来潇湘馆,把两人取笑了一番,然后把两人拉到了贾母跟前。这时宝玉向宝钗道歉:"大哥哥好日子,偏生我又不好了,没别的礼送,连个头也不得磕去。大哥哥不知我病,倒像我懒、推故不去的。倘或明儿恼了,姐姐替我分辨分辨。"是指昨天五月初三薛蟠生日自己没到场。宝玉又问:"姐姐怎么不看戏去?"当是薛蟠大做生日、连演两天戏的缘故。

此日乃薛蟠生日的次日,生日做两三天也很正常,见第57回:"目今是薛姨妈生日,自贾母起,诸人皆有祝贺之礼。黛玉亦备了两包针钱送去。是日,也定了一本小戏,……连忙了三四天方完备。"同理,薛蟠生日也不止一天,而要做上两三天。即生日前一天做寿,生日那天庆生,庆生也有连庆两天的,比如贾府会送一天"戏酒"给做生日的人庆贺。况且薛蟠比宝玉大7岁,此年宝玉十三岁,薛蟠二十岁,正是大做生日的年份。

此时宝钗回答说:"我怕热,看了两出,热的很。要走,客又不散。我少不得推身上不好,就来了。"宝玉顺口笑道:"怪不得他们拿姐姐比杨妃①,原来也体丰、怯热。"这句话气坏了宝钗,宝钗便用成语"负荆请罪"来借题发挥,讽刺宝玉、黛玉两人,凤姐笑着打圆场:"你们大暑天,谁还吃生姜呢?"可见通篇在写天热。

宝玉一大早得罪了黛玉,此时又得罪了宝钗。下来又因调戏而让金钏儿挨了王夫人一巴掌,所以这一天极为不顺。金钏儿事见此回后半部:"谁知目今盛暑之时,又当早饭已过,各处主仆人等多半都因日长神倦之时,宝玉背着手,到一处,一处鸦雀无闻。从贾母这里出来,往西走过了穿堂,便是凤姐的院落。到她们院门前,只见院门掩着。知道凤姐素日的规矩,每到天热,午间要歇一个时辰的,进去不便,遂进角门,来到王夫人上房内。只见几个丫头子手里拿着针线,却打盹儿呢。王夫人在里间凉榻上睡着,金钏儿坐在旁边捶腿,也乜斜着眼乱恍。""早饭已过"而凤姐午休,可证书中的"早饭"指中饭,而非今人所言的早餐、早膳。又凤姐院在贾母院之东,此处写"从贾母这里出来往西"而至凤姐院,是全书唯一一处镜像忘改之例②。

这节文字是写午饭后,众人都在午睡,宝玉来到王夫人房,以为王夫人睡着了,便与王夫人的大丫环金钏儿调情,金钏儿被王夫人扇了一巴掌,宝玉以为没事,便不负责任地跑走了,这便是宝玉此日第三桩可气而不顺心的事。

这时书中写宝玉"忙进大观园来。只见赤日当空,树阴合地,满耳蝉声,

---

① 此是照应第27回回目中语:"滴翠亭杨妃戏彩蝶,埋香冢飞燕泣残红",即作者据成语"环肥、燕瘦",把宝钗比作杨妃,把黛玉比作飞燕。成语"环肥燕瘦"中的"环"指杨贵妃杨玉环,体形虽胖但胖得很美;"燕"指赵飞燕,瘦得像燕子般轻盈美丽,故名"飞燕"。"环肥燕瘦"这一成语形容女子体态不同,或胖或瘦,各有各的好看之处,也借喻艺术作品虽然风格不同,但各有所长。

② 即空间原型是"凤姐院"在"贾母院"西,而书中作者写的是镜像,"凤姐院"当在"贾母院"之东。此处写"凤姐院在贾母院西"是据实而写,忘了要据镜像改"西"为"东"。

静无人语。刚到了蔷薇花架，只听有人哽噎之声"，"如今五月之际，那蔷薇正是花叶茂盛之际，宝玉便悄悄的隔着篱笆洞儿一看"，原来是唱戏的龄官"一面悄悄的流泪"，一面在地上画了几十个"蔷"字。"伏中阴晴不定，片云可以致雨，忽一阵凉风过了，唰唰的落下一阵雨来"。宝玉忘了自己在淋雨，反倒记挂那女孩没处躲雨，禁不住说："不用写了。你看下大雨，身上都湿了。"女孩因隔了花架看不分明，听声音只觉得是个女孩，因而笑道："多谢姐姐提醒了我。难道姐姐在外头有什么遮雨的？"宝玉这才知道自己这个局外人也因忘情、痴情而淋了雨，回目拟作"龄官划'蔷'痴及局外"真是传神！这便增加了宝玉此日第四桩不顺心事——淋了雨。

表面看，这儿似乎有不合理处，即13岁的声音应当分得清是男是女。即便面容俊秀、为花遮挡而貌似女孩，一听声音便当知道他是男孩而非女孩。其实这一情节当是"的真"的实录，表明宝玉其时年仅13岁，尚未变声。因为下文宝玉雨中叫门时，麝月便听成了宝钗声音而说："是宝姑娘的声音。"男孩和女孩进入青春期后，都要经历"变声期"，嗓音会由原来不分男女的童声，变成低粗的男声或高细的女声。在十五六岁发育成熟前，男女喉部的生理结构没有多大区别，因此14岁前的童声无法区分男女，有时男孩的童声甚至比女孩还要妩媚柔和。

宝玉被龄官点醒自己也在淋雨，于是"一气跑回怡红院去了，心里却还记挂着那女孩子没处避雨"，下来又提到"原来明日是端阳节"，可见明天才是初五，此日是 五月初四 。

宝玉跑回怡红院，敲门而门开迟了，又增加他今天第五桩不顺心事——因门开迟而多淋了雨！于是开门时也不管面前是谁，便一脚踢了过去，结果发现踢的是袭人胸口，把袭人给踢坏了，晚饭后袭人还为此吐了血。这便是宝玉调戏金钏儿的恶报——误伤了最亲密的未婚小妾袭人，这也堪称是他今日第六桩大不幸事。

"三伏"是一年中最热的时节，在阳历7月中旬到8月中旬，其气候特点是气温高、气压低、湿度大、风速小。"伏"表示阴气受阳气压迫而藏伏地下。农历规定："夏至后第三个庚日开始为头伏（初伏），第四个庚日为中伏（二伏），立秋后第一个庚日为末伏（三伏）。"头伏、末伏各10天，中伏10天或20天，三伏共30天或40天。每年立秋日及其后两天如果出现庚日，中伏就为10天，否则为20天，所以，大多数年份"中伏"都是20天，相应地，大多数年份"三伏"一共有40天。

此年是作者人生的第十岁即雍正二年（1724），其年闰四月十四芒种（6月5日），五月初一（6月21日）夏至，五月初五（6月25日）已在夏至后第四天。由于第27回明言四月廿六为芒种，而雍正三年四月廿六正好是芒种（6月6日），九天后为五月初五（6月15日），五月十一（6月21日）为夏至。此处无论是以雍正二年还是三年为原型，此日五月初四要么在夏至前七天，要么在夏至后三天，都未入伏，作者写"伏中阴晴不定"显然有误，当然更合理的解释便是：此年过于炎热，故日历上未入伏、而气候上提前入了伏，这是有可能的。

    宝玉"怡红院"东侧有"蔷薇花架"，即笔者《宁荣府大观园图考》收录的乾隆朝"江宁行宫"彩图中所绘的花障。又"大观园"园区西北角也有"蔷薇院"，见第17回贾政从大观园西北角的"稻香村"，到大观园正北的"蘅芜苑"，一路上"度芍药圃，入蔷薇院，出芭蕉坞，盘旋曲折"云云。宝玉观看戏子画"蔷"的"蔷薇花架"，当是"怡红院"旁边的"蔷薇花架"。因为宝玉回"怡红院"，不可能走到园区的西北角。而且下文第32回，史湘云在此"怡红院"处的蔷薇架下，拾得宝玉遗失的"金麒麟"，这可证两点：一是宝玉当是观"蔷"淋雨、匆忙逃回家时遗失此物；二是宝玉观"蔷"淋雨的"蔷薇花架"，应当就是湘云拾到他丢失的"金麒麟"处的、怡红院旁的"蔷薇花架"。故清人王希廉评第31回言："蔷薇架下金麒麟，必是宝玉遇雨时遗失。可想见'昨日淋雨，仓惶走来，误踢袭人，一夜心慌意乱，不暇检寻'光景，是暗暗补写法。"

    第41回刘姥姥醉酒后，从东往西来"怡红院"，也是先到这"蔷薇花架"，即：刘姥姥心中想"'这里也有扁豆架子。'一面想，一面顺着花障走了来，得了一个月洞门进去"，从而来到"怡红院"门墙之下。此回宝玉自西往东来怡红院，先到此"蔷薇花架"；第32回史湘云自西往东来怡红院，也是先到此"蔷薇花架"而捡得金麒麟。由此可知，设计"大观园"者匠心独运，能让人们无论自西往东还是自东往西来"怡红院"时，都不是先到北侧的大门，而是通过植物"障景"来布置迷宫之路，让人们先绕到院东侧的蔷薇花架，再往北拐入院北侧的大门，其间的距离宝玉需要"一口气跑过去"，可见至少要有一二十米的路。

    第三十一回写五月初四下午，宝玉踢袭人而晚上袭人吐血，书中写袭人"不觉将素日想着后来争荣夸耀之心，尽皆灰了"，可证袭人本来就怀有做姨娘的野心。一大早，宝玉请医生来为袭人看病。此时书中写道："这日正是端阳佳节，蒲艾簪门，虎符系臂"，可见是五月初五日事。因是端午节，所以午饭后设有酒席，但这场酒席因大家不开心而散去。

    宝玉回来后，晴雯跌了扇子，吃袭人与宝玉两人夫妻般亲密的醋，与袭人、宝玉口角闹事。黛玉正好走来，拍着袭人的肩膀笑道："好嫂子，你告诉我。必定是你两个拌了嘴了。告诉妹妹，替你们和劝和劝。"也把两人说成是小夫妻，羞得袭人忙推她道："林姑娘你闹什么？我们一个丫头，姑娘只是混说！"须知晴雯正是为这而吃醋，所以袭人要说这话来撇清关系。黛玉偏偏笑着回答说："你说你是丫头，我只拿你当嫂子待。"点明不光怡红院内的晴雯，就是外人黛玉，也早已瞧破宝玉与袭人的亲密关系[①]；当然，这也表明袭人凭其品性，在黛

[①] 这全是宝玉不知检点，让大家瞧破了他和袭人之间的夫妻关系，这便是第77回袭人对宝玉说的："你有甚忌讳的？一时高兴了，你就不管有人无人了。我也曾使过眼色，也曾递过暗号，倒被那别人已知道了，你反不觉。"

玉心目中占据了很高地位。

黛玉去后，有人说"薛大爷请"，宝玉只得去了，原来是吃酒，可证薛蟠的生日酒连摆了三天，宝玉前两天都没去，此日自然不能再推辞了，于是"尽席而散"。

宝玉晚间回来，已带了几分酒意，踉跄来到自己的"怡红院"内，一见晴雯便笑着说："你的性子越发惯娇了。早起就是跌了扇子，我不过说了那两句，你就说上那些话。说我也罢了，袭人好意来劝，你又括上她，你自己想想，该不该？"所谓"早起"，即"一早起、一大早起、大清早起"，是指从早上起来后的一上午，并不特指早晨、一大早。晴雯道："怪热的，拉拉扯扯作什么！叫人来看见像什么？"因天热，睡之前要洗澡，所以晴雯又扯上此前宝玉和碧痕洗澡的丑事。晚上乘凉时，晴雯撕扇取乐，写出宝玉对晴雯的娇纵，以及晴雯的任性，这都是在为第77回晴雯被撵、夭亡而伏笔。

"次日午间"即 五月初六 中午"史大姑娘来了"。从第22回正月廿二猜灯谜后，书中再没有提到史湘云，一直要到此回五月初六史湘云方才再来，其间相隔了四五个月。书中说"青年姊妹间经月不见，一旦相逢，其亲密自不必细说"，看似只有一个月，所言"经月"其实已指好几个月。

贾母对湘云说："天热，把外头的衣服脱脱罢。"这时大家都在说史湘云淘气的往事："宝钗笑向那周奶妈道：'周妈，你们姑娘还是那么淘气不淘气了？'周奶娘也笑了。迎春笑道：'淘气也罢了，我就嫌她爱说话。也没见睡在那里还是"咭咭呱呱"笑一阵、说一阵，也不知哪里来的那些话？'王夫人道：'只怕如今好了。前日有人家来相看，眼见有婆婆家了，还是那们[①]着。'"点明其已相亲，则至少已有十一二岁了。

午后，湘云到大观园看望李纨，又来怡红院找袭人，"刚到蔷薇架下"（即"怡红院"门口的蔷薇架下），拾到了上一回宝玉匆忙避雨时丢失的金麒麟。回目"因麒麟伏白首双星"，伏的便是史湘云与卫若兰的姻缘之事，其乃宝钗宝玉"金玉良缘"、黛玉宝玉"木石前盟"这两大"正色"的"间色"（所谓"间色"即正色的点缀色、陪衬色）。此回己卯本回前总批："'金玉姻缘'已定，又写一金麒麟，是间色法也。何颦儿为其所惑？故颦儿谓'情情'。"即作者故意用金麒麟，让宝玉与湘云扯上关系，令黛玉吃醋，以写黛玉用情的专一。其实，正如宝玉赠红绿汗巾，伏的是蒋玉菡与袭人姻缘；而宝玉从湘云手中接过金麒麟，最后又当在射圃中赠送卫若兰，伏的便是史湘云与卫若兰的婚事。在这两大姻缘中，宝玉都只是媒人罢了；可惜"射圃"赠麒麟那段情节已失，即本回己卯本回末所批："后数十回若兰在射圃所佩之麒麟，正此麒麟也。提纲伏于此回中，所谓'草蛇灰线，在千里之外'。"又第26回批："惜'卫若兰射圃'文字无稿，叹叹！丁亥夏，畸笏叟。"此回回目"因麒麟伏白首双星"，伏的便是后四十回卫若兰"射圃"得麟的情节线索（批者称之为"提纲"。所谓"提纲"即回目、纲目、梗概、线索之意）。

第三十二回 写宝玉的金麒麟被湘云捡到后归还了宝玉，这时袭人对湘云

① 那们，那么。

说："大姑娘，听见你前儿大喜了"，再点上回王夫人口中说史湘云已许配人家。由于这亲事后来无果，当是说而未成，所以前来说亲的人肯定不是卫若兰。

这时有人来说："兴隆街的大爷来了，老爷叫二爷出去会去。"宝玉听了，便知道是贾雨村来了，心中很不自在。史湘云劝他多会会这种为官做宰的人，将来可以熟悉官场上的一套，宝玉道："林姑娘从来说过这些混账话不曾？若她也说过这些混账话，我早和她生分了！"这时黛玉因宝玉与湘云都有个金麒麟，疑心两人不要有什么私密事，正好前来偷听；在房外一听这话，又惊又喜，忙抽身回去。宝玉出门看到黛玉正在前面走，于是赶上来叫她"放心"（即"请你放心——我只爱你一个、只娶你一个"的意思）。黛玉走后，宝玉还站在"大毒日头"底下发呆，误把前来送扇子的袭人当成了黛玉，而把自己要对黛玉说的那腔肺腑之言，全都说给袭人听了；说完后才清醒过来，意识到说错了对象，羞得抽身跑去见贾雨村了。

这时宝钗走来，问听呆了的袭人："大毒日头地下，出什么神呢？"又问：宝玉为何这般着急离开？袭人说是老爷叫，宝钗听了忙道："嗳哟！这么黄天暑热的，叫他做什么？别是想起什么来生了气，叫出去教训一场。"（不幸言中，正伏下文宝玉要挨打。）

袭人说是宝玉有客要会，于是两人一路闲谈，这时有个老婆子前来报丧："这是哪里说起？金钏姑娘好好的投井死了！前儿不知为什么撵她出去，在家里哭天哭地的，也不理会她，谁知找她不见了。刚才打水的人在那东南角上井里打水，见一个尸首，赶着叫人打捞起来，谁知是她。她们家里还只管乱着要救活，哪里中用了？"

这便是第30回宝玉与金钏儿调情时，金钏儿说的话"金簪子掉在井里头"，不幸一语成谶。于是宝钗便来安慰王夫人。王夫人对她说："原是前儿她（金钏儿）把我一件东西弄坏了，我一时生气，打了她几下，撵了她下去。我只说气她两天，还叫她上来，谁知她这么气性大，就投井死了。岂不是我的罪过？"今按：金钏儿是五月初四（端午节前一天）被撵，此是五月初六中午，所谓"前儿"正是五月初四。金钏儿当是五月初五痛哭一天一夜，五月初六一大早，来贾府门前的大水井跳井，以示清白（水井在贾府大门外的东侧，正在荣国府东南角的"宁荣街"上，详笔者《宁荣府大观园图考》"第二章、第一节、四"）。

第三十三回 宝玉 五月初六日 下午会见雨村后，听说金钏儿跳井而死，便来见王夫人，被数落教训了一番，失魂落魄地从前头走到大厅上，正好又与贾政撞了个满怀（正因为失魂落魄，才会从王夫人院的前门往西走上大厅；若是正常情况下，他完全可以从王夫人院上房背后的"后廊"向东入大观园、或向西入贾母院，这样便不会和贾政碰面）。

这时有人说忠顺王府前来拜访，贾政于是出迎，得知了宝玉勾引琪官蒋玉菡事（今按宝玉四月廿六与琪官喝酒，被薛蟠看到两人交换汗巾而喧腾出去，至此已有九天、十天，可以想见，这一谣言肯定早已满城风雨），于是叫来宝玉对质，一问，宝玉果然知道蒋玉菡的下落（此下落连耳目如此众多的忠顺王府尚且打听不出，而宝玉却知晓，足证两人关系非同一般），贾政于是叫他待在大厅等候发落，自己则送忠顺王府的长史出了大门。

贾政回大门后，又撞见贾环在大门内的庭院中乱跑，一问贾环，才知道是金钏儿投井后的恐怖模样，致使他恐慌乱跑。贾环趁机告密："金钏儿投井，是宝玉调戏所致。"于是贾政便命令把宝玉捆到"内书房"来，嫌小厮们打板子时打得太轻，自己亲自拿过板子来打。众门客见状，知道宝玉肯定要被打死，于是向"内书房"旁的"王夫人院"院门里传话，请出王夫人、贾母来解救，最后宝玉被抬回"怡红院"养伤。

宝玉挨打时，王夫人说："况且炎天暑日的"，贾政也对贾母说："大暑热天"，可见天气炎热。

第三十四回写众人（包括黛玉）前来看望宝玉后，"至掌灯时分，宝玉只喝了两口汤，便昏昏沉沉的睡去"，此是 五月初六日 晚间事。王夫人叫袭人到自己房中问话，袭人向王夫人建议把宝玉搬出大观园，以免与"林姑娘、宝姑娘又是两姨、姑表姊妹①"发生不好之事。

王夫人说"我已经快五十岁的人"。今按第 2 回红楼七年"冷子兴演说荣国府"时，称贾政"的夫人王氏头胎生的公子名唤贾珠，十四岁进学，不到二十岁就娶了妻、生了子，（甲侧：此即贾兰也。至兰第五代。）一病死了。（甲侧：略可望者即死，叹叹！）第二胎生了一位小姐，生在大年初一。"第 4 回红楼八年："珠虽夭亡，幸存一子，取名贾兰，今方五岁，已入学攻书。"则贾兰生于红楼四年，比宝玉小 3 岁。由贾兰生于红楼四年，可知贾珠当结婚于红楼三年或四年，其是"不到二十岁就娶了妻、生了子"，可证生子时或是二十，或是十九岁，今暂定其十九岁娶妻，二十岁生子，则红楼四年贾珠为二十岁，比宝玉大 16 岁。古人十五六岁就可结婚，若以王夫人十六岁结婚计，其十七岁生贾珠，三十三岁生宝玉，今年宝玉十三岁，则王夫人为四十五岁，其称自己"快五十岁"亦属合理。

王夫人因袭人考虑长远而另眼相看，给她姨娘的待遇，以此来请她防范宝玉不要发生袭人口中说的那种丑行，从而保全自己母子俩的名声，这就是后人所谓的"袭人告密"事件。

"怡红院"这边，袭人刚走，宝玉就醒了过来，叫晴雯给黛玉"送帕"，这是两人进行私相传递，所传的便是两人的定情信物"一双手帕"。（第27回贾芸"贾二爷"与"小红"林红玉的传帕，便是此回宝玉"宝二爷"与小姐林黛玉传帕的引子。）

此日晚间，宝钗劝哥哥薛蟠不可再如此胡闹。然而琪官之事，的确不是茗烟对袭人所说的"薛蟠挑唆忠顺王府的人来告状"（原文见第33回茗烟道："那琪官的事，多半是薛大爷素日吃醋，没法儿出气，不知在外头唆挑了谁来，在老爷跟前下的火"），乃是薛蟠在外面信口乱说宝玉、蒋玉菡两人在冯紫英家私下交换汗巾，被忠顺王府的耳目打听到而上门来讨，薛蟠其实是在无意中走漏消息，并非有意叫人来告状，所以薛蟠抢白薛宝钗说："从先妈和我说，你这金

---

① 姊妹，泛指时可指兄妹与姐弟，而不光指同为女性的姐妹。

要拣有玉的才可正配，你留了心，见宝玉有那劳什骨子，你自然如今行动护着他。"气得宝钗满心委曲，告别母亲，回"蘅芜苑"哭了一夜。

宝钗次日 五月初七日 一大早起来，"无心梳洗，胡乱整理整理，便出来瞧母亲"，此时黛玉正站在花荫下，看着对面的"怡红院"，要等众人、特别是王熙凤看过宝玉后，自己才敢去看宝玉（因为王熙凤要管家，最为烦忙，一般情况下都是最后一个来看）。这时她看到薛宝钗从自己面前经过，便问："到哪里去？"宝钗回答："家去。"（意为去自己母亲家，即回薛姨妈处。）林黛玉见她"无精打采的去了，又见眼上有哭泣之状，大非往日可比"，便怀疑她和自己一样，晚上是为宝玉挨打而心疼地哭了一整夜，于是在宝钗身后嘲笑着说："姐姐也自保重些儿。就是哭出两缸眼泪来，也医不好棒疮！"蒙王府本侧批问黛玉："自己眼肿为谁？偏是以此笑人！笑人世间人多犯此症。"①作者曹雪芹有意在此刻画了一下林黛玉一生中最典型的一次尖酸刻薄，同时又可表现出宝钗所特有的大肚能容，即宝钗"分明听见林黛玉刻薄她，因记挂着母亲、哥哥，并不回头，一径去了。"

第三十五回 紫鹃提醒黛玉说："如今虽然是五月里，天气热"，印证前面说过的"伏中"是气候而非日期（即：按日期，仍在五月中而未入伏；但按气候，却非常闷热而入了伏）。于是黛玉回家，她的鹦鹉模仿黛玉平日的腔调，念着她写的"花落人亡两不知"词，证明黛玉没有一天不在念叨自己所作的"哀感顽艳"②的《葬花词》，则黛玉整日以泪洗面，因抑郁而病情加重，便可知矣。

此日 五月初七 一大早，宝钗回到自己母亲家，薛蟠向她道歉。薛姨妈和宝钗同来看望宝玉，这时贾母等都在。宝玉说早饭想吃"那一回做的那小荷叶儿、小莲蓬儿的汤"，由玉钏儿端来这碗"莲叶羹"。宝玉吃莲叶羹时，傅试家的嬷嬷前来探望宝玉，因为她们家有23岁尚未嫁人的才女傅秋芳，宝玉久慕其名，便叫她们进来，结果让她们看到：宝玉自己烫了手，反倒问玉钏儿疼不疼的呆状；估计她们回去后，肯定会向傅秋芳报告宝玉的呆傻。下来宝玉又命金莺儿打"梅花络"，宝玉问莺儿："十几岁了？"莺儿答："十六岁了"，比宝玉大了三岁。此时邢夫人派人送果子来，宝玉说分一半给黛玉；而黛玉见众人来怡红院探望宝玉后，此时正好也到"怡红院"来看望宝玉。此为五月初七日上午事。

第三十六回 写："话说贾母自王夫人处回来，见宝玉一日好似一日，心中自是欢喜。因怕将来贾政又叫他，遂命人将贾政的亲随小厮头儿唤来，吩咐他：'以后倘有会人、待客诸样的事，你老爷要叫宝玉，你不用上来传知，就回他，说我说了：一则打重了，得着实将养几个月才走得；二则他的星宿不利，祭了星，不见外人，过了八月才许出二门'"，画线部分表明：宝玉全好才许"出二门"当在八月。贾母说这话时，已过了五月初七，确切日期不明。

此后宝玉"日日只在园中游卧"，这"日日"的时间有多久，书中也不明确。

此后，作者又借王夫人和凤姐谈发放月银之事，向读者交代清楚贾母和宝

---

① 作者笔下写自己骂自己，到了如此出神入化的地步，与第41回醉人刘姥姥把镜中的自己当成亲家母而骂道："没死活戴了一头"的花！相映成趣。

② 指悲伤之词无论是顽钝者还是美艳者都会为之感动。

玉各有"八大丫头"。贾母这八个人中,"袭人"给宝玉使唤,宝玉房中其实只有"晴雯、麝月等七个大丫头,每月人各月钱一吊;佳蕙等八个小丫头,每月人各月钱五百"。王夫人在王熙凤面前定下袭人是宝玉的房里人(即姨娘),给袭人姨娘的月例钱:"把我每月的月例二十两银子里,拿出二两银子一吊钱来给袭人。以后凡事有赵姨娘、周姨娘的,也有袭人的。"凤姐建议说:"既这么样,就开了脸,明放他在屋里岂不好?"王夫人深谋远虑地说:"等再过二三年再说"(即正式聘娶)。凤姐从王夫人房出来后,特意歇在"王夫人房"后廊的西角门处说:"这里过门风倒凉快,吹一吹再走",故意当着众人面,说了段骂赵姨娘的话,为的就是让人传给赵姨娘听,凤姐与赵姨娘的过节①因此更深了一层。

王夫人等吃毕西瓜,"各自方散去。宝钗与黛玉等回至园中,宝钗因约黛玉往藕香榭去,黛玉回说立刻要洗澡,便各自散了"。宝钗来到怡红院,见宝玉睡着,袭人正好有事出去(据下文湘云说是"午间要到池子里去洗衣裳"),宝钗便代袭人在宝玉床前绣兜肚,手边放着掸小虫的麈子,这一幕正好被走到窗外的黛玉偷窥到,湘云把冷笑着吃醋的黛玉给拉走了。宝玉听宝玉梦中说:"和尚、道士的话如何信得?什么是金玉姻缘,我偏说是木石姻缘!"薛宝钗听了这话不觉怔了。这便接上了宝玉在第5回梦游"太虚幻境"时听到的《终身误》那段曲词:"都道是金玉良缘,俺只念木石前盟。空对着,山中高士晶莹雪;终不忘,世外仙姝寂寞林",表达出宝玉对"金玉良缘"的不满而心中只有"木石前盟"。

袭人回来后,问:林姑娘、史大姑娘可进屋来过?宝钗说没进来过。这时凤姐叫袭人过去,告知王夫人对她的厚爱。袭人回来后,晚上告诉了宝玉,宝玉向她笑道:"我可看你回家去不去了!那一回往家里走了一趟②,回来就说你哥哥要赎你,又说在这里没着落,终久③算什么,说了那么些无情无义的生分话唬我。从今以后,我可看谁来敢叫你去!"袭人因得了姨娘月例钱心中得意,故意"只拣那宝玉素喜谈者问之。先问他春风秋月,再谈及粉淡脂莹,然后谈到女儿如何好,又谈到女儿死,袭人忙掩住口",这时宝玉向她大谈"文死谏、武死战"是愚忠、是沽名、是虚伪,而我宝玉要为真情而死,我宝玉死后只求你们所有女孩子以泪葬我即可。袭人见他说出这些疯话来,便不理他睡了。今按:袭人、晴雯都是宝玉奴仆,袭人擅长文谏,已见于第21回"贤袭人娇嗔箴宝玉",而晴雯则喜武战,已见于第31回的口角之争。

下来写:"一日,宝玉因各处游的烦腻,便想起《牡丹亭》曲来",于是来到戏子们住的"梨香院",遭龄官冷遇,正要讪讪离去。这时贾蔷正好来哄龄官,龄官说自己"咳嗽出两口血来",贾蔷要为她请大夫,龄官说:"站住,这会子大毒日头地下,你赌气子去请了来,我也不瞧",可知是在炎夏盛暑中。

宝玉这才明白龄官那日流泪画"蔷"的深意来,开始为女孩子所痴情的男

① 过节,与人产生的矛盾、纠纷、嫌隙等细节琐事。
② 指第19回。
③ 终久,即"终究"。

人，居然不是自己而发痴呆，然后"那宝玉一心裁夺盘算，痴痴的回至怡红院中"，对袭人哀叹说："我昨晚上的话竟说错了，怪道老爷说我是'管窥、蠡测'。昨夜说你们的眼泪单葬我这就错了，我竟不能全得了，从此后只是各人各得眼泪罢了。""自此深悟人生情缘各有分定，只是每每暗伤不知将来葬我洒泪者为谁？"其虽言"昨日"，实乃泛指，并非对袭人说"文死谏、武死战"那晚的次日，因为上文言其到"梨香院"用的是"一日"而非"次日"。

这时一同在旁的黛玉对宝玉说："明日是薛姨妈的生日"，宝玉说："这么怪热的，又穿衣裳，我不去姨妈也未必恼。"黛玉笑道："你看着人家赶蚊子分上，也该去走走。"宝玉不解，忙问："怎么赶蚊子？"这时作者又写："袭人便将昨日睡觉无人作伴，宝姑娘坐了一坐的话说了出来。宝玉听了，忙说：'不该。我怎么睡着了，亵渎了她。'一面又说：'明日必去。'"所言"昨日"也是泛指前些日子，而非特指昨天。

这时史湘云穿戴整齐前来告辞，众人送到二门（即贾母院处二门"垂花门"），宝玉还要往外送，倒是湘云拦住，一时又回头，把宝玉叫到跟前悄悄说："便是老太太想不起我来，你时常提着①打发人接我去。"下来作者写："宝玉连连答应了。眼看着她上车去了。大家方才进来。要知端的，且听下回分解。"而下回并未写到任何对此事的"分解"，就一写写到秋天八月中去了。可证作者笔下的"下回分解"，可以和上回所说的内容毫无关系，即"下回分解"不一定指上文有下文可言。

又：此回言薛姨妈生日是在"大毒日头"、"吃毕西瓜"时，与本书的其他地方实有矛盾▲，这是作者为情节需要而写的"幻笔（即梦幻之笔、梦话）"，本书"第四章、三、（三）、（2）"有详论，不可当真；作者下来也没有写薛姨妈生日的情节，更加可以证明这是"虚而不实"的谎话，薛姨妈的生日根本就不在此时。

【此回贾宝玉之所以要对袭人说起眼泪的话来，便是因为：第34回宝钗见他挨了打而对他说："早听人一句话，也不至今日。别说老太太、太太心疼，就是我们看着，心里也疼"，书中写宝钗"刚说了半句又忙咽住，自悔说的话急了，不觉的就红了脸，低下头来。宝玉听得这话如此亲切稠密，大有深意，忽见她又咽住不往下说，红了脸，低下头只管弄衣带，那一种娇羞怯怯，非可形容得出者，不觉心中大畅，将疼痛早丢在九霄云外，心中自思：'我不过捱了几下打，她们一个个就有这些怜惜悲感之态露出，令人可玩可观，可怜可敬。假若我一时竟遭殃横死，她们还不知是何等悲感呢！'"宝钗刚说了半句便咽住不说，是指上面那句话"我（们）……心里也疼"，一不小心透露出自己对宝玉的爱意来，这是女孩子难以启齿的可羞耻的事，所以不好意思往下说了，满脸通红；而宝钗这句话听在宝玉耳中，宝钗这副样子看在宝玉眼里，便是此前从未领略过的宝姐姐为爱而娇羞的模样，这真是千载难逢的机会，所以宝玉心中感到大畅，早把疼痛抛在脑后，甚而认为：没有这场打，哪能有这么多女孩子为自己伤心

---

① 指提醒贾母。

而哭呢？哪能知道居然有这么多女孩子对自己一片真心而为自己哭呢？又哪能看到"一本正经、道貌岸然"的宝姐姐，也有因为我而为爱娇羞的模样呢？下来宝玉在痛得昏迷中，"忽又觉有人推他，恍恍忽忽听得有人悲戚之声。"睁眼一看是黛玉，作者写"此时林黛玉虽不是嚎啕大哭，然越是这等无声之泣，气噎喉堵，更觉得利害。"黛玉"半日方抽抽噎噎的说道：'你从此可都改了罢！'（蒙侧：心血淋漓，酿成此数字。）"这时宝玉听到后，长叹一声说："你放心，别说这样话。就便为这些人死了，也是情愿的！"即：有你们这些女孩子这么疼我、哭我、真心待我，我死也值了，我死也愿意啊！这便是宝玉"挨打反乐"的原因所在。即：不打焉能得黛玉及众人这么多真心之泪呢？正所谓"不入虎穴，焉得虎子？"这正应了第2回贾雨村所说的，甄宝玉挨父亲打时，只要叫"姐姐、妹妹"便不疼了，两者同出一理。按：第2回写甄宝玉"每打的吃疼不过时，他便'姐姐''妹妹'乱叫起来。……他说：急疼之时，只叫'姐姐、妹妹'字样，或可解疼也未可知，因叫了一声，便果觉不疼了，遂得了秘法。每疼痛之极，便连叫'姐妹'起来了。"可见作者早在全书第2回便开始写宝玉挨打了，故知到第34回宝玉挨打时，早已不是头一次挨打。宝玉对袭人说完"眼泪"话题后，下来便由本回所明悟过来的、当日龄官原来是为贾蔷而画"蔷"流泪之事，终于领悟到：自己其实得不到众人所有的眼泪。于是释然有悟，打破了《金刚经》所说的"我相"（即"我执"），也算是在悟道出家的道路上，又往前进了一步。】

第三十七回至四十七回写此年的秋天

第三十七回 开头便写："这年贾政又点了学差，择于八月二十日起身。是日拜过宗祠及贾母起身①，宝玉诸子弟等送至洒泪亭。"此是"八月二十日"事。

为了能让宝玉恣情游荡，为了能让大观园进入极盛阶段，作者故意让贾政离开，从而可以无人管束宝玉。唯有这样，大观园中最热闹的情节才有可能登场而被写出。所以作者接下来便写："却说贾政出门去后，外面诸事不能多记。单表宝玉每日在园中任意纵性的逛荡，真把光阴虚度，岁月空添。这日正无聊之际，只见翠墨进来，手里拿着一副花笺送与他"，原来是探春邀请众人成立诗社。

"光阴虚度"与此日看似有先后关系，其实据下文八月廿五彩明念《玉匣记》来推断，"这日"实为八月廿一，乃贾政刚走的次日；可证"光阴虚度"与"这日"实为平行关系。即："光阴虚度，岁月空添"，乃总括宝玉在贾政走后到贾政回来这两三年中的所有日子，而下面"结诗社"便是其中一例。所以，我们不能根据"光阴虚度，岁月空添"来断言结"海棠社"距贾政走已有好多天，换句话说，宝玉次日便感到无聊而结社。

【又第39回太平闲人总评："三十七回云：'贾政八月二十日起身'，叙宝玉每日游荡，'真把光阴虚度'云云，当已出八月、入九月；又菊花当令之候，则刘姥姥之来，仍是九月。"画线部分便是不识此旨，刘姥姥实乃八月底来而非

---

① 指拜过宗祠和贾母，然后动身。

九月来。大某山民也因为不明此旨，误以贾政并非八月二十动身，而是七月二十动身，即其评第 42 回："推查前文三十七回，贾政于七月二十日起身之后，宝玉每日在园中任意纵性游荡，此两句内已藏下一月时候。试读'光阴虚度，岁月空添'八字，便可知其为省文：盖自七月二十至八月二十，均已包括在内也；探春起海棠社，贾芸送白海棠，二十一日事也"云云。〗

　　翠墨送柬时，贾芸又送来白海棠，于是大家定诗社之名为"海棠社"。然后众人起别号、拟诗题、定社日。宝钗说："一月只要两次就够了，拟定日期，风雨无阻。除这两日外，倘有高兴的，他情愿加一社的，或情愿到他那里去，或附就了来，亦可使得，岂不活泼有趣？"探春说："只是原系我起的意，我须得先作个东道主人，方不负我这兴。"李纨道："既这样说，明日你就先开一社如何？"探春说："明日不如今日，此刻就很好。"

　　随后诸人作《海棠诗》，李纨评黛玉之诗"若论风流别致，自是这首；若论含蓄浑厚，终让蘅稿"，探春道："这评的有理，潇湘妃子当居第二"，宝玉力主黛玉第一，所以说："只是蘅、潇二首还要斟酌。"李纨道："原是依我评论，不与你们相干，再有多说者必罚。"宝玉听说，只得罢了。李纨又说："从此后，我定于每月初二、十六这两日开社，出题、限韵都要依我。这其间你们有高兴的，你们只管另择日子补开，哪怕一个月每天都开社，我只不管。只是到了初二、十六这两日，是必往我那里去。"

　　其实，李纨所定的每月初二、十六开的诗社一次也没开成，诗社只开过这"咏海棠"的第一次和次日的"赏菊咏螃蟹"的第二次，还有一次便是十月十八"芦雪广联句"，总共三次。其原因便是：作者惜墨如金、绝不犯重，所以只写这最开头一次的诗社；如果是再写两三次诗社，一则读者会感到情节重复、主题雷同，二则也等于是在为难作者，让作者每次都要把同样的主题——"诗社作诗"——给写得富有特色，这未免比较困难，所以还不如只写一次诗社，而以后统统不写。这其实也是作者回避难点的"避难法"的体现。正因为此，此后作者便找种种理由，比如李纨探春因忙于管理家务而无暇举行诗社、宝玉生病等，让后来的诗社一次都未能如期举行。作者借李纨的嘴，口口声声一个月要举行两次诗社，最后居然写到这种"每月固定要举行的两场诗社一场也未举行"的毫无透漏的地步，曹雪芹也真算是全世界都极为罕见的"撒谎从不脸红"的狡狯奇人。

　　就在探春、宝玉诸人吟海棠诗、定海棠诗社的当天，袭人派宋妈送东西给史湘云（其名"宋妈"，也是作者"随事立姓名"法的体现："宋"即"送"也）。宝玉回来，因听袭人提起给湘云送东西的事情，忽然想起还没请湘云过来入社，这时宋妈正好送东西回来，也说史湘云正在怪"他们作诗也不告诉她去，急的了不的"，宝玉便立即到贾母面前，逼着贾母当晚就去接湘云，贾母道："今日天晚了，明日一早再去。""次日一早，便又往贾母处来催逼人去接。直到午后，史湘云才来"，此为 八月廿二 。于是湘云补作了两首海棠诗，并说："明日先罚我个东道，就让我先邀一社可使得？"即明天开一社，由她定题目和诗韵。当晚湘云住在蘅芜苑，与宝钗"夜拟菊花题"，宝钗为湘云提供做东（即请客）用的螃蟹。

第三十八回"湘云次日便请贾母等赏桂花。……至午，果然贾母带了王夫人、凤姐兼请薛姨妈进园来。"此为**八月廿三**。吃完螃蟹后，贾母先回，大家咏菊，李纨评："恼不得要推潇湘妃子为魁了"。下来又再度吃螃蟹，然后咏螃蟹，大家都推薛宝钗的诗"是食螃蟹绝唱"。此时平儿送熙凤、贾母回房后，又来园中取热螃蟹给王熙凤吃。

此回贾母提到她们史家也有类似"藕香榭"的水亭子"枕霞阁"，这是为下文给史湘云取名"枕霞旧友"而预先交代的情节，作者笔底可谓没有一丝闲文。

第三十九回写平儿入园取蟹时，大家评点了老太太房里的鸳鸯、太太房里的彩霞、宝玉屋里的袭人、凤姐房里的平儿这四个大丫头。平儿回来后，"只见凤姐儿不在房里，忽见上回来'打抽丰'的刘姥姥和板儿又来了，坐在那边屋里。还有张材家的、周瑞家的陪着。"刘姥姥已见过了凤姐，凤姐此时正好去见贾母，所以刘姥姥便坐在凤姐上房内等候凤姐。刘姥姥要赶着出城门（可见她就住在南京的郊区），这时凤姐传话来：要留她住一晚再走。于是平儿便带刘姥姥来见贾母，红楼诸姊妹也都在。

刘姥姥说她今年"七十五岁"了，贾母说："比我大好几岁呢"，所以第71回贾母所谓的"八十大寿"，其实是"七十大寿"。然后刘姥姥又胡诌"抽柴"仙女事，碰巧"引起"贾府南院马棚失火。宝玉还想听下去，贾母因其不吉利而不让她说下去，宝玉"也只得罢了"。于是刘姥姥又胡诌了一个老奶奶因吃斋念佛而老来得孙的故事，即其子原本"只（生了）一个儿子，好容易养到十七八岁上死了，哭的什么似的。后果然又养了一个，今年才十三四岁，生的雪团儿一般，聪明伶俐非常。可见这些神佛是有的。"这与信佛的贾母和王夫人死了贾珠而留有宝玉、并未绝后的事情正相吻合，所以"实合了贾母、王夫人的心事，连王夫人也都听住了"，即认真地倾听了起来。（今按：王夫人在长子贾珠十七岁未死时便生了次子宝玉，而故事中是长子死后才养次子，两者略有不同；但故事中老奶奶因信佛而不绝后，与王夫人信佛而死了长子但留有次子，仍相吻合。）

这时探春对宝玉说："昨日扰了史大妹妹，咱们回去商议着邀一社，又还了席，也请老太太赏菊花，何如？"宝玉笑道："老太太说了，还要摆酒还史妹妹的席，叫咱们作陪呢。等着吃了老太太的，咱们再请不迟。"探春道："越往前去越冷了，老太太未必高兴。"宝玉道："老太太又喜欢下雨、下雪的。不如咱们等下头场雪，请老太太赏雪岂不好？咱们雪下吟诗，也更有趣了。"湘云"作东"明明是今日之事，作者却说成"昨日扰了史大妹妹"，可见所谓的"昨日"此处倒是指"今日"，这也是"昨日"泛指"此前"而非特指昨天之意。

众人散后，宝玉仍念念不忘那位仙女，暗中拉住刘姥姥打听其事，"刘姥姥只得编了告诉他道：'那原是我们庄北沿地埂子上有一个小祠堂里供的，不是神佛，当先有个什么老爷，……只有一位小姐，名叫茗玉。小姐知书识字，老爷太太爱如珍宝。可惜这茗玉小姐生到十七岁，一病死了。……因为老爷太太思念不尽，便盖了这祠堂，塑了这茗玉小姐的像，派了人烧香拨火。如今日久年深的，人也没了，庙也烂了，那个像就成了精。'……宝玉又问她地名、庄名，来往远近、坐落何方。刘姥姥便顺口胡诌了出来。"可见作者是故意用"失火"事来打断刘姥姥的"抽柴"故事，为的就是不让宝玉在大家面前听下去，而要让他私下来问，从而写出：宝玉只要是女孩子的事，便都会关心、尊重的性格来。就像第 19 回，他会去陪伴宁府僻静书房里的画中美人，以免其冷清；此回便是关心一个别人口中胡编的仙女，而想去祭拜。

作者故意用马棚失火来截住刘姥姥的美女故事，就是为了写出宝玉这种私下再问的"情不情"①的绝顶痴情来，马棚失火绝对没有什么"微言大意"在内。倒是作者借刘姥姥"老奶奶老来得孙"事，影写贾母老来得孙，从而暗中在说本书的男主人公宝玉；接下来的茗玉小姐十七岁死后成仙事，其实也是作者借此来影写并预告本书女主人公黛玉十七岁逝世成仙，下文"第九十七回"将有专论，这是"后四十回与前八十回相合，后四十回乃曹雪芹所著"的又一力证。★

刘姥姥讲的男孩故事，应当就是影写贾宝玉。即他哥哥贾珠死后，贾母老来得孙而得了宝玉这个宝贝孙子。刘姥姥故事中的男孩今年十三四岁，而此年宝玉正好十三岁，两相吻合，更可证明刘姥姥口中的男孩故事就是在影射本书的男主人公贾宝玉。本书的主人公便是宝玉与黛玉两人，刘姥姥口中的男孩既然影射的是本书的男主人公贾宝玉，则刘姥姥口中所讲的女孩故事便当影射本书的女主人公黛玉，从而预言其十七岁死。

因此，刘姥姥口中一男一女这两个故事其实都是在影写本书的男女主人公：其男孩故事影射的是男主人公宝玉，则其女孩故事影射的便是女主人公黛玉当可无疑。

宝玉把刘姥姥胡诌的那段"抽柴女"故事信以为真，"回至房中盘算了一夜。次日一早便出来，给了茗烟几百钱，按着刘姥姥说的方向、地名，着茗烟去先踏看明白，回来再作主意。那茗烟去后，宝玉左等也不来，右等也不来，急得热锅上的蚂蚁一般。好容易等到日落，方见茗烟兴兴头头的回来"，回报说：那庙里供奉的不是女孩，而是瘟神。这时二门上的小厮来说："老太太房里的姑娘们站在二门口找二爷呢"，这显然是贾母院处的二门"垂花门"。

这段情节从"次日一早"一直写到"日落"，显为 八月廿四 一整天事。由于茗烟与小厮能走到，可证宝玉"回至（怡红院）房中盘算了一夜，次日一早便出来"而向茗烟发号施令的地方，肯定就是贾母院"二门"前的外书房"绮霰斋"，而众人正站在这"绮霰斋"背后的贾母院处的二门"垂花门"内，等着宝玉前来商议事情。

---

① "情不情"意为对无情的非生物用情（如对画中人、对刘姥姥口中的这位茗玉小姐死后所塑的泥塑木雕用情），也即"绝顶痴情"的意思。

第四十回写"宝玉被贾母叫去商议第二天为史湘云还席"的事，然后便写："次日清早起来，可喜这日天气晴朗。李纨侵晨先起，看着老婆子丫头们在那里扫落叶（己夹：是八月尽）"，此是八月廿五。昨天还是史湘云邀众人在"藕香榭"赏桂花，隔一天便是八月底赏菊。由于桂花与菊花可以同时盛开于秋天，所以也属合理，无有不当。上一回刘姥姥怕天晚而"往窗外看天气"想走时，己卯本有双行夹批："是八月中当开窗时，细致之甚。"点明此时天气尚有点炎热而需要开窗，当是八月而非九月。画线部分的"八月中"三字乃虚指八月内，并非特指八月中旬，与上引批语所言的"八月尽"（即八月底）并不矛盾。

此日，贾母带刘姥姥秋游大观园，与第17回贾政带宝玉春游大观园，一为秋、一为春，正相配对。

先是李纨在"大观楼"，命人从东侧楼"缀锦阁"的楼上，搬桌子到"缀锦阁"楼下供开宴之用。然后贾母等人来到"沁芳亭"上，坐在桥板上欣赏湖景。这时，在刘姥姥的建议下，贾母吩咐惜春有时间绘制一幅《大观园图》。然后众人到黛玉的"潇湘馆"参观，刘姥姥评价这儿像是"哪位哥儿的书房了"，接着又到"秋爽斋"吃中饭，然后坐船到宝钗的"蘅芜苑"参观，最后再到"缀锦阁"楼下入席，听着湖西面"藕香榭"处飘来的唱戏声，一边喝酒、一边行酒令。

刘姥姥行令时说："'花儿落了结个大倭瓜。'众人大笑起来。只听外面乱嚷"而本回结束，其语句与上一回刘姥姥胡诌"抽柴仙女"事相同，其处言："刚说到这里，忽听外面人吵嚷起来，又说：'不相干的，别唬着老太太。'贾母等听了，忙问：'怎么了？'丫鬟回说：'南院马棚里走了水，不相干，已经救下去了。'贾母最胆小的，听了这个话，忙起身扶了人出至廊上来瞧，只见东南上火光犹亮。贾母唬的口内念佛，忙命人去火神跟前烧香。王夫人等也忙都过来请安，又回说'已经下去了，老太太请进房去罢。'贾母足的看着火光息了方领众人进来。（己夹：一段为后回作引，然偏于宝玉爱听时截住。)"

上一回"吵嚷起来"有脂批："一段为后回作引"（即上引画线部分），说的是该回后文，宝玉私下向刘姥姥打听"抽柴仙女"而叫茗烟寻访事。本回亦以"乱嚷起来"结束，下回开头也只是复述前文而并未言乱嚷为何事，即："话说刘姥姥两只手比着说道：'花儿落了结个大倭瓜。'众人听了哄堂大笑起来。于是吃过门杯，因又逗趣笑道：'实告诉说罢，我的手脚子粗笨，又喝了酒，仔细失手打了这瓷杯。有木头的杯取个子来，我便失了手，掉了地下也无碍。'"故本回末"只听外面乱嚷"，当是作者删改旧稿时，留下的一处没有或失去下文照应的破绽。▲

同样的破绽又见于后四十回中的第92回程甲本："赖大说：'……你想想，谁和你不对罢？'贾芹想了一想，忽然想起一个人来，未知是谁，下回分解。"而其下回开头作："话说赖大带了贾芹出来，一宿无话，静候贾政回来。"也属于没有下文。程乙本因其没有下文，所以改作："赖大说：'……你想想，谁和你不对罢？'贾芹想了一会子，并无不对的人，只得无精打采跟着赖大走回。

未知如何抵赖，且听下回分解。"这么一改，恰倒可以百分之一百地证明：程甲本没有下文的文字当非高鹗所作，而是高鹗以外的其他人所作之稿（按：后四十回其实就是曹雪芹所作的原稿）。程甲本第92回结尾的没有照应，是"后四十回当如高鹗所言乃残稿、而非续书"的显证。如果后四十回是高鹗所续的续书，他不可能续出这种没有下文的文字来，更不可能在再版时，把"自己所续"的这种没有下文的文字给改掉？

前八十回中，上回结尾与下回开头缺乏照应的例子还有两处：一是第35回末邢夫人派人送果子来，宝玉说分一半给黛玉，而黛玉正好在众人离开后，到此"怡红院"来看望宝玉，即书中写："只听黛玉在院内说话，宝玉忙叫：'快请。'要知端的，且听下回分解。"而下回开头写作："话说贾母自王夫人处回来，见宝玉一日好似一日，心中自是欢喜"，与上回毫无关系。

又第36回末宝玉目送史湘云离开，回末写："眼看着她上车去了，大家方才进来。要知端的，且听下回分解。"而下回开头便写："这年贾政又点了学差，择于八月二十日起身"，也毫无关系。可证在作者曹雪芹笔下，上下回不相衔接不足为怪，这代表了曹雪芹"不拘一格"的豪放文风。

第四十一回写众人饭毕吃茶，贾母带刘姥姥到"栊翠庵"品茶，然后贾母去"稻香村"睡午觉。而刘姥姥因同时吃了油腻物和酒，肚子疼，上东北角落处的厕所大便，出来后因酒醉迷路，误入了怡红院，睡在宝玉床上，刘姥姥评价此处："这是哪个小姐的绣房，这样精致"，把这儿当成了大小姐的闺房，与上文误把黛玉屋子当成"哥儿的书房"堪称绝配。袭人前来找到她，把这事情给遮掩过去。最后，贾母午觉睡醒了，就在稻香村"摆晚饭"，然后回房休息。此是八月廿五日之事。

第四十二回当晚众人散去，刘姥姥带板儿来见凤姐，说："明日一早定要家去了。虽住了两三天，日子却不多，把古往今来没见过的、没吃过的、没听见过的，都经验了[1]。难得老太太和姑奶奶并那些小姐们，连各房里的姑娘们，都这样怜贫惜老照看我。我这一回去后没别的报答，惟有请些高香，天天给你们念佛，保佑你们长命百岁的，就算我的心了。"刘姥姥廿三日到，此为廿五日晚上，所以她说"住了两三天"。

凤姐说下午睡觉时贾母感到不舒服："老太太也被风吹病了，睡着说不好过；我们大姐儿也着了凉，在那里发热呢。"于是刘姥姥提醒：莫非撞见了神明？于是凤姐命平儿"拿出《玉匣记》，着彩明来念。彩明翻了一回，念道：'八月二十五日病者，在东南方遇得花神。用五彩纸钱四十张，向东南方送之大吉。'"书中多处交代彩明识字，因其是未冠之童（即未发育，不解情欲之事），所以内室可以使唤，相当于是凤姐的秘书。凤姐儿听了笑道："果然不错，园子里头可不是花神？只怕老太太也是遇见了。"于是"一面命人请两份纸钱来，着两个人来，一个与贾母送祟，一个与大姐儿送祟。果见大姐儿安稳睡了。"

彩明念"八月二十五日病者"，可证此日为八月廿五日。接着凤姐又请刘

---

[1] 说得好，《红楼梦》一书的主旨，便是要让曹家以外的普通世人，领略一下以曹家为代表的富贵繁华的生活。

姥姥为女儿大姐儿改名"巧姐儿",因其七月七日"乞巧节"所生的原故。

次早 八月廿六日 刘姥姥向贾母告辞时,王太医来为贾母诊脉。等诊完脉后,刘姥姥向贾母告辞,众人送刘姥姥上车回家。

此回又写"吃过早饭后"①,宝钗、黛玉往贾母处问安②,然后"回园至分路之处",宝钗叫住黛玉,带她到蘅芜院中,审她昨日行酒令时忘情引及《西厢记》《牡丹亭》的事。由于宝钗推心置腹,两人遂结为同心的"金兰之交"。

这时李纨请她俩到"稻香村",商议惜春请一年假来画《大观园图》的事。李纨说:"社还没起,就有脱滑的了,四丫头要告一年的假呢。"此日为八月廿六,在李纨所定的九月初二第一个正社日之前。黛玉借绘画事讽刺刘姥姥像只前来打秋丰的"母蝗虫"。

今按:刘姥姥早在红楼九年的第6回便已来打过秋丰,所以红楼十三年的第39回刘姥姥来时,作者特意写:"刘姥姥因上次来过",并让她亲口说出:"因为庄家忙。好容易今年多打了两石粮食,瓜果、菜蔬也丰盛。这是头一起摘下来的,并没敢卖呢,留的尖儿孝敬姑奶奶、姑娘们尝尝。"则刘姥姥此行显然是来报恩的。根据人之常情,报恩应当是第二年秋天就要来,不可能三四年后再来,可证此年其实是"刘姥姥一进荣国府"的次年。作者因为要拆自己"抄家时十四岁的人生"为"十九年的小说故事",于是把自己人生的第九岁拆成四年,其间便多出三年来。论理第6回"打秋丰"后次年秋天便当来感谢,不当隔四年才来③,由此也可证明:"刘姥姥二进荣国府"其实就在"一进荣国府"的次年;作者有意拆此"一进荣国府"之年为四年而虚增三年出来,于是"二进荣国府"便成了"一进荣国府"后的第四年才来。

《玉匣记》相传是东晋道士许逊编撰的一部"以道济人、趋吉避凶"的著作,内容庞杂,汇集了各种占卜和择吉之法,又称《玉匣记通书》。彩明所念的《玉匣记》与今天通行的《玉匣记》不同,而与《张天师祛病符法》相类。

《张天师祛病符法》中致病的神煞有"树神、土地神、家神、男鬼、女鬼、金神、水神、火神"等,根本就没有"花神"。而且《张天师祛病符法》送神用的、画有符咒的纸钱,通常只有一种颜色,或白、或黄,用量也只有三到七张;此处说要用"五色纸钱四十张",颜色和张数都与之迥异。可以想见,此处所言的"花神致病"、"用五色纸钱四十张送神",显然都是作者曹雪芹根据《张天师祛病符法》编造出来的"幻笔(小说虚构)"。

〖正如第27回"至次日乃是四月二十六日,原来这日未时交芒种节。尚古风俗:凡交芒种节的这日,都要设摆各色礼物,祭饯花神,言芒种一过,便是

---

① 此"早饭"就是午时所吃的中饭。因为送刘姥姥走之前肯定要让她吃过早餐,此在送刘姥姥后,自然是早餐后的中饭。

② 宝钗与黛玉等人平时都在贾母处与贾母一同吃中饭,此日当是贾母生病而未能与大家一同吃饭,所以吃过中饭后,要到贾母床前向贾母请安。

③ 原本应当次年来谢,由于平添三年出来,所以变成第四年来感谢。

夏日了，众花皆卸，<u>花神退位</u>，须要饯行。然闺中更兴这件风俗，所以大观园中之人都早起来了。那些女孩子，或用花瓣柳枝编成轿马的，或用绫锦纱罗叠成干旄旌幢的，都用彩线系了。每一颗树上，每一枝花上，都系了这些物事。满园里绣带飘飘，花枝招展，更兼这些人打扮得桃羞、杏让，燕妒、莺惭，一时也道不尽。"详尽描写"芒种节"为花神送行的风俗情景，其实这都是假的，因为庚辰本在上引画线部分的"花神退位"这四个字旁有侧批："无论事之有无，看去有理。"已叫人不要追究此事的真假有无，从而点明以上都是作者的胡编乱造（这一胡编乱造，就是作者所谓的"假语存、假话胡诌"，也就是今人所谓的"小说的虚构笔法"，也就是脂砚斋所谓的"幻笔"）。所以作者在行文时也就"心虚"地把它说成是"尚古风俗，……然闺中更兴这件风俗"，这便"不打自招"地供认：现在的民间并无这种风俗，这种风俗只在上古有，而且也只有我们大观园这一处地方有①。故大某山民在上文画线部分的"祭饯花神"四字旁加侧批："'芒种饯花'，闺中韵事，何以此风不在？"点明"芒种饯花"这一闺中雅事，何以见多识广的大某山民"我"没有看到过？》

又四川民间有《真本玉匣记》，其内容和《张天师祛病符法》大致相同，当即彩明所念的《玉匣记》。彩明念的是廿五日从东南方得病而到东南方送神，今将此《真本玉匣记》言东南得病而东南送神的"初一、初二、初七、廿九"这四天，以及廿五日一同移录于下②：

初一日，病者东南路上得之，树神使吊死鬼作祟。头作寒热，起坐无力，吃食无味，用黄纸五张，向东南方四十步送之即安。

初二日，病者东南方得之，是家亲老鬼作病。初头痛，口乱不宁。热多冷少，四肢无力，呕吐不止。用白钱五张，向东南方三十步送之大吉。

初七日，病者东南得之，土地家神使老母鬼作祟。呕吐逆寒热，手足沉重。其鬼在卧床东北坐。用白钱五张，向东南三十步送之大吉。

二十五日，病者正南得之，白虎使劳病鬼作祟。全身沉重，不思饮食，恍惚不宁，四肢无力，时发呕吐，寒热沉重，饮食无味，鬼在梁上坐。用白钱七张，向东南五十步送之大吉。

二十九日，病者东南得之，土地使家亲鬼作祟。其病头痛，乍寒乍热，饮食无味，人事不醒，鬼在西南器物上坐。用白钱七张，向东南三十步送之大吉。

《张天师祛病符法》言东南得病而东南送神的也是"初一、初二、初七、

---

① 因为作者已称这风俗只存在于上古，今天的世间没有了，则其所说的"闺中"流行这风俗，就显然不可能指：今天的世间女子们中间还流行这一风俗。因为他已言明这是上古有而今天没有了，所以他所说的"闺中"盛行这种风俗，就肯定不可能指大观园以外的人间，显然只可能指书中的"闺中"也即大观园。
② 出自"照《玉匣记》治病的习俗"，见：
http://blog.sina.com.cn/s/blog_4a1c03d30100xudm.html。

廿九"这四天，今与其廿五日也一并移录如下①：

> 初一日病者，东南方，树神客鬼作祟，头疼、寒热、无力、无味，用黄钱五张，向东南方四十步送之大吉。

> 初二日病者，东南方得之。亲老鬼作祟，疾病、头疼、口乱、寒热、四肢无力、呕吐，用白钱五张，向东南方三十步送之大吉。

> 初七日病者，东南得②，土地神鬼作祟，寒热，其鬼在卧床东北坐，用白钱五张，向东南三十步送之大吉。

> 二十五日病者，正西得，金神使老子鬼作祟，病沉重、不思饮食，其鬼在床坐，用白钱七张，正西方四十步送之大吉。

> 二十九日病者，东南得之，土地使家亲作病，头痛，乍寒乍热，饮食无味，鬼在西南器物上坐，用白钱七张，向东南三十步送之即安。

两书文字可谓"大同小异"，证明两者同源而有密切联系。今《红楼梦》作："八月二十五日病者，在东南方遇得花神。用五彩纸钱四十张，向东南方送之大吉。"两相对照，《红楼梦》文字末尾有"东南方送之大吉"字样，显然出自《真本玉匣记》。

此日在八月廿日贾政离开后、九月初二凤姐生日前，此日又可以肯定尚未到九月初一，故知"初一、初二、初七"这三天当可排除。对照文字，其不似由"八月廿五日"改来，而当是据"八月廿九"改来。作者这么改，就是想告诉大家：贾母、巧姐是八月廿五日而非八月廿九得的病，其得病之由是花神而非家亲鬼（或白虎神）。由于家亲鬼（或白虎神）好白色（因为死鬼都好白钱，白虎神是白色的，当也喜欢白钱），自然要用白钱送它；而花神好花（"花"指花色丰富、色彩繁多），故当用五彩纸钱投其所好，作者所改当本此而来。

此致祟的"花神"当即后四十回中第94回来预报"通灵宝玉回天、元春薨逝、金玉良缘成亲、黛玉仙草归天、贾府抄家"这五件事的、"怡红院"内的那几株红色的"海棠花神"，还有就是第37回新送来的白海棠花。（今按：贾芸送宝玉的白海棠花正好也放在"怡红院"内，见第37回袭人"见后门上婆子送了两盆海棠花来。袭人问是哪里来的，婆子便将宝玉前一番缘故说了。袭人听说便命她们摆好"；"宝玉回来，先忙着看了一回海棠，至房内告诉袭人起诗社的事"。）故王希廉在第37回总评中指出："海棠结社，已伏九十四回之花妖。"这就独具慧眼地点明：第42回致祟的花神（红、白海棠），与后四十回中第94回的"海棠花妖"一脉贯通③，这同样可以作为后四十回与前八十回相合的又一例证。★

贾母、巧姐在大观园东南方向上遇到的"花神"（"在东南方遇得花神"），

---

① 出自《张天师祛病符法》，见：
http://www.360doc.com/content/13/1004/19/7421287_319000903.shtml。
② 从东南方得病。
③ 彩明读《玉匣记》说是"花神"致祟，花神能致祟，故可称之为花妖。

从《红楼梦》全书来看，应当就是后四十回中第94回"宴海棠贾母赏花妖、失宝玉通灵知奇祸"中写到的"怡红院"内的"海棠花妖"。确认"怡红院"在大观园东南角，对于辨明整个大观园的建筑布局至关重要。笔者《宁荣府大观园图考》收录的"江宁织造府行宫"镜像图中，"怡红院"正好位于大观园的东南方，与小说此处（第42回）所言的"在东南方遇得花神"正相吻合。（今按：海棠花在"怡红院"内，而"怡红院"在大观园正南的南大门处，其处虽在正南，但略偏东，故可视作大观园的东南方。）

第四十三回 开头即写："话说王夫人因见贾母那日在大观园不过着了些风寒，不是什么大病，请医生吃了两剂药也就好了，便放了心，因命凤姐来，吩咐她预备给贾政带送东西。"这说的是大家族的礼数——"荐新"，即给远方的亲人送上时鲜水果，以表家人对远行之人贾政的思念。此日据下文可以推知：当是 八月底（即八月最末一天，大月则为三十，小月则为廿九）。贾母得病于八月廿五，至此八月底已有五六天，故王夫人称之为"那日"，即得病并非昨天、亦非前天。事实上，老年人伤风感冒得以痊愈，至少也得要三四天；据此也可推知：此日当在廿八之后的八月底的廿九或三十了。此时距贾政离家已有十天[1]，又是月底，故要"荐新"。第75回曹雪芹交代贾政外任是在"海南"（第75回：贾政"因回头命个老嬷嬷出去吩咐书房内的小厮，'把我海南带来的扇子取两把给他'"），此时显然尚未到达目的地，此趟送物便是追赶路上的贾政，在半路上送物给他。

这时贾母又对王夫人说："初二是凤丫头的生日，上两年我原早想替她做生日，偏到跟前有大事，就混过去了。今年人又齐全，料着又没事，咱们大家好生乐一日。"今按后四十回中的第101回为红楼十八年，凤姐对平儿说自己"活了二十五岁"，则她比宝玉大7岁；今年宝玉13岁，故凤姐为20岁，上两年为18岁，正因为今年是二十岁，所以贾母要为她做生日。但我们又知道：作者把自己抄家时的十四岁人生写成十九年的《红楼梦》故事，第101回是作者人生的十三岁，凤姐25岁，则她比宝玉大12岁；本回是作者人生的十岁，凤姐比他大12岁，故为22岁，两年前正好是她整二十岁的生日。所以更合理的解释当是后一种，也即上文第6回所考明的，凤姐其实要比宝玉大12岁，本回为22岁，两年前是20岁，贾母原本要为凤姐做整数的生日，因故未做，所以要在两年后的22岁来补做。如果今年才20岁，则两年前为18岁，原本就没必要做什么生日，贾母口中说的今年要补做生日便没了依据。所以"今年凤姐二十二，两年前为二十"更为合理。这也就证明我们所主张的"作者用十九年故事隐写自己十四岁人生"的结论。

然后书中写贾母让大家"凑份子"给凤姐过生日，下来便写"展眼已是 九月初二"，其用"一展眼"而非"次日"，则商量、出份子那天，显然不是九月初二的昨天九月初一，而应当是再前一天的八月底（即八月最后一天，若是大月则为三十，若是小月便是廿九），一晃（即"一展眼"）便过去两天而到了九

---

[1] 第37回开头写明贾政是"八月二十日起身"。

月初二，也就是作者笔下所写的"展眼已是九月初二"。

然后书中便写此日正逢金钏儿生日，宝玉"遍体纯素"地私自"从角门出来"（指从大观园的后角门出来），"出北门"（是出南京城的北门"太平门"①），到"水仙庵"的井边，祭跳贾府门口大井而自尽的金钏儿之灵，然后再来参加凤姐生日宴。此日虽是李纨所定的作诗的"社日"，因王熙凤生日事而没开成。〖今按：作者为了避免与上文第37、38回开诗社作诗相重复，故意用种种理由让每月初二、十六的诗社开不成，以避免因一再写到"诗社"的情节而耗尽自己的诗文精华。作者要把自己有限而非无限的诗文精华集中到该写的地方来写。写诗需要殚精竭虑，作者也不可能有永不枯竭的精力和才情，来源源不断地创作出好诗而非滥诗，所以他也就有意要让每月两度的诗社每次都开不成，这是《红楼梦》创作手法中有意回避难点的"避难法"的体现。〗

第四十四回写宝玉入席，"话说众人看演《荆钗记》，宝玉和姐妹一处坐着。林黛玉因看到《男祭》这一出上，便和宝钗说道：'这王十朋也不通的很，不管在哪里祭一祭罢了，必定跑到江边子上来作什么！俗语说"睹物思人"，天下的水总归一源，不拘哪里的水舀一碗看着哭去，也就尽情了。'宝钗不答。宝玉回头要热酒敬凤姐儿。"这是作者借黛玉之口，讽刺上一回宝玉到"水仙庵"的水井去祭拜他心目中因跳井而成水仙的金钏儿之事。作者故意写宝玉没听见，这也是"避难法"的体现（如果作者写宝玉听见，则又当写宝玉接下来如何反应，这比较难以构思，所以不如让其没有听见而一了百了地回避难点）。

黛玉何以知道宝玉哭井去了，这是因为宝玉乃家中名人，他一到家，贾母、王夫人便会让人质问茗烟："带他到哪儿去了？"茗烟肯定要说祭井去了，于是大家便都知道了。因其浑身穿着白衣素服，故知是悼亡哭灵去了（只是不知哭谁，即大家未必猜到是祭跳井的金钏儿）。这时宝玉回"怡红院"换好衣服后入席，知道他去哭井的黛玉便有此一讽。

这场生日宴是午宴，所以接下来写凤姐看戏时想回屋睡个午觉，结果撞上了贾琏与鲍二的老婆，在原本只能供她和贾琏睡觉的卧室内行淫。凤姐在窗外偷听到他俩数落自己不好而称赞平儿好，于是迁怒平儿，先打了平儿两记耳光，然后冲进屋内抓奸大闹。贾琏"倚酒三分醉"而变得不惧内起来，拔剑要杀凤姐，凤姐"便哭着往贾母那边跑"，贾母把贾琏骂回，让凤姐跟自己住，并说："明天要让贾琏给她陪不是。"而平儿则被李纨拉入"大观园"，宝玉又让平儿到"怡红院"中理妆，晚上平儿在李纨处歇了一夜。次日九月初三日，在贾母等人相逼下，贾琏先向凤姐赔不是，再与凤姐一起向平儿赔不是，鲍二的老婆则因羞愧而上吊自杀，与删掉的秦可卿"淫丧天香楼"堪称殊途同归。（按：此是琏二奶奶凤姐抓贾琏与鲍二老婆之奸而鲍二老婆上吊死，"淫丧天香楼"是珍大奶奶尤氏撞破贾珍与儿媳秦可卿通奸而可卿上吊死，本书"第三章、第三节、三"考明贾赦与贾敬实为同一人，贾琏与贾珍实为亲兄弟，奸情事同出于好色的贾赦一门，也可证明"上梁不正下梁歪、有其父必有其子"的道理。）

---

① 太平门，是南京明城墙13座城门之一，位于南京城的东北角，出门便是钟山西麓。此门是明代京城的正北门。此处描写的"水仙庵"当在钟山脚下为宜。

第四十五回 写此日早上凤姐抚恤安慰平儿。然后又写众人请凤姐参加诗社。再写赖嬷嬷来凤姐处，说她孙子赖尚荣升了知县，请凤姐等家长们九月"十四日"到她家赏光赴宴。晚上凤姐命人把画具找出来给惜春作画。然后曹雪芹用"一日"开头，写惜春开始作画（据下文考，当是九月初三至初十之间）。然后又写黛玉生病，宝钗看望，送来燕窝，二人尽释前嫌。此回黛玉自言："我长了今年十五岁，（庚夹：黛玉才十五岁，记清。）"此为红楼十三年、宝玉十三岁，黛玉小宝玉一岁当为十二岁▲，"五"字当是"二"字的笔误；又黛玉此时如果真的是十五岁，她在第3回中又亲口说自己比宝玉小一岁，则上述情节应当发生在红楼十六年、宝玉十六岁时，故疑这是作者把红楼十六年的情节移到此红楼十二年处来写（但这种可能性比较小，笔误的可能性为大）。

第四十六回 写邢夫人唤凤姐到自己房来（据下考当是 九月初十日 ），凤姐便"坐车过来"。（今按：到邢夫人院要出荣国府大门，由大门东侧的黑油大门进入。女眷们不可抛头露面，所以要坐车前往。又第24回宝玉来"贾赦院"要上马代步，是避免两脚走上府外的脏地，女眷们当也会因这个原因而坐车过来。）

邢夫人对凤姐说：贾赦想娶鸳鸯为妾。凤姐叫她自己亲自去和鸳鸯说，于是邢夫人便坐了凤姐的车过来，单独对鸳鸯说。鸳鸯"只管低了头，仍是不语"，邢夫人以为她是要邢夫人这边向她父母去提亲，于是到凤姐房，叫凤姐派人去问。鸳鸯这时躲入大观园中，碰到平儿、袭人，"正说着"，鸳鸯嫂子受凤姐之命前来说媒，被鸳鸯严词拒绝。这时躲在山石背后的宝玉走出来，带她们到"怡红院"商议。

第二天（据下考是 九月十一日 ）鸳鸯哥哥又接她到自己家来劝说，"鸳鸯只咬定牙不愿意"，于是她哥哥只好回报贾赦。贾赦料定她嫌自己年老，想嫁给宝玉、贾琏这种年轻主子（他不知道鸳鸯已立志守贞、不愿嫁人、忠心殉主），于是愤恨地说：她"多半是看上了宝玉，只怕也有贾琏。……凭她嫁到谁家去，也难出我的手心。除非她死了，或是终身不嫁男人，我就伏了她！"于是她哥哥回来说给鸳鸯听，鸳鸯假装同意，但说要先由自己亲自回明贾母，然后再去对贾赦说自己同意。

于是鸳鸯到贾母面前发誓："伏侍老太太归了西，我也不跟着我老子娘、哥哥去，我或是寻死，或是剪了头发当尼姑去！"后四十回第111回"鸳鸯女殉主登太虚"的结局便是照此誓言办的★。"贾母听了，气的浑身乱战，口内只说：'我通共剩了这么一个可靠的人，他们还要来算计！你们原来都是哄我的！外头孝敬，暗地里盘算我。有好东西也来要，有好人也要，剩了这么个毛丫头，见我待她好了、你们自然气不过，弄开了她，好摆弄我！'"此回与第44回写尽贾赦、贾琏这对父子的好色荒淫，堪称"有是父必有是子"。

作者其实早已写过鸳鸯不愿嫁给宝玉与贾琏，即第24回：宝玉"猴上身去涎皮笑道：'好姐姐，把你嘴上的胭脂赏我吃了罢。'一面说着，一面扭股糖似的粘在身上。鸳鸯便叫道：'袭人，你出来瞧瞧。你跟他一辈子，也不劝劝，还是这么着！'"而金钏儿便是作者所塑造的与鸳鸯截然相反而不得善终的人物，她早在第23回就挑逗宝玉说:"我这嘴上是才擦的香浸胭脂,你这会子可吃不吃了?"第30回宝玉调戏她时,她又笑着说:"你忙什么!'金簪子掉在井里头,有你的只是有你的',连这句话语难道也不明白?"即金钏儿早已有心嫁给宝玉而成为宝玉的"房里人"(姨娘),结果被王夫人打了一巴掌撵走而跳了井,也应了她自己所说的"金簪子掉在井里头"的不祥预言,宝玉也因此挨了贾政一顿暴打。

"多情、多淫"人不得善终(前者以黛玉、金钏儿为代表,后者以秦可卿、鲍二家的为代表),而"无情(实指有忠心为主之情但无儿女私情)而不淫"的鸳鸯也不得善终(指其为贾母殉节而自缢),作者借此阐明的正是后四十回中最后一回第120回甄士隐总结红楼诸女子故事时所说的话:"贵族①之女,俱属从情天孽海而来。大凡古今女子,那'淫'字固不可犯,只这'情'字也是沾染不得的。所以崔莺、苏小,无非仙子尘心;宁玉、相如,大是文人口孽。凡是情思缠绵的,那结果就不可问了。"贵族,即"贵贾府、贵府、尊府"之意,是对"贾府"的尊称。鸳鸯不淫,对贾母忠心耿耿,属于无淫情而有"真情至性"之人,她"为情殉主"正是为了证明甄士隐(实即作者的代言人)"只这'情'字也是沾染不得的"的创作主旨。用佛教的话说:凡是有"欲"与"情"的人都要降生"欲界",而无"情(欲)"有"想"的人方能投生"色界天"与"无色界天"②,"欲界"中的结局都不好,即作者第1回所言的:"那红尘中有却有些乐事,但不能永远依恃,况又有'美中不足,好事多魔'八个字紧相连属,瞬息间则又乐极悲生,人非物换,究竟是到头一梦,万境归空。"因此甄士隐所说的宗旨——"'淫'字固不可犯,只这'情'字也是沾染不得",显然就是曹雪芹的原意,这也可以证明后四十回乃曹雪芹原稿。★

至于鸳鸯不愿嫁贾琏,见于第38回凤姐说鸳鸯:"你和我少作怪。你知道你琏二爷爱上了你,要和老太太讨了你做小老婆呢。"而鸳鸯下来的反应是:"鸳鸯道:'啐,这也是作奶奶说出来的话?我不拿腥手抹你一脸算不得③。'说着赶来就要抹。凤姐儿央道:'好姐姐,饶我这一遭儿罢。'"可见她也不愿嫁贾琏。

何以奴才鸳鸯敢治主子凤姐,而主子凤姐反倒要向奴才讨饶?其原因便是第43回所言的:"贾府风俗,年高服侍过父母的家人,比年轻的主子还有体面,所以尤氏、凤姐儿等只管地下站着,那赖大的母亲等三四个老妈妈告个罪,都坐在小杌子上了。"也即上引贾母说的:"见我待她(鸳鸯)好了,你们自然气

---

① 贵,对对方的尊称,即"您"。贵族,即"您贾府"之意。
② 见《楞严经》卷八:"纯想即飞,必生天上;……情少想多,轻举非远,即为飞仙;……情想均等,不飞,不坠,生于人间。想明斯聪,情幽斯钝。情多想少,流入横生,重为毛群,轻为羽族。七情三想,沉下水轮;……九情一想,下洞火轮,……纯情即沉,入阿鼻狱。""想"即由戒定修得的慧根(也即澄心观想);"情"即不知戒定而习染的欲根(包括情与欲在内)。"十想无情"为佛,"情少想多"为天仙,"五情五想"为人类,"六情四想"为畜生,"七情三想"为饿鬼,"九情一想"与"十情无想"为地狱众生。佛在三界之外,而天仙中情份少者属"无色界、色界",天仙中情份多者及后四者(人类、畜生、饿鬼、地狱)属"欲界"。"想明斯聪,情幽斯钝"指:"想"多的,便能成为仙佛与人中聪明之人;而"情"多的,便会"欲令智昏"而成为人类中的愚笨之人,乃至成为畜生、沦入鬼道、打下地狱。
③ 指我若不这样做,我便算不得是个人了。

不过。"奴以主贵，鸳鸯服侍的是贾母，所以鸳鸯在贾府中的地位比邢王二夫人、凤姐还要高。贾府靠曹玺妻孙氏是康熙皇帝的奶妈而发达，所以贾府中奶妈和老家奴的地位都很高，贾府"奴以主贵"的传统便由来于此。

第四十七回写邢夫人过来想探听贾母的口气，贾母回绝贾赦想娶鸳鸯之事，于是叫来众人一起打牌。这时贾琏来报："打听老太太十四可出门？好预备轿子"，被贾母趁机讽刺其淫乱："什么好下流种子①！你媳妇和我顽牌呢，还有半日的空儿，你家去再和那赵二家的商量治你媳妇去罢！"然后作者又写："这里斗了半日牌，吃晚饭才罢。此一二日间无话。展眼到了十四日"，则请示"十四出门"之日显然不是九月十三日，而当是 九月十二日 的事。

因为前来请示，便不可能太远，太远则不用那么早来请示，当是出门前一两天请示。而且由引文所谓的请示当天"此一二日间无话。展眼到了十四日"，也可知是十二日来请示。即：请示当天十二日算一天，过了一天的十三日又算一天，即所谓的"此一二日间无话"；再过一天便是十四日，即所谓的"展眼到了十四日"。

贾赦由于娶不成鸳鸯，后来便"买了一个十七岁的女孩子来，名唤嫣红，收在屋内。不在话下"。

作者接下来写："展眼到了十四日，黑早赖大家的媳妇又进来请"，酒席上宝玉把前来客串唱戏的柳湘莲拉到厅侧的小书房，攀谈起秦钟的坟："上月我们大观园的池子里头结了莲蓬，我摘了十个，叫茗烟出去到坟上供他去。"湘莲说："眼前十月初一，我已经打点下上坟的花消。"十月初一是"寒衣节"，也是扫坟时节。（按：清明前一天是"寒食节"，十月初一是"寒衣节"，两者都是上坟祭祖的日子。）

此日酒宴中，薛蟠迷恋上前来唱戏的柳湘莲。柳湘莲把色迷心窍、欲令智昏的薛蟠骗到北门外的荒地，像《水浒》中"醉打蒋门神"那段，痛打这个"癞哈蟆想吃天鹅肉"的人一顿，与王熙凤"两设相思局"痛治同样想吃天鹅肉的贾瑞情节，堪称是一对绝配。薛蟠被找寻来的贾蓉抬回家休养。以上是 九月十四日 事。

第四十八回至五十三回写此年的冬天

第四十八回写九月十四薛蟠挨打的"三五日后，疼痛虽愈，伤痕未平，只装病在家，愧见亲友。展眼已到十月"，薛蟠想要出门游艺②躲羞："我如今捱了打，正难见人，想着要躲个一年半载。"于是薛姨妈请带薛蟠学生意的张德辉定日子，老张说："十四日是上好出行日期。大世兄即刻打点行李，雇下骡子，十四日一早就长行了。"其后便是"至十三日，薛蟠先去辞了他舅舅，然后过来辞了贾宅诸人。贾珍等未免又有饯行之说，也不必细述。至十四日一早，薛姨妈、宝钗等直同薛蟠出了仪门，母女两个四只泪眼看他去了，方回来。"此是 十月

---

① 好，指"太"，程度深。

② 见此回回目"滥情人情误思游艺"。游艺，游学，泛指修习学问或技艺。语出《论语·述而》："子曰：志于道，据于德，依于仁，游于艺。"此处指出门学做生意。

十三和十四两天的事。

薛蟠刚走那天，宝钗便让薛姨妈答应香菱入园，和自己一起住在"蘅芜苑"。可见作者写上文"薛蟠挨打出走"情节，其真实目的就是要打发走薛蟠，好让"副钗"之首的香菱得以入园。上述文字与其说是在描写薛蟠游艺出走，还不如说是在为香菱入园清路；香菱与其说是薛蟠之妾，还不如说是宝钗之伴。大观园是"正、副十二钗"的聚栖地，副册之冠的香菱岂可长久冷落在园外？

两人进园后，宝钗对香菱说："今日头一日进来，先出园东角门，从老太太起，各处、各人你都瞧瞧，问候一声儿。"这仍然是十月十四日的事。"且说香菱见过众人之后，吃过晚饭，宝钗等都往贾母处去了，自己便往潇湘馆中来"，已写到十四日傍晚。

宝钗吩咐香菱时，平儿正好走来。在香菱走后，平儿对宝钗说起贾赦打贾琏的事："都是那贾雨村什么风村，半路途中哪里来的饿不死的野杂种！认了不到十年，生了多少事出来！"下来便说贾雨村帮贾赦逼死石呆子而抢走其古董扇子事，这便是作者在为贾府抄家埋下一大祸根。贾雨村是红楼七年年底送黛玉进贾府而与贾府相识，至此红楼十三年为七年，故称"不到十年"。

香菱到潇湘馆拜师，黛玉教她作诗法门，并让她把《王摩诘全集》借回去读。当晚香菱"诸事不顾，只向灯下一首一首的读起来"。下来又写："一日，黛玉方梳洗完毕，只见香菱笑吟吟的送了书来，又要换杜律。"黛玉向她论诗，"宝玉和探春也来了，也都入坐听她讲诗"。这"一日"似乎和十月十四晚隔了好几天，但据第50回贾母说"这才是十月里头场雪"，则此时尚在十月中，而下回宝玉又说明天的次日是十六（详下文"第四十九回"），故知此日仍是十月十四，香菱读完还书，居然与借书是同一天，这是作者笔下的一个大纰漏▲。要改之法，莫如把"薛蟠辞行、香菱拜师"之日定在十月十三为宜。总之，香菱应当是连夜读完所借之书，则她废寝忘食、如饥似渴的情状跃然纸上。

香菱临走时，黛玉又给她出了诗题："昨夜的月最好，我正要诌一首，竟未诌成，你竟作一首来。'十四寒'的韵，由你爱用哪几个字去。"十三、四的月亮也近乎圆满了，故称"月色好"。香菱从黛玉处"拿回诗来，又苦思一回作两句诗。又舍不得《杜律》，又读两首。如此茶饭无心，坐卧不定"，直"至晚间，对灯出了一回神，至三更以后上床卧下，两眼鳏鳏，直到五更方才朦胧睡去"，在梦中写成了一首律诗《咏月》。

此回贾琏挨贾赦打，与第33回宝玉挨贾政打又堪称是一对绝配。宝玉挨打因调戏金钏儿起，贾琏挨打，实因贾赦讨不来小妾鸳鸯而迁怒于他，但也可以看作是贾琏和鲍二家的老婆淫乱后的报应，故贾琏与宝玉挨打同样都是作者"好事多魔"的"戒淫"之旨的体现（也即后四十回中第116回开头拈出的淫乱皆要有报应的"祸淫"之旨的体现）。

书中宝玉挨打是大张旗鼓地明写，而贾琏挨打则是暗写，即：作者在第47回借邢夫人之口，对受贾母讥讽的贾琏说："人家还替老子死呢，白说了几句，你就抱怨了。你还不好好的呢，这几日生气，仔细他捶你。"画线部分便是在预先警告贾琏要识相①点②，即邢夫人的意思是说："贾赦为了贾母不允许他娶鸳鸯为妾事已经很生气了，你贾琏可千万不要再去招惹他，以免他拿你出气！"而第47回赖大家摆宴席"贾赦也没来"，可见贾赦仍在生气中。本回（第48回）便借平儿向薛宝钗讨"棒疮药"，交代出贾赦打贾琏事："老爷把二爷打了个动不得"，原因便是贾赦让贾琏买石呆子手中的古扇，石呆子不肯，于是"天天骂二爷没能为。……谁知雨村那没天理的听见了，便设了个法子，诬他拖欠了官银，拿他到衙门里去，说所欠官银，变卖家产赔补，把这扇子抄了来，作了官价送了来。那石呆子如今不知是死、是活。老爷拿着扇子问着二爷说：'人家怎么弄了来？'二爷只说了一句：'为这点子小事，弄得人坑家、败业，也不算什么能为！'老爷听了就生了气，说二爷拿话堵老爷，因此这是第一件大的。这几日还有几件小的，我也记不清，所以都凑在一处，就打起来了。"其实贾赦打贾琏的导火线，应当还是邢夫人所说的娶不来鸳鸯、受了贾母的抢白而拿儿子贾琏出气。

清人徐凤仪《红楼梦偶得》言："四十八回贾琏挨打，在平儿口中叙出，虽带写雨村为人，乃为一百五回文章伏脉。"说的便是：石呆子一案是第105回贾府抄家的一大罪状。而第107回更言明：石呆子案是贾府抄家时所有罪状中唯一落实的罪状。即：第107回抄家后，在北静王主导与庇护下，贾府诸条罪状无不大事化小、小事化了，"惟有倚势强索石呆子古扇一款是实的，然系玩物，究非强索良民之物可比。虽石呆子自尽，亦系疯傻所致，与逼勒致死者有间。今从宽将贾赦发往台站效力赎罪。"可见：贾府抄家的所有原因中，只有石呆子这一款没法逃脱；但北静王仍找到合理的理由，即石呆子名为"呆子"，可知他原本就有精神病，所以他的自杀是"疯傻所致"，不是贾赦逼死（"与逼勒致死者有间"。"有间"即有别的意思），所以仍能把贾赦从轻发落成发配驿站。

第107回王希廉亦批："止将逼索石呆子古扇一案审实坐罪，既照应前事，又可从宽完结，发往台站，且为贾化落职引线。"贾化即贾雨村。引文中所说的"照应前事"，就是本回平儿口中说的石呆子事。这件事的确可以成为导致贾雨村"扛枷锁"的罪状之一，即第117回混迹官场的赖、林两家子弟来贾府说："我们今儿进去，看见（贾雨村）带着锁子，说要解到'三法司'衙门里审问去呢。……这位雨村老爷，人也能干，也会钻营，官也不小了，只是贪财。被人家参了个'婪索属员'的几款。如今的万岁爷是最圣明、最仁慈的，独听了一个'贪'字，或因糟蹋了百姓，或因恃势欺良，是极生气的，所以旨意便叫拿问。"而石呆子事肯定可以列入贾雨村"糟蹋百姓"的罪状中去。虽然作者在第107回借贾府街坊邻居之口交代：贾府"前儿御史虽参了，主子还叫府尹（即贾雨村）查明实迹再办。你道他怎么样？他本沾过两府的好处，怕人说他

---

① 识相，指看别人神色行事，知趣。
② 同时也是在预告第48回贾赦打贾琏事，正如第32回宝钗说贾政叫宝玉"别是想起什么来生了气，叫出去教训一场"，正是在预告第33回宝玉要挨贾政打。

回护一家①，他便狠狠的踢了一脚，所以两府里才到底抄了。你说如今的世情还了得吗！"则贾雨村肯定已把石呆子一案全都推卸到贾赦身上。但此时贾雨村势败，石呆子案必定会重新翻出，作为贾雨村的一大罪状，这也就在一定程度上减轻了贾赦的罪行。

这不由让人想起第一回甄士隐《好了歌解》"因嫌纱帽小，致使锁枷杠"句甲戌本的侧批："贾赦、雨村一千人。"由于歌词就像诗句那般凝练，不可能面面俱到，其"因嫌纱帽小"只说到了贾雨村想升官而触犯刑律，并未说到贾赦被抓的原因，而"致使锁枷杠"加上批语的坐实，则表明贾府抄家后贾赦、贾雨村两人都要被抓起来，至于被抓的原因，在贾雨村固然是想升官而触犯刑律，而在贾赦则是"想升官"之外的其他原因（即石呆子案等）。因此后四十回贾赦与贾雨村皆被抓的描写，与这第一回的歌词和脂批其实也全都吻合而无有不合。（即诗句凝练，不可能面面俱到，只能用"因嫌纱帽小"这五个字说到贾雨村被抓的根由，无法再用别的话来说到贾赦被抓的原因。）

总之，此回的贾琏挨打，与后四十回中第105回贾府抄家、第107回贾赦定罪、第117回雨村被抓完全相合，这是后四十回与前八十回"伏线千里、融为一体"的又一实例。★

第四十九回 香菱醒后，拿着梦中得来的《咏月》诗让大家品评。"正说之间，只见几个小丫头并老婆子忙忙的走来，却笑道：'来了好些姑娘、奶奶们。我们都不认得，奶奶、姑娘们快认亲去。'……原来邢夫人之兄嫂带了女儿岫烟，进京来投邢夫人的，可巧凤姐之兄王仁也正进京，两亲家一处打帮来了。走至半路泊船时，正遇见李纨之寡婶，带着两个女儿大名李纹、次名李绮，也上京。大家叙起来又是亲戚，因此三家一路同行。后有薛蟠之从弟薛蝌，因当年父亲在京时，已将胞妹薛宝琴许配都中梅翰林之子为婚，正欲进京发嫁，闻得王仁进京，他也带了妹子随后赶来。所以今日会齐了来访，投各人亲戚。"这样一来，大观园便进入其最为兴盛热闹的阶段，也即探春所说的"咱们的诗社可兴旺了！"宝玉说："明日十六，咱们可该起社了。"社日是定在每月的初二、十六，可证此日确为 十月十五 。

探春说："越性等几天，她们新来的混熟了，咱们邀上她们岂不好？这会子大嫂子、宝姐姐心里自然没有诗兴的，况且湘云没来，颦儿刚好了，人人不合式。不如等着云丫头来了，这几个新的也熟了，颦儿也大好了，大嫂子和宝姐姐心也闲了，香菱诗也长进了，如此邀一满社岂不好？"她说亲戚刚到家，叙旧都来不及，李纨、宝钗肯定无心作诗。作者笔底何等灵巧，又逃掉了一场诗社。

宝玉听了，喜的眉开眼笑，忙说："是的。"作者更凑趣地写道："当下安插既定，谁知保龄侯史鼐又迁委了外省大员，不日要带家眷去上任。（蒙侧：史鼐未必左迁，但欲湘云赴社，故作此一折耳，莫被他混过。）贾母因舍不得湘云，便留下她了，接到家中，原要命凤姐儿另设一处与她住。史湘云执意不肯，只要与宝钗一处住，因此就罢了。"于是史湘云也接来园中常住。而上引蒙王府本

---

① 指贾雨村与贾府同姓，会被人怀疑是庇护自家人。

的侧批更点明：作者写史鼐外任是幌子，旨在借此让史湘云长住大观园。

"此时大观园中比先更热闹了多少。李纨为首，余者迎春、探春、惜春、宝钗、黛玉、湘云、李纹、李绮、宝琴、邢岫烟，再添上凤姐儿和宝玉，一共十三个。叙起年庚，除李纨年纪最长，他十二个人皆不过十五六七岁，或有这三个同年，或有那五个共岁，或有这两个同月同日，那两个同刻同时，所差者大半是时刻月分而已。连他们自己也不能细细分晰，不过是'弟''兄''姊''妹'四个字随便乱叫。"其言众人不过十五六七岁，或有这三个同年，或有那五个共岁，所言数字皆是泛指，全都是作者信笔所写而不可指实。比如宝玉今年十三岁，黛玉比之小一岁，只有十二岁；凤姐比宝玉大十二岁（或言大七岁则非），显已超过十七。又"三、五"也是泛指，即有几个同年，并不意味着真有三个人同为某岁、五个人同为某岁。

一日（据下考是 十月十七 ）李纨请宝玉、黛玉等到稻香村，因为"下了雪，要商议明日请人作诗呢"。李纨说："我的主意。想来昨儿的正日已过了，再等正日又太远，可巧又下雪，不如大家凑个社，又替她们接风，又可以作诗。你们意思怎么样？"宝玉先道："这话很是。"于是定在明天"芦雪广"（"广"读音为"庵"，意为茅草屋）拥炉作诗。

"到了次日一早"（据下考是 十月十八 ），宝玉见一派冰雪风光，于是来贾母房吃完早饭后，便与众人一同到"芦雪广"作诗。这时"凤姐打发了平儿来回复不能来，为发放年例正忙。湘云见了平儿，哪里肯放？"宝玉、湘云带头，一起吃烧烤的鹿肉，黛玉称之为："哪里找这一群花子去！罢了，罢了，今日芦雪广遭劫，生生被云丫头作践了。我为芦雪广一大哭！"

不一会儿，凤姐放完年例钱也来了，平儿少了手镯，凤姐自信地说不用找："不出三日包管就有了。"又说："你们今儿做什么诗？老太太说了，离年又近了，正月里还该作些灯谜儿大家顽笑。"这都说明此时快年底了。

"年例"就是古代大户人家每年按例发给子女或仆人的银子，作为过年和置办年货之用，自然应当早一点发下去为宜，如果十二月才发，未免太晚，所以十月十六就发过年的"年例钱"也属正常（详见下文第91回有论）。凤姐因为发"年例钱"而想到制作过年用的灯谜，于是又引出下一回制灯谜的情节来。

有人根据"年例"两字，认定这是十二月的事，则与下回贾母所说"这才是十月里头场雪"不合。又第58回提到清明节的"年例"："可巧这日乃是清明之日，贾琏已备下年例祭祀"，第77回提到中秋节的年例："当下因八月十五各庙内上供去，皆有各庙内的尼姑来送供尖之例"，所谓"供尖之例"，就是送来中秋供品中的最好部分作为年例[①]。由此可知，"年例"便是每年到一定时候要做的事，而下回所说的"年疏"，便是每年到一定时候，要在神佛面前上供时宣读的文疏。因此"年例"就是每年例行的事，原本就不用来只指年底"过年"用的年例，清明、端午、中秋等年节都会有年例钱，此十月、十一月份应当也会有每年例行之事，所以十月份发十月份的"年例"钱也很正常。

---

① 供尖，指一大堆供品中最顶端的那部分供品，僧尼用来馈赠施主，表示祝福。

又李纨前一天说"昨儿正日已过",其"昨儿"未详是泛指还是特指,今暂定其特指"昨天"解,即李纨说话之日的前一天是正社日十月十六,李纨说话之日是十月十七,此日"芦雪广"作诗的事发生在其次日 十月十八日 。又:此年原型当为雍正二年(1724),十月初七(阳历 11 月 22 日)交"小雪"节气①,此十月十八日(阳历 12 月 3 日)在其后,故十月下雪也属正常。

第五十回 写众人在"芦雪广"作雪景联句诗,凤姐起了头一句"一夜北风紧"便回去了。联完诗,宝玉落第,李纨罚他到"栊翠庵"向妙玉讨来梅花,众人又赋《咏红梅花》诗。这时贾母来了,说:"有作诗的,不如作些灯谜,大家正月里好顽的。"众人答应了。然后大家说笑一回,过"藕香榭"而往惜春的"暖香坞"看她作画。这时凤姐又赶到"暖香坞",说她到贾母房一看很安静,问小丫头:"贾母何处去了?"她们都不肯说,叫我自己到园子里来找,"我正疑惑,忽然来了两三个姑子,我心里才明白。我想姑子必是来送年疏,或要年例、香例银子,老祖宗年下的事也多,一定是躲债来了。我赶忙问了那姑子,果然不错。我连忙把年例给了她们去了。如今来回老祖宗,债主已去,不用躲着了。已预备下希嫩的野鸡,请用晚饭去,再迟一回就老了。"原来她是来请贾母回家吃晚饭的。于是贾母回府,出了"暖香坞"处的"夹道东门",看到宝玉和宝琴让一个丫鬟抱着一瓶红梅,说是妙玉送诸位每人一枝。

凤姐在这儿又提到"年例",当是十一月及年底做佛事用的钱,十月份支付也属正常,不能证明此时已到年底十二月了。而且过年用的"年疏、年例"当在年底支付,年底即冬天,冬天第一个月就是十月,所以初冬第一月"十月"发放过年用的"年例钱、年疏钱",写过年用的灯谜,都属正常。

回房吃完晚饭后,贾母说:"这才是十月里头场雪,往后下雪的日子多呢。"点明此时是十月而非十二月。贾母又问宝琴是否许配人家,薛姨妈回答:已许了梅翰林的儿子。凤姐不等薛姨妈说完,便嗐声、跺脚地说道:"偏不巧,我正要作个媒呢,又已经许了人家!"原来她想代贾母为宝玉择配。"大家又闲话了一会方散。一宿无话。次日雪晴",已写到 十月十九 。大家中饭后又来惜春"暖香坞"看她作画,并谈起制灯谜的事,引出薛宝琴制"十首怀古诗"谜语给大家猜:"诗虽粗鄙,却怀往事,又暗隐俗物十件,姐姐们请猜一猜。"

第五十一回 薛宝琴作的"十首怀古诗"之谜无人猜得出,作者也不想揭示其谜底。(今按:薛宝琴是曹雪芹之名对调后的"雪曹芹"的谐音,此灯谜名义上是薛宝琴所制,实即曹雪芹本人所制;其第一首"赤壁怀古"言曹操事,实已点明这十首诗暗含的都是自己曹家的典故和家事,故不宜公开其谜底。)此是 十月十九日 事。

接下来便是"冬日天短,不觉又是前头吃晚饭之时,一齐前来吃饭",即到贾母处吃晚饭。这时有人来报告袭人母亲病危,袭人便回家照料,不久叫人回信:"袭人之母业已停床,不能回来。"这是十九日傍晚事。

---

① 本书所言某年某月某日某时的阴历、阳历、二十四节气,均见网上的"万年历"网站:http://www.china95.net/wnl/wnl_3000_2.htm。

半夜时，麝月穿了棉袄出门，晴雯"也不披衣，只穿着小袄，便蹑手蹑脚的下了熏笼"到外面去，想吓唬麝月，结果伤了风。"至次日起来，晴雯觉得有些鼻塞、声重"，此日是 二十日 。于是请了一位新医生来看，是胡姓庸医①，幸亏宝玉懂医理，一看药方用的是给男人治病的药，知道不可以用来治疗女孩子，忙叫人再去请高明的王太医来重新诊断、开药、抓药，然后再到贾母处吃中饭。

而后文第 69 回贾琏请胡庸医来为尤二姐看病，错用了虎狼药，把尤二姐腹中胎儿给打了下来，这便是贾琏不懂医道的原故，与此回宝玉请医的情节堪称绝配。这是作者行文时"对仗构思、对峙立局"的又一例证，以宝玉的细心、有才学、懂医理，反衬出贾琏的不学而无术。如果不出意外，此胡庸医与给晴雯看病者当是同一人。

由于此年是诸人住进"大观园"后的第一个冬天，出园到贾母房吃饭不很方便（这也可以证明：从贾母房到大观园园门有一大段路要走），于是贾母、王夫人、凤姐商议在大观园的后园门内，为园内诸芳另立一个"内厨房"，位置就在王夫人所说的"不如后园门里头的五间大房子"处，那儿应当离李纨的稻香村最近，所以由大观园中辈分最长的李纨负责监管那"内厨房"，即凤姐所说的："不如以后大嫂子带着姑娘们在园子里吃饭一样"，这并不是指在最靠近厨房的李纨"稻香村"摆饭，而让众人上她那儿去聚餐。内厨房应当是分头把饭送到各人住处食用，即第 53 回所说的："近日园中姊妹皆各在房中吃饭。"又第 58 回内厨房的人来怡红院问可要送晚饭："司内厨的婆子来问：'晚饭有了，可送不送？'"

第五十二回 宝玉回房看望晴雯，晴雯说平儿好像有什么事情瞒着她，不对她讲，正同麝月在内屋说着悄悄话。宝玉便轻手轻脚地从后房门出了房子，绕到"内屋"南侧墙根外面的窗户下窃听，听到平儿对麝月讲：她的镯子是宝玉房中的坠儿偷的。宝玉把这话说给晴雯听，晴雯想发落坠儿，被宝玉劝住。"晴雯服了药，至晚间又服二和②"，可证偷听是在中饭后。"次日" 十月廿一 王太医又来为晴雯诊病。这时麝月对宝玉说："二奶奶说了，明日是舅老爷生日，太太说了叫你去呢。"可见王子胜"生日"（实当据下文修正为"寿日"）当是十月廿二日。

宝玉得知宝钗、宝琴在黛玉处，便也来黛玉处看望，见有一盆水仙。水仙冬季至春季（阳历 11 月至次年 5 月）开花，此时是农历十月、阳历 12 月（此年原型雍正二年的农历十月廿一是阳历 12 月 6 日），正是水仙初放之时，故书中写宝玉"因见暖阁之中有一玉石条盆，里面攒三聚五栽着一盆单瓣水仙，点着宣石，便极口赞：'好花！这屋子越发暖，这花香的越清香。昨日未见。'""昨日未见"四字，便点明这是初开之花。

这时薛宝琴谈起她们家"在西海沿子上买洋货"，"有个'真真国'的女孩

---

① 胡，亦谐音"糊涂"之"糊"，即糊涂庸医。
② 二和，即"二和药"，即将煎过一次的中草药，再次加水煎成的汤药。

子①"会写诗,"因此我父亲央烦了一位通事官,烦她写了一张字,就写的是她作的诗"。大家都想看,宝玉说:"好妹妹,你拿出来我瞧瞧。"宝琴笑道:"在南京收着呢,此时哪里去取来?"似乎小说地点不在南京,其实这是"障眼法"。书中"明明就在南京而故意写成不在南京"处甚多,此便是其中一例;书中唯有一处言明贾府离"京口"仅两三天行程(见上文"第三回"注),便透露出"全书所写实乃南京"的真相来。

宝玉听了大失所望,便说:"没福得见这世面。"黛玉笑着拉宝琴说:"你别哄我们。我知道你这一来,你的这些东西未必放在家里,自然都是要带了来的,这会子又扯谎说没带来。他们虽信,我是不信的。"指宝琴是来出嫁的,自己的贵重东西肯定都会带来。宝琴被她说中而红了脸,低头微笑不语。宝钗为宝琴解围说:"箱子、笼子一大堆还没理清,知道在哪个里头呢?等过日收拾清了,找出来大家再看就是了。"

于是宝琴背诵此诗:"昨夜朱楼梦,今宵水国吟。岛云蒸大海,岚气接丛林。月本无今古,情缘自浅深。汉南春历历,焉得不关心?"其诗以"朱楼"对"水国","朱楼"即朱明王朝(此是以"楼"寓家,"朱楼"即朱家皇朝),"水国"即大清国("清"字有三点水),所谓西洋"真真国的女孩",即东省(东北)的"女真人"是也②。此诗是言女真族胸怀大志,在东北海滨初兴之时,便已魂萦江南,梦想一统中华了;同时也写出女真族早在入关前与入关后的清初,便已钦佩汉族文化而被彻底汉化。

"次日" 十月廿二 天刚亮,宝玉向贾母辞行,到他舅舅王子胜家拜寿③,贾母问:"可下雪?"宝玉说:"天阴着,还没下呢。"贾母便给他穿"雀金呢"做的裘大衣。

宝玉去后,晴雯用"一丈青"对坠儿进行了惩罚,并叫她嫂子来把坠儿带走,"晴雯方才又闪了风、着了气④,反觉更不好了",作者其实是借这件事来逼她病重、为其夭亡埋下伏笔。

晴雯因此而病情加重,更不巧的是,晚间宝玉回来,其"雀金裘"在宴会上烧了个洞,宝玉说:"明儿是正日子,老太太、太太说了,还叫穿这个去呢。

---

① 此即寓指"女真人"。作者把"女真人"说成是"真真国的女孩",点了"女"、"真"两字。书中写薛宝琴说:"跟我父亲到西海沿子上买洋货,谁知有个真真国的女孩子,才十五岁,那脸面就和那西洋画上的美人一样,也披着黄头发,打着联垂,满头带的都是珊瑚、猫儿眼、祖母绿这些宝石;身上穿着金丝织的锁子甲洋锦袄袖;带着倭刀,也是镶金嵌宝的,实在画儿上的也没她好看。有人说她通中国的诗书,会讲五经,能作诗填词",这都是在刻画"女真族"女孩子的形象。
② 此亦可证明作者以镜像写"江宁织造府行宫",将"东、西"两字互换。故书中所言的"西海沿子"即东北海边,也即第53回乌进孝来朝贡时,贾蓉笑他"你们山坳、海沿子上的人,哪里知道这道理"时所说的"海沿子"。
③ 何以知道上文麝月对宝玉说的这位"舅老爷"(即舅舅)是王子胜而非王子腾?这是据后四十回之第101回凤姐说:"二叔不是冬天的生日吗?我记得年年都是宝玉去",可知是凤姐的二叔王子胜生日。
④ 指伤了风、生了气。

偏头一日烧了，岂不扫兴？"古人生日前一天"做寿"，则此日当是做寿的"寿日"，而明儿才是正式庆生的"生日"，故王子腾的寿辰是十月廿二，而生日是十月廿三。

为了让宝玉明天能穿，"勇晴雯"便连夜补那雀金裘，一直补到"一时只听自鸣钟已敲了四下，（庚夹：按'四下'乃寅正初刻，'寅'此样写法，避讳也）"，即一直补到寅正（凌晨4点整）方才补完，然后便"身不由主倒下"而病情更为加重。这是廿二日连夜至次日 廿三 凌晨四点之事。〖清人王希廉评此回时，对晴雯此事一连批了四条批语，甚有见地："'偷镯'激晴雯之气，'补裘'增晴雯之病：其死已定，即不被逐，恐亦难活。" "写晴雯撵坠儿，说话气骄志满，是反挑后来自己亦被逐出。" "描写宝玉疼爱晴雯，反照后来不能照看。" "宝玉若不将坠儿偷镯告诉晴雯，何至病中生气？若不烧破雀金裘，何至晴雯病上加病？晴雯之死，实有宝玉，所谓'爱之，适所以害之'也。"〗

●**第五十三回"宁国府除夕祭宗祠、荣国府元宵开夜宴"**描绘年底祭祖与来年过年节庆，从而写到 **红楼第十四年，宝玉十四岁**。【大某山民评第54回："此回入正传之第五年癸丑元宵事。"其评第12回："前第三回黛玉入荣府，为入书正传之第一年己酉。"即以宝玉七岁时黛玉入贾府为第一年己酉，至癸丑为第五年，相隔四年。今按本书所排纪年，从黛玉入贾府的宝玉七岁至此十四岁，相隔实为七年，大某山民少算三年，原因请见第18回回末之论。】

第五十三回晴雯连夜补完雀金裘而病重，"没一顿饭工夫，天已大亮，（宝玉）且不出门，只叫快传大夫"，王太医诊断后非常奇怪：这病为何又突然变得如此加重起来？于是添了药。

宝玉因要参加王子腾生日而被迫离开，"至下半天，说身上不好就回来了。晴雯此症虽重，幸亏她素习是个使力不使心的[①]；再者素习饮食清淡，饥饱无伤。这贾宅中的风俗秘法，无论上下，只一略有些伤风咳嗽，总以净饿为主[②]，次则服药调养。故于前日一病时，净饿了两三日，又谨慎服药调治，如今劳碌了些，又加倍培养了几日，便渐渐的好了。近日园中姊妹皆各在房中吃饭，炊爨、饮食亦便，宝玉自能变法要汤要羹调停，不必细说。"这是 廿三 及以后诸日事。

下来便写袭人"送母殡后，业已回来"，又言李纨感冒，邢岫烟、迎春侍候生病的邢夫人，李纹、李绮回家去了，宝玉因袭人有思母之悲，同时晴雯又有

---

① 指平时做粗活而身体健壮。

② "净饿疗病"法，当是太医院传下的良方，即第42回王太医给凤姐之女"大姐儿"看病时，王太医笑道："我说姐儿又骂我了，只是要清清净净的饿两顿就好了，不必吃煎药，我送丸药来，临睡时用姜汤研开，吃下去就是了。'"其原理便是：人在消化食物时也要消耗体力，尤其是高脂肪类的食物消耗得更多。而生病时，与病毒进行较量，同样要耗费体力。如果此时吃很多东西，吃的又是不易消化的油脂类食物，就会导致体力严重分散，不利于身体对抗疾病，甚至有可能加重病情。所以得病时适当净饿是有道理的，可以让体力专心致志地对付病毒，这也是中医大夫常告诫患者"要少吃，或吃些清淡食物"的原因，等病好了，再猛吃来增加抵抗力也不迟。这完全是凭借人体自身的抵抗力来战胜病毒，而不是很多人所认为的：得了病就要多吃好的，以为这样便可以增加自身的抵抗力；这其实是错误的。

病，所以也无心作诗，"因此诗社之日，皆未有人作兴，便空了几社。当下已是腊月，离年日近，王夫人与凤姐治办年事。王子腾升了九省都检点，贾雨村补授了大司马，协理军机、参赞朝政，不题。"可知是空了十一月初二、十六、十二月初二、十六共四场诗社，作者一下子便写到了年底。

年底祭祖的情景从打扫宗祠写起："且说贾珍那边，开了宗祠，着人打扫，收拾供器，请神主，又打扫上房，以备悬供①遗真影像。此时荣、宁二府内外上下，皆是忙忙碌碌。"同一天，"一时贾珍进来吃饭，贾蓉之妻回避了。贾珍因问尤氏：'咱们春祭的恩赏可领了不曾？'尤氏道：'今儿我打发蓉儿关去了。'"

这时"黑山村的乌庄头来"上交年货。贾珍留下一份祭祖，其余叫族亲分走。"贾珍看着领完东西，回房与尤氏吃毕晚饭，一宿无话。至次日，更比往日忙，都不必细说。"紧接着便写："已到了腊月二十九日了（十二月廿九），各色齐备，两府中都换了门神、联对、挂牌，新油了桃符，焕然一新。宁国府从大门、仪门、大厅、暖阁、内厅、内三门、内仪门并内塞门，直到正堂，一路正门大开，两边阶下一色朱红大高照，点的两条金龙一般。次日（十二月三十 除夕），由贾母有诰封者，皆按品级着朝服，先坐八人大轿，带领着众人进宫朝贺，行礼、领宴毕回来，便到宁国府暖阁下轿。"

于是贾母前来主祭，"凡从'文'旁之名者，贾敬为首；下则从'玉'者，贾珍为首；再下从'草'头者，贾蓉为首；左昭、右穆，男东、女西；俟贾母拈香下拜，众人方一齐跪下，将五间大厅、三间抱厦，内、外廊檐，阶上、阶下，两丹墀内，花团锦簇，塞的无一隙空地。鸦雀无闻，只听'铿锵、叮当'，金铃、玉佩微微摇曳之声，并起跪靴履'飒沓'之响。一时礼毕，贾敬、贾赦等便忙退出。"（按：贾政自第37回外放学政以来，尚未回家，故未能参加祭祀。）

于是贾母回府，"那晚各处佛堂、灶王前，焚香、上供，王夫人正房院内设着天地纸马香供，大观园正门上也挑着大明角灯，两溜高照，各处皆有路灯。上下人等，皆打扮的花团锦簇，一夜人声嘈杂，语笑喧阗，爆竹起火，络绎不绝。至次日（正月初一元旦）五鼓，贾母等又按品大妆，摆全副执事，进宫朝贺，兼祝元春千秋。领宴（当是元春正月初一生日之宴）回来，又至宁府祭过列祖（正月初一给祖宗拜年），方回来受礼毕，便换衣歇息。"

然后又写过年时"王夫人与凤姐是天天忙着请人吃年酒，那边厅上、院内②皆是戏酒，亲友络绎不绝，一连忙了七八日才完了（此已写到正月初八）。早又元宵将近，宁、荣二府皆张灯结彩。十一日是贾赦请贾母等，次日（正月十二）贾珍又请，贾母皆去随便领了半日。王夫人和凤姐儿连日被人请去吃年酒，不能胜记。至十五日之夕"，下来便写贾母房中"庆元宵"的夜宴；演戏时，戏中的文豹③还特意说："恰好今日正月十五，荣国府中老祖宗家宴。"

此回"宁国府除夕祭宗祠、荣国府元宵开夜宴"题目说得很清楚，是年末

---

① 悬供，悬挂供奉。悬供遗真影像，即把先祖的遗像悬挂起来加以供奉。
② "厅上"指荣禧堂，"院内"指王夫人院。
③ 文豹是明末清初袁于令所创作的传奇戏《西楼记》中的主人公于叔夜的书童。

"除夕"至第二年正月十五"元宵节"的事。又：第 3 回"黛玉入贾府"借黛玉之眼写出"贾府"空间格局，此回"祭宗祠"同样是借宝琴之眼，写出第 3 回无法写到的"宗祠"的空间格局。但问题是宝琴非贾门的至亲，何以能够入祠参与祭祀？当是第 49 回"果然王夫人已认了宝琴作干女儿"，所以给她入祠旁观的待遇；可见第 49 回认干女儿，便是在为这儿的宝琴能入祠堂埋下伏笔，作者笔底真可谓没有一处闲文。

第五十四回写"庆元宵"当晚，宝玉抽空回怡红院，听到丧母的袭人与丧母的鸳鸯正在那儿躲喜庆①，互相安慰（按：有丧者不得参加喜宴），于是不敢打扰，又回贾母处。

贾母命宝玉给大家斟酒，都得喝干（即贾母命令："都要叫他干了"，即今人所谓的"干杯"——喝干杯中酒）。黛玉却把宝玉斟给她的酒，当着众人的面，让宝玉给喝了，凤姐提醒宝玉以后别再喝这种酒，会惹老太太生气的。

戏演完了，女艺人开始说《凤求鸾》的书，讲的是五代"残唐"时（其究竟为五代中的那一代？要据后四十回中的第 101 回"汉朝"语，方知是"残唐五代"中的"后汉"），金陵人王忠的公子王熙凤追求李乡绅之女李雏鸾的"才子佳人"故事，引出了老太太贾母对"儿女私情"的大为不满，她说："绝代佳人只一见了一个清俊的男人，不管是亲、是友，便想起终身大事来，父母也忘了，书礼也忘了，鬼不成鬼，贼不成贼，哪一点儿是佳人？"并说这样的一男一女不配称"才子、佳人"，是一对偷情的贼！简直就是在骂刚才让宝玉喝酒的黛玉、和喝黛玉杯中酒的宝玉两人。

下来王熙凤仿效"二十四孝"中的"斑衣戏彩"，通过讲笑话来逗贾母一笑。因半夜天冷，贾母便命众人移席进内屋，大家接着讲笑话，最后放烟火结束这场欢宴。

这是 正月十五 晚至 十六日 凌晨事，下来："十七日 一早又过宁府行礼，伺候掩了宗祠，收过影像，方回来，……十八日 便是赖大家，十九日 便是宁府赖升②家，二十日 便是林之孝家，二十一日 便是单大良③家，二十二日 便是吴新登家，……闲言不提，且说当下元宵已过。"

第五十五回写元宵过后之事："且说元宵已过，只因当今以孝治天下，目下宫中有一位太妃欠安，故各嫔妃皆为之减膳、谢妆，不独不能省亲，亦且将宴乐俱发。故荣府今岁元宵亦无灯谜之集。"可证"灯谜之集"（"集"为宴会）不在元宵节当天举行，而当在"元宵节"过后几天举行，这与第 22 回"制灯谜贾政悲谶语"，是在元妃"元宵节"省亲后的正月廿二举行"灯谜之集"正相吻合。由于此年没有"灯谜之集"，所以作者提前把制灯谜的事情写到上一年的十月份中去了（即第 50、51 回）。〖清人王希廉《红楼梦摘误》言："五十三回贾

---

① 躲喜庆，即有丧服之人主动避开喜庆场面。

② 赖升，第 10 回贾珍称之为"来升"："且叫来升来，吩咐他预备两日的筵席。"第 14 回亦同："话说宁国府中都总管来升闻得里面委请了凤姐。"第 63 回则作"赖升"，即尤氏"一面忙忙坐车带了赖升一千家人媳妇出城。"

③ 单大良，当即第 8 回所说的"戴良（大量）"："与仓上的头目名戴良，（甲侧：妙！盖云'大量'也。）"

母庆赏元宵，将上年嘱做灯谜一节竟不提起，似欠照应"，便是不识此旨。即：贾府原本打算有灯谜之事，故十月份制灯谜，没料到正月十五元宵节过后，皇宫传来不可举行宴乐的诏书，于是"灯谜之集"被迫取消。作者故意把灯谜事写到上文十月份，然后又借太妃之丧不可举行灯谜之宴为借口，使涉及其家族秘密的薛宝琴制作的十则灯谜可以不在本回中揭晓，这倒是件令人感到万分可惜的事，这也可以看出作者文笔真是"狡狯"到了极点。这不由让我们联想到，作者写"祭宗祠"场面时，原本无法回避那神主上的字，作者硬是通过不能上宗祠正堂的薛宝琴的视角来写，这样便可以蒙混过关，不让自己曹氏家族的核心秘密透漏给读者，作者的文心真可谓"用心良苦、狡猾绝伦"到了不一般的地步。】

下来又写："刚将年事过完，凤姐便小月了，在家一月，不能理事，天天两三个太医用药。""王夫人便命探春合同李纨裁处，只说过了一月，凤姐将息好了，仍交与她。谁知凤姐禀赋气血不足，兼年幼①不知保养，平生争强斗智，心力更亏，故虽系小月，竟着实亏虚下来，一月之后，复添了下红之症。她虽不肯说出来，众人看她面目黄瘦，便知失于调养。王夫人只令她好生服药调养，不令她操心。她自己也怕成了大症，遗笑于人，便想偷空调养，恨不得一时复旧如常。谁知一直服药调养到八九月间，才渐渐的起复过来，下红也渐渐止了。此是后话。"又第66回七月底贾琏从平安州回来："那时凤姐已大愈，出来理事、行走了。……谁知八月内湘莲方进了京"，可证凤姐的确要到八九月间身体才完全康复。

凤姐因过年之事操劳过度，加上历年操劳积累下来的病症此时一同发作而"小月"（即流产），一并添了"下红"（即血崩）的病症，这是作者为埋下其夭亡病根而写的伏笔。

【凤姐历年积累下来的病症，可见第14回：凤姐晚上忙完秦可卿丧事后，天已很晚，还把从苏州回来的昭儿叫过来，仔细盘问贾琏在外的情形，尤其会仔细地盘问"贾琏在外是否结识女人"这种事情。经过这番细细盘问后，时间更晚了，然后凤姐又"连夜打点大毛衣服，和平儿亲自检点包裹，再细细追想所需何物，一并包藏交付"，忙了又是几个小时，写出她对贾琏的深情厚爱，接着"又细细吩咐昭儿'在外好生小心伏侍，不要惹你二爷生气；时时劝他少吃酒，别勾引他认得浑账女人，（甲侧：切心事耶！）回来打折你的腿（甲侧：此一句最要紧。）'等语。"最后写："赶乱完了，天已四更将尽，总算睡下，又走了困，不觉又是天明鸡唱，忙梳洗过宁府中来。"即凤姐到四更（凌晨3点）才睡下。由于过了想睡的时辰，凤姐便睡不着了。不一会儿又是寅正（4点整）起床梳洗的时间（详本章第二节"贾府中的一天考"），等于她这一晚上是彻夜未眠，庚辰本在"又走了困"处特地加侧批："此为病源伏线。后文方不突然。"可见作者写这番情节，也是在为凤姐得病作伏笔。】

---

① 年幼，当指年轻，即指十七岁管家以来。

● **"作者以凤姐小月来隐写巧姐出生"论：**

此处凤姐的病况明里写是"小月"，其实隐写的是她怀孕并生下"巧姐儿"的整个过程。何以见得？

凤姐之前已有一女，此时再生一女，此女儿是二女儿，之前的是大女儿，所以名叫"大姐儿"，此二女儿因是七月初七所生，所以名叫"巧姐儿"。

第42回交代巧姐儿"七月初七"生，怀胎十月为266天，往前推266天便知凤姐是十月上旬受孕，到过年时的正月半已经整整三个多月了，的确需要休息而不可操劳，所以凤姐不再理事。到"七月初七"生下巧姐儿，产后要用一到两个月的时间来休息调养（即所谓的"坐月子"），所以要到八九月间才完全恢复，这便是上文所说的"调养到八九月间，才渐渐的起复过来"。把以上情节串联起来看，便可明白"此处用凤姐小月来隐写其怀孕生巧姐儿"的推断是合乎情理的。

而且巧姐儿生在此年，与后四十回的描写也正相吻合。此年为作者真实人生的第十一岁（红楼纪元则为第十四年、宝玉十四岁），巧姐出生；至第84、88回作者真实人生的第十二岁（红楼纪元则为第十七年、宝玉十七岁）才虚岁两岁（以作者真实人生计，不以红楼纪元计），所以第84回写巧姐儿被"奶子抱着，用桃红绫子小绵被儿裹着，脸皮趣青，眉梢鼻翘微有动意"，显然是婴儿模样；如果巧姐长大了，根本就不可能用棉被裹着还能抱着。第88回写"那巧姐儿身上穿得锦团花簇，手里拿着好些玩意儿，笑嘻嘻走到凤姐身边学舌"，才开始学讲话，也正是两岁时的光景。

到第101回作者真实人生的第十三岁（红楼纪元则为第十八年、宝玉十八岁），巧姐才虚岁三岁，故作者写她明显不会说话告状的幼儿模样："只听那边大姐儿（实当作'二姐儿'或'巧姐儿'）哭了，凤姐又将眼睁开。平儿连向那边叫道：'李妈，你到底是怎么着？姐儿哭了，你到底拍着她些。你也忒好睡了。'那边李妈从梦中惊醒，听得平儿如此说，心中没好气，只得狠命拍了几下，口里嘟嘟哝哝的骂道：'真真的小短命鬼儿，放着尸不挺，三更半夜嚎你娘的丧！'一面说，一面咬牙，便向那孩子身上拧了一把。那孩子'哇'的一声大哭起来了。"

由此可见：本回凤姐生巧姐，与后四十回三处"巧姐为婴幼儿"的描写完全吻合。这是作者故意用"错综之笔"，把情节移前或置后（指把第42回刘姥姥为二姐儿起名"巧姐"事，写在第55回二姐儿出生前），又把人物"张冠李戴"（指把凤姐的大女儿"大姐儿"，和二女儿"巧姐"合为一体），营造出梦幻般的迷离效果（梦中的时间可以"颠倒错乱"，梦中的人物可以"张冠李戴"）。一旦回到作者十四岁的真实人生体系中来，我们便可明白：后四十回与前八十回在时间是一个统一完整的整体。

本例是证明"后四十回与前八十回相合，后四十回乃曹雪芹原著"的绝佳实例，也是证明曹雪芹有意奉行自己书名所标榜的"梦幻主义"创作手法，把自己十四岁的真实人生拆成了十九年虚幻故事，把不同的人物原型融入小说中"虚实参半"的虚构人物中去的绝佳实例。★

因凤姐要到八九月才康复，所以王夫人便命荣国府"一应都暂令李纨料理"，又"命探春合同李纨裁处"，此时"时届孟春，黛玉又犯了嗽疾；湘云亦因时气所感，亦卧病于蘅芜苑，一天①医药不断。探春同李纨相住间隔，二人近日同事，不比往年，来往回话人等亦不便；故二人议定：每日是早晨皆到园门口南边的三间小花厅上去会齐办事，吃过早饭，于午错方回房。""早饭"即中饭，"午错"指刚过正午的时候，可见是午正（正午时分的 12 点）之前办公，午正之后要回房午睡，与本章第二节"贾府中的一天考"相合。

下来当是孟春正月的某一天（即 正月十五年节过完后、凤姐不能理事时的某一天）："这日王夫人正是往锦乡侯府去赴席"，吴新登媳妇回说："赵姨娘的兄弟赵国基昨日死了"，探春便遵循贾府旧例，只给 20 两丧葬银子，引起生母赵姨娘的不满。然后又写探春取消各种不必要的开支，而且是拿自己和李纨开刀做表率，革去自己同母弟贾环、李纨子贾兰学里一年的银子，可谓"大义灭亲"，收到了"其身正、不令而行"的效果。接着通过平儿与王熙凤的对话，写出凤姐对探春的极高评价："如今有一种轻狂人，先要打听姑娘是正出是庶出，多有为庶出不要的。殊不知别说庶出，便是我们的丫头，比人家的小姐还强呢。将来不知哪个没造化的'挑庶正'误了事呢，也不知哪个有造化的不挑庶正的得了去。"

第五十六回 接着上回写："话说平儿陪着凤姐儿吃了饭，伏侍盥漱毕，方往探春处来。只见院中寂静，只有丫鬟、婆子诸内壶近人在窗外听候。"此是中饭后的下午，平儿亲眼目睹了探春为大观园"开源节流，兴利除弊"的改革一幕。探春笑着标榜自己是位"登利禄之场，处运筹之界者，窃尧舜之词，背孔孟之道"的改革家，宝钗最后叹道：若你改革成功了，"善哉，三年之内无饥馑矣！"此回回目作"敏探春兴利除宿弊、时宝钗小惠全大体"，"时"字费解，实为"识时务、识大体"，也即"懂大道理、有才识"之意。后人因其费解而改"识"，即戚序本回末总评："探春看得透，拿得定，说得出，办得来，是有才干者，故赠以'敏'字；宝钗认的真，用的当，责的专，待的厚，是善知人者，故赠以'识'字。'敏'与'识'合，何事不济？"这说的便是：探春有宝钗辅佐，刚柔并济（探春刚、宝钗柔），大观园一定能兴旺发达。其实"时"字是"识时务"之意，不用改"识"。

就在探春商议改革时，江南甄家进京朝贺，即林之孝家的前来报告："江南甄府里家春昨日到京，今日进宫朝贺。"并说他们家甄宝玉和贾宝玉长得一模一样，连亲戚构成也都一样，则甄、贾两府显然就是"原型（真）"与"镜像（假）"的关系。林之孝家的又说甄宝玉"今年十三岁"，比宝玉仅小一岁，故两人的年貌可以称作完全相同，即下来所写的："贾母笑道：'园里把咱们的宝玉叫了来，给这四个管家娘子瞧瞧，比她们的宝玉如何？'众媳妇（贾府的下人）听了，忙了，半刻围了宝玉进来。四人（甄府的来人）一见，忙起身笑道：'唬了我们一跳。若是我们不进府来，倘若别处遇见，还只道我们的宝玉后赶着也进了京了呢。'一面说，一面都上来拉他的手，问长问短。宝玉忙也笑问好。贾母笑

---

① 一天，整天。

道：'比你们的长的如何？' 李纨等笑道：'四位妈妈才一说，可知是模样相仿了。' 贾母笑道：'哪有这样巧事？大家子孩子们再养的娇嫩，除了脸上有残疾十分黑丑的，大概看去都是一样的齐整，这也没有什么怪处。' 四人笑道：'如今看来，模样是一样。据老太太说，淘气也一样。我们看来，这位哥儿性情却比我们的好些。'〖若按程乙本，高鹗将"初试云雨情"的宝玉改大三岁，则宝玉此年为十七岁，比甄宝玉要大四岁。相差四岁，其体形相差必远，因为十四五六岁正是人发育长身体的阶段，同一个人十三岁与十七岁的模样尚且不能一样，若是两个人的话，模样更加不可能相同，甄府众媳妇便不可能一见到贾宝玉，便把他当成自家的甄宝玉。现在既然两人一模一样，可证两人的年貌必定相同或相去不远，这便可证明程乙本宝玉十二岁"初试云雨情"乃高鹗篡改而非曹雪芹原文。〗

然后作者又写贾宝玉午睡时，在梦中和甄宝玉相会，此回与上回皆为同一天之事。书中写梦中的甄宝玉与贾宝玉情性相同，而据上引甄家众媳妇说：宝玉的"性情却比我们的好些"，可证此时的甄宝玉比贾宝玉还要顽劣，何以后四十回的第 115 回两位宝玉见面时，甄宝玉已变成与贾宝玉格格不入的、满口"经济仕途"之人？这就得靠两者之间的第 93 回甄家抄家后，甄府的家人包勇前来投靠贾府时交代清楚。其实"包勇投靠"不过是作者笔下的又一幌子，其用意不过是借这位甄府家人之口，让他来交代清楚甄宝玉身上所发生的这场剧变，以免下文第 115 回写其改好，会给人以突兀意外之感。

第 93 回包勇投靠时对贾政说："老爷若问我们哥儿，倒是一段奇事。哥儿的脾气也和我家老爷一个样子，也是一味的诚实，从小儿只管和那些姐妹们在一处玩。老爷、太太也狠打过几次，他只是不改。那一年太太进京的时候儿，哥儿大病了一场，已经死了半日，把老爷几乎急死，装裹都预备了。幸喜后来好了，嘴里说道：走到一座牌楼那里，见了一个姑娘，领着他到了一座庙里，见了好些柜子，里头见了好些册子。又到屋里，见了无数女子，说是多变了鬼怪似的，也有变做骷髅儿的。他吓急了，就哭喊起来。老爷知他醒过来了，连忙调治，渐渐的好了。老爷仍叫他在姐妹们一处玩去，他竟改了脾气：好着时候的玩意儿一概都不要了，惟有念书为事。就有什么人来引诱他，他也全不动心。如今渐渐的能够帮着老爷料理些家务了。"贾政听后，"默然想了一回，道：'你去歇歇去罢。'"

贾政会想什么呢？不就是在沉思：自己家的宝玉怎么从性格到遭遇，全都和这甄家的宝玉一模一样呢？为什么他们家的宝玉就能改好，而我们家的宝玉却没有改好呢？是不是可以用梦中神仙教化甄宝玉的"白骨观"来教育好我们家的宝玉呢？（按：甄贾两宝玉从性格到遭遇全同，是指：两人都有"一味诚实、爱和姐妹玩"的性格；两人都曾被父母狠打过几次、就是死不悔改的脾性；两人都有过曾经大病一场快要死了，连棺材都准备好了的遭遇，即第 25 回贾宝玉受马道婆魔法，此处甄宝玉大病一场。）

上述引文引起我们关注的是画线部分所说的："那一年太太进京的时候"，

甄宝玉大病一场而被神仙施教改好。其所说的"那一年",自然就是本回红楼十四年"江南甄府里家眷到京、进宫朝贺",可证甄宝玉是在红楼十四年、甄宝玉十三岁时改好,到第 93 回红楼十七年包勇投靠时已有四个年头;由于有四年的巩固,自然性情已经彻底改变。这是后四十回与前八十回在细节上照应的又一明显例子★。由于宝玉梦中相会时甄宝玉性格仍未改,可证甄宝玉生病当在此梦稍后、甄府太太回到家之前。

又作者为什么要让甄宝玉在十三岁改好?联系第 25 回宝玉受魔法快死,而高僧来救,对"通灵宝玉"这块顽石(其象征的便是贾宝玉也即作者本人)说:"青埂峰一别,展眼已过十三载矣!"其实是在点明:作者从降生,到因为抄家大难而觉悟,恰好为十三年。

甄宝玉受的那场快要死的灾难是在十三岁,而贾宝玉受的那场快要死的灾难也恰好是在十三岁,这象征的自然都是作者自家的"抄家大难"。作者是曹颙遗腹子,曹颙卒于康熙五十三年(1714)底,作者生于康熙五十四年(1715)四月廿六(本书"第三章、第三节、一"有考),至雍正六年(1728)正月初抄家,实足为十三载零九个月。难怪作者要写贾宝玉十三岁时受魔法之难而奄奄一息,要写甄宝玉十三岁时大病一场而奄奄一息,象征的都是作者实足十三岁时,曹家遭遇抄家而大难临头。

甄宝玉幡然醒悟,便是因抄家落魄而顿改前非,即第 115 回甄、贾两宝玉见面时甄宝玉对贾宝玉说的:"弟少时不知分量,自谓尚可琢磨。岂知家遭消索,数年来更比瓦砾犹贱,虽不敢说历尽甘苦,然世道人情略略的领悟了好些。"今考第 75 回提到江南甄家被抄:"才有甄家的几个人来,还有些东西,不知是作什么机密事。奶奶这一去恐不便。尤氏听了道:昨日听见你爷说,看《邸报》甄家犯了罪,现今抄没家私,调取进京治罪。怎么又有人来?老嬷嬷道:正是呢。才来了几个女人,气色不成气色,慌慌张张的,想必有什么瞒人的事情也是有的。"大某山民此处有眉批:"此不问而知其为甄家抄没,私命婆子在贾府寄顿家产;贾氏闻此等事,能无寒心否?"此甄家被抄乃红楼十六年(作者人生的十二岁),距第 115 回甄宝玉说话的红楼十九年(作者人生的十四岁)相差三年,故称"数年来更比瓦砾犹贱"。

今又按上文第 25 回"魇魔法叔嫂逢五鬼、通灵玉蒙蔽遇双真",和尚面朝手中高举的通灵宝玉长叹一口气说:"青埂峰一别,展眼已过十三载矣!"说明宝玉那年十三岁。此年要到第 53 回"宁国府除夕祭宗祠、荣国府元宵开夜宴"才过年,第 56 回宝玉十四岁,此时林之孝家的说甄宝玉"今年十三岁",则甄宝玉要比贾宝玉小一岁。下文第 64 回考明贾宝玉十四岁时的四月廿七日吃中饭时,有人来报:"'甄家有两个女人送东西来了。'探春和李纨、尤氏三人出去议事厅相见,这里众人且出来散一散。"这显然是甄家预感到快要抄家的抄家前夕,为了规避抄家,前来贾府寄存物件。下文第 74 回考明八月十二日晚查抄大观园时,探春说:"你们今日早起不曾议论甄家'自己家里好好的抄家,果然今日真抄了.'（庚夹：奇极，<u>此曰'甄家事'！</u>）"画线部分的脂批便在强烈暗示："甄家事"便是我们贾府的"真家"也即曹家的事情，我们曹家在抄家前也曾发生过自己先在家里抄家的事。

上引第 75 回尤氏也说："昨日听见你爷说，看《邸报》甄家犯了罪，现今抄没家私，调取进京治罪。"此年宝玉 16 岁，则甄宝玉 15 岁。但本书"第二章、第二节、一"《红楼梦作者用"十九年故事"隐写自己"十四岁人生"的叙事简表》标明：第 76 回之前、第 18 回以后，有且仅有一个虚年，即作者曹雪芹有意把第 70 回的"七月底回"改为"冬底回"而虚增出来的那一年。第 70 回新增出来的这个虚年，其实应当并入上一年而不存在，扣除这一虚年后，贾宝玉便是 15 岁、甄宝玉便是 14 岁。上引画线部分的脂批"此曰'甄家事'"，便点明作者笔下的甄家抄家，写的就是贾府的真家也即曹家抄家的事情；其为真宝玉也即曹雪芹 14 岁时候的事（甄宝玉此年为 14 岁），与曹家在雍正六年曹雪芹十四岁时抄家的史实完全吻合，这再度证明曹雪芹便是雍正六年（1728）时 14 岁的、康熙五十四年（1715）所生的曹頫遗腹子曹天佑。

第五十七回写宝玉在午睡中被叫醒，与王夫人一同去拜见甄夫人，"竟日方回"，即在甄夫人处用过晚饭才回家。第二天王夫人还席。"后二日，她母女便不作辞，回任去了"，即第四天甄家母女回老家南京去了。（其实作者写的贾府就在南京，贾宝玉梦中见到甄宝玉实为"自己梦见自己"。）

这时书中又写："这日宝玉因见湘云渐愈，然后去看黛玉。正值黛玉才歇午觉，宝玉不敢惊动"，因见紫鹃穿得少，便伸手摸了摸，说："别受了冻而生病。"紫鹃见状说："从此咱们只可说话，别动手动脚的。一年大、二年小的，叫人看着不尊重。打紧的那起混账行子们背地里说你，你总不留心，还只管和小时一般行为，如何使得？姑娘常常吩咐我们，不叫和你说笑。你近来瞧她远着你还恐远不及呢。"说着便起身携了针线，到另外房间去了。〖紫鹃说"一年大、二年小"，可证宝玉才长大。此年宝玉十四岁，与之正相吻合。若是高鹗所改，则已是十七岁（见上回所论），早已长大成人。紫鹃说这样的话，也证明脂本写宝玉此年 14 岁是曹雪芹原文，高鹗乃臆改而非作者本意。〗

宝玉因祝妈正好来挖笋、修竿，于是怔怔地走出潇湘馆，被雪雁看到他独自坐在桃花树下的石头上，托着腮颊出神。雪雁疑惑道："怪冷的，他一个人在这里作什么？春天凡有残疾的人都犯病，敢是他犯了呆病了！"言明此时乃初春尚寒的时节。紫鹃听雪雁说宝玉一人独坐发呆，问明在何处，便来安慰宝玉，并用"黛玉要回苏州"的谎言来试他可对黛玉真心。结果一试下来，宝玉便疯傻了，可见的确是真心。这一疯一闹，让所有人都明白宝玉心中只爱黛玉。

宝玉怕黛玉得了紫鹃便会回苏州老家，硬是把紫鹃扣留在自己身边，不让她回黛玉身边，于是贾母便命令紫鹃服侍宝玉。几天后，宝玉逐渐好转，紫鹃请求回潇湘馆，想做成全宝玉、黛玉两人的红娘，于是夜里躺在床上，劝黛玉赶快托人向贾母提亲，早点和宝玉定下终身大事。由于下文才写到薛姨妈正月底的生日，所以从宝玉被哄变傻一直到此夜的这几天，应当都在上文所说的"正月半"之后、薛姨妈正月底生日之前的 正月下旬 。

下来又写："目今是薛姨妈生日，自贾母起，诸人皆有祝贺之礼。黛玉亦备了两包针钱送去。是日，也定了一本小戏，……连忙了三四天方完备"，这一方面印证了上文第 30 回薛蟠生日不止一天而要做上两三天，即贾府等会送"戏酒"给做生日的薛蟠加以庆贺；同时又印证薛姨妈的确要比王夫人小几岁。即：上年第 34 回宝玉挨打时，王夫人说"我已经快五十岁的人"；而第 4 回红楼八年薛蟠 15 岁时，交代其母薛姨妈四十上下，即 25 岁左右生的薛蟠："寡母王氏乃现任京营节度使王子腾之妹，与荣国府贾政的夫人王氏，是一母所生的姊妹，今年方四十上下年纪，只有薛蟠一子。"此为红楼十四年，过去了六年，疑是做 45 岁的生日，比快 50 岁的王夫人要小几岁。

太平闲人在"目今是薛姨妈的生日"之下批："并无月日。三十六回云在热天，与此尚合"，其实不对。因为此时竹笋刚吐、桃花才开，穿着薄棉袄、套着夹背心，中午时还嫌冷，下回方才写到"清明"时节藕官烧纸钱，此处显然是初春时节而非热天，与第 36 回所言实不吻合▲。那薛姨妈的生日到底在何时？第 62 回探春言诸人生日："过了灯节，就是老太太和宝姐姐，她们娘儿两个遇的巧。"而第 71 回贾母是八月初三生日，据"她们娘儿两个遇的巧"来看，此处的"老太太"当是"姨太太"之误，即薛姨妈母女俩的生日相当靠近。而第 22 回言宝钗生日在正月廿二，正在灯节后，其先言"老（姨）太太"、再言"宝姐姐"，可能是按辈分来说，并不意味着薛姨妈的生日就在宝钗生日前面；"遇得巧"也不一定指同一天，而可以相差一两天。综上来看，薛姨妈的生日当在宝钗生日 正月廿二前后一两天或同一天 ，与上文所说的清明节前的早春天气正相吻合。由此看来，第 36 回言薛姨妈生日在薛蟠"五月初三"后的一个"大毒日"乃是虚文而不足信。

薛姨妈把邢岫烟说给薛蝌做妻子，正好"这日宝钗因来瞧黛玉，恰值岫烟也来瞧黛玉，二人在半路相遇"，宝钗笑问她："这天还冷的很，你怎么倒全换了夹的？"可见仍在寒冷的正月末或二月初，当穿棉袄。宝钗独自一人来看黛玉，"正值她母亲也来瞧黛玉，正说闲话呢。"黛玉为薛姨妈把邢岫烟说给薛蝌做妻子而感叹不已，此回回目作"慈姨妈爱语慰痴颦"，回内即言薛姨妈答应向贾母为黛玉和宝玉提亲。此当是薛姨妈一连操办三四天的生日宴后发生的事情，应当在 正月底 。今按：此年原型雍正三年（1725）的正月为小月，月底正月廿九（阳历 3 月 13 日）在二月廿三"清明节"（阳历 4 月 5 日）前大半个月。

第五十八回 开头即云："谁知上回所表的那位老太妃已薨，凡诰命等皆入朝随班按爵守制。敕谕天下：凡有爵之家，一年内不得筵宴音乐，庶民皆三月不得婚嫁。贾母、邢、王、尤、许婆媳祖孙等，皆每日入朝随祭，至未正以后方回。在大内偏宫二十一日后，方请灵入先陵，地名曰'孝慈县'。（己夹：随事命名。）这陵离都来往得十来日之功，如今请灵至此，还要停放数日，方入地宫，故得一月光景。（己夹：周到细腻之至。○真细之至，不独写侯府得理，亦且将皇宫赫赫，写得令人不敢坐阅。）宁府贾珍夫妻二人，也少不得是要去的。两府无人，因此大家计议，家中无主，便报了尤氏产育，将她腾挪出来，协理荣宁两处事体。因又托了薛姨妈在园内照管她姊妹丫鬟。薛姨妈只得也挪进园来。因宝钗处有湘云、香菱；李纨处目今李婶母女虽去，然有时亦来住三五日不定，贾母又将宝琴送与她去照管；迎春处有岫烟；探春因家务冗杂，且不时有赵姨娘与贾环来嘈聒，甚不方便；惜春处房屋狭小；况贾母又千叮咛、万嘱咐托她照管林黛玉，薛姨妈素习也最怜爱她的，今既巧遇这事，便挪至潇湘馆来和黛玉同房，一应药饵、饮食十分经心。黛玉感戴不尽，以后便亦如宝钗之呼，连宝钗前亦直以'姐姐'呼之，宝琴前直以'妹妹'呼之，俨似同胞共出，较诸人更似亲切。贾母见如此，也十分喜悦放心。薛姨妈只不过照管她姊妹，禁约得丫头辈，一应家中大小事务也不肯多口。"画线部分表明薛姨妈住在潇湘馆专门照料黛玉。

今按第二回"冷子兴演说荣国府"时言："当日宁国公（演）与荣国公（源）是一母同胞弟兄两个。宁公居长，生了四个儿子。（甲侧：贾蔷、贾菌之祖，不言可知矣。）宁公死后，贾代化袭了官，也养了两个儿子。长名贾敷，至八九岁上便死了，只剩了次子贾敬袭了官，如今一味好道，只爱烧丹炼汞，余者一概不在心上。幸而早年留下一子，名唤贾珍，因他父亲一心想作神仙，把官倒让他袭了。他父亲又不肯回原籍来，只在都中城外和道士们胡羼。这位珍爷倒生了一个儿子，今年才十六岁，名叫贾蓉。如今敬老爹一概不管。这珍爷哪里肯读书？只一味高乐不了，把宁国府竟翻了过来，也没有人敢来管他。再说荣府你听，……自荣公死后，长子贾代善袭了官，娶的也是金陵世勋史侯家的小姐为妻，生了两个儿子：长子贾赦，次子贾政。如今代善早已去世，太夫人尚在。长子贾赦袭着官。次子贾政，自幼酷喜读书，祖父最疼。原欲以科甲出身的，不料代善临终时遗本一上，皇上因恤先臣，即时令长子袭官外，问还有几子，立刻引见，遂额外赐了这政老爹一个主事之衔，令其入部习学，如今现已升了员外郎了。"据此可知：荣国府贾代善袭了官职，其妻为贾母；贾代善死后，长子贾赦袭了官职，其妻为邢夫人；次子贾政又得到皇帝钦赐的官职，其妻为王夫人。而宁国府贾代化袭了官职，死后由次子贾敬袭了官职，贾敬好道，又让其子贾珍袭了官职，其妻为尤氏。故"贾母、邢、王、尤"皆因丈夫有官职而成为诰命夫人。

至于贾蓉及其妻可有官职和诰命？今分析如下：

"诰书"是皇帝封赠官员的专用文书。明清时期形成完备的诰封制度，一至五品官授以诰命，六至九品官授以敕命，妻子据丈夫的品级而有"诰命夫人"、"敕命夫人"之别。《明史》卷72"职官一"："外命妇之号九：公曰某国夫人，侯曰某侯夫人，伯曰某伯夫人。一品曰夫人，后称一品夫人。二品曰夫人，三品曰淑人，四品曰恭人，五品曰宜人，六品曰安人，七品曰孺人。"

第13回秦可卿死时，贾珍为贾蓉捐了个五品大小的"龙禁尉"官职，即太监戴权所说的："如今三百员龙禁尉短了两员"，又说："起一张五品龙禁尉的票。"其妻秦可卿因此获得五品诰命夫人"宜人"的称号。在丧礼中，按照当时的习俗，可以把死者的等级再提高一级，于是在秦可卿葬礼中，就把秦可卿的诰命写成四品官之妻的名号"恭人"（《清史稿》卷110"选举五"："正、从四品恭人，正、从五品宜人"），这就是书中第13回所写的：秦可卿"灵牌、疏上皆写'天朝诰授贾门秦氏恭人之灵位'"，"榜上大书'世袭宁国公冢孙妇、防护内廷御前侍卫、龙禁尉、贾门秦氏恭人之丧'"，又第14回出殡时，"铭旌上大书'奉天洪建、兆年不易之朝，诰封一等宁国公冢孙妇、防护内廷紫禁道御前侍卫、龙禁尉、享强寿、贾门秦氏恭人之灵柩'。"根据榜文与铭旌上书写的职衔，可知贾蓉是皇家仪仗队的成员，太妃出丧时肯定要承担相应的仪轨职事，所以第63回便说贾蓉在这场太妃丧事中有职在身："且说贾珍闻了此信，即忙告假，并贾蓉是有职之人"，可见贾蓉捐的是实缺，有具体职掌（而贾琏捐的"州同"则是没有实职的虚衔，下详）。又第59回言贾母等命妇为老太妃送灵时，"贾母带着蓉妻坐一乘驮轿"，可证贾蓉妻还要承担全程服侍照料贾母的工作。

至于贾琏，第2回"冷子兴演说荣国府"时说："这位琏爷身上现捐的是个同知，也是不喜读书，于世路上好机变、言谈去的，所以如今只在乃叔政老爷家住着，帮着料理些家务。"可见贾琏捐了个虚衔"同知"，可能是府"同知"，也可能是"州同知"，前者是知府的副职，正五品；后者是知州的副职，从六品。第67回王熙凤在平儿面前怒骂偷娶尤二姐的贾琏说："只可惜这五、六品的顶带给他"，至于是"府同知"还是"州同知"，仍未交代清楚。

据上文称五品为诰命夫人，六品以下授以敕命，便不能算作诰命夫人了，而此次"凡诰命等皆入朝随班、按爵守制"，即受诰命的男性官员、女性夫人（均指五品以上）都要入朝守制，却没有王熙凤的份，可证贾琏捐的应当不是五品的"府同知"，而应当是从六品的"州同知"，王熙凤口中说的"五、六品的顶带"其实是"六品顶带"，那个"五"字是虚陪的。而且贾琏应当捐的是虚职，没有实际职掌，所以可以全身心地处理家务。因此本回贾琏陪同贾母等人入朝为老太妃守制、第59回贾琏陪同贾母等人到皇陵为老太妃守灵，都是照料尊长的原故，其实并没有守制、守灵的职务在身，难怪本回贾琏可以中途回来料理清明祭祖之事。

本回言"按爵守制"，可证是有爵命者方才可以入朝守制。而贾府有诰封、爵命者，据上考只有贾赦、贾珍、贾蓉三人（贾政在外任职未归，不算在内），以及贾母、邢夫人、王夫人、尤氏、贾蓉妻这五位诰命夫人，每天都要入朝随祭。其他人（包括贾琏和王熙凤）都没有诰封的爵位，不用入朝随祭，贾琏之所以随祭，是出于服侍尊长的原故。

需要指出的是：贾府只有贾母、邢、王、尤和贾蓉妻五位诰命夫人，故上引"贾母、邢、王、尤、许婆媳祖孙等皆每日入朝随祭"中的"许"氏，对应的只可能是贾蓉妻，这似乎表明贾蓉在第13回秦可卿死后，续娶的妻子姓"许"，其实本书下文将论明：在作者的最初稿中，秦可卿要到第76回才死，此处入朝随祭的仍是秦氏，但作者已经把秦可卿改成第13回就死掉了，因此这儿如果再写上"秦"氏，岂非荒唐？于是便套用《百家姓》"朱秦尤许"而把"邢王尤秦"

的"秦"氏改成"许"氏，为的就是启人疑窦，引导大家索解出：秦氏其实要到第 76 回才死的原稿真面目来。关于这一点，本书"第三章、第一节、一、（三）"有考。

贾母等有爵命者每日入朝随祭，至"未正"（即下午两点）后方能回来。太妃的梓宫在大内偏宫停灵 21 天后，方才移入陵寝，地名"孝慈县"。陵墓离都城来回得有十来天工夫（即去一趟得五六天），梓宫到陵墓后还得停放几天，然后再下葬地宫，故加起来得一个月的光景。

贾府遵奉"一年不举乐"的诏令，解散乐班（其真实原因在于：新皇帝雍正厌恶听戏。如果雍正南巡的话，肯定用不着看戏了；而且留着戏班子，反倒怕触怒新皇帝整治腐败的神经），于是贾府把这 12 个戏子遣散，其中愿意回老家的有四五人（实仅 3 人，详下），其余归大观园诸艳使用：文官给了贾母（文官不知其行当，但却是戏班的领头人，有领导才能），正旦芳官给了宝玉，小旦蕊官给了宝钗，小生藕官给了黛玉，大花面葵官给了湘云，小花面荳官给了宝琴，老外艾官给了探春，老旦茄官给了尤氏，总计八人，本回下文又交代小旦菂官已逝世，则回家的便是"小旦龄官"（其为小旦见第 36 回）、"小生宝官、正旦玉官"（其为小生和正旦见第 30 回）三人，与书中本回说的"所愿去者止四五人"差了一两个人，这是作者笔下又一小小失误。（由于其与时间无关，故此处不标▲。）

由于尊长全部离开，贾府群龙无首，所以特地让尤氏以产假的名义留在宁府管家，同时管理荣府。由王熙凤留在家中不用上表申请，更加可以证明王熙凤不是诰命夫人，即贾琏是六品州同。

又第 55 回言"太妃欠安"，此第 58 回言"谁知上回所表的那位老太妃已薨"，相隔三回仍称"上回"，足证作者笔下的"上回"只是泛指前面那几回、前面某一回，并非特指上一回。

又书中言："一日正是朝中大祭，贾母等五更便去了，先到下处用些点心、小食，然后入朝。早膳已毕，方退至下处，用过早饭，略歇片刻，复入朝，待中、晚二祭完毕，方出至下处歇息，用过晚饭方回家。可巧这下处乃是一个大官的家庙，乃比丘尼焚修，房舍极多、极净。东、西二院[①]，荣府便赁了东院，北静王府便赁了西院。太妃、少妃每日宴息，见贾母等在东院，彼此同出同入，都有照应。外面细事不消细述。且说大观园中，因贾母、王夫人天天不在家内，<u>又送灵去一月方回</u>，各丫鬟、婆子皆有闲空，多在园内游玩。"

此当是影写康熙皇帝驾崩后，省城南京为康熙举行的守灵仪式，贾母率贾赦、贾珍、贾蓉等有职位之人，及其诰命邢王二夫人、蓉妻参加。所谓"贾母、王夫人天天不在家内"，是指白天不在家，晚上仍是要回来的。画线部分所言的"又送灵去一月方回"乃是后话，因为据下文，要到"清明"后才去送灵。

下来又言："可巧这日乃是清明之日（据上考，此年原型雍正三年是 二月

---

① 指东西各有一院，共有二院。

廿三清明），贾琏已备下年例祭祀，带领贾环、贾琮、贾兰三人去往'铁槛寺'祭柩、烧纸。宁府贾蓉也同族中几人各办祭祀前往。因宝玉未大愈，故不曾去得。"贾琏品级低，不在"入朝随祭"之列，他陪贾母等入朝随祭，乃是服侍尊长的需要，所以可以回来照料府中清明祭祀之事。

宝玉因受紫鹃欺骗而得的痴病尚未全好，清明这天（二月廿三）"饭（中饭）后发倦"，袭人劝他出门走走，于是来到园中，见"因近日将园中分与众婆子料理，各司各业，皆在忙时，也有修竹的，也有剔树的，也有栽花的，也有种豆的，池中又有驾娘们行着船夹泥种藕。香菱、湘云、宝琴与丫鬟等都坐在山石上，瞧她们取乐。"然后宝玉又去瞧黛玉，"便起身拄拐辞了她们，从沁芳桥一带堤上走来。只见柳垂金线，桃吐丹霞，山石之后一株大杏树，花已全落，叶稠阴翠，上面已结了豆子大小的许多小杏。"所写正是清明时节桃吐丹霞、杏花谢去的光景。他在路上看到：黛玉房中的小生藕官烧纸钱给逝世的小旦药官。回末写此日晚饭后贾母等人回来，即："一时吃过饭，便有人回：'老太太、太太回来了。'"

第五十九回写贾母回来后早早睡下，次日（即清明节的次日二月廿四）一大早又到朝中去随祭。此时"离送灵日不远"，贾府上下忙着打点行装，到那一天（疑是二月底），贾母、王夫人等坐车前往孝慈县送灵，贾赦、贾珍、贾蓉等有爵位者及其诰命夫人自然也当随行，品级低而不用守灵的贾琏因照料尊长而一并随行，即书中写："临日，贾母带着蓉妻坐一乘驮轿，王夫人在后亦坐一乘驮轿，贾珍骑马率了众家丁护卫。又有几辆大车与婆子、丫鬟等坐，并放些随换的衣包等件。是日薛姨妈、尤氏率领诸人直送至大门外方回。贾琏恐路上不便，一面打发了他父母起身赶上贾母、王夫人驮轿，自己也随后带领家丁押后跟来。"贾琏的父母就是贾赦与邢夫人。

众家长走后，"荣府内赖大添派人丁上夜，将两处厅院都关了，一应出入人等，皆走西边小角门。日落时，便命关了仪门，不放人出入。园中前、后、东、西角门亦皆关锁，只留王夫人大房之后常系他姊妹出入之门、东边通薛姨妈的角门，这两门因在内院，不必关锁。里面鸳鸯和玉钏儿也各将上房关了，自领丫鬟、婆子下房去安歇。每日林之孝之妻进来，带领十来个婆子上夜，穿堂内又添了许多小厮们坐更打梆子，已安插得十分妥当。"

然后又写"一日清晓"（据下考，此日当是四月廿三），湘云两腮发痒，疑是犯了杏癍癣，宝钗命莺儿和蕊官到黛玉处要些"蔷薇硝"。二人走到"柳叶渚"时，见"柳叶才吐浅碧，丝若垂金"，也正是清明时节的景物风光，惹得莺儿在这儿采了柳条一路上编花篮。她们从黛玉处拿到硝返回蘅芜苑时，莺儿又停在这儿采了柳条编花篮。春燕也来看她编，这时管花草的妈妈前来"嗔莺、咤燕"（指：因恨莺儿，但她是宝钗的丫环而不敢骂，所以故意打骂自己家的春燕，相当于是"指桑骂槐"），春燕哭着跑回怡红院，于是众人"召将飞符"请来平儿处置打春燕的妈妈。

第六十回平儿走后，宝玉命春燕和春燕娘到莺儿处赔情。赔礼道歉完毕后，蕊官要春燕给她带一些"蔷薇硝"给宝玉的丫环芳官。春燕把带回的"蔷薇硝"

交给芳官时，正好碰到贾琮、贾环来看望宝玉。贾环想要些"蔷薇硝"给彩云，谁知芳官给了他一些"茉莉粉"。贾环把"茉莉粉"当成"蔷薇硝"带回去送给彩云，被彩云说破不是"蔷薇硝"，惹得赵姨娘不快，到"怡红院"来打骂"骗"他儿子的芳官，于是大观园中的藕官、蕊官、葵官、荳官四名戏子，都来帮芳官与赵姨娘争斗，被探春、尤氏、李纨给平息下去，但伏下第77回王夫人亲自来"怡红院"逐芳官时骂芳官的话："你连你干娘都欺倒了，岂止别人？"第77回接下来又写：王夫人"又吩咐上年凡有姑娘们分的唱戏的女孩子们，一概不许留在园里，都令其各人干娘带出，自行聘嫁。"然后又写："芳官等三个的干娘走来，回说：'芳官自前日蒙太太的恩典赏了出去，她就疯了似的，茶也不吃，饭也不用，勾引上藕官、蕊官，三个人寻死觅活，只要剪了头发做尼姑去。'……从此芳官跟了水月庵的智通，蕊官、藕官二人跟了地藏庵的圆信，各自出家去了。"作者文笔可谓滴水不漏。

柳嫂曾托芳官谋求自己女儿柳五儿入"怡红院"工作事，芳官来厨房和柳嫂说话，回来问宝玉要了"玫瑰露"，前往厨房送给柳五儿，五儿送她回怡红院。柳嫂又把芳官送来的"玫瑰露"，取一部分送给五儿舅舅的儿子治热病，五儿舅妈又回赠柳嫂一包"茯苓霜"。

此回人物情节错综复杂，但与上回其实都在同一天四月廿三（阳历6月3日），离前回第58回所说的"清明"（二月廿三、阳历4月5日）已有两个月。

书中言柳五儿"今年才十六岁"，比宝玉大二岁，与宝钗同年。

第六十一回柳嫂从大观园后角门进园，门内就是她上班的"内厨房"，守门的小幺儿叫她："好婶子，你这一进去，好歹偷些杏子出来赏我吃。我这里老等。你若忘了时，日后，半夜三更打酒、买油的，我不给你老人家开门，也不答应你，随你干叫去。"上面第58回清明时节只说结了豆子般大的小杏子，到此时已有两个月，自然已经长成。今按：杏花开花在阳历3、4月间，花期半月左右，杏子成熟当在阳历6—8月；此日据下考为四月廿三，阳历是6月初，正是杏子成熟时。

柳嫂回答说："今年不比往年，把这些东西都分给了众奶奶了。一个个的不像抓破了脸的？人打树底下一过，两眼就像那鸒鸡①似的，还动她的果子？昨儿我从李子树下一走，偏有一个蜜蜂儿往脸上一过，我一招手儿，偏你那好舅母就看见了。她离的远，看不真，只当我摘李子呢，就尻声浪嗓喊起来说，又是'还没供佛呢'，又是'老太太、太太不在家，还没进鲜呢，等进了上头，嫂子们都有分②的'，倒像谁害了馋痨等李子出汗呢。叫我也没好话说，抢白了她一顿。"此时似乎李子也已成熟。

今按：李子开花在阳历4月，果子成熟在阳历7、8月，即杏子与李子同时谢花、结果，但李子果实的成熟要比杏子晚上一个月，此时应当只有小李子而尚未完全成熟，但看果树的说："老太太、太太不在家，还没进鲜"，可证李子

---

① 鸒鸡，鹑的一种，通体黑色，身短、尾长，凶猛善斗。比喻人心怀不满，怒目而视。
② 分，份。

的确已经成熟或快要成熟了，这显然是早熟的品种，阳历6月初便可成熟①。

柳嫂回厨房后，迎春房里的小丫头莲花儿来说司棋要碗炖鸡蛋吃，柳嫂不给做。其对话中提到"昨日上头给亲戚家送粥米去"、"前日要吃豆腐"，所言"昨日"、"前日"都是泛指"之前"，并不一定就特指这两三天的事。于是司棋亲自来指挥小丫头大闹厨房，柳嫂忍气吞声。

柳嫂回来对五儿说起"茯苓霜"，五儿想回赠芳官，于是用纸包了一半，"趁黄昏人稀之时，自己花遮柳隐的来找芳官"。她不敢敲"怡红院"的门，只敢站在门前"一簇玫瑰花前站立"等着②，正好小燕出来，便叫她代为传递给芳官，然后回到"蓼溆"一带，碰上林之孝的老婆带人查夜。

由于五儿"辞钝色虚"，加上小蝉儿、莲花儿正好也来这儿，说柳五儿这两天经常往园内跑，又说："昨日玉钏姐姐说，太太耳房里的柜子开了，少了好些零碎东西。琏二奶奶打发平姑娘和玉钏姐姐要些玫瑰露，谁知少了一罐子。若不是寻露，还不知道呢。"于是她俩带众人来到"内厨房"，搜出空的玫瑰露瓶和一包茯苓霜。因为有了"赃赃"，林之孝家的便把五儿带到凤姐处，由平儿发落。平儿审明是冤枉，便先让看守拘禁起来，于是五儿被林之孝家的关了起来，"呜呜咽咽直哭了一夜"，这是上一回同一天 四月廿三 晚间之事。

柳五儿被拘禁一夜后，"谁知和她母女不和的那些人巴不得一时撵她们去，惟恐次日有变，大家先起了个清早，都悄悄的来买转平儿，一面送些东西，一面又奉承她办事简断，一面又讲述她母亲③素日许多不好"，平儿不偏听偏信，四月廿四 上午来怡红院查证，宝玉便说自己拿了太太房里的玫瑰露，又从外面得了茯苓霜叫芳官送给五儿。于是平儿又叫来玉钏儿和彩云，彩云良心不泯，承认是自己偷了玫瑰露。

第六十二回 写平儿审明五儿一事后，柳嫂仍主持内厨房，司棋让自己亲戚秦显老婆接管"内厨房"的事可谓白忙一场，这是此日中饭前的事。

然后书中又写由于宝玉替彩云瞒了赃，贾环便疑心彩云与宝玉感情好而吃起醋来，不要彩云偷来的东西，"彩云赌气，一顿包起来，乘人不见时，来至园中，都撒在河内，顺水沉的沉，漂的漂了。自己气得夜间在被内暗哭。"若要趁人不见，自然是晚上扔的。此处又写到她夜里躲在被窝里暗哭，显然已经写到此日（据下考是 四月廿四 ）深夜。又第70回提到"彩云因近日和贾环分崩，也染了无医之症"，可见彩云境况堪忧。

下来作者写："当下又值宝玉生日已到，原来宝琴也是这日，二人相同。因王夫人不在家，也不曾像往年闹热。只有张道士送了四样礼，换了寄名符儿；还有几处僧尼庙的和尚姑子供了尖儿，并寿星纸马疏头，并本命星官值年太岁

---

① 李子最好吃的是阳历8、9月期间成熟者，但李子早熟的品种早在阳历6月上旬就开始上市。最早熟的李子名为"五月早生李"，阳历5月上中旬便可成熟。

② 玫瑰花和蔷薇花是同属于"蔷薇科、蔷薇属"的姊妹花，形态十分相似，人们容易混淆。此处所谓的"玫瑰花下"，应当就是第30回所言的"蔷薇花架"下面。

③ 指柳五儿的母亲。

周年换的锁儿。家中常走的男女先儿来上寿。王子腾那边，仍是一套衣服"云云，疑是彩云扔物的次日。据本书"第三章、第三节、一"详考，宝玉生日当在四月廿六，此送礼之日自然是在生日前一天的 四月廿五 。

下来又写宝玉生日那天（ 四月廿六 ）的礼数："这日宝玉清晨起来，梳洗已毕，冠带出来。至前厅院中，已有李贵等四五个人在那里设下天地香烛，宝玉炷了香。行毕礼，奠茶、焚纸后，便至宁府中宗祠、祖先堂两处行毕礼，出至月台上，又朝上遥拜过贾母、贾政、王夫人等。一顺到尤氏上房行过礼，坐了一回，方回荣府。先至薛姨妈处，薛姨妈再三拉着，然后又遇见薛蝌，让一回，方进园来。晴雯、麝月二人跟随，小丫头夹着毡子，从李氏起，一一挨着所长[1]的房中到过。复出二门，至李、赵、张、王四个奶妈家让了一回，方进来。虽众人要行礼，也不曾受。回至房中，袭人等只都来说一声就是了。王夫人有言，不令年轻人受礼，恐折了福寿，故皆不磕头。"此时贾母、王夫人等去守灵了，而父亲贾政又在外担任学政，都不在家，故称"遥拜"。朝上，即面北，古人以北为尊。

平儿、邢岫烟也是此日生日，于是探春细数府中诸人生日说："倒有些意思，一年十二个月，月月有几个生日。人多了，便这等巧：也有三个一日、两个一日的。大年初一日也不白过，大姐姐占了去，怨不得她福大，生日比别人就占先。又是太祖太爷的生日。过了灯节，就是老太太和宝姐姐，她们娘儿两个遇的巧。三月初一日是太太，初九日是琏二哥哥。二月没人。"袭人道："二月十二是林姑娘，怎么没人？就只不是咱家的人。"探春笑道："我这个记性是怎么了！"宝玉又笑指着袭人补充一句："她和林妹妹是一日，所以她记的。""太祖太爷"就是"太爷"的父亲，据第2回"冷子兴演说荣国府"，即荣国公贾源，是荣国府发迹的开府祖宗、富贵源头，故作者"随事立名"给他取了个"源"字作为名字，并且把他的生日定在一年之首的"正月初一"。元妃也是贾府富贵的靠山，元妃一薨，贾府被抄，所以把元妃视为贾府的富贵之源，也是顺理成章的事，所以元春的生日也就定在"正月初一"。"她们娘儿两个遇的巧"，证明"老太太"应当是宝钗之妈"姨太太"之误，因为宝钗和薛姨妈（姨太太）是娘儿俩，而贾母（老太太）与宝钗不是娘儿俩，而是祖孙俩。

此日"探春又邀了宝玉，同到厅上去吃面，等到李纨、宝钗一齐来全，又遣人去请薛姨妈与黛玉。因天气和暖，黛玉之疾渐愈，故也来了。花团锦簇，挤了一厅的人。谁知薛蝌又送了巾、扇、香、帛四色寿礼与宝玉，宝玉于是过去陪他吃面。两家皆治了寿酒，互相酬送，彼此同领。至午间，宝玉又陪薛蝌吃了两杯酒。宝钗带了宝琴过来与薛蝌行礼，把盏毕，宝钗因嘱薛蝌：'家里的酒也不用送过那边去，这虚套竟可收了。你只请伙计们吃罢。我们和宝兄弟进去还要待人去呢，也不能陪你了。'薛蝌忙说：'姐姐、兄弟只管请，只怕伙计们也就好来了。'宝玉忙又告过罪，方同她姊妹回来。"这是先吃一大早的寿面（相当于中饭），然后又到宝钗家吃薛宝琴的寿面（仍是中饭，即宝玉吃了双份的中饭），然后宝玉与宝钗一同入园，走园子"东南角门"入，入门后宝钗将此

---

[1] 所长，比他年长。

角门关闭上锁，以免闲杂人等乱走。

是日上午，诸人在"芍药栏中'红香圃'三间小敞厅内"，为宝玉、平儿、宝琴、岫烟四人庆生饮酒。然后写湘云"醉卧芍药裀"："果见湘云卧于山石僻处一个石凳子上，业经香梦沉酣，四面芍药花飞了一身，满头脸、衣襟上皆是红香散乱，手中的扇子在地下，也半被落花埋了，一群蜂蝶闹穰穰的围着她，又用鲛帕包了一包芍药花瓣枕着。"今按，芍药是阳历5、6月开花，宝玉生日在四月底，此年原型雍正三年（1725）四月廿六"芒种节"为阳历6月6日，正是芍药花谢之时，两相吻合。此时早已立夏（按："立夏"后三十天为"芒种"），天已渐热，故湘云手中有扇。

此年原型雍正三年四月廿六交"芒种"，而上年第26回正说到"四月廿六芒种"，实以此年为原型，这意味着作者上年所写的"芒种节"的三大段情节——黛玉葬花[1]、薛蟠请宝玉喝酒（实为宝玉祝寿）、冯紫英请宝玉喝酒（实为宝玉庆生）——其实都是此年之事。作者为了将历年之事写得均匀，便把此年生日时的三大段情节——好友薛蟠为自己做寿、冯紫英为自己庆生、黛玉葬花——全都移到上年去写，今年好专门来写"大观园"诸艳凑钱为自己操办的午宴和夜宴。若据实（即据作者的真实人生）全部集中到本年来写的话，则上年未免显得寥落、而此年未免显得烦冗。

又：去年是作者人生的十岁，按古人的习惯当大操大办；今年为作者人生的十一岁，不当大办生日。此年明写生日，而上年不明写生日，给人感觉今年要大过生日，而上年是小生日而不必过，似乎意味着：今年当是作者人生的十岁，而去年是九岁，其实不然。因为上文已经写明：今年"因王夫人不在家，也不曾像往年闹热"，早已点明上一年是热热闹闹的大生日，而今年是平常的小生日，故只是到"厅上去吃面"而无戏酒；至于"红香圃的午宴"、"怡红院的夜宴"也不是那种有"戏酒"的盛宴可比，不过是大家凑份子的无戏之宴，平时不是生日也可以举办，所以本回及下回所写的两场宴席，并不能证明：这是在为作者过大生日、而作者此年当为十岁。

作者之所以在去年大生日的年份，避而不写贾母、王夫人为自己过生日，当是作者认为这种大生日的"戏酒"不值一提、呆板无趣，而且书中早已写过多次（如第11回贾敬生日、第30回薛蟠生日、第44回凤姐生日等）。反倒是平常年份的小生日，因无"戏酒"，由大家凑份子来为自己操办宴席，反而显得更为生动活泼。于是作者曹雪芹也就"惜墨如金"般，一字不写上年十岁的大生日，留待此年专门来写普通年份的小生日。同时，上年如果写到了宝玉生日，

---

[1] 葬花写在宝玉生日，正是作者"归源"之旨的体现。第27回回前庚辰本总批："《葬花吟》是大观园诸艳之归源小引。"第27回甲戌本回末总批："埋香冢葬花，乃诸艳归源；《葬花吟》又系诸艳一偈也。""归"即归葬，"源"即源头，作者把花冢设在"沁芳闸"这一大观园全园水系"沁芳溪"的源头处，让诸艳（即诸花）归葬于全园水源处，便是"归源"之意，正合黛玉《葬花吟》所唱的"质本洁来还洁去，强于污淖陷渠沟"之旨。此处又让黛玉在宝玉生日这一宝玉的人生源头处葬花，也是"归源"之意，标明作者"源头即是归宿"的"返本归真"的宗教情怀——也即《佛前忏悔发愿文》中最后所说的："诸恶消灭，三障蠲除。复本心源，究竟清净。"

便与此年再写宝玉生日有重复之嫌。正如第 18 回不写过年祭祖与过年节庆，便是要留到第 53 回去写的原故；如果第 18 回写了祭祖与过年，第 53 回再写岂非重复？于是作者便把第 26 回薛蟠为自己做寿、第 28 回冯紫英为自己庆生，统统抹去生日的概念，说成是平时的普通宴聚。

宝玉在午宴后、晚饭前回"怡红院"看望逃席的芳官，然后两人"仍往红香圃寻众姐妹，芳官在后拿着中扇"，迎面碰上袭人、晴雯二人携手回怡红院，来请宝玉到"红香圃"吃晚饭（"摆下饭了，等你吃饭呢"）。饭毕，又写外面香菱与芳官诸人"斗草"事：

> 大家采了些花草来兜着，坐在花草堆中斗草。这一个说："我有观音柳。"那一个说："我有罗汉松。"那一个又说："我有君子竹。"这一个又说："我有美人蕉。"这个又说："我有星星翠。"那个又说："我有月月红。"这个又说："我有《牡丹亭》上的牡丹花。"那个又说："我有《琵琶记》里的枇杷果。"荳官便说："我有姐妹花。"众人没了，香菱便说："我有夫妻蕙。"……香菱道："一箭一花为兰，一箭数花为蕙。凡蕙有两枝，上下结花者为兄弟蕙，有并头结花者为夫妻蕙。我这枝并头的，怎么不是？"荳官没的说了，便起身笑道："依你说，若是这两枝一大一小，就是'老子儿子蕙'了。若两枝背面开的，就是'仇人蕙'了。你汉子去了大半年，你想夫妻了？便扯上蕙也有夫妻，好不害羞！"

上年第 48 回十月十四日薛蟠外出，至此四月底宝玉生日，为 6 个月多一点，故称"大半年"。枇杷果盛产于阳历 3、4 月，此为阳历 6 月初，当亦在果期中。兰花的花期遍及一年四季，"春兰"为早春开花，"蕙兰"为晚春开花，"建兰"为夏季或四季开花而被人称为"四季兰"，"寒兰"为秋末冬初开花，"墨兰"为冬季开花而被人称为"报岁兰"。此是"蕙兰"，正是晚春夏初的阴历四月底开花。

香菱气得与她们嬉打，把裙子弄脏了。这时宝玉来到香菱面前"笑道：'你有夫妻蕙，我这里倒有一枝并蒂菱'，宝玉口内说，手内却真拈着一枝并蒂菱花，又拈着那枝夫妻蕙在手内。"菱花花期是阳历 5—10 月，此为阳历 6 月，亦合。

第六十三回 仍写宝玉生日事，即袭人、晴雯等人凑份子给宝玉举行庆生的夜宴，通过夜宴行的酒令，点明红楼诸姊妹其实就是天上的"百花仙子"们下凡，即：宝钗抽到牡丹签而为花王牡丹仙子下凡，探春抽到杏花签而为杏花仙子下凡，李纨抽到梅花签而为梅花仙子下凡，湘云抽到海棠花签而为海棠花神下凡，麝月抽到荼蘼花签而为荼蘼花神下凡。香菱抽到并蒂花，字面上看不出是什么花，但"香菱"之名早已透露出她是菱花仙子下凡，上回宝玉又对她说："你有夫妻蕙，我这里倒有一枝并蒂菱"，故知她抽到的很可能就是"并蒂菱"。不管此签究竟是什么花，作者主要是用这签上的"并蒂"两字来预示她最后会被扶正为薛蟠的正妻，这是后四十回香菱结局与前八十回暗示相合的铁证。★

而黛玉抽到芙蓉花签，则并不意味着她就是芙蓉花神。（第 78 回言明芙蓉花神是晴雯。）最后是袭人抽到桃花签而为桃花神下凡。诸花与抽到者的性格亦相吻合。

何以见得黛玉抽到芙蓉花签而非芙蓉花神下凡？因为第1回早已言明她是绛珠仙草下凡，则她肯定不可能再成为"百花仙子"中的芙蓉花神了。据第78回小丫头说：晴雯死后成了芙蓉花神；故知晴雯是芙蓉花神下凡。作者此处故意不让晴雯抽签，而让黛玉抽到本该晴雯抽到的芙蓉花签，为的就是告诉大家：第78回《芙蓉女儿诔》表面上是祭小丫头口中成了芙蓉神的晴雯，其实祭的就是此回抽到芙蓉花签的黛玉（详第78回有论）；本回黛玉代晴雯抽那芙蓉花签，就是第78回黛玉代晴雯受宝玉《芙蓉女儿诔》祭奠的预示。所以，我们不能因为黛玉抽到晴雯的芙蓉花签，便认定"黛玉与晴雯原型为一人，晴雯是黛玉的影子"。

这场夜宴作者先写："两个老婆子蹲在外面火盆上筛酒"，足证白天热，而晚上当仍有些许寒意。这时宝玉说："天热，咱们都脱了大衣裳才好。"足证他们是因为要"捂三春"而多穿了衣服。大家"于是先不上坐，且忙着卸妆、宽衣"，"一时将正装卸去，头上只随便挽着纂儿，身上皆是长裙、短袄。宝玉只穿着大红棉纱小袄子，下面绿绫弹墨裤，散着裤脚，倚着一个各色玫瑰、芍药花瓣装的玉色夹纱新枕头，和芳官两个先划拳。当时芳官满口嚷'热'，只穿着一件玉色红青酡①绒三色缎子斗的水田小夹袄，束着一条柳绿汗巾，底下是水红撒花夹裤"，感觉有点不像白天要拿扇的模样（指第62回湘云"醉卧芍药裀"时手拿扇子）。当是昼夜温差大而"捂三春"的缘故，天虽有点热而不敢少穿衣。"捂三春"是指：古人认为春季阳气日渐升发，而冬季的阴寒之气尚未散尽，年少之人脏腑娇嫩，形气未充，抵抗力弱，最怕风邪侵袭而引起肺部疾病，所以需要特别注意身体的保暖而"春捂"，不可骤然减少衣服，使身体阳气过早受损，这样才能健康地度过春天、进入夏天。

此时作者大胆通过给女扮男装的芳官起名"耶律雄奴"事，大谈"犬戎"之"害"，严华夷之别，称本朝（即大清朝）为大舜的后代，即所谓的"生在当今之世，大舜之正裔"，斥责在边陲之地入侵骚扰中国的各少数民族乃"历朝中跳梁猖獗之小丑"。由于清王朝也是东北边陲之地的满族灭了中原汉族的明朝而建立起来，在灭明朝时，满族正是作者口中斥责的少数民族，所以这段笔墨极易受到清政府的猜忌，因此后来的多种版本中，便把这段文字给删掉了（如列藏本、甲辰本、梦稿本），而庚辰本、己卯本、戚序本、蒙王府本则仍大胆地予以保留。

在宴席上，袭人得了桃花签，签上命"坐中同庚者陪一盏"，"大家算来，香菱、晴雯、宝钗三人皆与她同庚，黛玉与她同辰"，可证香菱、晴雯、宝钗、袭人四人同年。而第7回周瑞家的问香菱："你父母今在何处？今年十几岁了？本处是哪里人？"香菱都摇头说："不记得了。"可证连她自己都不知道自己几岁，诸人从何得知？比较合理的解释当是：贾雨村的夫人是其家丫环，所以会

① 酡，列藏本点改为"驼"，程高本亦作"驼"。

把香菱的年岁告诉贾雨村，然后再由贾雨村转告给薛家、贾府。

今按：上文第1回考明香菱比宝玉大二岁，第22回考明宝钗十五岁而比宝玉大二岁，两人的确同庚。而第6回考明袭人实比宝玉大四五岁，下文第78回又将考明晴雯实与宝玉同年，则香菱、晴雯、宝钗三人都不与袭人同年，作者这儿写四人同年，显然又是荒诞之笔▲。作者为什么要这么写？笔者猜测其原因，便是要让"十二正钗、副钗、又副钗"之首的四人（宝黛①、香菱、晴雯），代表"正、副、又副"这36钗，来为"又副钗"中排名第二的袭人将来"嫁出贾府、嫁给蒋玉菡"，而同饮此"饯行之酒"；详本书"第三章、第一节、二"有论。

第二天（ 四月廿七 ）中饭（10点正的饭）后，平儿做东还席，即书中写："因饭后平儿还席，说：红香圃太热，便在榆荫堂中摆了几席新酒佳肴"，大家击鼓传花（传的是芍药花），这是中饭后的午宴（以喝酒为主、不吃饭）。这时有人来报："'甄家有两个女人送东西来了。'探春和李纨、尤氏三人出去议事厅相见，这里众人且出来散一散。"这显然是甄家在抄家前夕，为规避抄家而来寄存物件。（按，甄家抄家发生在此后的第75回："昨日听见你爷说，看《邸报》甄家犯了罪，现今抄没家私，调取进京治罪。"故知本回是在甄家抄家的前夕。）

众人在堂外打秋千（可见"榆荫堂"外设有秋千架）。"忽见东府中几个人慌慌张张跑来说：'老爷宾天了'。"所谓"宾天"，泛指尊者死亡，并不专指帝王驾崩。尤氏忙到"玄真观"料理后事，为贾敬诊脉的大夫对尤氏说："系玄教中吞金服砂，烧胀而殁。"众道士说："原是老爷秘法新制的丹砂吃坏事，小道们也曾劝说：'功行未到，且服不得②'，不承望老爷于今夜守庚申③时悄悄的服了下去，便升仙了。"可见贾敬死于"宝玉庆生夜宴"之时，也即宝玉生日第二天的凌晨。道士们一大早起来见其已经亡故，忙来向贾府通报；玄真观在城外，故传信之人中午时分方才把音信传到贾府。

尤氏到玄真观验看后，忙命人"飞马报信"给贾珍。据下文贾珍回来需要好几天，故知此快马加鞭传信至少要传一两天才到。尤氏见玄真观"这里窄狭，不能停放，横竖也不能进城的，忙装裹好了，用软轿抬至'铁槛寺'来停放，掐指算来，至早也得半月的工夫贾珍方能来到。目今天气炎热，实不得相待，遂自行主持，命天文生择了日期入殓。寿木已系早年备下寄在此庙的，甚是便宜。三日后便开丧破孝。一面且做起道场来等贾珍。"此时是阴历四月底、阳历6月初，据夜宴时众人穿短袄来看，此日晚间未必热，但白天湘云持扇，故知白天已热，而且此时早已入夏一个月（"芒种"在"立夏"后一个月），白天一

①《红楼梦》第5回"金陵十二钗"判词中宝钗、黛玉两人合图、合词，十四支《红楼梦曲》前二首又是两人合曲，可证二人在作者心目中不分上下，在"金陵十二正钗"中并列第一。

② 指功力未到，暂且不可服用。

③ 守庚申，指庚申日通宵静坐不眠，以消灭体内的"三尸虫"。我们推排下来，此年雍正三年四月廿七是"甲午"、而非"庚申"（据陈垣《二十史朔闰表》第194页四月初一是"戊辰"推得）。此当是小说家言，不代表日历中贾敬死的那天真的就一定要是庚申日。

天比一天长，气温自然一天比一天热起来，所以上文言："目今天气炎热实不能相待"，其未必真的在说如今很热，而是在说：等到半个月后贾珍回来时，必然极热起来（因为"芒种"半个月后便是"夏至"），所以也就等不及贾珍，而打算"三日后便开丧破孝"。

所谓"至早也得半月的工夫贾珍方能来到"，上文已言明守灵共需一个月时间，此时当已开始守灵①，故此语貌似在说贾珍守灵完毕后回来得有半个月。然而下文考明：贾母守灵回来后不久便是贾敬满"四七"而出殡；故知贾珍等守灵完毕回来远不止半个月，故此处当是言贾珍得到讣闻后，由礼部上奏章给皇帝请假，然后获得皇帝恩准而回来，这整个过程需要半个月的时间。由于礼部上奏和皇帝批准这两件事都不可以催办，估计需要好多天，再加上前往送信、贾珍路上回来又要好多天，所以总计需要半个月的时间。

尤氏没料到下文所写的皇帝立即批准，故可提前一半时间而只需七八天便能回来。又第13回秦可卿之丧，贾珍"一面吩咐去请钦天监阴阳司来择日，推准停灵七七四十九日，三日后开丧送讣闻"，贾敬当亦与之相类似，也是打算"三日后便开丧破孝"。"开丧"即"开吊"，就是发讣告，约定某日开始接受亲友们吊唁。"破孝"就是丧家在"大殓"后成服，接受亲友吊唁。尤氏因家中无人，便把继母尤老娘和继母与前夫所生的两个比自己小的女儿尤二、尤三姐，接到家中来照管家务，自己则在"铁槛寺"主持丧事。下文贾蓉"听见两个姨娘来了，便和贾珍一笑"，其入府见到尤二姐后说的第一句话又是："二姨娘，你又来了，我们父亲正想你呢"，这便点明贾珍与尤二姐的淫乱行径，并点明贾蓉也公开掺合在内，即贾珍、贾蓉父子俩有"聚麀"丑行。

贾珍得信（据下考疑是 四月廿九 凌晨）而向皇上告假，皇上孝治天下，应当是当日就批准，即所谓的"朝奏夕可"，所以朝廷内外都感戴皇上的孝心与恩典，即文中所写："且说贾珍闻了此信，即忙告假，并贾蓉是有职之人。礼部见当今隆敦孝弟，不敢自专，具本请旨。原来天子极是仁孝过天②的，且更隆重功臣之裔，一见此本，便诏问：'贾敬何职？'礼部代奏：'系进士出身，祖职已荫其子贾珍。贾敬因年迈多疾，常养静于都城之外'玄真观'。今因疾殁于寺中，其子珍，其孙蓉，现因国丧随驾在此，故乞假归殡。'天子听了，忙下额外恩旨曰：'贾敬虽白衣，无功于国；念彼祖、父之功，追赐五品之职③。令其子孙扶柩，由北下之门进都，入彼私第殡殓。任子孙尽丧礼毕、扶柩回籍外，着光禄寺按上例赐祭。朝中由王公以下，准其祭吊。钦此。'此旨一下，不但贾府中人谢恩，连朝中所有大臣皆嵩呼称颂不绝。贾珍父子星夜驰回。"

贾珍父子当是在皇帝批准其回家的当天便连夜赶回，"半路中又见"尤氏派

---

① 因为贾母、贾珍等人离开贾府已不止一个月了。
② 超过天下人。
③ 所赐五品之职，与秦可卿为五品"龙禁尉"妻的职衔相同，未知是普通巧合还是内藏玄机。是否意味着书中秦可卿丧事，影写的正是贾敬原型的丧事，作者有意以女写男，又把贾敬原型的丧事拆在第13回与本回第63回两处来写。

贾珧等人前来迎接，则当是又一白天（因为奔丧者会夜行，而迎接者不一定会夜行，故知贾珍与贾珧当相见于白天。据下考，疑此日是 四月三十 ）。贾珧等告知贾珍：尤氏"怕家内无人，接了亲家母和两个姨娘在上房住着。贾蓉当下也下了马，听见两个姨娘来了，便和贾珍一笑①。贾珍忙说了几声'妥当'，加鞭便走，店也不投，连夜换马飞驰。一日到了都门，先奔入铁槛寺。那天已是四更天气，坐更的闻知，忙喝起众人来。贾珍下了马，和贾蓉放声大哭，从大门外便跪爬进来②，至棺前稽颡泣血，直哭到天亮喉咙都哑了方住。尤氏等都一齐见过。贾珍父子忙按礼换了凶服。"

其"连夜换马飞驰，一日到了都门"用的是"一日"而非"次日"，可证距离来迎之日至少已有两天。此日半夜凌晨四更（即凌晨1点到3点），贾珍、贾蓉两人到达铁槛寺并换上孝服（据下考当是 五月初二 凌晨）。然后贾珍打发贾蓉赶快回家料理停灵之事，而贾蓉此时急于想见到两位美艳的姨娘，所以书中写："贾蓉巴不得一声儿，先骑马飞来至家，忙命前厅收桌椅，下槅扇，挂孝幔子，门前起鼓手棚牌楼等事。又忙着进来看外祖母、两个姨娘。"

贾蓉此时回府把办丧的场面铺排开，足证：要到此时方才开始为"发丧开吊"、接受亲友吊唁做准备。故上文所说的"三日后便开丧破孝"，只是尤氏估计贾珍不可能那么早回来所做的预先打算；后来因为得知贾珍不用15天便能回来而改变主意，打算等贾珍回来后再办丧事（因为报丧的讣告得写明出殡的日期，这要等贾珍回来商量后才能确定）。这也证明：送回贾珍音信的报信者应当星夜赶回，必定要在三天后的五月初一③之前赶回报告尤氏："贾珍声称要等他回来才发丧！"则这位信使送信到贾珍处，必定是在四月廿八日半夜或廿九日凌晨。

下来作者便写贾蓉在爷爷热孝中，一到家便迫不急待地和两位姨娘调情，连"众丫头看不过，都笑说：'热孝在身上，老娘才睡了觉，她两个虽小，到底是姨娘家，你太眼里没有奶奶了。回来告诉爷，你吃不了兜着走。'贾蓉撇下他姨娘，便抱着丫头们亲嘴：'我的心肝，你说的是，咱们馋她两个。'丫头们忙推他，恨的骂：'短命鬼儿，你一般有老婆、丫头，只和我们闹。知道的说是顽；（己夹：妙极之'顽'，天下有是之顽亦有趣甚，此语余亦亲闻者，非编有也④。）不知道的人，再遇见那脏心烂肺的爱多管闲事嚼舌头的人，吵嚷的那府里谁不知道，谁不背地里嚼舌说咱们这边乱账。'贾蓉笑道：'各门、另户，谁管谁的事？都够使的了！⑤从古至今，连汉朝和唐朝，人还说"脏唐、臭汉"，何况咱们这宗人家，谁家没风流事？别讨我说出来。'"点明贾府从东府（贾珍、贾蓉父子）到西府（贾赦、贾琏父子）的淫乱，即第66回柳湘莲对宝玉所说的："你们东府里除了那两个石头狮子干净，只怕连猫儿、狗儿都不干净。"柳湘莲还算

---

① 作者含而不露，写大族淫乱而无一淫字。

② 指从大门开始便跪着爬进来。

③ 今按贾敬卒于四月廿七凌晨，此年原型"雍正三年"的四月为大月，"三日后便开丧破孝"的三天为"四月廿八、廿九、三十"三天，而"三日后"便应当是五月初一。

④ 非编造出来而有也。

⑤ 指自家的丑事都够他们管不过来了，哪还有工夫来管别人家的丑事？

顾及宝玉面子，只说"东府"而没说到宝玉所在的"西府"。

下文第 64 与 67 回这两回文字"庚辰本"缺，"己卯本"乃后人抄补，据此便可想见：己卯、庚辰两本共同的祖本"甲戌本"应当也没有这两回，这应当是脂砚斋甲戌年（乾隆十九年、1754）定本时，因为这两回尚未定稿的原故而付之阙如，所以连其后与之情节相关的第 68、69 两回，脂砚斋也都没写下一条批语（脂砚斋是想等第 64、67 回定稿后一同作批语），但脂砚斋在第 65、66 回却写有批语（即脂砚斋打算把第 64、67 至 69 回这四回一起作批语）。

今本第 64、第 67 这两回在时间上又存在重大矛盾，恰可证明这两回当是曹雪芹原稿。正因为时间上有重大矛盾，所以脂砚斋有意留待曹雪芹改定后再誊清传世。又脂砚斋手中肯定有有待曹雪芹修改的这两回的原稿，只是未加流传而已；后来曹雪芹身故，脂砚斋便只能把这有时间矛盾的两回稿子传世，本章"第三章、第三节、二"对此有专论。

下引第 64、67 回的情节和文字，是以脂本系统的列藏本为主。

第六十四回 此回开头便写："话说贾蓉见家中诸事已妥，连忙赶至寺中，回明贾珍。于是连夜分派各项执事人役，并预备一切应用幡杠等物，择于初四日卯时请灵进城，一面使人知会诸位亲友。""连夜"两字证明贾蓉铺排完家中丧事场面后，便立即赶到铁槛寺，其时已是此日之夜。然后贾珍与贾蓉当夜安排好治丧人员与丧葬器具，择定初四一大早抬棺入城，并派人通知亲友；换句话说，尤氏原本打算的"三日后便开丧破孝"，早已改成如今的贾珍回来后的五月初四日开丧破孝，所以要在五月初三晚上，连夜送"讣告"知会亲友。

何以知道此初四是"五月"？因为下文考明贾琏娶尤二姐是六月初三、而非七月初三，其日是在贾敬"五七"，故可知贾敬死于四月底、而贾珍回于五月初，从而知晓此日是五月初四、而非六月初四，由此也可推明宝玉生日当在四月底、而非五月底。

作者又写："贾珍、贾蓉此时为礼法所拘，不免在灵旁藉草枕块，恨苦居丧。人散后，仍乘空寻他小姨子们厮混。宝玉亦每日在宁府穿孝，至晚人散，方回园里。凤姐身体未愈，虽不能时常在此，或遇开坛诵经，亲友打祭之日，亦扎挣过来，相帮尤氏料理。一日，供毕早饭，因此时天气尚长，贾珍等连日劳倦，不免在灵旁假寐。宝玉见无客至，遂欲回家看视黛玉，因先回至怡红院中。"见老婆子、小丫头们都"在回廊下取便乘凉，也有睡卧的，也有坐着打盹的"，而袭人则正为宝玉做那丧事时要用的扇套，宝玉劝她："只是也不可过于赶，热着了倒是大事。""说着，芳官早捧了一杯凉水内新湃的茶来。因宝玉素昔秉赋柔脆，虽暑月不敢用冰，只以新汲井水将茶连壶浸在盆内，不时更换，取其凉意而已。"可见此时正如上文所说的那样，半个月后果然大热起来。

然后宝玉又打算去看望黛玉，"将过了沁芳桥，只见雪雁领着两个老婆子，手中都拿着菱藕瓜果之类。"鲜菱、鲜藕最初上市应当在阳历 7 月。此年原型雍正三年阳历 7 月 1 日为阴历五月廿一，正在贾敬死后二十多天。此日据下考是 五月廿左右，正是鲜菱、鲜藕最初上市之时。宝玉因为黛玉之胃消化不了寒凉之物，知道这肯定不是用来吃的，便问雪雁有何用途，雪雁说：黛玉"又不知想起甚么来，自己伤感了一会，题笔写了好些，不知是诗啊、词啊。叫我传瓜果去时，又听叫紫鹃将屋内摆着的小琴桌上的陈设搬下来，将桌子挪在外间当地，又叫将那龙文鼎放在桌上，等瓜果来时听用。"

宝玉便猜到是祭祀之用："宝玉这里，不由得低头细想，心内道：据雪雁说来，必有原故。若是同哪一位姊妹们闲坐，亦不必如此先设馔具。或者是姑爹、姑妈的忌辰，但我记得每年到此日期①，老太太都吩咐另外整理肴馔，送去与林妹妹私祭，此时已过。大约是因七月为瓜果之节，家家都上秋祭的坟，林妹妹有感于心，所以在私室自己奠祭，取《礼记》'春、秋荐其时食'之意，也未可定。但我此刻走去，见林妹妹伤感，必极力劝解，又怕她烦恼郁结于心；若竟不去，又恐她过于伤感，无人劝止：两件皆足致疾。莫若先到凤姐姐处一看，在彼稍坐即回：如若见林妹妹伤感，再设法开解，既不至使其过悲；哀痛稍申，亦不至抑郁致病。想毕，遂出了园门，一径到凤姐处来。"

第13回交代黛玉父亲的忌日是九月初三，其母亲的忌日书中则未有交代，此处言"此时已过"，可证黛玉父母的忌辰都不在此时。"大约是因七月为瓜果之节，家家都上秋祭的坟"，显然是指七月十五"盂兰盆会"的秋祭（"盂兰盆会"祭祀时，常会用新鲜的瓜果来供奉），此时似乎已经到了阴历七月。但据下文考明，实为五月下旬（五月廿前后）。所谓的"大约是因七月为瓜果之节，家家都上秋祭的坟，林妹妹有感于心，所以在私室自己奠祭"，是指黛玉仿效七月十五用瓜果等新鲜时物祭祖之例，而此五月之时又正好是新鲜菱、藕及瓜果上市之际，黛玉当是因为看到新上市的菱藕瓜果，而想到《礼记》有"荐新"之旨，于是便仿效"七月瓜祭"之例，奉行《礼记》"荐新"之旨，提早在五月瓜果新上市之际，便用新上市的瓜果来给父母"荐新"。

所以"大约是因七月为瓜果之节"，并不意味着此时已到七月（正如人们清明时常会提前一个月扫墓）。因此"大约是因七月为瓜果之节"这句话，看似与下文言此为五月下旬大有矛盾，其实并不矛盾■。脂砚斋不解此旨，以为作者有大误，故未敢抄录此回而空缺（即甲戌、庚辰、己卯本这三个早出之本此回空缺），等到作者死后而无人可以修改，也只好在后出的诸本中，把这一回抄入传世。即有此回者，乃己卯、庚辰本以后之本。

然后宝玉到黛玉处看到黛玉所作的《五美吟》。这时有人来报贾琏回来了，宝玉便到大门内迎候，贾琏回来说："老太太明日一早到家，一路身体甚好。今日先打发了我来回家看视，明日五更，仍要出城迎接。"故"至次日饭时前后，果见贾母、王夫人等到来"。贾母一到家，便来"宁国府"哭贾敬之丧。因一路风霜，加上丧亲的感伤，贾母当晚得病，众人赶紧请医生来诊断，"至次日仍服药调理。又过了数日，乃贾敬送殡之期，贾母犹未大愈，遂留宝玉在家侍奉。

---

① 此日期，指"姑爹、姑妈的忌辰"，下文"此时已过"，证明"姑爹、姑妈的忌辰"不在此时。

凤姐因未曾甚好，亦未去。其余贾赦、贾琏、邢夫人、王夫人等率领家人仆妇，都送至铁槛寺，至晚方回。贾珍、尤氏并贾蓉仍在寺中守灵，等过百日后，方扶柩回籍。家中仍托尤老娘并二姐、三姐照管。"画线部分便可看出：贾珍是有意等贾母回来哭灵后再出殡。

第13回秦可卿之丧是"推准停灵七七四十九日"，有人据此怀疑贾敬也是"七七"四十九天后才出殡、停棺铁槛寺（按：两人都死于非命，故都要做完"七七"；若是善终，只需做完"五七"便可出殡）。贾敬卒于四月廿七凌晨，下文考明六月初三是才满"五七"的"六七"头一天，则当是六月十六满"七七"，故疑贾敬当是六月十七出殡。而书中是写贾母回府后过了几天贾敬才出殡，所以有人怀疑贾母当在六月初十左右回府；黛玉瓜果之祭在其前一天，也即在六月初九左右。

但下文考明贾琏回家后，在贾敬出殡过了几天后的"六月初二、初三"迎娶尤二姐，则贾琏与贾母回家必定在五月底，贾敬出殡必定是在"五七"的六月初二之前，所以更为合理的解释当是：贾敬当在"四七"的五月廿四日便出了殡。因为此年四月廿六芒种，次日贾敬亡故（本书"第三章、第三节、一、（一）"有详考），半个月后的"二七"时是夏至，从上引芳官"暑月不敢用冰"、天已大热来看，可知其时当已过夏至；然后贾母方才回来，过几天才又出贾敬的殡，此时早已过了"三七"。总之，贾敬没等到"五七"或"七七"便出了殡，贾敬出殡于"四七"五月廿四的可能性为最大。贾母在他出殡前几天回来，所以贾母应当在"五月廿一日"左右回府，黛玉瓜祭也即贾琏到府之日，是在贾母回府前一天的 五月二十 左右 。

书中接下来写贾琏偷娶尤二姐事："却说贾琏素日既闻尤氏姐妹之名，恨无缘得见。近因贾敬停灵在家，每日与二姐、三姐相识已熟，不禁动了垂涎之意。况知与贾珍、贾蓉等素有聚麀之诮，因而乘机百般撩拨，眉目传情。那三姐却只是淡淡相对，只有二姐也十分有意，但只是眼目众多，无从下手。贾琏又怕贾珍吃醋，不敢轻动，只好二人心领神会而已。"可见两人是在贾琏回府后的"宁国府"贾敬灵柩停灵期间勾搭上。我们都知道贾琏是在贾母回家前一天的黛玉瓜祭之日到家，不出意外的话，两人的勾搭便当从此日开始。

接下去书中又写："此时出殡以后，贾珍家下人少，除尤老娘带领二姐、三姐并几个粗使的丫鬟、老婆子在正室居住外，其余婢妾都随在寺中。外面仆妇，不过晚间巡更，日间看守门户，白日无事，亦不进里面去。所以贾琏便欲趁此下手，遂托相伴贾珍为名，亦在寺中住宿，又时常借着替贾珍料理家务，不时至宁府中来勾搭二姐。"可见贾琏谋娶尤二姐是在贾敬出殡后。

接下去书中又写："一日，有小管家俞禄来回贾珍道：'……昨日已曾向库上去领，但只是老爷宾天以后，各处支领甚多，所剩还要预备百日道场及庙寺中用度，此时竟不能发给。'"可证此日在贾敬死后的"百日"之前（按此年原型"雍正三年"四月大，五月小，六、七月大，四月廿七后的"百日"为八月初七）。贾琏答应借钱给贾珍办丧，贾蓉与他一起到"荣国府"给贾母请安，路上贾蓉建议贾琏在外买房偷娶尤二姐。贾蓉回来问明尤老娘是否答应把尤二姐嫁给贾琏，"次日，命人请了贾琏到寺中来，贾珍当面告诉了他尤老娘应允之事。贾琏自是喜出望外，又感谢贾珍、贾蓉父子不尽。于是三人商议着，使人看房子，打首饰，给二姐置买妆奁及新房中应用床帐等物。不过几日，早将诸事办妥。已于宁荣街后二里远近小花枝巷内买定一所房子，共二十余间。又买了两个小丫鬟。"然后叫鲍二和续娶的多姑娘这对夫妻前来服侍。"又使人将张华父子叫来，逼勒着与尤老娘写退婚书。"最后写："这里贾琏等见诸事已妥，遂择了初三黄道吉日，以便迎娶二姐过门。"又据下回才到六月初二，可证贾蓉提议之日当在六月初二之前，其时贾敬已出殡（即贾蓉提议是在五月廿五至六月初一之间）。

第六十五回写贾琏"至**初二**，先将尤老和三姐送入新房"，又写"至次日五更天，一乘素轿，将二姐抬来……一时，贾琏素服坐了小轿而来，拜过天地，焚了纸马。"此为**六月初三**贾琏偷娶尤二姐事。大某山民眉批："新娘素轿、新郎素服，如此做亲，天下罕有。"其侧批："便是不祥。"东观阁侧批："素轿、素服，已非吉兆。"又下回柳湘莲以"鸳鸯剑"为聘，王希廉批："剑虽至宝，毕竟是凶器，以此定亲，殊非吉兆。"东观阁侧批："吉礼用凶物，此三姐终身之预兆也。"大某山民紧扣其剑名"鸳鸯"而作侧批："好剑名"，又于下文"弟纵系水流花落之性，然亦断不舍此剑者"旁作侧批："以剑为聘，倒底不祥。"又眉批："以剑行聘，自古未有；谁知后来三姐，竟以此剑为终身之靠"，即言尤三姐以这把剑自刎、而了却终身。

然后作者便写贾琏、尤二姐百般恩爱，贾琏"将自己积年所有的体己，一并搬了与二姐收着；又将凤姐素日之为人行事，枕边内尽情告诉了她"，并说"只等（凤姐）一死，便接她（尤二姐）进去"，于是两人连同家人"十来个人，倒也过起日子来，十分丰足。眼见已是两个月光景，这日贾珍在铁槛寺作完佛事，晚间回家时，因与他姨妹久别，竟要去探望探望"，就在此晚，尤二姐对贾琏说："我如今和你作了两个月夫妻"，则此时距贾琏成亲已有两个月，即此时确已过了六月而到七月（虚算两个月，实足一个月）。

第66回贾琏前往平安州，途中遇到薛蟠和柳湘莲，柳湘莲答应"月中就进京"来和尤三姐成亲，"谁知八月内湘莲方进了京"，由此可知：贾琏前往平安州途中遇到柳湘莲是在七月。此事与尤二姐说"作两个月夫妻"同在一个月中，故知两人七月时已成亲两个月，据此也可证明贾琏是**六月初三**偷娶：六月为一个月，七月为第二个月，实足一月多，虚算两个月。

又第68回凤姐说："亲大爷的孝才五七，侄儿娶亲"，其时当为贾敬死后才过完第五个"七"的"六七"头一天（原因详下），故可推知：贾敬卒于36天前的四月廿七，而宝玉生日乃四月廿六。其灵柩"初四日卯时请灵进城"，在此"六月初三"之前，又在四月廿七贾敬死后，显然是在五月初四这一天，即：五月初四贾敬棺材由铁槛寺移入贾府、"开丧破孝"而接受亲友吊唁。

或有人据"三日后便开丧破孝"，认为贾敬死后三天便发讣告；又因书中"初四日卯时请灵进城"后方能开丧、吊唁，即发讣告当在初四棺材入府的前一天，从而推知贾敬当逝世于四月三十日①,遂定贾宝玉生日当在四月廿九。其实上已言明:贾敬死后三日"开丧破孝",乃是尤氏估计贾珍向皇帝请假奔丧得有半个月工夫才能到家时做的等不及时的打算;后来得知皇帝立即准假,贾珍有望星夜赶回,于是便放弃这一最初打算,改为等贾珍回府后再发讣告"开丧破孝"。换句话说:初四请灵入城而接受吊唁,早已超过贾敬死后的三天,故不可"刻舟求剑"而又"张冠李戴"般,把"三日后便开丧破孝"和"初四日卯时请灵进城"这两句话联系起来确定贾敬的死日和宝玉的生日。

　　贾琏与尤二姐成亲了两个月,成亲前,贾珍可以和尤二姐调笑(即第64回写贾珍"人散后,仍乘空寻他小姨子们厮混"),成亲后,尤二姐自然要被贾琏"金屋藏娇"而在众人面前消失,所以贾珍"眼见已是两个月光景,……因与他姨妹久别,竟要去探望探望",明里是说贾珍两个月没见到尤二、尤三姊妹,实质是说贾琏偷娶尤二姐已有两个月(实足一个多月,虚算两个月)。

　　就在贾珍前来探望那天,他和贾琏一同被尤三姐戏弄了一番。"自此后"尤三姐百般折腾贾珍、贾琏,"贾珍回去之后,以后亦不敢轻易再来;有时尤三姐自己高了兴悄命小厮来请,方敢去一回,到了这里,也只好随她的便","那尤三姐天天挑拣穿吃,打了银的,又要金的;有了珠子,又要宝石;吃的肥鹅,又宰肥鸭。或不趁心,连桌一推;衣裳不如意,不论绫缎新整,便用剪刀剪碎,撕一条,骂一句。究竟贾珍等何曾随意了一日?反花了许多昧心钱。"从这些文字来看,这一戏弄过程绝对不会少于半个月;其实据下文考证,也就五六天而已,等于在时间上又是和下文相平行的事件,而非先后关系。

　　然后尤三姐酒桌择夫,内心选中的是五年前见过的柳湘莲(尤三姐笑道:"别只在眼前想,姐姐只在五年前想就是了"②),尤三姐正要说出口,这时贾琏却被贾赦叫走,真可谓"好事多磨",其文曰:"正说着,忽见贾琏的心腹小厮兴儿走来请贾琏说:'老爷那边紧等着叫爷呢。小的答应往舅老爷那边去了,小的连忙来请。'贾琏又忙问:'昨日家里没人问?'兴儿道:'小的回奶奶说,爷在家庙③里同珍大爷商议作百日的事,只怕不能来家。'贾琏忙命拉马,隆儿跟随去了,留下兴儿答应人来事务。""百日"特指人出生或去世后的第一百天。古代风俗:亲人去世后的"百日",家人常要请僧人诵经、拜忏。前已考明贾敬"百日"是在八月初七,此处"商议作百日的事",说明快要临近"百日"八月

---

① 此年原型"雍正三年"四月为大月。今以"三日后便开丧破孝"为五月初四,往前推三天便知贾敬死于四月三十,其后三天为五月初一至初三,三天后的五月初四开丧破孝。
② 今按,此年为红楼十四年,五年前为红楼十年(虚算),即书中的第9～12回。而书中第11回写到贾敬寿辰之日演戏,尤老娘前来,而且还请了一班小戏儿;如果不出意外的话,这唱戏者中,应当就有前来客串的柳湘莲;而听戏者中,应当就有随尤老娘一起来宁国府给尤老娘的亲家公贾敬祝寿的尤二姐和尤三姐。所以尤三姐应当就是在这一场合相中了前来唱戏的柳湘莲。今按第11回之文曰:"现叫奴才们找了一班小戏儿。……次后邢夫人、王夫人、凤姐儿、宝玉都来了,贾珍并尤氏接了进去,尤氏的母亲已先在这里呢。"虽然没有提到尤二、尤三姐是否同来,但很可能会同来,只不过作者没写明罢了。
③ 指铁槛寺。

初了。由于下回仍在七月中，而据下文考证，本日其实仍在七月上中旬。之所以不定本日在七月下旬，那是因为：贾琏要从平安州回来后，才是"八月内"柳湘莲到贾府之时；而贾琏到平安州一个来回需要半个多月，故知贾琏当是七月上中旬、而非下旬前往平安州的。

此下又借兴儿口交代凤姐醋劲大，然后又评点荣国府李纨、迎春、探春、惜春、黛玉、宝钗诸人，极为精彩，堪称是又一篇"冷子兴演说荣国府"，不防称之为"兴儿演说荣国府"，两位演说者名字中都有"兴"字，肯定是作者的有意为之，取的是《诗经》"赋比兴"中的"兴（引子）"之意。

第六十六回 接上回之事，兴儿又谈论起宝玉来。这时隆儿来说："老爷（贾赦）有事，是件机密大事，要遣二爷往平安州去。不过三五日就起身，来回也得半月工夫。今日不能来了。请老奶奶早和二姨定了那事，明日爷来，好作定夺。""至次日午后"贾琏方回，对尤二姐说："偏偏的又出来了一件远差。出了月就起身，得半月工夫才来。"表面看起来是在重复交代昨天隆儿说的那趟行程，也就意味着此时已在七月底，三五天后便到八月初了，则此时当在七月廿六、廿八左右。〖或者意味着此时是六月底，贾琏于三五天后的七月初动身。这与下文贾琏的确是在七月中旬出差而路遇柳湘莲、七月底前回来，两者也算接榫。但问题是：贾琏六月初三结婚，至六月底时，贾琏结婚仅一个月，尤二姐绝对不会说出"作了两个月夫妻"的话来；由尤二姐说结婚已有两个月，可证此时的确已到了七月初、而非六月底。〗

其实，据下文可以考明：此时是在七月上旬。贾琏昨天已叫隆儿交代过三五天后的一趟七月中下旬的行程，然后第二天又亲自来对尤二姐说：出了月的八月上中旬，还得再出第二趟远差，即："偏偏的又出来了一件远差，出了月就起身，得半月工夫才来。"画线部分的"又出来一件远差"，其实指的不是本回七月上中旬的那趟差，而是预告下一回（第67回）八月初要再出一趟远差。此回交代这趟八月初的差原本只需要半个月就能回来，但第68回又交代由于没能遇到节度使而多等了一个月，结果因为这一不走运而出了两个月的差。

我们为何会有这种"匪夷所思"的理解？那便是因为我们搞清楚了此时确实是在七月上旬，贾琏绝对不会把兴儿口中的"三五日就起身"那趟差，说成"出了月就起身"。当事者（作者、说话人贾琏、听话人尤二姐）都知道：此时是在七月上旬，"三五日就起身"与"出了月就起身"是两趟差。而读者（包括脂砚斋在内），如果未能考明白此时是七月上旬的话，便会把"三五日就起身"与"出了月就起身"当成是出同一趟差。第67回八月初贾琏出的那趟差，没有任何交代便走了（程高本虽有交代，但那是高鹗的改写；脂本是作者原文，并没有交代贾琏何时动身），其实也就交代在这儿了。即：

贾琏这两趟差处理的事务比较重大（他对尤二姐说"也没甚事"是不愿尤二姐多问的意思。由第69回贾琏回来后，贾赦赏其美女秋桐来看，这事的确非常重大）。贾赦和贾琏晚上最初见面时，原本估计这一事务只要跑一次，于是叫隆儿传信给尤二姐"三五日就起身"。传完信后，两人仍在密商中，经过一番商讨后，两人发现此事重大，得跑两趟，于是第二天贾琏便亲自来对尤二姐交代那第二趟差："偏偏又出来了一件远差"，即八月初我还要为这事再跑一趟。而本回下文"节度使"特地"因又嘱他（贾琏）十月前后务要还来一次"，而第68 回又交代"节度使"八、九月份时要巡边一个月（"话说贾琏起身去后，偏值平安节度巡边在外，约一个月方回"），所以"节度使"交代他"十月前后"再来的意思，便是在告诉他："八、九月时你不要来"（由于军情机密，节度使不敢明说我八、九月不在），可惜贾琏没能理会清楚节度使这番话的真实用意，以为八月份时他应当会和平常一样在"节度署"办公，所以仍按照与贾赦商定的原计划，在八月初又去了一趟。由于军情机密，节度使肯定不会让人明言其行踪路线和日程安排，贾琏到达平安州后也就不知道节度使会八、九两个月都不回来，他肯定会认为节度使说不定哪天就会回来，于是就等在那儿，结果一等便等了整整一个月，回来时便已是两个月行程；作者这么写的目的，就是要为凤姐留够把尤二姐往死里逼的时间。

以上问题的症结，便在于读者何以知晓此时是七月上中旬、而非七月底？

第68 回八月十五凤姐来迎尤二姐时说："前于十日之先，奴已风闻"，可证第67 回审兴儿而知贾琏偷娶尤二姐事是在八月初五，而此日正是薛蟠请客答谢伙计之日，薛蟠说："两日前"柳湘莲出家，则尤三姐自刎、柳湘莲出家是在八月初三，其时贾琏已从平安州回来。

而请客前夕，宝钗称薛蟠"打江南回来了一二十日"，薛姨妈亦称："你妹妹才说你也回家半个多月了"，两相结合，估计薛蟠已回来十七八天，今暂以十六天至二十天计。此日薛蟠定下"明儿、后儿"请客，即此话是在八月初五薛蟠请客的昨天或前天说的，则说话时当是八月初三或初四（也就是在柳湘莲出家后的当日或次日）。

若往前推二十天便是七月十四或十五，若往前推十六天便是七月十八或十九①。贾琏是"是日一早出城……方走了三日"而遇到回京途中的薛蟠，则薛蟠到京还要三天，故知贾琏与薛蟠相遇之日是三天前的七月十一（或十二）至十五（或十六），此时贾琏已走了三天，故是初九（或十）至十三（或十四）动身。贾琏叫隆儿告诉尤二姐："三五日就起身"，若是三天，则说此话时为初六（或初七）至初十（或十一），若是五天，则说此话时为初四（或初五）至初八（或初九），总之，说此话时应当是在七月初或七月上旬，绝对不可能是六月底。

又因为说"三五日就起身"这话时，是在尤三姐戏弄贾珍、贾琏后。而戏弄前，贾琏与尤二姐成亲已有两个月、而由六月入了七月，则当是七月初一、初二（实足一个月还差一两天，虚算两个月），戏弄了五六天，则当已是初七、初八。

两相比对，故知说"三五日就起身"这句话的那一天是"七月初七"的可能性为最大②。换句话说，宝钗八月初说话时薛蟠回家了十六天（书中说成"一

---

① 此年原型"雍正三年"七月为大月。

② 上面推出"初四至初十"都有可能。此处是据结婚已两月而到了七月初，其间又有尤三

二十天"、"半个多月"),贾琏是在他向尤二姐说要动身那天的五天后动身(书中说成是"不过三五日就起身",此是贾琏新婚后的第一次远行,贾琏因留恋尤二姐,故选择最长的五天后动身,这也在情理之中),因此上述诸事的时间顺序当重排如下:

六月初三偷娶,七月初一时已到贾琏新婚的第二个月,贾珍来与尤三姐会面,被尤三姐戏弄,然后尤三姐百般折腾贾珍、贾琏五天而到了七月初六,尤二姐想把尤三姐嫁掉,"至次日(初七)二姐另备了酒,贾琏也不出门",来问尤三姐想嫁谁。

这时贾赦叫兴儿来传贾琏过去,兴儿演说荣国府诸人(兴儿这番演说情节堪与"冷子兴演说荣国府"相媲美),贾琏让隆儿回来说有事要出门:"不过三五日就起身,来回也得半月工夫",次日初八贾琏又来说:"只是偏偏的又出来了一件远差。出了月就起身,得半月工夫才来。"此时是初八,所言乃第67回八月初的那趟差,原本估计只要半个月,实际由于没能正确理会"节度使"话语之意而出了两个月的差,到九月底方才回到家。

贾琏因夫妻恩爱,当在最长的五天后七月十三动身,即"是日一早出城,就奔平安州大道,晓行夜住,渴饮饥餐。方走了三日"即十五日遇薛蟠和柳湘莲,为尤二姐定亲,三天后即十八日薛蟠到家,贾琏当是半个月后的廿八日左右回了家。

柳湘莲则是八月初二入京见过薛姨妈,初三向宝玉打听尤三姐为人而悔婚,来到贾琏与尤二姐住处索要下聘的宝剑,于是尤三姐还剑自刎、柳湘莲出家。薛姨妈当日得知这一消息而为之感伤,宝钗劝哥哥请客答谢伙计,距回家的七月十八日已有十六天(此年七月为大月),于是初五薛蟠请客,向众人说"两日前"柳湘莲出了家。

此日宝玉来答谢宝钗所赠之物,袭人来看凤姐,凤姐审兴儿贾琏偷娶事,定下阴谋,命人第二天装修房屋,装修了几天,十五日来迎尤二姐,距审兴儿已有十天,故凤姐说"前于十日之先奴已风闻"偷娶事。

下面再回到本回故事中来:

贾琏昨天让隆儿说其第一次差"三五日就起身",今天又亲自来对尤二姐交代自己要再度出门的第二趟差:"又出来了一件远差,出了月就起身",这时尤二姐告诉贾琏:昨晚已问清尤三姐想嫁柳湘莲。然后写贾琏"方走了三日,那日正走之间,顶头来了一群驮子,……竟是薛蟠和柳湘莲来了。"这是贾琏七月中旬上路三天后的事。原来,薛蟠回来快到京时,遭遇强盗抢劫,柳湘莲正好赶到,凭其武功打散强盗。薛蟠说:"我谢他又不受,所以我们结拜了生死弟兄,如今一路进京。从此后我们是亲弟、亲兄一般。到前面岔口上分路,他就分路

姐作弄贾珍、贾琏几天,然后尤三姐酒桌择夫,次日才是贾琏来说远行事。从初一结婚两个月至贾琏来说远行,其间至少要五六天,故知最早当是七月初七,当然初八、初九、初十这三种可能性也是有的。

往南二百里有他一个姑妈，他去望候望候。我先进京去安置了我的事，然后给他寻一所宅子，寻一门好亲事，大家过起来。"

贾琏于是"便将自己娶尤氏，如今又要发嫁小姨一节说了出来，只不说尤三姐自择之语。又嘱薛蟠且不可告诉家里，等生了儿子，自然是知道的。薛蟠听了大喜，说：'早该如此，这都是舍表妹之过。'"补明贾琏偷娶是为"传宗接代"考虑，故第 65 回戚序本有回前总批："笔笔叙二姐温柔和顺，高凤姐十倍；言语行事，胜凤姐五分：堪为贾琏二房。所以深著凤姐不念宗祠血食，为贾宅第一罪人。《纲目》书法！"

贾琏未言尤三姐自择柳湘莲之语，启后来柳湘莲疑窦，反倒害了三姐。故大某山民侧批："失着在此。"又作眉批："贾琏不告三姐自择，以自择为羞乎？抑知孟光择对，至今以为美谈，何害于事？如告自择之故，述其志坚、行洁，则小柳必不退婚，三姐不致自刎，小柳亦何至出家？二人之'举案'①无期。皆蹇修②者不读书有以误之也，哀哉！"言明做媒的贾琏因不读书而误了柳湘莲、尤三姐这对本可"举案齐眉"的好姻缘。又东观阁侧批："此贾琏竟说是三姐自择，并说其以礼自持，则湘莲必不退婚，三姐亦不至自刎。贾琏盖以自择为丑行，而岂知孟光亦必待梁鸿而好哉！君子深恨贾琏之无识也，命也！"

柳湘莲此时未及细想，便答应了这门亲事，说："不过月中就进京的"，并把祖传的两把"鸳鸯剑"交给贾琏做聘礼。据上文考，说这话时当是七月十五，故此"月中进京"当指"月内进京"之意，可包括月底在内。（按：此"月中"并不特指本月中旬。因为说话时已不在七月上旬而在七月中旬，所谓"月中"显已无法特指本月中旬而当泛指"月内"，从而可指"月内"的月底进京。）

"且说贾琏一日到了平安州，见了节度，完了公事。因又嘱他十月前后务要还来一次。贾琏领命。次日连忙取路回家，先到尤二姐那边。"贾琏告知尤二姐、尤三姐：自己已经取得柳湘莲作为聘礼的宝剑；然后"贾琏又将此事告诉了贾珍。贾珍因近日又遇了新友，将这事丢过，不在心上，任凭贾琏裁夺，只怕贾琏独力不加，少不得又给了他三十两银子。贾琏拿来交与二姐预备妆奁。谁知八月内湘莲方进了京"。所谓"新友"即"新欢"，作者轻松一笔，又描绘出贾珍的荒淫不羁来，须知贾珍此时在其父亲的丧服中，其不孝行径令人发指。

其实，上文贾琏交代"出了月就起身"的第二趟差当移于此处方为合宜，即作："贾琏拿来交与二姐预备妆奁。只是偏偏的又出来了一件远差，出了月就起身，得半月工夫才来。谁知八月内湘莲方进了京。"由于"预备妆奁"与"谁知八月内湘莲方进了京"关系密切，作者便将画线部分的话语，移到上文交代出第一趟差处，从而把这两趟差合并在一起加以交代，遂使读者误会第二趟差作者没有加以交代。

其实隆儿说第一趟差时已在七月上旬，第一趟差出在七月中下旬，而"出

---

① 举案，指"举案齐眉"，是成婚的典故。
② 蹇修，指媒妁。《文选》卷 21 晋郭璞《游仙诗七首》之二："灵妃顾我笑，粲然启玉齿。蹇修时不存，要之将谁使？"

了月"的八月初那趟差已是第二趟差。唯有慧心人才会根据上下文发现这一点，从而知晓隆儿、贾琏两人所言实有两趟差在内，即本月中（七月）要走第一趟，下月初（八月）又要走第二趟。由于之前已经交代过，所以第二趟差出差前，也就不在"谁知八月内湘莲方进了京"前再度加以交代了。

贾琏从平安州回来后，过了些时光，作者方才写道："谁知八月内湘莲方进了京，先来拜见薛姨妈"，据下考，此日应当是 八月初二 ；其在"八月初"，与"八月内"语并不矛盾。这句话是说：柳湘莲原本"七月中当回"而晚了几天，出了七月，到八月初才进京。

柳湘莲到后，先见薛蟠，"次日又来见宝玉"，当是上午相见。湘莲说："你们东府里除了那两个石头狮子干净，只怕连猫儿、狗儿都不干净。我不做这剩忘八。"决定悔约不娶尤三姐，于是来贾琏与尤二姐住处要回聘礼之剑，理由是："客中偶然忙促，谁知家姑母于四月间订了弟妇，使弟无言可回。若从了老兄、背了姑母，似非合理。若系金帛之订，弟不敢索取，但此剑系祖父所遗，请仍赐回为幸。"于是尤三姐还剑并自刎，这应当也是上午之事。柳湘莲见尤三姐原来"这样标致，又这等刚烈，自悔不及"，失魂落魄，为跛足道人点醒而飘然出家。此事书中明言是"八月内"，据下考，此日当为 八月初三 。

第六十七回 一开头便接着上回写道："话说尤三姐自戕之后，尤老娘以及尤二姐、贾珍、尤氏并贾蓉、贾琏等闻之，俱各不胜悲痛伤感，自不必说，忙着人治买棺木盛殓，送往城外埋葬。柳湘莲见尤三姐身亡，迷性不悟，尚有痴情眷恋，却被道人数句偈言打破迷关，竟自削发出家，跟随疯道人飘然而去，不知何往。后事暂且不表。"

有人据画线的六个字，断言柳湘莲在后四十回中应当复出，这其实是误会。所谓"后事"，指今本后四十回之第107回贾府抄家时，尤三姐事重又被提起，结果被北静王遮掩过去，并非是指柳湘莲复出。其事即北静王所说的："所参贾珍强占良民妻女为妾、不从逼死一款，提取都察院原案，看得尤二姐实系张华指腹为婚、未娶之妻，因伊贫苦，自愿退婚，尤二姐之母愿给贾珍之弟为妾，并非强占。再尤三姐自刎掩埋、并未报官一款，查尤三姐原系贾珍妻妹，本意为伊择配，因被逼索定礼，众人扬言秽乱，以致羞忿自尽，并非贾珍逼勒致死。但身系世袭职员，罔知法纪，私埋人命，本应重治；念伊究属功臣后裔，不忍加罪，亦从宽革去世职，派往海疆效力赎罪。"清人王希廉批第107回："尤三姐一案，掩饰得毫无根迹，益见柳湘莲出家之妙。"画线部分便点明：第107回的尤三姐一案，就是第67回所言的"后事暂且不表"。★

下来作者写："且说薛姨妈闻知湘莲已说定了尤三姐为妻，心中甚喜，正自高高兴兴要打算替他买房治屋、办妆奁，择吉日迎娶过门等事，以报他救命之恩。忽有家中小厮见薛姨妈，告知尤三姐自戕与柳湘莲出家的信息，心甚叹息。"今按第一回甄士隐随跛足道人出家时写道：甄士隐"竟不回家，同了疯道人飘飘而去。当下烘动①街坊，众人当作一件新闻传说"，柳湘莲与之相类，应当也是当天便传遍全城，据下考此日为八月初三，故柳湘莲出家于八月初三。

这时薛宝钗劝薛姨妈莫为他人（指柳湘莲这一外姓之人）伤感："倒是自从哥哥打江南回来了一二十日，贩来的货物，想来也该发完了。那同伙去的伙计们辛辛苦苦的，来回②几个月了，妈妈和哥哥商议商议，也该请一请，酬谢酬谢才是"，薛姨妈也对薛蟠说："你妹妹才说你也回家半个多月了"，又宝钗说薛蟠特地带回来的东西"放了一二十天才送来"，可见薛蟠回来"一二十日"、"半个多月"都是实话。据上考，薛蟠当是七月十八到家；又据下考，说此话之日为八月初三，薛蟠到家已有 16 天。薛蟠定下"明儿、后儿"请客，据下考，知是后日而非明日，且又知其请客是在八月初五，故知此说话之日为八月初三。此日宝钗将薛蟠带回来的小玩意分送给大观园中的诸位。

上年第 48 回十月十四日薛蟠外出，至此回所说的七月中旬到家为整九个月，虚算十个月，而薛姨妈命薛蟠请客时说：伙计们"陪着你走了一二千里的路程，受了四五个月的辛苦"，所谓"一二千里路"、"四五个月"都是虚指而非实指，是泛指走了好几千里路、走了好几个月。

宝钗说伙计"来回几个月"，即整趟行程奔波了好几个月，而程高本误作"回来几个月"，显误，薛蟠回来仅半个多月，不足一个月，因跨了两个月，故可以虚算成两个月，但不宜说成是"几个月"。

后日薛蟠请客时（据第 68 回凤姐迎尤二姐入大观园说的"前于十日之先，奴已风闻"语，知是八月初五请客），赴宴者提问而薛蟠回答之语，脂本与程高本大为不同：脂本作"内有一位同道：'今日席上怎么柳二爷大哥不出来？'"只问为何不请柳湘莲，没有提到贾琏。程甲本则改成提及贾琏与柳湘莲两人："内中一个道：'今儿这席上短两个好朋友。'众人齐问：'是谁？'那人道：'还有谁？就是贾府上的琏二爷和大爷的盟弟柳二爷。'大家果然都想起来，问着薛蟠道：'怎么不请琏二爷合柳二爷来？'薛蟠闻言，把眉一皱，叹口气道：'琏二爷又往平安州去了，头两天就起了身的③。'"薛蟠言贾琏两天前的八月初三动身出差，但八月初三正是尤三姐自刎、柳湘莲出家之日，贾琏正在场，焉能往平安州去？其文见第 66 回尤三姐自刎后："贾琏忙揪住湘莲，命人捆了送官。尤二姐忙止住泪反劝贾琏：'你太多事，人家并没威逼他死，是他自寻短见。你便送他到官，又有何益，反觉生事出丑。不如放他去罢，岂不省事？'"显然脂本薛蟠不言贾琏走是对的，即贾琏要到薛蟠请客之日才走，故未能来赴宴；而袭人也是得知贾琏要走而来看望凤姐，其时贾琏已走，以上便能证明程甲本高鹗对本回的改动是错误的。

又薛蟠回答众人柳湘莲行踪时说："于两日前，忽被一个道士度化的出了家，跟着他去了。你们众位听一听，可奇不奇？"众人说道："我们在店内也听见外

---

① 烘动，即"轰动"。
② 来回，据列藏本、戚序本，程高本误作"回来"。
③ 的，据程甲本，程乙本改"了"。

面人吵嚷说，有一个道士三言两语把一个俗家弟子人度了去了，又闻说一阵风刮了去了，又说架着一片彩云去了，纷纷议论不一。"可见柳湘莲出家是在薛蟠请客两天之前，则薛蟠听从宝钗建议"明儿、后儿"请客，实为后日请客。此日为初五，则宝钗提议、也即柳湘莲出家之日当在初三①。

　　下来脂本之文交代：此日（据第 68 回凤姐接尤二姐入府时所说的话，可推明此日为 八月初五 ），袭人对宝玉说她想去看望生病的凤姐："素日琏二奶奶待我很好，你是知道的。她自从病了一场之后，如今又好了。我早就想着要到那里看看去，只因琏二爷在家不方便，始终没有去，闻说琏二爷不在家，你今日又不往哪里去，而且初秋天气，不冷不热，一则看二奶奶，尽个礼，省得日后见了，受她的数落；二则藉此逛一逛。你同她们看着家，我去去就来。"似乎贾琏此日确已离开贾府而往平安州去了。下文此日凤姐审完兴儿，兴儿出来后"暗自后悔不该告诉旺儿，又愁二爷回来怎么见，各自害怕。这且不提。"可见贾琏确已离开。

　　本回末凤姐"于是叫丫头传了来旺来吩咐，令他明日传唤匠役人等，收拾东厢房，裱糊、铺设等语。平儿与众人皆不知为何缘故。要知端的，且听下回分解。"下回开头言："话说贾琏起身去后，偏值②平安节度巡边在外，约一个月方回。贾琏未得确信，只得住在下处等候。及至回来相见，将事办妥，回程已是将两个月的限了。谁知凤姐心下早已算定，只待贾琏前脚走了，回来便传各色匠役，收拾东厢房三间，照依自己正室一样粧饰陈设。至十四日便回明贾母、王夫人，说十五日一早要到姑子庙进香去。只带了平儿，丰儿，周瑞媳妇，旺儿媳妇四人，未曾上车，便将原故告诉了众人。又吩咐众男人，素衣、素盖，一径前来。"可证凤姐是审完兴儿的次日，传工匠们为装修东厢房事待命，然后等贾琏前脚走了，便传令工匠们收拾东厢房，似乎贾琏是在次日八月初六才走。

　　其实薛蟠请客、袭人来见、审讯兴儿，应当都发生在贾琏前脚刚走之后。贾琏当是此日一大早走，凤姐所谓"只待贾琏前脚走了"，其实是指：凤姐在贾琏一大早走后，才定计第二天传工匠前来准备东厢房；即凤姐是在贾琏走的那一天的次日八月初六开始装修东厢房（因为第本回末言明是"明日传唤匠役人等收拾东厢房"，而不是八月初五贾琏刚走那一天）。

　　而程甲本作："却说袭人因宝玉出门，自己作了回活计。忽想起凤姐身上不好，这几日③也没有过去看看，况闻贾琏出门，正好大家说说话儿"，说明此日贾琏已出门。

　　程甲本审完兴儿后，凤姐对兴儿说："快出去告诉你二爷去，是不是啊？"兴儿回道："奴才不敢。"凤姐道："你出去提一个字儿，提防你的皮！"兴儿连

---

① 上文已言：柳湘莲出家当天，其出家的消息便已传遍全城而为薛宝钗得知，所以薛宝钗提议薛蟠请客与柳湘莲出家当为同一天事。
② 值，庚辰本原误作"至"，据程甲本改。
③ 日，程乙本作"天"。

忙答应着出去了。似乎贾琏仍在府中，与袭人语又相矛盾。

又程甲本下回："话说贾琏起身去后，偏值平安节度巡边在外，约一个月方回，贾琏未得确信，只得住在下处等候。及至回来相见，将事办妥，回程已是将近两个月的限了。谁知凤姐早已心下算定，只待贾琏前脚走了，回来便传各色匠役，收什①东厢房三间，照依自己正室一样粧饰陈设。"也意味着贾琏似乎是在凤姐"审兴儿、定阴谋"后才走。

综上来看，最合理的解释便是：贾琏于初五一大早出门，故袭人才敢在"凤姐院"没有男人的情况下前去看望凤姐（这就排除了贾琏初六走的可能性），此时正好碰上凤姐审兴儿，程甲本叫兴儿"快出去告诉贾琏"，是说贾琏此时尚未走而准备走，或尚未走远而可追上，从而可以把口信传到。凤姐等贾琏一出大门，便传令各色工匠在第二天收拾东厢房。至于贾琏是在上午一大早走、还是下午黄昏时分动身？显然后者不宜，还是一大早走为宜。

总之，从以上表述来看，都能证明贾琏应当是初五日走的。所以脂本众人只问柳湘莲而薛蟠只答柳湘莲没错；而程高本改成同时问及贾琏、柳湘莲两人，而薛蟠又答贾琏初三日尤三姐自刎那天便去了平安州，显然是错误的。当是高鹗见下文贾琏已走，故意通过众人与薛蟠一问一答，来补明贾琏出门之事，但说成是贾琏走了两天，却正暴露出破绽来；若补作"今日要出门"或"今日才出门"方才没有破绽。由此破绽，便可知道这一破绽绝非作者亲笔，乃是高鹗改笔。

至于第67回脂本情节是"讯家童凤姐蓄阴谋"，详写了"讯家童"和"蓄阴谋"两大情节，而程高本是"闻秘事凤姐讯家童"，只详写"讯家童"而未详写"蓄阴谋"情节。脂本乃半文半白的风格，程高本则纯然白话，所以脂本与程高本的异文貌似两人所作。但程高本如果是他人所作，则薛蟠已言贾琏两天前出了门，便不当在下文中又说出"快出去告诉二爷"而似贾琏尚未走的话来，更不当在下回开头说出"只待贾琏前脚走了"的话来，所以可以确定，程高本第67回的文字应当也是曹雪芹所著，只不过众人问与薛蟠回答这一处被高鹗篡改了一下（即加上了贾琏已走两天之事），由程高本只写到"讯家童"而未写"蓄阴谋"，而脂本由"讯家童"写到"蓄阴谋"情节更为丰富来看，可证程高本应当是较早一稿，而脂本应当是后来的定稿，故口语成分改得更为文雅。

宝钗命金莺带着老妈妈，把薛蟠带回来的东西分送给大观园中的诸位，宝玉同黛玉前来答谢宝钗所赠之物。回来后，袭人对宝玉说她要去看望生病的凤姐："只因琏二爷在家不方便，始终没有去，闻说琏二爷不在家，你今日又不往哪里去，而且初秋天气，不冷不热，一则看二奶奶，尽个礼，省得日后见了，受她的数落"，画线部分可见此时正在八月初秋时节。于是袭人出了怡红院的门，"至沁芳桥上立住，往四下里观看那园中景致：时值秋令，秋蝉鸣于树，草虫鸣于野；见这石榴花也开败了，荷叶也将残上来了，倒是芙蓉近着河边，都发

---

① 什，上引脂本（庚辰本）与程乙本作"拾"，两字古通。

了红铺铺的咕嘟子，衬着碧绿的叶儿，倒令人可爱。一壁里瞧着，一壁里下了桥。"袭人眼中看到的也正是"时值秋令"的八月风光。这时又碰上素云去送时鲜的"菱角、鸡头"，也都是秋天才有的风物。

袭人远远望见那边葡萄架底下祝妈正在赶虫子，祝妈说："我在这里赶马蜂呢。今年三伏里雨水少"，"三伏"指：夏至后第三个庚日开始为头伏（初伏），第四个庚日为中伏（二伏），立秋后第一个庚日为末伏（三伏），每伏10天，中伏可能会有20天。而此年的原型雍正三年七月初一为立秋（阳历8月8日），据陈垣《二十史朔闰表》知此日为丙申，其后第一个庚日为初五，故初五至十五为第三伏，此处所说的"三伏里雨水少"，应当是总结整个"三伏"、而非仅言第三伏，故此时至少已是"三伏"结束时的七月中下旬光景。其又说到果子成熟事，而果子当在八月时节的秋天成熟为宜，故知此时更当是八月光景。

袭人又问："如今这园子里这些果品有好些种，倒是哪样先熟得快些？"祝妈说："如今才入七月的门，果子都是才红上来，要是好吃，想来还得月尽头儿才熟透了呢。姑娘不信，我摘一个给姑娘尝尝。"画线部分的"这才入七月的门"一可证上文第64回黛玉瓜祭不在七月，二则似乎是在说此时是七月初而非八月初，但其言"三伏雨水少"显然是三伏已经过完（"三伏"未过完而言"三伏雨水少"，无有是理），上文已考明此时已到达七月中下旬之后，则其"才入七月的门"当理解为"才过七月的门、现在为八月"才是，即把"入"字解作"过"（这在逻辑上也没什么不合理。因为"进入"与"经过"的含义原本就相通）；况且上文也明言"八月内"柳湘莲回，故知此处当是八月时节。而且上文又说"而且初秋天气，不冷不热"，阴历七月正当一年中最炎热之时，阴历八月方才开始凉爽，更加可以证明：此时是八月而非七月。又据第68回凤姐迎尤二姐时说的话，更可考明此日实为八月初五，故其"才入七月的门"实当写作"才入八月的门"为是，"七月"很可能是笔误，当然也可以根据上文的理解，把"入"字解作"过"来理解则无笔误。脂砚斋当是因此"这才入七月的门"明显与上文第64回黛玉"七月瓜祭"、第66回柳湘莲八月回京相矛盾■，而且此回又不交代贾琏八月外出之事，故誊清甲戌年作者定本的"前八十回第五稿"时，未敢抄录此回的第五稿而加以空缺，想等作者改定后再抄。①故甲戌本、庚辰本、己卯本此第67回空缺。

袭人见过凤姐后便回了怡红院。下来便写凤姐审问贾琏的心腹家僮兴儿，兴儿跪下说道："奶奶别生气，等奴才回禀奶奶听：只因那府里的大老爷的丧事上穿孝，不知二爷怎么看见过尤二姐几次，大约就看中了，动了要说的心。故此先同蓉哥商议，求蓉哥替二爷从中调停办理，做了媒人说合，事成之后，还

---

① 也可能是作者原有两稿，一为"半文半白"，一为纯口语，风格不一，脂砚斋不知以何者为准，想让作者统一后再抄。这种可能性不存在。因为根据笔者《后四十回完璧归曹》"第二章、第八节"的考论，此回程甲本那纯口语的一稿，就是脂砚斋手中的曹雪芹的第一稿，脂砚斋肯定明白当以第五稿为准，不会因为第一稿的存在而不抄曹雪芹给自己的第五稿。

许下谢候①的礼。蓉哥满应，将此话转告诉了珍大爷；珍大爷告诉了珍大奶奶和尤老娘。尤老娘听了很愿意，但求蓉哥说是'二姐从小儿已许过张家为媳，如何又许二爷呢？恐张家知道，生出事来不妥当。'珍大爷笑道：'这算什么大事，交给我！便说：'那张姓小子，本是个穷苦破落户，哪里见得多给他几两银子？叫他写张退亲的休书就完了。'后来，果然找了姓张的来，如此说明，写了休书，给了银子去了。二爷闻知，才放心大胆的说定了。又恐怕奶奶知道拦阻不依，所以在外边咱们后身儿买了几间房子，治了东西，就娶过来了。珍大爷还给了爷两口人使唤。二爷时常推说给老爷办事，又说给珍大爷张罗事，都是些支吾的谎话，竟是在外头住着。从前原是娘儿三个住着，还要商量给尤三姐说人家，又许下厚聘嫁她；如今尤三姐也死了，<u>只剩下那尤老娘跟着尤二姐住着作伴儿呢。</u>这是一往从前的实话，并不敢隐瞒一句。"说毕，再度叩头求饶。

画线部分说明尤老娘还活着，奇怪的是，下来凤姐接尤二姐入贾府时，尤老娘却没了踪影。又第 69 回王熙凤将尤二姐赚进荣国府后，对尤氏说：张华"他老子说：'原是亲家母说过一次，并没准。亲家母死了，你们就<u>接进去作二房。</u>'"可知尤老娘在凤姐接尤二姐时已死了。

又此处画线部分说的是"接进去作二房"，而贾琏是偷娶，是在府外成亲，未接进府内。事实上，凤姐也是把尤二姐接入府内后，再叫旺儿唆使张华去告发，所以张华说的应当是凤姐接二姐入府前夕尤老娘死了；正因为此，凤姐接二姐入府时，尤老娘便没了踪影。

尤老娘怎么死得这么快？有人认为是尤三姐的自杀，令尤老娘非常悲痛而一病不起；在审兴儿时，兴儿误以为还活着，转眼之间，凤姐来接尤二姐时才刚死。但书中又未描写尤二姐为其母、其妹穿丧服，而似其母、其妹根本就没死，故此说恐亦非是。总之，尤老娘的死是作者笔下的又一破绽▲，这应当是原书尚为草稿，没有完全定稿的原故。这也可能是脂砚斋让作者改定而不誊抄本回的原因之一。

第 65 回尤二姐笑说要去会会凤姐时，兴儿连忙告诫劝阻她："奶奶千万不要去。我告诉奶奶，一辈子别见她才好：嘴甜心苦，两面三刀；上头一脸笑，脚下使绊子；明是一盆火，暗是一把刀：都占全了。只怕三姨的这张嘴还说她不过。好②奶奶，这样斯文良善人，哪里是她的对手！"即兴儿早已告诫过尤二姐千万不要去见凤姐，而尤二姐仍如此好骗地被凤姐骗入大观园，作者这么写岂非自相矛盾？

但书中写尤二姐听了兴儿的话后笑道："我只以礼待她，她敢怎么样？"看来不是尤二姐好骗，而是她原本就想会一会凤姐，想用自己的善良来感化猛虎，她把凤姐的"恶毒"给严重低估了。

尤二姐真是非常不幸，能拦住她不见"母夜叉"王熙凤的三位保护神贾琏、

---

① 候，此据列藏本，当误。

② "好"字当非衍文。好奶奶，即指奶奶您这么好的一个人。全句意为：奶奶您这么好的一个人，又是如此斯文善良的一个人，哪里是凤姐的对手啊！

尤三姐、尤老娘外出的外出、死的死、不见的不见，结果她便落入凤姐的魔爪，究其根由便是她太善良、太以"君子之心度小人之腹"，不知"天下最毒妇人心"的古训，所以说：尤二姐死于她的天真和善良。

凤姐听完兴儿的"坦白从宽"后，便定下计谋，"收拾东厢房"，要趁贾琏不在家时，把尤二姐接入府中给害死。

第六十八回一开头便补叙："话说贾琏起身去后，偏值平安节度巡边在外，约一个月方回。贾琏未得确信，只得住在下处等候。及至回来相见，将事办妥，回程已是将两个月的限了。"节度使巡边回来时肯定已是九月份，因为第66回节度使预先关照贾琏"十月前后务要还来一次"，其言"十月前后再来"而不言"九月中再来"，可证其巡边回来最早也要在十月前的九月下旬、而不可能是九月上中旬。第66回言贾琏到"平安州节度"处公干"来回也得半月工夫"，贾琏与"平安州节度"关系好，当是一两天便能把事务办好，则去往平安州当需六七天，回来又得六七天。此趟差八月初五动身，六七天后的八月十一、十二到达平安州而节度使已经动身离开，则平安州节度当于八月初十前动身离开，其巡边"约一个月"方回，可以指一个多月，故九月下旬回来属于正常。由此可知：贾琏等候节度回来而办完事已是九月下旬，回来路上又是六七天，故回到贾府时应当在九月底或十月初。其八月初走，若是十月初回，则当虚算为三个月，实足两个月，今作者说"回程已是将两个月的限了"，可证这趟行程虚算两个月、实足一个多月，即其回贾府时必定是在九月底而未到十月初（如果到了十月初，便是虚算三个月、而超过两个月了）。作者写这段"两个月才回"的情节，就是为了给凤姐摧残尤二姐留出充分的时间。

作者写完贾琏走后，这才写："谁知凤姐心下早已算定，只待贾琏前脚走了，回来便传各色匠役，收拾东厢房三间，照依自己正室一样装饰陈设。至十四日，便回明贾母王夫人，说十五日一早，要到姑子庙进香去。"表面看似乎在贾琏走之前就审兴儿了，其实当是贾琏当日走后不久审问兴儿；换句话说，袭人是贾琏前脚刚走便来看凤姐。

又上回审完兴儿后，脂本作："凤姐说：'你去罢。'兴儿才立身要走，凤姐又说：'叫你时，须要快来，不可远去。'兴儿连连答应了几个'是'"，没提到贾琏，显然贾琏已走而不用担心其告密了；而程高本作："凤姐又叫道：'兴儿！'兴儿赶忙答应、回来。凤姐道：'快出去告诉你二爷去，是不是啊？'兴儿回道：'奴才不敢。'凤姐道：'你出去提一个字儿，提防你的皮！'兴儿连忙答应着，才出去了。"似乎贾琏尚未走。其实贾琏已走，凤姐是警告兴儿不可以把今天审讯之事，叫人传信给才上路的贾琏。

又此回凤姐迎接尤二姐时说："前于十日之先，奴已风闻，恐二爷不乐，遂不敢先说。今可巧远行在外，故奴家亲自拜见过，还求姐姐下体奴心，起动大驾，挪至家中。"（程高本作："头十天头里，我就风闻着知道了，只怕二爷又错想了，遂不敢先说，目今可巧二爷走了，所以我亲自过来拜见。还求妹妹体谅我的苦心，起动大驾，挪到家中。"）点明自己审兴儿是在十天之前的八月初五。凤姐是在贾琏前脚才走、后脚便来审问兴儿，马上又传人次日开始收拾东厢房，八月十五中秋团圆节迎来尤二姐。由于是贾琏走之日审问兴儿的，所以可以说成是："我知道后，原本想和贾琏说明了再来接你"，但因为"只怕二爷又错想了，遂不敢先说"，即骗尤二姐：自己是在贾琏动身前就知道这一消息的。

又凤姐"说十五日一早要到姑子庙进香去"，以此为借口出府来接尤二姐。据上文有"八月内湘莲方进了京"的记载，可知凤姐来接尤二姐的这个"十五日一早"应当是 八月十五 一大早。此日凤姐到尤二姐住处后，尤老娘"莫明其妙"地不在（详上回之论）。书中写"尤氏心中早已要进去同住方好，今又见如此，岂有不允之理？"看似大违常情，但上回之论已给出理由，即尤二姐认定凤姐并不像兴儿口中说的那样坏，而且贾琏说要等凤姐死了才把她扶正。要等一个人死了才可以接入府，那要等到什么时候呢？而且凤姐此时并无重症在身，贾琏的话岂非是谎骗尤二姐的白说？所以尤二姐也就迫不急待地想要进入贾府、获得"偏房"的名分，欣然跟随凤姐入了府。

凤姐把尤二姐从大观园后门接入大观园，安排在李纨处住。凤姐又叫张华到都察院控告贾琏"国孝、家孝之中，背旨、瞒亲，仗财、依势，强逼退亲、停妻再娶"等语。今按：贾琏在贾敬"五七"刚完便成亲，告其"家孝"娶亲是对的[①]；第 58 回交代老太妃在清明前的正月底或二月尾，"庶民皆三月不得婚嫁"，此年清明是二月廿六，三月不得婚娶，至六月初三成亲早已超过三个月，所告"国孝"娶亲当属不实。

然后又写凤姐亲自到宁国府大闹，哭着骂贾蓉："出去请大哥哥来。我对面问他，亲大爷的孝才'五七'，侄儿娶亲，这个礼我竟不知道。我问问，也好学着日后教导子侄的。"可见贾琏是在贾敬死后的第 29 至 35 天左右娶的亲。本书第三章、第三节"一、宝玉生日及曹雪芹八字考"已考明贾敬死在四月廿七凌晨，35 天后成亲的"初三"当为六月初三，距四月廿七为 36 天，是"六七"的头一天，所以凤姐说的"亲大爷的孝才'五七'"，其实指的是贾敬丧事才过了"五七"的"六七"头一天便娶亲。民间寿终正寝者做"七"只需做到"五七"便可，所以"才过五七"已可视为不在"七"中，但贾琏作为死者贾敬的至亲之人（侄儿）仍在丧服之中，所以仍不可以娶亲。

第六十九回 写王熙凤将尤二姐骗进荣国府后，带尤二姐去见贾母、邢夫人、王夫人等。凤姐又说张华声称他老子没答应退亲之事："他（张华）老子说：'原是亲家母说过一次，并没应准。亲家母死了，你们就接进去作二房。'"可知尤老娘在凤姐接尤二姐时刚死。

此后便是"贾琏一日事毕回来"，据上文考证，当已是九月底。贾赦因交办的事情贾琏处理得很好，"又将房中一个十七岁的丫鬟名唤秋桐者赏他为妾"，等于赏了个可以迫害尤二姐至死的二姐克星、凤姐帮凶来。

下来作者又写了段没有上下文的令人"莫明其妙"的话："那日已是 腊月十二日 ，贾珍起身，先拜了宗祠，然后过来辞拜贾母等人。和族中人直送到'洒泪亭'方回，独贾琏、贾蓉二人送出三日三夜方回。一路上，贾珍命他好生收

---

① 贾琏毕竟是贾敬的有服之人，服期在"五七"时肯定未满。

心治家等语,二人口内答应,也说些大礼套话,不必烦叙。"贾珍为何离家远行?书中"似乎"没有明确交代(其实是有明文交代的,只不过作者不想让大家看出来,所以普通人也就很难看出来了)。此后贾珍的确消失了一回,到第71回贾政由学政之差回家,才又写到贾珍,即贾政"同贾赦及贾珍"等人商量八月初三贾母八旬大寿的事。

贾珍此番有要事远行,当即第63回天子得知贾敬死讯后,"令其子孙扶枢,由北下之门①进都,入彼私第殡殓。<u>任子孙尽丧礼毕,扶枢回籍外</u>,着光禄寺按上例赐祭。"第64回亦言:"贾珍、尤氏并贾蓉仍在寺中守灵,<u>等过百日后,方</u><u>扶枢回籍</u>,家中仍托尤老娘并二姐、三姐照管。"贾敬卒于四月廿七,"百日"为八月初七,此为腊月十二,早已过了百日,故此趟"腊月十二"远行便是贾珍扶其父亲贾敬灵枢回原籍安葬,这一去自然要几个月,作者在删改旧稿时,有意不在本回加以明确交代,从而留下这一令人"莫明其妙"的小小破绽。

〖作者的用意无非是为了避开"秦可卿之棺何以不同贾敬之棺一同回乡安葬"这一难点,属于作者惯用的"避难法"。我们都知道:书中明写秦可卿死于第13回,则可卿之棺为何不在本回同贾敬之棺一同回乡,而要到第120回才回乡安葬?本书"第三章、第一节、一、(三)、(4)"即据此证明:秦可卿其实死在第76回,故本回贾敬灵枢返乡安葬时,秦可卿仍活着,只有贾敬一口棺材需要还乡。正因为此,作者也就不敢在此回明提贾珍远行是为了把贾敬棺材送回老家安葬的事,以免大家看到"棺材"两字,联想起死在第13回的秦可卿的棺材为何不一同返乡?〗

又后四十回贾政扶枢归葬时,只有贾母、鸳鸯、凤姐、可卿、黛玉之棺,并无贾敬之枢,见第116回:"便是贾政见宝玉已好,现在丁忧无事,想起贾赦不知几时遇赦,老太太的灵枢久停寺内,终不放心,欲要扶枢回南安葬,便叫了贾琏来商议"说:"你是不能出门的,现在这里没有人;我为是好几口材都要带回去的,一个人怎么样的照应呢?想起把蓉哥儿带了去,况且有他媳妇的棺材也在里头。还有你林妹妹的,那是老太太的遗言,说跟着老太太一块儿回去的。我想这一项银子,只好在哪里挪借几千,也就够了。"又第120回:"且说贾政扶贾母灵枢,贾蓉送了秦氏、凤姐、鸳鸯的棺木到了金陵,先安了葬。贾蓉自送黛玉的灵,也去安葬。贾政料理坟基的事。"总之,后四十回末尾贾政扶枢归葬时并无贾敬之枢,这更加证明:此回贾珍远行是为了归葬贾敬的灵枢。

但本回"贾珍扶贾敬枢回乡"这一点曹雪芹未有明文写明,后四十回的作者居然知道贾敬之枢已回原籍安葬;这一细节隐蔽得很深,除曹雪芹外,很难再有人看破,后四十回在这一隐蔽至深的细节上居然和前八十回暗合,同样也可以证明后四十回的作者深知创作底细,只可能是曹雪芹本人。★

---

① 北下之门,疑即南京的"白下"门,李白有《金陵白下亭留别》诗,首句即言:"驿亭三杨树,正当白下门。"此是以"白下"代指南京,则贾珍扶贾敬之枢回老家南京安葬;影射的便是曹頫扶曹寅之枢回北京通州"张家湾"的曹家祖坟安葬,详见笔者《宁荣府大观园图考》"第一章、第三节、四"的最后一条小注。

贾琏回来后，尤二姐因贾琏有了秋桐，再加上凤姐百般折磨，处境更为艰难，"不过受了一个月的暗气，便恹恹得了一病"。贾琏这趟差"将两个月"，即四五十天，而凤姐是在他走了十天后接二姐入府，故二姐受气当包括贾琏不在时的那三四十天，现在再加上贾琏回来后受秋桐的气，天数早已超过一个月，所以文中所说的"受了一个月的暗气"，其实是泛指受了好几个月的暗气，而非实指只受一个月的气。

就在此时，尤二姐梦见尤三姐要她杀了王熙凤，尤二姐不听，尤三姐长叹而去。尤二姐醒来时，对看望她的贾琏哭泣着说："我这病便不能好了。我来了半年，腹中也有身孕。"两人六月初三成亲，至此腊月的确已经半年六个多月。贾琏请医生来诊治，王太医从军去了，于是请来了胡庸医（"便请了个姓胡的太医，名叫君荣"），用了打胎的虎狼药，打下了腹中的胎儿。尤二姐失去婴儿这一生存支柱而吞金自杀，停灵在"梨香院"。凤姐在贾母面前进谗言，故贾母下令："谁家痨病死的孩子不烧了一撒，也认真的开丧、破土起来？既是二房一场，也是夫妻之分，停五、七日抬出来，或一烧，或乱葬地上埋了完事。"[1]可见贾母只允许二姐的灵柩"头七"停在"梨香院"。

今按尤二姐为胡庸医打下腹中胎儿这一求生支柱而自杀，似乎不是凤姐所杀，倒是王希廉评此回时，一语道破其中玄机："胡医生误用打胎药，不过了结二姐身孕，以便速死。其实堕胎亦死，不堕胎亦死，与胡医无涉"，点明害死尤二姐的真凶仍是凤姐。他在本回又批："尤二姐被赚进园已落深阱，即无秋桐亦断不能久活。今又添一秋桐，其死更速"，则又点明：秋桐不过是凤姐杀二姐的工具，幕后元凶仍是凤姐。故本回回目拟作"弄小巧用借剑杀人"，点明秋桐不过是凤姐用来杀二姐的一把剑，凤姐才是舞此剑的人，故上回回末戚序本有总评："人谓'闹宁国府'一节极凶猛，'赚尤二姐'一节极和蔼。吾谓：'闹宁国府'情有可恕，'赚尤二姐'法不容诛；'闹宁国府'声声是泪，'赚尤二姐'字字皆锋！"

作者更绝的是，在本回描摹凤姐"善于做人"的伪善，即她得知尤二姐堕胎后："凤姐比贾琏更急十倍，只说：'咱们命中无子，好容易有了一个，又遇见这样没本事的大夫。'于是天地前烧香礼拜，自己通陈（诚）[2]祷告说：'我或有病[3]，只求尤氏妹子身体大愈，再得怀胎生一男子，我愿吃长斋、念佛。'贾琏、众人见了无不称赞。"大某山民侧批："通诚祷告，吃斋念佛，保佑：'灭门绝户。'"又眉批："凤姐周身恶计，连天地都要欺在内。"即点明凤姐祷告时口虽如此说，心中却是在默默祈祷："尤二姐莫再怀孕，早日归西"，致使贾琏这一枝灭门绝户。

凤姐这一伪善，作者其实从回首凤姐骗尤二姐入府给贾母看时，便已开始写起，即：凤姐"笑着忙跪下，将尤氏那边所编之话，一五一十细细的说了一遍，'少不得老祖宗发慈心，先许她进来，住一年后再圆房。'贾母听了道：'这

---

[1] 这番话也体现出恪守封建礼教的贾母，对于不贞女子的鄙视，而不管她是否长得漂亮。

[2] 通陈（诚），即祷告、祝祷。

[3] 指我或许有不能生子之病，所以希望二房早日康复而可再生一子。

有什么不是。既你这样贤良，很好。只是一年后方可圆得房。'"从而赢得贾母称赞她容得下贾琏娶妾的"贤良"名声。这时"凤姐听了，叩头起来，又求贾母着两个女人一同带去见太太们，说是老祖宗的主意。贾母依允，遂使二人带去见了邢夫人等。王夫人正因她风声不雅，深为忧虑，见她今行此事，岂有不乐之理。"

作者下来又写二姐堕胎后，贾府请算命先生算命说："系属兔的阴人冲犯。"书中接下来写："大家算将起来，只有秋桐一人属兔，说她冲的。"本回开头说秋桐此年十七岁。此年为红楼十四年，则秋桐比宝玉大三岁，第2回考明红楼元年必在"子午卯酉"年份，其比宝玉大三岁而属兔，则红楼元年当在午年，则元春薨逝的红楼十八年便是子年而非卯年。

而后四十回第95回言红楼十八年元春薨逝时为卯年，则红楼元年当为酉年，秋桐比宝玉大三岁，则当属午"马"①，这便是后四十回与前八十回不相吻合处。我们认为这是作者笔下的一大破绽▲，但我们并不认为这一破绽足以证明后四十回不是曹雪芹所写。因为作者以书名标榜自己写的是"梦"，梦中的时序原本就可以颠倒错乱，因此《红楼梦》中的时间、人物年岁存在一些荒唐破绽，原本就不足为奇。况且下文"第一百五回"将论明："元春薨逝时为卯年"是作者故意撒的谎，则"秋桐属兔、宝玉属马"当是的真不虚之事。

又：大某山民《读红楼梦纲领》之"纠疑"称："六十九回云秋桐十七岁，又云属兔，大误。是年癸丑，则十七岁当是丁酉生，属鸡。"上文第18回已考明其"总计已少算三年"，加上这三年，即生肖提前三年，酉前为申、未，再前为午，故秋桐当属午"马"为是。但这是以第95回元春薨逝于卯年为时间基点而推得秋桐属马；若不以此为基点而采信本回之语，则秋桐属兔。

●**第七十回"林黛玉重建桃花社、史湘云偶填柳絮词"**开头即写："因又年近、岁逼，诸务猬集"，可证其下所写的："如今却好万物逢春"而重建"桃花社"，便是又一年之春，也即**红楼第十五年，宝玉十五岁**。此回虽也没有正式写到过年的情节，但过年的盛况已在上一年的第53、54回中写过，此年不写也在情理之中，所以不可以根据此处没写到过年而定此年为虚年，此年当是实在之年而非虚年；而且此回开头还特地提到"年"字（"年近岁逼"），更加可以证明此年是实年。

此回又写贾政有信来"说六月中准进京"，"准"指"一定、准能、一定能、一定会"的意思。然后又用"众人听说六七月回京"的话，再度强调贾政六七月会回来。接着便写宝玉因怕贾政回来查功课，"于是将所应读之书又温理过几遍，正是天天用功。可巧近海一带海啸，又遭蹋了几处生民。地方官题本奏闻，奉旨就着②贾政顺路查看、赈济回来。如此算去，至冬底方回。宝玉听了，便把书、字又搁过一边，仍是照旧游荡。"作者笔底是多么灵巧，这么一写，又把贾

---

① 午年的生肖为马。
② 着（zhuó），派、派遣。

政改成年底回来。清代学政一般是三年一任（实算而非虚算），贾政红楼十四年点学政，此红楼十六年回，仅两年，未足三年（实算而非虚算）。

【大某山民评第70回："此回入书中之第六年仲春，是为甲寅。又点醒三月初二日，即递入夏末秋初①。因前详写春夏，故此处从简焉。"其言：此年春夏从略，是因为春夏之事在此前两年中已详尽描写过了，作者为了避免重复，所以本年的春夏便一笔带过；大某山民所言甚是。批语中提到的"三月初二日"事，就是本回的探春庆寿事，下有详论。按照笔者此处所排纪年，如果以黛玉入贾府的宝玉七岁作为第一年，至此十五岁为第九年，大某山民少算三年，原因请见第18回末之论。】

第七十回 "话说贾琏自在梨香院伴宿七日夜，天天僧道不断做佛事。贾母唤了他去，吩咐不许送往家庙中。贾琏无法，只得又和时觉②说了，就在尤三姐之上③点了一个穴，破土埋葬。那日送殡，只不过族中人与王信夫妇、尤氏婆媳而已。凤姐一应不管，只凭他自去办理。因又年近岁逼，诸务猬集不算外"，则已快到大过年了。上回贾母已下令只准"停五、七日"（即停灵五天或七天）便抬出去烧掉。贾琏因与二姐夫妻恩爱，故取了最长的七天，换句话说：此日是在尤二姐死后的第七天出殡土葬，其时已临近除夕（"年近岁逼"）。由尤二姐头七停灵时"年近岁逼"，可证尤二姐当逝世于腊月（十二月）中，而且逝世在除夕的七天前，其又当逝世于第69回提到的贾珍扶贾敬柩回乡的"腊月十二日"后，即逝世于腊月十三日至腊月廿三日之间。

接下来书中写："原来这一向因凤姐病了，李纨、探春料理家务不得闲暇，接着过年过节，出来许多杂事，竟将诗社搁起。如今仲春天气，虽得了工夫，争奈宝玉因 '冷遁了柳湘莲，剑刎了尤小妹，金逝了尤二姐，气病了柳五儿'，连连接接，闲愁胡恨，一重不了一重添。弄得情色若痴，语言常乱，似染怔忡之疾，慌的袭人等又不敢回贾母，只百般逗他顽笑。"

即去年凤姐病后，李纨、探春因料理家务不得闲暇，故一年来没有举行过一次诗社。此时刚过年（即入了红楼十五年），李纨、探春又因事务繁忙而无法

---

① 递，远，指从明文提到的"三月初二日"的春天，一下子便写到了夏末秋初。
② 时觉，当是贾府坟庵的住持，疑是尼姑而非和尚。若是家庙"铁槛寺"的住持，则"时觉"为男性。若是尼庵的住持，由于"馒头庵"（即水月庵）的住持是净虚，且与凤姐交好（见第15回"王熙凤弄权铁槛寺、秦鲸卿得趣馒头庵"，净虚在水月庵托王熙凤说媒而害死了张金哥、守备公子这对有情人），不大敢为贾琏做这种事来得罪凤姐，所以时觉很有可能是书中提到的"地藏庵"的住持。书中当然还提到"水仙庵"（第43回），则时觉似乎也可能是"水仙庵"住持；但"水仙庵"与贾府不很密切，而"地藏庵"与贾府关系的密切程度等同于"水月庵"，即第77回："王夫人曾于十五日就留下水月庵的智通与地藏庵的圆信住两日"。而第15回宝玉与凤姐"一时到了水月庵，净虚带领智善、智能两个徒弟出来迎接"，可证"智"字辈是徒弟，由此可知第77回住持不用亲自到贾府来，派其信得过的大徒弟"智通"到贾府来给王夫人请安即可，则"地藏庵的圆信"应当也是大徒弟为是，其师父"地藏庵"的住持很可能就是"时觉"，故尤三姐、尤二姐当埋于城外的"地藏庵"。第77回写戏子"芳官跟了水月庵的智通，蕊官、藕官二人跟了地藏庵的圆信，各自出家去了。"
③ 指尤三姐坟的上手，又作"上首"，古代指位置比较尊贵的一侧，通常指左手一边。尤二姐与尤三姐是平辈，故两者并排，尤二姐年长居左而在东，尤三姐年幼居右而在西，古人以东为尊。

举行诗社。到了仲春二月虽然李纨、探春有了工夫，但宝玉又因为"冷遁柳湘莲、剑刿尤小妹、金逝尤二姐、气病柳五儿"这一连串伤情事，弄得犯了痴呆症，自然也就不能举行诗社。作者文笔灵巧，这么写便让诗社说要举行而一直未举行过，写出了人生"事与愿违"的无奈。

此时"这日清晨"，众姊妹请宝玉到沁芳亭，说："咱们的诗社散了一年，也没有人作兴。如今正是初春时节，万物更新，正该鼓舞另立起来才好。"湘云笑道："一起诗社时是秋天，就不应发达。如今却好万物逢春，皆主生盛，况这首《桃花诗》又好，就把'海棠社'改作'桃花社'。"

宝玉在陪她们前往稻香村的路上，读到了黛玉写的《桃花行》。薛宝琴哄宝玉说是她写的，宝钗也帮着哄宝玉，宝玉笑道："但我知道姐姐（薛宝钗）断不许妹妹（薛宝琴）有此伤悼语句，妹妹（薛宝琴）虽有此才，是断不肯作的。比不得林妹妹曾经离丧，作此哀音。"这时书中写："众人听说，都笑了。"证明宝玉的鉴赏是对的。（但本书第51回论明薛宝琴是曹雪芹之名对调后的"雪曹芹"的谐音，所以薛宝琴就是作者曹雪芹在书中的又一化身，十首《怀古诗》名义上是薛宝琴所作，其实就是曹雪芹为隐藏自家家事而作；此处的《桃花行》作者故意说成是薛宝琴所作，其实也旨在标明其为曹雪芹所作。）

到稻香村后，李纨与"大家议定：'明日乃三月初二日，就起社，便改"海棠社"为"桃花社"，林黛玉就为社主。明日饭后，齐集潇湘馆。'因又大家拟题。"既然林黛玉是"桃花社"主，而薛宝琴不是，这便证明上面那首《桃花行》的确是林黛玉所作。又由李纨语，可知此日乃 三月初一。而史湘云言此三月为"初春时节、万物更新"，可证作者笔下的"初秋"是指草木初残，而"初春"便指草木初荣，皆指"二十四节气"而言，并非是指农历月份而当解作孟秋七月或孟春正月。

然后书中写："次日乃是探春的寿日，元春早打发了两个小太监送了几件顽①器。合家皆有寿仪，自不必说。饭后，探春换了礼服，各处行礼。黛玉笑向众人道：'我这一社开的又不巧了，偏忘了这两日是她的生日②。虽不摆酒唱戏的③，少不得都要陪她在老太太、太太跟前顽笑一日，如何能得闲空儿？'因此改至初五。"此日乃 三月初二，民间以出生之日为"生日"，以出生前一天为"寿日"，取出生之日到出生前一天为一整年的"整寿"之意，从而有在生日前一天过"寿日"来庆祝满岁的习俗。由探春三月初二做寿，可知其生日实为 三月初三"上巳节"。"上巳节"临近清明，故第5回探春的判词为："清明涕送江边望，千里东风一梦遥"，并不一定指她清明时节远嫁，而是指她清明时节出生；后四十回中的第102回写其远嫁于深秋，与此判词不相矛盾。

"这日（此日当即上引画线部分黛玉改期的 三月初五）众姊妹皆在房中，侍④早膳毕，便有贾政书信到了。宝玉请安，将请贾母的安禀拆开念与贾母听，

---

① 顽，通"玩"。
② 生日前一天做寿，生日那天庆生，共计两日。
③ 因非整十岁，所以不用大做生日，故不举行唱戏、喝酒的宴会。
④ 侍，或言当作"待"。

上面不过是请安的话，说'六月中准进京'等语。其余家信、事务之帖自有贾琏和王夫人开读。众人听说'六、七月回京'，都喜之不尽。偏生近日王子腾之女许与保宁侯之子为妻，择日是 五月初十日 过门，凤姐儿又忙着张罗，常三、五日不在家。这日（此日当仍是 三月初五 这一天）王子腾的夫人又来接凤姐儿，一并请众甥男、甥女闲乐一日。贾母和王夫人命宝玉，探春，林黛玉，宝钗四人同凤姐去。众人不敢违拗，只得回房去另妆饰了起来。五人作辞，去了一日，掌灯方回。宝玉进入怡红院，歇了半刻，袭人便乘机、见景，劝他收一收心，闲时把书理一理预备着。"王子腾的夫人接宝玉等去闲乐的"这日"看似在三月初五至五月初十之间，其实应当仍在开诗社的 三月初五 这一天，正因为此，黛玉三月初五这一天的诗社最终仍未能举行。如果王子腾夫人接宝玉等去闲乐的那天不在三月初五，则作者当于三月初五下午写诗社举行之事，由其不写，故知此日必是原定开诗社的三月初五，因宝玉、黛玉等人被接走而诗社被迫取消。

关于功课的事，袭人说："这三四年的工夫，难道只有这几张字不成？"贾政于前年第37回八月放学差，至今年六月差满回京，历时不到两年，虚算三年，若至冬底回，因未过年，虚算仍是三年，实足则为两年多，因此袭人口中说的"三四年"其实说的是三年，不误。

下来又写诗社事告吹，即："原来林黛玉闻得贾政回家，必问宝玉的功课，宝玉肯分心，恐临期吃了亏。因此自己只装作不耐烦，把诗社便不起，也不以外事去勾引他。探春、宝钗二人每日也临一篇楷书字与宝玉，宝玉自己每日也加工，或写二百、三百不拘。至 三月下旬，便将字集又凑出许多来。"即黛玉原本想在初六补开诗社，但怕宝玉分心而作罢。

上引之文已写到三月下旬，益证上文王子腾的夫人接宝玉等去闲乐当在三月，而且很有可能就是上文所分析的"三月初五"开诗社之日。又由此可知：本回回目中提到的"重建桃花社"，其实是想办而最终一次都未能办成。作者这么写，不过是为了写出本回开头黛玉的那首《桃花行》来，至于开不开诗社那都是作者"虚晃一枪"的幌子罢了。

接着作者又写："可巧近海一带海啸，又遭踏了几处生民。地方官题本奏闻，奉旨就着贾政顺路查看、赈济回来。如此算来至冬底方回。"程高本改画线的最后四字为"七月底方回"是不对的，因为程高本第107回贾政便说自己："犯官自从主恩钦点学政任满后，查看赈恤，于上年冬底回家"，写明是冬底回、而非七月底回★，这一方面可以证明此处程高本"七月底方回"是高鹗的篡改，而"冬底方回"是曹雪芹的原文；另一方面更可以证明后四十回根本就不是高鹗所写（详见第107回有论）。作者为什么要在"暮春放风筝"与下回"八月贾母庆寿"之间，让贾政"冬底回"、而非"七月底回"？这是作者有意要多拆出一年，所以故作此语（因为七月底回、八月庆寿仍在同一年中，而冬底回、八月庆寿便拆成了两年）。

由于贾政奉命要在回来的一路之上放赈，回家时间便拖延到了冬底，于是宝玉"仍是照旧游荡"，这时"时值暮春之际，史湘云无聊，因见柳花飘舞，便偶成一小令，调寄《如梦令》"，即所谓的"柳絮词"，于是众人一同作"柳絮词"，然后放风筝，这都是三月底或四月初的暮春时节事。本回回题"林黛玉重建桃花社、史湘云偶填柳絮词"，标明本回其实就是为了写出作者的两首佳作《桃花行》、《柳絮词》而创作。

此回放风筝时写道："一时丫鬟们又拿了许多各式各样的送饭的来，顽了一回"，"送饭的"是放风筝的一种附加物。风筝升空后，将此附加物挂在线上，随风鼓起，沿线而上；其上有时还附有爆竹或彩饰。

◎第七十一回 "嫌隙人有心生嫌隙、鸳鸯女无意遇鸳鸯" 开头写："话说贾政回京之后，诸事完毕，赐假一月在家歇息。因年景渐老，事重、身衰，又近因在外几年，骨肉离异，今得晏然复聚于庭室，自觉喜幸不尽。一应大小事务一概益发付于度外，只是看书，闷了便与清客们下棋、吃酒，或日间在里面，母子、夫妻共叙天伦庭闹之乐。因今岁八月初三日乃贾母八旬之庆，又因亲友全来，恐筵宴排设不开"云云，则贾政已归。因上回言贾政冬天回来，此言八月做寿，故知此时已进入新的一年红楼第十六年，宝玉十六岁。〖此回连丝毫换年的踪影都没写到，而上回好在还写到"年近岁逼"、"万物逢春"这八个字，这更加可以证明：上回之年是实年，而本回之年是作者拆"十四岁人生"为"十九年故事"而来的"虚年"。〗

又第4回介绍李纨时，言其子贾兰"年方五岁"，时为红楼八年、宝玉八岁，贾兰比宝玉小三岁，而第78回"老学士（即贾政）闲征《姽婳词》"时，众幕宾大赞贾兰之诗："小哥儿十三岁的人就如此"，时为红楼十六年、宝玉十六岁，宝玉比其正大三岁，两相吻合。由这两处文字，便可证实宝玉的确比贾兰要大三岁。下来众人又恭维贾环之诗："三爷才大不多两岁，在未冠之时如此，用了工夫，再过几年，怕不是大阮、小阮了？"说明贾环比贾兰大两岁，则贾环比宝玉小一岁而与林黛玉同年。

【大某山民评第71回："此回已入甲寅年八月间事。"今按程高本第70、71两回为同一年，大某山民据之作批，故比我们据脂本而定的红楼纪年又少一年，总计已少算四年。原因见第70回。】

第七十一回开头便言贾政回京"赐假一月"，然后是"八月初三乃贾母八旬之庆"，"议定于七月二十八日起，至八月初五日止，荣、宁两处齐开筵宴：宁国府中单请官客，荣国府中单请堂客；大观园中收拾出'缀锦阁'并'嘉荫堂'等几处大地方来作退居。二十八日请皇亲驸马、王公、诸公主、郡主、王妃、国君、太君夫人等，二十九日便是阁下、都府督镇及诰命①等，三十日便是诸官长及诰命、并远近亲友及堂客②。初一日，是贾赦的家宴；初二日，是贾

---

① "诰命"指配偶。"都府督镇及诰命"，指达官显贵及其配偶。
② "堂客"指配偶。"亲友及堂客"，指亲友及其配偶。

政①；初三日，是贾珍、贾琏②；初四日，是贾府中合族长幼大小共凑的家宴；初五日，是赖大、林之孝等家下管事人等共凑一日。"然后便写"七月二十八日"到"八月初五日"的贾母"八旬之庆"的宴客送请。贾母寿辰在八月初三，故第 62 回探春说"老太太"生日在灯节正月十五后，其所说的"老太太"三字当是"姨太太"之误而非贾母。又前年第 39 回贾母称自己比刘姥姥的"七十五"岁要小好几岁，现在只可能做"七旬之庆"，今作"八旬之庆"是作者有意改大十岁，原因详见本书"第三章、第二节、六"。

作者下来写："至 二十八日 ，两府中俱悬灯结彩"，"贾母劳乏了一日，次日便不会人，一应都是邢夫人、王夫人管待。"此时已到 七月廿九 。"这几日，尤氏晚间也不回那府里去，白日间待客，晚间陪贾母玩笑，又帮着凤姐料理出入大小器皿，以及收放赏礼事务，晚间在园内李氏房中歇宿。"其言"这几日"肯定不止一二日，则当已写到八月初（据下考是 八月初二 ）。

此晚尤氏夜游大观园，见门未关，叫小丫头问话，那婆子不搭理，还说："各家门、另家户，你有本事，排场你们那边人去！我们这边，你们还早些呢！"周瑞家的忙来安慰尤氏，捆了说错话的老妈子，但她的亲戚是邢夫人的陪房费婆子。

"至次日一早，见过贾母，众族人中到齐，坐席开戏。贾母高兴，又见今日无远亲，都是自己族中子侄辈，只便衣、常妆出来，堂上受礼。……先是那女客一起一起行礼，后③方是男客行礼。贾母歪在榻上，只命人说'免了罢'，早已都行完了。然后赖大等带领众人，从仪门直跪至大厅上，磕头、礼毕，又是众家下媳妇，然后各房的丫鬟，足闹了两三顿饭时。然后又抬了许多雀笼来，在当院中放了生。贾赦等焚过了天地寿星纸，方开戏、饮酒。直到歇了中台④，贾母方进来歇息，命他们取便，因命凤姐儿留下喜鸾、四姐儿顽两日再去。凤姐儿出来便和她母亲说，她两个母亲素日都承凤姐的照顾，也巴不得一声儿；她两个⑤也愿意在园内顽耍，至晚便不回去了。"而"放生"是在生日当天放的，如此多的众人拜寿，显然也是生日当天拜的，由此可见：此日便是贾母的生日 八月初三 ，则昨日尤氏受气当是八月初二。

"直至晚间散时"，邢夫人在贾母晚宴上，为费婆子亲戚事向凤姐求情，王夫人命放了，于是凤姐越想越气、越惭愧而哭了。贾母在寿宴中留下穷亲戚喜姐儿和四姐儿在荣国府中住，命鸳鸯到园中去传令：要"和家里姑娘是一样，大家照看经心些"。在回来路上，鸳鸯无意中在"大观园"腰门旁的"大桂树阴下"，发现了司棋⑥与潘又安两人的偷情、苟合事。又据下回考，此偷情事当发生在 八月初三 ，与上文断言此日是贾母生日 八月初三 正相吻合。此回："此时园内无人来往，只有该班的房内灯光掩映，微月半天"，庚辰本有夹批："是月

---

① 此处蒙上省"家宴"两字。
② 此处蒙上省"家宴"两字。
③ 后，然后。
④ 旧时演戏，例由次要演员先演开场戏，然后才由主要演员演出正本戏，称为"中台"。
⑤ 指喜鸾、四姐儿。
⑥ 司棋，谐音"私期"，即偷情之意。这也是作者"随事立名"之旨的体现。

初旬①起更时也。"下文"行至一湖山石后大桂树阴下来",庚辰本有夹批:"是八月,随笔点景。"画线部分与我们的时间判断——在八月初三——皆相吻合。

第七十二回 鸳鸯遇见这等羞人之事,于是决定以后晚上再也不来大观园。司棋"至次日(八月初四)见了鸳鸯,自是脸上一红一白,百般过不去。心内怀着鬼胎,茶饭无心,起坐恍惚。挨了两日(八月初五、初六),竟不听见有动静,方略放下了心。这日晚间,忽有个婆子来悄告诉她道:'你兄弟竟逃走了,三四天没归家。如今打发人四处找他呢。'"此处以画线的"这日晚间"更端另起,实已非偷情那晚后的第三天(八月初六),据下考当是八月十一之前的某一天(据下考,实为八月初九,而潘又安是八月初七逃走)。

由于八月初六时尚无动静,证明潘又安尚未逃走(若其逃走,必有消息传来而不可以称作"没有动静"),则婆子前来告诉司棋潘又安逃走的"这日晚间",肯定是在八月初六之后。由此可知:潘又安初三回家后,安安稳稳地住了三天(初四至初六),然后才离家出走。由于潘又安在"八月十一之前的某一天"已经逃走了三四天,则到"八月十一"时,他至少已经逃走了四五天,所以他逃走的那一天最晚只可能是八月初七、初八。

上面我们又论证清楚潘又安肯定是在八月初六后出逃的,两相比勘,便能知道他应当是在八月初七或初八出逃。如果是初七出逃,则"这日晚间"便是八月初九或初十而出逃了三四天;若是初八出逃,则"这日晚间"便是八月初十而出逃了三天。下文考明鸳鸯是在八月十一那天听说"园内司棋又病重,要往外挪"而来看望司棋,司棋显然不大可能当晚一听到潘又安出逃的消息,第二天便病情沉重到要搬离大观园的地步,其间至少当隔一天为宜,故知"这日晚间"当是八月初九而非初十。此时潘又安已逃走三四天,故知潘又安肯定是在八月初七日逃走,至初九为三天,婆子说成"三四天"不误。

我们更要指出的是:潘又安如果怕事情败露而逃走的话,自然应当在初三当晚(或次日初四)逃走为宜,他在事情无声无息的四五天后(从初三到初七虚算为五天)才出走,说明他的出逃并非惧祸,而是另有打算。

而后四十回中的第92回潘又安回来迎娶司棋时,对司棋母亲说:"我在外头原发了财,因想着她才回来的,心也算是真了。"正说明他并非惧祸逃走,他的出走就是为了赚够钱来娶司棋。后四十回的这番描写,与此处"潘又安出走并非惧祸"在细节上又属暗合。★

本回接着写司棋听说后,气潘又安逃走是没用的窝囊废,于是又"恹恹的成了大病"。"鸳鸯闻知那边无故走了一个小厮,园内司棋又病重,要往外挪,心下料定是二人惧罪之故②",便来看望司棋,发誓守密。此可证上文"这日晚间"有婆子告诉司棋那潘又安出逃之事,当是此日之前的某一天。

---

① 初旬,即上旬(初一至初十)。按:初三的"蛾眉月",傍晚时分出现在西南方的半空中,故作者写作"微月半天"。
② 前已论明:司棋惧罪是真,而潘又安出走并非惧罪;鸳鸯所料一半对,一半不对。

就在此日（据第75回明确提及八月十五中秋节，而可倒排出此日为 八月十一），鸳鸯从司棋房里出来，"因知贾琏不在家中，又因这两日凤姐声色怠惰了些，不似往日一样，因顺路也来望候。"此时凤姐还在睡午觉，因为下文提到小丫头进来对平儿说："方才朱大娘又来了。我们回了她奶奶才歇午觉，她往太太上头去了。"

平儿对鸳鸯说起凤姐因费婆子事而受了气（可证费婆子事是作者专门为加重凤姐病情而设计的"催命鬼"情节）："她这懒懒的也不止今日了，这有一月之前便是这样。又兼这几日忙乱了几天，又受了些闲气（指费婆子事），从新又勾起来。这两日比先又添了些病，所以支持不住，便露出马脚来了。"平儿又说她生病后不肯请大夫来看，即回目所写的"王熙凤恃强羞说病"："你还不知道她的脾气的？别说请大夫来吃药。我看不过，白问了一声'身上觉怎么样'，她就动了气，反说我咒她病了。饶这样，天天还是察三访四，自己再不肯看破些、且①养身子"，结果便导致病情越来越严重，即平儿说的："我的姐姐，说起病来，据我看也不是什么小症候。"然后凑着在鸳鸯耳边说："只从上月行了经之后，这一个月竟沥沥渐渐的没有止住。"鸳鸯忙答道："嗳哟！依你这话，这可不成了'血山崩'了？"又说："你倒忘了不成，先我姐姐不是害这病死了？"本回全在补明凤姐病根的日渐深种，是在为后四十回中第114回凤姐26岁便早夭埋下伏笔。所以下文凤姐梦见娘娘夺锦事，便是作者仿"江郎才尽"典故所写的凤姐早死之谶，与第101回凤姐占卜得"王熙凤衣锦还乡"签正相吻合（指："夺锦"与"衣锦"皆有"锦"字，详下）。

这时正好贾琏回来，向鸳鸯告贷，想拿贾母房中的财物借当，贾琏说："几处房租、地税通在九月才得，这会子竟接不上。明儿又要送南安府里的礼，又要预备娘娘的重阳节礼，还有几家红白大礼，至少还得三、二千两银子用，一时难去支借。……说不得，姐姐担个不是，暂且把老太太查不着的金银家伙，偷着运出一箱子来，暂押千数两银子支腾过去。不上半年的光景，银子来了，我就赎了交还，断不能叫姐姐落不是。"可证此时是在"重阳节"前。

这时贾母那边的小丫头来找鸳鸯说："老太太找姐姐半日。"鸳鸯听说，忙回去见贾母。可证鸳鸯当是服侍贾母刚躺下睡午觉便来探望司棋，估计凤姐午觉快醒时再来探望凤姐，而凤姐与贾母的作息规律当差不多，凤姐当醒时便是贾母当醒时，所以到这个时候，贾母肯定早已找她半天了。

鸳鸯走后，凤姐对贾琏说："后日是尤二姐的周年"，问贾琏要一二百两银子给尤二姐上坟之用；而尤二姐显然死在年底腊月中，这又是一个大矛盾。或将"后日"理解为泛指将来，则不矛盾。且凤姐又说："我又不等着衔口垫背②，忙了什么？"可证尤二姐忌日（逝世之日）尚远，"后日"乃泛指将来；即凤姐在此时的八月份便来预筹十二月份为尤二姐修坟事。（总之，此处不能视为作者

---

① 且，姑且。指姑且先把身子养好。
② 衔口垫背，古代殓葬时的一种习俗。给死者口中含珠、玉或米，叫"衔口"；在死尸褥下放钱，叫"垫背"。

在说梦话，即不能认为尤二姐死在"八月十一"的后日"八月十三"。）■

　　然后旺儿媳妇来求凤姐为他儿子做媒，想娶王夫人房的大丫头彩霞。作者趁机又写凤姐说她梦见一位"不是咱们家的娘娘"来抢她怀中之锦，"正夺着，就醒了"，幸亏庚辰本夹批点明作者的用意："却是江淹才尽之兆也，可伤。"

　　要理解这一情节，先要了解"江郎才尽"的典故。按《南史·江淹传》言：江淹"始泊禅灵寺渚，夜梦一人，自称张景阳，谓曰：'前以一匹锦相寄，今可见还。'淹探怀中，得数尺与之，此人大恚，曰：'哪得割截都尽？'顾见丘迟，谓曰：'余此数尺，既无所用，以遗君。'自尔，淹文章踬矣。尝宿于'冶亭'，梦一丈夫，自称郭璞，谓淹曰：'吾有笔在卿处多年，可以见还。'淹乃探怀中，得五色笔一，以授之。尔后，为诗绝无美句，时人谓之'才尽'。"可证江淹梦人来取怀中之锦与笔，便是他文才将枯之兆。"锦"象征文才，凤姐不识字，则"锦"对于她来说便象征口才，俗话说"锦心绣口"，可见文才与口才都可以用"锦绣"来象征。凤姐梦人来夺锦，便是预兆其口才将失，也即其人将亡的征兆。

　　第42回薛宝钗评价黛玉给刘姥姥起"母蝗虫"绰号时，便把凤姐的口才与大观园中公认最聪慧的黛玉的文心相媲美："宝钗笑道：世上的话，到了凤丫头嘴里也就尽了。幸而凤丫头不认得字，不大通，不过一概是市俗取笑。更有颦儿这促狭嘴，她用《春秋》的法子，将市俗的粗话撮其要、删其繁，再加润色比方出来，一句是一句。这'母蝗虫'三字，把昨儿那些形景都现出来了，亏她想的倒也快！"又第54回说书艺人赞凤姐口才说："奶奶好刚口[①]。奶奶要一说书，真连我们吃饭的地方也没了。"足证凤姐肚中有锦。

　　从本回起，凤姐因血崩之病，又因尤二姐与张金哥鬼魂的纠缠（第88、113回），再加上抄家后财产被抢（第105回）等一系列不如意事的打击，特别是贾府因为自己放高利贷而被抄的巨大精神压力[②]，日趋逼近死亡，在她第114回死亡前夕的第108回中，史湘云便评价她："别人还不离，独有琏二嫂子，连模样儿都改了，说话也不伶俐了。"然后又写宝钗生日宴上"凤姐虽勉强说了几句有兴的话，终不似先前爽利、招人发笑"，这便是她"江郎才尽"、胸中之锦渐失而日渐接近死亡的模样。

　　第101回其占卜所得的"王熙凤衣锦还乡"签，便伏第114回其26岁夭亡之事；所谓"衣锦还乡"其实指的是穿着寿衣还乡。其卜得的神签中有个"锦"字，又正与本回"夺锦"事吻合，而且是"伏线千里"、隔了29回（从第72回到第101回相隔29回）。这一常人根本不会注意到的细节（一个"锦"字），的确也只有原作者曹雪芹本人，才能够在远隔29回后重又拾起。其他任何人，包括高鹗在内，都不会想到：作者第72回王熙凤"夺锦"之梦，是在暗写"江

---

① 刚，刚强。刚口，谓言谈锋利动听。
② 见第106回"王熙凤致祸抱羞惭"：贾政"回到自己房中，埋怨贾琏夫妇不知好歹，如今闹出放账取利的事情，大家不好。方见凤姐所为，心里很不受用。凤姐现在病重，况她所有的什物尽被抄抢一光，心内郁结，一时未便埋怨，暂且隐忍不言。"

—145—

郎才尽"的典故，从而借此来伏王熙凤之死。这是后四十回与前八十回细节照应的又一铁证！★

作者仿"江郎才尽"的故事，构思出凤姐梦人"夺锦"这一情节，以此来预告凤姐胸中的成算快要用完而临死不远了。接下来作者又让旺儿家的笑着说道："这是奶奶的日间操心，常应候宫里的事。"深晓作者用意的脂砚斋，在庚辰本夹批中批："淡淡抹去，妙！"点明作者故意把凤姐即将失势而死的暗示，用旺儿家的笑语来引导大家不要再细想下去，从而将其轻轻抹除。

然后凤姐又用两只金项圈典当白银四百两，"一半命人与了旺儿媳妇，命她拿去办八月中秋的节"，可证此时不光在"重阳节"前，更在"中秋节"前。晚间，彩霞托其妹妹小霞，来求赵姨娘把自己许配给贾环做姨娘。赵姨娘对贾政说起这个请求，贾政说等两年再说。赵姨娘说："宝玉已有了二年了"，说的便是前年第 36 回王夫人按照姨娘的身份和标准来给袭人月例钱的事，距今的确已经有两年了。贾政正要追问下去，外面有人故意把窗屉掉下来，打断了他俩的谈话。

第七十三回 赵姨娘与贾政谈论贾环与彩霞婚事，说到宝玉已有姨娘（指袭人）两年了，贾政正要追问，因窗屉掉下而打断。原来是赵姨娘的丫环鹊儿偷听到他俩的谈话，故意制造事故来打断两人的交谈，然后又偷偷来怡红院传话："方才我们奶奶这般如此在老爷前说了。你仔细明日老爷问你话。""方才"两字说明是连夜来报信。当晚正好有人看到一个人影从墙上跳下（可证大观园中的确出现了盗贼），于是宝玉便假装受了惊吓而生病。此回与前一回都是 八月十一日 同一晚上的事。

第二天，贾母派人查赌。贾母"歇晌"（午睡）时，邢夫人因迎春乳母被查到聚赌，便到"大观园"中来教育迎春。路上又从傻大姐手中拿到了司棋和潘又安偷情时遗落的"绣春囊"。大观园"奸、盗、赌"相连，令主子们大为震惊。

邢夫人到迎春处后，谈到贾琏、迎春皆非自己亲生（"倒是我一生无儿无女的，一生干净"）。邢夫人从迎春处走后，作者又写绣橘因为迎春"八月十五日恐怕要戴"首饰而提起迎春奶妈拿"攒珠累丝金凤"当钱[1]的事，迎春怕多事，不想过问。此是 八月十二日 下午的事。

第七十四回 言平儿来迎春处，命迎春奶妈的家里人把当铺中的"累丝金凤"给赎回来，然后回到王熙凤处。下来又写贾琏回来说：邢夫人知道他向鸳鸯借贾母财物当钱事，并说邢夫人以此为由，要先借"二百银子，做八月十五日节间使用"。

贾琏虽然是第一次向鸳鸯做这种事，之前从未曾做过，但第 53 回贾珍说："前儿我听见凤姑娘和鸳鸯悄悄商议，要偷出老太太的东西去当银子呢。"可见这一念头凤姐早就动过，这次是借贾琏手实施出来罢了。又平儿说出鸳鸯其实禀告过贾母："一则鸳鸯虽应名是她私情，其实她是回过老太太的。老太太因怕

---

① 当钱应当是为了还赌债用的。

孙男、弟女①多，这个也借，那个也要，到跟前撒个娇儿，和谁要去？因此只装不知道。（庚夹：奇文、神文！岂世人余相②得出者？前文云'一箱子'，若是私拿出，贾母其睡梦中之人矣？盖此等事，作者曾经，批者曾经，实系一写③往事，非特造出、故弄新笔，究竟不记不神也④。○鸳鸯借物一回，于此便结了。）"

贾琏走后，王夫人来审凤姐"绣春囊"之事，决定当晚查抄大观园，结果抄出了司棋与潘又安的私情事。当查抄到探春时，探春说："你们今日早起不曾议论甄家'自己家里好好的抄家，果然今日真抄了。'（庚夹：奇极，此日'甄家事'！）⑤这是作者在补写此日白天没写到的事（即把原本要在白天写的事，借晚上的谈说来写出），这事便是：甄家此时已被朝廷抄了家，而且抄家前还发生过自己先抄了自己家的事。此批语更点明："甄家事"便是书中贾府的"真家"、也即作者"我"曹家的事情，我们曹家在抄家前，也曾发生过先在自己家里内部抄家的事⑥。此是 八月十二日 下午和晚上的事。

"次日" 八月十三日 惜春在尤氏面前说自己不愿回宁府，因为"况且近日，我每每风闻得有人背地里议论什么，多少不堪的闲话，我若再去，连我也编派上了"，写出宁府的淫乱"臭名远扬"，于是尤氏便从惜春房中赌气离开。〖今按：尤氏还蒙在鼓里而不明就里。在作者最初稿中，两回后的第76回中秋夜，便将上演贾珍与秦可卿在"天香楼"私通而被尤氏撞破的丑事，惜春这番话便是在为这件事伏线、做引子。〗

第七十五回 上回借探春口交代出甄家被抄，有了这一铺垫，作者便在此回描绘一笔甄家被抄之事："才有甄家的几个人来，还有些东西，不知是作什么机密事。奶奶这一去恐不便。尤氏听了道：昨日听见你爷说，看《邸报》甄家犯了罪，现今抄没家私，调取进京治罪。怎么又有人来？老嬷嬷道：正是呢。才来了几个女人，气色不成气色，慌慌张张的，想必有什么瞒人的事情也是有的。"大某山民此处有眉批："此不问而知其为甄家抄没，私命婆子在贾府寄顿家产；贾氏闻此等事，能无寒心否？"其实抄家前寄顿财产是第63回"甄家有两个女人送东西来了"，此处是抄家后来避难。

后四十回之第107回，贾母临终前分割自己遗产时也说："江南甄家还有几两银子，二太太那里收着，该叫人就送去罢。倘或再有点事出来，可不是他们'躲过了风暴又遇了雨'了么。"大某山民有眉批："籍没人家多寄顿在外者，于甄氏知之，并为七十五回注释。"⑦这也是后四十回与前八十回细节暗合

---

① 即南京话"孙男嫡女"之意。
② 余相，当作"意想"为是。
③ 一写，或不误，或疑当作"写一"为是。
④ 不详何意。
⑤ 此批点明贾家事与甄家事相同，即：书中表面是写"贾（假）家之事"，其实写的就是作者"甄（真）家之事"。众人议论的是："难怪甄家被抄家，因为之前他们自己家先抄过了，这自己抄家的事便预兆着不久他们要被外面人抄了。"批语点明这写的是真事。即在真实原型中，江南真家即作者生活的"江宁织造府"曹家，也像第74回这样，先自己抄自己，不久便在雍正六年正月被朝廷抄了家。
⑥ 被抄之前，自己家里先抄家，是自己家即将被官府抄没的不祥预兆。
⑦ 即：此第107回堪称是第75回的证明。

之例。★

尤氏从惜春处赌气出来后，打算到王夫人处说话，听说甄家的人在，便先到李纨处。这时宝钗前来，托故要搬出大观园，李纨和尤氏都不敢答应。然后尤氏又来贾母处，见"王夫人说甄家因何获罪，如今抄没了家产、回京治罪等语"，贾母说："咱们别管人家的事，且商量咱们八月十五日赏月是正经。"王夫人说："只是园里空，夜晚风冷。"贾母笑道："多穿两件衣服何妨？那里正是赏月的地方，岂可倒不去的？"

尤氏陪贾母吃了晚饭后回家，从窗户里看到贾珍、薛蟠、邢大舅等人豪赌、而娈童作陪的夜宴场面，"至四更时，贾珍方散。"

今按古代的丧服制度：子为父母、媳为舅姑皆要服丧三年，因为《论语·阳货》说："子生三年，然后免于父母之怀"，所以父母死后，为人子者也当服丧三年，以报答父母对自己的三年搂抱、喂乳的养育之恩。由于母亲用母乳哺育孩子要27个月，所以"三年之丧"便定为：两周年再加第三周年的第一个月共计25个月为"正丧"，然后间隔一个月举行除丧服之祭的"禫祭"，所以总计为27个月。三年丧期内，服丧者不得婚娶、宴乐、过性生活。贾敬死于第63回的红楼十四年四月廿七，至红楼十六年七月廿七为三年丧服期满。此为红楼十六年八月，刚满三年之丧，贾珍已不在三年丧服中，故可宴乐。

然而本回"次日起来"，贾珍让佩凤对尤氏说："咱们是孝家，明儿十五过不得节，今儿晚上倒好，可以大家应个景儿，吃些'瓜饼酒'[1]。"通过贾珍之口，已交代清楚自己是守孝之家，孝服尚未满，不可以过"八月中秋节"的宴乐，所以要提前一天过掉，以示中秋那天没有过节。而本回贾珍居然豪赌、宴饮，在次日中秋夜还发生了最终被作者删改掉的"家丑不可外扬"——即第76回八月十六凌晨，贾珍与儿媳秦可卿的乱伦淫事。难怪祖先要为贾珍此夜提前过八月中秋的宴乐、次夜又与可卿淫乱致使可卿上吊这两件不孝之事加以叹息。

又第76回"八月十五"中秋赏月时，贾珍妻尤氏也对贾母说自己"况且孝服未满"，加上上引贾珍亲口说自己是"孝家"，据此则贾珍真的丧服未满。

实则，我们是经过非常详细的考证，考明宝玉生日在四月廿六、贾敬死于次日凌晨而在四月廿七，参见本书"第三章、第三节、一"。所以本回及下回所在的八月，贾珍、尤氏夫妇肯定已满三年丧服，作者写成"况且孝服未满"，当是"况且孝服才满"之误，这是作者笔下的又一时间破绽■。作者用书名"梦"字来标榜其创作时的梦幻风格，而梦中的时序可以颠倒错乱，所以我们不可以

---

[1] 指这场酒宴是以西瓜、月饼为主角。中秋节向月亮供献祭品时，西瓜是必备的果蔬。《帝京景物略》卷二："八月十五祭月，其饼必圆，分瓜必牙错、瓣刻如莲花。"由于冬瓜、南瓜多子，所以被视为生育、繁殖的象征，无子之人中秋晚上便要"偷瓜求子"，即：命人到别人家园地里偷瓜，并且要故意让主人知道，让自己遭到主人一顿大骂方为吉利。然后把偷到的瓜画上五官，穿上衣服，扮成小孩的形象，放在竹舆（竹制的轿子）上，敲锣打鼓，把瓜送到无子之家。求子之家喜出望外，把瓜放在床上，不惜把床弄脏，并要由已婚未孕的妇女陪睡一夜，第二天清晨煮熟后吃下去，民间认为这样做可以怀孕。

根据这一小破绽来推断贾敬没死在四月底、而应当死在五六月中。

而且，我们还考明作者是把自己"十四岁人生"拆为"十九年故事"，在其十九岁人生中，贾敬是第 63 回作者人生的第十一岁四月底死，而本回赏中秋是作者人生第十二岁的八月，两者相差一年又四个月，虚算两年，未足三年丧期，故贾珍与尤氏两人都说自己未满三年丧期，这在作者"十四岁人生"体系中是完全正确的；只不过作者将其改成"十九年故事"时，虚增出第 71 回那一年，于是就变成了两年又四个月，从而变成三年丧服已满。但作者仍保留下三句真话，即第 75 回贾珍说自己是守孝之家（"咱们是孝家"），第 76 回尤氏说自己未满三年丧服（"况且孝服未满"），同时贾母又说尤氏这话很对，贾敬逝世只有两年多而未满三年，即："贾母听说，笑道：'这话很是，我倒也忘了孝未满。可怜你公公已是二年多了。'"

古人三年丧服是以虚算计，不以实足计；从贾敬死到此时，按"十四岁人生"来看，是一年四个月，虚算两年，即贾母口中说的"已有二年之多了"；按照"十九年故事"来看，是两年零四个月，虚算是三年，已满三年丧期，故贾母不会称这实足两年零四个月为"二年多"，而当说成是"三年多了"。所以，贾珍、尤氏丧服未满之语，恰是证明全书由"十四岁人生"拆为"十九年故事"的力证。★

由此可见：在"十四岁人生"体系中，贾珍是丧服未满，便开始举行大肆豪赌、且有娈童为伴的夜宴，是大不孝。但在"十九年故事"体系中，贾珍是丧服刚满而举行豪赌夜宴，似乎可以不算作"不孝"。其实，即便在"十九年故事"中，贾珍丧服才满而举行豪赌夜宴，也丝毫不能减轻其不孝的罪名。因为书中明言他是在此年四五月份便已开始这种豪赌宴乐了，而其父亲的三年丧服要到七月底才结束，所以贾珍的行为仍属不孝。即书中写：

原来贾珍近因居丧，每不得游顽旷朗，又不得观优闻乐作遣。无聊之极，便生了个破闷之法：日间以习射为由，请了各世家弟兄及诸富贵亲友来较射。因说："白白的只管乱射，终无禅益，不但不能长进，而且坏了式样，必须立个罚约，赌个利物，大家才有勉力之心。"因此在天香楼下箭道内立了鹄子，皆约定每日早饭后来射鹄子。贾珍不肯出名，便命贾蓉作局家。这些来的皆系世袭公子，人人家道丰富，且都在少年，正是斗鸡走狗，问柳评花的一干游荡纨裤。因此大家议定每日轮流作晚饭之主，每日来射，不便独扰贾蓉一人之意。于是天天宰猪割羊，屠鹅戮鸭，好似临潼斗宝一般，都要卖弄自己家的好厨役、好烹炮。不到半月工夫，贾赦、贾政听见这般，不知就里，反说这才是正理，文既误矣，武事当亦该习，况在武荫之属。两处遂也命贾环、贾琮、宝玉、贾兰等四人于饭后过来，跟着贾珍习射一回，方许回去。贾珍之志不在此，再过一二日便渐次以歇臂养力为由，晚间或抹抹骨牌，赌个酒东而已，至后渐次至钱。如今三四月的光景，竟一日一日赌胜于射了，公然斗叶掷骰，放头开局，夜赌起来。

由"如今三四月的光景"，可见贾珍早在三四个月前的四五月份，其时仍在父亲三年丧服期内，便白天以"习射"为名开始赌博，然后一发不可收拾，天天晚上设局豪赌、奢靡宴乐起来。所以此 八月十三日 虽在三年丧服期满后，但作者其实仍交代清楚：贾珍是在三年丧服期间便已如此宴乐，从而写出贾珍、贾蓉的大不孝。再加上第 64 回作者写贾敬尸骨未寒的丧事期间，贾珍、贾蓉便已"人散后，仍乘空寻他小姨子们厮混"。第 65 回又写到贾珍"因与他姨妹久别，竟要去探望探望"。第 66 回又写尤三姐拟嫁柳湘莲时，"贾珍因近日又遇了新友"而不放在心上（即有了尤三姐以外的新欢）。贾珍在父亲丧事期间便已如此荒淫不孝，难怪下文八月十四中秋赏月到深夜而贾珍还不罢休时，宗祠内的祖宗之灵要为之叹惜。〖在最初稿中，祖宗的这声叹息中，还有预兆本家族长孙媳妇秦可卿即将因淫乱亡故的含意在内。〗

作者又写："次日起来，就有人回：'西瓜、月饼都全了，只待分派送人。……一时佩凤又来说：'爷问奶奶，今日出门不出？说咱们是孝家，明日十五过不得节，今日晚上倒好，可以大家应个景儿，吃些瓜饼酒。'尤氏道：'我倒不愿出门呢。那边珠大奶奶又病了，凤丫头又睡倒了。我再不过去，越发没个人了'"，可证尤氏仍在协理荣国府的过程中。尤氏问早饭（即午饭）吃什么，配凤说贾珍早饭在外头吃，尤氏问："今日外头有谁？"配凤道："听见说外头有两个南京新来的，倒不知是谁。"南京来人，便是甄家抄家后，或是来寄藏资产、或是来政治避难的人。因事属机密，故不能让下人知道（"倒不知是谁"，即贾府向府内诸人隐瞒来人是甄府之人）。

尤氏"至晚方回"，此夜贾珍开怀赏月作乐，至半夜时分，忽听见墙那边的"贾氏宗祠"中有人长叹一声，贾珍等人甚觉无趣，便归房安歇。此是 八月十四日 事。然后"次日一早起来，乃是十五日。带领众子侄开祠行朔望之礼。细察祠内，都仍是照旧好好的，并无怪异之迹。"下来便写贾母 八月十五日 中秋夜晚赏月事；则前面几回的日期，皆可据此倒排出来而加以确定。

第七十六回 接着前回写中秋夜，贾母等人赏月、闻笛而倍感凄凉。后半回写黛玉、湘云、妙玉中秋夜即景联句，一直闹到"此时想是天亮了"的"五更天"三人方去睡觉，此时已是 八月十六日 早晨。

赏月时，尤氏说自己与贾珍："已经是十来年的夫妻，也奔四十岁的人了。况且孝服未满，陪着老太太顽一夜还罢了，岂有自去团圆的理？"贾母对尤氏说："我到忘了孝未满，可怜你公公已是二年多了。"脂批："不是算贾敬，却是算贾赦死期也。"可证贾敬的原型与贾赦的原型当为同一人，至此赏月之时已死两年多了。今按：此赏月之年为作者人生第十二岁的雍正四年（1726），此前两年为雍正二年（1724）作者十岁时，很可能有某位曹家的重要人物（也即贾敬、贾赦的共同原型）逝世。

第七十七回 写"王夫人见中秋已过"（当是 八月十六），先命人惩办了第 74 回查抄出来的偷情的司棋，将其逐出贾府；然后亲自入"怡红院"，驱逐晴雯、芳官、四儿，并声称"五儿已死"。

宝玉偷偷看望被撵的晴雯，回来骗袭人说是到薛姨妈家去的。晚上梦见晴雯来告辞，便知她已死或快要死了。第二天一大早（当是 八月十七），宝玉要随父亲去父亲好友家赏桂花、赋诗，只能派遣小丫头前去探视晴雯。

芳官、藕官、蕊官三人要求出家，八月十五来"送供尖"的水月庵尼姑智通、地藏庵尼姑圆信正好在府中，于是带走三人，其中芳官出家于水月庵，另两位出家于地藏庵。书中写道："当下因八月十五日各庙内上供去，皆有各庙内的尼姑来送供尖之例，王夫人曾于十五日就留下水月庵的智通与地藏庵的圆信住两日，至今日未回，听得此信，巴不得又拐两个女孩子去作活使唤。""供尖之例"语，便可证明"年例、年疏"都是每年到一定时候要做的事，未必过年才做，故此处所言的八月半要做的事也可以称作"年例"，第49回所说的"年例"应当是十月或十一月份要做的事。

第七十八回 王夫人向贾母汇报逐出晴雯等人之事。"贾母歇晌后"，王夫人又唤来凤姐，告知逐出晴雯等人之事。宝玉随贾政赏桂花时，被贾政打发先回，据第78回交代是"未正三刻（即下午两点三刻）才到家"。宝玉到家后，便向小丫头们打听晴雯死时的情况，又问："她可说自己死后成了什么神？"小丫头们见"恰好这是八月时节了，园中池上芙蓉正开"，于是胡诌出"晴雯说自己成了芙蓉花神"这节谎话。宝玉于是借口说要去看望黛玉，独自一人出后园门来到晴雯家，想拜别晴雯之灵："虽然临终未见，如今且去灵前一拜，也算尽这五六年的情常。"

今按下文《芙蓉女儿诔》："窃思女儿自临浊世，迄今凡十有六载。（庚夹：方十六岁而夭，亦伤矣。）其先之乡籍、姓氏，湮沦而莫能考者久矣。而玉得于衾枕、栉沐之间，栖息、宴游之夕，亲昵、狎亵，相与共处者，仅五年八月有奇。（庚夹：相共不足六载，一旦夭别，岂不可伤？）"

则晴雯今年16岁，与宝玉同年。此时为红楼十六年八月，上推五年零八个月为红楼十一年年初，宝玉十一岁。第77回称："这晴雯当日系赖大家用银子买的，那时晴雯才得十岁，尚未留头。因常跟赖嬷嬷进来，贾母见她生得伶俐标致，十分喜爱。故此赖嬷嬷就孝敬了贾母使唤，后来所以到了宝玉房里①。这晴雯进来时，也不记得家乡、父母。只知有个姑舅哥哥，专能庖宰，也沦落在外，故又求了赖家的收买进来吃工食。"晴雯买来时十岁，今年十六岁，是六年前的红楼十年被赖大家买来，不久便送给贾母，然后在次年红楼十一年年初入了宝玉之房。

宝玉来晴雯家凭吊时，晴雯已被送去埋葬，家门紧闭而进不去。宝玉刚回大观园中的怡红院，便被贾政叫去，作了"风流隽逸、忠义慷慨"的《姽婳词》，凭吊明末抗寇而死的林四娘。"至晚"，宝玉作好凭吊晴雯之词，在"夜月之下"念诵了这篇《芙蓉女儿诔》，被黛玉听到。

其实"姽婳词"表面是悼念抗击"黄巾、赤眉②"作乱的"林四娘"（据考，

---

① 指：所以后来到了宝玉房里。
② 即农民起义。

林四娘实为抗击明末或清初寇扰山东的皇太极、多尔衮的清兵而阵亡①），其实是在悼念怡红院"武死战"的"武夫"晴雯②，恒王爱妃"林四娘"其实就是宝玉爱妃"晴雯"的影子。而作者接下来悼念晴雯的《芙蓉女儿诔》，实则却又是在悼念黛玉；而作者悼念姓林女子的"姽婳词"，反倒又是在悼念晴雯：晴雯与林黛玉的悼词正可互相调换，由此可见作者文笔的狡狯、高妙、错综复杂。（作者《姽婳词》悼已故之人晴雯，《芙蓉女儿诔》预悼未故之人黛玉，两首长篇诗文放在一回来写，体现出作者组织情节时"对仗构思、对峙立局"的创作理念。）

今按后四十回中的第104回写："你想，我是无情的人么？晴雯到底是个丫头，也没有什么大好处，她死了，我老实告诉你罢，我还做个《祭文》去祭她。那时林姑娘还亲眼见的。如今林姑娘死了，莫非倒不如晴雯么？死了连祭都不能祭一祭？林姑娘死了还有知的③，她想起来不要更怨我么？……我自从好了起来，就想要做一首《祭文》，不知道我如今一点灵机都没有了。若祭别人呢，胡乱却使得；若是她，断断俗俚却不得一点儿的④。"

而一般人来续写后四十回的话，肯定会让宝玉写一篇哀悼黛玉的文章出来，因为宝玉连丫环晴雯都要祭，其所钟情的闺友（未婚妻）黛玉焉能不祭？而后四十回居然说出"宝玉写不出"黛玉祭文的话来，这的确不是别人、而只有作者曹雪芹本人才敢这么想、这么写的大手笔。

其实此回悼念晴雯的《芙蓉女儿诔》，便是宝玉所写的黛玉死后的悼文。第63回作者让黛玉抽到芙蓉花签，表面是写黛玉成了芙蓉花神，其实黛玉是绛珠仙草，不是芙蓉花神，本回小丫头又言明芙蓉花神是晴雯而非黛玉。作者第63回让黛玉抽到芙蓉花签，不是在说她就是芙蓉花神，而是在告诉大家：本回《芙蓉女儿诔》表面上是在祭小丫头口中所说的、成了芙蓉神的晴雯，其实祭的就是第63回抽到芙蓉签的黛玉。正如第85回贾政升官宴演"冥升"这出戏正逢黛玉生日，不是说黛玉生日真的就在这升官宴举行的九月中，而是在预告第97回黛玉"冥升（即'逝世'）"于她的生日。两者的创作手法如出一辙（第85回有详论）。

而且黛玉比宝玉小一岁，第104回正在本回的第二年，其年宝玉十七岁、黛玉十六岁，与"窃思女儿自临浊世，迄今凡十有六载"语也正相合。又下回黛玉劝宝玉改字，宝玉最后改成"茜纱窗下，我本无缘；黄土垄中，卿何薄命"，用"卿（即'你'）"来称呼面前的黛玉，表明这句诔词、这篇诔文，便是为面前的"你"黛玉而写，故脂批言："一篇《诔文》总因此二句而有，又当知虽诔晴雯而又实诔黛玉也。"

---

① 见周汝昌《红楼梦新证》第七章"史事稽年"第177页至180页"一六四三、明崇祯十六年、清崇德八年、癸未"和"一六四四、明崇祯十七年、清顺治元年、甲申"。林四娘是山东青州衡王之妃，作者曹雪芹作歌时，有意写成同音字"恒王"，即："恒王好武兼好色"。
② 今按：袭人善文谏，而晴雯则善与人争骂而似武夫，这两人便是第36回宝玉口中所说的"文死谏、武死战"在闺房中的表现。
③ 指林黛玉在天有灵。
④ 指：断断不能有一点儿俗俚的，即祭文全是要花心思写的。

能读懂这些而明白宝玉其实早在第 78 回便已祭过黛玉,所以后四十回不应当再写一篇祭文给黛玉的人,应该极少吧;恐怕只有作者曹雪芹本人,才能明白这一事实。这也是后四十回与前八十回细节相合的又一铁证!★

至于宝玉为何要在黛玉仍然活着的第 78 回来祭黛玉,便是因为黛玉死后,宝玉肯定要难过得痴狂(发疯),后四十回把这艺术地写成"宝玉因丢失通灵宝玉(象征人的灵性)而发狂",实则写的就是宝玉因为悲痛黛玉逝世而发狂。痴狂之人焉能写出祭文来?(即上引之文中宝玉所说的:"一点灵机儿都没了。")所以作者也就不得不把祭文移到黛玉死前、宝玉神智清醒时来写。但黛玉活着时又焉能祭她?于是作者便让晴雯死,借祭晴雯之名来祭黛玉。为了能让大家明白这是在祭黛玉,于是先在第 63 回借抽签的机会,让黛玉抽到芙蓉花签,以此来预告:第 78 回祭的"芙蓉女儿",名义上是祭小丫头口中成了芙蓉神的晴雯,其实就是祭第 63 回抽到芙蓉签的黛玉。(或者也可以说成是:作者第 63 回让黛玉代芙蓉神晴雯,抽到了本该晴雯得的芙蓉花签,为的就是预告:第 78 回黛玉是代晴雯来领受那篇祭晴雯的《芙蓉女儿诔》。)然后作者又在第 78 回祭晴雯时,让黛玉当面出现,借改文为"我本无缘,……卿(你)何薄命",指明祭文祭的便是面前的黛玉"你('卿')",可谓浑然天成,远非常人所能想象得出。其构思之高妙、笔法之工巧,堪推世界之唯一!

●附:红楼花神考

按第 63 回"寿怡红群芳开夜宴"借抽签饮酒,点明红楼诸艳乃众花神下凡:

薛宝钗得牡丹花王签称其"艳冠群芳"(言其最美)、"任是无情也动人"(言其端庄得体),宝玉心中为之一动(此是后四十回两人成亲之兆)。

下来探春得杏花签,言其为"瑶池仙品",当得贵婿,众人称她有可能成为继元春之后、本府所出的第二位王妃(但这只是"可能"而已,未必是"实况",所以后四十回写其为"镇海总制"之媳,与此不相矛盾①)。

李纨得梅花签,言其"霜晓寒姿"、"竹篱茅舍自甘心",正合其寡妇的身份和恬淡心境。

史湘云得海棠花签,言其"香梦沉酣",符合她日间"醉眠芍药裀"的情状(见第 62 回)。

麝月得荼蘼花签,言其"开到荼蘼花事了",说的便是花袭人离开后,麝月补其位,扶佐宝钗抚育无父的孩子贾桂成家立业。而后四十回袭人出嫁后,正是麝月在扶佐宝钗,与之正吻合。

---

① 总制,即"总督"。明武宗尝自称"总督军务",臣下避之,改"总督"为"总制",明世宗嘉靖十九年又改回"总督"。《红楼梦》第 99 回贾政将探春嫁给"镇守海门等处总制"之子。第 100 回又提及这位"镇海总制",而第 114 回贾政则称其为"镇海统制":"现在镇海统制是弟舍亲"、"小女(探春)许配与统制少君(少君是对他人之子的敬称)"。清代军队编制中"镇"的长官称"镇统"或"统制",统辖一镇(师)军队,民国改称"师长"。探春为总督或统制之媳,未必是王妃,但也有可能是王妃。因为"总督"是封疆大吏,"统制"也是高级军官,都有可能由分封的侯王出任,故其媳探春成为王妃也是非常有可能的。

香菱得"并蒂花"签,言其"联春绕瑞"、"连理枝头花正开",后四十回言其扶正为薛蟠正妻,与之正相吻合。前人皆据第5回香菱命运判词:"自从两地生孤木,致使香魂返故乡",断言香菱当被夏金桂害死,进而断言:写香菱扶正为薛蟠正妻的今本后四十回不是曹雪芹原稿。今据此签,便可知此说乃偏听偏信之误。

黛玉得芙蓉花签,言其"风露清愁"、"莫怨东风当自嗟",与其时常流泪的性格特征相合。

最后袭人得桃花签,言其"桃红又是一年春",讽其花开二度而改嫁蒋玉菡,后四十回所写与之正相吻合。

●附:此处再重点探讨一下《芙蓉女儿诔》诔"绛珠草"黛玉、而非诔"芙蓉神"晴雯

第78回小丫头对宝玉撒谎说:她去看望晴雯时,晴雯亲口对她说:"我不是死,如今天上少了一位花神,玉皇敕命我去司主。我如今在未正二刻到任司花,宝玉须待未正三刻(即下午两点三刻)才到家,只少得一刻的工夫,不能见面。"丫头又说:结果"果然是未正二刻她咽了气,正三刻上就有人来叫我们,说你来了。这时候①倒都对合。"宝玉忙问:不知她是"作总花神去了,还是单管一样花的神?"丫头一时诌不出来,恰好八月时节园中池上芙蓉花开,这丫头便见景生情,连忙回答说:晴雯告诉她,说"她(晴雯)就是专管这芙蓉花的"。所以下来宝玉便作《芙蓉女儿诔》祭她。

其实这篇祭文不过是为了当着黛玉面说出"茜纱窗下,我本无缘;黄土垄中,卿何薄命"这句话而已。其原因便是后四十回宝玉无法祭黛玉,所以故意要在此回,把祭黛玉之语借祭晴雯写出来,祭晴雯之文不过是祭黛玉之句"我本无缘……卿何薄命"的引子罢了。这与后四十回"宝玉因疯傻娶宝钗而逼死黛玉,又因疯傻不能写文章祭黛玉"的情节完全吻合,足以证明后四十回与前八十回从情节构思上来看是一个完整的整体,从而证明后四十回是曹雪芹原稿。★

第79回宝玉向晴雯之灵读毕此祭文,背后转出黛玉来作评点,单单拈出"红绡帐里,公子多情;黄土垄中,女儿薄命"这句话来,说写得很好,但"红绡帐里"太熟滥,需要改一改。

黛玉又说"咱们如今都系'霞影纱'糊的窗槅",不如就用这现成的真事而改作"茜纱窗下,公子多情;黄土垄中,女儿薄命"。宝玉称妙,但又说:"你居此则可,在我实不敢当。"即以"茜纱窗"专属黛玉。问题是黛玉言众人皆可用"茜纱窗"(即霞影纱),为何宝玉硬要说这"茜纱窗"只配黛玉一个人使用?到底哪个说的是真话?

今按:书中黛玉之外的其他人都可以用"茜纱窗"的例证,便是宝玉可以用"茜纱窗"而自号"茜纱公子",见第23回他咏怡红院的《秋夜即事》诗的

---

① 时候,时间。指晴雯所预言的离世时辰倒是完全正确,足见晴雯的确已成了神。

首句："绛云轩里绝喧哗，桂魄流光浸茜纱。"又第 21 回庚辰本回前批之诗"茜纱公子情无限，脂砚先生恨几多"，把宝玉也即作书人曹雪芹称作"茜纱公子"，与批书人脂砚斋相对举，足见黛玉所言不假。但宝玉硬要说这"茜纱窗"只配黛玉一个人专用，当是第 40 回贾母在"潇湘馆"吩咐凤姐时说的："那银红的又叫作'霞影纱'。……明儿就找出几匹来，拿银红的替她（黛玉）糊窗子。"但贾母并没说只给黛玉一人使用，据上文黛玉说大家都可使用、而宝玉又用"茜纱"为号来看，显然黛玉说的是真话，而宝玉有"强辞夺理"之嫌。

下来宝玉又连说一二十句"不敢"，即不敢这么改。也即宝玉一再言明"茜纱窗"专属于黛玉一个人。

这时黛玉笑道："何妨。我的窗即可为你之窗，何必分晰得如此生疏？古人异姓陌路，尚然同肥马、衣轻裘，敝之而无憾，何况咱们？"宝玉又说："这唐突闺阁，万万使不得的。"这便是第三次点明"茜纱窗"专属于黛玉一个人。

宝玉接着说："如今我越性将'公子'、'女儿'改去，竟算是你诔她的倒妙。改作'茜纱窗下，小姐多情；黄土垄中，丫鬟薄命。'如此一改，虽于我无涉，我也是惬怀的。"

黛玉笑道："她又不是我的丫头，何用作此语？况且小姐、丫鬟亦不典雅，等我的紫鹃死了，我再如此说，还不算迟。"这时庚辰本有夹批："明是为与阿颦作《诔》，却先偏说紫鹃，总用此狡猾之法。"即作者上述这番对话七绕八弯，无非是想引到"此《诔》本为黛玉而作"这一点上来。因为后四十回中宝玉已疯傻，作不了悼亡之文，故把宝玉悼念黛玉的警句（"茜纱窗下，我本无缘；黄土垄中，卿何薄命"）移到此回悼念晴雯的文章中来。为了引到黛玉身上，此处便先引到黛玉的丫环紫鹃身上，也算近了一步。

宝玉听了忙笑道："这是何苦又咒她？"庚辰本有夹批："又画出宝玉来。究竟不知是咒谁？使人一笑、一叹。"即我脂砚斋读了宝玉说的这话感到很好笑，但才笑了一声，马上就感到宝玉是在诔面前活着的黛玉，这难道不是在咒她黛玉死而可悲叹吗？宝玉把原属众人共有的"茜纱窗"，一定要说成只配黛玉使用，从而把有"茜纱窗下"四字的这篇《诔》文引到黛玉身上，为下文吟出"茜纱窗下，我本无缘；黄土垄中，卿何薄命"这句话作引子，文中"卿何薄命"四字岂非是在诅咒、哀叹面前活着的黛玉吗？

黛玉笑道："是你要咒的，并不是我说的。"这时宝玉又说："我又有了，这一改可妥当了。莫若说：'茜纱窗下，我本无缘；黄土垄中，卿何薄命！'"前半句后庚辰本有夹批："双关句，意妥极。"即"茜纱窗"既指宝玉，又指黛玉。指宝玉时，这句话便是指宝玉与晴雯两人没有缘分；指黛玉时，这句话便是指我宝玉和"茜纱窗"专属的黛玉你没有缘分，其意思极为妥当。

但其后半句下，庚辰本又有夹批："如此我亦谓妥极。但试问当面用'尔'、'我'字样，究竟不知是为谁之诔？一笑、一叹。"又批："一篇《诔》文总因此二句而有，又当知虽诔晴雯而又实诔黛玉也。奇幻至此！若云必因晴雯诔，则呆之至矣。"已言明：宝玉当着黛玉面称"我本无缘、卿（即'尔'）何薄命"，显然只能理解成宝玉是在叹悼黛玉薄命，而不可以解作宝玉是在悼念晴雯了。

所以下来"黛玉听了，怦然变色"，庚辰本有夹批："慧心人可为一哭。观此句，便知《诔》文实不为晴雯而作也。"接着又写黛玉"<u>心中虽有无限的狐疑乱拟，外面却不肯露出</u>，反连忙含笑点头称妙，说：'果然改的好。再不必乱改了，快去干正经事罢。'"庚辰本有夹批："用此事更妙，盖又欲瞒观者。"即作者已用"黛玉听了怦然变色"，点明她好像已明白宝玉其实是在诔她，但故意又补写上面画线部分的那段话，把上文透露出的"这篇《诔》文实是宝玉在为黛玉作悼亡"的真相全给轻轻抹去。这就是作者所惯用的"虽写而又加以掩盖，不愿人深详①其意"的手法。其目的就是"欲吐还休"，既要写出真相来，但又不想让人看破这一真相，所以又要故意用反话来抹去才揭露出的真相，以此来欺瞒那些容易被哄骗的读者。

总之，此处脂批点明：作者因后四十回宝玉必须疯傻才能和宝钗结合，从而逼死黛玉；而黛玉死后，宝玉按人之常情，一定会写篇《诔》文来祭她，但其时宝玉因仍在疯傻中而无法写此祭文，所以只能在自己未疯傻前的黛玉生前，便借晴雯之死，用诔晴雯的语句来诔黛玉。

其诔黛玉的核心语句不过 16 个字"茜纱窗下，我本无缘；黄土垄中，卿何薄命"，为了说出这十六个字，故意写一篇诔晴雯之文，让其文中有"<u>红绡帐里，公子多情；黄土垄中，女儿薄命</u>"这 16 字。

然后又让黛玉出面来改"茜纱"（"茜纱窗下，公子多情；黄土垄中，女儿薄命"），而宝玉又说"茜纱"乃黛玉之专属，从而引到黛玉身上。

再让宝玉乱改"小姐、丫鬟"（"茜纱窗下，<u>小姐多情</u>；黄土垄中，<u>丫鬟薄命</u>"），从而把《诔》文的作者改归黛玉，让黛玉说出"这倒像是在诔我的丫环紫鹃"的话来，进一步把那 16 字引到黛玉身上（紫鹃是黛玉的丫环，引到紫鹃身上便是引到黛玉身上）。

最后再改成作者最终想说的、自己眼面前的"我"和"卿（你）"（"茜纱窗下，<u>我本无缘</u>；黄土垄中，<u>卿何薄命</u>"），从而坐实这是宝玉"我"在诔面对面的黛玉"你"，让黛玉怦然变色，点明此十六字便是宝玉在黛玉死后哭祭黛玉时所说的真心话。

所以脂批一再点醒读者："一篇《诔》文总因此二句而有，又当知虽诔晴雯而又实诔黛玉也。奇幻至此！若云必因晴雯诔，则呆之至矣。"

总之，此第 78 回把祭黛玉之文移到晴雯身上，也可以证明：今本后四十回"宝玉因疯傻娶宝钗而逼死黛玉，又因疯傻而无法作文祭黛玉"的情节与之完全吻合，的确是曹雪芹原稿。★

书中已言明晴雯是芙蓉花神下凡，故其当得芙蓉花签；黛玉是绛珠仙草下凡，乃草神，非花神，不当得芙蓉花签。第 63 回曹雪芹故意用"错综"笔法，把原本应当归晴雯的"荷花签"给了黛玉，而让晴雯无签（整个宴饮过程中晴雯没抽花签），便是埋下"第 79 回《芙蓉女儿诔》名义上诔晴雯、实则祭黛玉"

---

① 详，探索，详细分析。

的线索和伏笔。

后四十回中的第 116 回 "得通灵幻境悟仙缘"，写宝玉在昏死过程中，灵魂重游太虚幻境，见到绛珠仙草，并向守草仙女询问芙蓉花神为谁，从而言明黛玉是仙草而非芙蓉花神。能念念不往要交代黛玉不是荷花神的人，肯定只可能是第 63 回通过抽签的形式，来把黛玉这草神与荷花神画上等号的、"做贼心虚" 的作者曹雪芹。若是他人来写后四十回的话，压根就不会注意到第 63 回误派荷花签给黛玉的细节;这也就证明:后四十回的作者便是第 63 回误派荷花签的 "做贼心虚" 的曹雪芹★。今按第 116 回之文是:

宝玉顺步走入一座宫门，内有奇花异卉，都也认不明白，惟有白石花栏围着一颗青草，叶头上略有红色，但不知是何名草，这样矜贵? 只见微风动处，那青草已摇摆不休。虽说是一枝小草，又无花朵，其妩媚之态，不禁心动神怡，魂消魄丧。……

那仙女道:"你要知道这草，说起来话长着呢。那草本在灵河岸上，名曰 '绛珠草'。因那时萎败，幸得一个神瑛侍者日以甘露灌溉，得以长生。后来降凡历劫，还报了灌溉之恩，今返归真境。所以警幻仙子命我看管，不令蜂缠蝶恋。"

宝玉听了不解，一心疑定必是遇见了花神了，今日断不可当面错过，便问:"管这草的是神仙姐姐了。还有无数名花，必有专管的，我也不敢烦问，只有看管芙蓉花的是哪位神仙?" 那仙女道:"我却不知，除是我主人方晓。" 宝玉便问道:"姐姐的主人是谁?"

那仙女道:"我主人是潇湘妃子。" 宝玉听道:"是了，你不知道，这位妃子就是我的表妹林黛玉。"……又有一人卷起珠帘，只见一女子头戴花冠，身穿绣服，端坐在内。宝玉略一抬头，见是黛玉的形容，便不禁的说道:"妹妹在这里，叫我好想!"

由第一处画线部分便可知:黛玉名 "黛" 便源自其前身的 "绛珠草" 乃墨绿之草、而叶尖略带红色。上述引文虽未言明 "芙蓉花神" 为谁，但仙女说的是 "唯有我主人潇湘妃子（即林黛玉）方晓"，可证黛玉肯定不是芙蓉花神，而是草神。若黛玉是芙蓉花神，则守卫她的仆人焉能不晓?

第 78 回写明小丫头说晴雯是芙蓉花神乃 "胡诌":"这丫头听了，一时诌不出来。恰好这是八月时节，园中池上芙蓉正开。这丫头便见景生情，忙答道:'我也曾问她（晴雯）是管什么花的神，告诉我们日后也好供养的。她说:'天机不可泄漏。你既这样虔诚，我只告诉你，你只可告诉宝玉一人。除他之外，若泄了天机，五雷就来轰顶的。' 她就告诉我说，她就是专管这芙蓉花的。'"

所以一般人看到第 63 回黛玉抽到芙蓉花签，极易误认她就是芙蓉花神（事实上，作者字面上又是这么写明的），从而视第 78 回小丫头说晴雯为芙蓉花神是胡诌的（事实上，这又是作者在字面上这么写明的）。而后四十回中的第 116 回，居然能不为作者字面上所写的这两大情节所迷惑，认定黛玉只是仙草而非

芙蓉花神，这种超凡见解，足以证明它只可能是原作者曹雪芹的手笔。★①

第七十九回 此回接上回宝玉夜晚祭晴雯时，碰到黛玉聆听其祭文，黛玉劝他改文，这篇祭文其实就是在为将来逝世的黛玉作事先的悼词。宝玉对黛玉说："这里风冷，咱们只顾呆站在这里，快回去罢。"于是两人告别。

作者曹雪芹原本把这第 79 回与下回第 80 回合在一起，参差错综地写了两桩"恶婚姻"，即"贾迎春误嫁孙绍祖"、"薛蟠悔娶夏金桂"，影射贾府与薛家的败亡便在于交友不慎，这两回的时间也属于"一笔带过、疏可走马"型。

此回先写王夫人打发老嬷嬷告知宝玉："明日一早过贾赦那边去"，原来迎春已许配给现袭指挥之职的"年纪未满三十"的孙绍祖。其事先的伏笔其实就埋在上文第 72 回八月十一日下午，平儿对鸳鸯说："就是官媒婆那朱嫂子。因有什么孙大人家来和咱们求亲，所以她这两日天天弄个帖子来赖死赖活。"距此八月十七不过七天，此门亲事之"急而不祥②"便由此可见。

第二天（当是 八月十八）宝玉过贾赦那边去，听说"娶亲的日子甚急，不过今年就要过门的"（即过年前就要成亲的），而且迎春已被邢夫人接出"大观园"，宝玉感到越发扫兴，"因此天天到'紫菱洲'一带地方徘徊瞻顾"，后因"情不自禁，乃信口吟成一歌"。宝玉吟诗之时，又碰到香菱前来告诉他薛蟠要娶夏金桂："娶的日子太急，所以我们忙乱得很。"则薛蟠成亲更当在迎春之前，则此门亲事之"急而不祥"亦由此可见。

下来又写宝玉祭晴雯后，因思念逝世的晴雯而生病："睡梦之中犹唤'晴雯'，或魇魔惊怖，种种不宁。次日（当是 八月十九）便懒进饮食，身体作热。此皆近日抄检大观园，'逐司棋、别迎春、悲晴雯'等羞辱、惊恐、悲凄之所致，兼以风寒外感，故酿成一疾，卧床不起。贾母听得如此，天天亲来看视。王夫人心中自悔不合因晴雯过于逼责了他。心中虽如此，脸上却不露出，只吩咐众奶娘等好生伏待看守，一日两次带进医生来诊脉下药。一月之后，方才渐渐的痊愈（此当已写到 九月十九）。贾母命好生保养，过百日 方许动荤腥、油面等物，方可出门行走。这一百日内，连院门③前皆不许到，只在房中顽笑（此当已写到 十一月廿九）。四五十日后，就把他拘约④的火星乱迸，哪里忍耐得住（此时已写到 九月廿九或十月初九）？虽百般没法，无奈贾母、王夫人执意不从，也只得罢了。因此和那些丫环们无所不至，恣意耍笑、作戏。又听得薛蟠摆酒、唱戏，热闹非常，已娶亲入门。闻得这夏家小姐十分俊俏，也略通文翰，恨不得就过去一见才好。再过些时，又闻得迎春出了阁。……这百日之内，只不曾拆毁了怡红院（此时已写完一百天而到了 十一月廿九）。"

---

① 要知道，直至今天，还有大批读者误会黛玉既是绛珠仙草，又是荷花仙子，把黛玉与晴雯视为一人之两写，其实都是上了曹雪芹狡狯文笔的当。

② 好事多磨，而婚姻之事常会因急促而不祥。

③ 指不能出"怡红院"门。

④ 拘约，拘束。

以上描写都是"一笔带过"式的总括。其实是作者为了让"自己的十四岁人生"变成《红楼梦》"小说的十九年故事",故意"天马行空"式地一笔写过九、十、十一这三个月,写到了年末最后一个月"十二月"的月初。

今假定晴雯死于上文所考定的"八月十七",王夫人叫宝玉到贾赦处议定迎春婚事是在八月十八,又假定香菱告知宝玉薛蟠与夏金桂定婚也在这几天,宝玉一个月后的九月十九痊愈,四五十天后的九月廿九或十月初九听到薛蟠娶亲,则薛蟠当成亲于十月上旬。然后"再过些时"又听得迎春出嫁,最后写"这百日之内只不曾拆毁了怡红院"而到了十一月廿九,即迎春应当出嫁于"十月上旬与十一月下旬之间",不妨假定迎春是十一月出嫁。

而薛蟠婚后,"原来这夏家小姐今年方十七岁",第4回考得薛蟠比宝玉大七岁,此年为红楼十六年、宝玉十六岁,故薛蟠当为二十三岁,结婚未免太晚,而且比夏金桂大了整整六岁,正逢生肖上的"六冲",两人是生肖上的冤家对头,所以两人的婚事不理想而成为"恶姻缘"。

本回香菱告知宝玉薛蟠将要成亲,娶的是"桂花夏家",庚辰本有夹批:"夏日何得有桂?又桂花时节焉得又有雪?三事原系'风马牛',今若强凑合,故终不相符。来此败运之事,大都如此,当局者自不解耳。"说的便是薛家谐音为"雪",偏和炎热的"夏"家相配而雪必融化,这便象征这场婚事是消磨薛家的"恶姻缘"。

下来作者便写夏金桂与薛蟠相闹:"一月之中,二人气概还都相平。"上文我们考得薛蟠结婚是在十月上旬,故此时已写到了 十一月上旬 。下来作者接着又写:"至两月之后,便觉薛蟠的气概渐次低矮了下去。"已写到 十二月上旬 而快过年了。

此后的又"一日薛蟠酒后"与金桂二人大吵一架,薛蟠实在无计可施,"唯'是''然'而已,好容易十天半月之后,才渐渐的哄转过金桂的心来",此后便是金桂"渐渐的持戈试马起来,先时不过挟制薛蟠,后来倚娇作媚,将及薛姨妈,又将至宝钗",此时无论如何也写到了 腊月(即十二月)底 。此时金桂"一日"无事,为香菱改名"秋菱",这很可能已是第二年正月初的事了。

总之,本回的时间属于"跑马"式,从中秋后没几天的迎春、薛蟠两桩"恶姻缘"的订婚开始写起,一直写到本回末四个月后的腊月底、次年正月初,笔速如飞。

第八十回 接着上回的情节来写金桂替香菱改名"秋菱"①。又写薛蟠贪恋宝蟾,金桂为了设法摆布香菱,故意让薛蟠娶了宝蟾,把香菱换来服侍自己,半个月后又装病(此时当已写到 次年正月半 了),闹了两天,忽然从自己枕头

---

① 这是照应第5回香菱命运判词:"自从两地生孤木,致使香魂返故乡。"即薛家娶了夏金桂后("两地生孤木"合"桂"字),香菱之名便要去掉"香"(香魂)字。事实上,菱花开于夏,到桂花开的秋天,菱花逐渐谢去而结果,"香菱"(有香的菱花)的确要变成"秋菱"(要结实的菱)了。"秋菱"之名一是写出秋天的肃杀之气,意味着香菱下来的处境极差;二是秋菱结实,意味着香菱快要为薛蟠生子了。

中抖出纸人来，上面还写着金桂的年庚八字，有五根针钉在心窝并四肢骨节等处，薛蟠便用门闩拷打香菱，宝钗救下香菱，让香菱到自己房里供使唤。

香菱"本来怯弱，虽在薛蟠房中几年，皆由血分中有病，是以并无胎孕。今复加以气怒、伤感，内、外折挫不堪，竟酿成干血之症，日渐羸瘦、作烧，饮食懒进，请医诊视、服药，亦不效验。"

金桂又吵闹数次，气得薛姨妈、薛宝钗母女俩暗自垂泪，薛蟠也管不了。金桂开始整治宝蟾，宝蟾不似香菱那般驯良好欺负，于是两泼妇大闹，薛蟠"便出门躲在外厢"，"外厢"即外边，而不是指正屋旁的厢房，这句话是在说薛蟠不敢在家里居住了。此后金桂更加胡作非为。

何以见得薛蟠躲在"外厢"是躲出家门？第80回这句话下来提到薛蟠时，便是第83回："且说薛家，金桂赶了薛蟠出去。"可证第83回时薛蟠已离家，则距其不远的第80回薛蟠"出门躲在外厢"，便是躲在自家大门之外的家外边的意思。第86回跟薛蟠的小厮又交代薛蟠离家行商的缘由便是"大爷说：自从家里闹的特利害，大爷也没心肠了，所以要到南边置货去。"可证薛蟠离家是被夏金桂气走的。

下来作者又补叙："此时宝玉已过了百日，出门行走，亦曾过来见过金桂，举止形容也不怪厉，一般是鲜花嫩柳，与众姊妹不差上下的人，焉得这等样情性？可为奇之至极。"宝玉八月中秋后不久得病，过了百日便已到了十一月底、十二月初，正是上文所考出的十二月上旬之际的"至两月之后，便觉薛蟠的气概渐次低矮了下去。……（金桂）渐渐的持戈试马起来，先时不过挟制薛蟠，后来倚娇作媚，将及薛姨妈，又将至宝钗"之时。宝玉自然会"欣赏"到夏金桂的这位美少女的泼辣表现，难怪会奇怪：这么漂亮的女孩，为何如此歹毒？其实王熙凤也是如此。

宝玉"这日，与王夫人请安去，又正遇见迎春奶娘来家请安，说起孙绍祖甚属不端"，于是宝玉请王夫人接迎春回来散散心。王夫人说："明日是个好日子，就接去。"贾母又叫宝玉："明儿一早往'天齐庙'还愿。""次日一早，梳洗穿带已毕，随了两三个老嬷嬷，坐车出西城门外'天齐庙'来烧香还愿。"宝玉问道士"王一帖"："可有治'女人妒'的病方？"自然是没有的。

宝玉回来时，迎春已到家好半天了。等吃过晚饭，把孙家人打发回去后，迎春才敢诉苦。王夫人仍命人收拾"紫菱洲"的房屋给迎春住了三天，然后迎春又往邢夫人那边住了两天，孙绍祖便叫人来把迎春接回去，可见迎春此次回来仅五六天。

迎春虽然不愿去，但惧怕孙绍祖的凶恶，只得勉强忍着悲痛告辞。"邢夫人本不在意，也不问其夫妻和睦，家务烦难，只面情塞责①而已。"而后四十回的第81回一开头便写王夫人反倒颇为在意迎春的处境，可谓以一种出人意料的效果，来让后四十回接前八十回承接得天衣无缝，当属同一人手笔（笔者《后四

---

① 面情，犹"情面"，私人间的情分和面子。塞责，对自己应尽的责任敷衍了事。面情塞责，便是碍于情面的敷衍了事。

十回完璧归曹》"第二章、第一节、三"有专论）。

◎**第八十一回"占旺相四美钓游鱼、奉严词两番入家塾"** 宝玉说："咱们大家今儿钓鱼，占占谁的运气好？看谁钓得着就是他今年的运气好，钓不着就是他今年运气不好。咱们谁先钓？"如果此是年末说的话，则肯定要说"来年运气好不好"，今作"今年运气好不好"，可证此时已写到新一年的正月中。

又第八十五回"贾存周报升郎中任、薛文起复惹放流刑"：凤姐"因又笑着说道：'不但日子好，还是好日子呢！'说着这话，却瞅着黛玉笑，黛玉也微笑。王夫人因道：'可是呢。后日还是外甥女儿的好日子呢！'"这儿所说的"好日子"指的是生日，而第 62 回袭人说："二月十二是林姑娘"的生日，更可证明此时已写到来年二月，即写到<mark>红楼第十七年，宝玉十七岁</mark>。

男孩到十七岁该提亲了，此年便写为宝玉提亲之事，即第 85 回"凤姐道：'这是喜信发动了。'"【大某山民评第 85 回："此回接前文，仍是甲寅年秋中事。"今按：此说大误，实为又一年，总计已少算五年。请参见第 71 回时已少算四年。】〖又：此回连丝毫换年的踪影都没写到，只是通过"钓鱼占卜新年是否旺相"以及"黛玉二月生日"这两件事来暗示过一年。可证此年是作者拆"自己十四岁人生"为"小说十九年故事"而来的"虚年"。大某山民说此年仍是上年之事，其实很有见地。〗

又：第 80 回，我们也能根据时序，推排出夏金桂给香菱改名"秋菱"并装病胡闹其实已写到新年的正月半，迎春很可能是正月里回娘家，但这都是字面上没有明文点明的，需要推排出来。而第 81 回"钓鱼占岁"，新年的感觉跃然纸上，所以我们便以第 81 回作为新一年的开始，而不以第 80 回作为新年伊始。作者在这第 80、81 回两回之间，把全书分割成前部、后部这两大部分，这也足以证明：这是作者本人所作的分割。即：《红楼梦》一书分为前八十回与后四十回这两大部分，是作者曹雪芹所为。正因为此，我们也当遵从作者曹雪芹的划分，把新的一年定在第 81 回，而不定在第 79、80 回（按：第 79、80 两回作者原本就连为一体而不分回）。

第八十一回接上回迎春归去后的某天（当是第二天），宝玉为迎春难过，到潇湘馆对着黛玉哭了一场。"到了午后，宝玉睡了中觉起来"，翻《古乐府》，看到曹孟德[①]"对酒当歌，人生几何"时，未免有些刺心。又翻《晋文》[②]时，痴痴地回味着："好一个'放浪形骸之外'！"袭人他怕他闷出病来，劝宝玉到园中逛逛，宝玉"一时，走到沁芳亭，但见萧疏景象，人去房空。又来至蘅芜院，更是香草依然，门窗掩闭。转过藕香榭来，远远的只见几个人，在'蓼溆'一带栏干上靠着"，原来探春、李纹、李绮、岫烟"四美钓游鱼"，宝玉道："咱们

---

① 魏武帝曹操，字孟德，是曹雪芹的祖先，详笔者《后四十回完璧归曹》"第三章、八、（五）"有论。宝玉所读之诗，当见元左克明所编《古乐府》卷四《短歌行》魏武帝。
② 指西晋与东晋之文。下文"放浪形骸之外"乃东晋王羲之《兰亭集序》中的文句。宝玉所读的《晋文》，当是明张溥所编《汉魏六朝百三家集》卷 59《晋王羲之集》中的《兰亭集序》。

大家今儿钓鱼，占占谁的运气好？看谁钓得着就是她今年的运气好，钓不着就是她今年运气不好。咱们谁先钓？"如果这是年末的话，肯定要说"来年运气好不好"，今作"今年运气好不好"，可证此时当在新一年年初的 正月中 ，即上回迎春很可能是在新年的正月中回的娘家。

然后贾母叫来宝玉、凤姐，问第25回马道婆施魔法加害两人之事，补写出第25回没写到的情节。凤姐根据事后看到马道婆向赵姨娘索要银子，明智地断定这件事是赵姨娘指使马道婆干的。

当晚贾政与王夫人决定仍让宝玉上学。次日贾政叫来宝玉说："我可嘱咐你：自今日起，再不许做诗做对的了，单要习学八股文章。限你一年，若毫无长进，你也不用念书了，我也不愿有你这样的儿子了。""次日一早"贾政便带宝玉到"贾氏义学"拜见老师贾代儒①。

贾代儒问宝玉："我听见说你前儿有病，如今可大好了？"宝玉站起来道："大好了。"说的便是中秋后不久、那场因为晴雯死而生的大病，至此早已满了百日，故称"大好了"。宝玉此次重新上学，应当是正月过了年后的上春学。〖但由下文第87回突然又写"大九月"的深秋景象，故知此回其实仍在上文第76回八月中秋后不久。作者有意拆出一年来，所以刻意避免节令气候的描写。而上文"走到沁芳亭，但见萧疏景象，人去房空。又来至蘅芜院，更是香草依然"，根本就不像冬天风光，而更像是秋天的萧疏景象。因为冬天香草即便不枯，也会因受冻而萎缩，焉能"香草依然"？〗

第八十二回 接上回写宝玉上学回来，见过贾母、贾政，便来看望黛玉。第9回宝玉第一次上学时，是早晨向林妹妹告辞去上学，黛玉问他："为何不辞宝姐姐？"而此第82回第二次上学，却是写他下午放学后来见黛玉，黛玉又问："你上头去过了没有？"宝玉道："都去过了。"黛玉道："别处呢？"宝玉道："没有。"黛玉道："你也该瞧瞧她们去。"（指瞧瞧薛宝钗及诸姊妹。）宝玉道："我这会子懒待②动了，只和妹妹坐着说一会子话儿罢。老爷还叫早睡早起，只好明儿再瞧她们去了。"这一描写与第9回一早一晚③、在黛玉都提起宝钗、在宝玉又都没去见宝钗，两相对照而不重复，堪称绝配，的确是出自同一人的构思和手笔。★

黛玉说贾雨村当年也在她面前讲授过"八股"文章，其中也有写得好的，宝玉觉得不甚入耳，因想："黛玉从来不是这样人，怎么也这样势欲熏心起来？"又不敢在她面前驳回，只在鼻孔里哼笑了一声。

宝玉晚上读《四书》，甚感抓不住头脑（即无从把握）。第二天迟到，贾代

---

① 贾代儒，谐音"大儒"。因为第8回"与仓上的头目名戴良"，甲戌本有侧批："妙！盖云大量也。"可见"代、戴"两字之音谐"大"。
② 待，程乙本改作"怠"。今按：懒待，懒得、不想，例见《金瓶梅词话》第78回："又有临月身孕，懒待去。"这是高鹗在程乙本中乱改曹雪芹原文的显例。
③ 第9回是早上上学，第82回是晚上放学。

儒很生气，宝玉回说是因为昨晚发热的缘故。下午，贾代儒命宝玉讲解"后生可畏"章、"吾未见好德如好色者也"章，因势利导地对他加以教育，使宝玉在参悟色欲虚妄的道路上又前进了一步。

袭人因宝玉上了学，想到凤姐逼死了尤二姐，夏金桂又正在加紧迫害香菱，生怕宝玉将来娶了正妻，自己作为偏房也落得同样下场。她感觉到"贾母、王夫人光景，及凤姐儿往往露出话来，自然是黛玉无疑了"，于是到黛玉处闲聊"正妻与偏房"的话题加以试探，黛玉作了"不是东风压了西风、就是西风压了东风"的"妻妾关系论"，令袭人胆战心惊。

这时薛宝钗叫老妈妈送来蜜饯荔枝，老妈妈一见黛玉便说："怨不得我们太太说：这林姑娘和你们宝二爷是一对儿"，补上薛姨妈果然在贾母、王夫人面前为黛玉、宝玉两人提过亲了（指第57回"慈姨妈爱语慰痴颦"在黛玉面前答应为她和宝玉提亲，这一诺言在此得到了印证，表明薛姨妈不是那种虚伪之人①）。黛玉一听便明白：这事没有下文，肯定就是贾母未首肯、没表态的缘故。晚上黛玉想到"老太太、舅母又不见有半点意思（指不应允薛姨妈的提亲）"，从而做起恶梦来，说是贾雨村要带她回父亲那儿，嫁给继母②的亲戚，而贾母等人不仅不管，反而都来道喜。

宝玉先是试她可真心，所以也说那种众人口中所说的恭喜她嫁人的话"妹妹大喜呀"，后来试出黛玉果然是一片真心后③，便对她说："你要不去，就在这里住着。你原是许了我的。"（即：你原是许配给我的，你要是不想嫁给别人，就在我家住着，不要去嫁给别人。）宝玉怕她不信，就用刀划开自己的胸膛，掏出心来，证明对她是一片真心，黛玉吓得哭醒过来，一夜不眠，"只听得外面淅淅飒飒，又像风声，又像雨声。……自己扎挣着爬起来，围着被坐了一回，觉得窗缝里透进一缕凉风来，吹得寒毛直竖，便又躺下。"

一大早紫鹃倒痰盒，看到其中有血丝，吓得不敢和黛玉说。探春、湘云来探望黛玉，湘云看到盒中的血痰而说了出来，黛玉一看，"自己早已灰了一半"，作者写此情节来紧逼黛玉之死。

据上回，此当是刚过完年的正月底，天气正冷，但冬天何来雨声？（按上引"又像风声，又像雨声"，是指外面好像刮风下雨，若是冬天，所有人都不会有这种疑惑，今有此疑惑，说明此时并不在冬天。）〔由下文第87回突然又写"大九月"的深秋景象，故知此回其实仍在上文第76回八月中秋节后不久，作者有意多拆一年出来，所以刻意避免节令气候的描写，此处"又像雨声"四个字便

---

① 我们不管现实生活中是否有薛姨妈这种人，我们只是想说：作者力图在他的作品中塑造像宝钗与薛姨妈这样的完人。至于生活中不存在这种没有私心的完人，于是人们便怀疑宝钗和薛姨妈是伪善，这是读者的理解自由，并不能代表这种理解就是作者创作这两个人物的初衷。

② 事实上林如海丧偶未娶即卒，黛玉并无继母。此处提到继母，乃荒唐的梦中之事而非现实之事。

③ 第57回"慧紫鹃情辞试忙玉"是紫鹃代黛玉试宝玉，而此回便是宝玉试黛玉，两者堪称绝配。

透露出其时尚在秋天的马脚来。作者故意留此马脚，为的就是要让有心人识破：此处表面是写来年正月，其实仍在上年中秋后不久的秋天。》

第八十三回探春、湘云刚要走，忽然听到外面有老妈妈骂小丫头："你这不成人的小蹄子！你是个什么东西，来这园子里头混搅！"黛玉一听，误认为这话和梦中之语相合，于是断定她们是来撵自己出嫁的。① 而且巧的是，下文探春问老妈妈，知她偏生又是在骂外孙女，与黛玉以贾母外孙女的身份寄住贾府的情况又相同。于是黛玉大叫一声："这里住不得了！"哭死过去。书中写道：黛玉"听见窗外老婆子这样骂着，在别人呢，一句是贴不上的，竟像专骂着自己的② 。自思一个千金小姐，只因没了爹娘，不知何人指使这老婆子这般辱骂，哪里委屈得来？因此肝肠崩裂，哭晕去了。"黛玉被紫鹃、探春唤醒。作者又借这番"骂者无心而听者有意"的受骂情节，来进一步逼近黛玉之死。

下来作者又借袭人探病，补出宝玉与黛玉昨晚"心有灵犀一点通"，与黛玉一同参与而做了那场恶梦："昨日晚上睡觉还是好好儿的，谁知半夜里一叠连声的嚷起'心疼'来。嘴里胡说白道，只说好像刀子割了去的似的。直闹到打亮梆子以后才好些了。你说唬人、不唬人？今日不能上学，还要请大夫来吃药呢。"贾母命令明天请大夫来给宝玉、黛玉两人看病。看病的是一直为贾府服务的王大夫，是能看好病的名医，其论医药一段写得极有学问，如此才气当与前八十回同出一人之手。作者写他仅凭诊脉、不用询问，便能知晓黛玉病因、病况，又与第42回贾母称赞王太医祖上"好脉息"的细节相照应，的确只有曹雪芹本人，方能写得出这种"伏线千里"的细节照应之笔★，详见笔者《后四十回完璧归曹》"第二章、第五节、三、（二）、（1）"有论。

然后作者又写：下午宫内传来元妃染病的消息，所以第二天黎明，贾母等人便前往宫中探望。这是在为本年底元妃病逝埋下伏笔。今按：第86回薛姨妈言元妃"上年原病过一次，也就好了"，显然指的是这件事。第86回说此话时，据字面来看，应当是在黛玉生日"二月十二"后不久，距离此处所写的正月元妃得病才一个月左右，不应说"上年"。若据第87回"大九月"来判断，本回第83回其实仍在八月中，而第86回薛姨妈说话时则为九月上旬（详见下文第85回有论），两者相距仍只有一个月而未跨年。

此回元妃得病只有在过年前的上年十二月份，才可以说成是"上年"。但元妃得病之前发生了四位美人用钓鱼来占卜"今年"而非"来年"旺相，足证元妃得病时已到了新年正月、而不可能在上年十二月。所以，我们不得不认为：第86回薛姨妈说元妃"上年原病过一次"，是作者笔下的又一疏忽▲。要么"上年"是"上月"的笔误；要么薛姨妈所言不指此回，即元妃去年真的有过一次重病，而作者失于交代。后者的可能性显然很小，所以仍当以前者的可能性为大。总之，我们不可以根据薛姨妈"上年原病过一次"的话，来断言本回仍在

---

① 这正是下文王太医为黛玉诊断时说她："即日间听见不干自己的事，也必要动气，且多疑、多惧。"

② 指黛玉心中，老婆子骂的话对于别人而言全都沾不上边，只有自己对得上号。

上年十二月中。

〖而且这儿还有一种可能，即作者虚增一年时，把元妃的病从上年八月写到了次年正月，但行文时又一时疏忽，以为写在了上年十二月，所以在第86回中，便让薛姨妈说成是"上年原病过一次"，从而留下这一小破绽。或是作者有意强调增多一年，故意借薛姨妈之口，把明明是年初元妃生病的事，硬说成是去年生的病，为的就是明确告诉读者：从第78回中秋后到这第86回不是同一年、而是两年，因为"元妃生病是在去年"。〗

此回又写明薛蟠被气走而到外地跑生意，之后金桂与宝蟾两人继续在家里吵闹，薛姨妈、宝钗忍气吞声。

第八十四回写："元妃疾愈之后，家中俱各喜欢。过了几日，有几个老公走来，带着东西银两，宣贵妃娘娘之命，因家中省问勤劳，俱有赏赐。把对象银两一一交代清楚。贾赦、贾政等禀明了贾母，一齐谢恩毕，太监吃了茶去了。大家回到贾母房中，说笑了一回。"于是贾母与贾政谈论宝玉婚事。贾政说怕耽误别人家的女儿，贾母生气地数落贾政："想他（贾政）那年轻的时候，那一种古怪脾气，比宝玉还加一倍呢。直等娶了媳妇，才略略的懂了些人事儿。如今只抱怨宝玉。这会子，我看宝玉比他还略体些人情儿呢！"意思是婚姻有助于一个人的懂事、成才，宝玉婚后一定会懂事、成才起来。

这时小丫头们进来告诉鸳鸯："请示老太太，晚饭伺候下了。"于是众人"才都退出各散。却说邢夫人自去了。贾政同王夫人进入房中（指回自己的屋吃饭）。贾政因提起贾母方才的话来。"贾政怕糟蹋别人家的女儿，于是想试试宝玉的真才实学，让宝玉放学一回家便赶紧把饭吃完，然后来见自己，即书中写："贾政因着个屋里的丫头传出去告诉李贵：'宝玉放学回来，索性吃饭后再叫他过来，说我还要问他话呢。'"则上文画线的那顿"晚饭伺候下了"的饭，显然是在宝玉放学前吃的，则显然应当是早饭（书中把午饭全都写作"早饭"），则下文贾政问完宝玉上学情况后吃的才是晚饭，作者显然笔误，把上文的"早饭"误写成了"晚饭"▲。而且从上文来看，当是太监一大早来宣元春之命，赏赐物件，然后再吃早饭。

这时贾政考问贾宝玉的学业说："这几日是我心上有事，也忘了问你。那一日①，你说你师父叫你讲一个月的书，就要给你开笔。如今算来，将两个月了，你到底开了笔了没有？"本回下一回（第85回）提到黛玉的生日二月十二，可证此时已到二月上旬，距第81回的正月开学实足还没到一个月，虚算是两个月（即正月、二月）。〖但是按照常规，得过了年才开学，而过年要过到正月下旬，可证宝玉正月上学当是在正月的下旬上学，至此二月上旬至多不过十来天，贾政称"将两个月了"未免矛盾。由下文第87回突然又写"大九月"的深秋景象，故知此回其实仍在上文第76回八月中秋后不久，作者有意拆出一年来而把此回写到了正月中。〗

贾政看了宝玉写的八股文章后作评点指正。然后贾母那儿请宝玉过去吃晚饭。宝玉因为贾政要问自己话，已经先在"怡红院"吃过了，这时便到贾母处

---

① 指此前的某一天，理解为开学头一天也没什么大碍。

陪坐，看着众人吃。吃饭时，有人来向贾母报告：巧姐抽了风。

此回情节上有一个小错误，即上面指出的：把"早饭"误写成"晚饭"，导致贾母似乎吃了两顿晚饭。陈其泰回末有评："此回率笔舛谬处甚多，……最可笑者，贾母已吃过饭，而薛姨妈来，又摆饭于贾母房中。"①

吃过晚饭后，有王作梅（谐"作媒"，这也是曹雪芹"因事起名"的惯用手法）来向贾政为宝玉提亲，所提之亲便是邢夫人的亲戚张家。这便是探春丫环侍书传播的、几乎要了黛玉命的那条消息的来源。次日，邢夫人过来向贾母请安，王夫人打听张家之事，邢夫人说可能会让宝玉出赘到女方家（即做上门女婿），被贾母断然拒绝。

贾母来看望生病的巧姐，凤姐听到贾母在她面前提起回绝张家亲事的事情，于是笑着说："不是我当着老祖宗、太太们跟前说句大胆的话，现放着天配的姻缘，何用别处去找？"贾母笑问道："在哪里？"凤姐道："一个'宝玉'，一个'金锁'，老太太怎么忘了？"于是贾母命王夫人到薛姨妈处提亲。

大夫来为巧姐看病，开的药方中有牛黄。巧姐这时尚被人抱在怀中："只见奶子抱着，用桃红绫子小绵被儿裹着，脸皮趣青，眉梢鼻翅微有动意"，显然是出生没一两年的婴儿模样。贾环也来看望生病的巧姐，同时好奇地想看看牛黄，结果失手打翻了药锅，凤姐急着骂道："真真哪一世的对头冤家！你何苦来？还来使促狭！从前你妈要想害我②，如今又来害妞儿，我和你几辈子的仇呢？"种下了贾环要害死巧姐之根③。所以下回一开头便写贾环回去后，在赵姨娘面前放出狠话："我不过弄倒了药锅子，洒了一点子药，那丫头子又没就死了，值得她也骂我、你也骂我，赖我心坏，把我往死里遭塌？等着我明儿还要那小丫头子的命呢！看你们怎么着！只叫她们提防着就是了！"

第八十五回 过了几天，巧姐病好了，但凤姐和赵姨娘两边结的怨又比从前更深了一层。"一日，……今日是北静郡王生日"，贾赦、贾政、贾珍、贾琏、宝玉前往拜寿。北静王爷说：巡抚吴大人陛见时，向皇上保举了贾政。北静王又说自己照着贾宝玉"通灵宝玉"的样式做了块玉，并把这块假玉送给宝玉玩。下文第95回写"通灵宝玉"的样式在外已有流传，有人仿制后前来冒充，其根由便伏笔在此，作者笔下可谓一丝闲笔也没有。

宝玉回来后对贾母说：睡觉时"把玉摘下来挂在帐子里，它竟放起光来了，满帐子都是红的。"凤姐说："这是喜信发动了。"宝玉走后，贾母问王夫人："可去向薛家为宝玉提过亲了吗？"王夫人回答说："今日才去的。这事我们都告诉了，她姨妈倒也十分愿意"，并说自己没了丈夫，这事要让儿子薛蟠知道，等薛蟠一回来便最后说定。

贾母说："这也是情理的话。既这么样，大家先别提起，等姨太太那边商量

① 《桐花凤阁评〈红楼梦〉辑录》第246页。
② 指第81回王熙凤猜到：第25回自己中魔法，便是赵姨娘请马道婆要她和宝玉的命。
③ 即第117、118回贾环主张卖巧姐之事。

定了再说。"即薛蟠不在家，等薛蟠一回来再提这事。这其实是贾母向王夫人、凤姐正式透露：她相中了宝钗、否决了黛玉。（此日据下考当是 二月初八 。但据87回，则为九月上旬。）

袭人从宝玉口中得知贾母等人正在为宝玉择偶，于是一大早来探紫鹃的口气，但没敢说出口。于是袭人回怡红院，见贾芸让人送帖子给宝玉，宝玉一读后便撕去（据下文，知是贾芸来为宝玉提亲。此日据下考当是 二月初九 ）。

次日上学，宝玉嘱咐麝月不要让贾芸进府来找他。宝玉来到大门口，正碰到贾芸前来向他报"双喜临门"：一是贾政升了郎中，一是他来为宝玉提亲，后者被宝玉一口回绝。书中写："贾芸把脸红了道：'这有什么的？我看你老人家就不——'宝玉沉着脸道：'就不什么？'贾芸未及说完，也不敢言语了。"贾芸没说完的话当是"着急"两字，即贾芸问：我看您老人家就不着急吗？

贾代儒因贾政升官而放了宝玉的假，宝玉便来贾母房，众人都在，宝玉向贾母和母亲道喜。这时黛玉问他："病可好了？"宝玉说："可不是！我那日夜里，忽然心里疼起来，这几天刚好些就上学去了，也没能过去看妹妹。"这时作者写："黛玉不等他说完，早扭过头和探春说话去了。"这是为了不让黛玉有所反应而故意这么写。如果写黛玉听到，而黛玉也是为这梦生的病，肯定会有强烈的反应；作者当是觉得黛玉这种反应太难写了，所以便在这儿用回避难点的"避难法"，让她没听到而"一了百了"，这样就不用写她听到后的反应了。前八十回中第44回黛玉讽刺宝玉到"水仙庵"祭跳井的金钏，作者写宝玉正好"回头要热酒敬凤姐儿"而没听见，同样是用这种"避难法"。两者手法如出一辙，这是证明后四十回与前八十回出自同一人手笔的又一小细节★。正因为小，人们都会忽略，因此其证明后四十回与前八十回乃一人所写的力度也就越大。

凤姐道："说是舅太爷①那边说：后儿日子好，送一班新出的小戏儿给老太太、老爷、太太贺喜。"〖今按：书中的"舅太爷"常指大舅王子腾而不指二舅王子胜，如第95回："舅太爷升了内阁大学士。"王子腾要到这第95回才上京来任内阁大学士，此回（第85回）王子腾还不在京中，则当是二舅王子胜出面送戏，但会把大舅王子腾的名字挂在最前面。次年第101回凤姐说："前者老爷升了，二叔那边送过戏来，我还偷偷儿的说：'二叔为人是最啬刻的，比不得大舅太爷。……'所以那一天说赶他的生日，咱们还他一班子戏，省了亲戚跟前落亏欠。"凤姐说的还戏，便指本回送戏这件事。凤姐在第101回说清楚这戏是"二叔"即二舅王子胜送的，所以程乙本便把本回凤姐说的"舅太爷"送戏改成了"二舅舅"送戏。但下文程甲本"这日一早，王子腾和亲戚家已送过一班戏来"，又言明是大舅王子腾送戏，程乙本也把"王子腾"改成了"王子胜"。上引第101回凤姐称二叔王子胜"比不得大舅太爷"，而下来贾琏又说王仁"指着你们二叔的生日撒了个网，想着再弄几个钱，好打点二舅太爷不生气"，可证

---

① 舅太爷，程乙本改"二舅舅"，按下引第101回"比不得大舅太爷"之"大舅太爷"是指王子腾，则"舅太爷"或可用来指"二舅太爷"王子胜、从而无须改"二舅舅"。

王子腾是"大舅太爷"、王子胜是"二舅太爷",则王子胜这个"二舅太爷"或也可以简称"舅太爷",所以我们怀疑本回下文所说的王子腾送戏("王子腾和亲戚家已送过一班戏来")当仍是王子胜送戏而把王子腾的名字排在首位的原故;程乙本也把下文"王子腾和亲戚家"的"王子腾"给改成了"王子胜",实也没必要。》

书中又写:凤姐"因又笑着说道:'不但日子好,还是好日子呢!'说着这话,却瞅着黛玉笑。黛玉也微笑。王夫人因道:'可是呢,后日还是外甥女儿的好日子呢!'"女孩子人生中的"好日子"不外乎两个,一个是成亲的日子,这儿显然不是;另一个便是生日,因此王熙凤和王夫人口中说的黛玉的"好日子"虽未明言是生日,但我们也可以猜出是指生日。而第 62 回袭人说:"二月十二是林姑娘"的生日,于是可以推出此日是 二月初十 ,后日是黛玉生日 二月十二 。二月十二日又是民间的"花朝节",是百花的生日,作者故意把黛玉的生日定在"百花生日",是因为本书"楔子"所交代的全书缘起是:百花仙子们随"神瑛侍者与绛珠仙草"这段公案下凡,黛玉(即绛珠仙草)是百花仙子下凡的总根源所在,所以便把黛玉生日定在"百花生日"那一天。

中午"饭后,那贾政谢恩回来,给宗祠里磕了头,便来给贾母磕头。""如此两日,已是庆贺之期。这日一早,王子腾①和亲戚家已送过一班戏来,就在贾母正厅前搭起行台。""黛玉略换了几件新鲜衣服,打扮的宛如嫦娥下界,含羞带笑的,出来见了众人。"宝钗因家内不宁而留守,故下文写信来为自己未能参加黛玉生日宴致歉。

"说着,丫头们下来斟酒、上菜,外面已开戏了。出场自然是一两出吉庆戏文。及至第三出,只见金童玉女,旗旛、宝幢,引着一个霓裳羽衣的小旦,头上披着一条黑帕,唱了一回儿进去了。众皆不知。听见外面人说:'这是新打的《蕊珠记》里的《冥升》。小旦扮的是嫦娥,前因堕落人寰,几乎给人为配。幸亏观音点化,她就未嫁而逝。此时升引月宫。不听见曲里头唱的:"人间只道风情好,哪知道秋月春花容易抛?几乎不把广寒宫忘却了!"'第四出是《吃糠》。第五出是达摩带着徒弟过江回去,正扮出些海市蜃楼,好不热闹。"以上诸戏都埋伏着后四十回中的大事件,与第 18 回元妃省亲宴上用《豪宴》《乞巧》《仙缘》《离魂》四出戏伏全书四大关键情节的手法相同。本回用戏文伏故事大局的手法,确为曹公独有且独擅的笔法,这是后四十回与前八十回创作手法相同而为同一人所作的显例(笔者《后四十回完璧归曹》"第二章、第六节、一"有专论)。★

这时有人来报薛蟠打死人而犯案,薛蝌前去打点,"过了两日"(表面是 二月十四日 。但据 87 回则为九月上旬),薛蝌回信说正在翻供。

● 本回第 85 回字面上的"二月"与下文第 87 回的"九月"如何衔接?

本回所标的日子都是故事字面上如此。

---

① 腾,程乙本改"胜"。其实当是王子胜和王子腾为一家,尽管王子腾不在家,由王子胜作主送戏,但仍提大哥之名为首,说成是王子腾送戏。

由第87回距此"升官宴"才十来天便已是"大九月"的深秋景象，故知本回"升官宴"其实仍在上文第76回至78回"八月中秋"后不久的 八月下旬 （第86回将考明此"升官宴"当在八月下旬而非九月上旬）。

作者让本回的"早春二月"刹那之间便变脸成为第87回的"深秋九月"，有其深刻的用意在内（下详）。

作者胆敢如此写，便可证明后四十回绝对是曹雪芹的原稿，因为任何续书人都不敢写出这种"二月某日十来天后是九月"的荒诞绝伦的情节来，唯有原作者曹雪芹才敢如此写▲。本例是从全书的叙事时间角度，来论证"后四十回乃曹雪芹所写"的最有力证据★。

本例与第13回秦可卿年底亡故，其丧事"五七正五日"传来林如海"九月初三"讣告的荒唐事如出一辙，所以本例又是后四十回与前八十回在艺术手法上相同、而为同一人所作的显例★。

我们对此详加分析如下：

（1）第85回荒唐笔法与奥妙密义

根据下文第87回距此仅十来天便已是"大九月"的深秋景象，便可证明：本回贾政的"升官宴"原本就发生在第76回"中秋宴"与第87回"大九月"之间的八九月份。

作者在改稿时，为了把自己"十四岁人生"拆成"十九年故事"，故意加入"宝玉养病百日、薛蟠成亲、迎春成亲"这三大段情节，从而虚增一年出来，把八九月份的"升官宴"挤到下一年的早春二月，这样又可以在原本是八九月份的贾政"升官宴"中顺利植入"林黛玉二月十二生日"这一情节。同时作者在下文的第87回中，又像第13回秦可卿年底亡故、而其丧事"五七正五日"却传来林如海"九月初三"逝世的荒唐事那样，一下子又返回"贾政升官宴后十来天仍在九月上旬"的原稿面目中来。

在常人看来，这是作者为了拉长一年而故意留下的荒唐破绽，其实，作者在八月升官宴中植入黛玉生日的目的，还在于预告"黛玉即将在次年二月十二生日时升天离世"的消息。

这同样属于作者书名"梦"字所标榜的"梦幻主义"的创作手法。因为梦的特征便是做梦者在梦中不觉其非，醒来时才会顿悟其荒唐。正因为此，作者从第76回中秋节后一直在刻意隐瞒具体月份，即便黛玉生日也不敢提其为二月，目的就是要让大家沉浸在作者所营造的"'从八月到第二年二月'其实仍在八九月中"的荒唐梦境中，而不觉其非。作者一直要到第87回才提"大九月"三个字，让有心人为之猛醒，去思考：作者为何要把黛玉二月生日，写在第87回"大九月"不久前的第85回八九月份贾政"升官宴"中？这其中有何"奥妙"所在？

（2）北静王生日与贾政升官宴当在"九月初九"之前

同理，此回"二月初十"贾政升官前两天的"二月初八"北静王生日，表面看是在二月初八,其实北静王的真实原型"平郡王"纳尔苏的生日是九月十一日,所以本回开头贾政一行人前往"北静王府"拜寿,应当是九月十一日的事。

又由第88回贾芸对凤姐说"如今重阳时候,略备了一点儿东西",固然可以说此时快到而尚未到九月初九,但也可以说成是"重阳"刚过而来补送节日礼物。

而且古人会大做生日,像第71回贾母做八月初三的生日,便"议定于七月二十八日起至八月初五日止,荣、宁两处齐开筵宴",照此看来,"平郡王"纳尔苏的生日连做七八天,从九月初六、初七一直做到九月十三,都是有可能的。所以贾政升官宴仍有可能在第88回提到的"重阳节"之前举行。

然而纳尔苏是康熙二十九年(1690 庚午年)九月十一日生①,到本回的时间原型"作者人生十二岁的雍正四年(1726 丙午年)"为37岁,该年是他的本命年。古人认为本命年凶多吉少,不敢做寿;通常都会把本命年的生日提前十来天或提前几天先过掉,到生日那天便表现出没过生日的样子来。

正因为本命年多难,所以此年七月纳尔苏便被雍正以"贪婪罪"革爵,由其长子福彭承袭"平郡王"爵。纳尔苏在此本命年恰逢革职,自然也就不敢在一两个月后的九月初大操大办自己的生日。

民间寿数逢九,无论是"明九"还是"暗九",都会暗中做生日而提前过掉,到生日那天反而不做,以表示自己没过这个生日。提前过生日时,还要穿上红衣服,以喜庆的红色来克制黑白两色所象征的凶煞。因此这"平郡王"纳尔苏本命年的生日,很有可能也会提前过掉。因此纳尔苏在八月底、九月初办生日是完全有可能的;此时,贾府的原型曹府便应当从南京上北京,参加平郡王提前操办的寿筵,所以北静王生日四天后的贾政升官宴②完全可以在"重阳节"前举办。

(3)作者把自己人生的第十二岁拆出两个虚年来成为三年

其实从第70回新年立"桃花社"起,一直到第95回年末"元妃薨逝",都是同一年的事,也即作者人生第十二岁的雍正四年事。作者创作《红楼梦》时,为了把自己"十四岁人生"拆成小说中的"十九年故事",故意在第70回末写上贾政"冬底回"而虚增一年出来;而高鹗又把这"冬底回"三字改成"七月底回",使第70回的"暮春放风筝"与第71回"八月初贾母大寿"相衔接,便是看穿作者这一"幻笔"的经典之改。

作者为了再度虚增一年,又故意在第76～78回"中秋宴"诸事后加入第79、80两回,写宝玉因中秋晴雯逝世而得病、并养病百日,一下子便把时间从八月中秋拉长到了十一月底、十二月初,这期间又写入第79、80两回薛蟠与迎春这两段恶姻缘。然后再写第81回正月"钓鱼"占卜新年运气和宝玉开春学;

① 见本书"第三章、第一节、一、(二)、(1)"引《爱新觉罗宗谱》。
② 按,上文考明:贾政是在北静王生日"二月初八"后的两天即"二月初十"升官,再过两天的"二月十二"办升官宴。

然后又把第85回贾政八月下旬的升官宴,以植入黛玉生日的名义,改造成二月十二的升官宴,于是便把"中秋宴(第76至78回)"与"升官宴(第85回)"两者之间的"第82回黛玉做恶梦、第83回元妃染病伏其年末之死、第84回有人为宝玉提亲以逼黛玉之死"这三回原本是八九月份的情节,全都整体点化成正月、二月份的情节,从而稳稳地虚增出一年来。

大某山民因读到第87回"大九月"之文而看破作者这一"幻笔",便把第85～87回的升官宴和六天后的黛玉弹琴事,直接衔接到第75～78回"中秋"后视为同一年,从而把其间第79～84回诸事全都视为同一年秋天的事情,即大某山民在第77至84回回回皆批:"此回仍是甲寅年秋时事。"在第85回批:"此回接前文,仍是甲寅年秋中事。"在第86回批:"此回仍是甲寅年秋间事,因下回犹点明'九月'节候一句也。"在第87、88回皆批:"此回仍是甲寅年深秋时事。"真堪称是作者的绝佳知音!

总之,作者虽然用幻笔把自己人生的第十二岁拆出两个虚年而成为三年,其实也都留下可以逆向操作的"接榫"处,让有心人能据第87回"大九月"之文,一返此三年本为一年的真面目;并且还从第87回开始,恢复这一本来面目的书写。这一本来面目便是:第82～87回的黛玉惊梦、元妃染病、北静王生日、贾政升官宴、黛玉抚琴等情节,全都是八九月份发生的事情。

(4)第71至87回的本来面目

据此,我们超越小说故事字面上的幻相,重理第71～87回原稿本相的时间顺序:

第70回暮春放风筝;

第71回七月底至八月初大办贾母寿宴;

第72回王熙凤在贾母寿宴上受气病重而伏其早夭;

第73～74回抄捡大观园;

第75～78回八月中秋宴,以及"中秋宴"后发落司棋、晴雯等人事;

第79～80回八月"中秋宴"后不久薛蟠娶妻与迎春出嫁;

第82回黛玉八月"中秋"后做恶梦以逼近其死,为来年初的第97回"二月十二"黛玉生日之死伏笔;

第83回元妃染病逼近其死,为本年末的第95回元妃薨逝伏笔;

第84回王作梅为宝玉提亲,为下文黛玉获悉该消息而进一步逼近黛玉之死伏笔;

第85回上半回写北静王提前在八月下旬办生日宴,四天后,贾府举行贾政升官宴,演嫦娥"冥升"戏,预告黛玉将在来年第97回生日时"冥升"逝世;

第85回下半回至第86回写薛蟠犯罪被逮,是为了引出第86回宝钗来信的哀怨之诗而让黛玉和之,引出下文第87回黛玉弹琴而妙玉听琴预言黛玉不久于人世;

(以上都是八月份的事情,以下才是九月份的事情。)

第86回末写王夫人送黛玉品种为"夫妻蕙"的春兰(实为秋兰),让黛玉触景生情，为自己和宝玉的亲事虽有薛姨妈提起却无人（指贾母、王夫人）做主而难过，进一步逼近黛玉之死。此回宝玉不解黛玉心事，反倒建议其弹琴作《猗兰操》，引出下文黛玉弹琴；

第 87 回便写黛玉唱和宝钗之诗而弹琴倾诉闺怨，作者借妙玉"恐不能持久……日后自知"语，点明黛玉寿命将尽；同时又在这一回内点明其时为"大九月"，从而揭示上文从第 79 回到此，乃是用字面上的"八月至次年二月"来影写最初稿中实为"八、九两月"的本来面目；并且从这儿开始，返回原稿本来面目的书写。

作者只不过在上述井然有序的"时间序列"中插入几段情节，就像"吹泡泡"般吹大情节而虚增一年出来。其所插入的情节便是：第 79～80 回与"宝玉养病期间"同步进行的"薛蟠与迎春两段恶姻缘"，第 81 回正月"钓鱼占旺相"和"宝玉入春学"，第 86 回把送"秋兰"说成送"春兰"。

我们如果把"薛蟠与迎春这两段恶姻缘"都看成是中秋后没几天便办完婚事，把"正月钓鱼占旺相"的情节给删除，把"春兰"改回"秋兰"，把第 85 回"薛蟠案"视作薛蟠离家才走了三五天，便在城南二百里地犯案①，便能清楚看到：作者"披阅十载、增删五次"前的最初稿的本来面目。

总之，作者为了虚增一年出来，有意在最初稿的八月这后半月中加出"宝玉养病百日、薛蟠因家反宅乱而离家"等数月之事，这都是"吹泡泡"般为了拉长一年而写的幻笔。

（5）贾政八月下旬"升官宴"中植入黛玉生日的真实用意

本回贾政八月下旬"升官宴"中植入黛玉生日，从而把贾政的"升官宴"由八月改造成二月的升官宴，这是作者上述一系列"幻笔"的关键之笔。

由第 87 回点明"大九月"，可知其前十来天的贾政"升官宴"其实原本就在八月下旬举行②。此升官宴必定要演戏，作者便以其所演之戏来预示后四十回的重大情节，这与前八十回的艺术手法也同出一辙★。其所预示的后四十回重大情节便是：黛玉以处子之身重返天界（即逝世身亡），贾宝玉出家后渡过长江来到镇江"龙潭"，然后又到龙潭东边不远处的常州"毗陵驿"告别贾政。（这两大情节，笔者《后四十回完璧归曹》"第二章、第六节、一"有详论。）

为了强化黛玉就是戏中的嫦娥，作者故意要写她打扮得像"嫦娥下凡"，即本回所说的"黛玉略换了几件新鲜衣服，打扮的宛如嫦娥下界"。

而要让病重之人打扮得像嫦娥般美丽，只有一种可能，即让其过生日，否

---

① 第 86 回将有详论。书中是写薛蟠从第 80 回的正月底离家，至此"二月十二"升官宴已走出十来天，不可能才走到城南二百里地。既然薛蟠才走到城南二百里地，证明薛蟠离家才不过三五天，这便与"第 78 回'中秋宴'至第 85 回'重阳节'前的八月下旬贾政升官宴相距不过十来天"正相吻合。因为这十来天中要扣除薛蟠从议亲到成亲的那几天，因此从"薛蟠成亲后离家出走"到"贾政升官宴时犯案"，应当才只有三五天。如果薛蟠真的已离家十来天而犯案，则薛蟠岂非一过"中秋"、尚未娶亲便离了家？这显然不可能。
② 之所以不定"九月上旬"，理由见下文第 86 回。

则没有理由。因为生病的人无心打扮，但逢到自己的生日，便会"人逢喜事精神爽"而打扮得漂亮，精神、气色也会突然好起来，所以上文凤姐说：贾政升官宴那天"不但日子好，还是好日子呢!"王夫人便接着她的话，说是"外甥女儿（黛玉）的好日子呢"，作者让她俩说这话的目的，就是要让生病的黛玉，能在贾政升官宴那天"人逢喜事精神爽"，有充分的理由和精神状态打扮得像"下凡的嫦娥"般美丽。

作者为了达成两个目的：一是为了强化黛玉就是戏中下凡的嫦娥，二是为了让她有理由打扮得像戏中下凡的嫦娥，他便硬把黛玉的生日拉到八月下旬的贾政升官宴中来，这样又正好与"多加一年写到此处恰为二月"相吻合。其实黛玉根本就没有在贾政升官宴中做生日，作者写黛玉生日，不过是为了强化"她就是嫦娥、她将于次年生日冥升逝世"这一消息罢了。

何以见得曹雪芹在贾政"升官宴"中，根本就无意为黛玉过生日？这便是因为宴会上黛玉问薛姨妈："为何宝钗没来？"而薛姨妈回去肯定会对宝钗说起黛玉问她为何没来，于是下回末及第87回开头宝钗写给黛玉的信中，便会告知黛玉自己没来的缘由。可是第87回开头，黛玉拆开宝钗的来信，读到的只是宝钗说自己家里有纠纷而不能外出，根本就没有一个字对黛玉的生辰表示庆贺，也没有一个字对自己未能前来参加黛玉生辰表示歉意。

宝钗在信中只说明自己为何没来参加贾政升官宴的原因，信中并未向黛玉致以生日问候，也未向黛玉道歉并说明自己为何没来参加黛玉生日宴的原因。正因为信中没有后两类话，便可证明贾政"升官宴"上根本就没为黛玉举办过什么生日，黛玉生日根本就不在贾政这场升官宴中。上文作者借王熙凤、王夫人两人之口，有意在贾政升官宴中提到黛玉生辰，是为了强化"黛玉是'冥升'的嫦娥"，进而宣告"黛玉来年生日时会像戏中嫦娥般冥升逝世"所写的"幻笔（即小说虚构）"。

作者在八月下旬贾政"升官宴"中植入黛玉生日，从而将其改造成二月的"升官宴"。由于真相是八月下旬的升官宴，现在要"改造"成二月的升官宴，所以作者也就要刻意隐瞒这次"升官宴"究竟在哪个月举行。从故事字面上来看，的确是在二月，但这"二月"两字并非作者明文点明，而是我们根据黛玉生日推导出来的。而且本回王熙凤、王夫人两人连黛玉"生日"两个字都不敢说，只是笼统地说成是黛玉的"好日子"，连"生日"这两个字都是我们推导出来的；至于黛玉的生日在二月十二，此处更未言明，是第62回借袭人嘴里说出来的。作者之所以在本回情节中丝毫不敢提黛玉是"二月十二"生日，甚至连其"生日"两字都不敢明提，而要说成"好日子"，便是因为他写本回的目的不是为了表达贾政升官宴在二月举行，他只想表达这么一个意思，即：戏子们扮的下凡嫦娥，在黛玉"好日子"（实为生日）那天"冥升"了；然后再通过这层意思来表达另一层意思，即：预告此次宴会上打扮得像嫦娥的黛玉，将在次年其好日子（即生日）时"冥升（离世）"。

《红楼梦》以"好日子"指生日有一大堆先例，如第30回宝玉向宝钗道歉自己未能参加薛蟠生日时说:"大哥哥好日子,……连个头也不得磕去。"又第44回凤姐生日期间打了平儿,贾母叫人对平儿说暂且不要闹:"明儿我叫凤姐儿替她赔不是。今儿是她主子的好日子,不许她胡闹。"又由于"好日子"可以泛指吉利的日子,即第4回冯渊娶英莲时:"我家小爷原说第三日方是好日子,再接入门。"更可暗示升天的日子,即第51回麝月骂晚上不穿大衣就出去吓她的晴雯:"你死不拣好日子!"所以凤姐、王夫人说此日是黛玉的"好日子",其实不光指生日,更可指死日,乃"一语双关"。所以"贾政升官宴"不过是演嫦娥《冥升》戏的由头,而嫦娥《冥升》戏演出于黛玉的"好日子",作者故意不明说是"生日",就是想用"好日子"的多义性,"一语双关"地指明此日既是黛玉的生日更是黛玉的死日(无论是"生日"还是"死日",都可以用"好日子"来涵盖),其目的就是想预告:黛玉在其生日那天,像《冥升》戏中的嫦娥那般,以处子之身"冥升"离世。由于此时是八九月,所言的黛玉生日自然只可能是来年二月十二"花朝节"的生日。

作者在演下凡嫦娥以处子之身"冥升(返回天界)"戏的贾政"升官宴"上说这一天是黛玉生日,是作者故意写的大幻笔、大妄笔(根据第87回"大九月"之文,便可知此回贾政"升官宴"是在八月下旬,根本就不可能在黛玉二月生日时举行),其目的不过是为了让重病的黛玉有理由、有心情打扮得像"嫦娥下凡"般,前来参加贾政的升官宴(因为黛玉要过生日这种人生的好日子,自然不能缺席而当参加,而且还得盛妆参加;如果没有生日这一由头的话,此时黛玉重病缠身,完全有可能不参加这场升官宴),这样就能把黛玉与宴会中演出的"下凡嫦娥以处子之身重返天界"的《冥升》这出戏对上号,从而预告黛玉次年生日"二月十二日",会同此下凡嫦娥一样,以处子之身重返天界而"冥升"离世。同时又可借此情节来更加坐实贾政"升官宴"在二月,从而把此前"黛玉惊梦、元妃染病、北静王生日"等一系列情节,统统由真相的八九月份点化成书中所写的"正、二月份",更加强化小说故事中"新增出一年来"的虚幻效果,更好地为全书"拆十四岁人生为十九年故事"的创作主旨服务。

作者在第85回让黛玉生日与"《冥升》"这出戏挂上钩,是为了预告第97回并未明写的、黛玉在其生日"冥升(离世)"。作者的这一创作手法,让我们联想到作者第63回让黛玉抽到芙蓉花签,是为了让黛玉与芙蓉花神挂钩,从而预告第78回的《芙蓉女儿诔》表面是在哀悼成了"芙蓉花神"的晴雯,其实就是在哀悼抽到"芙蓉花签"的黛玉(详见第78回有论)。后四十回中第85、97回的这一创作手法,与前八十回中第63、78回的创作手法如出一辙,这是后四十回与前八十回"创作手法相同,乃一人所作"的铁证。★

(6)贾政七月底回朝复命、八月底升官而宴庆非常合理

上面已充分证明贾政其实是在八月下旬举行"升官宴",这便意味着贾政确如高鹗所改,是"七月底"回家;第71回言:"话说贾政回京之后,诸事完毕,赐假一月在家歇息",至此八月底的"升官宴"正是一月多。即:七月底回,休息一个月而到八月底上朝,没几天便得到新任命,然后在八月底举行升官宴。

由第 71 回言其"赐假休息一个月",也可推知此"升官宴"当举行在贾政七月底回来一个月后的、上朝没几天的八月底。

　　第八十六回写跟薛蟠的小厮来向薛姨妈回报:"自从家里闹的特利害,大爷也没心肠了,所以要到南边置货去。这日想着约一个人同行,这人在咱们这城南二百多地住①。大爷找他去了,遇见在先和大爷好的那个蒋玉函,带着些小戏子进城,大爷同他在个铺子里吃饭喝酒。因为这当槽儿的尽着拿眼瞟蒋玉函,大爷就有了气了。后来蒋玉函走了。第二天,大爷就请找的那个人喝酒。酒后想起头一天的事来,叫那当槽儿的换酒,那当槽儿的来迟了,大爷就骂起来了。那个人不依,大爷就拿起酒碗照他打去。谁知那个人也是个泼皮,便把头伸过来叫大爷打。大爷拿碗就砸他的脑袋,一下他就冒了血了,躺在地下。头里还骂,后头就不言语了。"〖画线部分又透露出最初稿的天机来。从字面上看,上文第 80 回已考明薛蟠当是正月后不久便离家外出,一般都会在正月半闹完花灯后再离家,不妨视作正月底离家,到第 85 回二月十二贾政升官宴那天犯罪,已有十来天,不可能才走到城南二百里地;既然才走到城南二百里地,便可证明薛蟠离家才三五天。这便证明作者最初稿是写:八月中秋后几天内,薛蟠便完成了议亲与娶亲之事,然后因为新媳妇在家闹事,于八月下旬离家行商,三五天后便是贾政"升官宴",这时薛蟠走到城南二百里地而犯罪。这便与第 78 回"中秋宴"到第 85 回重阳节前的八月下旬贾政"升官宴"相距不过十来天,正相吻合。如果薛蟠真的离家已有十来天,岂非一过中秋、尚未娶亲便要离家乎?这显然是不可能的。②〗

　　薛姨妈让王夫人来托贾政救薛蟠,贾政说等薛蝌递了呈子,看知县怎么批再说,"三日后果有回信"(表面上是二月十七日。但据第 87 回则是八月底),信中说:"如果能请京里托个大人情③,命令知县复审,然后再送知县一份大礼,知县便可以从轻定案了。"于是薛姨妈花了几千两银子卖通知县,压服死者家属,定为误伤。(这一过程肯定又要三四天时间而到了二月廿一左右。)

　　这时"有个贵妃薨了,皇上辍朝三日,这里离陵寝不远,知县④办差⑤、垫道⑥,一时料着不得闲,住在这里无益",即知县有陵工急事要办,于是薛蝌先

---

① 指在城南二百多里地住着。
② 一者薛蟠不娶亲便离家不可能,因为薛蟠就是因为娶来的妻子凶悍才离家。二者,既然要让薛蟠在"中秋"后娶亲,而娶亲肯定要几天,则薛蟠离家便不可能在刚过"中秋"后的两三天,于是薛蟠"中秋后离家"到"重阳前的贾政升官宴"便不可能有十来天,而只可能有两三天。
③ 指贾府请京城的最高司法机构出面。
④ 即审薛蟠案的知县。
⑤ 办差,为官府或军队办理征收财物、征集夫役等事务。此处指办理为贵妃造陵寝这种工事方面的差事。
⑥ 垫道,铺路。明清皇帝出巡,北京的地方官和老百姓要"净水泼街、黄土垫道",不光为了表达敬意,也有其非常现实的必要。当时北京城的主干道路全都是黄土混合沙石,用石碾碾压筑成。在刮风时尘土飞扬,路面又被木制车轮碾压破坏得坑坑洼洼。所以要用黄土铺垫,修整道路,然后再泼上净水,减少扬尘,这是很必要的工作。

"回家去，过几日再来。"今按：清西陵位于河北省保定市"易县"城西15公里处的"永宁山"下，在北京西南120多公里处；清东陵位于河北省唐山市"遵化市"西北30公里处，在北京正东125公里处。此在城南二百里地，与"清西陵"位置相吻合，所指当为清西陵。

薛蟠回家要走二百里地，需要两天的时间，所以也就到了 二月廿三 左右。（按：第97回薛姨妈命薛蝌"明日起身，一则打听审详的事，二则告诉你哥哥一个信儿。你即便回来。"结果"薛蝌去了四日，便回来回复薛姨妈"，这趟行程只需探监，不用办事，可证从薛蟠处回京只需要两天工夫。）以此来计算时间，此时离"二月十二"黛玉生日、贾政升官宴当有十一天左右；回到原稿中此时为八九月份的时间体系中来，过了这十一天仍未到第88回所说的"九月初九"日，可证"贾政升官宴"在原稿的时间体系中，应当是八月底而非九月初。

这时薛蝌问：怎么大家谣传贾妃薨了？薛姨妈说："上年原病过一次，也就好了。这回又没听见元妃有什么病，只闻那府里头几天老太太不大受用，合上眼便看见元妃娘娘，众人都不放心。直至打听起来，又没有什么事。到了大前儿晚上，老太太亲口说是'怎么元妃独自一个人到我这里？'众人只道是病中想的话，总不信。老太太又说：'你们不信，元妃还与我说是："荣华易尽，须要退步抽身。"'众人都说：'谁不想到这是有年纪的人思前想后的心事？'①所以也不当件事。恰好第二天早起，里头吵嚷出来，说娘娘病重，宣各诰命进去请安。她们就惊疑的了不得，赶着进去。她们还没有出来，我们家里已听见周贵妃薨逝了。你想外头的讹言，家里的疑心，恰碰在一处，可奇不奇？"

宝钗说：贾府的丫头、婆子都听见有个很准的算命先生说过：元春"'可惜荣华不久；只怕遇着寅年卯月，这就是'比'而又'比'，'劫'而又'劫'，譬如好木，太要做玲珑剔透，本质就不坚了。'她们把这些话都忘记了，只管瞎忙。我才想起来，告诉我们大奶奶②，今年哪里是"寅年卯月"呢？'"这就明白告诉读者：元妃的原型、曹雪芹的姑姑"平郡王妃"曹佳氏应当逝世于"寅年卯月"，本书"第三章、第二节、二、（三）、（2）（3）"对此有专论。

薛姨妈前来把薛蟠事告知贾母，宝玉听说蒋玉菡上了京，心中怪他没来看看自己。宝玉又来潇湘馆，向黛玉请教黛玉正在读的琴谱中的异形字，黛玉向宝玉谈论起弹琴之道，然后送宝玉出门。这时秋纹带着个小丫头捧着一小盆兰花，说是王夫人送黛玉的。"黛玉看时，却有几枝双朵儿的，心中忽然一动，也不知是喜是悲，便呆呆的呆看。"其提及"有几枝双朵儿的"，可见这便是第62回香菱口中所说的"夫妻蕙"。按第62回香菱说："一箭一花为兰，一箭数花为蕙。凡蕙有两枝，上下结花者为兄弟蕙，有并头结花者为夫妻蕙。我这枝并头的，怎么不是？"

香菱说一茎上开一朵花的是"兰"，开不止一朵花的是"蕙"，而黛玉所见之花是"有几枝双朵儿的"，显然便是香菱口中的"蕙"；而"双朵儿"便是香

---

① 即众人都认为这是老年人在瞎想，所以没有当回事。
② 指李纨房里的丫头、婆子们曾听算命先生说过这话，于是便去告诉李纨。大奶奶是李纨。

菱口中所说的"并头结花"，因此黛玉看到的"有几枝双朵儿的"便是香菱口中所说的"夫妻蕙"，难怪黛玉看了会触景生情。

黛玉是为自己和宝玉的亲事虽有薛姨妈提起，但却无人做主而难过；所以送此名为"夫妻蕙"的兰花之事，又是在逼近黛玉之死。〖作者笔底真可谓没有一丝闲笔，"夫妻蕙"在第62回伏笔，既是预兆香菱可以扶正为妻，同时又供此处第86回黛玉触景伤情之用，这便是脂批所谓的曹雪芹创作时所擅长的"一击两鸣"法（见第一回"徒为供人之目而反失其真传者"句甲戌本眉批）。这也可以视为前八十回与后四十回细节照应之一例。★〗

宝玉不理解黛玉此时的心事，反倒高兴地说："妹妹有了兰花，就可以做《猗兰操》了"，难怪"黛玉听了，心里反不舒服"，黛玉是为宝玉不理解自己此时的心事而失望。所以下来黛玉送走宝玉，回房后看着这花，想到"草木当春，花鲜叶茂，想我年纪尚小，便像三秋蒲柳"，提到此时是"草木当春"的春天，倒的确与贾政"升官宴"正逢二月黛玉生日相合；但上文我们已据下回"大九月"考明贾政"升官宴"其实是在八月下旬，所以这儿说出"春天"的话来，同样是作者故意拉长时间、"拆十四岁人生为十九年故事"而加进去的梦幻之笔，不可当真。

第八十七回薛宝钗派人给黛玉送来一封信，是一篇《胡笳十八拍》般的骚体赋，其内容原本应当解释自己为何没能来参加黛玉的生日宴，但信中并没有这样的话，反倒有："悲时序之递嬗兮，又属清秋"，点明此日前后的事情其实全都发生在清秋。换句话说，作者由黛玉生日的二月，又一笔写到了秋天；须知，此送信之日在黛玉生日后的11天左右，这样的笔法显然不可能是续书者的手笔，因为任何续书人都不敢犯下此等荒唐绝伦的错误，这只可能是原作者故意留下的破绽而高鹗整理时也不敢改（或者他想改也无法改、无从改）。其信中写到："兼之猇声、狺语，旦暮无休；更遭惨祸、飞灾，不啻惊风、密雨"，则是写贾政升官宴那天，宝钗得知哥哥薛蟠出事的坏消息。

这时探春、湘云、李纹、李绮来看望黛玉，"正说着，忽听得'唿喇喇'一片风声，吹了好些落叶打在窗纸上。停了一回儿，又透过一阵清香来。"这阵香气应当就是上回所送的兰花之香，但作者故意让黛玉说成"好像木樨香"，木樨即桂花，为的是引出南方的主题来①，从而引起黛玉思乡情节以增其病。接下来作者便写探春笑道："这 大九月 里的，哪里还有桂花呢？"湘云说："三姐姐，你也别说。你可记得'十里荷花，三秋桂子'？在南边正是晚桂开的时候了，你只没有见过罢了。等你明日到南边去的时候，你自然也就知道了。"点明这时是在深秋时节的北方。（这其实又是作者的狡狯之笔，因为我们早已考明全书明明写的就是南方金陵。）探春笑着回答说："我有什么事到南边去？"反倒透露出她即将南行（远嫁）的消息来。

由于下回才写到"九月初九"重阳，故知此回应当仍在 九月上旬 。〖上回已有详论：从本回的"大九月"开始，作者才又开始在时间上说真话；而上文从第79回一直到第86回这整整八回，在时间上其实都是虚假的；其时间上的

---

① 即下文史湘云所说的：南方秋天这个时候正在开桂花。

真相便是：从第71回"贾母八月做寿"到此第87回"大九月里"，不仅没有过年，而且还没有超过两个月，其实还都在八九月中。》

由于提起了南边，更增加黛玉一重心事（可证上述史湘云与探春提起"南边"两字的话题，也是作者为了让黛玉思乡而加重其心病所写的情节）。晚上，黛玉又翻出小时候与宝玉纷争时剪破的香囊、扇袋，以及被自己剪断的、专门为宝玉那块"通灵宝玉"做的穗子，还有宝玉私相传递来的、自己又题上诗的诗帕，黛玉"呆呆的看那旧诗。看了一回，不觉得簌簌泪下"，又增了第三重心病。这时正好又看到宝钗之信，叹道："境遇不同，伤心则一。不免也赋四章，翻入琴谱，可弹、可歌，明日写出来寄去，以当和作。"于是写赋、抚琴，夜深而眠。

"却说宝玉这日起来"，因贾代儒有事而不用上学，来到"蓼风轩"看望惜春，正逢妙玉与惜春下棋。妙玉看到貌相非凡的宝玉来了，脸红了三红，故意称自己会迷路，宝玉便自告奋勇地带她回庵，即："妙玉笑道：'久已不来，这里弯弯曲曲的，回去的路头都要迷住了。'宝玉道：'这倒要我来指引指引，何如？'妙玉道：'不敢，二爷前请。'"大某山民深谙其中妙趣，评道："'去路已迷'，言外微旨，此是真禅。"又评："其将以'槛内人'为'迷津'之筏耶？"点明妙玉春心萌动而迷了本性。又王希廉评此回："园中路径，妙玉若不惯熟，岂能独至惜春处下棋？不过要宝玉引路、为同行之计，且可同听琴音、讲究一番，文心何灵妙如此！"即作者这么写可谓"一举两得"：一是写出妙玉春心萌动，二是得以让妙玉在宝玉面前谈论黛玉之琴，由此揭示黛玉"年寿不永"的征兆，即：

当二人走近潇湘馆时，正好听到黛玉抚琴唱那昨日新赋之词，自然引发妙玉论琴的一段高论，这番琴论写得极富才学，当是曹雪芹手笔。妙玉听到最后，呀然失色道："如何忽作变徵之声？音韵可裂金石矣！只是太过。"宝玉问："太过便怎么？"妙玉道："恐不能持久。"正议论时，听得君弦"嘣"的一声断了，妙玉站起来忙走，宝玉问："怎么样？"（即问：这预示着什么？）妙玉道："日后自知，你也不必多说。"竟自走了。书中写："弄得宝玉满肚疑团，没精打采的归至怡红院中，不表。"其实宝钗来信，便是为了增加黛玉心中的闺怨，然后让她借弹琴来抒发这种闺怨，最后借妙玉之口言其寿命"恐不能持久"，作者这一系列情节都是在为次年黛玉生日时离世埋下伏笔。

然后书中写妙玉晚饭后做佛教的晚课，因听见猫儿叫春而想起日间那俊秀的宝玉，禁不住心跳、耳热，打坐时便走火入魔，口中嚷着说有强盗来抢她，这事传到外间，便勾起了真强盗之心，即本回所说的："外面那些'游头、浪子'听见了，便造作许多谣言，说：'这么年纪，哪里忍得住？况且又是很风流的人品，很乖觉的性灵，以后不知飞在谁手里，便宜谁去呢？'"而第112回何三邀贼来打劫贾府，众贼看到惜春房里的妙玉，顿起劫色之念，其中一人说："我想起来了，必就是贾府园里的什么'栊翠庵'里的姑子。不是前年外头说她和她们家什么'宝二爷'有原故，后来不知怎么又害起相思病来了、请大夫吃药的，就是她。"于是当夜便用闷香迷倒妙玉把她劫走。本回所写便是曹雪芹惯用的"伏线千里"的笔法，妙玉走火入魔其实就是为下文的"启盗心"伏笔。

此回最后写某日惜春揣摩棋谱。

第八十八回 写惜春揣摩棋谱时，老太太"因明年八十一岁"是个"暗九"（指"八十一"明里无"九"，但"九九八十一"而暗含九个"九"，非常可怕），要做好事来化解这个人生的大关口，所以命鸳鸯前来叫惜春抄《心经》。今按：第71回红楼十六年八月初三贾母八十大寿，如果以贾政升官于来年黛玉二月生日，则贾政升官宴时贾母已经81岁，鸳鸯口中说的明年便应当是82岁，今仍称"八十一"，足证我们第85回提出的"黛玉生日为虚，贾政当是贾母做寿那年八月底升官"的大胆结论是正确的。

由于上文第71回写贾母八月初三的"八十大寿"、第78回写八月"中秋节"、第79回写宝玉生病百日已到十一月底、十二月初，之后又发生了第81回那应当在新年正月发生的"占旺相"、第82回的"惊恶梦"、第83回"探宫闱"、第84回"始提亲"、第85回"放流刑"、第86回"翻案牍"等一系列情节，早已过了年而到了二月份，此时居然仍说贾母明年才是八十一而此年只有八十岁，这显然是作者时间安排上的又一重大矛盾。▲

正如第85回所分析，自第71回贾母"八月初三"八旬大寿开始，一直到本回为止，虽然隔了整整17回的文字（占全书120回的14%），其实在曹雪芹最早稿中，仍然停留在八九月份；正因为此，第87回写明其时是"忽听得'唿喇喇'一片风声，吹了好些落叶打在窗纸上"的晚秋"大九月里"。这都是超越常人想象的荒诞之笔，任何续书人都不敢如此续，唯有一种可能——此乃曹雪芹原稿。作者的豪放个性，使他有意要在时间上留下如此重大的破绽，以此来标榜自己书名"梦"字所体现出来的"梦幻"之旨，并借此破绽来让有心人猛醒、而索解出全书"十九年故事"背后影写的作者真实的"十四岁人生"。

此日晚饭前，贾宝玉、贾环、贾兰来问安，贾母问其学业。饭后"只见小丫头子告诉琥珀，琥珀过来回贾母道：'东府大爷请晚安来了。'"贾母道："如今他办理家务乏乏的，叫他歇着去罢。"透露出贾珍仍在协理荣国府。合理的解释当是：贾政升官任职工部（据下文贾芸求差，知是办第86回所提到的某贵妃陵工事），无暇处理家政，所以再度请贾珍前来管理荣国府的家务。

"到了次日，贾珍过来料理诸事"，鲍二与周瑞闹矛盾，一出大门，鲍二又和周瑞的干儿子何三打架，二人被贾珍命人捆上、鞭打，这就为"抄家时鲍二出首告贾府"、"抄家后何三引强盗来抢劫"这两件事埋下了伏笔。

贾珍代管荣府这件事应当一直延续到贾府抄家时，也就是要延续到抄家所在的第105回前的那一回第104回，见第104回贾政从江西粮道任上回家后告祭祖宗之事："次日一早，至宗祠行礼，众子侄都随往。贾政便在祠旁厢房坐下，叫了贾珍、贾琏过来，问起家中事务。贾珍拣可说的说了。贾政又道：'我初回家，也不便来细细查问，只是听见外头说起你家里更不比往前，诸事要谨慎才好。你年纪也不小了，孩子们该管教管教，别叫他们在外头得罪人。琏儿也该听听。不是才回家便说你们，因我有所闻所以才说的。你们更该小心些。'贾珍等脸涨通红的，也只答应个'是'字，不敢说什么。贾政也就罢了。回归西府。"

本回第 88 回又写："却说贾政自从在工部掌印，家人中尽有发财的。"贾芸也来给凤姐送礼，托凤姐求贾政在"陵工"内找个差事。小红引其入凤姐院时说："那年我换给二爷的一块绢子，二爷见了没有？"贾芸听了这话，喜得心花俱开，这便又照应上前文第 27 回"滴翠亭杨妃戏彩蝶"的情节。即宝钗在"滴翠亭"外偷听到小红与坠儿说话：贾芸让坠儿拿他捡到的手帕，来问红玉可是她的？若是，则当谢谢贾芸。坠儿说："况且他（贾芸）再三再四的和我说了，若没谢的，不许我给你呢。"于是红玉想了半晌说："拿我这个给他，算谢他的罢。"据此处所写，才知道红玉答谢贾芸的居然是又一块手帕。联系第 28 回宝玉为蒋玉菡与袭人两人交换"红、绿汗巾"伏下两人的姻缘，可见此处小红给贾芸的手帕也是两人私相传递的定情信物。这儿提到的小红传给贾芸的手绢，便是前八十回与后四十回又一细节吻合处，的确是他人难以拎出而只可能是曹雪芹亲笔所写★。又贾二爷（贾芸）与林红玉用手帕私相传递，正是第 34 回宝二爷（宝玉）命晴雯送两方旧手帕给林黛玉的私相传递的引子；作者是借贾芸与红玉的私传手帕，来暗示宝玉给黛玉手帕的那种行为，也属于私传定情信物。

贾芸对凤姐说："如今重阳时候，略略了一点儿东西"，可见此时 快九月初九 了。贾芸求差之事，凤姐显然做不了主，所以没收贾芸送的礼。这时奶妈抱巧姐来，一见贾芸就哭，贾芸只好告退，拎着东西出了门，被门房看到，知道主人瞧不起他，以后便再也不让他进门了。（贾府门房的势利便由此写出。）

路上贾芸心中说道："人说二奶奶利害，果然利害，一点儿都不漏缝，真正斩钉截铁！怪不得没有后世。这巧姐儿更怪，见了我好像前世的冤家似的。真正晦气，白闹了这么一天。"也伏下他在王仁和贾环主张卖巧姐时，要加以附和的根由来。（即第 117 回巧姐的舅舅王仁和叔叔贾环想卖巧姐，这时"贾芸想着凤姐待他不好，又想起巧姐儿见他就哭，也信着嘴儿混说"。）

下来便写凤姐在"水月庵"纳贿而间接害死的、烈女子金哥与守备公子的阴魂，前来向"水月庵"住持净虚和凤姐索债、讨命。于是凤姐上房后边的屋子开始闹鬼，凤姐也猜到是金哥前来索命，半夜时因"心中有鬼"而惊醒。以上情节，便是作者为了更进一步伏下凤姐夭逝的病因而写。

第八十九回 写"部中来报：昨日总河奏到，河南一带决了河口，湮没了几府州县"，为此"直到冬间，贾政天天有事，常在衙门里。宝玉的工课也渐渐松了，只是怕贾政觉察出来，不敢不常在学房里去念书，连黛玉处也不敢常去。那时已到十月中旬，宝玉起来，要往学房中去。这日天气徒寒"，宝玉在"贾氏义学"中添衣时，一看天冷时穿的"雀金裘"，想到缝补此裘而病死的晴雯，因为疼心晴雯为己而死，发了一天的呆，"晚间放学时，宝玉便往代儒托病告假一天。"次日吃过早膳，在晴雯原来住过的空房子里祭奠晴雯。

然后宝玉来到潇湘馆，谈到黛玉那天所抚的琴，宝玉说："可惜我不知音，枉听了一会子。"书中写："黛玉道：'古来知音人能有几个？'宝玉听了，又觉得出言冒失了，又怕寒了黛玉的心。坐了一坐，心里像有许多话，却再无可讲的。黛玉因方才的话也是冲口而出，此时回想，觉得太冷淡些，也就无话。宝玉一发^①打量黛玉设疑，遂讪讪的站起来说道：'妹妹坐着罢，我还要到三妹妹那里瞧瞧去呢。'黛玉道：'你若见了三妹妹，替我问候一声罢。'宝玉答应着，便出来了。"

黛玉因"宝玉近来说话，半吐半吞，忽冷忽热，也不知他是什么意思"而心疑。这时，雪雁来向紫鹃误传探春丫环侍书所说的宝玉已定亲的事："王大爷做媒的。那王大爷是东府里的亲戚，所以也不用打听，一说就成了。"上文第84回已指出这是被贾母否决了的不实谣传，可惜黛玉听到这一不实的消息后，立定主意减餐求死，晚上也不再盖被子，任由挨冻。

书中又写："宝玉下学时，也常抽空问候。只是黛玉虽有万千言语，自知年纪已大，又不便似小时可以柔情挑逗，所以满腔心事，只是说不出来；宝玉欲将实言安慰，又恐黛玉生嗔，反添病症：两个人见了面，只得用浮言劝慰，真真是'亲极反疏'了。"半个月后，黛玉的肠胃日薄一日，连粥都不能吃而绝了食。由第92回提到十一月初一的"消寒节"，故知此时应当在 十月下半月 。

第九十回 接上回：半月下来，黛玉病重快死了，紫鹃忙去叫贾母过来，只有雪雁陪在黛玉身边，这时侍书又来告诉雪雁那门亲事未准，而且说："再者，老太太心里早有了人了，就在咱们园子里的，……宝玉的事，老太太总是要亲上作亲的，凭谁来说亲，横竖不中用。"

由于第82回袭人感到宝玉的亲事"贾母、王夫人光景及凤姐儿往往露出话来，自然是黛玉无疑了"。袭人是有身份地位的大丫头尚且如此想，则其他人的想法肯定和她一致。所以大家都没料到：其实早在第84、85回，贾母、王夫人、凤姐三人便已定下薛宝钗，即：第84回凤姐向贾母提出这一主意，第85回贾母便命王夫人去问薛姨妈是否愿意，薛姨妈表示同意，只是要等薛蟠回家后告知他才行（这是"长兄如父"的风俗体现^②），贾母便叫王夫人暂时不要提这事，等薛蟠回来后再说。不久，薛姨妈因为薛蟠入狱事而烦心，王夫人自然暂时也不便提起。由于凤姐是在贾母到她房内看望生病的巧姐时建议，外面人（包括贾母房里人）自然听不到，贾母又叫王夫人不要对外讲，所以贾母定宝钗为孙媳的事，连袭人也不知道，难怪外面人还在谣传：贾母肯定是把宝玉素来喜欢的林黛玉嫁给他。

作者把这足以救活黛玉的"救命仙丹"似的话，又让黛玉在病中给偷听到。黛玉一听，贾母的意思是"亲上作亲，又是园中住着的，非自己而谁？"心病

---

① 一发，越发、更加。

② 指家中的长子应协助父母照顾弟妹，主持家务；如果父母不在（指外出或逝世），家中的老大就要担当起父母的责任，照顾好弟妹，尽抚养、教育之责。薛蟠父亲已经亡故，所以家中碰到大事时，母亲便要和长子薛蟠商量。

一下子好了。这时贾母、王夫人、李纨、凤姐听紫鹃说黛玉病危，都赶来看望；一见黛玉好了，大家都感到万分奇怪。

贾母何等聪明，此时终于一下子明白过来黛玉这病是心病了，因为贾母说："宝玉和林丫头是从小儿在一处的，我只说小孩子们怕什么①？以后时常听得林丫头忽然病，忽然好，都为有了些知觉了②。所以我想他们若尽着搁在一块儿，毕竟不成体统。你们怎么说？"王夫人误以为贾母是想促成两人亲事，虽然贾母之前中意宝钗而让自己向薛姨妈提亲，但此时贾母这么一问，王夫人便以为贾母转了主意，所以她建议给宝玉、黛玉两人成亲："古来说的：'男大须婚，女大须嫁。'老太太想，倒是赶着把他们的事办办也罢了。"

贾母皱了皱眉头否决了："林丫头的乖僻，虽也是她的好处（指其用情专一），我的心里不把林丫头配他，也是为这点子（即其太多情，不像宝钗那般庄重得体，也即第63回宝钗抽到的牡丹花王签说她的'任是无情也动人'，唯有无情方能更加动人，从而感动得贾母要把她嫁给宝玉。贾母出于封建礼教，鄙视心中只有爱情而无礼法的女孩，也即她在第54回所说的凡是心中有'儿女私情'的男女便不配称'才子、佳人'，只配称偷情的贼）。况且林丫头这样虚弱，恐不是有寿的（点明黛玉多病会早天，不适宜给宝玉做妻子）。只有宝丫头最妥。"由此可知，第85回贾母令王夫人询问薛姨妈，或许仍在选择、比较中，但到这一回，贾母因看破林黛玉心病（"多情"），便彻底决定舍弃"多情、多病"的黛玉，定下最合适的人选——"无情庄重、无病健康"的宝钗。

贾母又说："自然先给宝玉娶了亲，然后给林丫头说人家。……倒是宝玉（与宝钗）定亲的话，不许叫她（黛玉）知道倒罢了。"于是凤姐让大家守口如瓶。

贾母又命令凤姐经常到园中严厉管束下人，于是凤姐某一天在"紫菱洲"畔，镇住了和邢岫烟吵闹的婆子。薛家派婆子来府中问安，得知这一消息，回去告诉薛家，作者又由此写到薛蝌思念岫烟。这时宝蟾送酒和果品来勾引薛蝌。

第九十一回薛蝌不敢吃宝蟾送来的东西而睡下。一大早宝蟾来收酒果。金桂"一心笼络薛蝌，倒无心混闹了，家中也少觉安静。……且说宝钗母女觉得金桂几天安静，待人忽然亲热起来。"这时，金桂的过继弟兄夏三来薛家，夏金桂给钱让他买东西送来（所买东西当即下文第103回毒害香菱的砒霜），"从此夏三往来不绝，虽有个年老的门上人，知是舅爷，也不常回。从此生出无限风波"（指毒害香菱事）。

一日，薛蟠来信说："道里驳回重审"，案情又有反覆，宝钗一急而病危，"一连治了七八天终不见效，还是她自己想起'冷香丸'，吃了三丸才得病好。"王夫人请贾政赶快把宝钗娶过门，贾政说："况且如今到了冬底，已经年近、岁逼，不无各自要料理些务务。今冬且放了定，明春再过礼。过了老太太的生日，就定日子娶。你把这番话先告诉薛姨太太。"下回才到"明日十一月初一"的"消寒会"，则此时仍在十月内（据下文，此日乃十月的倒数第二天）。

---

① 指小孩子两小无猜，不怕会有男女相恋相爱的事情发生。
② 指情窦初开，男大当婚，女大当嫁。

其时已在为过年事忙碌，所以十月份也可以称作"年近、岁逼"和"冬底"，则第 49 回十月份所言的"年例"，的确也可能指过年的钱应当在十月份及早发下。

次日（据下文乃 十月最后一天 ）早饭后，王夫人、薛姨妈到贾母处坐坐，宝玉前来告辞上学，晚上放学回来，到"潇湘馆"与黛玉借谈禅的形式，再度表白自己对她的一片真心，重申之前发过的"不能娶她便要出家"的誓言。

又上引贾政说过："明春再过礼。过了老太太的生日，就定日子娶"，而第 97 回宝玉正是在黛玉二月十二生日那天娶了宝钗，再联系第 62 回探春说"过了灯节，就是老太太和宝姐姐，她们娘儿两个遇的巧"，宝钗是正月廿一生日，则贾母真像是正月廿一前后生日，过了此贾母正月生日后的二月十二宝玉娶亲。

然而第 71 回又言明："因今岁八月初三日乃贾母八旬之庆"，第 118 回又言明："到了八月初三，这一日正是贾母的冥寿"，可证：前八十回的第 62 回、后四十回的第 91 回是在说"老太太"贾母正月廿一前后生日，而前八十回的第 71 回、后四十回的第 118 回又在说贾母是八月初三生日；后四十回的前后牴牾，与前八十回如出一辙、风格相同，证明后四十回与前八十回是同一人所作。★

而后四十回如果是他人来续写，便不可能在第 91 回与第 118 回这相隔仅17 回的文字中，犯下如此重大的错误；由此可知：后四十回必非他人所续，当是曹雪芹初稿★。其初稿中，贾母原本是正月廿一前后生日，后来改成了八月初三生日，第 62 回与第 91 回便是作者故意不改、以存初稿原貌。

第九十二回 宝玉在"潇湘馆"与林黛玉谈禅时，被秋纹骗回"怡红院"。宝玉对袭人说起黛玉："头里我也年纪小，她也孩子气，所以我说了不留神的话，她就恼了。如今我也留神，她也没有恼的了。只是她近来不常过来，我又念书，偶然到一处，好像生疏了似的。"袭人道："原该这么着才是。都长了几岁年纪了，怎么好意思还像小孩子时候的样子？"点明两人为何生疏起来的原因，便是长大了、男女有别。宝玉说："明儿不是十一月初一日么？年年老太太那里必是个老规矩，要办'消寒会'，齐打伙儿坐下，喝酒、说笑。"可证此日是十月的最后一天。

次日 十一月初一 ，巧姐儿道："认了三千多字，念了一本《女孝经》，半个月头里又上了《列女传》。"可见巧姐至少已十一二岁了，难怪再过两年的第 117回便可谈婚论嫁了。宝玉给巧姐讲解《列女传》，引得巧姐对古代有节操的列女们肃然起敬。巧姐又对宝玉说凤姐打算把五儿补给宝玉做丫环。

司棋与潘又安殉情于此日。"且说贾政这日正与詹光下大棋"，当也发生在同一天内。这时冯紫英送来四样宝物，问贾府可要买？其中母珠吸引"那些小珠子儿滴溜溜溜滚到大珠身边来，一回儿把这颗大珠子抬高了，别处的小珠子一颗也不剩，都黏在大珠上"，王希廉点明其象征的含义："贾母如一颗母珠，在则儿孙绕聚，死则家业消亡。借此一参，暗伏后文。"故回目定作"玩母珠贾政参聚散"，以珠之聚散寄寓贾府即将抄家而贾母即将亡故，而贾母一旦亡故，贾府便要家亡人散。贾赦、贾政与冯紫英一同谈起仕途的荣枯，提到"外面下雪，……已是雪深一寸多了。"大家又谈到贾雨村的升迁，与第72回在细节上也正相照应。今将贾雨村的仕途经历整理如下：

第3回贾政为贾雨村"轻轻谋了一个复职候缺，不上两个月，金陵应天府缺出，便谋补了此缺"，"轻轻谋"这三个字便在写官场上的走后门，揭示出当时官场的腐败，所以脂批在这三个字旁边批"《春秋》字法"四个字，点明其暗中隐含的讽刺含义。第16回"贾雨村也进京陛见，皆由王子腾累上保本，此来候补京缺"，即从第16回起，贾雨村在"字面上"便和贾府同在一处了①，可以和贾府常来常往了，于是书中接下去便写贾雨村与贾府常来常往的情节，即第17回"大观园试才题对额"贾政请雨村来拟题额："不妥时，然后将雨村请来，令他再拟。"游园快完时又写："又值人来回：'有雨村处遣人来回话'"，即雨村答应会来题对额的。又第32回："兴隆街的大爷来了，老爷叫二爷出去会。宝玉听了，便知是贾雨村来了"，这便是雨村到贾府的日常拜见。第48回雨村又为贾赦强索"石呆子"古董扇子事出马："谁知雨村那没天理的听见了，便设了个法子，讹他拖欠了官银，拿他到衙门里去，说所欠官银，变卖家产赔补，把这扇子抄了来，作了官价送了来。那石呆子如今不知是死是活"，据本回（即后四十回的第92回）可判断，此时贾雨村的衙门应当是"御史衙门"（下详）。第53回："王子腾升了九省都检点，贾雨村补授了大司马，协理军机、参赞朝政"，则已升迁为兵部尚书、而进入国家的中枢机关。

第72回林之孝说："方才听得雨村降了，却不知因何事，只怕未必真。"本回（后四十回的第92回）贾琏道："听得内阁里人说起，贾雨村又要升了。"下来贾政笑着说雨村"几年间，门子也会钻了，由知府推升转了御史，不过几年，升了吏部侍郎，署兵部尚书。为着一件事降了三级，如今又要升了。"这便照应了第72回降职之文。后四十回若是他人来续，肯定不会想到要续这种细节；由其续这一细节，可见后四十回当是曹雪芹原稿★②。

贾政说雨村由知府做到御史，再做到吏部侍郎和兵部尚书。第48回贾雨村以"欠官银"为借口迫害石呆子。由于"吏部侍郎"和"兵部尚书"不涉及征收官银的事，第16回又言明贾政由知府来京"补京缺"，御史正是京缺，又涉及征收官银之事。因此贾政这番话其实也补明：第48回贾雨村当是在御史任内陷害石呆子。

第103回："且说贾雨村升了京兆府尹，兼管税务。"第118回言："你们知

① 今按：作者所写的贾府原本就在南京，但字面上把贾府与南京写成两个地方。第3回写雨村到南京上任，其实就在贾府所在的城市上任，但"字面上"写成两地。由于下文贾府的很多事情都要雨村来插手参与，所以第16回便用"进京"两个字，把这个原本就在贾府身边的人，从"字面上"写回到贾府所在的城市中来。
② 按：第93回回末程甲本贾芹想起一个与他有矛盾的人，但未写明就写出"未知是谁，下回分解"的话来留待下回交代，可是下回根本就没接下去写这件事。高鹗在程乙本中，便把这没有下文的第93回末改成贾芹想不起有谁和他有矛盾，这就等于向大家表明：高鹗所改的程乙本续不出程甲本中贾芹想起的人是谁。后四十回如果是高鹗所续的话，他连上述贾雨村降职这种"蛛丝马迹"般的细节都能接续得上，为何程甲本第93回末这么明显的大事却续不出？可证后四十回绝对不可能是高鹗所续。如果是高鹗所续的话，他不可能续不出贾芹想起的人是谁，因为续书原本就由他来写，可由他本人全权做主，他想写谁就可以写谁。

道是谁？就是贾雨村老爷。我们今儿进去，看见带着锁子，说要解到'三法司'衙门里审问去呢。"第120回："且说那贾雨村犯了婪索的案件，审明定罪，今遇大赦，褫籍为民。"可见雨村是在京兆府尹任上，因"婪索"犯案，后遇赦而成为平民，这便应了第1回甄士隐《好了歌解》所唱的"因嫌纱帽小，致使锁枷杠"那句话，而且甲戌本在这句话上正有侧批："贾赦、雨村一干人。"

　　又贾政谈起雨村仕途经历时，冯紫英问："雨村老先生是贵本家不是？"贾政道："是。"冯紫英道："是有服的，还是无服的？"贾政道："说也话长。他原籍是浙江湖州府人，流寓到苏州，甚不得意。有个甄士隐和他相好，时常周济他。以后中了进士，得了榜下知县，便娶了甄家的丫头——如今的太太——不是正配。岂知甄士隐弄到零落不堪，没有找处。雨村革了职以后，那时还与我家并未相识，只因舍妹丈林如海林公，在扬州巡盐的时候，请他在家做西席，外甥女儿是他的学生。因他有起复的信①，要进京来，恰好外甥女儿要上来探亲，林姑老爷便托他照应上来的②，还有一封荐书托我吹嘘吹嘘。那时看他不错，大家常会③。岂知雨村也奇：我家世袭起，从'代'字辈下来，宁荣两宅，人口、房舍，以及起居事宜，一概都明白。因此，遂觉得亲热了。"

　　其实雨村通晓贾府的信息，全都来自贾府管家周瑞的女婿冷子兴向他作的演说（即第2回"冷子兴演说荣国府"）。演说前，冷子兴曾问雨村与"荣国府贾府"可是一家？雨村回答："自东汉贾复以来，支派繁盛，各省皆有，谁逐细考查得来？"由于有此"五百年前是一家"作为理论基础，所以雨村下来便大言不惭地说："若论荣国一支，却是同谱。但他那等荣耀，我们不便去攀扯，至今故④越发生疏难认了。"可证他与荣国府乃"五百年前是一家"、而现在其实不是一家的关系（即无服），所以脂批批此说："此话纵真，亦必谓是雨村欺人语！"清人徐凤仪《红楼梦偶得》言："第二回子兴无意演说，雨村默识于心，遂为进京攀附之机。九十二回冯紫英询问，贾政口中始详露耳。雨村答子兴云：'荣国一支，却是同谱'，为'冒宗、拉拢'伏线。盖此一回乃为雨村起复后一紧要关键也。"若无此第92回之文，后人何以能明白：第2回冷子兴向雨村交代贾府情形，居然成为贾政看得起雨村（"遂觉得亲热"）、而大力帮他复出的关键原因所在？

　　正因为有了这第92回，大家才能看破第2回不光是为了向读者介绍贾府人员构成而写，更是在为雨村顺利复出埋伏笔，而后者是所有人都看不出来的，第92回居然能看出来，足证写第92回的人只可能是曹雪芹。而且唯有了解自己作品的原作者曹雪芹本人，才能把前八十回中雨村的仕宦经历总结得如此到位，其他人根本不可能像第92回那样总结得如此滴水不漏。这也是证明"后四十回与前八十回细节吻合、后四十回乃曹雪芹所著"的又一实例。★

---

① 信，音信、消息。
② 指托贾雨村护送黛玉进贾府。
③ 指大家时常会面。
④ 故，所以。

又此处言贾雨村中进士后"得了榜下知县",然后再娶甄士隐家丫环。而第2回:"原来,雨村因那年士隐赠银之后,他于十六日便起身入都。至大比之期,不料他十分得意,已会了①进士,选入外班,今已升了本府知府。"可见做知县与娶甄家丫环之间还有一环,即升了知府。而中进士与升知府之间又有一环即"选入外班",所谓"选入外班"就是指会试中进士后,除了留在京城任京官的人以外,其余的人都要分发到外地去担任官职。而知县就是京外之官,所以"选入外班"和"得了榜下知县"应当是一回事。而上述引文中所谓的"会了进士"就是指会试合格后成了进士。因此上引之文其实告诉我们贾雨村仕途的最初发迹轨迹便是:中了进士,马上就"选入外班"而得榜下知县,然后上任而升为知府,娶了甄家丫环。其间的过程也值得我们详考一下。

要理解"榜下知县"需要了解清代知县的来源:第一类是二甲进士陛见皇帝后,立即被任命为知县,人称"榜下即用的知县",简称"榜下知县"。第二类是翰林院三年举行一次"散馆"考试,其成绩不理想者被淘汰出来到吏部抽签,抽到哪个省就去该省当知县。第三类是举人三次会试不中,由王公大臣在吏部分班传见,每班十人,录取八人,一定要仪容端正、口齿清楚,然后抽签分发到各省当知县,老、病、瘸、驼的打回原籍。第四类是因战争而有军功的文人,由军队最高长官向皇上保举而派为知县。第五类是捐班出身,即向政府捐献巨额助饷银两,政府赏给候补知县的资格,去吏部抽签上任。

而要理解"选入外班"需要了解一下明清科举制度中的"朝考",也即所谓的"馆选"考试。明清科举制度发展得十分完备,其考试其实共分四步:第一步是通过"院试"而成为可以参加乡试的"府州县学的学生",即所谓的"秀才"(生员);第二步是通过"乡试",成为可以参加会试的"举人";第三步是通过"会试"及殿试,从而成为可以参加"朝考"的金榜题名的进士;最后一步便是参加针对新科进士举行的、为分配官职做重要参考的"朝考"考试。②

"朝考"考试相当于是授官考试,紧接在"殿试"后举行,见乾隆朝《钦定皇朝通典》卷23"职官一":"庶吉士无定员。凡每科殿试传胪后,集诸进士于保和殿而试之,录其佳卷进御。掌院学士乃以诸进士引见,凡入选者改为庶吉士。"清朝规定在殿试传胪后的第三天③,在"保和殿"举行这场名为"朝考"的考试。朝考第一名称"朝元"。名列前茅者称"入选"或"馆选",故此"朝考"又名"馆选"考试。

殿试中的一甲三名无须经过这场"朝考"便能得官,新科状元一发进士榜便授予从六品的"翰林院修撰",新科榜眼、探花则授予正七品的"翰林院编修",

---

① 会,会试,会试及第。见清蒲松龄《富贵神仙》第11回:"小举人上京会试,太太嘱咐道:'若会了便捎个信去,着你爹爹来家;不会,便亲自去看。'"又作"会上",指会试时考上。《儒林外史》第46回:"怎得我这华轩世兄下科高中了,同我们这唐二老爷一齐会上进士。"

② 古代以知识分子治国,秀才相当于今天的本科,举人相当于今天的硕士,进士相当于今天的博士,朝考被录取者相当于今天的院士。当然古代秀才、举人、进士录取率极低,其人才的优异性是今天的学制所无法比拟的。

③ 乾隆二十六年(1761)起,规定四月廿一日殿试,廿五日传胪,廿八日朝考,遂成定制。

其余二、三甲的新科进士则需要经过朝考才可以授官。只有考中"庶吉士"者，才有机会和状元、榜眼、探花一同进入翰林院学习。清代有"非进士不入翰林，非翰林不得拜相"之称，所以庶吉士的升迁潜力巨大，有"储相"的美称，因此"朝考"这一"馆选"考试也就事关二、三甲进士的仕途。凡是没能成为庶吉士而被外放的官员，一辈子能做到知府都比较罕见；所以，外放为官等于剥夺了此人做到高级官员的道路。

在此需要指出的是，只有从雍正朝开始，二、三甲进士才全部都有资格参加朝考，而之前的顺治、康熙两朝的新科进士，经过挑选合格，才有资格参加朝考，这一做法是沿用明朝的制度：先是根据年貌来挑选，再考试文章，没有录取的名额限制。像康熙九年（1670）从新科进士中挑选出年龄、体貌合格者60人参加朝考，试以文字，分列上、中、下三等，最后钦定27人为庶吉士。雍正初年改为先考、后选，这才让所有新科进士，全都获得公平地参加朝考的资格。此时，大臣还可以保举一些人一同参加朝考，仍有一定的不公平性；到乾隆元年（1736）便废除保举制，根除这种"走后门"的不公平性。道光二十一年（1841）更规定，要对会试复试[①]、殿试、朝考三次考试的等第进行综合统计，纠正了"一考定终身"的弊端，但仍以朝考的等第最为重要，三个考试都优秀的，才能用为庶吉士而进入翰林院教习。

在"朝考"完毕后，便开始授予进士们官职。位居前列者（约五分之一）授予庶吉士，次等者（约五分之四）分别任命为各部主事、中书或地方知县。被取中庶吉士的人，要在翰林院教习三年，期满后再经过一次"散馆"考试。散馆考试成绩优良的，二甲进士便会像榜眼、探花那样，被授予"编修"的职衔，而三甲进士则被授予"检讨"的职衔，从而正式成为"翰林院"中的一员，其仕途大多开始平步青云。而"散馆"考试成绩差的，要么再延期学上三年，要么就被"翰林院"除名，授予各部主事或地方知县，从此与翰林绝缘，仕途大受影响，等于在翰林院白学了三年，什么也没捞到，身份地位和三年前没考上"庶吉士"的普通进士一样。至于一甲三名虽然也要参加"朝考"和"散馆"考试，只不过走个形式、过一下场，不会被淘汰。

顺治与康熙两朝没参加朝考的进士，或是雍正朝以后所有参加朝考但未能进入"馆选"、考上"庶吉士"的进士，便要经过候选程序，分发到各部或外省听候任用。其中分发到外地做知县的，便是上文所说的"选入外班"。"班"就是官员补缺的班次，"外班"就是除了留在京城任京官以外的、分发到外地任官的班次。

《红楼梦》创作的时代虽然是在乾隆朝，但贾雨村是宝玉的父执[②]辈，而宝玉又是作者的化身，因此贾雨村也就相当于作者曹雪芹的父辈、师辈，所以贾雨村中进士而得官，应当影射的是康熙朝的科举情形。而康熙朝是在二、三甲

---

① 康熙五十一年（1712）壬辰科是会试有复试之始。康熙帝怕会试存在舞弊行为，而下来的殿试又只是一场没有淘汰、只有排名的考试，会试舞弊者就有可能堂而皇之地成为进士，有鉴于此，康熙皇帝便决定在会试后增加一个环节"复试"，由皇帝亲自出题考试。
② 父执，父亲的朋友。

新科进士当中选出年龄、相貌合格者进行朝考,换句话说:康熙朝的朝考不是所有新科进士都有资格参加的,新科进士一体参加朝考要从雍正朝开始。

本回说贾雨村"选入外班",并没有交代他是否参加过朝考,更没有说到他朝考时名次如何,在此我们不妨分三种情形分析一下他得知县的方式:

第一种,据我们上面的分析,作者笔下的贾雨村很可能用的是康熙朝的故事,先进行挑选,入选者方能参加朝考。当时贾雨村很可能因为没有投靠大官僚,所以可惜了他那副圆腰厚背、阔面方口、剑眉星眼、直鼻权腮的天生好相貌而未被选上,没有资格参加朝考就被分发到各省候补知县,即所谓的"选入外班"。由于只有二甲进士才有"榜下即用知县"的待遇,上文言贾雨村中进士后"得了榜下知县",可证他应当是二甲进士,科举的名次还是不低的[①]。他没有资格参加朝考,所以便以"二甲进士"的身份得到皇帝的陛见而授予"榜下知县"。

第二种,便是贾雨村有资格参加朝考,但未能考上"庶吉士"而要被任命为京外的知县,这当然也可以称为"选入外班"("外班"就是京外的职缺,选为知县自然也就是"选入外班"了)。然后贾雨村凭借其"二甲进士"的身份获得"榜下知县"。如果作者笔下的贾雨村用的是雍正、乾隆两朝的故事,则贾雨村肯定就属于这种情况;如果作者笔下的贾雨村用的是康熙朝的故事,则贾雨村有可能是第一种情况,也有可能属于这第二种情况。

第三种,在馆三年,因"散馆"考试不合格而外放为知县,这是以实缺优先选用、带缺出京,这当然也可称作"选入外班",但这时已不是"榜下即用"了。因为"榜下即用"是指一中进士、一发进士榜便被任命为知县,在馆三年散馆后任命为知县已不是"榜下",所以本回所说的"榜下知县"四字便可排除贾雨村这一"入馆"的可能。

所以贾雨村肯定不属于第三种的"选入外班",而应当是前两种的"选入外班":如果作者笔下用的是雍正、乾隆朝的掌故,则肯定是第二种情况;如果作者笔下用的是康熙朝的掌故,则第一、第二种的情况都有可能(当然我们更倾向于第一种情况)。

不管是第一种还是第二种情况,贾雨村所获得的"榜下即用的知县"仍然是候补知县而非实缺。好在曹雪芹也即贾雨村所处的时代是清朝的前半期,会试每三年才进行一次,每次录取的进士人数也很有限,大约在三四百人之间,因此在康熙朝,乃至雍正朝或乾隆初,分发到京外诸省的"二甲进士"的人数其实很有限,所以"榜下知县"一般不用等候多久便可获得实缺,从而成为一个县的父母官。

当然,清代知县的升迁比较困难,所谓"三年一转、五年一升",五年内如果做官做得谨慎,没犯什么错误便可升知州,大计卓异者还可授予更高的官职。本书第2回考明贾雨村是红楼二年中进士,红楼五年升为知府而娶娇杏,他中进士不过四年(虚算)便升了知府,这倒是非常快的,可见他运气之佳、才干

[①] 按:"三甲"的人数每一榜都不尽相同,以清光绪"癸卯科"为例,共录取进士360人:一甲3人,二甲183人,三甲174人。可见"二甲"相当于前二分之一。

之优。而且按照清代的制度，知府需要由御史、郎中、顺天府治中、盐运使运同、府同知、直隶州知州晋升而来，则贾雨村在任知县后的四年内，应当是靠自己政绩的卓异，方才能够在短期内由知县升知州、进而再升知府。①

本书第 2 回考明贾雨村是红楼二年中进士，红楼五年升为知府而娶娇杏，据此第 92 回又可知：红楼二年贾雨村中进士后未能参加"朝考"考试，或虽然参加"朝考"而未能考上"庶吉士"，从而被选派到外地担任知县之职，四年后的红楼五年已升为知府而娶了娇杏（四年内由知县晋升为知府的可能性虽然很小但也是有的）。因此，后四十回中第 92 回的"榜下知县"，与前八十回中第 2 回"选入外班，今已升了本府知府"两者完全吻合，无有矛盾②，而且还可以互相补充和印证，这是前八十回与后四十回细节相合的又一例证★，而且这也能证明后四十回是曹雪芹原稿而非高鹗续写。因为他人来续的话，看到第 2 回贾雨村是以知府身份娶了甄家丫环，肯定会写下"得了<u>知府</u>便娶了甄家的丫头"的话来，根本就不可能想到贾雨村最初的身份是第 2 回中根本就没提到过的"<u>知县</u>"。所以，如果让作者以外的其他人来续写这第 92 回的话，不可能写出贾雨村中进士后"得了<u>榜下知县</u>"的话来。

<mark>第九十三回</mark>写贾府"十月里的租子"，被征用车子的衙役给抢走了。次日<u>十一月初二</u>贾赦带宝玉到"临安伯"家做客而看戏、喝酒，宝玉陶醉于蒋玉菡唱的戏。回来后"贾政才下衙门"（指从衙门下班回来），贾琏叫齐家人讯话。"过不几时"，抄了家的"江南甄家"的仆人包勇前来"投靠"贾政。作者之所以写他投靠贾府，为的就是借他那张嘴，补叙出甄宝玉如何在"太虚幻境"受警幻仙子教育、而幡然悔改掉此前与贾宝玉相同的情性脾气，开始认真于学业，从而为下文甄宝玉能在贾宝玉面前大谈"仕途经济"作铺垫。

又"一日贾政早起"时，读到了门上贴的"揭帖"，揭发贾芹在水月庵窝娼、聚赌之事。贾政命令贾琏派赖大去"水月庵"捉拿贾芹。书中写："那时正当<u>十月中旬</u>，贾芹给庵中那些人领了月例银子，便想起法儿来"在庵中寻欢作乐。此时当在十一月初二后，故当作"十一月中旬"为是，画线部分的"十月"二字疑是"十一月"的笔误▲。由于贾政临时又被请去上朝班，贾琏便想方设法帮贾芹遮掩了过去。作者写此情节的目的，旨在引出"水月庵"三个字来，让凤姐想起自己在这座尼姑庵里害死金哥、守备公子事而心惊肉跳，加速其死亡。

又此回末程甲本作："赖大说：'……你想想，谁和你不对罢？'贾芹想了

---

① 以上参考作者为"武当山人"的《与〈红楼梦〉相关的清代会试等知识（参考）》，见 http://www.hlmol.com/bbs/dispbbs.asp?boardid=6&Id=8273。
② 有人认定这两者有矛盾，便是未能认识到两者之间在时间上差了四年，误以为两者是同时之事，即误认为第 2 回是雨村一中进士便做到知府，从而与第 97 回说他一中进士做的是"榜下知县"相矛盾起来。其实古代的科举制度只有"榜下知县"，没有"榜下知府"，任何人都不可能一中进士便出来做知府，而且第 2 回写明是"升"（"升了本府知府"），这便意味着雨村的仕途起点不是知府，而是比知府要低的知县。一旦明了第 2 回雨村中进士到升知府隔了三年时间，便能明白：第 97 回言其一中进士做的是榜下知县，便与第 2 回言升了知府，不但毫无矛盾，而且还严丝合缝、完全密合。

一想，忽然想起一个人来，未知是谁，下回分解。"而其下回开头作："话说赖大带了贾芹出来，一宿无话，静候贾政回来。"属于"下回没有文字来和上回结尾相呼应的、上下两回有失照应"的显例▲。高鹗当有鉴于此，所以在程乙本中把本回之末改成："赖大说：'……你想想，谁和你不对罢？'贾芹想了一会子，并无不对的人，只得无精打采跟着赖大走回。未知如何抵赖，且听下回分解。"如此之改，恰倒可以百分之一百地证明：程甲本第 93 回末那没有下回开头相照应的文字，肯定不是高鹗所作，而应当是他人（即曹雪芹）所作的原稿。

此例便是后四十回当如高鹗所言"乃残稿而非续书"的显证。如果后四十回是高鹗所续的续书，他焉能续出这种没有下文的文字来，而且还在再版程乙本时，特意要把"自己所续"的这种没有下文的文字给改掉？

此第 93 回回末的情节如果是高鹗所续写，由于这是续书，完全可以由续书者本人来自由做主，则他肯定是在构思好贾芹想起谁后，才会写下这段文字；他居然不在程乙本的下回开头补上贾芹想起的是谁，反倒把程甲本已经写好并已出版的第 93 回回末给改掉，证明后四十回的故事他做不了主，得由别人（即曹雪芹）来做主，他无法猜测到原作者（即曹雪芹）的心思，所以只能这么改；这充分证明高鹗不是后四十回的作者，他只是编辑而已，所以他在《红楼梦》序言中声称"后四十回是曹雪芹原稿，自己只是编辑而已"的说法是完全可信的。

第九十四回 赖大带贾芹回来"一宿无话"。"明日早起"，贾政又忙于公务，把贾芹一事交由贾琏全权处理，王夫人便把小尼姑、小道姑们发回各自的原籍去修行。就在此日，紫鹃无事，来贾母房的鸳鸯那儿散心，听鸳鸯说起：傅试家的婆子来给贾母请安，常夸她们家的傅姑娘（傅秋芳）年纪虽大，但长得好，像献宝似的，老太太和宝玉偏是爱听。那婆子还说："她们姑娘现有多少人家儿来求亲，她们老爷总不肯应，心里只要和咱们这种人家作亲才肯。一回夸奖，一回奉承，把老太太的心都说活了。"这番话引起了紫鹃担心：黛玉一心想嫁宝玉得了心病，而宝玉却虽然"心也在我们那一位的身上①，听着鸳鸯的说话，竟是'见一个爱一个'的。这不是我们姑娘白操了心了吗？"紫鹃回"潇湘馆"后，忽然听说"怡红院"的海棠花开了，大家便一起到"怡红院"赏花。

贾母说："这花儿应在三月里开的，如今虽是十一月，因节气迟，还算十月，应着小阳春的天气，因为和暖，开花②也是有的。"贾母的意思是：十月的节气乃"立冬、小雪"，此时虽然月份在十一月中，但节气上才交十月的"小雪"节气，不算很寒冷。但第 92 回的十一月初一已下过一寸深的雪，地上能有积雪而不融化，可见气温早已在零度左右、甚至零度以下，怎么可能在短短几天内又把温度上升到春天般和暖而可开花的程度？又第 95 回言元妃薨逝时说："是年甲寅年十二月十八日立春"，可证此年是"月在十二月、而节气在正月"，则本

---

① 此处程乙本加一"啊"字，是因为下句"听着鸳鸯的说话"之"说"字被程乙本删去，故意加此字，以求行格不用变化。由此可见：程乙本的旨趣便是妄改程甲本、篡乱曹雪芹底稿。

② 指因为和暖而开花。

月应当是"月在十一月、节气在十二月",已经很冷了;第 92 回又说到下雪,可证第 95 回所言不假,而本回贾母所说的"月在十一月、节气在十月"当是作者"随事生文"的胡诌、幻笔,与其"随事生名"①的起名法相同,皆是心血来潮、不足听信的虚构、幻笔▲。换而言之,作者笔下的时令气候语,有很多地方都是这种"随手拈来"的梦幻虚构,有虚有实,经不起前后参看。

宝玉因忙着迎接贾母,忘了佩戴"通灵宝玉",袭人惊问:"那块玉呢?"宝玉说:"才刚②忙乱换衣,摘下来放在炕桌上,我没有带。"结果找不见了。林之孝请人测了个"赏"字,说是"将来横竖有人送还来的",伏第 115 回和尚来送玉。

今按第 77 回宝玉对袭人谈起被撵的晴雯时说:"这阶下好好的一株海棠花,竟无故死了半边,我就知有异事,果然应在她身上。"而本回紫鹃听说:"怡红院里的海棠本来萎了几棵,也没人去浇灌他。昨日宝玉走去瞧,见枝头上好像有了菁朵儿似的;人都不信,没有理他。忽然今日开的很好的海棠花,众人诧异,都争着去看,连老太太、太太都哄动了,来瞧花儿呢。"与第 77 回两相照应,故王希廉评第 77 回:"海棠偶死不是凶征,海棠复生却非吉兆,与九十四回遥相关照",即点明后四十回与前八十回这一细节上的照应。

●附:通灵玉的"知祸福",证明后四十回是曹雪芹原稿

第 25 回宝玉受魔法而奄奄一息,贾政对一僧一道说:"小儿生下来时,口中所衔之玉上面是刻有能够'除邪祟'的字样,但此次没有灵验了。"说的便是第 8 回写到的宝玉那块"通灵宝玉"背面有文字:"一除邪祟,二疗冤疾,三知祸福。"这背面文字中的"一除邪祟、二疗冤疾"便指第 25 回之事。正因为此,第 25 回一僧一道救完宝玉、凤姐二人后扭头便走,这时有脂批:"通灵玉除邪,全部只此一见。"

而"通灵宝玉"背面文字中的"三知祸福"便是后四十回中的第 85 回和此处的第 94 回。具体来说:通灵宝玉"知福"的情节便是第 85 回"贾存周报升郎中任"来报宝玉婚事与贾政升官的双喜临门③。这喜事起自第 84 回凤姐向贾母提议:"一个'宝玉',一个'金锁',老太太怎么忘了?"贾母于是命王夫人向薛姨妈提亲,而第 85 回宝玉说:"前儿晚上,我睡的时候,把玉摘下来挂在帐子里,它竟放起光来了,满帐子都是红的。"邢、王二夫人听了抿着嘴笑,凤姐说:"这是喜信发动了。"这便是"通灵宝玉"通灵而知道有人要为宝玉向宝钗家提亲、宝玉快成婚了,所以来报喜;当然更有可能是来预报此第 85 回下文

---

① 语见第 8 回"独有一个买办名唤钱华"句甲戌本夹批:"亦钱开花之意。随事生情,因情得文。"(按:开花,即开销花费钱之意。)第 16 回"全亏一个老明公号山子野"句甲戌本侧批:"妙号,随事生名。"第 37 回"叫过本处的一个老宋妈妈来"句己卯本夹批:"宋,送也。随事生文,妙!"第 58 回"方请灵入先陵,地名曰孝慈县"句卯本夹批:"随事命名。"

② 才刚,刚才。

③ 本回贾芸慌慌张张来向宝玉报贾政升官之喜时说:"叔叔的亲事要再成了,不用说,是两层喜了。"正是"通灵宝玉"来报"双喜"的隐晦笔法。

的贾政升官之喜，或是报"双喜"亦未可知。

至于通灵宝玉"知祸"的情节便是本回第94回"晏（宴）海棠贾母赏花妖"，这是作者先用海棠花来预报：宝玉第97、98回与薛宝钗成亲的喜事中林黛玉夭亡，可谓"喜忧参半"。而其下半回"失宝玉通灵知奇祸"，即"通灵宝玉"知道贾府大祸快要来了而失踪，其大祸便是两个：一是第95回元妃将薨而贾府失去这座靠山将被抄家；二是从这回开始，宝玉将因疯傻（即古人所谓的"失心"、神智不清）而娶宝钗、逼死心爱的黛玉，由于有这两件大祸事，所以这块"通灵宝玉"便惧祸而失了踪。这块宝玉是用自己自动消失的方式，来证明自己能通灵而知祸福。

第8回中写"通灵宝玉"灵性的12个字，前八十回只应验了前八个字，后四个字便应验在后四十回中。如果没有后四十回，则第8回中的"三知祸福"这四个字便没了下文，全书情节便不完整，所以这也可以证明后四十回与前八十回是一个相互照应的完整整体，后四十回绝对就是曹雪芹的原稿。★

●第九十五回"因讹成实元妃薨逝、以假混真宝玉疯颠"写："是年甲寅年十二月十八日立春，元妃薨日是十二月十九日，已交卯年寅月，存年四十三岁。"其下的文字便当进入第二年红楼第十八年，宝玉十八岁。宝玉因要为其姐姐元春守丧，所以他和宝钗的婚事便是"冲喜"而不可同房，这也就是第96回算命的说：宝玉失了玉后"要娶了金命的人帮扶他，必要冲冲喜才好，不然只怕保不住。"〖大某山民评第96回："此回已入乙卯年春日事。"其言又进入一年之春这是正确的，但年份上累计已少算五年，原因见第81回。〗

第九十五回妙玉为失玉事扶乩得："噫！来无迹，去无踪，青埂峰下倚古松。欲追寻，山万重，入我门来一笑逢。"署名是"拐仙"，当即书中的"跛足道人"，其意是说：出了家才能得玉。众人说："但是青埂峰不知在哪里？"当晚众人只得睡下。黛玉倒是心喜"金玉良缘"或可拆散："和尚、道士的话真个信不得。果真'金''玉'有缘，宝玉如何能把这玉丢了呢？或者因我之事，拆散他们的'金玉'，也未可知。"①她没料到"石先归位"却是自己这棵"绛珠"（即黛玉②）仙草亦当离世还天的征兆。

次日众人仍未找到玉，"一连闹了几天，总无下落"，这时贾琏对王夫人说："舅太爷升了内阁大学士，奉旨来京，已定明年正月二十日宣麻，有三百里的文书去了。想舅太爷昼夜趱行，半个多月就要到了。"可见从南京到北京急行的话，约要半个月的路程。③

---

① 爱情是自私的，为了自己的爱情，黛玉也就起了拆散宝玉与宝钗姻缘的念头，我们不必苛责黛玉这种不良的心理。作者这么写，反倒符合黛玉这一恋爱中人的真实心境。
② "绛"色紫而似"黛"之墨绿色，"珠"即"玉"，所以"绛珠"就等于"黛玉"。
③ 王子腾未必由南京调任中央。今按第4回"红楼第九年"年初薛蟠入住贾府时，"闻得母舅王子腾升了九省统制，奉旨出都查边。"又第53回"红楼第十三年"贾府祭祖时，"当下已是腊月，离年日近，王夫人与凤姐治办年事。王子腾升了九省都检点，贾雨村补授了大司马，协理军机参赞朝政，不题。"第55回"红楼第十四年"正月才过完年，探春说："我舅舅年下才升了九省检点"，至此第95回"红楼十七年"底又过去了四年。王子腾主管的九省

"忽一天,贾政进来,满脸泪痕,喘吁吁的说道:……娘娘忽得暴病!"于是贾母等人到宫门前等待入宫问候病情。"不多时,只见太监出来,立传钦天监。贾母便知不好,尚未敢动。稍刻,小太监传谕出来,说:'贾娘娘薨逝。'是年甲寅年十二月十八日立春,元妃薨日是十二月十九日,已交卯年寅月,存年四十三岁。贾母含悲起身,只得出宫上轿回家。"此日乃 十二月十九日 ,按"二十四节气"则已过了"立春"、而由"虎年"入了"兔年"。

由此可知:第 94 回那海棠花是来报宝玉之喜(即娶宝钗),而通灵宝玉之失则是来报贾府之祸(元妃薨而即将抄家)。第 83 回元妃得病而愈,是在为本回的薨逝埋下"其已生病"的伏笔;第 86 回讹传元妃薨逝,此第 95 回却成了真,故回目拟作"以讹成实元妃薨逝"。

又第 86 回写元春"甲申年"生,至此"甲寅年"为 31 岁,今写其 43 岁,大了 12 年▲,本书"第三章、第二节、五"有详论,这是作者故意写大 12 岁,为的是用元妃一生 43 年来隐写贾府的原型曹家,从"第一春曹寅"踏入仕途、到"第三春曹頫"抄家罢官,一共为官 43 年;即曹家三季繁华(第一春曹寅、第二春曹颙、第三春曹頫)历时 43 年。

如果不了解作者这一风格,便会像大某山民那样,认为这么写是书中的一大矛盾。即大某山民《读红楼梦纲领·纠疑》:"元妃之薨,辨其为三十一岁,而以四十四岁为误者,一则年近四十,安能复蒙宠进?一则王夫人是年为五十三岁,岂王夫人八岁便能生妃耶?"上文第 34 回"红楼十三年"王夫人言"我已经快五十岁的人",其处考明王夫人 17 岁生贾珠,33 岁生宝玉,红楼十三年时为 45 岁(王夫人说成"快五十"不误),元妃薨于红楼十七年底,其年王夫人 49 岁,元妃薨时若为 43 岁,王夫人岂非六岁生女儿?焉有此理!可证元妃当是 31 岁薨,王夫人是 18 岁生元妃。

这也可以证明:后四十回绝对是曹雪芹的原稿,而非高鹗或其他无名氏所续。因为任何续书人都不会续出这种"六岁生孩子"的荒诞情节来。而曹雪芹写这一荒诞情节,旨在影射自家"三季繁华"的年数,同时又可制造疑窦,启发有心人来追究"假语存"字面下隐藏的真事("真事隐"),这与第 110 回把贾母年寿改大十岁,以影写自己家族"从发家到抄没的总年数"的手法完全一致,的确都是曹公的大手笔!

"次日早起,凡有品级的,按贵妃丧礼,进内请安、哭临。……只讲贾府中男女,天天进宫,忙的了不得。幸喜凤姐儿近日身子好些,还得出来照应家事,又要预备王子腾进京,接风贺喜。"这是从元妃逝世的次日即 十二月二十日 写

兵马不详是边疆省份还是内陆省份,唯第 101 回贾琏言明:"如今因海疆的事情,御史参了一本,说是大舅太爷(王子腾)的亏本,本员已故",足证王子腾在海疆任职。而中国的海疆显然在南方,南京正能管辖到长江口的东海而在"海疆"范畴中。因此我认为:王子腾驻扎在南京的可能性也是有的,故此处暂定王子腾是从南京调入中央。

起，一连几天都在操办丧事。

宝玉因失去"通灵宝玉"而日渐灵性不通、疯傻起来①，黛玉等众姊妹因男女有别而不敢来劝解。至于宝玉的未婚妻宝钗，则因为："薛姨妈那日应了宝玉的亲事，回去便告诉了宝钗。薛姨妈还说：'虽是你姨妈说了，我还没有应准，说等你哥哥回来再定。你愿意不愿意？'②宝钗反正色的对母亲道：'妈妈这话说错了。女孩儿家的事情是父母作主的，如今我父亲没了，妈妈应该作主的；再不然，问哥哥；怎么问起我来？'"这就补明宝玉失玉之前薛姨妈已经答应宝玉、宝钗两人的亲事，所以宝钗也出于避嫌而不敢来劝慰宝玉。

"过了几日，元妃停灵寝庙，贾母等送殡去了几天。……直至元妃事毕，贾母惦记宝玉，亲自到园看视"，才知道丢失了"通灵宝玉"，于是急忙命人悬赏去找。立即就有人上门领赏，一验是假的；王夫人说："想来这个必是人见了帖儿，照样做的"，大家方才恍然大悟；这一情节是在照应上文第85回北静王命人仿玉事，或者说第85回的仿玉情节是在为本回作伏笔。

第九十六回于是街上哄传"贾宝玉弄出'假宝玉'来"的新闻，这便点明作者"贾宝玉就是'假宝玉'"这一创作主旨来③。"且说贾政那日拜客回来，众人因为灯节底下，恐怕贾政生气，已过去的事了，便也都不肯回。"指不敢向贾政汇报有人送假玉来的事，可证假玉是在正月十五左右送来的。

"到了正月十七日，王夫人正盼王子腾来京，只见凤姐进来回说：今日二爷在外听得有人传说：我们家大老爷赶着进京，离城只二百多里地④，在路上没了！"贾琏说："舅太爷是赶路劳乏，偶然感冒风寒，到了'十里屯'地方，延医调治，无奈这个地方没有名医，误用了药，一剂就死了。"因上文交代其"正月二十日宣麻"，所以到正月十七日那天，王夫人估计他快要到了，于是翘首以盼，未曾料到他却在正月十六日的离京二百里处逝世了。

又：上文言其"半个多月"能到，故知王子腾当是十二月底动身上京的。但上文言明其动身在元妃薨日"十二月十九日"前，半个月到的话，正月初就能到京。虽然路上生了病或许会有所耽搁，但贾琏说他"一剂就死了"，说明他得病次日即亡，换句话说，最多只会因病情耽搁一两天，所以正月上旬肯定就

① 第3回宝玉初见黛玉便摔玉，贾母说他"何苦摔那命根子"，可证"通灵宝玉"就是宝玉的命根子。这一方面证明笔者《后四十回完璧归曹》"第二章、第三节、一"中所论述的结论："人=石"，贾宝玉（神瑛侍者）与通灵宝玉（顽石）既是两物更是一物。同时也证明了"玉"就是宝玉的"心"，"失玉"既是宝玉失心疯傻的原因，同时也是宝玉失心疯傻的象征。
② 即薛姨妈的意思是：此时宝钗让薛姨妈借口薛蟠不答应还来得及。
③ 所谓"真"，就是现实世界中的原型；所谓"假"，就是虚构的小说空间中的角色。作者当有"宝玉"的小名，见笔者《宁荣府大观园图考》"第一章、第一节、七"的考论。作者以"贾宝玉就是'假宝玉'"这句话来点明：这部虚构小说中的主人公宝玉（假宝玉、贾宝玉），与自己这个真实世界中的宝玉（真宝玉、甄宝玉）的关系，就是原型与化身的关系。
④ 王子腾当是自南往北赶来，因为第101回贾琏说："如今因海疆的事情，御史参了一本，说是大舅太爷（王子腾）的亏本，本员已故"，足证王子腾在海疆任职，而中国的海疆显然在南方，所以王子腾逝世地当是城南二百里地，正是薛蟠犯事的所在，可谓"六亲同运"，四大家族"一损俱损"。作者以"南"伏藏祸根之旨，见本书"第三章、第二节、四、（4）"有论：作者以"冬、冰雪、冰山、北"象征靠山、权势，以"春、东"象征繁华，以"秋、西"象征抄家、落魄，以"夏、南"象征运败、运消。

能到京；现在却晚至正月十七才到，是晚到了十来天，有人便据此认为元春死在十二月底。其说当非。

因为贾琏口中说的"半个多月"可以是二十多天，而且贾琏在京城中，自然能在第一时间得到任命消息，此任命消息通过"三百里加急文书"到达京外的王子腾处得有好几天。换句话说，王子腾很可能是在十二月底得到消息才动身，走了半个多月，原定正月十七日能到，所以王夫人在这一天翘首以盼，未料到他在到京前一日逝世。（贾琏说他"昼夜趱行半个多月就要到了"，未必是从文书发出之日算起，而可以从王子腾得到消息动身出发之日开始算起。今据王夫人正月十七而非正月初翘首盼望他到京来看，可证王夫人理解中的贾琏所说的"半个多月"，也是从王子腾得到消息动身算起，而不是从贾琏得到消息、也即消息从首都发出时算起。）

贾府十二月失去元春这座靠山，正月又失去王子腾这座靠山，两座靠山的倒台都是在紧锣密鼓地为抄家做铺垫。

贾琏又说："有恩旨赏了内阁的职衔，谥了'文勤'公，命本家扶柩回籍，着沿途地方官员照料。昨日起身，连家眷回南去了。舅太太叫我回来请安问好，说：'如今想不到不能进京，有多少话不能说。听见我大舅子要进京，若是路上遇见了，便叫他来到咱们这里细细的说。'"所言的"我大舅子"即贾琏的大舅子、王熙凤的胞兄王仁，见第 114 回凤姐死时，贾琏"又想起凤姐素日来的好处，更加悲哭不已。又见巧姐哭的死去活来，越发伤心。哭到天明，<u>即刻打发人去请他大舅子王仁过来。</u>"

书中又写："那年正值京察，工部将贾政保列一等，二月，吏部带领引见。皇上念贾政勤俭、谨慎，即放了江西粮道。即日谢恩，已奏明起程日期。"据下文考得，傻大姐向黛玉泄露机密为二月初三日，其日作者写成是此谢恩日后的"一日"而不作"次日"，则显非此谢恩日的次日，则此谢恩日至少应当在其前两天；而此谢恩日又在二月中，故知此日当为 二月初一 ，傻大姐泄露机密实在此谢恩日的后日二月初三。

此日皇帝引见贾政而准其出任江西粮道，贾政当天便谢恩，并奏明二月十三日动身（动身日期据下考）。贾母因贾政放外任，对贾政说：赖升媳妇叫人给宝玉算命，说"要娶了金命的人帮扶他，必要冲冲喜才好，不然只怕保不住"。于是贾政答应宝玉与宝钗成亲。

袭人提醒王夫人、贾母：宝玉心中只有黛玉一个人。于是凤姐设奇谋，对宝玉说是娶黛玉，而暗中却用宝钗掉包。这应当也是贾政奏明皇上的二月初一日那天的事。

一日（据下文第 97 回黛玉死于其生日二月十二，可以考明此日当为 二月初三日 ），傻大姐嘴角不牢，把宝玉要娶宝钗这一机密泄漏给了黛玉，致使林黛玉"迷惑了本性"，神魂颠倒，急痛攻心，去"贾母院"见宝玉，二人作最后一次参禅，林黛玉问："宝玉，你为什么病了？"宝玉笑道："我为林姑娘病了。"黛玉于是回自己的潇湘馆，到家时吐了口血，这么写是为了更进一步逼近黛玉之死。

第九十七回贾母来看吐血的黛玉，黛玉喘吁吁地说道："老太太！你白疼了我了。"是怨贾母误了自己的终身大事。贾母表面说："好孩子，你养着罢！不怕的。"出来却说："我看这孩子的病，不是我咒她，只怕难好。"又说："孩子们从小儿在一处儿玩，好些是有的。如今大了，懂的人事，就该要分别些，才是做女孩儿的本分，我才心里疼她。若是她心里有别的想头，成了什么人了呢？我可是白疼了她了。"写明贾母爱憎分明，关键是看女孩子是否守妇道、是否守女孩子的本分。只要不守本分、不守妇道，贾母便会大义灭亲、恨之入骨。

然后贾母又说女孩子的心病（即相思病）无法治："咱们这种人家，别的事自然没有的，这心病也是断断有不得的。林丫头若不是这个病呢，我凭着花多少钱都使得；若是这个病，不但治不好，我也没心肠了。"点明贾母视女子多情为可耻而不愿加以救治。

然后贾母约定：明晚与薛姨妈把宝玉、宝钗两人成亲的事给说定下来。

次日一大早（据下考是 二月初四日 的一大早），凤姐试宝玉可愿娶黛玉，宝玉说愿意，并说："我去瞧瞧林妹妹，叫她放心。"又说："我有一个心，前儿已交给林妹妹了。她要过来（指嫁过来），横竖给我带来，还放在我肚子里头。"王希廉评此回："凤姐试宝玉，宝玉说：'我有一个心，交给林妹妹'，与八十二回黛玉梦境及宝玉心疼遥遥呼应。"

早饭后，王夫人与凤姐一同来见薛姨妈，请她晚上到王夫人处商议要事，于是当晚薛姨妈便来贾府，先见了贾母，再到王夫人处谈定亲的事。贾母又叫鸳鸯来王夫人上房问消息，薛姨妈当着鸳鸯面答应了这门亲事。此晚薛姨妈住在王夫人处，次日（据下考是 二月初五 ）回家，把"掉包计"告诉宝钗，又命薛蝌："明日（据下考是 二月初六 ）起身"去通知薛蟠。

"薛蝌去了四日"，回来（据下考是 二月初九 回来）说上司已经准了误杀，要预备赎罪的银子。薛姨妈又命他送庚帖给贾琏，问明过礼①的日子，并说："史姑娘放定的事，她家没有来请咱们，咱们也不用通知"，即史湘云也已定亲。

"次日（据下考是 二月初十 ），贾琏过来见了薛姨妈，请了安，便说：'明日就是上好的日子。今日过来回姨太太，就是明日过礼罢。只求姨太太不要挑饬②就是了。'"于是明日（据下考是 二月十一 ）便送那"过礼"之物。这是成亲冲喜而不同房，因为此时宝玉尚在亲姐姐元妃的丧期中；所以贾母特地交代："那好日子的被褥，还是咱们这里代办了罢"，所谓"好日子"就是指同房。

就在二月十一这天，"林黛玉焚稿断痴情"。

次日（据下考是 二月十二 ）紫鹃来找贾母和宝玉，看到贾母处和"怡红院"

---

① 过礼，即过彩礼。
② 挑饬，今人写作"挑剔"，即挑剔、责备，故意找那出错的地方。

都没有人，墨雨①悄悄告诉她："上头吩咐了，连你们都不叫知道呢：就是今日夜里娶。"而李纨是寡妇，不可以参加婚事，于是紫鹃来请李纨照料快死的黛玉。贾母又派平儿等人来请紫鹃担任引领新娘的伴娘，紫鹃不愿意，于是平儿便换雪雁去前面新房引领新娘，给宝玉制造娶黛玉的假象。

当晚"薛宝钗出闺成大礼"，宝玉揭开盖头一看是宝钗，又看到黛玉丫环雪雁站的位置，一眨眼间便被替换成了宝钗丫环莺儿，一下子惊呆了。

"次早（据下考是 二月十三 ），贾政辞了宗祠，过来拜别贾母"上任去了，临走时交代："明年乡试，务必叫他（宝玉）下场。"

今按：黛玉当死在她的生日二月十二，这是我们推断上文所有日期的根据所在。那么，我们何以知道黛玉死在她的生日二月十二呢？

理由一：黛玉生日是"百花生日"的"花朝节"，第 85 回《冥升》这出戏表明"百花仙子"追随黛玉而下凡（笔者《后四十回完璧归曹》"第二章、第六节、一"有详论），黛玉虽是小草，却是"百花仙子"的领袖。黛玉死于自己的生日，同时这生日又是百花的生日②，即黛玉死在百花生日那一天，这便和她第 27 回唱的《葬花吟》"质本洁来还洁去"语所体现的作者"归源（归结于源头）"之旨正相吻合，这是作者早在 70 回之前的第 27 回便已埋伏下的一大创作构思。

理由二：贾政升官之宴原本就在八月下旬举行，在这场筵席上表演了嫦娥以处子之身升天的《冥升》这出戏。书中写明贾政升官宴这一天正逢黛玉生日，为的就是要让生病的黛玉有理由打扮得如同嫦娥般美丽，再次强化"黛玉=嫦娥"的创作主旨，从而使《冥升》这出戏成为黛玉以处子之身逝世的象征。而《冥升》这出戏演在八月下旬贾政升官之日，作者故意点明此日"还是黛玉的好日子"即生日，事实上黛玉的生日在二月而不在此八月下旬之日，所言之意并不是说演《冥升》戏的这一天是黛玉生日，而是说黛玉"冥升（离世）"之日在其生日——也即来年的二月十二。

至于黛玉死在十七岁，这在前八十回中也有暗示，这是后四十回与前八十回为同一人所作的又一力证。

今按：第 39 回刘姥姥胡编"抽柴仙女"事，宝玉正要往下听时，作者故意

---

① 今按：书中写紫鹃"来到怡红院。只见院门虚掩，里面却又寂静的很。紫鹃忽然想到：'他要娶亲，自然是有新屋子的，但不知他这新屋子在何处？'正在那里徘徊瞻顾，看见墨雨飞跑，紫鹃便叫住他。"墨雨是男性小厮，见第 9 回大闹学堂时交代："这宝玉还有三个小厮：一名锄药，一名扫红，一名墨雨"，而大观园是女儿国，除了宝玉和贾兰外，一般没有男子可以进来，连男性儿童也不行，此处似是后四十回的一大破绽■。今按墨雨告诉紫鹃："就是今日夜里娶，哪里是在这里！老爷派琏二爷另收拾了房子了。"则他应当是因为操办婚事的原故，方能因为有此差事而受命入园，所以他要一路飞奔。正如前八十回中的第 40 回李纨"又令婆子出去把二门上的小厮叫几个来。李氏站在大观楼下往上看，令人上去开了缀锦阁，一张一张往下抬。小厮、老婆子、丫头一齐动手，抬了二十多张下来。"又如第 41 回宝玉等人在妙玉栊翠庵喝过茶后，对妙玉说："等我们出去了，我叫几个小幺儿来河里打几桶水来洗地如何？"可见男性僮仆入园只有一种可能，即入园办差事。

② 袭人与黛玉同一天生日，则是因为她姓"花"的原故。

让马棚着火，为的就是让贾母因抽柴会引起火灾而打断刘姥姥，让她不许再说这个"会着火"①的故事。可宝玉心中还是记挂着这件事，所以黛玉接着宝玉那"赏雪时再举办诗社"的提议说："依我说，还不如弄一捆柴火，雪下抽柴，还更有趣儿呢。"书中写道："宝钗等都笑了。宝玉瞅了她一眼，也不答话。"即宝玉心知肚明：黛玉这是在讽刺自己想把那个抽柴故事听完的心思。其实作者还"一语双关"，故意让黛玉建议大家雪下抽柴，那黛玉自然要带这个头，于是便把"雪下抽柴"的小姐——也即下文所说的"茗玉"姑娘的事给引到黛玉身上。

众人散后，宝玉暗中拉住刘姥姥"细问那女孩儿是谁"，刘姥姥于是继续胡编说：那女孩是财主之女，"这老爷没有儿子，只有一位小姐，名叫'茗玉'。小姐知书、识字，老爷、太太爱如珍宝。可惜这茗玉小姐生到十七岁，一病死了。"

"黛"为墨绿色，正是茶茗的颜色；黛玉又是"绛珠仙草"下凡，而"茗"正是草："茗玉"当即"黛玉"，故大某山民批："刘老老所说茗玉小姐却与黛玉暗射"，指明两人是影射关系。所以作者是借刘姥姥这个故事，来预告黛玉死时年仅十七岁。

而本回黛玉死在红楼十八年、宝玉十八岁，黛玉比宝玉小一岁，所以黛玉正好死在十七岁，后四十回与前八十回完全吻合，证明其为曹雪芹所作！因为任何续书人都不会知道第39回刘姥姥口中胡编的茗玉小姐故事是在影射黛玉之死，唯有作者曹雪芹才会知道。本回居然知道曹雪芹以第39回"茗玉小姐死于十七岁"来影射黛玉之死的事实，则其作者只可能是曹雪芹本人。★

总之，作者以第39回刘姥姥胡编的茗玉小姐的故事，来预告黛玉死在十七岁；又以第85回贾政升官宴演《冥升》这出戏正逢黛玉生日，来预告黛玉来年生日时逝世：两相结合，便能定下第97回黛玉逝世于其十七岁的"红楼十八年"的二月十二日。这种巧妙的构思只可能是曹雪芹本人才写得出，其他任何人来续书时，连想都想不到，更不用说写出来了。

第九十八回 宝玉为贾政送行"回来，旧病陡发，更加昏愦，连饮食也不能进了。"这天是"回九"，即新婚第九日新郎要陪新娘子回娘家。其二月十二结婚，则"回九"之日当是 二月廿 。回来后"宝玉（病情）越加沉重"，幸亏找到一位名叫"毕知庵"的大夫，这也是"随事立名"的体现，谐"必至安"之音而有"一来就好"意，和曹雪芹起名的风格完全相同。经过毕大夫的诊治，宝玉终于明白了一些人事、恢复了一些神智。宝玉哭着问道："黛玉何在？"宝钗长疼不如短疼，索性告诉他："林妹妹已经死了。"

宝玉说过黛玉死了自己便要去死或出家，所以作者下来便要写他因心疼而当场晕死过去，以此来让他的生魂到阴司去寻找黛玉，被人告明："黛玉已归太虚幻境，汝若有心寻访，潜心修养，自然有时相见；如不安生，即以自行夭折之罪囚禁阴司，除父母之外，图一见黛玉，终不能矣。"即：你活着还有希望通

---

① 刘姥姥刚说到抽柴，马棚便着了火——看上去便像是刘姥姥这个抽柴故事引发了这场火灾。

过出家修行、重返天界而见到黛玉，此时如果一死，便出不了家而只能待在阴曹地府了。因为天仙下凡为人后，便是人而非仙，其若早夭，便当像人一样进入阴府的"枉死城"受拘禁而不得自由。天仙下凡为人后，只有通过修行（即出家）才能重返天界为仙。

那人又从"袖中取出一石，向宝玉心口掷来"，这便是"通灵宝玉"这一宝玉心智将回宝玉之身的征兆。于是宝玉因石子入心（象征"通灵宝玉"的灵性入心）而恢复了神智、活转过来："浑身冷汗，觉得心内清爽。仔细一想，真正无可奈何，不过长叹数声而已"，方信"金石姻缘"乃前生注定，逃脱不了。

王希廉评此回："宝玉通灵，原是顽石。梦中石子打着心窝，通灵本质已经复回[1]，所以渐渐醒愈。后来和尚送回'通灵'，一点便能超悟[2]。"这位在阴间用石子打他的人，应当就是第115回送玉给他的和尚。因为"通灵宝玉"是块石子，这儿又是用石子打中宝玉心窝，这其实就是把"通灵宝玉"所代表的灵性送回宝玉心中的象征。由于下文只有和尚能手持此玉，故知用石子（也即"通灵宝玉"）打中宝玉心窝的不是别人，应当就是第115回送"通灵宝玉"这块石子给宝玉、让其恢复神智的和尚。由于"通灵宝玉"这块石子入了心，宝玉便恢复了神智，作者下来便写医生惊讶他为何一下子便能神智清醒过来："毕大夫进来诊视，……诊了脉，便道：'奇怪，这回脉气沉静，神安郁散，明日进调理的药，就可以望好了。'"然后作者又写宝玉"见宝钗举动温柔，就也渐渐的将爱慕黛玉的心肠略移在宝钗身上，此是后话。"

此下作者又补叙上一回没写到的"宝玉成家的那一日"、也即 二月十二日 黛玉亡故时的情景。当时只有不可参加婚礼的寡妇李纨、以及同情黛玉的探春在场。黛玉临终时特地交代："我这里并没亲人，我的身子是干净的，你好歹叫他们送我回去。"大某山民评此回时说："雪芹先生不欲以暧昧之事遭蹋闺房，故于黛玉临终时标出'身子干净'四字，使人默喻其意。"即书中虽写有第19回宝玉、黛玉两人同床共枕等暧昧情节，但作者借黛玉临终一语，点明她仍是处子之身，又在第85回"冥升"戏时特地交代："这是新打的《蕊珠记》里的'冥升'。小旦扮的是嫦娥，前因堕落人寰，几乎给人为配。幸亏观音点化，她就未嫁而逝。此时升引月宫。"《冥升》这出戏中，嫦娥以处子之身升天，正是影射本回黛玉也以处子之身上升天界、未婚而亡。

书中又特地交代："当时黛玉气绝，正是宝玉娶宝钗的这个时辰。"然后写众人大哭而"潇湘馆离新房子甚远，所以那边并没听见"。接下去又写："一时大家痛哭了一阵，只听得远远一阵音乐之声，侧耳一听，却又没有了。探春、李纨走出院外再听时，惟有竹梢风动，月影移墙，好不凄凉冷淡。"

大某山民在此回自作聪明地评道："新人进门而黛玉断气，此远远一阵音乐所由来也。止闻'一阵'者，自园中进去，路经其地，既过即不听得也。一

---

[1] 复回，即恢复，也即心智回到体内。
[2] 指明心见性之人便是找回了自己的通灵本性，这时只要稍加指点，便能顿悟成佛。

经附会，便成登仙公案。"大某山民说李纨等人听到的不是仙乐，而应当是宝钗的迎亲之乐。其所据应当就是上回"过礼"时凤姐交代："不必走大门，只从园里从前开的便门（即大观园通往薛姨妈家后院的'东南角门'）内送去。我也就过去。这门离潇湘馆还远，倘别处的人见了，嘱咐她们不用在潇湘馆里提起。"即彩礼是由大观园内的"东南角门"送入薛家后门，其目的为的就是封锁消息，避免让全府知道，从而可以更好地保守住"宝玉娶宝钗"这一秘密，不让林黛玉知晓。

而"迎娶"与过彩礼不同，当正大光明，不可偷偷摸摸，况且此时"木已成舟、生米煮成熟饭"，让黛玉知道也已无妨；而且出于吉利起见，也不宜从薛家后门迎亲，由此可知：贾府"迎娶"时必定要从大门走。

薛家有大门，见第85回贾政升官宴上，薛姨妈听到家中有事时，"即刻上车回去了。……单说薛姨妈回去，只见有两个衙役站在二门口。"可见薛家虽然寄住在贾府，但"麻雀虽小而五脏俱全"，有大门、二门而直通外街"宁荣街"，薛姨妈出入还得坐车，就像第75回尤氏从荣国府回宁国府要坐车那般（第75回："走至大门前上了车"），所以迎娶宝钗时必定也要走贾府与薛家这两家的大门，断然不会走薛家的后门从而不用经过贾府的大门便进入贾府。所以大某山民认为：黛玉死时的音乐，就是娶宝钗的迎亲队伍从薛家后门处的大观园"东南角门"入园时所奏；这是完全错误的。

而且，大观园不大，从东南角门到潇湘馆原本就不远，大观园夜晚更是宁静、疏旷。第40回大观园西墙腰门不远处的"藕香榭"演戏，大观楼西飞楼"缀锦阁"喝酒的贾母等人便能听得清清楚楚，潇湘馆在"藕香榭"与"缀锦阁"中间，所以乐队从大观园西墙处走过时，其音乐传到不远处的潇湘馆，断然不可以称作"远远一阵音乐"（因为不远，会听得清清楚楚而非隐隐约约）；而且从大观园内走，是从薛家后门处的大观园"东南角门"入园，再从大观园西墙正中的腰门出园，也有一大段路要走，其所奏之乐也根本不可能是"侧耳一听却又没有了"那般短暂。[①]再者，大观园迎娶时，正逢黛玉死而李纨等人失声痛哭，其哭声不会比奏乐声弱多少，李纨等人能听到娶亲之乐，迎亲之人焉能不闻其哭声？这岂非大煞风景？

今由音乐传来之前，作者便已写明："当时黛玉气绝，正是宝玉娶宝钗的这个时辰。……潇湘馆离新房子甚远，所以那边并没听见"，所谓"娶"便是拜天地、挑盖头的时候，可证黛玉死而音乐传来时，宝钗早已被迎入新房。换句话说，黛玉死时，应当不是大某山民所说的正在迎娶宝钗的路上，而应当是宝玉在新房中掀开宝钗盖头之际。由于新房离潇湘馆远，所以这边的痛哭声那边听不见；同理，那边的奏乐声这边也听不见。因此黛玉死时的音乐必定是天乐，即第100回宝玉问探春："三妹妹，我听见林妹妹死的时候，你在那里来着。我还听见说：林妹妹死的时候，远远的有音乐之声。或者她是有来历的，也未可知。"探春笑道："那是你心里想着罢了。只是那夜却怪，不似人家鼓乐之音，

---

① 而且迎亲之人肯定是来时与返回走同一条路，返回时能听到其音乐，来时岂非也要听到音乐？于是李纨等人便当听到两遍音乐而不止一遍。

你的话或者也是。"益证作者心目中所写的、黛玉临终时传来的音乐，不是人间喜事的奏乐，而应当是天界传来的仙乐。

第100回接下去又写："宝玉听了，更以为实。又想前日自己神魂飘荡之时，曾见一人，说是黛玉'生不同人，死不同鬼'，必是哪里的仙子临凡。忽又想起那年唱戏做的嫦娥，飘飘艳艳，何等风致。"画线部分再度强化第85回"黛玉=嫦娥"的创作主旨来；嫦娥回天自然要有仙乐相迎，黛玉亦然。而且李纨与探春何等聪明，肯定分得清是天乐还是人间喜事的鼓乐；而且成亲之乐一直在响，若是喜事鼓乐，怎么可能只听到那短短的一刹那呢？

第98回贾母也对宝钗明言：黛玉"就是娶你的那个时辰死的"，可见黛玉死时正是宝钗成亲奏乐之时，潇湘馆因远而听不到，因为上文言明潇湘馆的哭声，宝玉成亲处因远而听不到，反之亦然：宝玉成亲处的鼓乐声，黛玉处也听不到。上文又言明潇湘馆听到的音乐是在黛玉死而"一时大家痛哭了一阵"之后，其早已是宝钗入了洞房而乐止之时，由此亦可知：潇湘馆听到的音乐，绝对不可能是宝钗成亲之乐，而应当是天上的仙乐。

又上引画线部分写黛玉逝世后的情景："探春、李纨走出院外再听时，惟有竹梢风动，月影移墙，好不凄凉冷淡！"这便印证第76回黛玉所吟之诗"冷月葬花魂"。"冷月"即指：黛玉逝世于一个寒冷的早春二月的夜晚，其逝世时"月影……好不凄凉冷淡"。按第76回史湘云与黛玉中秋联诗的最后关头，湘云吟出"寒塘渡鹤影"，便是其守寡的写照；下来黛玉吟出"冷月葬花魂"，便是后四十回黛玉在寒冷的早春二月十二日"花朝节"自己生日时逝世的写照。故史湘云评其诗说："诗固新奇，只是太颓丧了些。你现病着，不该作此过于清奇诡谲之语。"妙玉也说："只是方才我听见这一首中，有几句虽好，只是过于颓败凄楚；此亦关人之气数而有，所以我出来止住。"点明这最后两句诗都事关两个人的气运（即最终命运）。

李纨等叫了林之孝的老婆前来料理黛玉的后事，并说"等明早去回凤姐"。次日二月十三日贾政走后，探春、李纨才敢对凤姐说，于是凤姐"背了宝玉，缓缓的将黛玉的事回明了贾母、王夫人"。贾母来看宝玉时，宝玉笑道："我昨日晚上看见林妹妹来了，她说要回南去，我想没人留的住，还得老太太给我留一留她。"贾母说："使得，只管放心罢。"宝玉不知这一梦是黛玉与其"生离死别"的最后一梦（从此宝玉再也没有梦到黛玉）。

当然，据第108回"死缠绵潇湘闻鬼哭"来看，黛玉托此梦只是来向宝玉告别，以示自己已死，其实她的魂仍然住在园中而未"回南"。而且作者笔下写的贾府就在南京，根本也用不着"回南"，黛玉口中所说的"回南"当即"回天"、也即返回"太虚幻境"之意。但黛玉真正的"回天"其实还不在这一回，而当在第108回，宝玉来潇湘馆门外第二次哭灵、解释清楚并非自己负心之后。（详见笔者《后四十回完璧归曹》"第一章、第一节、三、（一）"。）

贾母于是"到宝钗这边来。那时宝钗尚未'回九',所以每每见了人,倒有些含羞之意。这一天,见贾母满面泪痕,递了茶,贾母叫她坐下。宝钗侧身陪着坐了,才问道:'听得林妹妹病了,不知她可好些了?'贾母听了这话,那眼泪止不住流下来①,因说道:'我的儿!我告诉你,你可别告诉宝玉。都是因你林妹妹,才叫你受了多少委屈!你如今作媳妇了,我才告诉你:这如今你林妹妹没了两三天了,就是娶你的那个时辰死的。如今宝玉这一番病,还是为着这个。你们先都在园子里,自然也都是明白的。'宝钗把脸飞红了,想到黛玉之死,又不免落下泪来。贾母又说了一回话、去了。"

而贾母得知黛玉死是在黛玉死后的次日(即第二天"二月十三"),故其言"两三天"不误(即贾母说这话的日子是在 二月十四、十五)。此时宝钗尚未"回九",即还没有到黛玉死后的第九天。贾母因宝钗问起黛玉,贾母方才告诉她黛玉的死讯。大某山民在宝玉听后的反应"宝钗把脸飞红了,想到黛玉之死,又不免落下泪来"处批:"原是好姐姐!"②须知大某山民在其所作的《红楼梦总评》中评:"薛姨妈寄人篱下,阴行其诈;笑脸沉机,书中第一;尤奸处,在搬入潇湘馆③。"又评:"宝钗奸险性生,不让乃母。"连这么贬低薛宝钗的人,都认定薛宝钗在黛玉死后的反应是对黛玉的一片真心,则宝钗之真心可以毋庸怀疑矣。"回九"(二月廿)后,宝钗方才把黛玉死讯告明宝玉,即上文所述之事。

此时贾母尚未去哭灵,于是作者又写:"宝玉虽然病势一天好似一天,他的痴心总不能解,必要亲去哭她一场。"于是贾母带他一同去潇湘馆哭灵。

"一日,贾母特请薛姨妈过去商量,说:宝玉的命都亏姨太太救的。如今想来不妨了。独委屈了你的姑娘。如今宝玉调养百日,身体复旧,又过了姑④娘的功服,正好圆房:要求姨太太作主,另择个上好的吉日。"今按宝玉成婚于黛玉亡故之日,而黛玉当是在其生日二月十二"百花生日"时,以处子之身离世(第98回黛玉临终时说"我的身子是干净的"),这便是黛玉第27回所咏的"质本洁来还洁去"之旨,也即脂批所谓的"归源(归葬于源头)"之旨的体现。因此,"调养百日"后当在五月下旬。古代丧服制度,男子为出嫁的姊妹服"大功"之服,期限为九个月,元妃十二月十九日薨,九个月后是八月十九,故圆房当在八九月时。所谓"圆房",即可以同房了。

---

① 此写出贾母对黛玉的深厚感情。她只是不满黛玉不守女孩子的本分而已,这种不满与她深爱黛玉是两回事,即这种不满并不影响到她对黛玉的深爱。

② 我们解作:"(宝钗)原(本就)是(黛玉的)好姐姐!"我们并不解作:"原(本就)是(宝钗你这个)好姐姐(所致)!"

③ 所谓的"搬入潇湘馆",是指第57回黛玉认薛姨妈为干妈,薛姨妈答应为她和宝玉提亲,然后第58回贾母等人因离府去为老太妃守灵,托薛姨妈照管园内姊妹、丫环,薛姨妈便搬入干女儿林黛玉的潇湘馆:"一应药饵饮食十分经心,黛玉感戴不尽",第57回回目又拟作"慈姨妈爱语慰痴颦",作者在字里行间丝毫没有贬损薛姨妈的意思。因此王希廉、大某山民等人贬斥薛家母女,其实都有违作者的本意,这全都是读者的观感、而非作者的初衷。

④ 姑,程乙本改"娘"。娘娘,指元妃。元妃为宝玉的姐姐,是宝钗的姑娘,这是贾母对宝钗母亲说话,所以根据宝玉的称呼来称元春为"姑娘",丝毫不错,不烦改"娘娘"。

第九十九回言："史湘云因史侯回京，也接了家去了，又有了出嫁的日子，所以不大常来，只有宝玉娶亲那一日，与吃喜酒这天，来过两次，也只在贾母那边住下。"宝玉二月十二娶亲而未圆房（当未办婚宴），八月底（或九月）的喜酒才是入洞房的正式婚宴。

书中又提到由于"①迎春出嫁、②宝钗与宝玉在新房子成亲、③黛玉亡故"这三件事，"所以园内的只有李纨、探春、惜春了。贾母还要将李纨等挪进来，为着元妃薨后，家中事情接二连三，也无暇及此。现今天气一天热似一天，园里尚可住得，等到秋天再挪。"

此回又写贾政二月份到任后，家人在李十儿带领下，以贾政的名头大发横财，贾政却还蒙在鼓里而不知晓；幕友们规劝贾政，贾政却不相信有这种事，于是贾政的名声越来越坏，第104回亲友对贾政说："你是不爱钱的，那外头的风声也不好，都是奴才们闹的"，说的便是这件事。"一日，……镇守海门等处总制公文"函中寄来提亲的私信，贾政打算把自己的嫡亲女儿探春婚配给总制的公子。又"一日"读到《邸报》上登载的刑部揭发薛蟠行贿知县、捏造供词而改判"误杀"的奏章。以上两件事的时间都不明确。

第一百回写节度大人是总制亲戚，命贾政答应探春的亲事。又写薛蟠"依旧定了个死罪，监着①守候秋天大审"，于是夏金桂因守活寡而一心想勾引薛蝌，被香菱撞见，恨之入骨，产生毒死香菱的心思。"是日"贾母答应探春远嫁，叫凤姐料理准备，宝玉因为又有一个姊妹要出嫁而难过。

第一百一回"却说凤姐回至房中，见贾琏尚未回来，便分派那管办探春行李②妆奁事的一干人。那天已有黄昏以后，因忽然想起探春来，要瞧瞧她去，便叫丰儿与两个丫头跟着"，此时是贾母吩咐凤姐料理探春远嫁事后的某个秋日黄昏。在路上因为月亮上来了，于是凤姐把打灯笼的丫头打发回去了，又让小红在园门外的茶房内探听消息，只让丰儿跟着自己入了园门。"只见园中月色比着外面更觉明朗，满地下重重树影，杳无人声，甚是凄凉寂静。刚欲往秋爽斋这条路来，只听'唿'的一声风过，吹的那树枝上落叶，满园中'唰喇喇'的作响。"凤姐由于感到有些寒意，便命丰儿回去取衣服，自己一个人在探春房舍的大门外，碰上了秦可卿之魂向她显灵，这又是作者以惊吓来紧逼王熙凤之死。

次日五更贾琏早起，打探朝廷消息。然后作者写巧姐哭闹，奶妈骂道："真真的小短命鬼儿，放着尸不挺，三更半夜嚎你娘的丧！"可证巧姐尚是不算大的幼儿，连说话、告状都还不会。凤姐对平儿说自己："虽然活了二十五岁，人家没见的也见了，没吃的也吃了"，则下一年凤姐死时为26岁。

贾琏因迟了一步，没碰到要找的有权势的太监，回来向凤姐生气，原来他是在为凤姐哥哥王仁事跑腿。他说：正月里大舅太爷王子腾薨了，王仁借吊丧

---

① 监着，指关在监狱里。
② 李，程甲本原误脱，据程乙本补。

捞了一大笔钱，惹得他的二叔王子胜①生了气，于是王仁便找了个理由，把王子胜冬天的生日提前到秋天的今天来办，好收了财礼来平息二叔王子胜的怒气，贾琏又说："如今因海疆的事情，御史参了一本，说是大舅太爷的亏本，本员已故，应着落其弟王子胜、侄王仁赔补。爷儿两个急了，找了我给他们托人情。"所以贾琏才会一大早去找太监托人情。凤姐因为是自己叔叔和亲哥哥的事，所以说出"少不得我低三下四的求你了"的话来。由于宝玉要到王家去吃生日酒，所以大家又提起第52回到王家去吃生日酒时穿的"雀金裘"来，又说起为了补这件"雀金裘"而病重身亡的晴雯，于是又引出凤姐要把像晴雯的五儿补入宝玉房中的事情来。

"散花寺"的尼姑"大了"，前来给贾母请安，凤姐想去求签，贾母说："既这么着，索性等到后日初一，你再去求。"可证此日是初一的前两天，小月则为廿八，大月则为廿九，总之是九月底的光景。王熙凤求得五代后汉时，与自己同名同姓的男子王熙凤的"王熙凤衣锦还乡"签。据第72回"夺锦"之梦来看，这是凤姐不久亡故而身穿寿衣之"锦"入殓后，躺在灵柩返乡的预兆（详上文第72回之论）。"却说宝玉这一日正睡午觉"，醒来后听到宝钗说：凤姐抽到的签恐为不祥。

又"散花寺"之名预兆贾府诸艳即将四散，即第13回秦可卿临终托梦交代王熙凤时所说的贾府抄家后的光景——"三春去后诸芳尽，各人须寻各人门"。

凤姐所得签为"第三十三签：上上大吉"，这是作者在说梦话，梦是反的，这签实为大凶之签。其签簿上写着："王熙凤衣锦还乡。"凤姐看到有自己的名字而大为惊讶，周瑞家的便提醒她：第54回说书的女先生曾说过，五代《凤求鸾》故事中的男主人公名叫王熙凤。而第54回又说这男的王熙凤是金陵人，故"衣锦还乡"便指回金陵老家，也即第5回王熙凤判词"哭向金陵事更哀"、第114回回目"王熙凤历幻返金陵"之旨。签簿上又写有其签文："去国离乡二十年，于今衣锦返家园。蜂采百花成蜜后，为谁辛苦为谁甜？"

今按作者笔下写的贾府其实就在金陵（南京），而王熙凤又来自"太虚幻境"，所以"去国离乡二十年"这句话，便是指她降生人间已有二十多年了。本回她自称"二十五岁"，来年第114回死时为26岁，入诗时字数有限，截取整数而说成"离乡二十年"。所以"去国离乡二十年，于今衣锦返家园"，便是说她离开老家"太虚幻境"已有25年了，快要在来年的26岁时"衣锦还乡"而逝世。所谓"衣锦还乡"当指她入殓后身穿寿衣、躺在棺材中魂返故乡、归葬金陵，也即第120回所说的："贾蓉送了秦氏、凤姐、鸳鸯的棺木到了金陵，先安了葬。"

蜜蜂采蜜而为他人享用，故称："为谁辛苦为谁甜？"象征凤姐一生拼命捞钱，积攒下巨额财产（"七八万金"），在抄家中全部被人抢走，即第106回："可怜贾琏屋内东西，除将按例放出的文书发给外，其余虽未尽入官的，早被查抄的人尽行抢去，所存者只有家伙、物件。贾琏始则惧罪，后蒙释放已是大幸，

---

① 按本书"第三章、第三节、四、（一）"考明：凤姐与王仁是亲兄弟，其父亲排行老大，而王子腾是其大叔叔，王子胜是其二叔叔。

及想起历年积聚的东西并凤姐的体己不下七八万金，一朝而尽，怎得不痛？"王希廉评本回："荣府家产概行给还，独抄出借券照例入官，王凤姐一生盘剥积蓄尽化为乌有，所谓'采得百花成蜜后，不知辛苦为谁甜。'贪利、剥削者，读此当亦猛省！①"而第43回尤氏当着凤姐面对平儿说："我看着你主子这么细致，弄这些钱哪里使去？使不了，明儿带了棺材里使去！"庚辰本夹批："此言不假，伏下后文短命。"所伏后文，一是上引第106回钱财全部被夺之文，二是伏第114回凤姐26岁"含羞抱惭"而早夭之文。这也是前八十回与后四十回相呼应的又一例证。★

凤姐一生拼命谋财，除放高利贷外，还不惜在铁槛寺（实为"馒头庵"，也即水月庵），为了谋财而间接害命（事见第15回"王熙凤弄权铁槛寺"，据正文，其事发生在馒头庵，但作者在回目中故意写成"铁槛寺"）。这一切不法收入最后全都"竹篮打水一场空"，这便是第一回跛足道人所唱的《好了歌》"世人都晓神仙好，只有金银忘不了！终朝只恨聚无多，及到多时眼闭了。……到头来都是为他人作嫁衣裳"的生动注脚。又第5回《红楼梦》十四支曲中歌咏凤姐的第十支《聪明累》曲："机关算尽太聪明，反算了卿卿性命。……呀！一场欢喜忽悲辛。叹人世，终难定！"也正是在说凤姐"竹篮打水一场空"、"人算不如天算"的难料结局。

签簿在诗下面还有一段话："行人：至。音信：迟。讼：宜和。婚：再议。"古代占卜有问行人（即在外出行的人）何时归？有问音信（即信件、消息）何时到？有问打官司是输是赢？有问婚事是否能成？故制签者便根据以上四问来作答②：

占问行人的话，则出门远行之人马上就要回家了。这与本书有关，预示凤姐这一离开"太虚幻境"的人快要"回老家"，也即回"太虚幻境"而死了，正呼应签文"衣锦还乡"意，即：凤姐穿着锦缎寿衣入殓后，睡在棺材里回老家安葬。

占问音信的话，则没有音信或音信要很晚才来。这与本书当无关，因为凤姐并无音信之事要问。或可解"行人至，音信迟"应当是指探春远嫁海疆，书信往来要等很长的时间。

占问官司的话，则当与打官司者和解而不要打了，因为打不赢。这与本书有关，当指抄家时，"醉金刚"倪二唆使张华出面告发贾琏强娶张华妻尤二姐之

---

① 当今社会发财之人甚多，莫如做慈善事业，散财于生前，市义、得名、图来生于永久。
② 正如"观音灵签第六十九签'梅开二度'"之签文："此签，家宅：欠利。自身：作福。求财：谨慎。交易：待时。婚姻：迟成。行人：迟至。六甲：春实、秋虚。寻人：见。田蚕、六畜：旺。讼：亏。失物：东方。病：虚惊。坟：宜改。"即求到此签的话，问家事则不好，问自身则要去庙里烧香祈福、方能消灾免难。问投资事，建议不要投资。问贸易则肯定不佳。问婚姻则不成。问远行之人，则暂时不会回来。问"六甲"（即身怀六甲，也即怀孕）的话，如果现在是春天，便会怀孕；如果现在是秋天，则难以怀孕。如果找人的话，能找到。问农业收成的话，会丰收。问打官司的事，会败诉。问遗失之物，请往东方去寻找。问病的话，没什么大碍，虚惊一场。问坟墓的话，要改坟。

事，于是尤二姐的旧案重又被官府提起，最后此事在北静王的庇护下"不了了之"，最终得以和平解决、而无大碍，等于"和了讼"，此即第117回所说的："所参贾珍强占良民妻女为妾不从逼死一款，提取都察院原案，看得尤二姐实系张华指腹为婚未娶之妻，因伊贫苦自愿退婚，尤二姐之母愿给贾珍之弟为妾，并非强占。"

占问婚事的话，则其婚不成，需要重新改议，嫁给别家。这与本书有关，即第119、120回凤姐的女儿巧姐差点被王仁、贾环等人，以"邀请某王府来议婚"的形式给卖掉，幸亏被刘姥姥搭救走，最终嫁给刘姥姥村上周财主家的秀才儿子。等于第一次议婚无效、而有了第二次议婚。

第一百二回凤姐求签当日（即初一），王夫人叫宝钗开导宝玉莫为探春远嫁而伤心。"次日，探春将要起身，又来辞宝玉"（此是初二），于是上轿登车而远嫁。此时为深秋或初冬，此日为十月初二的可能性为大。

"园中人少，况兼天气寒冷，李纨姊妹、探春、惜春等俱挪回旧所"，园中因无人居住游玩而日渐荒废。

"那日，尤氏过来送探春起身，因天晚省得套车，便从前年在园里开通宁府的那个便门里走过去了"而得了病。这是可以用来证明"后四十回乃曹雪芹所写"的空间上的一大铁证！详见笔者《宁荣府大观园图考》第三章、第六节、九、（五）。

尤氏得病后，贾珍、贾蓉请毛半仙用"六爻"占卜，又用"大六壬"起课，说是"旧宅有伏虎作怪"，于是到园中烧化纸钱，尤氏身体便好了起来。之后，贾珍、贾蓉又相继生病。晴雯嫂子"多姑娘"因感冒吃错药而死，也被谣传为被妖精吸走精魂而死。贾赦入园探查可有妖怪时又受了惊吓。于是贾赦等人便"请道士到园作法，驱邪逐妖"，而"贾珍等病愈复原，都道法师神力"，可证贾珍生病与多姑娘生病当在同时。（即：书中字面上"贾珍、贾蓉生病且病愈"这件事看似是在"多姑娘生病亡故、贾赦请法师除妖"之前，其实两者是平行事件，即在"贾珍、贾蓉生病"过程中发生了"多姑娘"与"法师除妖"事。）

"一日"贾琏前来报告贾政被节度使参劾回京事："为的是失察属员，重征粮米，请旨革职的事。"又说："来了一个江西引见知县，说起我们二叔是很感激的。但说：'是个好上司，只是用人不当，那些家人在外招摇撞骗，欺凌属员，已经把好名声都弄坏了。节度大人早已知道，也说我们二叔是个好人。不知怎么样这回又参了①，想是忒闹得不好，恐将来弄出大祸，所以借了一件失察的事情参的，倒是'避重就轻'的意思也未可知。'"

第一百三回贾琏为贾政事"次日到了部里，打点停妥"。夏金桂想毒死香菱，反而被宝蟾换了汤，把自己给毒死了，这便是《妙法莲华经·观世音菩萨普门品》中释迦牟尼佛亲口所赞颂的："咒诅、诸毒药，所欲害身者，念彼观音力，还著（zhuó）于本人。"这也是作者信奉佛法，用自己亲历的故事情节，来印证佛说不虚的显例。贾琏到薛家来处理此事，夏家婆子和过继儿子夏三来闹

---

① 意指：不知此次参贾政是怎么回事。即：原本不打算参贾政的，后来不知因何原因又参了贾政。

事，宝蟾道明真相，夏家甘愿了结。

接着又写贾雨村升了京兆府尹（今按贾府所在的"京兆府"原本就是金陵，贾雨村早在第四回就任过金陵的知府了，此处所谓的"升了京兆府尹"实为幻笔），主管田税，到郊外查勘新开垦的田亩，"路过知机县，到了急流津，正要渡过彼岸"时，遇到了甄士隐，提到"离别来十九载"。

今按第一回言甄士隐梦见宝玉降生时，贾雨村"自前岁来此，又淹蹇住了，暂寄庙中安身，每日卖字作文为生"，所谓"前岁"即前一岁，不是"前年"、而是去年。此可证宝玉出生前一年，雨村和士隐初次结识。此第103回为红楼十八年、宝玉十八岁，甄士隐与贾雨村在宝玉出生前一年结识，故两人相识为十九载，后四十回与前八十回居然正相吻合★！此亦可证：第一回甄士隐梦中所见一僧一道携玉下凡入世之时，便当是宝玉出生之时，而非王夫人受孕之时。

这时有人来催贾雨村渡河，甄士隐说："请尊官速登彼岸，见面有期，迟则风浪顿起。果蒙不弃，贫道他日尚在渡头候教。"点醒雨村"苦海无边、回头是岸"，当"知机而退、急流勇退"（"知机县、急流津"），否则要"扛枷锁"、吃官司，可惜雨村未悟。于是雨村离开，而甄士隐所在之庙火起，表明即将"祸起"。（即预兆贾府即将抄家，此是 抄家那天的前六天 。）

而第一回"士隐命家人霍启抱了英莲去看社火花灯"而走失了英莲，甲戌本在"霍启"名侧作批："妙！祸起也。此因事而命名。"其"祸"便是葫芦庙火起而延烧甄家："此方人家多用竹篱木壁者，大抵也因劫数，于是接二连三，牵五挂四，将一条街烧得如火焰山一般。"甲戌本有眉批："写出南直召祸之实病。"点明作者是以"甄家被人火及（祸及）"，影写"真家（即南京的曹家）在'南直隶（今南京）'受亲朋好友的祸及牵连而被抄家"。此处也是用"甄士隐之庙火起"来呼应第一回"甄士隐家旁的葫芦庙火起"，从而再度来影写"真家（曹家，也即书中的贾府）即将祸起（而被抄家）"。这也是前八十回与后四十回一首一尾遥相呼应的显例★。又书中第一回交代甄家在姑苏时说的话："当日地陷东南，这东南一隅有处曰姑苏"，甲戌本有侧批："是金陵。"这便点明甄家不在姑苏苏州，而在江宁南京。脂砚斋正是借此批语点明：下文作者是以"姑苏甄家"被"葫芦庙的火①火烧"，来象征自己"江宁真家"被"糊涂案的祸事祸②及"，书中的"姑苏甄家"就是"江宁真家"！

又贾雨村与甄士隐在"红楼元年"前一年结识，至此"红楼十八年"虚算已相识十九年。两人在"红楼元年"八月分手，至此"红楼十八年"虚算仅十八年。所以这儿所说的"离别来十九载"是以相识之年算起，而非离别之年算起■，因为离别与相识仅差一年，若相差年数多，离别十九载便当从离别之年算起，而不可以从相识之年算起；正因为两者非常接近，所以贾雨村（也即作

---

① 火，谐音"祸"。
② 祸，用火来象征。"火及（火延烧到）"就是"祸及"之意。作者以"火"寓祸，故以冰、雪（薛）、冰山来象征维系贾府（也即曹家）的权势和靠山。

者）计算时，便可以模模糊糊地将两者混为一谈。所以"离别来十九载"这句话意为："从相识和次年离别算起，已有十九年了。"

第一百四回贾雨村"明日，又行一程，进了都门"（此是抄家那天的前五天），路遇"醉金刚"倪二挡驾，于是锁入府内拷问，引出倪二老婆找贾芸说情。贾芸因第88回送礼而凤姐不收，被门房看到他手拎礼物出来，知道他不受主子喜欢，所以不再为他通报。而且贾芸第85回又因为给宝玉提亲的事情，惹得宝玉不快，第85回宝玉特地嘱咐麝月"莫让贾芸来"（原话是："今日芸儿要来了，告诉他别在这里闹，再闹，我就回老太太和老爷去了"），这其实也断了贾芸找他的门路；所以大观园的后门也不能进了。更何况此时园内早已不住人，大观园后门也早已关闭不开，宝玉早就住到成亲的新房子里去了。

贾芸心中怨恨凤姐说："那年倪二借银与我，买了香料送给她，才派我种树，如今我没有钱去打点，就把我拒绝。她也不是什么好的①，拿着太爷留下的公中银钱在外放'加一钱'，我们穷本家②，要借一两也不能，她打谅保得住一辈子不穷的了？哪知外头的声名很不好！我不说罢了，若说起来，人命官司不知有多少呢！"这就伏下凤姐许多不法之事早已广为流传到民间，从而为贾府抄家埋下大大的伏笔。

贾芸对倪二老婆说：荣府已和贾雨村大人说过了，贾大人不依，建议倪二老婆去找"周瑞的亲戚冷子兴"③，倪二老婆没去找冷子兴，而是另外托别人把倪二给弄了出来。由于倪二老婆认定贾芸向贾府说了，是贾府不愿去和贾雨村说，于是倪二决心要扳倒贾府，因为他在监狱中碰到好几个外省姓贾的被抓来，知道贾府失了势，开始成为官府惩治的对象（原因便是贾府的娘娘和至亲王子腾逝世，导致贾府日渐失势，台谏官员们想从扳倒贾府中捞取政治资本），于是谋划先到赌场找来张华，让他去告发贾琏逼娶尤二姐事，然后再找贾府被打过的仆人一同揭发贾府的不法之事，即"我便和几个朋友说他家怎样倚势欺人，怎样盘剥小民，怎样强娶有男妇女④"，一起去向都御史（"都老爷"）那儿告发。

关于倪二如何告倒贾府，作者认为这与主线情节"宝黛爱情"无关，所以一概从略，仅在第106回借贾府亲友打听来的消息提一笔，即："也不怪御史，我们听见说是府上的家人同几个泥腿，在外头哄嚷出来的。御史恐参奏不实，所以诓了这里的人去，才说出来的。我想府上待下人最宽的，为什么还有这事？"贾府亲友奇怪：贾府下人为何会去告发主子？其原因显然就是：做家长的难免要惩罚责打下人，挨打的下人便会在主人被官府追究时"落井下石"。其中肯定会有王熙凤在协理宁国府时打的那个管事媳妇在内，即第14回"那抱愧被打之人含羞去了，这才知道凤姐利害"句，甲戌本有侧批："又伏下文，非独为阿凤之威势费此一段笔墨。"其所伏的，应当就是贾府亲友所问的："贵府待下人如

① 此句程乙本妄改作："那也不是她的能为"。
② 二字程乙本妄改作"当家儿"。
③ 第2回冷子兴向贾雨村"演说荣国府"，两人关系自然最深。
④ "欺负人"是指强索"石呆子"扇子和责打家奴事，石呆子事牵涉到贾赦和贾雨村；"盘剥小民"是指凤姐放高利贷事；"强娶妇女"便是尤二姐事而牵涉到贾珍、贾琏。这三句话程乙本妄改作："我就和几个朋友说他家怎么欺负人，怎么放重利，怎么强娶活人妻。"

此仁厚，怎么会有人出来告发呢？"所以这也可以视为前八十回与后四十回相合处。

作者又借第105回薛蝌之口，进一步补明倪二是如何告倒贾府的："今朝为我哥哥打听决罪①的事，在衙内闻得有两位御史，风闻得珍大爷引诱世家子弟赌博，这款还轻；还有一大款是强占良民妻女②为妾，因其女不从，凌逼致死。那御史恐怕不准，还将咱们家的鲍二拿去，又还拉出一个姓张的来。只怕连都察院都有不是，为的是姓张的曾告过。"这提到的告发的大致顺序便是：先是鲍二去告，然后再是张华，这正可与上文第106回亲友口中说的"先是府上的家人，再是几个泥腿，然后又诬了这里的家人"相对应，即：亲友所说的"府上的家人"便是第88回"正家法贾珍鞭悍仆"所鞭打的鲍二，他显然会去告发贾珍两大款：一是聚赌，二是强娶。亲友口中说的"几个泥腿"便是倪二和张华，他们也一同去告发贾珍，印证鲍二所告的那两款。"诬了这里的人去"，那自然不会再是鲍二了，那肯定只有王熙凤宁国府主丧时打的那个有脸面的媳妇，她自然会把本回贾芸说的王熙凤放高利贷的事情给捅出来，这便是抄家时"锦衣卫"专门冲着"凤姐院"去抄高利贷借据的缘故所在。

"且说雨村回到家中，歇息了一夜，将道上遇见甄士隐的事告诉了他夫人一遍"，衙役来回报：破庙失火后，勘察火灾现场，居然没看到甄士隐的尸骨。"雨村出来，独坐书房，正要细想士隐的话"，此时内廷召其上朝，他在朝廷上与回京的贾政相遇，知道外省的贾家犯了事，连累起这边的贾府。（此是 抄家那天的前四天 。）

贾政回来后向贾母禀明：探春远嫁后，"儿子③起身急促，难过重阳，虽没有亲见，听见那边亲家的人来，说的极好"，即贾政"重阳节"前就动身回来了，未能赶上探春婚礼，即探春的婚礼当在"重阳节"之后。又说"今冬、明春，大约还可调进京来。这便好了。如今闻得海疆有事，只怕那时还不能调。"言明原定是今冬明春探春能回来省亲，但因海疆有事，而亲家公是"镇海总制"，有镇海（即平定海疆）之责，所以回京的日期恐怕要延后了。"次日一早，至宗祠行礼"，"宝玉因昨④贾政问起黛玉"而引起想念黛玉的念头来。（此是 抄家那天的前三天 。）

"那夜宝玉无眠，到了次日，还思这事。"（指对黛玉的思念。此是 抄家那天的前二天 。）这时有人来传话："定了后儿摆席请人。"即后日（也即 抄家那天 ）贾政在府内摆下为自己接风的"接风酒"大宴亲朋。

●第一百五回 **"锦衣军查抄宁国府、骢马使弹劾平安州"** 贾府当是正月元

---

① 决罪，判决罪行。
② 妻女，程乙本改"之妻"。不知此处"妻女"不指妻子与女儿，而指妻子这位女的，因下文是"因其女不从"作"女"，程乙本连此"女"字一并删去。
③ 贾政在母亲面前自称"儿子"。
④ 昨，昨日，程乙本于"昨"字下增一"日"字，实亦不必。

宵节前抄的家。此回虽未明言抄家于何月何日，但从上下文便可推知是在"元宵节前"。因为第106回贾府抄家的第二天，史侯家派两个女人前来问候说："我们姑娘本要自己来的，因不多几日就要出阁，所以不能来了。……等回了九，少不得同姑爷过来请老太太的安。"新婚第九日，新郎陪新娘回娘家，称"回九"。第108回湘云出嫁后"回九"来探望贾母时说："宝姐姐不是后儿的生日吗？我多住一天，给她拜过寿，大家热闹一天。"宝钗生日是正月廿一日，见第22回凤姐云："二十一是薛妹妹的生日"，第62回探春笑论诸人生日时说："过了灯节，就是老太太和宝姐姐"，可证宝钗生日是在正月廿一。湘云前来看望贾母，已是婚后第十天，故湘云当是正月初十结的婚（详下文第108回的考证），则贾府抄家第二天史家人来报史湘云"不多几日就要出阁"，而贾母又说史湘云是"月里头出阁"，必是正月初来报史湘云结婚事，故知贾府抄家当在正月初（而非十二月底；因为贾母说"月里头"，便说清楚当月就是正月了）。

贾府抄家于"元宵节"前，正与脂批相吻合。第一回和尚对甄士隐说："好防佳节元宵后，便是烟消火灭时。"表面是讲下文"元宵节"后的三月十五葫芦庙失火烧了甄家，其实甲戌本在第一句有侧批："前、后一样，不直云'前'、而云'后'，是讳知者。"说的便是：这一情节影射曹家抄家于元宵节前，为了避讳知道内情的人，故意写成"好防佳节元宵后"，其实是在前，而非在后（因为脂批点明"前、后一样"），真实的"火起（祸起）"其实发生在元宵节前、而非书中所写的"甄家①火起于元宵节后"。第一回下来写甄家失火时的情景："大抵也因劫数，于是接二连三，牵五挂四，将一条街烧得如火焰山一般。"甲戌本眉批："写出南直召祸之实病。"即点明作者借"葫芦庙失火烧了甄家"，影射的是糊涂案牵连上作者的真家（即曹府），使之被祸及而抄家。

后四十回不按第一回"好防佳节元宵后"把抄家写在元宵后，而是反其意写成元宵前，说明后四十回的作者深知前八十回作者曹雪芹的深意，当即曹雪芹本人为宜★。有人说：这是后四十回续作者根据脂批"前、后一样"，从而明晓作者的本意是借"元宵节后火及甄士隐家"来影写"元宵节前祸及江南真家（曹家）而被抄家"，故意续出这样的情节。但这条脂批其实真的很费解、很隐晦，能由此脂批联想到上述那一点的人，恐怕只有原作者本人。而且，如果这第105回的"元宵节前抄家"是曹雪芹之外的人所续，说明这个人精通脂批和《红楼梦》本文，他又何必只续诸多细节，反倒不去续所有人都能从脂批和《红楼梦》本文中看出来的"落了片白茫茫大地真干净"的大局？由此一端便可想见：后四十回与前八十回细节吻合而大局不合（其实是貌似不合、而无有不合）不是俗人手笔，当是曹雪芹"出众人意料之外"的大手笔。

此为**红楼第十九年，宝玉十九岁**。此年宝玉中举并出家。今按明清时代的

---

① 甄家即甄士隐家，其实用谐音手法谐的是"真事隐家"——即书中虚构故事所隐真事中的家。而书中虚构故事隐的是曹家的故事，所以甄士隐这"甄（真）家"同书中"贾（假）家"一样，仍影射的是曹家。"甄士隐家火起于元宵节后"影射的便是"真家（曹家）祸起（指抄家）于元宵节前"。

乡试年份是"子午卯酉"年，而上文第二回考得红楼元年也在乡试的"子午卯酉"年，此相隔十八年后的第十九年自然也是举行乡试的"子午卯酉"年，此是后四十回与前八十回在时间上的又一相合之处。★

但上一年元妃薨于卯年寅月，则此年必定是辰年而非卯年。如果此年为辰年，则红楼元年当为申年，与上文所说的红楼元年为举行乡试的年份"子午卯酉"年便不相吻合。

实则作者在时间上原本就统一完整，即：作者以红楼元年与相隔十八年后的红楼十九年为"子午卯酉"年份，红楼十八年必非卯年。其之所以有意要写元妃死在虎年、兔年之交，为的是应验第五回元妃的判词"虎兔相逢大梦归"，所以也就故意要把红楼十八年说成是卯年。其深意便是要影射曹家的两大靠山"平郡王妃"曹佳氏（书中借元妃来影写）、康熙皇帝（书中借王子腾来影写）逝世于虎年的年初和年尾，而查抄曹家的雍正皇帝的元年便开始于次年的兔年，所以康熙六十一年（虎年）与雍正元年（兔年）这"虎、兔之交"的两个年份，便是曹家"由盛而败"的分水岭。这也可以证明第五回元妃的判词当据甲戌本、庚辰本、程甲本、程乙本等诸本作"虎兔相逢大梦归"，而不应当据己卯本、梦稿本改作"虎兕相逢大梦归"。

上文我们完全按照小说的文字来排定叙事年表，排得此年确为"红楼十九年"，这与红楼元年举行乡试、而次年雨村参加会试相吻合，又与宝玉此年中举而此年确为乡试年份相吻合，这两个吻合有力地证明此年只可能是红楼十九年，而不可能是红楼十八年或红楼二十年，也不可能是红楼十七年或红楼二十一年。后四十回中也有两处地方明白无误地点明本年为红楼十九年：

第一处是上文第103回贾雨村与甄士隐重会于"知机县"急流津渡口，雨村心想："离别来十九载，面色如旧，必是修炼有成，未肯将前身说破。"上已考明，这句话说的是：此重逢之年，贾雨村与甄士隐已相识十九年。而上文又考明：贾雨村认识甄士隐是在"红楼元年"前一年，今相识已有十九载，故知此重逢之年为红楼十八年；而本年在其下一年，故当为红楼十九年。

第二处是第120回贾政言："岂知宝玉是下凡历劫的，竟哄了老太太十九年！如今叫我才明白"，也明白无误地点明此年宝玉十九岁而为红楼十九年。

以上两处断然无疑之语，的确也只有深悉全书叙事年表的原作者才能写得出，高鹗是绝对写不出的。因为高鹗把第9回贾宝玉"初试云雨情"，由脂本的九岁改成十二岁，改大了三岁；又把第71回贾母的八旬大寿，由脂本的贾政"冬底回"而入新的一年，改成了"七月底回"而仍在上一年。程高本经过高鹗这两处篡改后，其叙事年表排下来，本回贾府抄家与末回宝玉出家之年便是红楼二十一年，而后四十回居然仍写成红楼十九年，这就只能证明程高本的后四十回并非高鹗所写，而当是曹雪芹的原稿！★

【大某山民评第108回："此回入宝钗生日，已是丙辰年事，宝钗盖生于正月二十一日。"所评是也。但其所排实已少了五年，原因详第81回。又上已有论：此年举行乡试而宝玉中举，此年也断然不可能是"辰"年、而当是"子午卯酉"年。又据红楼十四年、宝玉十四岁时的第69回提到"十七岁的丫鬟名唤秋桐者，……大家算将起来，只有秋桐一人属兔"，则宝玉比其小三岁，可证宝玉当属"马"，即红楼元年的宝玉出生之年为午年，故知此十八年后的今年是"子"年。】

第一百五回 此回写贾政正在"荣禧堂"设宴，这时锦衣卫赵全奉旨前来抄家，幸亏随后赶来的西平王[①]、北静王保全，只抄了贾赦与贾琏两处，抄出贾赦处"御用衣裙并多少禁用之物"，又抄出贾琏处王熙凤放高利贷的罪证。凤姐知道自己的赃证被抄而罪案发作、巨额钱财将要充公，当场连吓带心疼而晕死过去，作者是借此来进一步紧逼凤姐之死。又：此抄家之日当在元宵节前的正月某日，实即以曹家雍正六年元宵节前的正月某日被抄家作为时间原型；据上考，此日当在正月初十的前几天。

这时宁府的焦大跑来，作者借其口交代（从而不用再作详细描写）：东府"珍大爷、蓉哥儿都叫什么王爷拿了去了，里头女主儿们都被什么府里衙役抢的披头散发，撮在一处空房里"，东西全被抄走。贾政叫苦："完了，完了！不料我们一败涂地如此！"今按北静、西平王抄荣国府，则当是东平、南安两王在抄宁国府（当然也不能排除第33回提到的"忠顺王"前来查抄，只是可能性不大）。

作者此处是借鉴戏剧手法，借人物焦大之口交代情节而可一笔带过，不用再详细描写东府抄家的经过，这同样属于回避难点的"避难法"的运用。而且全书主旨是写"宝黛爱情"，此主旨以外的情节全都应当一笔带过；今用焦大之口简略交代，而不用再展开描写宁国府抄家情节，一则可以突出全书主旨（即突出"宝黛爱情"这一主线情节），二则可以避免与本回详细描写过的荣国府抄家情节相重复。

这时作者又通过薛蝌之口，传来案发原因："两位御史风闻得珍大爷引诱世家子弟赌博，这款还轻；还有一大款是强占良民妻女[②]为妾，因其女不从，凌逼致死。那御史恐怕不准，还将咱们家的鲍二拿去，又还拉出一个姓张（张华）的来。只怕连都察院都有不是，为的是姓张的曾告过。"这便交代出贾珍被抄的原因，便是聚赌和贾琏强娶尤二姐事。

薛蝌又来报："但听得说，李御史今早参奏平安州'奉承京官，迎合上司，虐害百姓'好几大款。……说是平安州就有我们，那参的京官就是赦老爷。说的是包揽词讼，所以火上浇油。就是同朝这些官府，俱藏躲不迭，谁肯送信？"这又交代出贾赦被抄的原因，便是多次叫贾琏前往平安州贿赂知州、包揽词讼。

第一百六回 贾母被吓得病危，最终又缓过气来。北静王特派长史来报：皇帝感念贵妃[③]，特意加恩，只抄贾赦家，贾政仍在工部员外上行走。而贾琏房里的东西已全被抄走或抢走。这时众亲友们听说贾政仍可以做原先的官，所以又

---

① 实当作"西宁王"。即"东平、南安、西宁、北静"四王，若作"西平"便与"东平"重复了"平"字，故知非是。

② 妻女，程乙本妄改"之妻"，并将下文"因其女不从"之"女"删去。

③ 这影写的是：脂砚斋姐姐平郡王妃曹佳氏的丈夫与儿子这两任"平郡王"传来消息说，皇帝雍正看他们平郡王府的面子，出于恩情，会保全曹家而"大事化小、小事化了"，只抄家便可完事。

趋炎附势地前来看望。孙绍祖则派人前来讨要贾赦欠他的银子，一点也不顾念贾赦是他丈人的感情；孙绍祖"落井下石"的难看嘴脸，令在场所有人都感到诧异。

当晚贾政"埋怨贾琏夫妇不知好歹，如今闹出放账取利的事情，大家不好，方见凤姐所为①，心里很不受用。凤姐现在病重，知她所有什物，尽被抄抢一光，心内郁结，一时未便埋怨，暂且隐忍不言。一夜无话。次早贾政进内谢恩，并到北静王府、西平王府两处叩谢，求两位王爷照应他哥哥、侄儿，两位应许。贾政又在同寅相好处托情。"此为 正月抄家后第二天 ，当在初十前好几天。

"一日傍晚"，贾母焚香向天祷告，愿自己早死以求换来全家平安。史家来告："我们姑娘本要自己来的，因不多几日就要出阁，所以不能来了。"上文已言史湘云当是正月初十出嫁，此可证抄家是在初十之前，在"元宵节"前。贾母说："月里出阁，我原想过来吃杯喜酒的，不料我家闹出这样事来，我的心就像在热锅里熬的似的，哪里能够再到你们家去？"然后贾政清点家人，盘问鲍二的来历。

"一日"大臣们请贾政到内廷问话。

第一百七回 众大臣问："你哥哥交通外官、恃强凌弱、纵儿聚赌、强占良民妻女不遂、逼死的事，你都知道么？"贾政说自己不知情，即："犯官自从主恩钦点学政任满后，查看赈恤，于上年冬底回家，又蒙堂派工程，后又任江西粮道，题参回都，仍在工部行走，日夜不敢怠惰。一应家务，并未留心伺察，实在糊涂。不能管教子侄，这就是辜负圣恩，只求主上重重治罪！"此处言明是"冬底回家"，与第70回言其"冬底方回"相合。但第70回是红楼十六年，此为红楼十九年，乃是三年前，所言"上年"乃泛指此前之年，而非专指去年。

值得注意的是第70回脂本作"冬底方回"，程高本作"七月底方回"，现在第107回作"冬底回家"，与脂本前八十回相合，与高鹗所改的程高本前八十回反倒自相矛盾起来，这便可证明：后四十回不像是高鹗所作。因为后四十回如果是高鹗所作的话，则第107回便当与其所改的程高本第70回相一致。现在后四十回居然与脂本前八十回一致，而与程高本自己的前八十回相矛盾，这便能证明：后四十回与脂本前八十回是一个统一完整的整体，程高本前八十回与后四十回不一致处乃高鹗编纂时篡改所致。

又"你哥哥交通外官"，显然交通的是平安州的节度使。又据下文北静王提到"惟有倚势强索石呆子古扇一款是实的"，似乎交通勾结的外官还有逼死"石呆子"的贾雨村在内。但我们在第92回已考明：当时贾雨村任的是御史，不是外官，故"交通外官"当与贾雨村无关。北静王说的"恃强凌弱"倒是贾雨村任御史时的事，但由于这是御史参奏贾府，对前任御史贾雨村自然会有所回护，所以只会把这件事算到贾赦头上而不追究贾雨村的责任。

北静王听完贾政说的话后，便入内禀告皇上，大事化小，小事化了，结论

---

① 指这才第一次看清了凤姐的为人。从此，凤姐在贾政与王夫人这贾府一家之主的心目中彻底名誉扫地，伏下凤姐失势受欺而气得吐血夭亡的根由。

便是："主上因御史参奏贾赦交通外官，恃强凌弱。据该御史指出平安州互相往来，贾赦包揽词讼。严鞫贾赦，据供：平安州原系姻亲来往，并未干涉官事，该御史亦不能指实。惟有倚势强索石呆子古扇一款是实的，然系玩物，究非强索良民之物可比。虽石呆子自尽①，亦系疯傻所致，与逼勒致死者有间。今从宽将贾赦发往台站效力赎罪。所参贾珍强占良民妻女为妾、不从逼死一款，提取都察院原案，看得尤二姐实系张华指腹为婚未娶之妻，因伊贫苦，自愿退婚，尤二姐之母愿给贾珍之弟为妾，并非强占。再尤三姐自刎掩埋、并未报官一款，查尤三姐原系贾珍妻妹，本意为伊择配，因被逼索定礼，众人扬言秽乱，以致羞忿自尽，并非贾珍逼勒致死。但身系世袭职员，罔知法纪，私埋人命，本应重治，念伊究属功臣后裔，不忍加罪，亦从宽革去世职，派往海疆效力赎罪。贾蓉年幼无干，省释。贾政实系在外任多年，居官尚属勤慎，免治伊治家不正之罪。"（按：贾蓉无罪，当是呼应第 76 回："贾珍不肯出名，便命贾蓉作局家"之文。即贾蓉原本是聚赌的主犯，但聚赌事已"小事化了"而不追究，故贾蓉便成了无罪之人。）

又：此回北静王称贾赦、贾珍为父子，称贾琏是贾珍之弟，第 106 回贾琏也称贾珍为兄，这便与第 76 回"贾敬死期就是贾赦死期"的脂批所揭示出来的"贾敬、贾赦的原型实为同一人"的结论相吻合，论见本书"第三章、第三节、三"。

贾母把自己的财物分给诸人，这便照应前八十回中第22回凤姐开贾母玩笑，说她把钱都留给宝玉用："金的、银的、圆的、扁的，压塌了箱子底，只是勒掯我们。举眼看看，谁不是儿女？难道将来只有宝兄弟顶了你老人家上'五台山'不成？"

"上五台山"应当是南京人的土话。南京城内中部偏西的地区，因山顶平坦宽阔，犹如垒土堆成的土台，相传最早由五个台形岗地组成，故名"五台山"。清朝时，五台山成为丛葬地，山上有著名的文学家袁枚之墓。"顶了你老人家上'五台山'"便是南京人送葬、上坟的趣语。王熙凤这话是在说：难道只有宝玉一个男性晚辈抬您棺材上坟安葬吗？言下意：我老公贾琏不也要抬您棺材送葬吗，因此您那钱也要分一份给我家！

天下城市中有"五台山"的很少，所拥有的"五台山"又是坟场者更是绝无仅有。由于天下只有南京以"五台山"为坟场，北京没有这样的说法。而且北京连"五台山"都没有，而南京不仅有"五台山"，而且又是坟场，所以这句话便是证明"书中写的是南京、而非北京"的铁证。即：凤姐、贾母、宝玉等书中所有人都是南京人，后来迁居北京成了北京人（指抄家返京）。而且凤姐这句话显然是在南京说的，因为北京没有五台山，所以这句话也是"作者写的贾府就在南京、而非北京"的铁证。

至于周汝昌先生《红楼梦辞典》（广东人民出版社 1987 年版）第 521 页"上

---

① 虽然石呆子本人因为这件事而自杀，但却是因为他名为"呆子"而有疯病，与逼死还是有所不同的。即贾赦对他的死亡没有什么直接责任。

五台山"条解释说："五台山，在山西省五台县，是我国古代佛教'圣地'之一。'上五台山'指成佛登仙，是人死亡的隐讳说法。"显然是望文生义式的想当然。

庚辰本在上引"压塌了箱子底"处有眉批："小科诨，解颐，却为'借当'伏线。壬午九月。"其实这段话不光为第 72 回贾琏向鸳鸯"借当"伏线，更为此处贾母临终把遗产分给众人、而非只分给宝玉一人伏线★。总之，下面贾母分遗产的描写，充分表现出贾母的"仁至义尽"（即贾母所说的：外面的债务再多，也一定要偿还；别人寄藏的钱再少，也一定要归还），同时又写出她的"厚待亲人"，与第 22 回凤姐口中讽刺她只把遗产分给宝玉一人的尖刻话形成鲜明对比。

此分遗产之事，是从贾政托人情让即将充军的贾赦、贾珍回来作短暂告别开始写起。"贾母叫邢、王二夫人，同着鸳鸯等，开箱、倒笼，将做媳妇到如今积攒的东西都拿出来，又叫贾赦、贾政、贾珍等一一的分派"：贾母给贾赦三千两，其中二千两是充军盘缠，一千两给邢夫人零用。贾母给贾珍三千两，其中一千两是充军盘缠，二千两给尤氏收着。贾母特地关照：宁国府的尤氏与这边荣国府"仍旧各自度日：房子是在一处，饭食各自吃罢"，即尤氏寄居荣国府，但开销得用这二千两银子过日子了。

上回第 106 回："这里贾母命人将车接了尤氏婆媳等过来。可怜赫赫宁府，只剩得她们婆媳两个并佩凤、偕鸳二人，连一个下人没有。贾母指出房子一所居住，就在惜春所住的间壁，又派了婆子四人、丫头两个伏侍。一应饮食起居在大厨房内分送，衣裙什物又是贾母送去，零星需用亦在账房内开销，俱照荣府每人月例之数。"即尤氏她们的生活开销原本都由荣国府负担。此时因为贾母给了她二千两银子，所以应当自己开销了。

又第 105 回"贾赦院"被抄，邢夫人无处居住，"众人劝慰，李纨等令人收拾房屋，请邢夫人暂住，王夫人拨人服侍"，肯定也要由荣国府来负担邢夫人的生活用度。此时应当同尤氏一样，得了一千两银子零用，所以也得自己开销了。尤氏得了二千两银子，比邢夫人多，这是因为其中包括贾蓉夫妇和惜春在内的原故，其实没有邢夫人多。

正因为邢夫人、尤氏、惜春独立开销，所以第 108 回宝钗生日宴上，她们便不来参加（因为贾母吩咐过"饭食各自吃"）。书中写："凤姐……说道：'今儿老太太喜欢些了。你看这些人好几时没有聚在一处，今儿齐全。'说着，回过头去。看见婆婆、尤氏不在这里，又缩住了口。贾母为着'齐全'两字，也想邢夫人等，叫人请去。邢夫人、尤氏、惜春等听见老太太叫，不敢不来，心内也十分不愿意，想着家业零败，偏又高兴给宝钗做生日，到底老太太偏心①，便来了也是无精打采的。"这便写出贾母瓜分自己遗产后，荣府、邢夫人、宁府尤氏三处各自开销、"饭食各自吃"的情形来。

但第 110 回贾母丧事上无钱办事，凤姐"只得找了鸳鸯，说要老太太存的这一分家伙。鸳鸯道：'你还问我呢！那一年二爷当了，赎了来了么？'凤姐道：

---

① 指老太太偏心，只喜欢给宝玉媳妇薛宝钗做生日。

'不用银的、金的，只要这一分平常使的。'鸳鸯道：'大太太、珍大奶奶屋里使的是哪里来的？'凤姐一想不差，转身就走。"可证：贾母虽说各自开销，但这是做给众人看的，其实暗中仍由贾母从自己的私人钱物中贴给邢夫人、尤氏月例钱。

分遗产时，贾母还特别言明：惜春出嫁的钱由她来出，不用尤氏出。（事实上惜春最后出了家，也不用嫁妆了。但贾母能这么说，表明她"一视同仁"地对待自己的孙子、孙女，没有丝毫偏颇。）

贾母又给凤姐三千两。然后又给贾琏五百两银子，为的是"明年将林丫头的棺材送回南去"。然后贾母又特地给贾政偿还贾府外债用的金子，并说外面欠的债是一定要还的："这是少不得的，你叫拿这金子变卖偿还。"贾母还不忘嘱托贾政："江南甄家还有几两银子，二太太那里收着，该叫人就送去罢。倘或再有点事出来，可不是他们'躲过了风暴又遭了雨'了么？"

贾母又对贾政说："宝玉已经成了家，我剩下[①]的这些金银等物，大约还值几千两银子，这是都给宝玉的了。珠儿媳妇向来孝顺我，兰儿也好，我也分给他们些。这便是我的事情完了。"这剩下的值几千两银子的"金银东西"，便是第111回被打劫偷掉的东西，可证贾宝玉薛宝钗夫妇、李纨贾兰母子其实没有得到贾母给的东西，一贫如洗。

这就意味着：后四十回因篇幅所限且与主旨无关[②]而未能写到的李纨、宝钗两人的抚孤守寡，其实都是在贫困中"含辛茹苦"地度过。特别是宝钗，其子刚生，更形艰难，这便应了第85回贾政"升官宴"上演的《吃糠》那出戏。"吃糠"是高明《琵琶记》第21出"糟糠自厌"，写蔡伯喈赴科举一去不回，家乡亢旱，其妻赵五娘侍奉公婆，自己忍饥挨饿，暗地里吃糠团而不敢给公婆看到，省下粮食来孝敬双亲。戏中的赵五娘便是宝钗的影子，即：宝玉与宝钗结婚后，宝玉赴举得中，但却跟随一僧一道一去不返，宝钗独自孝敬双亲。作者以"吃糠"这出戏来象征宝玉出家后，宝钗"贫困抚孤、孝敬公婆"的情状；需要说明的是：这只是象征，并不意味着宝钗真的穷到要吃糠。

有人会说贾兰中了举，贾府似乎也就兴旺起来了。但第119回是写"贾兰中了一百三十名"举人而非进士，名次又不高，其科举仕途之路还有相当长的一段路要走。因为第一回贾雨村能上京赶考，则他必定已获得举人身份，可证中了举，也会像贾雨村那般穷困潦倒。从第五回李纨的《红楼梦曲》"第十二支、晚韶华"来看，其言："镜里恩情，更哪堪梦里功名！那美韶华去之何迅！……只这带珠冠，披凤袄，也抵不了无常性命。虽说是、人生莫受老来贫；也须要、阴骘积儿孙。气昂昂头戴簪缨，气昂昂头戴簪缨，光灿灿腰悬金印；威赫赫爵禄高登，威赫赫爵禄高登，昏惨惨黄泉路近。"而"人生莫受老来贫"句，其实也点明李纨是老来富贵，也即总述贾府抄家后情状的《红楼梦曲》"第十四支、

---

① 剩下，程乙本倒作"下剩"，也即剩下的意思。
② 指与宝玉、黛玉爱情这一全书主旨无关，同时又限于全书只能写到120回的篇幅。

收尾、飞鸟各投林"曲所唱的"老来富贵也真侥幸",这都点明贾兰发达是在李纨年老将亡之时。

而上文第34回考得:贾珠比宝玉大十六岁,李纨年龄当与之相近,故李纨在这"红楼十九年"应当是三十几岁,不可谓之"老",故贾兰发达而为母亲李纨赢得诰命,更当在十来年后的李纨四五十岁时。总之,贾兰中进士("气昂昂头戴簪缨")而为大官("光灿灿腰悬金印"),至少还有十来年的路要走;等贾兰发达为李纨赢来凤冠霞帔时,李纨早已年近五旬而将亡。其因为年少守寡("镜里恩情"),更又因为得了"老来富贵"却不久便亡而无福享受("更哪堪梦里功名"),于是成为众人的笑柄,即第五回其判词所言的:"如冰水好空相妒,枉与他人作笑谈。"

荣国府未抄家时,内囊早已也快用光了(见第二回冷子兴语:"内囊却也尽上来了"),只有贾母处有钱,可钱又在第111回被强盗全都抢走,这便注定抄家后荣国府是空有房产、而无经济来源,将来的生活非常艰难。

同理,第119回虽然发还了宁国府与贾赦被抄的家产,但"荣国府"此时未经抄家便已陷入没钱的困境,则经过抄家而发还家产的贾赦、宁国府两家的处境,当比"荣国府"更为艰难(因为抄家肯定会被衙役暗中抢走不少财物,而发还的家产肯定主要是房产而没有什么金钱)。

所以,从经济形势上看,"宁、荣二府"除了房产外,当一无所有。所以李纨与宝钗的抚孤,都应当是"含辛茹苦"。这便是第五回《红楼梦曲·收尾》所唱的:"落了片白茫茫大地真干净。"("白茫茫大地"喻指空荡荡的房产。虽然"瘦死的骆驼比马大",房中的器物可以出卖或典当,但家大业大,开支也巨大,所以可以想见,不出一两年,便会器物荡然而只剩下空空如也"真干净"的房产。)

贾母又说:"我所剩的东西也有限,等我死了,做结果我的使用。余的都给我伏侍的丫头。"似乎这笔留给丫头们的财物就在贾母面前。今按第110回贾母丧事中,凤姐向鸳鸯索要贾母留下的那份办自己丧事用的财物,即:凤姐"只得找了鸳鸯,说要老太太存的这一分家伙。鸳鸯道:'你还问我呢!那一年二爷当了,赎了来了么?'"可证贾母提到的剩下来供自己办丧用的东西,其实就是第72回鸳鸯偷出来给贾琏典当换钱的东西,当时贾琏是这么说的:"暂且把老太太查不着的金银家伙偷着运出一箱子来,暂押千数两银子支腾过去。不上半年的光景,银子来了,我就赎了交还,断不能叫姐姐落不是。"这是红楼十六年的事,到现在红楼十九年已有两三年了,居然还没有赎回来,则其赎不回来便是"不言而喻"的事了。

又据第74回平儿之言,可知这批东西其实是鸳鸯禀明贾母后才拿出来的,所以贾母知道有这份东西存在,只是尚未赎回而已;她也没料到自己会走得这么快,所以便把这将来可以赎回的东西,算成自己将来逝世时办丧事用的财物。换句话说:由于这部分典当的东西因为抄家而无力赎回,所以贾母其实并没有钱留下来供自己办丧之用,主丧的凤姐其实是"巧妇难为无米之炊",正因为此,贾母丧事期间,她备受鸳鸯、邢夫人的责难,作者是借这贾母丧事来加速她"抱惭忍辱"①之死。

然后贾政便带宝玉去为充军的贾赦、贾珍送行,回来时,看到门上有人报喜说:皇帝又把世职发还给了贾政。贾政于是"第二日进内谢恩"。"忽一日,包勇……吃了几杯酒",正逢京兆府尹贾雨村经过,包勇听到街坊邻居们说:贾府"前儿御史虽参了,主子还叫府尹查明实迹再办。你道他怎么样?他本沾过两府的好处,怕人说他回护一家,他便狠狠的踢了一脚,所以两府里才到底抄了。"包勇于是激于义气,醉骂"落井下石"的贾雨村,被贾政发往大观园内看守这座园林。

第一百八回 "一日,史湘云出嫁回门,来贾母这边请安",贾母道:"你还不知道呢:昨儿蟠儿媳妇死的不明白,几乎又闹出一场大事来。还辛亏老佛爷有眼,叫她带来的丫头自己供出来了,那夏奶奶才没的闹了,自家拦住相验②","昨儿"亦是泛指"此前",而非特指"昨天"。"回门",一般是"回九",指新婚第九日③,新郎陪新娘子初次回娘家。新娘子"回九",第一天当回娘家,然后再到贾府,估计此乃婚后第十天,此是 正月十九 (下详),故知其乃正月初十成亲。又:"回门"当与新郎同来,史湘云丈夫没来,作者已暗示其得了重病,故不能前来。

史湘云原本要住到明天,这时湘云说:"我想起来了:宝姐姐不是后儿的生日吗?我多住一天,给她拜过寿,大家热闹一天。不知老太太怎么样?"而宝钗是正月廿一生日,故知此日为正月十九日。

贾母于是吩咐下人"预备两天的酒饭"。"次日传话出去,打发人去接迎春",此为 正月二十 ,宝钗说:"明日才是生日,我正要告诉老太太来。"贾母说:"可怜宝丫头做了一年新媳妇",所以为她做两天的寿,即正月廿是做寿的寿辰,正月廿一是庆生的生日。

民间风俗要在生日前一天做寿,称"寿日"。此日做寿时,大家喝酒、行令,李纨掷出"十二金钗",又一次点了全书《金陵十二钗》之题。〖按第一回"楔子"言曹雪芹把此书最后一稿(实即脂砚斋甲戌年第二次作批的、曹雪芹甲戌年定稿的"增删五次"中的第五稿)"题曰《金陵十二钗》",第一次点明本书又名《金陵十二钗》。书中第二次点此题是相当于全书正式开场的第5回宝玉梦游警幻仙境时:"只见那边橱上封条上大书七字云:'金陵十二钗正册'。……再看下首二橱上,果然写着'金陵十二钗副册',又一个写着'金陵十二钗又副册'。"此处是第三次点题。前两次相当于是开篇点题,此处便是文末点题。〗

---

① "抱惭"是因为自己放高利贷而牵连贾府被抄,"忍辱"是因为众人看到贾母一死,鸳鸯、邢夫人便开始责备凤姐,于是大家"墙倒众人推",让凤姐蒙受众人的羞辱。

② 指夏家反倒阻拦住不让验尸。

③ 回门的日期也可以是出嫁后第三、六、七、八、九天乃至满月时都可以,要由丈夫陪同新娘子回娘家探望父母,男方一定要送回金猪一只,以示新娘子贞洁,同时拜谒妻子的父母及亲属。结婚当天算成是出嫁的第一天。

宝玉对袭人说："何不趁她们喝酒，咱们两个到珍大奶奶那里逛逛去。"由于珍大奶奶尤氏就坐在宴席上，所以宝玉的意思是去看看尤氏住的房子。其实这都是引子，为的是引出尤氏与惜春房旁边那扇可以进入大观园的"腰门"，从而写到宝玉进入"大观园"凭吊黛玉。

两人"一面走，一面说。走到尤氏那边，又一个小门儿半开半掩"，这便是通往"大观园"腰门的角门，宝玉问管门的："这小门儿开么？"婆子说："天天是不开的。今儿有人出来说，今日预备老太太要用园里的果子，故开着门等着呢。"书中写："宝玉便慢慢的走到那边，果见腰门半开。"

须知此时是正月底，何来果子？这是作者笔下的又一时间破绽。当是作者为了让婆子们有开门的理由，故意编此不着边际的话。更有可能在最初稿中，此时是在有果子的季节，今本后四十回已是增删多次后的改稿，已经改了正月中。

袭人拗不过宝玉，"宝玉进得园来，只见满目凄凉。那些花木枯萎，更有几处亭馆，彩色久经剥落。远远望见一丛翠竹，倒还茂盛。宝玉一想，说：'我自病时出园，住在后边，一连几个月不准我到这里，瞬息荒凉。你看独有那几竿翠竹菁葱，这不是潇湘馆么？'""后边"是指身后的府内的后边（也即府内的北边，即"荣禧堂"北边宝玉与宝钗成亲的婚房所在。古人以北为后，以南为前）。上引文字中的景物描写，与此时的正月光景也算相符。

宝玉在潇湘馆外面听到黛玉最后一次哭，当然这不是黛玉的人在哭，而是黛玉死后的魂在哭。宝玉对黛玉之灵说："林妹妹，林妹妹！好好儿的，是我害了你了！你别怨我，只是父母作主，并不是我负心！"林黛玉在天有灵，其魂之所以在此哭泣，为的就是还没亲耳听到宝玉亲口说的解释，今天终于听到宝玉这句"未负心"的告白，内心得到安慰，已无牵挂，从此以后便魂返天界，再也不到人间来了（即下回宝玉想梦也梦不到她了。之前梦不到，是因为黛玉恨他负心；之后梦不到，便是黛玉知他没有负心，从此不再恨他而回了天）。这时贾母派人把宝玉和袭人两个人叫回去训斥了一通。

上文湘云见贾府抄家后沉郁悲哀，便建议贾母借着为宝钗过生日这一名目，让大家好好乐一乐，调动一下情绪。她说："我从小儿在这里长大的，这里那些人的脾气我都知道的。这一回来了，竟都改了样子了。我打量我隔了好些时没来，他们生疏我；我细想起来，竟不是的。就是见了我，瞧他们的意思，原要像先前一样的热闹，不知道怎么，说说就伤起心来了，我所以坐坐就到老太太这里来了。"这显然是因为抄了家，大家心中都很难过，高兴不起来。

贾母表扬李纨"富不骄、贫不馁"："倒是珠儿媳妇还好。她有的时候是这么着，没的时候她也是这么着，带着兰儿静静儿的过日子，倒难为她。"湘云特地说起凤姐受穷后变化最大："别人还不离，独有琏二嫂子，连模样儿都改了，说话也不伶俐了。明日等我来引逗他们，看他们怎么样。但是他们嘴里不说，心里要抱怨我，说我有了——"，书中写："湘云说到那里，却把脸飞红了。贾母会意道：'这怕什么？原来姊妹们都是在一处乐惯了的，说说笑笑，再别留这些心。大凡一个人，有也罢、没也罢，总要受得富贵、耐得贫贱才好。你宝姐姐生来是个大方的人。头里她家这样好，她也一点儿不骄傲；后来她家坏了事，她也是舒舒坦坦的。如今在我家里，宝玉待她好，她也是那样安顿；一时待她不好，也不见她有什么烦恼。我看这孩子倒是个有福气的。你林姐姐，那是个最小性儿、又多心的，所以到底不长命①。凤丫头也见过些事，很不该略见些风波就改了样子。她若这样没见识，也就是小器了②。"

贾母这番话表明她对宝钗能和李纨一样甘于恬淡表示赞赏，而第120回宝玉出家后，宝钗怀孕已快生了，生下的遗腹子便是贾蓁，也就是第120回甄士隐说贾府"兰桂齐芳"中的"桂"（其名或可写作"贾菫"，但以写作"蓁"字为正③）。宝钗生下贾蓁后，其处境便与守寡的李纨一模一样了。此处贾母赞李纨有后福，指的就是贾兰中举为李纨赢得诰命，也即第5回李纨的《红楼梦曲》"第十二支·晚韶华"所唱的"带珠冠，披凤袄，也抵不了无常性命"（即得到诰命后不久便逝世）。贾母此处赞扬宝钗也像李纨般有德，是说宝钗的儿子必定也会像贾兰那般中科举，为母亲宝钗赢得诰命夫人的称号。此即第11回贾敬生日宴上唱的"《双官诰》"，蒙王府本有侧批："点下文。"所点下文便是后四十回中李纨儿子中举、宝钗儿子中举（"兰桂齐芳"）而李纨、宝钗两人一同得到诰命的结局。这是后四十回与前八十回相合的又一例证。★

贾母特地又在话语中贬低黛玉器量狭小而早夭，其实已点明凤姐也会像黛玉那样，因为器量狭小而不能成为一个有后福的人。今按第105回抄家抄走了凤姐所有财产，她当场痛心地晕死过去，作者便以失财来逼近她的死亡，同时又写出凤姐爱财如命而器量不宏的性格来。贾母之语其实已点明凤姐死于她的"爱财如命"，点明凤姐会像黛玉的"爱'情'如命"一样，因器量狭小而早夭，点明"情与欲皆可怖、可鄙"的全书主旨。贾母真可谓"爱憎分明、是非分明"：见黛玉多情（儿女私情太重）便痛加鄙视，连病也不想为她治；今见凤姐浇薄贪财，也表示极大的鄙视。

王希廉评此回："湘云说到'有了'二字便脸红、住口，活是新妇光景。"新妇，即新媳妇，也即刚结为新婚夫妻的意思。王希廉这句批语已猜到史湘云说的"有了"与她做媳妇有关。史湘云未说完的话，我们其实也能猜得到，即：

---

① 这就道出贾母不选黛玉而选宝钗许配给宝玉的原因所在了。
② 这句话道出贾母的"大义灭亲"。凡是她看不起的人，哪怕之前再亲密，她也会郑重指出来加以鄙视。这也就不要怪贾母对黛玉冷淡了，贾母是因为黛玉不守女孩子本分（即太重儿女私情）而否定了她。
③ 今按贾兰这一辈的名字皆带草字头。又贾兰之"兰（蘭）"是草而非木，故甄士隐口中所说的贾珠子、宝玉子"兰桂齐芳"之"桂"当是草而非木，故其字当加草字头作"蓁"。"蓁"是古书中的一种草。而"菫"字意为落叶灌木覆盆子，是木非草，故知贾宝玉儿子的名字不当写作"菫"。但古人又把"菫"字当成"蓁"字来用，即"菫"字通"蓁"字。所以贾宝玉儿子的名字当以作"蓁"为正；由于"菫"通假"蓁"字，其名字用通假字写成"菫"也是允许的。

她还像小时候那样淘气，脾气性格一点儿都没改，所以她怕大家嘲笑她"有了婆家还像小时那般淘气、爱开玩笑"（见下引第 31 回中画线部分的王夫人语），所以贾母要说：湘云你别在意大家这么说你，你还像以前那样开开玩笑，这其实没有什么不好。

湘云怕别人说她结了婚还如此，与第 31 回大家都说史湘云淘气正相吻合："宝钗笑向那周奶妈道：'周妈，你们姑娘还是那么淘气不淘气了？'周奶娘也笑了。迎春笑道：'淘气也罢了，我就嫌她爱说话。也没见睡在那里还是'咭咭呱呱'，笑一阵，说一阵，也不知哪里来的那些话？'王夫人道：'只怕如今好了。前日有人家来相看，<u>眼见有婆婆家了，还是那们着^①</u>。'"这是后四十回与前八十回人物个性在细节上相互照应的显例。★

第二天湘云带头为宝钗拜寿，宝玉说："明日才是生日，我正要告诉老太太来。"而湘云说："扯臊，老太太还等你告诉？"然后作者再借宝玉心中所想，再次强调湘云婚后的性格与婚前没有任何变化："我只说史妹妹出了阁是换了一个人了，我所以不敢亲近她，她也不来理我；如今听她的话，原是和先前一样的。为什么我们那个^②过了门，更觉的腼腆了，话都说不出来了呢？"

这场生日宴因抄家之痛而显得沉闷乏味，喝了几杯酒，便开始吃饭，然后宝玉擅自入园而被贾母叫回，凤姐怪他胆子太大（因为第 101 回，她在园中遇到了秦可卿的鬼魂），这时湘云拿着旧日的事来说笑宝玉："不是胆大，倒是心实。不知是会芙蓉神去了，还是寻什么仙去了。"湘云说宝玉"心实"是褒奖他的话，即她早已知道宝玉入园是为了到"潇湘馆"睹屋思人、哭林黛玉去的^③。后面的"会芙蓉神、寻什么仙"则是揭宝玉旧伤疤的讥刺语，而且不幸言中，宝玉的确是入园会黛玉这位抽到"芙蓉花签"的绛珠仙子去了^④，所以显得更加辛辣和尖酸刻薄，好在宝玉下来的反应便是不加理睬地对她予以包容。

今按第 78 回脂批点明作者《芙蓉女儿诔》表面上祭晴雯，实则祭的是黛玉，似乎把黛玉和芙蓉神联系在了一起。其实第 78 回借小丫头之口，明确交代清楚晴雯才是芙蓉神、也即《诔》文中所说的"芙蓉女儿"。第 1 回楔子又言明黛玉是"绛珠仙草"而不是"芙蓉神"，只不过黛玉在第 63 回抽到了本该"芙蓉神"晴雯抽到的"芙蓉花签"，为的就是预告：第 78 回名义上祭"芙蓉神（芙蓉女儿）"晴雯，实则祭的是抽到"芙蓉花签"的绛珠仙子黛玉（详见上文第 63、78 回之论，即黛玉代晴雯抽签，便当代晴雯领受宝玉读的这篇祭文）。

第 26 回薛蟠叫茗烟骗宝玉"老爷叫"，而把宝玉叫出了大观园，结果大观园中尽人皆知，即次日第 27 回探春关切地问他："这几天老爷可叫你没有？"甲戌本侧批："老爷叫宝玉再无喜事，故园中、合宅皆知。"所以第 43 回宝玉一

---

① 那们着，那么着。

② 指薛宝钗。

③ 因为秋纹肯定会在贾母面前向大家报告：她是在大观园的"潇湘馆"门前，把宝玉、袭人找到并带回这儿。

④ 今按：第 63 回黛玉抽到芙蓉花签，湘云也是在场的。

大早到"水仙庵"水井处祭那跳自家井的金钏儿,当日中午的第44回,黛玉便用如下的话语加以讽刺:"这王十朋也不通的很,不管在哪里祭一祭罢了,必定跑到江边子上来作什么!俗语说'睹物思人',天下的水总归一源,不拘哪里的水舀一碗看着哭去,也就尽情了。"想必宝玉在水仙庵祭"井中仙"的事,也随宝玉回府,便已由茗烟之口传遍全府,所以黛玉会有此一讽。而第78回宝玉在"沁芳池"边读《芙蓉女儿诔》祭晴雯,此事恐怕也会马上传遍全园。宝玉是大观园中的焦点人物、明星人物,一举一动全都为人注目,故祭井中仙、芙蓉神这两件事史湘云也都知道。因此史湘云口中说的"会芙蓉神去了",便是指宝玉祭晴雯之事;口中说的"寻什么仙去了",便是指祭金钏儿之事。所以史湘云说的话其实都是在揭宝玉可笑的把柄,这同湘云一惯的性格特征、说话风格相一致,何以见得?

第57回宝玉因紫鹃骗他"林家的人来接黛玉"而痴病发作,书中写:"一时宝玉又一眼看见了十锦①格子上陈设的一只金西洋自行船,便指着乱叫说:'那不是接她们来的船来了,湾在那里呢!'贾母忙命拿下来。袭人忙拿下来,宝玉伸手要,袭人递过,宝玉便掖在被中,笑道:'可去不成了!'一面说,一面死拉着紫鹃不放。"下一回第58回便写"沁芳池"中的船娘们驾船捞河泥、种藕,众人都瞧着取乐,这时"宝玉也慢慢行来。湘云见了他来,忙笑说:'快把这船打出去,她们是接林妹妹的。'众人都笑起来。宝玉红了脸,也笑道:'人家的病,谁是好意的②?你也形容着取笑儿。'湘云笑道:'病也比人家另一样③,原招笑儿,反说起人来!'"可谓尖刻。这事还没完,第63回黛玉打趣她不顾石凉而醉卧芍药花下,她便"势均力敌、不相上下"地借机拎出"自行船"那件事来开黛玉的玩笑,即:"黛玉笑道:'"夜深"两个字,改"石凉"两个字。'众人便知她趣白日间湘云醉卧的事,都笑了。湘云笑指那自行船与黛玉看,又说:'快坐上那船家去④罢,别多话了。'众人都笑了。"

现在史湘云揭宝玉的旧伤疤,拎出宝玉往昔可笑的两大把柄加以打趣说:"不知是会芙蓉神去了,还是寻什么仙去了",与上例讥讽黛玉事相映成趣、如出一辙,由此可见:湘云说起话来还像之前那样尖刻,故宝玉下来的反应便是:"宝玉听着,也不答言",对湘云这一贯的直率、尖刻性格表示包容和理解。

本回湘云讥讽宝玉"寻神、会仙"的这一个性化的语言描写,与湘云第58、63回借"自行船"讥讽宝玉、黛玉二人的话语堪称绝配,两者的确是湘云这同一个人的尖刻脾性所言,快人、快语毫无二致,故东观阁侧批:"湘云脾气爽快,仍⑤如往日",大某山民眉批:"云儿口齿还竟不改其旧",都点明本回与前八十回(如第58、63回)所描写的湘云的性格特征和个性化语言完全一致,的确是同一个人物(湘云)的所想、所言,也的确是同一位作家(曹雪芹)的

---

① 十锦,今写作"什锦",指由多种原料制成或多种花样拼成的(食品、器具等)。
② 指那种病又不是自己乐意生的,你何苦还来取笑我。
③ 点明宝玉因爱黛玉而病,是可羞、可笑之事。
④ 家去,往家里去、回家去。
⑤ 仍,原误"祀",据意径改。

生花妙笔。

本回这一描写，与前八十回对湘云性格、语言的描写完全一致，当是同一人手笔★。这是后四十回与前八十回在"点睛妙笔"式的人物个性化语言上相合的绝佳实例。

第一百九回写宝钗与袭人闲谈，故意说给宝玉听：黛玉成仙后不会来此人间了（因为嫌人间肮脏①），若黛玉之魂还在我们这园子里的话，为何我们从来没有梦到过她呢？于是宝玉当晚便要求独睡，想梦到黛玉，结果没能梦到，起床时叹口气说："正是'悠悠生死别经年，魂魄不曾来入梦'！"今按：黛玉死于上年二月十二，至此晨起之正月廿一日正将近一年。

此日是宝钗正式生日，迎春被接回，大家热闹了一天，然后迎春回去。当晚宝玉又想独睡而与黛玉梦中相会，结果睡不着，见五儿长得很像晴雯，便对她有关切之语，五儿误以为是在调戏她，于是点醒宝玉："宝钗、袭人都是天仙一般！"引起次晚宝玉与宝钗同床（交合）的心思。

第二天正月廿二日贾母生病，晚间宝玉与宝钗"自过门至今日，方才如鱼得水，恩爱缠绵，所谓'二五之精，妙合而凝'的了。此是后话"②，即宝钗得胎于正月廿二，怀胎十月266天③，当分娩于十月底的十月廿二。

"且说次日宝玉、宝钗同起，宝玉梳洗了，先过贾母这边来"，贾母把祖传的汉玉玦传给宝玉，"玦"字音"诀"而预兆"诀别"，即贾母即将死亡，此是正月廿三日。

---

① 这应当也是从佛经中化来。《长阿含经》卷七《弊宿经》载有少女迦叶批驳弊宿长者"人死断灭"事：少女迦叶为释迦牟尼佛弟子，已证阿罗汉果，长者弊宿不信"人有再世、善恶报应"这种事，提出诘难："既然行'十善'的人死后生天上，为什么我从没看到过死者回来报信说他生到了天上？"迦叶罗汉设譬喻回答："比如有人堕入茅厕中，全身屎尿，污臭不堪，被人救出，用竹篦刮，用澡豆洗净，然后用香汤沐浴，众香涂身，换上华贵衣饰，供以百味美馔，以五欲娱乐他的身心，你说这种人还愿意再投身到茅厕中去吗？"弊宿答："不会。"迦叶说："行善生天者便像这种人。这人间的地面秽浊不净，天神们在离地面几百里处，便遥闻人间的臭味比茅厕粪坑还臭，那生天的、饱享五欲之乐的人快乐无比，哪里还肯再返回人间来报信？"弊宿又诘难说："我有个亲戚，净持五戒，按照佛教和婆罗门教的说法，他死后应当生到'忉利天'上。他临终前我曾有嘱托：'你如果生天，看到真有天堂的话，请来告诉我一声。'但他命终之后并没有来报告我，他是我的至亲，不应该失约而不来回报，这不正说明没有什么来世吗？"迦叶答言："人间的一百年仅为'忉利天'上的一日一夜，'忉利天'也以三十日为一月，十二月为一年，忉利天人寿命千岁。你的亲戚生前净守五戒，命终必生忉利天，他生天后，也许会想：我刚生到这儿来，先娱乐游玩两三天，然后再去报信吧，弊宿你说，纵使他来报信，你还能见到他吗？"弊宿答："不能，等他来报，我已死去多年。"

② 此一节程乙本改作："从过门至今日，方才是雨腻云香，氤氲调畅。从此'二五之精，妙合而凝'。此是后话不提。"

③ "十月怀胎"是虚算十个月，实足九个月。从精子和卵子结合到胎儿成熟分娩只有266天，每月29.5天，约为9个月。但由于人们很难知道哪一天精子和卵子结合，所以，计算女性怀孕时间或者推算预产期，都由最后一次女性月经来潮的第一天算起，这就有280天（40周），这其中包括了尚未怀孕的日子。中国古代人把7天算作一个孕周期，4个孕周为一个妊娠月（每个妊娠月为28天）。整个孕期共280天，也就是10个妊娠月，这就有了10月怀胎的说法。

自此，贾母两日不进饮食，此时已写到 正月廿五日 ，此日请大夫，"一连三日，不见稍减"，则已写到 正月廿七日 。

"一日"妙玉前来探望，"哪知贾母这病日重一日，延医调治不效，以后又添腹泻。"

"一日，见贾母略进些饮食"，而迎春死讯传来，书中虽然写："知贾母病重，众人都不敢回"，即贾母没有听到迎春的死讯，但作者仍有借此来紧逼或预兆贾母之死的想法在内。书中言："可怜一位如花似月之女，结祸年余，不料被孙家揉搓，以致身亡。"今按：迎春出嫁于作者人生十二岁的雍正四年秋，卒于十四岁的雍正六年春，实足正是一年多，未足两年；若按作者扩自己十四岁人生为十九年小说故事计，则自红楼十六年秋出嫁，至此十九年春，已是两年多而未足三年，今言"结祸年余"（所言乃实足而非虚算），恰是"全书表面是十九年故事，内里却是作者十四岁人生"的实证，也即作者把自己十四岁人生扩展为十九年故事。

作者以迎春死讯来紧逼贾母之死，故下来写："贾母病势日增，只想这些好①女儿。一时想起湘云"，叫人一问，"史姑娘哭的了不得，说是姑爷得了暴病，大夫都瞧了，说这病只怕不能好，若变了个痨病，还可捱过四五年。所以史姑娘心里着急。又知道老太太病，只是不能过来请安"，所以众人也不敢回贾母。此时贾母回光返照。

第一百十回 贾母交代后事而亡故，"享年八十三岁"，实为七十三岁▲。作者为何要改大十岁？本书下文"第三章、第二节、六"有考，是言贾府原型曹家，从明清易代之际的"灭明"军功起家，到雍正朝抄家，实足共83年。

为贾母主丧的大任，仍然落到操办过秦可卿大丧的凤姐肩上。邢夫人不肯用钱，凤姐"巧妇难为无米之炊"而大失人心，气得吐血晕死在地。作者这是以贾母之丧来紧锣密鼓地逼近凤姐之死。

众人说：丧事期间宝钗与宝琴不理宝玉，"倒是咱们本家的什么喜姑娘咧、四姑娘咧，'哥哥长、哥哥短'的和他亲蜜。""四姑娘"非惜春，乃贾琼的妹子"四姐儿"，而"喜姑娘"即贾瑞的妹子"喜鸾"，两人均见第71回："因贾瑞之母也带了女儿喜鸾，贾琼之母也带了女儿四姐儿，还有几房的孙女儿，大小共有二十来个。"这是后四十回与前八十回细节照应的显例★。一般的续书者很难想到要在贾母丧事中重提这两个前八十回几乎可以忽略不计的人物，这也可以视为能够用来证明"后四十回乃前八十回作者曹雪芹所写"的一个佐证。

第一百十一回 出殡，鸳鸯殉主上吊，大家都到"铁槛寺"守灵，留凤姐、平儿、惜春看家。"周瑞的干儿子何三，去年贾珍管事之时，因他和鲍二打架，被贾珍打了一顿，撵在外头，终日在赌场过日"，此时被强盗说动，于是引强盗来贾府打劫，劫走贾母上房中贾母分遗产时留在自己房内的财物。

打劫时，众强盗偷窥到偶然留宿于惜春房中的妙玉。包勇从园中撞门入府，保卫惜春院落，打死了引贼入府打劫的何三。

---

① 好，当据程乙本改"孙"为是。

关于贾母上房被劫的财物，贾政对贾琏说："老太太遗下的东西，咱们都没动。你说要银子，我想老太太死得几天，谁忍得动她那一项银子？原打量完了事，算了账，还人家；再有的，在这里和南边置坟产的。"可证：贾政与邢夫人不舍得用贾母的钱来操办丧事，而想先还外债，再置办坟产，即第110回贾琏向凤姐述说贾政的主意："老太太的事固要认真办理，但是知道的呢，说是老太太自己结果自己；不知道的，只说咱们都隐匿起来了，如今很宽裕。老太太的这种银子用不了，谁还要么？仍旧该用在老太太身上。老太太是在南边的，坟地虽有，阴宅却没有。老太太的柩是要归到南边去的。留这银子在祖坟上盖起些房屋来，再余下的，置买几顷祭田。咱们回去也好；就是不回去，便叫那些贫穷族中住着，也好按时按节早晚上香，时常祭扫祭扫。"[1]贾琏又说邢夫人她竭力赞同二老爷贾政的这一打算（即邢夫人"极力的撺掇二太太和二老爷说：'这是好主意'"）。总之，贾母之丧，贾政、邢夫人不舍得花银子，此时被劫，等于也没钱还外债和到南方去置办坟产了，可谓"一贫如洗"，这就是第5回《红楼梦曲》所唱的："落了片白茫茫大地真干净。"而且上引："算了账，还人家；再有的，在这里和南边置坟产的"，足证贾府外债很沉重，现在钱又没了，而债又一分未还，等于负债累累，局面比"落了片白茫茫大地真干净"还要严重、凄惨，以后的日子真是没法过了。此回大某山民总评："银已偷尽，早知如此，何弗拿些出来在丧时使用，俾凤姐不致掣肘，鸳鸯不致怨恨乎？命里穷时只是穷[2]，徒多两番懊恼耳。"[3]其又在"谁忍得动她那一项银子"处作眉批："贾母出殡时，邢氏等牢牢把持，不肯多费，试问今日何如？"

其实正如上文第107回所分析，贾母给自己办丧用的东西尚未赎回，被偷的当是留给宝玉和李纨的那份，还有给贾政还债用的金子（这份金子贾政应当没有当场领走）。至于甄家寄存的那份，第107回贾母说："江南甄家还有几两银子，二太太那里收着"，可证是在王夫人上房处，没有被劫走。

由于贾母财物被劫，下来回南方安葬的钱也就没了，所以第116回贾政扶贾母灵柩回南时，对贾琏说："我想这一项银子，只好在哪里挪借几千也就够了。"贾琏建议："就是老爷路上短少些，必经过赖尚荣的地方，可以叫他出点力儿。"贾政说："自己的老人家的事，叫人家帮什么！"但第118回路上，贾政还是因为"想到盘费算来不敷，不得已，写书一封，差人到赖尚荣任上借银五百，叫人沿途迎上来，应[4]需用"，结果赖尚荣只肯奉送"白银五十两"，而不肯借五百两，贾政大怒，命令："立刻送还！将原书发回，叫他不必费心。"

为什么要请赖尚荣帮忙呢？原来第45回赖嬷嬷说她孙子赖尚荣："到二十

---

① 此即第13回秦可卿临终托付王熙凤的打算。
② 这是劝人认命的至理名言："命里有时终须有，命里无时莫强求"，所以不必强求争夺；"命里穷只是穷，拾着黄金也变铜"，即命运往往注定而无法改变。
③ 指有钱不用，让凤姐烦恼；最终被抢，家长们又烦恼。还不如丧事时用掉，不让凤姐烦恼，最终也只会有被抢这一层烦恼了。而且由于用在了丧事中，等于可以被少抢很多，比不用而被全抢走，要让人心中更为好过些。
④ 此处程乙本增一"付"字。"应需用"之"应"作"供"、"供应"解，不加"付"字也是通顺的，所以程乙本是妄加。

岁上，又蒙主子的恩典，许你捐个前程在身上。……如今乐了十年，不知怎么弄神弄鬼的，求了主子，又选了出来。州县官儿虽小，事情却大，为那一州的州官，就是那一方的父母。你不安分守己、尽忠报国、孝敬主子，只怕天也不容你。"可见赖尚荣的官是贾府同意后才可以捐的，这无疑是贾府施给赖家天大的恩典，所以赖嬷嬷要让赖尚荣"孝敬主子"。现在贾府被劫，扶柩缺银，赖尚荣支援一下自然也是应该的。而且第117回："赖家的说道：'我哥哥虽是做了知县，他的行为，只怕也保不住怎么样呢。'众人道：'手也长么？'赖家的点点头儿"，可证赖尚荣贪婪索贿而不缺钱。但越是贪婪的人越没有孝敬心，难怪他不肯借银，惹得贾政大怒；赖尚荣也自感事情不妙，即第118回："赖尚荣心下不安，立刻修书到家，回明他父亲，叫他设法告假①，赎出身来②。于是赖家托了贾蔷、贾芸等在王夫人面前乞恩放出。贾蔷明知不能，过了一日，假说王夫人不依的话回覆了。赖家一面告假，一面差人到赖尚荣任上，叫他告病辞官。王夫人并不知道。"

赖家口口声声要"孝敬主子"，而实际上却见死不救，后四十回这一描写辛辣地讽刺了贾府大奴才之子的忘恩负义，与前八十回中第45回赖尚荣在贾府施恩下捐官这不为人注意的小细节遥相对照，不是他人所能续出，当是曹雪芹原稿。★

第一百十二回 强盗深夜来"栊翠庵"劫走妙玉，"各自分头奔南海而去"，所谓"南海"，当即书中所写的贾府所在的南京城不远处的浙江普陀（因为普陀山是"南海观世音菩萨"的道场），所以这伙强盗应当是走南京东边的镇江，从长江口出海而南下浙江的洋面。

众人从"铁槛寺"返回，这时贾母在阴司告发赵姨娘勾结马道婆加害宝玉、凤姐两人之事，赵姨娘因生魂被阴司拘走审讯而中了邪，阴司一并勾去留守家中的凤姐生魂加以对质，作者又以此来紧逼凤姐之死。

第一百十三回 赵姨娘在"铁槛寺"得了"丧心病狂"症而死。凤姐梦见尤二姐等人前来讨命。这时刘姥姥带孙女青儿"三进荣国府"，凤姐托刘姥姥到村里有灵验的庙中去祷告，刘姥姥便说："我看天气尚早，还赶的出城去，我就去了。明儿姑奶奶好了，再请还愿去。"又留下青儿，为自己"四进荣国府"来接青儿埋下伏笔。

晚上宝玉找紫鹃说话，想化解她对自己的怨恨。"袭人一面③才打发宝玉睡下。一夜无眠，自不必说。这里紫鹃被宝玉一招，越发心里难受，直直的哭了一夜。……才要收拾睡时，只听东院里吵嚷起来。"其所喧嚷的，便是凤姐院中凤姐病危之事由东院传了过来。今按："凤姐院"虽在宝玉新房的北侧，但两者之间无法直接通行，要走"东院"王夫人院出入④，所以称"东院里吵嚷起来"，

① 告假，当指为赖尚荣向贾府请假。贾府是赖尚荣的主子。
② 指以生病（病假）的名义，向贾府请求把赖尚荣从奴仆名单中赎出来。
③ 一面，与下文"这里"对照，指袭人与宝玉这一边，而紫鹃处又是另一边。
④ 即从"凤姐院"到宝玉新房，当从凤姐院门前的"南北宽夹道"往东入"东院"王夫人院，然后再由王夫人院往西入宝玉新房。

这是后四十回与前八十回空间相合的力证，详笔者《如实再现宁荣二府大观园真貌》"第二章、第一节、一、（三）、（1）"。★

第一百十四回 次日一早凤姐病危。亲哥哥王仁前来吊丧，看到丧事不体面，以为巧姐想留着钱做嫁妆，便开始忌恨巧姐，为他下文主张卖掉巧姐埋下伏笔。"再说凤姐停了十余天，送了殡。"可见凤姐在家只停了十来天灵。

甄应嘉入京，拜见贾政说："近来越寇猖獗，海疆一带小民不安，派了安国公征剿贼寇。主上因我熟悉土疆，命我前往安抚，但是即日就要起身。"贾政说："现在镇海统制是弟舍亲，……弟那年在江西粮道任时，将小女许配与统制少君，结褵已经三载。因海口案内未清，继以海寇聚奸，所以音信不通。弟深念小女"，于是修书一封，请甄应嘉转达。甄应嘉答应下来，并说："弟奉旨出京，不敢久留。将来贱眷到京，少不得要到尊府，定叫小犬叩见，如可进教，遇有姻事可图之处，望乞留意为感。"伏下甄宝玉与李绮的婚事。

甄应嘉言"越寇猖獗"而非"粤寇"，正与第112回言强盗"各自分头奔南海而去"相合，证明"南海"当如上文所考，是浙江沿海（浙江古称"越"，而两广古称"粤"，海南古称"琼"）。

今按第102回红楼十八年秋探春远嫁，至此第114回红楼十九年春或夏，虚算不过两年，实足不过一年左右，未足三载，今贾政言"结褵已经三载"当属笔误（即"三载"当作"二载"为是）。▲

本回甄应嘉首次见到贾宝玉，为他和自己儿子甄宝玉一模一样大为惊异。

第一百十五回 同一天，惜春因执意要求出家而好几天绝食不吃饭，这时"甄家的太太带了他们家的宝玉来了"，两宝玉会面，甄宝玉以"仕途经济"之论开导贾宝玉，引发贾宝玉不快而又开始糊涂起来，"竟有前番病的样子"。

"一日，王夫人因为惜春定要绞发出家，尤氏不能拦阻"，王夫人叫尤氏前去劝阻而无果，尤氏"只得去回王夫人。王夫人已到宝钗那里，见宝玉神魂失所，心下着忙，……王夫人便叫丫头传话出来请大夫。这一个心思都在宝玉身上，便将惜春的事忘了。"这也是人之常情。因为宝玉是王夫人的亲生儿子，而惜春只是她的侄女，"侄女的出家"与"亲儿子的病情"显然是病情重要、亲儿子重要，所以也就不把"劝惜春不要出家"的事放在心上了。裕瑞《枣窗闲笔》之"程伟元《续红楼梦》自九十回至百二十回书后"言："王夫人因惜春非亲生女，有忙事，遂将惜春略过云云，似此炎凉之鄙，又岂雪芹所忍作者？"所论非是。裕瑞以此小节来论证后四十回非曹雪芹所著，未免吹毛求疵、失之浅陋。

"过了几天，宝玉更糊涂了，甚至于饭食不进"，"一日，又当脱孝来家，王夫人亲身又看宝玉，见宝玉人事不醒，急得众人手足无措"，物极必反，此时和尚前来送玉，宝玉恢复神智。

此回写甄宝玉与和尚前来，都是为了帮助宝玉完成其人生中的"中举"使命：甄宝玉是来送中举之"志"（志向）给宝玉，而和尚是来送中举之"智"（智力）给宝玉，两者都是在为下文"宝玉中举"作伏笔。唯有宝玉中了举（即尽了世俗的孝道：一是与宝钗圆房生子，一是中举光宗耀祖），才能写到"宝玉出家"这一功德圆满的全书结局。

这时麝月说：那块玉"真是宝贝，才看见了一会儿，就好了。亏的当初没有砸破"，说的便是第一回宝玉一见黛玉就砸玉之事，麝月之语又让宝玉联想起死去的黛玉，宝玉为此而难过得晕死过去。

又上引画线部分所说的"脱孝"，当指脱贾母丧的孝服，具体是在贾母死后多久脱孝则不详。现在一般是过完"五七"的"六七"脱孝，若"六七"不脱孝，便要守丧三年了。第 68 回凤姐说："亲大爷的孝才五七，侄儿娶亲"，未必是说贾琏在"五七"内娶亲，而是在说他："六七"第一天才脱了"五七"的孝便娶亲（上文第 68 回有论）。据此来看，则此脱孝之日当在贾母亡故后的第 35天或第 42 天（即约一个多月，或将近一个半月）。

第一百十六回宝玉在昏迷的梦中，由和尚带他再度游历"警幻仙境"，然后独自一人又进入原来的"薄命司"殿，再度读到"金陵十二钗正册"的命运判词，明白了其中所指的含义（故其殿名改成了"引觉情痴"殿，意为：引痴情之人走向佛法的觉悟①）。接着又看到"绛珠仙草"和成仙后的"潇湘妃子"（即林黛玉），以及死去的红楼诸艳。然后宝玉复苏。这时，宝钗揭开测字的"赏"字是和尚之意；而惜春又揭开"入我门来一笑逢"当指佛门，并说宝玉只怕进不去，即惜春言："想起来'入我门'三字大有讲究。佛教的法门最大，只怕二哥不能入得去。"这时书中写："宝玉听了，又冷笑几声"，暗示自己早已答应黛玉"不能娶她便要出家"之意。

"且说众人见宝玉死去复生，神气清爽，又加连日服药，一天好似一天，渐渐的复原起来。便是贾政见宝玉已好，现在丁忧无事，……欲要扶柩回南安葬"，命贾蓉陪同，带着贾母、秦可卿、林黛玉、王熙凤、鸳鸯五口棺材南下，府内则由贾琏留守。

上文第 69 回已考明：此次南下没有贾敬之棺，可证第 69 回"腊月十二日，贾珍起身，先拜了宗祠，然后过来辞拜贾母等人。和族中人直送到洒泪亭方回，独贾琏、贾蓉二人送出三日三夜方回"，便是扶贾敬之柩回老家安葬。

今人已考明曹家抄家前生活在南京，而其祖坟在通州区"张家湾村"西边的"曹家坟"，本回所写情节在抄家后不久，则贾府原型"曹家"当仍生活在南京而尚未遣返北京。因此，书中表面是写贾珍、贾政由"长安"（实即南京）扶柩回南京安葬，其真实原型恰是从南京扶柩到北京东边不远的通州祖坟安葬，这也是作者的狡狯之笔。即：作者在书中明写贾府在"天子脚下"的北京，实乃南京；明写是从"天子脚下"的北京扶柩回南京安葬，实则是从南京扶柩回北京安葬②。

贾政定下动身的日子，然后吩咐贾琏要管教好宝玉等人，并说："今年是大

---

① 按："引觉"的"觉"就是"佛"。"佛"是梵文音译，意译为"觉"。"引觉情痴"，即把为情所迷的世人心中本有的"通灵本性"、也即佛法所谓的"佛性、大圆镜智"这种觉悟的本性给召唤出来，从而可以明心见性、顿悟成佛。

② 按：作者写贾府所在的城市是"南北互换"，即把原型所在的南京写成北京。其写贾府府内"宁荣二府大观园"的空间格局，则是"东西互换"的镜像。请参见笔者《后四十回完璧归曹》"第二章、第八节、六"末尾"程甲本"宝玉"镜子"谜的讨论。

比的年头，环儿是有服的，不能入场；兰儿是孙子，服满了也可以考的，务必叫宝玉同着侄儿考去，能够中一个举人，也好赎一赎咱们的罪名。"所言是指在祖宗面前，赎自己生了"不肖之子"宝玉的罪过。这段话表明：宝玉中举乃父亲所命，是孝道的体现，所以宝玉不得不违背自己的本志而入场应试；这也说明宝玉应试中举，不过是为了报答父母的养育之恩，圆父母与祖宗的心愿。而宝玉学写八股文章也非自愿，乃父亲所命，即第 81 回贾政对他说：如果不读八股文章，便不是他的儿子（"自今日起，再不许做诗做对的了，单要习学八股文章。限你一年，若毫无长进，你也不用念书了，我也不愿有你这样的儿子了"），所以宝玉"学八股"也是孝道的体现，并不是他回心转意、立志要走"八股"仕途之路。

又宝玉是贾母的孙子，要服一年之丧，到八月秋闱时肯定未满丧服。而贾兰是贾母的重孙，要服五月之丧，据贾政言，已满了贾母的丧服，故可以参加科举考试，则贾母亡故之日必在"八月初九"开考前五个月的"三月初九"之前，据第 109、110 回来看，贾母当亡故于此年的二月，与之相合。

贾政只说让宝玉随同满了服的侄儿贾兰一同去考，并未说宝玉已满丧服，而且明清科举考试只规定"父母之丧服未满者不得应考"，并未规定"祖父母丧服不满不可以应考"，所以宝玉可以应试。而贾环有亲母赵姨娘之丧，得服丧三年（计 27 个月），所以不可以参加此年的乡试，也不可以结婚。

贾琏建议抵押房子来借款凑路费，贾政道："住的房子是官盖的，哪里动得？"证明贾府是官衙，与其原型曹家是"江宁织造府"相合，这一点也唯有原作者曹雪芹才能想得到、写得出，见笔者《宁荣府大观园图考》"第二章、第三节、一、（一）、（1）"。★

"哪知宝玉病后，虽精神日长，他的念头一发更奇僻了，竟换了一种，不但厌弃功名仕进，竟把那儿女情缘也看淡了好些。①""一日，恰遇紫鹃送了林黛玉的灵柩回来"（指为贾政扶贾母、黛玉等灵柩归葬而送行回来），这时原先送玉的那位和尚又来讨要赏银，实是以此借口来面见宝玉，当面开导他赶快走"中举"报答家庭之路，唯有如此，才可以出家了却凡缘。

第一百十七回宝玉出来迎接和尚，问他："可是从'太虚幻境'而来？"和尚回答说："什么'幻境'，不过是'来处来、去处去'罢了。我是送还你的玉来的。"画线部分相当于禅宗的参话头，饱含机锋，大透佛法之旨，与第 87回惜春对宝玉所说的"从来处来"相照应，都是曹雪芹在佛学参悟方面的大手笔，指明：人（即灵魂）的来源与根由皆在天上、而不在人间。（按：人间只能孕育肉体，灵不增不灭，来自天上而非人间。）

和尚又问宝玉："那玉是从哪里来的？"宝玉答不上来，那僧笑道："你自己的来路还不知，便来问我！"书中写："宝玉本来颖悟，又经点化，早把红尘看破，只是自己的底里未知。一闻那僧问起玉来，好像当头一棒"，于是说："你也不用银子了，我把那玉还你罢。"那僧笑道："也该还我了。"

---

① 此是写宝玉通过梦中"引觉情痴"殿的洗礼，梦醒后读《庄子》等书"明心见性"，在悟道之路上大步前进，在打破"功名关"的基础上，又渐渐打破"美色关"。

和尚问宝玉："你可知你的那块玉是从哪里来的？"显然是神瑛侍者下凡时，也即宝玉从娘肚子里出来的那一霎那，和尚塞在他嘴里而得了那块玉。宝玉那时闭着眼睛降世，当然不会看到；即便看到，当时也不记事而早忘了。其实和尚更是借玉指人，问宝玉："你可知你这个贾宝玉是从哪里来的？"这便是禅家参话头所问的："我是谁，谁是我；父母未生我前，哪个是我本来面目？"顿时像和尚参禅般，触发宝玉的疑情，好似给宝玉来了一记"当头棒喝"，直指其心[1]。

宝玉因家中无钱，所以说："我把玉还你吧。"那僧笑道："也该还我了"，即：和尚我即将把你那块佩戴的顽石、连同你这个"神瑛侍者"、也即你这个凡夫俗子的心性（佛性、通灵宝玉），一同给度走而"返本还原"了。（至于你那臭皮囊，依旧留在人间，化作尘土，再度循环利用，去产生这世界上的万事万物。）

宝玉因知家中没钱，于是便回去拿了那块玉，想送还给和尚。这时袭人和紫鹃"两个人死命的抱住不放"，宝玉对王夫人、宝钗说："玉不还他也使得，只是我还得当面见他一见才好。"于是大家照办。

这时丫头来报：听见宝玉在外头请求和尚把他带走，而和尚则说"要玉、不要人"。大家赶忙又把在外头侍候的小厮叫过来问话，小厮说："我们只听见说什么'大荒山'，什么'青埂峰'，又说什么'太虚境'、'斩断尘缘'这些话。"宝钗听了，吓得两眼直瞪，半句话都没有了。这时宝玉回来说："那和尚与我原是认得的，他不过也是要来见我一见。他何尝是真要银子呢。"

此时贾赦病重，贾琏要远行到他的流放地去探望，由贾芸、贾蔷管家。作者这么写，就是为了支走贾琏，好写"卖巧姐"之事。即：一日，邢大舅、王仁都在贾家"外书房"喝酒，邢大舅根据"贾蔷"的名字编了个"假墙是乌龟（谐音'贾蔷是乌龟'）"的笑话。书中写："贾蔷也忍不住的笑，说道：'傻大舅，你好！[2]我没有骂你，你为什么骂我？快拿杯来罚一大杯。"邢大舅说他姐姐邢夫人不好，王仁说他妹妹王熙凤不好，引出贾环恨透凤姐的话来，又引起众人一同说起"难怪凤姐会绝后而只有这么个女儿"的话来，并说："只怕（这女儿）也要现世现报呢！"又引出贾芸想起给凤姐送礼时，巧姐一见他就哭的事情来，所以"也信着嘴儿混说"巧姐不得好报之类的话。

这时，陪酒的外面人问起巧姐的年纪和长相，贾蔷说："模样儿是好的很的，年纪也有十三、四岁了。"陪酒的说："这样标致的人，能让父母兄弟全都做官发财，因为现在有个外藩王爷正要选妃"，王仁听了，一下子动了心。

---

① 肉身是假，我们人类岂非都是心识来投胎？所以父母未生我前的本来面目，便是自己那不泯的心性，佛教称之为"佛性"，《红楼梦》用"通灵宝玉"来象征。一切美色等的感受，以及因之而产生的欲望，皆因肉体这一接收器而有，故称"肉欲"。离了肉眼与肉体这一接收器，便"皮之不存，毛将焉附？"人为此肉眼所见之色、肉体所迷之乐而活，视之为真，实迷矣、颠倒矣！
② 指好你个傻大舅。

这时书中写："只见外头走进赖、林两家的子弟来，说：'爷们好乐呀！'众人站起来说道：'老大、老三怎么这时候才来？叫我们好等。'"似乎赖家是老大，林家是老三。其实下文："赖家的说道：'我哥哥虽是做了知县，他的行为，只怕也保不住怎么样呢。'"所说的便是赖尚荣，可证赖家的是老三，林家是老大，赖尚荣不是老大、就是老二，以老大的可能性为大。

赖老三、林老大又说起贾雨村扛了枷锁，并传来一个新闻："恍惚有人说是有个内地里的人，城里犯了事，抢了一个女人下海去了。那女人不依，被这贼寇杀了。那贼寇正要跳出关去，被官兵拿住了，就在拿获的地方正了法了。"贾环说，一定得是妙玉，方才解他的心头之恨！众人说："抢的人也不少，哪里就是她？"而作者故意借贾芸的嘴坐实说："有点信儿。前日有个人说她庵里的道婆做梦，说看见是妙玉叫人杀了。"

这时，作者又把这句讲妙玉真实结局的真话，借众人之口，即众人笑道"梦话算不得"，给轻轻抹去了；这一手法也与曹雪芹的惯用手法相同。由此可见，这其实就是作者在交代"十二金钗"中妙玉的真实结局。由于全书的主角是宝玉和黛玉，主线是宝玉和黛玉的爱情，其他人、其他事全都是陪客，所以妙玉、湘云等人的结局全都草草收场；此处便是借与妙玉最亲的道婆在梦中看到妙玉被杀，算是把妙玉的结局给读者交代完毕。第120回与宝玉至亲的袭人，梦见宝玉出家（"好像宝玉在她面前，恍惚又像是个和尚"），而下来宝玉便真的出了家，以和尚的装束，在常州"毗陵驿"旁，向今世的父亲贾政拜别；可证此处至亲的道婆梦见妙玉被人杀害，也当是真而非假。又上文明明是真相，而众人却说成是"梦话算不得"，这又让人联想起第56回贾宝玉在梦中对甄宝玉说的"这如何是梦？真且又真了"那句大透全书大旨的话来。即：本书名为"红楼梦"，以"梦"字来命名，看似荒唐不实，其实书中所写的事情，全都是"真且又真"的真事。

今按：前八十回脂批批"轻轻抹去"或"淡淡抹去"处共有五六例，皆是作者透露真相、而又故意引人往别处去想，以这种狡狯手法来收到"虽写而不写"的"掩盖真相"或"欲盖弥彰"的效果。最明显者有两例，一是第22回"听曲文宝玉悟禅机"，写宝玉听《山门》那出戏中"赤条条来去无牵挂"唱词而顿悟人生真相，写了首"悟道偈"，被黛玉续了一句而驳倒，于是宝玉便笑道："谁又参禅？不过一时顽话罢了。"庚辰本夹批："轻轻抹去也。"作者其实是写宝玉在修道路上已悟，故意又用"不参禅、一时玩话"来"正话反说"其尚未开悟，这是作者的狡狯之笔。二是上文第72回，言凤姐梦见某位娘娘夺其怀中之锦，其实是预兆她"江郎才尽"、即将亡故，作者故意写："旺儿家的笑道：'这是奶奶的日间操心，常应候宫里的事。'"庚辰本夹批："淡淡抹去，妙！"即作者故意用旺儿家的话，来说这梦没什么预兆和深意，为的就是掩盖作者写凤姐将亡的真实用意，这也属于"正话反说"的狡狯之笔。本回明言妙玉被人杀害，又故意用众人之语将其否定，手法与之完全相同，可证本回与前八十回的确是同一人（曹雪芹）的手笔。★

此法即脂批所谓的曹雪芹独创的《石头记》笔法之一的"重作轻抹法"，见第27回作者正要写宝玉追赶黛玉求她给个解释时，忽然岔开笔去写"只见宝钗、探春正在那边看仙鹤"，这时庚辰本有眉批："《石头记》用'截法、岔法、突然法、伏线法、由近渐远法、将繁改简法、重作轻抹法、虚敲实应法'种种诸法，总在人意料之外，且不曾见一丝牵强，所谓'信手拈来无不是'是也。""作"因其"重"而为真，"抹"因其"轻"而为"假语存"，故作者"轻抹"不足以抹去其"重作"想要表达的作者之真意矣！

第一百十八回 贾蔷等人赌到三更时分，听见内院吵嚷起来，原来惜春立意要出家，紫鹃便跟了去服侍，等于也出了家。宝玉赞叹惜春的行为。由于宝玉第5回、第116回两度见过惜春的判词，知道她的结局便当如此，于是便把看到的判词给背了出来："勘破三春景不长，缁衣顿改昔年妆。可怜绣户侯门女，独卧青灯古佛旁。"李纨、宝钗听了都诧异道："不好了！这人入了迷①了。""因时已五更，宝玉请王夫人安歇。"

再说"贾政扶了贾母灵柩，一路南行，因遇着班师的兵将船只过境"，打听得海疆的"镇海统制"即将钦召回京，知道探春马上可以回家了。

贾芸、贾环因没钱，与王仁、邢大舅商量把巧姐卖给外藩做王妃。于是官媒婆来看巧姐，被平儿问知了实情。王夫人想保全巧姐而对贾琏有个交代，所以说："邢姑娘是我们作媒的，配了你二大舅子（指薛蝌），如今和和顺顺的过日子，不好么？那琴姑娘，梅家娶了去，听见说是丰衣足食的，很好。就是史姑娘，是她叔叔的主意，头里原好，如今姑爷痨病死了，你史妹妹立志守寡，也就苦了。若是巧姐儿错给了人家儿，可不是我的心坏？"王希廉评此回："借王夫人说话中，补明宝琴已嫁、湘云已寡，简净得法。"即全书以宝玉、黛玉为主角，其他人都是陪客，她们的结局全都一笔带过而不详说。

宝玉沉醉于《庄子》，宝钗劝他"好好的用用功，但能博得一第，便是从此而止，也不枉天恩祖德了"，宝玉把这句话听进去了（之所以能听进去，还当出于听父亲话的孝道，即第116回贾政临走时，有让宝玉参加此年科举考试之命），于是宝玉改读八股时文，与贾兰会文，为"中举"作功课上的准备。下来便又"到了八月初三这一日，正是贾母的冥寿"。

第一百十九回 正是这一日，宝玉对莺儿说袭人靠不住（暗指袭人要改嫁而最终不是贾家的人），第5回、第116回宝玉两度见过袭人的判词，故知道袭人的结局应当如此。

作者又写："且说过了几天，便是场期。"乡试每三年一次，在子、午、卯、酉年份举行，考试共分三场，一场三天，连考三场，分别在八月初九日、十二日、十五日进行。每场都要提前一天入场，延后一天出场。第一场八月初九考试，初八下午就得进场，第二天正式开考，天黑交卷，若天黑不能完成，一共有三支蜡烛，待全部烧完则必须交卷，初十上午离场。这便是所谓的一场考三天。第二场八月十二考试，八月十一进场，规矩跟头场一样，八月十三才能出考场。第三场八月十五考试，十四进场，十六离场。考试结束，考生可以选择留在省

---

① 迷，程乙本妄改"魔"。

城等候消息，也可以选择回家乡。乡试发榜日期为八月底或九月初。

"次日，宝玉、贾兰换了半新不旧的衣服，欣然过来见了王夫人"，准备入场，则此日当是 八月初八 。宝玉像生离死别般，对王夫人交代说："母亲生我一世，我也无可答报。只有这一入场，用心作了文章，好好的中个举人出来，那时太太喜欢喜欢，便是儿子一辈的事也完了，一辈子的不好也都遮过去了。"宝玉又给李纨作了个揖，说："嫂子放心，我们爷儿两个都是必中的。日后[1]兰哥还有大出息，大嫂子还要带凤冠、穿霞帔呢。……只要有了个好儿子，能够接续祖基，就是大哥哥不能见[2]，也算他的后事完了。"第 5 回、第 116 回宝玉两度见过李纨的判词，故知李纨结局便当如此。此时宝钗早已听呆了，因为宝玉说的每句话都是不祥之兆。

宝玉入场后，贾环成了家中最大的男性主人，于是主张立马把巧姐嫁出去，可以收银子。正好刘姥姥"四进荣国府"来接青儿，为王夫人出主意，用"掉包计"把巧姐装扮成青儿给接走，平儿也偷偷地跟着去了，即书中写："平儿便将巧姐装做青儿模样，急急的去了。后来平儿只当送人，眼错不见，也跨上车去了"，据下文，青儿也回了刘姥姥家，当也是趁人不注意时，与平儿一同上的车。

外藩本来是要买丫头而非小妾，一听巧姐是宦家子女，所以不敢买了，并且还要捉拿王仁等，追究其拿"世代勋戚"子女"来冒充民女"之罪。这时贾府因不见巧姐而到处寻找，"这几天闹的昼夜不宁"。

"看看到了出场日期"即 八月十六 ，只有贾兰回来，宝玉失踪了。到"次日天明"即 八月十七 天亮仍未找到。"如此一连数日，王夫人哭得饮食不进，命在垂危。"这时有人来报：探春"明日到京"。"到了明日，果然探春回来。""再明儿，三姑爷也来了。"可见八十回之后，作者草草收场，连姑爷的名字都懒得起了，这显示出今本后四十回尚属草稿而非定稿的模样来；史湘云丈夫也没名字，与此同例。这是因为：全书以宝玉、黛玉恋爱为主线，其他人、其他情节全都是陪衬，所以作者草草了结，不愿多费笔墨，作者之志只在于为宝玉、黛玉两位主角立传而已，凡与最后"宝玉出家"无关之事全都一笔带过。如果后四十回是他人来续的话，定然会为探春姑爷、湘云姑爷起个名字，由其不起名字的反常情况来看，也知道后四十回不是他人所续的续书，当是曹雪芹的较早草稿（因为今天所见到的前八十回第五稿的定稿中，已为湘云丈夫起了个名字"卫若兰"，并伏下了一些情节，今本后四十回是之前的草稿，其时湘云丈夫"卫若兰"的名字尚未起）。

然后书中又写：贾府"从此，上上下下的人，竟是无昼无夜，专等宝玉的

---

[1] 请注意是"日后"而非马上，可证贾兰做大官为李纨赢得诰命夫人的"凤冠霞帔"，还有好多年的时光要奋斗。换句话说，李纨还有好多年的寿要活。千万不要认为贾兰一中举，李纨马上就死了。
[2] 指看不到。

信。那一夜五更多天，外头几个家人进来，到二门口报喜"，说宝玉"中了第七名举人[1]"，而"贾兰中了一百三十名"。"乡试"相当于今天的全省考试，"第七名"那是非常了不起的成绩了。此日当是乡试发榜的八月底或九月初。"明日"贾兰入朝谢恩，"甄宝玉也中了，大家序了同年。提起贾宝玉心迷走失，甄宝玉叹息、劝慰。知贡举的将考中的卷子奏闻，皇上一一的披阅，看取中的文章俱是平正通达的。见第七名贾宝玉是金陵籍贯，第一百三十名又是金陵贾兰，皇上传旨询问：'两个姓贾的是金陵人氏，是否贾妃一族？'"皇帝顾念贾妃之情，"命有司将贾赦犯罪情由查案呈奏"而从轻发落，同时又因海疆平定海寇而大赦天下，薛蟠得以赎回。

"一日，人报甄老爷同三姑爷来道喜：……说是大老爷的罪名免了，珍大爷不但免了罪，仍袭了宁国三等世职。荣国世职仍是老爷袭了，侯丁忧服满，仍升工部郎中。所抄家产，全行赏还。二叔的文章，皇上看了甚喜，问知元妃兄弟，北静王还奏说人品亦好，皇上传旨召见，众大臣奏称：'据伊侄贾兰回称，出场时迷失，现在各处寻访。'皇上降旨：'着五营各衙门用心寻访。'"板儿进城也打听到同样的喜讯，又亲眼看到贾琏回了家，于是护送平儿和巧姐回府。

今按：顺天府的乡试，的确有皇帝亲自审阅的可能。又明代北京设有五营（即《明史》卷74"中、东、西、南、北五城兵马指挥司"），清代只设南、北、中三营，乾隆四十六年（1781）才将"巡捕三营"增为五营，皆为"步军统领衙门"节制，该衙门的主管官改称"提督九门步军巡捕五营统领"[2]，有人据此认定后四十回乃乾隆四十六年（1781）以后的人所作，不知曹雪芹在这儿完全有可能用的是前朝大明王朝的典故来虚构小说。（作者为了避免给人影射现实之感，所以用一用前朝之典，这是完全合乎情理的。）

第一百二十回 "袭人模糊听见说宝玉若不回来，便要打发屋里的人都出去，一急越发不好了"，又梦见做了和尚的宝玉对她说："你别错了主意，我是不认得你们的了。"[3]醒来后，袭人想："若是老爷、太太打发我出去，我若死守着，又叫人笑话；若是我出去，心想宝玉待我的情分，实在不忍。左思右想，万分难处"，这是为了写她出嫁并非"负心"所作的铺垫。

"且说贾政扶贾母灵柩，贾蓉送了秦氏、凤姐、鸳鸯的棺木到了金陵，先安

---

① 本回回目是"中乡魁宝玉却尘缘"，可见第七名又称"乡魁"。今按：乡试中每经选第一名，称"经魁"，共五经，乡试的第一至第五名是每经的第一名，总称"五经魁"。乡试第一名为"解元"，第二名称"亚元"，第三至第五名便称"经魁"，解元和经魁简称"经解"。因前五名称"经魁"，故第六名称"亚魁"，第六至第十名又统称"乡魁、文魁（文章魁首）"。凡是考中举人，便已有了任官的资格。

② 见《清史稿》卷117"武职"之"步军营提督九门步军巡捕五营统领一人"：乾隆"三十年，复命步军统领兼管巡捕三营。……四十六年，以三营辖境辽廓，增设左、右二营，是为五营，并置副将各官。"

③ 意为我已出了家，不要你做我家的人了；而且我已出了家，也就没有"家"和"家人"的概念了，即我不再认你们这些家人了。宝玉说的这两句话，程乙本妄改作："你不是我的人，日后自然有人家儿的。"

了葬。贾蓉自送黛玉的灵①也去安葬。贾政料理坟基的事。一日，接到家书，一行一行的看到宝玉、贾兰得中，心里自是喜欢；后来看到宝玉走失，复又烦恼。只得赶忙回来。在道儿上又闻得有恩赦的旨意，又接家书，果然赦罪复职，更是喜欢，便日夜趱行。一日，行到毗陵驿地方，那天乍寒、下雪，泊在一个清静去处，贾政打发众人上岸投帖辞谢朋友，总说即刻开船，都不敢劳动。"常州古称"毗陵"，其官方的驿站用此古名而命名为"毗陵驿"。

此时，出了家的宝玉前来贾政歇船的、过了常州"毗陵驿"的常州城内某一清静处的贾政船头，拜别贾政这位对自己今生有养育之恩的人间之父，即：贾政"抬头忽见船头上微微的雪影里面一个人，光着头，赤着脚，身上披着一领大红猩猩毡的斗篷，向贾政倒身下拜"，正要相认，忽然"只见舡头上来了两人，一僧、一道夹住宝玉说道：'俗缘已毕，还不快走！'说着，三个人飘然登岸而去。贾政不顾地滑，疾忙来赶。见那三人在前，哪里赶得上。只听见他们三人口中不知是哪个作歌曰：'我所居兮青埂之峰，我所游兮鸿蒙太空。谁与我逝兮吾谁与从？渺渺、茫茫兮归彼大荒！'贾政一面听着，一面赶去，转过一小坡，倏然不见。"

今按第一回宝玉下凡的"楔子"言："无材补天、幻形入世"的那块顽石，"蒙茫茫大士、渺渺真人携入红尘，历尽离合悲欢、炎凉世态"。可知：癞头和尚为"茫茫大士"，而跛足道人为"渺渺真人"。其最后言"吾"与"渺渺、茫茫……归彼大荒"，则唱歌者显然就是贾宝玉本人。作者写作"不知是哪个"，倒不是说搞不清楚这三个人中哪一个在唱歌，而是说：宝玉出了家，已与凡人不同，不可以再用"宝玉"称之了，故作者写成"不知是哪个"，即不知如何称呼宝玉的意思。

笔者《后四十回完璧归曹》"第三章、四、（五）"更有论，指出这只是字面上的意思，这一笔法字面下的意思却是在说：宝玉出家不是作者曹雪芹身上之事，而是另有其原型。

今又按：书中贾宝玉最后的人生便圆结②在常州城过了"毗陵驿"后的一个小山坡后。贾政回南京安葬完贾母，再让贾蓉去苏州安葬林黛玉（"送黛玉的灵也去安葬"），从南京回京（北京）途中，根本就不会路过"毗陵驿"常州。前已言明：全书皆为作者幻笔（虚幻不实的小说虚构），作者所写的贾府原本就在南京，"从北京回金陵安葬"原本就荒诞不实（其实应当是从南京回北京通州张家湾的曹家祖坟安葬），所以我们也就不必管作者笔下的"南北东西"了。这些"南北东西"的方位字样，全都是作者的虚构、幻设③。

---

① 灵，指灵柩。
② 圆结，圆满结束，也即功德圆满。常州是《红楼梦》这本书功德圆满之地，也是小说主人公贾宝玉人生功德圆满之地。
③ 按：小说中贾府所在的城市，作者明写是天子脚下的"北京"，其实是在"南京"，这是作者在"南北"两字上所作的幻设；小说中所写的"宁荣二府大观园"其实就是作者的真家"江宁织造府"大行官东西相反的镜像，这是作者在"东西"两字上所作的幻设。

《红楼梦》全书第五回正式开场以来的故事①,有场景的地方除了"长安"(南京)外,便是这全书圆结之地常州"毗陵驿"。之所以《红楼梦》落幕于常州,无非是想点明:曹家抄家后,曹家有人在常州天宁寺出家,在横山大林寺挂单(详笔者《后四十回完璧归曹》第三章)。作者曹雪芹与叔父脂砚斋(即贾政原型),某年坐船经过常州,此僧人前来船头拜访,被作者写到小说中的贾宝玉身上(这位曹家的出家人并非贾宝玉的原型,作者曹雪芹才是贾宝玉的原型,这位曹家的出家人只是"宝玉出家"这幕情节的原型而已②)。宝玉最后唱的那首歌,很可能就是这位曹家出家人的悟道偈,作者取来写入小说时,故意写成"不知是哪个作歌曰",点明此偈的作者不是贾宝玉,而是另一位不愿、也没必要透露其姓名的③,在常州天宁寺出家、在常州青明峰"大林寺"挂单的曹家人。(按:青明峰又名"青嶂",即青埂峰的原型,其山原名"横山",乃以曹雪芹同宗的先祖曹横命名。笔者《后四十回完璧归曹》第三章有详考。)

下来作者又写薛蟠被赎回,扶香菱为正妻。贾政写家信告知家中:自己在常州"毗陵驿"旁,见到已经出家的宝玉来向自己拜别,"宝钗哭得人事不知"。王夫人说:"我为他担了一辈子的惊,刚刚儿的娶了亲,中了举人,又知道媳妇作了胎,我才喜欢些,不想弄到这样结局!早知这样,就不该娶亲,害了人家的姑娘④。"上文第 109 回已排算出宝钗当分娩于十月廿二,此时当仍在九月中或十月初;由于常州地处南方,九月中不大可能下雪,故知贾宝玉在雪中拜别贾政应当是在阴历十月,此年冷得比往年要早些,故书中写"那天乍寒、下雪"。贾政那封回信到京时仍在十月初而宝钗尚未分娩。

"过了几日,贾政回家,众人迎接。"贾政向皇帝谢恩,皇帝赏了宝玉"文妙真人"的道号。贾政回家后,贾珍说:抄家发还的宁国府第已整理好而可入住,自家的惜春还是住在大观园中,即:"宁国府第收拾齐全,回明了要搬过去。'栊翠庵'圈在园内,给四妹妹静养",这便了结了"十二金钗"中的惜春结局。这不是说"栊翠庵"本在园外,如今才圈入园内;而是说"栊翠庵"原本就被圈入"大观园"内,正好可以供惜春出家,而不用离家修行了。

贾琏也趁便回说:"巧姐亲事,父亲、太太(指贾赦与邢夫人)都愿意给周家为媳。"即嫁给第 119 回刘姥姥所说的:村中"有个极富的人家,姓周,家财巨万,良田千顷。只有一子,生得文雅清秀,年纪十四岁,他父母延师读书,新近科试中了秀才。"便也算了结了"十二金钗"中巧姐的结局。大家读前八十

---

① 作者在第五回回目中以"红楼梦、开、场"五字(即"开生面梦演红楼梦、立新场情传幻境情"),标明全书正式开场于这第五回。

② 本书所谓的原型皆当作如是观。即作者曹雪芹书中的角色都是多重影射。所以我们言某某是某人的原型,只是从该角度而言;换一个角度,也就变成影射另外一个原型了。比如:书中的贾政基本上都以脂砚斋为原型,但在元妃面前便是影射曹寅。

③ 透露其姓名便是"真事显"而非"真事隐"了,这便有违了全书"真事隐、假语存"的创作主旨。而且透露姓名便会惹来文字狱,会有无妄之灾,所以作者写家事要曲曲折折、隐晦隐蔽地写。唯愿普天下的《红楼梦》读者,能深深体察作者曹雪芹的这一苦衷!

④ 指害了人家的姑娘守活寡。

回后，都"众口一词"地说板儿与巧姐有缘而当成亲，后四十回却一反常人的理解，让巧姐另嫁别人，这便可证明这是曹雪芹的原稿，而且这么安排甚为合理。因为刘姥姥之所以不让自己外孙板儿和巧姐成亲，那便是刘姥姥知道廉耻（即书中第六回写她向凤姐开口借钱时"未语先飞红的脸"），知道自己家高攀不上（即"门不当、户不对"，在她所认识的朋友圈中，只有财主家的秀才儿子才算般配）。

贾琏又说自己父亲贾赦因年老而有痰症，想"村居静养"几年。接着，书中又写花自芳来接袭人回家，到了"那日已是迎娶吉期"，袭人只好委曲求全地嫁给了蒋玉菡，了结了"十二又副钗"中排名第二的袭人结局。

可见作者创作时遵循如下的创作主旨："全书主角为宝玉、黛玉两人，其余全是陪客，不愿多费一点笔墨而一笔带过、草草了之"，这与第一回"楔子"处的脂批相合。此"楔子"写神瑛侍者下凡时绛珠仙草追随，"因此一事，就勾出多少风流冤家来陪他们去了结此案"，甲戌本有侧批："余不及一人者，盖全部之主惟'二玉'二人也。"点明全书只以宝玉、黛玉为主角，其余都是陪客。故第一回"楔子"只言宝玉、黛玉两人的前身，然后用"勾出多少风流冤家来陪他们去了结此案"，便"一笔带过"地暗示出"百花仙子"们一同伴随他俩入世的故事缘起，并未点明其中任何一位百花仙子的名字，这便是因为她们全都是陪客的缘故。正因为"客不犯主"，所以第一回只言主角缘起，陪客连提一提名字的机会都没有。作者要到后半回，才借贾雨村中秋咏月之联"玉在匮中求善价，钗于奁内待时飞"，点了一下陪客之首的"宝钗"之名，即甲戌本此联侧批所言的："表过黛玉，则紧接上宝钗。"又其夹批："前用'二玉'合传，今用'二宝'合传，自是书中正眼。"即上半回"楔子"只写到主角宝玉、黛玉，所以下半回紧接着要写陪客"百花仙子"之首的牡丹花王薛宝钗；上半回"楔子"是合写宝玉、黛玉（二玉）二人之传，此联便紧接着要把主角宝玉与陪客之首宝钗这"二宝"合在一起写上一笔，即：上联"玉在匮中求善价"显是写黛玉闺中待字（"价"字繁体写作"價"，含"贾（賈）"字，"求善价"即求好男儿贾宝玉来娶之意），也可以理解为贾宝玉"待价而沽"，即求得出手，也即求得出世。而下联"钗于奁内待时飞"，显是写宝钗闺中待字，更指其入京选秀，意图飞黄腾达。但宝钗最后入京选秀未能成功，而黛玉求娶的贾姓男子宝玉也未能成功，此联其实全都在预示两位女主人公的红颜薄命。总之，此联既可以理解为是黛玉、宝钗合联，也可以理解为是宝玉、宝钗（二宝）合联；而据脂批来看，理解为宝玉、宝钗（二宝）合联，方是符合作者曹雪芹本意的正解（即所谓的"书中正眼"）。

所以后四十回中第117回草草了结妙玉结局，第118回草草了结湘云结局，此第120回又草草了结惜春、巧姐、袭人三人结局，这便是第一回脂批所揭示的曹雪芹"宝黛为主角而详写，宝钗等其余诸人皆为陪客而略写"的创作主旨的体现，这是"后四十回与前八十回相合，后四十回乃曹雪芹所写"的又一重要例证★。因为后四十回如果是他人来续写的话，他肯定知道"十二金钗"地位相当，不当偏枯，于是肯定会把妙玉、湘云、惜春、巧姐、袭人等的结局全都花点心思铺陈开来写；现在后四十回一反常态，"十二金钗"毫无构思便草草收场，恰可证明这不是他人所续，当是曹雪芹原稿。

在此需要特别指出的是，作者在交代完袭人委曲求全地嫁给蒋玉菡这一结局后，特地引了句前人的诗来讽刺袭人："正是前人过那桃花庙的诗上说道：'千古艰难惟一死，伤心岂独息夫人！'"这句诗出自康熙年间诗人邓汉仪《题息夫人庙》诗，作者作书于乾隆朝，故称之为"前人"，全诗是："楚宫慵扫黛眉新，只自无言对暮春。千古艰难唯一死，伤心岂独息夫人！"

《春秋左传·庄公十四年》："楚子如①息，……遂灭息。以息妫归，生堵敖及成王焉，未言。楚子问之，对曰：'吾一妇人而事二夫，纵弗能死，其又奚言？'"楚文王灭了息国，把息侯的老婆带回家占有并生了两个儿子，但息夫人却从没和楚文王交谈过一个字，楚文王就问她其中的原因，这时她终于开口说出估计是她今生对楚文王说过的唯一一句话："我一个女人先后嫁了两个丈夫，由于不能死节，哪还敢同新丈夫说话呢？"意思是：我早就是该死之人了，只因为贪生怕死而不敢死，所以也就要像"活死人"般不言不语，您就把我当成那种不会开口说话的"活死人"吧。

相传息夫人容颜绝代，目如秋水，脸似桃花，故称"桃花夫人"（一说是她出生那天桃花都开了，所以称为"桃花夫人"）。她再嫁后不与新丈夫言语的做法，与袭人出嫁成亲那晚一直哭着不肯和新郎同房的做法相通。即袭人想死却又怕死，但又要做出一副不愿屈从的样子来。需要指出的是，袭人第63回抽到的正是"桃花"签，其诗是"桃红又是一年春"，暗示她会像"桃花夫人"那样嫁给第二个男人，赢得人生的第二春（即世俗所谓的"梅开二度"）。

袭人再嫁的人生遭遇，以及她新婚时不愿配合新郎的做法，居然和桃花夫人的人生处境（无奈再嫁）和应变做法（怕死但又不愿屈从）完全相通。此处第120回用咏桃花夫人（息夫人）的"桃花庙"诗来讽刺袭人，与第63回袭人抽到象征其当同桃花夫人那样再嫁的"桃花签"（"桃红又是一年春"）的细节，在隔了长达56回后遥相照应，堪称"千里伏线"，这无疑是后四十回与前八十回在细节上相互照应的又一铁证。★

后四十回用桃花夫人庙的诗来讽刺与桃花夫人处境和做法相同的袭人，这一构思只可能来自前八十回的作者曹雪芹本人。如果说这是曹雪芹之外的其他人续写的话，则这位续写者必需拥有两大特异功能：一是他的领悟能力远超常人，因为他看到第63回袭人抽到"桃花签"，便能联想到字面上丝毫看不出的桃花夫人来，而且还知道曹雪芹是用桃花夫人来讽刺袭人再嫁；二是他的记忆力特别好，他能在全书最后一回的第120回书写袭人结局时，突然想起遥隔56回的袭人抽到桃花签这一所有人看过都会不加注意的小细节，而且还能想到要引一段康熙朝人讽刺桃花夫人的题诗来讽刺一下袭人。总之，这一情节要是他人续写的话，这人得有如此超常的领悟能力和过人的记忆力，方才有可能写出

---

① 如，至。

如此贴合曹雪芹原意、简直就是"曹雪芹第二"的情节来。

其实第 120 回用桃花夫人诗讽刺袭人，这一贴切的"点睛之笔"根本就不可能是他人所写，应当就是曹雪芹本人的构思和手笔！因此，第 120 回桃花夫人诗与第 63 回抽到桃花签这两大细节的照应，便能再一次强有力地证明"后四十回就是曹雪芹原稿"这一结论。

全书最后一部分也正和第一回"楔子"两相呼应，可谓"双峰对峙、遥相照望"。第 1 回"甄士隐梦幻识通灵、贾雨村风尘怀闺秀"以此二人开篇，而此回"甄士隐详说'太虚情'、贾雨村归结《红楼梦》"同样以此二人来完结，这样绝配的对仗构思，只可能是作者曹雪芹所为，不是他人所能想到。（笔者《后四十回完璧归曹》"第二章、第四节、一"的研究，把全书这首末两回和全书第五与倒数第五回的对照，全都提高到"镜像对照"的高度；这种严整的格局构思，更加只可能是同一人所作。）

此"尾声"部分写贾雨村幸逢"海疆平寇"的大赦而免罪，但削籍为民，得以回乡，途中又经过"知机县、急流津、觉迷渡口"，再度和甄士隐老先生重逢，谈论起宝玉的出处和经历。甄士隐说："仙草归真，焉有'通灵'不复原之理？"即全书以仙草与顽石的下凡为缘起，故当以二者的还本归天为结束。今仙草还了天，故顽石亦当还天了。最后甄士隐又总结贾府这场故事（也即《红楼梦》这本书）便是："福善祸淫，古今定理。现今荣、宁两府，善者修缘，恶者悔祸，将来'兰桂齐芳，家道复初'，也是自然的道理。"即《红楼梦》全书并没有什么大道理，说的不过是人间"亘古不变、老生常谈"的天理、也即"善恶报应"这四个字罢了！

第 116 回贾宝玉再度梦游"太虚幻境"时，看到第 5 回牌坊上写的"太虚幻境"四个字变成了"真如福地"四个字，又看到宫门上写的"孽海情天"四个字变成了"福善祸淫"四个字，并且重新阅读了"薄命司"中"金陵十二钗"的命运判词。甄士隐对此总结道："太虚幻境，即是真如福地。两番阅册，原始要终之道。历历生平，如何不悟？仙草归真，焉有通灵复原之理呢？"作者借此要说的佛理便是："世间法"与"佛法"原本"是一非二"（即佛门所谓的"不二法门"），"此岸世界"与"彼岸世界"原本就"是一而非二"，"佛法不离世间觉"[①]；同一件事理，在迷者眼中看来便是"太虚幻境"，而在觉悟者眼中看来便是"真如福地"。

然后作者又写香菱因为难产，生下儿子后便离世，甄士隐前去接她还天，从而了结"副十二金钗"之首的香菱结局，也是草草收场。

作者最后写："这士隐自去度脱了香菱，送到太虚幻境，交那警幻仙子对册。刚过牌坊，见那一僧、一道缥缈而来，士隐接着说道：'大士、真人，恭喜、贺喜！情缘完结，都交割清楚了么？'"其用"接着"（即迎接上去），可见是迎面

[①] 六祖《坛经》："佛法在世间，不离世间觉。离世觅菩提，恰如求兔角。"离开人世间想去寻找佛法（即"菩提道"），就好比寻找兔子头上长的角那般不存在，荒谬而找不到。

相对，这意味着甄士隐送英莲到"太虚幻境"完事后、出宫门时，与一僧一道迎面相逢，这幕情节便与第1回甄士隐在入太虚幻境牌坊前，看到一僧一道携通灵宝玉下凡，正好又形成"镜像对照"。

甄士隐问："下凡的都还天了吗？"僧、道二人回答说："情缘尚未全结，倒是那蠢物已经回来了。还得把它送还原所，将它的后事叙明，不枉它下世一回。"可证宝玉之人也即"神瑛侍者"恐怕还在人间修为，而随其入世的"通灵宝玉"之石，已被僧道取回还原。所谓"还原"，即指恢复原状、返回原地，也即："那僧道仍携了玉到青埂峰下，将'宝玉'安放在女娲炼石补天之处，各自云游而去。"注意：佛教中的"侍者"是住持的助手，故"神瑛侍者"之名，也点明宝玉是世外的罗汉因凡心偶炽而下凡为人。

僧道所言的"情缘尚未全结"，便指"十二正钗"中的李纨、宝钗、湘云三人之事尚未完结，但顽石已经还天，则主角宝玉的故事自此便可完结。全书以宝玉、黛玉为主角，所以全书便结束在"尾声"这早在全书第一回"楔子"便提到的"通灵顽石降世后重返天界"这一情节①处，真正做到了"首尾圆融、镜像对照"；主角及主线情节以外的其他所有陪客全都一笔带过，不事铺张，以明全书"以宝玉、黛玉为主，其他人物、情节皆为陪客"的旨趣。

书中又写："从此后：天外书传天外事，两番人作一番人"，即《红楼梦》是写天上仙人下凡的故事，自然是世外仙人所写的流传于天上之书，需要通过有缘人（即空空道人、情僧，也即作者曹雪芹）流传到人间。

这记载的是仙人下凡的世外之事，故称作"天外之书"。仙人下凡为世人，这下凡的尘世之人又通过修行归真而重返天界，所以这凡人与仙人原本就是同一批人，故称作"两番人作一番人"。即：贾宝玉是神瑛侍者下凡，林黛玉是绛珠仙草下凡，其余红楼诸艳乃百花仙子随这两位男女主角一同下凡，详见第63回"寿怡红群芳开夜宴"：宝钗是牡丹仙子，探春是杏花仙子，李纨是梅花，湘云是海棠花，麝月是荼蘼花，香菱是菱花，袭人是桃花；又第78回小丫头又说晴雯是芙蓉花神；其余诸小丫环，便是其他小的花花草草下凡②。故事中"宁荣二府大观园"的凡人，与天上"太虚幻境"的仙子们，原本就是同一批人。

然后作者又写某日"空空道人又从青埂峰前经过"，这显然发生在第一回所提到的"通灵顽石重返天界"的情节（见上文之注）之后，故称"又从青埂峰前经过"。这石头自然位于"天外"之地，则空空道人游的便是天外的"太虚幻境"，"见那补天未用之石仍在那里，上面字迹依然如旧，又从头的细细看了一遍。见后面偈文后又历叙了多少收缘结果的话头"，所言"偈文"便是第一回所

---

① 按：通灵顽石重返天界的情节见第一回："后来，又不知过了几世几劫，因有个空空道人访道求仙，忽从这大荒山无稽崖青埂峰下经过，忽见一大块石上字迹分明，编述历历"云云。
② 创作《镜花缘》这部百花仙子下凡小说的李汝珍，约生于曹雪芹逝世的乾隆壬午年（1762）的次年（1763），其书对女子才情的尊重和赞赏，以及百花仙子下凡的全书缘起，肯定都会受到《红楼梦》的启发。

提到的石头身上所写的故事"后面，又有一首偈云：无材可去补苍天，（甲侧：书之本旨。）枉入红尘若许年。（甲侧：惭愧之言，呜咽如闻。）此系身前、身后事，倩谁记去作奇传？"可证：原书当到此偈为止，写了两件事：一是石头"身前之事"，即第一回"楔子"所说的无材补天而通灵下凡事（"无材补天"是指多情多欲而无法填补天神之位，遂下凡堕落人间）；二是石头"身后之事"，即贾宝玉因与林黛玉婚姻不成，而悟美色、情欲本空，明白世间佛法真相，在常州"毗陵驿"旁"出世、还原"而一生功德圆满的传奇故事。

这两桩事情都是空空道人当年（即第一回）所读到并早已抄录传世的故事，今天故地重游，居然又看到这首偈文后面，又新增出一些"收缘结果"的话头来，这应当就是脂批所谓的"警幻情榜"，写的是诸钗各自最后的结局与警幻仙子[1]对他们一生的评价（其评语唯有宝玉、黛玉二人评"情"字，其余都评"痴"字，即各种各样的"痴"），可惜今本已经失去；而且今本后四十回乃作者定稿前的某一稿，其时作者可能尚未写到或写定"警幻情榜"这一部分内容。由于从脂砚斋甲戌年（1754）的前八十回定本，到作者壬午年除夕（1762）的逝世，其间相隔八年之久，后四十回肯定已经完成，则"收缘结果的话头"（即"警幻情榜"）在作者逝世前肯定已能完成，只是这后四十回的最后一稿遗失，而程伟元、高鹗所得到的后四十回是其前几稿，尚未写完"收缘结果的话头"（即警幻情榜）这部分内容的可能性是存在的。[2]

于是空空道人"便点头叹道：'我从前见石兄这段奇文，原说可以闻世传奇，所以曾经抄录，但未见返本还原。不知何时，复有此段佳话？方知石兄下凡一次，磨出光明，修成圆觉，也可谓无复遗憾了。只怕年深日久，字迹模糊，反有舛错，不如我再抄录一番，寻个世上清闲无事的人，托他传遍。"于是通过"急流津、觉迷渡口草庵"内的贾雨村[3]介绍，找到了"悼红轩"中的曹雪芹，把这一故事从"楔子"、正文，一直到此新添的"尾声"部分，全部整理完备后，作为最全之本（即比之前传抄入世之本[4]更为完整之本）传世，并最后"题过（即题上过）四句偈语，为作者缘起之言更转一竿头（即进一步重新阐发作者的著书大旨），云：说到辛酸处，荒唐愈可悲。由来同一梦，休笑世人痴！"与第一回那首偈语"满纸荒唐言，一把辛酸泪！都云作者痴，谁解其中味"正相对照，同样也是"首尾圆融、镜像对照"。

此第120回最后半回便是"尾声"，与第1回上半回的书首"楔子"正相照应，而且是"首尾圆融、镜像对照"，的确是同一人的手笔。其言"所以曾经抄录，但未见返本还原。不知何时，复有此一段佳话？"貌似后四十回乃前八十回之续，而且又似后四十回乃他人在续前八十回的故事，这其实正是作者的"狡狯"之笔。后四十回其实就是同一人在"续"前八十回的故事，因为笔者从"空

---

[1] "警幻仙子"实为作者的又一笔名。笔者《宁荣府大观园图考》"第一章、第三节、四"有考。

[2] 据笔者《后四十回完璧归曹》"第二章、第八节"的考证，实为今本后四十回乃脂砚斋所得的作者第一稿。其时应当尚未写就"警幻情榜"这一结局。

[3] 贾雨村其实也是作者曹雪芹在书中的又一化身。

[4] 这个之前传抄入世之本，当是在隐喻前八十回。

间、时间、脂批、正文、常州"这五大方面论证清楚：全书 120 回是一个完整整体，是同一人所作①。空空道人把这《石头记》前部八十回、后部四十回总共120 回故事，在贾雨村的指点下，请曹雪芹流传在人间，则"空空道人"就是"贾雨村"，也就是曹雪芹。作者连自己都可以分身为三人，则他把后四十回与前八十回说成是两人所作，而这两人其实又都是同一个人的化身，又何足为怪呢?

小结：

（一）《红楼梦》人物的生日

（1）贾元春、贾府太祖太爷宁国公贾源：正月初一（分别见第 2、第 62回）。

此二人乃贾府荣华富贵之源：贾元春是近源，是朝中靠山，故起名为"元"（"元"即"第一"，也即"源头"之意）；太祖是远源，故起名为"源"。由于两人都是贾府荣华富贵之源，所以作者便把两人的生日都写在一年之首的"元旦"。

（2）薛宝钗：正月二十一日（见第 22、62、108 回）。

（3）薛姨妈：正月底某日（见第 57、62 回）。

按第 62 回探春说："过了灯节，就是老太太和宝姐姐，她们娘儿两个遇的巧。""老太太"在书中专指贾母，而贾母生日是八月初三，不在元宵灯节之时。宝钗与"姨太太"薛姨妈是"娘儿两个"，宝钗与"老太太"贾母宜称"祖孙两个"，不宜称作"娘儿两个"，而且第 57 回薛姨妈生日又恰好在正月，综上来看：此处所说的"老太太"当系"姨太太"的笔误。探春叫薛姨妈"姨太太"是没问题的，如第 86 回探春道："昨晚太太想着说，上回家里有事，全仗姨太太照应。"又"遇的巧"并非一定要指同一天，可以是日期相近的那几天中的某一天，则薛姨妈的生日便在宝钗生日正月廿一的前后或同一天。

（4）贾迎春：二月初二（据排行第一的元春生日是"正月初一"、排行第三的探春生日是"三月初三"来看：排行第二的迎春生日当是"二月初二"，排行第四的惜春生日当是"四月初四"）。

（5）林黛玉、袭人：二月十二日"花朝节"（见第 62 回）。

（6）王夫人：三月初一（见第 62 回探春细数众人生日）。

（7）贾探春：三月初三"清明"时节的"上巳节"（见第 70 回）。

（8）贾琏：三月初九（见第 62 回探春细数众人生日）。

（9）王子腾夫人：三月十六（第 25 回）。

（10）贾惜春：四月初四（见上文迎春生日考）。

（11）贾宝玉、平儿、薛宝琴、邢岫烟、四儿（即蕙香、佳蕙）：四月二十六日"遮天大王（蒋子文）圣诞"（第 29、62、63、77 回）。

（12）薛蟠：五月初三（第 26 回）。

---

① 即笔者上一部书《宁荣府大观园图考》、本书《红楼时间人物谜案》、下一部书《后四十回完璧归曹》这三部书。

（13）贾巧姐：七月初七"乞巧节"（第42回）。

（14）贾母：八月初三（第71、118回）。注意：贾母的生日又的确有可能如第62回探春细数众人生日时所说的、宝钗生日正月廿一前后或同一天，详见第91回有考论。

（15）王熙凤、金钏儿：九月初二（第43回）。

（16）北静王：九月十一日（即北静王原型——曹雪芹亲姑父、脂砚斋曹頫的姐夫、平郡王纳尔苏的生日）。注意：书中表面是写北静王生日在"二月初八"（若是提前过生日，则其真实生日会在"二月初八"过后几天，总之是二月生日，详见上文第85回。又上文第85回特地考明，第85回乃八月底，北静王的生日当是提前举行，所以北静王的生日其实是在九月上半月，北静王其实不是二月生日，其考证详见上文第85回。

（17）贾敬：九月十五日（或十五日前后。考见第11回）。

（18）王子胜：十月二十三日（第52、101回）。

（19）贾政：十一月某日（考见第16回）。注意：作者其实是用贾政的生日来隐写曹寅九月初七的生日，所以贾政的生日其实应当在九月，详本书"第二章、第二节、二、（三）"有论。

（二）书中貌似不合理、其实仍可理解的时间问题5例（即上文标■者）：

（1）第22回大姐出痘事。

（2）第64回黛玉仿七月瓜祭事。

（3）第64回八月说"才入七月的门"，"入"字当作"过"字解便无矛盾。

（4）第72回八月说"后日是尤二姐的周年"，"后日"当作"泛指几月之后"解，便无矛盾。

此下为后四十回：

（5）第103回贾雨村称与甄士隐"离别来十九载"，是以相识之年算起而非离别之年算起。

附、后四十回情节上貌似有破绽，其实亦合理1例：

（1）第97回紫鹃在怡红院门口徘徊，碰到男性小厮墨雨飞跑过来，而大观园是女儿国，除宝玉、贾兰外，一般不能让男子进来，连男性儿童也不行，这貌似是后四十回的一大破绽。其实墨雨是入园办差，故不矛盾，上文第97回页底小注有详论。

（三）书中不合理的时间矛盾，以及作者故意留下的时间破绽17例（即上文标▲者）：

（1）第4回宝钗入贾府，一路上走了一年多，荒诞而有深意。

（2）第14回秦氏春天丧事"五七正五日"那一天传来林如海"九月初三"病亡的讣告，荒诞而有深意。

（3）第22回宝钗入贾府后"才过第一个生辰"，荒诞而有深意。

（4）第36回言薛姨妈生日在"大毒日头"、"吃毕西瓜"时，与第57回薛姨妈生日在正月底实有矛盾，这是为了情节需要而故意写的荒诞情节，本书"第四章、三、（三）、（2）"有论。

（5）第45回言十二岁的黛玉为"十五岁"，疑是笔误。

（6）第48回香菱十月十四日向黛玉借书而连夜读完，次日归还书籍时仍在十月十四日。

（7）第63回写袭人与宝钗同年实为矛盾，但荒诞而有深意。

（8）第69回写17岁的秋桐属兔，与第105回元春薨于卯年实为矛盾；第105回考明秋桐属兔为真，元春薨于卯年为幻。

此下为后四十回：

（9）第83回薛姨妈言元妃"上年原病过一次"，其实是此年年初生病。

（10）第85回贾政升官宴时正逢黛玉"二月十二"生日，才过十来天的第87回却是"大九月里"，荒诞而有深意。

（11）第88回贾母八十一岁时鸳鸯说其"明年八十一岁"，荒诞而有深意。

（12）第91回贾政说："明春再过礼。过了老太太的生日，就定日子娶"宝钗。第97回黛玉二月十二生日那天宝玉娶宝钗。第62回探春例举众人生日时说："过了灯节，就是老太太和宝姐姐，她们娘儿两个遇的巧。"宝钗正月廿一生日，则"老太太"贾母真像是正月廿一前后生日，过此生日后不久的二月十二宝玉娶亲。但第71回言明："因今岁八月初三日乃贾母八旬之庆"，第118回又言明："到了八月初三，这一日正是贾母的冥寿"。前八十回的第62回、后四十回的第91回都说"老太太"贾母正月廿一前后生日，前八十回的第71回、后四十回的第118回又都说贾母八月初三生日，后四十回的前后牴牾与前八十回如出一辙、风格相同，证明后四十回与前八十回乃同一人所作。后四十回如果是他人来续的话，不可能在第91回与第118回这相隔仅17回的文字中，犯下如此重大的错误；由此可知：后四十回必非他人所续，当是曹雪芹初稿。其初稿中，贾母原本是正月廿一前后生日，后来改成了八月初三生日，第62与第91回便是故意不改以存初稿原貌。上文第91回有论。

（13）第93回十一月有"揭帖"揭发贾芹在水月庵窝娼、聚赌，而书中写成"十月中旬"。

（14）第94回贾母说："如今虽是十一月，因节气迟，还算十月，应着小阳春的天气，因为和暖，开花也是有的。"而第92回的十一月初一已下过一寸深的雪，可见气温之冷，怎么可能短短几天内又升温到春天般可以开花的温度？第95回言元妃薨逝时说："是年甲寅年十二月十八日立春"，可证此年是"月在十二月而节在正月"，则本月应当"月在十一月、节在十二月"，已经很冷，与第92回提到下雪正为相合。则本回贾母说"月在十一月、节在十月"，当是作者的胡诌、幻笔。作者笔下的时令、气候语，有很多地方都是这种"信手拈来"的梦幻虚构，有虚有实，经不起前后参看而相互矛盾。

（15）第95回31岁死的元妃写成43岁死，大了12岁，荒诞而有深意。

（16）第105回73岁死的贾母写成83岁死，大了10岁，荒诞而有深意。

（17）第114回探春才嫁两年而说成"结褵已经三载"，实有矛盾。

附、情节上的破绽 4 例：

（1）第 67 回尤老娘在凤姐接尤二姐时已死，作者有失交代。

（2）第 40 回末刘姥姥说酒令后"只听外面乱嚷"，而下一回无其下文，有失照应。

$\boxed{\text{此下为后四十回}}$：

（3）第 84 回误把"早饭"写成"晚饭"，导致贾母似乎吃了两顿晚饭。

（4）第 93 回末程甲本写贾芹想起一个和他有矛盾的人来，而下一回无其下文，有失照应。

总结：我们都知道，梦境就是荒唐，而且还得有"梦中不觉其非、醒来方觉其误"的逼真的荒唐效果。《红楼梦》的书名以"梦"字来标榜，就需要写得既要像梦那般荒唐，又要像梦那般不能让人一眼看穿其荒唐。上列前八十回中标 $\boxed{\text{荒诞而有深意}}$ 的四五例，便是作者故意把书按照梦境来写的艺术表现，这些"荒诞而有深意"的荒唐描写都是初看看不出，细细分析方能明白其中有误，与现实世界中梦境的荒唐极为神似，表现出作者以"梦"来创作自己小说的艺术追求和高妙造诣。而后四十回中标 $\boxed{\text{荒诞而有深意}}$ 的四例，与前八十回"写梦就得像梦那般荒唐"的旨趣、风格相同，显然是同一人所作，这是证明"后四十回乃曹雪芹所作"的系列佐证。

（四）后四十回与前八十回细节照应处、手法相同处 43 例（即上文标★者）：

（1）第 101 回凤姐言其 25 岁，与第 6 回刘姥姥言其 20 岁左右相矛盾，但与作者十四岁人生相合[①]。（见上文第 6 回。）

（2）第 97 回宝玉 18 岁方与宝钗结婚，属于晚娶，宝钗比之大两岁；与第 29 回张道士为宝玉提亲时所说的小姐大宝玉两岁、贾母说宝玉当晚娶均相吻合。（见上文第 29 回。）

（3）第 97 回黛玉死时 17 岁，与第 39 回刘姥姥说茗玉 17 岁死相合（按："茗"即茶叶，是"仙草"；其色为"黛"，又与"绛"色均为深色而相通；"玉"与"珠"又含义相通，故"茗玉"就是绛珠仙草黛玉）。（见上文第 39、97 回。）

（4）第 94 回海棠花妖，与第 42 回花神导致贾母、巧姐两人生病的细节相照应。（见上文第 42 回。）

（5）第 105 回贾府抄家、第 107 回贾赦定罪、第 117 回雨村被抓，与第 48 回"石呆子"案细节照应。（见上文第 48 回。）

（6）第 84、88、101 回大姐是幼儿，与前八十回大姐长大相矛盾，而与第 55 回作者用"凤姐小月"来隐写"大姐出生"相合。（见上文第 55 回。）

（7）第 93 回包勇投靠时说"那一年太太进京的时候"甄宝玉大病一场被神仙施教而改好，与第 56 回"江南甄府里家眷到京进宫朝贺"细节照应。（见上文第 56 回。）

（8）第 120 回香菱被扶正，与第 62 回香菱以"夫妻蕙"斗草而宝玉送来

---

① 关于书中描写与作者十四岁人生相合的例证还有三处，详见"第二章、第二节、五"。

"并蒂菱"，以及当晚第 63 回香菱又抽到"并蒂花"签相合。（见上文第 63 回。）

（9）第 67 回回末"后事暂且不表"，与第 107 回抄家时尤二、尤三姐旧案重提而被北静王遮掩过去相照应。（见上文第 67 回。）

（10）第 69 回贾珍"腊月十二日"外出当是扶柩归葬，与第 116 回贾政扶柩归葬时并无贾敬灵柩这一细节暗合。（见上文第 69 回。）

（11）第 70 回贾政任学政后"冬底方回"（而程高本改作"七月底方回"），与第 107 回贾政自言"于上年冬底回家"相合。（见上文第 70、107 回。）

（12）第 72 回潘又安没有在出事当下逃走，而是在事情平静时出逃；与第 92 回他自称不是惧祸逃走，而是为了发财出走相合。（见上文第 72 回。）

（13）第 72 回凤姐梦见自己怀中之"锦"被夺，预兆她"江郎才尽"即将离世；与第 108 回凤姐口才渐失（即胸中的"锦心绣口"不再）、第 101 回求签得"衣锦还乡"（又点"锦"字）、第 114 回穿寿衣入殓棺中而回葬老家（即"衣锦还乡"）相合。（见上文第 72 回。）

（14）第 63 回、第 75 回暗写（而非明写）甄家抄家后前来寄存财物，与第 107 回贾母临终前分割遗产时交代"江南甄家有银子寄存在贾府内"的细节相吻合。（见上文第 75 回。）

（15）第 76 回中秋节尤氏说自己为公公守的丧服未满，而贾母说她这话很对，第 75 回贾珍也说自己是"孝家"（即有丧、有孝之家）。在十九年故事中，尤氏、贾珍丧服实为刚满，而不可以说不满；但在作者十四岁人生中则是未满，这是证明全书是作者用十九年故事影写自己十四岁人生的绝佳例子。（见上文第 75 回。）由于"用十九年故事影写自己十四岁人生"，是前八十回与后四十回结合在一起才能得出的结论；所以本例及上文（1）之例，也就可以视为前八十回和后四十回相合的例证。

（16）第 78 回暗写（而非明写）宝玉名义上祭"芙蓉花神"晴雯，其实是祭"潇湘妃子、绛珠仙草"黛玉，与第 104 回宝玉声称自己写不出祭文来祭悼黛玉相合（因为已经祭过了。而且黛玉一死，宝玉便悲痛得神智不清，无法再写文章来祭悼她了，后来也一直未能完全恢复神智，所以宝玉要在黛玉生前，借祭晴雯之名来祭黛玉）。（见上文第 78 回。）

（17）第 82 回宝玉开学第一天放学回来先见黛玉，黛玉让他也去瞧瞧宝钗等人；第 9 回宝玉开学第一天上学之前先向林妹妹告辞，黛玉问他："为何不辞别宝姐姐？"这两处描写堪称绝配，的确是同一人的构思和手笔。（见上文第 82 回。）

（18）第 83 回王太医仅凭诊脉，不用询问病情，便知道黛玉病因、病况，与第 42 回贾母称赞王太医祖上"好脉息"的细节相照应，的确只有曹雪芹本人才能写出这种"伏线千里"的细节照应之笔。（见上文第 83 回。）

（19）第 85 回黛玉问宝玉"生了什么病"时，故意写她回头与探春说话而没听见；与第 44 回黛玉讽刺宝玉到"水仙庵"的水井去祭跳贾府井的金钏，宝玉也正好回头而没听见，两者手法完全相同。（见上文第 85 回。）

（20）第 85 回用戏文《冥升》《吃糠》《达摩过江》预示下文三大关键情节，

与第 18 回元妃省亲宴上用《豪宴》《乞巧》《仙缘》《离魂》四出戏伏全书四大关键情节的 手法完全相同。（见上文第 85 回。）

（21）第85回贾政升官宴正逢黛玉"二月十二"生日，才过十来天的第87回却已是"大九月里"；与第 13 回秦可卿年底亡故，而其丧事"五七正五日"那一天（即死后第 33 天）传来林如海"九月初三"讣告的 荒诞手法如出一辙。（见上文第 85 回。）

（22）第85回让黛玉生日与《冥升》这出戏挂钩，是为了预告第 97 回所未明写的黛玉"冥升（即逝世）"于其生日；这与第 63 回让黛玉抽到芙蓉花签，是为了预告第 78 回作者用《芙蓉女儿诔》这篇祭文，表面上是在哀悼成了"芙蓉花神"的晴雯，其实是在哀悼抽到"芙蓉花签"的黛玉，两者的 创作手法如出一辙。（见上文第 85 回。）

（23）第86回王夫人送黛玉的兰花是"有几枝双朵儿的"，可见这便是第 62 回香菱口中所说的"夫妻蕙"，作者写此情节的目的，是为了让黛玉看到后触景生情，为自己和宝玉的亲事无人做主而难过。作者笔底可谓没有一丝闲笔，"夫妻蕙"在第 62 回伏笔，既是预兆第 120 回香菱可以扶正为妻，同时又在为第 86 回黛玉触景伤情用，这便是曹雪芹所擅长的"一击两鸣"法，这也是前八十回与后四十回细节照应的佳例。（见上文第 86 回。）

（24）第 88 回贾芸来求凤姐时，小红提起"那年我换给二爷的一块绢子"，与第 27 回贾芸要求小红拿东西谢他的细节相照应。（见上文第 88 回。）

（25）第 92 回贾政说贾雨村"为着一件事降了三级"，与第 72 回林之孝说"方才听得雨村降了"的细节相照应。（见上文第 92 回。）

（26）第 92 回贾政惊讶贾雨村通晓其家事，与第 2 回冷子兴向雨村"演说荣国府"的情节正相照应。（见上文第 92 回。）

（27）第 92 回言贾雨村中进士后"得了榜下知县"，与第 2 回言其中进士后"选入外班，今已升了本府知府"两者完全吻合，无有矛盾，而且还可以相互补充和印证。（见上文第 92 回。）

（28）第85回通灵宝玉以发红光来报宝玉提亲之喜与贾政升官之喜（即报"双喜临门"），第 94 回通灵宝玉以避祸失踪来报元妃薨逝而将抄家之祸，以及宝玉将疯、黛玉将亡之祸（即报"四祸临门"），与第 8 回标榜"通灵宝玉"灵性的那十二个字中的后四个字"三知祸福"相照应。（见上文第 94 回。）

（29）第 106 回凤姐屋内财物抄光，导致她第 114 回年仅 26 岁便早死，与第 43 回尤氏当着凤姐面，对平儿数落凤姐的话"弄这些钱哪里使去！使不了，明儿带了棺材里使去"，以及其脂批"此言不假，伏下后文短命"暗合。（见上文第 101 回。）

（30）第 103 回贾雨村说与甄士隐"离别来十九载"，与第 1 回言两人相识于红楼元年前一年、至此年恰为十九年暗合。（见上文第 103 回。）

（31）第 103 回甄士隐"火起"自焚，寓贾府即将"祸起"抄家；第 1 回以"火起"甄家被烧，隐江南真家（即江宁曹府）受牵连之祸被抄，两者首尾相应、手法相同。（见上文第 103 回。）

（32）第105回贾府抄家于元宵节前；与第1回"好防佳节元宵后"句脂批点明"前、后一样"，即真家（曹家）实为元宵节前受"火（祸）"被抄，两者细节相合。（见上文第105回。）

（33）第107回贾母分遗产给众人及宝玉，与第22回凤姐嘲讽贾母留下那么多遗产只给宝玉一人，在细节上形成鲜明对照。（见上文第107回。）

（34）第107回北静王称贾赦、贾珍为父子，称贾琏是贾珍之弟，第106回贾琏称贾珍为兄；这就和第76回可以用来证明贾赦贾敬两人原型实为一人的"贾敬死期就是贾赦死期"的脂批相合。（见上文第107回。）

（35）第108回贾母称赞宝钗与李纨一样甘于贫穷、当有后福，预示宝钗子贾蓝能像李纨子贾兰那样中举而为母亲赢得诰命，即贾府当新晋两个诰命夫人。这既与第11回贾敬生日宴上唱的《双官诰》细节相合，又与第5回预示李纨命运的《晚韶华》曲所唱的"带珠冠，披凤袄"的细节相合。（见上文第108回。）

（36）第108回湘云讽刺宝玉到园中去"不知是会芙蓉神去了，还是寻什么仙去了"，与第58、63回湘云借"自行船"事讽刺宝玉、黛玉两人如出一辙，这两处能用来传神写照人物个性的、人物个性化语言，确为同一人手笔。（见上文第108回。）

（37）第110回众人说：丧事期间宝钗与宝琴不理宝玉，"倒是咱们本家的什么喜姑娘咧、四姑娘咧，'哥哥长、哥哥短'的和他亲蜜。"与第71回"因贾瑞之母也带了女儿喜鸾，贾琼之母也带了女儿四姐儿"这一不为人注意的细节相吻合。（见上文第110回）。

（38）第118回贾政扶柩回乡时因钱不够、向赖尚荣告贷而赖尚荣不允，与第45回赖家口口声声要"孝敬主子"，在细节上形成鲜明对照。（见上文第110回。）

（39）第113回凤姐死讯由"东院"也即王夫人院传入宝玉新房，与据"前八十回"考得的《红楼梦》的空间原型——曹家"江宁织造府行宫"的镜像图正相吻合。（见上文第113回。）

（40）第116回贾政言贾府是官盖的，与其原型曹家"江宁织造府"乃官衙正相吻合。（见上文第113回。）

（41）第117回借道婆之梦交代妙玉真实结局，又用众人反驳"梦话不可当真"抹去此真相，与第22、72回作者"正话反说、轻轻抹去"的写而不写、掩盖真相、欲盖弥彰的狡猾笔法相同。（见上文第117回。）

（42）第117回草草了结妙玉结局，第118回草草了结湘云结局，第120回草草了结惜春、巧姐、袭人三人结局，与第1回脂批所揭示的曹雪芹"以宝玉、黛玉为主角，其他人为陪客"的创作主旨相合。（见上文第120回。）

（43）第120回作者引康熙朝诗人邓汉仪讽刺桃花夫人的诗来讽刺袭人，与第63回袭人抽到桃花签的细节相照应，其间遥隔整整57回半部书，堪称"伏线千里"。（见上文第120回。）

总结：以上 43 例后四十回与前八十回的细节照应，是证明"后四十回乃曹雪芹原稿"的系列力证！这些证据如同"百川汇海"般，势不可挡地证明了这一结论。

"青山遮不住，毕竟东流去"，我们应当把《红楼梦》前后 120 回的著作权全都断给曹雪芹。"真的假不了，假的真不了"，凡言后四十回是高鹗、或其他无名氏、乃至曹雪芹至亲之人所著者，盼请对上述诸例一一置辩，以服余心！

笔者还将在《后四十回完璧归曹》一书中的"第二章、第一节"，继续披露后四十回与前八十回的"细节接榫"，如赵姨娘的银子、袭人的红汗巾、王太医的"好脉息"等。

此外还有一处经典例证，便是笔者《宁荣府大观园图考》"第二章、第一节、二、（2）"与"第三章、第五节、七、（5）、●又后四十回之第 105 回贾赦院抄家后"所一同考证出来的：第 75 回鸳鸯把探春的饭给尤氏吃，影射的正是将来第 105 回尤氏抄家后，要住探春房、吃探春饭、用探春钱（指月例钱）。

（五）后四十回在时间上的最大荒唐，是从时间上证明"后四十回乃曹雪芹所著"的最大力证，堪称"定海神针"

第 80 回已由中秋八月写到快过年的年底，第 85 回又写到黛玉二月生日时举行升官宴，而十来天后的第 87 回却仍然在上一年的九月中。这断然只有原作者曹雪芹本人才敢如此写，任何续书人都不敢续出如此荒诞不经的情节，这就能证明后四十回绝对不可能是续书。

第 87 回十来天后便"由春入秋"，这一时间上的巨大荒唐，是"后四十回非高鹗（或其他无名氏）所续、乃曹雪芹所写"的最大证据，可谓是"铁案如山翻不得"的第一个"定海神针"，这是时间上的"定海神针"。

另一个"铁案如山翻不得"的铁证便是贾政、秦可卿的棺材，这是情节上的"定海神针"，详见上文"第六十九回"及本书"第三章、第一节、一、（三）、（4）"有论。

凡是说后四十回非曹雪芹所著，是高鹗或其他无名氏、乃至曹雪芹至亲之人所著者，请来驳此时间与情节上的两大"定海神针"！

隔花人远天涯近

第二章 《红楼梦》以十九年故事
影写作者十四岁人生考

第一节 《红楼梦》叙事共十九年，
高鹗的篡改恰可证明后四十回非其所写

我们在上一节中严格按照《红楼梦》的叙事时间，从脂本前八十回排到程高本后四十回，全书正好就在程高本第 120 回所说的宝玉出家的"十九岁"结束，脂本前八十回的时序与程高本后四十回的文字两相吻合而毫无牴牾，这便能证明一个很重要的结论："脂本前八十回与程高本后四十回，在时间上是同一人所写的完整整体"。

而且，程高本的出品人高鹗，对脂本前八十回有两处改动：一是第 6 回宝玉"初试云雨情"由九岁改为十二岁而增加三年，二是第 70 回贾政"冬底方回"改"七月底方回"而少却一年，这必然导致高鹗笔下的第 120 回宝玉出家时为廿一岁，但程高本第 120 回仍写成"十九岁"，高鹗这等于自己给自己制造了矛盾，使得他自己的程高本后四十回与自己的程高本前八十回不相吻合，反倒与脂本的前八十回相吻合。高鹗这两处"自造矛盾"的篡改，恰可证明后四十回不是高鹗所写。

本节便对上述这两个问题展开详细论证。

一、《红楼梦》叙事共十九年

我们把上一章"第三节"中梳理出的《红楼梦》叙事时间整理成下表：

（制表说明：括号内统计"几回写一年"的回数会作"四舍五入"的处理，所以不一定和"第几至几回"的回数相减保持一致。下表中的●表示其年为实年，◎表示其年为虚年，〖〗内开列判断此年为"虚年"的依据。）

《红楼梦叙事共十九年简表》

第 1 回（一回写四年）即"红楼第一年至第四年、宝玉一岁至四岁"。
●换年的标志性事件：第 1 回甄士隐梦见通灵宝玉下凡为第一年；贾雨村中进士为第二年；英莲被拐为第三年；甄士隐出家为第四年。

第 2~3 回（两回写三年）即"红楼第五年至第七年、宝玉五岁至七岁"。
●换年的标志性事件：第 2 回贾雨村任苏州知府娶娇杏为第五年；娇杏生子为第六年；林黛玉母亲逝世为第七年。

第 4 回（一回写一年）即"红楼第八年、宝玉八岁"。
●换年的标志性事件：第 3 回黛玉入贾府时贾母有"过了残冬"语，知林黛玉是第七年底入贾府，下来便当过年，即：贾雨村第 3 回的起复当在第七年末，而其第 4 回的出任金陵知府则当在第八年初。

第 5~9 回（四回写一年）即"红楼第九年、宝玉九岁"。
●换年的标志性事件：第 5 回"东边宁府中花园内梅花盛开"而第 6 回贾宝玉初试云雨情。

第 9~12 回（三回写一年）即"红楼第十年、宝玉十岁"。
◎换年的标志性事件：第 9 回第九年冬宝玉入学而第十年秋闹学，显已跨年。〖此处没有一笔提及"过年"，是作者拆十四岁人生为十九年故事所增的虚年。〗

第 12~16 回（五回写一年）即"红楼第十一年、宝玉十一岁"。
◎换年的标志性事件：第 12 回第十年冬贾瑞得病，"倏又腊尽春回，这病更又沉重"而进入第十一年。〖此处没有一笔提及"过年"，是作者拆十四岁人生为十九年故事所增的虚年。〗

第 17~18 回（一回写一年）即"红楼第十二年、宝玉十二岁"。
◎换年的标志性事件：第 17 回第十一年冬开始建造大观园，次年春三月杏花大开时，大观园的主体建筑完工而宝玉题对额。〖此处没有一笔提及"过年"，是作者拆十四岁人生为十九年故事所增的虚年。〗

第 18~53 回（三十五回写一年）即"红楼第十三年、宝玉十三岁"。
●换年的标志性事件：第 18 回元宵节元妃省亲。第 18 回言元妃省亲时有"年也不曾好生过的"语，明显提及过年而为实年。

第 53~70 回（十七回写一年）即"红楼第十四年、宝玉十四岁"。
●换年的标志性事件：第 53 回写第十三年除夕祭宗祠、第十四年正月庆元宵，明显提及过年而为实年。

第 70 回（一回写一年）即"红楼第十五年、宝玉十五岁"。
●换年的标志性事件：第 70 回第十四年"年近岁逼"后的第十五年"万物逢春"而林黛玉重建"桃花社"。这虽然也没有明显的过年描写，但过年情节在第 53 回已经写尽，此处为了不犯重而不写也在情理之中，况且此处又提及"年近岁逼"的"年、岁"两字，也算提及了过年的"年"字，所以此年应当算作实年。

第71～80回（十回写一年）即"红楼第十六年、宝玉十六岁"。
◎换年的标志性事件：第70回言贾政第十五年"冬底方回"，而第71回是贾政在回来后的秋天八月为贾母举办八十大寿，显然已是第十六年。〖此处没有一笔提及"过年"，是作者拆十四岁人生为十九年故事所增的虚年。〗

第81～95回（十五回写一年）即"红楼第十七年、宝玉十七岁"。
◎换年的标志性事件：第79回写八月中秋晴雯死后宝玉得病，"一月之后方才渐渐的痊愈"已写到九月中旬，"四五十日后"听到薛蟠结婚，已写到九月底或十月上旬，"过百日……方可出门行走"当已写到十一月底、十二月初。然后又写薛蟠婚后与金桂"一月之中二人气概还都相平"，已写到十一月上旬，又写"至两月之后便觉薛蟠的气概渐次低矮了下去"，已写到十二月上旬，然后又写"一日"薛蟠金桂二人吵架后，"好容易十天半月之后，才渐渐的哄转过金桂的心来"，此后金桂便"渐渐的持戈试马起来，先时不过挟制薛蟠，后来倚娇作媚，将及薛姨妈，又将至宝钗"，显已写到十二月底，故第81回钓鱼是占"今年的运气"好不好（而不是占"来年运气好不好"），显然已进入新的一年即红楼十七年，而且第85回贾政升官宴又正逢黛玉二月十二生日。〖以上三回（第79～81回）没有一笔提及"过年"，是作者拆十四岁人生为十九年故事所增的虚年。由贾政升官宴十来天后的第87回提到在"大九月里"，证明上文"一笔数月"的大跨度的时间描写全都是虚的，这几回应当紧承第75、76回的中秋夜宴而为八九月份事。〗

第95～104回（九回写一年）即"红楼第十八年、宝玉十八岁"。
●换年的标志性事件：第95回元妃在第十七年十二月十九日薨，第96回王子腾在第十八年正月薨，明显提及年份的更替（即年末元妃薨、年初王子腾丧），当为实年。

第105～120回（十六回写一年）即"红楼第十九年、宝玉十九岁"。
●换年的标志性事件：第105回第十九年正月元宵节前贾府抄家。此处虽然没有过年的情节描写，但第108回明显提到薛宝钗"正月廿一"生日，由于提到了过年时的"正月"，故可视同为提到"过年"，所以此年当为实年。

二、高本时间序列上的两大"自造矛盾"

　　上文我们根据脂本前八十回与程高本后四十回的情节，来排定《红楼梦》的时间年表。排下来，全书不多不少正好终结在宝玉十九岁那儿，可以证明后四十回与前八十回在时间上浑然一体，是同一人所作。

　　问题是：程高本在时间序列上对脂本前八十回做了两处大的篡改，这便使得全书无法结束在程高本自己所写的宝玉十九岁，从而给自己制造出两个原本没有矛盾的矛盾来，这就有力地证明后四十回根本就不可能是高鹗所续写。

　　由于程高本后四十回与脂本前八十回在时间和空间这两方面都浑然一体[1]，

① 时间上浑然一体见本书之论，空间上浑然一体见笔者《宁荣府大观园图考》一书。

所以后四十回与前八十回当是同一个人、也即曹雪芹所作，而不可能是高鹗或曹雪芹之外的另一位无名氏、哪怕是曹雪芹的某位至亲族人所作。（因为曹家的至亲族人，哪怕是脂砚斋，虽然了解曹家的家世背景和府第园林，但肯定无法全面而深透地了解曹雪芹在时间与情节上的创作构思。）

今将程高本时间序列上的这两大"自造矛盾"揭示如下：

（一）第 71 回贾母寿筵是红楼十六年秋还是十五年秋？

我们上表是根据脂本排列，贾母寿筵是在红楼十六年秋，遂与后四十回中的第 103 回"贾雨村和甄士隐重逢于红楼十八年"、第 120 回"宝玉出家于红楼十九年"这两大描写完全吻合。

而程高本让贾母寿筵在红楼十五年秋举行，据此来排，则贾雨村与甄士隐重逢便当在红楼十七年，而宝玉出家便当在十八年。这便是程高本自己的前八十回与自己的后四十回反倒存在矛盾，而脂本的前八十回与程高本的后四十回反倒没有矛盾。

这一程高本的"自造矛盾"证明了两点：一是"后四十回不是高鹗所写"，二是"程高本后四十回与脂本前八十回在时间上是一个完整整体"，从而证明"后四十回应当就是前八十回的作者曹雪芹所写"这一结论。

（1）高鹗对第 70 回末、71 回首篡改的判定

高鹗自造的这一矛盾，事关后四十回是他人续作还是曹雪芹原作的判定，所以此处详引其文分析如下：

脂本第 70 回言贾政"至冬底方回"，下来全写春末放风筝的事情，然后第 71 回开头写："话说贾政回京之后，……因今岁八月初三日乃贾母八旬之庆"云云，则贾政冬底回来后，作者便"一笔带过"地写到次年秋天贾母做寿事，等于春末放风筝后，直接就写下一年秋天贾母做寿，有一年多没有交代任何情节，的确让人感到"匪夷所思"，所以读者很容易会相信两点：一是作者"冬底"两字有误，二是贾母秋天寿宴与春末放风筝当是同一年中接连发生的事情。凭此见解，高鹗便作出与脂本大异的改动，导致脂本与程高本两大版本系统在第 70 回末、第 71 回首的大异。

高鹗首先把脂本的"至冬底方回"改成"七月底方回"。

其次，脂本第 70 回末与 71 回首仅作："说着，看姊妹都放去了，大家方散。黛玉回房歪着养乏。要知端的，下回便见。""话说贾政回京之后，诸事完毕，赐假一月在家歇息。"

而高鹗在程高本中，当嫌贾政回来过于突兀，便把之前放风筝的场面删掉大段，腾出篇幅来补风筝放完后，宝玉怕贾政七月份回来查功课而补功课的情节，然后再写"展眼已是夏末秋初"的贾政七月份归来时的情形。

我们之所以敢于断定这是高鹗的私自补缀而非曹雪芹原文，是因为：一者，脂本放风筝的情节详细且精彩，而高鹗放风筝的情节简略而逊色。从改稿越改

越胜的角度来看，显然脂本为定稿而高鹗乃初稿，则高鹗"宝玉补功课、贾政回来"这两段情节便当是曹雪芹的原作，而且是早于脂本的初稿，今天脂本没有这两段情节，便应当是曹雪芹在后来改稿时删却。

而曹雪芹作书时尚属草稿阶段，完全可以放开手笔，把放风筝详写到今天的脂本模样，没有必要为了补放风筝的情节，而把宝玉补功课、贾政回家这两段情节给删掉。换句话说，如果程高本是曹雪芹初稿的话，则在它基础上改定而来的脂本应当会有这两段情节。

现在脂本没有这两段情节、而放风筝反倒为详，程高本放风筝为略、而有这两段情节，显然只可能是高鹗删节放风筝而补这两段情节所致。原作者曹雪芹如果要增添这两段情节，绝对不用删节上面放风筝的精彩文字；今删节之，故知这两段情节的增添，绝非原作者曹雪芹所为，当是编辑高鹗所为。高鹗之所以要先删后补，便是出于节约出版成本的考虑而做了页数总量的控制，不想让书商程伟元负担太重。

（2）高鹗对第70回末、71回首篡改字数的判定

今将高鹗对上引脂本第70回末、71回首文字做改动后的文本征引如下（画线部分便是与上引脂本相近处）：

说着，有丫头来请吃饭，大家方散。从此宝玉的工课，也不敢像先竟撂在脖子后头了，有时写写字，有时念念书。闷了也出来，合姐妹们顽笑半天，或往潇湘馆去闲话一回。众姐妹都知他工课亏欠，大家自去吟诗取乐，或讲习针黹之事，也不肯去扰他。便是黛玉更怕贾政回来宝玉受气，每每推睡，不大兜揽他。宝玉也只得在自己屋里，随便用些工课。展眼间已是夏末秋初。一日，贾母处两个小丫头，匆匆忙忙来叫宝玉。不知何事，下回分解。

话说贾母处两个丫头，匆匆忙忙来找宝玉，口里说道："二爷快跟着我们走罢，老爷家来了。"宝玉听了，又喜又愁，只得忙忙换了衣服，前来请安。贾政正在贾母房中，连衣服未换，看见宝玉进来请安，心中自是欢喜，却又有些伤感之意。又叙了些任上的事情，贾母便说："你也乏了，歇歇去罢。"贾政忙站起来，笑着答应了个"是"，又略站着说了几句话，才退出来。宝玉等也都跟过来。贾政自然问问他的工课，也就散了。原来贾政回京复命，因是学差，故不敢先到家中。珍、琏、宝玉头一天便迎出一站去接见了，贾政先请了贾母的安，便命都回家伺候，次日面圣，诸事完毕才回家来，又蒙圣恩赐假一月在家歇息。

以上文字共407字，扣除脂本此节文字49字，增加了358字。

而放风筝一节脂本与程甲本原文为：

脂本	程甲本（程乙本与之相差不大）
一语未了，只听窗外竹子上一声响，恰似窗屉子倒了一般，众人唬了	一语未了，只听窗外竹子上一声响，恰似窗屉子倒了一般，众人吓了

一跳。丫鬟们出去瞧时，帘外丫鬟嚷道："一个大蝴蝶风筝挂在竹梢上了。"众丫鬟笑道："好一个齐整风筝！不知是谁家放断了绳，拿下它来。"宝玉等听了，也都出来看时，宝玉笑道："我认得这风筝。这是大老爷那院里娇红姑娘放的，拿下来给她送过去罢。"紫鹃笑道："难道天下没有一样的风筝，单她有这个不成？我不管，我且拿起来。"探春道："紫鹃也学小气了。你们一般的也有，这会子拾人走了的，也不怕忌讳。"黛玉笑道："可是呢，知道是谁放晦气的，快掉出去罢。把咱们的拿出来，咱们也放晦气。"紫鹃听了，赶着命小丫头们将这风筝送出与园门上值日的婆子去了，倘有人来找，好与他们去的。

这里小丫头们听见放风筝，巴不得七手八脚都忙着拿出个美人风筝来。也有搬高凳去的，也有捆剪子股的，也有拨籰子的。宝钗等都立在院门前，命丫头们在院外敞地下放去。宝琴笑道："你这个不大好看，不如三姐姐的那一个软翅子大凤凰好。"宝钗笑道："果然。"因回头向翠墨笑道："你把你们的拿来也放放。"翠墨笑嘻嘻的果然也取去了。宝玉又兴头起来，也打发个小丫头子家去，说："把昨儿赖大娘送我的那个大鱼取来。"小丫头子去了半天，空手回来，笑道："晴姑娘昨儿放走了。"宝玉道："我还没放一遭儿呢。"探春笑道："横竖是给你放晦气罢了。"宝玉道："也罢。再把那个大螃蟹拿来罢。"丫头去了，同了几个人扛了一个美人并籰子来，说道："袭姑娘说，昨儿把螃蟹给了三爷了。这一个是林大娘才送来的，放这一个罢。"宝玉细看了一回，只见这美人做的十分精致。心中欢喜，便命叫放起

一跳。丫鬟们出去瞧时，帘外丫头子们回道："一个大蝴蝶风筝，挂在竹梢上了。"众丫鬟笑道："好一个齐整风筝。不知是谁家放的，断了线？咱们拿下它来。"宝玉等听了，也都出来看时，宝玉笑道："我认得这风筝，这是大老爷那院里嫣红姑娘放的。拿下来给她送过去罢。"紫鹃笑道："难道天下没有一样的风筝，单她有这个不成？二爷也太死心眼儿了。我不管，我且拿起来。"探春笑道："紫鹃也太小器了，你们一般有，这会子拾人走了的，也不嫌个忌讳？"黛玉笑道："可是呢。把咱们的拿出来，咱们也放放晦气。"

丫头们听见放风筝，巴不得一声儿，七手八脚，都忙着拿出来，也有美人儿的，也有沙雁儿的。丫头们搬高墩，捆剪子股儿，一面拨起籰子来。宝钗等立在院门前，命丫头们在院外敞地下放去。宝琴笑道："你这个不好看，不如三姐姐的一个软翅子大凤凰好。"宝钗回头向翠墨笑道："你去把你们的拿来也放放。"宝玉又兴头起来，也打发个小丫头子家去，说："把昨日赖大娘送的那个大鱼取来。"小丫头去了半天，空手回来，笑道："晴雯姑娘昨儿放走了。"宝玉道："我还没放一遭儿呢。"探春笑道："横竖是给你放晦气罢了。"宝玉道："再把大螃蟹拿来罢。"丫头去了，同了几个人，扛了一个美人并籰子来，回说："袭姑娘说：昨儿把螃蟹给了三爷了，这一个是林大娘才送来的，放一个罢。"宝玉细看了一回，只见这美人做的十分精致，心中欢喜，便叫放起来。此时探春的也取了来了，丫头们在那山

来。此时探春的也取了来，翠墨带着几个小丫头子们在那边山坡上已放起来。宝琴也命人将自己的一个大红蝙蝠也取来。宝钗也高兴，也取了一个来，却是一连七个大雁的，都放起来。独有宝玉的美人放不起去。宝玉说丫头们不会放，自己放了半天，只起房高便落下来了。急的宝玉头上出汗，众人又笑。宝玉恨的掷在地下，指着风筝道："若不是个美人，我一顿脚踩个稀烂。"黛玉笑道："那是顶线不好，拿出去另使人打了顶线就好了。"宝玉一面使人拿去打顶线，一面又取一个来放。大家都仰面而看，天上这几个风筝都起在半空中去了。

一时丫鬟们又拿了许多各式各样的送饭的来，顽了一回。紫鹃笑道："这一回的劲大，姑娘来放罢。"黛玉听说，用手帕垫着手，顿了一顿，果然风紧力大，接过籰子来，随着风筝的势将籰子一松，只听一阵豁剌剌响，登时籰子线尽。黛玉因让众人来放。众人都笑道："各人都有，你先请罢。"黛玉笑道："这一放虽有趣，只是不忍。"李纨道："放风筝图的是这一乐，所以又说放晦气，你更该多放些，把你这病根儿都带了去就好了。"紫鹃笑道："我们姑娘越发小气了。哪一年不放几个子？今忽然又心疼了！姑娘不放，等我放。"说着便向雪雁手中接过一把西洋小银剪子来，齐籰子根下寸丝不留，咯登一声铰断，笑道："这一去把病根儿可都带了去了。"那风筝飘飘摇摇，只管往后退了去，一时只有鸡蛋大小，展眼只剩了一点黑星，再展眼便不见了。众人皆仰面睃眼说："有趣，有趣。"宝玉道："可惜不知落在哪里去了。若落在有人烟处，被小孩子得了还好，若落在荒郊野外无

坡上已放起来。宝琴叫丫头放起一个大蝙蝠来，宝钗也放起个一连七个大雁来。独有宝玉的美人儿，再放不起来。宝玉说丫头们不会放，自己放了半天，只起房高，便落下来了，急得宝玉头上的汗都出来了。众人又笑，宝玉恨得掷在地下，指着风筝说道："若不是个美人，我一顿脚踩个稀烂！"黛玉笑道："那是顶线不好。拿去叫人换好了，就好放了。再取一个来放罢。"宝玉等大家都仰面，看天上这几个风筝起在空中。

一时风紧，众丫鬟都用帕垫着手。黛玉果见风力紧大，过去将籰子一松，只听得一阵豁喇喇响，登时线尽，风筝随风去了。黛玉因让众人来放。众人都说："林姑娘的病恨儿都放了去了，咱们大家都放了罢。"于是丫头们拿过一把剪子来，绞断了线。那风筝都飘飘摇摇的随风而去，一时只有鸡蛋大，一展眼只剩了一点黑星儿，一会儿就不见了。众人仰面说道："有趣，有趣！"说着，有丫头来请吃饭，大家方散。

人烟处，我替它寂寞。想起来把我这个放去，教它两个作伴儿罢。"于是也用剪子剪断，照先放去。探春正要剪自己的凤凰，见天上也有一个凤凰，因道："这也不知是谁家的。"众人皆笑说："且别剪你的，看它倒像要来绞的样儿。"说着，只见那凤凰渐逼近来，遂与这凤凰绞在一处。众人方要往下收线，那一家也要收线，正不开交，又见一个门扇大的玲珑喜字带响鞭，在半天如钟鸣一般，也逼近来。众人笑道："这一个也来绞了。且别收，让它三个绞在一处倒有趣呢。"说着，那喜字果然与这两个凤凰绞在一处。三下齐收乱顿，谁知线都断了，那三个风筝飘飘摇摇都去了。众人拍手哄然一笑，说："倒有趣，可不知那'喜'字是谁家的，忒促狭了些。"黛玉说："我的风筝也放去了，我也乏了，我也要歇歇去了。"宝钗说："且等我们放了去，大家好散。"说着，看姊妹都放去了，大家方散。

脂本为1400字，程甲本删为839字，便可腾出561字的篇幅空间，于是补上358字的宝玉补功课和贾政回来的情节。

原作者曹雪芹尚在草稿阶段，没有字数总量控制的必要，今程高本对脂本一删一补，可证这一改动绝对不可能出自原作者曹雪芹之手，而当是高鹗编纂时所做的臆改。

而且程甲本删除了两大情节：一是探春放的凤凰风筝和另一只凤凰风筝结合成一对，被"喜"字带着喜庆的爆竹声给带走了，这便预兆探春将因喜事（婚事）远嫁为王妃（凤凰象征王妃）。二是宝玉放掉了自己的美人风筝。

脂本一开始就写明黛玉放的是美人风筝，下文又有宝玉怕黛玉所放风筝没人相伴，便把自己的美人风筝一同放了而可以做伴的描写，即宝玉说："若落在荒郊野外无人烟处，我替它寂寞。想起来把我这个放去，教它两个作伴儿罢"，更加证明黛玉放的是美人风筝。脂本这一情节象征的是黛玉逝世后，宝玉追随她离尘出家，后四十回的描写与此正相吻合。而程甲本没有脂本这一情节，开头又未写明黛玉放的是何种风筝，等于自始至终都未写明黛玉放的是何种风筝。

脂本这两个放风筝的情节对于后四十回的情节都有重大的暗示（一是暗示探春远嫁为妃，二是暗示宝玉追随黛玉离世出家），程甲本全都没有了。特别是宝玉把自己的美人风筝放走，这一情节解答了黛玉所放为何种风筝；删除这段情节后，程甲本便看不出黛玉放的是什么风筝了，至于其所象征的"黛玉逝世后宝玉追随其离尘出家"的用意更是没有了。显然这都是高鹗不明作者深意所做的妄删。

（3）高鹗对第70回末、71回首篡改的不通与篡改原因的判定

从第70回末、第71回首高鹗所改文字来看：宝玉补做功课后贾政只是"自然问问他的工课"，可见做功课与问功课都是常情，不写也罢。

高鹗又写贾政回京复命时不敢先到家，而是宝玉等人提前一天到郊外迎接，第二天面见皇帝后才敢回家。既然第一天宝玉与贾政已见过面，宝玉何必第二天急匆匆相见时还要"又喜又愁"？想必是愁贾政到家后会来查他功课，"喜"字是旁贴之语，即"又喜又愁"乃偏意词组，其实只指发愁，因为昨天初见时已喜过，今天唯有发"愁"了。但昨天初见时，焉能不愁贾政明天到家来查功课？可见昨天初见时便当已经"又喜又愁"过，又何必今天才来写"又喜又愁"？由今天来写"又喜又愁"，可证昨天根本就没有出都迎接过贾政，今天才与贾政初次见面。

总之，高鹗所改实有不近情理处。况且宝玉个性岂是能坐下来读书的？在父亲没到家逼自己这么做的情况下，更加不大可能①。高鹗所补"宝玉也只得在自己屋里，随便用些工课"，便有违宝玉的人物个性。

由此可见：高鹗改写的这段情节，都是曹雪芹这种大家所不屑写及的"不写也罢"的常文常情。而且高鹗的改写还有不近情理、不合人物个性处，断非曹雪芹这种大手笔所为。应当是高鹗有意把贾母的寿筵移到放风筝那年的秋天，以免夏末放风筝后紧接次年秋天做寿，会给人一种"一年时光没写到"的不可思议之感，所以也就有了上面那番增改。高鹗这一增改其实很陋劣，破绽很多。

这一改动其实也颇在常理中，因为第70回写夏末放风筝，第71回写秋天做寿，出于思维惯性，所有人都会认为这两者应当发生在同一年中，就是高鹗以外的其他人来编辑后四十回，也很容易把"冬底"改成八月做寿前的"七月底"。

未改之前是冬底回，宝玉便不急那补功课之事，书中也就不必再写补功课之事；若是七月底回，则事情紧急，所以高鹗要补一段宝玉抓紧赶功课的情节。既然写到了补功课的事情，自然又要写上贾政回来后查功课的情节，于是高鹗又补上了一段贾政回来时的情景，这样又可以去除脂本那种没有任何交代便直接写"话说贾政回京之后"的突兀感。

（4）高鹗对第70回末、71回首篡改的"后遗症"

但高鹗这儿如此一改（指"冬底回"改"七月底回"），其他地方又未做相应的改动，这便产生出一系列矛盾来，从而证明"冬底回"是曹雪芹原文、而

---

① 宝玉的功课有很多都是众人帮他补的，他自己补做的功课其实很少，可证要宝玉坐下来读书写字那是比登天还难。

"七月底回"肯定是高鹗篡改。

●**矛盾一**：程高本自己的后四十回称贾政是冬底回，见第107回抄家后不久贾政说："犯官自从主恩钦点学政任满后，查看赈恤，于上年冬底回家。"可证第70回脂本的"至冬底方回"是曹雪芹原文，而程高本"七月底方回"乃高鹗臆改。

当然，第107回的抄家在红楼十九年，贾政于红楼十五年冬底回家，第107回贾政口中的"上年"不是特指去年，而是泛指此前某一年。

由第107回贾政亲口说自己"冬底回家"，可证贾母寿筵当如脂本是在红楼十六年，而非程高本所作的红楼十五年而少却一年。

●**矛盾二**：海啸的查灾、赈灾工作能在一两个月内完成吗？

第70回贾政来信原本是"说六月中准进京"（"准"指准能、一定能），然后又用"众人听说六、七月回京"，再度强化贾政六七月会回来的事实，于是宝玉"将所应读之书，又温理过几遍，正是天天用功。可巧近海一带海啸，又遭蹋了几处生民。地方官题本奏闻，奉旨就着贾政顺路查看赈济回来。如此算去，至冬底方回。宝玉听了，便把书字又搁过一边，仍是照旧游荡。"

贾政一路上要查赈灾情，肯定比原来没有公务在身的六月份回家要有所推迟，程高本改"冬底"为"七月底"回来，可见只推迟了一两个月，则查赈灾情的公务只需一两个月便能完成。

但原文是作"近海一带海啸"，而海啸会波及沿海数百公里的海岸线，至少会有几个州府、而非一两个州府受灾，贾政从沿海回家时"顺路查看赈济"，一路上负有查看和赈济灾情这两项重要任务。

由于这场海啸还是中央下旨查赈，可证波及范围比较广、灾情比较重，一般是不大可能在一两个月内完成。所以脂本作"冬底方回"，即查赈灾情的工作持续五六个月是非常合理的，而程高本作"七月底方回"，仅一个多月便完成这一中央交办的查赈使命是欠妥的。如果贾政真敢这么做（指七月底回），无疑会给人以一种"藐视和敷衍中央"的感觉。由此也可知"七月底方回"必非原文，乃是高鹗臆改。

而且作者的目的就是要让贾政晚回五六个月而到年底回，从而多拆一年出来，所以才会编排上"查赈灾情"这一重大理由。如果贾政只晚回来一两个月而到七月底回来，"杀鸡焉用牛刀"？作者根本就没必要编排"查赈灾情"这种重大理由，只需要找个别的什么理由搪塞一下就行。由作者编出查赈灾情这一重大理由，也可以看出贾政肯定不可能七月底回，而当是五六个月后的年底回。

再者，据上引文字，贾政来信说六月回，众人理解为六七月总能回，于是宝玉赶功课，结果又来信说是冬底回，宝玉于是照旧游玩。上引文字程高本与之基本相同，唯改"至冬底方回"为"至七月底方回"，比原来估计的六月底七月初回来只晚了二三十天，却有闲心不赶功课而照旧游荡、丝毫不急，细读起来，在逻辑上也有明显不通处。唯有作"至冬底方回"，比原估的六月底、七月初回家晚了半年，宝玉才会有闲情逸致仍旧游荡。因此，由"宝玉听了，便把书字又搁过一边，仍是照旧游荡"语，便可明白曹雪芹原稿必作"至冬底方回"，而肯定不作"至七月底方回"，程高本作"至七月底方回"乃是高鹗妄改，这一妄改与"照旧游荡"语便矛盾起来。

●**矛盾三**：贾政若是十五年七月底回来后的七月底八月初为贾母做寿，则贾敬仅死一年多，不可以说成是两年多。

第 76 回贾母对死了公公的尤氏说："可怜你公公转眼已是二年多了。"（程高本作："可怜你公公已死了二年多了。"）今按贾敬死在第 63 回红楼十四年。第 76 回与第 71 回为同一年，该年如果是红楼十五年，则贾敬仅死一年多，虚算两年，但不可以说成"二年多"，只可以说成"一二年"或"二年"。今说成"二年多"，显然指实足二年多、虚算三年。①

由贾母言贾敬已死"二年多"，也可知该年已是红楼十六年而非十五年。故知第 71 回曹雪芹原文必是贾政十五年冬底回、十六年秋为贾母做寿；程高本作"七月底方回"而贾母做寿仍在十五年，是高鹗臆改。

●**矛盾四**：贾政若是十五年七月底回来就为贾母做寿，则贾政出差仅一年又十一个月，不可以说成"几年"。

第 71 回言贾政"又近因在外几年"，而第 37 回红楼十三年："这年贾政又点了学差，择于八月二十日起身"，距离第 71 回回京的"第十五年冬底"相隔两年多，故可以称为"几年"。如果按高鹗所改，贾政回京是在第十五年的七月底，在外仅一年又十一个月，不足整两年，当称"在外一二年"，不宜称作"几年"；唯有至"冬底回"方是在外两年零四个月（即在外两年多），这才可以称作"几年"。

●**矛盾五**：第 47 回贾母训斥与鲍二家媳妇偷情的贾琏说："我进了这门子作重孙子媳妇起，到如今我也有了重孙子媳妇了，连头带尾五十四年，凭着大惊大险、千奇百怪的事也经了些，从没经过这些事。还不离了我这里呢！②"

此为红楼十三年，至红楼十九年贾母死时正好加了六年，红楼十三年时贾母进贾府连头搭尾虚算为 54 年，则红楼十九年时，贾母进贾府连头搭尾虚算便是六十年，与第 110 回贾母临终时说的"我到你们家已经六十多年了，从年轻的时候到老来，福也享尽了"正相吻合。

若按程高本，第 70 回与 71 回在同一年，则算下来第 110 回贾母临终时虚算只有五十九年，虚算不足六十年，不能称为"已经六十多年了"，是为矛盾。

---

① 当然，这是在"十九年故事"体系中来理解这句话，而在"作者十四岁人生"体系中理解这句话时，便不当把"二年多了"理解成超过两年，而当理解成"年数之多已有二年了"、"年数已多达两年了"。详见本章"第二节、三、（二）"及上一章"第三节、第 75 回"的讨论。
② 指命贾琏快滚。这也可以看出贾母为人"大义灭亲"，凡是不好的子孙，再亲也要嘲讽、痛骂。则其对黛玉亦然，一旦发现黛玉不守女孩子的本分，也会痛加贬斥而鄙薄其为人。

（5）高鹗对第 70 回末、71 回首篡改的定论

总之，高鹗误会贾母做寿于第十五年秋，故让贾政十五年秋的七月底回家，程高本 70 回末、71 回首作"展眼间已是夏末秋初"而贾政归来，这都是脂本所没有的、高鹗的妄加补改，这是证明"后四十回乃曹子所作，而高鹗加以整理"的又一力证。其原因便是：

①高鹗改成贾政七月底回，则贾母做寿为红楼十五年，红楼纪年便当少一年，第 120 回宝玉便不是十九岁。现在后四十回写明第 120 回宝玉为十九岁，这就证明后四十回不是高鹗所作。由后四十回的时间与程高本前八十回不合、而与脂本前八十回相合，证明后四十回与脂本前八十回在时间序列上浑然一体，是同一个人也即曹雪芹所作，而非高鹗或高鹗之外的另一位无名氏所作。

②程高本自己的第 107 回贾政声称自己冬底回，与脂本第 70 回相合，而与程高本自己的第 70 回不合，证明后四十回不可能是高鹗所写。

又由第 70 回末、71 回首高鹗补写之文来看，直陈梗概，对话乏味，了无趣味，反倒把曹雪芹原作中放风筝的精彩场景、深刻寓意给删削得令人惋惜，割裂了全书 120 回的整体情节构思。从高鹗这一补改的文风来看，后四十回中凡是人物对白、心理描写的精彩之处，断非高鹗所能驾驭，这也是证明"后四十回非高鹗所能作成，当是曹雪芹原作"的又一力证。

〖附、高鹗篡改水平很一般的实例：第 8 回宝玉和宝钗讨论通灵宝玉和金锁时，"话犹未了，林黛玉已摇摇的走了进来。"这是甲戌本的写法，后来的程高本中，高鹗改成："话犹未了，林黛玉已摇摇摆摆的来了。""摇摇的"三个字便能让人看到林黛玉婀娜多姿的神态，一旦改成"摇摇摆摆"，读起来便索然无味，而且还把娇俏可爱的林黛玉拉低到市井妇人的层面，失去了少女的韵致。又如第 21 回贾琏与多姑娘偷情时留下一缕头发被平儿查获，平儿帮贾琏在王熙凤面前遮掩了过去，这时庚辰本写道："平儿指着鼻子，晃着头笑道：'这件事，怎么回谢我呢？'"高鹗却改成"平儿指着鼻子，摇着头儿笑道"，一个"晃"字便把平儿抓住贾琏奸情证据时娇俏可爱的得意神情刻画得活灵活现，一旦改成"摇"字后，便让人顿时产生此人轻浮油滑之感。再如第 2 回中，贾雨村交代甄宝玉对女儿的尊重，庚辰本作："这'女儿'两个字，极尊贵、极清静的，比那阿弥陀佛、元始天尊的这两个宝号还要尊荣无比呢。"高鹗居然改作："这'女儿'两个字，极尊贵、极清静的，比那瑞兽珍禽、奇花异草更觉稀罕尊贵呢！"高鹗当是出于尊重人们宗教信仰方面的考虑，把"阿弥陀佛、元始天尊"改成"瑞兽珍禽、奇花异草"。曹雪芹曾借主人公贾宝玉之口多次毁僧、谤道，这一主题便被高鹗给篡改掉了。①〗

（二）第 6 回贾宝玉初试云雨情是九岁还是十二岁？

第 6 回宝玉梦遗而与袭人"初试云雨情"，据上文年表排下来，宝玉那年才

---

① 此节参考《从这几个词，就可以看出曹雪芹比高鹗厉害在哪里》，见：
http://baijiahao.baidu.com/s?id=1583598651582706623&wfr=spider&for=pc。

九岁，这就明显有违生理常识，所以高鹗在程乙本中改成符合生理常识的十二岁，即：

第 5 回秦可卿说秦钟"与宝叔同年"（程甲、程乙本都与脂本一致），第 8 回脂本作："那秦业至五旬之上方得了秦钟"，程甲本同，唯"秦业"作"秦邦业"，而程乙本则改成："秦邦业却于五十三岁上得了秦钟，今年十二岁了"，则程乙本笔下的贾宝玉此年十二岁。这是为了让宝玉能和袭人行云雨之事所做的篡改（由程甲本与脂本相同，可知程乙本所作乃高鹗篡改）。高鹗在程乙本中又将前年第 2 回"冷子兴演说荣国府"时提到的宝玉"七八岁"改成"十来岁"也即十岁，由于程甲本与脂本都作"七八岁"，故知这也是高鹗篡改。

高鹗在程乙本中的这一系列改动，把贾宝玉改大了三岁，虽然符合了生理常识，但书中还有其他地方提到宝玉年纪，高鹗都没有改，这便制造出一系列自相矛盾来。

●矛盾一：红楼十三年宝玉是十三岁而非十六岁

第 23 回写宝玉入大观园后作即景诗，外面人"见是荣国府十二三岁的公子作的"（程甲、程乙本与脂本同），此年为红楼十三年、宝玉十三岁，与"十二三岁"语正相吻合。

第 24 回宝玉笑对贾芸说："你倒比先越发出挑了，（庚侧：何尝是十二三岁小孩语。）倒像我的儿子。"贾琏笑道："好不害臊！人家比你大四五岁呢，就替你作儿子了？"宝玉笑道："你今年十几岁了？"贾芸道："十八岁。"宝玉此年十三岁，正大四五岁。（程甲本同脂本一致。而程乙本则把"人家比你大四五岁呢"改成"人家比你大五六岁呢"，即把宝玉改小一岁成了十二岁，与第 6 回"初试云雨情"居然同年；而从全书的叙事来看，从第 6 回到 24 回其实过了四年而非同年，程乙本这一改动甚为不通，显然也是高鹗妄改。）

第 25 回宝玉和凤姐遭魔法，茫茫大士拿着通灵宝玉持颂说："展眼已过十三载矣"，明言宝玉此年十三岁。（程甲、程乙本皆同脂本一致。）

以上三回所引的年岁，证明程高本（程甲本）所据底本与脂本皆同，即红楼七年"冷子兴演说荣国府"时宝玉为七岁，红楼九年宝玉"初试云雨情"时为九岁。若按高鹗在程乙本中所改，红楼七年"冷子兴演说荣国府"时宝玉十岁，红楼九年宝玉"初试云雨情"时十二岁，至此红楼十三年，其间相隔"第 9 回冬天入学、第 12 回冬底林如海病重、第 17 回造大观园一年、第 18 回元妃正月省亲"共计四年而非一年，则当为十六岁而非十三岁。由此可证：程乙本第 2、第 6 回宝玉年岁的改动皆属高鹗妄改。

●矛盾二：红楼十四年宝玉绝对不可能是十七岁

第 56 回红楼十四年说甄宝玉"今年十三岁"，则他比宝玉仅小一岁，故两人年貌可以称作完全相同，即甄家四个媳妇"四人一见，忙起身笑道：'唬了我们一跳。若是我们不进府来，倘若别处遇见，还只道我们的宝玉后赶着也进了京了呢。'"

若按程乙本，高鹗把红楼九年"初试云雨情"的宝玉改大三岁，则宝玉此年当为十七岁，比甄宝玉大了四岁。相差四岁，其体形相差必然很大，因为十四五六岁正是人发育长身体阶段，同一个人十三岁时的模样与十七岁尚且不可能一模一样，若是两个人，更是不可能相同，甄府众媳妇便不可能一见贾宝玉，就把他当成自家的甄宝玉。现在既然两人一模一样，可证两人年貌必定相同或相去不远，这就证明"程乙本宝玉十二岁初试云雨情乃高鹗篡改、而非曹雪芹原文"。

● 程乙本第 2、第 6 回的篡改证明后四十回不是高鹗所著

"冷子兴演说荣国府"时宝玉七岁，"初试云雨情"时宝玉九岁，程甲本与脂本保持一致，而程乙本皆改大三岁。由于程甲本与脂本一致，说明程伟元、高鹗两人排印程高本（程甲本）的底本肯定和脂本相同，则程乙本所作便是高鹗的篡改。

在未改之前，宝玉年岁在全书中毫无矛盾，而且排到后四十回的末尾，的确就是第 120 回所写的十九岁。现在，高鹗在程乙本中一改，便与前八十回中宝玉年岁全部矛盾起来，而且排到后四十回末尾，便当大三岁而为二十二岁；现在程甲本、程乙本第 120 回仍作十九岁，这便证明"后四十回不可能是高鹗所写"。

宝玉年岁，脂本、程甲两本的前八十回，与程高本的后四十回浑然一体，毫无矛盾，也透露出"后四十回与前八十回的作者当是同一个人、即曹雪芹"的事实来。因为：不光宝玉年岁相合，第 97 回黛玉死时 17 岁，便与作者第 39 回借刘姥姥说茗玉 17 岁死来隐写黛玉死相合（见上一章第三节第 39、97 回），据此两者便可证明：前八十回与后四十回在时间上浑然一体，是同一人所作，后四十回的作者应当就是曹雪芹，而非高鹗或高鹗之外的某位无名氏。

（三）程甲本优于程乙本的判定

上面的例子让我们清楚地看到程甲本与脂本相合，而程乙本则有意篡改、自造矛盾；换句话说：程乙本是对程甲本加以篡改而来之本。我们在此更可证明：程乙本的旨趣便在于"制造混乱、抹杀程甲本"，这是程伟元、高鹗两人的一大罪过！

究其原因当是：程伟元作为书商，出版全本《红楼梦》120 回的目的原本就是为了谋利。由于投资存在巨大风险，如果用雕版印刷，虽然制版后可以"一劳永逸"地多年使用，但雕版成本太大，收回投资历时太长，远非他这样的小书商所能承受。而且书一旦出版，便会有人翻刻而让自己失去市场，未必能收回投资成本。为了降低投资风险，所以他决定采用成本低廉、投资不大、且可快速印成的"活字版"来印刷。但活字版的局限在于活字数量有限，一次只能排完几页便要开印，印完若干份后，又得拆毁版子，用其活字再来排下面几页。

程伟元因成本有限，同时也为了降低投资风险，所以第一次只印了100部①。售完后反响良好，于是加紧用活字来作第二次排印。其第一次印的100套便叫"程甲本"，而第二次印的便叫"程乙本"。为了射利，程伟元自然还会继续排活字版刷印，每次刷印都要重排活字，难免会有误植，或是略加改动以标新立异，所以每次印出来的本子基本相同，但或多或少会有一些相异处，我们便可称之为"程丙本""程丁本"等。

何以见得程甲本出版后反响很好？那便是程甲本印行仅70天不到便开始排印程乙本，这足以证明100套程甲本是在两个月内销完，平均每天卖一到两部。正因为销量很好，所以程伟元、高鹗才会紧锣密鼓地扩大再生产来印行程乙本。

何以知道程乙本是在程甲本排印后70天不到便开始印行？今按：程甲本《红楼梦叙》末署"时乾隆辛亥冬至后五日铁岭高鹗叙并书"，即乾隆五十六年（1791）冬至后五天印行程甲本，此年冬至为十一月廿七日（阳历1791年12月22日）。又程乙本《红楼梦引言》开头便称："是书前八十回，藏书家抄录传阅几三十年矣，今得后四十回合成完璧。缘友人借抄，争睹者甚夥，抄录固难，刊板亦需时日，姑集活字刷印。因急欲公诸同好，<u>故初印时不及细校，间有纰缪。今复聚集各原本详加校阅，改订无讹，惟识者谅之</u>。"末署："壬子花朝后一日小泉、兰墅又识。"则程乙本为次年乾隆五十七年（1792）壬子岁二月十二"花朝节"的次日印行，其日为二月十三（阳历1792年3月5日），距上年辛亥岁冬至后五天印行程甲本相隔仅68天。

就在印"程乙本"时，程伟元与高鹗打起了"如意小算盘"："如果这次仍按照程甲本排版固然可以，但这等于向世人宣告'程甲本'是唯一真本，则任何一个买到那100套程甲本的人，便都可以据之翻版出售，我们便丧失了市场垄断权。"于是程伟元与高鹗便宣称："初印时不及细校，间有纰缪。今复聚集各原本详加校阅，改订无讹，惟识者谅之"，换句话说：我们新印的"程乙本"要比前一次印行的"程甲本"更为优秀，请大家都来买我们这个新版本吧，千万不要用前面那个"间有纰缪"的版本。其目的就是要让天下人不把"程甲本"当真本，从而让前面那100部程甲本没人敢据之再版，再版了读者也不愿买，于是他们的程乙本便可以继续获得"市场垄断权"而销量大增。（但事实证明他们的如意算盘落空了，人们识破了他们这一谎言，下详。）

从上面程甲、程乙两本与脂本对校的例子来看，高鹗在程乙本中对程甲本所做的篡改，从性质上看是非常严重的。即这些改动不是一般性的"音近或形近而误"字的更改，而是关键情节的更改②；从字数上看也很多，因为北京师范大学出版社1987年以"程甲本"为底本整理出《红楼梦（校注本）》，其"校注说明"称："据我们初步统计，程乙本对程甲本删改字数达一九五六八字，其中前八十回即被删改一四三七六字"，则后四十回被删改5292字，平均每回130

---

① 后人估计其仅印100套左右。此100套的数字虽无确切的文献依据，但与实情当相去不远。

② 如将九岁改为十二岁，这一改动非常惊人。至于关键情节的更改，例见下文。

余字，不可谓少。

又从上面的例子来看，程甲本与脂本吻合，是曹雪芹原文，而程乙本所改反倒是篡改，完全不符合曹雪芹原意，其目的就是要把真本给掩盖、抹杀掉，不想让大家获得"真本"，旨在让天下人获得一部高鹗篡改后的"伪本"，其用心的不正，取脂本与程甲、程乙本作一比对，便可昭然若揭。今再举两例以概其余，即：第86回算命先生称元妃八字为"日禄归时"，而程乙本改成"日逢专禄"；第87回惜春见棋谱上有"八龙走马"，而程乙本改作"十龙走马"。

我们固然不懂八字算命，也未翻查过围棋棋谱，我们只是想说：程乙本书首程伟元与高鹗合写的《红楼梦引言》称："书中后四十回，系就历年所得，集腋成裘，更无他本可考。惟按其前后关照者，略为修辑，使其有应接而无矛盾。至其原文，未敢臆改，俟再得善本，更为厘定，且不欲尽掩其本来面目也。"而后四十回仅有一个底本，高鹗没有第二个版本可校，手民再怎么误植，也不会把"日逢专禄"误植成"日禄归时"，把"十"误植成"八"，所以程甲本肯定是底本原文，而程乙本出版时别有用心地改成字形、字音及含义都迥别的"日逢专禄"、"十王走马"，则程乙本乃出版动机严重不纯的"篡乱本"可以定论矣！

更妙在高鹗自己还标榜一句"至其（后四十回）原文未敢臆改"，这句话便是其"此地无银三百两"的"做贼心虚"之言。他既然已标榜程乙本与程甲本的不同之处乃是他"聚集各原本详加校阅、改订无讹"而来，而后四十回恰好又没有他本可校、却又能改出如此众多的"误"字来，岂非自相矛盾、自打耳光？既然后四十回没有底本可据，则"详加校阅、改订无讹"这八个字，岂非是在"不打自招"地承认自己："后四十回五千余既非形近、又非音近的文字之改，乃是我妄改、臆改！"推而广之，与后四十回性质相同的前八十回一万四千余既非形近、又非音近的文字之改，岂非也是他的妄改、臆改？

高鹗改了又怕人把"程乙本"和"程甲本"作一比对而得出"程乙本乃篡乱本"的结论，于是便要先在书首写下这违心的"未敢臆改"四字。这四个字似乎在标榜：先前出版的程甲本倒是我们有意乱改之本，而此后出版的程乙本乃是我等"天良发现"后、推出的"返本归真"的原本。天下会有这样的事理否？这种"前后矛盾"的拙劣说辞，难怪没人会相信！

天下大众读见这自相矛盾的"引言"，也会判断出程、高二人出版动机的无良和程甲本的可信。其"引言"的矛盾之处便在于：据其引言所说，程乙本是据各本详加校订无误后，才会有和程甲本不相同的地方；而后四十回无本可校，则程乙本与程甲本当没有什么重大异文才对，现在却也有大量既非形近之误、又非音近之误的文字改出——这两者①是不可能同时存在的一对矛盾。既然后四十回程甲、程乙本有如此多的既非形近、又非音近的异文是高鹗无本可校的臆改，推而广之，则前八十回程甲、程乙本同样如此多的既非形近、又非音近的异文，便也是高鹗所做的臆改。

程伟元、高鹗对外宣称程乙本比程甲本更优秀，为的就是要"一手遮天"，

---

① 指当无很多异文，但事实上却有大量异文。

贬低程甲本，让已经买到程甲本的人即便翻版也敌不过自己的程乙本，从而卖不出去，为的就是要让大家相信程乙本是最完善之本、从而都来买自己出版的程乙本；为的就是要证明程甲本是篡乱本，而程乙本才是真本，从而达到让世人皆来读篡乱后的程乙本，而真本程甲本只被程高二人或少量人（指买到100部程甲本的人）垄断的险恶目的。

幸亏古人不糊涂，识破了书商程伟元、帮凶高鹗这一奸诈伎俩。事实上，脂本也有流传，取之一对，程甲、程乙孰真孰篡，是瞒不过有识之士那"火眼金睛"的。所以后来社会上翻印《红楼梦》时，无一例外都取程甲本为底本，程乙本影响很小，即《红楼梦（校注本）》"校注说明"所说的："程甲本刊印后，曾风行一时，此后大量流传的本子，大都是依据程甲本翻刻重印的。程甲本成为一百三十年间各种翻印本的祖本，程乙本当时则只在小范围内流传，社会影响不大。"程、高两人想以"程乙伪本"垄断《红楼梦》市场的不良用心落了空；"程甲真本"盛行天下，可谓是《红楼梦》的一大幸事。正因为读者的聪慧，大大减轻了程、高二人的罪孽，使他们"功大于过"；如果读者被其蒙蔽，程乙伪本盛行，则程、高二人便是"过大于功"了。

民国大家胡适在"红学"上可谓"功大于过"，其贡献在于系统论明《红楼梦》是曹雪芹所著，笔者《宁荣府大观园图考》证明了《红楼梦》书中描写的"宁荣二府大观园"便是曹雪芹家"江宁织造府行宫"图的镜像，从而无可辩驳地证明书中写的就是"江宁织造府"曹家，作者就是"江宁织造府"曹家的人曹雪芹，所有《红楼梦》作者非曹雪芹的异说全都可以扫地出门，这也就证明了胡适这一结论的牢不可破。

胡适的错误便在于制造了"后四十回乃高鹗所著"这一冤假错案，从而剥夺了曹雪芹后四十回的著作权。而民国时，"篡乱本"程乙本盖过"真本"程甲本这一反常现象，同样也是这位"后四十回乃高鹗所著"说的始作俑者的又一杰作，这便是《红楼梦（校注本）》的"校注说明"所说的："直至一九二七年，上海亚东图书馆据胡适所藏程乙本为底本重新校读排印后，程乙本始广泛流行。解放以后，由作家出版社、人民文学出版社多次刊印的一百二十回本《红楼梦》，都是以程乙本为底本校点整理的，而程甲本则一直未曾重新整理出版。"

为什么程乙本受民国以来学者和普通民众的重视？主要是胡适这位红学泰斗对程乙本的推崇，以及人们对胡适这位红学泰斗的推崇；而且高鹗近两万字的润饰修改，使得程乙本要比程甲本显得更加文从句顺，上下情节也被改得无缝衔接而没有扞格不通处，口语化的风格也更加迎合大众口味，高鹗在程乙本中所倾注的文字与情节上的润饰修改工夫也都不是白花的，这便是《红楼梦（校注本）》的"校注说明"所说的："程乙本经过补遗订讹，增损修辑，确有其胜于程甲本处，但程甲本在《红楼梦》版本史上的重要地位和特殊价值，程乙本却是不能取而代之的。……（程乙本对程甲本）改动之处甚多，不能一一详列，主要举以下四个方面的例子，以见大概情况:(一)文言词语改为白话、俗话。……(二)修润文字。……(三)增删词语。……(四)改动情节内容。……从程乙本对程甲本的改动情况看，大约有两种倾向：一是弥缝了甲本某些上下文衔接不很严密的地方；二是把甲本中旧小说习用的语汇改得更接近口语。这可能是程乙本特别受到胡适赞赏的原因之一。其实如此一改，却和前八十回反倒不太统一了，因为甲本的语言，正与脂评诸本的语言接近。"这一方面肯定了高鹗修改的合理性，但另一方面又指出高鹗修改再合情入理，也都不再是曹雪芹的原文，而是高鹗所作的臆改；从"存真、务实"的角度而言，高鹗的改动对于保存《红楼梦》原本真相显然是"过大于功"。

正因为程甲本是未经高鹗篡改的真本，而程乙本是经过高鹗臆改的篡乱本，所以我们引程高本文字时，便当以程甲本为准，唯有程乙本存在重大异文时才开列程乙本。"程甲为真而程乙为伪"这一明显的事实，只要取程甲、程乙本与脂本作一对校，便立马可以知晓，为什么胡适就相信程乙本优于程甲本呢？难道胡适这点学术素养都没有吗？这恐怕与他的个性和当时的时代风潮有关。

胡适之前的人都说后四十回是曹雪芹写的，他偏要论证后四十回是高鹗写的，由此一端，便可看出他有一种强烈的"标新立异"的叛逆个性。而民国的时代风气便是"革命"与"反封建"，便是要"推翻旧制度、旧思想，力求创新"。所以在"程乙、程甲本孰优"的问题上，胡适同样出于这种"标新立异"的叛逆个性和"革故立新"的时代风潮，作出了错误的判断和结论，把大众误导了几十年。即：在他之前，所有人都说程甲本好（大家只翻刻程甲本而不翻刻程乙本便是最有力的证明），胡适他偏要反其道而立论，树"程乙本比程甲本好"的新论，以收"惊世骇俗"的效果。

笔者从"空间、时间、脂批、正文、常州"这五大方面，系统论明后四十回就是曹雪芹原稿[①]，则胡适第一个"标新立异"的结论便靠不住了；他第二个"标新立异"的结论——"程乙本优于程甲本"，也因为我们取脂本与程甲、程乙本的对校而彻底否定。但胡先生红学上的伟大功绩，便在于首次系统地考证清楚《红楼梦》是曹雪芹曹霑写的，这一结论和功绩必将永标史册、不可磨灭。

"青山遮不住，毕竟东流去"，任何人在学术上的"过误"，都可以通过后人的纠正而加以消除，虽过而终将无过；但他在学术上的"功劳"，却如中流砥柱般永不磨灭、永当受人仰望！所以，对于学术上功过参半的人，其功劳是永远的，其过误终将在后人的补正中消失，过误绝不会影响其功劳的伟大；只有那种学术上过误远大于功劳，乃至只有过误而无功劳的人，才会受人诟病。

在此，我们更当提一句历史的经验和教训，即："公道自在人心"，人间永远不可以"用一家之言以蔽之"。再伟大的学问家的一家之言（如胡适），都盖不过公论；再伟大的学问家（如胡适），也不可能一手遮天。

在胡适之前，难道就没有胡适那般、乃至超过胡适的圣明之人？既然他们都认定高鹗所说的"后四十回是高鹗、程伟元两人所找到的曹雪芹的原稿"并

---

① 即笔者上一部书《宁荣府大观园图考》、本书《红楼时间人物谜案》、下一部书《后四十回完璧归曹》这三部书。

非撒谎，这便是当时人的公论。他们之所以敢这么认定的原因，绝不是偏听偏信高鹗的一面之辞，而在于高鹗在《红楼梦》序言中提到的全书"一百二十回回目"是当时人都能看到的；由于有此回目的存在，对照高鹗所找到的后四十回的稿子，高鹗手中的后四十回便更加不容易欺世，所以大家也就能得出"高鹗此言不假"的公论来。同时，他们又敢于认定高鹗口口声声所宣称的"程乙本比程甲本好"反倒是句谎言，因为程高本出现前只有脂本流传，拿这流传于世的脂本对校程甲、程乙本，便立即可以鉴定明白"程甲本优于程乙本"，从而得出"高鹗此言为假"的结论，这同样也是当时人的公论！

以上两个公论都是当时人的公论，作为后人便当无条件信从，因为这是当时人审察、审议出来的公论，而后人离开当时肯定已有相当长的时间区隔，无从调查取证，但当时之人却能够调查取证。所以只要是当时人的公论，作为后人便都当无条件地信从，而不可以加以挑战；谁要挑战，十有八九便会错误，因为"大公之道正直无私"，是不可以凭一私之见来加以挑衅的，连时人的私见都不可以挑衅时人的公论，更不用说是后人的私见了。

今胡适反古人的公论，而树自己的新颖私论；由于"公论"必定为是，所以胡适的"新论"必定为非。至于胡适定《红楼梦》是曹雪芹所著"恰非新论、而是旧论（因为袁枚、裕瑞皆言《红楼梦》是"江宁织造府"曹寅后人曹雪芹所著①），反倒正确，这也可以证明："顺应公论而立新论"，方能保证所立新论的正确无误；而"逆公论而立新论"则十有八九必误。所以胡适先生"红学"上的"一功、一过"，恰可以作为"标新立异、师心自用"者之诫。胡适"疑高鹗之真言（后四十回曹著）而信高鹗之谎言（程乙本优于程甲本）"，最终必将被学术界证伪，这也可以作为学问大家"欲以一家之言遮蔽古人公论"者之诫！

（四）作者写宝玉九岁初试云雨情的原因分析

至于九岁梦遗，那肯定是荒诞的，其原因下文有论，当是作者把自己十二岁时因为贪爱"秦可卿原型"而梦遗的情节，移到九岁来写。之所以要移到九岁来写，那便是因为作者要把自己十二岁那年发生的"秦可卿原型"的丧事提前到九岁来写，以影射自己八岁那年（康熙六十一年）亲自上北京参加过的、姑姑"平郡王妃曹佳氏"丧事、这一与本家族密切相关的盛大典礼。

作为小说，其情节鼓励虚构，况且作者又用书名"梦"字来标榜其"梦幻"主义的创作主旨和创作手法。而"梦"原本就是荒诞的，所以作者在书中要特

---

① 袁枚《随园诗话》卷二："康熙间，曹练亭为江宁织造，……其子雪芹撰《红楼梦》一书，备记风月繁华之盛。"曹寅号"楝亭"，故引文中的"练亭"实当作"楝亭"。曹雪芹为曹寅之孙，不是引文中所说的曹寅之子。袁枚得自于他人凭记忆的口传，基本为真，难免有误，情有可原。而裕瑞《枣窗闲笔》之《后红楼梦书后》又言："雪芹，……其先人曾为江宁织造，颇裕，又与平郡王府姻戚往来。……闻前辈姻戚有与之交好者"云云。他说自己的这一消息来自于和曹雪芹有交往的、自己亲戚中的前辈，更属的真无误。又：袁枚生活在南京，听说过曹雪芹是"江宁织造"之子，而当时最有名的曹姓"江宁织造"便是曹寅，于是便误会曹雪芹为曹寅之子；不知曹寅下面的两任"江宁织造"曹颙、曹頫之子（曹雪芹是曹颙嫡子，是曹頫的侄子或继子）。而曹颙、曹頫为曹寅的儿子，所以曹雪芹实为曹寅之孙。

地写一件"九岁梦遗"的荒诞情节，来凭空增添书名所标榜的"梦幻"效果；因此书中出现"九岁梦遗"的荒诞情节也就不足为怪了。

三、结论：程高本的"自造矛盾"证明后四十回乃曹雪芹原稿而非高鹗所续

高鹗上述两处大的时间修改，等于自己给自己制造了矛盾，程高本时间序列上这两个原本不矛盾的"自造矛盾"，已能充分证明：今本后四十回不是高鹗所续而是曹雪芹原稿。

在高鹗未改之前，脂本第6回红楼九年宝玉九岁，排到程高本的第120回宝玉出家时正好19岁，即脂本前八十回与程高本后四十回完全吻合。现在程乙本把第6回的宝玉改大三岁，排到第120回便当是22岁而非19岁，换句话说：程乙本后四十回与脂本前八十回毫无矛盾，反倒与自己程乙本的前八十回大相矛盾起来；前者可以证明：后四十回与前八十回是同一个人也即曹雪芹所写，而后者便可证明：篡改前八十回的高鹗绝对不可能是后四十回的作者。

当然，上例只是程乙本犯此错误，而程甲本不误，遂也可以忽略不论。但即便我们忽略此第6回高鹗在程乙本中的篡改[①]，按照程甲本第6回宝玉九岁，再按照程甲、程乙本都一致的第23~25回宝玉十三岁，来排程高本的叙事年表，应当也能排出第120回宝玉出家于十九岁。

但请不要忘了：程高本无论是程甲本还是程乙本，其第70回又把贾政由"冬底回、次年秋做寿"，改成了"当年秋天便回来为贾母做寿"而少却一年。这就意味着第120回宝玉应当出家于十八岁而非十九岁。现在程高本第120回宝玉出家于十九岁，与脂本第70回跨了两年相吻合，而与程高本自己的第70回未跨年相矛盾。换句话说：后四十回与脂本前八十回毫无矛盾，反倒与自己的程高本前八十回大相矛盾；前者同样可以证明：后四十回与前八十回是同一个人也即曹雪芹所写，而后者同样可以证明：篡改前八十回中第70回的高鹗，绝对不可能是后四十回的作者。

现在程高本后四十回在第103回、第120回两处明言《红楼梦》结束于宝玉出家的十九岁，完全与脂本前八十回相合，而与程高本自己的前八十回相矛盾，这便证明：程高本的后四十回与脂本前八十回只可能是同一个人也即曹雪芹所作，而绝对不可能是篡改《红楼梦》前八十回的高鹗所作。

总之，高鹗这两处"自造矛盾"的篡改，已无可辩驳地剥夺了从民国胡适以来，后人强加给高鹗的"后四十回续作者"的头衔[②]，从而有力地证明"后四十回乃曹雪芹原稿"的结论。

---

① 实是第2、第8回的篡改，导致第6回事实上的改变。
② 胡适是此说的始作俑者，鲁迅、俞平伯等大家加以宏扬，遂成为学界"不易之论"而谬种流传、贻害无穷。

四、余论：作者矛盾的深意与读者应当如何处理？

作者曹雪芹在书中布下的矛盾自有其深意在内，读者当以"会心"处之，作其知音，而不可以像高鹗那样"自作聪明"地改掉矛盾，使将来的读者再也不能通过识破矛盾来作曹子的知音。

作者曹雪芹留下的矛盾，旨在让有心人能够借此破绽（"假语存"），看破他书中隐写的真相（"真事隐"）。

有的人能看破其有矛盾，但未能明白其深意与原因，但仍能墨守原文而不加改动，以使他人也能读见此矛盾，这么做的人便可以称为智者。

与之相对的，便是有的人能看破其有矛盾，但却"自作聪明"地加以弥缝、篡改，这种人便是高鹗之流，使后人反倒再也看不出真相来。这种人貌似聪明，实乃"自作聪明"，枉费了曹子的苦心。比如：第2回贾琏是二爷而程乙本改为独子，第70回贾政冬底回而高鹗改为七月底回，第6回程乙本改为贾宝玉十二岁初试云雨情，第2回程乙本改为"冷子兴演说"时宝玉十来岁等，全都是这种"自作聪明"却适得其反、掩盖真相、枉费曹子苦心之改。

有的矛盾则是高鹗知道有误而改不了、或无法改。比如第85回二月份黛玉生日才十来天，便已是第87回的大九月里；又比如第12～14回贾琏与黛玉冬底出发而未带大毛衣服，冬末春初秦可卿之丧的"五七正五日"那天，却传来林如海"九月初三"刚逝世的讣告。这些都是高鹗想改而不敢改、也无法改，反倒留下了真相。这便是曹雪芹隐藏真相的如梦幻笔，高妙到了高鹗毫无招架之力的地步。

总之，俗话说："观棋不语真君子，把酒多言是小人！"对于《红楼梦》而言，"看破矛盾、明其深义而存真不改"才是"至高明"的境界。笔者据此而定"读《红楼梦》这一原本就'真假错乱'的梦幻之作时的五层境界"便是：

①看不出矛盾破绽，乃是 凡庸之人 。（相当于身处梦中仍未醒，不觉梦中情节之非，更别说看到作者真义了。）

②看出矛盾破绽而不明其深义，乃是 聪明之人 。（相当于梦醒而为梦中的荒唐情节所困惑，百思不得其解。）

③看出矛盾破绽而不明其深义，加以弥缝篡改，乃是"太聪明"而 自作聪明 ，如高鹗之流。（经过他们的篡改，便掩盖了作者的很多真义，可谓"过大于功"。推崇程乙本为佳者，不免此讥。）

④看出矛盾破绽，虽不明其深义，但能墨守原文而不改，乃是 真高明 。（即不"师心自用"，保留真相给后人参悟。）

⑤看出矛盾破绽而明其深义、存真不改，乃是作者的 真知音 、人中的真圣明。

第二节　《红楼梦》重大时间破绽，
证明作者把十四岁人生拆成十九年故事

我们可以由《红楼梦》的"暗写换年"，以及全书叙事上的重大时间破绽，识破作者曹雪芹是把"自己抄家时的十四岁人生"拆成"小说中的十九年故事"。即把自己人生的第九、第十二这两岁多拆五年出来。

其拆法令人拍案叫绝。正如同曹雪芹在空间上作"镜像"处理，"四两拨千斤"，虽改而实未改，完全可逆；其时间上的拆年法，同样也只用只言片语，不费吹灰之力，便能虽改而实未改，完全可逆。

一、"真、虚年"的区分，让我们洞察作者在十九年故事（"假语存"）中隐写的自己真实人生是十四岁（"真事隐"）

在上一章第三节排定《红楼梦》叙事时间时，我们已发现作者笔下的换年有"明换"与"暗换"两类：

前者是非常明显的换年写法，即在行文中明确写到"过年"情节，让读者明白已经进入新的一年；后者是比较隐晦的换年写法，即通过"春夏秋冬"四季的更替，暗示读者换了年，如第9回、第70至71回是"由冬入秋"暗示换年，第12回、第17回、第80至81回是"由冬入春"暗示换年，字面上连一个字都没提到过"过年"的情节、乃至过年的"年"字。

作者曹雪芹为什么有的换年要"明写"，有的换年要"暗写"？

联系作者创作《红楼梦》就是为了记载自己家事来让本家族不朽，同时"因为传她（金陵十二钗）并可传我（作者曹雪芹）"而使自己不朽[①]。所以作者全书写的便是自己的人生和家事。但作者又不敢照着原貌来明写，因为一旦按照自己人生年岁的真相来写，势必让知情者看破他写的就是"真事"，而有"影射"现实之嫌，弄不好会惹上当时盛行的"文字狱"而掉脑袋。于是"狡猾"的作者便有意把年份增多，让读者看不出他写的就是自己的人生（因为故事主人公抄家时的年岁与作者不同了，多了好几年）。但作者又要让自己的家事传世不朽，肯定又不愿意把真实的年岁全部改写抹杀掉。于是作者想到了一个"两全其美"的好办法，即用小说故事中的年来影写自己真实人生之年，其具体做法便是："明写过年"者便是自己人生中的"真年"，"暗写换年"者便是作者把自

[①] 即书首凡例"编述一集，以告天下人：我之罪固不免，然闺阁中本自历历有人，万不可因我之不肖、自护己短，一并使其泯灭也。"蒙王府本侧批："因为传她，并可传我。"

己人生中的某一真年拆分出来的虚增之年（"虚年"）。

举一个最理想化的例子：作者人生某岁有"春夏秋冬"四季之事，作者便把春季最后一件事加入冬令描写将其改造成冬底之事，于是下面的夏天之事便可以自动移入下年而多一年出来；然后作者如法炮制，将夏天最末一件事加入冬令描写而改造成冬底之事，其后秋天之事便又自动移入下年而再多一年出来；接着作者又把秋天最末一件事，依照上法改造成冬底之事，便又把其后冬天之事自动移入下年而又再多一年出来；仅有此三步便会掩盖真相，所以作者要靠下面一步来揭示其所掩盖的真相，即作者最后会用某种暗示，把"以上几年在作者'我'真实人生中实为一年"的真相给揭示出来。这么一来，既规避了"文网"的追究，又可以把标明作者真实身份的自身年岁留传给能识破上述真相的有心人，同时又把本家族所特有的时间烙印打入书中（比如作者借贾母年寿来写本家族从发迹到抄家的总年数，借元妃年寿来写祖辈曹寅、父辈曹颙曹頫这三代"江宁织造"仕宦的总年数，借王子腾死日来写曹佳氏死日等）。从而让有心人凭借打入书中的作者年岁，来识破此书的作者就是抄家时14岁的"我"曹雪芹；凭借打入书中的家族烙印，来识破书中写的故事写的就是"我们"曹家的家事，从而实现自己"假语存、真事隐"的创作主旨。

曹雪芹的这种"真事隐、假语存"的手法，与文物保护中的"可逆性原则"异曲同工。"可逆性原则"是文物保护中的重要原则，指文物修复中的一切措施，都要可以采取可逆的措施，使所作的文物修复能回到原始的未修复状态。曹雪芹在空间上作"南北不动、东西相反"的镜像处理，只要识破这一机关，把全书空间描写中的"东"字改成"西"、"西"字改成"东"，便能恢复出其家真实的空间格局来，这便是曹雪芹空间处理上的"可逆性"。曹雪在时间上作拆实年为虚年的处理，只要识破凡是写到过年的便是实年，未写到过年、只是通过季节更替来暗示换年的，便是拆实年而来的虚年，从而把虚年全部并入上一实年中去，便能把真实的时间格局、也即作者抄家时十四岁的人生给恢复出来，这便是曹雪芹在时间处理上的"可逆性"。至于其在人物角色上也做了"可逆性"的技术处理，详见本书"第三章、第三节、三、（7）"的讨论。

作者熟练地运用上述那种"加句拆虚年"的时间处理手法，名义上加了年，而在总年数上与自己的人生大为不同，其实原稿中自己真实人生的时间格局根本就没有什么大的变化，只不过把其中某一年（或某两年）一年四季之事中的换季语全都改成冬底罢了。当然，我们这儿举的只是最理想化的例子，并不意味着作者真就这样分年。下文我们便将对作者的"拆年"手法做具体分析，比此处谈论的做法要复杂得多。

根据以上认识，我们确定书中"真年、虚年"的区分原则便是：作者明写换年者（指明确提到过年或描写过年情节者）便是"真年"，暗写换年者（指通过季节更替语来暗示换了一年、而没有明文提到过年字样者）便是"虚年"。所谓"真年"，就是小说与作者真实人生相一致的年份，也即作者在小说中用"真事隐"主旨隐写的自己真实人生之年，下表中标以●；所谓"虚年"，就是作者在小说故事中，用"假语存"主旨，在字面上所写的、在其真实人生中并不存在的、拆分其人生真年而来的虚增之年，下表中标以◎。我们根据这一原则重排上文的 《红楼梦叙事共十九年简表》，把"虚年"归并入其上面的实年，便可发现：作者在"十九年小说故事"中隐写的"真实人生"是十四岁。

《红楼梦作者用"十九年故事"隐写自己"十四岁人生"的叙事简表》	
《红楼梦叙事共十九年简表》	对应作者的十四岁人生
第1回（一回写四年）："红楼一至四年、宝玉一至四岁"。●换年标志：第1回甄士隐梦见通灵宝玉下凡为第一年；贾雨村中进士为第二年；英莲被拐为第三年；甄士隐出家为第四年。	一至四岁、康熙五十四年至五十七年。
第2～3回（两回写三年）："红楼五至七年、宝玉五至七岁"。●换年标志：第2回贾雨村任苏州知府、娶娇杏为第五年；娇杏生子为第六年；林黛玉母亲逝世为第七年。	五至七岁、康熙五十八年至六十年。
第4回（一回写一年）："红楼第八年、宝玉八岁"。●换年标志：第3回黛玉入贾府时贾母有"过了残冬"语，第4回贾雨村上任金陵知府而审薛蟠案当在第八年春。	八岁、康熙六十一年。
第5～9回（四回写一年）："红楼第九年、宝玉九岁"。●换年标志：第5回"东边宁府中花园内梅花盛开"乃又一年的早春二月。	第5～18回（十三回写一岁）：九岁、雍正元年，※1※ 此年为作者真实人生中的雍正元年。作者以秦可卿之丧，影写自己真实人生八岁时的康熙六十一年春天，上北京参加姑姑"平郡王妃"曹佳氏之丧；由于本年拆为四年，所以把这场丧事写到"红楼第十一年"。
第9～12回（三回写一年）："红楼第十年、宝玉十岁"。◎换年标志：第9回以宝玉入冬学而秋天闹学"由冬入秋"暗写换年。	
第12～16回（五回写一年）："红楼第十一年、宝玉十一岁"。◎换年标志：第12回以"倏又腊尽春回"而"由冬入春"暗写换年。	
第17～18回（一回写一年）："红楼第十二年、宝玉十二岁"。◎换年标志：第17回大观园冬天造而春三月杏花大开时验收，从而"由冬入春"暗写换年。【第4回宝钗入贾府，而第21回提到"宝钗才过入贾府后的第一个生日"，证明：从第5回至第17回，在作者"十四岁人生"的原稿中全是同一年事而实未换年。】	

第 18～53 回（三十五回写一年）："红楼第十三年、宝玉十三岁"。 ●换年标志：第 18 回元宵节元妃省亲以"年也不曾好生过的"语明写换年。	十岁、 雍正二年。
第 53～70 回（十七回写一年）："红楼第十四年、宝玉十四岁"。 ●换年标志：第 53 回除夕祭祖、正月庆元宵明写换年。 ※2※此年为《红楼梦》故事中的雍正元年。因为：故事中的"红楼十九年"影射曹家抄家的雍正六年，此年在其前五年，故当影射雍正元年。而康熙下葬在雍正元年，作者便在此年中以"老太妃之丧"来影写曹家家长们上北京为康熙守灵。（附：据右列，此年在作者真实人生中为雍正三年。两者平行存在、互不干涉，即在《红楼梦》故事中这是雍正元年，但在作者真实人生中这是雍正三年。）	十一岁、 雍正三年。
第 70 回（一回写一年）："红楼第十五年、宝玉十五岁"。 ●换年标志：第 70 回以"年近岁逼"语明写换年。	第 70～95 回（廿六回写一岁）： 十二岁、 雍正四年。
第 71～80 回（十回写一年）："红楼第十六年、宝玉十六岁"。 ◎换年标志：第 70 回以贾政"冬底方回"而第 71 回贾母秋天做寿，从而"由冬入秋"暗写换年。	
第 81～95 回（十五回写一年）："红楼第十七年、宝玉十七岁"。 ◎换年标志：第 79 回借宝玉病后休养百日、薛蟠婚后金桂咄咄逼人、以及第 81 回钓鱼占"今年的运气"而"由冬入春"暗写换年到了年初。 【第 85 回又写贾政升官宴正逢林黛玉二月十二生日，但十来天后的第 87 回便提到仍在"大九月里"，证明从第 75、76 回的中秋夜宴，到此第 87 回，在作者"十四岁人生"的原稿中，全是八、九月份事而未换年。】	
第 95～104 回（九回写一年）："红楼第十八年、宝玉十八岁"。 ●换年标志：第 95 回元妃十二月十九日薨、第 96 回王子腾正月薨明写换年。	十三岁、 雍正五年。
第 105～120 回（十六回写一年）："红楼第十九年、宝玉十九岁"。 ●换年标志：以第 105 回第十九年正月元宵节前贾府抄家、第 108 回薛宝钗正月廿一生日来明写换年。	十四岁、 雍正六年，此为作者真实人生中的抄家之年，也即全书故事的结束之年。

制表说明：

表中五个"由……入……暗写换年"是我们"分"的内证依据，即判定"作者拆自己十四岁人生为十九年故事，使原稿十四岁人生增多五年而变成今本十九年故事"的内证依据所在。

表中两个"【……】"是我们"合"的内证依据。即：据此两大内证可以判定作者所写的十九年故事中"【……】"前所有标◎的虚年（前一个共三年，后一个共两年），其实都可以并入其前标●的那个真年中去而合并成一岁。即"【……】"之前的所有◎与其上那个●，在作者真实人生中其实是一年。

表中两个"※…※"揭示全书隐写的曹家两大靠山逝世之事：

※1※是作者八岁时的康熙六十一年正月十七日，作者姑妈"八大铁帽子王"中的"平郡王"王妃曹佳氏薨逝，其为曹家在朝中的两大靠山之一。作者是借九岁时秦可卿之丧来影写姑姑曹佳氏之丧，拆为十九年故事后，便写到了拆出来的"红楼第十一年"中。

※2※曹家朝中的另一大靠山便是康熙皇帝，其驾崩也在康熙六十一年，但与上面不同的是，上面的"平郡王"妃是年初逝世，而康熙皇帝是在年末的十一月十三日逝世，其国葬在雍正元年的春夏之交举行，曹家家长们（不含作者曹雪芹）上北京为康熙皇帝守灵。由于作者人生九岁的雍正元年的丧事已影写了曹佳氏之丧，不可能再在这个年份来影写第二场丧事，作者便要换到别的年份去写康熙国葬。由于故事中的红楼十九年抄家之年对应真实的曹家抄家之年"雍正六年"，往前推五年的红楼十四年便对应着真实世界中康熙下葬的"雍正元年"，所以作者便在这一年写贾母等贾府家长（不含宝玉）为老太妃守灵，以此来影写曹家家长们（不含作者曹雪芹）上北京为康熙皇帝送葬、及送到帝陵后为皇帝守灵之事。

上表从左往右看，便是作者以十九年故事隐写自己抄家时十四岁人生。由于我们完全是根据作者"暗写换年"来定全书十九年中哪些年份应当合并为作者"十四岁人生"中的某一岁，即："红楼第十至十二"这三年"暗写换年"，当与上年合并成为作者人生中的第九岁；"红楼第十六、十七"两年作者"暗写换年"，当与上年合并成为作者人生中的第十二岁。这都是通过书中的内证来作分合，并不是我们强加给全书的主观分合。

换句话说，作者通过书中"明写过年"与"暗写换年"的手法，来暗示哪些年是真年（即作者真实人生中的一岁），哪些年是虚年（即由作者真实人生中的某一岁拆分出来的故事中的虚增之年；在作者的真实人生中，此拆分出来的虚年当归并入其上的真年、从而恢复出作者真实人生中的一岁）。我们便是根据这类内证，得出作者"以十九年故事隐写自己十四岁人生"的结论，与"曹学"考证出来的"曹雪芹是曹颙遗腹子，生于康熙五十四年，到雍正元年正月元宵节前夕抄家时正好十四岁"的结论完全吻合。这可以证明两点：一是我们根据"暗写换年"合并出的作者"十四岁的真实人生"符合作者原意；二是写出本书"以十九年故事隐写十四岁人生"的人，应当就是抄家时十四岁的曹雪芹，而不可能是其他人。

后一结论便意味着写《红楼梦》的人只可能是曹雪芹,而不可能是曹家其他人,更不可能是曹家以外的人;由于后四十回与前八十回在空间和时间上是一个艺术整体,所以写今本后四十回的人也只可能是曹雪芹,而不可能是高鹗或其他无名氏、乃至曹家的其他人。笔者《宁荣府大观园图考》证明《红楼梦》描写的空间"宁荣二府大观园"就是南京曹雪芹家"江宁织造府"大行宫的镜像,这也能证明创作《红楼梦》这部书的人只可能是曹雪芹,但无法排除曹家其他人,通过此处的结论,便能完全排除曹家的其他人而只可能是曹雪芹。

我们完全靠的是书中的内证,来证明《红楼梦》的作者只可能是抄家时十四岁的曹雪芹,这就意味着:曹雪芹的生年就在抄家的"雍正六年"往前推14年的"康熙五十四年"(古人年岁虚算),作者只可能是曹颙的遗腹子,而不可能是别人。因此,"十九年故事隐写作者十四岁人生"的考证,对于探明曹雪芹的生年与身份,提供了不可推翻的书中内证!事实上,作者曹雪芹就是通过这种手法,有意把自己的人生的时间印记("抄家时十四岁")烙在书中,从而让后世的有心人能识破此书是抄家时十四岁的、康熙五十四年出生的曹雪芹所著,从而把自己的著作权捍卫到如此无可辩驳的程度,其智慧、远见的确非同寻常。

此前学术界已经基本认定曹雪芹是曹颙的遗腹子,生于康熙五十四年,至雍正元年正月元宵节前夕抄家时正好十四岁,只可惜无法从《红楼梦》的书中找到内证依据。现在我们通过全书"明写过年"、"暗写换年"的内证,分析得出两大结论:①作者在《红楼梦》十九年故事中隐写自己十四岁的真实人生,②《红楼梦》是作者把自己抄家时的十四岁人生拆成十九年故事来写,这便与学术界考证出的"曹雪芹抄家时为十四岁"的结论完全吻合。因此,根据全书叙事时间上的"换年",便可以为"《红楼梦》的作者就是曹颙遗腹子曹雪芹"这一结论提供全新的内证依据。正是基于以上认识,我们在上表作者真实人生的年岁旁标注上康熙、雍正两朝的年号。

笔者《宁荣府大观园图考》一书证明了《红楼梦》全书的空间是"江宁织造府"曹家的镜像,这只能证明《红楼梦》这部书只可能是"江宁织造府"曹家人所写。至于是曹家何人,由于曹雪芹在《红楼梦》第一回"楔子"中故意施放"烟幕弹",说自己只是在前人《风月宝鉴》基础上"披阅十载、增删五次、纂成目录,分出章回"而"题曰《金陵十二钗》"的改定者,而此书前四稿《石头记》《情僧录》《红楼梦》《风月宝鉴》是另一人所作,这个人定然应当是曹雪芹的长辈(或兄长),于是便有人认为是其叔父曹頫、也即脂砚斋所著而曹雪芹改定,也有认为是曹颙或曹颀所著而曹雪芹改定。

现在我们根据作者在书中打下的时间烙印,从而考明写此书的人在雍正六年抄家时十四岁,则作者只可能是康熙五十四年出生的曹颙遗腹子曹雪芹,而不可能是其长辈(或兄长),这一考证便宣告了所有想证明"《红楼梦》作者不是曹雪芹"的说法的破产。

至于书首"楔子"所谓的"另一人创作、而曹雪芹改定"之说,由于作者能够把自己这唯一一个宝玉在书中化身为甄、贾两个宝玉，把自己曹家这唯一一个曹府在书中化身为甄、贾两个府来写，则书中把作者说成若干人——石头、空空道人、情僧、制《风月宝鉴》的警幻仙子、改定的曹雪芹，乃至贾雨村、甄士隐（"假语存、真事隐"），其实都是作者自己的化身，都是作者的笔名。即《红楼梦》这部书的作者其实就一个，他姓曹、名霑，字梦沅，号雪芹、芹溪、芹圃①，笔名"石头、空空道人、情僧、警幻、贾雨村、甄士隐"。

笔者对《红楼梦》的空间就是"江宁织造府"曹家镜像的研究，证明了《红楼梦》的作者必须是曹家人，凡是"非曹家人创作《红楼梦》"的说法都可以排除；而笔者对《红楼梦》"以十九年故事写作者抄家时十四岁人生"的时间烙印的研究，又证明了《红楼梦》的作者只可能是雍正六年曹家抄家时14岁的曹雪芹。笔者这时间与空间两考的相互结合印证，便能把"《红楼梦》作者非曹雪芹"的各种说法全都排除、证伪。

而上表从右往左看，便是作者把记述自己抄家时十四岁人生的最初稿子②，在"披阅十载、增删五次"的十年再创作的过程中，拆成我们今天所能读到的全书十九年故事的写作思路。我们将其绘制成如下的简表：

《红楼梦作者把自己"十四岁人生"拆成"十九年故事"简表》	
作者十四岁人生 （即最初稿《红楼梦》）	《红楼梦叙事共十九年简表》 （即今本《红楼梦》）
一至四岁、 康熙五十四年至五十七年。	第1回（一回写四年）："红楼一年至四年、宝玉一岁至四岁"。

① 清人敦诚的诗集《四松堂集》，有国家图书馆所藏付刻稿本，内有《寄怀曹雪芹（霑）》诗；又有《赠曹雪芹圃（即雪芹）》诗（其《赠曹雪芹圃》之"雪"字点去），又有《佩刀质酒歌》诗，序中提到"雪芹"，又有《挽曹雪芹（甲申）》诗，其后又有敦诚《鹪鹩庵杂志》"余昔为白香山《琵琶行》传奇一拆"（拆，当据刻本作"折"）条提到："曹雪芹诗，……曹平生为诗大类如此，竟坎坷以终。"其刻本《四松堂集》卷一录上述之第1、第3首诗，卷五《鹪鹩庵笔麈八十一则》录上述最后一条记载。清人敦敏《懋斋诗钞》有《芹圃曹君（霑），别来已一载余矣，偶过明君（琳）养石轩，隔院闻高谈声，疑是曹君；急就相访，惊喜、意外！因呼酒、话旧事，感成长句》诗、《题芹圃画石》诗、《赠芹圃》诗、《访曹雪芹不值》诗、《小诗代简寄曹雪芹》诗、《河干集饮题壁，兼吊雪芹》诗。清人张宜泉《春柳堂诗稿》有《怀曹芹溪》诗、《和曹雪芹〈西郊信步，憩废寺〉原韵》诗、《题芹溪居士（姓曹、名霑、字梦沅，号芹溪居士，其人工诗、善画）》诗、《伤芹溪居士（其人素性放达，好饮，又善诗画，年未五旬而卒）》诗。上引画线部分便是曹雪芹字号的文献出处。
② 据笔者《后四十回完璧归曹》"第二章、第八节"的考证，曹雪芹记述自己抄家时十四岁人生的最初稿子，当是其30岁之前的最初草稿；曹雪芹从30岁开始，对其进行"披阅十载、增删五次"的再创作过程，其第一稿《石头记》120回写到35岁时结束而长达五年，每写完十回即给脂砚斋批阅。下来四稿《情僧录》《红楼梦》《风月宝鉴》《金陵十二钗》则改到39岁甲戌年，其第五稿的前八十回定本交给脂砚斋作第二次批阅，其中当然还有极少量未定稿处，而后四十回则尚未定稿而未交付给脂砚斋作批。今本后四十回便是脂砚斋手中的第一稿《石头记》的后四十回，但脂砚斋得到此第一稿时，也已缺了"五六稿"即五六回。

五至七岁、 康熙五十八年至六十年。	第2~3回（两回写三年）："红楼五年至七年、宝玉五岁至七岁"。
八岁、 康熙六十一年。	第4回（一回写一年）："红楼第八年、宝玉八岁"。
九岁、 雍正元年， 【第4回宝钗入贾府，而第21回提到"宝钗才过到贾府后的第一个生日"，证明：从第5回至第17回，在作者"十四岁人生"的原稿中全是同一年事而未换年。】	第5~9回（四回写一年）："红楼第九年、宝玉九岁"。
	第9~12回（三回写一年）："红楼第十年、宝玉十岁"。 第9回以宝玉入冬学而秋天闹学，从而"由冬入秋"暗写换年。
	第12~16回（五回写一年）："红楼第十一年、宝玉十一岁"。 第12回以"倏又腊尽春回"而"由冬入春"暗写换年。
	第17~18回（一回写一年）："红楼第十二年、宝玉十二岁"。 第17回大观园冬天造而春三月杏花大开时验收，从而"由冬入春"暗写换年。
十岁、 雍正二年。	第18~53回（三十五回写一年）："红楼第十三年、宝玉十三岁"。
十一岁、 雍正三年。	第53~70回（十七回写一年）："红楼第十四年、宝玉十四岁"。
十二岁、 雍正四年。 【第85回写贾政升官宴正逢林黛玉二月十二生日，但十来天后的第87回便提到仍在"大九月里"，证明：从第75、76回的中秋夜宴，到此第87回，在作者"十四岁人生"的原稿中，全是八、九月份事而未换年。】	第70回（一回写一年）："红楼第十五年、宝玉十五岁"。 第70回以"年近岁逼"语明写换年。
	第71~80回（十回写一年）："红楼第十六年、宝玉十六岁"。 第70回以贾政"冬底方回"而第71回贾母秋天做寿，从而"由冬入秋"暗写换年。
	第81~95回（十五回写一年）："红楼第十七年、宝玉十七岁"。 第81回钓鱼占"今年的运气"而"由冬入春"暗写换年。
十三岁、 雍正五年。	第95~104回（九回写一年）："红楼第十八年、宝玉十八岁"。
十四岁、 雍正六年， 此为真实的抄家之年。	第105~120回（十六回写一年）："红楼第十九年、宝玉十九岁"。

作者在书中共写了自己抄家时的十四岁人生,前八岁只写了4回,九岁写了13回,十岁写了35回,十一岁写了17回,十二岁写了26回,十三岁写了9回,十四岁写了16回,从回数上看,全书的高潮便在作者十岁时。此年十月的第49回李绮、李纹、邢岫烟、薛宝琴等人来到,大观园进入人数最多的最兴旺阶段,全书的高潮便可以定在此月前后的作者十岁与十一岁时。

为了减轻拆年的难度,作者选择要拆分的年岁肯定要避开这一高潮阶段,于是作者便选择这一高潮前一年的九岁与后一年的十二岁来拆分,把前者拆成四年(即多拆三年出来),把后者拆成三年(即多拆两年出来),总共多拆五年出来,从而把"自己十四岁的人生"改造成"小说中的十九年故事"。作者选择要拆分的九岁与十二岁恰好就在全书高潮"十岁与十一岁"的一前一后,两相平衡,这也体现出作者谋篇布局上的睿智之选。

那么作者拆14岁人生为19年故事,为何要多拆5年出来而不是其他年数?为何他要拆的年份是九岁加3年、十二岁加2年? 今作答如下:

作者在故事最后一年要写宝玉中乡试后出家①,而故事第一年正好是乡试之年,则两者之间当间隔三的整数倍(因为三年一乡试),所以应当相隔15年或18年。如果选择相隔15年,即由14岁的人生拆为16年的故事,只增加了两年,与原有十四岁的人生格局变化不大,很容易被知情人识破他写的是真实的家族身世,从而惹上乾隆朝盛行的"文字狱"。所以作者肯定要选择年数相隔比较大的18年,于是作者便决定把自己14岁的人生拆成书中的19年故事,以此来掩盖自己的真实人生。这就要多5年出来,作者便将其匀成两半,上半为3年,下半为2年,分别放在全书高潮的第十、十一两岁的之前和之后,所以九岁那年要增3年而拆为四年,十二岁那年要增2年而拆为三年。

下面我们便来详细分析:作者是怎样把自己人生的第九岁和第十二岁拆出虚年来。

二、作者如何将其真实人生的第九岁拆分成四年?

(一)"分"的内证:何以知道红楼第十至十二这三年是作者拆分真年而来的虚年?

第九年是以第5回"东边宁府中花园内梅花盛开"作为换年标志,虽然没有明文提到过年,但据上一章第三节第5回的分析,当是新一轮真年的开始(其时为作者人生的九岁)。全书故事便在第5回正式开场,正因为是开场,所以要另起一年。

---

① 宝玉必须与宝钗同房得子,然后又高中举人,方才算报答了世俗的家庭、尽了自己的孝道,唯有如此才可以出家,这是作者根据人间伦常所设定的宝玉结局,体现出作者曹雪芹的"忠孝节义"思想。如果让十几岁的曹雪芹来写此书,肯定会像书中的宝玉那样,讽刺"文死谏、武死战",歌颂叛逆;但让经历过人间大变故的三十几岁的曹雪芹再来写此书,或改十几岁时的日记素材与二十几岁时的初创草稿,正如书首凡例所言,此时的他满怀对父母与家族的惭愧之情,从而会痛改前非,歌颂起"忠孝节义"来。

第十年是以第 9 回言上年冬天宝玉入学而此年秋天闹学作为换年标志，没有一个字提到过年，这是标准的虚年。

第十一年是以第 12 回上年冬天贾瑞得病后"倏又腊尽春回，这病更又沉重"的季节更替，来作为进入此年的换年标志，没有一个字提到过年，也是标准的虚年。

第十二年是以第 17 回上年冬天开始建造大观园，此年春三月杏花大开时大观园主体建筑完工而宝玉题对额作为换年标志，也没有一字提到过年，是标准的虚年。

然后，第十三年是以第 18 回元宵节元妃省亲作为换年标志，而"元宵节"是过年时的大节，这便明显提到了过年，是真年（其时为作者人生的十岁）。

由此可知：第 5～17 回实为作者十四岁人生中的一年，即九岁。而写入小说时，作者有意将其拆成四年而多出三年来。

（二）"合"的内证：何以知道红楼第九至十二年这四年当合为一年？

第 5～17 回作者明里写是四年，实则是其人生的九岁那年拆成四年，作者"假语存"，在字面上是写红楼第九至十二共四年的小说故事，其所隐藏的"真事"便是只有一年，即作者人生的九岁。何以见得第 5～17 回实为一年？有如下六重理由，可谓证据确凿：

①第 5 回"因东边宁府中花园内梅花盛开"，甲戌本侧批："元春消息动矣。"即此梅花早春盛开，是前来预报"元春晋升为贵妃"这一喜讯的吉兆。元春是正月初一日生，此梅花作为其"消息"，不出意外的话，当开在元春所生的正月（当然也可能开在二月而与元妃正月出生无关，这无关宏旨）。而书中写元春晋妃实为第 16 回："一日正是贾政的生辰"，六宫都太监夏老爷来降旨：元春"晋封为凤藻宫尚书，加封贤德妃。"此乃红楼十一年，而第 5 回为红楼九年。第十一年的喜事怎么可能由第九年的梅花来报？所以脂批说"元春消息动矣"，便可证明从第 5 回到第 17 回在最初稿中为同一年，也即作者人生九岁那一年的事。

②上一章第三节的第 4、第 5 回已分析薛宝钗是在红楼第九年入贾府，而第 22 回言宝钗正月廿一生日，并说："谁想贾母自见宝钗来了，喜她稳重和平，<u>正值她才过第一个生辰</u>"，而此第 22 回已是红楼十三年，是宝钗入贾府的第五个年头，作者却说这时正值她入贾府后的第一个生日。这一方面说明宝钗是在红楼九年正月廿一生日后入的贾府，另一方面则表明第 22 回所在之年，在最初稿中是宝钗到贾府后的第二年。后一点便可证明：第 5～17 回在最初稿中都是同一年，即作者人生九岁那一年的事，而第 18 回以后乃其次年十岁时的事。

③第 6 回"刘姥姥一进荣国府"，是红楼九年秋天到贾府来"打秋丰"。按照人之常情，其第二年丰收后便当来贾府报恩，而书中却要到隔了四年后的第 39 回红楼十三年八月才来答谢。刘姥姥答谢时说："家里都问好。<u>早要来请姑奶奶的安</u>、看姑娘来的，因为庄家忙。好容易今年多打了两石粮食，瓜果、菜蔬也丰盛。这是头一起摘下来的，并没敢卖呢，留的尖儿孝敬姑奶奶、姑娘们尝尝。姑娘们天天山珍海味的也吃腻了，这个吃个野意儿，也算是我们的穷心。"

话语真是感人！根据画线部分的刘姥姥"早要来请安"之语，再证之以"人之常情"，便可明白第6回"红楼九年"刘姥姥到贾府"打秋丰"后的次年，她就应当来贾府答谢，所以第39回刘姥姥来报恩应当是红楼十年，这便又可证明：从第5回到第17回在最初稿中是同一年，即作者人生九岁那年的事，第39回为其次年十岁时的事。

④从第5至17回没有一笔提到"过年"，只是通过第9回宝玉入冬学而闹秋学暗示过了一年，通过第12回贾瑞"腊尽春回，这病更又沉重"暗示又过了一年，通过第17回冬天造大观园而春三月杏花大开时主体建筑完工而宝玉题对额暗示再过一年——总之也是只字未提过年时的节庆活动，一直要到第18回才写：因为迎接元妃省亲的缘故，"年也不曾好生过的"，这才算第一次提到一个"年"字。虽然这儿也没写到过年时的节庆活动，那是因为作者要把过年这个场面留到第53回大张手笔来写，此处不写是为了不犯重。而且"元宵节"本身也是年节的一部分，写"元宵省亲"等于也写到了过年的情节。

作者在情节方面有其大的通盘考虑：即过年节庆中的"除夕祭祖与守岁"、"元宵节贾母处家宴"放到第53回去写，"元宵节大观园张灯结彩夜游园"的情景则以"元妃省亲"这个由头，放到第18回大张手笔来写，从而让这两年的过年活动写得既丰富、又不犯重，既各有特色、又无偏枯之感。作者把年节分在两个地方来写，以免在一年中写掉后，其他年份没情节可写而显得偏枯、不均衡，这充分体现出作者情节构思与谋篇布局方面的经营谋略和老练经验。

总之，第5~17回只字不提过年之事，一直要到第18回才提到过年之事（即"年也不曾好生过的"、元妃元宵游园），足以证明第5~17回表面上有四年而应当经历四次年节活动，其实都在同一年中，连一次年节都未曾有过。

同理，第9回红楼九年宝玉入学后，要到第20回红楼十三年，才第一次写到学中放寒假（"彼时正月内，学房中放年学"），这其实也在暗示第5~17回在最初稿中都是同一年，即作者人生九岁那一年的事，第18回才是次年十岁的事。

⑤第5回春初秦可卿提到秦钟，宝玉想见秦钟，众人笑道："隔着二三十里，往哪里带去？见的日子有呢。"然后相隔仅两回的第7回冬天，宝玉在宁府第一次看到秦钟，秦钟说起想到"贾氏义学"上学的事，宝玉立即满口答应，回去对贾母说自己也要一同上学，第9回便把两人的上学写成了入冬学。

第14回凤姐主持秦可卿丧事时，有人来领料，说"是为宝玉外书房完竣，支买纸料糊裱"。很显然，这个"外书房"便是为宝玉上学配套而建，供其晚上在家做功课与温习书本之用，则应当在初见秦钟后不久便动工兴建。而在书中，第7回宝玉初见秦钟入冬学是在红楼九年冬底，则"外书房"应当就在这个时候开工兴建。第14回"外书房"竣工是在红楼十一年春初的秦可卿丧事期间，这外书房居然建了一年多。小小书房建了一年多，显然是不可能的事。

一旦回到作者真实的十四岁人生中来，我们便会发现：第5回春初秦可卿提到秦钟，由于秦钟家离宁府不远（才"二三十里"路），弟弟肯定会思念姐姐，这么不算远的距离，应当经常会来姐姐家串门，所以仅隔两回的第7回宝玉见到秦钟时，应当就在离第5回相隔不会太久的春天二三月份为宜（书中写两人冬天相见而入冬学，这一冬令描写是作者为了拆年而故意加改的"假话"）。则"外书房"当动工于春天的二三月份。第14回秦可卿丧事期间传来林如海"九月初三"刚逝世的讣闻，这是作者在说真话，故知此时是在九月初三后不久而书房造好。造一个书房的确是要好几个月的工夫，从春天二三月造到九月份正为合理。而造一个书房造了整整一年多才造好，这却是不合理的。这也可以证明全书是作者把自己十四岁人生拆为十九年故事，从第7回到第14回，在作者真实人生中才由春入秋。

⑥还有一重证据更为隐蔽，即第五回贾府宗祠中的"宁、荣二公"在天之灵，对警幻仙子说起自己家族"自国朝定鼎以来，功名奕世，富贵传流，虽历百年，奈运终数尽，不可挽回者"，则其年已是开国后一百年之际。而第13回秦可卿梦中向王熙凤交代家族后事时说："如今我们家赫赫扬扬，已将百载。"第5回是红楼九年，第13回是红楼十一年，相隔两年，第5回已至百年（"历百年"），两年后的第13回早已过了百年，不当言"将百载"。但从第5～17回都是作者人生的九岁也即雍正元年来看，宁荣二祖与秦可卿说的话其实是在同一年中，"虽历百年"与"已将百载"来去也不大，同一年中说成"历百年"或"将百载"都是可以的，这便又可证明作者是以十九年故事隐写自己十四岁人生，从第5到17回表面上是四年，但在作者真实人生中实为一岁。

通过以上六重证据：①梅花预兆当年元春晋妃；②宝钗第22回才过到贾府后的第一个生日；③第39回刘姥姥"二进荣国府"报恩当在"一进荣国府"打秋丰的次年；④第5～17回没提到过年，直到第18回才提到过年，第20回才提到入学后的首场寒假"放年学"；⑤宝玉"外书房"当在几个月内造好而不可能造一年多才好；⑥第5回、第13回计算本族开国以来的年数相同，以上六重证据便能证明：曹雪芹最初稿中的第5～17回只写一年之事。后来他"披阅十载，增删五次"，把最初稿中自己"抄家时的十四岁人生"拆为"十九年的小说故事"，便把第5～17回九岁那年拆分成四年（即拆分成红楼第九至十二年）。作者又想方设法把这"四年实为一年"的暗示，用破绽的形式留给后人（即上述六例，以及下文所讨论的"秦可卿春天丧事中传来九月讣告"的荒诞情节），为的就是让有心人能识破其隐写自己十四岁人生的真面目，从而标明自己就是那位抄家时年仅十四岁的曹雪芹。

（三）"拆"的艺术（假语存）：作者如何拆人生第九岁为红楼第九至十二这四年？

下面我们就来具体探讨作者是怎样把最初稿中自己人生的第九岁，拆成今天我们所读到的《红楼梦》小说中的第九至十二年？

第5～17回大致写了八件大事：①宝玉做春梦（因迷恋比自己大好几岁的侄媳秦可卿而梦遗，又和大自己四五岁的大丫头袭人"初试云雨情"）；②刘姥姥打秋丰；③宝玉因迷恋秦钟而与之一同上学，从而引发闹学风波；④贾敬生日而可卿病重；⑤贾瑞两中"相思局"而死；⑥林如海病重而贾琏黛玉远行、王熙凤主持秦可卿丧事；⑦贾政生日时元春晋妃、秦钟死而黛玉回；⑧建造大观园与大观园建成后验收工程并题对额。

（1）这八件大事原来的时间顺序可以做如下合理的猜测

(1)春梦自然是春天做的，由于梦中有指薛宝钗的"金簪雪里埋"句，所以作者便要在这场"早春春梦"前交代宝钗入贾府这件事（即薛宝钗当在"正月廿一生日后、早春二月梅花开放而宝玉做春梦之前"来到贾府）。宝玉在做梦那天得知有秦钟这么个人，所以③"会秦钟"肯定是在做春梦后不久的春天（因为第五回言明秦钟离贾府只"隔着二三十里"，应当可以经常来看望姐姐秦可卿而与宝玉相识），从入学到闹学肯定也不会久，应当都是春天之事。

(2)刘姥姥肯定是秋天而非春天来打秋丰。因为第39回描写刘姥姥是隔了年的秋天来答谢。刘姥姥答谢时口中说："家里都问好。早要来请姑奶奶的安看姑娘来的，因为庄家忙。好容易<u>今年</u>多打了两石粮食。"其言"今年"，看上去好像在"打秋丰"同一年，其实结合"早要来请姑奶奶的安"来看，可证是隔了年的"今年"才来答谢，刘姥姥为自己隔了年才来的明显来晚而感到惭愧。其言"多打了两石粮食"，可证她是今年秋收时节一丰收便赶忙前来答谢。综合起来，便可看出她"打秋丰"肯定是在上年秋天，今年秋天一丰收便来答谢。如果她是春天"打秋丰"的话，当年秋天一丰收她便应当前来拜谢，现在她是隔了年的秋天来答谢，故知她绝对是上年秋天来打秋丰。

(3)第16回贾政生日时传来元春晋升为贵妃的消息，当是九月而非书中所写的十一月，今详考如下：

第5回元妃判词"榴花开处照宫闱"，似乎在说元春石榴开花时晋升为贵妃。石榴开花是在阳历5月（阴历四月），花期一个月而可延展到阳历6月（阴历五月）。"花石榴"这一品种的花期则可以长达五个月，阴历十月份还能看到石榴花的踪影。则"榴花开处照宫闱"句便意味着元春"似乎"在五六月份晋升为贵妃。其实，石榴秋天结果，人们常把石榴作为秋天的象征，所以第5回作者写元春晋妃的"榴花开处照宫闱"句，更多的是在用"石榴"结果的秋天象征，即元春应当是秋天晋妃，而贾政生日也在秋天。

而且第18回元春晋升为贵妃后，贾府为迎接她省亲所做的准备工作："王夫人等日日忙乱，直到十月将尽，幸皆全备。"上文的时间表《红楼梦作者用"十九年故事"隐写自己"十四岁人生"的叙事简表》已考明：元春晋妃与为迎接其省亲所做的准备工作，都是在作者真实人生的同一年（九岁）中。由于"⑧建造大观园"是作者写的假话，其实大观园不用建造就有，大观园中的所有排场（包括戏子和船娘等人员的配备）其实都是现成的，所以准备一个月便可。由此可知："贾政生日时元春晋妃"应当发生在"王夫人为迎接省亲而准备好的十月份"之前一个月的"九月"。

又：作者是以"元妃省亲"来影写其姑姑"平郡王妃"曹佳氏某年从北京回南京老家探亲。而曹佳是曹寅之女，所以此处的贾政应当影写的是曹寅[1]。而

---

① 请注意，这只是说这一情节中的贾政影写曹寅，并不是说书中所有的贾政都在影写曹寅；书中的贾政基本上是在影写脂砚斋曹頫。正如全书的贾宝玉是在影写曹雪芹，而第120回出

曹寅生日是顺治十五年（1658）九月初七，曹寅女曹佳氏获得"平郡王妃"的名分当在九月曹寅生日前后，见本书"第三章、第二节、二、（三）、（1）"考：康熙四十五年（1706）八月初四，曹寅派妻子从南京启程，送曹佳氏上京嫁给"平郡王"纳尔苏。从南京到北京大约是一个月的舟程，所以曹佳氏应当是在九月份送达北京而定下亲事，相当于获得王妃名分。当然，这场婚礼是在十一月廿六日举行，见该年十二月初五日曹寅的奏折。

所以作者"贾政生日时元春晋妃"这一情节，是用贾政的生日来隐写曹寅九月初七的生日，又用"元春晋妃"来隐写元春原型——曹雪芹亲姑姑"平郡王妃"曹佳氏上京定婚于九月而获得王妃名分。但在字面上，作者因拆年的原故，把这九月份"贾政生日、元春晋妃"移到了十一月份，这便又暗合真实原型中的曹佳氏成亲为妃是在十一月廿六日。

第5回元春判词字面上虽然说的是榴花，其实仍在用人们所惯常的"石榴多子、秋天结果"的象征。石榴要到阳历9、10月份（阴历八、九月份）结果，所以判词"榴花开处照宫闱"，是以石榴结果的秋天九月来象征元春及其原型曹佳氏晋妃于九月，同时又以石榴的多子来寓指曹佳氏多子（其生有四子）；作者并非是用石榴开花的五月来暗示元春晋妃的月份是在五月。

（4）贾瑞是受了寒风而死，故知他"两中相思局"必定发生在寒冬腊月的年底。贾瑞是在贾敬生日宴上起的淫心，其必定要在寒冬中局之前，所以"④贾敬生日"肯定如今本所作，是在九月十五日前后。

（5）林如海病重，一是为了支走贾琏而让王熙凤可以主持秦可卿丧事，二是为了支走黛玉而可以写宝玉与同学秦钟的亲昵，可见林如海病重必当发生在秦可卿丧事之前。

由于秦可卿原本是因"淫丧天香楼"上吊而死，并非病死，但后来作者受家长之命删却这段不可外扬的家丑，改成了病死，于是"④贾敬生日时秦可卿病重"之语便是作者后来改编时所加，原稿当无。

秦可卿丧事"五七正五日"那天传来林如海"九月初三"刚亡故的讣闻，故知原稿中秦可卿当死在七八月份，则林如海病重来信也当在七八月份。又曹寅卒于康熙五十一年（1712）七月廿三，见李煦七月二十三日奏："曹寅七月初一日（阳历8月2日）感受风寒，辗转成疟，竟成不起之症，于七月二十三日（阳历8月24日）辰时身故。"[1]书中林如海死日"九月初三"便是曹寅死日"七月二三"[2]中的"七"和"二"相加为"九"而来。

至于林如海死的时辰，书中第14回写林如海"林姑老爷是九月初三日巳时没的"，而上引史料曹寅是"七月二十三日辰时身故"，时辰"辰、巳"紧紧相连，这就更加能够证明：书中林如海之死隐写的是作者曹雪芹的祖父曹寅之丧，

家后的宝玉，在常州"毗陵驿"旁拜别贾政；这幕情节中的贾宝玉，其实影写的是曹家某位在常州天宁寺、横山大林寺出家修行的曹雪芹的曹姓至亲。
① 见《关于江宁织造曹家档案史料》第99页《苏州织造李煦奏请代管盐差一年以盐余偿曹寅亏欠摺（康熙五十一年七月二十三日）》。
② 指"七月二十三"。

作者把祖父死的时辰往后改一个时辰而写入书中，又把祖父死日"七月二三"中的"七、二"相加而改造成"九月初三"写入书中。

下面我们将从其他角度来全面论明：作者以"林如海之死"来隐写"曹寅之死"，林如海之丧不在九月初三，而在七月廿三；但我们却不可以据此得出"'秦可卿淫丧天香楼'是在六月左右的夏天"的结论。

● **附论："作者以林如海之死隐写曹寅死"**

第2回：贾雨村"那日，偶又游至淮扬地面，因闻得今岁盐政点的是林如海。这林如海姓林、名海，表字如海。（甲侧：盖云'学海文林'也。总是暗写黛玉。）乃是前科的探花，今已升至兰台寺大夫，（甲眉：官制半遵古名亦好。余最喜此等'半有半无、半古半今，事之所无、理之必有，极玄极幻、荒唐不经'之处。）本贯姑苏（甲侧：十二钗正出之地，故用真。）人氏，今钦点出为巡盐御史，到任方一月有余。"

1. 作者是以"兰台大夫"隐写曹寅的"银台"职衔。

"兰台"原为汉代宫廷的藏书之所，由御史中丞主管。御史中丞兼任纠察，故后世又称纠察、弹劾官吏的"御史府"为"兰台寺"。"兰台寺大夫"便是职掌纠察弹劾之职的御史大夫。明清不设此官职，代之以"都察院都御史"，是御史们的首领，作者以此职衔加于林如海头上，让其出任"扬州巡盐御史"。

人称曹寅为"曹银台"。"银台"即"银台司"，是宋代"门下省"下设的官署，掌管天下进呈的奏状案牍，司署设在"银台门"内，故名。明清时"通政司"的职责，和宋代"银台司"职责相当，所以人们称"通政司"为"银台"或"银台通进司"。康熙四十四年（1705）内务府等衙门保奏："曹寅等在宝塔湾修建驿宫，勤劳监修，且捐助银两。查曹寅、李煦各捐银二万两，李灿捐银一万两。彼等皆能尽心公务，各自勤劳，甚为可嘉。理应斟酌捐银数目，议叙加级。惟以捐银数目过多，不便加级。因此，请给彼等以京堂兼衔：<u>给曹寅以通政司通政使衔</u>；给李煦以大理寺卿衔；给李灿以参政道衔。"康熙当日即批"依议。钦此"四字表示恩准。[①]故曹寅人称"曹银台"。

作者当是以林如海的职衔"兰台"，隐写曹寅的职衔"银台"。

2. 本贯姑苏，隐写南京。

姑苏是苏州，而作者却用姑苏来写南京，见第一回交代甄士隐所居之处时言："当日地陷东南，这东南一隅有处曰姑苏"，这时甲戌本有侧批："是金陵。"可证作者是以"姑苏"隐写"金陵"南京。曹寅父亲曹玺在南京任"江宁织造"，曹寅生于南京，故当为南京人，即第13回贾蓉捐"龙禁尉"时填写的履历自称自己是"江南江宁府江宁县监生贾蓉"。

所以作者应当是用林如海的籍贯"姑苏"来隐写曹寅的籍贯"南京"。

3. 以"林"隐"曹"。

笔者《宁荣府大观园图考》第一章、第一节"六"、"七"解开了曹公（曹

---

① 见《关于江宁织造曹家档案史料》第30至31页《内务府等衙门奏曹寅、李煦捐修行宫，议给京堂兼衔摺（康熙四十四年闰四月初五日）》。

雪芹）为男女主人公起名之谜：

一是解开了曹公令全书主人公姓"贾"名"宝玉"的由来和含义，指明曹公应当像书中主人公一样拥有"宝玉"的小名，这一"宝玉"的小名应当来自曹家祖传的玉玦，作者把它写入书中，即后四十回之第 109 回所描写的贾母临终时送给宝玉的那块汉玉玦。

二是解开了曹公让女主人公一个名叫"林黛玉"，一个名叫"薛宝钗"，全都是从自己的姓名和小名化来。即：

①"曹（璺）"字去"晶"为"林"字（"曹去晶"为林"是指："璺"字去掉上面两个"日"和下面一个"日"，也即去掉一个上下颠倒的"晶"字，便是"林"字），然后又取自己的小名"宝玉"中的"玉"字，改"宝"为"黛"（黛玉前身为草，其色绿，故名"黛"），便把作者小名"曹宝玉"改造成了"林黛玉"。两人合称"二玉"。（第 1 回贾雨村"玉在匵中求善价、钗于奁内待时飞"联甲戌本侧批："表过黛玉则紧接上宝钗。"甲戌本夹批："前用二玉合传，今用二宝合传，自是书中正眼。"此批称宝玉、黛玉两人为"二玉"。）

宝玉为石，为瑛，为神瑛侍者；黛玉为绛珠仙草，为茗，为木，故两人的前世因缘称作"木石前盟"，其定情信物便是一双手帕（丝线乃木）。（按：两人以一双诗帕定情之事，见第 34 回。此回戚序本有回前批："两条素帕，一片真心；三首新诗，万行珠泪。"）

②然后作者又取自己大名"曹雪芹"中的"雪"字谐音"薛"，取其小名"宝玉"中的"宝"字，改"玉"字为"钗"，便造出第二号女主角的名字"薛宝钗"来。两人合称"二宝"（出处见上引"今用二宝合传"）。宝钗为金，宝玉为玉，故两人的姻缘合称"金玉良缘"，定情信物便是那对金锁和玉石。

总之，林如海之"林"即由曹寅之"曹"去晶而来，作者以林如海之姓"林"来隐写曹寅之姓"曹"。

4. 以林如海隐写曹寅之风雅。

即上引第 2 回脂批所言：林如海表字"如海"，隐含"学海文林"之意。

5. 以林如海点"盐政"，来隐写曹寅任"巡视两淮盐漕监察御史"。

"盐政"就是"巡盐御史"，林如海点"盐政"隐写曹寅任"巡视两淮盐漕监察御史"，这个大家一看就能明白，无须解释。

今按《苏州织造李煦奏请代管盐差一年以盐余偿曹寅亏欠摺（康熙五十一年七月二十三日）》言："江宁织造臣曹寅与臣煦俱蒙万岁特旨，十年轮视淮鹾。……曹寅七月初一日感受风寒，辗转成疟，竟成不起之症，于七月二十三日辰时身故。……今年十月十三日，臣满一年之差，轮该曹寅接任，臣今冒死叩求，伏望万岁特赐矜全，允臣煦代管盐差一年。"可证曹寅死时，正与李煦两人交替轮掌"巡视两淮盐漕监察御史"之职，每人一年。曹寅死在七月廿三，其时虽未轮掌盐政，但两个月多后的十月十三日即可再度轮掌此职。

6. 以林如海死时刚过半百，隐曹寅卒时 55 岁。

第 3 回林如海送林黛玉入贾府时对黛玉说："汝父年将半百"，其年为红楼七年；至第 12 回："谁知这年冬底，林如海的书信寄来，却为身染重疾，写书特来接林黛玉回去。"其时当仍在扬州盐政任上，为红楼十年冬；第 13 回："林姑老爷是九月初三日巳时没的"，其时为红楼十一年冬，距红楼七年为四年。红楼七年时林如海自称"年将半百"，我们不妨视作 49 岁，至此卒年为 53 岁。而曹寅生于顺治十五年（1658）九月初七，卒于康熙五十一年（1712）七月廿三，卒年 55 岁，与林如海卒时 53 岁亦相近。

而且曹寅的确也是在与李煦交替轮掌"巡视两淮盐漕监察御史"任上亡故，与林如海"盐政"任上亡故又相同；曹寅喜好文事，与号称"学海文林"的林如海也相同，所以作者以"林如海之死"隐写"曹寅之死"当可无疑而得以定论。只不过林如海死在扬州，而曹寅死在南京。因为其时曹寅虽与李煦轮掌扬州盐务，但死的时候是李煦掌管，曹寅不掌管，所以我们便可知道：曹寅死在南京江宁织造府内，并未逝世在扬州巡盐御史衙门内。

正因为作者以"林如海之死"隐写"曹寅之死"，所以林如海之丧其实不在九月初三，而应当在七月廿三。书中写"秦可卿淫丧天香楼"发生在林如海讣告传来前，则秦可卿"似乎"应当死在六月左右的夏天。但下章"第一节、一、（三）"考明秦可卿死在八月十六凌晨四更，可证作者以"九月廿三"影写曹寅"七月廿三"之丧后，秦可卿死亡的时间便当以影写的"九月"为基准，而不可以用真实的"七月"为基准，则秦可卿当死在八月，而非六月。

（2）原稿中作者人生九岁时一年四季诸事

根据上面的认识，上述诸事在原稿中其实都是作者人生九岁时的一年四季之事，今将其重排于一年四季中，如下所示（序号仍按上文八件大事的顺序）：

春天：①宝玉做春梦，③宝玉会秦钟而上学、闹学；（又⑧"大观园春游记"情节，原稿当在此春天处；）

夏天：⑥林如海病重而贾琏、黛玉远行；

秋天：⑥八月中秋秦可卿淫丧天香楼，②刘姥姥打秋丰，⑦贾政九月生日时元春晋妃，④贾敬生日（在九月十五前后）时贾瑞起淫心，⑧大观园迎接元妃省亲的准备工作在十月份时就绪；

冬天：⑦秦钟死而贾琏、黛玉回，⑤贾瑞两中相思局而死。

（3）作者拆出红楼九至十二这四年的手法详探

作者如何把自己人生九岁那年的一年四季之事拆出三年来，成为《红楼梦》故事中的第九至十二年？

作者首先遵循对仗式构思[①]，"①宝玉做春梦"后接着便写"②刘姥姥打秋丰"，等于从春天一下子写到了秋天，然后将"③宝玉会秦钟而上学"增加冬令描写改造成"上冬学"，然后又一笔写到秋天闹学，于是拆出红楼第十年而多出一年来。

接下来，作者移走夏天林如海病重情节，删去八月中秋秦可卿"淫丧天香

---

① 古代章回小说的回目要求对仗，作者为了拟出对仗式的回目，在构思情节时便会时空大挪移，把主题可以对仗起来的情节放到一块，这便体现出作者构思情节时的"对仗"特色。

楼"情节，移走秋天贾政生日、元春晋妃情节，在秋天闹学后紧跟着写"④贾敬生日宴上贾瑞起淫心"，并在贾敬生日时添加秦可卿病已很重的情节，然后又写"⑤贾瑞两中相思局"、"腊尽春回"而死，于是拆出红楼第十一年而多出两年来。并在这儿补写⑥上年（红楼十年）冬底林如海病重情节，支走贾琏、黛玉，等于是把原稿中夏天林如海病重的情节移到冬底来写。

然后便写"⑥秦可卿之丧"，在丧事"五七正五日"那天传来林如海"九月初三"刚亡故的讣闻，并要求带走过冬用的"大毛衣服"，以此荒诞的破绽来交代秦可卿其实死在仲秋八月，并向读者提示：这一破绽是因为作者有意"拆十四岁人生为十九年故事"而来。

然后再写"⑦贾政生日时元春晋妃、秦钟死而黛玉回"，并加上贾琏与黛玉"大约赶年底就回来了"，点明他俩到家时本应当在十二月初，但由于两人一路急赶而在"出月前"就回来了，即赶在十一月底便到了家，则"贾政生日与元春晋妃"便由原来的九月移到了十一月。贾琏到家后的十一月底便开始规划大观园，造了几个月便到了下一年，于是又拆出红楼第十二年而多出三年来。

其实大观园不用建造，故书中第17回一笔带过地说："又不知历过几日何时，这日贾珍等来回贾政：'园内工程俱已告竣'"，这便是有意回避建造"大观园"的起始月份和建成月份，其用意不过叫人不要细究。第17回大观园造好后，贾政叫宝玉题对额，其实大观园不用造也不用命名景点，此回不过是篇大观园的《春游记》而已，其原来的位置当排在上面时间序列"春天①宝玉做春梦，③宝玉会秦钟而上学、闹学"之后，"夏天⑥林如海病重而贾琏、黛玉远行"之前的晚春。

作者特地写这第17回大观园游园这一回，其目的还有二：一是正如第3回借黛玉行踪来向大家交代荣国府空间格局，此回便是借宝玉行踪来向大家交代清楚大观园空间格局，而第53回便是借薛宝琴的眼睛来向大家交代清楚贾氏宗祠的空间格局，这是作者同一艺术手法的三次运用。二是大观园虽然在事实上是旧有的园林，其中的景点都有其原来的名字和对联，但作者为了避讳知道内情的人，在书中有意要把这园子写成新造，其景点自然也就要避讳知道内情之人，不能沿用旧有的名字和对联，于是这一回便有了重新命名景点、题写楹联这项重大使命，是对作者游园才情的一次大检验。

（四）"隐"的艺术（真事隐）：作者故意留下荒唐破绽，让有心人揭开"假语存"所隐藏的真事

作者做了上述旨在掩盖真相的拆年处理后，为了能让读者识破假相、看到内隐的真相，便要故意制造出一系列的荒唐破绽，让有心人能揭开假相、发现真相。

（1）真相是秦氏死于八月，假相是秦氏死于冬底

第14回秦氏丧事中夹写林如海"九月初三"病亡一事，大为矛盾。

秦氏丧中"这日乃五七正五日上"，与贾琏一同前往"苏州去的人昭儿（回）

来"说："林姑老爷是九月初三日巳时没的。二爷带了林姑娘同送林姑老爷灵到苏州，大约赶年底就回来。……叫把大毛衣服带几件去。"

而第 13 回写明秦可卿亡于年底，"五七"正五日即死后的第 33 天，其时当在正月底或二月初。现在林如海病亡于次年九月，由于扬州离书中贾府所在地南京不远，昭儿报信两三天便可到，据本书"第三章、第一节、一、（三）、（2）"考林如海亡故至报其丧的行程，昭儿前来报信的、可卿死后第 33 天的"五七正五日上"当是九月十八，秦可卿当亡故于八月十六凌晨，则林如海报己病重的信应当是八月份送达为宜，这已明显透露出：在作者曹雪芹删改前的原稿中，秦可卿淫丧于仲秋八月，林如海病危的信也不是冬底而是八月送达（因为：书中写明林如海来信后不久秦可卿便身亡）。

而且，如果林黛玉和贾琏冬底前往扬州，即黛玉在林如海病床前尽孝大半年后的第二年九月初三林如海才亡故，则黛玉与贾琏走时必定要穿上"大毛衣服"，此时也就不用让昭儿回来拿"大毛衣服"。

因此合理的解释便是：原稿林如海八月来信而九月初亡故，黛玉、贾琏走时没带大毛衣服；书中写明林如海来信后不久秦可卿便身亡，故秦可卿是八月淫丧，九月正在丧事中。

我们都知道梦的特征便是：做梦时，身处梦境而不觉其非；一旦醒来，发现全是荒唐。上文"（二）"所揭示的六重证据，便是作者制造的六个破绽，可惜一般人读过去全都发现不了，这就表明作者写众人不觉其非的梦境已达到一流的高超水平。

作者所写的大家全都读不出来的六大破绽便是：①梅花预兆当年元春晋妃；②宝钗第 22 回才过入贾府后的第一个生日；③第 39 回刘姥姥"二进荣国府"报恩当在"一进荣国府"打秋丰的次年而不可能更远；④第 5～17 回没提到过年，一直要到第 18 回才提到过年，第 20 回才提到"放年学"即放寒假；⑤宝玉外书房当在几个月内造好而不应当造了一年多；⑥第 5 回、第 13 回计算本家族开国以来年数相同。

于是作者不得不再写一个能让所有人都看破的、极为荒唐的大破绽来点醒世人，进而再由这个特大的破绽来启发大众的"疑情"[①]，从而能够发现上述六个小破绽，于是便像踩了"地雷阵"般，炸毁全书字面上的所有假相，看穿字面下所隐藏的"作者以十九年故事隐写自己十四岁人生"的真相来。从而看到：作者早已把标明自己身份的时间印记"抄家时十四岁"永远烙印在书中，作者以此来铭刻"曹雪芹就是此书作者"的事实。而作者所写的能够引爆炸毁上述所有假相的那个最大的破绽，便是"秦可卿春天丧事中传来林如海九月讣闻"。

作者第 12 回写林如海病重而贾琏、黛玉前往扬州，然后又写贾瑞病重，这两件事全都发生在冬底。第 13 回写明秦可卿死在过了"十一月底冬至"的、十二月"冬底"贾琏黛玉两人去扬州后不久的某个深夜凌晨。

---

① 就像禅宗参禅、参话头时起的"疑情"一样：大疑大悟，小疑小悟，不疑不悟。

第十回张友士给秦可卿看病时说的"一冬是不相干的",貌似秦可卿能活过冬天而活到来年。其实这句话是这位张医生不好意思承认自己看不好病而说的委婉语,是句空话。

这位医生名叫"张友士",谐音"张有事",意即秦可卿的病有大事、有大问题,也即活不了的意思。这位医生虽然口中说的是"没事"(即上引的"不相干"),但他的名字叫作"张友士",谐音"张有事",作者其实已借他的名字,点明他口中说出来的"没事"其实是"名不符实"的假话,而他名字"有事"才是真相,即秦可卿的病不是"没事",而是"有事",而且是有大事、有大不好的事。

正如第98回为痴傻宝玉看病的大夫,作者起名为"毕知庵",谐音"必至安",即他来看病的话,病人必定会达到那种转危为安的地步,结果正"名符其实"而宝玉病情大为好转。而第109回贾母病重时,这位能够看好宝玉病的"必至安"大夫没来,也就意味着贾母不能转危为安而快要死了。

此处亦然,名为"有事"的大夫来看病,便意味着秦可卿的病有事,不可能"没事"(即不可能"不相干"),则这位大夫嘴里说的"没事"("不相干")便是句谎话。所以,作者用"张有事"来命名这位医生,其实就是在告诉大家:秦可卿没得救了,张大夫嘴里说的"没事"("不相干")是作者"我"编的"骗你读者没商量"的假话。

后四十回的"毕知庵(必至安)"与前八十回的"张友士(张有事)"堪称是绝佳的一对,两者都紧扣病人得病的情节来命名,这一手法显然只可能出自同一人之手,这是证明"后四十回是曹雪芹所著"的又一证据。★

如果说后四十回的作者另有他人,他看破了前八十回给秦可卿看病的大夫名字叫"张有事"、而意味着秦可卿的病有大不好之事,则这个续作者的确才智非凡。奇怪的是,他能看破如此隐晦的细节而加以模仿,却看不破胡适、俞平伯及后来所有"聪明"的读者都能看破的、前八十回唱到而后四十回当要去写的"落了片白茫茫大地真干净"的大局,会有这种道理吗?

因此,我们认为能看破前八十回大夫是"张有事"而命名后四十回大夫的名字为"必至安"的人,绝对只可能是写前八十回的曹雪芹本人。而后四十回与前八十回细节全都能对上,却不续前八十回所预言的、众目睽睽皆能看明白的大局,这种远非常人所能驾驭的情节构思,正是曹雪芹本人的大手笔;其中有他为了躲避"文字狱"而不敢写真事、不敢按真事写,只敢借第1回甄士隐(谐"真事隐")—好就了的《好了歌解》、第5回名为《收尾》的命运曲唱过便罢的大隐衷在内!

张友士看病时,秦可卿旁边那个贴身服侍的婆子说,有位大夫曾说过"怕冬至",即秦可卿活不过冬至前后;秦可卿一死(秦可卿死于冬至后不久),便证明这位大夫倒是很灵验。张友士接着这婆子的话,说秦可卿的病只有"三分治得"(即自己把握不大),开了药方后又对贾蓉说"要看医缘"(即要看患者的运气了),也就是说这病凶险难救。至于张医生说的"今年一冬是不相干的,总是过了春分,就可望全愈了",这是说如果有缘(即运气好)的话,熬过冬天就会好。这其实是句不好意思承认自己这病看不好的委婉语，是句空话，其真实意思是："只要一冬没事，过了春天便会好起来。"至于一冬能不能没事，他是没把握的。结果第11回写秦可卿服了张友士的药后，众人前来回报说"没见添病，也不见甚好"，其实已经告诉大家：这病难好了。所以王熙凤亲自探望过秦可卿后，便叫尤氏准备料理后事；脂批又点明：王熙凤探病时秦可卿口中说的话，全都是人之将死时说的反常话，更加预示秦可卿将不久于人世。

总之，作者在上述表面看来秦可卿好像没什么大碍的情节中，曲曲折折、隐隐晦晦想说的便是：秦可卿活不到来年春天，也即秦可卿要死在贾琏、黛玉两人去扬州后不久的冬底的某个深夜凌晨。

（2）真相是秦氏上吊，假相是秦氏病死

由于原稿是写秦可卿"淫丧天香楼"上吊而死。秦可卿如果生重病的话，必定不能行淫（贾珍再怎么性饥渴，也不可能让重病之人与自己行淫），所以原稿"淫丧天香楼"的秦可卿必然没生病。焦大骂贾珍、秦可卿乱伦，虽然能夺秦可卿之魄，但只会让她生心病，不至于让她身体生病；作者所写的焦大之骂，只是在为下文将要写到两人乱伦做伏笔罢了。于是春天①焦大骂后不久的八月中秋之夜，可卿与贾珍在天香楼偷欢被尤氏撞破（第13回"但里面尤氏又犯了旧疾，不能料理事务"便是因为撞破此奸情而气得旧病发作），于是秦可卿连夜上吊自杀。故其"五七正五日上"会传来"九月初三"林如海刚病逝的讣告。然后贾珍"如丧考妣"般，为媳妇秦可卿大操大办丧事。

由于这影射的是曹家真事，当事人很可能还是曹雪芹的长辈而非平辈，而且还健在，于是脂砚斋曹頫等曹雪芹的家长们，以"家丑不可外扬"为名，命令曹雪芹删除这一"淫丧天香楼"情节，把秦可卿改成病重而死。于是焦大之骂便成了秦可卿生"月经紊乱"病的根由。曹雪芹然后又加上如下情节：一是中秋夜宴回来后两个月月经没来，二是几位庸医延误了病情，三是秦钟前来告诉姐姐秦可卿学中受欺负事，让心细、敏感的秦可卿再增烦恼，从而一步步加重其病情，最后通过名医张友士（谐"张有事"）之口，委婉地交代清楚秦可卿的病情难以治愈（即此病有事而难办），又借贴身侍婆转述此前大夫说过的"只怕冬至"，暗示其活不过冬天。即第10回戚序本总评："欲速可卿之死，故先有恶奴之凶顽，而后及以秦钟来告，层层克入，点露其用心过当，种种文章逼之。虽贫女得居富室，诸凡遂心，终有不能不夭亡之道。我不知作者于着笔时何等妙心绣口，能道此无碍法语，令人不禁眼花撩乱。"所谓"无碍法语"，就是"放之四海皆准"的话，这是在称赞作者此书描写世态人情极为高妙逼真。批语中提到的"恶奴"便是焦大。

又徐凤仪《红楼梦偶得》揭示秦可卿的上吊始于焦大之骂："第七回焦大骂中'连贾珍都说出来'七字，足褫可卿之魄，所以绘其缢死之由。一百十一回鸳鸯云：'她什么又上吊呢？'词中亦有'画梁春尽'之句。阅者勿被瞒过。"

---

① 按焦大于宝玉会秦钟时骂贾珍、可卿，上文业已考明原稿中宝玉会秦钟是在春天，后来才改成冬天，故知原稿中焦大之骂当在春天。

即第 13 回虽然写秦可卿病死，但书中处处保留其"淫丧而上吊"的真相，即第
5 回秦可卿判词之画面："后面又画着高楼大厦，有一美人悬梁自缢。"这便
是作者未删改的原文。家长们"因家丑不可外扬"，命作者删除"秦可卿淫丧
天香楼"情节而改成病重身亡，但执拗的作者故意不改他处，以此来把原稿的
真面目保留给后世的有心人，作者的用心可谓良苦至极！

后四十回的第 111 回秦可卿显灵，用汗巾教鸳鸯上吊，恰也可证明这是曹
雪芹原稿而非他人所续★。因为除了作者外，谁会读出字面上没有明写的秦可
卿死于上吊？恐怕只有原作者曹雪芹才会知晓这一点。没有后四十回第 111 回
的提示，260 年来所有读《红楼梦》的人，恐怕在"可卿其实上吊死"这一点
上还蒙在鼓里、而被曹雪芹的狡狯笔法玩弄于股掌之间吧。

（3）作者用书名所标榜的"梦幻"手法

让我们再回溯一下秦可卿逝世前后的情节：

黛玉第七年冬底入贾府，次年第八年只写到贾雨村审结薛蟠案，一年中没
再写到任何其他事情。其实应当写到宝玉和黛玉两人"同在一床睡"的"青梅
竹马"事，但文笔高妙的作者早已把这一情节移到他处来写，并没有死板地在
这儿做正面描写，作者是把这一情节写在红楼十三年的第 19 回"意绵绵静日玉
生香"：黛玉"将自己枕的推与宝玉，又起身将自己的再拿了一个来，自己枕了，
二人对面躺下"，这时宝玉"只闻得一股幽香，却是从黛玉袖中发出，闻之令人
醉魂酥骨"，于是根据黛玉的体香，编造了一个"香玉"的故事来逗黛玉玩，表
明宝钗有一个冷香（"冷香丸"），黛玉则有一个暖香（与生俱来体香）。又如
第 20 回宝玉向黛玉表白："你先来，咱们两个一桌吃，一床睡，长的这么大了，
她（薛宝钗）是才来的"，这便是宝玉、黛玉两人年少时"同在一床睡"的"青
梅竹马"情节的绝佳总结。

第九年初春梅花开放时宝钗方到。到后不久，宝玉便到侄媳秦可卿房中做
了场春梦。由于梦中有薛宝钗的"金簪雪里埋"之事，所以作者必须要让宝钗
赶在春梦前夕到达贾府，即让宝玉在做梦前结识宝钗这个人。宝玉此日听说有
秦钟这个人存在，家又不远，秦可卿又急着要让弟弟秦钟入"贾氏义学"，所以
肯定是在没过几天的春天，就让秦钟与宝玉见面，秦钟在见面时趁机提出要入
贾氏义学的事。就在此日，众人听到焦大醉骂贾珍、秦可卿乱伦通奸的淫行，
夺了秦可卿的魂魄。宝玉与秦钟一同入学，入学不久的夏天发生闹学风波。八
月中秋节晚上，秦可卿"淫丧天香楼"，贾珍为她办丧事，丧事中传来林如海"九
月初三"病亡的讣告。九月元春晋妃，贾府准备迎接元妃省亲而忙了一个月，
到十月份时全部就绪，次年元宵节省亲。

作者由于遵命删了"淫丧"，所以必须得写秦可卿病死。而病死显然要有一
个过程，同时作者又有拆年的需要，于是便把闹学由春夏之交改到秋天，让秦
可卿在秋天病重，再用医生的话来预示她活不过冬天，然后再写她冬底病死而
春初办丧。但作者又不想完全掩盖真面目，于是又在其他地方（第 5 回、第 111
回）仍然保留秦可卿上吊而死的情节，并留下一处可卿丧事其实是在九月中的

情节而不改，即丧事中传来林如海"九月初三"刚病亡的讣告，这便出现了情节上的极大矛盾。

孰不知，这一极大的矛盾正是作者所追求的艺术效果，即其书名《红楼梦》所标榜的"梦幻"之旨：**梦是荒诞的，全书必须要有荒诞的矛盾才能算作梦境，如果没有荒诞的情节，便与书名中的"梦"字不相符合。**作者更以此荒诞的矛盾来启人疑窦、发人深思，不光是为了保存秦可卿到底怎么死这种无关宏旨的真相，更是为了让后代的有心人，能在自己编织的"假话"中，寻找自己不能在字面上明写的真相，从而找到作者打在书中的、铭记本家族与作者本人的时间烙印。

（4）作者揭示假话所隐真相的"晴天霹雳"般的震撼效果

秦氏丧葬中夹写林如海"九月初三"刚病亡一事，在原来的时间体系中是不矛盾的，即：夏天林如海写信来说病重而贾琏黛玉前去看望，刚走而中秋晚上秦可卿便"淫丧天香楼"，33天后的"五七正五日"传来林如海"九月初三"病故的讣闻（此"九月初三"隐写的是"七月廿三"曹寅之丧，详上文①），贾琏、黛玉又当扶柩返乡，然后又要买坟地安葬，接着还要守孝一段时间，所以要到年底才能回来。因为是夏天走的，所以没带"大毛衣服"，现在要年底回来，所以要在九月天渐冷时，问家里要大毛衣服，作者又以拿大毛衣服为由头，逼王熙凤连夜准备大毛衣服，通过这一情节来让她种下病因、伏其早夭。

作者拆此九岁之年为四年，把"林如海来信说病重而贾琏黛玉前去看望、秦可卿病死"这两件事都改了第十年冬底，则贾琏黛玉走时必定会带上、乃至身穿大毛衣服；而冬底逝世的秦可卿，其丧事"五七正五日"（即死后第33天）当在正月底或二月初，此日传来林如海"九月初三"刚病故的讣告，并说贾琏黛玉走时没带或没穿大毛衣服，这便如同"惊天霹雳"般震惊了所有人②。

无独有偶，正如下文所要讨论的：后四十回中的第85回贾政"升官宴"正逢黛玉"二月十二"生日，而才过十来天的第87回却言明是在"大九月里"，两者手法如出一辙，的确是同一人笔法，这便是证明"后四十回与前八十回乃同一人即曹雪芹所著"的最最强有力的证据。★

三、作者如何将其真实人生的第十二岁拆成三年？
（一）"分"的内证：何以知道红楼第十六至十七这两年是作者拆分真年而来的虚年？

上文已讨论到红楼十三年为真年，这儿便接着讨论其后诸年的"真、虚年"

---

① 但这并不意味着可卿之丧隐写的是曹寅之丧。因为作者曹雪芹生于康熙五十四年，曹寅卒于康熙五十一年，作者看不到祖父之丧，但其姑姑曹佳氏卒于康熙六十一年初，作者作为侄儿必定要上北京奔丧。作者《红楼梦》旨在记录自己亲历、亲闻的家事，故知书中秦可卿之丧影写的是作者姑姑曹佳氏之丧，而非作者祖父曹寅之丧。

② 虽然如此震惊，但260多年来能惊醒的没几个人。能明白作者写此荒诞情节用意的人，本书应当是第一个。

问题。

红楼十四年是以第53回红楼十三年"除夕祭宗祠"、红楼十四年"正月庆元宵"为标志,"除夕"和"元宵"都是过年时的大节令,这便明显提到了过年,所以此年是真年,即作者人生的十一岁。

红楼十五年是以上一年第70回"年近岁逼"而"万物逢春"、林黛玉重建"桃花社"作为标志,虽然没有写到过年,但由于第18回"元宵夜游园"、第53回"祭祖、庆元宵"两度写到了年俗,所以此年作者为了不犯重而没写到过年的节庆活动其实不足为怪。况且作者又用"年近岁逼"四字点明"年、岁"两字,也算明显提到了过年,所以此年当视为真年,即作者人生的十二岁。

红楼十六年是以第70回言贾政上年冬底回来、第71回的秋天为贾母做"八十大寿"作为换年标志,其间没有一个字提到过年,完全通过季节的"由冬入秋"来暗写换年,这是标标准准的虚年。

红楼十七年是以第80回宝玉中秋后养病数月、薛蟠家大闹数月而写到年底,然后又用第81回钓鱼占卜"今年运气"好不好而暗示进入新一年的正月,然后再用第85回贾政升官宴正逢黛玉"二月十二"生日作为醒目标志,点明早已进入新的一年,其间也没有一个字提到过年,同样属于暗示换年,是标标准准的虚年。(今按:第81回钓鱼占卜"今年运气"好不好时,虽然出现了一个"年"字,但这个"年"字不是"过年"的意思,而是在用"今年、明年、一年、两年"这"年"字最普通的、时间长度单位的概念,所以不能算是明文提到过年,而只能称之为暗示换年。)

红楼十八年是以第95回元妃上年十二月十九日薨、第96回王子腾此年正月薨作为标志,虽然没有提到过年的节庆活动,但其明显提到上年底的十二月和新一年的正月,等于明确提到了过年,所以应当视为真年,即作者人生的十三岁。

红楼十九年是以第105回正月"元宵节"前贾府被抄家作为标志。其虽然没有谈到过年的节庆,但同一月份中的第108回明显提到宝钗"正月廿一"的生日,提到"正月"也就相当于明文写到了过年,所以此年应当视作真年,即作者人生的十四岁。

由此可知,从第70回至第95回实为作者十四岁人生中的一岁,即十二岁。写入小说时,作者有意将其拆成三年而多出两年来。

(二)"合"的内证:何以知道红楼第十五至十七这三年当合为一年?

证据有四:

●**理由一:**第76回红楼十六年贾府"中秋宴"前一天,贾珍称自己是"孝家";"中秋宴"那一天,尤氏又对贾母说:"孝服未满",贾母对尤氏说:"可怜你公公已是二年多了。"

尤氏当为公公贾敬服丧三年(27个月),而第63回红楼十四年四月底贾敬死,至此红楼十六年八月,三年丧服(27个月)已满,不当称"孝服未满"。

由于已满三年丧服，故贾母不得称贾敬死了才"二年"，而当称"三年"，即古人计年是虚算而不算实足（贾敬死至此虚算已三年，实足两年多），贾母虚算其死二年多，少却一年。

由尤氏、贾母两人之语便可证明：第71回当是虚年，当并入第70回所在的作者人生的十二岁。即第63回作者人生的十一岁四月底贾敬死，至此十二岁八月时虚算二年，实足一年零四个月，故尤氏称自己三年丧服未满、贾母说贾敬死"二年多了"不误。（所谓"二年多了"并不指年数超过了两年，而是指"年数之多已有两年"、"年数已多达两年了"。）

换句话说，在作者编织的"十九年故事"的时间体系中，第76回尤氏与贾珍早已为贾敬守满三年丧服，而在作者真实的"十四岁人生"的时间体系中，尤氏与贾珍尚未满贾敬的三年丧服，所以第76回贾珍称自己为"孝家"，尤氏称自己"孝服未满"，贾母称贾敬死了"已是二年多了"，这三句话便能证明作者"以十九岁故事来隐写自己十四岁人生"的创作主旨，便能证明第71～80回这红楼十六年应当并入第70回的红楼十五年、而作为作者人生的十二岁。

●**理由二：**第71回红楼十六年秋贾母八十大寿，显然是八十岁[①]。则第88回红楼十七年贾母当为八十一岁，此回（第88回）却写鸳鸯对惜春说：贾母"因明年八十一岁"是个"暗九"，想叫惜春多抄点《心经》来散给众人，通过做这种好事的方式，来化解自己这个人生关口。则贾母此年居然仍是八十岁。

由此可见，从第71回到第88回的所有文字，其实仍然在第71回所在的红楼十六年中。这就证明红楼十七年是虚年而当并入红楼十六年中。换句话说：第80～95回这红楼十七年都当并入从第71回开始的红楼十六年中。

而上文又考明第71～80回这红楼十六年都当并入第70回的红楼十五年而作为作者人生的十二岁，所以，从第71回起的红楼十五、六、七这三年，都当合并为作者人生的十二岁。

换句话说：贾政的确如高鹗所改，是七月底回家。因为第87回标明是在"大九月里"，这便可证明第85回的贾政升官宴当在八九月份举行。第71回言"话说贾政回京之后，诸事完毕，赐假一月在家歇息"，则新任命应当在其到家休息的一个月后。而他在八九月份得到新任命、并举行升官宴，据此便可倒推出贾政显然是在七月下旬回府，休息一个月到八月下旬时上朝得到新任命，次日便举行升官宴。由第71回贾政回来时皇帝让他在家休息一个月，也可推知第85回贾政"升官宴"距离他到家按理不会超过两个月，应当就在他七月下旬回家一个月后不久的八月下旬举行，所以第87回也就直接写明贾政"升官宴"十来天后仍在"大九月里"。

●**理由三：**第110回贾母交代后事时，问所抄的经可曾施完："旧年叫人写

[①] 或言古人做寿"做九不做十"，但下引第88回言九岁是人生关口而要做好事化解，可见贾府有古人那种"逢九"不敢明着做寿的风俗，所以可以排除贾母在七十九岁做自己八十大寿的可能性，因此贾母此年当是八十岁。

了些《金刚经》送送人，不知送完了没有？"凤姐说："没有呢。"贾母道："早该施舍完了才好。"红楼十六年贾母80大寿时抄经，到此红楼十九年83岁死时已隔三年，抄的经送了三年还没送完，这是无论如何都说不过去的，可证其间肯定有虚构之年存在。

现在回到作者真实的十四岁人生中来，贾母八十大寿所在的第71～95回为一年，即作者人生的十二岁，至此十四岁贾母死时相隔两年。此经是从作者人生十二岁的"大九月"（第87回）开始抄起，到作者人生十四岁正月抄家后不久贾母问此话时，为一年零四个月。由于一共要抄"三千六百五十零一部《金刚经》"及"三百六十五部"《心经》（见第88回），抄到完恐怕也得要好几个月的时间，而且这是供贾母过八十一岁"暗九"生日用的，所以只要在贾母八十一岁、也即作者人生十三岁的"八月初三"生日前抄好并开始分发送人即可，到十四岁正月贾母问此话时不过半年（6个月），所以尚未送完（3651+365=4016部经，四千部经送了6个月尚未送完是完全合理的）。贾母这是在怪罪凤姐未能抓紧送完，导致神佛未能在自己人生的关口上保佑贾氏家族免去这场抄家之难。

如果按照《红楼梦》十九年故事的时间体系，便要多增一年出来；即经抄完后送了一年半还未送完，这就未免不合情理了。这也暗示出第110回前有虚增的一年。

又：贾母口中所称的"旧年"并不特指"去年"，而可以泛指此前之年。

●**理由四**：在十九年故事体系中，第70回一回写一年的确也非常突兀，证明此回当与其下诸回合并成一年为宜。（按：后四十回中第70回一回写一年，与前八十回中第17回一回写一年正为相似。但两者又有所不同，即：第17回是虚年而当并入其上之年，实年是在此回之前；而第70回本身是实年，其下为虚年，其下之年当并入此第70回的实年之中。）

（三）"拆"的艺术（假语存）：作者如何拆人生第十二岁为红楼第十五至十七这三年？

第70回表面写重建"桃花社"，其实不过是为了写出黛玉那首《桃花行》、史湘云那首《柳絮词》。写到柳絮，自然已是晚春。然后又写大家放风筝，明显也是暮春初夏的光景。

第71回写贾政回来后为贾母操办"八月初三"的大寿。下来写中秋宴、抄检大观园。第71回贾政回来时，皇帝让他在家休息一个月，到第85回贾政举行"升官宴"照理不会超过两个月，所以第87回便写其时仍在"大九月里"。即从第71回到第87回这十六回文字才由夏写到秋。

而书中第70回写的却是贾政冬底回，然后第71回写贾政已经回来为贾母举办秋天的大寿，这显然是没有写到"过年"的虚年；而且"秋天贾母做寿"的时间节令又可与上回"暮春初夏放风筝"相接续，我们由此便可知：第71回以下，名义上进入了新的一年，其实仍在上一年的八九月中，从而证明此年是作者新增的虚年。

至于第 85 回贾政"升官宴"，书中写此宴会之日恰逢黛玉生日"二月十二"，从第 71 回的秋天大寿到此二月份的升官宴显然换了一年，但这显然也是没有写到"过年"的虚年；而且这段文字后的第 87 回在时间节令上又是可以和第 71 回八月大寿相连的"大九月"，故知第 85 回以下，名义上又进入了新的一年，其实仍在同一年中，从而证明此年又是作者新增加的虚年。

所以，第 70～95 回之间新增加的两年（即第 71 回冬底回而秋做寿的换年、第 85 回黛玉"二月十二"生日标明的换年），其实都是作者拆出来的虚年。

作者人生第十二岁的事拆分成三年而多出二年，比上文所讨论的第九岁拆为四年相对要简单些。作者拆分此岁的手法便是：

（1）首先把原稿七、八月之交的七月底（七月下旬）贾政回来，以赈灾为名改成"冬底方回"，于是贾母八月大寿便自动移到下一年而多一年出来。

（2）然后又在八、九月之间，即第78回八月十五"中秋宴"后、第85回贾政八月下旬举办的"升官宴"前，插入"宝玉养病、薛蟠家大闹数月、钓鱼占卜新年运气"这一系列情节，从而写到新的一年，于是又再多一年出来。

据此，我们重新整理第 71～87 回的本相（而非小说字面上的幻相）、也即作者原稿中其人生第十二岁的事情，其时间顺序便是：

第 70 回暮春放风筝；

第 71 回七月底至八月初大办贾母寿宴；

第 72 回王熙凤在贾母寿宴上受气病重而伏其早夭；

第 73～74 回抄捡大观园；

第 75～78 回八月中秋宴，以及中秋后发落司棋、晴雯等人事；

第 79～80 回八月中秋后不久，薛蟠娶妻与迎春出嫁；

第 82 回黛玉八月中秋后做恶梦以逼近其死，为来年春天二月十二的第 97 回黛玉生日之死伏笔；

第 83 回元妃染病逼近其死，为本年末的第 95 回元妃薨逝伏笔；

第 84 回王作梅为宝玉提亲，为下文黛玉获悉此消息而进一步逼近黛玉之死伏笔；

第 85 回上半回写北静王提前在八月下旬办生日宴，北静王生日宴后的第四天，贾府举行贾政升官宴，戏班表演嫦娥《冥升》戏，预告黛玉来年（即第 97 回）生日时"冥升"逝世；

第 85 回下半回至第 86 回写薛蟠犯罪被捕，是为了引出第 86 回宝钗来信中的哀怨之诗而让黛玉和之，引出下文第 87 回黛玉弹琴而妙玉听琴预言黛玉不久于人世；

（以上都是八月之事，以下才是九月之事。）

第 86 回末写王夫人送黛玉品种为"夫妻蕙"的春兰（实为秋兰），让黛玉触景生情，为自己和宝玉的亲事虽有薛姨妈提起但无人做主（指贾母不答应）而难过，以此更进一步地逼近黛玉之死。此回宝玉不解黛玉心事，反倒建议黛玉弹琴作《猗兰操》，引出下文黛玉弹琴的情节；

第87回便写黛玉唱和①宝钗之诗而弹琴倾诉闺怨，作者借妙玉"恐不能持久……日后自知"语，点明黛玉寿命将尽；同时又在这一回内点明其时为"大九月"，从而揭示上文从第79回至此，乃是用字面上的"八月至次年二月"来影写最初稿中实为"八、九两月"的本来面目；并且从这儿开始返回这一本来面目的书写。

作者只不过在上述井然有序的"时间序列"中插入几段情节，像"吹泡泡"般吹大情节，从而吹胀出（也即虚增出）一年来，这是与上文拆作者人生第九岁时完全不同的手法。这一新手法的实质便是加添情节，使所增加出来的虚年在情节上更为丰满；不像其拆九岁那年时，红楼第九年只有"作春梦、打秋丰"两个情节，第十年由"入冬学"一下子便写到"秋天闹学"，第十一年又由秦可卿冬末春初之丧一下子写到33天后的"九月初三"讣闻传来，第十二年一整年又一笔带过便写到大观园已经造好，拆分出来的四年情节全都太空虚而不自然。

而作者拆人生十二岁时，除第70回末从暮春初夏一笔写到贾政冬底回，然后又一笔写到第71回的贾母秋天做寿，显得太过空虚外；其后的拆年便是插入一系列情节，使拆出来的虚增之年显得情节颇为丰满。其所插入的情节有：第79～80回与"宝玉养病期间"同步进行的"薛蟠与迎春这两段恶姻缘的达成"，第81回正月"钓鱼占旺相"和"宝玉入春学"，以及第86回把送来的"秋兰"说成是"春兰"等。如果把"薛蟠和迎春这两段恶姻缘"都看成是中秋后没几天便办完婚事，把"正月钓鱼占旺相"的情节去除，把"春兰"视作"秋兰"，把第85回"薛蟠案"视作薛蟠离家刚走了三五天，便在城南二百里地犯了案（详上章第三节第85回后的讨论），便能看清楚作者"披阅十载、增删五次"前的最初稿的本来面目。

总之，作者为了虚增一年出来，有意在最初稿的"八月"这后半月中增添"宝玉养病百日、薛蟠因家中大闹而离家"等数月之事，这都是像"吹泡泡"般，为了拉长时间、虚增出一年所写的"幻笔（虚构笔法）"。所以连虚增年份后元妃原本是年初生的病，也被硬说成是去年生的病（即第86回薛姨妈说："上年原病过一次，也就好了"，其实是当年年初生的病），其目的也就是为了进一步强化出"虚增一年"的效果来。

（四）"隐"的艺术（真事隐）：作者故意留下荒唐破绽，让有心人揭开"假语存"所隐藏的真事

作者除了上面例举的三处很不明显、所有人读过都会忽略的破绽（即上文"理由一"说贾珍、尤氏尚在三年丧服中，"理由二"说贾母明年八十一岁，"理由三"说抄的《金刚经》尚未送完），根本就不可能让人们发现真相，这就需要有一个像"冬末春初秦可卿大丧中传来九月讣闻"这种极其荒诞惊竦的矛盾冒

---

① 和，读去声。唱和，指以原韵律回答他人的诗或词。

出来，方能奏效。于是作者便写下世界各国文学作品中都未曾碰到过的至为荒诞的情节——"二月里"惊现"大九月"的时间突变。

【作者之所以敢这么写，就是因为《红楼梦》书名中的那个"梦"字；如果书中没有荒诞情节，反倒名不符实了。正如作者第7回写醉了的焦大，就得按醉人的口吻来写，让他说出"咱们红刀子进去白刀子出来"的颠倒话，脂批赞道："是醉人口中文法！"同理，作者写梦，就得写出梦的荒诞性来（书名为《红楼梦》，所以作者也就必须要写得像是个梦）。而梦的特点便是"梦中不觉其非，醒来顿觉其误"。作者所写的第85回贾政二月升官宴、第14回秦可卿丧事传来九月讣闻，粗粗读过也不觉其间有何荒谬。唯有细按上下文，发现第85回二月升官宴到第87回，才十来天便已是九月；第13回秦可卿冬底逝世到第14回讣闻传来，才33天便已是九月，这才发觉其有误。总之，作者写什么就得①像什么，写梦就得写出梦那般"表面上不觉其荒唐，细细想来，内里却绝顶荒唐"的效果来，唯有如此，方才符合书名所标榜的"梦"字。这无疑也是作者"不拘一格"的豪放文风与盖世才气的体现。后人凡是以书中荒谬来指摘其书逻辑混乱者，皆是不达作者所写乃"梦"的创作主旨。】

下来我们便详细分析"二月才过十来天便已是九月"这一表面上看不出、唯有仔细一想方能发现其有误的"梦境"般的、世界文学史上极惊竦的荒诞情节。

（1）书中三次透露真相，表明贾政升官于二月是假相，升官于八九月才是真相

第85回凤姐说贾政升官宴之日"'不但日子好，还是好日子呢！'说着这话，却瞅着黛玉笑。"这时黛玉也微笑，王夫人因说：是啊，"后日还是外甥女儿的好日子呢。"而黛玉生日为二月十二，这便明显已由上年的"中秋宴"写到另一年的早春二月。

下来才十来天的第86回回末，写王夫人送来春兰（其实最初稿中当是秋兰），飘出清香，引出第87回众人闻此香后有关桂花香的话题："正说着，忽听得'唿喇喇'一片风声，吹了好些落叶打在窗纸上。停了一回儿，又透过一阵清香来。众人闻着，都说道：'这是何处来的香风？这像什么香？'黛玉道：'好像木樨香。'探春笑道：'林姐姐终终不脱南边人的话。这大九月里的，哪里还有桂花呢？'"画线部分便写明此时是大九月。这是"假事将尽、真事显"的"荒诞（新稿）与真相（原稿）"的交界处，是作者在上文诸"假相"后第一次开始透露"真相"，即：此时在时间节令上直接接续第78回中秋节而仍在"九月里"。

然后第88回便写鸳鸯来叫惜春抄《心经》，因为贾母"明年八十一岁，是个'暗九'，许下一场九昼夜的功德，发心要写三千六百五十零一部《金刚经》。……老太太因《心经》是更要紧的，观自在又是女菩萨，所以要几个亲丁奶奶姑娘们写上三百六十五部，如此又虔诚、又洁净。"证明此时仍在上年的"八

---

① 得，读 děi。

十大寿"中,第二次透露真相:此时与第72回贾母"八十大寿"仍在同一年中,根本就没有到字面上写的81岁。

第89回接着又写:"那时已到十月中旬,宝玉起来,要往学房中去。"第三次透露真相:此时才十月。

根据这三处真相的透露,我们便可明白:贾政"升官宴"其实就在八月下旬举行,从第82回到第88回都在上一年的八九月中,从第70回到第95回其实都在同一年中(即作者人生的十二岁)。作者虽然用"幻笔"把这人生的第十二岁拆出两个虚年来成为三年,但都留下"接榫"处①,让有心人能根据第87回"大九月"之文,一返其"原本就在上年第78回中秋宴后不久的八九两月中"的真面目来,这便是本节"一"所指出的:作者曹雪芹的"真事隐、假语存"笔法全都具有"可逆复原"的特性。

然后,作者便从第87回起,开始恢复这一本来面目的书写。这一本来的真面目便是:第82~87回的黛玉惊梦、元妃染病、北静王生日、贾政升官宴、黛玉抚琴等,原本都是八九月份的事(八九月份的分界线划在"王夫人送兰花"处,从"送兰花"开始为九月份事);而第79~81回便是作者为了虚增一年出来而填充进去的"秋、冬、年初"这三季情节。

(2)贾政"升官宴"植入黛玉生日的用意,旨在预告黛玉明年生日升天

曹雪芹最早之稿,贾政"升官宴"中根本就没有为黛玉做生日。何出此言?便是因为宴会上黛玉问薛姨妈:"为何宝钗没来?"而薛姨妈回去后肯定会对宝钗说:"黛玉问起你为何没来。"于是,下回末及第87回开头,宝钗便致信黛玉,告知自己没来的缘由。由宝钗信中只提到家里有纠纷而不能外出,根本就没有一个字对黛玉的生辰表示祝贺,也没有一个字对自己未能参加黛玉的生辰表示歉意,这便可证明:上文所说的黛玉生辰就在这一天,其实是为了强化黛玉就是嫦娥而写的"幻笔"(即小说虚构)。其实贾政升官宴上根本就没有为黛玉举办过生日,所以宝钗致信时,也只用说明自己为何没来参加贾政"升官宴"的原因,而不用向黛玉致以生日的问候和未到场的歉意。而且宝钗信中第一句便交代此时是"悲时序之递嬗兮,又属清秋",反倒点明贾政"升官宴"举办在九月的"清秋"、而非黛玉生日所在的二月这一真相来。

作者在八月下旬贾政升官宴中植入黛玉生日,从而把这场"升官宴"改造成二月的升官宴。由于真相是八月,现在"改造"成二月,所以作者也就要刻意隐瞒这场"升官宴"究竟是在哪个月举行。而且全书在字面上也从来没有提到过这时是二月,这"二月"两字并非作者用文字点明,而是我们根据书中提到这场宴会在黛玉生日而推导出来。而且连宴会之日是黛玉生日,也是作者没有写明的,是我们根据凤姐和王夫人口中的"好日子"推导出来的。作者之所以在本回情节中,丝毫不敢提及宴会之日是黛玉生日,也不敢提及黛玉生日是"二月十二",便是因为他写本回的目的,不是为了表达贾政升官宴在二月份的

---

① 即让第85回后之文可以直接接到第78回的中秋宴处。

黛玉生日那天举行，而只是想表达这么一个意思："戏子们扮的下凡嫦娥在黛玉生日那天'冥升'了"，然后再通过这层意思来表达另一层意思，即预言此次宴会上打扮得像嫦娥的黛玉，将在其明年生日那天"冥升"。（按：黛玉生日为"二月十二"，此时为八月，此处所言的黛玉生日显然是在说明年的黛玉生日；而凤姐与王夫人口中的"好日子"其实也是一语双关，既指黛玉生日，更指黛玉逝世之日。）

作者在贾政"升官宴"演"下凡嫦娥以处子之身'冥升'返回天界"之戏时说："此日乃黛玉好日子（生日）"，这是作者故意写的大幻笔、大妄笔（据第87回"大九月"之文可知此回贾政"升官宴"其实是在八月下旬举行，此时根本就不可能是黛玉生日），其目的不过是为了让重病的黛玉有理由、有心情打扮得像"嫦娥下凡"般前来参加贾政的"升官宴"（因为要过自己的生日，所以得打扮得漂亮），从而与宴会中表演"下凡嫦娥以处子之身重返天界"的那出《冥升》戏对上号、挂上钩。从而预言：黛玉次年生日"二月十二日"时，会像此下凡嫦娥一样，以处子之身重返天界而"冥升"离世。同时又可借此情节来更加坐实并强化贾政升官宴"是"在二月的虚幻效果，从而把此前"黛玉惊梦、元妃染病、北静王生日"等一系列情节，统统由"八月份"点化成"正、二月份"，使虚增一年的效果得以实化，从而更好地为作者"拆自己十四岁人生为十九年故事"的创作主旨服务。

（3）"二月后十来天便是九月"的时间裂变，是"后四十回乃曹雪芹所著"的铁证

由第87回距第85回"升官宴"才十来天，便已是"大九月"的深秋景象，可以知道第85回"升官宴"其实仍在上文第76～78回"八月中秋"后不久的八月底。作者在十来天的刹那之间便让"早春二月"变脸成"深秋九月"，自有其深意在内。

作者胆敢如此写，便可证明后四十回乃曹雪芹原稿，因为任何续书人都不敢写出这种"二月某日十来天后便是九月"的荒诞绝伦的情节来，唯有原作者（即曹雪芹）才敢如此写。

这是从全书叙事时间上证明"后四十回乃曹雪芹所写"的最最有力的证据。它与第13回秦可卿年底亡故、而其丧事"五七正五日"有林如海"九月初三"讣告传来的荒唐事如出一辙，这也是证明"后四十回与前八十回在艺术手法上相同"的又一例证。★

（4）作者拆人生第十二岁为三年的真相

从第70回新年立"桃花社"开始，一直到第95回年末"元妃薨逝"，实为同一年之事，即作者人生十二岁的雍正四年之事。作者创作《红楼梦》时，为了把自己十四岁人生拆成十九年故事，故意在第70回末写上贾政"冬底回"而虚增一年出来。高鹗改其为"七月底回"，将第70回的暮春放风筝，与第71回八月初贾母大寿相接榫，便是看穿作者这一"幻笔"的经典之改。

作者为了再虚增一年出来，又故意在第76～78回"中秋宴"诸事后加入第79、80两回，写宝玉因中秋晴雯逝世而重病、养病百日，一下子便把时间从八月拉长到十二月初，这期间又写入第79、第80回薛蟠与迎春两段恶姻缘的故事，然后再写第81回正月"钓鱼"占卜新年运气、宝玉开春学，然后又把第85回贾政八月下旬的"升官宴"，以植入"黛玉好日子（生日）"为名，改造成二月份的升官宴，这样便把"中秋宴（第76～78回）"与"升官宴（第85回）"两者之间的第82回"黛玉做恶梦"、第83回"元妃染病伏其年末之死"、第84回"有人为宝玉提亲逼黛玉之死"、第85回"北静王生日"，以及第85回"贾政升官宴"、"薛蟠犯杀人死罪"这原本就是"八月下半月"的四回情节，全都整体点化成"正、二月份"的情节，从而"妥妥"地虚增一年出来。

四、以上第九、十二两岁拆年的总结

（一）作者"化真为假"拆年虚增，同时又"揭假露真"故意留下荒唐破绽

30岁之前的曹雪芹，最初是按自己抄家时十四岁人生这一时间框架来写自己人生与家族的故事。30～39岁时，他又"披阅十载、增删五稿"，出于"讳知者"、避"文字狱"的动机，有意拆第九岁的人生（康熙出殡的雍正元年）为四年，又拆第十二岁（雍正四年）的人生为三年，从而离析增加出五个虚年，把原稿的十四岁人生调整为十九年故事；同时又把"为康熙守陵、遣散女优"这件事，写入雍正六年年初抄家的五年前，也即书中抄家所在的"红楼十九年"的五年前"红楼十四年"。

作者为了"讳知者"，有意把自己十四岁的人生拆成十九年，尽管在名义上增加了五年，其实作者用的是极巧妙的"拆年"法，其十四岁的人生格局只有第九、第十二两岁被拆，其余十二岁全都没有大的变化。即便是那被拆分的两岁，作者也有意留下两个极大的破绽，以及一系列小破绽，启发有心人来参破此疑情，炸毁文字编织的假相，让人看到文字下面所隐藏的真相；同时又留下返回原稿真相的"可逆"性线索——凡是不提及过年的年份皆是虚年而可并入上一年，从而彻底恢复原稿所隐蕴的自己十四岁人生的真相。

总之，①作者通过只拆两年而十二年不动，②所拆两年又多处留下"揭假露真"的荒唐破绽，③所拆两年又通过虚年、实年的区分，通过虚年并入实年这一恢复时间原貌的"可逆"性线索——睿智狡狯的作者通过上述这三种方式，在书中仍能极为完整地保持和隐藏其"抄家时十四岁的人生格局"。作者曹雪芹便以这种方式，来为《红楼梦》全书烙上能够证明自己身份的独特的时间印记——"抄家时十四岁"。

本章第一节严格按照《红楼梦》的叙事来排列年表，得出《红楼梦》写了贾宝玉从出生到抄家后出家这19年的故事。但这是小说，作者已做了虚构的艺术处理，这19年故事其实正影写着作者"抄家时十四岁的人生"。数百年来能不为曹雪芹幻笔所迷，睁开巨眼，看破这一点的便是本书。

为了保存真相，作者在其改编过的十九年故事中，有意保留下一些最为关

键的原稿面目给读者看到，这些原稿原目在原有"十四岁人生"的时间格局中并不矛盾（它们原本就是"十四岁人生体系"中的一部分）；但在新编成的故事体系中，会与改写而来的"十九年故事"这一时间格局格格不入、不相和谐，从而显示出重重矛盾。作者故意留下这些荒唐破绽，以存真面、启人疑窦，为的就是发人深思，让有心人透过这些荒唐破绽，发现作者在全书字面下所烙的人生印记——"抄家时十四岁"。从而证明本书的作者只可能是"抄家时十四岁"的曹雪芹。

　　梦是可以错综、颠倒的，《红楼梦》的书名标榜了"梦"字，作者便把全书当成真实的"梦境"来书写，使得全书早已不是实录，而是具有浓郁梦幻色彩的虚构小说。作者这种故意留破绽、制造时间混乱的如"梦"般的写法，代表了作者"不拘小节"的豪放个性和"非同凡响"的艺术创新。作者通过这一手法来标榜自己写的就是"梦"，就得像"梦境"般错乱，正如第7回写醉人焦大口吻时，用了"咱们红刀子进去白刀子出来"的颠倒话，甲戌本夹批："是醉人口中文法。"

　　对于作者时间上的种种破绽，前人如"大某山民"会认为荒唐可笑而打算"酌改之"，这便是没能读懂如下两点：一是没有理解到作者通过书名"梦"字所标榜的"梦幻主义"的创作主旨和创作风格，二是没有领悟到作者曹雪芹笔下的这些"荒谬"都出自他的有意为之。

　　这些"荒谬"其实都是曹雪芹故意留下的荒唐破绽，都是有意暴露给读者看的马脚，都是特意留给后人抓的小辫子，都有作者深深的用意在内。其目的就是要让后人能清楚地看出他"用十九年故事（假话）来隐写自己抄家时十四岁人生（真事）"这桩事情来，从而明白作者出生的年份其实就是雍正六年抄家前13年的康熙五十四年！

（二）作者独特的"梦幻写实主义"手法

　　在此需要说明的是，作者以自己人生的十四岁来创作这部小说，极易使人认为：书中宝玉身上的每件事都是作者自己身上发生或见到过的事，书中某岁之事就是作者某岁之事。

　　其实本书作为小说，其情节具有虚构性。其取材即便真实，也可以做艺术上的虚构处理。作者只是把"自己人生的十四岁"作为承载全书故事的时间框架，其所承载的事情也不一定是作者自己身上的事，而可以取材于他人，可以是作者所见、所闻的他人之事，乃至可以是作者臆想之事，总之可以是虚构而非真实发生过的事。同时，书中某一岁的事也未必就真的发生在那一年，作者在时间上可以做极为自由的腾挪搬移。

　　作者把自己人生的十四岁写成本书的十九年故事，并不意味着书中之事都是他十四岁人生所经历之事。他只不过把自己人生十四岁这一时间框架作为印记打入书中，使后世读者当中的有心人，能看破作者就是"抄家时十四岁"的曹雪芹而非别人。他只不过在这十四岁的时间框架中，纳入他一生所历、所见、所闻的未必全是他自己身上发生过的事；他笔下的贾宝玉是一个综合的艺术典型，这就意味着宝玉身上的故事并不全都是作者的自传。

作者充分借鉴梦的思维机理：在人物上可以"张冠李戴"、任意嫁接，做典型的艺术综合；在时间上可以打成碎片，颠倒错乱，可以让人物的性格不随年龄变化，可以把人物长大后的事情任意植入某一年（乃至植入很年幼的儿童时期①）。唯独在空间上，作者仍像"梦境"那般，保持空间的原型而未加变形②。

其书以"梦"来命名，这一名称其实就在标榜作者借鉴"梦"的思维机理所独创出来的"梦幻写实主义"风格。即：<u>全书唯有在空间上有"平面镜像"般的原型，其余的时间与人物则都像"梦境"般作了"哈哈镜"式光怪陆离的扭曲处理，很难再把原型看出来或复原出来。</u>

所以《红楼梦》从空间上看，是部"小说性的自传"；但从时间、人物、情节上看，是部"自传性的小说"；其小说的艺术虚构占据了主流，而其取材的自传原型除空间外，很难予以复原，能予以复原的自传原型已不占全书艺术创作的主流，所以总的来看，《红楼梦》是一部"带有一定自传色彩的小说"，而非"小说性很强的自传"。

作者运用这种"梦幻写实主义"的创作手法所创作出来的书中之事，未必全都是他自己的事，也未必就发生在相应之年。书中所写的作者十四岁人生是"哈哈镜"般扭曲后的艺术再现，并不意味着书中宝玉某岁的事情就是作者曹雪芹同一岁发生过的事。书中的每件事即便全都取材于真实，也都早已经过艺术的加工和虚构处理，不能完全等同于实事和真貌。

作者十四岁人生只是全书的一个时间框架，其中的事有可能和他的人生没有直接的关系，他是以此时间框架来表明"自己抄家时十四岁"这一人生信息，从而把能够代表自己独特人生信息的"抄家时十四岁"作为烙印，用一种隐蔽的方式深深地烙刻在书中的字面之下，以此来证明自己这位抄家时十四岁的曹雪芹就是此书的作者，并不意味着书中某年的故事真的就发生在其人生的这一年，也不意味着全书的故事都是其人生的真实之事。

书中所写的人物、事件，除空间外，都是由很多原型综合虚构出来的艺术<u>典型，没有唯一的原型。所以《红楼梦》不是实录，不是历史，而是虚构的小说，是对生活的艺术再创作。</u>

<u>当然，这一切唯有空间除外，《红楼梦》的空间却是实录，是历史，是他真家"江宁织造府"曹家的镜像，而没有受到任何扭曲，有其唯一的原型，而基本未作任何艺术的综合和虚构。</u>

---

① 如作者把自己十二岁青春期的首场梦遗写入儿童时的九岁。
② 我们都做过梦，梦中能改变的是时间、人物，唯独空间没有大的变化。梦境中的空间只有一点与现实不同，即可以做任意切换。

五、作者拆"十四岁人生"为"十九年故事"的其他内证

作者在书中留下一系列的内证，表明自己"拆十四岁人生为十九年故事"、"全书以十九年故事隐写自己十四岁人生"的创作主旨。

（一）内证一：凤姐死期与刘姥姥称其年龄的矛盾

作者在书中拆自己十四岁人生为十九年故事，全书以十九年故事隐写自己十四岁人生的第一大内证，便是刘姥姥称述凤姐年龄与凤姐死期的矛盾。

第6回红楼九年刘姥姥说凤姐"今年大还不过二十岁罢了"，则此年凤姐约20岁。第2回红楼七年冷子兴言贾琏"今已二十来往了。亲上作亲，娶的就是政老爹夫人王氏之内侄女，今已娶了二年"，故知是红楼六年娶了凤姐，其年约17岁。冷子兴又说贾琏"如今只在乃叔政老爷家住着，帮着料理些家务。谁知自娶了他令夫人之后，倒上下无一人不称颂他夫人的，琏爷倒退了一射之地"，可见凤姐应当是过门不久便主持贾府的家政。"冷子兴演说荣国府"时凤姐约18岁，比冷子兴提到的"十六岁"的贾蓉大了两岁，比七岁的宝玉大了11岁。【而我们第4回已考明薛蟠比宝玉大七岁，则凤姐当比薛蟠大两岁，这便矛盾起来。因为第66回薛蟠在贾琏面前称凤姐为"舍表妹"，第28回凤姐也对王夫人说："上日薛大哥亲自和我来寻珍珠"，可证薛蟠当比凤姐年龄大。】

后四十回中第101回红楼十八年凤姐对平儿说自己"活了二十五岁"，故次年第114回红楼十九年凤姐死时为26岁，年未满三十而身故，故可称作"早夭"。据此来推，则"冷子兴演说荣国府"时的红楼七年凤姐为14岁，比宝玉大了7岁，其年贾琏"二十来往"，可证他比凤姐大了6岁左右，其时凤姐已嫁两年，则凤姐当是12岁嫁给18岁左右的贾琏从而成为贾府管家，贾蓉在"冷子兴演说荣国府"时为"十六岁"，比凤姐还大2岁，这显然都是不可能的事。一者，12岁出嫁也许有可能，但12岁就管一个大家族绝对不可能；二者，第6回刘姥姥看到贾蓉十七八岁，刘姥姥又说凤姐大不过二十，则凤姐当比贾蓉大两三岁为宜，不可能比贾蓉小两岁。况且刘姥姥言明红楼九年凤姐"不过二十"，九年后的第101回当有29岁而非凤姐口中说的25岁，两者又矛盾起来。但凤姐、薛蟠都比宝玉大七岁，而第26回称薛蟠生日在"五月初三"，第42回称凤姐生日在"九月初三"，故凤姐要比薛蟠小四个月，反倒与上面第66回薛蟠称凤姐为"表妹"，第28回凤姐称薛蟠为"大哥"相吻合起来。

总之，在《红楼梦》十九年故事中：第6回红楼九年"刘姥姥说凤姐年约20岁"与第101回红楼十八年"凤姐25岁"是对矛盾。因为在全书《红楼梦》十九年的故事体系中，两者相隔九年，以第6回往后推，则第101回凤姐年龄约29岁而非"25岁"（两者之间差了四岁），次年死时为30岁，不可以称作"早夭"（三十岁逝世不必算作早夭了）；以第101回往前推，则第6回凤姐当为16岁而非"不过二十"（两者之间差了四岁）。现在第6回红楼九年凤姐年约20，第101回红楼十八年凤姐25岁，如果两者都正确，两者之间差了四五岁（刘姥姥说凤姐"大不过二十"不一定正好是20岁，可以有一两年上下），这反倒印证了我们的观点，即作者在"十九年故事"的表面下隐写的是"自己抄家时十

四岁的人生"，其间的差额是五年。而后四十回如果是他人来续写的话，他自己在第120回言宝玉出家于红楼十九年，第101回是宝玉出家前一年的红楼十八年，距第6回红楼九年凤姐"大不过二十"有九年，当写凤姐此年29岁，绝对不可能写出第101回红楼十八年凤姐"25岁"的话来；现在他胆敢如此写，在《红楼梦》"十九年故事体系"中存在巨大矛盾，反倒与曹雪芹"抄家时十四岁的真实人生"相吻合，这岂非明摆着后四十回根本就不是别人所续（包括曹雪芹至亲所续①），应当就是曹雪芹的原著。这是我们论证"后四十回是曹雪芹所著"的重要证据之一。★

我们一旦考明：《红楼梦》是作者把"自己抄家时的十四岁人生"写成小说时拆为十九年，第101回是作者人生的十三岁，第6回是作者人生的九岁，两者相差仅四年：第101回作者十三岁时凤姐25岁，则第6回作者九岁时凤姐便是21岁，与刘姥姥"大不过二十"语正相接近。（即刘姥姥记忆难免会有出入一两年，把21岁的凤姐说成"大还不过二十岁"，这也是很正常的事。）

据此来重排凤姐的时间："冷子兴演说荣国府"时为作者人生的7岁，其年凤姐19岁，比宝玉大12岁，比16岁的贾蓉大了三岁，比"二十来往"的贾琏小了一岁，出嫁而成为贾府的大管家是在17岁，如此甚为合理。

换句话说，我们根据"作者把自己十四岁人生拆为十九年故事"来理解，则第6、第101回凤姐年龄的矛盾便不复存在；即这一矛盾其实只存在于"十九年故事体系"中，而在作者真实的"十四岁人生体系"中并不矛盾。

此例便可用来证明两点：①后四十回与前八十回在时间上是同一个人所写的统一完整的艺术整体；②《红楼梦》是作者把自己抄家时"十四岁人生（初稿）拆分成十九年"而写成的"真事隐、假语存"、"假中有真"的虚构的小说故事（即今天所见之稿②）。

作者"真事隐、假语存"，编"假语（即假话故事）"时，把十四岁拆成十九年，但第101回仍保留真相，因为作者要写凤姐这个悲剧，就得让她早夭，而事实上凤姐的原型的确是在26岁早夭的，所以作者不得不在第101回说真话：一是实录真事（凤姐原型死于26岁，管家共九年），二是增加悲剧效果（31岁死便没有26岁早死来得凄惨；附记：第6回红楼九年凤姐为21岁，至红楼十九年死时凤姐为31岁），所以也就没有加上那"虚增"的五年。于是，凤姐便只比宝玉大了七岁，成了薛蟠的同年，其生日月份后于薛蟠，反倒比薛蟠小了四个月，要称薛蟠为"薛大哥"，而薛蟠称其为"舍表妹"，这都是"假话"，原

---

① 因为即便是曹雪芹的至亲，也不可能知道曹雪芹肚中有两套时间体系的想法。

② 据笔者《后四十回完璧归曹》"第二章、第八节"的考证，今天所见到的前八十回是曹雪芹的定稿"第五稿"，也即脂砚斋甲戌年（1754）第二次作批之稿；今天所见到的后四十回是曹雪芹的第一稿，也即脂砚斋甲子年（1744）第一次作批之稿。从第一稿到第五稿，都是以19年故事隐写14岁人生。作者曹雪芹30岁之前的原稿则是14岁人生之稿，曹雪芹从自己30岁这一本家族发家与大清朝立国100周年的甲子年（1744）开始，把记载14岁人生的原稿"披阅十载、增删五次"，处理成19年故事之稿。

因便是撒了一个谎后，就得再撒一系列的谎言来圆前面那个谎。

至于第 6 回不让刘姥姥说凤姐比宝玉大七岁为 16 岁，那是因为这么一来，等于说凤姐是 12 岁出嫁而成为贾府管家。十二岁的人虽说可以结婚，但十二岁的人就来管理偌大一个贾府却绝对没有这种可能，所以作者在这第 6 回中也就不得不说真话，让刘姥姥说凤姐其实是比宝玉要大十来岁的"二十岁"左右的人。

所以综上来看：①第 6 回凤姐年约二十是"真事"，②第 101 回凤姐活了 25 岁、次年第 114 回 26 岁死是"真事"，③第 66 回薛蟠称凤姐为"表妹"、第 28 回凤姐称薛蟠为"大哥"是"假话"：②与③在"假话"即"作品十九年故事体系"中是统一的，而与①是矛盾的；而①与②在"真事"即"作者十四岁人生体系"中又是吻合的，只不过在"假话"即作品十九年故事体系中是矛盾的：以上两者便是作者奉行"真事隐、假语存"的创作主旨所制作出来的"假作真时真亦假"的"真假参半、虚实并陈"的"迷人而梦幻"的艺术效果①。这是全书唯一一次"十九年故事"和"十四岁人生"这两大时间体系因为有时要说真话、有时得说假话而发生矛盾冲突之例。在其他情况中，作者都处理得极为巧妙，使自己游走于两大"双轨制"的时间体系之间，居然没有发生过一次矛盾冲突，我们不得不佩服作者文心的巧慧！

（二）内证二：小红预言三五年后要抄家

全书是"作者拆自己十四岁人生为十九年故事"，即"作者以十九年故事隐写自己十四岁人生"，其另一处内证，便是小红预言三五年后要抄家。

第 26 回佳蕙对小红抱怨晴雯等大丫头压制自己这种小丫头，小红说："也不犯着气她们。俗语说的好，'千里搭长棚，没有个不散的筵席'，（甲侧：此时写出此等言语，令人堕泪。）谁守谁一辈子呢？不过三年、五载，各人干各人的去了。那时谁还管谁呢？"

作者接着写佳蕙听后的反应："这两句话不觉感动了佳蕙的心肠，（庚侧：不但佳蕙，批书者亦泪下矣。）由不得眼睛红了。"这几句话能让脂砚斋这个批书人伤心泪下，可见写的都是曹家的真事。曹家的惨事莫过于抄家，故"千里搭长棚，没有个不散的筵席"、"不过三年、五载，各人干各人的去了"这两句话都是在说曹家抄家的情景。

这两句话又与第 13 回秦可卿临终时对凤姐交代的话完全相同，即："万不可忘了那'盛筵必散'的俗语。……三春去后诸芳尽，各自须寻各自门"，后一句诗甲戌本也有侧批："此句令批书人哭死"，又有眉批："不必看完，见此二句，即欲堕泪。梅溪。"两者的批语居然和第 26 回批佳蕙反应的话也相同。

同样描写抄家后惨状的话，还见于第 5 回王熙凤的《红楼梦曲》"第十支、聪明累"所唱的："家富人宁，终有个家亡人散各奔腾。"其处甲戌本也有眉批："过来人睹此，宁不放声一哭？"这样的话还有总括抄家后惨状的《红楼梦曲》

---

① 因为作者以书名标榜他写的是"梦"，所以书中可以存在这种"初看不觉其误，细思方觉荒唐"的梦境效果。

"第十四支、收尾、飞鸟各投林"曲所唱的："好一似食尽鸟投林，落了片白茫茫大地真干净！"甲戌本也在曲名下作夹批："《收尾》愈觉悲惨可畏。"

总之，以上这些作者亲笔所写、脂砚斋亲笔所批的话，都是在点明抄家后的惨状，故王希廉在第26回评道："小红说'千里搭长棚，没有不散的筵席'，又说'不过三年、五载，各人干各人的去'，虽非实在看透，却是后来谶语。"点明这两句话与秦可卿语、王熙凤曲、全书《收尾（即"大结局"）》曲，都是在为抄家做谶语。

而第26回为红楼十三年，至抄家时的红楼十九年相隔六年，不是"三年、五载"；但如果回到作者人生的十四岁中来，第26回是作者人生的十岁，抄家时是作者人生的十四岁，正相隔四年，与"三年、五载"语正相吻合。即：作者文笔狡狯，取"三年、五载"两者的中间数"四"，有意把"四载"写成"三年、五载"；作者表面上是写"三年五载"，其实写的就是"四载"。因此小红所说的"不过三年、五载"便要家亡人散各奔腾，与作者"以十九年故事隐写自己十四岁人生"完全相合。

由此可以看出两点：一是后四十回终结于"红楼十九年、作者人生的十四岁"，与前八十回中的第26回小红预言正相吻合，这是后四十回与前八十回相合的又一例证★；二是《红楼梦》全书120回的确是"以十九年故事隐写作者自己的十四岁人生"。

（三）内证三：王夫人命大观园诸人明年搬出大观园

全书"作者拆自己十四岁人生为十九年故事"，即"作者以十九年故事隐写自己十四岁人生"，其第三处内证便是：第77回王夫人命令宝玉等大观园中的所有人"明年搬出大观园"，与第102回正相吻合。

第77回王夫人命宝玉等："今年不宜迁挪，暂且挨过今年，明年一并给我仍旧搬出去心净。"此第77回据上章"第三节、第77回"考明是在红楼十六年秋八月，其在作者真实人生的十二岁。

下来第79回写迎春出嫁而搬出大观园，第97回"林黛玉焚稿断痴情、薛宝钗出闺成大礼"、第98回"苦绛珠魂归离恨天、病神瑛泪洒相思地"这两回写宝玉在"荣禧堂"背后的房子里与宝钗成亲后，便不再回大观园的"怡红院"住。

第99回春夏之交："所以园内的只有李纨、探春、惜春了。贾母还要将李纨等挪进来，为着元妃薨后，家中事情接二连三，也无暇及此。现今天气一天热似一天，园里尚可住得，等到秋天再挪。此是后话，暂且不提。"第102回秋天探春远嫁后，"园中人少，况兼天气寒冷，李纨姊妹、探春、惜春等俱挪回旧所。"以上都是红楼十八年事，在作者真实人生中则为十三岁。上引第77回为十二岁，此为十三岁，正在其次年，所以上引后四十回中第102回画线部分之语，便与上引前八十回中的第77回画线部分王夫人说"次年搬出去"之语相合。

王夫人原本打算在"一挨过年的明年春天"搬出去（"暂且挨过今年，明年一并给我仍旧搬出去"），也即在第99回的春夏之交搬出去，作者也细致地交代出暂时未搬的原因便是"元妃薨后，家中事情接二连三，也无暇及此"，所以改在秋天搬出。

此例后四十回与前八十回完全吻合，这是可以一连证明三大结论的绝佳实例，其三大结论便是：①后四十回与前八十回在时间上是一个完整的整体；②后四十回是曹雪芹所写；③作者以全书十九年故事隐写自己十四岁人生。★

（四）内证四：迎春"结褵年余"而死

迎春"结褵年余"而死，也可证明作者"拆自己十四岁人生写成小说中的十九年故事"。

第109回传来迎春死讯："可怜一位如花似月之女，结褵年余，不料被孙家揉搓，以致身亡。"今按：迎春出嫁于作者人生十二岁的雍正四年秋，卒于十四岁的雍正六年春，实足正是一年多，未足两年；如果按照作者"拆自己十四岁人生为十九年小说故事"来算的话，则从红楼十六年秋出嫁，到此十九年春，已是两年多而未足三年。今言"结褵年余"（所言乃实足而非虚算），与作者十四岁人生相合，而与小说中的十九年故事不合，这显然是作者"以十九年故事隐写自己十四岁人生"之证。

六、重要辨析：全书正式记事的九岁从第5回而非第4回起

全书第3回写红楼七年冬底黛玉入贾府，第4回写一过年贾雨村上任后，在春天审结薛蟠案，其时早已到梅花盛开之后，所以第5回"梅花盛开"所写的早春二月的景象，便当是再后一年"红楼九年"的梅花盛开。

但持反对意见者会认为：此第5回未写过年情节，此年通过"梅花盛开"来暗示另起一年，其与下面四年同属"暗写换年"，当与上一年合并。即第3回红楼七年冬底黛玉入贾府后，紧接着写第4回雨村第二年年初上任审结薛蟠案，然后便是第5回"梅花盛开"而入早春二月。换句话说：雨村上任审结薛蟠案要么与第5回平行发展而无先后，要么就在早春二月前夕审结。上节"一"所列之表《红楼梦叙事共十九年简表》以第4回为红楼八年，第5回为红楼九年，则红楼八年一年中只写"雨村审案"一件事，再也没有记载其他任何情节，比较反常，极似拆实年而来的虚年。换句话说：作者在人生第八岁的第一件事"雨村审案"后加上一句"梅花盛开"，从而把其后情节全部划入下年而虚增一年出来，这与下面几年的拆年手法相同。

此说若然，则《红楼梦》全书只影写作者抄家时十三岁的人生，换句话说，作者当生于雍正六年抄家前12年的康熙五十五年；而本书所论的"作者在书中影写自己十四岁人生"便全都靠不住，而应当修正为十三载。这个问题事关作者曹雪芹的生年，以及曹雪芹是否为康熙五十四年所生的曹頫遗腹子的身份确认①，所以不得不在此详加辨析。

---

① 即上述新说便意味着：写《红楼梦》的曹雪芹有可能是康熙五十五年生的曹頫（其年14岁）的儿子。但家谱（《五庆堂重修曹氏宗谱》《八旗满洲氏族通谱》）未有记载，此子恐怕

此说"貌似"合理之处有五：

●**理由一**，上面已言，第5回属于没有"明写过年"的暗写换年，故可定其为拆上年虚增而来之年，不当视其为真实的换年。

●**理由二**，据这一新说，则宝钗只比黛玉晚来两三个月，即黛玉冬底来，而宝钗在雨村审结薛蟠案后的春天到，其时已过宝钗"正月廿一"的生日，但又在早春二月梅开之前到达贾府，所以宝钗只比黛玉晚来两三个月。事实上，从薛蟠所在的"金陵"，到小说中贾府所在的"长安"这一天子脚下的京都（即北京），的确也只要两三个月（因为宝钗是来选秀的，故知其前往的当是首都北京，即贾府当在北京①）。而照我们的说法，雨村审结薛蟠案那一年别无情节，宝钗要到下一年"正月廿一"生日后、早春二月"梅花盛开"前夕到达，岂非在路上走了一年多？这显然不合理，所以宝钗当在雨村审结薛蟠案后不久即到。

●**理由三**，按我们的说法，红楼八年仅春天雨村审结薛蟠案一件事，此后便一年无事，比较反常。而按此新说，作者真实人生的八岁不光有雨村审结薛蟠案，还有第5～18回诸事，比较丰富而显得正常。

●**理由四**，贾母说"过了冬的开春"便为宝玉、黛玉隔房，而第6回正写到已经隔房。从贾母说话的口气来看，应当是次年就隔房。按新说，第6回乃次年八岁，此时隔房，正相吻合；而按我们的说法，却是再下年的九岁时隔房，与贾母语似有矛盾。

●**理由五**，据下文"第三章、第二节、二、（三）"考得曹佳氏薨于作者八岁时的康熙六十一年正月十九日，作者以第13回秦可卿之丧影写姑姑"平郡王妃"曹佳氏之丧。按新说，第13回正在作者八岁时；按我们的说法，第13回在九岁时。作者既然以秦可卿之丧影写姑姑"平郡王妃"曹佳氏之丧，而曹佳氏又薨于作者八岁时，故知应当采纳"以第13回为作者八岁时"的新说，不当采纳"以第13回为作者九岁时"的我们的说法。

不存在。而且14岁就生孩子也未免过早。据本书"第三章、第二节、二、（三）、（1）"考，曹頫生于康熙四十二年，在康熙五十五年时实足只有13岁，虚岁14岁。《关于江宁织造曹家档案史料》第149页《碌批著曹頫奏闻地方大小事件（原批于康熙五十七年六月初二日曹頫请安摺尾）》中，康熙又称曹頫是"无知小孩"，其年曹頫已15岁，虚岁16岁，当未结婚生子；若生子，康熙皇帝焉能再以"小孩"相称？这就彻底否定了康熙五十五年生人是曹頫子的可能性。好在清人裕瑞《枣窗闲笔》之《后红楼梦》书后称其所见到的《石头记》之书："曾见抄本，卷额本有其叔脂研斋之批语。……闻前辈姻戚有与之交好者"，讲明脂砚斋是曹雪芹的叔叔，而且又说自己有亲戚与曹家交好，则裕瑞之言当可信从。笔者《宁荣府大观园图考》"第一章、第二节、五"根据书中内证考明脂砚斋就是曹頫，则曹頫为曹雪芹叔叔可以定论。

① 此是幌子。贾府其实就在南京，"贾府在北京"与"宝钗入京选秀"都是作者写的幌子和假话。

今对上述理由逐一辨析,以明其皆"似是实非"!

(一)对理由一的辨析

《红楼梦》全书要到第18回才第一次写到过年,此前的换年都是那种不提"过年"的换年方式,如果按照"不写过年便可定为虚年"的原则来办理的话,则全书第18回之前岂非全都可以合并成一年,第18回便成了作者人生的二岁?这显然是不妥的。

常人的记事从8、9岁开始,所以8岁以前可以视为没有什么事情记载而不必加以讨论。事实上,作者也无意拆8岁以前的"不记事"的年份为虚年。所以我们讨论时便从记事的8、9岁起,把书中8岁以前全都视为作者真实人生中的真年。至于8、9岁之交是真年还是虚年,我们便不能以是否"暗写换年"来定,而当以书中其他佐证来确定。仅据"理由一"得出第5回为虚年,这一结论其实是不可靠的。

(二)对理由二的辨析

第4回贾雨村当是过了年的早春梅开时上任(请参见上一章第三节第3、第4回的讨论),第4回写完"雨村断了此案,急忙作书信二封,与贾政并京营节度使王子腾",然后宝钗才入了贾府。审结薛蟠案时,当已是三四月份,梅花早已开过,所以下来写的第5回"梅花盛开"乃是又一年之春,而非雨村上任时的早春二月,故不宜把第5回"梅花盛开"视为与"雨村审案"平行发生的事件。

我们也不宜因为此年只写"雨村审案"一件事,便把第5回"梅花盛开"视为"暗写换年"的标记,从而把第5~18回并入上一年的八岁中去,使作者人生少却一年而成为十三岁。

我们之所以定第5回的"梅花盛开"为另起一年,并非只依据"雨村结案"必定在春天梅花开过之后,而主要是因为上一章第三节的第5回已经考明:宝钗是在黛玉到后一年多才来,所以第4回"宝钗到"与第3回"黛玉到"之间其实相隔有一整年。

我们何以知晓宝钗是在黛玉到了一年多后才到?按第5回写黛玉"自在荣府以来,贾母万般怜爱,寝食起居,一如宝玉,迎春、探春、惜春三个亲孙女倒且靠后。便是宝玉和黛玉二人之亲密友爱,亦自较别个不同,日则同行同坐,夜则同息同止,真是言和意顺,略无参商。不想如今忽然来了一个薛宝钗",此文明显可以看出:黛玉红楼七年冬天进入贾府后,与宝玉共处已有相当长一段时间,宝钗要到这时方才来到贾府。

至于共处多久宝钗才来?书中虽然没有明文写明,但第20回宝玉安慰黛玉时有清楚的暗示:"你先来,咱们两个一桌吃,一床睡,长的这么大了,她是才来的,岂有个为她疏你的?"可证黛玉来了至少一年多宝钗才来。当然读者硬要说"一床睡,长的这么大了"只有几个月,我们便当分析这一"硬说"是否合理?我们认为:一床睡几个月便说"长的这么大了"是不可思议的。

当然有人会说第 20 回所言乃"假话",即作者真实人生中黛玉来后没几个月宝钗便来了,本书是作者所写的虚构故事,作者故意写成宝钗要到一年多后才来,所以第 20 回说的是"假话"而非"真事"。

我们认为:第 20 回是否谎言?得看作者编故事的习惯。作者总是在假话快要结束时才透露真相而说真话,如作者第 5~17 回乃其真实人生中的九岁拆成四年,他是在快要结束的第 14 回秦可卿冬末春初丧事"五七正五日上",借林如海"九月初三日死"的讣闻来说真话而返回"此时乃九月"的真相。又作者第 71~95 回乃其真实人生中的第十二岁拆成三年,同样是在过了一半的第 87 回贾政二月"升官宴"后的十来天,才开始讲真话而返回"此时仍在上年的大九月里"的真相。正如全书 120 回,是在过去一半多的第 71 回"江南甄家"送"大屏十二扇"处,作者才借助庚辰本的脂砚斋夹批"好,一提甄事。盖真事将显,假事将尽",来点明"全书总会在假话的后半部分透露一些真话以返真相"的创作主旨来。

总之,作者编假话时,都会在其谎话的后半部分揭明真相。此第 20 回在第 5~17 回后,早已超出这一"假话"的范围而在其外,作者在假话中尚且要在其末尾辟谣而返真相,其超出"假话"范畴的第 20 回,更不可能还来说什么谎话。

再说宝玉与黛玉爱情的忠贞便建立在他们"青梅竹马、两小无猜"的幼年相识基础上,这种友谊与相爱,不是其他后来者所能替代和拆散。如果两人共处仅几个月宝钗便来[1],则宝玉和黛玉这种"青梅竹马"之情,比宝钗长不了几个月,则宝钗与黛玉在宝玉心目中便难分上下,黛玉根本就没理由对宝钗产生那么大的醋意。(按,黛玉的醋意在于:我和你宝玉有一年多的深情在先,而你却对晚来一年的宝钗,像对我这个早来一年多的人一样用情。如果我黛玉只比宝钗早来两三个月,我们只有两三个月的情,其情不深,你与别人再结深情,"我"黛玉也无理由生那么大的气。)

而且宝钗如果只晚来几个月的话,宝玉根本就不敢对黛玉说出"长的这么大了她才来"的话来。因为黛玉最恨宝玉说哄骗她的话,宝玉说这种话岂非当面在骗她?黛玉肯定会戳穿他这种虚假不实的违心之言。由黛玉没有戳穿宝玉这话,也可明白:第 20 回宝玉所说的"黛玉来后很久(而非几个月)宝钗才来"当是真话,从而证明这话肯定不是作者代宝玉编造的谎言。

今按第 5 回明言:"如今且说林黛玉自在荣府以来,贾母万般怜爱,寝食起居,一如宝玉,迎春、探春、惜春三个亲孙女倒且靠后。便是宝玉和黛玉二人之亲密友爱,亦自较别个不同,(甲侧:此句妙,细思有多少文章。)日则同行同坐,夜则同息同止,真是言和意顺,略无参商。不想如今忽然来了一个薛宝钗,人多谓黛玉所不及。而且宝钗行为豁达,随分从时,不比黛玉孤高自许,

---

[1] 据上文考,如果宝钗是黛玉入贾府的次年到贾府的话,黛玉其实只比宝钗早来两三个月。

目无下尘，故比黛玉大得下人之心，便是那些小丫头子们，亦多喜与宝钗去顽笑，因此黛玉心中便有些恓郁不忿之意，宝钗却浑然不觉。"写黛玉的醋意在于宝钗得人心。

下面更写明宝玉对宝钗及所有女孩子都怀有一种平等的博爱，令黛玉为他这种不分亲疏的"平等博爱"捻酸吃醋："那宝玉亦在孩提之间，况自天性所禀来的一片愚拙、偏僻，（甲侧：四字是极不好，却是极妙。只不要被作者瞒过。）①视姊妹弟兄皆出一意，并无亲疏远近之别。（甲侧：如此反谓'愚痴'，正从世人意中写也。②）"写出宝玉对宝钗只是表面上"一视同仁"地和对黛玉一样亲热；其实内心要对黛玉更为亲密，只是由于自己的平等天性，而无法在表面上特别地表现出对黛玉的更为亲密来。

然后书中写黛玉因与宝玉交往最深，自然会认为宝玉这种"不分亲疏地厚爱别人"是对自己的一种负心："其中因与黛玉同随贾母一处坐卧，故略比别个姊妹熟惯些。既熟惯，则更觉亲密，既亲密，则不免一时有'求全之毁、不虞之隙'。（甲侧：八字定评，有趣。不独黛玉、宝玉二人，亦可为古今天下亲密人当头一喝。）（甲眉：八字为二玉一生文字之纲。）"

这就写出黛玉自恃与宝玉交往要比宝钗和宝玉来得"熟惯"，不免有"求全之毁、不虞之隙"，即不允许宝玉对包括宝钗在内的自己以外的任何人，有那种"无亲疏远近之别"的一视同仁的"亲密"，不允许宝玉像对待自己那样亲密地对待他人，于是开始生宝玉的气。这便是宝玉与黛玉恋爱纠葛的死结所在，即：宝玉的"平等博爱"令黛玉不"放心"，黛玉希望宝玉在表面上给予她比别人更为深切的爱，而"平等博爱"的宝玉在表面上做不到这一点。

于是作者写："这日不知为何，他二人言语有些不合起来，黛玉又气的独在房中垂泪，宝玉又自悔言语冒撞，前去俯就，那黛玉方渐渐的回转来。"如何劝回转来，作者留在第20回来写，即："只见黛玉先说道：'你又来作什么？横竖如今有人和你顽，比我又会念，又会作，又会写，又会说笑，又怕你生气拉了你去，你又作什么来？死活凭我去罢了！'宝玉听了忙上来悄悄的说道：'你这么个明白人，难道连"亲不间疏，先不僭后"（庚侧：八字足可消气。）也不知道？我虽糊涂，却明白这两句话：头一件，咱们是姑舅姊妹，宝姐姐是两姨姊妹，论亲戚，她比你疏；第二件，你先来，咱们两个一桌吃，一床睡，长的这么大了，她是才来的，岂有个为她疏你的？'林黛玉啐道：'我难道是叫你疏她？我成了个什么人了呢！我为的是我的心。'宝玉道：'我也为的是你的心。难道你就知你的心，不知我的心不成？'林黛玉听了，低头一语不发，半日说道：'你只怨人行动嗔怪了你，你再不知道你自己恼人难受。'"

黛玉是为了自己的心放不下（即自己的心在难过）而生宝玉的气，而宝玉便叫她来看"我（宝玉）"的心对"你（黛玉）"可是真心实意？（即宝玉说自

---

① 脂批的意思是：这四个字从表面来看，是不好的批评之语，其实作者这儿是"贬义褒用"，正在大赞特赞宝玉与众不同的过人之处——"平等博爱"。
② 指上文"愚拙、偏僻"这四个字是众人数落宝玉的贬语，而作者以之来作为褒奖宝玉的赞词。

己只是表面上的"平等博爱"，众人看不到的内心却只宠爱黛玉一人。于是他就真想把自己的心掏出来给黛玉看，从而让黛玉把心放下来。这便伏下第32回宝玉对黛玉说"你放心"三个字，和第82回宝玉梦中掏心给黛玉看这两件事。）

宝玉只恨自己天性会对所有人一样亲密，但这只是表面上的，内心却对黛玉最真。这儿要注意"先不僭后"四个字，说明黛玉来得先，上文又说"既熟惯，则更觉亲密"，若黛玉仅比宝钗早来几个月（实仅早来两三个月），不足一年，恐怕不能称之为"熟惯、更亲密"的。

至于宝钗在路上走了一年，貌似不合理，其实大为合理。因为我们早已考明贾府就在南京，贾雨村上任处就在贾府所在之城，薛家来贾府根本就不用离开南京，不过是同城间的亲戚串门罢了。薛家是南京犯的案，所以真相当是薛蟠在老家南京打死了人，逃到南京以外的其他城市避祸一年才回来。

第4回门子却硬说薛蟠上京非是避祸："这薛公子原是早已择定日子上京去的，头起身两日前，就偶然遇见这丫头，意欲买了就进京的，谁知闹出这事来。既打了冯公子，夺了丫头，他便没事人一般，只管带了家眷走他的路。他这里自有兄弟奴仆在此料理，也并非为此些些小事值得他一逃走的。"上京去做什么呢？此回又言："近因今上崇诗、尚礼，征采才能，降不世出之隆恩，除聘选妃嫔外，凡仕宦名家之女，皆报名达部，以备选为公主、郡主入学陪侍，充为才人、赞善之职。二则自薛蟠父亲死后，各省中所有的买卖承局，总管、伙计人等，见薛蟠年轻不谙世事，便趁时拐骗起来，京都中几处生意，渐亦消耗。薛蟠素闻得都中乃第一繁华之地，正思一游，便趁此机会，一为送妹待选，二为望亲，三因亲自入部销算旧账，再计新支，——实则为游览上国风光之意。因此早已打点下行装细软，以及馈送亲友各色土物人情等类，正择日一定起身，不想偏遇见了拐子重卖英莲。薛蟠见英莲生得不俗，立意买她，又遇冯家来夺人，因恃强喝令手下豪奴将冯渊打死。他便将家中事务一一的嘱托了族中人并几个老家人，他便带了母妹竟自起身长行去了。（蒙侧：破销不顾。业已之事业已如此[1]，到是走的妙。）人命官司一事，他竟视为儿戏，自为花上几个臭钱，没有不了的。"原来，薛蟠是为了送妹妹选秀而离开南京，自然去的就是明清时天子所在的北京而非南京。而且作为皇商，薛蟠需要与中央政府的有关部门结清一下账目（"入部销算旧账"），自然去的也只可能是北京。总之，薛蟠是由南京往北京来。薛蟠走之前未曾料到会出一场人命官司，但他认为花几个钱就能了结，所以仍旧按照原来的行程入了北京。上引画线部分的蒙王府本侧批说的是："已经发生的事已经如此而无可挽回，还是一走了之为妙"，点明薛家表面上豪强无惧，其实内心仍有避祸的心思在内。

无独有偶，第116回表面写贾政扶贾母之枢，由都中北京回金陵老家安葬，实则贾府就在金陵南京，真相应当是由南京回北京通州的曹家祖坟安葬；此处与之正为相似，表面是写薛蟠由南京上北京而入了贾府，实则贾府就在南京，真相应当是薛蟠带着妹妹薛宝钗上京选秀，一并与皇家结清账目，然后再回南

---

[1] 指木已成舟，既成事实，追悔无及；堕甄不顾，何必挂念？

京而来贾府串门。这就是作者空间构思上的"南北互换"之旨①。

在这儿需要指出的是，上文所说的"选秀"，在清代是指选"八旗秀女"，每三年挑选一次，由户部主持，可备皇后、妃嫔之选，或者赐婚近支宗室②，年龄范围是十三至十七岁。而此年为红楼八年、宝玉八岁，宝钗比之大二岁，才十岁，还未到"选秀"的年龄，作者肯定是把宝钗十三岁即红楼十一年的事移到前面来写，这便是《红楼梦》诸回表面上黛玉、宝玉、宝钗年仅九岁、十岁幼童的模样，而开口说起话来，全都是十五六岁小大人的腔调；为人行事起来，全都是十五六岁小大人的模样，原因便是作者把自己十几岁时的情节，强行纳入到《红楼梦》的时间框架中去，造成这种梦境里才会有的"小孩子的性格与语言全都是大人模样"③的荒诞效果来。（又：清朝宫女是从"上三旗"包衣中选出，10岁左右进宫，25岁可以离宫，则宝钗有可能是十岁上京选宫女，但上文言明是"聘选妃嫔……充为才人、赞善"，可证不是选宫女，而是选秀女。）

宝钗当是上京选秀落选而回老家南京，然后有意嫁给宝玉而寄住贾府。此年宝钗十一岁、宝玉九岁。④该年实为作者人生九岁的雍正元年，贾府的原型曹家实已败落，根据"六亲同运"的原则，薛家的原型可能也已家道中落，所以才会沦落到寄居贾府的地步。在这一寄居过程中，宝钗逐步接受并通过了贾母的考察而被定为孙媳人选。

何以见得贾府此时已没落？即第74回王夫人对凤姐叹道："你这几个姊妹也甚可怜了。也不用远比，只说如今你林妹妹的母亲，未出阁时，是何等的娇生惯养，是何等的金尊玉贵，那才像个千金小姐的体统。如今这几个姊妹，不过比人家的丫头略强些罢了。通共每人只有两三个丫头像个人样，余者纵有四五个小丫头子，竟是庙里的小鬼。如今还要裁革了去，不但于我心不忍，只怕老太太未必就依。虽然艰难，难不至此。我虽没受过大荣华富贵，比你们是强的。如今我宁可省些，别委曲了她们。以后要省俭先从我来倒使的。"

正因为此年薛家要上北京与中央结算、参加选秀，然后再回南京而入住南京的贾府，所以路上（即整个来回）走一年反倒是非常合理的。

（三）对理由三的辨析

（1）第1至4回都是引子而非正文，所以一年都只写一两件事

第4回一年仅写贾雨村断薛蟠案这一件事，看似不合理，其实也不足为怪，因为红楼元年至八年都非正文，都相当于故事的起因、正文的铺垫，这几年基本上都是"一笔带过"而没详写什么事，或一年只写一两桩大情节（即第1回

---

① 按：作者写贾府所在的城市是"南北互换"，即把原型所在的南京写成北京；作者写贾府府内的空间格局"宁荣二府大观园"时，则把南京的"江宁行宫"作"东西互换"的镜像处理。请参见笔者《后四十回完璧归曹》"第二章、第八节、六"末尾程甲本宝玉"镜子"谜的讨论。

② 近支宗室，是指与皇帝三代以内血缘关系较为密切的宗室。

③ 指小孩子拥有大人的性格和语言。

④ 即本书"第一章、第三节、第四回"考明宝钗是红楼八年上京，次年即红楼九年"正月廿一"生日过后入贾府。

写甄士隐的荣枯、第2回写"冷子兴演说荣国府"、第3回写黛玉入贾府、第4回写"雨村审案"），它们都是在为全书后来要写的情节作铺垫，像第七年"冷子兴演说荣国府"便是把荣国府的人际关系全部交代给读者，然后此年冬底黛玉入贾府，为的就是把荣国府的空间交代给读者，所以第七年等于只讲两件事，来为全书做人员和空间方面的铺垫。据此看来，下来的第八年只讲"雨村审结薛蟠案而再下一年宝钗入贾府"这一件事，也就不足为怪了。

今按第2回"冷子兴演说荣国府"甲戌本总评："此回亦非正文，本旨只在冷子兴一人，即俗谓'冷中出热，无中生有'也[①]。其演说荣府一篇者，盖因族大人多，若从作者笔下一一叙出，尽一二回不能得明，则成何文字？故借用冷子一人，略出其大半，使阅者心中，已有一荣府隐隐在心，然后用黛玉、宝钗等两三次皴染，则耀然于心中眼中矣。此即'画家三染法'也。"这便已点明第2回不是正文，而是为了交代"宁、荣二府"诸人关系故意写就的"引子"式的章回，是旨在为了介绍故事中人物背景而写的铺垫之文。则似乎第3回以下便是全书正文了，故大某山民在批第3回林黛玉进贾府时指明："士隐为雨村楔子，楔出雨村，故将士隐卸去；雨村，黛玉楔子，楔出黛玉，故将雨村卸去：其结构俱从《水浒》得来，以下方入正传。"又指明："全部正书由黛玉入荣府始。"

其实上引脂批已经点明"冷子兴演说荣国府"是一染，"然后用黛玉、宝钗等两三次皴染，则耀然于心中眼中矣，此即'画家三染'法也。"可见第3回黛玉进贾府是二染，是旨在"交代荣国府建筑空间"的一回，与"交代贾府人员构成"的第2回旨趣相同，显然同属于"引子"范畴、而非"正文"。既然第3回写"黛玉入贾府"是引子，则作者与之"对峙立局"[②]而写的第4回"宝钗入贾府"，岂非性质也当相同？事实上，第4回不过是借"贾雨村审案"写出那张"护官符"来，把贾府在外的声势背景渲染一下，与"第2回讲贾府人员构成（人员背景）、第3回讲贾府空间构成（空间背景）"的旨趣完全一样，都是"引子"与"背景"之文，旨在交代贾府在外的社会关系网这一社会背景，所以也不是正文，故脂批称之为"第三染"。其前二染既然都是"引子"，则此第三染也应当属于"引子"而非"正文"。

（2）第5回是全书正文的正式开场，故当另起一年

而全书到了第5回，其回目拟作："开生面梦演《红楼梦》、立新场情传幻境情"，便是作者以回目的形式标明：从这一回开始，才是《红楼梦》全书的正

---

① 按作者第2回让冷子兴演说荣国府诸人，第65回又让兴儿演说荣国府诸内眷，两个演说者都以"兴"字来命名，足证"兴"是《诗经》"赋比兴"中"兴（读去声）"的手法——即说他事而引出正事的"起兴"手法，相当于是"楔子"和"引子"。由"冷子兴"之名，亦可证第2回是全书的引子而非正文。至于其姓为"冷"，则为"当局者迷"、而"冷眼旁观"者清的意思，所以便把这个对贾府繁华一目了然的人的姓起作"冷"字。
② 按：黛玉与宝钗是全书相对峙的两个女主角，故第3回"黛玉入贾府"与第4回"宝钗入贾府"是作者"对峙立局"的两回。笔者深感作者曹雪芹深得《周易》"阴阳对立统一以生万物"的美学旨趣。

文与正式情景的开场（"开生面、立新场"）。这第 5 回的回目表面上是写：该回所演出的《红楼梦》十二支曲传扬着"太虚幻境"中的温柔多情；其实这一回目乃是作者自标全书大旨，即：本书在历代小说中可谓"别开生面、另立新场"，通过营构一个虚构的人文艺术空间"太虚幻境"（实即人间的"大观园"），来书写、流传那人世间最哀婉动人的宝黛爱情故事。因此，回目中的"开、《红楼梦》、场"这五个字绝对是"一语双关"：既指第 5 回的《红楼梦》十二支曲在此回开了场（即演出给大家看），更指《红楼梦》这部书在此第 5 回正式开了场（即作者把全书的正文正式开始说给大家听）！

所以要从第 5 回开始方才是全书的正文。故第 5 回当另起一年，而不当与上文的"引子"混为一谈。第 5 回开头第一句话便有甲戌本眉批："不叙宝钗，反仍叙黛玉。盖前回只不过欲出宝钗，非实写之文耳，此回若仍续写，则将二玉高搁矣，故急转笔仍归至黛玉，使荣府正文方不至于冷落也。"画浪线部分明确点明前回即第 4 回"宝钗入贾府"仍非全书正文，而画直线部分则点明此第 5 回才是全书正文的"开场白"（"开生面、立新场"）。

又第 12 回跛足道人把"风月宝鉴"交给贾瑞时说："这物出自太虚幻境空灵殿上，警幻仙子所制，（己夹：言此书原系空虚幻设。）（庚眉：与《红楼梦》呼应。）""风月宝鉴"这面镜子是警幻仙子所制，《红楼梦》这本书是曹雪芹所制，而第 1 回言本书《红楼梦》又名《风月宝鉴》，可证制作"风月宝鉴"这面镜子的警幻仙子，与创作《红楼梦》这本书的曹雪芹乃一回事，《红楼梦》这部书就是那面教人不要妄动风月之情的镜子"风月宝鉴"，警幻仙子便是曹雪芹本人，所以"警幻（仙子）"①可以视作曹雪芹的笔名。第 5 回警幻仙子对宝玉说（其实就是曹雪芹对大家说）："就将新制《红楼梦》十二支演上来。"于是舞女们开演唱道："第一支、《红楼梦》引子：开辟鸿蒙，谁为情种？都只为风月情浓。趁着这奈何天，伤怀日，寂寥时，试遣愚衷。因此上，演出这'怀金、悼玉'的《红楼梦》。"上文已言明曹雪芹就是警幻仙子，则此回开场来演《红楼梦曲》，便是作者开笔来写《红楼梦》正文的艺术象征！

总之，作者是借第 5 回《红楼梦曲》来拉开全书正文情节的开场序幕，这一点可以毋庸怀疑矣！第 5 回既然是全书正文情节的正式开场，则其应当自成一年而与前回相间隔，这一点也可以毋庸怀疑矣！

（3）第 3 回黛玉楔子、第 4 回宝钗楔子两相对等，证明第 4 回一回写一年完全合理

其实，《红楼梦》全书以宝玉、黛玉的恋爱为主线，其他人和事都是陪客。全书借助第 5 回的《红楼梦曲》演出，把全书主要人物的一生结局全都提示给读者，这也正是作者"开宗明义、开门见山"的"开场白"式创作风格的体现。所以第 5 回就是全书的"开场白"。

---

① 书中既可称其全名"警幻仙子"，也可称其简名"警幻"。见第一回楔子："已在警幻仙子案前挂了号。警幻亦曾问及灌溉之情未偿"云云。

因此《红楼梦》的正式情节乃是从第5回的第九年宝玉做春梦开始①，此前都是铺垫，都相当于是"楔子"。第3回是黛玉入府的楔子，第4回便是与之"双峰对峙"而写的宝钗入府的楔子，都非正文。第4回的第八年一回写一年而只写一件事，与第2、3回的第七年两回写一年而只写两件事正相对等；如果此年连下面诸回直到第17回都是同一年之事，则"黛玉入府楔子"那一年反倒显得无事可记，而陪客之首的"宝钗入府楔子"那一年反倒事情众多，从构思的繁简角度来看，也有"偏枯、不对等、不平衡"之感。

总之，第4回是"宝钗入府"的一段楔子，第3回是"黛玉入府"的一段楔子，两者都非正文，作者正式开始"大张手笔"地书写全书那感人的正文情节，是从第5、第6回的"做春梦、打秋丰"开始，即从第九年开始写起；其前的第七、第八年，都是作者在为正式开始写的情节作铺垫和引子。正如第七年"冷子兴演说荣国府"与"黛玉入府"便毫无故事情节可言，只是借此由头来交代一下贾府的人员构成与空间格局；同理，第八年"宝钗入府"也没什么故事情节，只是借"雨村审案"这一由头来交代一下"护官符"所透露出的"贾王史薛"四大家族的盛况，以及其社会关系网和社会影响力，特别是左右官府的能力（也即所谓的"社会背景"）罢了。因此"理由三"据第八年只写一件事而定其为虚年，其实也不可靠。

而且从常人的记忆规律来看，一般人的记事都从八九岁开始。而本书从一到七岁都一笔带过，上面又讨论了作者的八岁也一笔带过，故知全书的主体情节当从九岁开始写起，即作者的记事其实是从九岁记起，这与一般人的记事规律完全相合。换句话说，九岁前作者的真实人生我们可以不考虑其有拆分在内，事实上，作者也未对自己尚未记事的这一至八岁来做拆分。

（四）对理由四的辨析

第3回黛玉刚到贾府时："奶娘来请问黛玉之房舍。贾母说：'今将宝玉挪出来，同我在套间暖阁儿里，把你林姑娘暂安置碧纱橱里。等过了残冬，春天再与她们收拾房屋，另作一番安置罢。'宝玉道：'好祖宗，我就在碧纱橱外的床上很妥当，何必又出来闹的老祖宗不得安静？'贾母想了一想说：'也罢了。'每人一个奶娘并一个丫头照管，（蒙侧：小儿不禁情事，无违，下笔运用有法。）余者在外间上夜听唤。一面早有熙凤命人送了一顶藕合色花帐，并几件锦被缎褥之类。"

贾母房用碧纱橱隔出两个套间，一个称作"套间暖阁"，里面当有火炕可以取暖②，供年老怕冷的贾母居住（年少之人火气旺，不宜住火炕之屋，不利于生命力的旺相成长）；一个称作"碧纱橱里"，里面虽无火炕，但贾母处暖阁的热

---

① 《红楼梦》以梦开场（第五回），正是开宗明义、开篇点题。其书最后以倒数第五回（第116回）宝玉再梦"警幻仙境"作结，正相呼应。而《红楼梦》第一回又以甄士隐之梦开篇，其最后一回（第120回）又以沉酣于梦中的贾雨村被空空道人摇醒作结，也正相呼应。这都是能够证明后四十回与前八十回"浑然一体、乃一人所写"的力证。★
② 相当于今天的空调房。

量会传到那儿，也不会冷。宝玉原先住在"碧纱橱里"。因黛玉来，贾母便让宝玉把"碧纱橱里"的床位让给黛玉住，命宝玉和自己一起住在火炕之屋（这其实不利于少年人成长）。宝玉想和黛玉"一桌吃、一床睡"，所以央求贾母答应两人一同住在"碧纱橱里"。贾母想了一下说"也行"，想什么呢？蒙王府本有侧批"小儿不禁情事，无违。"即宝玉此年七岁、黛玉六岁，都是儿童，情窦未开，睡一张床也不会有什么丑事发生，更何况又是分床睡在两张相隔一定距离的床上，所以贾母也就爽快地答应了。但她说过："等过了残冬，春天再与她们收拾房屋"，"她们"是指黛玉及其侍女，则来年红楼八年的春天，贾母便会为黛玉收拾出一个套间来，现在就先住在宝玉的"碧纱橱里"吧。

贾母作为一家之主，言出必行，故知黛玉与宝玉分房肯定要在红楼八年春，也即"贾雨村断案"之际。由于现在是红楼七年冬底，所以两人"夜则同息同止"、"一床睡"也就两三个月而已。

而第7回周瑞家的送宫花时："此时黛玉不在自己房中，却在宝玉房中大家解九连环作戏。（甲侧：妙极！又一花样。此时二玉已隔房矣。）"按照新说，此为红楼八年、也即次年，这段引文便表明宝玉八岁、黛玉七岁时分了房，与贾母次年便分房的命令正相吻合；而按照我们的说法，则此为红楼九年而在再下一年，这段引文便似乎表明宝玉九岁、黛玉八岁时才分房，这便有违了贾母之命。

其实上引文字只是说第九年已分房，并不意味着第九年才分房，完全可以是第八年就分了房，而分房这件事作者要到书中的第九年，才借周瑞老婆送宫花这个机会写到；等于作者是在周瑞家送宫花这件事中，补充交代宝玉、黛玉两人早已分房的情节。所以"理由四"也不足以否定第5回是另起一年。

（五）对理由五的辨析

曹佳氏薨于作者八岁而作者写在九岁，这也不足为怪。因为下一节将专论三件事：一是"四月廿六芒种节"原本是作者十一岁时的雍正三年之事，而作者把它提前一年写到自己人生十岁时的第27回；同理，作者十三岁"十一月廿九交冬至"，作者把它提前四年，写在第11回自己人生九岁时的雍正元年："这年正是十一月三十日冬至"（按十一月底基本上都是小月而无大月，作者有意错综变乱，改小月底之廿九为大月底之三十）；三是后四十回中，作者八岁时的康熙六十一年壬寅年在上年十二月十九日立春，而作者把它移后五年，写在了自己人生十三岁时的第95回："甲寅年十二月十八日立春。"（这也是作者故意错综变乱以"讳知者"，有意提前一天，改"十九日立春"为"十八日立春"，不足为怪。）所以，作者把八岁时的丧事移后一年，改到九岁来写，也不足为怪。

作者为什么要移后呢？那便是因为：作者要在全书正式情节拉开序幕的第5回（详上"理由三"的辨析），让作者的化身"警幻仙子"出场，把全书的纲目（即红楼诸女子的命运结局和我们曹家的家族结局），通过曲文的形式表演给大家看，同时对宝玉进行性爱方面的启蒙，以让其能"传宗接代"。而为了教会宝玉这一"生儿育女"的性爱过程，就需要让秦可卿在死之前完成这一实践性的"导淫"任务。而"警幻"导淫这一回作者不放在雨村审案那年的八岁来写，而要放到九岁来写，便是因为梦中出现了"金簪（即金钗）雪里埋"之句，所以这梦就必须得①要在宝钗入了贾府后才能做。而薛家既然要上京选秀，同时又有避祸之嫌，自然要等"雨村审完案"后才敢回来。去北京选秀、办事（指与中央各部结清账目）需要大半年，回来时便一年已过，所以这梦也的确需要等到结案一年后的梅花再开时来做。于是秦可卿这人就必须要活到九岁做梦之时，所以她的丧事便只能定在作者人生的九岁时。作者八岁时的曹佳氏之丧要靠秦可卿之丧来影写，于是也就不得不延后到九岁来写。作者又因为要拆十四岁人生为十九年故事，所以最后又把这九岁时的丧事拆到红楼第十一年来写。

至于秦可卿丧事中又写林如海"九月初三"刚逝世的讣告，那是因为作者把自己人生十二岁时的"秦可卿中秋淫丧"提前三年到九岁来写，同时又把这"中秋之丧"改造成初春的曹佳氏之丧，为了不抹杀秦可卿原型的真实死因和时间，所以故意保留最初稿中"九月初三"讣闻这一情节，以此来点明秦可卿原本"淫丧于中秋节晚上"的真相来。（又：最初稿中"九月初三"讣闻，其实又是在影写七月廿三曹寅逝世的讣闻。）

作者八岁时有两大丧，曹家因此接连失去两座大靠山，埋下覆亡的缘由：一是曹佳氏丧于年初，二是康熙皇帝丧于年末。八岁年初时，作者上京参加了曹佳氏之丧，作者便借书中冬末春初的秦可卿之丧来影写。康熙皇帝灵柩出殡于作者九岁时的雍正元年四月，作者的家长们（不含作者曹雪芹）上京参加康熙皇帝这一出殡大典，并在康熙陵前守灵七日。由于曹家被抄于雍正六年正月，康熙出殡在其前五年，所以作者便用书中写有抄家的最后一年"红楼十九年"（其所对应的便是曹家被抄的雍正六年）五年前的"红楼十四年"（其所对应的便是康熙出殡的雍正元年）的"老太妃之丧"来影写。

① 得，音 děi。

第三章　《红楼梦》时间迷案及书中难点详考

第一节　《红楼梦》三处时间节点告诉我们的情节挪移

作者文心高妙、笔法超卓，写什么像什么，写醉人即是醉人口吻，写梦境便是梦境模样。其书名标榜"梦"字，梦皆取材于现实而作扭曲反映，梦中人不觉其非、甚感合理，一旦醒来，细细回味，便觉荒诞矛盾。作者书名"梦"字，便标榜其书借鉴"梦"的思维机理，以"梦幻"作为艺术手法，凡空间皆与原型一致而可瞬间切换，人物则"张冠李戴"而作艺术上的综合，时间则可以颠倒错乱而有荒唐破绽。上一章指明全书"时间梦幻"上的第一大特色——书中隐含常人难以一眼看破的荒唐破绽；本章第一节则考明其"时间梦幻"上的第二大特色——"颠倒错乱"、情节挪移，而破解该特点的关键密码，便是书中提到的三处节气。

作者叙事时，基本不提"二十四节气"，唯有三处例外，其中前八十回有两处，后四十回有一处。这三处节气的提及，都有作者的用意在内，即：通过节气所在的月日，便可标明其所写的这一年是作者人生中的哪一岁，然后再对比我们排出来的叙事年表中该年是作者人生中的哪一岁，结果发现两者不一致，这便可证明作者做了情节上的时间挪移，把自己真实人生中某岁之事移到故事中的某年来写。换句话说，作者做移年处理后，总会把该情节原来所在的自己人生中的哪一岁，通过能标志年份的时间特征性很强的节气给传达出来。今详探如下：

一、第一处节气月日所暗示的情节挪移之分析

（一）第 10 回的"十一月三十日冬至"影写雍正四年作者十二岁的"十一月廿九冬至"

第 10 回为秦可卿看病的众大夫中有一位说："怕冬至"，第 11 回便提到"这年正是十一月三十日冬至"，"到了初二日"凤姐前来看望仍在病中的秦可卿，秦可卿说："好不好，春天就知道了。如今现过了冬至，又没怎么样，或者好的

了也未可知。婶子回老太太、太太放心罢。"表面是写她病未加重而有好转，但蒙王府本侧批言："文字一变。人于将死时也应有一变。"已点明作者真实意图旨在写秦可卿"人之将死"时的反常光景、反常之语。下来便写凤姐从秦可卿房离开后去见尤氏，"尤氏道：'你冷眼瞧媳妇是怎么样？'凤姐儿低了半日头，说道：'这实在没法儿了。你也该将一应的后事用的东西给她料理料理，冲一冲也好。'尤氏道：'我也叫人暗暗的预备了。'"可证众人都已看出秦可卿快要死了。

雍正四年作者十二岁时，正好是十一月廿九冬至。而第11回在作者人生中为九岁（由于作者把九岁拆为四年，故红楼纪年则为红楼十年）。两者不一致，这便可证明作者做了情节上的时间挪移，把自己真实人生中12岁之事移到了故事中的9岁（红楼纪元则为十年）来写。

我国农历大月30天，小月29天，一个朔望月是29.53059天，一年十二个月总计354.36708天。而一个"回归年"是365.24219879日，两者相差10.87511879天，三年一闰、五年再闰、八年三闰、十九年七闰。

而八年三闰时，日期相差一天；十九年七闰时，日期则会回归相同。〖因为积累三年为32.62535637天，可置一闰月，日期推迟两天；积累五年为54.37559395天，可置两闰月而日期提前五天；积累八年为87.00095032天，除以一月29.53059天，为2.946个月，接近整数，可置三闰月而日期仅相差一天；积累十一年为119.62630669天，可置四闰月；积累十四年为152.25166306天，可置五闰月；积累十七年为184.87701943天，可置六闰月；积累十九年为206.62725701天，除以一月29.53059天，为6.997个月，已极为接近整数，可置七闰月，即十九年七闰而日期相同。〗

换句话说，雍正四年十一月廿九冬至，提前八年或推迟八年都是十一月廿九左右冬至，提前十九年或推迟十九年都是十一月廿九冬至。现在我们已经知道作者是写自己抄家时的十四岁人生；曹家抄家于雍正六年正月初，故可知作者写的应当是十四年前的康熙五十四年到此抄家的雍正六年之事，这期间有十一月底冬至者，只有作者十二岁所在的雍正四年。

农历排下来，十一月基本上都是小月，罕有大月，清代从未有过十一月三十日冬至者。由此可知，作者当是记住自己十二岁那年是十一月最末一天冬至，至于十一月是大月还是小月，则记忆不清或有意混写，所以写到小说中便成了大月，即以自己十二岁那年的十一月三十日为冬至。其实那年十一月是小月，是十一月廿九日冬至。而且，作者为了"讳知者"，也的确会有意把日期写大或写小一天。

总之，作者借助此时间点"十一月最后一天交冬至"告诉我们：秦可卿其实死在作者十二岁那年的雍正二年。

作者故意在这一年中让宝玉在秦可卿的卧房午睡，受秦可卿闺房中的春闺艳情的挑逗与诱惑，在梦中意淫了这位比自己大好几岁的侄媳妇，从而发生了尴尬的梦遗。书中把宝玉写成九岁，其实应当就是高鹗所改的十二岁，因为九岁的男孩无精可遗。第23回作者人生十岁时，读过茗烟买来的艳情书刊（"古今小说并那飞燕、合德、武则天、杨贵妃的外传与那传奇角本"），情窦已开，于是有了性方面的冲动需要发泄。

那作者为什么要把十二岁的春梦情节和同年发生的秦可卿"淫丧天香楼"的艳事，移到作者人生第九岁的第5回与第11回来写呢？那便是因为作者八岁时经历过一场让他刻骨铭心的葬礼——曹家的朝中靠山、姑姑"平郡王妃"曹佳氏之丧。作者由于书中第八年是引子而无法正式书写这一场面（详上一章末尾"理由五"的专论），而《红楼梦》的正式开场是在第5回（作者用回目"开生面梦演《红楼梦》、立新场情传幻境情"来标明此回是全书正式情节的开场，上章末尾"理由三"也有专论），第5回是作者人生的九岁。由于要把十二岁的事，移到八岁来隐写八岁时"平郡王妃"的葬礼，而八岁时又写不了正式的情节，于是只好把作者人生十二岁的事再挪后一年而移到九岁来写。

（二）何以见得九岁时的秦可卿丧事影写的是平郡王妃之葬？
（1）书中秦可卿丧葬的出殡场面完全是皇家场面

书中第13回写秦可卿丧事的排场是："对面高起着宣坛，僧道对坛榜文，榜上大书：'世袭宁国公冢孙妇、防护内廷御前侍卫龙禁尉贾门秦氏恭人之丧。（庚眉：贾珍是乱费，可卿却实如此。）四大部州至中之地，奉天承运太平之国，总理虚无寂静教门、僧录司正堂万虚、总理元始三一教门、道录司正堂叶生等，敬谨修斋，朝天叩佛'，以及'恭请诸伽蓝、揭谛、功曹等神，圣恩普锡，神威远镇，四十九日消灾洗业平安水陆道场'等语，亦不消繁记。"

其让全国最高的佛教、道教领袖来主法[1]，又言是"四大部州至中之地、奉天承运太平之国"，至中之地便是树立"皇极"的京都（在明清两朝便是北京）的意思[2]，显然丧者的身份很高，所以庚辰本眉批："贾珍是乱费，可卿却实如此"，指明：凭借秦可卿"龙禁尉"五品恭人的身份是不可以如此的（是"乱费"、是过分了），但秦可卿之丧影写的是"平郡王妃"之丧，脂砚斋显然知道作者这一意图，所以批"这么写其实是合理的"（批语"却实如此"即指：这么写，其实合乎秦可卿这场丧事所影写的现实原型的身份）。〖又书中是贾珍花钱来为秦可卿买到"龙禁尉"五品的诰命[3]，而可卿的真实原型[4]应当真的是五品诰命，

---

[1] 其言"总理僧录司正堂、总理道录司正堂"，"总理、正堂"四字便指明这二位是全国佛、道两教主管机构中的最高长官，则丧主的身份显然是王妃级，而不可能是五品"龙禁尉"之妻。

[2] 皇极，帝王统治天下的准则，即所谓的"大中至正"之道，与"四大部州至中之地"语正相吻合，可证此地便是树立皇极的明清两朝的首都北京。按：《尚书·洪范》："五，皇极，皇建其有极。"孔颖达《疏》："皇，大也；极，中也。施政教，治下民，当使大得其中，无有邪僻。"

[3] 五品为"宜人"，因办丧而可以说高一品，故可以称为四品的"恭人"。

[4] 按：秦可卿的真实原型就是贾珍原型的儿媳妇，即宝玉原型曹雪芹的侄媳。而秦可卿之丧又在影射平郡王妃之丧，从这个角度看，秦可卿是在影射平郡王妃；但出了这场丧事，

故此批语又说的是：书中写贾珍花钱买来，其实秦可卿的真实原型就是五品夫人而不用花钱来买。》

第14回写出殡场景，首先是六位国公到场，并说"这六家与荣、宁二家，当日所称'八公'的便是"，写明其实是"八公"一同前来送葬①。这"八公"影射的应当就是清代的"八大铁帽子王"，是清朝开国史上赫赫有名的八位王爷，都是清帝的嫡派子孙，对于清朝的开基创业、统一全国立过大功。其他封王的皇子、皇孙，后代每承袭一次，爵位都要降一等次，而此八王无论承袭多少代，爵位永远不降，故称"世袭罔替"，民间俗称八大"铁帽子王"，即他们的王冠永远不会被摘掉。

此八王是：礼亲王代善（太祖子）、睿亲王多尔衮（太祖子）、豫亲王多铎（太祖子）、郑亲王济尔哈朗（太祖侄）、肃亲王豪格（太宗长子）、庄亲王硕塞（太宗子）、克勤郡王岳托（代善长子）、顺承郡王勒克德浑（代善孙）。而"平郡王"就是"克勤郡王"的改名。作者此处用"八公"来影射为"平郡王妃"曹佳氏送殡的"八大铁帽子王"，并不意味着自己"宁、荣二府"的原型就是"八大铁帽子王"中的两家②，作者是用"宁、荣二府"来凑"八公"之数，进而用此"八公"两字来影射："平郡王妃"出殡时，与之平级的"八王"中的其他七王都来送殡，加上葬主"平郡王"，送葬现场共有"八大铁帽子王"。

书中又写"八公"影写的八大铁帽子王为首的送殡队伍是："余者更有南安郡王之孙，西宁郡王之孙，忠靖侯史鼎，平原侯之孙世袭二等男蒋子宁，定城侯之孙世袭二等男兼京营游击谢鲸，襄阳侯之孙世袭二等男戚建辉，景田侯之孙五城兵马司裘良。余者锦乡伯公子韩奇、神威将军公子冯紫英、陈也俊、卫若兰等诸王孙公子，不可枚数。堂客算来亦有十来顶大轿，三四十小轿，连家下大小轿车辆，不下百十余乘。连前面各色执事、陈设、百耍，浩浩荡荡，一带摆三四里远。"书中又写："走不多时，路旁彩棚高搭，设席、张筵、和音、奏乐，俱是各家路祭。第一座是东平王府祭棚，第二座是南安郡王祭棚，第三座是西宁郡王祭棚，第四座是北静郡王祭棚。原来这四王当日惟北静王功高，及今子孙犹袭王爵"云云。

然后又写秦可卿出殡时的盛大场面是："一时只见宁府大殡浩浩荡荡、压地银山一般从北而至。（庚眉：数字道尽声势。壬午春。畸笏老人。）"第15回又写到出殡队伍出城时："且说宁府送殡，一路热闹非常。刚至城门前，又有贾赦、贾政、贾珍等诸同僚、属下各家祭棚接祭，一一的谢过，然后出城，竟奔铁槛寺大路行来。"能在城门口设不止一座祭棚，这样的场面也的确只有王族才能如此。总之，上述描写全都是作者借"秦可卿之丧"，来影写他八岁年初亲身经历

平郡王妃便不再是秦可卿所影射的原型了。
① 荣府肯定可以算入送葬的"八公"中的一公，而宁府虽是葬主，但也在送葬现场，故也可以算作送葬的"八公"中的一公。
② "宁荣二府"影射的是曹家，"江宁织造府"曹家不是"八大铁帽子王"。

—326—

过的、姑姑"平郡王妃"曹佳氏出殡的盛大场景。

至于第14回"贾宝玉路谒北静王"写："走不多时，路旁彩棚高搭，设席、张筵、和音、奏乐，俱是各家路祭。第一座是东平王府祭棚，第二座是南安郡王祭棚，第三座是西宁郡王祭棚，第四座是北静郡王祭棚。原来这四王当日惟北静王功高，及今子孙犹袭王爵。现今北静王水溶年未弱冠，生得形容秀美，性情谦和。近闻宁国府冢孙妇告殂，因想当日彼此祖父相遇之情，同难、同荣，未以异姓相视，因此不以王位自居，上日也曾探丧、上祭，如今又设路祭，命麾下的各官在此伺候。"写明北静王功高，又写明北静王水溶年未弱冠（男子二十岁称"弱冠"）。

水溶要见宝玉，于是"贾政听说，忙回去，急命宝玉脱去孝服，领他前来。那宝玉素日就曾听得父兄、亲友人等说闲话时，常赞水溶是个贤王，且生得才貌双全，风流潇洒，每不以官俗、国体所缚。每思相会，只是父亲拘束严密，无由得会，今见反来叫他，自是欢喜。一面走，一面早瞥见那水溶坐在轿内，好个仪表人才。"这其实是把送殡过程中，作者受姑父"平郡王"纳尔苏之子、姑表兄福彭接见时的情景写入书中。

今按：八大铁帽子王中的"克勤郡王"岳托便是"平郡王"的先人。即：一世岳托封"成亲王"，追封"克勤郡王"，二世罗洛浑封"衍僖郡王"，三世罗科铎及以下的纳尔图、纳尔福、纳尔苏、福彭皆封"平郡王"。乾隆四十三年（1778），福秀子庆恒袭爵，又改回"克勤郡王"。

康熙四十五年（1706），曹寅长女曹佳氏嫁给"平郡王"纳尔苏，纳尔苏是曹雪芹的亲姑父，是曹雪芹生父曹颙、叔父"脂砚斋"曹頫的亲姐夫，是贾母原型曹寅妻李氏的亲女婿，与曹雪芹一家的关系非同寻常。纳尔苏长子、"平郡王"福彭是曹雪芹的姑表兄。

纳尔苏在作者人生十二岁的雍正四年（1726）七月廿一日，被宗人府议奏"贪婪受贿"，雍正谕旨："著将讷尔素①多罗郡王革退，在家圈禁。其王爵令伊子福彭承袭。"②故纳尔苏早在雍正四年便被革了职，由其长子福彭承袭"平郡王"之爵。雍正六年（1728）正月初，接任"江宁织造"的隋赫德查抄曹雪芹家，雍正皇帝把曹家在江南与北京的家业全部赏给隋赫德。雍正十一年（1733）时，曹家应当早已返回北京，而雍正九年（1731）离任的隋赫德也早已回到北京，这时内务府却审办了隋赫德以财物钻营纳尔苏案，其实就是纳尔苏出面，为曹家向隋赫德索要被查抄而赏赐给隋赫德的财物。

纳尔苏是曹家至亲，虽然曹寅、曹颙已经亡故，但"脂砚斋"曹頫仍然健在，所以纳尔苏仍会出面为曹家向隋赫德索要曹家旧物。当时纳尔苏叫的是第

---

① 讷尔素，即"纳尔苏"的另译。
② 见清《世宗实录》第1册卷46"雍正四年丙午、秋七月、辛卯朔……辛亥"，辛卯为初一，则此事记载的辛亥日为廿一。见《清实录》第7册，北京：中华书局1985年版，第701页。

六子福静出面，而福静正是曹佳氏所生，福静为曹雪芹家向隋赫德借银共计两次、3800两。此案定性为"绥赫德①以财钻营一案"，见《关于江宁织造曹家档案史料》第192页《庄亲王允禄奏审讯绥赫德钻营老平郡王摺（雍正十一年十月初七日）》，其云："随传唤原平郡王讷尔素第六子福静讯问，……因此借他家银子三千八百两。……讯据绥赫德之子富璋供称：……复详讯富璋，据称：从前曹家人往老平郡王家行走，后来沈四带六阿哥②并赵姓太监到我家看古董二次，老平郡王又使六阿哥同赵姓太监到我家，向我父亲借银使用。头次我父亲使我同地藏保送银五百两，见了老平郡王，使六阿哥同赵姓太监收下。二次又使我同地藏保、孟二哥送银三千三百两，老平郡王叫六阿哥、赵姓太监收下。……查绥赫德系微末之人，累受皇恩，至深至重。前于织造任内，种种负恩，仍邀蒙宽典，仅革退织造。绥赫德理宜在家安静，以待余年，乃并不守分，竟敢钻营原平郡王讷尔素，往来行走，送给银两，其中不无情弊。至于讷尔素，已经革退王爵，不许出门，今又使令伊子福静，私与绥赫德往来行走，借取银物，殊干法纪。相应请旨，将伊等因何往来，并送给银物实情，臣会同宗人府及该部，提齐案内人犯，一并严审、定拟、具奏。为此谨奏。"雍正的谕旨是："绥赫德著发往北路军台效力赎罪，若尽心效力，著该总管奏闻；如不肯实心效力，即行请旨，于该处正法。钦此。"乾隆、嘉庆朝人裕瑞《枣窗闲笔》（署"思元斋著"③）记载说："其（指雪芹）先人曾为江宁织造，颇裕；又与平郡王府姻戚往来。"裕瑞的记载虽然笼统，但却符合事实。

纳尔苏有七子，其中嫡福晋曹佳氏生有四子，即：长子福彭，康熙四十七年（1708）生；四子福秀，康熙四十九年（1710）生，雍正、乾隆年间曾任三等侍卫，乾隆六年（1741）病退，乾隆二十年（1755）卒，年四十六；六子福静（又名"福靖"），康熙五十三年（1714）生，比曹雪芹大一岁，乾隆朝封奉国将军，授三等侍卫，乾隆十三年（1748）病退，乾隆二十四年（1759）卒，年四十六；末子福端，康熙五十六年（1717）生，雍正八年（1730）夭折。

康熙六十一年（1722）年初，曹雪芹姑姑"平郡王妃"丧事时，曹雪芹姑父纳尔苏尚为"平郡王"，书中北静王水溶年方弱冠，显然不是纳尔苏本人，而当是他的儿子福彭，比雪芹大七岁，其时雪芹八岁，福彭十五岁，正是"年未弱冠"。此时福彭虽非平郡王，但作者因其不久的雍正四年（1726）便成为平郡王，所以在康熙六十一年（1722）姑姑出殡途中受福彭接见时，略去老平郡王纳尔苏不写，只写未来这位年轻的平郡王福彭接见自己。（事实上老平郡王肯定要接见年幼的作者，但这幕情节也没什么好写的；而作者在这一过程中看到了如此年轻英俊而又有权势的表兄福彭，这才是给作者留下最深刻印象而最值得一写的场景，所以也就把未来的平郡王提前写到姑姑丧事中来，作者这种前后

---

① 绥赫德，即"隋赫德"的另译。
② 六阿哥，指纳尔苏第六子福静。
③ 爱新觉罗·裕瑞，字思元，豫亲王多铎五世孙，清朝和硕豫良亲王爱新觉罗·修龄次子，母嫡福晋富察氏，外祖父是承恩公傅文。读书广泛，对《红楼梦》颇有研究，书斋窗外有一棵大枣树，故将其这本著作命名为《枣窗闲笔》。

颠倒、时序倒流的梦幻手法书中随处可见，详笔者《宁荣府大观园图考》"第一章、第一节、三"。）

"北静王"的音与"平郡王"亦相近，可证"北静王"的原型应当就是曹雪芹的姑表兄"平郡王"福彭。第14回、第85回又特地言明"北静郡王"①，把"郡王"两字也给点明了。而"北静"两字的字音，用古人的"反切"法②拼起来便是"兵"字，与"平"字音相近，所以"北静郡王"四字正含"平郡王"之音，足证北静王的原型就是"平郡王"。

当然，第85回"北静郡王"的生日，作者字面上写在黛玉生日所在的二月，其实应当在八九月份，因为第85回北静王生日位于第71回贾母"八月初三"大寿与第87回言明的"大九月里"、第89回言明的"十月中旬"之间。根据《爱新觉罗宗谱》记载：纳尔苏的生日正是九月十一③。后四十回"北静郡王"生日，居然与外人不可能知晓的曹雪芹至亲家族的家世相吻合，更与"'北静郡王'隐写本朝'平郡王'"这一作者根本就不敢外泄的家族真相相吻合，只能证明后四十回的作者就是曹雪芹，而非高鹗或其他无名氏。〖又：本书"第一章、第三节、第85回"考明，此年平郡王纳尔苏因本命年的缘故，以及自己被废黜的缘故，提前把生日暗中过掉，其生日并没有在九月十一日举行，而应当在八月中秋后的下旬过掉。〗

又据《爱新觉罗宗谱》：福彭是六月廿六日卯时生④。第85回在作者人生中为十二岁、雍正四年，此年七月平郡王纳尔苏革掉王爵而由福彭继任，则第85回所在的九月份，平郡王已是福彭，但书中所写的"北静王"生日显然是在八九月中，而非六月中，故知第85回"北静王"生日影写的仍是老平郡王纳尔苏的生日，而非新平郡王福彭的生日。而第14回"路谒北静王"影写的是作者人生八岁、康熙六十一年年初之事，其时的平郡王是纳尔苏而非福彭，但宝玉所路谒的平郡王"年未弱冠"，显然影写的是未来的平郡王福彭，而非当时的平郡王纳尔苏。作者的文笔真可谓"活泛⑤、善变而狡诈"！

（2）"秦可卿丧事"并非影写作者祖父曹寅之丧

有人说秦可卿之丧影写的是作者祖父曹寅之丧，这是不对的。因为曹寅早在作者出生前三年便逝世了（按：曹寅逝世于康熙五十一年，作者出生于康熙五十四年），作者未能亲眼目睹祖父之丧。

而《红楼梦》是取材现实的小说，作者笔下的秦可卿丧事，应当是他八岁

---

① 按第14回："第四座是北静郡王祭棚。"第85回："今日是北静郡王生日。"
② "反切"是古人在"直音"、"读若"之后创制出来的一种注音方法，又称"反"、"切"、"翻"、"反语"等。"反切"的基本规则，就是用两个汉字相拼来给某个字注音；具体而言即：切上字取其声母，切下字取其韵母和声调，两相拼合。此处便是切上字"北"的声母，与下字"静"的韵母，拼音拼出"兵"字之音，与"平"字之音非常相近。
③ 《爱新觉罗宗谱》，徐丽华主编《中国少数民族古籍集成（汉文版）》第46册，第379页。
④ 《爱新觉罗宗谱》，徐丽华主编《中国少数民族古籍集成（汉文版）》第46册，第379页。
⑤ 活泛，口语，指遇事头脑灵活、应变能力强。

年初时，上北京参加过的姑姑"平郡王妃"曹佳氏出殡场面的艺术再现。同时，作者又在这一过程中，写到了自己和心仪已久的姑表兄、也即未来的"平郡王"福彭见面时的兴奋场景，等于把自己一生最心仪的表兄写入了书中。而后四十回抄家时北静王对贾政的搭救，其实正是康、雍、乾三朝红人"平郡王"福彭，对自己舅舅曹氏家族搭救的艺术写照。后四十回写到了"北静王"（谐音"平郡王"）对贾府的搭救，也是证明后四十回是曹雪芹所著的一个重要旁证。★

（3）"秦可卿丧事"并非影写康熙国葬

笔者原以为"秦可卿丧事"影写的是康熙皇帝的国葬，其理由有五，今在每条理由后将其一一驳正以明其非。

●**理由一**：秦可卿之丧发生在作者人生九岁时，此年雍正元年正是康熙国葬之年；而"平郡王妃"曹佳氏之葬在作者人生八岁时；故"秦可卿丧事"当是影写作者人生九岁时的康熙皇帝国葬，而非八岁时的"平郡王妃"之葬。今按：康熙皇帝薨于作者八岁时的康熙六十一年十一月十三日，雍正元年三月二十七日，康熙皇帝的梓宫移往陵寝（即"清东陵"中的"景陵"），沿途共分五程，每一程都盖造芦殿作为宿地，四月初二日灵柩到达"景陵"。

反驳理由：前已论作者把某岁之事移到另一岁来写是其惯用手法，作者未必要在九岁时写九岁之丧，完全可以在九岁时写八岁之丧，这不足为怪，所以这条理由未必靠得住。

●**理由二**：书中第13回写"秦可卿丧事"排场时，提到榜文上写着"四大部州至中之地，奉天承运太平之国，总理虚无寂静教门、僧录司正堂万虚、总理元始三一教门、道录司正堂叶生等"，这是让全国佛教、道教界的两位最高领袖来主持法事，榜文又称"四大部州至中之地、奉天承运太平之国"，丧者俨然是一国之君的模样。

反驳理由："平郡王"王妃之丧显然也请得动全国佛教与道教界的最高领袖来主法，"至中之地、太平之国"的字样只是标明丧者所处的地域在"中国"的"皇极"之地——首都北京，并不代表其身份，所以这条理由也靠不住。

●**理由三**：第14回写可卿出殡场景首先是六位国公"这六家与荣宁二家，当日所称'八公'的便是"，写明是"八公"前来送葬。这"八公"应当影射的是清朝的"八大铁帽子王"。作者当是借此来影射康熙皇帝出殡时"八大铁帽子王"前来送殡的情景，即本章"第二节、三、（1）"引《钦定大清会典则例》中康熙皇帝出殡时，"王以下，内大臣、侍卫、满汉大学士以上，及内务府官，在寿皇殿大门外齐集。"引文中所说的"王以下"，便是指以此"八大铁帽子王"为首的诸大臣。上引第14回又写送葬的场面非常浩大，来了很多"王孙公子"，又写其出殡场面："一时只见宁府大殡浩浩荡荡、压地银山一般从北而至。（庚眉：数字道尽声势。壬午春。畸笏老人。）"似乎唯有帝王才能如此。又第 15

回写队伍出城时："且说宁府送殡，一路热闹非常。刚至城门前，又有贾赦、贾政、贾珍等诸同僚属下各家祭棚接祭，一一的谢过，然后出城，竟奔铁槛寺大路行来。"这就提到城门口设有一系列的祭棚，与"第二节、三、（1）"引《钦定大清会典则例》中的康熙国葬的礼仪相合："应留京王以下大小官员等，随行出城外关厢，在齐集处，按翼排班，跪送举哀；候灵驾过，各退。"即：无资格随行送葬者，在城门口"祭棚"内（也即引文中所谓的"齐集处"）集合跪送。

　　反驳理由：以上送葬与出殡的场面虽然盛大，又沿途乃至城门口设有一系列的祭棚，并不是帝王才能如此，王妃之丧的排场当也能做到这一点。更何况上引第 14 回秦可卿的送葬场面提到："……等诸王孙公子，不可枚数。堂客算来亦有十来顶大轿，三四十小轿，连家下大小轿车辆，不下百十余乘。连前面各色执事、陈设、百耍，浩浩荡荡，一带摆三四里远。"康熙国葬时，送葬者焉能坐车、坐轿？全都应当步行为是。此处提到车轿，显然是王妃之丧而非皇帝的国葬。

　　●理由四：书中写"走不多时，路旁彩棚高搭，设席、张筵，和音、奏乐，俱是各家路祭。第一座是东平王府祭棚，第二座是南安郡王祭棚，第三座是西宁郡王祭棚，第四座是北静郡王祭棚。原来这四王当日惟北静王功高，及今子孙犹袭王爵"云云。第 14 回"贾宝玉路谒北静王"写明"北静王"是送葬者，而"北郡王"影写的是"平郡王"，如果秦可卿之丧是在影写"平郡王妃"之丧，岂非平郡王自己给自己家送葬？故知当是影写康熙国葬；"路谒北静王"这段情节，其实就是作者曹雪芹把自己在康熙皇帝出殡过程中，受自己姑父"平郡王"纳尔苏之子福彭接见的情景写入书中。

　　反驳理由：平郡王妃出葬，与其平级的"八公（八大铁帽子王）"当路祭，写在书中，便是与"平郡王（即北静王）"平级的东平、南安、西宁三王当路祭。作者暗中以"北静王"影写"平郡王"，但并未公开如此写，所以连"北静王"也得虚陪进去，写成"东平、南安、西宁、北静"四王路祭，这是作者设的谎言。更何况自家出殡，自家必定设有祭棚，平郡王纳尔苏在自家的祭棚中为自己老婆送葬，未来的平郡王福彭在自家的祭棚中为自己母亲送葬，这两者又有何不可？"路谒北静王"不过是写作者在姑姑家祭棚中受姑表兄接见时的情景，这又有何不可？

　　●理由五：作者当是把自己亲身经历过的九岁时，由南京至北京亲眼目睹过的、三月末四月初康熙出殡的盛大场景，写成了秦可卿之丧。

　　反驳理由：康熙国葬举行于雍正元年，作者以"十九年故事"影写自己"十四岁人生"，在其真实的"十四岁人生体系"中，第 5～17 回对应的是其九岁的雍正元年；而在"十九年故事"中，第十九年抄家对应的是雍正六年的抄家，康熙国葬的雍正元年便在此抄家的"红楼第十九年"之前五年的"红楼第十四年"，也就是第 53～70 回。作者正是在这"红楼第十四年"中的第 58 回，以"清明"过后贾母等为老太妃送葬并守灵，来影写其真实人生中的雍正元年自家家长（不含作者本人）前往北京为康熙皇帝送葬并守灵之事。

值得注意的是，书中写明是有爵命者送葬、守灵，而作者宝玉当时年仅九岁，很幼小，又无爵命，肯定不用上京为康熙皇帝送葬、守灵，而且书中又写明宝玉待在家中未去守灵，故宝玉的原型曹雪芹雍正元年肯定没有上京参加康熙国葬并为其守灵。

至于作者八岁年初的姑姑曹佳氏丧事，作者曹雪芹作为至亲，无论多么年幼，都会被家长们带往参加，故作者肯定会上北京参加姑姑平郡王妃之丧。所以，"秦可卿之丧"应当不是在影写康熙国葬，而当是在影写"平郡王妃"之丧。

全书是作者取材现实所创作，其未能亲历康熙国葬而只亲历过皇家级别的"平郡王妃"之葬，所以其笔下具有皇家排场的"秦可卿之丧"只可能是"平郡王妃"之葬；据此来返观前述四点理由，则前述四点的理由便都不足为据了。

（4）总结：秦可卿之丧影写平郡王妃之丧，"路谒北静王"不是康熙国葬时所见

总之，"秦可卿之丧"只可能影写"平郡王妃"曹佳之丧，而不可能影写"曹寅之丧"或"康熙国丧"，其理由已充分论证于上，即："曹寅之丧"作者看不到、写不来；作者此书写家事，康熙非曹家之人，作者没有动机去写他的丧事。作者只是因为自己家曾上京为康熙送葬而写到康熙葬礼，作者是用"老太妃之葬"来影写"康熙国葬"，即便写到，也不是正面描写，而是一笔带过，因为作者此时年仅九岁，幼小而不适宜远行，且又没有资格（即无爵命）上京参加康熙国葬；正因为没有参加，所以也就看不到、写不来。而可卿之丧是正面描写的丧事，作者显然不可能用正面描写的"秦可卿之丧"，来写他看不到的"康熙之丧"；作者只可能用侧面描写的"老太妃之丧"，来影写他所看不到的、而只是事后听参加过的长辈们转述的"康熙之丧"。

而曹佳氏作为作者的亲姑姑，其丧虽然远在北京，也当"千里奔丧"，所以作者再幼小也肯定会参加；而且这又是家事，不容不记：所以作者便把曹佳氏之丧写入书中。因此，秦可卿这场正面描写的大丧，只可能是曹佳氏之丧。而这场丧事中的"路谒北静王"这幕情节，影写的也是作者八岁上京参加姑姑曹佳氏丧事时，见到了未来的平郡王、姑表兄福彭，而不是影写康熙国葬时见到未来的平郡王福彭。当时北静王问其几岁而不问其十几岁，见第15回北静王"携手问宝玉几岁，读何书。宝玉一一的答应"，此时作者年仅八岁；虽然次年康熙国葬时作者九岁，也可如此问，但须知：书中写明宝玉未参加老太妃之丧，而且作者此时年幼而无爵命，肯定不能上京参加康熙国葬，所以未来的平郡王福彭也就不可能是在康熙国葬时接见宝玉而问其几岁。

（三）《红楼梦》这一重要时间节点告诉我们的情节挪移——"秦可卿八月中秋夜淫丧于天香楼"的真相
（1）可卿之丧由十二岁移入九岁的书中内证

今本《红楼梦》前八十回写秦可卿在作者人生的九岁年底死、十岁年初办

丧，其实作者的最初稿、也即作者的真实人生中，秦可卿应当是在作者十二岁时的八月中秋节晚上的八月十六凌晨死；由于作者要用可卿丧事来影写自己八岁时亲眼目睹过的姑姑曹佳氏出葬的场面，所以不得不把可卿丧事移到八岁来写；又由于作者八岁时尚未开始书写全书的正式场景，所以作者也就不得不把可卿丧事再挪后一年而移到九岁来写。全书这一情节上的大腾挪，在书中也有迹可循。

其最大的依据便是上文所说的：秦可卿得病那年的冬至是"十一月三十日冬至"，其原型当是雍正四年作者十二岁时的十一月廿九冬至。作者为了"讳知者"，故意用错综之笔，多写了一天，其实十一月三十日交"冬至"节者几乎不存在①。作者写"十一月三十日冬至"的意思就是指"十一月底冬至"，而作者人生的一至十四岁中有十一月底冬至者，只有十二岁雍正四年那年。由此可知，秦可卿死在作者人生的十二岁时，也即全书的第71~95回中。

第11回尤氏对王夫人说秦可卿之病："她这个病得的也奇。上月中秋还跟着老太太，太太们顽了半夜，回家来好好的。到了二十后，一日比一日觉懒，也懒待吃东西，这将近有半个多月了。经期又有两个月没来。"

而书中写到老太太即贾母中秋赏月情节的，只有作者十二岁时的第76回，书中写："贾母因见<u>月至中天</u>，比先越发精彩可爱，……那媳妇便回说：'方才大老爷出去，被石头绊了一下，崴了腿。'贾母听说，忙命两个婆子快看去，又命邢夫人快去。邢夫人遂告辞起身。"贾母于是命尤氏去送，尤氏说要陪贾母："我今日不回去了，定要和老祖宗吃一夜。"于是贾母命："你叫蓉儿媳妇送去，就顺便回去罢。"于是"尤氏说了，蓉妻答应着，送出邢夫人，一同至大门，各自上车回去。不在话下。"

月上中天，正是夜半子时。此时邢夫人要回，贾母命贾蓉妻陪着送行，而尤氏表示要陪贾母到终席，可证贾蓉妻的确如第11回所言："只陪贾母和王夫人玩到半夜便回了。"②再加上作者十二岁的雍正四年"十一月底冬至"这一时间节点，便可表明：贾蓉妻得病真的就在第76回作者人生十二岁的中秋节后，作者为了让其丧事影写"平郡王妃"之葬，故意把这一情节由第76回移到第11回去写，这便导致全书第11回秦可卿死后，书中仍多处出现"蓉妻"而从未交代过贾蓉续娶之事。按：

第29回（作者十岁、红楼十三年）："刚要说话，只见贾珍、<u>贾蓉的妻子</u>婆媳两个来了，彼此见过，贾母方说：'你们又来做什么？我不过没事来逛逛。'一句话没说了，只见人报：'冯将军家有人来了。'原来冯紫英家听见贾府在庙里打醮，连忙预备了猪羊、香烛、茶银之类的东西送礼。"

---

① 今按：从1642至1812年（崇祯十五年至嘉庆十八年），十一月三十日逢冬至者没有，仅乾隆十年（1745）有十一月三十日子时交冬至（阳历1745年12月22日），交节是在十一月廿九日（12月21日）深夜23时47分，已到次日三十的"子时"，故当算作次日十一月三十日交"冬至"节。但此年在作者抄家之年后，所以肯定不是作品所取材的时间原型。
② 尤氏说的原话是："上月中秋还跟着老太太，太太们顽了半夜。"

第 53 回（年数同上）：祭祖前夕，"一时贾珍进来吃饭，<u>贾蓉之妻回避了</u>"，此回贾府"除夕祭宗祠"时又提到："<u>蓉妻捧与众老祖母</u>。"

第 59 回（作者十一岁、红楼十四年）为老太妃送灵："临日，贾母带着<u>蓉妻坐一乘驮轿</u>，王夫人在后亦坐一乘驮轿，贾珍骑马率了众家丁护卫。"

总之，第 13 回秦可卿死后，书中至少已有四处写到"贾蓉之妻"而未交代贾蓉续娶。而第 76 回（作者十二岁、红楼十六年）以后，便不再出现"蓉妻"[①]，当是其已死。其实，原稿中秦可卿当是第 76 回中秋赏月之夜"淫丧天香楼"，作者把她的死亡和丧葬挪移到第 11[②]、13、14、15 回去写，换句话说：上面例举的那四处"蓉妻"其实仍是秦可卿，作者因第 13 回已经写她死掉了，于是便把后面凡是出现秦可卿的地方全都改称"蓉妻"来蒙混过关。

前八十回从未交代贾蓉续娶事，而后四十回倒是谈到贾珍为贾蓉续娶，而且还说续娶的妻子家风不好，即第 92 回（作者十二岁、红楼十七年）冯紫英对贾赦、贾政说："东府珍大爷可好么？我前儿见他，说起家常话儿来，提到他令郎续娶的媳妇远不及头里那位秦氏奶奶了。如今后娶的到底是哪一家的？我也没有问起。"贾政道："我们这个侄孙媳妇儿也是这里大家，从前做过京畿道的胡老爷的女孩儿。"冯紫英道："胡道长我是知道的。但是他家教上也不怎么样。也罢了，只要姑娘好就好。"

按理，秦可卿死在第 13 回的作者九岁（红楼九年），至此第 92 回作者十二岁（红楼十七年）已过了三岁（若按红楼纪年则为八年）。冯紫英与贾府交好，时常来贾府，与贾珍也有很深的交往，为秦可卿看病的名医张友士便是冯紫英推荐，即第 10 回贾珍说："方才冯紫英来看我，他见我有些抑郁之色，问我是怎么了。我才告诉他说：'媳妇忽然身子有好大的不爽快，因为不得个好太医，断不透是喜、是病，又不知有妨碍、无妨碍，所以我这两日心里着实着急。'冯紫英因说起他有一个幼时从学的先生，姓张名友士。"

而第 29、53 回祭祖时为作者人生的十岁（红楼十三年），如果秦可卿死于作者九岁时，次年十岁时贾蓉便已续娶，这是非常合理的（长房长孙的妻子不可空缺太久，因为"男主外、女主内"，宁国府的家政需要有人来主持）。媳妇的好坏，入门不久便可知，而冯紫英又与贾珍有很深的交往，经常到贾珍家拜访，则贾珍在前八十回见到冯紫英时，便会说起续娶的胡氏不及秦氏，何以要到第 92 回的三年后（若按红楼纪年则为八年后）才说起这件事来？

由第 92 回冯紫英说"前儿"（即最近）见到贾珍时贾珍才说起"令郎续娶的媳妇远不及头里那位秦氏奶奶"的话，说明"秦氏亡故、贾蓉续娶"绝对不可能是三年前的作者九岁时，而应当就是第 92 回所在那年的作者十二岁时。这等于说，后四十回居然知道秦可卿才死了几个月、而非死了很久（按上一章"第

[①] 书中再度出现贾蓉妻是在下文所引的第 92 回提到贾蓉续娶。在第 76 回至 92 回之间没有出现过贾蓉妻。

[②] 按：可卿第 13 回死，第 11 回尚未死，但第 11 回写其死因（即生病），与其死亡密切相关，所以算秦可卿死亡之回时，把第 11 回一同列入。

三节、第 92 回"考明：冯紫英说这话时为十一月初一日，距可卿中秋节死才两个半月）。换句话说，第 53、76 回的"蓉妻"其实就是秦可卿、而非胡氏。

后四十回居然知道秦可卿才死而非死了很久，这明显与前八十回的描写不相吻合，但与"十一月底冬至"所标明的秦可卿死在作者人生的十二岁相合，这足以证明后四十回是曹雪芹所作的草稿★。【而后来的读者都未能看破上面的玄机，还以为贾珍真是在八年后重又提起秦可卿，并认为这属于旧情不忘，即上引"远不及头里那位秦氏奶奶了"句东观阁有侧批："秦氏死已久，此处一提，珍大爷尚不忘耶？"大某山民眉批："秦氏死已久，乃翁尚不忘；'龙禁尉'虽已续弦，只怕'曾经沧海难为水'。"以上批语都极端流于"淫色"、充满黄色想象，都是在调侃贾珍与可卿乱伦后，八年了还不能忘怀；又在说：贾珍那话的意思，是在说贾蓉新娶的媳妇没有秦可卿漂亮风骚而令贾珍他失望。】

而第 101 回凤姐遇秦可卿之魂显灵："凤姐听了，此时方想起来是贾蓉的先妻秦氏，便说道：'嗳呀！你是死了的人哪，怎么跑到这里来了呢？'"又第 111 回贾母死后，鸳鸯准备殉主时："隐隐有个女人拿着汗巾子，好似要上吊的样子。鸳鸯也不惊怕，心里想道：'这一个是谁？和我的心事一样，倒比我走在头里了。'……细细一想，道：'哦！是了，这是东府里的小蓉大奶奶啊！她早死了的了，怎么到这里来？必是来叫我来了。她怎么又上吊呢？'想了一想，道：'是了，必是教给我死的法儿。'"其年已是作者人生的十四岁，秦可卿已死两年，故称"早死了的"，同时画浪线部分又明显写出秦可卿是上吊死而非病死，这又与前八十回表面所写的秦可卿病死不相吻合，但与脂批、第 5 回判词所透露出来的秦可卿"淫丧天香楼"上吊而死相吻合①，这也足以证明后四十回乃曹雪芹所作的草稿。★

（2）作者的"不写之写"——秦可卿八月十六凌晨四更"淫丧天香楼"的具体情节

作者的原稿当是在第 76 回贾母赏中秋后，让"秦可卿淫丧天香楼"；秦可卿的死期应当就在八月中秋那晚送邢夫人回家后的八月十六凌晨。何以见得？

第 75 回八月十五贾母率贾府男女老少"中秋赏月"，夜深而未到"月上中天"时，贾母便吩咐贾赦等人："你们散了，再让我和姑娘们多乐一回，好歇着了。"书中写："贾赦等听了，方止了令，又大家公进了一杯酒，方带着子侄们出去了。"这时已经写到第 75 回的末尾了，下来第 76 回开头便写："话说贾赦、贾政带领贾珍等散去不提。"这时写"贾母因见月至中天，比先越发精彩可爱"，"月上中天"为子夜凌晨 0 点，这时有人来报告：贾赦"被石头绊了一下，崴了腿"，贾母忙"命邢夫人快去。邢夫人遂告辞起身。贾母便又说：'珍哥媳妇也趁着便就家去罢，我也就睡了。'尤氏笑道：'我今日不回去了，定要和老祖宗吃一夜。'贾母笑道：'使不得，使不得。你们小夫妻家，今夜不要团圆团圆？

---

① 所言脂批，下文（2）有详引；所言第 5 回判词之画与曲文，下文（3）有引。

如何为我耽搁了？'尤氏红了脸，笑道：'老祖宗说的我们太不堪了。我们虽然年轻，已经是十来年的夫妻，也奔四十岁的人了。况且孝服未满，陪着老太太顽一夜还罢了，岂有自去团圆的理？'贾母听说，笑道：'这话很是，我倒也忘了孝未满。可怜你公公已是二年多了，可是我倒忘了，该罚我一大杯。既这样，你就越性别送，陪着我罢了。你叫蓉儿媳妇送去，就顺便回去罢。'尤氏说了，蓉妻答应着，送出邢夫人，一同至大门，各自上车回去。不在话下。"

即：半夜时分，贾母命令："贾赦、贾珍等男主人们先回吧，而女眷们则陪自己继续赏月。"路上贾赦把脚扭坏了，贾母忙命尤氏扶邢夫人回去照顾贾赦。为什么要让尤氏扶邢夫人回去呢？本章"第三节、三"根据此回脂批及第107回之文，考明"贾赦与贾敬原型实为一人"，邢夫人就是尤氏的婆婆，而秦可卿便是邢夫人的孙媳妇，所以第76回贾母要命媳妇尤氏陪婆婆邢夫人先回。

而尤氏回说自己要陪贾母，贾母说："你得回去和丈夫贾珍团圆团圆，不要为我耽误了这么美好的本该团圆的中秋时光。"贾母所谓的"团圆团圆"就是两口子"亲热亲热"的意思，含有性爱的意味，所以尤氏红了脸说："老祖宗说的我们太不堪了"，并说自己和贾珍是老夫老妻了，而且孝服未满也不好同房[①]，还是陪贾母您一整夜吧。于是贾母便命邢夫人的孙媳妇贾蓉妻送邢夫人回，书中写邢夫人和贾蓉妻"各自上车回去。不在话下。"

书中虽然写到贾蓉妻回去后便没了下文，其实作者没写到的下文，便是作者受家长"脂砚斋"等人之命而删去的秦可卿"淫丧天香楼"这一段的情节。即：贾蓉妻（秦可卿）回家后，贾蓉当已回房，而贾珍尚在客厅，看到秦可卿回来而尤氏未回，便问秦可卿："这是怎么回事？"于是得知尤氏说要陪贾母一夜，便逼秦可卿上后花园中僻静的"天香楼"赏月偷欢。

据笔者《宁荣府大观园图考》"第三章、第六节、九、（五）"考明：此年七月底贾母祝寿时，男宾在"宁国府"大厅接待，为了便于男宾们出入"大观园"，特地在宁国府东北角围墙上，正对"大观园"正南门东侧的"东角门"开了一扇"东便门"。此中秋夜，尤氏便因夜深而走出大观园中的捷径：由赏月处的"凸碧山庄"往南，过沁芳亭桥，走宝玉"怡红院"北侧与东侧之路绕过"怡红院"，出大观园正南门东侧的"东角门"，再经过那扇新开的"东便门"入了宁国府。这个"东便门"就开在"天香楼"的楼下。尤氏走过"天香楼"楼下时，看到楼上亮着灯，便好奇地上了楼。

秦可卿肯定要派自己的贴身丫环瑞珠守在"天香楼"的门口，瑞珠肯定是因为夜深而打了个瞌睡（此时已是四更，非常困人[②]），未曾哨探到尤氏已到此地而打暗号，于是被尤氏直接上楼来撞破贾珍和秦可卿两人的奸情。尤氏愤然下楼回房，而可卿因无脸见人，便自缢在天香楼上，根本就没有靖藏本所谓的"遗簪"情节[③]。若是"遗簪"，则当是第二天乃至更后之日被尤氏发现"天香

---

① 三年守丧期间不可以过夫妻性生活。故贾珍与可卿此晚淫乱实乃大不孝、大罪孽，故受大惨报，其惨报便是可卿上吊死，贾珍为可卿大办丧事而大破财。

② 困人，即令人感到困倦而想睡觉。

③ 按靖本第13回回前长批可分五段，今加序号分别之："①此回可卿梦阿凤作者大有深意

楼"上秦可卿所遗之簪、而非当场撞破。而秦可卿遗簪于"天香楼"原本就很正常，（秦可卿平常在天香楼赏景时，拿下头上的金钗，事后遗落在楼上，这又有何奇怪？）根本不足以证明秦可卿与贾珍在"天香楼"有什么丑行发生。所以靖藏本这条脂批必属伪造。

至于贾珍不用避开贾蓉在家而与贾蓉老婆行淫，那是因为书中早已写过贾蓉与贾珍有"聚麀"之事，即此回之前的第64回写：贾琏知尤二姐"与贾珍、贾蓉等素有'聚麀'之诮"，虽说是写与尤二姐聚麀、而未写与别人聚麀，但这句话至少可以证明贾蓉早已不忌讳父亲和自己共有某个女子。则这句话，作者笔底未尝不也是在暗写这对父子与秦可卿聚麀。

贾珍为贾蓉娶秦可卿这个美艳老婆原本就是供自己享用。因为第5回秦可卿卧房"盘内盛着安禄山掷过伤了太真乳的木瓜"，这种荒诞的笔法无非是在指：秦可卿就象征杨贵妃，而贾珍便象征唐明皇，作者是借助这一荒诞摆设的典故来象征秦可卿这个卧室里，不知道上演过多少次唐明皇占有自己儿媳杨太真的事情来；所以贾蓉对于贾珍玩弄自己老婆早已不闻不问。

贾蓉妻送邢夫人回府后，贾珍与秦可卿在"天香楼"行淫，这在第76回中已有充分暗示，即贾母说尤氏"你们小夫妻家，今夜不要团圆团圆，如何为我耽搁了？"即暗示今夜该过夫妻之间的性生活啊（"团圆"两字含有性爱意味）。而尤氏红了脸回说："孝服未满"，没有"团圆的理"，即尤氏这两年来一直恪守孝道，未在公公三年丧服期间和贾珍有过性生活。因为古制规定：父母去世后，儿子、媳妇要为其守孝三年，三年内当断绝夫妻性生活和所有娱乐活动，所以前一晚贾珍只敢入佩凤房而不敢入尤氏房与尤氏同房（见第75回："至四更时，贾珍方散，往佩凤房里去了"）。所以贾母听后笑道："这话很对，我倒忘了你孝服未满。"于是答应让尤氏陪自己，让贾蓉妻（秦可卿）送邢夫人而回去，等于为贾珍制造了一个和秦可卿偷欢的绝佳机会。

惜已为末世奈何奈何②贾珍奢淫岂能逆父哉特因敬老不管然后恣意足为世家之戒③秦可卿淫丧天香楼作者用史笔也老朽因有魂托凤姐贾家后事二件岂是安富尊荣坐享人能想得到者其言其意令人悲切感服姑赦之因命芹溪删去遗簪更衣诸文是以④此回只十页删去天香楼一节少去四五页也⑤一步行来错回头已百年请观风月鉴多少泣黄泉。"这五段批语均见于甲戌本、庚辰本的脂批：①见于庚辰本回前总批："此回可卿梦阿凤，盖作者大有深意存焉。可惜生不逢时，奈何奈何！"②见于庚辰本回前总批："虽贾珍尚奢，岂明逆父哉？故写敬老不管，然后恣意，方见笔笔周到。"唯后增"足为世家之戒"六字，这六字也不足为奇，一般人顺承上文也能拟出这种总结上文式的话语来。（"明逆"之"明"意为公开。）③见于甲戌本回末总批："'秦可卿淫丧天香楼'，作者用史笔也。老朽因有魂托凤姐贾家后事二件，的是安富尊荣坐享人不能想得到处。其事虽未行，其言其意则令人悲切感服，姑赦之，因命芹溪删去。"唯于后增出"遗簪、更衣诸文，是以"八字，这是其所新增，本书根据第76回的情节已可判定其为不实。下来的④出于甲戌本回末眉批："此回只十页，因删去天香楼一节，少去四五页也。"⑤见庚辰本回前所批的："诗曰：一步行来错，回头已百年。古今风月鉴，多少泣黄泉！"综上来看，靖本批语不过是杂取已有脂批而来，所增"足为世家之戒"六字也没什么新意，所增"遗簪更衣诸文是以"八字未见于诸本的脂批，又与我们据第76回情节推测出的"淫丧天香楼"情节不符，当系造伪者杜撰而不足为据。

　　而尤氏原本说要"陪着老太太顽一夜还罢了",即要陪贾母一整夜,贾蓉妻肯定会把这话说给贾珍听,贾珍听了肯定心花怒放,估计今晚可以和贾蓉妻在"天香楼"上多待一点共度良宵的时光,正所谓"春宵一刻值千金"!他没料到的是:这场中秋宴其实一开始就写得很冷清,即:"贾母看时,宝钗姊妹二人①不在坐内,知她们家去②圆月去了,且李纨、凤姐二人又病着,少了四个人,便觉冷清了好些。"故庚辰本夹批:"不想这次中秋反写得十分凄楚。"贾母又说:"偏又把凤丫头病了,有她一人来说说笑笑,还抵得十个人的空儿。可见天下事总难十全。"贾母为凤姐不在、没人说笑话而遗憾。于是贾蓉妻走后,尤氏想代凤姐说个笑话,结果还没说完,"只见贾母已朦胧双眼,似有睡去之态",庚辰本夹批:"总写出'凄凉、无兴'景况来。"

　　尤氏忙和王夫人轻轻摇醒贾母,贾母睁开眼笑道:"我不困,白闭闭眼养神。你们只管说,我听着呢。"王夫人于是请贾母回房休息,以免受凉:"夜已四更了,风露也大,请老太太安歇罢。明日再赏十六,也不辜负这月色。"贾母还不相信此时已是四更,王夫人又笑着说:"实已四更,她们姊妹们熬不过,都去睡了。"贾母一看果然都散了,只有探春在,于是对探春说:"你也去罢,我们散了。"可见尤氏是在四更(凌晨1点到3点之间)回的府。

　　而贾蓉妻何时回府的呢?书中写"贾母因见月至中天"时,有人来报贾赦脚崴了,贾母命贾蓉妻送邢夫人回。"月上中天"是子夜即凌晨0点,可见贾蓉妻只比尤氏早走1～2个小时,即尤氏是在贾蓉妻到家后1～2小时便到了家。

　　由于贾珍得知尤氏要陪贾母一晚上,估计至少也得陪上三四个小时而陪到五更时分,于是便和秦可卿预留了两个小时的共度良宵的时光。没料到,此年中秋赏月因凤姐不在而倍感凄凉,早早收场,比往年提前了一两个小时结束。于是贾珍与秦可卿两人尚在"天香楼"上缠绵时,便被走"天香楼"下"东便门"捷径回府的尤氏找上"天香楼"来,撞破了贾珍和秦可卿在一起的奸情。

　　尤氏若从宁府大门进府,则必定会有人通知贾珍。而从大门到"天香楼"很远,尤氏也不可能一入府便直奔"天香楼"而来,贾珍与秦可卿在"天香楼"上偷情事便有充分的时间可以遮掩过去;现在尤氏走"天香楼"下的便门,这事便没时间遮掩了。(按:前已言三年丧服期间贾珍不与尤氏同房,贾珍在佩凤房过夜,尤氏回自己主卧也发现不了贾珍不在佩凤房;即尤氏回自己主卧没看到贾珍,也不会去找贾珍,而误以为贾珍仍睡在佩凤房,从而也就根本不可能找见贾珍是和可卿在一起。即便尤氏一回家真有事要找贾珍,等她找上"天香楼",那肯定已过了相当长的一段时间,贾珍与可卿早就安全转移了。)

　　尤氏在天香楼上亲眼看到深更半夜公公与媳妇在一处,便已明白其中的奸情,于是气得旧病发作,愤然回房;而秦可卿原本听到楼梯响动,慌里慌张要下楼回房,今被尤氏撞破,心理防线彻底崩溃,无脸见人,于是再上"天香楼"而自杀。所以秦可卿上吊之时,应当也就在尤氏回府的四更天。故秦可卿是作

---

① 指薛宝钗、薛宝琴回自己的薛家团圆去了。
② 家去,回家去。

者十二岁八月十六凌晨四更时分上吊而死，死后还来托梦给凤姐，即第 13 回："凤姐还欲问时，只听二门上传事云板连叩四下，将凤姐惊醒。人回：'东府蓉大奶奶没了。'凤姐闻听，吓了一身冷汗，出了一回神，只得忙忙的穿衣，往王夫人处来。彼时合家皆知，无不纳罕，都有些疑心。"

前已证明：秦可卿病重，凤姐让尤氏准备棺木，此时听到可卿死讯应当不用奇怪，今写"合家皆知，无不纳罕，都有些疑心"便是最初原稿中的文字，即秦可卿根本就不是病死，而是"淫丧天香楼"突然上吊死，死前毫无征兆，难怪此时大家心中都感到很怀疑。

至于"传事云板连叩四下"，这是传事而非报时用，不可以据此确定此时是在四更。因为上已言秦可卿上吊时已是四更（即传事云板报事时，四更早已敲过），上吊后又有托梦之事，这时传来报丧用的四下云板声，当已是五更天，如果报时的话，当敲五下为是，此时只敲四下，证明这不是报时用，而是报事用，即"神三鬼四[①]"，报丧要敲四下。

正因为秦可卿死在八月十六凌晨四更天，其死后第 33 天的"五七正五日上"便是九月十八（据年历，此雍正四年八月为大月），此日从苏州回来的昭儿回报：林如海"是九月初三日巳时没的"，其死日九月初三距此九月十八已有 15 天，换句话说，是在林如海丧事的"三七"中传来讣闻，这是合理的。因为林如海逝世于扬州，入殓、办丧事、吊唁，肯定要满一个"七"再回老家苏州（一般做丧事都要满一个或若干个七，不满七是不宜的）。从扬州到苏州走水路，要考虑运河上有船闸，每天走不了多远，估计需要两三天（因为书中写南京到京口便要走三天[②]），到苏州后肯定还要在苏州办一下丧事。由于人手紧，昭儿肯定要帮忙，如果昭儿可以不帮忙，尽可以在扬州时便叫他回来传信，今作者特地写明昭儿是从苏州来的[③]，可证扶林如海之柩回苏州后，昭儿肯定还要在苏州帮忙料理一下，则至少又是一两天，这时才叫昭儿从苏州回南京报信，自然又需要三四天（我们已经考明作者写的贾府就在南京），以上加起来 15 天是需要的。所以"秦可卿丧事'五七正五日上'传来林如海'九月初三'的讣闻"，这本身就能证明秦可卿是八月中秋夜里死的，而且还能证明作者写的贾府就在扬州、苏州附近的南京，而不可能是北京。

八月中秋深夜贾珍趁尤氏陪贾母之际，与儿媳秦可卿在"天香楼"上共度良宵，未料尤氏提前一个更次回来，更未料到尤氏又走天香楼下的新开之门由后院入了府而撞破奸情。作者因家长们说"家丑不可外扬"，便把上述"淫丧天香楼"的情节全部改成：秦可卿八月中秋夜回来后病发，其病根显然是中秋之

---

① "云板"是带有云头纹的铁板，声音响脆，是古代官府、富贵人家传事报信、报时、集众的响具。古有"神三鬼四"之说，即拜神磕三个头，拜鬼磕四个头。凡是与活人有关的事（如召集众人）便敲三下，凡是与死人有关的事（如逝世）便敲四下。明阮大铖《燕子笺·试窘》："内打云板三声，吆喝开门介。"

② 见第 69 回旺儿告诉凤姐：张华"逃去第三日在京口地界五更天已被截路人打闷棍打死了。"

③ 即第 14 回："苏州去的人昭儿（回）来了。"

前就有了，即作者让她听到焦大骂其乱伦而种下心病，既然这事能让焦大知晓，可证她早已和贾珍乱伦了一段时光，自然又会因为和贾珍这段时光的乱伦而月经紊乱①，所以中秋夜回来后便病发而两个月经期没来②，然后又写诸位医生为她看病而延误了病情，有医生说她就怕冬至（意指活不过冬至），然后又写她"心细"而秦钟偏生又来她面前诉说闹学风波，再度加重她这位"心细"③者的心病，再写名医张友士也无把握（其名谐音"有事"而意为病人秦可卿的病有事而难治），用药略微延长了一下她的寿命，即活过了冬至（第 10 回言：之前有医生说过"怕冬至"，即活不过冬至）；凤姐一过冬至便来看望秦可卿，见她情况不妙，请尤氏料理后事。

以上情节除"焦大骂"当是原稿所有外，其他都是作者后来加添的。焦大骂贾珍与可卿扒灰，又骂可卿养小叔子贾蔷，而宝玉又在可卿房中意淫梦遗，宝玉正是可卿年轻的叔叔，称宝玉为可卿的"小叔"也没什么不妥，所以焦大所骂也未必不指宝玉与可卿那种"说不清、道不明"的暧昧关系。难怪第 13 回可卿死讯传来时，宝玉"只觉心中似戳了一刀的不忍，'哇'的一声，直奔出一口血来。"并自己说这是"急火攻心，血不归经"，可谓是"自己和可卿那种不正当关系"的不打自招。然后宝玉起床来见贾母，说要马上过去。贾母说："才咽气的人，那里不干净；二则夜里风大，明早再去不迟。"书中写："宝玉哪里肯依。贾母命人备车，多派跟从人役，拥护前来。"这番描写又写出二人那种情深意重的非同寻常的关系。这都是十二岁的宝玉与比其大几岁的可卿之间暧昧关系的"不写之写"。

作者把可卿之死改造成病死后，仍不忘处处保留原稿中的一些关键情节来保存真相、以返真面，作为对秦可卿"淫丧天香楼"的不写之写、未删之笔。即：

第 13 回秦可卿临终托梦给凤姐、交代如何理家后，传来可卿亡故的消息，这时书中写："彼时合家皆知，无不纳罕，都有些疑心。"甲戌本眉批："九个字写尽天香楼事，是不写之写。"由于秦可卿是久病之人，尤氏又对凤姐说过已准备下后事，所以可卿之死众人不当"纳罕"，更不会有"疑心"，今作者如此写，可证是"淫丧天香楼"的原稿之文，作者故意留此以存真相、启人疑窦。

然后作者又写"贾珍哭的泪人一般"，甲戌本侧批："可笑，如丧考妣，此作者刺心笔也。"即作者借此来暗示贾珍与可卿的关系非常亲密。因为，按理贾蓉当为可卿哭得像泪人一般，"公公哭媳"在古代非常忌讳。陈其泰《桐花凤阁评红楼梦》第 13 回末有徐伯蕃批："'卑末之丧，哀礼过当，不已甚乎？'此文心之妙也。秦氏初没，贾珍一则曰'比儿子强十倍'，犹可言也；再则曰'长房绝灭'、三则曰'尽我所有罢了'，是何言欤？盖疼惜之深，匆忙之际，不觉失言，隐衷毕露；而焦大恶言，于斯验矣。手写此事，眼注彼事：内乱情形，

---

① 现代医学证明：女子不贞会导致妇科疾患。即：不同男人的精液（精子）相遇，会产生毒素，使不贞女性患上极为严重的妇科疾病。

② 性事不节会导致月经紊乱。

③ 第 10 回尤氏评价秦可卿语。

跃然纸上，而无一言污墨、秽笔，高绝、妙绝！……屡提贾珍痛哭，绝无一语写贾蓉，然则可卿之所以死，可知矣。"①即贾蓉与尤氏都为贾珍与可卿乱伦而羞愤②，所以书中要写"里面尤氏又犯了旧疾，不能料理事务"，即尤氏不愿出来为儿媳理丧，这也就暗示出贾珍与可卿有令尤氏痛愤之事。同时书中只字不写贾蓉有丝毫忧戚之容③，明眼人根据尤氏、贾蓉的反常反应，加上贾珍的痛心疾首，便可看出其中所包藏的贾珍与可卿那种不正当关系。陈其泰之批盛赞作者此"不著一字，尽得风流"的绝妙手笔。（即全书没有一字男女淫乱的描写，而贾珍与可卿的淫事却已全被"追魂摄魄"般地写到了。）

　　下来又写贾珍情急时说出："如何料理，不过尽我所有罢了！"戚序本有夹批："'尽我所有'，为媳妇是非礼之谈，父母又将何以待之？故前此有思织酒后狂言，及今复见此语，含而不露，吾不能为贾珍隐讳。""思织"两字是"恶奴"的形近之讹，指第7回："焦大益发连贾珍都说出来，乱嚷乱叫：'我要往祠堂里哭太爷去。哪里承望到如今生下这些畜牲来！每日家偷狗戏鸡，爬灰的爬灰，养小叔子的养小叔子，我什么不知道？咱们胳膊折了往袖子里藏！'众小厮听他说出这些没天日的话来，唬的魂飞魄散，也不顾别的了，便把他捆起来，用土和马粪满满的填了他一嘴。"其骂的便是贾珍与秦可卿的乱伦。第13回贾珍为媳可卿大办丧事，相比第64回贾珍为父亲贾敬所办之丧，后者便相对来说要简略很多，所以批者用"父母又将何以待之"来质问贾珍的不孝。又第64回戚序本回前批："此一回紧接贾敬灵柩进城，原当铺叙宁府丧仪之盛，但上回秦氏病故，凤姐理丧，已描写殆尽，若仍极力写去，不过加倍热闹而已。故书中于迎灵送殡极忙乱处，却只闲闲数笔带过。忽插入钗玉评诗、琏尤赠佩一段闲雅文字来，正所谓'急脉缓受'也。"（按："钗玉评诗"指此第64回裙钗黛玉与宝玉评论黛玉所作的《五美吟》。）

　　此处作者写贾珍把媳妇的丧葬办得极度奢华，甚至超过了第64回父亲之丧，陈其泰便批："卑丧越礼，前细批已言其故。而此更有说焉。盖又为一百十回反映也。此处愈写得整齐热闹，愈显得后文之冷落凄凉，眼光远矣，手法超矣。"④其意即指：贾珍与儿媳有不正当的关系，所以才会尽其所有地操办儿媳的丧事，作者这么写，也是因为此时贾府尚在"如日中天"之时，故能为贾府极微末的孙媳操办如此奢华的葬礼，这为的就是反衬出后文贾母这贾府最显贵之人逝世时丧事的冷落凄凉。这两场丧事都由王熙凤主持。此可卿之丧，凤姐何等尊荣；彼贾母之丧，凤姐何等忍辱受屈。可见"时势造英雄"，贾府之声势才是凤姐成败的首要，而凤姐个人的能为尚在其次，故曰："谋事在人，成事在天"，"天时不如地利，地利不如人和"！

　　又书中写："此时贾珍恨不能代秦氏之死，这话如何肯听？"蒙王府本侧

---

① 《桐花凤阁评〈红楼梦〉辑录》第82页。
② 贾蓉死了如此漂亮的老婆，心中自然会有愤恨之意。
③ 书中第13回只写到贾珍为贾蓉捐"龙禁尉"以求丧礼风光，然后写："贾珍命贾蓉次日换了吉服"，未写到贾蓉有什么哀伤之情。第14回可卿出殡过程中更是未有只字提到贾蓉。
④ 见第14回回末总批，《桐花凤阁评〈红楼梦〉辑录》第84页。

批:"'代秦氏死'等句,总是填实前文。"通过贾珍宠爱可卿的反常言行,把作者所删掉的可卿因贾珍的原故而"淫丧天香楼"的文字,给"不写之写"地填实在众人面前,从而证实两人非同寻常的暧昧关系(即:两人因淫欲而结合的关系,也能达到"为情而出生入死"的地步)。

又古代"五服"制度:丈夫为妻子服丧一年,古人称之为"期"①,服丧时手中执杖,即所谓的"哭丧棒",所以又称"杖期"。而书中正写:"贾珍此时也有些病症在身,二则过于悲痛了,因拄拐蹒跚了进来。……贾珍一面扶拐、扎挣着要蹲身跪下、请安道乏。"贾珍扶杖的描写,也可谓极具讽刺意味地点明他和秦可卿有那种难以启齿的"夫妻"②关系。即贾珍名义上是为儿子贾蓉娶了可卿,实则就是为自己娶了可卿,如同唐明皇娶自己儿媳杨氏为贵妃的性质是一样的,所以第5回秦可卿卧房中要特地写"盘内盛着安禄山掷过伤了太真乳的木瓜",暗示可卿卧房中上演过一幕又一幕贾珍与儿媳可卿乱伦的事情,又上演可卿与"小叔子"贾蔷(作者以安禄山象征贾蔷)一幕又一幕淫乱的情景。

然后作者又写贾珍请僧道追荐秦可卿亡灵:"这四十九日,单请一百单八众禅僧在大厅上拜'大悲忏',超度前亡后化诸魂,以免亡者之罪;另设一坛于'天香楼'上",甲戌本侧批:"删,却是未删之笔。"指出这是作者删去"淫丧天香楼"情节后,故意留下此句不删,以暗示原稿情节;而作此批语的人是家长(其若不是畸笏叟便是脂砚斋),怪其未删,命其最好删掉!

又写"秦氏之丫鬟名唤'瑞珠'者,见秦氏死了,她也触柱而亡。(甲侧:补天香楼未删之文。)此事可罕,合族中人也都称赞。贾珍遂以孙女之礼殡殓,一并停灵于'会芳园'中之'登仙阁'。"即瑞珠是秦可卿贴身的大丫环,当是秦氏被尤氏捉奸时的在场者,情知尤氏将来容不下自己,于是便识相地早早自尽,这也是作者删去"淫丧天香楼"情节后,故意留下此句不删,相当于在补明、暗示所删的情节。

其下又写:"小丫鬟名'宝珠'者,因见秦氏身无所出,乃甘心愿为义女,誓任摔丧驾灵③之任。贾珍喜之不尽,即时传下:从此皆呼'宝珠'为小姐。那宝珠按未嫁女之丧,在灵前哀哀欲绝。"第14回:"宝珠自行未嫁女之礼外,摔丧驾灵,十分哀苦。"第15回停棺于铁槛寺后,"宝珠执意不肯回家,贾珍只得派妇女相伴"。其未言宝珠为秦氏的丫环,不出意外,这个宝珠应当是可卿的小丫环,位在瑞珠之下,当也受此事的牵连,无脸再见尤氏,遂在尼庵中了却一生。

回末甲戌本有眉批:"此回只十页,因删去天香楼一节,少去四五页也。"回末甲戌本又有总批:"'秦可卿淫丧天香楼',作者用史笔也。老朽因有魂托凤姐贾家后事二件,的是安富尊荣坐享人④不能想得到处。其事虽未行,其言、其

---

① 期,读音为"基",意为一整年。
② 指事实夫妻而非合法夫妻。
③ 摔丧:指摔丧盆子或摔丧罐子;驾灵:主丧的孝子在灵柩前领路。"摔丧驾灵"是发丧时必须执行的礼节,必须由孝子或孝女在灵前摔破一个瓦盆,送葬的行列才可以出发。
④ 指安富尊荣、坐享其成之人。

意则令人悲切感服，姑赦之，因命芹溪删去。"庚辰本回末总批："通回将可卿如何死故隐去，是大发慈悲心也，叹叹！壬午春。"画线部分言明秦可卿"淫丧天香楼"是作者家的实事，作者用纪实之笔（"史笔"）写入小说中。故上引"贾珍是乱费，可卿却实如此"的脂批，是在点明此事确有原型，而且贾珍原型的儿子确为五品官员、儿媳确为五品夫人（而不像书中所写的那样，都是用钱买来的）。

周汝昌先生《红楼梦真故事》第 250 页"异本纪闻"提到重庆《新民晚报》1946 年 11 月 24 日第三版有《秦可卿淫上天香楼》一文，署名"朱衣"：

《红楼梦》一书，尽人皆知前八十回为曹雪芹所作；后四十回为高鹗所作；而坊间所刊百二十回之红楼梦，其前八十回，究竟是否曹雪芹原著，则鲜有知音。余家有祖遗八十回之抄本红楼梦，其中与现本多有未合者，惜此本于抗战初首都沦陷时，匆忙出走，不及携带，寄存友家，现已不知归于何人，无从追求。惟忆其中与现行本显有不同者，为秦可卿之死，现行本回目为"秦可卿死封龙禁尉"，而抄本回目则为"秦可卿淫上天香楼"，书中大意，谓贾珍与秦可卿，在天香楼幽会，嘱一小丫头看守楼门，若有人至，即声张知会，乃小丫头竟因瞌睡打盹，致为尤氏到楼上撞见，秦可卿羞愤自缢于天香楼中，事出之后，小丫头以此事由己不忠于职所致，遂撞阶而死。考之现行本，秦氏死后，荣府上下人等闻之，皆不胜纳罕叹息，有诧怪怜悯之意，一也；开吊之日，以宁府之大，而必设醮于天香楼者，出事之地，二也；尤氏称病不出，贾蓉嬉笑无事，而贾珍则哭的泪人一般，并谓"我当尽其所有"，各人态度如此，可想而知，三也；太虚幻境，金陵十二钗画册，有二佳人在一楼中悬梁自缢，四也[1]；鸳鸯死时，见秦二奶奶颈中缠绕白巾，五也。凡此种种，皆系后人将曹雪芹原本篡改后，又恐失真，故以疑笔在各处点醒之耳。[2]

周汝昌先生称："据此所叙，这一段故事情节，为向来传闻记载所未见提及，情事文理，俱甚吻合。看守楼门，瞌睡误事的小丫头，当即后来触柱而亡的瑞珠。此种细节，拟非臆测捏造所能有。若然，这部八十回抄本，恐怕是'因命芹溪删去'以前的一个很早的本子。……朱衣在文内所说的首都，是指抗战时

---

[1] 按脂本第 5 回秦可卿判词的画面作："后面又画着高楼大厦，有一美人悬梁自缢"，程高本亦然，而坊间之本妄改"一美人"作"二美人"，指可卿与鸳鸯也。今按第 5 回警幻仙子说："先以彼家上中下三等女子之终身册籍，令彼（宝玉）熟玩"，可证"金陵十二钗"的"正、副、又副、三副、四副"的等级是按主奴尊卑来定，而可卿是"奶奶"，即家主，当入正钗；鸳鸯是大丫环，乃"又副钗"，岂可在正钗的画面中出现乎？

[2] 此文作者尚未读见脂批，故不知今本秦可卿病死是作者曹雪芹受家长"脂砚斋"之命而改定的第五稿，其最初的第一稿则是"秦可卿淫丧天香楼"。则此文作者所读到的本子似乎是脂砚斋手中抄录的第一稿（但下文又论证这种可能性不大，当是第二至四稿中的某一稿而未必是第一稿），故此文作者言其家所藏的这部前八十回"与现本多有未合者"。由于作者未见脂批，不知今本是曹雪芹定稿，反误以为是他人篡改，而以自家藏稿为真稿；实不知其乃初稿，而今本乃第五稿。

期的南京。……'秦可卿淫丧天香楼'，这个回目原来只见于《甲戌本》的朱批，现在得悉又有'丧''上'文字之异，则不知是确然如此，抑系朱衣的误记？有了'淫丧'这个先入为主的字样，会认为'上'字是记错写错了；不过我倒觉得'淫上天香楼'颇好，不但含蓄，而且下一'上'字，包括了可卿如何奔赴楼内的过程情节，涵概也多。要说误记误写，那《甲戌本》上的批者事隔多年回忆旧稿，也何尝没有这种可能？历史上的事情常常是比我们有些人习用的'直线推理逻辑'要曲折复杂得多了，所以不宜武断疑难，并自信为'必'是。"

我认为朱衣之本的确是曹雪芹把第76回中秋秦可卿"淫丧天香楼"情节移入第13回后的较早一稿，其时间当写在中秋夜半四更，所以小丫头会瞌睡误事。贾珍与可卿共度良宵于"天香楼"，由于两人要行淫事，而且又是公媳共处，自然不敢在楼头公开赏月，以免就近守"大观园"园门的守夜人与"怡红院"中的宝玉看到，所以仍会隐蔽进行。因此尤氏从"天香楼"下经过时，只会看到楼上亮灯而上楼（即未看到是何人在楼上）。这时小丫头如果不瞌睡误事，便能早一点知会楼上之人，可卿便可以躲藏起来，此事或许可以遮瞒过去；偏偏小丫头又瞌睡误事，遂使事情无从遮掩，而可卿香消玉殒。（而且即便小丫头不瞌睡误事，尤氏一见可卿的丫环瑞珠在天香楼下，也会猜到两三分，这时就需要贾珍快快躲掉，仍可遮掩过去。）因此，朱衣之本当是真本。

笔者《后四十回完璧归曹》"第二章、第八节"考明脂砚斋仅看到过曹雪芹第一、第五两稿而作批，看不到第二、三、四稿，而他甲戌年所批的第五稿、也即今本，已写作可卿病死，且其批语指明这是他这位家长命曹雪芹所改，可以想见，他所见到的第一稿便当是可卿淫丧，则疑朱衣所见本当是脂砚斋手中的第一稿而被人抄出。但这种可能性不大，因为脂砚斋手中既然有第五稿定本，给人抄的自然是第五稿，而不会再把第一稿给人去抄；所以更合理的猜测便当是：朱衣所见本当是曹雪芹第一至四稿中的某一稿为脂砚斋以外的好友抄出，其时"淫丧天香楼"的情节仍未遵长辈之命改为病死。至于曹雪芹哪一稿才遵命改为可卿病死，则无从考证了。朱衣家的藏本作为第一至四稿中的某一稿，自然会与今天读到的第五稿有所差异，这便是朱衣所言的：其家所藏的这部前八十回"与现本多有未合者"。

又：笔者《后四十回完璧归曹》"第二章、第八节"考明脂砚斋所批的第一稿有120回，今朱衣之本只有前八十回，这便可以证明：朱衣之本应当不是第一稿（因为第一稿是120本），应当是第二至四稿中的某一稿。这也就意味着："甲戌本"定本之前的第二稿至第四稿，虽然作者曹雪芹120回统改完毕，但很可能只让其中的前八十回加以流传，而后四十回由于作者想倾注更多的创作心血，所以即便在第二至四稿中初步写成并改完，仍然不愿意将其流传在外。

那么朱衣所见的初稿"可卿淫丧"情节是在第13回还是第76回，显然是在第13回，因为若是在第76回，朱衣肯定会说他见到的本子不在第13回而在第76回，而且在第76回便是中秋淫丧，朱衣没有提到可卿淫丧是在中秋，因此可以判定朱衣见到的那一稿"可卿淫丧"情节当在第13回。

其实不光是朱衣所见的二至四稿中的某一稿如此，就是脂砚斋最初批的第一稿也已如此。因为我们考证下来，笔者《后四十回完璧归曹》"第二章、第八节"便证明脂砚斋第一次作批之稿是作者曹雪芹的第一稿，今本后四十回就是这脂砚斋手中的曹雪芹的第一稿,而本书第一章末尾又例举 43 例今本后四十回（即曹雪芹第一稿）与前八十回（即曹雪芹第五稿）细节照应之例，从中可以看出：作者第五稿中的"以十九年故事体系来隐写自己十四岁人生"的时间格局，在脂砚斋所读到的第一稿中便已如此；而可卿淫丧由作者人生的十二岁移到九岁来写，是这一时间格局体系中的一大关键，所以必定是在第一稿中便已如此写就。

（3）作者把十二岁秦可卿淫丧情节移于九岁来写的原因分析

秦可卿淫丧这一情节，在作者最最原始的稿子（当是乾隆九年作者 30 岁之前的草稿）中，是在第 76 回后的作者十二岁时；脂砚斋批书时，作者已增删一至五次（即第一稿至第五稿），为了影写八岁时姑姑平郡王妃之葬，而移入九岁的第 13 回处。又因所写乃家事，而作者的长辈不愿让本家族的淫乱丑事流传到后世（即所谓的"家丑不可外扬"），集体向作者施加压力，以可卿"交代后事、有功于族人"为名，命令作者把"淫丧"情节全部给删除掉了，从而让此淫事的当局者，即仍然活在人世的贾珍、贾蓉的原型得以心安。

但第五回秦可卿判词的画面是："后面又画着高楼大厦，有一美人悬梁自缢。"秦可卿的《红楼梦曲》"好事终"首句便是："画梁春尽落香尘"，用画、用曲两次点明可卿是悬梁自缢。那"高楼大厦"便是"天香楼"。后四十回第 111 回鸳鸯寻死时，又让可卿用汗巾来示范上吊，第三次点明可卿自缢这一"淫丧天香楼"的情节，这也是证明后四十回乃曹雪芹原稿的重要证据★。因为在前八十回中，作者已明文把可卿改写成病死，任何人来续书都不会再来暗示她其实是上吊而死；现在后四十回居然这么写，便与作者在第 13 回中用多处语句来暗示"可卿不是病死、而是淫丧天香楼"一样，是为了保存真相以返真面，能有这种创作动机的人，除了原作者曹雪芹外，还会有谁？

又第 13 回回前总批"古今风月鉴，多少泣黄泉"，更把"淫丧天香楼"的女子秦可卿，与第 12 回"正照风月鉴"淫丧而死的男子贾瑞联系起来，这体现出作者构思布局时"双峰对峙"的艺术特点。即作者在全书一开头便要写一男一女两个淫丧，为的就是在全书最开头"开门见山、开宗明义"地揭明全书"福善祸淫"的"戒淫"主旨。这也是作者要把第 76 回自己十二岁时发生的秦可卿"淫丧天香楼"的情节，移到全书第五回"开场白"后不久的第 13 回九岁来写的一大原因。

又贾珍与秦可卿的奸情是否发生在三年丧期中，详本书"第一章、第三节、第 75 回"有论。即：在"十九年故事体系"中，贾敬死于第 63 回"红楼十四年"四月，至第 76 回"红楼十六年"八月中秋宴时，已有两年零四个月，刚满 27 个月的三年丧服，不可以说"未满"。

但在作者"十四岁的人生体系"中，贾敬死于第 63 回十一岁的四月，到第 76 回十二岁的八月中秋宴为一年零四个月，未满 27 个月的三年丧服。而书中

第76回贾珍更明言自己是守孝之家（"孝家"），尤氏明言孝服未满而贾母加以首肯，可见作者此第76回用的全是自己真实人生体系中的年岁。所以第76回贾珍与秦可卿，在作者十二岁时的"天香楼"行淫乃丧服中行淫，是大不孝！故第75回八月十四贾珍中秋赏月时，宗祠内的祖宗要显灵来为之叹惜，其实也是预兆第二天夜里，贾珍与可卿的淫乱将招致可卿丢掉性命的大报应、大祸事。这便是第75回回目"开夜宴异兆发悲音"的"异兆"、"悲音"两词的落实，正如戴不凡先生所指出的，若无"秦可卿淫丧天香楼"之事，则第75回的回目便落了空[1]，这也就证明"秦可卿淫丧天香楼"这一情节应当发生在第75回"开夜宴异兆发悲音"后的第76回。

"冰冻三尺，非一日之寒"，贾珍与可卿的淫乱丑行早已声名远播，作者不光借焦大之口骂出，如果把"淫丧"的情节由第13回还原到第76回，我们同样可以发现：第74回八月十三日，即可卿淫丧两天前的八月十三日，惜春在尤氏面前说不去宁府，因为："况且近日，我每每风闻得有人背地里议论什么，多少不堪的闲话，我若再去，连我也编派上了"，这风言风语不用猜，便可知晓是贾珍与可卿的乱伦丑事。再加上第75回"可卿淫丧"前一天的八月十四深夜的祖宗那声长叹，可见作者写"可卿淫丧"可谓"山雨欲来风满楼"，征兆早已全都含蓄地写在那儿了。

（4）后四十回中秦可卿死于作者十二岁那年的第76回的另一处铁证

本书"第一章、第三节、第69回"言明："那日已是腊月十二日，贾珍起身，先拜了宗祠，然后来辞拜贾母等人"，其实是写贾珍扶父亲贾敬的灵柩回老家安葬。理由是第63回天子得知贾敬死，下令"任子孙尽丧礼毕扶柩回籍"，第64回亦言贾珍决定："等过百日后，方扶柩回籍。"而后四十回的第116回贾政扶柩归葬时，只有贾母、鸳鸯、凤姐、可卿、黛玉四口棺材，没有贾敬的棺材，第120回亦言："贾政扶贾母灵柩，贾蓉送了秦氏、凤姐、鸳鸯的棺木到了金陵，先安了葬。贾蓉自送黛玉的灵也去安葬"，也没有贾敬的棺材，而第63、64两回贾珍当扶贾敬棺材回原籍南京安葬又无下文，两相结合，更加可以证明两者之间的第69回贾珍腊月十二日那趟远行，便是扶父亲贾敬灵柩回乡（南京）安葬。

如果秦可卿死在第13回，秦可卿又是贾珍比亲夫人还亲的心上人，则贾珍此次肯定会扶秦可卿之柩返乡安葬；贾珍居然此次未扶其柩，要等贾母死后才由别人贾政扶其柩归葬，唯一合理的解释便是：秦可卿死在第69回贾珍扶贾敬灵柩归葬之后，这便与我们上面考出的秦可卿死在第76回中秋夜正相吻合。

---

[1] 见戴不凡著《红学评议·外篇》收其《秦可卿晚死考——石兄〈风月宝鉴〉旧稿探索之一节》："一是贾珍'开夜宴异兆发悲音'。从今传诸本八十回前的文字来看，并找不出这'悲音'的'异兆'究竟具体预兆了东府贾珍何事。从第七十九和八十回描写来看，赏中秋以后很久，甚至到了次年三月二十八日天齐庙烧香还愿时（此点详拙作《八十回前的时间矛盾》），亦未见贾府发生什么重大事件致惹得祖宗阴魂叹息。如果旧稿中不是写东府旋即有事，则此处似无预兆之必要。"北京：文化艺术出版社1991年版，第281页。

正因为原稿秦可卿死在第 76 回的贾珍扶柩归葬后,所以其柩便只能和贾母灵柩一起归葬。后来作者改成秦可卿死在第 13 回,但他又想保存其淫丧于第 76 回的真相,所以便不在第 69 回写贾珍扶贾敬、可卿两人之柩回乡,而到第 116 回才写可卿之柩返乡。

为了怕人们看出破绽——即:扶贾敬柩时可以同时扶可卿柩而为何不扶?作者便有意在第 69 回不交代贾珍此趟远差是扶柩返乡,而改在第 63、64 回两处加以交代贾珍当为父亲扶柩返乡,让有心人通过这第 63、64 回的交代,明白第 69 回贾珍远行便是扶柩还乡,从而引发一系列"疑情",即:为何此次不一同带上早在第 13 回就已死掉的贾珍心上人秦可卿之棺回乡安葬?进而再根据第 11 回可卿病死那年是"十一月三十日冬至",从而知晓秦可卿应当在作者十二岁时亡故(因为作者十四岁人生中,只有十二岁那年是十一月底交"冬至"节气);然后再根据作者十二岁时的第 76 回贾母暗示尤氏当与贾珍共度良宵,而尤氏却让贾蓉妻(即秦可卿)先回,为贾珍、可卿两人创造出共度良宵的绝好机会;最后又可根据第 14 回可卿丧事中传来"九月初三"的讣闻,断定秦可卿其实死在八月,从而得以返回"可卿淫丧于八月十六凌晨"的原稿真相来。

如果作者在第 69 回的字面上写明贾珍是扶柩还乡,便明显与后四十回扶贾母柩时有可卿之柩是个"大矛盾"。为了避免出现如此明显的破绽,不如第 69 回不写"扶柩"两字,这样可卿之棺要到书末与贾母棺材一起返乡便成为"合理"之事。这也正是作者在给读者营造出一种"身处梦中不觉其非,一旦醒来才会觉其荒谬"的梦幻效果来。而且,如果在第 69 回写明"扶柩",则肯定会有"自作聪明"的高鹗之流,在贾珍扶柩还乡处加上可卿之棺,然后又到全书结尾扶贾母灵柩返乡时删去可卿之棺,这样便会更加掩盖住原稿的真相。所以,第 69 回不明言贾珍扶柩,便是作者蕴含真相、防人篡改的一大"深谋远虑"。

后四十回末尾贾政扶柩归葬时没有贾敬之柩,更加证明第 69 回贾珍远行是归葬贾敬之柩。但第 69 回曹雪芹从来都没有明文写到"扶柩"两字,后四十回的作者居然知道贾敬的灵柩早已扶回原籍安葬过了。这一细节隐蔽至深,除曹雪芹外,很难有其他人能够看破;后四十回在这一隐蔽至深的细节上,居然和前八十回暗合,同样可以证明:后四十回的作者深知创作底细,应当就是曹雪芹本人!

后四十回作者如果看破贾敬之柩已经回乡安葬,而可卿又死在贾敬之前,则可卿之棺便当与贾敬一同回乡安葬才是。而更奇的是,这后四十回的作者居然又能看破可卿并非前八十回字面所写的死在第 13 回,而应当死在贾珍扶贾敬柩回乡的第 69 回之后,故可卿之棺便不能和贾敬灵柩一同返乡,而应当和贾母灵柩一同返乡。这一细节隐蔽得比前一细节还要深,除了曹雪芹外,应当更加不会有第二个人能看破。后四十回在这一隐蔽更深的细节上,居然又和前八十回暗合,同样也可以证明:后四十回的作者深知创作底细,应当就是曹雪芹本人!

至于前八十回字面上明写秦可卿病死,但前八十回又通过第 5 回判词的画面和曲文来暗示她上吊而死，所以后四十回中第 111 回鸳鸯死时，可卿便手拿汗巾来作上吊的示范。可卿上吊而死的这一细节，第 13 回字面虽未明写，但第 5 回字面其实早已有强烈的暗示而隐蔽不深，想必很多人都能看破，未必能证明后四十回是曹雪芹所写。**但贾母之柩归葬时没有贾敬灵柩、而有可卿灵柩，**这两个细节却隐蔽至深，远非作者曹雪芹以外的其他人所能看破，这才是能够"确凿无疑"地证明"后四十回就是曹雪芹所写"的铁证，可谓是"铁案如山翻不得★"的实证★！这一铁证便是我们在本书第一章末尾所说的、能够用来证明"后四十回非高鹗（或其他无名氏）所续，乃曹雪芹所写"的两大"定海神针"之一。（另一个便是其处所言的"第 85 回升官宴在二月，而十来天后的第 87 回却已是大九月"的大变天。）

今按后四十回中的第 111 回鸳鸯上吊后，秦可卿对她说："我在警幻宫中，原是个钟情的首坐，管的是风情月债；降临尘世，自当为第一情人，引这些痴情怨女，早早归入情司，所以该当悬梁自尽的。"即秦可卿自称是"红楼诸艳"中第一个死去的。

今本前八十回中秦可卿死在第 13 回，那肯定是第一个归"警幻仙境"的；现在既然已经考明作者最初原稿中秦可卿死在第 76 回，这时她还是第一个死的吗？结果我们发现，晴雯死在次回的第 77 回"俏丫鬟抱屈夭风流"，所以秦可卿仍死在她之前；所以在最初原稿中，秦可卿死在第 76 回，与后四十回说她是"红楼诸艳"中第一个死的毫不矛盾。当然，尤三姐死在第 66 回而显灵对柳湘莲说："妾今奉警幻之命，前往太虚幻境修注案中所有一千情鬼"，则尤三姐死在秦可卿之前。但尤三姐的戏份在书中很少，就书中有大量戏份的"金陵十二钗"而言，当以秦可卿为第一个逝世。

又：原稿中尤三姐死在第 66 回，秦可卿死在第 76 回，所以尤三姐是第一个逝世，故其可以担任注记《警幻情榜》之人。今本尤三姐死在第 66 回，秦可卿死在第 13 回，则秦可卿是第一个逝世者，则担任注记《警幻情榜》之人恐当是秦可卿而非尤三姐了。今由书中写明尤三姐是《警幻情榜》的注记者，而注记者相当于今天的登记造册者，一般都会让第一个到来者做这种事，由此也可知：在作者最初原稿中第一个死的是尤三姐而非秦可卿。这无疑也可以证明：隐藏在书中的原稿真相（即"真事隐"）便是秦可卿死在第 76 回的中秋节，而今本第 13 回字面所写的秦可卿死在冬底，这便是作者后来所改的"假语存"。

（5）秦可卿实死于第 76 回，故之前的"蓉妻"其实就是可卿

《红楼梦》现存诸本中出现"贾蓉之妻"、"尤氏婆媳"和"秦氏"语处，共有 17 回 67 处：第 5 回（9 处）、第 6 回（1 处）、第 7 回（7 处）、第 10 回（6 处）、第 11 回（18 处）、第 13 回（5 处）、第 14 回（2 处）、第 29 回（1 处）、第 53 回（4 处）、第 54 回（4 处）、第 58 回（1 处）、第 59 回（1 处）、第 64 回（1 处）、第 75 回（3 处）、第 76 回（2 处）、第 106 回（1 处）、第 110 回（1 处）。其中：第 5 至 14 回中，大都写成"秦氏"；秦可卿死在第 13 回，丧事在

第 14 回，其死后的第 29 回以下，都不再提其姓氏，而只称"蓉妻"，唯有第 58 回提到蓉妻姓"许"，而后四十回第 92 回则明文交代贾蓉续妻姓"胡"而不姓"许"。

今天我们既然已经弄明白秦可卿其实死在第 76 回，所以此第 76 回之前的"蓉妻"便都是秦可卿。由于作者把秦可卿改在第 13 回死，所以便把第 13 回至第 76 回之间的秦可卿全都改成"蓉妻"或"尤氏婆媳"来蒙混过关（如第 29 回清虚观打醮时："只见贾珍、贾蓉的妻子婆媳两个来了。"第 53 回祭祖前夕"一时贾珍进来吃饭，贾蓉之妻回避了"，除夕祭宗祠时又提到"蓉妻捧与众老祖母"，第 59 回为老太妃送灵时提到"贾母带着蓉妻坐一乘驮轿"）。

同时，正因为可卿第 76 回才死，所以第 76 回八月中秋后便不再出现"蓉妻"，而一直要到后四十回中的第 92 回才又提到贾蓉续娶的妻子姓胡，这时才又出现"蓉妻"、"尤氏婆媳"等字样。

今按第 92 回"十一月初一"日，冯紫英对贾赦、贾政说：贾珍"提到他令郎续娶的媳妇远不及头里那位秦氏奶奶了"，这在作者真实人生中，与第 76 回的八月中秋实为同一岁，则秦可卿八月死后的九、十月间，贾蓉便续娶，明显太快了，因为丈夫当为妻子服一年的丧期（古称"齐衰、杖期"）。当然，民间因内庭乏主，赶快续娶一个妻子也是合情入理的；如果是在全书十九年故事中，第 76 回是"红楼十六年"八月中秋，第 92 回是"红楼十七年"十一月初一，两者相去一年零两个月，此时娶妻感觉更为合适些。

又第 29 回诸脂本（庚辰本、列藏本、蒙王府本、甲辰本、戚序本）皆作："只见贾珍、贾蓉的妻子婆媳两个来了，彼此见过。贾母方说"，而程甲本改作："只见贾珍之妻尤氏，和贾蓉新近续娶的媳妇，婆媳两个来了，见过贾母，贾母道"，画线部分便弥补上秦可卿死后何以贾蓉又有妻子的原因，便是贾蓉新近续娶了。而程乙本又进一步把"贾蓉新近续娶的媳妇"改成"贾蓉续娶的媳妇胡氏"。梦稿本当是抄自脂本、而据程乙本改过①，其在脂本的"只见贾珍"下补程乙本的"之妻尤氏，和"五字，把脂本的"的妻子"改作程乙本的"续娶的媳妇胡氏"，下一句其底本与脂本有异而作"彼此见过贾母贾母方说"（画线的后一"贾母"两字抄作重文号），其据程乙本划去"彼此"两字，将"方说"两字改"道"。

梦稿本所据底本应当也是脂本，此可证上述诸脂本皆当据梦稿本的底本补上"贾母"两字，诸本当是涉重文号而误脱的原故。经过程甲、程乙本这么一改，贾蓉第 29 回作者十岁、红楼十三年时便已续娶。其实上面已经考明：作者根本就无意这么写，作者本意就是要用这些矛盾来提示"秦可卿其实没死在第 13 回，秦可卿其实是死在第 76 回"的真相，作者根本就无意在前八十回中为

---

① 或可视作高鹗将梦稿本修改后，作为程乙本的付印底本。这种情况恐怕不大可能，因为高鹗完全可以在程甲本上修改后，作为程乙本的付印底本，没有必要在梦稿本上乱涂乱改到无法卒读、更不用说据之排印的地步了。所以梦稿本应当是据程乙本涂抹修改而来。

贾蓉续娶。所以，上引第29回的程高本文字，其实都是高鹗的臆改、而非曹雪芹的原文。

又第58回诸脂本（庚辰本、列藏本、甲辰本）及梦稿本皆作："贾母邢王尤许婆媳祖孙等，皆每日入朝随祭。"戚序本将"尤许"改作"尤氏"，蒙王府本、程甲本、程乙本删去"邢王尤许"四个字。今按"贾母、邢王夫人"是一对婆媳，而"尤氏与蓉妻"是一对婆媳，贾母与尤氏是祖孙关系，邢、王二夫人与蓉妻又是祖孙关系，因此以上五人的关系便可合称为"婆媳、祖孙"。第58回："谁知上回所表的那位老太妃已薨，凡诰命等皆入朝随班按爵守制。敕谕天下：凡有爵之家，<u>一年内不得筵宴音乐，庶民皆三月不得婚嫁。</u>贾母、邢、王、尤、许婆媳祖孙等皆每日入朝随祭，至未正以后方回。"

"按爵守制"即有爵命者的妻子（也即世人所谓的"诰命夫人"）才要守制，本书"第一章、第三节、第58回"已经考明贾府有爵命者便是：贾赦袭职，贾敬之职给贾珍袭了，贾政得钦赐之官而有职，贾蓉捐了五品"龙禁尉"，故贾府有诰命的夫人便当是贾母、贾赦妻邢夫人、贾政妻王夫人、贾珍妻尤氏、贾蓉妻，都要入朝守制。贾府只有这五位诰命夫人，所以上引"贾母、邢、王、尤、许婆媳祖孙等皆每日入朝随祭"中的"许"氏，对应的只可能是贾蓉妻。这似乎表明贾蓉在第13回秦可卿死后续娶的妻子姓"许"，但后四十回中的第92回又写明贾蓉续娶的妻子姓"胡"。

上文我们已经考明：作者最初原稿秦可卿要到第76回才死，贾蓉要到后四十回才续娶（所娶之妻不姓"许"而姓"胡"），此处入朝随祭者应当就是秦氏，但作者把秦可卿改成第13回就死掉了，此处再写"秦"氏岂非荒唐？之所以不写其姓"胡"，也就是因为真相要到第76回才续娶胡氏，此时之妻不姓胡、仍姓秦，所以不想改"胡"（若是改成了"胡"氏，便掩盖了真相，变成第58回时贾蓉便已续娶了胡氏，作者不想让人们有这种错误感觉）。

但现在又得把"秦"氏给改掉，于是作者便套用《百家姓》"朱秦尤许"的俗语，改"秦"为"许"；作者改来改去，其实仍未离开过"秦"字半步（即《百家姓》中的"秦"字在"尤"字的前边，"许"字在"尤"字的后边，从"秦"改成"许"，等于是从同一个人"尤氏"的左边改到了右边，相距不足半步路），作者借此无非是想说：从"秦"到"许"的这个改动实乃"迫不得已的敷衍之改"，所改之"许"实乃"虽改而实未改"，即这儿字面上是"许"字，而字面下仍是半步之遥的"秦"字。作者有意把此处的"秦"氏改成"许"氏而不改成"胡"氏的目的，就是要启人疑窦，让读者凭借上文的考证思路①，索解出秦氏要到第76回才死的原稿面目来。

又梦稿本第78回回末有"兰墅阅过"字样（无印章），卷首又有杨继振题记："兰墅太史手定《红楼梦稿》百廿卷，内阙四十一至五十卷，据摆字本抄足。

① 即上文（4）中"为了怕人们看出破绽——即：扶贾敬柩时可以同时扶可卿柩而为何不扶？作者便有意在第69回不交代贾珍此趟远差是扶柩返乡"那一小节所论。

继振记。"则梦稿本所作的"贾母邢王尤许婆媳祖孙等"高鹗必曾见到。第59回又明言为老太妃送灵时"贾母带着蓉妻坐一乘驮轿",即贾蓉妻是诰命夫人中的一员而当入朝随祭,则高鹗必知上引之"许"氏就是贾蓉妻。

后四十回如果是高鹗来续,他肯定会在第92回把贾蓉续娶的妻子写成"许"氏,但现在第92回居然写成"胡"氏,而且高鹗又据此改第29回的贾蓉续娶之妻为胡氏,又据此删第58回"邢王尤许"四字,这足以证明他早就发现前八十回中第58回的贾蓉妻"许"氏与后四十回中第92回贾蓉妻"胡"氏这对矛盾来,这便可证明后四十回绝对不是他续写的。

因为,后四十回如果是他续写的话,他肯定要和前八十回一致起来,在第92回中把贾蓉续娶之妻写成许氏。即便他最初没有注意第58回的许氏,而随手写了第92回的胡氏,他排印程高本时,既然能发现第58回作许氏而将其删除,说明在程高本排印前,他已发现前八十回中贾蓉续娶之妻姓许,他完全可以把自己随手乱写的胡氏改成许氏后再来排印程甲本。他居然胡氏不改,而把第58回的许氏给删除,这已然证明:后四十回作胡氏不是他所写,乃是曹雪芹的原稿,而且高鹗还认定曹雪芹写成胡氏("从前做过京畿道的胡老爷的女孩儿")肯定不会错,于是认定第58回的许氏有误而将其删除。至于高鹗为何不改"许"为"胡",恐怕是因为贾蓉续娶者姓"胡"乃孤证,底气不足,不如在第58回时不提其姓氏而将其删除。

（6）作者"不写之写"的高妙笔法世界罕见

最后想说的是:秦可卿在《红楼梦》最初原稿中哪一回死,死于"何年、何月、何日、何时辰",怎么死的,我们居然都能在作者把这一情节删除后的、最后定稿也即第五稿中考见。可见作者其实都已把真相的要点保留在书中,有心之人便能读见,而无心之人便视而不见。

这就像一个艺术品,人们只看到它光照的一面,其实根据光照的那面,便可想见光没照到的另一面。作者就是运用这种"统一场"的理论格局来创作其作品,让有心人能从字面上的描述去推想字面下的另一面,其笔下的秦可卿之死便是这种"不写之写"、"删而有存"的创作实践!这一创作效果,无疑可以证明作者"不著一字,尽得风流"的高妙笔法世界罕匹。

同时,作者为了保存原稿的真相,把"可卿淫丧"像外科手术般,从第76回整体挖出后,移植到第13回,其第76回处剜出的"伤口"其实仍在,像上文所提到的第74回惜春说的话,第75回祖宗的叹息,第76回的赏月情节,作者只是用他的妙笔,像外科大夫般,把那伤口略为补葺修好,有心人仍能把脂批所提到的第13回的"淫丧"情节,整体地复原、补回到第76回剜出的"伤口"处。这也体现出作者不欲掩盖其原稿真面目的高妙笔法。

二、《红楼梦》前八十回另一处重要时间节点告诉我们的情节挪移

《红楼梦》前八十回另一处言明"二十四节气"的重要时间节点,便是第27回的"四月廿六芒种"影写雍正三年作者十一岁"四月廿六芒种"。

第 27 回写到"至次日乃是四月二十六日,原来这日未时交芒种节。尚古风俗:凡交芒种节的这日,都要设摆各色礼物,祭饯花神,言芒种一过,便是夏日了,众花皆卸,花神退位,(庚侧:无论事之有无,看去有理。)须要饯行。然闰中更兴这件风俗,所以大观园中之人都早起来了。那些女孩子,或用花瓣、柳枝编成轿马的,或用绫锦纱罗叠成干旌、旌幢的,都用彩线系了。每一颗树上,每一枝花上,都系了这些物事。满园里绣带飘飖,花枝招展。"这描写的是"芒种节"那天大观园中要举行"饯春、送春"的风俗,难怪此日黛玉要以葬花的形式来送花神。

《红楼梦》写的是作者雍正六年正月初抄家时十四岁的人生往事,这 14 年中有四月廿六芒种节的,只有雍正三年作者十一岁时;而此第 27 回在作者人生的十岁时[1],并不在作者人生的十一岁。这便可证明作者做了情节上的时间挪移,把自己真实人生中 11 岁之事移到了故事中的 10 岁(红楼纪元则为 13 年)来写。

作者在其人生十一岁时,也写到了四月廿六日,即宝玉生日那天所描写的第 62 回白天宴会、第 63 回夜宴场景。按照年历,此十一岁的四月廿六是芒种节,这两回中的确也写到"饯花、葬花"的情节,作者以此来暗示此日应当是拥有他在第 27 回中所说的"饯春、送春"这两种风俗的"芒种节"。

其葬花情节即第 62 回宝玉葬花:"香菱见宝玉蹲在地下,将方才的夫妻蕙与并蒂菱用树枝儿抠了一个坑,先抓些落花来铺垫了,将这菱蕙安放好,又将些落花来掩了,方撮土掩埋平服。"又第 63 回宝钗抽到"任是无情也动人"的牡丹花签,命芳官唱一首曲子,芳官便唱:"寿筵开处风光好……",众人都道:"快打回去。这会子很不用你来上寿,拣你极好的唱来。"于是芳官唱了一支《赏花时》:"翠凤毛翎扎帚叉,闲踏天门扫落花。您看那风起玉尘沙。猛可的那一层云下,抵多少门外即天涯。您再休要剑斩黄龙一线儿差,再休向东老贫穷卖酒家。您与俺眼向云霞。洞宾呵,您得了人可便早些儿回话;若迟呵,错教人留恨碧桃花。"画线部分堪称是第 27 回黛玉葬花时"扫花仙女"[2]的写照。

下来麝月抽到"开到荼蘼花事了"的荼蘼签,上面有注:"在席各饮三杯送春。"这便是"饯花"情节。而袭人姓花,抽到"桃花"签,命:"杏花陪一盏,坐中同庚者陪一盏,同辰者陪一盏,同姓者陪一盏。"这时书中写:"众人笑道:'这一回热闹有趣。'大家算来,香菱、晴雯、宝钗三人皆与她同庚,黛玉与她同辰,只无同姓者。芳官忙道:'我也姓花,我也陪她一钟。'"这么多人为袭人喝酒,象征的便是袭人最终要嫁给蒋玉菡,此是众人提前为她饯行;其姓"花",所以这也就是"饯花"之意。

我们下面会证明作者笔下的芒种节"饯春、送春"的风俗其实都是虚假的杜撰,因此作者第 27 回"花神退位,须要饯行"语,说的便是这第 63 回众人

---

① 作者拆人生的九岁为四年后,此第 27 回便在红楼纪年的"红楼十三年"。

② 此是第 23 回的脂批语,即:"宝玉一回头,却是林黛玉来了,肩上担着花锄,锄上挂着花囊,手内拿着花帚。"甲辰本有夹批:写出扫花仙女。黛玉说:"如今把它(指花)扫了,装在这绢袋里,拿土埋上,日久不过随土化了,岂不干净?"

为改嫁的花袭人（"花神"）^①饯行，这也可以证明第 63 回之事与第 27 回之事相衔接，作者后来便把第 62、63 回之事移到第 27 回中去写了（详下有论）。

又："饯花"又指为宝玉这位下凡的花王做生日宴，指明此日乃宝玉生日，见本章"第三节、一、（二）"。因此，作者"饯花会"（第 27 回：四月廿六芒种节，黛玉"闻得众姊妹都在园中作'饯花会'"）可谓"一语双关"，主要是指为那从天上退位而下凡投胎成宝玉的"花王"过生日宴，同时又把为即将改嫁的花大姐喝的送行酒，也"凑趣"地写到了这儿，含而不露。

本书"第一章、第三节、第 63 回"考明香菱与宝钗同年，比宝玉大二岁，晴雯与宝玉同年，袭人比宝玉大四五岁，四人不同年。作者之所以要写四人同年，便是要让这四人来为袭人饯行。宝钗、黛玉相当于宝玉的妻子，袭人是宝玉的小妾，故宝钗与黛玉喝酒送她，便是正妻送小妾改嫁之意。香菱与袭人同为小妾，晴雯与袭人同为宝玉的大丫环，故袭人出嫁时香菱、晴雯亦当同饮一杯，因地位相同而"同病相怜、惺惺相惜"的缘故。作者为了能让正钗之首的钗黛（宝钗、黛玉两人不分轩轾，故两人排名不分先后）、副钗之首的香菱、"又副钗"之首的晴雯代表"十二正、副、又副"这 36 钗公送^②"又副钗"中排名第二的袭人，也就"罔顾事实"地让四人同年起来。（其实四人没有一个人与袭人同年，作者可谓"撒谎不脸红"；但也不要忘了作者用书名所标榜的"梦幻"之旨，有此等荒唐情节方才是梦，梦的本质就是"梦中不觉其非，醒来方觉其误"。）

还有芳官当是"四副钗"之首，所以作者便以她和袭人同姓的名义，来让她代表"四副钗"这十二个戏子来参加这次公送，为花袭人改嫁而饯行（故称"饯花会"^③）。关于芳官为"四副钗"之首，详见笔者《后四十回完璧归曹》"第二章、第四节、二、（四）、（8）"页底小注有论，今转录如下：芳官当是"四副钗"十二个戏子之首。芳官姓"花"，便意味着她是她那一等次的百花仙子之首。正如黛玉二月十二日"花朝节"生日，便是百花生日时降世，也就意味着百花随着她降世；花袭人与之同生日，也就意味着她所在的"又副钗"那十二朵花当以她为首、随她降世。同时，花袭人作为宝玉房里的大丫头，本当是"又副钗"之首，因其失贞、失节，故降为第二，由宝玉房排名第二的大丫头、童贞女晴雯为第一。此处芳官与花袭人同姓"花"，也就意味着她那一等次的百花仙子以之为首，即"金陵十二钗"第五等的"四副钗"十二个小戏子当以芳官为首。事实上，芳官又是十二个戏子中唯一派在宝玉房者，宝玉是众芳的领袖，奴以主贵，故芳官自然也就成了"四副钗"之首。

只是"三副钗"之首未在此处出现来参加公送，我们便不知其为何人了，如果作者在这场公送行列中写到，我们也就可以清楚地知道"三副钗"之首是谁了。今按：宝玉为众艳之首^④，正钗便以宝玉的房里人（妻子）林黛玉、薛宝

---

① 按：袭人是桃花神下凡，故可称"花神"。
② 公送，一同来送行。
③ 此次饯行因饯花袭人，故称"饯花会"。
④ 见第 17 回"大观园试才题对额"回前己卯本所批："宝玉系诸艳之冠，故大观园对额必

钗为首,"一副钗"以香菱为首,不是宝玉房里人,但"二副钗"又以宝玉房里人晴雯、袭人为首,"四副钗"据上考当以宝玉房里人芳官为首,则"三副钗"应当也以宝玉房里人为首。今据笔者《后四十回完璧归曹》"第一章、第三节、九、(二)、1、(4)"所附的《警幻情榜》也即"金陵十二钗"到底有几钗表"所列,"三副钗"中宝玉房里的丫环有四儿(蕙香)、五儿两人,但五儿在本回时尚未入怡红院,所以不可能作为此处的公送人,有可能参与此次公送的当是四儿。

其实"三副钗"之首肯定就是五儿,因为五儿在后四十回中有专门半回情节来写她(第109回"候芳魂五儿承错爱"),是表中所列"三副钗"这一等次的12名丫环中写的分量最多者。毕竟她是宝玉房里人,而全书以宝玉为主角,所以她在她的那一等次12人中分量最重而为魁首;同时她又是因为长得像晴雯,而在晴雯死后来补宝玉房中晴雯之位,而晴雯是"一副钗"之首,故知"三副钗"之首必定是来填补其位的柳五儿;之所以五儿未能参加这场公送,便是因为本回之时,晴雯未死,五儿尚未能进入怡红院,所以即便她是"三副钗"之首,作者本当写但无论如何也没办法写她参与到这场公送袭人的"饯花会"行列中来。而四儿绝对不可能是"三副钗"之首,主要是因为她在书中的情节太少;万一四儿真是"三副钗"之首(这是不可能的),其在宝玉房中,作者未何没能让她参与到公送之列?当是因为她身份为小丫环,没有资格同席的缘故。

作者为了这次饯花(为花袭人饯行),在前文埋了两处伏笔,一是第27回提到芒种之日要"祭饯花神",二是第62回探春细数诸人生日时特地让袭人说:"二月十二是林姑娘",又让宝玉笑指着袭人说:"她和林妹妹是一日",而二月十二是百花生日"花朝节",等于袭人也是百花生日所生,故姓"花"、且有"花神"的感觉出来[1]。于是这次饯花(为花袭人饯行),便有了为花神饯行的感觉出来。这第62回等于既饯了男花王宝玉(因为此日是他生日),又饯了女花神袭人(因为她将来要改嫁蒋玉菡而离开贾府了)。

此第62、63回因"四月廿六"为"芒种节"而当描写"扫花、葬花"、"送春、饯花"这一系列情节,作者因一天内写完过于臃肿,而且这么一来,便会让上一年"四月廿六"宝玉生日没有精彩之事可记。于是作者便分一半写到第27回中去,顺便又把标志年份的时令日期"四月二十六日未时交芒种节"标在第27回,借此表明此日黛玉之所以要葬花的原因便是此日是芒种,其实黛玉葬花情节当发生在下一年的"四月廿六芒种"之日。

当然作者所标的"未时"交芒种是虚陪的。因为作者十一岁的四月廿六交芒种节是在早晨五点半的"寅时",而非"未时"(下午1点到3点)[2]。事实上,康熙、雍正、乾隆三朝凡是"未时"交"芒种"节气的都不在四月廿六,凡是四月廿六交"芒种"节气的都不在"未时",可证作者笔下的"未时"是虚陪的

得玉兄题跋。"
[1] 袭人毕竟是百花生日出生,所以带有一点总花神的感觉。
[2] 见网上的"万年历"网站:http://www.china95.net/wnl/wnl_3000_2.htm。

假话，而"四月二十六日交芒种节"则是实在的真话。〖按："未时"实为作者曹雪芹生日那天出生时的时辰，详本章"第三节、一、（一）、（4）"的考证。〗

又"芒种为花神送行"这一风俗是作者的杜撰。因为上引第 27 回言芒种风俗"尚古风俗：凡交芒种节的这日，都要设摆各色礼物，祭饯花神，言芒种一过，便是夏日了，众花皆卸，花神退位"，庚辰本侧批点明："无论事之有无，看去有理。"如果真有这种风俗，庚辰本是无论如何都不会批出"莫论事情之有无，只要看上去写得有道理即可"这种话来，现在既然写出这样的话来，便是"此乃作者虚构"的不打自招。因此"祭饯花神"四字下，大某山民侧批："芒种饯花闺中韵事，何以此风不在？"点明这种风俗为何见闻广博的他从来没有看到过？这便是第 3 回林黛玉进贾府时探春说宝玉："只恐又是你的杜撰。"宝玉笑着回答说："除《四书》外，杜撰的太多，偏只我是杜撰不成？"点明本书乃杜撰的小说①，其中有很多虚构的情节，此"芒种节送花神退位"便是其中一例；此处作者特地用"尚古风俗"四字写出来，表明此风俗如今没有，乃是我假托古人所作的杜撰。又如本书"第一章、第三节、第 42 回"所讨论的：作者所引的《玉匣记》"八月二十五日病者，在东南方遇得花神。用五彩纸钱四十张，向东南方送之大吉"，其实也是他的杜撰。

又第 27 回是作者人生的十岁，而第 63 回是作者人生的十一岁。古人过大生日当在十岁时举行。本书"第一章、第三节、第 62 回"根据此回的情节描写，判定作者十一岁"四月廿六"过的是小生日而非大生日。所以不可以根据"十岁不写该过的大生日、而在第 62、63 回写过生日"，来判定作者是把十岁的大生日移到第 62、63 回来写。

之所以十岁的大生日反倒不写，那是因为十岁那年家长都在府中，所过的大生日肯定就是喝酒、唱戏，全书的戏酒已经写得太多，作者再也写不出什么新鲜花样，所以也就不如不写，从而可以"回避难写处"（即脂批所谓的"避难法"）。而第 62、63 回的生日虽说是小生日，但因家长们都离府上京去为老太妃守灵，大家可以自由地为宝玉操办，所以这两场由大家凑钱办的、充满自由个性的生日宴（一场是第 62 回的午宴，一场是第 63 回的夜宴），反倒在作者心目中留下永不磨灭的印象，所以也就浓墨重彩地写入书中，写的时候反倒嫌其情节太多，于是又把"黛玉葬花"给移到上一岁的第 27 回中去写。

宝玉是四月廿六生日（本章"第三节、一"有考），则第 28 回四月廿六的生日宴不可能不写。但作者不想犯重而写第 28 回十岁那年的大生日（因为全书写的戏酒太多了），而且作者也不想让大家知道那一天是他的生日，当然，最主要的原因还在于他想把生日宴留到第 62、63 回来写。所以也就在第 28 回中，借冯紫英请宝玉参加午宴（这场午宴其实就是专为宝玉举行的生日酒会），从而

① 小说的特点便是杜撰和虚构。可见作者曹雪芹深得小说创作的本质特点在于虚构中写实。情节可以虚构，但虚构得要合情入理而看上去像是事实。

不用再写家中为他操办的十岁大生日的那场酒宴。于是，书中这一天便只让宝玉在家吃了顿很普通的早饭（即午饭①），即第 28 回宝玉、黛玉"二人正说话，只见丫头来请吃饭"，甲戌本侧批："收拾得干净。"

书中的"早饭"就是午饭，书中所写的酒宴都在午饭或晚饭后举行，宴席上只喝酒而不吃饭。由于冯紫英请了生日酒，自然也就不用再写早饭后家中为宝玉举办的生日酒宴了，所以第 28 回宝玉生日那天只让宝玉在家吃了顿普通的午饭而未办酒，这其实是比较反常的。作者这么写的目的，就是因为全书戏酒太多，不想写宝玉大生日的戏酒，故意用冯紫英的请客来回避掉。同时作者也刻意隐瞒此日乃宝玉生日，所以第 26 回写薛蟠前一天为宝玉庆寿、第 28 回写冯紫英为宝玉办庆生午宴，都未点明这两者都是在为宝玉生日而办。

作者把宝玉十一岁的小生日宴拆在两年中来写，前一年的十岁专写前一日与生日那天别人薛蟠、冯紫英为他办酒祝寿、庆生，后一年专写自家凑钱为他办午宴、晚宴。冯紫英在宝玉生日当天下午的宴请，显然会与第 62 回众人凑钱给宝玉庆生的午宴相冲突，所以更合理的解释当是：冯紫英在宝玉生日的第二天为他办宴席，事实上，生日当天也不大可能到别人家去庆生。由此可知，作者为了不写十岁家中为宝玉举行的庆生宴，有意把冯紫英次年生日第二天为宝玉举办的下午宴，移到十岁那年的宝玉大生日当天来写。

三、《红楼梦》后四十回一处重要时间节点告诉我们的情节挪移

《红楼梦》后四十回仅有一处时间节点提到"二十四节气"，即第 95 回交代元妃死讯的"十二月十八日立春"，这其实影写的是：康熙六十一年壬寅年的立春是在上一年的十二月十九日。

第 95 回交代元妃死讯时说："是年甲寅年十二月十八日立春，元妃薨日是十二月十九日，已交卯年寅月，存年四十三岁。"在作者康熙五十四年至雍正六年的十四岁人生体系中，只有八岁时的康熙六十一年壬寅年是上年"十二月十九日立春"，作者故意写小一日而写成十二月十八日立春。

此第 95 回在作者十四岁人生中是十三岁（在红楼纪元中则为红楼十八年）。可见作者把自己 8 岁年初的姑姑"平郡王妃"之丧，移到抄家前一年的 13 岁（红楼纪元则为 18 年）来写。为什么要做这么远的挪移？那便是因为在真实世界中，曹家的"朝中靠山"平郡王妃康熙六十一年年初薨逝后，要到六年过后的雍正六年初才抄家。作者为了加快故事节奏、强化戏剧冲突，故意写成元妃一死贾府便失势而被抄家，即作者是用元妃之死来倒逼贾府被抄的情节，这样写的话，会使故事情节更紧凑。于是作者便把自己八岁时的靠山之死，移到故事中抄家前一年的第十三岁来写；从创作需要来看，这一情节的挪移是非常有必要的。

---

① 请读者牢记，《红楼梦》书中的早餐称作"早膳"而不称作"早饭"，其"早饭"一词是指今天所说的"午饭"而不指早餐。

第二节　全书时间上"真事隐、假语存"的六大事例

　　前人都误会作者借"元妃省亲"来影写"康熙南巡"（下将详论脂批其实并无此意，此意乃后人误会），前人又都误会作者是借"秦可卿的丧事"来影写自己祖父曹寅出殡的盛大场面。而红学界早已考明曹雪芹为曹颙遗腹子，出生于康熙五十四年，根本看不到"康熙南巡"与"曹寅出殡"（按：康熙最后一次南巡在康熙四十六年，曹寅死于康熙五十一年七月），于是有人认为《红楼梦》原稿是看得见"康熙南巡"和"曹寅出殡"的曹頫（即曹雪芹叔叔"脂砚斋"）所写，曹雪芹是拿叔叔的手稿来"披阅十载、增删五次"，改造成今人所读的《红楼梦》。

　　现在我们既然从时间上证明：全书是作者以"十九年故事"来隐写自己抄家时的"十四岁人生"，这便证明全书的作者只可能是抄家前十三年的康熙五十四年生的曹雪芹，而不可能是他叔叔脂砚斋。因此，作者借元妃省亲影写的肯定不是他所看不到的"康熙南巡"，而当影写他所能看到的姑姑"平郡王妃"在他七岁时回家省亲的场面；作者借"秦可卿丧事"影写的也肯定不是他看不到的祖父曹寅出殡的盛大场面，而应当是他八岁时，上京亲历的姑姑"平郡王妃"出殡的皇家场面。

　　之所以要影写，那便是为了"讳知者"，以免被人看出作者写的是家事，从而惹上影射时事的"文字狱"掉了脑袋。但作者又要让这两件家族盛事流传在人间，于是便想到用那种"真事隐、假语存"的创作笔法，用假事来影写真事。上文已考明作者是用自己家五品诰命夫人之丧来影写"平郡王妃"之丧，又用杜撰的老太妃之丧来影写本家族上京为康熙皇帝守灵事。而且五品诰命夫人（即秦可卿的原型）之丧原本是"淫丧天香楼"，发生在作者十二岁时的第 76 回中秋之后，作者由于要借用这场丧事来影写八岁时姑姑"平郡王妃"之葬，便把五品诰命夫人秦可卿的丧事由第 76 回提到九岁时的第 13 回来写。

　　作者因为秦可卿的貌美而做春梦，并与袭人初试云雨情，这本来也都发生在其人生的十二岁时。由于秦可卿提前到九岁来死，所以也就要把做春梦与初试云雨情这两个情节一起提前到九岁来写，这便闹出了九岁即梦遗而且还能"初试云雨情"的荒诞笑话来。作者之所以敢这么写，就是因为他写的是"梦"（即书名《红楼梦》所标榜的"梦"字），而梦中的时序可以错乱颠倒，作者写的是虚构的小说，并非实录的历史，正如汤显祖所言："理之所必无，情之所必有"，作为一种艺术的存在，何足为怪？

书中除了这两大"真事隐"之例外，尚有很多，今特选其与时间有关、且情节巨大者六例详考如下：

一、平郡王纳尔苏与福彭考

（一）作者以"假话"第 85 回北静王生日，隐写"真事"平郡王纳尔苏九月十一生日。

（二）作者以"假话"第 14 回路谒北静王，隐写"真事"姑姑曹佳丧礼中初见未来的平郡王、姑表兄福彭。

论见本章"第一节、一、（二）"，此不赘述。

二、平郡王妃曹佳氏考

（一）作者以"假话"第 18 回元妃省亲，隐写"真事"曹佳氏逝世前一年最后一次省亲

（1）《红楼梦》是曹雪芹记自己之事，而非其叔脂砚斋记自己之事

第 16 回回前脂批："借省亲事写南巡，出脱心中多少忆昔感今。"历来都据此认为"元妃省亲"影写的是"康熙南巡"。但作者生于康熙五十四年，康熙六次南巡早已结束，作者看不见；若要看得见，此书便是其叔父脂砚斋所作的小说，所以不少人受此误导，认定《红楼梦》是脂砚斋草创其稿，由曹雪芹改编而成。

而第 1 回"楔子"交代完毕后，脂砚斋在甲戌本眉批中说："若云雪芹披阅增删，然则开卷至此这一篇楔子又系谁撰？足见作者之笔，狡猾之甚。后文如此者不少。这正是作者用画家烟云模糊处，观者万不可被作者瞒蔽了去，方是巨眼。"点明："楔子"所谓的"空空道人"抄出名为《石头记》的书，"由色悟空"而悟道出家成了"情僧"，改书名为《情僧录》，吴玉峰题作《红楼梦》，东鲁孔梅溪题作《风月宝鉴》，"后因曹雪芹于'悼红轩'中披阅十载，增删五次，纂成目录，分出章回，则题曰《金陵十二钗》"，这一系列说法全都是作者说的鬼话；其实"空空道人、情僧"都是曹雪芹的笔名，至于吴玉峰、孔梅溪只是为此书题写书名之人，而非作书之人（请读者切记①：其实书名也是作者曹雪芹起的，吴玉峰、孔梅溪二人也只是奉作者之命题写个书名而已）。脂砚斋没在这条批语中点明自己在这一系列的创作过程有任何贡献，只是在最后写上一句："至脂砚斋甲戌抄阅再评，仍用《石头记》"，只称自己是位评点者，而未参与创作。脂砚斋这条批语是在说："此'楔子'表面是说：'"楔子"后的正文才是曹雪芹整理，而"楔子"却非曹雪芹所作。'其实这都是作者骗人的鬼话，此'楔子'及其后面的正文全都是曹子所作。"脂砚斋特地言明：当作此解，方是有眼之人；若作上解，便是上了作者的鬼当。

而且脂砚斋的脂批也一再点明作者写的不是脂砚斋自己，而是作者自己，

---

① 切记，务必记住、牢记。

见第 17 回的脂批，即此回"贾珍走来，向他笑道：'你还不出去，老爷就来了.'宝玉听了，带着奶娘小厮们，一溜烟就出园来"句，脂砚斋在庚辰本侧批中写道："不肖子弟来看形容。余初看之，不觉怒焉，盖谓作者形容余幼年往事，因思彼亦自写其照，何独余哉？信笔书之，供诸大众同一发笑。"此批可以证明两点：①宝玉是以作者曹雪芹自己为原型；②此书不是自己脂砚斋所写，而是作者曹雪芹所写。

（2）曹雪芹与脂砚斋都看不到康熙南巡，书中所记"元妃省亲"与康熙南巡无关

而且本书"第二章、第二节"通过内证证明：作者是以十九年故事隐写自己抄家时十四岁的真实人生，证明作者只可能是雍正元年正月抄家时年龄为十四岁的人，则"作者出生于康熙五十四年"这一结论乃是根据书中的内证得出，所以"作者看不到康熙南巡"这一点，早已由书中的这一内证给点明了。

其实不光作者看不到，就是比之大十二岁的凤姐也看不到，见第 16 回凤姐笑道："可恨我小几岁年纪，若早生二三十年，如今这些老人家也不薄我没见世面了。说起当年太祖皇帝仿舜巡的故事，比一部书还热闹，我偏没造化赶上。"康熙六次南巡分别在康熙二十三、二十八、三十八、四十一、四十四、四十六年。本书"第一章、第三节、第 16 回"中考明：凤姐比宝玉大 12 岁（而非 7 岁），宝玉出生在康熙五十四年，早十二年便是康熙四十二年，康熙最后两次南巡时凤姐仅三、五岁，都是未记事的幼儿，估计"康熙南巡"时也不可能抱着她这名幼儿前去观看，即便抱着去看，她尚未记事，也不会思考，看了也等于没看，所以凤姐说"可恨我小几岁年纪，若早生二三十年"，即生在康熙十二年或二十二年，长大到能够记事的七八岁也即康熙二十或三十年后，便能看到康熙六次南巡中由曹家接驾的后四次（三十八、四十一、四十四、四十六年南巡）。总之，连比宝玉大十余岁的凤姐都看不到康熙南巡，则宝玉（即作者）看不到康熙南巡乃是书中早已写明的事。而下文考明脂砚斋比作者大十二岁，与凤姐同年，则脂砚斋显然也看不到康熙南巡之事。因此，书中的"元妃省亲"如果真的是在影射"康熙南巡"的话，脂砚斋也看不到而写不出。

（3）书中"元妃省亲"是写平郡王妃曹佳氏生前最后一次回家省亲

作者写的《红楼梦》皆记自己人生往事，作者既然未能看到康熙南巡，而其姑姑平郡王妃又薨于其八岁时，平郡王妃总有过年回来省亲之时，所以作者书中所写的"元妃省亲"便肯定不是康熙南巡，而当是其姑姑平郡王妃曹佳氏的过年省亲。

王妃薨于作者八岁时的康熙六十一年年初，之前肯定会经常回家省亲，脂砚斋又批作者亲眼见过元妃省亲的场景，即第 18 回写元妃将至时的排场："一时，有十来个太监都喘吁吁跑来拍手儿。（己夹：画出内家风范。《石头记》最难之处，别书中摸不着。）这些太监会意"，脂砚斋在庚辰本此句旁作侧批："难得他写的出，是经过之人也。"可证作者所写的元妃省亲必定是作者人生亲历过的往事。

又此回宝玉佩戴的"通灵宝玉"这块"青埂峰"下的石头，经历了它一生中最繁华的元妃省亲场景，书中写它自思："此时自己回想当初在大荒山中，青埂峰下，那等凄凉寂寞；若不亏癞僧、跛道二人携来到此，又安能得见这般世面？"而石头就是作者的化身①，因此画线部分便能证明这元妃省亲的场面便是作者亲身经历的往事。

以上两处第18回的引文，也就能充分证明元妃省亲是作者亲历的人生往事，则元妃省亲只可能影写的是作者看得到的姑姑平郡王妃省亲，而不可能影写作者看不到的康熙南巡。

而且作者能回忆得出这一场面，则此事必定发生在作者已能记事的七八岁时（虚岁五六岁时当还不能记事，记事当从虚岁的七八岁开始），由此可知：作者写的应当是他七八岁时，曹佳氏过年回家省亲时的场景。由于平郡王妃薨于康熙六十一年作者八岁时的年初，则此年平郡王妃肯定不能在过年时候回老家省亲，所以可以知道：作者所能记忆的平郡王妃省亲只有康熙六十年作者七岁年初的那次②。

而且第18回元妃省亲完毕时说："倘明岁天恩仍许归省，万不可如此奢华靡费了。"己卯本夹批："妙极之谶，试看别书中专能故用一不祥之语为谶？今偏不然，只有如此现成一语，便是'不再'之谶，只看她用一'倘'字，便隐讳、自然之至。""不再之谶"便点明上述的话语是不能再来第二次的不祥预言（"谶"即预言之意），即元妃明年及以后都不可能再回老家来了。何以能如此确定？不就是因为平郡王妃第二年年初便逝世，逝世前肯定身染重病，根本不可能在第二年年初回来省亲；作者、批者都知道平郡王妃第二年年初亡故之事，所以读到元妃说"明岁如果能回来省亲"的话时，脂砚斋便批其为不祥之谶，预示王妃明年再也回不来了（即逝世了）。

（4）第16回"南巡"之批是批凤姐由"省亲"扯上"南巡"，从而证明"省亲"与"南巡"是两件事

第16回贾琏、凤姐及贾琏奶妈赵嬷嬷口中谈论的江南"甄家"四次接驾，也就是小说中的"贾府"所隐写的江南"真家"曹家"四加一"共五次南巡接驾的事③，这就是该回回首所批的："借省亲事写南巡，出脱心中多少忆昔感今。"这条批语说的是：第16回借"省亲"这件事，来引出"南巡"的话题，借贾琏、凤姐、奶妈三人的对话，说出当年曹家五次南巡接驾的盛况，出脱作者我、批者我心中多少"昔盛今衰"的家事感慨来。

---

① 见笔者《后四十回完璧归曹》"第二章、第三节、一"证明"作者=石头=贾宝玉"。
② 按：记忆分"长时记忆"和"短时记忆"。对于一般小孩子而言，2至4周岁属于短时记忆，真正的长时记忆（即"记事"）应当从5周岁左右开始。作者生于康熙五十四年，故记事当从康熙五十九年起，其出生之月肯定不会在年初（据本章"第三节、一"考明是四月廿六），而据书中以元妃年初省亲来影写平郡王妃省亲，则平郡王妃应当也是年初省亲，所以作者能记忆的平郡王妃过年省亲只可能是康熙六十年作者七岁时的那场。
③ 四次南京、一次扬州。即康熙第五次南巡时，曹寅先在扬州、后又在南京接了两次驾。

脂砚斋又在庚辰本"赵嬷嬷道:'阿弥陀佛!原来如此。这样说,咱们家也要预备接咱们大小姐了'"这句话旁作侧批:"文忠公之嬷",指的是傅"文忠"傅恒家的保姆。此批是说:曹家与傅恒家交好,傅家的保姆曾经在曹家人面前称颂过当年曹家五次接驾的盛况,作者曹雪芹和批者脂砚斋曹頫当时都在场,作者是把傅家保姆的这番话写入书中。而批者脂砚斋知道这一底细,所以用批语点明赵嬷嬷论南巡接驾的事来自傅家保姆之口。这并不意味着贾琏的奶妈赵嬷嬷影射的是傅恒的嬷嬷。(即作者只是把傅恒嬷嬷的这句话写到贾琏奶妈身上,并不能证明贾琏奶妈是以傅恒嬷嬷为原型。正如全书贾宝玉是以作者曹雪芹为原型,但最后的宝玉出家那一幕是以曹雪芹在常州天宁寺出家的至亲族人为原型。)

下来凤姐说:"若果如此,我可也见过大世面了。可恨我小几岁年纪,若早生二三十年,如今这些老人家也不薄我没见世面了①。(甲侧:忽接入此句,不知何意,似属无谓。)说起当年太祖皇帝仿舜巡的故事,比一部书还热闹,我偏没造化赶上。"即凤姐开始由"贵妃省亲"这件事扯到"康熙皇帝南巡"这一话题上去了,所以庚辰本侧批:"不用忙,往后看。"于是,作者便借赵嬷嬷这个人物的嘴,把傅恒家嬷嬷所称颂的曹家五次接驾的盛况交代给大家,文长不引。所以此回回前批"借省亲事写南巡,出脱心中多少忆昔感今"便是说:康熙南巡发生在作者出生前,批者"我"脂砚斋原本估计作者无法写到了,没想到作者构思灵妙,在元妃省亲前夕,借凤姐由"省亲"事扯上"南巡",通过赵嬷嬷之嘴,把我们家老人所能看到的"江南真家(曹家)"当年五次接驾的家族盛事交代给普天下的读者,让"我"脂砚斋长久以来埋藏心底的这一家族盛事终于得以倾述,"我"那种"一直以来不吐不快"的情感,今天终于得到宣泄,这是何等畅快啊!

所以这条批语绝对不是说作者借第18回元妃省亲的场面来写康熙南巡。因为批者若想表达这个意思,尽可以在第18回"元妃省亲"场面前去批这句话,今在第16回批,显然批的是:"凤姐把'省亲'话题扯到了'南巡'上,终于把我们家一直想写的康熙南巡五次接驾这人间罕匹的家族盛事给写了出来。"

此批若批在第18回"元妃省亲"场面前,便可证明作者是用元妃省亲来影写康熙南巡,元妃是康熙的影子。但现在既然批在第16回作者借凤姐之口把话题由"省亲"引到"南巡"上,使原本写不到的"南巡之事引发的家族昔盛今衰之感"得以写出。这已然可以证明:把这句脂批理解为"借元妃省亲影写康熙南巡"是种完全错误的理解,是对这一脂批的巨大误会。

因此,第18回元妃省亲事肯定不是影写康熙南巡,而只可能影写平郡王妃曹佳氏省亲。只不过在这一过程中,作者把曹佳氏与脂砚斋二人的"姐弟关系"写到了以自己为原型的宝玉身上,即把自己姑姑与叔叔的事写到了元妃和宝玉身上,这是作者奉行书名"梦"字所标榜的"梦幻"之旨,借鉴梦中人物、事

---

① 以凤姐的年龄,康熙最后两次南巡时凤姐年仅三、五岁,不可能抱她这名幼儿去观看康熙南巡的场面,即便抱着去看,她尚未记事,也不会思考,看了也等于没看,所以凤姐说看不到康熙五次南巡,本节上文"(2)"已有论。

件皆可"张冠李戴"的思维机理所作的艺术综合。

（二）作者以"假话"第 13 至 15 回可卿之丧，隐写"真事"北京的平郡王妃曹佳氏之丧

本章"第一节、一、（二）"已有论。

（三）作者以"假话"第 86、95、96 回元妃薨日、八字、王子腾薨月，隐写"真事"平郡王妃曹佳氏生卒年月

此分三个要点：

●作者以"假话"第 95 回元妃薨日、第 96 回王子腾薨月，隐写"真事"曹佳氏薨逝的年月日；

●作者以"假话"第 86 回算命先生为元妃批的八字，隐写"真事"曹佳氏的生卒年月；

●作者以"假话"第 95 至 96 回虎年、兔年之交的元妃、王子腾薨逝，隐写"真事"康熙六十一年（此年为虎年，来年雍正元年为兔年）曹家年初失去曹佳氏、年末失去康熙这两大靠山。

作者通过以上三点，把脂砚斋曹𬘘的生年和姑姑曹佳氏的生卒年全都隐写在书中，为全书烙下本家族独有的时间印记，证明其书是"江宁织造府曹家"之人所作。今对以上三点详加论述如下：

（1）脂砚斋曹𬘘生于康熙四十二年"癸未"年的内证

第 18 回写及："那宝玉未入学堂之先，三四岁时，已得贾妃手引口传，教授了几本书、数千字在腹内了。（庚侧：批书人领过此教，故批至此竟放声大哭，俺先姊仙逝太早，不然余何得为废人耶？）其名分虽系姊弟，其情状有如母子。"

则王妃出嫁时宝玉年仅三四岁。而康熙四十五年（1706）八月初四日《江宁织造曹寅奏谢复点巡盐并奉女北上及请假葬亲摺》："今年正月太监梁九功传旨，著（zhuó）臣妻于八月上船奉女北上，命臣由陆路九月间接敕印，再行启奏。钦此、钦遵。窃思王子婚礼，已蒙恩，命尚之杰备办无误；筵宴之典，臣已坚辞。"[①]此奏折写明：奉康熙皇帝之命，曹寅妻八月从江宁出发，由京杭大运河携女北上，准备嫁给平郡王纳尔苏。

同年十二月初五日《江宁织造曹寅奏王子迎娶情形摺》："前月二十六日，王子已经迎娶福金过门。上赖皇恩，诸事平顺，并无缺误。随于本日重蒙赐宴，九族普沾。臣寅身荷天麻，感沦心髓，报称无地，思维惝恍，不知所以！"[②]则曹佳氏与纳尔苏成亲于十一月廿六。《爱新觉罗宗谱》平郡王"纳尔苏"名下有：

---

① 故宫博物院明清档案部汇编《关于江宁织造曹家档案史料》，中华书局，1975 年第 1 版，第 42 页。
② 同上第 44 页。报称，报答。

"嫡福晋曹佳氏,通政使曹寅之女。"①则曹寅女曹佳氏康熙四十五年(1706)十一月廿六日嫁给平郡王纳尔苏而成为平郡王妃可以定论。

而宝玉原型即作者曹雪芹②,生于康熙五十四年乙未(1715),1706年尚未出生,可证书中所言的宝玉三四岁,当是将他人之事写到以作者为原型的主角宝玉身上。而脂砚斋说"批书人领过此教",则已"不打自招"地替作者说清,上述这段宝玉情节其实没有以作者为原型,而是把"我"脂砚斋身上的事写到了以作者为原型的主角贾宝玉身上,这叫作"艺术的综合与虚构"。

由此可知,脂砚斋曹頫③三四岁时,其姐姐曹佳氏嫁给平郡王纳尔苏为王妃,在出嫁前,曾经教授过脂砚斋好几千字。则曹頫康熙四十五年(1706)年时已有三四岁,由于虚岁三岁时便已识得几千字的可能性不大,当以四岁为宜,故今以四岁计,可知曹頫出生在康熙四十二年癸未(1703),至康熙四十五年实足三岁,虚算四岁,故称"三四岁"。至康熙五十四年(1715)接任江宁织造时为十三岁。这在史料中也能得到印证。

按《关于江宁织造曹家档案史料》第128页《曹頫奏谢继任江宁织造摺(康熙五十四年三月初七日)》自称自己是"窃念奴才包衣下贱,黄口无知","黄口"本意指雏鸟的嘴,借指雏鸟,喻指幼儿,与曹頫此年 13 岁正相吻合。第 149 页康熙皇帝《硃批著曹頫奏闻地方大小事件(原批于康熙五十七年六月初二日曹頫请安摺尾)》开头即言:"尔虽无知小孩,但所关非细",称其为无知小孩,与其年曹頫 16 岁正相吻合。

清人裕瑞《枣窗闲笔》之"《后红楼梦》书后"言《石头记》之书:"曾见抄本,卷额本本有其叔脂研斋之批语,引其当年事甚确,易其名曰《红楼梦》。……闻其所谓'宝玉'者,尚系指其叔辈某人,非自己写照也。所谓'元、迎、探、惜'者,隐寓'原应叹息'四字,皆诸姑辈也。其原书开卷有云'作者自经历一番'等语,反为狡猾托言,非实迹也。"

其当是误会上引第18回"元妃教授宝玉几千字"这段文字之意。其实宝玉的原型就是作者曹雪芹本人,这一结论是由书中内证得以证明,故而可信;即:我们是通过"书中影写作者抄家时十四岁人生"这一内证,来证明"作者是雍正六年抄家时年龄为十四岁的曹雪芹本人,而不可能是其叔辈"这一结论。但其"叔辈"脂砚斋之事,也是作者创作宝玉这一人物时的取材之一;"诸姑"如作者姑姑平郡王妃,其事也是作者创作元春时的取材之一;作者创作"迎、探、惜三春"这三位人物时,也可能会取材其诸位姑姑之事。但我们不能据此处作者之叔脂砚斋的自首:"书中元妃教授宝玉,乃影写作者诸姑平郡王妃教过作者之叔脂砚斋",来认定全书所写的贾宝玉的原型就是他的叔父辈脂砚斋,也不能据此来认定全书所写的"元、迎、探、惜"四姐妹的原型不是作者的姐妹,而

---

① 《爱新觉罗宗谱》,徐丽华主编《中国少数民族古籍集成(汉文版)》第46册,第380页。
② 此是据本书"第二章、第二节、一"考得的"全书以贾宝玉十九年故事来隐写真实世界中作者十四岁人生"的这一内证,从而得知写此书的人在雍正六年抄家时十四岁,从而证明贾宝玉的原型应当就是康熙五十四年出生的曹頫遗腹子、也即本书作者曹雪芹。
③ 脂砚斋即曹頫,见笔者《宁荣府大观园图考》"第一章、第二节、五"有论。

是作者的诸位姑姑。因为这流于"以偏概全","只见树木不见森林"了。

〖综合来看,贾宝玉以作者自己为原型,但会影射(即艺术综合)到叔叔脂砚斋;元春以作者姑姑平郡王妃曹佳氏为原型,同时又会影射到曹寅这曹家的首季繁华。另外,"三春"以作者的诸姐妹为原型,同时又会影射(即艺术综合到)其诸位姑姑,更会影射到曹頫、曹𬱟这曹家的后两任"江宁织造",以及如果不抄家便是第四任"江宁织造"的作者曹雪芹本人,其论详见本节下文"四、'三春'考"。〗

(2)元妃原型平郡王妃曹佳氏生于康熙三十一年壬申、卒于康熙六十一年壬寅的内证

●元妃(曹佳氏)比宝玉(脂砚斋)大九到十三岁都有可能

清朝从顺治朝开始,便规定满族八旗人家年满十三至十六岁的女子,必须参加每三年一次的皇帝选秀女,可备皇后、妃嫔之选,或者赐婚"近支宗室"(即三代以内血缘关系比较密切的宗室)。元妃选为秀女入宫,便不能教授宝玉,则宝玉三四岁时(即红楼第三、第四年)元妃入宫时,年龄当为13至16岁,则其比宝玉大九到十三岁都有可能。

又第2回"冷子兴演说荣国府"时称贾政与王夫人"头胎生的公子,名唤贾珠,……第二胎生了一位小姐,生在大年初一,这就奇了;不想次年又生一位公子"贾宝玉。第34回考得贾珠比宝玉大十六岁,元春比宝玉大九到十三岁,则元妃比贾珠当小三至七岁,这也是合理的。

而后四十回中的第86回称元春是"甲申年正月丙寅"出生,第95回又称:"是年甲寅年十二月十八日立春,元妃薨日是十二月十九日,已交卯年寅月,存年四十三岁。"而从甲申到甲寅仅三十年,虚算31岁,则其卒年改大了十二岁[①]。这是后四十回中又一重大的时间破绽,是作者曹雪芹一贯的"以破绽来隐写真事"这种风格的体现,也是证明"后四十回非续书、当是作者原稿"的重要依据。今对这一矛盾详作分析:

●平郡王妃曹佳比脂砚斋曹𬱟大十一岁的判定

"生年甲申"、"卒年甲寅"、"存年四十三",这三者相互矛盾,其中必有一真而两伪。我们已经考明:元妃之薨是在隐写"平郡王妃"曹佳氏之薨,而曹佳氏与康熙皇帝都薨于康熙六十一年壬寅年(前者在年初,后者在年末,下有详论),作者以元妃卒年"甲寅年"象征的便是本家族的朝中靠山平郡王妃卒于寅年,所以"甲寅"之"寅"为实而"甲"字为虚。我们又考明其"存年四十三岁"是影写曹寅、曹頫、曹𬱟这三代"江宁织造"一共为官43年(下有详论),所以王妃存世的年岁"存年四十三"亦虚。上已言"三者矛盾必有一真",既然

---

① 若以八字算命术,因已交立春,故当算作下一年即卯年,故其年岁当大一岁而作32岁,因此要比书中写的"四十三岁"小11岁。今仍据普通人的算法,要到了年才算大一岁,并不按照排八字的算命术以过了立春方才算作是大一岁,从而定元妃死时为31岁,比书中写的要小12岁。

此两者已证伪，所以剩下的"生于甲申"必为实。我们已经知道宝玉的原型就是作者曹雪芹，他生于康熙五十四年乙未（1715），"甲申"正好在其前十一年，即康熙四十三年（1704）。

前已言明曹雪芹出生在康熙五十四年，曹家因曹寅亡故而没落，曹雪芹不大可能再有姐姐嫁给皇室成为王妃，作者笔下所写的王妃应当就是脂砚斋的姐姐，他是把叔叔脂砚斋身上的事，艺术综合到了宝玉这个以作者曹雪芹自己为原型的主角身上。换句话说，作者要借"甲申"年这个干支来表达其所隐藏的真事便是：原型中的王妃（曹佳氏）比宝玉（脂砚斋）要大十一岁，即脂砚斋的姐姐曹佳氏要比脂砚斋大十一岁。

●**平郡王妃曹佳氏生于康熙三十一年壬申，薨于康熙六十一年壬寅的判定**

上文既然已经推得脂砚斋曹頫生在康熙四十二年癸未（1703），则比之大11岁的曹佳氏便当生在康熙三十一年壬申（1692），曹寅命妻子送她和平郡王成婚的康熙四十五年（1706）时为十五岁。今按《爱新觉罗宗谱》，曹佳氏与平郡王纳尔苏结婚后，在康熙四十七年（1708）十七岁时生嫡长子福彭[1]（这与她十五岁年底十一月廿六日出嫁正相吻合），康熙四十九年（1710）十九岁时生第四子福秀[2]，康熙五十四年（1715）廿四岁时生第六子福靖[3]，康熙五十六年（1717）廿六岁时生第七子福端[4]。则康熙五十六年（1717）廿六岁时曹佳氏仍健在。而曹頫生于1703年，详上文"（1）"所论，康熙五十四年（1715）十三岁时任"江宁织造"。

由曹頫批："俺先姊仙逝太早，不然余何得为废人耶？"而曹頫被废显然是因为抄家。其时曹佳氏如果仍然健在，则"平郡王"必会想方设法保全岳父曹家而不让其抄没，所以雍正六年正月初曹家被抄时，曹佳氏必定已经逝世，而且她逝世还应当已经很久。如果她才逝世，平郡王纳尔苏肯定还会顾念夫妻之情，雍正四年继任平郡王的福彭也肯定会顾念母子之情，从而竭力拯救曹家，曹家也不一定会抄家；正因为曹佳逝世已久，所以平郡王府对曹家的感情才会日渐淡却而不再出死力保全曹家。

现在后四十回言明王妃逝世时为31岁（甲申岁生、甲寅岁卒），则其当逝世于康熙六十一年壬寅（1722）的三十一岁时。这与曹佳氏最后生子时廿六岁也相吻合。因为她如果活过三十岁，则肯定会在三十几岁时生子而在《宗谱》上留下记载，今《宗谱》不记其廿六岁后生子，可证她应当就逝世于廿六岁生子后不久、而未能活到31岁以后。

正因为曹佳氏逝世，所以曹頫便日渐失去平郡王这座靠山的照应，数年后便逐渐被各级官员举报而为雍正追究，平郡王对曹家的亲情也会日渐消逝，曹家的权势就像书中所说的"冰山"那般日趋融化。书中以"冰山"象征曹家权

[1] 《爱新觉罗宗谱》，徐丽华主编《中国少数民族古籍集成（汉文版）》第46册，第379页。
[2] 同上第384页。
[3] 同上第387页。
[4] 同上第392页。

势的日渐消亡①，见第 5 回王熙凤判词画面："后面便是一片冰山②，上面有一只雌凤。"当然这座权势的冰山要融化好多年，所以要等到六年后的雍正六年时，曹家的权势冰山才彻底融化完毕，于是正月初抄家，曹頫成了废人。如果曹佳氏能活到五六十岁，则曹家的兴盛便可因"八大铁帽子王"平郡王的庇护照顾而延续几十年，所以曹頫在批语中称："俺先姊仙逝太早，不然余何得为废人耶？"写出的正是曹家靠山平郡王妃曹佳氏死得太早而招致抄家败落。因此，后四十回写王妃 31 岁卒，与曹家家世正相吻合。

而且曹佳氏卒于康熙六十一年，正是康熙驾崩之年。书中作者以秦可卿之丧来影写自己姑姑平郡王妃曹佳氏之丧，由于作者在第 58 回以宝玉未参加老太妃之葬来影写自己未参加康熙国葬，所以九岁时宝玉亲自参加的秦可卿之葬，只可能影写八岁时作者必定要亲自参加的姑姑平郡王妃之葬，而不可能去影写九岁时作者自己未曾参加的康熙国葬③。不仅如此，康熙六十一年，曹家接连失去两座靠山，一是平郡王妃曹佳氏，一是康熙皇帝，作者写到小说中便是十二月薨了元妃，正月薨了王子腾，两个月内连失两座靠山；后四十回如此写，也与曹家家世——康熙六十一年连薨两大靠山康熙皇帝与平郡王妃——相吻合。

而且更绝的是，曹佳氏生于康熙三十一年（1692），若按书中写的假话"王妃活了四十三岁"，则其卒年为雍正十二年（1634）甲寅年（古人年岁虚算，故四十三岁只需加 42），此年正好是"正月初一立春"，这便是作者把曹佳氏这一王妃写入书中时取名"元春"的由来（"元"为首，"元春"有"立春"意）。

● 小结：

总之，作者要隐写的真事便是：我曹家"平郡王妃"曹佳氏生于康熙三十一年 1692 年壬申，卒于康熙六十一年 1722 年丙寅，比脂砚斋大了十一岁；其三十一岁时，与康熙皇帝同年而死（一个死在年初正月，一个死在年末十一月，相距约十个月，下详），使我曹家连失两座大靠山。

作者将此"真事"写入书中时，把曹佳氏写成元春，让其比宝玉原型——"乙未"年出生的作者曹雪芹——大十一岁而生在"甲申"年。故上文所说的"生于甲申为实"，其实只是"元妃与宝玉地支生肖间相差十一岁为实"、只是其干支中的地支"申"为实，而天干"甲"为虚。其真实的干支当据脂砚斋的生年康熙四十二年"癸未"往前推十一年而为康熙三十一年"壬申"。

---

① 为何以冰山象征权势？那是因为全书第 1 回以甄士隐家"火起"隐"真家（江南曹家）祸起"而被抄家，所以"火"代表"祸"，而免祸的权势便要用与"火"相对立的"冰山"来象征。按第 1 回以火寓"祸"见："士隐命家人霍启抱了英莲去看社火花灯"，甲戌本有侧批："妙！祸起也。此因事而命名。"又写葫芦庙火起延烧整条街而烧毁甄士隐家："于是接二连三，牵五挂四，将一条街烧得如火焰山一般。"甲戌本有眉批："写出'南直'召祸之实病。"
② 按：凤姐仰仗的势力，在家内是贾母，故冰山象征的是贾母；在家外便是贾府为首的四大家族的赫赫声威，故冰山又象征贾府的权势。
③ 本章"第一节、一、（二）、（3）"有论。

作者在书中又用"卒年甲寅（雍正十二年，1734）"而"存年四十三"，再度锁定其出生年份实乃"壬申"年的真相。即："甲寅"年往前推 43 年为康熙三十一年壬申（1692）。

以上曹佳氏生于康熙三十一年壬申、卒于康熙六十一年丙寅，均据确凿可靠的曹佳氏成婚之年与书中内证得出。网上有陈林先生《破译红楼时间密码》也得出相同的结论，但思路和我不同，我完全依据书中的内证得出，与陈林先生可谓"殊途同归"。【又：在曹佳氏卒年月份上，我据书中内证定为康熙六十一年正月十九日（下详），与陈林先生据"理校"法悬断为十二月二十九日不同，我相信我的判断是正确的，将来等《娶妻册》资料公布后，便可验证谁对谁误。】

又据网上公布的资料，著名红学家胡文彬先生查证过"中国第一历史档案馆"清代"小玉牒"之一的《娶妻册》，发现明文记载的曹佳氏生日是在"壬申年、壬寅月、壬子日、辛亥时"（即康熙三十一年壬申年正月初二壬子日辛亥时）①，此资料若不误，则后四十回乃曹雪芹原稿可以定论。★

而《清实录·清高宗实录》卷 335 乾隆十四年二月丁酉，"礼部议奏：故多罗平郡王福彭遗表称：'臣父平郡王讷尔苏以罪革爵，殁后蒙恩以王礼治丧、赐谥。臣母曹氏，未复原封；孝贤皇后大事，不与哭临：臣心隐痛，恳恩赏复'，所请无例可援。得旨：如所请行。"画线部分似乎意味着福彭母亲曹佳氏在乾隆十四年（1749）二月时仍然健在，其如果确如此处所考生于康熙三十一年（1692），则为 57 岁，是白发人（母亲）送黑发人（儿子）了。

但曹佳死在康熙六十一年虎年，那是据三处内证考出：一是前八十回的第 5 回元妃判词有"虎兔相逢大梦觉"，预示曹家的王妃死在虎年与兔年相交的康熙六十一年虎年；二是前八十回中第 18 回脂砚斋批语："俺先姊仙逝太早，不然余何得为废人耶？"点明如果自己姐姐"八大铁帽子王"的平郡王妃没有早逝的话，自己不会被废为庶人（"废人"当作被废为庶人解）；三是后四十回第 92 回冯紫英说贾府也即曹家不怕抄家的第一条理由便是"尊府是不怕的。一则里头有贵妃照应"，点明"八大铁帽子王"平郡王妃是曹家的保护伞，显然王妃不逝世，曹家不会被抄家。因此在没有找到《玉牒》这类直接史料载明曹佳真实死年的情况下，我依然坚持作者曹雪芹在书中通过"真事隐"笔法所写的、表现本家族实情的故事情节。因为上引那条孤证史料在理解时会有语境的问题，即其背景信息我们无法感知、从而会发生误会。

因为福彭完全有可能用的是"虚拟语气"（即其说的话并不代表事实情况如此）。古人事死如生，皇后刚死的"头七"，神魂尚未入进阴曹地府，不光活人在哭临，阴间之人也要为之哭临和迎接。古人相信人死不灭，生前做什么，死后还从事什么职业。不光阳间有个清政府，冥间也有个清政府。皇后死后，不光阳间要搭起灵场，阴间也会搭起灵台；阳间在哭祭，阴间也会在哭临，并对

① 见《贾元春生辰和身份之谜，隐藏着把曹雪芹气活的红学骗局》，http://www.360doc.com/content/16/1028/21/5829921_602176217.shtml。

即将或已经进入阴府的皇后举行盛大的迎接典礼。在没《玉牒》这类直接证据证明上述史料的确意味着"曹佳在乾隆十四年尚未逝世"之前，我不敢对上引史料作那种通常的理解，因为有太多的背景信息说话人明白而后人不明白（比如福彭母亲曹佳其实已死，福彭说的是阴间的哭临）。笔者参加过多年佛教的水陆法会，其第一个环节便是"结界、洒净"，即在阳间搭起坛场后，通过佛事仪轨①，让这一空间上下四周的阴间、神界也出现这座坛场。阳间人在此坛场，阴间之人与神界之人在彼坛场，一同参与。皇后大丧肯定也是这样，要形成坛场，不光阳间之人按品级哭临，阴间之人也当如此。

孝顺的福彭因自己和嫡福晋有资格哭临，想到当年父亲在阳间犯事被剥夺封号时，母亲阴间的封号当已一同被剥夺；父亲下葬时皇帝特赐恩典恢复父亲的封号，而当时并没有下诏一同恢复阴间母亲的封号，导致现在阴间父亲独自哭临，而母亲因未恢复封号而没有资格陪父亲哭临，福彭为此心感不安，临终时特地上表。乾隆皇帝看在这是福彭人之将死时的心愿，所以特地成全他的这份孝心，恢复了他母亲的封号，使得他的母亲在阴间可以有荣光。古人封赠死者，绝非做给活人看的空洞之举，阴间之人真能因封号而有荣光。如果中国人没有这种"事死如生"的观念，则每年的祭祖，以及死后的封赠仪式，便全都流于那种做给活人看的形式主义了，其实祭祖与封赠在阴间都会有其实际的意义。中国人绝对不是一个虚伪的民族，中国人历来有"正心诚意、神明来格"的传统，主张事死如生，祭祀时心中要有死者在；所以哭临时，福彭心中便会有逝世的母亲在。

而且雍正的齐妃逝世于乾隆四年四月，因是老太妃之丧，按规定，平郡王的嫡福晋也要参加祭悼，其时福彭为何没有为母亲提出恢复封诰的请求呢？而且乾隆皇帝的"孝贤皇后"逝世于乾隆十三年三月，如果福彭母亲仍然活着的话，其时福彭又为何没有为母亲提出恢复封诰的请求，而要到自己乾隆十四年二月死时才敢提出这一请求？我认为：正因为其时母亲已死，为死者讨要封号这是非同小可、且无先例的事，所以也就不敢在生前提出来，而要留到自己临终上最后一道请求用的遗表时才敢提出来。如果福彭母亲仍然活着的话，福彭在乾隆十三年三月皇后刚死时便可提出；甚至更应该在乾隆四年四月老太妃逝世时，便当为活着的母亲争取，这样方才显得孝心可嘉。福彭为母亲向乾隆皇帝讨要封号而能哭临，由于这件事是在齐妃与皇后丧事后过了很久才提出来，而不是在齐妃与皇后丧事的过程中提出来，其实早已不用哭临，可见：福彭所谓的为母亲讨要封号而能让母亲"哭临"，也只是福彭假托的借口；实则他的目的便是借此为名来为母亲恢复封号，借此为名来为死者讨要封号。

最后期盼能有《玉牒》这类的直接证据被提供出来揭明真相，这才是唯一可信的证据。在没有这类直接证据之前，笔者不敢相信平郡王妃曹佳氏能活过康熙六十一年正月而活到乾隆十四年二月福彭死时。

---

① 当然也可以是道教的仪轨，两者都是共通的。

（3）元妃原型平郡王妃曹佳氏卒于正月十九的内证
●据"八字算命术"排定元妃原型曹佳氏的生辰八字：

康熙六十一年年首的立春，是在上一年康熙六十年年末的十二月十九；而雍正元年年首的立春，也是上一年康熙六十一年年末的十二月廿九。

后四十回第95回："是年甲寅年十二月十八日立春，元妃薨日是十二月十九日，已交卯年寅月，存年四十三岁"，这可以说是在影写康熙六十年年末的立春（即其将"十九"少写一天而写成"十八"），也可以说是在影写康熙六十一年末即雍正元年年初的立春（即其将"廿九"少写一个"十一"而写成"十八"）。不管是上述哪种情况，作者都是在说：元春是在康熙六十一年立春后的第二天亡故，至于是康熙六十一年年初的立春（其实是在康熙六十年的年末），还是年末的立春（其实是雍正元年的立春）则难以判断。即曹佳氏的死亡年份可以确定是在康熙六十一年，但其死亡日期是在该年的年初还是年末则无法确定。

又书中言元春出生月日为正月初一，其实这是受"雍正十二年甲寅年正月初一立春"的影响而作的虚构，其出生月日不可能如此巧合，其真实生日当不可以据此来确定。

元妃的生日应当靠第86回算命先生为她算命来判定，算命者言元妃八字是："甲申年，正月丙寅，这四个字内，有'伤官''败财'。惟'申'字内有'正官'禄马，这就是家里养不住的，也不见什么好。这日子是乙卯，初春木旺，虽是'比肩'，哪里知道愈'比'愈好，就像那个好木料，愈经斫削，才成大器。独喜得时上什么辛金为贵，什么巳中'正官'禄马独旺：这叫作'飞天禄马格'。又说什么'日禄归时'①，贵重的很。'天、月二德'坐本命，贵受椒房之宠。这位姑娘，若是时辰准了，定是一位主子娘娘。"

按照这一说法，元妃的八字是："甲申、丙寅、乙卯、辛巳"，网上陈林先生《破译红楼时间密码》通过"八字命理"之学对此有过详考，指出上述八字符合上文所说的"申"中有正官，"乙卯"为比肩，时上有"辛"金，其余皆不吻合，即："申"字内没有"禄马"，"巳"字内没有"飞天禄马格"，也没有"日禄归时"的格局，也没有"天、月二德坐本命"的格局，从而证明这一八字必定是伪托。陈林先生于是详考后三种格局，得出正确的八字，今特转述其征引的依据和得出的结论：

《三命通会》规定"飞天禄马"格："此格唯有四日：庚子、壬子、辛亥、癸亥"，《三命通会》规定"日禄归时"格"此格有七日：甲寅（按，指甲日寅时，以下类此）、丁午、戊巳、己午、庚申、壬亥、癸子"。据元春八字同时出现"飞天禄马"和"日禄归时"，则其出生日时只可能是"庚子日甲申时"、"壬子日辛亥时"和"癸亥日壬子时"三种。

《三命通会》又规定，正月出生的人命理中若有"天德"或"天德合"，则其四柱八字中必须要有"丁"或"壬"，正月出生的人命理中若有"月德"或"月德合"，则其四柱八字中必须要有"丙"或"辛"，则壬申年正月"壬寅月"出

---

① 此四字程乙本妄改作"日逢'专禄'"，本书"第二章、第一节、二、（三）程甲本优于程乙本的判定"，已论明"程甲本乃原稿、而程乙本为篡乱本"，故程乙本为不可信。

生的元春拥有"飞天禄马"和"日禄归时"两个贵重的命格，同时还要有"天月二德坐本命"，那她只可能是"壬子日辛亥时"出生。

所以元春真实的八字应当是："壬申、壬寅、壬子、辛亥"，其为康熙三十一年壬申年正月初二壬子日辛亥时生。书中言其"正月初一"出生是"假语存"，其所含的"真事隐"便是正月初二出生。（注：这一八字符合三大格局，但与书中描写的其它特征——"申"中有正官和禄马，"乙卯"为比肩，时上有"辛"金——不合。但这其他的特征原本就是作者为那虚构的元妃八字所编造的"假话"，所以不必当真。）

陈林先生的论证当有依据，笔者在此全盘接受。而且曹佳氏若真的生在正月初一，其为平郡王妃，天下知名，作者也断然不敢把"正月初一"这四个字写入书中，授人以"影射真事、发泄对朝廷不满"的把柄。所以，曹佳氏当是正月初二生日，作者故意受"雍正十二年（1734）甲寅年正月初一立春"的影响，把她写成正月初一出生，为的就是要用生日上的不同来抹杀"元妃乃曹佳氏影子"的事实，但又借第86回那幕算命的情节，来隐含曹佳氏的真实八字，从而把曹佳氏的真实八字交代给懂八字算命术的高人（陈林先生便是其中之一）。

●据算命先生之言判定元妃原型曹佳氏的逝世年月日

第86回算命先生又言："可惜荣华不久；只怕遇着寅年卯月，这就是'比'而又'比'，'劫'而又'劫'，譬如好木，太要做玲珑剔透，本质就不坚了。"由于第95回是写元妃死于卯年寅月，算命先生便没算准。

而我们都知道，陈林先生是根据算命先生的话，来推出元妃所影写的平郡王妃曹佳氏的生辰八字，即作者让算命先生在这一情节中说了真话。则在元妃所影射的曹佳氏的死期上，我们究竟是信第95回所写的"十二月十九日"，还是信第86回算命先生说的"寅年卯月"？即作者在第95回和第86回说的两句话中，到底哪一句说的是真话？

既然作者让算命先生在王妃的生辰上说了真话，我们认为作者让算命先生说的王妃卒日应当也是真话。①换句话说，第95回写的是假话，即元妃原型曹佳氏没有死在卯年寅月，而是死在第86回算命先生所说的"寅年卯月"，也就是说：算命先生算得非常准、毫无错误。作者是借第86回的算命，不光交代清楚元妃原型曹佳氏真实的出生时的"年月日时"，更交代清楚曹佳氏真实的逝世时的"年月日"，即交代清楚其真实的生卒"年月日"和出生时辰。

---

① 因为作者曹雪芹相信人的命运和姻缘是前生注定的。前者便是第5回诸"金陵十二钗"们的命运判词、命运之图、命运之曲规定了她们的命运。后者便是宝玉一直想通过砸玉来破坏天注定的"金玉良缘"，最后还是"木石前盟"被毁而"金玉良缘"达成；便是宝玉为袭人和蒋玉菡交换红绿汗巾注定两人的姻缘；便是那对金麒麟注定了史湘云和卫若兰的姻缘。所以作者笔下的算命先生肯定要神准而不可能有一丝误差。

　　康熙六十年十二月十九日立春（阳历 1722 年 2 月 4 日），则十九日已交寅年寅月，作者故意说成了"卯年寅月"（即第 95 回"元妃薨日……已交卯年寅月"）。

　　一个月后的康熙六十一年正月十九日惊蛰（阳历 1722 年 3 月 6 日），作者有意写成了"十二月十九日"，而"十二"两字合起来便是"正"字的样子，曹佳氏当是正月十九日那天交"惊蛰"节时辰后逝世，在算命规则（即"八字算命术"）中，一交"惊蛰"节便算作二月卯月而不算作正月寅月了，于是曹佳氏的逝世便由原来的"寅年寅月"变成了"寅年卯月"逝世（即第 86 回算命者口中所说的"只怕遇着寅年卯月"）。

　　作者故意把这个死日用"真事隐、假语存"的笔法来写，借王子腾死于正月十七，用"正月"两字隐"真事"曹佳死于正月，借元妃死于十二月十九日，用"十九日"三字隐"真事"曹佳死于十九日，两者相加，曹佳死于正月十九；然后又借算命"寅年卯月"点明其逝世之年实为"康熙六十一年寅年的卯月"，而非书中所写的元妃寅年十二月后的"卯年寅月"。

　　而康熙六十年十二月十九日立康熙六十一年正月的春，正月十九日交二月的"惊蛰"节，今书中言"是年甲寅年十二月十八日立春"只相差一天。作者常会故意把日期写大或写小一天①，故知书中所言实为"此寅年是在上年丑年的十二月十八日立春"，与康熙六十一年寅年立春是在上年丑年十二月十九日立春相差仅一天，这也就可以证实：曹佳氏薨于康熙六十一年初、而非康熙六十一年末。

●曹佳氏之丧肯定不在康熙皇帝国丧中的判定

　　康熙皇帝驾崩于康熙六十一年十一月十三日。如果曹佳氏薨逝于康熙六十一年的十二月十九日，则其丧事便与康熙皇帝相重而难以大办（毕竟要尊重皇上，不敢与皇上争排场）。而书中，作者借秦可卿之丧来影写曹佳氏之丧，办得如此风光体面，这便可证明曹佳氏的逝世和办丧肯定不会发生在康熙皇帝的国丧期间。

　　而且，作者在秦可卿丧事中见到了北静王，影写的是作者前往北京参加姑姑平郡王妃曹佳氏丧礼时，见到了英姿勃发的表兄也即未来的"平郡王"福彭。作者借此情节告诉我们：他参加了姑姑曹佳氏之丧。如果曹佳是年末举丧，则明年三四月份的康熙国葬，作者便也当在北京。今书中以"老太妃之丧"来影写康熙国葬期间，贾府尊长们由南京上北京参加此康熙国葬（详下考）；书中的贾宝玉在家留守而未参加老太妃之丧，影写的是作者曹雪芹没有随尊长们前往北京参加康熙国葬，即雍正元年三四月份的康熙国葬作者并不在北京。据此也可知道：曹佳氏之丧断然不会在康熙六十一年的年末，而当在康熙六十一年的年初；正因为在年初，所以丧事完毕后作者便回了家，来年年初又因无资格参加康熙国葬而留守在家、未上北京；如果曹佳氏在康熙六十一年年末举丧，则

---

① 如本章"第一节、一、（一）"讨论的：作者在第 10 回用"十一月三十日冬至"影写雍正四年作者十二岁"十一月廿九冬至"，便是改大一天。

作者年末就在北京,一过年的来年康熙国葬时便当仍在北京而不在家。

所以,作者第 95 回写元妃之丧与第 96 回写王子腾之丧这两段"假话"中所隐写的真实原型当是:康熙六十一年曹家在年首和年尾接连失去两座大靠山,年首的正月十九失去平郡王妃曹佳氏,年尾的十一月十三日失去康熙这座靠山。前者之丧借秦可卿之丧来写,非常风光;后者之丧,借老太妃的国葬来写,贾府有爵禄者与命妇(诰命夫人)都上北京参加此"康熙皇帝的国葬"一个月,加上南、北两京间的往返,总共为三四个月。

由于作者没有参加康熙国葬,而且康熙皇帝又不是自己家族中的人,所以作者在书中也就不用影写康熙崩于十二月十三日。而曹佳氏是自己的亲姑姑,作者这部《红楼梦》乃隐写家事之书,所以要在书中隐写曹佳氏的卒日,即借 85 回算命先生之口交代其乃"寅年卯月"卒,然后再于第 95 回借元妃之丧写明曹佳"十九日"薨,所写的"十二"月其实应当合起来写成"正"月;最后再借第 96 回借王子腾之丧写明曹佳是"正月"薨,而所写的"十七"日则是讳知者,故意把"十九"改小两天:作者等于是把曹佳死亡时的月日拆开来,分在元妃与王子腾两处来写:日在元妃而月在王子腾。

后四十回中的第 92 回,贾政对冯紫英说起:甄家和自己家族一模一样而被抄了家。这时冯紫英安慰贾政说:贾府有两大靠山,抄不了,其语曰:"尊府是不怕的。一则里头有贵妃照应;二则故旧好,亲戚多;三则你们家自老太太起,至于少爷们,没有一个刁钻刻薄的。"这便点明:贾府朝中有两大靠山——元妃这位贵妃和王子腾这位显宦亲戚,其所影写的便是平郡王妃曹佳氏和康熙皇帝这位"人间至尊"作为曹家的两大亲戚。(按:曹寅之女曹佳氏成为皇族之王妃,故康熙皇帝与曹家是姻亲关系,是曹家的亲戚。)

关于王子腾在这一点上影射的是康熙皇帝[①],还有一个重要内证,即《说文解字》:"腾,传也。从马、朕声。"可见"腾"字可以拆为"朕、马"两字。而康熙皇帝生于顺治十一年甲午岁(1654),属马,其又是皇上,皇上自称为"朕"。所以"王子腾"之名的起名由来,便是因为此人在书中影射的是曹家在朝廷中的最大靠山——康熙皇帝这位属"马"的"朕"。

三、康熙国葬考

●作者以"假话"第 58 回贾府上陵为老太妃送葬守灵(宝玉在家留守而未参加),隐写"真事"雍正元年曹家上京为康熙皇帝送葬守灵(作者在家留守而未参加)。

第 58 回贾府为老太妃送灵在作者"十四岁人生"中的十一岁、雍正三年,并非康熙国葬的雍正元年。但第 58 回在全书"十九年故事"体系中是红楼十四年。而红楼十九年贾府抄家可以对应曹家被抄的雍正六年,此红楼十四年在红楼十九年的前五年;所对应的正好就是雍正六年前五年的举行康熙国葬、为康

[①] 王子腾唯有在"贾府靠山"与"虎年兔年之交逝世"这两点上影射康熙,其他方面不影射康熙。

熙皇帝守灵的雍正元年。

　　而且曹家是皇亲国戚（曹寅母亲为康熙奶妈，曹寅女为平郡王妃），所以曹家肯定要作为康熙皇帝的姻亲，上北京为康熙皇帝守灵；这是曹家家族史上的一桩大事，作者肯定要在书中有所反映。但作者同样出于"讳知者"的考虑而不敢明写，便把"参加康熙皇帝的国葬并为其守陵"影写成了"为老太妃送灵到陵上并守坟"。

（1）今先将康熙国葬事梳理如下

　　乾隆朝《钦定大清会典则例》卷85"礼部祠祭清吏司、丧礼一上"之"圣祖仁皇帝大丧仪"："王以下文武官员以上一年内不作乐，百日内不嫁娶。在京军民人等，二十七日内摘冠缨，服素服，百日内不作乐，一月内不嫁娶，二十七日不祭神。"

　　康熙生母"孝康章皇后"崩于康熙朝，地位等同于《红楼梦》所言的"老太妃"，同书卷87"礼部祠祭清吏司、丧礼二上"有"孝康章皇后大丧仪：康熙二年二月十一日慈和皇太后崩"："王以下各官，每日二次轮流进内举哀。王以下各官，不嫁娶、不作乐，各官、命妇去首饰，凡二十七日；军民人等，摘冠缨，妇女去首饰，凡七日。"

　　可证老太妃薨，只要求官员一个月内（二十七日）不准婚嫁、奏乐；而皇帝驾崩才要求官员一年内不作乐、三月内不婚嫁。所以第58回言"凡有爵之家，一年内不得筵宴音乐，庶民皆三月不得婚嫁"，显然是以"老太妃之薨"来影写"康熙皇帝之崩"，明里是写"贾府为老太妃守灵、送灵下葬"，其实影写的便是曹家在康熙皇帝驾崩的次年，先在南京按制为康熙皇帝守灵，然后又远上北京为康熙皇帝送灵、下葬。

　　今将乾隆朝《钦定大清会典则例》卷85"圣祖仁皇帝大丧仪"重要事项开列如下：

　　　康熙六十一年十一月十三日，圣祖仁皇帝崩。小敛。……

　　　○十五日，世宗宪皇帝行朝奠礼。至日中、至晡时，礼皆如之。齐集王以下文武各官、公主福晋以下命妇等，皆随行礼。……○王以下、文武官员以上，一年内不作乐，百日内不嫁娶。在京军民人等，二十七日内摘冠缨，服素服，百日内不作乐，一月内不嫁娶，二十七日不祭神。凡候选、候补文武官员，举、贡、监生，吏典、僧道，官素服，齐集顺天府，朝夕哭临，凡三日。……

　　　○雍正元年正月初一日黎明，世宗宪皇帝诣寿皇殿大门行礼。是日，内外照例停止举哀①。○二月初九日，陵寝动土。前期三日，遣官祗告仁孝皇后、孝昭皇后、孝懿皇后，又遣大臣二人祗告后土、昌瑞山神。……

　　　○三月初一日，行清明致祭礼。……○二十七日，恭移梓宫，送往陵

---

① 因过年的缘故，当允许民众不为康熙皇帝举哀。

寝。沿涂分定五程，每宿次①盖造芦殿，缭以黄幔城。城前设旌门，张黄次于百步外，三面设网城、连帐，前、左、右设下马黄柱各一。第六日至陵寝，暂安奉于陵寝缵殿。……校尉、民夫一百二十八人。（首班、末班用校尉，余用近畿民夫。）共分六十班，日用三十班，每班备四人，计夫役七千九百二十人。……

王以下，内大臣、侍卫、满汉大学士以上，及内务府官，在寿皇殿大门外齐集。

满汉二三品官，在景山东门外齐集。四品以下有顶带官，在城外关厢内齐集。

在内公主、近支福晋等，在寿皇殿内齐集。诸王福晋以下、一品夫人以上，在寿皇殿大门内西墙齐集。内府妇女，在寿皇殿大门外西墙齐集。
……

灵驾发。世宗宪皇帝随出景山东门，先诣宿次祗候。

仁寿皇太后、孝敬宪皇后、妃嫔以下，皆出景山西门，由别道先至宿次祗候。

应留京王以下大小官员等，随行出城外关厢，在齐集处，按翼排班，跪送举哀；候灵驾过，各退。

应随送王以下大臣官员等，于过关厢后，乘马随行。内监每班十人，侍卫每班二十人，咸更番在灵驾两旁随行。
……

沿途百里以内文武官，在路右百步外，跪迎举哀。候过，随至宿次，于黄幔城门外，行三跪、九叩礼。夕奠时，文官在正蓝旗末，武官在镶蓝旗末，序立，随班行礼举哀。

○四月初二日，灵驾将至景陵。……

○九月初一日，恭奉梓宫安葬景陵……

○初三日，朝奠礼毕，世宗宪皇帝先回京祗竢，遣官一人代行夕奠、次日朝奠礼。○初四日，神主黄舆至京城，由朝阳门入，在京大小官员，咸朝服，跪迎于大清门外。

可见康熙皇帝驾崩于十一月十三日，两天后诏告天下：文武官员一年内不得作乐、百日内不得嫁娶；在京的军民人等二十七日内穿素服、百日内不得作乐、一月内不得嫁娶、二十七日内不得祭神。从次年二月初九日开始，为安葬作陵寝方面的准备。三月廿七日，梓宫（棺材）从北京抬往遵化州的"清东陵"，其时距驾崩已经停灵四个半月、130多天。

康熙皇帝所葬的"清东陵"距京240里，见乾隆朝《钦定大清会典》卷42"陵寝"："世祖章皇帝陵曰'孝陵'，在顺天府之遵化州'昌瑞山'，距京师二百四十里。……圣祖仁皇帝陵曰'景陵'，在昌瑞山。"上文言此出殡途中的240里共走五程，每程平均为48里，四月初二日到达景陵。

---

① 宿次，临时搭建有帐幕的留宿、停留处。

此年三月为大月，故知路上共走七天：第一天（三月廿七）仪式多，走不了多远便停灵在第一座芦殿。整个出殡一共要走五程，即要走过五座芦殿，第五座芦殿离景陵应当很近，即四月初二那天的行程肯定很短。

送灵到帝陵要七天，往返便是十四天，这便与上引第58回所说的为老太妃送灵（即送葬）路上"来往得十来日之功"相吻合。到景陵后要守灵五个月，直到九月初一才葬入地宫，然后九月初四迎神主入都，供奉于太庙。

曹家归属于皇帝亲自统率的"上三旗"内务府包衣中的"正白旗包衣"，相当于是皇帝的家奴，曹寅又是康熙皇帝派在南京监视"江南省"全省官员与民情的心腹耳目，曹寅之母又是康熙皇帝的奶妈，曹寅之女又是"八大铁帽子王"的王妃，所以曹家和康熙皇帝的关系极为密切，必然要作为上引《钦定大清会典则例》开列的"内务府官"上京参加康熙皇帝的葬礼。

（2）今再将书中贾府为老太妃送灵至陵上然后守灵的事项梳理如下

第55回："且说元宵已过，只因当今以孝治天下，目下宫中有一位太妃欠安，故各嫔妃皆为之减膳、谢妆，不独不能省亲，亦且将宴乐俱免。故荣府今岁元宵亦无灯谜之集。"所以此年没有写灯谜之宴，王妃也不能回家省亲。

老太妃当薨于二月上旬，何以见得？第58回先言"那位老太妃已薨，……在大内偏宫二十一日后，方请灵入先陵"，然后写"可巧这日乃是清明之日"，据此可知老太妃是在"清明"前薨逝的，在大内停灵了二十一天（即过了"三七"），然后才送灵（即送葬）入陵墓。第59回写清明次日"离送灵日不远"，贾府上下忙着打点行装，到那一天，贾母、王夫人等诰命夫人便坐车前往"孝慈县"送灵，可证是在清明后几天便去送葬。此年雍正元年清明为二月廿三，故知贾母等送灵当在二月底，送灵之日是在老太妃薨后的第二十二天，故知老太妃薨日当在清明前十来天的二月上旬。书中第57回薛姨妈生日在正月底，下来才写到第58回老太妃之薨，也表明老太妃应当薨逝于二月上旬。

老太妃薨后的"三七"二十一天中，贾母等入朝为其守灵，即第58回："谁知上回所表的那位老太妃已薨，凡诰命等皆入朝随班按爵守制。……贾母、邢、王、尤、许婆媳祖孙等皆每日入朝随祭，至未正以后方回。在大内偏宫二十一日后，方请灵入先陵，地名曰'孝慈县'。"然后写21天期满后的"四七"头一天（上考当在二月底），贾母等坐车前往"孝慈县"送灵。

本章第三节"一、宝玉生日及曹雪芹八字考"考明贾敬当死于四月廿七凌晨，贾珍很快就获得消息而向皇上请假奔丧，第64回五月"初四日卯时请灵进城"时，贾珍、贾蓉已到家，我们在"第一章、第三节、第64回"考明两人当是日夜兼程，在五月初二日凌晨四更时到家。

第64回贾琏回来说："老太太明日一早到家"，"至次日饭时前后，果见贾母、王夫人等到来"，然后贾母到宁国府哭贾敬之丧，因一路风霜与丧亲之痛而当晚得病，"又过了数日，乃贾敬送殡之期，贾母犹未大愈，遂留宝玉在家侍奉。"可见贾珍是专等贾母回来哭灵后再出殡。又我们在本书"第一章、第三节、第64回"中考明贾敬当是满"四七"的五月廿四出殡，其在贾母回来几天后才出殡，故知贾母当回于五月廿一左右。

（3）书中以"贾府为老太妃守灵"影写"曹家为康熙守陵"的理由详考如下

何以知老太妃之丧影的是康熙之葬？共有三大理由。

●**理由一**即上文所言的：在《红楼梦》十九年的故事体系中，此年在抄家的雍正六年前五年，正是雍正元年这一康熙皇帝下葬之年。

●**理由二**也即上文所言的：《钦定大清会典则例》规定太妃死后只要一个月不婚娶、宴乐，只有皇帝才需要一年不得宴乐、三个月不得婚娶，今书中正写一年不宴乐、三月不婚娶，可证是以太妃之薨来影写皇帝之崩。

●**理由三**便是下面所要讨论的：康熙皇帝四月初下葬，而书中贾府家长为太妃送葬是二月底动身、五月廿一左右回来，这是在影写曹府由南京上北京参加"三月廿七至四月初二"的康熙皇帝国葬。关于此点，详考如下：

①书中实际写贾府送葬的整趟行程为三个月，而非书中所标榜的一个月

第 58 回请老太妃灵柩入先陵的过程是："在大内偏宫二十一日后，方请灵入先陵，地名曰'孝慈县'。这陵离都来往得十来日之功，如今请灵至此，还要停放数日，方入地宫，故得一月光景。"可见贾府要先送老太妃灵到陵墓，然后守灵几天（即引文中所说的"请灵至此停放数日，方入地宫"，可证守灵只要几天，据下考当为"二七"14 天），等灵柩入葬后便返回。

前往陵墓与从陵墓返回共十来天，加上停灵数日下葬又要几天，故总计整趟行程一个月便可回家。但书中第 59 回言明：贾府是清明后几天的二月底便出发为老太妃送葬[①]，据上文所说的一个月可回，则三月底、四月初便可回来。然而我们在"第一章、第三节、第 63 回"考明，四月底贾敬死时，贾珍尚在守灵中，早已超过原定计划的一个月；我们在第 64 回又考明：贾敬"四七"前数天的五月廿一前后贾母方才回来，则历时已有三个月。这便与上文所说的整个仪式"故得一月光景"大相矛盾起来。这多出来的两个月如何解释呢？

最合理的解释便是：贾府根本就不在天子脚下的北京而在南京。如果贾府就在天子脚下的北京，其送老太妃之灵，路上来往之日的确只要十来天；我们早已考明：作者写的贾府就在南京，就是作者南京的真家"江宁织造府"曹家的影子[②]，而从南京到北京正要奔波一个月的光景，一来一去，再加上书中所说的到京后参加"送灵、守灵"的整个仪式"得一月光景"，所以整趟行程也就需要三个月的光景。书中此趟送灵行程从二月底动身、五月廿一前后到家，总共持续近三个月，与之正相吻合。

---

① 按：书中只说"清明"后的次日"离送灵日不远"，未说是在二月底。今按清明在阳历的 4 月 5 日前后，而农历则在二月十五至三月十五之间都有可能。不管怎么说，清明后几天只可能在二月中旬至三月中旬之间。本书"第一章、第三节、第 58 回"考明此年原型雍正三年是二月十三清明，则清明后几天当是二月下旬的二月底。

② 分别见笔者《宁荣府大观园图考》第一章"第一节、九"与"第三节"。

这趟行程实际长达三个月，与作者自己写的"故得一月光景"相矛盾，这反倒可以证明"贾府给老太妃守灵"影射的便是雍正元年曹家先在南京"按爵守制"，然后又亲上北京为康熙皇帝"送葬、守灵"这件事。同时这也为证明"作者所写的贾府就在南京、而非北京"提供了又一力证。

②此趟三个月守灵的真实过程考

根据第 58 回的描写来看，贾母、贾赦、贾珍等家长们应当是正月底刚过的二月初，就在南京参加康熙皇帝国丧中的吊唁活动（即书中所称的"按爵守制"）。由于清代规定皇帝丧期内"一年不可举乐"，所以第 55 回特地交代此年"元宵节"没有放花灯、猜灯谜等宴乐活动，同时还解散了家养的小戏班子。第 58 回末、第 59 回初又写明"清明节"（二月廿三）那天下午贾母回家添衣服后，次日"离送灵日不远"，大家忙着打点行装，到送灵那一天（因距"清明"才几天，故知肯定是在二月底，详上文之脚注），贾母、王夫人等坐车前往"孝慈县"送灵，这便是正式出发上北京。作者用此"假话"影写的"真事"便是曹家清明节（二月廿三）过后不久的二月底动身上北京，途中当一个月，三月下旬到达北京，为的就是赶上并参加"三月廿七至四月初二"共七天的康熙皇帝梓宫移至陵寝的盛典。

曹家随梓宫至"清东陵"后又当守陵一段时间，皇帝当以曹家诸人不是京官，故允许他们提前离开。第 58 回言"还要停放数日方入地宫"，表面是写梓宫①停放数日后便入了地宫，其实康熙皇帝的梓宫要停灵五个月，到九月初一才入地宫，作者写"只停放数日便下葬"是假话，这是因为他已把"皇帝之丧"写成了"太妃之丧"，而太妃的棺材是不可以像皇帝那样久放的，所以也就要像太妃那样写成放几天便下葬。同时更有可能是因为：曹家在"清东陵"守陵的确只要待上几天（因为康熙皇帝的梓宫要到九月初一才入地宫，曹家不是京官，有要职在身，所以雍正皇帝也就命令他们可以先行离开），于是作者也就"顺水推舟"地把太妃写成数日后就下葬（而不管礼制所规定的太妃的棺材到底要放几天才能下葬），从而给贾母等人早点离开提供理由。

那贾母等人到底守陵守了几天？作者说整个仪式"得一月光景"，这一仪式除了贾府到皇陵这一来一回的十来天外，便是守灵（即"停放数日方入地宫"）。我们知道，清代的清西陵、清东陵距离北京都是 120 多公里，上文已经考明：从北京到康熙皇帝的帝陵往返为两个五天或七天，与作者所说的"这陵离都来往得十来日之功"正相吻合，可证这句话作者说的是真话。由于整个过程是"一月光景"，可证"停放数日方入地宫"的守灵过程便当是 30 天减去来往的十来天，即不到 20 天。古人守陵当以七天为一周期，故知曹家当在"清东陵"为康熙皇帝守灵两个七天也即 14 天②，加上路上走的十来天，共计二十五六天，不足一个月，但也可以说成是"一月光景"。由此可见，曹家四月初二梓宫到陵寝后，第一个七天守到四月初九，第二个七天守到四月十六，曹家当是四月十七动身离开陵寝回京，路上又是五六天，到北京时当是四月廿二左右，然后动身

---

① 梓宫，即皇帝、后妃、重臣的棺材。
② 若是三个七天便超过了 20 天，故知非是。

回南京，路上同来时一样，也走了一个月，到南京时是五月廿一左右。

作者所说的"这陵离都来往得十来日之功"、曹家此次送葬"得一月光景"都是真话，加上从南京到北京往返的两个月便是三个月，正因为此，作者要在书中写"贾母等二月底动身、五月廿一左右回家，行程长达三个月"。这貌似与上面那两句话矛盾，其实这三句都是真话而不矛盾。只有当你不明白贾府在南京、而把它视为在北京时，才会觉得有矛盾；一旦你能明白贾府不在北京、而在南京，便毫无矛盾可言了。

③书中写的此趟守灵一个月的"假话"过程

本书"第一章、第三节、第64回"考明贾敬死于四月廿七，不久贾珍便得到尤氏叫人快马加鞭传来的消息而向皇帝告假奔丧，五月初四前赶回了家中。则四月廿七那几天贾珍当在守灵中，即此次守灵是从四月初二梓宫到陵寝后，一直守到四月底尚未守完，则守了至少"四七"28天。但我们上文已经考明，其守灵当如书中所说只有"二七"14天，即从四月初三到十六，所以贾敬死讯传来时贾珍早已不在守灵中，而在由北京往南京的归途中。书中写贾珍能在五月初四前赶回贾府，也是因为作者把贾府写在了天子脚下的北京，所以到皇陵的路便是书中所说的来回只要十来天，其实以上两者（贾珍守灵到四月底、贾珍回来只要两三天）都是书中写的假话。

书中说整个仪式过程是一个月，四月底贾珍仍在守灵中，我们又考明贾母等应当是五月廿一左右到家，按此"假话"体系（即书中的故事），则贾府诸尊长完全可以在四月廿三左右动身，四月廿九左右到陵，守陵"二七"14天，五月十四左右回来，路上再走七天而五月廿一左右到家。本书"第一章、第三节、第63回"推得四月廿九夜贾珍得到贾敬死讯，立即请假赶回，诸尊长则仍按原计划守灵。总之，按照书中的故事体系，整个仪式只要一个月，四月底仍在守灵中，来往又只要十来天，则贾府诸尊长的确只要四月中下旬动身既可，何必二月底动身？①但作者故意写二月底动身，就是为了能让有心人识破贾府不在北京而在南京、途中一来一去要两个月的事实真相来。

在作者"假话"体系中（即在全书所写的故事体系中），贾府在天子脚下的首都北京，其距离皇陵来回只要十来天，守陵为"二七"14天，整个过程将近一个月。而作者又写贾母等守灵后是五月廿一左右到家，既然整个过程是一个月，所以四月廿七后贾珍获悉贾敬死讯的那几天，肯定是守灵刚开始或正要开始时（详上文所排的：贾府尊长四月廿三动身，四月廿九到陵而贾敬噩耗传来）；然后贾珍奔丧到家的天数，便是比上陵所需的五六天②要短的两三天便可。而在真相体系中，曹家由于要从北京回南京，路上得有一个月，所以他们在四月底时便早已结束守灵而在归途中了；但在假话体系中，贾府就在北京，故得抹去这个月，所以四月底贾珍正在守灵中。

---

① 第58回虽未明言是在"二月底"动身，但说清楚是在"清明"后的次日"离送灵日不远"，而上文之脚注已考明其时应当是二月中旬至三月中旬之间，最有可能是二月底；总之，远在书中所写的四月中下旬动身之前。

② 按上陵来回要十来天（"这陵离都来往得十来日之功"），上陵回来便只要一半即五六天。

书中说到皇陵来回要十来天，在陵上要十来天，总计一个月，又说清明后几天便动身前往，四月底时正在守陵中，贾珍奔丧只要两三天，贾母等五月廿一左右到家，除"四月底时正在守陵中、贾珍奔丧只要两三天"这两者是假话外，其余的都是真话。而且"四月底时正在守陵中"这句假话一般人也看不出有假，这正是梦境中的感觉："身在梦中不觉其非，醒来时才会发现有误"。因为作者只是说"清明后几天"动身，而未说明具体是几月几日动身，所以人们便不会觉察到"清明后几天动身"与"四月底时正在守陵中"有什么矛盾。

只有当人们意识到清明后几天是在二月中旬至三月中旬之间，路上又只要走五六天，这时才会明白"四月底时正在守陵中"是极其荒唐的。但作者有意要写贾府在北京，所以前往皇陵的路上来回只要十来天、而五月廿一左右要到家，因此作者也就只能写出"四月底时正在守陵中、贾珍奔丧只要两三天"这两句假话来。

一旦我们明白贾府是在南京，从南京到北京要一个月，所以清明后几天的二月底便要动身，三月底到北京而正好赶上三月廿七至四月初二的康熙梓宫入陵盛典，然后守灵"二七"14天，即守灵是在四月初三至十六，四月十七从帝陵回京，四月廿二至北京，然后动身回南京，路上又走了一个月，五月廿一前后到家。

以此来看书中所写，便能明白"四月底时正在守陵中、贾珍奔丧只要两三天"这两句，便是为了坐实"书中所写的贾府是在天子脚下的北京"而说的假话。为了不让大家看破这两句假话，作者便要刻意隐瞒动身上京的具体月日，而只是含糊地说成清明后几天，便是因为他是以"贾府在天子脚下的北京"的假话来隐写"贾府实质上在南京"的真相，所以不敢把真实的动身月日标明，以免大家发觉：何以动身要这么早（提前了两个月）？同时又故意把守灵写成是四月底开始，如此一写的话，五月廿一左右到家，给人的感觉归途便只要几天、而不要一个月了。

④宝玉即作者未参加此趟行程

书中写明宝玉在家而未参加贾母率队的这趟"送灵、守灵"行程，这也是作者说的真话，即作者曹雪芹没有参加曹家这趟上北京为康熙皇帝送葬的盛典活动。因为作者此年只有九岁，又无爵命在身，肯定没有资格参加这一盛典。

他既然未能亲历、亲睹康熙皇帝的国葬，所以第13回秦可卿之丧便肯定不会影写康熙皇帝之葬。虽然整个出殡场面带有浓厚的皇家色彩，而且还出现了"四大部州至中之地，奉天承运太平之国"（第13回）、"奉天洪建兆年不易之朝"（第14回）等字样，我们也不能据此来认定作者写的就是皇帝之葬。因为平郡王妃作为"八大铁帽子王"的王妃，其地位仅次于皇家，葬礼规格一定也非常高，秦可卿丧事中出现的皇家排场，其实是在影写葬主"平郡王妃"的身份和地位。

⑤康熙皇帝国葬中过年庆元宵的合理性

至于第55回："且说元宵已过，只因当今以孝治天下，目下宫中有一位太妃欠安，故各嫔妃皆为之减膳谢妆，不独不能省亲，亦且将宴乐俱免。故荣府今岁元宵亦无灯谜之集。"则老太妃薨于元宵后,故第 53 回能写到年节与元宵之庆;而康熙皇帝驾崩于十一月十三,似乎不可以有年节与元宵之庆,换句话说:以老太妃之薨影写康熙之崩,在书中写到"过年节、庆元宵"这点上似有不合。

具体详情我们已不得而知,但上引《钦定大清会典则例》:"雍正元年正月初一日黎明,世宗宪皇帝诣寿皇殿大门行礼。是日,内外照例停止举哀。"可见逢年节时仍当庆祝。而过年又当过到正月半的元宵,故可揣知:此年的年节虽在康熙国丧之中,但新皇帝雍正仍当本着"普天同庆"之旨特颁恩典,允许天下在"康熙国丧"期间仍可庆祝过年和元宵,但不得有其他的宴庆活动,所以此年不得举行元宵后的灯谜之宴,王妃也不得回家省亲。(按:在真实原型中,"平郡王妃"已于上年初亡故,本身也不能回家来省亲了。)

总之,第 58、59 回所写的老太妃薨后的守丧礼仪,都有康熙逝世后治丧礼仪的影子。作者字面上是写贾府为老太妃"守灵、送灵",其实就是在影写两桩事情:一是曹家在康熙皇帝驾崩次年过年后的二月上中旬,在南京为康熙皇帝"按制守灵"(即上引:"每日入朝随祭,至未正以后方回");二是曹家二月底上北京,为康熙皇帝送灵、守陵(即上引:"请灵入先陵"),到五月下旬回,历时三个月。

四、"三春"考

●作者以"假话"第 13 回元春、迎春、探春"三春去后诸芳尽",隐写"真事"曹家历经三代家主曹寅、曹颙、曹頫后便要抄家。

(1)"三春"象征曹家曹寅、曹颙、曹頫三代家主的三段繁华

贾元春这贾府的第一春为元月初一生日(第 2 回冷子兴语),探春也即贾府的第三春是三月初三生日(本书"第一章、第三节、第 70 回"有考),据此推论,则迎春也即贾府第二春当为二月初二生日,而惜春也即贾府春天逝去后的对往昔春光即繁华的"悼惜",便当是春去夏来的四月初四生日。虽然书中没有明言迎春与惜春的生辰,但作者其实也是"不写之写"(即不用写也就明白了,互文可以见义),有心人一猜便得。

我们都知道农历的第一个月是寅月,而作者祖父名叫"曹寅","寅"字便是正月的意思,乃春天之首;而"元"为首,春天之首又可称作"元春",故"元春"两字便与春天之首的正月寅月意思相同,所以"元春"两字其实影写的就是作者的祖父曹寅,也即曹家的第一春、第一季兴盛。

俗话说"大好春光",作者所谓的"三春",就是影写自己曹家的三段大好时光,作者是以春天来喻指"大好时光"也即家族繁华。元春正月初一生日对应的便是曹家的"第一春"也即第一季兴盛曹寅("寅"意为正月,也即"元春"意);迎春二月初二生日,对应的便是曹家的"第二春"也即第二季兴盛曹颙;探春三月初三生日,对应的便是曹家的"第三春"也即第三季兴盛曹頫;下来的惜春四月初四生日,对应的便是曹家春天也即大好繁华逝去后,应当"悼春"

的抄家后的凄凉景况，其影写的显然就是作者曹雪芹。如果曹家不抄家，则第四代"江宁织造"便是曹雪芹，所以贾府的第四春"惜春"对应的便是曹家未来的第四代"江宁织造"曹雪芹。

"元、迎、探"三春是作者祖、父、叔曹寅、颙、頫的象征，所以"惜春"便是曹雪芹的象征当可毋庸怀疑。①而且"惜春"字面上是悼惜"三春"（早春正月、仲春二月、季春三月这三个春月）的意思，其所象征的便是悼惜本家族往昔三度繁华春光（即悼惜本家族的"三春"）之意；因此"惜春"这一人物的命名，正是写《红楼梦》来为本家族唱挽歌的作者曹雪芹的象征和心境体现。惜春出家，宝玉亦出家，而宝玉是作者的化身，作者又自称"情僧"；所以，出家的惜春，便是自号"情僧"而有志于出家的作者曹雪芹的影子当可无疑。

惜春不属于"三春"之中。第5回为惜春所作的判词："堪破三春景不长，缁衣顿改昔年妆"，为惜春而写的《红楼梦曲·虚花悟》："将那三春看破，桃红柳绿待如何"，都言明"三春"是指"元、迎、探三春"而与自己惜春无关。

第13回秦可卿临终交代凤姐："三春去后诸芳尽，各自须寻各自门。"甲戌本侧批："此句令批书人哭死。"甲戌本眉批："不必看完，见此二句，即欲堕泪。梅溪。"前者当是脂砚斋所批，后者乃"梅溪"所批，其字号与"芹溪"相类，当即芹溪（曹雪芹）②的堂兄弟。这两句批语都点明"三春"包含着曹家人对本家族往昔三度繁华的伤心追忆。

而第79回迎春出嫁，后四十回第95回元妃薨逝，第102回九月初二探春远嫁，第105回抄家，第118回惜春在府中出家（王夫人说："我们就把姑娘住的房子便算了姑娘的静室"），可证后四十回正是三春"元春、迎春、探春"去后（元春是逝世，迎春、探春是离府出嫁）方才抄了家，"各自须寻各自门"便是抄家后"家亡人散各奔腾"③的艺术写照。而抄家时惜春尚在家而未出家，而且她在抄家后出家时仍是在家修行而未离家；如果惜春在抄家前出家，而且出家时又是离家出家，便是"四春去后诸芳尽"。后四十回把惜春写成抄家后出家，而且出家后又是在家修行，这便与前八十回秦可卿的预言"三春去后诸芳尽"完全吻合。而后四十回如果是别人来续写的话，极容易让惜春像贾宝玉那般离家出家，甚而会写她在抄家前便已出家（即把她视作"三春去后诸芳尽"中的一春），而后四十回没有这么写，一反常人之想，也足以证明后四十回当是原作者曹雪芹的构思和手笔。★

所谓的"三春去后诸芳尽"，"诸芳"是"繁华盛景"的艺术写照。"三春"

---

① 从其生日上也能看出四春是四代"江宁织造"的意味来：元春是一月初一生日，用两个"一"字来对应第一代江宁织造曹寅；迎春是二月初二生日，用两个"二"字来对应第二代江宁织造曹颙；探春是三月初三生日，用两个"三"字来对应第三代江宁织造曹頫；惜春是四月初四生日，用两个"四"字来对应未来的第四代江宁织造曹雪芹。

② 曹雪芹又号芹溪，见清人张宜泉《春柳堂诗稿》有《题芹溪居士（姓曹、名霑、字梦阮、号芹溪居士，其人工诗、善画）》诗。

③ 此是第5回王熙凤命运之曲《聪明累》中的曲词。

之"春"指的是大好时光、家族之春，也即家族繁盛的代名词；因此所谓的"三春去后诸芳尽"其实指的是曹家三大家主曹寅、曹颙、曹頫去后（前二者是逝世、后者是罢职）曹家便被抄家。

而"各自须寻各自门"，意思与第5回王熙凤《聪明累》曲"家亡人散各奔腾"句相同，指抄家后的惨状。故批书的脂砚斋（实即曹頫）看到这句话要批："此句令批书人哭死"，而梅溪与"芹溪"字号相类，疑与芹溪（曹雪芹）同为曹家之人，也批："见此二句即欲堕泪"，可证这"三春去后诸芳尽，各自须寻各自门"不光在写书中的贾府，更写的是现实世界中的曹家。

这就意味着：贾府的原型就是曹家，而"三春"元春、迎春、探春影射的便是曹家的三位家长曹寅、曹颙、曹頫。元春以尊贵著称，迎春以懦弱著称（第73回回目"懦小姐不问累金凤"），探春以干练著称（第56回回目"敏探春兴利除宿弊"），可能就是在影写曹寅之贵（即安富尊荣、有才有德）、曹颙之怯懦无能、曹頫的精明能干。

元春判词"二十年来辨是非"便是在影写曹寅任江宁织造的年数，其卒年43岁便是在影写三代家长曹寅、曹颙、曹頫为官的总年数，也即作者所在的曹氏家族三季繁华（三春）的总年数。（详下"五、元妃年寿考"。）

迎春婚后被"狼子野心"的中山狼（孙绍祖）逼死的年数，正好就是曹颙为官的年数，也即作者所在的曹氏家族"第二春"曹颙从就任"江宁织造"到死于任上的年数。本书"第一章、第三节、第109回"考明迎春出嫁于作者人生十二岁秋，卒于十四岁春，实足一年多（虚算则为两年），故书中迎春"结祸年余"与作者的十四岁人生相合；但在全书十九年故事中，则因虚增一年而为两年多、未足三年。而现实世界中，曹颙于康熙五十二年（1713）七月其父曹寅死后继任江宁织造，正是秋天继任，与迎春出嫁于秋正相吻合；其隔一年而于康熙五十四年（1715）正月病逝，亦在春天，与迎春秋天出嫁而隔一年之春便逝世的描写完全吻合。所以作者是以迎春结婚实足一年多便死，来影写曹颙继任江宁织造实足一年多（19个月，虚算则为三年）。而第5回迎春判词作"一载赴黄粱"，正是第109回言其"结祸年余"的"一年多"的意思，因为诗句精炼，"一载余"只能截成"一载"，若写作"二载"便不符合事实了。

曹頫康熙五十四年（1715）正月继任，雍正六年（1728）正月抄家，虚算十四年，实足十三年。作者没有再借探春的婚嫁离家来写这十四年，因为曹頫继任与作者出生是在同一年，作者已经把自己抄家时"十四岁的人生"隐入书中"十九年故事"中写过了，等于已经把"第三春"曹頫这十四年的繁华全都已经写到了书中，所以也就没必要再借探春来写了。

由元春判词"二十年来辨是非"来影写曹寅任江宁织造的年数，其卒年43岁影写曹寅、曹颙、曹頫三代家长的为官年数，迎春结婚至死的年数一年多来影写曹颙的为官年数，更可证明作者是以"三春"来隐写与自己密切相关的曹寅、曹颙、曹頫三代江宁织造。而第5回元春判词"三春争及初春景"最为明显，即三春所影写的三代江宁织造中，第一春曹寅最为兴旺，以后便一春不及一春；所以甲戌本要在此句下夹批"显极"两字。如果这句话只是在说"元春为妃，而迎春因婚姻不幸而早夭、探春远嫁为总制之媳，都比不上元春尊贵"，这是大家一眼就能看明白的，脂砚斋根本就没必要为这种事情来作批；他所批的"显极"两字显然是在说："三春争及初春景"这句话揭示了"我们"曹家一件很重要的家事——这件家事据我们考，便是"三代江宁织造一代不如一代，最辉煌的便是名字意为初春之月也即元月'寅'月的曹寅"。脂砚斋此批还意味着："'初春'就是元月寅月，这句诗点了我们曹家第一代'江宁织造'曹寅之名，真是太过于明显了，真怕有知情人看到这句话后，识破本书是影射家事之书而向皇帝告发！"

至于曹寅父亲曹玺虽然也是江宁织造，但因与作者辈份遥远，对作者没有什么影响。而且书中以贾母影写曹寅妻，只能写到曹寅而写不到曾祖曹玺。再则春天只有三个月，没有四个月，所以作者只能（或只愿）往前追溯三任而从元春曹寅写起，不再遥及曾祖父曹玺了；而且春天第一月（即"元春"）是寅月，所以用"元春"这人来影写名字当中有"寅"字的曹寅那是最为巧合不过的事了，于是也就肯定不能从曹玺写起了。

作者不写曹玺，也证明作者当是离曹玺三代之外的曹雪芹，而不可能是曹玺三代以内的脂砚斋曹頫。如果是曹頫来写《红楼梦》的话，则"三春"便当溯及曹玺。

（2）全书以"三秋"对"三春"之旨

全书以"春"喻家族之繁华，相应地，自然也就以"秋"来比喻家族之衰微（即抄家）。于是书中不光有"三春"影射家族繁华，更有与之对峙立局、对仗构思的"三秋"来影射萧条与肃杀（抄家）。

书中有"三秋"，见第1回贾雨村"对月寓怀"诗的脂批，此诗曰："时逢三五便团圆，满把晴光护玉栏。天上一轮才捧出，人间万姓仰头看。"其甲戌本眉批："这首诗非本旨，不过欲出雨村，不得不有者。用中秋诗起，用中秋诗收，又用起诗社于秋日。所叹者'三春'也，却用'三秋'作关键。"

即全书处处写伤春（为家族繁华不再而唱挽歌），故会以"秋"悼"春"，写"三秋"正是为了悼"三春"（即悼本家族曹寅、曹颙、曹頫三季繁华，也即追悼"三世江宁织造"的好日子、好时光）。据上引脂批又可知："三秋"是指第1回的贾雨村中秋诗，第37回"秋爽斋偶结海棠社"而结诗社于秋天，第75回"赏中秋新词得佳谶"。

而第75回前庚辰本总批："乾隆二十一年五月初七日对清。缺中秋诗，俟雪芹。"今按：此回贾政命令宝玉"限一个'秋'字，就即景作一首诗"，又说："只不许用那些'冰玉、晶银、彩光、明素'等样堆砌字眼，要另出己见，试试你这几年的情思。"书中写："宝玉听了，碰在心坎上，遂立想了四句，向纸上写了，呈与贾政看，道是……（按：诗原缺）贾政看了，点头不语。贾母见这般，知无甚大不好，便问：'怎么样？'贾政因欲贾母喜悦，便说：'难为他。只是不肯念书，到底词句不雅。'贾母道：'这就罢了。他能多大，定要他做才子不成？这就该奖励，他以后越发上心了。'贾政道：'正是。'因回头命个老嬷嬷出去吩咐书房内的小厮：'把我海南带来的扇子取两把给他。'宝玉忙拜谢，仍复归座行令。当下贾兰见奖励宝玉，他便出席也做一首递与贾政看时，写道是……（按：诗原缺）贾政看了喜不自胜，遂并讲与贾母听时，贾母也十分欢喜，也忙令贾政赏他。"可见贾兰之诗包含佳谶，当是暗示八十回之后，贾府抄家后又迎来"贾兰中举"而家族复兴这件事。可惜以上两首诗乾隆二十一年（1756）丙子岁曹雪芹尚未拟就而付之阙如。（由此可见乾隆十九年甲戌年（1754），前八十回的第五稿定稿时，部分章回仍有未定之处。）

又第64回："忽见迎春房里小丫头莲花儿走来，（己夹：总是写春景将残。）"点明作者在书中写"春景将残"不止一处，都是在象征：全书写到的所有"春光繁华"，其实都是作者在抄家后的"繁华不再"时，对家族繁华的一种追忆。

总之，第1回脂批"用中秋诗起，用中秋诗收"，便是说第1回中秋诗写家族白手起家，万姓瞩目；而第75回中秋诗写家族之"收"，所谓"收"即本家族的结局，其结局便是抄家后复兴。何以见得本家族会复兴？便是此回目"赏中秋新词得佳谶"中有"佳谶"两字。所谓"用中秋诗起，用中秋诗收"，非指全书最后一回要用中秋诗来收尾，而是讲全书通过第1回、第75回的两首中秋诗，写明我们的家族之起（白手起家）、家族之收（抄没后复兴）；因此，后四十回写"兰桂齐芳、家道复初"，与此脂批完全吻合。★

（3）全书以"原应叹息"寓全书"红颜薄命"之旨

书中不仅明写"三秋"来结束"三春"，表达作者在抄家后感叹"家族繁华不再"之意；更以"原应叹息"起名，表达全书"红颜薄命"之旨。

第2回"冷子兴演说荣国府"时言："政老爹的长女，名元（甲侧：'原'也。）春，现因贤孝才德，选入宫作女史去了。二小姐乃赦老爹之妾所出，名迎（甲侧：'应'也。）春，三小姐乃政老爹之庶出，名探（甲侧：'叹'也。）春，四小姐乃宁府珍爷之胞妹，名唤惜（甲侧：'息'也。）春。"点明："元、迎、探、惜"四春姐妹的命名，便是作者根据"原应叹息"的立意而来。

第5回宝玉梦游"太虚幻境"时，警幻介绍宝玉所喝的茶、酒名称时说："此茶名曰'千红一窟'。（甲侧：隐'哭'字。）……此酒……名为'万艳同杯'。（甲侧：与'千红一窟'一对，隐'悲'字。）""原应叹息"四字便当结合这第5回而理解为"千红一哭、万艳同悲，原应叹息"，即人间诸美艳女子的命运全都"薄命"而悲惨，原来就应该为之叹息！

第5回写宝玉见面前那座司的匾额"乃是'薄命司'三字，两边对联写的是：'春恨秋悲皆自惹，花容月貌为谁妍？'宝玉看了，便知（甲侧：'便知'二字是字法，最为紧要之至。）感叹。"宝玉一读到"薄命司"对联便知感叹，此即"红颜薄命、原应叹息"中的"原应"之意（按："原应"意为"本来就应该"，也即一见"便知"之意）。即："红颜"与"薄命可叹"两者之间存在一种条件反射式的必然联系，宝玉对此有一种本能的反应而用不着思考，这就体现出宝玉这位多情者的慧根，以及他对女子的那种天然的同情心（即所谓的"博爱"）。

（4）作者笔下"春夏秋冬"的四季象征

上已言明：作者以"春"象征繁华，用与春相反的"秋"来象征抄家、败运、落魄。下来我们便讨论：作者是以"冬（冰雪）"象征靠山、运势，而以与"冬（冰雪）"相反的"夏"来象征运败、运销。

本节上文"二、（三）、（2）"已点明作者是以"冰山"来象征权势（即第 5 回王熙凤判词画面："后面便是一片冰山，上面有一只雌凤"），以"冰山"的日渐融化，来象征曹家的权势因康熙皇帝与曹佳氏的亡故而日渐消亡。

作者为什么会以冰山象征权势呢？那是因为全书第 1 回以甄士隐家"火起"隐"真家（江南曹家）祸起"而被抄家，所以"火"代表了"祸"，而可以用来免祸的权势，自然就要用与"火"相对立的"冰山"来象征。关于作者笔下的"火"谐音"祸"而代表"祸"，可见第 1 回"士隐命家人霍启抱了英莲去看社火花灯"，甲戌本有侧批："妙！祸起也。此因事而命名。"其回写葫芦庙火起延烧整条街而烧毁甄士隐家："于是接二连三，牵五挂四，将一条街烧得如火焰山一般"，甲戌本有眉批："写出'南直'召祸之实病。"可证作者笔下的"火"谐音"祸"字而代表"祸"，于是便把与"火"对立的"冰山"来作为可以免除祸事的权势象征。

作者既然以"冰山"来象征权势，以"冰山"的日渐融化来象征曹家的权势因康熙皇帝与曹佳氏的亡故而日渐消亡。而冰与冬天有关，冰在夏天要融化，于是作者笔下的"冬、雪（薛）"便是权势的保障，笔下的"夏"便是败运的象征。也即第 79 回脂批为"薛家娶的是夏家"而批的"败运之事"这四个字。（见第 79 回香菱说薛蟠娶的是"桂花夏家"，庚辰本有夹批："夏日何得有桂？又桂花时节焉得又有雪？三事原系风马牛，今若强凑合，故终不相符。来此<u>败运之事</u>，大都如此，当局者自不解耳。"）

也难怪后四十回之第 105 回"锦衣军查抄宁国府"，写西平王（宜据下引第 11 回之文作"西宁王"）抄荣国府，然后北静王特来荣国府降旨保全荣国府，可见查抄荣国府的是西宁、北静二王。第 11 回又提到"南安郡王、东平郡王、西宁郡王、北静郡王四家王爷"，从作者对等立局的角度来看，西宁、北静抄荣国府，则宁国府当是南安郡王先到，然后东平郡王再来保全，故第 105 回焦大口中所说的抄宁国府的王爷（"珍大爷、蓉哥儿都叫什么王爷拿了去了？"），不出意外的话当是南安、东平二王。古代四季与方位的对应关系是：南夏、北冬、东春、西秋。可见两府抄家的是"秋"（西宁王）与"夏"（南安王），而保全两府的是"冬"（北静王）与"春"（东平王），正与上文所作的推断相合——即作者以冰雪之"冬（北——北静王）"象征靠山，以"春（东——东平王）"象征繁华；而以"秋（西——西宁王）"象征抄家、落魄，以"夏（南——南安王）"象征运败、运消。后四十回抄家王爷的安排（西宁、南安来抄家，北静、东平来保全），也足以证明后四十回是曹雪芹所著的原稿。★

又第 16 回："后来还是夏太监出来道喜，说咱家大小姐晋封为凤藻宫尚书，加封贤德妃。"第 28 回："袭人又道：'昨儿贵妃打发夏太监出来，送了一百二十两银子，叫在清虚观初一到初三打三天平安醮，唱戏献供'。"这都是为第 72 回夏太监与贾府有密切关系所作的伏笔。即第 72 回写明元妃的心腹太监夏太监多年来一直在压榨贾府："人回：'夏太府打发了一个小内监来说话。'贾琏听了，忙皱眉道：'又是什么话？一年他们也搬够了！'"可见夏太监是来敲诈勒索贾府的，同样也是"作者笔下的'夏'象征败运"的一个注脚。

五、元妃年寿考

●作者以第 5 回"假话"即元妃判词"二十年来辨是非"，隐写"真事"曹寅任江宁织造二十一年；以第 95 回"假话"元妃年寿，隐写"真事"曹寅踏入仕途至曹家被抄共四十三年。

（1）作者以元妃判词"二十年来辨是非"来影写曹寅任江宁织造的年数

元妃名为"元春"，"寅"为春天的第一个月，也即"元春"之意；"元春"乃三春之首，"三春"象征本家族三度繁华，"元春"便是这三度繁华中的第一度繁华。而作者曹氏家族三度繁华分别为曹寅、曹颙、曹頫，所以用"元春"的年寿来象征本家族的第一度繁华——作者祖父曹寅——的为官年数，那是再匹配不过的事了。

今第 5 回元春命运之图是"画着一张弓，弓上挂一香橼"，"弓"谐"宫"而象征其入宫为妃，"橼"谐"元"字而点元春之名，两者结合，此图便是"元"春入"宫"为妃的命运图像。

香橼，其果实大而圆，可重达 2 公斤，果皮淡黄色而粗糙，难以剥离，果肉无色，近于透明或淡乳黄色，爽脆，味酸或略甜，有香气，阳历 4～5 月开花，10～11 月（阴历九、十月）结果。"弓上挂一香橼"正如上文所言，象征元春入宫；而香橼结果于秋，两者结合起来，<u>这句话便象征元春当是阴历九月份的秋天入的宫</u>。也即本节上文"二、（三）、（1）"引史料所考明的：康熙四十五年八月初四，曹寅派妻子从南京启程，送女儿曹佳氏上京嫁给平郡王纳尔苏，九月份当送到北京而定下亲事，相当于获得王妃名分，也就相当于入了宫，其正式的婚礼举办于十一月廿六日。

其判词："二十年来辨是非，榴花开处照宫闱。三春争及初春景？虎、兔相逢大梦归。"上已言"初春"即正月寅月，"三春"指作者曹氏家族的三度繁华，即曹寅、曹颙、曹頫任江宁织造。"三春不及初春景"是指后两春（曹颙、曹頫）的繁华景象不及第一春曹寅，事实上曹家也是曹寅最为贵显，到曹颙、曹頫时已是日薄西山、奄奄一息，所以甲戌本在"三春争及初春景"句下夹批"显极"两字，即这句话透露出我们曹家的家世情形真是太过于明显了，真怕有熟悉我们家情形的人，由这句话识破全书是在影射家事而向皇帝告发。

"虎、兔相逢大梦归"，有误"兔"为"咒"者，非是。上已言虎年（康熙六十一年）与兔年（雍正元年）之交，是康熙皇帝驾崩而雍正皇帝上台之际，康熙皇帝是曹家的至亲①，"一朝天子一朝臣"，新登基的雍正皇帝与曹家其实隔膜已深，不再垂佑曹家。所以新皇帝登基的虎年、兔年相交之际的康熙六十一年，便是"我们"曹家由盛而衰的分水岭。而且虎年、兔年相交之际的康熙六十一年，"我们"曹家连失朝中两大靠山：一是女性的平郡王妃曹佳氏亡于年初，二是男性的康熙皇帝亡于年末，由于没有了朝中这两大靠山，我们曹家日渐受到官府的追究，新皇帝雍正与平郡王爷对我们家的宠幸庇护，如同正在消融的冰山般日渐消逝，到六年后的雍正六年，我们赖以立足的权势冰山彻底消尽，于是在正月初便被抄了家。所以这句话是说："虎年、兔年相交之际的康熙六十一年，是唤醒我们繁华迷梦的关键一年。"

"二十年来辨是非"，由于元妃活了 32 岁，这句诗表面是说元妃入宫二十年②，牵涉了很多宫中的恩怨是非，其实作者早已标明全书只写闺中家事，不会涉及政治（即书首凡例："此书只是着意于闺中，故叙闺中之事切，略涉于外事者则简，不得谓其不均也。""此书不敢干涉朝廷，凡有不得不用朝政者，只略用一笔带出，盖实不敢以写儿女之笔墨唐突朝廷之上也，又不得谓其不备。此书不敢干涉朝廷，凡有不得不用朝政者，只略用一笔带出，盖实不敢以写儿女之笔墨唐突朝廷之上也，又不得谓其不备"③），所以这"二十年"肯定不是在说宫中之事，而当是指家事。

由于上文已经论明"元春=寅月=曹寅"，即元春实为曹寅影子，而曹寅任江宁织造正好二十年，所以这"二十年来辨是非"便是指曹寅任"江宁织造"的这二十年中，为了朝廷鞠躬尽瘁，大是大非都没有糊涂过。

何以见得曹寅任"江宁织造"二十年？今按：康熙二十九年（1690 年庚午）四月，曹寅被康熙提拔为苏州织造④；三十一年（1692 年壬申）十一月，调任江宁织造⑤，苏州织造由其内兄李煦接替。康熙四十二年起，曹寅与李煦隔年轮管两淮盐务，康熙五十一年七月廿三日逝世⑥。从康熙三十一年任江宁织造至康熙五十一年卒，曹寅任江宁织造虚算 21 年，实足 19 年零 8 个月，可视为 20 年；而且诗句字数紧凑，无法说成"二十一年"，若作"廿一年来辨是非"则未免太写实而有影射真事之嫌，所以作者便取整数而说成"二十年"。而且我们本节上文"二、（三）、（2）"考得的元妃原型曹佳氏出生之年正是曹寅任江宁织造的康熙三十一年，所以元妃（即曹佳）的岁数与曹寅任江宁织造的年岁正好同

---

① 曹寅母亲是康熙的奶妈，曹寅的女儿嫁给皇家为妃。

② 本节上文"二、（三）、（2）"已考明曹佳氏是 15 岁嫁给平郡王为妃而入宫、31 岁逝世，在宫中 16 年，元妃以之为原型，入诗时"十六年"取整而说成"二十年"也是合理的。

③ 因此，凡是认为《红楼梦》书中影写宫廷政变之类事情的人，都是没理解作者曹雪芹这一创作本旨，而在作"捕风捉影"式的附会。

④ 见《江南通志》卷 105"苏州织造"题名："曹寅（满洲人，康熙二十九年任。）李煦（正白旗人，康熙三十二年至六十一年任。）"

⑤ 见《江南通志》卷 105"江宁织造"题名："曹玺（满洲人。康熙二年任。）桑格（满洲人。康熙二十三年任。）曹寅（满洲人。康熙三十一年任。）曹颙（满洲人。康熙五十二年任。）"

⑥ 冯其庸先生《曹雪芹家世新考》第 101 页录《苏州织造李煦奏请代管盐差一年以盐余偿曹寅亏欠摺（康熙五十一年七月二十三日）》："曹寅七月初一日感受风寒，辗转成疟，竟成不起之症，於七月二十三日辰时身故。"

步，因此用元妃（即曹佳）的岁数来计曹寅任江宁织造的年岁正为合宜。

（2）作者改大元妃年寿十二岁，隐写曹寅以来三代江宁织造的为官年数

本书"第一章、第三节、第95回"揭明元春死年31岁但书中写作43岁，作者其实是借元春死时的年龄，来表达本家族从曹寅任官到曹家被抄共计43年。

康熙二十三年（1684年甲子）六月，曹寅父亲、江宁织造曹玺积劳成疾，在任上病逝。清人于化龙康熙二十三年所编《康熙江宁府志》稿本卷17"宦迹"《曹玺传》："康熙二年，特简督理江宁织造。……甲子①六月，又督运，濒行，以积劳感疾，卒于署寝。……是年冬。天子东巡，抵江宁，特遣致祭。又奉旨：以长子寅，仍协理江宁织造事务，以缵公绪。"②

此时曹寅因系协理（即副职）而非江宁织造（正职），故计算曹寅"江宁织造"任期时，不当从此时算起；但计算曹寅仕宦履历，则当从此康熙二十三年六月算起，至康熙五十一年七月廿三日曹寅逝世，再到雍正六年（1728）正月曹家被抄，虚算为45年，实足为43年零七个月，作者按实足取整算作了43年，这便是元妃实为31岁逝世、而作者改大12年将其写成43岁逝世的由来。

即：作者以元妃的年寿来隐写曹家从作者祖父曹寅踏入仕途到最后全家被抄的年数。所以，第95回把元妃死年由31岁改大12岁为43岁，与曹家家世完全吻合，这是证明"后四十回是曹雪芹所写"的铁证如山翻不得！★

（3）"榴花开处照宫闱"隐写曹佳氏秋天入京完婚事

"榴花开处照宫闱"句，便是照应元妃命运之图"秋天元春入宫为妃"③意而写的诗句，指元妃的原型平郡王妃曹佳氏秋天为妃。

今按本节上文"二、（三）、（1）"引康熙四十五年（1706）八月初四《江宁织造曹寅奏谢复点巡盐并奉女北上及请假葬亲摺》、同年十二月初五日《江宁织造曹寅奏王子迎娶情形摺》，言明曹寅妻八月时，由京杭大运河，从江宁携女曹佳氏北上，准备嫁给平郡王纳尔苏，十一月廿六日过门；即：曹佳氏是秋天上京完婚。

石榴一般在阳历5～7月开花，9～10月结果，曹佳氏上京完婚之时当是石榴结果之时而非开花之时。但由于历来都把石榴当作秋天的象征，所以此句虽然是在写"榴花"，其实仍是在用石榴的"象征秋天"意而指秋天，即此句是言"元妃秋天入宫为妃"，与曹佳氏秋天上京完婚而成为"平郡王妃"的曹家家世正相吻合。又石榴多子，曹佳氏生四子，亦可谓多子矣，用"石榴"来象征和称颂曹佳氏非常得宜。〖本书"第二章、第二节、二、（三）、（1）"之"(3)"有详论。〗

---

① 按康熙甲子年为康熙二十三年（1684）。
② 见《金陵全书》甲编、方志类、府志、第16册，南京：南京出版社2011年版，第463、464页。其书影印康熙二十二年（1683）精抄本。
③ 详上文"（1）"有论。

总之，元妃名为"元春"，而"寅月"又是春天之首，所以元春是曹家第一春"曹寅"的象征可以毋庸怀疑。正因为此，第5回其命运判词便用"二十年来辨是非"影写曹寅任"江宁织造"共21年；第95回把元妃死年由31岁改大12岁，以其死年43岁来影写曹家从第一春"曹寅"踏入仕途、到其家被抄的总年数；之所以不从曾祖曹玺写起，那是因为作者只想写"三春"这曹家的"三世江宁织造"，不想追溯到更远的缘故。

〖附记：或有人迷于"宫闱"两字，一定要认为元妃原型入的是皇宫，而非王宫，即以"宫闱"两字为皇宫的特指，因为平郡王的府第只可称"王府"而不可称"王宫"；其说不然。因为第63回探春抽到杏花签，说她"必得贵婿"，众人笑道："我们家已有了个王妃，难道你也是王妃不成。大喜，大喜。"已经点明元妃的原型不是皇帝的贵妃、而是某王的王妃，则元妃所入的"宫闱"便应当是某王的"王宫"、而非皇帝的"皇宫"。明代分封到各地的诸王府第全都以"宫"相称，如《明史》卷294"忠义六"载常州人刘熙祚忠义事："献忠踞桂王宫，叱令跪，不屈。"这便是明代分封诸王之府可称"王宫"的实证，宫内男仆皆用太监。清承明制，当亦然。〗

六、贾母年寿考
●作者以"假话"贾母年寿八十三岁，隐写"真事"曹家从清朝入关到抄家共八十三年。

作者让贾母死时大十岁，元妃死时大十二岁，都是为了隐含本家族的家事，从而在书中打下本家族的烙印，由于这两个烙印打在后四十回中，这就有力地证明"后四十回是曹雪芹所写"。★

（1）第71回贾母"八旬之庆"是八十岁而非七十岁或七十九岁的判定
●贾母"八旬之庆"不是七十大寿的判定

古人称生日为"初度"，是指虚岁而非周岁。换句话说，实足四十九岁的生日便称"五十初度"。如顾炎武明万历四十一年（1613）生，清康熙元年（1662）生日，实足49岁，虚岁五十，其作《五十初度，时在昌平》诗。民国依然如此，如马叙伦1885年生，1934年（民国廿三年）虚岁五十，有《贺新凉·廿三年五十初度书怀》，1944年（民国卅三年）有《贺新凉·卅三年六十初度赋》。

古人以人生的头九年"一至九岁"为头帙，把接下来的十年"十至十九岁"作为第二帙（即以十开头的诸岁作为人生的第二个十年），以此类推，以"七十至七十九岁"作为第八帙（即以七十开头的诸岁作为人生的第八个十年），以"八十至八十九岁"作为第九帙（即以八十开头的诸岁作为人生的第九个十年）。唐白居易《喜老自嘲》诗："行开第八秩，可谓尽天年。"自注："时俗谓七十已上为开第八秩。"①又《礼记·王制》："七十不俟朝，八十月告存，九十日有秩"，说的是古代帝王对老人的优待，后人据此而称八十岁为"八秩"，九十岁为"九秩"。宋陆游《致仕后即事》诗之十二："八帙开来今过半，一杯引满若为辞。"②宋龚颐正《芥隐笔记》"八十为八秩"条："《礼》：'年八十，日有秩'，故以八十为'八秩'。又道家流用此语。白乐天屡用之，自注'行开第八秩，可谓尽天年'：'时俗谓七十以上为开第八秩。'又云：'已开第七秩，屈指几多人？'"这便是以七十岁到八十岁为"八秩"。由此可知，做七十大寿便可称作"八帙初开"。有人便据此认为贾母此处的"八旬大寿"当指"第八帙初开"而为七十大寿。

此说当非，因为民国《武进天宁寺志》卷八清人吴孝铭《恒赞如禅师寿序》："兹者，阳纪重光、律中大吕。乃我狱翁老和尚、恒大禅师七旬览揆、八秩开旬，初度令辰、悬弧吉旦。"其将"七旬"与"八秩"并列，"七旬"指七十岁，"八秩（帙）"指人生第八个十年（即七十至七十九岁），其句意为：和尚的七十岁在此日开了端。其在"重光、律中大吕"做寿，古人用太岁来纪年，岁阳在辛称"重光"，"律中大吕"为十二月，则做寿时为道光十一年辛卯岁（1831）十二月。该书卷七有清人董国华《恒赞禅师塔铭》，言恒赞达如禅师"生于乾隆二十七年（1762）十二月十四日子时"，则道光十一年时虚岁正好七十。《楚辞·离骚》："皇览揆余于初度兮"，后人便用"览揆"、"初度"代指生辰。十年为一"秩（帙）"，十岁为一"旬"，"八秩开旬"即"八秩开一"，也即第八个十年的头一年开始了，也即七十岁到了。由此可知"七旬"等于"八帙"（70～79岁），而"八旬"等于"九帙"（80～89岁）。故第71回贾母"八旬大寿"显指八十大寿，而非七十大寿。

而且第88回鸳鸯对惜春说："老太太因明年八十一岁，是个'暗九'，许下一场九昼夜的功德，发心要写三千六百五十零一部《金刚经》。这已发出外面人写了。但是俗说：《金刚经》就像那道家的符壳，《心经》才算是符胆，故此《金刚经》内必要插着《心经》，更有功德。老太太因《心经》是更要紧的，观自在又是女菩萨，所以要几个亲丁③奶奶、姑娘们写上三百六十五部，如此又虔诚、又洁净。咱们家中除了二奶奶，头一宗她当家没有空儿，二宗她也写不上来④，其余会写字的，不论写得多少，连东府珍大奶奶、姨娘们都分了去。本家里头自不用说。"此回在作者真实人生的第十四岁，与第71回在同一年；由于明年是八十一岁，所以第71回贾母所作的"八旬大寿"便是八十大寿。明年八十一岁是"暗九"⑤，所以要通过抄经来避忌。

●贾母"八旬之庆"不是七十九岁的判定

每年都有一次生日，中国人的生日习俗称满十的生日为"整生日"，其前一

---

① 见白居易《白氏长庆集》卷37。
② 见陆游《剑南诗稿》卷39。
③ 亲丁，亲信的家丁，又指亲戚、亲属。此处指后者。
④ 此点明凤姐不识字、不会写毛笔字。
⑤ 指"九九八十一"，八十一中暗含"九"字，而且是九个九，非常凶险！

年的逢九之年的生日称为"庆九",其他的生日则称为"散生日"。"寿"是高寿之意,故六十岁以上的生日方才可以称作"做寿",六十岁以下的生日只可以称作"过生日"。六十岁满了一个循环周期,即满了一个"花甲",所以又称为"花甲寿",较为隆重,俗称"六十大寿"。杜甫《曲江》诗:"人生七十古来稀"[1],所以七十大寿又称"古稀寿",也很隆重。人到八十便可称作"老寿星",所以八十大寿也是大庆,要设寿堂、办寿宴。

有不少地方流行"做九不做十"的风俗,因为"十"意味着"满","满"则"溢","满"则意味完结,所以许多地方不在整十周岁时做寿,而把满十的大生日提到前一年的逢九之岁给过掉,所以有人据此认为此年贾母实为79岁。

但这一风俗未必全国都如此,而且很多地方都流行"逢九之年是厄年"的说法,老人逢九之年,一般都会提前好多天做寿而把生日暗中过掉,称为"过九",到了真正生日的那一天,便显示出没过生日的样子,以此来表示自己今年没有过生日;因此,这些地区逢到九的生日便不可能大操大办。不但五十九岁、六十九岁、七十九岁等所谓的"明九"之年要忌,就是所谓的"暗九"也要忌。"暗九"就是九的整数倍,如六十三岁、七十二岁、八十一岁等便是。在"明九"、"暗九"之年做寿时,不但需要提前好多天做寿,而且还需要用其他方法来化解,民间常用的方法是穿红衣服(小孩穿在外面,大人穿在里面),还要系上红腰带。上引《红楼梦》第88回写的"抄经度厄",便是这种化解风俗。

第88回贾母既然要"抄经度厄"以避"九",可证贾府绝对没有"过九不过十"的传统,贾母的"八旬大寿"必定不会在79岁操办。况且,"逢九"的生日还当暗中操办,不可以大操大办,而第71回贾母的生日场面显然是大操大办的样子,则贾母这场"八旬大寿"必定是在满十岁的八十岁来办,所以贾母此年绝对是八十岁、而非七十九岁。而且第110回的红楼十九年称贾母"享年八十三岁",第71回贾母"八旬大寿"之年在其前三年的红楼十六年,所以贾母此年肯定是八十岁而非七十九岁。

(2) 第71回贾母"八旬之庆"是假话,真话便是贾母其年七十岁的判定

第39回红楼十三年"刘姥姥二进荣国府",贾母问她年龄,刘姥姥忙起身回答:"我今年七十五了。"贾母向众人说:"这么大年纪了,还这么健朗,比我大好几岁呢,我要到这么大年纪,还不知怎么动不得呢。"末句指:不知自己动不得时会是什么模样。"好几岁"则至少是两三岁,由此可知贾母在红楼十三年最多73岁。而第71回红楼十六年却在为贾母办"八十大寿"("因今岁八月初三日乃贾母八旬之庆"),其年贾母肯定是八十岁(而非79岁,原因见上)。

此第71回红楼十六年贾母80岁,则第39回红楼十三年贾母便当77岁[2],反比刘姥姥大了两岁。或有人认为刘姥姥当回答自己是"八十五岁",但85岁的人还健朗到可以赶几十里路来贾府"打秋风"的地步,显然也不现实。大某

---

[1] 唐杜甫《补注杜诗》卷19。
[2] 若是程高本的话,则为78岁;因为其71回与70回视为同一年而少掉一年。但本书"第二章、第一节、二、(一)"已论明这是高鹗妄改,故此处不予考虑。

山民不识此点，于《读红楼梦纲领》之"纠疑"中称："三十九回时，太君年已七十八岁，其问刘老老年则云'七十五'，而太君云'比我大好几岁，还这么硬朗'，於理甚谬。或改刘老老年为八十二，方合。"其改大姥姥七岁，亦属臆改，因为：八十二岁还能来"打秋丰"也属荒谬。

所以刘姥姥在第 39 回红楼十三年时肯定是七十五岁，而贾母又当比她小上几岁，则第 71 回红楼十六年时贾母做的肯定是七十大寿，而第 110 回贾母死时应当"享年七十三岁"。曹雪芹之所以硬要为贾母加上十岁，改成"八十大寿"，便是因为他有意要写贾母死在"八十三岁"！

第 47 回贾母训斥与鲍二老婆偷情的贾琏说："我进了这门子作重孙子媳妇起，到如今我也有了重孙子媳妇了，连头带尾五十四年，凭着大惊大险千奇百怪的事，也经了些，从没经过这些事。"此为红楼十三年，至红楼十九年贾母死时正好加上六年，红楼十三年时贾母进贾府连头搭尾虚算为 54 年，则到红楼第十九年时，贾母进贾府连头搭尾虚算便是 60 年，与第 110 回贾母临终时说的："我到你们家已经六十多年了，从年轻的时候到老来，福也享尽了"正相吻合。（这也可证明第 71 回贾政是冬底回而非七月底回，即第 71 回是另起一年，否则算下来只有五十九年，不足六十年。）贾母口中所说的"六十多年了"指的是六十年略出头些。若其卒年真为 83 岁，岂非 23 岁出嫁？未免太晚。

而且她过门时已是重孙媳妇，则丈夫的太爷爷尚在，其丈夫年龄必定不大，由此也可猜知贾母当是年纪很轻时就嫁入贾府。当然，就算 23 岁出嫁时丈夫 25 岁，其父比其大 18 岁为 43 岁，其爷爷比其大 36 岁为 61 岁，其太爷爷比其大 54 岁为 79 岁仍是有可能的。但男子 25 岁时尚未婚，这在大户人家岂非不可思议？大户人家男子十六七岁就当定亲，贾母若以 23 岁出嫁，岂非贾母不是元配而是续弦？可是书中从未暗示过贾母是续弦，所以贾母 23 岁出嫁这仍然不大可能。

王夫人在第 34 回宝玉挨打时声称"我已经快五十岁的人"。据本书"第一章、第三节、第 34 回"的考证，王夫人应当是 17 岁生贾珠，33 岁生宝玉，第 34 回时宝玉十三岁，则王夫人当为 45 岁，其称自己"快五十岁"亦属合理，此时为红楼十三年，到红楼十九年贾母死，王夫人当为 51 岁，贾政五十二三岁（以夫妻年龄相差不会太大而暂估），贾母若是 83 岁，岂非 29～30 岁才生了贾政？显然也不合宜。贾母应当小十岁而在十九、二十岁时生下贾政为宜，由此亦可知：

贾母死时确为七十三岁，即贾母第 71 回红楼十六年所过的寿应当是七十大寿，第 47 回红楼十三年时贾母 67 岁，其时已嫁入贾府 54 年，故贾母是 13 岁出嫁。（这在现代人眼中觉得不可思议，但古代人的寿命平均只有三十几岁，所以必须提倡早婚，唐宋时期还曾规定：女孩十三四岁未嫁的家庭要罚款，只有出身富贵的孩子罚得起款而有晚婚的权利。又：上文言贾母十九岁左右生了贾政，由于书中说贾赦也是贾母所生，故贾母当是十四至十七岁之间生了贾赦。）

之所以第 71 回曹雪芹硬要加贾母十岁写成"八十大寿"，便是因为他有意要在第 110 回中写贾母卒于八十三岁。而作者之所以要在贾母死时把她的年寿多加十年？便是因为这"83 岁"中包含着他们曹家的家事。

作者既然能不顾他自己写的"元春甲申年生、甲寅年卒，实为 31 岁（甲申至甲寅相差 30 年，虚算 31 岁）"的事实，写出元春"卒年四十三岁"而大了12 岁的话来，则作者隐藏贾母真实年龄，把贾母卒年 73 岁改大十岁，写成卒时"八十三岁"又有什么可以奇怪的呢？

为了坐实贾母 83 岁死的谎言，作者又在第 88 回写入贾母 81 岁正逢"暗九"之事，又在第 71 回把"七旬大寿"改成"八旬大寿"（其时离开贾母声称自己比 75 岁要小好几岁的"刘姥姥二进荣国府"的红楼第十三年不过三年，贾母所过显为"七十大寿"而非"八十大寿"），其目的都是在为第 110 回原本 73 岁的贾母必须死在 83 岁作铺垫。但作者又故意在上引第 39 回及第 47 回留下未改的破绽，把贾母卒年被改大十岁的真相透露给有心人。

（3）改大贾母年寿十岁，隐写曹家起家至抄家年数的判定

曹家抄家于 1728 年初，八十三年前即 1646 年。

1644 年（崇祯十七年、顺治元年）明朝灭亡，此年的十月初一日顺治皇帝登极，代表清朝定鼎而开国（指统一中原而开了泱泱大国）。

笔者《宁荣府大观园图考》"第一章、第二节、四"已论明：乾隆九年（1744）是曹家也是清朝的"百年大祭"①，作者开始动笔创作《红楼梦》。雍正六年（1728）年初的正月曹家被抄家，距离清朝开国的顺治元年（1644）十月，正好是83 年零 3 个月，作者想要借贾母死时的 83 岁来表达：自己家族荣华富贵的幻灭，距离清朝开国正好"八十三岁"多了。

曹家靠军功起家，见第 7 回焦大醉骂时，尤氏对凤姐说："你难道不知这焦大的？连太爷都不理他的，你珍哥哥也不理他。只因他从小儿跟着太爷②们出过

---

① 虚岁是 101 岁，但"周年祭"得按实足年数来算，故称为"百年大祭"。

② 所谓"太爷"即"爷爷的父亲"，此从尤氏口中说出，则说的便是其丈夫贾珍的太爷，也即第 2 回"冷子兴演说荣国府"中所说的"宁国公"贾演。今按：贾演生子贾代化，其子贾敬，其孙贾珍，重孙贾蓉。据焦大言，贾敬、贾珍都不敢得罪焦大。回到原型中来，贾宝玉相当于曹雪芹，贾政相当于曹頫，贾母丈夫贾代善相当于曹寅，贾代善父亲"荣国公"贾源相当于曹玺。曹玺与父亲曹振彦跟随多尔衮转战南北，建立功勋。康熙二十九年至三十五年（1690—1696），康熙皇帝三次亲征噶尔丹，曹玺弟曹尔正、曹玺子曹荃也都曾出战，焦大嘴里："你祖宗九死一生，挣下这个家业"当指这段历史。本书考明曹雪芹生于康熙五十四年（1715），其十余岁在江宁织造府生活时，距离清朝开国的 1644 年已有 80 多年，开国时从军作战的老家奴肯定活不到这个时候，所以焦大应当是康熙御驾亲征噶尔丹时的家奴，而不是开国作战时的家奴。今以焦大参加出征噶尔丹之战时年龄 20 岁计，至曹雪芹十余岁的1725 年时为五十多岁，与书中所写的焦大年龄正相合榫。曹振彦有二子，书中的"荣国公贾源"影射其长子曹玺，焦大从死人堆中背出来的"宁国公贾演"当影射其次子曹尔正。第4 回"原来这梨香院即当日荣公暮年养静之所"，第 18 回"将梨香院早已腾挪出来，另行修理了，就令教习在此教演女戏。又另派中旧有曾演学过歌唱的众女人们，如今皆已皤然老妪了"，己卯本有夹批："又补出当日宁、荣在世之事，所谓此是末世之时也。"这都是在点宁国公、荣国公暮年听戏之事，所言当是曹玺、曹尔正两兄弟事，而非曹寅、曹荃两兄弟事。

三四回兵，从死人堆里把太爷背了出来，得了命，自己挨着饿，却偷了东西来给主子吃。两日没得水，得了半碗水给主子吃，他自喝马溺。不过仗着这些功劳情分，有祖宗时都另眼相待。"故下来焦大对贾蓉说："蓉哥儿，你别在焦大跟前使主子性儿。别说你这样儿的，就是你爹、你爷爷也不敢和焦大挺腰子呢！不是焦大一个人，你们做官儿、享荣华、受富贵？你祖宗九死一生挣下这个家业，到如今不报我的恩，反和我充起主子来了？"这便补出贾府原型"曹家"的发家史：显然就是靠追随多尔衮入关攻取明朝江山时出生入死的军功起家。

所以第75回贾珍居丧习射时，贾赦、贾政称自己家族"武事当亦该习，况在武荫之属"，点明贾府的原型"曹家"原系武荫出身。曹家得以兴旺的军功显然是攻打明朝时所立，当立功于清朝立国初的1644年十月之际，因此，明朝灭亡而清朝定鼎中原的1644年十月，便是曹家的发家之年。

所以作者硬要改大贾母年龄十岁，写其83岁死，无非想告诉世人：我们曹家从清初军功起家到雍正朝抄家正好"83岁"。

（4）结论：

①作者借贾母死年，来隐写曹家起家至抄家的年数83年；而上面又已论明，作者借元春死时的年寿，来表达本家族从曹寅为官到曹家被抄的年数43年；两者的手法完全相同。

②前八十回让贾母大了十岁，而后四十回又让元春大了十二岁，足以证明这两者都是曹雪芹的笔法★。作者旨在把本家族独有的时间烙印印在书中。

③贾母死时大了十岁，元春死时大了十二岁，这两大矛盾只有原作者曹雪芹才敢如此写，其他任何续书之人都不会、也不敢犯下这种荒唐的错误，这就可以证明"后四十回不是续书，而是曹雪芹的原稿"。★

女孩兒悮响喉嚨

因为曹寅卒于康熙五十一年（1712），其暮年豢养的戏子肯定年仅十余岁，至曹雪芹十余岁的1725年时也不过三十多岁，不可以称作白发苍苍的"老姬"。

第三节　四大红学难点考

本书"第一章、第三节"详细疏理《红楼梦》的叙事时间，通过这一细心的研读工作，我们有了一系列新的发现：

一是宝玉生日考，这事关第 63 回时间的排定，故在此详加讨论。

二是第 64、67 回的真伪，以及《十独吟》是否在后四十回中。前者是红学研究中难以绕过的重大难点，是排定这两回时间必须讨论的问题，有必要在此作一交代。而后者又涉及后四十回的真伪，同样不容回避。

三是贾赦、贾敬乃同一人的考证，以此来揭开脂批把贾母口中的贾敬死期说成贾赦死期之谜。这是前人未曾涉及的本书的全新发现，其结论事关全书创作手法、后四十回真伪等一系列重大问题，意义尤为重大。

四是有关王熙凤这一人物的一些讨论。这虽然与时间考无关，但却是本书排定《红楼梦》全书叙事年表过程中的意外收获，所以也就附论于此。

以上四方面都是"红学"中久讼未决的重大难点，现在得以釐清、论明，以符曹子原意，笔者视为人生快事。

一、宝玉生日及曹雪芹八字考

（一）详考第 63 回贾敬亡于四月廿七，从而确定宝玉生日为四月廿六

（1）贾敬死日最早只可能是四月廿七而不可能是四月廿六的判定

第 63 回"寿怡红群芳开夜宴、死金丹独艳理亲丧"，写贾敬死于宝玉生日晚上的次日凌晨。此年原型为作者人生十一岁的雍正三年（1725），其年正月小，二月大，三月小，四月大，五月小，六七月大，八月小，九十月大，十一月小，十二月大。

贾敬死于宝玉生日晚上的次日凌晨。古人的"七七"从去世当天算起，每七天设"斋会"奠祭、追荐一次，前后七次，共有"七七"49 天。而第 68 回凤姐骂贾琏偷娶尤二姐时说："亲大爷的孝才五七，侄儿娶亲。"第 64 回交代贾琏成亲之日是"遂择了初三黄道吉日"，据本书"第一章、第三节、第 64 回"的考证，当是六月初三，其在"五七"中，则贾敬死之日必定在其前的第29 至 35 天，今"五月小"为 29 天，"四月大"为 30 天，可证贾敬死之日最早可以是四月廿八，其至六月初三为 35 天；最晚可以是五月初四，其至六月初三为 29 天。

若提前一天，即宝玉于四月廿六生日而贾敬于四月廿七凌晨死，其至六月初三为 36 天，已到"六七"头一天，似乎与凤姐语不合，其实仍相合。即凤姐

说"亲大爷的孝才五七"是指刚满"五七"的"六七"头一天便娶亲。

其若再提前一天，即宝玉于四月廿五生日而贾敬于四月廿六凌晨死，则到六月初三为"六七"第二天，凤姐不当说"才五七"，而当说"才六七"，所以基本可以确定：贾敬死之日在四月廿六及四月廿六之前是不可能的。

而六月初三作为贾敬才过"五七"的"六七"头一天，此日娶亲最为合宜。因为"五七"最后一天要做祭祀追荐的隆重仪式，凤姐等人肯定要到场，如果贾琏、尤二姐此日成亲，便无法前来参加祭奠仪式，这就会引起到场凤姐的怀疑而事发。所以贾琏的婚礼肯定要避开"作七"的日子，而当在"作七"日子过后的日子，因为此日不用做仪式，此日成亲便会"人不知而鬼不觉"。而且贾琏和尤二姐如果在丧事"作七"的大日子上成亲，也会有一种"不吉利"之感。所以凤姐所说的"才五七"而非"六七"，恰能暗示贾琏当成亲于"五七"过后的那一天。

（2）贾敬死日最晚只可能是四月廿七而不可能是四月廿八的判定

第63回言尤氏估计"至早也得半月的工夫贾珍方能来到"，则原来估计贾珍当到五月中旬方才回来，而第63回言贾珍回来后"择于初四日卯时请灵进城"，其在贾琏偷娶的六月初三之前，故知当是五月初四前便赶了回来，主要原因便是圣上恩典，以最快速度批准了贾珍的丧假，于是贾珍与贾蓉星夜奔丧，日程缩短了一大半，原来要半个月，此时五六天便到了家。

所以原定"至早也得半月的工夫贾珍方能来到[①]，……三日后便开丧破孝"——即贾敬死后"头七"的第三天便开丧接受亲人吊唁，由于贾珍及早赶回，便改成了下面所说的："择于初四日卯时请灵进城，一面使人知会诸位亲友。是日，丧仪焜耀，宾客如云，自铁槛寺至宁府，夹道而观者，何啻数万也。"——这显然是说：等贾珍回来后的五月初四才开丧接受吊唁，而不是说贾敬死后的"头七"第三天便发丧。

今据书中文字细考贾珍星夜奔丧的详细过程：

第58回言贾府至陵上"来往得十来日之功"，可见去往陵上只要五六天。则信使快马加鞭把信送到只需两天是完全有可能的，贾政奔丧回来只要三天也是完全做得到，这是我们考证下面"讣告、奔丧"过程的基础。

今暂以四月廿六为宝玉生日而贾敬死在四月廿七凌晨。四月廿七中午后，尤氏至"玄真观"验看贾敬之尸，然后立即命人飞马报信给贾珍，途中肯定要两天，即四月廿八日夜或廿九日凌晨把信送到，贾政当命此人赶快回家告知尤氏："等自己（贾珍）回来后再开丧。"此信当在四月卅日凌晨送到，于是尤氏便命人再周知亲友改期开丧。（原定是"头七"第三天的四月卅日开丧，现在是

---

① 此是作者说的"梦话"，是以小说中的"路上十来日"作依据（第58回"这陵离都来往得十来日之功"），而不以真事"路上得两三个月"为依准。详见本书"第三章、第二节、三、（3）"的讨论。

凌晨，还来得及通知亲友改期。）

贾珍当于四月廿九日一大早申请礼部代为上奏，由于皇帝在陵墓处守陵，也没什么大事要办，奏本当是上午送上，下午皇上便批准，于是贾珍、贾蓉父子连夜"星夜驰回"。其路上又遇贾府之人来接，显然是白天才能看清面容，而且前来迎接的人与奔丧者或报信者必须连夜飞驰不同，应当是昼行夜宿，所以可以稍晚一些。据此可以断定：次日即四月三十日白天，贾珍与来迎者相逢。

然后贾珍、贾蓉再"加鞭便走，店也不投，连夜换马飞驰。一日到了都门，先奔入铁槛寺，那天已是四更天气"，这说明其时离家已不甚远，故不用夜宿。但其言"一日"而非"次日"，则显然不可能是次日五月初一到，当是再后一日的初二凌晨四更到。由迎接者从廿七日下午起程，至三十相逢，当是走了整三天还未到陵墓但快要到陵墓了，而贾珍、贾蓉因奔丧不睡觉，廿九下午从陵墓动身，至初二凌晨才走了两天半便到了家，也属合理。

五月初二贾蓉回宁国府为丧事做准备并布置起办丧场面，当晚就准备好而来报告贾珍，于是贾珍"分派各项执事人役，并预备一切应用幡杠等物，择于初四日卯时请灵进城，一面使人知会诸位亲友。"通知诸位亲友肯定要一天，所以应当是初三白天派定执事与预备好器物，同时通知亲友，次日初四方才真正"发丧开吊"。

到初三半夜，大家便开始准备出棺，到初四日凌晨卯时（即早晨五六点钟），便把贾敬的棺材由"铁槛寺"移出，遵照皇帝所下旨意，由北门入城，至未申时分（即下午一点至五点之间），方才抬到宁国府正堂供亲友吊唁，可见是五月初四正式"开丧破孝"。

以上所述的整个奔丧、发丧过程可谓密不透风，无法再缩减一日。若宝玉是四月廿七生日而贾敬四月廿八亡，则上述过程皆当往后挪一天，也即贾珍、贾蓉五月初三凌晨才到铁槛寺，白天贾蓉准备，连夜派定执事人员并预备器物，并择定七八个小时后的初四日卯时抬棺出寺入城，同时还要周知亲友前来开丧，未免过于匆促而不太可能。所以，宝玉当是四月廿六生日而贾敬四月廿七凌晨亡故，五月初三一整天是派定执事、准备器物并通知亲友的时间，初四一大早卯时抬棺动身入城，下午四五点钟开吊，这样较为合理。

今据贾琏六月初三偷娶时恰为"五七"过去的"六七"头一天，而知贾敬之死不可能早于四月廿七；又据五月初三当准备一天，于明日初四清晨抬棺入城开吊，而知贾敬之死又不可能晚于四月廿七：由此两端便可知晓贾敬当死于四月廿七，而宝玉生日便是四月廿六。

而且，此年四月廿六即为"芒种"节，正如上文"第三章、第一节、二"所讨论，作者是把此年"四月廿六芒种节"宝玉生日那天的"黛玉葬花"等事，提到上一年的第22回中去写，然后在第63、64回中写此"四月廿六芒种节"宝玉生日那天举办的两场庆生宴会情节，一场是午宴，一场是晚宴。

（3）贾敬死日只可能是四月廿七，贾敬不可能死于四月廿八的详论

上文我们已经考明贾敬死日最早不可能早于四月廿六，最晚不可能晚于四月廿八，两相结合，便可得出结论，贾敬必定死在四月廿七凌晨，则宝玉生日必为四月廿六。

有人据六月初三贾琏偷娶是在贾敬丧事"五七"时，而定贾敬死于四月廿八至五月初四之间（此年四月为大月）；又据贾敬死"三日后"的五月初四发丧，而定贾敬肯定死在五月初一之前[①]，从而确定贾敬当死在四月底的四月廿八至四月卅之间。然后再根据第 27 至 29 回写四月廿六、廿七两天的事都没提到宝玉生日，从而确定宝玉生日当在四月廿八。因为再往后的话，便如上文"（2）"所论，无法让贾珍赶在五月初四日发丧前赶到家了。

今按第 27 回写："至次日乃是四月二十六日，<u>原来这日未时交芒种节</u>。尚古风俗：凡交芒种节的这日，都要设摆各色礼物，祭饯花神，言芒种一过，便是夏日了，众花皆卸，花神退位，须要饯行。"而这一天"宝钗、迎春、探春、惜春、李纨、凤姐等并巧姐、大姐、香菱与众丫鬟们在园内玩耍"，黛玉一个人正在悲悲切切地葬花。第 28 回又写四月廿六当天午饭过后，冯紫英请贾宝玉、薛蟠"还有许多唱曲儿的小厮，并唱小旦的蒋玉菡、锦香院的妓女云儿"等人吃茶、喝酒；宝玉回来后，很快就睡觉了，"一宿无话"。

第二天四月廿七日宝玉醒来，听袭人说："昨儿贵妃打发夏太监出来，送了一百二十两银子，叫在'清虚观'初一到初三打三天平安醮，唱戏、献供，叫珍大爷领着众位爷们跪香、拜佛呢。还有端午儿的节礼也赏了。"下来的第 29 回写廿七日当天凤姐来到贾母处，也只是"说起初一日在'清虚观'打醮的事来，遂约着宝钗、宝玉、黛玉等看戏去"，没有写到其它情节。接着便是写五月初一贾母亲自去清虚观拈香、为元春打"平安醮"的情节。

由以上三回可知，四月廿六、廿七两天贾府上下完全没有给贾宝玉庆贺生日的任何迹象。因此宝玉生日只可能是四月廿八日。

其实以上诸回也没有写到四月廿八至四月卅日给宝玉过生日的事，所以凭借四月廿六、廿七不写宝玉生日而定宝玉不是这两天生日其实是欠妥的。至于宝玉四月廿六生日，作者为什么不在第 27 至 28 回写，这个很好解释，即：曹雪芹原本就不打算这么早来明写宝玉生日。再说，一个人每年都会有生日，书中也不可能把某人的生日在每一年都写到，像薛蟠生日只在第 27 回那年写到，其余年份都不再写到；像凤姐生日只在第 44 回写到，其余年份也都未写；宝玉生日亦然，只当在某一年中写到，不必在两年中提及。如果宝玉生日在第 27、28 回写过了，后文第 62 回"憨湘云醉眠芍药祵"、第 63 回"寿怡红群芳开夜

---

① 书中第 63 回尤氏原定贾敬死后的"三日后便开丧破孝"，第 64 回又写"择于初四日卯时请灵进城"而开丧破孝，有人据此认为贾敬三天后为五月初四，从而定贾敬死在五月初一，此说大误。因为尤氏因贾珍不能尽快赶回而定"三日后便开丧破孝"，后来从信使口中得知贾珍想方设法尽快赶回，于是改为等贾珍回来后再开丧破孝，所以五月初四贾珍回来后的开丧破孝早已超过贾敬死后的三天，故贾敬死日必定应当在五月初一之前。

宴"两回再写宝玉生日岂非犯重？按照曹公一贯的笔法，他是不会在第 27、28 回这么早写到宝玉生日的，宝玉真正的生日要留到后面全书高潮所在的作者人生十一岁的第 62、63 回来大写特写[1]。但他会在第 27、28 回暗中交代一笔，让读者自己去体会宝玉的生日其实就在这两回的四月廿六那天，这个暗中交代便是：第 26 回写到薛蟠廿五日宴请宝玉，第 28 回写到廿六日冯紫英宴请宝玉，这便是朋友接连两天为宝玉举办祝寿与庆生的酒宴，这便是"不写之写"，名义上未写宝玉生日，实质写的就是好友为宝玉一连操办两场生日宴会。

（4）曹雪芹的生辰八字"乙未年、辛巳月、辛卯日、乙未时"的考定

曹𫖯康熙五十四年（1715）继任已故兄长曹颙"江宁织造"之职。《关于江宁织造曹家档案史料》一书第 129 页收有《江宁织造曹𫖯代母陈情摺（康熙五十四年三月初七日）》："奴才之嫂马氏，因现怀妊孕，已及七月，恐长途劳顿，未得北上奔丧，将来倘幸而生男，则奴才之兄嗣有在矣。"又据《五庆堂曹氏宗谱》记载，曹颙有子曹天佑[2]，显然是曹颙死后，其妻马氏所生的曹颙遗腹子。

本书"第二章、第二节、一"根据作者用十九年故事隐写自己抄家时十四岁人生，以此来证明作者就是"雍正六年曹家抄家"前十三年的"康熙五十四年"所生之人，从而判定作者曹雪芹当即此曹颙妻马氏康熙五十四年所生的曹颙遗腹子曹天佑。

孕期当为 266 天，每月 29.5 天，所以为整整 9 个月，而马氏三月初七时已怀孕七个月，分娩之日当在两个月后的四月底或五月初[3]，与上文考得的宝玉出生日期"四月廿六"正相吻合，则曹雪芹当出生于康熙五十四年四月廿六（阳历为公元 1715 年 5 月 28 日），其年是五月初五（6 月 6 日）交五月之节"芒种"，曹雪芹生日在其之前，按照"八字算命术"，交芒种五月节才算五月份生的人，所以曹雪芹出生月份仍是四月（巳月），故其为"乙未年、巳月"出生之人。

其出生时辰当即上引"原来这日未时交芒种节"之"未时"，因为本章"第一节、二"已查明此年寅时交芒种节，康熙、雍正、乾隆三朝凡是"未时"交"芒种"节的都不在四月廿六，凡是四月廿六交"芒种"节的都不在"未时"，可证作者笔下的"未时"是虚的，而"四月二十六日交芒种节"则是实的。

由于此"四月廿六"是作者的生日，所以不出意外的话，他在此年自己生日所在之日处虚加上的"未时"交节，应当就是他所植入的自己的出生时辰，这相当于在《红楼梦》这部书中打上与自己有关的时间烙印。由此可知：曹雪芹应当是康熙五十四年四月廿六日未时所生。据陈垣《二十史朔闰表》第 193

---

[1] 全书的高潮在作者人生的十岁（第 18～53 回）与十一岁（第 53～70 回），见本书"第二章、第二节、一"《红楼梦作者把自己"十四岁人生"拆成"十九年故事"简表》后的论述。
[2] 见冯其庸先生《曹雪芹家世新考》第 139 页"六、第十四世、天佑"。
[3] 因为奏章中说的"怀孕已及七月"可以是七月刚开头，则怀胎九月还需要两个月，即五月初七生孩子；也可以是七月快结束时，则怀胎九月还需要一个月，即四月初七生孩子，取中间数便在四月二十九号。

页，可以查得该年四月初一是"丙寅"日，据之可以推出四月廿六为辛卯，故曹雪芹的生辰八字是"乙未年、辛巳月、辛卯日、乙未时"①。

（5）曹雪芹出生于"未时"的内证

宝玉及其原型曹雪芹生于"未时"，有书中内证作为依据。

"未时"即午后一点到三点之间，正是午休时间。书中第1回写："一日，炎夏永昼。士隐于书房闲坐，至手倦抛书，伏几少憩，不觉朦胧睡去。梦至一处，不辨是何地方。忽见那厢来了一僧一道，且行且谈。"这是甄士隐在午睡时梦到一僧一道携通灵宝玉投胎入世。这个"通灵宝玉"是在贾宝玉一落草时便含在嘴里（即第2回"冷子兴演说荣国府"时说宝玉："一落胎胞，嘴里便衔下一块五彩晶莹的玉来，上面还有许多字迹"）。甄士隐和这即将进入婴儿口中的"通灵宝玉"有一面之缘，所以一僧一道便把玉递给甄士隐看，当甄士隐拿在手里"正欲细看时，那僧便说已到幻境，便强从手中夺了去"，这可以理解为人间的贾宝玉快要诞生了，不能再耽搁时间了，否则这玉就来不及放到正出娘胎的神瑛侍者（即贾宝玉）的口中了，所以僧道才会做出这般无礼的举动。

当甄士隐梦醒后，在街上再次碰到一僧一道时，听他们说："你我不必同行，就此分手，各干营生去罢。三劫后，我在北邙山等你，会齐了，同往太虚幻境销号。"可见他们已经完成把"通灵宝玉"放入新生婴儿贾宝玉口中的任务，换句话说，贾宝玉刚刚已顺利诞生，"通灵宝玉"随宝玉的投胎而入了世，这个时间段正是甄士隐睡午觉的"未时"。

曹雪芹把自己这块通灵宝玉"未时"投胎入世，写得如此妙趣横生、严丝合缝。上述情节便能证明：小说中的贾宝玉及其生活中的原型曹雪芹的出生时辰便是未时。②

① 今按：2015年5月15日下午1至3点生人即是此八字。今在网上"非常运势网"http://www.99166.com/index.html 输入此八字，算得其命为："五行命盘是辛金，属阴金，代表珠宝、温润、才艺。气质高雅，性格沉稳。性格较阴沉，温润秀气，重感情，虚荣心强而爱面子，有强烈的自尊心；气质高雅出众，多才艺，深得众人倾慕。""曹雪芹是属于'钻石命'，因此曹雪芹天生具有钻石的特质，生活优雅有品味，十分引人注目，喜欢公平正义，不喜欢恃强凌弱，愿意牺牲奉献，不愿意辜负别人。钻石十分珍贵，都会被摆饰在最好，且最重要的位置，因此曹雪芹非常有气质，也有多方面的才华，但是会有点优柔寡断，犹豫不决，做事情也比较慢。钻石硬度高，抗压性强，因此曹雪芹对于现状的不满，能勇于突破，改变环境，并期望掌握自己的命运。""此外，曹雪芹喜欢聪明智慧，才华创意的人，不喜欢懦弱没有担当的人，而能让曹雪芹佩服的人，多半是有领袖特质，能够牺牲奉献，讲求公平正义的人。曹雪芹的一生，像钻石一样，优雅高贵，受到众人瞩目，但是钻石不是一辈子都有适合的舞台，一旦失去了舞台，也就失去了机会，就是曹雪芹一生中最大的磨练，只要曹雪芹经得起外在的考验，不怨天尤人，进而学习成长，一旦通过考验，曹雪芹的生活会更上一层楼，富贵绵长。"阅读一过，感觉这一命理分析还是非常贴切到位的。
② 本小节及下一小节参考曹延坡《曹雪芹出生的时辰（未时）》，见https://tieba.baidu.com/p/4604620827?red_tag=2188567282。

（6）曹雪芹出生于"四月廿六"的内证

第37回起诗社时，李纨对宝玉说："你还是你的旧号'绛洞花王'就好。""花王"相当于"花神"。上引第27回言明："至次日乃是四月二十六日，原来这日未时交芒种节。尚古风俗：凡交芒种节的这日，都要设摆各色礼物，祭饯花神，言芒种一过，便是夏日了，众花皆卸，花神退位，须要饯行。"花神于四月廿六"芒种节"退位，象征的便是天上的"花王"（花神）退位而降生到了人间，也即下凡成了贾宝玉。贾宝玉既然自称"花王"，便是那位花神下凡。所以由第27回作者所杜撰的"花神退位"之说，我们也可以知道：宝玉的生日肯定就在四月廿六。作者又在第27回杜撰"芒种节当饯花神"的风俗[1]，写的便是此"四月廿六日"当"饯"花王宝玉，即为宝玉举办生日宴，从而也能证明宝玉生日是四月廿六。关于上引第27回的文字其实就是大观园中诸女子为"大观园主"宝玉庆祝生日的大场面，请参见笔者《宁荣府大观园图考》"第三章、第六节、四"有详论，今转引如下：

> 再联系笔者《红楼时间人物谜案》"第三章、第三节、一"[2]，考明此日四月廿六为宝玉生日。原来，这天的节日名义上是天上花神退位，其实就是书首第一回"楔子"所言的众仙女随其领袖"神瑛侍者"下凡；再结合第63回宝玉生日夜宴上众芳抽花签，点明红楼诸艳就是天上百花仙子们下凡：两相结合，便可知"神瑛侍者"便是李纨口中所说的"花王"下凡（按第37回李纨提到宝玉的外号为"绛洞花王"）。

总之，作者上面那番"假语存"——"四月二十六日，原来这日未时交芒种节。尚古风俗：凡交芒种节的这日，都要设摆各色礼物，祭饯花神，言：'芒种一过，便是夏日了，众花皆卸，花神退位，须要饯行'"——名义上说"人间花神退位而饯行"，其实说的"真事隐"便是"天上花王退位下凡为人间'绛洞花王'宝玉的降生，于是人间要为其举办生日之宴"。这才是真正的、作者曹雪芹所独家发明的"假语存、真事隐"笔法和话语体系；远非民国以来"索隐派"们臆想书中影射历史事件的"假语存、真事隐"，所能同日而语。

因此，这个节日作者名义上赋给"芒种节"，但又特意借脂批写明："无论事之有无，看去有理"，点明上述过节的描写其实不是"芒种节"的风俗，这节日其实和"芒种节"一点关系都没有，这节日其实只和"四月廿六日"这五个字有关，这节日其实就是一年一度的宝玉生日，也即大观园唯一男主人（"大观园主"）的生日，也就意味着这一天是专属于"大观园"这一个园子的节日（而非普天之下的节日），所以作者要特别写明是<u>大观园中之人</u>这么做，即："所以<u>大观园中之人</u>都早起来了。那些女孩子，或用花瓣、柳枝编成轿马的，或用绫锦纱罗叠成干旄、旌幢的，都用彩线系了。每一颗树上，每一枝花上，都系了这些物事。满园里绣带飘飖，花枝招展。"这其实写的就是大观园中所有女子们，在一年一度的四月廿六日那一天，

---

[1] 此风俗乃杜撰，见本章"第一节、二"有论。
[2] 即本书此处。

一大早起来，"众星拱月"般地，用上述"扬旗、结彩"的方式，来为自己心爱的男主人贾宝玉（实即曹雪芹）过生日时的大场面！

　　同样，作者"假语存"——"至次日乃是四月二十六日，原来这日未时交芒种节……花神退位"，其想说的"真事隐"便是：宝玉生日那天"四月二十六日……这日未时"，天上花王退位下凡、而人间花王降世诞生，所以那个"未时"便是贾宝玉也即曹雪芹的出生时辰，笔者《红楼时间人物谜案》"第三章、第三节、一、（一）、（5）"①有详考。

　　请特别注意，后人极容易把宝玉生日定在"四月廿六交芒种节"的雍正三年（1725）或乾隆元年（1736）。而我们在《宁荣府大观园图考》"第一章、第二节、四"已经论明：作者开笔创作《红楼梦》是在曹家也即清朝"百年大祭"的乾隆九年（1744），所以作者不可能出生在雍正三年（1725）或乾隆元年（1736），因为这样的话，乾隆九年时作者才20岁或9岁，没有阅历与能力来写《红楼梦》；而且本书"第二章、第二节"又考明作者在抄家时的雍正六年（1728）为十四岁，从而确定其生年只可能是康熙五十四年（1715），其年"四月廿六"不是"芒种"节，其年到《红楼梦》开笔的乾隆九年正好是作者"三十而立"之年，作者要到此年方才具备创作所必需的人生阅历与创作经验的积累。

（二）宝玉生日为四月廿六，有"天气已炎热"这一方面的证明

　　《红楼梦》写明的男子生日只有贾琏的三月初七、薛蟠的五月初三，其余一概未加言明，宝玉的生日同样也只有暗示，即第1回甄士隐之梦，暗示宝玉出生在"烈日炎炎，芭蕉冉冉"、"炎夏永昼"的夏天。

　　有人会反问：如果宝玉生日在四月底，天气会有第1回所描写的那么热吗？答案便是："肯定会有这么热的。"因为第29回正写端午节前后的炎热，详见本书"第一章、第三节、第29回"，此处仅举其中一例，即贾珍骂贾蓉："你瞧瞧他，我这里也还没敢说热，他倒乘凉去了！"又第30回宝玉挑逗金钏儿，原文作："谁知目今盛暑之时，又当早饭已过，各处主仆人等多半都因日长神倦之时，宝玉背着手，到一处，一处鸦雀无闻。……知道凤姐素日的规矩，每到天热，午间要歇一个时辰的，进去不便，遂进角门，来到王夫人上房内。只见几个丫头子手里拿着针线，却打盹儿呢。王夫人在里间凉榻上睡着，金钏儿坐在旁边捶腿，也乜斜着眼乱恍。"此日是五月初四。可见四月底、五月初的确会很热。第30回所言的"盛暑之时、日长神倦"，也正好照应第1回甄士隐梦游"太虚幻境"时的"炎夏永昼"四字。"永昼"指漫长的白天，而五月的节气是"芒种"、"夏至"，"芒种"十五天后便是"夏至"，正是白天最长的那一天。

　　第62、63回宝玉生日是在作者人生的十一岁、雍正三年（1725），其年四月廿六是公历6月6日，夏至在五月十一（公历6月21日），阳历6月初比较

---

① 即上文之"（5）"。

炎热的可能性是很大的。所以第62回"四月廿六芒种节"便写到一处炎热的证明，即史湘云<u>"吃醉了图凉快，在山子后头一块青板石凳上睡着了……四面芍药花飞了一身，……手中的扇子在地下"</u>，画线部分便可看出天气确有热意。

第27回"滴翠亭杨妃戏彩蝶、埋香冢飞燕泣残红"明文交代那一天四月廿六是芒种节："尚古风俗：凡交芒种节的这日，都要设摆各色礼物，祭饯花神，言芒种一过，便是夏日了，众花皆卸，花神退位，须要饯行。"而第63回正写到"饯花"情节（即为花王宝玉设生日宴，席中"四美"又公送姓花的袭人一杯酒），而且第62回也写到宝玉当着香菱的面，把"夫妻蕙"和"并蒂菱"用土掩埋，这是书中再次写到葬花，与第27回"芒种节"送花神、第28回"芒种节"黛玉葬花正相呼应，证明此日也就是有送花神与葬花这一独特风俗的"芒种节"。

由于宝玉生日四月廿六恰逢"芒种节"是很难碰到一次的，第27回与第62回作为相邻的两年，根本不可能这两年的四月廿六都恰逢芒种节。第27回四月廿六恰逢芒种节而要送花神，第62回宝玉生日（四月廿六）也写到送花神的风俗而意味着其日为芒种节，即第27回与第62回四月廿六宝玉生日那天居然同时拥有"芒种节"送花神与葬花的风俗，这便可证明：作者是把雍正三年四月廿六宝玉生日恰逢芒种节这同一天的事情，分到了此年的第62回与前一年的第27这两回中来写。

换句话说：第62回所写的宝玉生日（四月廿六），当即第27回所写的恰逢芒种节而要送走花神的四月廿六（宝玉生日）。作者是把雍正三年恰逢芒种节气的四月廿六宝玉生日这同一天的事情，匀入两年来写（详本章"第一节、二"）。由第27回四月廿六后不久的第29回端午节的炎热，便可知道第62回也当炎热。

第63回"寿怡红群芳开夜宴"举行为宝玉庆生的夜宴，行酒令时掣花名签子，芳官唱《赏花时》，"在席各饮三杯送春"，这正是为四月廿六芒种节所举行的"饯花会"（即第27回四月廿六芒种节，黛玉"闻得众姊妹都在园中作'饯花会'"）。而上文已经言明宝玉为花王、花神，故"饯花会"其实就是为宝玉生日举办酒宴的象征。而宝玉便是天上花王下凡而来，故每年宝玉的生日宴，包括这场芒种节的饯花酒宴在内，既是纪念人间宝玉的降生，更是纪念天上花王的退位（人间宝玉的降生便是天上花王的退位而来）；而花王退位时，众花神追随花王宝玉下凡为"金陵十二钗"，所以这场酒宴还在纪念众花神的退位、金陵诸钗的降生（金陵诸钗的降生便是天上百花仙子们退位而来）。

每年的宝玉生日宴都包含着这三种纪念意义在内，只不过第27、28回（实为第62、63回）宝玉生日四月廿六恰好碰到芒种交节，于是作者便在第27回，巧妙地把每年宝玉生日都具有的花王、花神退位意义给嫁接到"芒种节"的名义下，以"芒种节"所独有的"尚古风俗"这种杜撰笔法写出，这样就把原本与每年宝玉生日挂钩的"饯花会"变成了与"芒种"节挂钩；而宝玉生日不可能年年都和芒种节挂钩，于是"饯花会"便与宝玉生日脱了钩，从而更好地掩盖住宝玉乃花王下凡的真相，作者笔法可谓狡狯至极。其实"宝玉生日=花王与花神下凡日"，此日当举行送花神、葬花之事，此事与"芒种"节无关，而与宝玉生日四月廿六有关。

至于此第63回写宝玉生日当晚"两个老婆子蹲在外面火盆上筛酒。宝玉说：'天热，咱们都脱了大衣裳才好。'"众人都依他，"一时将正装卸去，头上只随便挽着纂儿，身上皆是长裙短袄。宝玉只穿着大红棉纱小袄子"，"芳官满口嚷热，只穿着一件玉色红青酡绒三色缎子斗的水田小夹袄"，则明显还穿着大衣、夹衣，显然不很热。其实这是春末夏初的"捂三春"，即：由于昼夜温差大而少年男女白天不敢少穿衣服，夹袄仍然穿在身；但现在既然是夜晚寒意上来之时要脱衣，说明还是有热意在内的。

至于热酒，夏初也要喝热酒而不可以喝冷酒，因为喝冷酒会致病，即第8回宝玉喜欢喝冷酒，而薛姨妈忙道："这可使不得，吃了冷酒，写字手打颤儿。"宝钗亦笑道："宝兄弟，亏你每日家杂学旁收的，难道就不知道酒性最热？若热吃下去，发散的就快；若冷吃下去，便凝结在内，以五脏去暖它，岂不受害？从此还不快不要吃那冷的了。"于是"宝玉听这话有情理，便放下冷酒，命人暖来方饮。"所以老妈子热酒，与此时是否有寒意无关。

又第62回宝玉生日的白天，史湘云醉卧芍药裀，"四面芍药花飞了一身，满头脸、衣襟上，皆是红香散乱。"今按芍药花开于阳历4～6月，盛花期在5月，上已言第62回宝玉生日是雍正三年（1725）四月廿六，阳历为6月6日，正是芍药盛花期已过的落花时节，两者正相吻合。因此第62回"憨湘云醉眠芍药裀"芍药花谢的描写，也能证明宝玉生日是四月廿六，而绝不可能晚至农历六月。

（三）由第1回庙会考明：宝玉生日为南京钟山神蒋子文的生日四月廿六

关于宝玉出生日期，小说第1回又提供了一个重要的时间特征，即：一个炎炎夏日午睡时分，甄士隐梦见一僧一道携"通灵宝玉""下凡造历幻缘"，也即宝玉降世；梦醒后，甄士隐便抱着英莲去街前"看那过会的热闹"，回来正好看到那一僧一道在街头分手，这便与梦境连通起来。

分手便意味着僧道两人的工作已告一段落而要分头去做别的事情了，也即茫茫大士和渺渺真人已经在警幻仙子那里"将蠢物交割清楚"，倒底如何交割的呢？他们俩所做的事，其实就是在宝玉出娘胎之际，用神通幻力把那块玉放到他口中罢了。

两位神人绝对不可能让宝玉这个胎儿在母亲肚中含着玉待(dāi)上几个月，因为玉大而人小，人在慢慢长大，其口最初根本就含不住这块玉，要到出生时才能正好含住这块玉，所以这块玉肯定是在宝玉出生之际放入其口中的；而且，如果过早把玉放入王夫人的肚子内，这未免会让那块通灵的顽石经历"胎狱"① 而不自在。总之，"甄士隐梦见玉石下凡的那日、那时辰，便是宝玉出生的那日、

---

① 投胎，便是神识入胎儿体内。神识入胎后的痛苦，跟地狱没有两样，故佛道两家称之为"胎狱"。

那时辰", 这一点应当无可疑议。

这时, 和尚向甄士隐索要怀中的英莲, 度她出世, 甄士隐不肯给。大家会很奇怪, 甄士隐刚做完梦, 怎么就不认识梦中的仙人而拒绝了他俩的度化? 作者早已补上了这一漏洞, 即他在甄士隐梦醒时写了句: "所梦之事便忘了对半", 甲戌本侧批: "妙极! 若记得, 便是俗笔了。" 然后又写甄士隐抱着英莲看庙会的热闹场景时, "只见从那边来了一僧一道", 甲戌本侧批: "所谓'万境都如梦境看'也。"点明眼前人(一僧一道)就是梦中人。由于前面已有甄士隐"所梦之事便忘了对半"语的铺垫, 于是士隐与僧道也就"无缘对面不相识"了。这也和"梦"的思维机理相合, 即梦中清清楚楚, 醒来后, 那梦中之事便恍恍惚惚、模糊不清了。

这时作者提到甄士隐梦醒后抱着甄英莲"看那过会的热闹", "过会"即庙会[1], 有人据此认为这是四月二十八日"药王圣诞"的庙会, 于是定宝玉生日便定在了四月廿八。其实, 《红楼梦》全书没有一个字提到药王菩萨的庙会, 反倒提到"四月廿六"这一"遮天大王圣诞"的庙会, 即第29回贾母去清虚观打醮时, 住持张道士笑道: "托老太太万福万寿, 小道也还康健。别的倒罢, 只记挂着哥儿, 一向身上好? 前日四月二十六日, 我这里做'遮天大王'的圣诞, 人也来的少, 东西也很干净, 我说请哥儿来逛逛, 怎么说不在家?"

而《玉匣记》"理论吉凶日篇: 三元五腊圣诞日期: ……四月……廿六日: 钟山蒋公圣诞。廿八日: 药王圣诞。"南京因紫金山而得名"金陵"[2], 因其山神为蒋子文, 所以其山又名"蒋山", 山上的"樱驼村"建有"蒋王庙", "蒋王"蒋子文便是南京城的地方神、土地公。由此可见: 作者是用钟山神"蒋王"蒋子文的生日来作为贾宝玉的生日, 这也可以作为"书中写的是南京而非北京"的又一佐证。(至于蒋子文就是"遮天大王", 详下。)

作者把钟山神蒋子文的生日作为宝玉生日, 似乎表明作者的生日不大可能正好也在这一天(因为世界上不可能有这么巧合的事)。即: 作者没把自己的生日作为小说主人公宝玉的生日, 而是把钟山神蒋子文的生日作为小说主人公宝玉的生日, 这是艺术的虚构而未必有其真实原型。因此, 把作者曹雪芹的生日与宝玉生日等同起来而定在四月廿六, 似乎是不了解"《红楼梦》是小说而非自传"所作出来的妄自比附。

但是, 本书"第二章、第二节、一"根据"本书以十九年故事隐写作者抄家时十四岁人生"而考明: 本书作者曹雪芹当即雍正六年前13年的曹頫妻马氏康熙五十四年所生的曹頫遗腹子。本小节"一、(4)"更据《江宁织造曹頫代母陈情摺(康熙五十四年三月初七日)》所言的"奴才之嫂马氏, 因现怀妊孕, 已

① 过会, 就是庙会中, 抬着所祭祀的神明出来巡街, 一路上有扮演各式杂耍的人员边行进、边表演。

② 其山状如金字塔, 其北坡紫红色页岩被阳光照射后呈现紫色之光, 故名"紫金山"、"金陵", 山下的城市得名"金陵邑"。

及七月"考明：曹頫妻马氏所生遗腹子（即本书作者曹雪芹）当分娩于康熙五十四年四月底或五月初，从而证明作者生日完全有可能与蒋子文生日相同。所以，作者写宝玉生于蒋子文生日貌似"虚构"，其实仍有可能是作者的自传实录。即世界上真有这么巧合的事，曹雪芹的生日恰好就和钟山神蒋子文的生日一模一样。

通过上面的讨论，我们便可明白：甄士隐看到的庙会其实是南京为蒋子文举办的庙会。只是甄士隐人在苏州，一者可能是钟山神蒋公的影响很大，连苏州城也为其过圣诞；另一种可能性更大，即作者名义上写甄士隐在苏州，其实就在南京。好在脂砚斋把这一真相也透露给了我们，即第1回交代甄士隐住处时说："当日地陷东南，这东南一隅有处曰姑苏"，甲戌本有侧批："是金陵。"点明甄士隐所居之地原本就是"金陵"，作者故意用假话写成"姑苏"。可证甄士隐做梦与看庙会的地方，作者表面上写成"苏州"乃是"假话"，其"真相"便是发生在南京。

这样想来，上下文的情节便完全吻合起来：

①一僧一道原本就是在南京把玉石放入贾宝玉口中，所以办完事后方能马上就出现在身处南京的、梦醒后的甄士隐面前；而甄士隐是凡人，不可能魂游四五百里从苏州到南京，他既然能在梦中和身处南京的僧道神交，这就证明甄士隐这个人只可能生活在南京，而不可能生活在苏州。

②贾雨村出任金陵知府，而葫芦庙的小沙弥还俗做了金陵府的门子，固然可以说成是从苏州搬到南京来住；但古人"安土重迁"，所以更合理的解释便是：作者名义上写甄士隐和葫芦庙在苏州，其实都是"幻笔"，两者其实都在南京。

所以，③甄士隐抱着甄英莲看到的，就是南京为钟山神蒋子文圣诞所做的庙会，而不是苏州城为南京山神蒋子文举办的庙会①。因此，第1回言宝玉降生时正好过庙会，由于这庙会只可能是四月廿六南京为钟山神蒋子文举办的庙会，所以这恰倒可以证明宝玉生日为四月廿六，书中写的就是南京而非北京（因为蒋子文是南京的山神和土地公，普天下只有南京过蒋子文的庙会，北京不过）。

而且作者既然写到宝玉出生于某庙会举行之时，自然就会在作品中对这一庙会的内容有所暗示，现在书中只透露"遮天大王生日"的庙会（见第29回张道士语），并未言及"药王菩萨生日"的庙会，足以证明宝玉生日时的庙会只可能是"遮天大王"，而非"药王菩萨"。

至于蒋子文为何被封为"遮天大王"，《搜神记》卷五讲得很清楚：

> 蒋子文者，广陵人也。嗜酒，好色，挑挞无度。常自谓："己骨清，死当为神。"汉末，为秣陵尉，逐贼至钟山下，贼击伤额，因解绶缚之，有顷遂死。及吴先主之初，其故吏见文②于道，乘白马，执白羽，侍从如平生。

---

① 蒋子文是南京的地方神，苏州历代府县志没有蒋子文祠庙的记载，可证苏州不祭祀南京的地方神蒋子文。
② 见到蒋子文。

见者惊走。文追之,谓曰:"我当为此土地神,以福尔下民。尔可宣告百姓,为我立祠。不尔,将有大咎。"是岁夏,大疫,百姓窃相恐动,颇有窃祠之者矣。文又下巫祝:"吾将大启佑孙氏,宜为我立祠;不尔,将使虫入人耳为灾。"俄而小虫如尘虻,入耳皆死,医不能治。百姓愈恐。孙主未之信也。又下[1]巫祝:"吾不祀我,将又以大火为灾。"是岁,火灾大发,一日数十处。火及公宫。议者以为:"鬼有所归,乃不为厉,宜有以抚之。"于是使使者封子文为中都侯,次弟子绪为长水校尉,皆加印绶,为立庙堂,转号钟山为"蒋山",今建康东北蒋山是也。自是灾厉止息,百姓遂大事之。

蒋子文自言"己骨清",即称自己"骨相清奇"的意思。他能让小虫入人耳,那小虫自然是遮天铺地般飞来,所以民间称其为"遮天大王",也就等于把他奉为掌管瘟疫之虫的主神了。

不光"甄士隐、葫芦庙在苏州"是障眼法,就是第26回薛蟠口中的"明儿五月初三是我生日"其实也是作者的障眼法,薛蟠所说的恰是"明日四月廿六[2]是你(宝玉)生日",所以四月廿五薛蟠要为宝玉祝寿[3],而四月廿六冯紫英又为宝玉庆生,上文张道士也邀请宝玉在其四月廿六生日那天到观里来逛逛、祈祷福运绵长。总之,作者有意不把宝玉生日写明,但又处处透露,只待有心人来参悟其中玄机,领会作者的"不写之写"。

更妙的是第34回宝玉挨打后,众人怀疑薛蟠告密,这时薛蟠对宝钗吼道:"难道宝玉是天王?"第46回鸳鸯面对贾赦怀疑她想嫁宝玉时也说:"我这一辈子莫说是'宝玉',便是'宝金、宝银''宝天王、宝皇帝',横竖不嫁人就完了!"都与张道士"遮天大王"的话暗相呼应,都在暗暗点明宝玉是某位"天王"生日降下来的"混世魔王"、"绛洞花王"。〖按第3回王夫人向黛玉介绍宝玉时说:"我有一个孽根祸胎,是家里的'混世魔王'",甲戌本有侧批:"与'绛洞花王'为对看";又第37回起诗社时李纨对宝玉说:"你还是你的旧号'绛洞花王'就好。"〗这也就暗透出宝玉的原型曹雪芹是"遮天大王"蒋子文生日那天下凡的不凡之人。(按:曹雪芹很自负,自比是天上的"天王"下凡,又声称自己是"花王、混世魔王",则其年少时自由不羁的放荡个性便跃然纸上。又:天王,即"四大天王",是佛教护法神,是欲界天须弥山腹的"四王天"的主宰。)

又第27回"四月廿六芒种节"那天,探春说要送宝玉鞋子,即探春让宝玉从外面再给自己带些小玩意,作为回报,给宝玉的"好处"便是:"我还像上回的鞋作一双你穿,比那一双还加工夫,如何呢?"古人送鞋子往往是在对方生日时,而且下来宝玉也笑着回答说:"你提起鞋来,我想起个故事:那一回我穿

---

[1] 指附体在巫师身上说:"我这个巫师其实是蒋子文,如果不祭祀我蒋子文的话,便会"如何如何。

[2] 薛蟠说话时为四月廿五,明日为四月廿六,本书"第一章、第三节、第26回"有考。

[3] 古人在生日前一天要祝寿,在生日当天要庆生。

着，可巧遇见了老爷，老爷就不受用，问是谁作的。我哪里敢提'三妹妹'三个字，我就回说是：'前儿我生日，是舅母给的。'"可证鞋子平时不送，一般是作为生日礼物送的，所以第62回宝玉生日时作者要明写："当下又值宝玉生日已到，……王子腾那边，仍是一套衣服，<u>一双鞋袜</u>，一百寿桃，一百束上用银丝挂面。薛姨娘处减一等。其余家中人，<u>尤氏仍是一双鞋袜</u>。……"可见鞋袜是古人生日时最常送的礼物，旨在恭喜对方长大，旧鞋穿不上而要换新鞋了。因此上文探春说要送宝玉鞋子，其实也是在暗指宝玉的生日到了。她今年应当没有送宝玉鞋，但上一年送过一双，如果宝玉代她买来她所喜欢的小玩意，来年这一天"你"宝玉生日时，"我"探春便再做一双，"比（之前的）那一双还加工夫"（即花工夫做得更为精美）。这固然不能证明宝玉此日生日，但探春提到送鞋这一与生日有关的话题，其实也在暗示这一天四月廿六是宝玉的生日。

二、第64、67回为曹雪芹所著原稿且无脂批考

（一）诸本第64、67回的差异

己卯本、庚辰本第64、67回皆缺，清人武裕庵据乾隆朝抄本为己卯本补上了这两回，见己卯本第67回末的题字："石头记第六十七回终，按乾隆年间抄本，武裕庵补抄。"其所据的应当就是乾隆朝盛行的程高本，因为其第64回与程甲本同作"仍乘空寻他小姨子们厮混"，而程乙本作"仍乘空在内亲女眷中厮混"，故知当出程甲本；其第67回与程乙本同作"跟随这疯道人"，而程甲本作"跟随疯道人"，故知当出程乙本。由于己卯本、庚辰本与甲戌本是同一个系统，故知甲戌本应当也缺这两回。

今诸书有这两回的脂本是列藏本、戚序本、蒙王府本、甲辰本、梦稿本；程高本（程甲本、程乙本）亦有，武裕庵据之补抄的乾隆朝抄本出自程高本。

第64回诸本无论是脂本还是程高本，都没有太大差异，可以认定是曹雪芹原稿。

第67回则明显分为脂本和程高本两大系统，即列藏本、戚序本、甲辰本乃脂本系统，大同小异，回目作"讯家童凤姐蓄阴谋"；而梦稿本、蒙王府本、武裕庵据补己卯本的乾隆某抄本、程甲本、程乙本大同小异，但与脂本系统截然不同，可称之为程高本系统，其回目作"闻秘事凤姐讯家童"。

最早揭示第67回各本有缺失而有重大异文的是程伟元、高鹗，他们在《红楼梦引言》中说："是书沿传既久，坊间缮本及诸家所藏秘稿，繁简歧出，前后错见。即如六十七回，此有彼无，题同文异，燕石莫辨。"

胡适在其《红楼梦考证》中说："前八十回，各本有异同。例如《引言》第三条说'六十七回此有彼无，题同文异'。我们试用戚本六十七回与程本及以上各本六十七回互校，果有许多异同之处，程本所改的，似胜于戚本，大概程本当日确曾经过一番广集各本异同，准情酌理，补遗订讹的工夫，故程本一出即

成为定本，其余各缺本多被淘汰了。①"

这两大系统之间的异文差异很大：一是回目不同，前半句基本相同，脂本作"馈土物颦卿念故里"，程甲本作"见土仪颦卿思故里"，而后半句大异：脂本作"讯家童凤姐蓄阴谋"，程高本作"闻秘事凤姐讯家童"，正文亦如回目所拟，前者有两个情节"讯家童、蓄阴谋"，后者只有一个情节"讯家童"，显然前者是在后者基础上增益了"蓄阴谋"情节而重定了回目。二是异文遍布全回，几乎句句有异，尤为突出的便是列藏本、戚序本有好多段情节为程高本所没有。平心而论，前半回两大系统不过是脂繁而程简，语句基本一致，当出自同一人之手；而从后半回开始，两大系统才正式分道扬镳，但我们仍不为这一表相所惑，判定其为同一人（曹雪芹）推倒重作的前后两稿。今试作分析如下：

（1）第67回前半回当是同一人所作的繁简两稿

第67回以列藏本为代表的脂本，和以程甲本为代表的程高本，两者的文笔貌似截然不同，细细读来，便会发现两者的语句非常相似，实为相同，如列藏本作：

> 薛姨妈说："你既找寻了没有，把你作朋友的心也尽了。焉知他这一出家，不是得了好处去呢？你也不必太过虑了。一则张罗张罗买卖，二则把你自己娶媳妇应办的事情，到是早些料理料理。咱们家里没人手儿，竟是'笨雀儿先飞'，省得临期丢生②忘四的不齐全，令人笑话。再者，你妹妹才说，你也回家半个多月了，想货物也该发完了，同你作买卖去的伙计们，也该设桌酒席请请他们，酬酬劳乏才是。他们故③然是咱家约请的吃工食劳金的人，到底也算是外客，又陪着你走了一二千里的路程，受了四五个月的辛苦，而且在路上又替你担了多少的惊怕沉重。"薛蟠闻听，说："妈说得狠是，妹妹想得周到。我也这样想着来着，只因这些日子为各处发货，闹得头晕。又为柳大哥的亲事又忙了这几日，反倒落了一个空，白张罗了一会子，到把正经事都误了。要不然，就定了明儿后儿，下帖子请罢。"薛姨妈道："由你办去罢。"

而程甲本作：

> 薛姨妈说："你既找寻过没有，也算把你作朋友的心尽了。焉知他这一出家，不是得了好处去呢？只是你如今也该张罗张罗买卖，二则把你自己娶媳妇应办的事情，倒早些料理料理。咱们家没人，俗语说的，'夯雀儿先飞'，省的临时丢三落四的不齐全，令人笑话。再者，你妹妹才说，你也回家半个多月了，想货物也该发完了，同你去的伙计们，也该摆桌酒给他们道道乏才是。人家陪着你走了二三千里的路程，受了四五个月的辛苦，而且在路上又替你担了多少的惊怕沉重。"薛蟠听说，便道："妈妈说的狠是。

---

① 而本文的观点是：程本是较早的一稿，列藏本、戚序本是较后的改定稿。

② 生，宜据戚序本作"三"。然成语有"舍生忘死"，"舍"即"丢"，恐民间也有"丢生忘四（死）"的说法。

③ 故，戚本作"固"，两字古通。

倒是妹妹想的周到。我也这样想着。只因这些日子，为各处发货，闹的脑袋都大了。又为柳二哥的事忙了这几日，反倒落了一个空，白张罗了一会子，倒把正经事都误了。要不然，定了明儿后儿，下帖儿请罢。"薛姨妈道："由你办去罢。"

两相对照，便可看出两者的文字基本相同（即画线部分），故可判定两者当是同一人所写的两个稿子。列藏本文句较多，而程甲本文句稍少。加上前面指出的列藏本很多情节程甲本没有，而我们都知道后来的稿子文句越改越胜、情节越改越丰，故可判定程甲本当是最初稿，而列藏本当是改定稿。作者"披阅十载、增删五次"，程高二人最初也缺此第67回，他们千方百计找到的便是作者最初稿中的这一回，而列藏本则是之后的改稿①，故文句与情节增多，而且行文也比程甲本的初稿改得更为文雅、从容不迫，其句式也半文半白，惯用对仗式语句和凝炼的成语典故。而程甲本因是初稿，所以口语化倾向较重，以白话为主，不用成语，也不大用对仗、排比的语式。

（2）第67回后半回当是同一人所作的推倒重来的两稿

第67回前半回两大系统只有繁简之异，要到后半回的三段情节"袭人看望凤姐、凤姐讯家童、最后凤姐蓄阴谋"，两大系统才在情节内容上截然不同起来。

例如：回末凤姐审完兴儿后，程高本只作："这里凤姐才和平儿说：'你都听见了？这才好呢！'平儿也不敢答言，只好陪笑儿。凤姐越想越气，歪在枕上，只是出神。忽然眉头一皱，计上心来，便叫：'平儿，来。'平儿连忙答应、过来，凤姐道：'我想这件事，竟该这么着才好，也不必等你二爷回来再商量了。'未知凤姐如何办理，下回分解。"仅107字。

而列藏本则作："且说凤姐见兴儿出去，回头向平儿说：……要知端的，且听下回分解"长达1300余字，写凤姐如何"蓄阴谋"来处治贾琏这个"喂不饱的狗"、尤二姐那个"混账滥桃"，暗自筹划出一个"'一计害三贤'的狠主意出来"。由于程高本只是把"蓄阴谋"一笔带过，而去详写如何审家仆旺儿和兴儿，所以程高本系统的回目便似作"闻秘事凤姐讯家童"，而列藏本为代表的脂本系统则在"讯家童"的基础上添加了"蓄阴谋"的情节，所以回目拟作"讯家童凤姐蓄阴谋"。

由于两大系统第67回前半回的一致、相同，表明两者肯定是出自同一作者之手的前简、后繁两稿，这就决定后半回的差异也只可能是出自同一人之手的前后两稿。即程甲本当是较初一稿，作者不满意而全部推倒重写，所以程高本与列藏本的这一回的后半回，在情节内容上分道扬镳而有重大差异，但这一情节内容上的差异不足以否定前半回所证明的"全回当是同一作者前后两稿"的

①据笔者《后四十回完璧归曹》"第二章、第八节"的考证来看，程高本找到的第67回当是脂砚斋手中第一次作批时的、作者曹雪芹增删五次中的第一稿《石头记》，而列藏本的第67回当是脂砚斋甲戌年第二次作批时的、作者曹雪芹增删五次中的第五稿《金陵十二钗》，脂砚斋第二次作批时还特地声明仍然沿用第一稿的书名《石头记》，而不用第五稿的书名《金陵十二钗》。

结论。

（3）结论：第 67 回程高本是较早稿，脂本是改定稿

第 67 回两大系统皆是曹雪芹的原稿，程高本是较早一稿（第一稿），脂本是改定的较晚一稿（第五稿）。

至于本回重大情节以外的一些词汇的修改，肯定也是原作者曹雪芹所改，如程甲本赵姨娘"自己叠叠歇歇的拿着那东西"，"嘴里咕咕哝哝、自言自语道"，而列藏本作"自己便蝎蝎螫螫的拿着东西"，"说了许多'劳儿三、巴儿四'不着要的一套闲话"，显然程甲本是草创模样，语句平凡，而列藏本精雕细琢，更为生动形象，越改越胜。

第 67 回另一重大的改动，便是脂本薛蟠请伙计喝酒时只有人问："今日席上怎么柳二爷大哥不出来？想是东家忘了，没请么？"并没有提到贾琏。而程甲本则改作："大家喝着酒说闲话儿，内中一个道：'今日这席上短两个好朋友。'众人齐问：'是谁？'那人道：'还有谁，就是贾府上的琏二爷和大爷的盟弟柳二爷。'大家果然都想起来，问着薛蟠道：'怎么不请琏二爷合柳二爷来？'薛蟠闻言，把眉一皱，叹口气道："琏二爷又往平安州去了，头两天就起了身的。那柳二爷竟别提起'"，先回答了贾琏出门之事，然后才说起柳湘莲出家之事。

本书"第一章、第三节、第 67 回"已经考明程高本言贾琏已走两天乃高鹗妄改，贾琏当是请客这天上午动身刚走，"头两天"当作"今天"才是。由此可见第 67 回脂本与程高本的差异中，也有高鹗的篡改所致，因为高鹗对全书会做一些"自作聪明"的弥缝、修改，但所占比重并不很大，本回亦然。换句话说，第 67 回中只会有极少量是高鹗的篡改，绝大多数都是作者曹雪芹自己改稿所致。

（二）第 64、67 回无脂批考

人们肯定第 64 回是曹雪芹原本的一个理由，便是其中有两条批语，即：

一是"又叫将那龙文鼐放在桌上"句，戚序本于"鼐"字下注："子之切，小鼎也。"

二是黛玉写了五首咏美人的诗，"宝玉看了，赞不绝口，又说道：'妹妹这诗，恰好只做了五首，何不就命名曰《五美吟》。'于是不容分说，便提笔写在后面。"戚序本在此句后有批：《五美吟》与后《十独吟》对照。

由于前八十回没有查到过名为"十独吟"的诗，所以历来研究者都认为第二条批语透露了八十回以后的内容，即八十回后的曹雪芹原著当有一组名为"十独吟"的诗，至于是黛玉、宝钗还是史湘云所作则无法判断了；而今本后四十回并无此诗，所以这条批语便被认定为是能够用来否定"今本后四十回乃曹雪芹所作"的有力证据。由于这条批语透露他人所不能看到的曹雪芹八十回以后的稿子，所以这条批语历来被认为是曹雪芹创作集团中的脂砚斋等人所批。

其实以上都是误会，首先，我们可以肯定上面那两条批语都不是脂批（即

不是曹雪芹创作集团中的脂砚斋等人所作之批），而是后人阅读这两回时所写的批语，其所谓的"十独吟"就是第78回宝玉所作的以十首体量来独咏一位美人"林四娘"的《姽婳词》。

即便这两条批语不是脂批，也不会对"第64回是曹雪芹原稿"这一结论产生负面影响。

今详论第64回两条批语非脂批的理由如下：

（1）由第67、68、69回无脂批，可证第64回之批非脂批

己卯本上的批语是脂批，其缺第64与第67两回，今有此两回乃武裕庵所补。其第64回之前的第63及更前诸回有很多脂批，第65与66回也有大量脂批，唯独第64、67回无脂批，第67回之后的第68、69两回也没有脂批，而第70回后又有大量脂批。

第64～69回戚序本虽然有回前、回后总批，但正文无批，其回前、回后总批可以认为不是脂批，笔者《宁荣府大观园图考》"第一章、第三节、一"判定戚序本第17回回末总评"好将富贵回头看，总有文章如意难。零落机缘君记去，黄金万斗大观摊"很可能是作者拟就，加之戚序本其他诸回的总评评论得非常到位，且是脂砚斋嫡传的甲戌本、己卯本、庚辰本所没有，所以可以认定应当是作者原稿上即有，很可能就是作者本人拟就。此第64～69回戚序本回前、回后总批同样如此，应当都不是脂砚斋所批，而应当是作者原稿上即有，很可能就是作者本人拟就。

总之，己卯本第64、67回缺，而其后的第68、69回无批，透露出一个事实，即脂砚斋所见本（甲戌、己卯、庚辰三个定本）缺第64、67两回。但是作者肯定会把前八十回一同交给脂砚斋，而不可能扣留其中两回不给，所以更合理的解释应当是：脂砚斋看到第64、67两回原稿中存在一些问题，打算请作者重新改定后再誊清，所以这两回虽有稿本交到脂砚斋手中（注意稿本上是有作者所拟的回前、回后总批的），而脂砚斋却没有誊清，他是想等作者改定之稿送来后再誊清，所以和第67回情节密切相关的第68、69两回也没有作批语，脂砚斋是想等第67回到后一同作批。第68、69回没有脂批，恰可证明今本无脂批的第67回当是原稿。

我们首先要讨论清楚：脂砚斋为什么会把第64、67两回给空缺掉？

第64、67回并无色情描写，而第65回倒是有一些黄色情节，可见作者或批者脂砚斋空缺第64、67回当是未定稿的缘故，而非情节有碍观瞻的缘故，更非作者故意空缺来引人遐想、暗示其有黄色情节以吊人胃口。

批者脂砚斋之所以把这两回空缺掉，其原因应当是第64、67回情节和时间上存在重大矛盾（详下），所以付之缺如，因此连同在情节上与第67回有密切关系的第68、69两回（此三回都是有关尤家二姊妹情节者）全都没有加上批语。所以这应当是脂砚斋有意等作者改定后，再来为第64及67至69回作批。而第70回在情节上更端另起，与上文情节不再有密切联系，所以脂砚斋又开始为它作批。今第 64、67 回没有脂砚斋的批语，恰可证明其必为曹雪芹原稿。

既然甲戌、庚辰、己卯三个定本都没有这两回，而这两回又都没有脂批，可证"《十独吟》"及"子才切"都不是脂批，而应当是获得此稿的后来藏主，在阅读《红楼梦》时所作的札记，再后来的传抄者误以为是脂砚斋批语而一同抄入。

（2）第 64 回第一条"子才切"批语非脂批的判定

第 17 回宝玉言蘅芜苑异草时说："这些之中也有藤萝、薜荔，那香的是杜若、蘅芜，那一种大约是茝兰，这一种大约是清葛，那一种是金簦草，这一种是玉蕗藤，红的自然是紫芸，绿的定是青芷。（己夹：金簦草，见《字汇》。玉蕗，见《楚辞》'茝蕗杂于廳蒸'。茝、葛、芸、芷，皆不必注，见者太多。此书中异物太多，有人生之未闻未见者，然实系所有之物，或名差理同者亦有之。）想来《离骚》《文选》等书上所有的那些异草，也有叫作什么'藿菊、姜彙'的，也有叫什么'纶组、紫绛'的，还有'石帆、水松、扶留'等样。"可见：书中的奇异事物，脂砚斋的确会随手批注其含义。

第 3 回黛玉所见荣禧堂中陈列："一边是金蜼彝，（甲侧：蜼，音'垒'，周器也。）一边是玻璃盆。（甲侧：盆，音'海'，盛酒之大器也。）"脂砚斋为这两个罕见字都注了音，但用的都是"直音法"而非"反切法"注音。

第 6 回："狗儿遂将岳母刘姥姥（甲夹：音'老'，出《谐声字笺》。称呼毕肖。）……听见刘姥姥带他进城逛去，（甲夹：音'光'去声，游也，出《谐声字笺》。）"第 19 回"所以她的名字叫作卍儿。（己夹：音'万'。）"第 49 回："凤姐儿冷眼戗戳（庚夹：音'颠夺'，心内忖度也。）岫烟心性为人。"第 78 回宝玉作《芙蓉女儿诔》："鹰鸷翻遭罦罬"句庚辰本夹批："罦罬，音'孚拙'，翻车网。"其"既窀穸且安稳兮"句庚辰本夹批："窀，音'肫'。《左传》：'窀穸之事'，墓穴幽堂也。"以上是《红楼梦》所有脂批注音之例，全都用的是"直音"而非"反切"，故知脂砚斋的注音习惯不用"反切"；此处用"子之切"的反切法来注"鬲"音，当非出自脂砚斋之手。

而第 41 回"瓟斝羃"、"点犀盉"，画线部分的四个字也都极为罕见而未注音义。第 64 回"鬲"字脂砚斋不注其音，倒不是第 41 回这种漏注音义，乃是因为脂砚斋根本就无意为此未定稿作批，所以未注。

（3）第 64 回第二条批语所谓的"十独吟"

第 64 回黛玉作《五美吟》，即作五首绝句共十韵，咏五大美人西施、虞姬、明妃、绿珠、红拂，其处有批："《五美吟》与后《十独吟》对照。"

前八十回中找不到咏十位孤独女子的诗，第 51 回薛宝琴虽作十首怀古诗，即：《赤壁怀古》、《交趾怀古》、《钟山怀古》、《淮阴怀古》、《广陵怀古》、《桃叶渡怀古》（咏王献之妾桃根、桃叶姐妹俩）、《青冢怀古》（咏明妃王昭君）、《马嵬怀古》（咏杨贵妃）、《蒲东寺怀古》（咏莺莺与红娘）、《梅花观怀古》（咏柳梦梅与杜丽娘），画线的后五首咏及美人，但其在第64回前，而且所咏之人非"十"乃"七"，又不见得全是孤独之人，所以前八十回似乎没有写到所谓的"十独吟"。于是后人们便开始认为八十回之后当有"十独吟"这组诗，至于是黛玉、宝钗还是史湘云所作，则都有可能；至于所咏的是哪十个独孤女子，则无从考证。

今按，今本后四十回第92回"评女传巧姐慕从①良"，写宝玉在巧姐面前细数古代有名的"列女"："宝玉道：'那文王后妃是不必说了，想来是知道的。那姜后脱簪待罪，齐国的无盐虽丑，但能安邦定国，是后妃里头的贤能的。②若说有才的，是曹大姑、班婕妤、蔡文姬、谢道韫诸人。③孟光的荆钗布裙，鲍宣妻的提瓮出汲，陶侃母的截发留宾，还有画荻教子的，这是不厌贫的，④那苦的里头，有乐昌公主破镜重圆，苏蕙的回文感主。那孝的是更多了，木兰代父从军，曹娥投水寻父的尸首等类也多，我也说不得许多。⑤那个曹氏的引刀割鼻，是魏国的故事⑥。那守节的更多了，只好慢慢的讲。⑦若是那些艳的：王嫱、西子、樊素、小蛮、绛仙等。妒的是秃妾发⑧、怨洛神⑨等类，也少。文君、红拂，是女中的——'贾母听到这里说⑩：'够了，不用说了。你讲的太多，她哪里还记得呢？'"宝玉所言的"王嫱、西子、红拂"便是黛玉《五美吟》所咏的明妃、西施、红拂女，而"樊素、小蛮、绛仙、文君、秃妾发、怨洛神"六人倒是黛玉《五美吟》和薛宝琴十首"怀古"诗所未咏及者。

有人认为《十独吟》就是第87回"感秋深⑪抚琴悲往事"黛玉所独吟的琴歌。其回写宝钗写信给黛玉述其凄苦之近况："悲时序之递嬗兮，又属清 秋 。

---

① 从，据程甲本正文前的回题。而程甲本书首总目此字作"贤"。今按：当作"从"字为是，详笔者《后四十回完璧归曹》"第二章、第二节、一、（六）、（5）"有论。

② 按：此段文字程乙本将程甲本删去很多，然后补上巧姐听后"慕贤良"的反应，以落实回目之旨。如此处程乙本便增巧姐听后"慕贤良"的反应："巧姐听了，答应个'是'。宝玉又道"。

③ 此处程乙本增巧姐听后"慕贤良"的反应："巧姐问道：'那贤德的呢？'宝玉道"。

④ 此处程乙本增巧姐听后"慕贤良"的反应："就是贤德了。巧姐欣然点头。宝玉道"。

⑤ 此处程乙本增巧姐听后"慕贤良"的反应："巧姐听到这些，却默默如有所思。宝玉又讲"。

⑥ 指三国时，曹文叔的妻子曹令女，由于丈夫病故，父亲夏侯文宁便将她接回娘家。曹令女没有儿子，父亲劝她改嫁，曹令女就用刀割去自己的鼻子，以示绝不再嫁。此与曹娥投水寻父，都是曹家列女的掌故，故作者曹雪芹乐意一提。

⑦ 此处程乙本增巧姐听后"慕贤良"的反应："巧姐听着更觉肃敬起来。宝玉恐她不自在，又说"。

⑧ 事见唐代张鷟《朝野金载》卷3载：唐人任环妻柳氏秉性嫉妒。唐太宗赐宫女二人给任环为妾，柳氏便把两人的头发烂光成为秃头，唐太宗以杀死她来威吓，她也宁死不改其妒妇个性。

⑨ 事见唐段成式《酉阳杂俎》卷14"妒妇津"，写晋人刘伯玉妻段氏生性善妒，因刘伯玉在她面前称赞过曹植《洛神赋》中的洛神，便心怀嫉妒，投水而死，后人便以"怨洛神"作为妒妇的典故。

⑩ 此七字程乙本改成巧姐对美艳的女子不感兴趣："尚未说出，贾母见巧姐默然，便说"。

⑪ 深，程乙本妄改"声"，当是见此回中有"忽听得'嗯喇喇'一片风声，吹了好些落叶打在窗纸上"语。然此回黛玉所作琴歌的第一句便是："风萧萧兮秋气深"，则作"深"当是程甲本所录的曹雪芹原拟回目，程乙本所作乃高鹗妄改。

感遭家之不造兮，独处离[愁]。北堂有萱兮，何以忘[忧]？无以解忧兮，我心咻[咻]。一解。云凭凭兮秋风酸，步中庭兮霜叶[干]。何去何从兮失我故欢，静言思之兮恻肺[肝]。二解。惟鲔有潭兮，惟鹤有[梁]。鳞甲潜伏兮，羽毛何[长]！搔首问兮茫茫，高天厚地兮，谁知余之永伤？三解。银河耿耿兮寒气侵，月色横斜兮玉漏[沉]。忧心炳炳发我哀吟。吟复吟兮寄我知[音]。四解。"共 11 韵（打框者便是韵脚），引得黛玉亦弹琴，"只听得低吟道"："风萧萧兮秋气[深]，美人千里兮独沉[吟]；望故乡兮何处，倚栏杆兮涕沾[襟]。山迢迢兮水长，照轩窗兮明月光；耿耿不寐兮银河渺茫，罗衫怯怯兮风露凉。子之遭兮不自[由]，予之遇兮多烦[忧]；之子与我兮心焉相[投]，思古人兮俾无[尤]。人生斯世兮如轻尘，天上人间兮感凤因。感凤因兮不可[惙]，素心如何天上[月]。"共八韵（打框与下画浪线者便是韵脚）。如果黛玉所吟的这首琴歌就是"后十独吟"的话，便当把"后十"两字理解为"后十回"，把"后十独吟"理解为前八十回后面近十回的第 87 回黛玉独吟；然此说太凿，显然不确。

　　然而，此诗书中是写："只听得低吟道：风萧萧兮秋气深，美人千里兮独沉吟"，用了"低吟"两字，诗中又有"独沉吟"三字，故此说也不可全部否定，故疑"十"当作"之"，即"后之《独吟》"，而指下文第 87 回之独吟；或疑"十"乃"七"字之误，即"后七独吟"，指八十回后七回的第 87 回黛玉独吟。然"十、之"无论音形都相去甚远，当不会误；而"后七"指八十回后的第七回，也没有这种说法。所以"后十独吟"仍看不出是指第 87 回的黛玉"独吟"，故此说当非。

　　或又有人认为《十独吟》指的是第 70 回"林黛玉重建桃花社"黛玉所写的《桃花行》十七韵。之所以可以称之为"十独吟"，那是因为这是黛玉独自所吟的长达十几韵的长诗。这种见解亦嫌牵强。而且所吟乃桃花而非美人，与《五美吟》主题也不相同，两者无法相提并论。即：批语称"《五美吟》与后《十独吟》对照"，而两者在主题上没有可比性（一咏美人，一咏桃花），无法加以对照。

　　其实"后十独吟"当指第 64 回后的第 78 回宝玉独自一人吟成的、歌颂明末死于寇难的美人"林四娘"之诗《姽嫿词》。其诗 23 韵，正可分为十一段（加框与下画浪线者为韵脚）：

恒王好武兼好[色]，遂教美女习骑[射]；袄歌艳舞不成欢，列阵挽戈为自[得]。
眼前不见尘沙起，将军俏影红灯里；叱咤时闻口舌香，霜矛雪剑娇难举。
丁香结子芙蓉[绦]，不系明珠系宝[刀]；战罢夜阑心力怯，脂痕粉渍污鲛[绡]。
明年流寇走山[东]，强吞虎豹势如蜂；王率天兵思剿灭，一战再战不成[功]；
腥风吹折陇头麦，日照旌旗虎帐空。
青山寂寂水澌[澌]，正是恒王战死时；雨淋白骨血染草，月冷黄沙鬼守[尸]。
纷纷将士只保身，青州眼见皆灰尘；不期忠义明闺阁，愤起恒王得意人。
恒王得意数谁[行]？姽嫿将军林四[娘]；号令秦姬驱赵女，艳李秾桃临战[场]。

绣鞍有泪春愁重，铁甲无声夜气 凉 ；胜负自难先预定，誓盟生死报前 王 。
贼势猖獗不可敌，柳折花残实可 伤 ；魂依城郭家乡近，马践胭脂骨髓 香 。
星驰时报入京 师 ，谁家儿女不伤 悲 ！天子惊慌恨失 守 ，此时文武皆垂 首 。
何事文武立朝 纲 ，不及闺中林四娘？我为四娘长叹息，歌成余意尚傍徨！

所谓"十独吟"，便是宝玉以十首诗的体量来独咏一个美人，其诗分十段
（实为十一段），每一段相当于黛玉《五美吟》中的一首，十首独咏一人，故
称"十独吟"。其所咏与黛玉所咏皆为美人，主题相同；而且都是七言诗，形
式也相同：所以两者具有可比性，批者便将此诗与《五美吟》一同举出，请读
者两相对看，以此来证明宝玉的才情其实和黛玉不相上下。

所以这条批语"《五美吟》与后十独吟对照"当解作："五首吟五美（五位
美人），与后文十首体量独吟一美（一位美人）正相媲美"，即宝玉一首与黛玉
五首堪相匹敌之意。①

如果这条脂批说的是今本后四十回中没有的事，便可断定它肯定就是脂批，
现在既然已经证明它说的根本就不是后四十回中的事，则这条批语是否为脂批，
也就无法确定了。

由于第 67～69 回都没有脂批，此第 64 回与第 67 回一同处于己卯本、庚辰
本等脂本缺失之列，其第一条"子之切"之批不是脂砚斋的注音习惯，可以判
定不是脂批，则此条"十独吟"之批应当也不例外，所以可以判定其为脂砚斋
之外的后来读者阅读时加上的批语。

我们之所以要否定这两条批语是脂批，也就是为了证明这两回与第 68、69

---

① 按：书中《姽婳词》、《芙蓉女儿诔》等所有宝玉的诗文，便是曹雪芹把自己少年时创作
的诗集中的精华采入书中；而书中黛玉《五美吟》、《葬花吟》、《桃花行》，湘云《柳絮词》，
宝钗《螃蟹咏》等，便是曹雪芹与曹家诸闺秀诗集中的精华采入书中。而后四十回中的第
84 回贾政审阅宝玉作文，其实就是曹雪芹把自己年幼时学写八股文的作业本写到书中。作
者在书首"凡例"中指明自己"锦衣纨绔之时，饫甘餍美之日，背父母教育之恩，负师兄规
训之德，以致今日一事无成、半生潦倒之罪，编述一记，以告普天下人"，故书中必定要写
到自己尊重的塾师（即书中贾代儒的原型）如何给自己上课的情景，以此来纪念"师兄规训
之德"，即后四十回中的第 82 回"老学究讲义警顽心"；又必然要写到自己敬畏的父亲（即
书中贾政的原型）查他几个月来的功课，通过评阅其作业本的形式来亲自传授八股文写作技
巧的情景，以此来纪念"父母教育之恩"，即后四十回中的第 84 回"试文字宝玉始提亲"；
从这个角度来看：后四十回也的确就是作者手笔，全书全都取材于作者自己的原型生活，凡
是书中写到的诗文，均可作如是观。作者第 78 回"老学士闲征《姽婳词》、痴公子杜撰《芙
蓉诔》"，不过是为了写出作者年少时的两篇得意之作，一篇是悼念自己丫环的诔文，一篇是
咏女英雄林四娘的歌行，由于回目要对仗，所以便把两者放到同一回中来写。作者为什么要
写抗清而死的林四娘的故事？其实并没有任何政治深意，也就是作者少年时感动于山东这位
巾帼英雄的事迹而有了篇得意之作，也就不愿把自己年少轻狂时写的这首诗给埋没掉，于是
将其写入书中，与自己悼丫环的诔文两相对仗。而且"狡狯"的作者还故意错综：其咏姓"林"
女子的篇章《姽婳词》，表面似乎是咏书中姓"林"的黛玉，其实咏的恰是与"文死谏"的
袭人相对立的"武死战"的晴雯；而其全篇咏死后成了芙蓉神的"芙蓉女儿"晴雯的诔文，
作者又故意改其中两句，来作为面前仍然活着的黛玉死后的悼亡之词。其咏姓"林"女子的
《姽婳词》实为咏晴雯，而咏晴雯的《芙蓉女儿诔》中的关键句实又在为面前尚活着的姓"林"
的黛玉作预先的悼亡：曹子文心之巧慧善变，构思之曲折蕴藉，到了此种地步！

回一样，是一个整体，都属于脂砚斋有其草稿，但发现其中有情节上的大破绽，想留待作者改定后再来作批。由于与甲戌本、己卯本一脉相承的庚辰本定本后两年，作者便逝世了①，作者在他逝世时仍未能改定这两回，所以甲戌、己卯、庚辰此三本的第 64、67 回皆空缺，自然也就不会有脂砚斋的批语。作者逝世后，这两回再也无人能修改，所以脂砚斋只好又将其抄入书中流传开来，但从第 68、69 回无批来看，其传抄第 64、67 回时当也没有再作批，则把这两回传抄出来的人，恐怕也不是脂砚斋本人，而应当是脂砚斋死后的后辈之人。

（三）探寻第 64、67 回何以空缺的原因，从而证明第 64、67 回为曹雪芹原稿

第 64、67 回何以要空缺？其原因便是其时间上、情节上"看上去"存在巨大矛盾。

今按第 64 回至 67 回时间上"看上去"比较混乱。主要矛盾有如下五个（【】内指明所谓的矛盾其实不矛盾，是脂砚斋误以其为误，详见本书"第一章、第三节"此诸回的时间考证）：

一是第 64 回黛玉"七月瓜祭"，若然，则贾琏偷娶便应当在八月初三，时为贾敬"五七"，则贾敬便应当死在六月底，则宝玉生日便应当在六月底。【实则"七月瓜祭"提前一个多月举行也很自然，正如"清明扫墓"可以提前一个月举行，所以黛玉其实是在五月二十左右瓜祭，次日贾母等尊长回府，贾琏六月初三偷娶，时为贾敬"六七"头一天，贾敬死与宝玉生日都在四月底。】脂砚斋当是见"七月瓜祭"四字在时间上与上下文不合，所以想叫曹雪芹修改而未敢誊录此第 64 回。

二是第 67 回管园子的祝妈对袭人说"才入七月的门"②，而上文已言八月时柳湘莲到了贾府。【实则此处要么是祝妈口误，当说"才入八月的门"，要么得③把"才入七月的门"理解为"才过七月的门"，为什么要这么理解呢？因为：①其处上文点明"时值秋令，秋蝉鸣于树，草虫鸣于野"，若是七月初则在盛夏中，今言"秋令"，故知已经入了八月；②其处下文言"三伏雨水少"，而三伏过完当在八月初；③其下文又言果子当在月底熟透（"月尽头儿才熟透"），而七月底果子尚未熟透。】脂砚斋见有此矛盾，所以想叫曹雪芹修改而未敢誊录此第

---

① 甲戌本题"脂砚斋重评石头记"，第 1 回正文中有"至脂砚斋甲戌抄阅再评，仍用《石头记》"这十五字，故而定名"甲戌本"，甲戌年是乾隆十九年（1754），其年脂砚斋第二次作批。己卯本上有"己卯冬月定本"题字，故而定名"己卯本"，己卯是乾隆二十四年（1759），当是脂砚斋第三次作批。庚辰本题"脂砚斋重评石头记"，各册卷首标明"脂砚斋凡四阅评过"，第五至八册封面书名下注云"庚辰秋月定本"或"庚辰秋定本"，故定名"庚辰本"，庚辰为乾隆二十五年（1760），是脂砚斋第四次作批。作者曹雪芹卒于壬午除夕，见第 1 回"满纸荒唐言"诗后甲戌本眉批："壬午除夕，书未成，芹为泪尽而逝。"壬午为乾隆二十七年（1762）。作者曹雪芹逝世于庚辰本定本后两年。
② 注意：程甲本无此语，故程甲本无此矛盾。
③ 得，读 děi。

67 回。

　　三是第 65 回贾琏在遇见柳湘莲之前，便对尤二姐说"出了月就起身，得半月工夫才来"，即要出这趟途中遇见柳湘莲的远差。【其实贾琏说这话时正在月初之时，不当言下来出的这趟途中遇见柳湘莲的差是"出了月"动身，而应当说成是"月中旬动身，半个月后的月底回来"。贾琏所谓的"出了月就起身"，其实是指第 67 回贾琏在柳湘莲八月内到达贾府后再出远门的第二趟差。】脂砚斋不可能考证得像我们这般仔细，不知道贾琏说这话时是在月初，也不知道贾琏口中所说的"出了月而动身"的那趟差，其实是第二趟行程而非这一趟途遇柳湘莲的行程，因此也就不知道第 65 回其实已经交代过第 67 回的那趟行程。所以也就认为第 65 回"出了月就起身，得半月工夫才来"说的是第一趟途遇柳湘莲的行程，而第 67 回的第二趟行程则有失交代。于是脂砚斋便誊录了第 65 回而不敢誊录第 67 回，想叫曹雪芹修改后（即在第 67 回交代一下第 67 回出的第二趟差，然后）再来誊录。这也让我们感觉到第 64、67 回应当就在脂砚斋手中，只不过他未敢誊抄罢了。

　　第四个重大的情节矛盾，便是第 64 回言贾琏在"花枝巷"偷娶尤二姐后，叫鲍二与其续妻"多姑娘"服侍，提到多姑娘的丈夫"多浑虫酒痨死了"。
　　而第 77 回宝玉瞒着袭人悄悄来看晴雯时，作者交代晴雯的姑舅哥哥靠着晴雯的关系进入贾府做了厨子，娶了个多情美貌的妻子，书中这样写："若问他夫妻姓甚名谁，便是上回贾琏所接见的多浑虫灯姑娘儿的便是了。"庚辰本有夹批："奇奇怪怪，左盘右旋，千丝万缕，皆自一体也。"所批是指：此节文字与上文第 21 回贾琏与多浑虫妻子多姑娘偷欢之文乃是"千里伏线"的一体之文。
　　其处（第 21 回）之文作："不想荣国府内有一个极不成器破烂酒头厨子，名叫'多官'，人见他懦弱无能，都唤他作'多浑虫'。（庚夹：更好！今之浑虫更多也。）因他自小父母替他在外娶了一个媳妇，今年方二十来往年纪，生得几分人才，见者无不美爱。他生性轻浮，最喜拈花惹草，多浑虫又不理论，只是有酒有肉有钱，便诸事不管了，所以荣宁二府之人都得入手。因这个媳妇美貌异常，轻浮无比，众人都呼她作'多姑娘儿'。"请注意画线部分同样是脂砚斋的批语。
　　第 21 回作"多姑娘"，而第 77 回作"灯姑娘"，由于"多""灯"两字字音相近，一个人有两个绰号也不足为怪。由脂砚斋为第 21、第 77 回作"皆自一体"之批，可证脂砚斋早已默认"灯姑娘"与"多姑娘"是同一个人的两个发音相近的绰号。这也就可以断言：他认可了第 77 回作者让"多浑虫仍未死，多姑娘仍同多浑虫生活而未改嫁鲍二"的写法，正因为此，他才会让作者改第 64 回"多姑娘在多浑虫死后改嫁鲍二"之文；正因为要改，所以他也就会对第 64 回作暂不誊抄、暂不作批的处理，留待作者曹雪芹改定后再来誊抄、作批。

　　第五个矛盾也是情节上的矛盾，即第 67 回回末凤姐审兴儿，兴儿说道："如今尤三姐也死了，只剩下那尤老娘跟着尤二姐住着作伴儿呢。"说明尤老娘尚活着；奇怪的是，下来第 68 回凤姐接尤二姐入贾府时，尤老娘却没了踪影。又第 69 回王熙凤将尤二姐赚进荣国府后，对尤氏说：张华"他老子说：'原是亲家母说过一次，并没应准。亲家母死了，你们就接进去作二房。'"可知尤老娘在凤姐接尤二姐时已死了（"接进去作二房"是指凤姐接尤二姐，而不是指贾琏偷娶尤二姐为二房，详见本书"第一章、第三节、第 67 回"有论，事实上贾琏偷娶时尤老娘还活着而没死）。脂砚斋当是看到作者笔下有此破绽，以第 68、69 回为正确、而第 67 回兴儿所说有误，所以抄录了第 68、69 回、而空缺第 67 回，想让作者加以改定后再誊抄。

又：上引第 67 回尤老娘未死是据脂本，而程甲本作："凤姐又问道：'谁和她（尤二姐）住着呢？'兴儿道：'她母亲和她妹子。昨儿，她妹子各人①抹了脖子了。'"没有提到尤老娘的生死。其下第 68 回凤姐接尤二姐时没看到尤老娘，第 69 回凤姐说尤老娘已死，这两点程甲本与脂本全都相同。所以程甲本第 67 回兴儿没说尤老娘生死，便与第 68、69 回那两点不相矛盾②。这也可以证明：第 67 回有"尤老娘未死"这一矛盾存在的脂本系统（即列藏本、戚序本、甲辰本的第 67 回）应当是脂砚斋所见稿；这也是"列藏本、戚序本、甲辰本的第 67 回是晚于程高本第 67 回的曹雪芹定稿"的一个旁证。

（因为脂砚斋所誊录的本子是作者曹雪芹最后的定本，即庚辰本所谓的"脂砚斋凡四阅评过"之本。脂砚斋没有誊抄第 67 回，证明第 67 回有这种矛盾；而程高本没有这种矛盾，脂砚斋如果看到的第 67 回的最后定稿是这种没有矛盾的本子，他没有必要不抄③，这就可以间接证明：脂砚斋看到的最后定本的第 67 回不是程高本的第 67 回，程高本的第 67 回要比脂砚斋所看到的有矛盾的第 67 回要早上几稿。据笔者《后四十回完璧归曹》"第二章、第八节"的考证来看，程高本找到的第 67 回应当是脂砚斋手中的曹雪芹增删五次中的第一稿，而列藏本的第 67 回应当是脂砚斋手中的曹雪芹增删五次中的第五稿，程高本比之早上四稿。脂砚斋虽然看到过程高本的第 67 回，但其为第一稿，誊抄前八十回第五稿定稿时肯定不会抄录这第一稿的第 67 回，因为稿次不同，内容会有牴牾。）

---

① 各人，即每个人，也即自己、自个的意思。程乙本因其费解，妄改人人皆懂的"自己"两字。
② 即兴儿没提到尤老娘活着，便与下面第 68、69 回那两点的文字不相矛盾。因为他没提到尤老娘生还是死，便意味着尤老娘很有可能因尤三姐自杀之故悲痛而死，从而与下面第 68、69 回那两点文字不相矛盾。
③ 上文五个矛盾中，"一、四"导致第 64 回不抄，"二、五"导致第 67 回不抄，"三"是要在第 67 回中添句话，其实矛盾并不严重。所以真正导致第 67 回不抄的矛盾便是"二"和"五"，但上文"二"中已言明程甲本不存在"二"的矛盾，此处"五"中又言明程甲本不存在"五"的矛盾，所以脂砚斋如果看到的作者最后定稿中的第 67 回就是程甲本第 67 回的话，肯定不会不抄。

今本第 64、67 回的来源考：

脂砚斋未誊抄这两回，不等于作者没有写完。事实上，作者应当早就写完这两回，因为任何人都不可能跳过两回去写后面的文字，而且作者把前八十回交付给叔叔脂砚斋时，也不可能空缺这两回来吊其胃口，所以第 64、67 回的空缺其实只是脂砚斋以为有误而未加誊录罢了。

脂砚斋原本想叫曹雪芹修改好后再来誊录，他没有料到八年后曹雪芹便英年早逝，他完全没有预料到曹雪芹会逝世得如此快。曹雪芹死后，便不可能有人来改定这两回了，所以脂砚斋只得在壬午年曹雪芹死后，把没改过的第 64、67 回原稿交给别人传抄出来。由于这发生在甲戌、己卯、庚辰三个定本后，所以这三个定本都没有第 64、67 回，凡是在曹雪芹死后传抄之本才可能有这两回。这两回应当是曹雪芹的原稿。

至于第 67 回有两种，脂本文言色彩浓而情节为详，程高本白话色彩浓而情节为略，我们上文已经考明：这两者都是曹雪芹所作。这也可以证明：曹雪芹擅长两种风格，先写口话化的一稿，再细细加工锤炼成文言色彩浓厚者，此第 67 回当是先写了口语化一稿（即程高本第 67 回），觉得不甚满意，于是又推倒重写，加添情节，写成文言色彩浓厚的新一稿（即脂本第 67 回）。至于薛蟠说贾琏两天前出门，则应当是高鹗改笔，肯定不是曹雪芹原文。

（四）第 64、67 回靖本之批当是伪造

靖本[①]第 64 至 67 回有脂批，第 68、69 回无脂批。

靖本第 64、第 67 两回都有批语。正如上文所讨论的，脂砚斋誊录时，这两回连文字都没确定，何来脂批？由此可知：戚序本、蒙王府本第 64 回之批（"子才切"、"十独吟"者）都不是脂批；同理，第 64、67 回靖本之批，应当也不是脂批。而且从下面所揭示出的"靖本杂揉脂本之批颠倒错乱而来"的例子来看，靖本之批显然有造伪之嫌，所以靖本第 64、67 回之批很可能也是伪造。

下列靖本批语后标"■"者便是未能找到脂本之批者，不标者皆能找到其杂揉脂批的依据。

第 63 回 靖本眉批："原为放心终是放心而来妙而去"
此出己卯本夹批："原为放心而来，终是放心而去，妙甚！"

靖本批："有天下是之亦有趣甚玩余亦之玩极妙此语编有也非亲问"
此出己卯本夹批："妙极之'顽'，天下有是之顽，亦有趣甚，此语余亦亲闻者，非编有也。"

---

① 靖本，即靖应鹍藏本。1959 年，毛国瑶先生在南京友人靖应鹍家中借阅了一部《红楼梦》，以笔记形式，共记录下了 150 余条批语，并将书归还。1964 年，俞平伯商借原书，而靖家已遍寻不获，后来只找到此书的一页残纸，整书估计被当作废品出售。学界质疑此本乃毛国瑶作伪的声音始终存在。

第64回靖本批："玉兄此想周到的是在可女儿工夫上身左右于此时难其亦不故证其后先以恼况无夫喷处"■

第65回靖本批："今用大翻大解湿贯身顶法语是湖全"
此出己卯本夹批："全用醍醐灌顶，全是大翻身大解悟法。"

靖本眉批："用如是语先一今口障"
此出己卯本夹批："全用如是等语，一洗孽障。"

第66回靖本批："一攀两鸟好树之文坛将茗烟已今等马出谓"■

靖本眉批："极奇极趣之文金瓶肖把亡八脸打绿已奇些剩忘八不更奇"
此出己卯本夹批："极奇之文！极趣之文！《金瓶梅》中有云'把忘八的脸打绿了'，已奇之至，此云'剩忘八'，岂不更奇！"

第67回靖本回前批："四撒手乃已悟是虽眷恋却破此迷关是必何削发埂蜂时缘了证情仍出士不隐梦而前引即秋三中姐"■
靖本批："宝卿不以为怪虽慰此言以其母不然亦知何为□□□□宝卿心机余已此又是□□"，抄者原注："不解。前四字看不清，后两字蛀去。"■
靖本眉批："似糊涂却不糊涂若非有凤缘根基有之人岂能有此□□□姣姣册之副者也"，抄者原注："眉批。三字不清。"■
靖本眉批："岂是犬兄也有情之人"，抄者原注："'向西北大哭一场'一段眉批。"■

又靖本第79回靖本批："观此知虽诛晴雯实乃诛①黛玉也。试观'证前缘'回黛玉逝后诸文便知"，抄者原注："宝、黛谈话一段眉批。"似乎曹雪芹原稿八十回后黛玉逝世之文的回目有"证前缘"三字，今本后四十回中的黛玉逝世之回（第98回）回目作"苦绛珠魂归离恨天、病神瑛泪洒相思地"，当是高鹗篡改。

今按：所证前缘当指第1回"楔子"所言的还泪事。而今本后四十回第108回"强欢笑蘅芜庆生辰、死缠绵潇湘闻鬼哭"，成鬼后的黛玉仍然在还泪，所以还泪未止于黛玉之逝世，黛玉逝世后尚且仍在还泪而未还天，即未证前缘。黛玉"证前缘（即证道、了却俗缘）"而还天，当在第108回后。今本后四十回的这一情节是合乎情理的。而靖本这条批语说"黛玉逝世之回已证前缘"当为大误，这也可以证明靖藏本乃今人伪造，毫不可信。

今按第79回"茜纱窗下，我本无缘；黄土垄中，卿何薄命"句庚辰本夹批："一篇诔文总因此二句而有，又当知虽诛晴雯而又实诛黛玉也。奇幻至此！若云必因晴雯诛，则呆之至矣。"靖本之批即本此而来(见两者画直线部分便可知)，

---

① 原文此处多一"诛"字，径删。

而其后加上的文字则明显模仿自第 42 回庚辰本的回前批："请看黛玉逝后宝钗之文字，便知余言不谬矣。"（见两者画浪线部分便可知。）

由此一例，便可看出靖本批语的造伪手法不过如此。

三、贾赦与贾敬为同一人考

本小节论证贾赦、贾敬的原型乃同一人，也即论证贾珍、贾琏在作者最初稿中是亲兄弟。

（1）"贾珍是贾赦子、贾琏是贾敬子、贾赦即贾敬"的判定

后四十回之第 107 回：北静王对贾珍说："你哥哥（贾赦）……纵儿（贾珍）聚赌、强占良民妻女、不遂逼死的事"，后者是贾琏强娶尤二姐事，贾琏是贾赦之儿，所言"纵儿强占良民妻女"为实，而"聚赌"是贾珍，乃贾赦侄儿。此处所言的"纵儿聚赌"之"儿"，要么不指自己的儿子而指侄儿，要么就是作者或北静王表述有误。

然而无独有偶，本回下文北静王称："尤二姐之母愿给贾珍之弟为妾"，把贾琏说成贾珍之弟；上一回第 106 回亦言："且说贾琏打听得父、兄之事不很妥，无法可施，只得回到家中。"贾赦为其父，贾珍为其堂兄，径称为"父、兄"，与第一例一样，似乎也可以用"作者或北静王表达欠严密"来解释。

但我们却认为：此例贾琏称贾珍为兄，与上例北静王把贾珍说成贾赦的儿子，似乎能共同证明一点，即生活原型中的贾珍的确有可能就是贾赦的儿子。因为第 76 回贾母对贾敬之媳尤氏说："我到忘了孝未满，可怜你公公已是二年多了。"脂批："不是算贾敬，却是算贾赦死期也。"可证贾敬的原型与贾赦的原型应当是同一人。

而且第 69 回写："腊月十二日，贾珍起身，先拜了宗祠，然后过来辞拜贾母等人。和族中人直送到洒泪亭方回，独贾琏、贾蓉二人送出三日三夜方回。"根据本书"第一章、第三节、第 69 回"考证，这是贾珍扶贾敬的灵柩回原籍安葬，下来尤二姐吞金自逝，天文生建议三日或五日后出殡，贾琏说："三日断乎使不得，竟是七日。因家叔、家兄皆在外"，所言家叔即放学政在外的贾政，而家兄显然就是扶灵柩回乡的贾珍，也直接把贾珍称为"家兄"，而非"堂兄"或"从兄"。而且贾府只有贾琏、贾蓉二人送贾敬之枢三日三夜，贾蓉是贾敬长孙，贾琏应当也是贾敬至亲而绝非侄儿（因为其他侄儿如宝玉都没有远送），所以这条记载其实也透露出"贾琏是贾敬次子"的消息来。而第 68 回"酸凤姐大闹宁国府"，凤姐一见贾珍便说："好大哥哥，带着兄弟们干的好事！"又哭骂贾蓉："出去请大哥哥来。我对面问他，亲大爷的孝才'五七'，侄儿娶亲，这个礼我竟不知道。我问问，也好学着日后教导子侄的。"也称贾珍为"大哥哥"，即嫡亲的兄长。（又：北方人称伯父为"大爷"，"亲大爷"是指伯父而非亲生父亲。凤姐也称贾琏是贾敬的侄儿而非儿子。这两者便与凤姐称贾珍为"大哥哥"相矛盾起来，如果贾珍确为贾琏的亲大哥，则"贾敬是贾琏伯父、贾琏是贾敬侄儿"这两点便是作者写就的"假话"。）

由于有贾琏称贾珍为"家兄"、凤姐称贾珍为"大哥哥"这两条记载，再加上第 76 回"贾敬却是算贾赦死期"的脂批为证，所以我们更加确信上面两例所说的"纵儿聚赌"、"父兄之事"都是在表明：贾珍其实就是贾赦的儿子。

而且叔伯与侄儿不是一家人，谁也不会把叔伯"纵容侄儿聚赌、强占良民妻女"①视作叔伯之罪，而只可能把父亲"纵容儿子聚赌、强占良民妻女"视作父亲之罪，由此可证北静王言贾赦"纵儿聚赌、强占良民妻女"之"儿"绝非侄儿而是亲儿。

（2）"贾珍是贾赦（贾敬）长子、贾琏是贾赦（贾敬）次子"的判定

根据上述认识，我们便会发现，难怪第 2 回"冷子兴演说荣国府"时，只言贾赦长子是贾琏，而不提及另一子："若问那赦公，也有二子。长名贾琏。"第 24 回宝玉来贾赦院，"只见那贾琮来问宝玉好。邢夫人道：'哪里找活猴儿去！你那奶妈子死绝了，也不收拾收拾你，弄的黑眉乌嘴的，哪里像大家子念书的孩子！'"后人便据此来判定贾琮是贾赦的次子，但书中并没有明文交代，属于后人的索解而未必可靠。而且书中称贾珠为"珠大爷"（如第 34 回王夫人对袭人说："先时你珠大爷在，我是怎么样管他"），称贾宝玉为"宝二爷"（如第 19 回宝玉入花袭人家时花自芳说："宝二爷来了"），可见"大爷""二爷"是贾政这边排的次序；同理，书中称贾琏为"琏二爷"（如第 16 回众人来报："琏二爷和林姑娘进府了"），自然是贾赦这边的排次，可见贾琏确实应当是次子而非长子。

今第 2 回脂本中胆敢标明贾琏为次子者唯有甲辰本，其作"次名贾琏"，其余都已被作者刻意隐瞒真相改成了"长子名贾琏"或"长名贾琏"，程甲本也作"长名贾琏"，证明这应当是高鹗收集到的曹雪芹所改的原文。而高鹗在程乙本中，为了回避贾琏是长子还是次子的问题，又因为书中从来都没有提到过贾赦的另一个儿子，所以也就作了"釜底抽薪"式的修改，把贾琏改成贾赦的独子，即改为贾赦"也有一子，名叫贾琏"。

今按清人所见本大多如甲辰本写成"次名贾琏"，见王希廉《红楼梦摘误》："余所阅袖珍是坊肆翻板，是否作者原本，抑系翻刻漏误，无从考正。姑就所见，摘出数条，以质高明。非敢雌黄先辈，亦执经问难之意尔：第二回冷子兴口述贾赦有二子，<u>次子贾琏</u>。其长子何名，是否早故，并未叙明，似属漏笔。"徐凤仪《红楼梦偶得》亦言："第二回冷子兴云：'贾赦有二子，<u>次名琏。</u>'贾府中并称'琏二爷'，则当居次。而书中从未带及贾琏之兄，何耶？"他根据"贾府中称贾琏为琏二爷"这条证据，来证明第二回所写的"次名琏"当是正确无误的。王希廉、徐凤仪二人所见本贾琏都写成次子，他们俩又都指出贾赦另一子书中没有提及，即：贾赦长子是谁，全书失于交代。

其实我们上面已经分析清楚贾赦与贾敬就是同一个人，则贾赦的长子应当就是贾敬的长子贾珍。今书中称贾珍为"珍大爷"而贾敬房没有二爷，无独有

---

① 聚赌是贾赦侄儿贾珍之罪；而强占良民妻子虽说是贾赦儿子贾琏强娶此女子，但贾赦侄儿贾珍也参与在内。

偶，书中又称贾琏为"琏二爷"而贾赦房没有长子，故知贾珍便是贾赦（贾敬）的长子①，而贾琏便是贾赦（贾敬）的次子②。

书中称贾珍为"珍大爷"见第46回赖嬷嬷说："那珍大爷管儿子倒也像当日老祖宗的规矩"。由"琏二爷、珍大爷"的称呼，也可想见贾珍、贾琏的原型应当是贾赦原型的长子和次子，所以第107回北静王称："尤二姐之母愿给贾珍之弟为妾"，把贾琏说成贾珍之弟，堪为其证③。

无独有偶，第64回贾琏入宁府调戏尤二姐时："贾琏进入宁府，早有家人头儿率领家人等请安，一路围随至厅上。……原来贾琏、贾珍素日亲密，又是弟兄，本无可避忌之人，自来是不等通报的。"也点明两人是兄弟，而且是不用通报便可直入内室的兄弟，自然是亲兄弟而非堂兄弟无疑。

后四十回居然称贾珍为贾赦之"子"（第107回"纵儿强占"）、贾珍为贾琏之"兄"（第106回"父兄之事"）、贾琏为贾珍之"弟"（第107回"贾珍之弟"），而且又与第76回脂批所暗示的"贾赦、贾敬原型乃同一人"相合（"却是算贾赦死期"）★，又与第64回称贾珍、贾琏是不用通报便可直入内室的亲兄弟的关系相合★，可以想见：后四十回应当就是曹雪芹亲笔之稿，而且还是很早的草稿（其时尚把贾珍视为贾赦之子）。因为，后四十回如果是其他人来续写的话，续书人都知道前八十回中贾赦与贾敬是两个人，贾珍是贾敬子，贾琏是贾赦子，怎么可能写出贾珍是贾赦嫡子、贾琏胞兄的话来？

（3）贾敬无妻、贾赦无生日，两者正可互补

而且《红楼梦》全书中从来都没有提到贾敬老婆是谁，一般人都会想当然地认为贾敬妻子应当生完贾珍、贾惜春后便死掉了。又书中写贾敬过生日（第11回），写贾政过生日（第16回），却偏偏不写贾赦过生日④。在我们明白"贾赦与贾敬原型就是同一人"后，以上矛盾便迎刃而解，即：贾敬就是贾赦的影子，可有可无，写贾敬的生日便是在写贾赦的生日，写贾赦的夫人邢氏就是在写贾敬的妻子。第76回"可怜你公公已是二年多了"句的庚辰本夹批"不是算贾敬，却是算赦死期也"的批语，透露出原型中的贾赦是尤氏公公，邢夫人是尤氏婆婆，所以第76回贾母要命尤氏扶邢夫人回去——"邢夫人遂告辞起身。贾母便又说：'珍哥媳妇也趁着便就家去罢。'"

---

① 贾珍是贾赦长子，还体现在后四十回中贾珍与贾琏一同管西府（荣国府）的事，见第88回"正家法贾珍鞭悍仆"。笔者在《后四十回完璧归曹》"第二章、第二节、二、（四）"固然解释成贾珍是在代管西府，其实更合理的解释便是：贾珍原本就是贾赦长子而一直在管理西府之事。

② 正因为此，第69回贾珍扶贾敬灵柩回乡安葬时："族中人直送到洒泪亭方回，独贾琏、贾蓉二人送出三日三夜方回。"贾蓉是贾敬长孙，而贾琏与之一同送了三天三夜才返回，也暗示出贾琏应当是贾敬之子。

③ 当然我们也可以说：北静王之意是指贾琏乃贾珍堂弟而未必是亲弟。但上文"（1）"已证此说为非。

④ 今按第36回宝玉对黛玉说："上回连大老爷（指贾赦）的生日我也没去，这会子我又去，倘或碰见了人呢？我一概都不去。"这是《红楼梦》中唯一一次写到贾赦生日，贾宝玉没去，未写明其生日月份，没有任何情节描写，等于没写。

又第 73 回邢夫人在迎春处亲口说贾琏、迎春并非自己亲生："倒是我一生无儿无女的，一生干净"，则贾敬的儿女贾珍、惜春其实应当就是邢氏亲生，只不过归在了贾敬名下，所以作者只好让邢氏说出自己"一生无儿、无女"的话来。又邢夫人说迎春"你虽然不是同他（贾琏）一娘所生，到底是同出一父，也该彼此瞻顾些，也免别人笑话。我想天下的事也难较定，<u>你是大老爷跟前人养的，</u>这里探丫头也是二老爷跟前人养的，出身一样。如今你娘死了，从前看来你两个（迎春与贾琏）的娘，只有你娘比如今赵姨娘强十倍的，你该比探丫头强才是。怎么反不及她一半？"可证迎春与贾琏是贾赦不同的两个姨娘（小妾）所生。

（4）贾赦庶出考

贾赦这一枝（含贾珍、贾琏在内）肯定是庶出，这在书中有多处暗示。

第 75 回中秋宴击鼓传花时，贾赦说的笑话是讽刺贾母"偏心"（即偏爱贾政），贾赦比贾政年长，如果是嫡出，那肯定就是家主，现在他年岁居长而没有成为家主，其身份是庶出当可无疑。其言贾母"偏心"，正是庶长子抱怨母亲不能像嫡子那般看待自己的缘故。

然后贾赦又夸庶出的贾环诗写得好："这诗据我看甚是有骨气。想来咱们这样人家，原不比那起寒酸，定要'雪窗荧火'，一日蟾宫折桂，方得扬眉吐气。咱们的子弟都原该读些书，不过比别人略明白些，可以做得官时就跑不了一个官。何必多费了工夫，反弄出书呆子来？所以我爱他这诗，竟不失咱们侯门的气概。"然后"回头吩咐人去取了自己的许多玩物来赏赐与他。因又拍着贾环的头，笑道：'以后就这么做去，方是咱们的口气，将来这世袭的前程定跑不了你袭呢。'贾政听说，忙劝说：'不过他胡诌如此，哪里就论到后事了？'"

而贾赦与贾珍正是袭了世职的，现在贾赦又说庶出的贾环要"世袭"，更透露出他与贾环一样的庶出身份。清代似乎有庶出者承袭世职而嫡出者得家产的惯例（即世职只有空名，俸禄不多；家产则雄厚而有实利）。大某山民此处有眉批："世家子弟有一字不识而居然厕列缙绅者，况环之尚能诌几句耶！赦老和环三真可谓臭味相投，可拔帜自成一队者。"指明两人身份、地位相通，是"物以类聚、人以群分"的同类关系，所以贾赦才会对贾环另眼相看。

又第 63 回末陈其泰评："贾氏世禄之家，连姻自必门户相当。贾赦、贾珍现袭世职，岂少公侯之女与之缔婚？乃邢夫人、尤氏、秦氏、胡氏等家世，皆与贾府门第不称，殊不入情。此书往往有自逞笔便、不计情理之处。盖立意传宝玉、黛玉二人，余皆略不经意[①]，故不求其丝丝入扣也。"[②]便看穿贾赦、贾珍、贾蓉娶的全都是小户人家。笔者认为：贾赦、贾珍如果是嫡出的话，自然应当和公府联姻，因系庶出，所以娶了小户，娶小户也正透露出他们是庶出的

---

① 此言明《红楼梦》全书以宝黛二人的爱情为主角、主线，其余全都是陪客，这是非常有见地的。

② 《桐花凤阁评〈红楼梦〉辑录》第 193～194 页。

身份来。

同理，王熙凤不识字，而王家是大族，大族之女焉能不识字？况且王家又把熙凤当成男孩来养大（均详下"四、（二）（三）"），所以用雄性的"凤"字来命名她。由凤姐充当男孩来养大而不识字，故知王熙凤也是庶出，没受过良好的教育，所以他和庶出的贾琏相配。第55回凤姐评"庶出的探春反倒能干"时说："你哪里知道：虽然庶出一样，女儿却比不得男人，将来攀亲时，如今有一种轻狂人，先要打听姑娘是正出、是庶出，多有为庶出不要的。殊不知别说庶出，便是我们的丫头，比人家的小姐还强呢。将来不知哪个没造化的挑庶正误了事呢，也不知哪个有造化的不挑庶正的得了去。"这其实也是凤姐借探春之事，来抒发自己胸中的块垒，隐隐透露出自己"庶出而能干"的身份来。

（5）贾赦院实属宁府；贾敬在宁府无有居所，书中也无其情节描写

又第3回邢夫人说要带黛玉去见贾赦，其言："我带了外甥女过去，倒也便宜。"蒙王府本侧批："以黛玉之来去候安之便，便将荣、宁二府的势排描写尽矣。"今按：作者借黛玉入荣国府而写出荣国府的格局，下来黛玉便随邢夫人"出了西角门，往东过荣府正门，便入一黑油大门中"，开始对贾赦、邢夫人所居住的"贾赦院"作描写。由于"贾赦院"在书中纳入"荣国府"的范畴，所以在这一回中，黛玉的脚其实并没有踩到"宁国府"的地界而写到"宁国府"。现在批："以黛玉之来去候安之便，便将荣、宁二府的势排描写尽矣"，要么是笔误，要么就径直把"贾赦院"算成了宁国府，暗合贾赦与贾敬原型实乃一人。而后者的可能性因第76回脂批"不是算贾敬，却是算贾赦死期也"而显得更为可信。我们都知道贾母生了贾赦、贾政两个儿子，贾赦作为老大却不管家，荣府归贾政、王夫人管，这也表明贾赦的关系其实在宁国府，是宁国府的家长。

的确，从笔者《宁荣府大观园图考》所附的"江宁织造府行宫图"上来看，"家宅"（即书中的"宁国府"部分①）有东、中、西三路更为合理：贾赦院在西路；而贾珍院的上房（即会客厅）在中路的南半，其北半为宗祠；再往东的东路是贾珍、贾蓉所居住的内院，故宁府在有大厅（即会客厅）的中路开大门。由上引蒙王府本侧批和第76回批语，便可知道贾赦与贾敬原型原本就是同一个人，正因为此，书中也就不用在宁国府中提到贾敬居所。贾赦院与贾珍院一西一东相并列，这也从某种程度上透露出两人的父子关系来。

中国风俗：长辈居东而晚辈居西。此是镜像，所以长辈居了西，晚辈居了东。因此贾赦居于宁府西路，而贾珍居于宁府东路，这本身也就证明了笔者《宁荣府大观园图考》所考明的：《红楼梦》书中的"宁荣二府大观园"，就是作者曹雪芹家"江宁织造府"南北不动而东西相反的镜像之旨。

《红楼梦》全书从未提到过贾敬在"宁国府"的居所，这也透露出贾赦与贾敬实为同一人的含义来。今按第53回贾府除夕祭祖，贾政由于在外任学政，

---

① 见《宁荣府大观园图考》"第二章、第三节、一、（一）"引第75回脂批："盖宁乃家宅"。

未参与祭祀，由贾敬主祭，书中写："只见贾府人分昭穆排班立定：贾敬主祭，贾赦陪祭，贾珍献爵，贾琏、贾琮献帛，宝玉捧香，贾菖、贾菱展拜毯，守焚池。……槛外方是贾敬、贾赦，槛内是各女眷。"把贾赦与贾敬两人一同写及，这才是脂批所言的"名虽两个、人却一身"的"幻笔"，见第42回回前庚辰本总批："钗、玉名虽两个，人却一身，此幻笔也。"[①]作者惯常用这种手法，比如把自己十四岁人生拆成十九年来写成故事；他把贾政、贾赦两人拆成贾政、贾赦、贾敬三人，正与之"妙曲同工"。

第12回贾敬大生日，贾珍去请，贾敬说："我是清净惯了的，我不愿意往你们那是非场中去闹去。"根本就没回来。第53回祭祖贾敬不得不回来，但作者又写："贾敬素不茹酒，也不去请他，于后十七日祖祀已完，他便仍出城去修养。便这几日在家内，亦是静室默处，一概无听无闻，不在话下。"根本就没提他在宁国府的专门居所，只以"静室"两字便敷衍过去，而且还写他"一概无听无闻"，简直就把他当成似有实无的"活死人"来写，丝毫没有写到他哪怕一丁点情节。

作者把贾敬塑造成不管世事的修道者的原因，便是因为他原本就是作者分贾赦为两人而来的贾赦"虚影"，所以作者也就不愿意让他有任何实质性的情节出现，为的就是要让有心人通过这一毫无实质性情节的反常角色，来探索其背后隐藏的"贾赦与贾敬原本是同一人"的真相来。而脂砚斋读过最初稿，知道与后四十回相一致的最初稿中的贾赦与贾敬其实是同一人（即：在这最初稿中，贾赦与贾敬尚为一人而没有分为两个人），所以在第76回批："不是算贾敬，却是算贾赦死期也"，以此来透露这一真相。

关于贾赦与邢夫人所住的"贾赦院"其实应当归入"宁国府"的范畴，这在后四十回中尚有一处暗示，即第84回王作梅为宝玉作媒："这张府上原和邢舅太爷那边有亲的。贾政听了，方知是邢夫人的亲戚。"而第89回侍书向雪雁传来消息说："是个什么王大爷做媒的。那王大爷是东府里的亲戚。"其传言有误，因为王作梅王大爷据第84回所言是"便有新进到来、最善大棋的一个王尔调名作梅[②]的说道"，可证王作梅肯定不可能是东府的亲戚，而是新来乍到之人，侍书所谓的"那王大爷是东府里的亲戚"是误传；其实"东府里的亲戚"当指王作梅做媒议婚的女方张府是"邢夫人的亲戚"，而非媒人王作梅与邢夫人有亲戚关系。这便可证明贾赦与邢夫人所住的"贾赦院"属于东府"宁国府"的范畴。这是前八十回中丝毫看不出来的，后四十回居然敢如此写，又和"贾赦与贾敬原型乃同一人"的脂批相合，而"贾赦与贾敬原型乃同一人"这一点又只有原作者曹雪芹本人和看过初稿的脂砚斋才知晓，其他人都不可能知晓，所以这也就能证明后四十回是曹雪芹的原稿而非他人所续。★

---

① 脂砚斋误以作者对他提起的"名虽两个，人却一身"的"幻笔"乃指宝钗、黛玉二人，其实作者说的是贾敬、贾赦两人。

② 作梅，谐"作媒"之音；尔调，"调"为调戏、欺骗之意，"尔调"即"骗你"之意。

（6）第5回秦可卿命运词曲的真义——贾府抄家全是"宁府"贾赦、贾珍、贾璜父子三人所致

第5回秦可卿判词："漫言不肖皆荣出，造衅、开端实在宁。"前句言荣国府出了不肖的贾宝玉，后句是说两点：一是贾府的抄家是因为宁国府贾珍的罪行而引起，如果贾敬就是贾赦的话，便还有贾赦在内①；二是说诱惑宝玉淫乱而令其堕入淫欲的开端，便是宁国府的秦可卿与秦钟这对姐弟。

又此回《红楼梦曲》"第十三支·好事终"："箕裘颓堕皆从敬，（甲侧：深意他人不解。）家事消亡首罪宁。"首句唯己卯本作"箕裘颓堕皆荣王"，梦稿本作"箕裘颓堕皆莹玉"，己卯本之"荣"、梦稿本之"玉"为正确，故其句实为"箕裘颓堕皆荣玉"，指荣国府的宝玉。"箕裘颓堕"出《礼记·学记》："良冶之子，必学为裘；良弓之子，必学为箕。""箕裘颓堕"便指先辈的事业无人继承，这的确是荣国府贾宝玉的一大罪状，但不继承先辈德业者又何止宝玉一人？除了贾政可以排除外，贾赦、贾珍、贾璜这父子三人的好色淫乱全都有目共睹，所以第5回贾府祖宗"宁荣二公之灵"对警幻仙子说："遗之子孙虽多，竟无可以继业。其中惟嫡孙宝玉一人，……略可望成，无奈吾家运数合终，恐无人规引入正。"则"无可继业"者本不止宝玉一人，贾府除贾政、贾兰、贾菌以外的所有男人都有其份；而且在祖宗心目中，宝玉（当然还有贾兰以及与其志同道合的贾菌）是唯一可以指望者，所以后四十回写"宝玉中举"来报答祖先，便是作者本有之意。由此看来，贾府能继业者反倒是宝玉，不能继业者反倒是贾赦、贾珍、贾璜父子三人。

所以曹雪芹的原文必定作"箕裘颓堕皆从敬"，因后人不解"敬"指贾敬，以为指"恭敬"，此句字面上便可理解为"家族无人继业全是因为恭敬所致"，恭敬怎么会不能继业呢？这明显不通。而秦可卿的判词又谓"漫言不肖皆荣出"，显指不肖者为荣国府出来的宝玉，于是众人便改他们认为不通的"皆从敬"为"皆荣玉"（指荣国府的宝玉）。他们其实不知"漫言不肖"乃作者引众人口说之辞，即第2回冷子兴"演说荣国府"时，言众人评价宝玉："将来色鬼无移了！"这时作者忙写："雨村罕然厉色忙止道：'非也！可惜你们不知道这人来历。大约政老前辈也错以淫魔色鬼看待了。'"点明：在作者与祖宗心目中，宝玉情而不淫，不可以称作"不肖"，"不肖"乃众人因不理解而强加给宝玉的"罪名"。第5回还特地让祖宗亲口称宝玉"略可望成"，所以这句追究贾府"箕裘颓堕"即家族无人继业而败亡的责任时，便不能引众人之言而把罪状算到宝玉一个人头上。

事实上，"漫言"既可指随便地说、不实之谈、空说，如《明史》卷317"广西土司·浔州"："漫言贼退，请置堡。"又可指"莫言、别说"，如清陈焯编《宋元诗会》卷24有宋人李彭《望西山怀驹父》诗："漫言青山淡吾虑，谁料却能生许愁！"其"漫言"两字宋人李彭《日涉园集》卷十原诗作"莫言"。因此第5回秦可卿判词"漫言不肖皆荣出，造衅、开端实在宁"说的是：不要像众人

---

① 因为贾敬就是贾赦的话，贾赦便可以算在"宁国府"的行列中，从而蒙受"造衅开端实在宁"那句诗而算成是贾府抄家的罪魁祸首。

那样全都把贾府的不肖子弟说成是出自荣国府的宝玉，其实抄家的祸端是在宁国府的贾赦（贾敬）、贾珍、贾琏这父子三人身上。

事实上，贾府的抄家败亡与贾宝玉的确也没有任何关系，其祸首乃是贾赦的犯案、贾珍的犯事、王熙凤的放贷。而后者又被算到贾琏头上，即第105回从贾琏房内搜出放贷文书时，贾琏忙上前下跪说："这一箱文书既在奴才屋内抄出来的，敢说不知道么？"第106回贾琏对贾政说他其实真不知道凤姐放贷这件事，贾政说："据你说来，连你自己屋里的事还不知道，那些家中上下的事更不知道了！我这回也不来查问你。现今你无事的人，你父亲的事和你珍大哥的事，还不快去打听打听？"对贾琏不知此事表示不敢相信，故下来"贾琏一心委屈，含着眼泪，答应了出去"，即他只能为自己老婆背下这口黑锅了。

由此可见，贾府抄家而败亡的罪魁祸首便是贾赦、贾珍、贾琏这父子三人；并不是贾宝玉，也不是贾敬。今作者写成"箕裘颓堕皆从敬"，便把抄家的罪责加给了贾敬，而事实上贾敬与抄家也没有任何直接关系。贾敬这人因修炼而不问家事，不管束贾珍，即第13回"秦可卿死封龙禁尉"回前甲戌本总批："贾珍尚奢，岂有不请父命之理？因敬[老修炼]①要紧，不问家事，故得恣意放为"，有人据此说：贾敬对贾珍的罪行应当负有管教不严的责任，所以因贾珍而引起的抄家罪行便可以引申到贾敬头上。但问题是：贾府抄家还有贾赦这个祸首，而且书中描写贾赦交通平安州事、逼死石呆子事，远比贾珍的三宗罪（聚赌、逼张华退婚而为贾琏谋娶尤二姐、私埋尤三姐）都要严重得多，用第107回北静王的话来说：贾府诸罪"大事化小、小事化了"后，"惟有倚势强索石呆子古扇一款是实的"，即贾府抄家的祸首明显不是贾珍而是贾赦，所以贾敬再怎么管教不严，也不能成为"箕裘颓堕"而抄家的罪魁。况且早在第63回贾敬就死了，死得"一干二净"，没有留下任何可能引发抄家的罪行来，后四十回无论谁来续，也都续不出贾敬是贾府抄家罪魁的情节来，所以可以"百分之一百"地确定：贾府抄家败亡的罪魁是贾赦！因此这句诗其实应当写作"箕裘颓堕皆从赦"，而其写作"箕裘颓堕皆从敬"，所有人都会感到意外，难怪脂砚斋要批这句话有"深意（而）他人不解。"

现在我们一旦理解清楚贾赦与贾敬的原型其实就是同一个人，贾府抄家即因贾赦而起，贾赦原本就算作宁府之人（即上引第3回蒙王府本脂批把"贾赦院"视为宁府，即把宁国府视为"西、中、东"三路而"贾赦院"在其西路），所谓的"深意"当即第76回那条说"贾敬死期即贾赦死期"的脂批所揭示的两人原型为同一人。故"箕裘颓堕皆从敬"便是在说"箕裘颓堕皆从赦"；而"家事消亡首罪宁"原本只说到贾珍、贾蓉父子，其实贾赦就是贾敬而贾珍为其子，故"家事消亡首罪宁"便是在说：贾府抄家败亡的罪魁祸首，便是住在"宁国府"西路"贾赦院"的贾赦（即贾敬）和他的长子贾珍（住在宁国府的"中、东"两路）、次子贾琏（实为其妻王熙凤有罪，但身为丈夫，不能约束妻子，故妻子之罪便算到他这位家长头上），抄家便因此三人而起。

①"[ ]"内表示笔者自己增加的文字。

（7）书中把贾敬写成无妻、无房、无情节的"贾赦影子"的原因

作者为什么要把贾赦（贾敬）由一人写成两人，这同样是为了"讳知者"。正如作者把自己抄家时的十四岁人生，增加五年而拆成十九年的小说故事来写，于是大家便看不出他是在写自己身上的家事了；同理，作者要把自己家的两大家主拆成三个人，别人也就看不出他是在写自己家的家事了。

从人口来看，贾政有三子二女（贾珠、宝玉、环、元春、探春），而贾赦（含贾敬）也是三子二女（贾珍、琏、琮、迎春、惜春），正相匹敌。拆成三人后，贾赦二子一女（琏、琮、迎春），贾敬一子一女（珍、惜春），与贾政相比明显偏枯，据此细节来看，也可明白贾赦与贾敬在作者最初稿中当是同一人。

又贾珍本为长子，贾琏本为次子，所以书中写作"珍大爷、琏二爷"，全书最初稿早已如此写好，然后作者在"披阅十载、增删五次"时，为了"讳知者"①，故意把最初稿中的贾赦一人虚构成贾赦、贾敬两人，于是贾琏便成了长子（因为上引第24回邢夫人骂贾琮："哪里找活猴儿去！你那奶妈子死绝了，也不收拾收拾你，弄的黑眉乌嘴的，哪里像大家子念书的孩子！"可证贾琮还在念书，当与贾环年龄相当，比贾琏明显要小很多，所以贾琏只可能是长子），但书中"琏二爷"太多了，作者便懒得去改，于是在书中留下长子反称"二爷"的怪事来。其实这同样是作者在书中故意留下的荒唐破绽，以示自己书名"梦"字所标榜的"梦幻"之旨（梦中可以有很多荒诞怪事），同时又能让有心人通过这一矛盾，破解出作者最初稿"贾赦与贾珍为父子、贾琏为贾赦次子"的真相来。

而后人不明就里、不识其中奥妙，反而改第2回的"长子贾琏"为"次子贾琏"来消弥这一矛盾，即"甲辰本"和王希廉、徐凤仪等所见坊刻本是也，其非曹雪芹原文可以想见；而高鹗又自作聪明地改成独子贾琏，把贾琮排除在外，更属臆妄。

作者让虚构出来的贾敬因沉迷道家修炼而不管世事、不住家中，便是"避难法"②的体现。因为原稿中只有贾赦一人，今写作二人，如果铺陈贾敬的情节未免烦难。狡猾的作者便用回避难点的"写而不写"法，加了此人而又特意把他写成一名"无妻、无房、无情节"的"活死人"，这样便可以连一个字都不用写到他的情节，更用不着为他在宁国府安排住所（作者用"静室"两字便敷衍过去而加以了事），这样也就可以让原有的真事全然俱在、为人查见，同时又不受任何实质性的影响，虽改而实未改。

正如作者把十四岁的人生增添为十九年故事时，同样采用这种"四两拨千斤"的"避难法"：他不过是在一年的几件事中，把某件事加上冬天之语，再把下件事加上春天或夏天语，这样便改造出了"换年"效果（改造时只要把要改的那几处原有的节令描写给删去，加上一两句所改节令的描写即可），这样做可

---

① 语见第1回"好防佳节元宵后"句甲戌本侧批："前、后一样，不直云前而云后，是讳知者。"
② 指"回避难点"这种创作手法。

谓省事而巧便。

又正如作者为了不让大家看出他写的就是自己家，便把自己家园"江宁织造府"的平面图反过来写成"镜像"，即把原稿中的空间方位描写，按照"南北不动、东西互易"的原则来进行修改，改稿时只要把"东"字改成"西"字、"西"字改为"东"字，即把"东"、"西"两字互换一下便可，也可谓是"四两拨千斤"，用的全是巧力而非蛮力，省事而高效，而且改的时候也丝毫不会乱了阵脚。

而且更妙的是，通过上面两种方式改过后，原来的时间格局、空间格局居然仍在，从而达到作者所标榜的"真事隐而假语存"的"真事隐"的创作主旨。

现在后四十回仍把贾珍、贾琏视为"亲"兄弟，把贾赦、贾珍视为"亲"父子，可证其乃非常早的稿子，是前八十回甲戌年定稿时的前一稿或前几稿。今本后四十回那一稿的前八十回肯定还只有贾赦而无贾敬，贾赦与贾珍是父子，而贾珍与贾琏是兄弟。脂砚斋肯定读过这一稿的一百二十回本，故而在批今本前八十回时，特地借第76回"贾敬死期即贾赦死期"这条脂批，来点明最初稿贾敬与贾赦乃同一人的真相。

所以后四十回写出贾珍贾琏为兄弟、贾赦贾珍为父子，便可证明"后四十回绝对不是他人所续，乃是曹雪芹原稿"。因为任何续书人都不可能为了与前八十回中的某条脂批相合，而把前八十回中不是兄弟父子的人续成兄弟父子★。也正因为后四十回与前八十回的定稿有矛盾，所以脂砚斋手中尽管有后四十回，也不敢流传出来，导致人间只有前八十回的定稿。脂砚斋死后，此后四十回可能连同它那一稿的前八十回从脂砚斋的书斋里流散了出来，最终为程伟元、高鹗所得；程高本的后四十回很可能就是脂砚斋手中的那一稿，关于这一点，详见笔者《后四十回完璧归曹》"第二章、第八节"的考论。

作者之所以要让贾敬在第 64 回死，同样是为了"省事而避难[1]"（即可以在剩下来的 56 回[2]中少改一些而省事），**并不意味着贾敬与贾赦共同的原型在作者十一岁、红楼十四年亡故了。**因为抄家由贾赦（贾敬）原型而起，抄家时他必定仍然要活着，作者焉能让他在前八十回的第 64 回死去？（如果罪魁祸首抄家之前已死，活着的贾政岂非要顶替他的罪行？）

（8）书中"宁国府"那一枝其实是"移花接木"

推而广之，第 2 回冷子兴演说荣国府时言："当日宁国公（演）与荣国公（源）是一母同胞弟兄两个。宁公居长，生了四个儿子。（甲侧：贾蔷、贾菌之祖，不言可知矣。）宁公死后，贾代化袭了官，也养了两个儿子。长名贾敷，至八九岁上便死了，只剩了次子贾敬袭了官，如今一味好道，只爱烧丹炼汞，余者一概不在心上。幸而早年留下一子，名唤贾珍，因他父亲一心想作神仙，把官倒让他袭了。他父亲又不肯回原籍来，只在都中城外和道士们胡羼。这位珍爷倒生

---

[1]　回避难点就是省事。

[2]　全书一百二十回，64 回后还有 56 回。

了一个儿子，今年才十六岁，名叫贾蓉。如今敬老爹一概不管。这珍爷哪里肯读书，只一味高乐不了，把宁国府竟翻了过来，也没有人敢来管他。"既然贾敬是虚陪的，其即荣国府贾赦的影子而贾珍是贾赦之子，则贾敬上面的贾代化或许是真的，也可能是虚陪的，其兄弟贾敷或许是真的，也可能是虚陪的，由于这两者无关大局，所以我们在这儿也就不加讨论了，真相只有"九原可作"而起曹雪芹于地下问之矣。

笔者个人倾向于认为："宁国府"那一枝贾珍以上的部分全都是"移花接木"而来，而贾珍以下那部分则可并入"荣国府"贾赦名下，因为"江宁织造府"容不下与曹玺并列的曹玺、曹尔正这两家人。

关于"宁国公"就是与曹玺并列的兄弟曹尔正，论见本章"第二节、六、（3）"的注释，其处揭明"荣国公"贾源影射曹玺，"宁国公"贾演影射曹玺弟弟曹尔正。

今按冯其庸先生《曹雪芹家世新考》书首图版"三八"至"四四"（第33～39页）的《五庆堂曹氏宗谱》世系表，可知曹振彦有两子：长为曹玺，次为曹尔正。曹玺有二子：长为曹寅、次为曹荃。曹寅有二子：长为曹颙，次为曹頫。曹颙有一子曹天佑。曹尔正有一子曹宜，曹宜有一子曹顺。

对照《红楼梦》的描写，"荣国公"贾源影射曹玺，贾代善影射曹寅，贾政影射曹頫，贾宝玉影射曹雪芹即曹天佑。而早夭的贾珠影射早夭的曹颙，比现实原型高出一辈，这也是作者的梦幻笔法，不足为怪，这并不意味着贾珠弟弟贾宝玉是以曹颙弟弟"脂砚斋"曹頫为原型。

又：贾赦当影射曹寅之弟曹荃，贾敬是贾赦影子，故贾珍与贾琏便影射曹荃的两个儿子，他们均比现实原型要高出一辈，正如贾珠影射曹颙也高出了一辈，这同样是作者为了不想让知道他家内情的人，看破他写的就是自己家而作的梦幻处理。曹荃及其子（即贾赦、贾敬，贾珍、贾琏的原型）作为次房，居住在"宁国府"这一"江宁织造府"的家宅部分，而"江宁织造府"的府衙部分则供长房曹寅家居住。

又：曹尔正当影射"宁国公"，曹宜当影射贾代化，贾敬当影射曹顺。由于贾敬又是贾赦的影子，所以从贾敬往上的"宁国府"贾演、贾代化、贾敬这一枝，其实是作者把"曹尔正、曹宜、曹顺"那一枝给"移花接木"而来。因为曹尔正与曹玺并不住在一处，即不住在"江宁织造府"内，也就不住在《红楼梦》所描写的"宁国府"内。因为曹尔正、曹宜、曹顺有自己的官位和府第，在"江宁织造府"抄家时，他们这一枝不仅没有被波及，反而受到新皇帝雍正的青睐，见冯其庸先生《曹雪芹家世新考》第138页：

> 当雍正五年十二月二十四日抄查曹頫的家产，曹頫遭到彻底败落之时，曹顺却在曹頫遭到抄查以后的第四天，受到了雍正御笔亲书的'福'字的赏赐，在此以前的雍正三年，正当曹頫开始倒霉的时候，曹顺却得到了'传旨：著（zhuó）赏给茶房总领曹顺五六间房'，结果却得到了十一间房子的赏赐，以上两种截然相反的升沉变迁，看起来曹頫和曹顺不大像是亲兄弟，

因为他没有受到任何牵涉。

由此可见曹尔正、曹宜、曹頫都有自己的官位和府第,与"江宁织造府"曹玺、曹寅、曹颙家并不住在一处。因此作者笔下的"宁国公贾演、贾代化、贾敬"便是把"曹尔正、曹宜、曹頫"这一枝,"移花接木"到贾敬身上来作为贾赦那一枝的祖先(贾敬与贾赦是同一人)。

作者之所以要这么处理,同样是不想让知道其家族内情的人看破他写的是自己家。因为现实原型中的曹家只有一个祖先曹玺,其后裔有两个家长曹颙、曹頫。为了不给人以这种原型的观感,作者在人物上做了两大处理:

一是故意把两个家长中的一个分身为两人,从而写成有三个家长贾赦、贾政、贾敬,其中贾敬是贾赦的影子。

二是通过"移花接木",把不与曹玺住在一起的曹尔正那一枝移来,作为贾赦化身出来的影子贾敬的祖先。

于是便让书中的贾府有了"宁国公、荣国公"两个祖先而由一府分成了两府,并让其后裔出现三位家长;从而在祖上与现今的家长这两个方面,全都与原型"江宁织造府"曹寅家不同起来。即:"江宁织造府"曹寅家的祖上只有国公曹玺这一枝,而无书中所写的两枝国公"宁国公、荣国公";"江宁织造府"曹寅家被抄家时的家长,只有逝世的曹颙和在世的曹頫,而无书中所写的三位家长"贾政、贾赦、贾珍"。

作者还有意把人物的辈分错综搞乱,从而更连知道他家内情的人也看得眼花缭乱、扑朔迷离,再也看不出那种一对一的没有搞乱辈分的影射关系来,从而也就无法得出作者写的就是他自己家的观感来。

人物辈分的错乱,也是符合小说创作规律的。宝玉是以作者曹雪芹自身为原型,但宝玉同时又是公子哥的典型,自然可以把所有公子的形象综合到他身上,于是宝玉身上便有了曹雪芹叔叔脂砚斋的影子,于是曹雪芹叔叔脂砚斋的兄弟曹颙,便可以写成宝玉的哥哥。换句话说:贾政的原型是脂砚斋,但脂砚斋小时候的事又可以写到以曹雪芹为原型的宝玉身上,于是脂砚斋早逝的哥哥曹颙,便与其亲儿子曹雪芹在作品中的化身贾宝玉成了兄弟,即贾珠。

作者笔下的"四春"固然是把自己的姐妹作为原型,但"四春"同时又是大家闺秀的艺术典型,作者同样可以把自己所听到的姑姑,也即脂砚斋姐妹年轻时候的往事写到"四春"身上。

贾政的原型是脂砚斋曹頫,但贾政作为封建家长的典型,于是作者便把他所听到的爷爷曹寅这位一家之长的事迹写到贾政身上。相应地,曹寅弟弟曹荃的事便可以写到贾政兄弟贾赦身上。即:曹荃虽然是作者曹雪芹的爷爷辈,但其荒淫之事不妨写到作品中宝玉的伯父贾赦身上;相应地,曹荃之子虽然是作者曹雪芹的伯叔辈,但其荒淫之事又不妨写到宝玉的堂兄弟贾珍、贾琏身上。

总之,《红楼梦》是小说的艺术创作而非历史的实录,书中塑造的故事人物与其现实原型的关系是错综复杂的,不是那种一一对应的影射关系,也不完全是辈分不乱的影射关系,而是那种"一对多"的、可以打乱辈分的艺术综合。

又书中"三春"是以元春影射曹寅，迎春影射曹颙，探春影射曹頫，似乎没有写到"荣国公"贾源所影射的曹玺（即曹寅的父亲），其实书中还是提了一笔，即第22回猜灯谜，贾政说的谜语："身自端方，体自坚硬。虽不能言，有言必应。——打一用物。说毕，便悄悄的说与宝玉。宝玉意会，又悄悄的告诉了贾母。贾母想了想，果然不差，便说：'是砚台。'贾政笑道：'到底是老太太，一猜就是。'"其16字诗谜下庚辰本有夹批："好极！的是贾老之谜，<u>包藏贾府祖宗自身，'必'字隐'笔'字。妙极，妙极！</u>"在画线部分的提示下，我们如果把"有言必应"读作"有言必印"的话，则这一灯谜说的正是"印玺"，暗含贾府所影射的曹家的祖宗曹玺。即这则谜语"一语双关"，不光可以解作砚台，更可以解作印玺。

四、王熙凤生父考及凤姐不淫考

（一）王熙凤是王子腾、王子胜大哥之女

第4回护官符："东海缺少白玉床，龙王来请金陵王。（甲侧：都太尉、统制、县伯王公之后，共十二房。都中二房，余皆在籍。）"可证王子腾与王子胜兄弟在京，其余十房在原籍。此回又言薛蟠"寡母王氏，乃现任京营节度使王子腾之妹，与荣国府贾政的夫人王氏是一母所生的姊妹"，可证王子腾有两个姊妹王夫人和薛姨妈，薛姨妈比王子腾小。

王夫人很可能要比王子腾年长，因为第6回言刘姥姥家与王夫人关系时说："方才所说的这小小之家，乃本地人氏，姓王，祖上曾作过小小的一个京官，<u>昔年与凤姐之祖、王夫人之父认识。</u>因贪王家的势利，便连了宗、认作侄儿。<u>那时只有王夫人之大兄、凤姐之父（甲夹：两呼两起[1]，不过欲观者自醒。）与王夫人随在京中的，知有此一门连宗之族，余者皆不认识。</u>"可证王夫人的"大兄"才是凤姐之父。当年王夫人与之在京，其时王子腾、王子胜尚未能随父在京，据此可以猜知王夫人当比王子腾年长。

第6回周瑞家的又对刘姥姥说凤姐是大舅老爷的女儿："你道这琏二奶奶是谁？就是太太的内侄女，当日大舅老爷的女儿，小名凤哥的。"再度言明王熙凤是王夫人大兄的女儿。《红楼梦》虽然称王子腾为大舅老爷，但周瑞家说的凤姐是"大舅老爷的女儿"却不是指凤姐是王子腾之女。因为第25回："此时王子腾的夫人也在这里"（指在贾府），不称其为"凤姐之母"，可证凤姐并非书中所说的"大舅老爷"王子腾之女。

今按，《红楼梦》中的大舅老爷指王子腾（即下引第95回所言的"舅太爷"），二舅老爷指王子胜，见第52回："二奶奶说了：明日是舅老爷生日"，此舅老爷当指王子胜，因为第101回凤姐提及此事时说："二叔不是冬天的生日吗？"可证第52回所说的"舅老爷"是其二叔王子胜。

后四十回的第95回贾琏对王夫人说："舅太爷升了内阁大学士，奉旨来京，已定明年正月二十日宣麻，有三百里的文书去了。想舅太爷昼夜趱行，半个多

---

[1] 指用同位语，从两个角度来言明其身份，从而交代清楚凤姐之父就是王夫人的长兄。

月就要到了。"下来又写："凤姐胞兄王仁，知道叔叔入了内阁，仍带家眷来京。"
画直线部分可证凤姐与王仁是同一个父亲所生，画浪线部分可证"舅太爷"王
子腾是他俩的叔叔，则王子腾便是凤姐父亲的弟弟，凤姐父亲是最大的大哥
——"大兄"。

第96回："到了正月十七日，王夫人正盼王子腾来京，只见凤姐进来回说：
'今日二爷在外听得有人传说：我们家大老爷赶着进京，离城只二百多里地，
在路上没了！太太听见了没有？'"其称王子腾为"大老爷"，则王子胜为"二
老爷"，故凤姐父行一，王子腾行二，王子胜行三。

第101回凤姐说："二叔不是冬天的生日吗？我记得年年都是宝玉去。前者
老爷升了，二叔那边送过戏来，我还偷偷儿的说：'二叔为人是最苛刻的，比不
得大舅太爷。他们各自家里还乌眼鸡似的。不么①，昨儿大舅太爷没了，你瞧他
是个兄弟，他还出了个头儿揽了个事儿吗？'所以那一天说赶他的生日，咱们
还他一班子戏，省了亲戚跟前落亏欠。如今这么早就做生日，也不知是什么意
思。"可证王子胜是王熙凤的二叔而非其父亲。

这时贾琏回答："你还作梦呢！他②一到京，接着舅太爷的首尾就开了一个
吊。他怕咱们知道拦他，所以没告诉咱们，弄了好几千银子。后来二舅嗔着他，
说他不该一网打尽。他吃不住了，变了个法儿，指着你们二叔的生日撒了个网，
想着再弄几个钱，好打点二舅太爷不生气。也不管亲戚朋友冬天夏天的人家知
道不知道，③这么丢脸！你知道我起早为什么？这如今因海疆的事情，御史参了
一本，说是大舅太爷的亏空，本员已故，应着落其弟王子胜、侄王仁赔补。爷
儿两个急了，找了我给他们托人情。我见他们吓的那么个样儿，再者又关系太
太和你，我才应了。想着找找总理内庭都检点老袭替办办，或者前任后任挪移
挪移，偏又去晚了，他进里头去了。我白起来跑了一趟。他们家里还那里定戏
摆酒呢，你说说，叫人生气不生气？"

通过上面的文字便可弄清：王子腾为兄，书中称之为"舅太爷"，王子胜为
弟，书中称之为"舅老爷"，凤姐与王仁不是他俩的子女，凤姐与王仁之父当是
比王夫人和王子腾更为年长的"大兄"，其时当已亡故。

王熙凤不识字，王夫人与薛姨妈的文化水平也不高，证明王夫人、王子腾
两人的父亲当是刚刚发迹而地位不高，所以和他联宗谱的王成家，后来也会像
王成（刘姥姥女婿的父亲）家那样，没落成社会的最底层。而王家当是重点培
养了王子腾，通过王子腾自身的努力（比如高中进士之类），维系本家族的繁华、
并达到新的更高程度。至于王熙凤称薛姨妈为"姨妈"而不称"姑妈"，当是嫁
夫随夫，跟着贾琏的口吻来称呼的缘故。

后四十回如果是他人来续，见第4回"护官符"言王家只有二房在京（即
大舅老爷王子腾、二舅老爷王子胜），而第6回言"王夫人之大兄"为"凤姐之
父"，又言其为"大舅老爷的女儿"，肯定会认为这"大兄、大舅老爷"就是王

---

① 指事实并非如此。
② 他，指王仁，故程乙本改作"你哥哥"。
③ 指：也不管人家难道会不知道二叔的生日在冬天而不在夏天？

子腾，而把王熙凤写成王子腾之女。现在后四十回居然不顾"护官符"所言的王家只有二房（即王子腾、王子胜）在京，而写凤姐与王仁是王子腾、王子胜兄弟俩大哥的女儿；这种不是常人所能想到的"真相"，也的确只可能出自原作者曹雪芹之手。

至于第 6 回周瑞家说凤姐是"大舅老爷的女儿"，其"大舅老爷"指王子腾的大哥。而书中其他地方所说的"大舅老爷"（"舅太爷"）都指王子腾，其原因便是王子腾的大哥（即凤姐父）应当早就亡故了，存世的王家兄弟中的老大便成了王子腾，大家便称王子腾为"大舅老爷"（"舅太爷"）。第 6 回周瑞家的是在说王子腾的大哥活着时的情形，两者并不矛盾。

（二）王熙凤从小当作男孩养大

王熙凤是当男孩养大的，见第 3 回黛玉进贾府时："只见众姊妹都忙告诉她道：'这是琏嫂子。'黛玉虽不识，也曾听见母亲说过，大舅贾赦之子贾琏，娶的就是二舅母王氏之内侄女，自幼假充男儿教养的，学名'王熙凤'。"甲戌本侧批："奇想奇文。以女子曰'学名'固奇，然此偏有学名的反倒不识字，不曰学名者反若假①。"脂批又不忘点明凤姐虽然充作男孩养大，但却没有上过学。

今按：凤为雄，凰为雌，故成语有"凤求凰"，难怪第 54 回说书艺人说《凤求鸾》这部书时，把残唐五代时的男主人公命名为王熙凤："这书上乃说残唐之时，有一位乡绅，本是金陵人氏，名唤王忠，曾做过两朝宰辅，如今告老还家，膝下只有一位公子，名唤王熙凤。"王熙凤以雄性的"凤"字来命名，也证明王熙凤这个女孩子是从小冒充男孩养大的。

（三）王熙凤生长于富家居然不识字

第 14 回："凤姐即命彩明定造簿册。"甲戌本眉批："宁府如此大家，阿凤如此身份，岂有使贴身丫头与家里男人答话交事之理呢？此作者忽略之处。"

此时庚辰本眉批告诉这位批者："彩明系未冠小童，阿凤便于出入使令者。老兄并未前后看明是男、是女，乱加批驳，可笑！"庚辰本眉批又补充一句："且明写阿凤不识字之故。壬午春。"第 14 回甲戌本又有回前批："凤姐用彩明，因自己识字不多，且彩明系未冠之童。"补明凤姐也不是不识字，识字不多，应付不了文书。

第 74 回抄检大观园时："凤姐因当家理事，每每看开帖并账目，也颇识得几个字了"，可证凤姐到这时才略微识得几个字，但基本仍不识字，故应付不了文书，所以要请未冠之童彩明做秘书。即第 14 回写："说着，便吩咐彩明念花名册，按名一个一个的唤进来看视。"第 42 回："一语提醒了凤姐儿，便叫平儿拿出《玉匣记》着彩明来念。"

后四十回正写凤姐不识字，与上述前八十回凤姐不识字的描写完全吻合，

---

① 指不学无术的人也会起个字号，而不起字号的读书人反倒显得没读过书而成了假的读书人。

即第 92 回:"贾母听了笑道①:'好孩子,你妈妈是不认得字的,所以说你哄她。'"又第 88 回鸳鸯让惜春给贾母抄经时说:"老太太因《心经》是更要紧的,观自在又是女菩萨,所以要几个亲丁奶奶、姑娘们写上三百六十五部,如此又虔诚、又洁净。咱们家中除了二奶奶,<u>头一宗她当家没有空儿</u>,<u>二宗她也写不上来</u>,<u>其余会写字的</u>,不论写得多少,连东府珍大奶奶、姨娘们都分了去。"画线部分可证凤姐不识字,不会写毛笔字。

凤姐出生于大家族,且当男儿养大,却没念过书而不识字,令人颇感意外。这也可以证明她是庶出而非嫡出,见上节"三、贾赦与贾敬为同一人考"处"(4)"有论。

(四)凤姐得病在于一夜未眠,用心过度

正如黛玉得病于在宝玉赠帕上题诗时的激动②,凤姐则得病于牵挂贾琏而一夜未眠、劳心过度。(当然,书中写的全都是某次缩影。在原型中乃是经常如此、而非一夕之功,方能致病。)

第 14 回贾琏命令昭儿回家来拿过冬用的大毛衣服。凤姐在操劳家务到很晚后,因对贾琏在外拈花惹草不放心,所以仔细盘问昭儿到更晚,然后又连夜为贾琏准备大毛衣服,结果"赶乱完了,天已四更将尽,总算睡下,又走了困,不觉又是天明鸡唱,忙梳洗过宁府中来。"

庚辰本于"又走了困"处有侧批:"此为病源伏线。后文方不突然。"即此时已四更将尽(即快凌晨 3 点多了)。据本书"第一章、第二节"考明:凤姐是五更寅正(4 点)起床,所以凤姐最多还能睡半个小时,更何况此时睡下,由于过了要睡觉的时辰,想睡的念头也没了,所以一直没能睡着,不一会儿便鸡鸣而要起床了。

凤姐此夜因盘问贾琏在外情形,又连夜为贾琏准备冬衣而导致一夜未眠。根据上引脂批,作者写贾琏要大毛衣服,目的就是引出凤姐上述情节,来为凤姐种下病根、伏其早逝。

其实这一夜也是凤姐因操劳而不眠的众多个夜晚中的一个。作者以此为缩影,写出凤姐早夭于劳心过度而经常晚上不眠。这就给经常熬夜的世人敲响了警钟。

(五)王熙凤贞洁不淫考,以剔除历来批者对王熙凤情节的性联想
(1)第 6 回凤姐与贾蓉并无暧昧情状

第 6 回刘姥姥正要向凤姐述苦告贷,这时贾蓉来求凤姐帮忙办事,即宁国府贾珍向凤姐借"那架玻璃炕屏"。刘姥姥眼中的贾蓉是"一个十七八岁的少年,

---

① 此四字程乙本改作"笑着对巧姐说"。
② 见第 34 回"情中情因情感妹妹"戚序本回前批:"两条素帕,一片真心;三首新诗,万行珠泪。"此回写宝玉命晴雯送两方旧手帕给黛玉,黛玉猜得其中爱意而题诗三首,"林黛玉还要往下写时,觉得浑身火热,面上作烧,走至镜台揭起锦袱一照,只见腮上通红,自美压倒桃花,却不知病由此萌。一时方上床睡去,犹拿着那帕子思索,不在话下。"

面目清秀，身材夭娇，轻裘宝带，美服华冠。（甲侧：如①纨绔写照。）刘姥姥此时坐不是，立不是，藏没处藏。凤姐笑道：'你只管坐着，这是我侄儿。'刘姥姥方扭扭捏捏在炕沿上坐了。"

此前刘姥姥在周瑞家说："这凤姑娘今年大还不过二十岁罢了，就这等有本事，当这样的家，可是难得的。"可证凤姐今年当二十左右，比贾蓉大一二岁。本书"第一章、第三节、第6回"考得贾蓉比宝玉大9岁，此年为18，凤姐比宝玉大12岁（而非7岁），此年21（而非16），比贾蓉大三岁（而非小2岁），两人年岁相当，且都青春貌美，故有人怀疑两人有私情。

凤姐允借后，贾蓉才走，"这里凤姐忽又想起一事来，便向窗外叫：'蓉哥回来。'外面几个人接声说：'蓉大爷快回来。'贾蓉忙复身转来，垂手侍立，听何指示。（甲眉：传神之笔，写阿凤跃跃纸上。）那凤姐只管慢慢的吃茶，出了半日的神，又笑道：'罢了，你且去罢。（蒙侧：试想"且去"以前的丰态，其心思用意，作者无一笔不巧，无一事不丽。）晚饭后你来再说罢。这会子有人，我也没精神了。'贾蓉应了一声，方慢慢的退去。（甲侧：妙！却是从刘姥姥身边、目中写来。度至下回。）"凤姐欲言又止，又说此时没心情，不少人便据此断言凤姐与贾蓉关系暧昧。

其实上述情节描写出来的凤姐形象完全正大光明。如果两人真有私情，贾蓉也不必亲自来借，差个小厮前来即可办成，凤姐也不会在其开口求借时刁难说已借走，害得贾蓉央求说："婶子若不借，又说我不会说话了，又挨一顿好打呢。婶子只当可怜侄儿罢。"一派撒娇求怜的苦样。凤姐笑说："也没见我们王家的东西都是好的不成？一般你们那里放着那些东西，只是看不见我的才罢②。"贾蓉又赔笑说："哪里有这个好呢？只求开恩罢！"凤姐说："若碰一点儿，你可仔细你的皮！"这才借给他。

如果两人有私情，凤姐更不会在外人刘姥姥面前叫他回来又叫他走，露出留恋不舍的样子。这番举措肯定是真有事情要贾蓉去办，只是不便让刘姥姥听到，或者应当"三思而后行"，所以又叫他先回去（"罢了，你且去罢。晚饭后你来再说罢。这会子有人，我也没精神了"）。凤姐当着刘姥姥的面叫贾蓉回来，然后又叫他走、而不说破，恰可证明她和贾蓉毫无私情、正大光明。

其实只要弄明白凤姐所言何事，便可判断凤姐上述那番神情是否像众人猜测的那样富有私情。蒙王府本侧批只言作者把这时凤姐的神情写得极为美艳动人，好在甲戌本眉批倒是透露给我们："往下一回中去找所谈何事"，即其所批的"度至下回"这四个字。

今按下回第7回掌灯时，凤姐向王夫人汇报重大事情，提到明天要到贾蓉家做客这件事："凤姐又笑道：'今儿珍大嫂子来，请我明儿过去逛逛，明儿倒没有什么事。'王夫人道：'有事没事都害不着什么。每常她来请，有我们，你

---

① 如，当作"为"。
② 指凡是看到王熙凤家有好东西，都要想办法弄走。

自然不便意①，她既不请我们，单请你，可知是她诚心叫你散淡散淡②，别辜负了她的心，便是有事，也该过去才是③。'凤姐答应了。"王夫人说不管有事没事都得去。可见凤姐叫住贾蓉是想当面回他明天是否到他家去玩的事。正想说时，又想起这件事得事先经过王夫人应允才行，所以决定暂时不说，等晚上问明王夫人后再作决定，所以又叫贾蓉先回去，等晚上再派人来听回音。

（2）众批者由第12回凤姐语所作的淫欲联想

第12回凤姐骗那中了"相思局"的贾瑞说："果然你是个明白人，比贾蓉两个强远了。我看他那样清秀，只当他们心里明白，谁知竟是两个糊涂虫，一点不知人心。"后人又据此，更加认定第6回写的是贾蓉、凤姐两人的暧昧事。

其实谁会"不打自招"地供认自己的奸情呢？由凤姐敢说这事，可证绝无此事，所以庚辰本在"谁知竟是两个糊涂虫"处侧批："反文。着（zhuó）眼。"即让看官们睁大眼睛，注意这是在说反话，点明凤姐与贾蓉、贾蔷并无暧昧之事，她在贾瑞面前这么说，是女人"欲擒故纵"的狡猾手段。

可惜清人只能看到删去脂批的程甲本，看不到那句话的脂批，便误以为说那话的凤姐是荡妇，于是戴着有色眼镜批出一大堆黄色联想的文字来，即第6回王希廉总评："贾蓉借玻璃炕屏，何必写眉眼、身材、衣服、冠带？作者自有深意。凤姐先假不允，贾蓉屈膝跪求，始允借给：贾蓉出去，又唤转来，凤姐出神半日笑说：'罢了，晚饭后你来再说，这会子有人'等语，神情闪烁飘荡，慧眼人必当看破。"批出这种文字来的人真是"色迷慧根"④而上了作者大当。

又如上文引第6回"那凤姐只管慢慢的吃茶，出了半日的神"句下，大某山民有批："包藏无限，阿蓉立倦矣。"又"这会子有人，我也没精神了"句下，东观阁有侧批："神情如画，然毕竟是难事。"即猜凤姐当是在想："我"与贾蓉偷情之事毕竟难办，还是算了吧。同一句下，张新之又有夹批："现淫妇身、说淫妇法。作者之心，鬼也？魔也？佛也？"更是走火入魔。

又第12回贾瑞在贾敬生日宴上对凤姐起了淫心，书中写"凤姐儿是个聪明人，见他这个光景，如何不猜透八九分呢"，这时大某山民眉批："聪明人如何便猜八九分呢？是作者冷刺之笔。"又作夹批："也是贼，以贼遇贼，安得无事？"视凤姐为偷情的贼，而且还是惯贼，可谓诬蔑。（某女子明白对方对己心怀不轨，便能证明该女子不贞，这显然不合逻辑。）

这时凤姐向贾瑞假意含笑道："等闲了咱们再说话儿罢。"大某山民侧批："凤姐软语，故意令贾瑞心醉，然已不怀好意矣。"说凤姐对贾瑞也开始不怀好意起来，真是颠倒黑白。

下文凤姐问：男人们都避开我们女眷上哪儿去了？即"凤姐儿说道：'在这

---

① 便意，即"便宜"，指方便、沾光之意。
② 散淡，指悠闲、逍遥自在，此处当指"散散心"。
③ 指：即便忙于事务，也当抽空前去。
④ 指心窍为色欲所迷。

里不便宜？背地里又不知干什么去了！'（蒙侧：偏是爱吃酸醋。）"这时"尤氏笑道：'哪里都像你这么正经人呢？'"大某山民侧批："却应上文与瑞儿说话。"陈其泰批："反托之笔。"①其实尤氏称凤姐为人"正经"说的是真心话，而大某山民偏要挖苦凤姐："刚才怎么和贾瑞说起调情的话来？"而陈其泰更说：尤氏那是故意在说反话，即尤氏那话其实是在讽刺凤姐这人"假正经"。

第12回凤姐骗那中了"相思局"的贾瑞说："果然你是个明白人，比贾蓉两个强远了。"诸批者不知"若真有奸情谁会作此语"的道理，反倒去批真有奸情的话来，即大某山民批："凤姐口中说出贾蓉，令贾瑞魂迷。"陈其泰批："'蓉儿兄弟'云云，竟明说耶？谅来'真人面前，不能说假话'耳。"②黄小田夹批又来一句："直提'贾蓉、贾蔷'，毒极，使之（指贾瑞）必入局中，然则天鹅肉并非不许人吃也？"更是说：凤姐只想把自己这块天鹅肉给清秀的贾蓉、贾蔷吃，不愿给年长色衰的贾瑞染指。

陈其泰又于回末作总评："蚁不钉无缝之砖。贾瑞之来，非凤姐风声有以召之耶？不知文者，谓此回为凤姐洗濯；知文者，谓此回为凤姐坐实也。人不风月，则'风月鉴'中胡为乎来哉？神仙之鉴③，如温峤之犀，魑魅、罔两④莫能遁也。书中自有正面，读者可反观得之。"⑤即认定：作者正面写凤姐不淫，但读者当观其反面，看到作者是在暗写凤姐之淫。因为第12回贾瑞所照的"风月宝鉴"中有她，她如果不淫，神仙焉能用她来迷惑世人？又说：凤姐如果贞洁，则贾瑞必不敢来调戏。此二说之谬，其实不值一辨。若按此说，某甲长得美，勾起某乙淫念，便可判定某甲必淫，从而将"长得美"与"此人淫"画上等号，有是理乎？警幻镜中所现，乃照镜者贾瑞心中的影像，贾瑞心中只有凤姐这一个美人，自然镜中只会显现出凤姐一人之形，"色不迷人人自迷"，我们怎么可以把进入淫人心中的美人，视作这位美人是淫人的证据呢？

第13回："话说凤姐儿自贾琏送黛玉往扬州去后，心中实在无趣，每到晚间，不过和平儿说笑一回，就胡乱睡了。"大某山民于"心中实在无趣"后批："琏儿才出门便心中无趣，然则凤姐固'风月宝鉴'中第一人也。"因为全书"风月宝鉴"这面镜子中显现出来的女子，作者其实只写到凤姐一个人，所以批者便称凤姐为"'风月宝鉴'中第一人也"。其以入镜者皆当为淫人，故有此批；其说之荒谬，上已有辨。他在"不过和平儿说笑一回"下又作夹批："何不就商于蓉、蔷。"则批者以己淫邪之思强加于人，言凤姐可以唤贾蓉、贾蔷

---

① 《桐花凤阁评〈红楼梦〉辑录》第78页。
② 《桐花凤阁评〈红楼梦〉辑录》第78页。
③ 鉴，指"风月宝鉴"，其乃警幻仙子所制，故称"神仙之鉴"；第12回贾瑞在其中照见了凤姐，批者便说凤姐是淫人，显然没有这种道理。因为所有女子无论贞淫，用"风月宝鉴"一照，就像今天的 X 光一样，全都显出白骨之状。换句话说，警幻仙子并没有规定"风月宝鉴"只能照荡妇而不能照贞洁女子，所以根据"风月宝鉴"中有凤姐，便定凤姐淫荡不贞，无有是处。
④ 罔两，即"魍魉"。
⑤ 《桐花凤阁评〈红楼梦〉辑录》第80页。

来伴宿，未免太过分、太唐突凤姐了。

（3）第15回以后，凤姐毫无淫欲方面的情状

第15回"王熙凤弄权铁槛寺、秦鲸卿得趣馒头庵"，回末陈其泰总批："智能者，凤姐之影身也。（智而且能，非凤姐而谁属耶？）凤姐在庵，得与秦钟畅其所欲，且与宝玉同乐，此行真乃天假之缘。借智能作话头，非用智能作牵头也。"又批："'宝玉、秦钟算何账目，未见真切，存为疑案'，妙绝、妙绝。若说明，反而无味矣。"又批："凤姐夕拥二俊，日进三竿，快活极矣。然多欲所以致病，多财所以致祸，皆于此引起。"①陈其泰把此回秦钟与智能儿苟合，说成是影写凤姐与秦钟苟合，又说凤姐此晚当与宝玉、秦钟"二俊"同床共枕，日上三竿仍卧床不起，并说凤姐早夭之病由淫而起，这真是"意淫"得令人瞠目结舌，让人不禁感慨："欲加之罪，何患无辞！"

第16回为省亲做准备，贾蔷说贾珍让他去姑苏采买戏子，"贾琏听了，将贾蔷打量了打量，笑道：'你能在这一行么？……'……贾蓉在身旁灯影下悄拉凤姐的衣襟，凤姐会意，因笑道：'你也太操心了，……依我说就很好！'"于是王希廉在回前总批："贾蓉听见贾琏说'贾蔷可能在行？'即悄拉凤姐衣襟，凤姐亦即全意帮衬。三人情况何如，读者当自思之。"其意指：凤姐因为和贾蓉、贾蔷有奸情，所以才会帮贾蔷说话。这是批者有意寻找凤姐与人有染的证据，总算又"捕风捉影"到一条可以"人人（凤姐）以罪"的罪证，令人可笑！

第21回：贾琏对平儿说："她防我像防贼的，只许她同男人说话，不许我和女人说话，我和女人略近些，她就疑惑，她不论小叔子、侄儿，大的、小的，说说、笑笑，就不怕我吃醋了？以后我也不许她见人！"平儿答："她醋你使得，你醋她使不得。她原行的正、走的正，你行动便有个坏心，连我也不放心，别说她了！"下来凤姐见他俩男的在屋里、女的在窗外说话，便开他们玩笑说：房子里没有别人，两个人正好在一起说说悄悄话，即凤姐说："正是没人才好呢。"平儿听了便说："这话是说我呢？"凤姐赔笑道："不说你说谁？"平儿道："别叫我说出好话来了。"说着，也不打帘子让凤姐先进，自己先摔帘子进了屋。平儿是在说：我可要说生气发火的话了！而王希廉回前总批却以为平儿是要说凤姐不贞的把柄了，等于把平儿上文自己说的"她原行的正、走的正"视而不见，或认作谎话；焉有此理？

按王希廉回前总批："贾琏说'不论小叔、小侄儿，说说笑笑'，却也看出破绽。平儿说'别教我说出好话来'，是皮里阳秋。"在"她不论小叔子、侄儿，大的、小的，说说、笑笑，就不怕我吃醋了"句下，东观阁又有侧批："凤姐之放荡，从琏二爷口中说出，曲笔。"

第23回大观园中管玉皇庙、达摩庵两处小女尼、小道姑这桩美差，凤姐硬从贾琏手中夺走，给了贾芹，并说要把种树的差事派给贾芸，贾琏趁机要挟道："果这样也罢了。只是昨儿晚上，我不过是要改个样儿，你就扭手扭脚的。"指

---

① 《桐花凤阁评〈红楼梦〉辑录》第87页。

贾琏昨晚按照秘戏图换了个性交的样式,凤姐不肯,贾琏便用派贾芸差事这件事来要胁凤姐:"今晚就范(指听从指挥),我贾琏才会答应你凤姐的请求。"书中接下去写凤姐的反应:"凤姐儿听了,'嗤'的一声笑了,向贾琏啐了一口,低下头便吃饭。"这明明是在写凤姐性生活方面非常保守,其人是贞洁而非淫荡,可惜庚辰本在贾琏那通话旁边有侧批:"写凤姐风月之文如此,总不脱漏。"这明明是写贾琏风月而凤姐不风月,批者显然批错了对象。好在王希廉回前有总批:"芹儿管事在芸儿之先,足见凤姐之权胜于贾琏。贾琏于说芹、芸管事时,忽带说昨晚亵语,描写少年夫妇情景最为深刻。"这次总算比较公正,没有牵强附会出那种可羞凤姐的话来。由此可见庚辰本之批实为欠妥,当作"写<u>贾琏</u>风月之文如此,总不脱漏。"

(4)唯一令脂砚斋不安而删去的所谓凤姐与贾蓉"暧昧"情状之文

第68回为贾琏偷娶尤二姐事,"酸凤姐大闹宁国府",回末脂本只有这么一句:"尤氏忙命丫鬟们伏侍凤姐梳妆洗脸,又摆酒饭,亲自递酒拣菜",共25字,而程高本却是好大一段:

> 凤姐儿道:"罢呀,还说什么拜谢、不拜谢。"又指着贾蓉道:"今日我才知道你了。"说着,把脸却一红,眼圈儿也红了,似有多少委屈的光景。①贾蓉忙陪笑道:"罢了,婶娘少不得饶恕①我这一次。"说着,忙又跪下了。凤姐儿扭过脸去不理他,贾蓉才笑着起来了。②这里尤氏忙命丫头们舀水,取妆奁,伏侍凤姐儿梳洗了,赶忙又命预备晚饭。凤姐儿执意要回去,尤氏拦着道,"今日二婶子要这么走了,我们什么脸还过那边去呢?"贾蓉旁边笑着劝道:"好婶娘!亲婶娘!已后蓉儿要不真心孝顺你老人家,天打雷劈。"凤姐瞅了他一眼,啐道:"谁信你这——"说到这里,又咽住了。③一面老婆、丫头们摆上酒菜来,尤氏亲自递酒、布菜。贾蓉又跪着敬了一钟酒。凤姐便合尤氏吃了饭。丫头们递了漱口茶,又捧上茶来。凤姐喝了两口,便起身回去。贾蓉亲身送过来,才回去了【注:程甲本"才回去了"四字,程乙本改作:进门时,又悄悄的央告了几句私心话,凤姐也不理他,只得快快的回去了】④。

大某山民在①处侧批:"我也说不出。"点凤姐与贾蓉有暧昧不可言说之事。在②处侧批:"私情如画。"点两人有见不得人的私情。东观阁在③处侧批:"'咽住',妙在其中。"大某山民在③处侧批:"妙。"眉批:"瞅着贾蓉,欲说、咽住,二婶娘情思未断。"批者们全都把整个过程往两人私情处联想。王希廉总评:"哭骂吵闹后,忽指着贾蓉道:'今日才知道你了',脸上眼圈儿一红,及贾蓉跪下,凤姐扭过脸去,贾蓉说:'以后不真心孝顺,天打雷劈。'凤姐瞅了一眼,诨说:'谁信你——!'又咽住不说。此一段文字,隐隐跃跃,暗藏无限情事。如金鼓震天时,忽有莺啼燕语②,又如一片黑云中微露金龙鳞爪。文人之笔,莫可端倪。"堪称是两人有私情的定评。

---

① 二字程乙本改作"担待"。
② 指凤姐兴师问罪中,忽然被漂亮的贾蓉用柔情蜜意感化而心肠顿软。

今按：这段描写不见于脂本，但应当是曹雪芹的手笔，①处是凤姐在说"平时我如此照顾你贾蓉，如今才知道你这么坑害我"，这也是很正常的话语，看不出有任何私情在内。②处贾蓉见凤姐不用话来呛他了，便知道凤姐心中已经原谅了他，所以凤姐才会扭过头去委婉地表示自己不愿接受他的道歉（凤姐心中若是不愿原谅他，肯定会说出"别跪，我不接受你道歉"等分量重的话来）。贾蓉因她心中已经回心转意，于是赔着笑脸站起身来。这写的也是人之常情，也实在看不出两人有什么私情来。③处凤姐未说完的话，应当和第28回写黛玉骂宝玉的话相同，即："林黛玉看见，便道：'啐！我道是谁，原来是这个狠心短命的……'刚说到'短命'二字，又把口掩住"，此处亦然，是咒贾蓉之语："谁信你这狠心短命的？"凤姐不忍心说出咒骂别人的话来，也不见得有什么私情在内。最后④处贾蓉送凤姐回荣府时，程甲本作"才回去了"，并无任何亲密的言行，即便程乙本改作贾蓉"又悄悄的央告了几句私心话"，私心话即贴心话，说些这种好听的、贴心的话，也是平息对方怒气的日常礼数、人之常情，不能代表两人有什么私情。但这①②③④四处的确会给人以贾蓉和凤姐有私情的感觉来，从而影响凤姐此前的贞洁形象，所以脂砚斋在誊抄时便果断地将其删节掉了。（我们不认为这是作者曹雪芹在改稿时所删，因为曹雪芹笔底没有一丝凤姐与贾蓉两人有私情的想法在内，所以他本人没必要删；认为这些情节中有私情而要将其删除的，只可能是作者以外的人，所以我们认为这是脂砚斋出于维护作品人物形象前后统一所作的技术处理。）

（5）周瑞老婆与何三奸情的荒谬

无独有偶，这些身处脂砚斋之后而看不到脂砚斋批语、不了解曹雪芹创作意图的清代批者们，又认为何三说自己和干妈（周瑞老婆）"有情"是奸情，这也属于邪思太重。

第111回何三说："什么敢不敢？你打量我怕那个干老子么？我是瞧着干妈的情儿上头，才认他做干老子罢咧。"东观阁侧批："周瑞家的可见不干净，从何三口中说出。"大某山民亦侧批："此言不便说明，读者意会之可也。"又眉批："周瑞家的不干净，何三自说乃为凿槽嵌榫。"王希廉此回总评亦言："何三说看干妈情儿上，不知周瑞家与何三有何情分？是作者暗笔。"即认为何三是"不打自招"，供认自己和干妈有染。

以上都是信口胡批，因为奸情断无自首之理①，何三敢于说"有情"，则这情断非奸情而是亲情（指除了性爱之外的友谊与家人感情）。

这几位批者好像又发现了一个新宝藏，于是把很多性联想全都用到周瑞老婆身上。下文何三引强盗打劫贾府，被包勇打死在地，书中写众人"细细的一瞧，好像是周瑞的干儿子"，这时东观阁侧批说何三是"周瑞家的心肝肉"。大某山民又眉批："不是他是谁？但不信何原故竟偏偏是他，又害他干妈咒一

---

① 详上文"（2）"所论的第12回王熙凤"自首"与贾蓉、贾蔷暧昧，当如脂批所批是"反文"。

场。"

周瑞家的因何三涉盗而被撵出贾府，见第 112 回：贾政"立刻叫人到城外将周瑞捆了，送到衙门审问。林之孝只管跪着，不敢起来。贾政道：'你还跪着做什么？'林之孝道：'奴才该死，求老爷开恩。'"可见周瑞被林之孝等众人保了下来，未因何三之事送官。但第 113 回刘姥姥再来贾府时："进了门，找周嫂子，再找不着，撞见一个小姑娘，说：'周嫂子得了不是了，撵①了。'"王希廉回前总评："上回叫'捆起周瑞送官'，说得一句话，并未发落。今于刘老老口中补出周瑞家有事被撵，一丝不漏。至于如何并不送官，如何逐出，必是王夫人之力。若是细细叙明，于正文无甚关系，徒浪费笔墨。简略处极有斟酌。"交代清楚王夫人把周瑞一家给撵走了，但没有送官。画线部分的"说得一句话"是指周瑞因为林之孝为他说了句求情的话，得以幸免官府追究而"并未发落"。

（6）凤姐只是财迷，是封建礼教（妇德）教育出来的不淫的大家闺秀

作者塑造了宝玉这个奇男子，而凤姐便是作者所塑造的奇女子，两人皆不淫②。

现实生活中的人皆有七情六欲，难免贪色好淫。但此书是小说，小说中的人物是"源于生活而又高于生活"的艺术典型，作者只想把宝玉塑造成多情博爱的典型，把凤姐塑造成贪财揽权的典型，只要作者无意于把一丁点淫欲塑造到宝玉和凤姐这对人物身上，他们便能做到没有淫念。

同时，作者塑造人物时又不"脸谱化、公式化"，即第 43 回尤氏因怜惜周、赵两位姨娘没钱，把她俩出的份子钱退还给她们，二人"千恩万谢的方收了"，这时庚辰本有夹批："尤氏亦可谓有才矣。论有德比阿凤高十倍，惜乎不能谏夫治家，所谓'人各有当'也，此方是至理至情。最恨近之野史中，恶则无往不恶，美则无一不美，何不近情理之如是耶？"因此，书中写善人便也会写其某些不善之处，比如作者着力塑造凤姐的能干，同时又不忘写其害死贾瑞与尤二姐的歹毒，同时更不忘在写她歹毒的同时，又写她怜贫惜老、善待刘姥姥的义举。但作者无意在凤姐身上写一丁点淫欲多情，所以凤姐的原型固然会七情六欲，但作者笔下的凤姐却是"贞洁不二③"的典型。

何以见得宝玉与凤姐这两位是作者在书中"对峙立局"的一对人物？

第 2 回"冷子兴演说荣国府"前，贾雨村在扬州城外"智通寺"看到一位老僧，以为是高人，结果"既聋且昏，齿落舌钝，所答非所问。雨村不耐烦，便仍出来"，这时甲戌本有眉批："毕竟雨村还是俗眼，只能识得阿凤、宝玉、黛玉等未觉之先，却不识得既证之后。"把凤姐和全书男女两大主角宝玉、黛玉并举。事实上，从全书戏份来看，凤姐在书中的份量很重，相当于是第三号人物，所以批者要把她和宝玉、黛玉相提并论，把她视为和宝钗不相上下的第三、

---

① 此处程乙本补"出去"两字。
② 不淫，指皮肤滥淫的淫乱、淫荡。宝玉是"意淫"，非此种之淫。凤姐则更不意淫。
③ 不二，指在性爱上没有二心。

第四号主角。

第25回"魇魔法叔嫂逢五鬼、通灵玉蒙蔽遇双真"中，不是别人，又是此二人（宝玉与熙凤）被马道婆驱使的五鬼所迷。一僧一道前来解救时说："你家现有希世奇珍，如何还问我们有符水？"又说那通灵宝玉："长官你哪里知道那物的妙用。只因它如今被声色、货利所迷，故不灵验了。"明里是说那玉石，其实是在说：我们每个人原本就具有的佛性（也即所谓的"通灵本性"）原本都可以免邪祟、治冤疾、知祸福。但我们每个人如果蒙蔽了这一本性，便会受到各种邪魔的扰害而得病①，从此不知祸福②。五鬼之所以能得逞，表面看是赵姨娘请马道婆施了魔法，但本性能被魔侵，魔法只是外缘，内因却是本性被迷。宝玉乃迷于"声色"，即"粉渍、脂痕"染污了通灵宝玉（第25回和尚语），熙凤是迷于"货利"，是金钱、青蚨染污了心田，五鬼（即五欲之乐）便对他俩有了可乘之机。

作者秉菩萨心肠撰此一段文字，为的就是向大众揭明每个人本性中原来就有的大光明。此"通灵宝玉"人人皆有，落胎时与生俱来，其即佛教所谓的"大圆镜智"，也即所谓的"佛性"。此"性中大光明"普照恒河沙，可除一切冤孽，可镇一切五鬼。

书中写一僧一道入门施救时："众人举目看时，原来是一个癞头和尚与一个跛足道人"，这时甲戌本有夹批："僧因凤姐，道因宝玉，一丝不乱。"也是两人并重，足证宝玉和凤姐这对人物是作者所树立的两个典型，一个是慕色而不淫的典型，即奇男子贾宝玉；一个是好货利、揽权势的典型，即女中豪杰王熙凤。由宝玉之不淫，也可推知凤姐的不淫。

正因为两人是作者对峙立局的贾府最重要的一对活宝（一个是慕色彻悟的活宝，一个是贪财受报的活宝；一个是"色鬼"活宝，一个是"财迷"活宝），所以第3回黛玉入贾府时，所有出场迎接者中，作者起特笔而写的便是这二位。

作者先写的是"未见其人，先闻其声"的凤姐，即黛玉与众人谈话时"一语未了，只听后院中有人笑声，说：'我来迟了，不曾迎接远客！'（甲眉：另磨新墨，掭锐笔，特独出熙凤一人。未见其人，先使闻声，所谓'绣幡开，遥见英雄俺'也。）黛玉纳罕道：'这些人个个皆敛声屏气，恭肃严整如此，这来者系谁，这样放诞无礼？'"下来便着力描写凤姐在书中的首次出场，可谓美艳绝伦、伶牙俐齿。

然后再写的便是"未见其人，先闻其恶名昭著"的宝玉出场，即："一语未了，只听外面一阵脚步响，（甲侧：与阿凤之来相映而不相犯。）丫鬟进来笑道：'宝玉来了！'（甲侧：余为一乐。）黛玉心中正疑惑着：'这个宝玉，不知是怎生个惫懒人物，懵懂顽童？倒不见那蠢物也罢了。'心中想着，忽见丫鬟话未报完，已进来了一位年轻的公子：……面若中秋之月，色如春晓之花。……系着

---

① 所受各种邪魔中最大的便是财和色，也即上文所谓的"声色"和"货利"。佛教称"财、色、名、食、睡"为五欲，"名"便与官位、权势有关。世俗又以"酒色财气"为四大害。
② 即利令智昏而看不清人生的正确方向。

一块美玉。黛玉一见，心下想道：'好生奇怪，倒像在哪里见过一般，何等眼熟到如此？'（甲侧：正是想必在灵河岸上三生石畔曾见过。）"

凤姐与宝玉两人的首次出场分量相当，这就证明：两人在书中分别代表着作者所塑造的贾府中"慕色"与"贪财"的两个活宝、两大典型。

正因为两人是作者着力塑造的两大典型，所以第2回"冷子兴演说荣国府"时，其重点介绍的也就是这两个人，其他人则一笔带过。其介绍宝玉时，说起宝玉"将来色鬼无移了"的种种异事，这时贾雨村说："非也！可惜你们不知道这人来历。"于是宏论世间"钟灵毓秀"之人"成则为王、败则为寇"，成功则受人赞誉，失败则被人诋毁，无论成败，其实都是非凡之人。

最后冷子兴又介绍到贾琏妻子王熙凤，夸她"竟是个男人万不及一的"，甲戌本侧批："未见其人，先已有照。"雨村听后笑道："可知我前言不谬。你我方才所说的这几个人，都只怕是那正邪两赋而来一路之人①未可知也。"可见作者在"冷子兴演说荣国府"时，特笔所写的贾府中人，不过宝玉、凤姐两个，而且都是在为第3回林黛玉入贾府时两人的首次出场做铺垫，此即脂批所谓的"未见其人，先已有照"之旨，也即脂批所谓的"画家三染法"（第2回甲戌本总批）中的第一染。所以第3回林黛玉入贾府时，重点写的也只有宝玉、凤姐这两人的出场，其他人都是陪客而略写，这便是第二染。

《红楼梦》全书以宝玉、黛玉为主角，而以宝钗、凤姐为副主角，宝玉与凤姐是贾府府内诸人中的一对主角，而黛玉、宝钗便是贾府府外的外姓人中的一对主角，四人地位不相上下。

总之，作者本着全书"福善祸淫"之旨，以"福善"为陪（仅写凤姐与贾母怜老惜贫而刘姥姥知恩图报、搭救巧姐这件事），以"祸淫"为主。其"祸淫"中，不光写男人之淫而得恶报（贾瑞起淫心、秦钟勾引智能儿而贾、秦二人皆死）、女人之淫而得恶报（秦可卿、鲍二老婆奸情败露而双双上吊）、慕男色者得恶报（冯渊被薛蟠打死，薛蟠遭柳湘莲暴打）、以男色事人者得恶报（秦钟早夭）；更写不淫者多欲亦得恶报，其中又分"财、色"两类，写了慕色而不淫的宝玉这个典型，又树了个与之对峙立局的贪财而不淫的典型凤姐②，写明淫有恶报，而"多情不淫、多欲不淫"也有惨报，可谓秉菩萨心肠劝世教俗而来撰成此书，用心良苦。

何以不淫也会有恶报？乃是"淫为万恶之首"。这不是说万恶皆由淫发生，而是说：恶行中例举其中最大的"淫"来作为所有恶行的代表。所以不淫而行其他恶事仍有恶报。

---

① 指正邪两赋而来的一路之人，也即同一类人。
② 全书除了"色迷"的典型贾宝玉、"财迷"的典型王熙凤外，还树了个"官迷"的典型贾雨村，"淫迷"的典型贾赦、贾珍、贾琏、贾蓉这一家三代四口人。

第四章 《红楼梦》"梦幻写实"主义的创作风格

一、《红楼梦》"梦幻写实主义"风格源于对梦境的模仿

笔者在前一部书《宁荣府大观园图考》中更多的是展示《红楼梦》的写实性，而本书《红楼时间人物谜案》更多的是展示《红楼梦》的梦幻性，两者结合起来，便能看出曹雪芹的创作手法便是基于现实的梦幻，我们称之为"梦幻现实主义"。而"梦幻、现实"这两者其实都能概括在"梦"这个字眼下，因为梦既源于现实，同时又有超越现实的荒诞之处。

曹雪芹在《红楼梦》的书名中，用"梦"字来标榜：他完全依照"梦"的思维机理来创作出这部空前绝后的长篇小说。这在全世界范围来说，很可能是第一部，而且也很可能是唯一的一部。

梦境是现实的反映，但却又是只存在于意识中的超越现实的荒诞反映。作者借鉴梦来创作这部小说，梦的前一特性决定了这部小说的"写实"性，而梦的后一特性决定了该书又具有一种"梦幻"主义的风格，我们统称之为"梦幻写实主义"的创作风格。

全书整部作品在写实的大前提下，会像"梦"一般，对时间原型作颠倒错乱的处理，对人物原型作张冠李戴的嫁接，全书就像"哈哈镜"般扭曲了时间和人物，但唯有一样真实而不可扭曲的，那便是空间。梦中的时间、人物相对于原型而言，都是"哈哈镜"般、"香炉中所焚之香冒出来的青烟"般混乱扭曲的反映；只有空间相对于原型而言，却能做到"平面镜"般真实井然、纹丝不乱。

（一）《红楼梦》荒诞错乱、扭曲变形的时间风格

梦境中的每一片段都源于现实，而片段间的联系却完全处于跳跃中，没有时间、逻辑上的必然联系。这就决定《红楼梦》每一情节内部的时间井然有序，而片段间的时间联系常可以荒诞无序。我们不能因为全书局部时间上的无序性而否定全书的价值，因为作者的主旨原本就不在于追求时间上的"有序、无差"，作者的文风原本就不在于"拘于时间上的小节"，作者有意要通过自己的艺术创作，来主动追求书名所标榜的"梦境"般的"颠倒错乱、看似合理而细思荒诞"

的时间特色。

时间上的有意荒诞，是《红楼梦》时间上的第一大风格。《红楼梦》在叙事时间上存在一系列的细节矛盾，这是作者借鉴"梦"的思维机理进行小说创作时的"梦幻主义"风格的体现，同时也是他不拘常理的豪放个性使然。

全书存在的这些时间矛盾，其实是作者故意留下来的破绽，旨在暗示其"真事隐、假语存"的创作主旨。作者用"假话"故事来隐写自己家族和人生的"真事"时，故意留下这些破绽来启发读者的疑情①，引导大众察索全书字面下的真相、而有可能成为作者的知音②。

时间上的扭曲变形，是《红楼梦》时间上的第二大风格。《红楼梦》叙事既有年表可循（即本书第二章第一节、第二节所考出者），但在时间细节上却又颇多牴牾③，证明全书的时间序列主体有序，但在细节上却存在一定的随意性而难以捉摸和深考。

其时间原型早已被作者通过"情节挪移"、"改大改小日期"等手法，像"哈哈镜"般扭曲过，很难再看出其时间原型，全书的时间原型再也不能像全书的空间原型那样完整可考。

（二）全书"空间存真、时间梦幻"的风格，同样源于对梦境的借鉴

《红楼梦》运用"梦幻写实主义"手法，充分借鉴梦的思维机理——凡是空间、人物、情节全都是真实的，而时间、年龄、姓名却往往是梦幻的——这是《红楼梦》创作手法上的又一风格特点。

我们都知道，梦是现实的反映，但却是现实碎片化后的无序反映。梦中的空间、事物因其具体而实在的形状，所以变异不大；但时间、意念等无形的东西，则会像炉中青烟那般，伴随梦中的意识流，随意飘荡而无定准：这就决定了梦中的有形之物（空间、情节、人物三要素）皆取材于真实，而无形的"看不见、摸不着"的，仅仅存在于思维观念中的时间、年龄、姓名等要素，全都梦幻不实。这就是《红楼梦》借鉴"梦"的思维机理所体现出来的"有形真实、无形梦幻"的创作手法。

《红楼梦》一书充分借鉴"梦"的这一思维机理，同梦境一样，其空间、人物、情节三个小说要素皆有其真实的原型，而时间、年龄、姓名等小说要素则可以幻觉虚构。全书的主旨在于把"空间（自己家园）、人物（自己家人）、情节（自己家事）"这三者传递给后人，使之能在文学的殿堂中永生。

---

① 疑情，禅宗术语，指对未能获得的真理加以探究的一种疑虑状态。参禅初期就是为了起疑情，古德云："大疑大悟，小疑小悟，不疑不悟"，疑情是开悟的关键。
② 即书首第一回作者为全书所题的自题诗："满纸荒唐言，一把辛酸泪！都云作者痴，谁解其中味？"
③ 即本书"第一章、第三节"末尾所开列的"（三）书中不合理的时间矛盾，以及作者故意留下的时间破绽 17 例"等。

　　而对于时间，作者只想把自己抄家时十四岁的人生作为全书的时间框架定格在书中、流传给后世，从而在书中打下本人与本家族独有的时间烙印；其余大量的时间细节，因没有必要留传交代给后世，所以被作者视为创作中的可有可无的东西，而任意加以扭曲、编排。这就导致全书在时间格局上大体有序，而其时间细节则会因其无形，而在梦境般的创作构思中极易发生变异；因此我们也就不必在意全书时间、年龄上某些细微末节的混乱无序。

　　总之，全书的时间在主流上有序不紊，而在细节上却存在"梦幻"般的荒诞不实。

（三）曹雪芹"梦幻主义"的创作手法，是对汤显祖《临川四梦》"情之所有而理之所无"主旨的实践

　　小说与戏曲相通，戏曲大家汤显祖在《牡丹亭记题词》中，谈到他创作杜丽娘死后还魂这件事时说：按照人世间的道理来说，这肯定是没有的事，但"我"为什么还要写这种荒唐不经的事情呢？那就是因为我要塑造一个有情人，用来证明："情不知所起，一往而深：生者可以死，死可以生。生而不可与死，死而不可复生者，皆非情之至也。梦中之情，何必非真，天下岂少梦中之人耶？必因荐枕而成亲，待挂冠而为密者①，皆形骸之论也。"即真情可以让死者复生，不能让死者复生的感情称不上至情；真情能让有情人在梦中神魂相会，不能在梦中相会者仍非至情。

　　最后汤显祖感叹说："嗟夫，人世之事，非人世所可尽。自非通人，恒以理相格耳，第云：'理之所必无，安知情之所必有邪！'"即人世间的事情，不是世间之人所能透彻理解的。如果不是那种学问通贯古今的人，便经常会用各种所谓的"科学道理"来加以推究，便肯定会来反问"我"汤显祖："像杜丽娘这种人死复生、人鬼情未了的事情，从科学道理的角度来看肯定是不存在的，你又如何能知道它们在艺术和情感的天地中一定存在呢？"

　　人世间的事情原本就不是科学道理所能包括尽的，只有见解通达的"通人"，才不会一直用科学道理来评判事物。当我们说："按照科学道理没有的事情，便是不存在"时，我们是否想到"超越科学道理的情感法则（即'心'）中存在的事，其实也是一种真实的存在"？②

　　汤显祖于是创作了包括《牡丹亭》在内的"临川四梦"③，他所要表达的意思便是：人的真情唯有在"梦"中才能得到发露和宣泄，而"梦"是超越现实的一种意识存在，"梦"中的一切都不受世间物理法则（即科学道理、唯物论）的规范；因此，世间没有的事梦中会存在。在超越现实的"梦"中，情可以超越理。而文艺创作的天地，便是这种超越现实的理想"梦境"。

---

① 指等到挂冠辞官后，才感觉心安、心静。"密"指安、安宁，静、静谧。
② 即唯物论认为没有的事，而唯心论却认为是可以存在的，因为心（意识）本身也是一种存在。
③ 《牡丹亭》、《紫钗记》、《邯郸记》、《南柯记》。

　　《红楼梦》的作者曹雪芹便能深刻领受汤显祖"临川四梦"这一"情之所有而理之所无"的创作主旨。通过下面几张图，我们便可明白汤显祖所说的"情之所有而理之所无"这番道理的奥妙，以及《红楼梦》这部伟大作品与这些图的相通之处。

●最简单的不可能之图

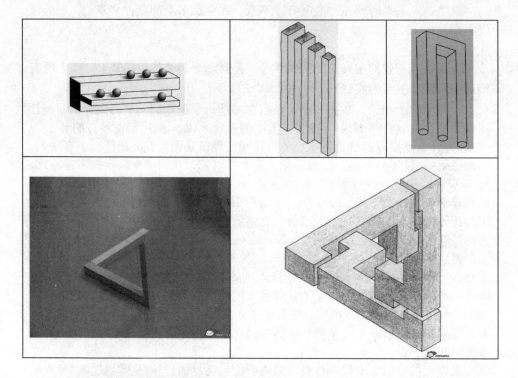

●稍微复杂的不可能之图

以上八张"幻形图"证明了《牡丹亭》"理之所无而情有之"的道理，即：以上作品都是艺术品，在现实世界中都不可能存在，但它们却存在于艺术的世界中。《红楼梦》就像这种图，是一种超越现实世界的艺术存在，源于现实而又高于现实，在现实世界中既可以说存在、又可以说并不存在，它是一种超现实的存在。

《红楼梦》叙事时间与人物年龄上的混乱，正与上面的"幻形图"相通。《红楼梦》就是借鉴我们每个人都做过的"梦"的"颠倒错乱"的思维机理所塑造出来的一种奇特的艺术体。书中的时间、人物、事件虽有其真实的原型，但都已经过作者的编织而错乱无序。唯独书中的空间井然有序，作者只做了"平面镜像"般的处理，从而能一模一样、纹丝不乱地逼真再现现实世界中的空间原型。

而作者笔下的时间和人物，则都存在复杂而错综的影射关系。作者早已把自己十四岁的人生扩展为十九年的故事来写，同时又根据创作主旨的需要进行情节挪移，书中的时间早就像梦境般打碎重组，全都成了碎片化的扭曲存在，就像"哈哈镜"般光怪陆离，很难看出原来那完整有序的时间原型来。所以想凭借元妃原型生于康熙三十一年（1692）正月这一真实的时间原点，来复原书中早已被打碎、扭曲、错位的时间原型，注定必将是非常困难而徒劳的。

（四）作者用他的创作实践来证明小说与梦境本质相通

曹雪芹用他整部书的创作实践，来证明"小说"与"梦境"本质上完全相通，以此来发扬汤显祖"临川四梦"的创作理念和创作实践。

梦境是现实世界的反映，除了空间有实体外，其余"时间、人物、情节"三者在梦中更多的是以符号概念来表达，从而可以视为没有实体。正因为没有实体，所以这三者在梦中就会像虚无缥缈的炉烟般，随着意识流这股风任意迁变，梦境对现实世界"时间、人物、情节"的反映更多的是一种无序、混乱、扭曲而非直接的反映。

《红楼梦》这部书便是借鉴"梦"的这一思维机理所创作出的、梦境般"时序错乱荒诞、人物张冠李戴"的艺术作品。小说旨在虚构，虚构可以有违事实、超越现实，所叙之事在现实世界中未必存在，但一切又都取材于现实，是现实的艺术反映。人们把"痴心妄想、不切实际、有违事实、超越现实"的想法称为"做梦①"，语虽浅显而道理深刻，与小说的虚构之旨正相贯通，"梦"显然就是古今中外小说创作的一大源泉所在。

二、全书"空间存真、时间梦幻"的风格

（一）作者"无意于时间上不伪、而有意于空间上存真"的内证

《红楼梦》就像"梦"一般，其时间早已是"哈哈镜"般扭曲过的荒诞镜像，很难再看出其真实的原型；而其空间却是真实世界的"平面镜像"，有其逼真的原型②。

作者的主旨不在于追求时间上的有序无差，而在于追求空间上的毫无差忒，即第1回楔子："诗后便是此石堕落之乡，投胎之处，亲自经历的一段陈迹故事。其中家庭闺阁琐事，以及闲情诗词倒还全备，或可适趣解闷，然朝代年纪，地舆邦国，却反失落无考。"然后空空道人批评石头身上的故事（即本书《石头记》）说："石兄，你这一段故事，据你自己说有些趣味，故编写在此，意欲问世传奇。据我看来，第一件，无朝代年纪可考"，可证作者的旨趣便是不想写明时间。

下来石头（也即作者）笑着回答说："我师何太痴耶！若云无朝代可考，今我师竟假借汉唐等年纪添缀，又有何难？但我想，历来野史，皆蹈一辙，莫如我这不借此套者，反倒新奇别致，不过只取其事体、情理罢了，又何必拘拘于朝代年纪哉？"再次言明全书旨在传我家族的"事体"和"情理"，连假托汉唐年号的俗套都不用，全书没有年代可考，这反倒显得此书"新奇别致"。以上这些话等于向大众声明：千万不要去细考书中的时间、年龄，因为作者"我"并不致力于此，作者"我"只想致力于流传我家的空间、人物、事情、道理而已，作者"我"无意于做那种"拘于时间等小节"的腐儒。

倒要注意的是"然朝代年纪、地舆邦国，却反失落无考"句甲戌本侧批："若用此套者，胸中必无好文字，手中断无新笔墨。"可证作者极端鄙视那种"斤斤计较书中时间岁月，考证书中所在省份之类"的章句之儒，前来创作这部小说，或来作为此书的读者。则其创作时"不拘小节"的风格便可想见。蒙王府本亦有侧批："妙在'无考'"，是说只有作者这种不拘一格、不顾考证的人，才会无拘无束地写出这等好文章来。

然而甲戌本此句又有侧批："据余说，却大有考证。"则隐约透露出作者在时间与省市大地点上虽然不愿致力，但其中仍然隐藏有真实的时间地点的影子，所以值得考究书中隐含的真实原型。但这并不意味着作品在时间上真的可以考

---

① 按古人"做梦"与"作梦"两词混用不分。如果一定要区分开，睡梦称为"作梦"，而清醒时的异想天开则称之为"做梦"。

② 除了左右相反外，全书的空间与其现实原型一模一样。所以只要明白了作者所作的"镜像处理"这一点，全书的空间原型便一眼就能被人识破。

出"哈哈镜"扭曲前的真实原型。笔者《宁荣府大观园图考》"第一章、第三节"根据书中内证，论明全书值得考证的是空间而非时间；本书《红楼时间人物谜案》"第二章、第二节"例举书中内证，论明全书值得考证的时间不是细节，而是作者以十九年故事隐写自己十四岁人生的大框架。所以全书的地点"南京"、空间"江宁行官"、时间"从康熙五十四年作者出生、到雍正六年抄家这十四岁的人生框架"是有原型的，其余的时间细节则都已经过梦幻式处理，像"哈哈镜"般经过了扭曲，很难再把原型看出来、还原出来。

下文"空空道人听如此说，思忖半晌，将《石头记》再检阅一遍"，甲戌本有侧批："这空空道人也太小心了，想亦世之一腐儒耳。"再次点明作者文风豪爽、不拘小节，所以书中有那种时间上不合的"瑕疵、纰漏"，这全都无伤大雅，这是作者他故意留下的、用来显示其"不拘于形式主义"的豪放文风，以此来标榜书名的"梦"幻之旨，同时又可以作为向大众揭示其书中所隐真相的"疑情"线索。

（二）全书时间上的梦幻风格是作者豪放个性使然

作者重视空间的吻合而忽视时间序列上的错乱，既是作者借鉴"梦"的创作手法的体现，同时也是作者超越平庸，"重实（情节、空间）轻虚（时间、年岁）"这一豪放个性的体现。

《红楼梦》在时间上具有一定的混乱，在空间上却纹丝不乱，其原因便在于空间有图可按，所以能在写作过程中处处符合实际而纹丝不乱。而时间看不见、摸不着，初写时会时序不乱；而修改时，由于历经多次穿插编排、更改调整，便开始杂乱无章起来。在这种艺术整合的过程中，修改次数一多、调整幅度一大，便会呈现出"剪不断、理还乱"的局面，而与最初有条不紊的时间原型，开始面目全非起来。

庚辰本、己卯本录自作者定稿之本，其第17至18回未分回，回目统一题作"第十七至十八回：大观园试才题对额，荣国府归省庆元宵"，可见作者尊重原有构思，即便写成两回体量，也只是在形式上分回，其实仍旧共用一个回目而不分回。由此便可看出：作者具有务实的个性、而不注重形式主义。作者之所以在时间细节上不事统一，便与他的这一务实个性有关。

在作者看来，书中关键的是情节和事理，时间乃看不见、摸不着，不深究不知其牴牾，所以作者也就"重实、轻虚"，无意在时间细节上做统一、做润饰。这与他在书名中标榜的"梦境"之旨也正为相通：梦中时序可以颠倒错乱，做梦者在梦境中也不以为怪（象征读者读《红楼梦》时不觉其非）；而梦中的空间却丝毫不差，最多是从一个空间切换到另一空间时，可以超自然地瞬间切换，而空间内部则纹丝不乱。这是因为空间可见而时间不可见，可见之物在梦中自然会真切实在地存在着，不可见之物在梦中自然会多变而不实。出于这种认识，作者也就形成其"无意于时间上不伪、而有意于空间上存真"的创作风格来。

（三）作者创作时的"梦幻虚构"主要体现在时间、人物、情节的艺术整合

作者创作《红楼梦》的目的，就是要让自己家族（即"江宁织造府"曹家）的空间和家事，自己的心爱之人（即红楼诸女子的原型）和自己的亲人（即书中贾府诸人的原型）这两者在文学的天地中得到永生。"梦回江南年少时"，书中一切人物情节、轶闻典故、建筑陈设、服饰器物等，全都有其原型，这是《红楼梦》这部作品"写实主义"的重要体现。

但作者深知这一切真实素材写成"实录"将无法吸引人，于是便要用自己家族所熟悉的戏曲、小说的笔法[①]，做艺术的虚构处理。他领悟到小说虚构与"梦幻"有共通之处，于是在创作时充分借鉴"梦"的思维机理。

梦中时序可以"颠倒错乱"，人物、情节可以"张冠李戴"，《红楼梦》所进行的艺术整合，主要就表现在情节上的"时间重排（提前与移后）"与"人物调整（综合与重赋[②]）"。

而梦中的空间是现实的直接反映，没有任何变化，只不过空间与空间之间在梦中可以无缝对接、瞬间切换。作者笔下的空间同样本诸真实，不像后人所妄断的那样："大观园乃万园的艺术综合，贾府乃众府的艺术综合。"如果像众人所说，则作者先得画一张艺术综合过百府百园的贾府与大观园图，才能来进行这部小说的创作。可是作者并没有费这样的周折。他为的就是要让自己的家园在文学的天地中得到永生，所以也就要把自己曹家，以平面镜像的形式直接写入书中。所以书中的空间有其原型，而且与原型一模一样，可以还原再现。

在小说的四要素"时间、地点（空间）、人物、情节"中，书中的"地点（空间）"与现实一样，而另外的三要素"时间、人物、情节"则像梦一般，虽然有其原型，但早已作"梦幻"式的艺术处理和调整，已非实录，就像"哈哈镜"般作了光怪陆离式的扭曲反映，与现实具有一定的映射关系，但却不再是"平面镜"般的逼真反映。

（四）《红楼梦》时间不可细考而空间真实可考

梦中的空间与现实具有一致性，梦中的时间则虚无缥缈。梦中的"时空观"便是：时间无序而错乱，空间则严整有序。《红楼梦》奉行对"梦境"的借鉴，所以《红楼梦》的时间看不出什么原型，而空间则有逼真的原型。

《红楼梦》的时间全都不可细考，最明显的矛盾例如：元妃卯年死而次年乡试，这显然不可能，因为明清乡试都在元妃死的子午卯酉年份举行；但元妃死的次年乡试，却又和红楼元年乡试相隔十八年而正相吻合，这反倒证明元妃绝对不可能是卯年死。又如：宝玉九岁可以梦遗、并能与十三四岁的袭人云雨，未免太早。又如贾母卒时年岁增大十岁，元妃死时年岁增大十二岁，也都甚可怪异。

而《红楼梦》在空间上却没有这种矛盾，说明作者在空间上有过通盘考虑，

---

① 作者借书中第 42 回薛宝钗之口，言明自己家中此类杂书很多，这都是作者创作时的营养源泉。

② 即把甲的事件赋予、综合到乙的身上。表现为书中人物与现实人物一对多的影射关系。

绘有底图，在创作时按图索骥、分毫不差（见第 3 回王夫人带黛玉一路上往贾母房走去，其"便是贾母的后院了"句甲戌本侧批有："写得清，一丝不错"）。这就意味着《红楼梦》在空间上可以探索出原型来。

《红楼梦》在时间上，用书中十九年的故事来隐写作者十四岁的人生，以此来作为全书时间上的大框架，这是具有人生原型的。但作者无意下功夫使框架内的各个时间片段之间做到统一不乱。全书在时间、情节上"大局不乱"，而许多细节则会存在荒唐破绽、时序颠倒。这也表明全书的时间具有相当大的"无序性"，想要探索书中每一时间片段真实的时间原型难度太大，甚至大到不可能。

《红楼梦》借鉴"梦"的思维机理来进行小说创作，而梦中的时序常可"颠倒错乱"。作者撰写小说时，可能会依据自己和家人记载家事的日记来创作，这是按照时间顺序排列的，但把这些家族故事编织到《红楼梦》全书的故事序列中来时，便不可能完全按照原来的时间顺序，于是在时间上便会错乱起来。像第 4 回宝钗入贾府路上走了一年多，第 14 回秦氏春天丧事"五七"传来林如海九月病亡的讣告，第 22 回宝钗入贾府的第五个年头才过她入贾府后的第一个生日。证明作者创作时，虽然大的时间框架有构思，而框架内的时间细节则比较自由和随意，因此从时间上探索《红楼梦》的原型恐怕是徒劳的。

作为小说，《红楼梦》的时间原型即便看不出而等于没有，也会有书中虚构后的时间序列存在。但要梳理清楚这一时间序列难度极大，本书"第一章、第三节"便致力于这方面的努力，大致理清全书的时间脉络，但这显然不能等同于作者创作时所依据的时间原型。（因为作者对时间原型已作了"哈哈镜"般的扭曲处理。）

除作者外，其他人很难理清全书的时间序列，我们也是通过极其细致的查考方才理出。后四十回如果是高鹗来续写，他不可能像我们这样致力于理清前八十回时间序列后，再来创作出与前八十回在时间上一气呵成、血脉贯通的后四十回。

而今本后四十回在时间序列上，与前八十回完全是一脉贯通、前后照应的不可分割的血肉相联的艺术整体，见本书"第一章、第三节"末尾"（四）"所列举的"后四十回与前八十回细节照应处、手法相同处"43 例。所以说，从时间细节上来看，后四十回的确只可能是曹雪芹原著，前八十回与后四十回是同一人所作的完整的艺术整体。

三、全书以"时间错乱"、"人物嫁接"、"空间挪移"为代表的"梦幻主义"风格

作者"披阅十载，增删五次"，其前八十回的时间显得精密有序，我们今天看到的后四十回应当是比较早的一稿，尚未经历过前八十回那种锤炼修改，其时间虽然和前八十回融为一体、完整有序，但比较粗放，没有前八十回那样精

密细致。

总的来看，全书 120 回在时间上是一个统一有序的艺术整体（本书"第二章、第一节"理出《红楼梦叙事共十九年简表》已有充分的论证），但作者故意留下一些破绽和混乱，这便给人造成一种全书时间"错乱无序"的观感来。

其实"瑕不掩瑜"，全书的时间主体有序，作者为的就是要在书中打下"抄家时十四岁"这一自己人生独特的时间烙印；同时又要有个别处存在错乱，这些破绽都是作者有意布局，一是用来显示书名所标榜的"梦"的主旨和"梦幻现实主义"的创作手法；二是用来显示自己"假语存、真事隐"的创作意图，揭示全书把自己十四岁人生拆成十九年故事的真相，这一点本书"第二章、第二节"已有充分论证；三是出于情节、主旨等的需要，关于这一点，详论如下：

（一）为了主旨需要，作品的时序可以颠倒

例如：曹家抄家后的实况比较凄惨，作者在后四十回中不敢照它来写，以免这部作品给统治者造成"讽刺现实、发泄不满"的观感，招致"文字狱"的杀身惨祸。为了躲避开统治者的忌讳，作者自然不敢据实而写，但聪明的作者又极善于"不写而写"。其实作者早在全书一开头，便写到了抄家后的凄凉景况，即第 2 回"冷子兴演说荣国府"时贾雨村言："去岁我到金陵地界，因欲游览六朝遗迹，那日进了石头城，从他老宅门前经过。街东是宁国府，街西是荣国府，二宅相连，竟将大半条街占了。大门前虽冷落无人，（甲侧：好！写出空宅。）隔着围墙一望，里面厅殿楼阁，也还都峥嵘轩峻，就是后一带花园子里面树木山石，也还都有蓊蔚洇润之气，哪里像个衰败之家？"这便是作者曹雪芹在抄家遣返北京后，于乾隆初的某年，再度来南京所看到的老家情景。由于其家是皇帝行宫，所以没有任何破坏；由于皇帝来江南巡幸时会入住此行宫，而且这座行宫在乾隆朝初年又不再作为"江宁织造府"的官衙使用，所以也就一直空关着。由这段记载便可明白：贾雨村其实就是作者曹雪芹自身的写照和影子，是作者曹雪芹的又一笔名。曹雪芹他们家的空间图也用不着曹雪芹本人来流传，因为他们家是皇帝行宫，会有皇帝编纂的《南巡盛典》这部书来流传。

又如：宝玉出家后的修行情状，后四十回虽然没有写，其实也早已写在全书的最开头，即第 2 回贾雨村在智通寺所见老僧："既聋且昏，齿落舌钝，所答非所问。雨村不耐烦，便仍出来"，这时甲戌本有眉批："毕竟雨村还是俗眼，只能识得阿凤、宝玉、黛玉等未觉之先，却不识得既证之后。"可证这一段描写便是把宝玉出家后的情状提到书首最开头来写。这个老僧应当就是笔者《后四十回完璧归曹》第三章所说的：出家修行于常州天宁寺、挂单归隐于常州"青明山"大林寺的那位曹家出家人老迈时的形象。

又第一回大某山民总评："卷首士隐出家，卷末宝玉出家，却是全部书底面盖①，前后对照。"也点明甄士隐出家可以视为宝玉出家的"不写之写"。同理，

---

① 底，的。书的面盖，指全部书的盆底面和盆盖子，即一首一尾。

第66回柳湘莲出家，回末陈其泰总评："或曰：湘莲、三姐，天生一对佳偶。今玉碎珠沉，不杀风景乎？此妇孺之见必以洞房花烛为团圆者也。此书以二玉为主，尤、柳①特陪客耳。今二玉之事何如？况陪客乎！②湘莲是宝玉先声，三姐是黛玉榜样；而宝玉情痴，湘莲顿悟；黛玉柔肠，三姐侠骨。四人者，不同道，其趋一也。一者何也？曰情也，君子亦情而已矣，何必同？"③点明柳湘莲出家是宝玉出家的先声，所以全书最末尾的宝玉出家也就可以一笔带过了。等于第66回柳湘莲出家时已经描写过宝玉出家的情景，所以后四十回的第120回也就可以不用写到或可以略写宝玉出家这幕情景了。

再如：凤姐原型的女儿，可能真的嫁给普通庄户人家以纺织为生。第15回在宝玉面前演示纺织的"二丫头"，便应当是巧姐原型的真实归宿。王希廉评第15回："写乡村女子纺纱等事，直伏巧姐终身。"便深明曹雪芹创作时"时序可以颠倒"的创作机理。

作者塑造凤姐之女的结局，是为了证明全书"福善祸淫"之旨。即第5回言巧姐命运的图画与文字："后面又是一座荒村野店，有一美人在那里纺绩。其判云：'势败休云贵，家亡莫论亲。偶因济刘氏，巧得遇恩人。'"甲戌本于"势败休云贵，家亡莫论亲"下有夹批："非经历过者，此二句则云纸上谈兵。过来人哪得不哭！"可见所言乃是曹家抄家后的实情。

上述巧姐命运之图中的"美人纺绩"画面，让人想起第15回宝玉在秦可卿棺材出殡途中所见到的那位"二丫头"：宝玉"又至一间房屋前，只见炕上有个纺车，宝玉又问小厮们：'这又是什么？'小厮们又告诉他原委。宝玉听说，便上来拧转作耍，自为有趣。只见一个约有十七八岁的村庄丫头跑了来乱嚷：'别动坏了！'……那丫头道：'你们哪里会弄这个，站开了，我纺与你瞧。'……说着，只见那丫头纺起线来。宝玉正要说话时，只听那边老婆子叫道：'二丫头，快过来！'那丫头听见，丢下纺车，一径去了。宝玉怅然无趣。……一时上了车，出来走不多远，只见迎头二丫头怀里抱着她小兄弟，同着几个小女孩子说笑而来。宝玉恨不得下车跟了她去，料是众人不依的，少不得以目相送，争奈车轻马快，一时展眼无踪。"作者其实是在用"梦幻写实"的手法，根据梦中时序情节可以颠倒错乱的机理，把凤姐女儿的结局提到全书一开头来写。

由作者称此纺织者为"二丫头"，也透露出她很可能就是凤姐的小女儿。作者借巧姐的判词，主要是为全书"福善祸淫"的创作主旨作一注脚。全书主要写"祸淫"，与之对仗立局的便是"福善"，作者得树一个福善的事例来，而且作者又只想点缀一下，并不愿多写这类事例，以免冲淡全书唯一的主旨"戒淫"④，作者所树的这个唯一的事例便是巧姐得救事。如果凤姐有大小两个女儿，

---

① 尤三姐、柳湘莲。
② 指全书主角黛玉与宝玉尚且要一死、一出家而悲惨收场，更何况尤三姐、柳湘莲这对陪客？所以也就要让他们俩也一死、一出家，为全书主角宝玉与黛玉俩的爱情悲剧做个引子。
③ 《桐花凤阁评〈红楼梦〉辑录》第200页。
④ 正如全书宝玉、黛玉是主角，此外宝钗、凤姐等所有人都是陪客，故全书只详写宝玉、黛玉爱情这件事，"金陵十二钗"中其他人的结局全都一笔带过而草草了。此处亦然，"祸

则要写两桩"福善"之事，而且又要写得不重复，这岂非构思上存在困难？于是作者便把凤姐的两个女儿合并成一个人，这样就可以集中笔力只树一个"福善"的典型，即：第一回《好了歌解》所唱的"择膏粱，谁承望流落在烟花巷"，象征狠舅奸兄以给凤姐女儿"找个好婆家"为名，最终难免会把她买入妓院的火炕，此时由于凤姐偶然因为怜老济困、搭救过刘姥姥，最终使自己的女儿巧姐免于落入成为娼妓的火坑（即"偶因济刘氏，'巧'得遇恩人"）。

其实凤姐的原型应当是大女儿被出卖为妓，即书中"锦香院"妓女云儿的原型，小女儿则被穷亲戚搭救而成了农妇。前者为恶报，后者为善报，作者改稿时合并为一人，只写善报，不写恶报，以更好地昭示凤姐善有善报的"福善"之旨。其论详见笔者《后四十回完璧归曹》"第二章、第二节、一、（六）"。

又如：第1回《好了歌解》，第5回《红楼梦曲》最后一枝《收尾·飞鸟各投林》，都是作者自己家族败亡后的真实写照，以及作者哀悼这番情景所唱的挽歌。作品的后四十回中不敢这么写，以此来免除统治者之忌，以此来避开"文字狱"之祸，所以早就改成了"家道复兴、兰桂齐芳"的结局。而真实的惨状，作者同样用的是非常凝练的点睛之笔，写在这全书最开头处的第1回、第5回的歌中。作者把最终要写的贾府抄家后的情景写在全书最开头处，这便是《红楼梦》所惯用的梦幻笔法。

全书第1回借甄士隐的《好了歌解》，写明曹家抄家十余年后的情状便是："陋室空堂，当年笏满床，衰草枯杨，曾为歌舞场。"这是写抄家后的"江宁织造府行宫"的情状。

"说什么脂正浓，粉正香，如何两鬓又成霜？"据脂批是写宝钗、湘云的原型守寡以终。

"昨日黄土陇头送白骨，今宵红灯帐底卧鸳鸯。"据脂批是写宝玉原型（即作者）在心上人黛玉原型、晴雯原型死后，又与他人（指宝钗原型）结合。

"金满箱，银满箱，展眼乞丐人皆谤。"据脂批是写凤姐原型、宝玉原型（即作者）大富大贵后一贫如洗。

"训有方，保不定日后作强梁。"据脂批是写曹家有人抄家后造了反或行侠仗义去了（即"柳湘莲"原型）。

"择膏粱，谁承望流落在烟花巷！"是言曹家有人抄家后成了娼妓（即锦香院妓女"云儿"的原型。此"云儿"不是史湘云，不出意外的话，应当是被狠舅奸兄卖入妓院的凤姐的大女儿）。

"因嫌纱帽小，致使锁枷杠。"据脂批是写曹家人当中因贪财而被罢职的贾赦、贾雨村的原型。

"昨怜破袄寒，今嫌紫蟒长。"据脂批就是贾兰、贾菌的原型通过科举来复兴家道。

这些曹家抄家后的结局，作者奉全书"以宝玉、黛玉恋爱为主，其他人和事都是陪衬"的创作主旨，不愿多写，只在第1回借甄士隐之歌一笔带过。今

淫"是主，"福善"是陪客，"福善"略写而"祸淫"大写特写。

人硬说后四十回应当按照这个《好了歌解》来写，这便是不识作者此创作主旨的原故。这也正如作者在第5回已借判词和《红楼梦曲》，把全书主要人物的结局全都已经一笔带过地写在了那儿，所以后四十回同样也就奉行上述创作主旨，将诸钗结局在全书末尾一笔带过便罢。

今本后四十回如果是别人来续写的话，一定会像胡适、俞平伯等红学大家们的主张那样，根据第1回的《好了歌解》、第5回《红楼梦曲》大事铺陈抄家后的惨状，详细展开诸十二金钗各自的结局。而今本后四十回却一反常人的这种思维，全都一笔带过，恰好和作者把全书结尾倒装于全书开头来写的独特创作风格相合；而且后四十回不写第1、第5回所明言的抄家之惨，却去写与之明显相反的"家道复兴"。作者不详写抄家后的惨况和诸十二钗结局，不以悲惨结局而反以复兴结局，这两者的确都是只有曹雪芹才写得出的、出人意料之外但又在情理之中的大手笔。★

后人反据今本后四十回没有详写结局、没有以惨结局这两点，来说"今本后四十回没这么写是大错而特错，是续书而非曹雪芹的手笔"，这真可谓被曹雪芹玩弄于股掌之间，还自以为聪明绝顶。他们研究来研究去，尚未能充分认识到曹雪芹这位小说大家特有的"狡狯"笔法、不凡的创作主旨和高超的创作手法。这也可以证明：此说的"始作俑"者胡适、俞平伯两位先生固然聪明绝顶，但仍超不过比之更为聪明的曹雪芹；这可能还因为"隔行如隔山"、"实践出真知"的缘故，即：胡适和俞平伯先生毕竟只做小说的文史研究和文学批评工作，没有创作过小说，自然也就难以追踪曹雪芹这位小说宗师创作艺术上的高妙文心了。

（二）为了创作主旨需要，情节可以挪移

比如：宝玉"做春梦"而"初试云雨情"这一情节，由十二岁移入九岁的第6回，便是服从全书创作主旨所做的情节大挪移。

第6回宝玉"初试云雨情"时年仅九岁，居然有梦遗和射精的性行为，显然有违男孩正常的生理规律，显得过于"早熟"。所以高鹗要在程乙本中把他的年龄改大为十二岁，本书"第二章、第一节、二、（二）"已揭示多重证据，证明这么一改，便和书中第24、25回宝玉13岁矛盾起来，使得全书的时间序列大为错乱，肯定不是曹雪芹的原文。

所以更为合理的解释便是:这事原本就应该发生在第23回作者人生十岁时（红楼十三年），宝玉读过茗烟从外面买来的黄色读物"飞燕、合德、武则天、杨贵妃的外传与那传奇角本"中"粗俗过露"的内容后，方才会发生。"第三章、第一节、二"考明：第23回后不久的第27回提到"四月廿六芒种"，影写的是雍正三年作者十一岁时的"四月廿六芒种"，这就证明：看茗烟买来的淫书其实是在作者人生的十一岁。

"第三章、第一节、一、（一）"又考明，第6回所在的作者人生九岁那年的第10回"十一月底冬至"，影写的是雍正四年作者十二岁，这就证明第6回宝玉"初试云雨情"的情节应当是作者人生十二岁时，睡在侄媳（即书中秦可卿

原型）的卧房床上，嗅到房内淫艳香气的熏陶，在所读淫艳读物的影响下，在睡梦中对比自己大好几岁的漂亮侄媳想入非非（书中谓之"意淫"），导致人生第一次生理上的性冲动而发生了梦遗，回来后又因为这种春梦所激起的生理上的性欲冲动难以平息，又和比自己大好几岁的大丫头袭人初试了云雨情。

作者为了让"秦可卿之丧"影写自己八岁上北京亲历过的姑姑平郡王妃之葬，而作品在宝玉八岁时尚处于前四回的"引子"阶段，正式情节要到九岁的第5回才开场，作者也就要把十二岁的可卿之死移到九岁来写。可卿既然要在作者九岁时死去，为可卿做的那场春梦，以及春梦后的梦遗、"初试云雨情"这一系列情节，也就要由十二岁移到九岁来写。

书中前八岁的前四回是全书的引子，第九岁的第5回才是全书正式故事的开场。宝玉做的意淫秦可卿的"春梦"，在全书情节结构上负有巨大的使命。作者要把这场由警幻仙子导演的"春梦"所揭示的全书总纲（诸十二金钗"红颜薄命"的各自命运和盛衰不已的本家族命运），放到标榜全书情节正式开场的第5回来写。于是作者便把这场春梦中的"梦遗"情节、春梦后的"初试云雨"情节，由十二岁移到九岁的第6回来写。所以这场春梦其实是十一二岁时领受淫秽读物的影响下，而在十二岁时发生的自然而然的生理现象。

所以，我们最终还是要佩服高鹗所改的十二岁其实改得很到位。但尽管改得很到位，却不是作者的原文。因为这么一改，曹雪芹在书中营造的"梦幻"色彩便要大打折扣，书名中的"梦"字便少了一重艺术效果上的支撑。作者正是要用这九岁梦遗的荒诞情节，来增添全书书名"梦"字的梦幻效果。

（三）为了情节需要，时空可以挪移

小说不是流水账式的实录，小说可以有艺术的虚构。更何况《红楼梦》这一小说又用书名来标榜其所遵循的"梦"的思维机理，更加鼓励与"梦幻"相通的艺术虚构。全书为了增强表达效果，有时会有意借鉴"梦"的思维机理，写一些荒诞情节，以示自己写梦就得像梦那般拥有"看似合理、细思则荒诞"的情节，以示自己所写的小说不是历史的实录，而是生活的艺术综合。

（1）为了情节需要，可以任意编排空间

空间上的这类荒诞情节，比如第23回"西厢记妙词通戏语、牡丹亭艳曲警芳心"，让黛玉在同一天中既读了《西厢记》的书，又在回家途中听了《牡丹亭》的曲。这表面看上去好像没有任何矛盾，一旦破译了大观园的空间，便会发现，从黛玉读《西厢记》的葬花处"花冢"回"潇湘馆"，根本就走不到唱《牡丹亭》的"梨香院"（见笔者《宁荣府大观园图考》"第二章、第二节、一、（五）"的讨论）。

又如第74回"抄检大观园"，原本应当先到迎春处，但为了让抄家过程中的最高潮"王善保老婆搜出自家司棋之赃而打嘴现世"在最后出现，所以也就要把迎春房由前面放到最后去抄（见《宁荣府大观园图考》"第三章、第七节、五"的讨论）。

再如后四十回从南京回首都北京不用经过常州，但为了强调曹家有人在常州天宁寺出家修行后，又在常州横山的大林寺挂单归隐，以此来彰显作者的佛学导师大晓实彻就在常州天宁寺任住持，常州天宁寺是当时天下公认的"宗风最好"的寺院，横山大林寺是看守曹雪芹家祖坟的坟庵，横山青明峰就是宝玉出处同时也是其归宿地"青埂峰"的原型，作者也就要让宝玉最后在贾政原本走不到的常州"毗陵驿"拜别其人间的生身父亲贾政，最后消失在常州城外（当是城东）的一个小坡（即横山）后面。（详见笔者《后四十回完璧归曹》的第三章。）

又作者为了情节需要，第26回回目"蜂腰桥设言传蜜意"可以把蘅芜苑门口的"折带朱栏板"桥给"张冠李戴"地硬说成"萝港石洞"南口外的"蜂腰桥"，第15回回目"王熙凤弄权铁槛寺"则把凤姐受贿的尼姑庵"水月庵"给"指鹿为马"般故意说成是"铁槛寺"，详见笔者《宁荣府大观园图考》"第三章、第六节、七"末尾有论。

（2）为了情节需要，可以任意编排时间

《红楼梦》善于运用一种特殊的写作技巧，即"对峙立局"、对仗构思。比如作者会把男人的淫丧"贾天祥正照风月鉴"与女人的淫丧"秦可卿淫丧天香楼"放在一起写；把宝玉的"做春梦"和刘姥姥的"打秋丰"放在一起写①。为了达到这种对仗起来的好而理想的艺术表达效果，作者便会把原本相距遥远的两件事组织到一起，这样就会在时间上形成错乱。《红楼梦》的时间错乱很多都是作者根据创作主旨所作的主观安排与有意为之。

《红楼梦》是一部小说而不是史书，作者在创作过程中会有很大的主观能动性。书中大大小小的故事不可能都是作者亲身经历之事，即便是作者亲身经历之事，也早已经过作者的艺术加工、艺术提炼而重新编排过。作者会根据创作主旨和情节的需要，把这些故事由原来的时间、地点调整到现在的时空位置，这也就会造成"故事原有的时间"与"写入书中后的现有时间"之间的矛盾冲突。比如后四十回中第108回大观园的腰门开着，是为了让宝玉能够入园。看门的婆子说这门是因为"老太太要用园里的果子，故开着门等着"，而书中此时是在正月底，并无水果可采，可证原稿中宝玉入园听到黛玉灵魂哭泣的这幕情节，应当是在八九月份有果子的时节，作者正式定稿时改在了正月中。

我们再举两个时间上的这类荒诞情节：

一是后四十回第85回贾政升官宴那天，用嫦娥"冥升"这出戏来预示次年黛玉逝世还天。作者为了预示黛玉是在她生日二月十二那天升的天，也就故意写演"冥升"这出戏的那一天是黛玉生日。

而就在此日十来天后的第87回，黛玉收到宝钗之信却说："悲时序之递嬗兮，又属清秋。"这就证明：贾政升官宴其实是在八九月份举行，书中说此日乃

---

① 让"春"与"秋"对仗起来。

黛玉二月生日是荒诞的梦幻笔法，其目的就是要用黛玉生日演嫦娥"冥升"这出戏，来预告她来年二月份生日时逝世；同时又可借此"二月生日"，来为作者"把自己十四岁人生拆成十九年小说故事"的创作主旨服务而多拆一年出来。于是作者便硬把八月下旬的贾政升官宴那一天，荒诞地说成是在来年二月。（详见本书"第一章、第三节、第85回"后有论。）

二是第57回把正月的薛姨妈生日，改在吃西瓜的炎炎夏日来写，同样也是为了情节需要。

第57回两次提到薛姨妈过生日："目今是薛姨妈的生日，自贾母起，诸人皆有祝贺之礼。黛玉亦早备了两色针线送去。是日也定了一本小戏请贾母王夫人等，独有宝玉与黛玉二人不曾去得。至散时，贾母等顺路又瞧她二人一遍，方回房去。次日，薛姨妈家又命薛蝌陪诸伙计吃了一天酒，连忙了三四天方完备。"下来便写宝钗对岫烟说："这天还冷的很，你怎么倒全换了夹的？"下回又明说："这日乃是清明之日。"可证薛姨妈生日是在清明节前，绝非第36回所说的吃西瓜的季节。

又第62回写探春谈起"一年十二个月，月月有几个生日。……过了灯节，就是老太太和宝姐姐，她们娘儿两个遇的巧。""遇的巧"未必是同一天，可以相差一两天。第22回言宝钗正月廿一生日，则老太太（贾母）似乎在灯节后的正月廿一前后一两天（而未必就在正月廿一那一天）。而第72回却明言老太太即贾母的生日是"八月初三"（"因今岁八月初三日乃贾母八旬之庆"）。后四十回的第118回继续沿用"八月初三"的写法："到了八月初三，这一日正是贾母的冥寿。"而且第22回："谁想贾母自见宝钗来了，喜她稳重和平，（庚夹：四字评倒黛玉，是以特从贾母眼中写出。）正值她才过第一个生辰，便自己蠲资二十两。"如果贾母与宝钗生日相近，何以不提自己的生日，反而只给宝钗过生日呢？由于上文有"她们娘儿两个遇的巧"的话，可以断定探春所说的"老太太"其实是"姨太太"即薛姨妈，可证薛姨妈的生日当与宝钗生日只差一两天而在"正月廿一"前后，与第57回所言的"天冷"、"不久即是清明"正相吻合。

而第36回书中第一次提到薛姨妈生日时写："却说王夫人等这里吃毕西瓜，又说了一回闲话，各自方散去。宝钗与黛玉等回至园中"，宝钗前往宝玉处，碰到宝玉正在午睡的睡梦中，袭人又要出去洗衣服，于是宝钗便留守在宝玉床边，为宝玉驱赶蚊虫，正好被前来的黛玉从窗户中偷偷瞧见。几天后，黛玉问宝玉："我才在舅母（指王夫人）跟前听的明儿是薛姨妈的生日，叫我顺便来问你出去不出去。"宝玉说："上回连大老爷（指贾赦）的生日我也没去，这会子我又去，倘或碰见了人呢？我一概都不去。"即怕被邢夫人那边的人看到他参加薛姨妈的生日，而不参加伯父贾赦的生日，会说他不尊重贾赦。宝玉又说："这么怪热的，又穿衣裳，我不去姨妈也未必恼。"说明其时当为夏天。黛玉又说："你看着人家赶蚊子分上，也该去走走。"可见薛姨妈生日又应该在"吃西瓜的炎炎夏日"。

唯一合理的解释便是：黛玉夏天看到宝钗为宝玉赶虫子，次年正月里以此为理由，劝宝玉一定要参加薛姨妈的生日。作者为了把这两桩情节集中展示，便把后者提前到这年的夏天来写，特意补上一句"这么怪热的"，以此来坐实薛姨妈生日在夏天的印象。

全书的时间破绽甚多，像上文所例举的黛玉二月的生日硬是植入到第85回秋天八月下旬的贾政升官宴中，薛姨妈初春正月的生日硬是植入到夏天的大毒日中。此类梦幻之笔，加以剥除或视而不见，全书的时序便可恢复正常。

由此不难看出：作者曹雪芹具有豪放的个性，不拘小节，用第一回宝玉的话说就是"'杜撰'有理"："探春笑道：'只恐又是你的杜撰。'宝玉笑道：'除《四书》外，杜撰的太多，偏只我是杜撰不成？'"更何况作者写的是小说，又是名为"梦"的小说，更加可以在时间、空间上做一些有意的荒诞虚构。

（四）创作时两种时间体系无法协调统一所导致的时间错乱

《红楼梦》全书时间冲突与人物年龄错乱的原因，还体现在创作时的不统一。

《红楼梦》历经曹雪芹"于悼红轩中，披阅十载，增删五次"的漫长创作期。在此过程中，作者多次修改初稿，挪移情节，难免会产生时间冲突、年龄错乱。而且作者还有意留下这些破绽，以示自己本着"真事隐、假语存"的"梦幻主义"创作手法，在不断改稿中，把原稿真实的十四岁人生（真事），拆成定稿中的十九年故事（假语），用全书十九年的故事来影写自己十四岁的人生（"真事隐、假语存"），所以全书在时间上其实存在着"假话是十九年"而"真话是十四岁"的两大时间体系。

作者时而说假话，时而说真话，巧妙地周旋于真假之间，调剂平衡这两大时间系统的关系。由于两者毕竟是两套时间体系，作者肯定会有顾此失彼的时候，于是在书中出现了一系列时间与年龄上的矛盾。比如在凤姐年龄上，便存在真话是 26 岁死而大薛蟠 5 岁，假话却是薛蟠比他大 4 个月（见本书"第二章、第二节、五、（一）"）。作者故意留此矛盾，营造梦幻效果，让有心人透过其小说所写的"梦境"，参破荒唐破绽背后的真事以返真相（即字面上是全书十九年的故事，字面下的真相却是作者十四岁的人生），书中很多时间与年龄的破绽都是作者的这种有意为之。

作者在创作时，把原稿的十四岁人生改成定稿的十九年故事，最突出的事例便是第 22 回贾母为宝钗过的宝钗入府以来的第一个生日，证明此年是宝钗来贾府的第二年。事实上，根据书中的描写来看，宝钗来到贾府已经有好多年了（实为第五年了），这一破绽便是作者故意留给大家，以表明他把自己人生的第九岁拆成了四年来写。

宝钗第 4 回就进了贾府，她比黛玉晚来一年多，其时为红楼九年。其后历经秦钟"入家塾"，秦可卿"死封龙禁尉"这一诰命夫人，建造大观园，元妃省亲等众多事件，到第 22 回时已是红楼十三年、宝玉十三岁，此回凤姐说：二月

"二十一是薛妹妹的生日，……听见薛大妹妹今年十五岁。"下来又说："谁想贾母自见宝钗来了，喜她稳重和平，（庚夹：四字评倒黛玉，是以特从贾母眼中写出。）正值她才过第一个生辰，便自己蠲资二十两。"又同一年的第20回宝玉以"亲不间疏，先不僭后"八字来劝黛玉："你先来，咱们两个一桌吃，一床睡，长的这么大了，她是才来的，岂有个为她疏你的？"这两段话所言若然，则宝钗明显是红楼十二年二月廿一后才到达贾府，比黛玉晚来了整整四年。

而第4回言黛玉入贾府后，红楼八年初，贾雨村便升任金陵知府而断薛蟠的人命案，薛蟠正是为此事离开金陵而来投奔贾府，则薛家当在此年后一年的红楼九年入贾府为宜。

由此看来，此处的矛盾只能解释为：作者把自己人生的九岁拆成了四年来写。为了能让黛玉比宝钗早到一年而非几个月，硬是让宝钗在路上走了整整一年，即：红楼七年冬黛玉进贾府而薛家上京，八年初贾雨村断案而薛家在上京路上，九年正月廿一宝钗生日刚过的梅花盛开之前，宝钗入了贾府，在第22回作者人生的十岁时过她进入贾府后的第一个生日。由于作者把人生的第九岁拆为四年来写，所以作者人生的第十岁便成了小说故事中的红楼十三年，那多出来的三年都是虚的，在这三个虚年中作者并没有为宝钗举办过生日（因为这三年其实是真实世界中九岁那年的一年四季之事，所谓的"三年"那是作者骗人而编排出来的并不存在的幻影，所以没生日可过），因此要到第22回才过宝钗入贾府后的第一个生日。

其实我们还说过：薛家和贾府都在金陵，薛家随时可以到贾府来居住，所以作者便用"在路不计其程"来"不打自招"地承认：自己说"薛家上京"那其实也是一种幻笔，请大家将其忽略便可，不必深究"宝钗在路上走了整整一年"的问题。（详见本书"第二章、第二节、六、（二）"的讨论。）

（五）作者某些笔误或容易引起歧义的时间表述导致的时间错乱

第45回"金兰契互剖金兰语"里，黛玉说"我长了今年十五岁"，庚辰本夹批特地点明："黛玉才十五岁，记清。"而第22回二月廿一贾母为宝钗过生日时，凤姐道："二十一是薛妹妹的生日，……但昨儿听见老太太说，问起大家的年纪、生日来，听见薛大妹妹今年十五岁。"此乃一年中事，宝钗与黛玉居然同岁，这显然不可能。因为书中写明黛玉比宝玉小一岁，宝玉比宝钗小两岁。这显然是把红楼十六年、宝玉十六岁的第71~84回中的某一情节提前两年来写了。当然也可能是"我长了今年十五岁"的"五"字是"二"字之讹。〖联系第42回脂砚斋回前批特言："钗、玉名虽两个，人却一身，此幻笔也"，即脂砚斋说宝钗与黛玉原型是一个人，作者用虚幻的笔法，将其分作两个人来写；则黛玉与宝钗同为十五岁，或可作为"钗玉原为一人"的佐证。当然，我们并不赞同脂砚斋的这一"钗黛合一"的说法。〗

至于作者表述时引发读者歧义，从而在时间上貌似存在混乱而有矛盾，最明显的例子如本书"第一章、第三节、第64回"所讨论的：黛玉五月廿左右举行"七月瓜祭"貌似不合理，其实这是人之常情。正如清明节扫墓可以提前一个月，则人们在五月下旬提前一个多月举行七月瓜果之祭（即"盂兰盆会"①）又有何不可？所以第 64 回黛玉举行瓜果之祭的情节，并不意味着其时已是七月。

又如本书"第一章、第三节、第67回"讨论的，秋初八月时婆子口中说的"才入七月的门"，当指才过七月的门（即"入"字当作"过"字来理解）。

以上两例都是作者行文时引发歧义，导致读者理解全书时间时会发生混乱，这只是"貌似"混乱，一旦理解正确，这种时间上的貌似混乱便不复存在。

（六）"人物性格静止，有违时间迁变"的矛盾，也是《红楼梦》时间上的一大荒诞风格

《红楼梦》的时间错乱还有"隐性错乱"的一面，即人物性格过于早熟而体现不出个体逐渐成长的人生轨迹。

人物性格原本应当随着故事情节不断发展，最后达到丰满完善，这才符合一个人从年幼到成熟的生理、心理的发育过程，而这一点在《红楼梦》中看不到。

《红楼梦》中的人物性格全都是天生的，时间对人物性格几乎没有任何影响。人物性格的静止发展，是《红楼梦》时间上的"隐性错乱"在人物性格方面的表现。特别是在人物语言方面，时间的"隐性错乱"突出地表现在人物语言与人物年龄的不相符。

如第3回"林黛玉进贾府"时为6岁，探春、惜春都比她还要小，而作者对她们的外貌描写，显然都是十五六岁的花季少女而非天真儿童。黛玉回答众人的问话，向邢夫人辞饭，以及和王夫人相交谈的话语，根本就是成熟的少女、而非六岁儿童的口吻。又第8回"探宝钗黛玉半含酸"②里，黛玉借雪雁送手炉之机，讽刺宝玉唯宝钗之话是听，又如第30回"宝钗借扇机带双敲"，这都是儿童嘴里说出连大人一时都难以反应过来的"指桑骂槐"的话。《红楼梦》中的人物从红楼九年到十九年，宝玉、黛玉、宝钗、湘云、探春等人似乎永远都是十五六岁的样子，凤姐则总是二十岁上下，到底是什么原因造成这种多而明显的"笔误"呢？

作者的主旨是以"宝玉、黛玉、宝钗三人的爱情纠葛"为主旨，描写情窦初开的少年男女细腻而丰富的情感与心路历程。为了写主角的爱情，自然要写到他们所处的贾府和大观园这一空间舞台，以及与生活有关的诗词、建筑、园林、花卉、服装、饮食等多方面的背景。由于家族生活受时代影响，很自然作者又会写到自己家族的遭遇，一并剖析起本家族由盛而衰的深层次原因。

其内因便是第2回"冷子兴演说荣国府"时说的："安富尊荣者尽多，运筹

---

① 按七月十五"中元节"举行的"盂兰盆会"，要供奉瓜果来祭祖。
② 此回目据庚辰本"比通灵金莺微露意、探宝钗黛玉半含酸"。甲戌本作"薛宝钗小恙梨香院、贾宝玉大醉绛云轩"。

谋画者无一。……如今的儿孙，竟一代不如一代了！"前一句话甲戌本有侧批："二语乃今古富贵世家之大病。"后一句话甲戌本有眉批："文是极好之文，理是必有之理，话则极痛极悲之话。"

而外因便是朝中后台元妃与王子腾的逝世导致家族败亡。其所影射的便是现实世界中，曹家的后台平郡王妃曹佳氏和康熙皇帝的逝世而导致曹雪芹家族的败亡。

作者旨在为自己心爱的女子作传，一并为自己作传，为家人和家族作传，塑造出形形色色个性鲜明的人物，堪称人间百态谱。作者结合自身的经历，博引百家之学，充分发挥小说家的奇妙想象，精心编织出一个又一个精彩纷呈而又虚中有实的故事，然后根据情节的需要，把这所有故事有机地组合在一起，锤炼出这部气势恢宏的传世巨著。

明白了全书的主旨，我们也就能理解：为什么书中的主要人物的年龄基本上都保持在某个年龄段不变的原因。这是因为，作者主要是写自己十二三四岁这三年中的人物故事，同时又有意把它们纳入到红楼九至十九年的时间框架中去①，这些情节在红楼九至十一年时便显得人物太过成熟，在第十五至十九年时又会显得太过幼稚，同时也导致主要人物的心理年龄并不随着年龄有多大变化，这是因为作者的创作旨趣就是要表现特定年龄段（十二三四岁）人物的心理和情感。作者以这些少男少女们为主线，来反映四五年中家族由盛而衰的风风雨雨，全书的整个故事要以这些特定年龄段的人物为中心展开，因此作者故意模糊了人物的年龄。作者如果清晰地交代出人物的年龄，便意味着这么多的事件便只能在十二三四岁这三年中上演。如此多的事件如果集中在两三年内上演的话，再精彩纷呈，也会给人以审美疲劳感，故事的发展便成为过于拥挤在一起的一大堆情节的流水账。作者将其匀成七至十九年这十二三年来写的话（此以作者拆成的十九年故事来计，而不以作者真实人生的十四岁来计），便能舒缓得宜、高潮迭起、波澜起伏、有张有弛，时间节奏也会把握得更好，这也充分体现出作者情节布局上的高超艺术。这不由让我们想到我们在上文"二、（一）"中所提出的：作者无意于时间上的不伪。

而且《红楼梦》第一回里已经明说"作者自云：曾历过一番梦幻之后"，还有空空道人"将《石头记》再检阅一遍"。由此可知，《红楼梦》的结构是一个首尾呼应的大倒叙（即作者在自己三十来岁时追忆自己的逝水年华）。抛开作者故弄的这些玄虚，从作者进行创作的实际情况来看，《红楼梦》也是作者中年时节（三十而立之年），对"锦衣纨绔的少年之时"的回顾（堪称是"梦回荒唐年少时"），因此这就不同于现实主义的"未来不可知"，这就导致作者是在人物定型后才来创作小说，作品中的人物性格不再随故事的发展而变化。故事中的时间就像梦境中的时间那般，是可有可无的云烟；而梦中的空间、器物、情节等（此即第一回"石头"这一作者的化身，亲口所说的我们家族的"事体、情理"）方才是逼真的实录。这便是第一回"石头"这一作者的化身，亲口说自己创作

---

① 八岁之前不记事。

此书"不过只取其事体、情理罢了，又何必拘拘于朝代年纪哉？"

（七）《红楼梦》时间上的梦幻主义手法的艺术高度

20世纪的现代派文学有"打破时间不变的常规，将其扭曲，甚至切割，打碎"的叙述方式。即：作品是作者对现实素材的再加工、再创作，作者可以根据需要，把人物、事件随意地组合起来。可以把以时间为轴线的"现实事件的链条"扭曲打碎后重新整合，形成新的以审美为准则的"艺术事件的链条"，从而达到更好的艺术效果。两个世纪前的曹雪芹已经有了这种现代派的叙述实践，当然他不一定会有这种现代派的叙述理念。[1]

（八）《红楼梦》人物上的梦幻嫁接

作者在人物上梦幻嫁接的例子也很有趣，代表了他的匠心与意旨。

例如：宝玉肯定是作者的化身，而其姐姐元春、妹妹探春都是王妃，元春这个王妃应当就是平郡王纳尔苏的妻子曹佳氏，是作者曹雪芹的姑姑，而书中用"我们家又出了个王妃"来称呼探春[2]，也是作者曹雪芹的姑姑[3]。故裕瑞称作者写的是叔叔脂砚斋（曹頫）诸姊妹事。这倒不是说宝玉是脂砚斋的化身，而是说作者把诸姑妈的事写成了自己姊妹的事，这就是梦中人物可以"张冠李戴"的体现。作者遵循"梦"的这一思维机理，便可以把姑姑的事综合到自己姊妹身上来写，便可以把叔叔脂砚斋的一些情节碎片化后，写到自己的化身贾宝玉身上，这一创作实践完全符合"梦"的思维机理，同时又是"艺术综合"这一典型的小说创作手法。在作者心目中，"梦境"与虚构的"小说"完全共通，作者自觉应用"梦"的思维机理来进行自己的小说创作。

人物上的梦幻嫁接还体现在生活中的某个原型可以分身为书中的两个小说人物来写，即书中把生活中的贾赦原型分身为贾赦、贾敬两人来写，其原型的

---

[1] 以上四小节"（四）"至"（七）"参考《红楼梦前80回的时间错乱及原因探析》一文，见http://blog.sina.com.cn/s/blog_5d63cf8c0100s7wl.html。

[2] 见第63回宝玉生日时怡红院夜宴，探春抽得红杏"瑶池仙品"签，书中写："得此签者，必得贵婿"，这时众人笑道："我们家已有了个王妃，难道你也是王妃不成？"

[3] 曹雪芹还有位二姑，即书中所谓的"我们家"再出的那位王妃，其名已难考，是曹雪芹父亲曹颙的妹妹。这位二姑，也奉旨嫁给了一位皇上身边的侍卫官，见《关于江宁织造曹家档案资料》第63页康熙四十八年（1709）二月八日《江宁织造曹寅奏为婿移居并报米价折》："再，梁九功传旨，伏蒙圣谕谆切，臣钦此钦遵。臣愚以为皇上左右侍卫，朝夕出入，住家恐其稍远，拟于东华门外置房移居臣婿，并置庄田、奴仆，为永远之计。臣有一子，今年即令上京当差，送女同往，则臣男女之事毕矣。兴言及此，皆蒙主恩浩荡所至，不胜感仰涕零。但臣系奉差，不敢脱身，泥首阙下，惟有翘望天云，抚心激切，叩谢皇恩而已。"（臣愚，指愚臣。）此奏折言明这桩婚事也是康熙皇帝作媒（"梁九功传旨"），将曹寅女嫁给皇上的"左右侍卫"，曹寅由于不能上京，便命儿子上京时带女出嫁。为了便于出入宫廷，曹寅又给这位女婿买了"东华门"门口的房子。萧奭《永宪录·续编》载：曹"寅，字子清，号荔轩，奉天旗人。有诗才，颇懂风雅。母为圣祖保姆。二女皆为王妃。"则这位侍卫当同平郡王纳尔苏一样，后来也袭了王爵，只是姓名、事迹尚未考出罢了。

家内原本有"一妻三子二女",在书中也被拆成两家:贾赦有一妻(邢夫人)、二子(贾琏与贾琮)、一女(迎春),贾敬无妻、一子(贾珍)、一女(惜春)。又如作者把自己分身为甄宝玉(能悔改的宝玉)和贾宝玉(死不悔改的宝玉)来写。

书中还模仿"梦"的思维机理,让小说中的某个人物来影写两个现实原型,比如书中以秦可卿之丧来影写平郡王妃曹佳氏之丧,又以秦可卿之死来影写其家族某位淫丧的五品夫人;又如书中以元妃一人的入宫之年来影写曹寅任江宁织造21年("二十年来辨是非"),以其元宵省亲来影写"平郡王妃"曹佳氏省亲。

书中还会把现实中的某个人物原型用书中的两个小说人物来影写,比如作者把"平郡王妃"曹佳氏的丧事借秦可卿之丧来写,同时又把曹佳氏的省亲之事借元妃省亲来写。

作者还会男女互换,以老太妃影写康熙,以元春、迎春、探春、惜春分别影写曹寅、曹颙、曹頫和自己曹雪芹。

由以上诸例便可看出,《红楼梦》全书"梦幻"风格在人物上的体现,便是充分借鉴"梦"中人物、事件虽然全都取材于现实,但可以"张冠李戴"乃至男女互换。这便是作者在人物构思方面,基于现实所作的梦幻虚构。

(九)总结:《红楼梦》是自传性很强的小说,还是小说性很强的自传?

作者本意是要把全书写成自传的,但由于害怕被知情的统治者识破而惹上"文字狱"的麻烦,所以不得不用梦幻的构思,也即脂砚斋批语所谓的"幻笔①",也即我们今天所说的"旨在虚构的小说笔法",对已经写好的自传草稿进行了小说化(即虚构化)的艺术处理,也即进行梦幻(幻笔)处理,其具体表现在三个方面:

(1)空间上作镜像处理。

(2)时间上把自己的十四岁人生拆成十九年的小说故事,故意留下许多时间上的荒唐破绽,一者用来启人疑窦,暗示真相,二是显示本书书名"梦"字所标榜的作品的梦幻特征。

(3)人物上把贾赦原型拆为贾赦与贾敬两家。

经过这番处理,原来的自传面貌便被很好地掩盖起来,从空间上看不出作者是在写自己家了,导致人们至今未能识破曹雪芹在书中写的府第园林就是南京的"江宁行宫",反而到处在找"宁荣二府大观园"的原型;从时间上也看不出作者是在写自己身上的事了;从人物上看也有三家,而与曹家实分两家(曹颙与曹頫)不符。通过这种小说化的改造、梦幻化的处理,便把自传转化成了小说。

而且作者采用的这种巧妙方法其实是可以还原的,正如保护文物建筑及历史地段的国际原则《威尼斯宪章》,要求修复的部分要和原有的部分有所区别,

---

① 即第42回回前总批:"钗、玉名虽两个,人却一身,此幻笔也。"

而且还可以去除、还原。而作者所做的处理正是这种"可逆"的，我们可以对空间作反相处理而恢复原貌，对时间作归并虚年的处理而恢复作者十四岁人生的格局，可以把贾赦与贾敬两家合并为一家人从而回到原型的家族谱系中来，从这个意义上说，《红楼梦》是掩盖了的自传，是小说性很强的自传。

作者在创作中，除空间只作镜像处理而未再有大的变形外，其时间与人物却有较多的艺术虚构，上面已经有详细的论述。因为作者深知流水账式的实录将无法流传，也就不能让作品获得最大的生命力；为了增强作品的可读性、审美价值和戏剧冲突，作者也就有意作更进一步的艺术整合、艺术创作，从这个意义上看，书中的人物、情节与原型不再是一对一的关系，其时间也存在着重新布局，而把真实人生中某一两年的事匀入好几年中去，与真实的人生时间有了大的差异。从这个角度来看，作者的创作仍以小说艺术为追求，并不在于"斤斤计较"与真实原型的完全一致，具有典型的小说特性。

综合来看，我认为《红楼梦》仍是自传性很强的小说。

作者改易五稿，每改一稿便是自传被日益掩盖而小说性日渐加强的过程。在第一稿之前的最初草稿那是纯然的自传，但从第一稿至第五稿，自传性早已日益掩盖不彰，成功地脱胎换骨成为自传性很强的小说。

但无论哪一稿，作者都没有对空间做任何扭曲处理，即全书唯有在空间上完全是自传，可以称为"小说性很强的自传"。但除了空间以外，全书的其他方面都可以定性为是小说而非自传，当称之为"自传性很强的小说"。

多愁多病身